AF415416

LES ENQUÊTES DE MARIE ROSE BAILLY

LE CHANT DES POUPÉES

roman

© Julie JKR, janvier 2022
ISBN : 979-10-95577-03-4

Création graphique : Julie Jkr
Photo : © Jean-Martin JKR

JULIE JKR

LES ENQUÊTES DE MARIE ROSE BAILLY

LE CHANT DES POUPÉES

roman

À ceux qui écoutent, et à ceux qui parlent.

1

Avant de vous parler des raisons de ma présence dans cette maison à Londres, laissez-moi commencer par vous raconter mon histoire.

Marie Rose Bailly, vingt-deux ans, originaire de l'est de la France. Fraichement diplômée comme enquêtrice privée, me voilà en possession du fameux sésame pour démarrer ma première enquête. Les présentations sont faites. Sommaire, certes, mais concises. En ce qui concerne ma vraie description, elle tiendra en quelques lignes supplémentaires.

À la suite d'une histoire de famille qui remonte aux alentours du XVe siècle, et dans laquelle il est question d'une ancêtre brûlée vive sur un bûcher par une bande de fanatiques, je possède une particularité. Elle ne me définit pas à proprement parler, mais elle a déterminé une grande partie de mon avenir. Toutes les femmes Bailly, sont dotées de cette spécificité, une sorte d'héritage familial, qui je l'avoue n'est pas commun.

Présentée par les médecins comme une maladie dégénérative des oreilles, ou perte progressive de l'audition, si vous préférez. L'évolution est aléatoire d'un individu à l'autre. Il n'y a pas de règle établie. Ce sera soit lent, soit rapide. Quant à l'âge auquel le sujet sera atteint, là encore le hasard s'invite dans la partie.

Pour ma part, neuf ans, a été le point de départ de la dégénérescence, et comme rien n'arrive jamais seul, ce n'est pas l'unique chose qui nous caractérise. « La perception » comme nous aimons l'appeler est un des symptômes majeurs. Notre dossier médical n'en fait pas mention, je vous rassure, ce ne serait pas vu d'un très bon œil. On m'a très vite expliqué les termes du contrat, si je puis dire, et la manière dont les choses allaient se dérouler pour moi à l'avenir. La perte progressive d'un de mes sens allait entrainer l'apparition d'une nouvelle capacité, en quelque sorte. Petit à petit, les voix et sons ambiants s'amenuiseraient, pour laisser place à la voix des morts. Dit de cette manière et surtout à une gamine de neuf ans à l'époque, on peut aisément avoir peur, mais ce n'était pas mon cas. Tout ça faisait partie de mon quotidien. Les femmes Bailly en avaient fait leurs métiers, sous couvert de services funéraires, bien entendu. Elles se chargeaient d'accompagner les familles dans le deuil d'un être cher tout en permettant aux défunts de partir en paix.

Détail important à connaître sur la perception, elle n'est qu'auditive. En aucune manière, nous ne sommes capables de voir les morts. Les entendre, leur parler, ça s'arrête là. Ils ne se manifestent que pour délivrer un dernier message à leurs proches, rien de plus. Du moins jusqu'à ce que ma perception se déclare, et que mon expérience se révèle tout à fait différente des autres.

Pour faire simple, aucun des morts que j'entends n'est là pour un dernier au revoir. Non. Au contraire. Les miens sont constamment soit en colères, soit tristes, soit complètement perdus. Ils hurlent. Ils pleurent. Ils jurent. Tout le temps. J'ai même droit à des voix étrangères, comme si ma perception avait une portée internationale.

Lorsque tout a commencé, les nuits étaient courtes, et les journées à l'école extrêmement longues. Mes camarades me pointaient du doigt, me mettaient de côté, quand ils n'avaient tout simplement pas peur de moi. Une chose qu'il faut bien comprendre, c'est que les voix ne prennent pas rendez-vous, elles débarquent sans crier gare et je dois me débrouiller avec. On n'est pas préparé à ce qui nous arrive et les autres non plus.

Dans le silence de la classe, mes hurlements à répétitions et mes crises de larmes ont eu raison du peu d'amis qu'il me restait. L'année scolaire s'est terminée à la maison où ma mère a endossé le rôle d'institutrice. Une solution temporaire, mais qui s'est avérée permanente. Un secret qu'il fallait garder, car les gens ne comprendraient pas, et même si ça avait été le cas, nous n'étions pas prêtes à le divulguer. Les gens ont souvent peur de la différence. Les enfants plus que les autres.

Pour découvrir pourquoi ma perception était différente des leurs, elles ont entamé des recherches en remontant sur des dizaines d'années en arrière. Aucune explication n'est venue résoudre mon problème. J'allais devoir vivre avec, un point c'est tout.

Chaque fois qu'une voix m'assaillait, je faisais de mon mieux pour en parler à ma mère. Compte rendu détaillé de ce que j'entendais. Quand par chance j'arrivais à obtenir un nom, on se mettait à chercher tout ce qu'il y avait à savoir sur cette personne. On a très vite compris que j'allais devoir faire face à des moments difficiles. Les voix que je percevais provenaient toutes de gens assassinés de manière violente ou cruelle. Dans tous les cas, atroce était le mot. À en croire ce qu'elles me disaient, la vengeance les libèrerait, et c'était à moi, de les aider à résoudre leurs affaires. La police, elle-même, n'avait pas été capable d'y remédier, mais moi, Marie Rose, neuf ans, j'allais y arriver. On marchait sur la tête.

Pendant des jours, ma famille s'est attelée à m'apprendre à atténuer ma perception. Deux mots pour décrire cet apprentissage, douloureux et périlleux. Quelques semaines n'ont pas suffi à y arriver. Au bout d'un an, je parvenais seulement à réduire le volume sonore à quelque chose d'acceptable. Ajoutez à cela deux ans de plus et vous obtenez enfin des chuchotements. Ce n'est qu'à l'âge de quinze ans, que j'ai réussi à dompter la bête. Des années de pratique, des centaines de migraines, des séances de pleurs à n'en plus finir, tout ça pour cohabiter avec ma perception. Il a fallu réfléchir à ce que j'allais faire de ma vie, car travailler avec ma famille n'était pas à l'ordre du jour.

Le métier d'enquêtrice privée s'est présenté comme une révélation. Je pourrais travailler la plupart du temps seule, c'était exactement ce dont j'avais besoin. Résoudre les affaires en lien avec les voix me permettrait de vivre un minimum en paix.

Me voilà donc enquêtrice, les oreilles pleines de voix, des affaires qui se bousculent, et pas la moindre idée de par où commencer. Compartimenter. Prioriser. Mettre de l'ordre dans mes idées. Seulement voilà, tout était nouveau pour moi. Mon métier n'avait été que théorique, et à présent, je devais passer à la pratique en ajoutant ma perception à l'équation. Quel serait le

critère à prendre en compte pour faire passer la demande d'une voix avant une autre ?

Dix jours de tergiversation pour élaborer un plan
d'action qui tienne la route. C'est là que je l'ai entendu
pour la toute première fois. Cette voix, si pure, si claire,
si triste. Elle m'a frappé comme une évidence. Ma première mission serait de m'occuper de son cas, j'allais
me consacrer entièrement et uniquement à elle.

Lizzie, cinq ans, anglaise d'après son accent, serait
mon occupation principale pour les semaines à venir.
Mon excellent niveau d'anglais allait enfin pouvoir me
servir pour comprendre ce qu'elle avait à me dire. La
perspective de mener ma première enquête me rappe-
lait que si je pouvais entendre cette petite fille, ça signifiait qu'elle était morte.

2

—J'ai un mauvais goût dans la bouche, et ma tête tourne comme quand je vais sur le tourniquet au parc avec papa. J'aime pas ici. Il fait noir et c'est pas chez moi. C'est chez qui ? Je comprends pas pourquoi je suis ici. Il est où papa ? J'ai appelé, mais il a pas répondu. Et elle est où Madeline ? J'ai cherché, mais Madeline est pas là non plus. y a un bruit. Je sais pas c'est quoi. Il est pas loin, mais il est pas là non plus. Quand je parle, c'est comme quand je parle dans le bain et que mes oreilles sont dans l'eau. J'aime pas ça ici. Ça fait peur. Je sais pas quoi faire. Je suis toute seule et il fait noir. J'aime pas quand il fait noir. Ici y a pas la lumière dans la prise comme dans ma chambre. Et y a pas Madeline et y a pas papa. J'aime pas ici. Je veux aller chez moi.

Lizzie parle sans s'arrêter. J'essaye de tout noter, mais c'est peine perdue, alors je reste silencieuse et je l'écoute.

—Mon nez il est tout mouillé parce que je pleure beaucoup. J'ai pas de mouchoirs, alors ma manche est toute cracra. C'est papa qui dit cracra quand je rentre du jardin. J'aime bien quand il dit ça. Je rigole toujours.

Mais là je rigole pas. Je pleure. Et ça coule de mes yeux et ça veut pas s'arrêter. Le bruit est pas loin. J'aime pas le bruit. La voix elle est ici, mais je vois pas la tête. Je connais pas la voix. Elle doit venir. Je veux la voir.

Sa voix me brise le cœur. Si je pouvais la serrer dans mes bras pour la réconforter, lui promettre que tout ira bien, je n'hésiterais pas une seconde. Malheureusement, Lizzie est morte et elle ne le sait même pas. Quelle est la meilleure façon d'annoncer à une petite fille de cinq ans qu'elle ne rentrera plus chez elle ? Qu'elle ne reverra plus jamais son papa ? Aucune. Il n'y en a aucune, car rien de tout ce qui est en train de se dérouler n'est normal. Une enfant ne devrait pas mourir un point c'est tout.

Je dois trouver le moyen de l'aider à découvrir qui lui a fait ça, c'est bien la seule chose dont je suis sûre pour le moment. Reste à espérer que j'en sois capable.

Je commence par lui poser quelques questions simples.

— Lizzie, où étais-tu lorsque tu as disparu ?

— C'est quoi disparu ?

Cinq ans. Ne pas l'oublier. Réfléchir comme une enfant de cet âge.

— Lizzie, est-ce que tu te souviens de ce que tu faisais avant d'être dans le noir ?

— Avec papa et Madeline, on faisait des manèges.

C'était un début. Maintenant, restait à savoir qui était son père, qui était Madeline et de quels manèges elle parlait.

— Est-ce que tu sais où tu habites ?

— Dans ma maison avec papa et Madeline.

OK. Ce n'était pas gagné, loin de là.

Pendant plus d'une heure, j'ai tenté en vain d'obtenir une adresse. Elle a réussi à répondre à quelques-unes de mes questions, et j'ai pu prendre quelques notes de ce que je venais d'apprendre. Tout d'abord, elle était anglaise, l'accent et les bus rouges m'ont mis la puce à l'oreille. Je connaissais son nom, celui de son père et je savais enfin qui était Madeline.

Lizzie Williams, cinq ans, fille de Harry Williams. Madeline, poupée qui casse si on la laisse tomber. Ce sont ses propres mots. Minces comme indices pour démarrer une enquête, mais loin d'être inutile.

Pour commencer, j'allais concentrer mes recherches sur les disparitions d'enfants en Angleterre. Le périmètre était immense, il allait falloir affiner tout ça rapidement. Pendant que je pianotais sur mon clavier, Lizzie s'était remise à parler.

— La voix elle parle de Emily et Megan. Et des autres aussi, mais y a trop de noms. Je peux pas tout retenir. En plus je sais pas qui c'est.

D'autres filles disparues ? J'espérais que non, mais mon instinct me prédisait le contraire. Je notais les prénoms.

— J'aime pas les poupées dans le noir. Elles sont grandes. Elles font peur avec leurs yeux tout bizarres. J'aime pas leurs grandes têtes. Elles sont assises et elles regardent vers moi. J'aime les poupées. Madeline, je l'aime. Mais pas les poupées avec les yeux mouillés.

— Lizzie, parle-moi des poupées.

— Je veux plus voir leurs yeux mouillés.

— Est-ce qu'elles sont comme Madeline ? Où est-ce que c'est une autre sorte de poupée ?

— Elles sont trop grandes et elles font trop peur. Beaucoup trop peur.

— Si elles tombent, est-ce qu'elles vont se casser comme Madeline ?

— Oh oui.

Donc les poupées étaient en porcelaine. Était-ce un détail important ? Aucune idée, mais il ne fallait rien négliger. Restait à découvrir pourquoi elle n'aimait pas ces poupées, et surtout, pourquoi elles lui faisaient si peur ?

Je m'apprête à lui poser la question, lorsqu'elle se met à hurler. Son cri est tellement fort qu'il me vrille les tympans. J'essaye par tous les moyens de la calmer, mais rien à faire, elle continue de crier.

— Lizzie, qu'est-ce qui se passe ?

— Elles parlent. Elles sont tristes. Elles veulent pas être là. Elles ont froid comme moi. Elles disent mon prénom aussi et elles reniflent fort. J'aime pas être là. Je veux mon papa. Dis à mon papa de venir me prendre.

Ses derniers mots me rendent triste, mais je dois me concentrer sur le reste. Qui sont ces poupées ? Que lui veulent-elles ? Novice en matière de dialogue avec les morts, certaines choses m'échappent encore. Dois-je prendre au pied de la lettre tout ce qu'elle me dit ? Quelles sont les règles qui régissent l'autre côté ? Je suis certaine que Lizzie ne pourra pas répondre à cette question.

Je profite d'une période d'accalmie pour demander conseil à ma grand-mère. Une personne expérimentée sera certainement capable de m'éclairer, et cela même si nos perceptions sont différentes. Parler aux morts, c'est une discipline qu'elle exerce depuis plus longtemps que moi. C'est ma seule solution pour le moment.

Ma grand-mère s'est révélée être une source

d'information inestimable. Elle m'a notamment expliqué que les morts décrivent les choses telles qu'ils les perçoivent. Si la voix se met à parler d'un corbeau qui chante, cela veut littéralement dire qu'un corbeau chante. Rien de métaphorique pour eux. De notre côté de la réalité, par contre, la signification n'est pas toujours la même. En clair, lorsque Lizzie me dit que des poupées en porcelaine lui parlent, c'est effectivement le cas. À moi, maintenant, de savoir qui sont-elles et ce qu'elles lui veulent. Il me faudra également découvrir qui sont les autres dont parle Lizzie, et si les poupées sont des filles? Voilà que je commence à m'embrouiller. Je vais laisser le temps me le dire.

Tout est une question d'interprétation et de compréhension. Les morts ont quelque chose à me raconter, à moi de découvrir de quoi il s'agit. C'est une première pour nous, alors tout le monde tâtonne, mais je sais que quoiqu'il arrive, je pourrais compter sur ma famille.

L'objectif à ne pas perdre de vue, trouver ce qui est arrivé à Lizzie. Son père a le droit de savoir, et je dois l'aider à quitter cet endroit qui lui fait si peur.

3

Internet regorge d'informations, certaines sont utiles pour démarrer une enquête, et d'autres sont clairement à laisser de côté. Le tri est indispensable si l'on veut pouvoir avancer. Tout ce que vous lisez n'est pas à prendre pour argent comptant, la multitude d'informations reste difficile à vérifier. La majorité des articles se basant sur des sources anonymes sont à prendre avec des pincettes, si votre source n'est pas fiable à cent pour cent, et que ce qu'elle avance n'est pas vérifiable, passez votre chemin. Vous me remercierez plus tard. La véracité des témoignages et des faits est primordiale. Il faut être intransigeant là-dessus, sous peine de suivre une mauvaise piste.

Mes recherches se concentrent essentiellement la nuit, seul moment de répit, seul moment où Lizzie ne se manifeste pas. Jongler entre ses dialogues décousus, mon investigation compliquée et le manque de sommeil évident, commence à être dur. Le combo parfait pour aller droit dans le mur et la tête la première bien évidemment. Malgré tout, je continuerai à ce rythme effréné aussi longtemps qu'il le faudra, tout simplement parce qu'une petite fille compte sur moi.

Durant mes escapades nocturnes sur la toile, un lien vers un blog revenait sans cesse dans les premiers résultats. Le titre *Affaires non résolues d'Angleterre* m'a poussé à le lire. Articles de qualités, et bien documentés. Écriture professionnelle. Photos et témoignages sérieux. On avait à faire à quelqu'un d'impliqué et de méticuleux dans son travail. D'après sa bio, il était journaliste indépendant, ceci expliquait cela. J'ai passé des heures sur son blog, mais je n'ai rien trouvé sur Lizzie. Je n'avais pas encore fait le tour de tous les articles, je ne devais pas désespérer. Étant donné que je n'avais pas pu me résigner à lui dire qu'elle était morte, je ne pouvais pas déterminer le moment de son décès. La presse et les autorités avaient très bien pu en parler aux informations, mais pour le moment j'avais fait chou blanc. Sauf si c'était une vieille affaire, auquel cas j'aurais du pain sur la planche.

L'auteur du blog pourrait peut-être m'aider sur des affaires similaires, bien que je n'aie pas grand-chose à partager avec lui pour le moment. Lizzie avait bien parlé d'autres filles, mais c'était vague. La partie fastidieuse allait débuter, trouver le moyen d'entrer en contact avec cette personne. Son blog était suivi par des milliers d'abonnés, il devait à coup sûr recevoir des centaines de messages par jour. J'allais devoir user d'ingéniosité pour me démarquer, et je dois dire que pour le moment ce n'était pas gagné. L'inonder de messages a été ma première stratégie, mais je me suis vite ravisée. Mauvaise approche pour un premier contact. Le traquer sur les réseaux sociaux a été ma deuxième idée, avec un peu de chance je trouverai une meilleure façon de le joindre.

Au moment d'ouvrir un nouvel onglet, une bannière est apparue sous mes yeux. Un message défilait en continu accompagné de la photo d'une petite fille.

Le dix-neuf novembre deux mille dix-sept, Lizzie Williams, cinq ans, a disparu. Elle a été vue pour la dernière fois à la fête foraine de Winter Wonderland de Londres. Au moment de sa disparition, elle portait un pantalon noir, des bottines grises, un manteau gris avec une capuche fourrée blanche et un bonnet gris avec un pompon. Caractéristiques physiques : Blonde aux yeux bleus. Elle mesure un mètre cinq. Si vous possédez la moindre information susceptible d'aider la police à la retrouver, composez le numéro qui s'affiche en dessous.

La piste que j'attendais depuis des jours venait enfin d'apparaître. Je connaissais désormais sa description complète. Il y avait même un numéro, mais il devait s'agir d'un centre d'appel où ils centralisaient toutes les informations qu'ils recueillaient, donc certainement pas utile pour moi. Je devais absolument trouver le moyen de parler avec ce Dorian, l'auteur du blog.

D'après mes notes, Lizzie avait disparu depuis quinze jours. Avait-elle été tuée le jour même ? Ou plus tard ? Restait à le découvrir. Elle était accompagnée de son père à la fête foraine. Où était-il au moment du kidnapping de sa fille ? Que s'était-il passé ? Au lieu d'avancer, de nouvelles interrogations s'ajoutaient aux anciennes. Lizzie avait besoin de moi et moi je tournais en rond.

Incapable de dégoter la moindre information sur son blog, j'ai décidé d'éplucher ses réseaux sociaux. Par l'intermédiaire d'un ami à lui, je me trouvais enfin en possession d'une adresse mail personnelle. Je me suis empressée de lui envoyer un message.

Baisser les bras ne faisait pas partie des options envisageables. Enquêter nécessitait de la rigueur, de la détermination et un soupçon de chance, je l'avoue, mais c'était avant tout un travail long et fastidieux. La ténacité et la persévérance sont les maîtres mots pour s'engager. Tenir coûte que coûte cette ligne de conduite. Toujours trouver une piste à explorer et à exploiter pour avancer dans son enquête.

4

— J'ai froid et j'ai peur. Papa, il me manque. Madeline, elle me manque aussi. La voix elle chante et j'aime pas ça. J'aime pas quand elle me touche aussi. Ses mains elles sont froides et elles griffent mes bras. Je sais pas ce qu'elle fait avec moi. Ma tête est toute lourde maintenant et je vois plus bien. Ça sent bizarre où je suis.

Son discours ne présage rien de bon. Je ne cesse de m'imaginer les pires choses. J'aimerais être capable de dater les évènements. Est-ce que ses explications sont ante ou post mortem ? Lorsqu'elle dit qu'elle n'aime pas qu'il la touche, qu'entend-elle par-là ? Trop de zones d'ombres. Trop peu d'indices. Devoir converser avec une enfant de cinq ans, c'est une épreuve. Surtout lorsqu'il s'agit du témoin du crime.

— Je connais pas la langue de la chanson. Che… Isss. Je peux même pas répéter, c'est trop dur. La voix elle est toute contente quand elle chante la chanson. Moi je suis pas contente, mais la voix elle m'écoute pas. Pourquoi toi tu m'écoutes et pas la voix ?

Comment répondre à cette question, sans lui divulguer la triste réalité ? Comment lui dire que je suis la seule à l'entendre ? La perception n'est pas quelque chose que l'on peut choisir, ou occulter, mais dans ce cas précis, j'aimerais pouvoir m'en débarrasser. La souffrance de Lizzie m'avale toute entière. Ses émotions m'envahissent, m'oppressent sans que je n'arrive à m'en défaire. Plus elle me parle, plus ses sentiments s'entremêlent aux miens. Je dois prendre du recul, me détacher, sous peine de perdre pied.

Les morts ont la fâcheuse tendance à vous pomper toute votre énergie pour tenter d'exister encore un peu. Pour les autres membres de ma famille, leurs voix ont conscience de leurs morts. Malgré tout, ça ne les empêche pas d'essayer de s'attacher et d'aspirer un peu de vie pour rester plus longtemps parmi nous. C'est une chose que je peux aisément comprendre, mais avec Lizzie c'est différent. Tout d'abord, elle n'est pas au courant de sa condition, et ensuite, c'est une enfant. Son besoin d'exister et de prendre de la place est énorme. Lui permettre de m'atteindre doit cesser si je veux pouvoir tenir sur la durée, mais en même temps je culpabilise de devoir mettre une certaine distance entre nous. Jongler entre ce qui doit être fait et ce qui doit cesser relève de l'impossible.

Ma perception est nouvelle, inconnue de la lignée des Bailly, donc potentiellement problématique sur le long terme. L'épuisement fait partie du package complet, mais pour moi c'est encore pire. Je ne suis pas en mesure d'affirmer que ma santé n'en pâtira pas, ni de dire avec certitude combien de temps je serai capable de tenir le rythme. Prudence devait faire partie de mon vocabulaire, car ma sécurité devait devenir ma priorité.

La nuit suivante, pendant que je parcourais les articles de la presse anglaise sur la disparition de Lizzie, le voyant lumineux de mon ordinateur s'est mis à clignoter. Depuis la perte drastique de mon audition, et malgré les prothèses, j'ai activé cette fonctionnalité sur mes appareils électroniques. Je sais à présent en temps réel dès que je reçois un message. Très pratique pour ma vie sociale.

Dorian Anderson venait de me répondre.

Objet : Affaire Lizzie Williams.
Bonjour,
Je reviens vers vous suite à votre mail. Je serai ravi d'échanger avec vous sur mes articles et les affaires de disparitions sur lesquelles je travaille actuellement. Votre message m'a beaucoup intrigué je dois dire.
A très vite,
Dorian Anderson.

Il y avait deux avantages à ce qu'il habite en Angleterre. Le premier, il n'y avait qu'une heure de décalage entre lui et moi, je pouvais donc lui envoyer un message tout de suite. Le second, si nous devions nous rencontrer, là aussi la manœuvre serait simple. Il me suffisait de prendre un billet d'avion direction l'autre côté de la Manche. Il fallait parer à toute éventualité, un autre aspect du métier à ne pas négliger. Pas de place pour l'imprévu, enfin le moins possible.

Mon message devait contenir l'essentiel, sans trop en dire pour autant, sous peine de passer pour une illuminée à ses yeux. Je devais susciter l'envie d'en apprendre davantage, sans donner l'impression de cacher des informations. Pour créer une relation de confiance, il y a des règles à respecter et surtout un processus à mettre en place. S'il s'avérait être la personne que j'espérais, il comprendrait aisément ma façon de procéder.

Au moment d'appuyer sur le bouton d'envoi, je m'interrogeai sur l'éventualité de lui expliquer de manière claire et précise ma perception sans qu'il se braque. Ce n'est pas donné à tout le monde d'avoir l'esprit ouvert, et encore moins lorsque l'information concernait les morts. J'ai encore du mal à m'y faire certains jours.

Une fois le message envoyé, j'ai repris mes lectures. Lizzie s'était faite silencieuse depuis quelques heures, j'en ai profité pour approfondir mes recherches. Un tabloïd anglais se targuait de détenir des renseignements exclusifs quant à l'endroit où Lizzie se trouvait. Il avançait de source sure qu'elle avait été vue dans les rues de Londres, dans la soirée, accompagnée d'un ou peut-être deux individus. Comment pouvait-on donner de fausses informations à un père qui était déjà à court d'espoir ? Je n'avais qu'une envie, écrire à ce journaliste véreux et lui dire ma façon de penser, mais ça n'aiderait pas Lizzie. Au contraire, je risquais de tout compromettre. Personne ne devait savoir pour le moment que j'étais en contact avec Lizzie, personne sauf peut-être Dorian. S'il se montrait aussi utile qu'il le devait, j'envisagerais la possibilité de le mettre au courant.

Mon ordinateur s'est allumé sur un message de sa part.

Je m'interroge quand même, comment se fait-il qu'une enquêtrice française s'intéresse à une affaire anglaise. Si je ne me trompe pas, vous ne pouvez pas exercer dans un autre pays que le vôtre. Alors de quoi s'agit-il exactement ?

Nous y voilà, la fameuse question qui appelait la fameuse réponse. Il n'avait pas de temps à perdre, il allait droit au but et j'aimais ça. Ce qui me plaisait moins, c'était de devoir mentir pour ne pas lui dévoiler mon secret. Pour le moment, j'allais noyer le poisson histoire de ne pas me le mettre à dos tout de suite.

Oui, vous avez raison, je ne suis pas habilitée à travailler en dehors de mon pays, mais je peux faire appel à un confrère anglais. Avant d'en arriver là, je tiens juste à m'entretenir avec vous et essayer de comprendre ce qui a pu se passer. Qui sait, nous serons peut-être en mesure d'en apprendre plus à deux et faire ainsi avancer l'enquête.

Ce message était assez clair, sans pour autant susciter une quelconque méfiance quant à mes intentions. Certes, j'avais omis quelques détails, mais la vérité sortirait assez tôt. S'octroyer un délai supplémentaire ne faisait pas de moi une menteuse.

5

— Y a quelque chose qui va pas. Je peux plus bouger. Je suis toute serrée dans la robe. Pourquoi j'ai une robe ? Ils sont où mes habits ? Mon corps il est tout lourd comme ma tête. Je crie, mais la voix entend pas. Elle chante la chanson que je comprends pas et elle fait de la peinture. Je crois qu'elle fait des dessins sur moi. Je sais pas trop. Je vois des mains bouger. Je vois pas trop bien. Mes yeux ils sont tout petits. Je veux plus rester là. Je veux mon papa. Ste plait, dis à mon papa de venir me prendre. Ste plait, je veux mon papa.

Sa voix se brise chaque fois un peu plus dès qu'elle évoque son père. Faire abstraction de sa souffrance est une épreuve difficile. Lizzie ne cesse de pleurer et son chagrin m'enveloppe. Tout mon être ressent sa peine. Je dois tenter de me détacher un tant soit peu, sans quoi je vais devenir cinglée.

— Lizzie ma chérie, écoute ma voix. Ça va aller. Il faut que tu essayes de te calmer. Je vais tout faire pour t'aider, mais en échange tu dois être forte. Tu peux faire ça pour moi ?

— …

— Essaye d'arrêter de pleurer et dis-moi ce que tu

31

vois. Tout ce qui t'entoure.

J'espérais vraiment qu'elle se calme pour qu'on puisse avancer ensemble.

— Il fait tout noir et c'est tout froid aussi. Je vois pas bien avec mes petits yeux. C'est pas comme avant. Je vois moins.

— D'accord Lizzie. Est-ce que tu sais pourquoi tes yeux sont comme ça ?

— Non, c'est comme si c'était collé, ou je sais pas.

— C'est pas grave Lizzie. Dis-moi ce que tu arrives à voir à travers tes petits yeux. Dis-moi absolument tout.

— Derrière la voix, je vois les poupées qui font peur. Leurs yeux me regardent. On dirait qu'ils bougent.

— Est-ce que tu vois combien il y a de poupées qui te regardent ?

— Beaucoup, mais je les vois pas toutes.

— Comment tu sais qu'il y en a beaucoup ?

— Parce qu'elles parlent et que je les entends.

Je reprendrai cette conversation un peu plus tard, je ne devais pas l'effrayer davantage.

— Très bien Lizzie, dis-moi, la voix est-ce qu'elle à un visage ? Tu peux me dire si c'est un homme ou une femme ?

— Pas de visage, juste la voix. C'est une grosse voix bizarre. C'est pas comme ta voix à toi.

Sans doute un homme.

— C'est très bien Lizzie, tu m'aides beaucoup. On va continuer comme ça. Les poupées est-ce qu'elles te parlent encore ?

— Non. Elles bougent juste les yeux pour me voir. J'aime pas être là. Dis, tu viens me chercher s'il te plait.

— Encore un effort Lizzie. Pour venir te libérer, je

dois savoir où la voix t'a emmenée. Pour l'instant, je n'en ai aucune idée. Tu dois m'aider à le découvrir.

J'étais consciente de la difficulté de ma demande, surtout pour une petite fille de cet âge, mais aucune autre option ne s'offrait à moi. J'avais besoin d'indices précis, d'informations concrètes à quoi me raccrocher pour résoudre cette enquête. Sa réalité était différente de la mienne, je devais donc être très prudente de ne pas me mettre à courir derrière une chimère.

— La voix m'a bougé de place. Je vois plus les poupées, mais elles parlent de nouveau.

— Est-ce qu'elles te parlent à toi Lizzie ?

— Oui. Elles disent que tu dois les écouter aussi.

— Lizzie, je ne peux pas les entendre. Je sais que tu as peur, et que tu n'aimes pas les poupées, mais est-ce que tu peux leur demander ce qu'elles veulent me dire ?

— J'ai pas envie de parler aux poupées aux yeux mouillés. Elles me font peur. Ste plait, me force pas.

— C'est pas grave Lizzie, on trouvera un autre moyen.

J'essayais de m'en convaincre autant que j'essayais de la convaincre. Si elle ne trouvait pas le courage de leur demander, je n'étais pas certaine de trouver autre chose.

— Lizzie, écoute, je sais que tu as peur, mais peut-être que si tu leur montres que tu es une grande fille, elles ne te feront plus peur.

— Je sais pas comment faire pour être une grande fille.

— Écoute-les et parle-leur. Elles verront que tu n'as pas peur. Voilà comment être une grande fille.

— J'essaye une fois, mais si j'arrive pas, je fais plus.

— OK Lizzie, on fait comme ça. Je suis très fière de

toi.

Lizzie ne m'a plus contacté de la journée. La conversation s'était terminée sans que je sache si tout allait bien pour elle, autant qu'il était possible d'aller bien lorsqu'on était morte.

Obnubilée par Lizzie, mes recherches sont restées en suspens. Je n'arrêtais pas de me demander ce qui s'était passé. Pourquoi ne revenait-elle pas vers moi ? La culpabilité s'insinuait en moi, accompagnée de l'inquiétude grandissante de ne plus avoir de nouvelle d'elle.

Dorian m'avait envoyé plusieurs messages auxquels je n'avais pas répondu. Incapable de me concentrer sur autre chose que ma perception, j'attendais, statique, que Lizzie se manifeste. Sans succès.

Vers trois heures du matin, un son, presque imperceptible, m'a réveillé. Il ne provenait pas de mon environnement immédiat. Sans prothèses auditives, il m'était impossible de capter ce genre de son, ça venait obligatoirement de ma perception. Avec un enthousiasme mesuré, j'ai prononcé le prénom de Lizzie, mais elle ne m'a pas répondu. Est-ce qu'elle m'en voulait au point de m'ignorer ? C'était probable. Ou est-ce qu'un autre mort tentait d'entrer en contact avec moi ? Dans les deux cas, il me fallait une réponse.

Ma grand-mère m'avait expliqué qu'en me concentrant sur une seule voix, je serais capable de faire barrage à toutes les autres. À force d'entrainement et de persévérance, c'était exactement ce que j'avais réussi à faire lorsque la voix de Lizzie était apparue. Depuis je n'avais été dérangée par personne d'autre, mais ce que je percevais à cet instant me poussait à m'interroger. Est-ce que si j'ouvrais à nouveau les vannes, je perdrais le contact avec Lizzie ? Est-ce que j'ouvrirais la porte à une voix qui côtoyait Lizzie ? Un flot ininterrompu de questions m'assaillait. Perdre le contact avec la petite fille était inenvisageable, elle restait ma priorité absolue. Je ne laisserai personne d'autre interférer entre nous deux. Ma décision était prise. J'ai étouffé le son.

6

Le lendemain, je me suis occupée de répondre à Dorian. J'étais entrée en contact avec lui, à moi de continuer à dialoguer. Lizzie faisait toujours partie des abonnés absents, et ça commençait sérieusement à m'inquiéter.

Avec Dorian, on s'était fixé un rendez-vous téléphonique dans la soirée. Certes mon audition n'était pas optimale, mais il me fallait un contact direct avec lui. Une conversation active et des échanges rapides, voilà ce dont j'avais besoin. Mon carnet débordait de questions et le fond d'écran de mon ordinateur était noyé sous une dizaine d'onglets ouverts. La presse anglaise était prolifique, mais elle était loin du compte en ce qui concernait Lizzie. D'ailleurs, personne n'était préparé à découvrir le fin mot de l'histoire. Moi y compris.

Dorian m'a téléphoné sur les coups de vingt heures trente. Sa voix était jeune et élégante, exactement telle que je l'imaginais. Pour moi, les Anglais avaient une sorte d'élégance naturelle, un je ne sais quoi de distingué. Durant toute la conversation, je n'avais qu'une envie, lui faire part de mes échanges avec Lizzie. Monumentale erreur, et ce pour deux raisons. La première, c'était beaucoup trop tôt, et la seconde, je ne savais pas quelle serait sa réaction. Avoir les mêmes centres d'intérêt et passer son temps sur des affaires non élucidées, ne faisaient pas de nous des confidents, ni même des gens de confiance.

Avec le temps, les Bailly en avaient fait l'amère expérience. Si je ne voulais pas remplir les rangs à mon tour, je devais faire preuve de patience et de prudence. Il me suffisait de faire passer ma perception pour une source anonyme comme ça je ne devenais pas moi-même l'informateur. Un subterfuge qui me permettrait de voir à qui j'avais à faire et d'aviser le moment venu. Je ne devais pas oublier qu'il était journaliste, alors sa douce voix et ses jolies intentions, je les garderais à l'œil.

On a discuté pendant plus d'une heure sur ce qu'il avait entendu ici et là, et sur ce que moi j'avais réussi à glaner. Pas grand-chose pour ainsi dire de mon côté. C'était agréable de pouvoir échanger avec quelqu'un qui parlait mon langage et qui était vivant surtout. J'aurais pu passer la nuit pendue à mon téléphone, mais Lizzie est arrivée sans prévenir et elle n'avait pas l'air bien.

— Tu m'as laissée toute seule. Tu as dit que t'allais m'aider et tu m'as laissée toute seule dans le noir.

— Désolée Lizzie…

J'avais complètement oublié Dorian. J'ai raccroché sans dire au revoir, en espérant qu'il n'ait pas entendu mes derniers mots.

— T'es pas gentille. J'ai fait ce que tu m'as dit et toi t'es partie.

— Lizzie ma puce, je suis désolée, mais je te promets que je ne suis pas partie. Je ne t'entendais plus.

–… j'étais ici moi.

– Je sais.

– J'ai été grande et toi t'étais plus là.

– Excuse-moi Lizzie, je suis là avec toi maintenant.

– Tu promets de plus me laisser ?

– Je te le promets.

Ce n'était sans doute pas judicieux de promettre une telle chose, mais elle avait besoin de l'entendre et j'avais besoin de le lui dire.

– Les poupées elles disent qu'elles sont là depuis longtemps. Elles veulent plus être là. Elles m'ont dit comment elles s'appelaient.

– Bravo, Lizzie, tu as été courageuse.

– Oui et elles font plus peur. Un peu quand même, mais moins qu'avant.

– Est-ce que tu te souviens de leurs noms ?

– Oui, mais pas tous les noms. Y a Amélia, Emily, Sophie, Megan et… je sais plus.

– C'est pas grave Lizzie, c'est déjà très bien. Est-ce qu'elles t'ont dit comment elles sont arrivées là ?

– Elles savent pas. Emily a parlé de fleurs. Megan du glacier. Les autres je sais plus. Elles parlent beaucoup et je peux pas tout retenir.

– Oui je comprends, ça fait beaucoup pour toi, mais tu t'en sors très bien.

Le reste de la nuit, je l'ai passé à la rassurer jusqu'à ce qu'elle cesse de me parler. Vers deux heures du matin, les yeux rivés sur mon écran d'ordinateur, je cherchais à faire correspondre les prénoms donnés par Lizzie et les avis de disparition de fillettes anglaises. Ce qu'elle prenait pour des poupées était peut être tout simplement de vraies petites filles, tout comme elle. Cette piste méritait d'être creusée.

Emily Jones, six ans, a disparu le vingt-deux janvier deux mille dix-sept durant la visite du Jardin botanique de Kew Gardens.

Amélia Taylor, sept ans, a disparu le neuf avril deux mille dix-sept alors qu'elle visitait l'aquarium de Londres avec ses parents.

Megan Davies, six ans, elle, a disparu le trente juillet deux mille dix-sept à Covent Garden, non loin de son glacier préféré.

Quant à Sophie Evans, six ans, sa disparition remonte au vingt-deux octobre deux mille dix-sept, au parc Hampstead Heath alors qu'elle s'apprêtait à faire décoller son cerf-volant.

D'après Lizzie, il y en avait d'autres, beaucoup d'autres. Je venais de dresser une liste non exhaustive de petites filles mortes, et si je parvenais à découvrir les autres noms, elle s'allongerait incontestablement.

Trois d'entre elles avaient disparu non loin de Londres, Lizzie en faisait partie. Pour Emily et Sophie, la distance était plus longue, mais rien de trop important. Est-ce que je pouvais en conclure que le meurtrier résidait à Londres ? Un peu trop tôt pour l'affirmer. Néanmoins, ça restait une hypothèse probable. Autre fait important, tous ces endroits étaient des lieux hautement touristiques. La foule compacte et dense avait dû faciliter la manœuvre, les témoignages semblaient corroborer mon idée, personne n'avait rien vu ni rien entendu. Nouveau tiret sur mon carnet, cet assassin n'enlevait que des petites filles. Penchant personnel ? Ou est-ce qu'autre chose se cachait derrière ça ? Un point que je devais éclaircir au plus vite.

Les yeux rivés sur le calendrier au-dessus de mon

bureau, une idée m'est venue. J'ai recoupé toutes les dates de disparitions et je me suis rendu compte qu'elles avaient toutes eu lieu un dimanche. Est-ce que cela signifiait quelque chose ? Possible. Quelle était la probabilité d'une simple coïncidence ? Je n'allais pas me contenter de cette explication. J'étais persuadée qu'il y avait une raison pour qu'il n'exécute son plan uniquement les dimanches. Restait à savoir laquelle.

Mes notes commençaient à grossir à vue d'œil, j'avais enfin de quoi faire. C'était peut-être le moment d'en dire plus à Dorian. Suite à notre conversation, je réfléchirai plus sérieusement à me rendre sur place. Enquêter à distance n'était pas la meilleure des stratégies lorsque l'on voulait résoudre une affaire aussi compliquée. Rien de tel que le terrain.

Par chance Dorian n'était pas revenu sur l'incident de la veille. Gardait-il cette question pour plus tard ? Je n'en avais aucune idée, et ce n'était pas le moment d'y penser. Il avait eu l'air sceptique lorsque je lui ai exposé ma théorie, ce n'était qu'une ébauche, mais pour moi quelque chose s'en dégageait. Nous devions explorer toutes les pistes, et les nouvelles informations délivrées par Lizzie pourraient nous servir. Toutes ces petites filles avaient été tuées par le même individu, ne restaient plus qu'à découvrir de qui il s'agissait. Quelles étaient ses motivations ? Si tant est qu'on puisse justifier de tels actes.

Dorian se chargerait d'effectuer des recherches dans les archives de Londres. Le but, recueillir le maximum de choses sur les disparitions et creuser un peu plus loin pour en découvrir d'autres, car il ne faisait aucun doute qu'il y en avait d'autres. Il concentrerait dans un premier temps ses investigations à Londres et ses alentours, puis on élargirait si nécessaire. Je lui avais dit de remonter aussi loin que possible, nous procéderions à un tri par la suite. De mon côté, j'interrogerai Lizzie pour en apprendre davantage et dès que Dorian aurait quelque chose à me donner, je tenterai de savoir si Lizzie avait des choses à me dire sur ces nouvelles filles. Je garderai le secret sur ses révélations encore quelque temps.

J'étais persuadée qu'il allait en trouver d'autres et qu'elles correspondraient en tout point aux poupées dont Lizzie faisait mention. Il ne me fallait qu'une confirmation.

On avait une ligne directrice à suivre, les choses se mettaient doucement en place. Ensemble, nous devions chercher quels étaient ses endroits de prédilection. Pour quelles raisons il opérait toujours un dimanche. Combien de fillettes avait-il capturées à ce jour ? Et comment les avait-il tuées ? Le mobile m'importait peu, mais on allait devoir le découvrir quand même.

On se l'était dit à demi-mot, mais on faisait désormais équipe sur cette affaire. Rien d'officiel, car aucun des deux n'était habilité à faire le travail de la police, mais une investigation informelle était toujours possible. Pour commencer. Si les choses devenaient plus sérieuses, nous ferions appel à qui de droit, bien évidemment. Hors de question de le laisser s'en tirer sous prétexte que nous n'avions pas suivi les règles. On n'était pas là pour jouer aux justiciers.

Une semaine plus tard, ma décision était prise. Ma perception et moi, allions nous rendre à Londres pour rencontrer Dorian, ce qui marquerait le point de départ de notre enquête sur la disparition de Lizzie Williams et de toutes les autres.

7

Dans l'avion qui m'emmenait à Londres, j'angoissais un peu de me retrouver face à face avec Dorian. Non pas que le fait de rencontrer un parfait inconnu m'effraie, même s'il n'en était plus vraiment un, suite à nos nombreux échanges quotidiens. C'était plutôt la perspective de lui révéler ma véritable nature, et les vraies raisons de mon enquête qui me stressaient. J'imaginais toutes sortes de scénarios quant à la manière d'amener la chose, mais aucun ne me satisfaisait. L'improvisation serait ma meilleure arme, si tant est que je parvienne à ouvrir la bouche. La tournure qu'allait prendre mon voyage dépendrait entièrement de la réaction de Dorian. Soit Londres serait ma prochaine demeure pour les jours, semaines, à venir. Soit, demi-tour, direction la France d'où je ne serai d'aucune aide pour Lizzie.

Dorian m'avait donné rendez-vous à Trafalgar Square. Une fois descendu de l'avion, il me restait encore une bonne quarantaine de minutes de train pour le rejoindre. Largement le temps pour moi de rassembler mes notes et de les classer pour briefer Dorian sur la suite des événements. Grâce à sa carte de journaliste, nous n'aurions aucun mal pour interroger les familles des petites filles. L'excuse d'un article pour trouver de nouvelles preuves n'éveillerait pas les soupçons sur nos réelles intentions. Il avait des relations dans la police et ailleurs aussi, pourquoi ne pas s'en servir pour étoffer mon carnet de notes ? Rassembler un maximum de preuve pour nous permettre d'attraper l'ordure responsable de tous ces meurtres, ceux-là mêmes que la police considérait comme des disparitions. En l'absence de corps, les fillettes avaient simplement disparu, mais je connaissais la vérité. Quoi qu'il en soit, ma priorité absolue était d'élucider cette affaire, mais pour ce faire, je devais réfléchir à la meilleure façon de révéler à Dorian mes capacités hors normes.

Lizzie avait eu la gentillesse de ne pas se manifester pendant le vol. Une chance, car je n'aurai pas pu lui répondre sans passer pour une folle. L'avion était bondé, et les gens qui parlent seuls ne sont pas vus d'un bon œil. Dans le train, au contraire, j'avais plus de liberté, mais elle ne m'a pas parlé pour autant. J'allais attendre de rejoindre l'hôtel pour tester quelque chose. S'il m'était possible de contacter Lizzie à n'importe quel moment, je devais le savoir. Je l'espérais, car si tel était le cas, cela faciliterait grandement nos échanges à l'avenir. Je n'avais aucune certitude, mais je devais tenter le coup.

Quarante minutes plus tard, je me tenais debout, au milieu d'une foule compacte de touristes, photographiant à tout va la fontaine. Portable à la main, les sens en éveil, je cherchais du regard une personne que je n'avais jamais vue. Était-il déjà arrivé ? À quoi ressemblait-il ? Mon portable vibra dans ma main.

– Salut, tu es déjà arrivé ?

— Oui, il y a quelques minutes.

— Je suis devant la statue d'Henry Havelock et toi ?

— Devant la fontaine.

— Est-ce que tu vois l'ambassade canadienne ? Le bâtiment avec les drapeaux.

— Attends deux minutes, j'essaye de me repérer. Pas évident avec tout ce monde… oui je les vois.

— Très bien, dirige-toi de l'autre côté de la place et rejoins-moi devant la statue. Je reste en ligne au cas où.

Plus la distance se réduisait, et plus mes mains devenaient moites. Mon pouls s'accélérait et ma respiration commençait à être saccadée. Au loin, j'apercevais un jeune homme devant ce qui devait être la statue du fameux Henry, aucun doute sur l'identité de ce dernier. Il tourna sa tête vers moi, comme pour me signaler qu'il m'avait reconnue. Nos regards se sont croisés et il m'a souri avant de raccrocher.

Grand. Musclé, mais pas trop. Les yeux noisette, et un sourire charmeur. Pour masquer son air gêné, il a passé sa main dans ses cheveux, laissant retomber quelques fines boucles brunes sur son front. Il était beau, très beau même. Je le dévisageais sans retenue. Ce n'est que lorsqu'il s'est mis à rougir, que j'ai détourné le regard. Mal à l'aise, l'un comme l'autre, on s'est serré la main rapidement. Il nous a fallu quelques minutes pour engager la conversation. Heureusement pour moi, il a ouvert la marche.

— Ravie de te rencontrer Marie Rose.

Cette voix. Ce regard. Je devais absolument me ressaisir. Dorian ne devait pas être une distraction, mais une aide, un partenaire.

— Je suis ravie aussi. Merci d'avoir bien voulu m'aider sur cette affaire.

— J'espère pouvoir le faire, mais j'aimerais quand même connaître les vraies raisons qui te poussent à enquêter.

— Pourquoi penses-tu qu'il y a autre chose derrière ma venue ?

L'intonation de ma voix a déraillé et il l'a remarqué.

— Je suis simplement curieux de nature, et puis ce n'est pas tous les jours qu'une enquêtrice étrangère fait appel à moi. Du coup, je m'interroge.

— J'avoue qu'effectivement ce n'est pas commun. On pourrait peut-être aller dans un endroit un peu plus calme pour en parler. Comme tu peux le voir, j'ai un peu de mal à entendre correctement.

Dorian a dirigé son regard vers mes prothèses, et la seconde d'après il m'a entrainée dans les rues adjacentes de la place. La ville était en effervescence, mais le bruit diminuait à mesure qu'on s'éloignait. Sa main agrippait la mienne fermement, et il me faisait slalomer entre les badauds. Je ressentais des choses étranges en sa présence. Intimidée. Subjuguée. Déstabilisée par sa beauté naturelle. Ma courte expérience au contact de la gent masculine devait en être la cause. Je n'avais pas eu la chance de côtoyer beaucoup de garçons au cours de ma vie, la faute à ma perception. J'allais devoir jongler entre elle et mes émotions qui n'en faisaient qu'à leur tête en sa présence. La chose primordiale à faire, se focaliser sur la raison de ma venue ici. Voilà exactement ce que je devais m'efforcer de faire. Dorian ne pouvait pas devenir une distraction, et puis je n'avais pas envie qu'il me prenne pour une groupie. On avait une mission, rien d'autre ne devait interférer dans l'équation.

Il m'a proposé d'aller manger un morceau, ce serait l'occasion de se poser et de pouvoir discuter tranquillement. Lorsqu'on est arrivé devant le restaurant, il m'a regardé en souriant. Je devais bien reconnaitre qu'il avait le sens de l'humour. Encore un bon point pour lui. La liste de ses qualités commençait à s'allonger. Le *Sherlock Holmes*, une trouvaille tout à fait à mon goût. On a ri ensemble pendant que le serveur nous dirigeait vers notre table.

C'est au moment de nous asseoir que Lizzie a décidé de faire son apparition. Timing on ne peut plus mal choisi. Feignant une envie pressante, j'ai pris congé rapidement, et je suis allée immédiatement aux toilettes. Lizzie débitait des phrases à toute allure et je ne pouvais pas lui répondre. Avant de pousser la porte, j'ai jeté un coup d'œil en arrière. Dorian me dévisageait, comme s'il soupçonnait que ma fuite cachait quelque chose. Lizzie insistante, Dorian méfiant, et moi, coincée entre ces deux-là. La situation n'était pas idéale.

— Pourquoi tu parles pas ? Tu es où ? Réponds-moi.

— Désolée Lizzie, je n'étais pas seule, mais tu peux parler maintenant. Je t'écoute.

— Pourquoi tu parles pas quand t'es pas seule ?

Éluder la question à tout prix. Impossible de lui révéler la vérité. L'enquête débutait à peine, je n'avais aucune idée de sa réaction en apprenant qu'elle était morte, alors bouche cousue. Pas de risques inconsidérés à ce stade.

— Parce que je n'arrive pas à me concentrer sur toi. Je préfère être seule pour qu'on puisse se parler dans le calme.

J'espérais que mon mensonge tienne la route. En même temps, Lizzie n'avait que cinq ans, elle n'était pas encore familiarisée avec ce genre de liberté.

— Tu sais les poupées, y en a qui sont plus là. Je sais

pas où elles sont. La voix les a cachées. Les autres, elles ont peur. Moi aussi.

– Ça va aller ma puce. Lizzie, est-ce que la voix est toujours avec toi ? Est-ce qu'elle parle avec vous ?

– Pas là. Des fois elle parle, mais pas à moi. Pas aux autres. À elle on dirait. Elle chante surtout. Nous on aime pas la voix. Elle fait peur.

– Je comprends. Quand la voix est avec toi, qu'est-ce qu'elle fait d'autre ?

– Elle me prépare. Je sais pas à quoi. J'aime pas la robe. Je suis toute raide. Mon visage il est tout coincé.

Je n'arrivais pas à comprendre ce que signifiait son discours. Le visage coincé, le corps tout raide, est-ce qu'elle ressentait les effets de la mort ? Ou était-ce autre chose ? Sans plus de détails, il m'était impossible d'y voir clair.

– Lizzie, qu'est-ce tu peux me dire sur l'endroit où tu te trouves ?

– Je vois pas bien. J'ai déjà dit que mes yeux sont tout petits.

– Oui, je sais bien, mais essaye quand même.

– Je vois les poupées. Je vois les mains de la voix. C'est tout noir à côté.

Son champ de vision était fortement restreint.

– D'accord. Si tu te concentres, est-ce que tu crois que tu pourrais en voir un peu plus ?

– Mes jambes et mes pieds. Mes pieds ils sont bizarres. Mes jambes, elles sont toutes droites. Les chaussures sont pas à moi.

– Elles sont comment tes chaussures ?

– Comme Madeline.

J'avais déjà découvert que les poupées présentes aux

côtés de Lizzie étaient en fait des petites filles. Je n'aurai pas été surprise qu'elle le soit à son tour et que ce soit ainsi qu'elle se voyait. D'après ce qu'elle me racontait, c'était vraiment le cas. Des chaussures comme Madeline signifiaient qu'elle portait des chaussures de poupées.

J'allais devoir écourter la conversation, car Dorian s'interrogeait surement sur ma soudaine disparition.

— Lizzie ma chérie, je dois partir pour faire des recherches. Est-ce que tu crois qu'on pourrait se reparler plus tard ?

Je m'en voulais de la congédier, mais c'était pour le bien de mon enquête. La suite ne dépendait pas que de mes capacités, Dorian était là pour me seconder.

— J'aime pas rester seule. Dis, tu peux venir vite. Je veux plus être là.

— Je fais tout mon possible. Je te promets d'accélérer les choses.

Encore une promesse que je n'étais pas sûre de pouvoir tenir, mais les mots sont souvent synonymes d'espoir, même si les actes ne suivent pas.

Un dernier chuchotement de sa part, puis plus rien.

8

La situation est étrange. Il y a des indices qui ne trompent pas. Marie Rose me cache quelque chose, c'est évident, mais tant que je ne la confronte pas, je ne peux pas en être sûr à cent pour cent.

Elle est réapparue dix minutes plus tard, l'air gêné et le regard fuyant. Il ne m'en a pas fallu plus pour confirmer ma théorie, elle dissimulait bien quelque chose.

— Désolée Dorian, j'espère ne pas avoir été trop longue.

— Non, ne t'inquiète pas. J'ai attendu avant de passer commande. Je te laisse jeter un œil à la carte.

Son attitude semblait changer, comme si elle se détendait légèrement.

On avait appris à se connaître au travers de nos nombreuses conversations téléphoniques, mais est-ce que c'était suffisant pour me révéler qui elle était vraiment ? Même notre rencontre au pied d'Henry Havelock ne m'a guère aidé davantage. Néanmoins, mon expérience pour dénicher les secrets des gens était sans pareille, mais avec Marie Rose, j'allais devoir la jouer fine. Hors de question de la brusquer, je m'y prendrais différemment. Elle devait avoir envie de se confier à moi, il n'y avait que comme ça que notre collaboration pourrait fonctionner.

Elle était mystérieuse, et étrangement, j'aimais ça. Ça la rendait attirante et captivante. Lorsqu'on s'est vu pour la première fois, j'ai eu la sensation qu'elle me sondait, comme pour voir au plus profond de moi. J'avoue qu'elle m'a mise mal à l'aise, mais en même temps, une sorte de connexion s'est établie. Est-ce que sa beauté, presque pure, y était pour quelque chose ? Sans aucun doute. Il faut bien reconnaitre qu'elle est vraiment belle. La douceur de son regard, son air réservé et son joli sourire m'ont quasiment subjugué.

Si je voulais réussir à découvrir le fin mot de cette histoire, la mise en place d'un barrage émotionnel était de rigueur. L'effet qu'elle avait sur moi ne pouvait pas m'éloigner de mon but. Et puis, travailler ensemble allait devenir compliqué, si elle se rendait compte que je n'arrivais pas à détacher mon regard d'elle. Un climat de confiance, une relation professionnelle, des objectifs similaires. Voilà ce qu'il fallait pour qu'on réussisse à travailler tous les deux.

On a fait plus ample connaissance pendant qu'on déjeunait. Je la sentais sur la réserve lorsque je cherchais à en apprendre davantage sur son choix de carrière. Quant à son enfance, elle avait carrément survolé le sujet. Tous les éléments étaient réunis pour confirmer mon idée de départ, elle me cachait volontairement des informations. Pourquoi ? C'est ce que j'allais m'efforcer de découvrir, et, rapidement si possible.

Sur les conseils de Dorian, j'avais loué une chambre dans un hôtel de Kingston. Il habitait le coin. Si quelque chose d'intéressant se produisait, mieux valait se trouver dans le même périmètre. Devoir faire des dizaines de kilomètres pour se rencontrer n'était clairement pas l'idéal.

Le déjeuner de la veille s'était déroulé d'une drôle de manière. L'ambiance pesante et les regards insistants de Dorian m'avaient rendue nerveuse. Aucun doute sur les raisons de son comportement, mon absence et mes agissements bizarres ne sont pas passés inaperçus. Je ne pouvais m'en prendre qu'à moi-même.

Avant de lui révéler mon secret, je devais m'assurer qu'il soit capable de l'entendre, de le comprendre et surtout de l'accepter. Si tant est que ce soit le cas, il allait devoir garder pour lui ces informations. La résolution de cette affaire en dépendait. Personne ne croirait un mot de tout ça, et au lieu d'aider Lizzie, on passerait pour des fous. Notre démarche était sérieuse, l'enquête également. Ma perception faisait partie intégrante de moi, alors un seul mot d'ordre, prudence.

Avec Dorian, on avait établi le programme de la

journée. Il se chargeait de trouver les adresses des parents des autres petites filles disparues, pendant que moi j'allais interroger les employés de la fête foraine. L'absence de plaque pouvait délier les langues. Avec moi, aucun risque de terminer au poste de police, ni même de perdre son job. Ce ne serait qu'une conversation informelle sur les événements récents. Avec un peu de chance, j'en apprendrai plus avant de retrouver Dorian et de passer sous le feu nourri des questions qu'il me réservait.

On s'était fixé comme objectif d'en apprendre le maximum avant de rencontrer les parents, si tant est qu'ils acceptent de nous recevoir. Notre visite devait être préparée et nos questions tenir la route. On allait bosser sous couverture, la préparation était la clé.

Ma feuille de route en poche, je suis allée à *Hyde Park*. L'endroit grouillait de monde, et la superficie de la place était impressionnante. Si je comptais parler à tout le monde, il allait me falloir des semaines. Ma stratégie n'était pas la bonne, j'avais clairement surestimé mes capacités. Au moment de me diriger vers l'emplacement du manège où Lizzie s'était volatilisée, elle a fait son apparition.

— y a des cris. Elle a mal. Ça fait peur. Pourquoi elle crie ?

Lui répondre à voix haute ou en chuchotant aurait eu un effet néfaste pour ma mission. Je n'avais pas envie de devenir la nouvelle attraction, mais je ne pouvais pas l'ignorer pour autant. Si j'arrivais à lui parler dans ma tête et qu'elle était capable de m'entendre, le problème serait résolu.

— Lizzie, est-ce que tu m'entends ?

— …

– Lizzie ?

– Oui. Elle crie fort. J'aime pas ça. Elle fait mal aux oreilles.

Je venais de résoudre un problème majeur, Lizzie m'entendait. La solution parfaite pour communiquer avec elle en présence de Dorian.

– La voix elle chante, et l'autre elle crie. La voix elle rigole, et l'autre elle a mal.

Mon Dieu, mais qu'est-ce qu'il était en train de se passer ?

– Lizzie, est-ce que tu vois celle qui crie ?

– Non, elle est pas ici, mais elle est pas loin.

– D'accord. Dis-moi si au début les autres poupées criaient aussi.

– Non, mais elles pleurent. Comme moi. Mais la voix elle entend pas. Elle entend que l'autre qui crie.

Se pouvait-il que la voix, enfin le tueur, ait à nouveau kidnappé une petite fille ?

– Lizzie, est-ce que la voix elle parle ?

– Elle chante. Elle rigole. Elle dit tu vas être belle. L'autre elle crie. Elle a mal.

Je n'avais aucune envie de savoir ce que ce monstre était en train de faire subir à cette petite fille, mais je devais continuer d'en apprendre davantage.

– La voix elle dit que ça va plus faire mal. Elle va dormir maintenant.

– Qui va dormir Lizzie ?

– Lauren…

J'avais donc vu juste, Lauren était une victime de plus. D'après Lizzie, les autres pleuraient, est-ce que je pouvais en conclure qu'elles étaient déjà mortes ? Contrairement à Lauren. J'avais malheureusement le pressentiment que ce n'était qu'une question de temps avant qu'elle ne le soit pour de bon. Les derniers mots de Lizzie en étaient la confirmation.

Lizzie n'a plus parlé après ça. J'ai quitté *Hyde Park* aussi vite que j'étais arrivée, le téléphone collé à l'oreille.

— Marie Rose parle moins vite. Je ne comprends rien à ce que tu dis.

— Il y a une autre petite fille qui a disparu.

— Comment ça ?

— Lauren a disparu…

— Qui est Lauren et d'où tiens-tu cette information ?

Il y a eu un blanc à l'autre bout de la ligne, et la respiration de Marie Rose s'est emballée. J'ai essayé d'en savoir plus, mais je n'ai eu pour seule réponse le bip m'indiquant qu'elle venait de couper la communication. Encore une fois.

Je n'étais pas revenu sur le sujet l'autre fois, mais j'avais clairement entendu Marie Rose prononcer le prénom de Lizzie lors de notre entretien téléphonique. Quant à expliquer le pourquoi du comment, ce n'était pas possible. Ensuite, notre déjeuner où là encore, son comportement avait été étrange, quasi suspect. Et pour finir, son dernier appel. Je n'avais aucune idée de ce qui se tramait, mais une chose était sûre, j'allais tout faire pour découvrir le fin mot de cette histoire. Cette fois, plus de pincettes, plus de chemin de traverse, j'irais droit au but et Marie Rose allait me révéler ses secrets.

Comment est-ce que j'avais pu être aussi distraite ? Parler de Lauren, sans prendre en compte que Dorian ignorait tout de ma perception. Lui raccrocher au nez n'avait pas été, la plus brillante de mes idées, mais dans la panique, j'avais réagi comme une idiote. S'il soupçonnait quelque chose avant ça, aucun doute que dorénavant, il en était sûr. Je m'en voulais d'avoir été aussi maladroite. Comment est-ce que j'allais pouvoir m'expliquer ? Et surtout est-ce qu'il me croirait ?

On avait prévu de se rejoindre pour déjeuner, mais je n'avais pas du tout envie de me retrouver face à face avec lui. Avec la chance que j'avais, Lizzie choisirait ce moment précis pour débarquer et Dorian ne me laisserait plus m'esquiver.

Réfléchir, analyser et prendre une décision rapidement. Les choses venaient de s'accélérer et les options à ma portée s'étaient considérablement réduites. Soit j'y allais au talent, improviser s'avérait peut-être une solution envisageable. Soit je minimisais les dégâts, et je lui avouais la vérité, tout simplement. Aucune des deux solutions proposées ne me satisfaisait, mais malgré tout, un choix s'imposait. Rapidement. Dorian m'appelait.

12

Une succession de mots qui formeraient des phrases claires et précises. Voilà exactement ce que j'avais à faire pour détourner les soupçons de Dorian. Ne surtout pas essayer d'utiliser des conjectures dans lesquelles je risquais de me perdre. Je devais être sûre de moi, sûre de mes paroles pour qu'il y croit un minimum. Une fois les derniers ajustements apportés à mon plan, j'ai enfin pris l'appel de Dorian.

Il a duré en tout et pour tout moins de trente secondes. Un fiasco monumental. À l'instant même où j'ai ouvert la bouche, il m'a coupé net pour me dire qu'il se trouvait devant ma porte. La seule chose que j'ai trouvé à faire c'est rire avant de lui raccrocher au nez, mesure de protection pitoyable si vous voulez mon avis. Dorian a frappé trois fois et j'ai dû lui ouvrir, car il m'entendait pester contre moi-même à travers la porte.

Salut Dorian ! Entre, je t'en prie.

Est-ce qu'il a remarqué le tremblement dans ma voix ? Sans aucun doute.

– Salut ! Avant qu'on entre dans le vif du sujet Marie Rose, sache que même si on vient à peine de se rencontrer, je suis ici en tant qu'ami.

Son ton était neutre, mais je sentais dans sa posture et ses gestes une certaine crispation. Il n'était pas là pour prendre le thé de toute évidence.

– Écoute Dorian, je ne sais pas pourquoi tu es là…

– Je crois au contraire que tu sais exactement pourquoi je suis ici. On ne va pas tourner autour du pot, je suis certain que tu ne me dis pas toute la vérité.

– À propos de quoi ?

– Par où commencer ? Lizzie ? Et puis ensuite Lauren. D'ailleurs c'est qui cette Lauren ? Dois-je te rappeler que c'est toi Marie Rose qui est venue vers moi pour que je t'apporte mon aide ? Chose que j'ai gentiment accepté, mais j'ai l'impression que tu me caches des éléments. Si tu veux que notre collaboration fonctionne, on doit être totalement transparents tous les deux.

Facile à dire pour lui, il ne parle pas aux morts. Malgré tout, je dois bien avouer qu'il n'a pas tort, mais comment aborder le sujet sans passer pour une illuminée ?

– J'avais préparé tout un monologue, mais de toute évidence tu ne me croiras pas, ce que je peux aisément comprendre. Il y a effectivement quelques détails, si je peux appeler ça comme ça, dont je ne t'ai pas parlé et à juste titre…

J'ai besoin d'un instant pour reprendre mes esprits. On va vraiment avoir cette conversation-là tout de suite ? Je n'ai pas besoin de répondre à cette question, qui d'ailleurs n'en est clairement pas une. Il me fixe profondément comme s'il voulait sonder mon esprit et découvrir tous mes secrets, chose qui va très vite arriver.

– Marie Rose ?

Plus le temps de tergiverser, je dois lui révéler la vérité sur moi et sur tout le reste.

J'ai essayé d'être le plus doux possible avec elle. Je n'ai pas eu envie de la brusquer, mais en même temps, elle doit comprendre que je me pose des questions. L'honnêteté est importante à mes yeux.

Soudain, je la découvre sous un nouveau jour. Elle semble fragile, déconcertée et mal à l'aise. Son regard est fuyant, ses doigts tapotent nerveusement ses jambes comme pour évacuer le stress. Je me sens coupable de la mettre dans cet état, mais si c'est ce qu'il faut pour qu'elle me parle ouvertement de tout, alors tant pis !

Notre collaboration se joue à ce moment précis. Notre amitié naissante aussi, et même si je ressens quelque chose de plus en sa présence, je serai intransigeant.

Sa main chaude me sort de mes pensées, elle m'attire vers le lit avant de s'asseoir. Ses yeux sont fixes cette fois, et ses gestes assurés. On y est, elle va tout me dire.

14

— Ce que je m'apprête à te dire n'est pas simple. Tout d'abord, parce qu'en dehors de ma famille, personne n'est au courant. Ensuite, si je veux rester crédible dans mon domaine et ne pas passer pour une bête de foire, les choses doivent rester ainsi. Voilà pourquoi j'agis comme ça avec toi. Avant même d'entrer en contact avec toi, je savais que si je voulais qu'on fasse équipe sur cette affaire, j'allais tôt ou tard devoir te révéler la vérité. J'avoue que l'idée de repousser l'échéance le plus tard possible a été ma priorité. J'ai même espéré y échapper.

C'est fou comme une conversation simple, que vous avez répétée inlassablement seule dans votre tête, paraît compliquée quand vous devez la partager. Surtout lorsque la personne à qui vous devez parler vous fixe avec intensité.

— Marie Rose ?

Mon prénom dans sa bouche me fait toujours un drôle d'effet. Je dois me concentrer, le regarder droit dans les yeux, et tenir le cap.

— Désolée ! Depuis des années, et je crois pouvoir dire depuis toujours, les femmes de ma famille partagent toute une particularité similaire. Seulement voilà, la mienne s'est avérée différente et, disons plus envahissante et plus compliquée à gérer. En clair, en même temps que je perds l'audition, ma perception se développe.

Son front se plisse légèrement à l'évocation de ce mot. Il ne comprend clairement pas ce que ça signifie.

— Je suis capable d'entendre les…

Le mot semble suspendu à mes lèvres, il ne demande qu'à sortir, mais on dirait que je fais tout pour le retenir. Une fois qu'il sera dit, plus de retour en arrière possible.

— Morts. Ils me parlent et je leur réponds…

La bombe est lâchée, va-t-il y avoir des dégâts ? Des pertes quelconques ? Je prends un instant pour le laisser assimiler les informations. Il a l'air interloqué, surpris, mais je ne crois pas qu'il soit choqué ni amusé ? Est-ce bon signe ? La suite nous le dira.

— J'ai dû accepter de vivre avec ce don, malédiction, peu importe son nom, car sa définition varie d'un jour à l'autre. Ce n'est pas quelque chose que je peux ignorer ou faire taire. Le métier de détective s'est imposé à moi comme une évidence. Ma perception est devenue un outil de travail et une source intarissable d'informations pour les enquêtes. Bon j'avoue que c'est ma première mission, non officielle de surcroît, mais je sais que ça va m'aider.

Il n'a toujours pas ouvert la bouche pour me couper la parole. Il reste là à me fixer, attentif. Je ne sais pas ce que j'aimerais qu'il fasse, mais le voir ne rien faire me stresse. Je continue sur ma lancée.

— Lizzie est venue à moi. Elle m'a parlé et me parle toujours d'ailleurs. C'est un discours d'enfant, pas tou-jours cohérent ou même perceptible, mais je dois écouter. Toutes les informations dont je t'ai fait part viennent d'elle. Toutes les pistes que je t'ai suggérées font suite à ses indications et à des recherches de ma part. Lauren, c'est la nouvelle fillette enlevée, et je le sais parce que Lizzie me l'a dit.

Cette fois je m'arrête. J'ai énoncé les faits dans les grandes lignes, les détails importent peu. Il connaît désormais la vérité, la balle est dans son camp.

– Marie Rose…

Mon prénom dans sa bouche.

Je ne prends conscience qu'il est parti, seulement lorsque la porte se referme derrière lui.

15

Mes yeux sont perdus dans le vague depuis une bonne heure. Dorian a quitté ma chambre sans prendre la peine de me parler. Je suis restée assise là à ne rien faire le reste de l'après-midi.

Devoir lui révéler la vérité a été une vraie épreuve pour moi, et sa réaction m'a blessée. Le comportement qu'il a eu à mon égard est clairement un manque de considération. Bon, c'est vrai que découvrir que la personne avec qui vous menez une enquête parle aux morts, ce n'est pas commun. C'est même tout l'opposé, mais je m'attendais au moins à ce qu'il dise quelque chose d'autre que mon prénom.

Mon téléphone dans les mains, le numéro de Dorian sur l'écran, et la touche appel sous mon doigt. Il ne suffit que d'une légère pression pour briser ce silence suffocant. Va-t-il décrocher ? A-t-il envie de me parler ? Autant de questions auxquelles je n'ai pas de réponses. S'il veut qu'on discute, il sait où me trouver. Le laisser assimiler tout ça est la meilleure des choses à faire.

Si j'avais réussi à parler à Lizzie dans ma tête plus tôt, toute cette conversation n'aurait pas eu lieu. Du moins pas aussi rapidement. La faute à pas de chance.

— La voix elle rigole tout fort, Lauren, elle pleure plus. Elle fait dodo tu crois ?

Mauvais timing. Lizzie débarque sans que je sache si je pourrais l'aider. Sans Dorian à mes côtés, la tâche va s'avérer bien plus ardue.

— Il chante encore sa chanson bizarre, mais pas tout seul. La musique va avec la chanson, et des autres voix aussi. Tu sais comme dans la radio.

— Lizzie, est-ce que tu es toute seule ? Ou est-ce que les autres sont avec toi ?

— Elles sont là. On est assises, mais je vois pas trop bien.

Ses yeux tout petits. Comment faire pour qu'elle essaye de me décrire plus précisément son environnement ?

— Avec tes petits yeux, tu peux me dire ce qui a changé par rapport à la dernière fois.

— Je t'ai dit, je suis assise, et les autres aussi. Y en a qui sont debout. Y a des boites, et la voix elle chante mal.

— C'est bien Lizzie tu t'en sors très bien. Est-ce que tu sais à quoi servent les boites ?

— Non. Je vois pas bien.

— Les autres qui sont debout, est-ce qu'elles te regardent ?

— Y en a qui me voient, et y en a qui me voient pas. J'ai plus envie de rester là. Tu viens quand ? Pourquoi mon papa vient pas me prendre ? Je veux papa…

Je venais de me mettre Dorian à dos, ce n'était pas le moment de faire pareil avec Lizzie. La résolution de cette enquête reposait en grande partie sur elle et sur les bribes d'informations qu'elle me communiquait. J'allais devoir la jouer fine pour qu'elle patiente encore.

— Lizzie, ma chérie, je fais tout mon possible pour venir te chercher. Comme je te l'ai déjà dit, tu dois m'aider. Je sais que c'est dur et que tu veux rentrer chez toi, mais tu vas devoir être grande à nouveau.

— Tu dis toujours ça et je suis toujours là.

— Je sais bien, mais l'endroit où la voix t'a cachée est dur à trouver. Toi seule peux m'aider à découvrir où il est.

Elle sanglote et je la comprends totalement. Une petite fille de cinq ans n'a rien à faire dans un endroit pareil. Elle a peur, elle est seule, et surtout elle est morte. Comment ne pas comprendre ce qu'elle traverse ?

— La voix est là. Elle prend une poupée avec les yeux mouillés. Elle veut pas aller avec la voix, mais elle peut pas bouger. Si la voix me prend, tu viendras ste plait ?

— Lizzie, écoute-moi bien, je fais tout ce que je peux pour venir. Sois forte pour moi, pour ton papa et pour Madeline. Tu veux bien faire ça ?

— Je veux bien. La voix est là encore, elle prend une boite.

Soudain, un cri strident envahit mon crâne et mes oreilles, me pulvérisant les tympans. C'est comme si une chorale venait de pousser la chansonnette, mais à son maximum. Je tombe à genoux, les mains plaquées sur ma tête, je suis à deux doigts de devenir complètement cinglée. J'essaye de toutes mes forces de baisser le volume, mais rien n'y fait. Des picots noirs envahissent ma vue, mon pouls s'accélère et des gouttes de sueur ruissèlent le long de mon dos. Avant de m'évanouir, je perçois les paroles de Lizzie.

— Tu les entends ? Elles vont te parler maintenant.

16

Marie Rose parle aux morts. Elle parle avec des personnes qui ne sont plus de ce monde. Elle communique avec des gens décédés. *Dorian, tu peux le formuler de toutes les manières que tu veux, les faits ne changeront pas subitement.* Comment assimiler une telle information ? Comment réagir à un tel aveu surtout ? Clairement pas de la façon dont je l'ai fait. Je n'en reviens toujours pas d'avoir quitté Marie Rose sans lui adresser la parole. Elle venait de me révéler le plus grand secret de sa vie, et moi comme un con je me suis barré. Elle doit m'en vouloir et je ne la blâme pas, mais je ne sais toujours pas ce que je dois faire de tout ça.

Ma conception du monde n'est pas prédéfinie, je laisse la place à beaucoup de choses. Tout ne peut pas être réduit à notre seule vision ou interprétation, mais de là à croire au surnaturel, il y a un pas. Déjà est-ce que ça relève du surnaturel ? Pourquoi ne pas parler pour le moment de phénomènes inexpliqués, ça sonne plus conventionnel et moins flippant.

Si ce qu'elle dit est vrai, je ne sais même pas

pourquoi j'émets cette hypothèse sachant que je la crois. J'ignore pourquoi je la crois, mais c'est le cas. Si quelqu'un d'autre que Marie Rose m'avait confié ce secret, je l'aurais pris pour un fou, mais avec elle c'est différent. Dès le moment où je l'ai rencontrée, j'ai éprouvé quelque chose que je n'avais jamais ressenti auparavant. Ça fait cliché je sais, mais c'est la stricte vérité. Alors, pourquoi est-ce que je l'ai laissée seule ?

Sur le chemin qui mène à son hôtel, je cherche ce que je pourrais lui dire pour me faire pardonner. Aucune excuse valable ne me vient, car il n'y en a aucune qui justifie mon comportement. J'espère qu'elle me donnera quand même l'occasion de m'expliquer, qu'on puisse continuer à faire équipe et surtout qu'on puisse rester amis. Au moins pour le moment, car quelque chose en moi m'indique que ça ne me suffit pas.

Avec Marie Rose, j'ai l'impression que tout va trop vite, mais qu'en même temps c'est notre vitesse de croisière. C'est ainsi que les choses doivent avancer. J'ai parlé d'honnêteté, alors qu'en réalité je ne le suis pas vraiment. Que ce soit avec moi-même ou avec elle. Je ressens des choses à son égard et je ne sais pas comment les interpréter.

Ma main s'apprête à frapper à sa porte, quand j'entends un cri de l'autre côté. Aucun doute, c'est Marie Rose. Je pousse la porte sans m'annoncer, et juste avant que sa tête ne touche le sol, je me jette en avant pour la rattraper. Avant qu'elle ne perde connaissance, je m'excuse.

17

Des pulsations à intervalles réguliers résonnent dans mon crâne. Mon pouls a retrouvé sa vitesse normale, je suis en nage et je grelotte. Mes membres sont endoloris, et j'ai la bouche pâteuse. Mes yeux peinent à s'ouvrir, mais même dans l'obscurité, je ressens la présence de quelqu'un à mes côtés. Sa chaleur irradie mon corps, elle me réchauffe et m'apaise. J'entends les battements de son cœur contre mon oreille, de toute évidence je me trouve dans ses bras. Je sais exactement à qui appartiennent ses bras, c'est Dorian.

Lorsque j'émerge enfin, je découvre ses yeux noisette qui me fixent d'un air inquiet.

– Marie Rose ? Est-ce que ça va ? Qu'est-ce qui s'est passé ?

Je suis encore à moitié dans les vapes, mais je remarque qu'il est dans tous ses états et qu'il cherche à comprendre ce qu'il m'est arrivé. Pour le moment, je ne suis pas capable de répondre à toutes ses interrogations, il va devoir me laisser me remettre.

– Do… Dor…

Ma voix est caverneuse, ma gorge me brule alors que je n'ai pas crié. Je ne comprends pas ce qui m'arrive, je suis incapable de parler. Les mots sont aux bords de mes lèvres, mais ils ne peuvent pas sortir.

– N'essaye pas de parler si tu n'y arrives pas. Je vais te porter jusqu'à ton lit et tu vas te reposer.

Mes doigts s'agrippent à son bras avec un peu trop de vigueur.

– Je ne vais nulle part Marie Rose. Je reste avec toi ne t'inquiète pas.

C'est comme s'il avait senti ma détresse. Après l'épisode flippant avec les voix et la dernière phrase de Lizzie, je n'ai aucune envie de rester seule avec moi-même. Dorian ne peut pas entendre les voix, mais sa présence me rassure.

Il me dépose délicatement sur mon lit et s'installe sur le fauteuil près de la fenêtre. Discrètement, je l'observe. En cette fin d'après-midi, le soleil amorce sa descente et ses rayons pénètrent dans la pièce. Malgré ses traits tirés, cette lumière douce rend Dorian encore plus beau que d'habitude. Je ne pensais pas que ce soit possible, mais la scène que j'observe me le prouve.

Le regard dans le vide, il semble chercher une explication à tout ça. J'aimerais être capable de la lui donner, mais je suis encore novice en la matière. S'il est capable de croire en mon histoire, on pourra essayer ensemble de dompter ma perception.

Je ne m'étais pas rendu compte que je souriais en le dévisageant, jusqu'à ce qu'il me le fasse remarquer. Je suis devenue instantanément rouge comme une écrevisse. J'aurais voulu m'excuser, mais mes cordes vocales ne m'obéissaient pas pour le moment. J'ai tenté de faire une sorte de moue d'excuse, mais là encore ce n'était pas franchement réussi. Quand on est incapable de parler, il nous reste encore la possibilité d'écrire. J'ai attrapé le bloc-notes sur la table de chevet.

Désolée.

– Pourquoi tu t'excuses Marie Rose ?

Je ne sais pas trop.

– C'est plutôt à moi de te présenter des excuses.

Il est mal à l'aise, je vois bien qu'il se sent coupable d'être parti sans rien dire tout à l'heure.

J'imagine ce que tu as ressenti en apprenant la vérité sur moi, mais je ne m'attendais pas à ce que tu t'enfuies.

– Je sais Marie Rose et je suis sincèrement désolé. Je n'ai pas su comment réagir, et pour être franc je ne sais toujours pas comment le faire.

Tu es la première personne à qui je le dis. Je savais que ça allait être un choc pour toi. J'ai été blessée, c'est vrai, mais ne t'en veux pas pour autant, c'est normal comme réaction, je suppose.

– J'aurais pu rester pour en parler.

Tu es là maintenant, tu es revenu, ça veut bien dire quelque chose.

– Oui.

Le mot est resté suspendu dans l'air un moment, Dorian était sur le point de continuer sa phrase, mais pour une raison que j'ignore il n'a plus rien dit. Il a détourné le regard, j'ai senti qu'à son tour il me cachait un truc. Il avait déjà oublié son discours sur l'honnêteté, je devrais sans doute lui rafraichir la mémoire.

J'avais l'impression qu'on venait de partager un moment spécial, et son comportement disait pourtant le contraire. Voilà que j'étais en colère contre lui et cette fois hors de question de laisser passer ça.

Marie Rose avait mis le doigt sur ce que j'essayais justement de lui cacher. Oui si j'étais revenu ça voulait dire quelque chose. Ce n'était pas uniquement parce que je me sentais nul de l'avoir quittée comme ça, non. J'avais besoin qu'elle sache que j'étais de son côté, que je la croyais, mais pas seulement. La raison principale c'est que j'avais envie d'être avec elle.

Sa seule présence suffisait à ce que je me sente bien. Alors oui c'était rapide, soudain et pas contrôlé du tout, mais comment faire pour ignorer mes sentiments ? Aucune idée et aucune envie. Est-ce qu'elle ressentait la même chose ? Je n'en savais rien, mais je n'avais pas envie de tout gâcher pour des sentiments non réciproques.

Hypocrite, voilà ce que j'étais, et à voir la manière dont elle me regarde, je sais qu'elle se doute que je ne suis pas franc avec elle. Ses joues se sont empourprées, mais pas parce qu'elle est gênée. Non. Elle est en colère, je le sens. Lorsqu'elle me pose la fameuse question, je n'ai toujours pas décidé ce que j'allais faire. Mentir ? Ou simplement lui dire la vérité ?

Mon absence de réponse l'amène à me demander de

partir. Elle l'a fait poliment, prétextant qu'elle voulait se reposer, mais j'ai bien vu qu'elle avait de la peine, et je ne pouvais pas lui en vouloir. Je ne pouvais m'en prendre qu'à moi-même.

19

– T'es là ?

– Lizzie, elle a dit que tu entendais.

– Moi aussi je veux qu'elle entend.

– Je dois aussi parler.

Dorian venait à peine de quitter les lieux que déjà j'avais de la visite. Des voix de petites filles, je n'arrivais pas à évaluer combien elles étaient, mais il y en avait plusieurs. Je n'entendais pas celle de Lizzie. Est-ce qu'elle leur avait laissé la place ? Ou est-ce qu'elles étouffaient la sienne ? Je devais en avoir le cœur net, car Lizzie ne devait pas disparaitre. Malgré l'étrangeté de la situation, j'ai quand même cherché à savoir qui elles étaient.

– Lizzie, tu es là ?

– C'est Megan, Lizzie dit je peux parler.

– Oui, mais je voudrais d'abord que Lizzie me dise que tout va bien pour elle. Tu peux demander à Lizzie de venir ?

– Oui je peux, mais Lizzie elle répond pas. Elle est ailleurs.

– Comment ça ailleurs ?

– Je l'entends pas, la voix qui m'a mis là est avec elle.

Après elle va me prendre moi. Je veux pas aller avec elle.

— … Amélia. Je veux rentrer… Lizzie a dit…

— Et ma maman, et mon papa… C'est Sophie… Attends…

— Laisse-moi lui parler, après c'est toi Jade.

— Les filles, ne parlez pas toutes en même temps, je ne comprends pas ce que vous dites. Essayez de savoir où se trouve Lizzie. À qui suis-je en train de parler là ?

— C'est encore Megan. Après tu parles avec les autres. Lizzie est pas là. J'ai appelé Lizzie, mais elle me dit pas où elle est.

— D'accord Megan, on essayera plus tard de lui parler. Je t'écoute, qu'est-ce que tu voulais me dire ?

— La voix elle est pas gentille, elle veut pas nous laisser tranquilles. Je veux rentrer chez ma maman. Elle me manque. Tu peux venir avec elle ?

— J'aimerais bien Megan, et je cherche l'endroit où vous êtes, mais c'est difficile. Tu veux bien m'aider avec les autres filles ?

— Oui. Les autres aussi disent oui.

— Super ! Lizzie m'a dit qu'elle ne voyait pas bien. Vous aussi ?

— Mes yeux sont tout bizarres. C'est comme quand je regarde par le trou de la porte. Je vois pas bien comme Lizzie.

— D'accord Megan. Tu es toute seule ou bien les autres filles sont avec toi ?

— Je crois qu'elles sont pas loin. Je les entends, mais je vois que des boites, pas les filles.

Encore ces fichus boites. À quoi peuvent-elles bien servirent ? Et surtout quel genre de boite est-ce ?

– Je suis dans la boite…

– Qui a dit ça ?

– C'est moi Sophie. Je suis dans la boite. Et Lizzie aussi va être dans la boite. Les autres y sont déjà la voix à dit.

– C'est quel genre de boite ? Sophie tu peux me dire ?

– C'est une boite. Je vois pas bien, mais je vois devant.

– Tu veux dire que la boite est ouverte ?

– Non.

– Alors comment fais-tu pour voir devant toi si la boite est fermée ?

– Je vois devant, pas bien, mais je vois et c'est pas fermé.

Devoir converser avec des gamines de cet âge c'était vraiment compliqué. Ne sachant pas de quoi elles parlent, comment se faire une idée précise de leurs explications ? Pourquoi Dorian ne pouvait-il pas être sincère avec moi ? J'avais besoin d'aide, enfin j'avais besoin de lui. Plus que je ne voulais bien l'admettre.

Les quatre petites filles m'ont toutes dit à peu de chose près la même chose. La voix était méchante et elle leur faisait peur. Il y avait des boites dans lesquelles les petites filles étaient, mais Lizzie n'en faisait pas partie pour le moment. Certaines des boites étaient vides, mais à les entendre, elles n'allaient pas longtemps le rester.

Lorsque je pensais à ces boites, des frissons m'envahissaient. Est-ce que c'était de simples cartons ? Des cercueils ? Qu'allait-il faire de ces boites remplies de petites filles mortes ? J'avais envie de croire que ce qu'elles me disaient ne reflétait pas la vraie vie, mais si c'était le cas, je devais le découvrir. Rapidement. La vie d'autres fillettes en dépendait.

Les yeux rivés sur l'écran de mon ordinateur, j'ai passé la nuit à faire des recherches. Ne sachant pas par quoi commencer, j'ai tapé « boite avec partie visible sur le devant. » Ça n'a mené nulle part. J'ai tourné la formulation sous tous les angles possibles, en vain. Est-ce que j'avais raison de m'acharner à trouver un résultat ? Ne devais-je pas plutôt concentrer mes recherches sur autre chose de plus important ? J'avais l'intuition que c'était dans les petits détails, qui paraissent souvent insignifiants, que se trouvait la solution. Alors certes, je n'allais pas retrouver les fillettes simplement en résolvant l'énigme des boites, mais il y avait quelque chose derrière ça. J'en étais certaine.

Certaines affaires ont montré que les coupables s'étaient fait prendre, car ils avaient négligé des choses banales à leurs yeux, mais des détails importants pour les enquêteurs. Par exemple, une empreinte de pieds avec la marque inscrite sur la semelle d'une chaussure, ou tout simplement des stries reconnaissables. Un téléphone qui a borné non loin du lieu du crime, parce que la personne avait omis de le couper. Une voisine curieuse à la fenêtre, qui s'est étonnée de voir un homme cagoulé, s'enfuir à toute allure dans la ruelle sombre au coin de la rue. Une multitude de détails qui faisaient très souvent la différence, et qui permettaient d'appréhender le coupable. La voix ne faisait pas exception à la règle. Du moins, je l'espérais.

20

À huit heures du matin, un message de Dorian m'a réveillée. Il voulait me voir de toute urgence. La disparition de Lauren venait de faire les gros titres, et ils voulaient qu'on se rende à la conférence de presse où les parents de la fillette seraient présents. Tout en bas du message, il s'excusait en me promettant de tout me dire rapidement.

On s'est retrouvés une heure plus tard, et on a fait comme si de rien n'était. Il y avait des choses plus urgentes que le petit secret de Dorian, et on l'a compris immédiatement après avoir vu les parents de Lauren.

Les journalistes jouaient des coudes pour être les premiers à obtenir un mot de la famille Roberts. Les micros et téléphones tendus à leur maximum pour ne pas en perdre une miette. Les questions fusaient de toute part, ne laissant aucune place aux réponses. Dorian et moi, en retrait, on assistait incrédules à cette cacophonie organisée. Aucune pudeur, aucune empathie, des vautours assoiffés. Leurs proies étaient piégées par leur caméra, et ils continuaient de se bousculer pour les assiéger davantage.

— C'est ça être journaliste ? Sérieux ?

– Les journaux à sensation, oui. Le vrai journaliste n'agit pas comme ça. Enfin pas en ce qui me concerne.

– Qui aura le scoop en premier et le publiera avant ses concurrents ? Je ne comprendrai jamais les gens qui agissent comme ça. Merde ! Ce sont des parents qui viennent de se faire enlever leur fille. Pas une banque de données.

Impossible de me contenir devant une scène aussi hallucinante. Dorian avait l'air aussi furieux, mais il réussissait à le dissimuler mieux que moi.

Monsieur Roberts soutenait sa femme, qui était à deux doigts de tomber dans les pommes. Lui affichait une mine blafarde et des yeux rougis. Personne n'avait pensé à les faire asseoir, ou même à reporter la conférence de presse. Ils n'étaient clairement pas en état d'assister à ça, ni même capable de répondre à quoi que ce soit.

Le brouhaha ambiant recouvrait les pleurs de madame Roberts, dans l'indifférence générale.

– Dorian, on peut s'en aller s'il te plait ?

Il n'a même pas pris la peine de me demander pourquoi je voulais quitter les lieux, on en avait assez vu pour la journée. La presse se ferait une joie de tout retranscrire et on lirait les spéculations bidon de quelqu'un qui n'avait pas investigué. Dorian et moi, on allait se charger de faire le job. Pour Lizzie, pour Lauren, et pour toutes les autres.

Installés, côté vitrine du restaurant, Dorian et moi discutions des nouveaux éléments en ma possession. D'accord, je n'avais rien de concluant, mais comme je l'avais dit à Dorian, on devait creuser l'histoire des boites. Il m'avait rejoint sur l'idée qu'elles devaient être importantes pour la suite.

Lorsque je lui racontais ce que les fillettes m'avaient dit, il semblait captivé, mais en même temps sur la réserve. Ça se voyait qu'il avait envie de me croire et qu'il faisait de son mieux pour cacher ses doutes. Je le remerciais intérieurement pour tout, car ce n'était pas facile pour moi de me dévoiler de la sorte.

On a élaboré un nouveau plan d'attaque, mais cette fois on resterait ensemble. Diviser le travail c'était une bonne approche, mais pour le moment, Dorian avait besoin que je l'accompagne chez la famille d'une des petites filles, la seule qui avait bien voulu nous recevoir. D'après lui mon visage pouvait apaiser les choses, et généralement, les personnes interrogées se sentaient plus en confiance avec une femme. Paroles de Dorian. Il devait avoir l'habitude, je n'allais pas le contredire.

En arrivant devant la maison de la petite Lizzie, mon corps s'est raidi. Un tricycle rouge gisait sur le flan, les cordelettes colorées sur le guidon flottaient dans une flaque de boue. Il devait être resté comme ça depuis la disparition de la petite. Dorian m'a attrapé la main, et ensemble on s'est dirigés vers la porte d'entrée.

Monsieur Williams nous a gentiment escortés jusqu'au salon, où nous avons pris place l'un à côté de l'autre. J'ai laissé Dorian se charger des présentations, pendant que je parcourais du regard les nombreuses photos de Lizzie. Malgré le cliché qu'avaient diffusé les médias, j'avais l'impression de la voir vraiment pour la première fois, elle était dans son milieu, entourée par son père. C'était une partie de sa vie que j'avais sous les yeux. La confrontation a été douloureuse, car elle devenait réelle, même si elle était morte.

Son père nous a parlé du jour où c'est arrivé. Lizzie ne tenait pas en place, elle voulait tout voir et tout faire.

Elle a passé la majeure partie de l'après-midi sur les manèges. Ils ont mangé sur place et au moment de partir, Lizzie a insisté pour faire un tour de grande roue avec son père et Madeline.

Monsieur Williams s'est mis à sangloter, puis à carrément pleurer. Dorian et moi on est juste resté là en silence, le temps pour lui de se calmer. J'en ai eu les larmes aux yeux, et j'espérais que Lizzie ne se manifesterait pas tout de suite.

Son père s'est ressaisi et il a continué son récit. Il tenait la main de Lizzie, et la seconde d'après elle le lâchait pour ramasser Madeline. Le temps de cligner des yeux, et Lizzie, avait disparu au milieu de la foule. Paniqué, il a immédiatement crié son prénom, mais à part les regards interloqués des gens autour, il n'a eu aucune réponse de sa fille.

La police est arrivée sur les lieux un quart d'heure plus tard, et un périmètre de sécurité a été installé, en vain. Comme d'habitude, personne n'avait rien vu, et tout le monde y allait de son petit commentaire.

Les journalistes l'ont traqué sans relâche les premiers jours, et un mois plus tard, il n'y avait plus personne. Aucune nouvelle de sa fille, et la police piétinait. On a essayé de le rassurer, même si je savais que rien ne pourrait le faire, sauf qu'on retrouve sa fille.

Malheureusement, Lizzie ne rentrerait plus à la maison, du moins pas vivante. Me remémorer ce genre de chose m'a fait l'effet d'un coup en pleine poitrine. Mes jambes se sont affaissées, et je suis tombée à genoux au milieu du salon. Monsieur Williams s'est précipité vers moi pour m'aider à me relever, la seconde d'après une petite fille prénommée Lizzie m'appelait.

21

– Marie Rose, t'es là ? Tu peux dire aux autres que c'est moi qui te parle ? … Marie… Rose…

Les yeux dans les yeux avec le père de Lizzie, j'étais incapable de prononcer le moindre mot, même intérieurement. Il me fixait tristement, et moi j'essayais de garder une certaine contenance. Pendant ce temps, Lizzie continuait de m'appeler.

– La voix m'a gardé avec elle. Y a des autres avec moi aussi. Y en a qui sont dans la boite. Je veux pas aller dans la boite. Quand tu vas dans la boite, tu pars et tu reviens pas. C'est la voix qui a dit ça.

J'ai pris congé le plus vite possible, en m'excusant auprès de monsieur Williams. Dorian a fait de même. Une fois dehors, j'ai enfin repris mon souffle.

– Lizzie est là. Elle me parle en ce moment même. Je devais sortir de toute urgence.

– OK ! Très bien, calme-toi. Je ne sais pas trop comment ça fonctionne ton… ta… enfin, tu vois. Qu'est-ce qu'on fait ?

– Je dois lui répondre. Elle ne doit pas cesser de me parler. J'ai peur que si on ne trouve pas vite un moyen de les retrouver, il s'en sorte sans problèmes. On retourne dans ma chambre. Je vais te demander de ne pas me parler tout le long du chemin pour que je puisse me concentrer sur Lizzie.

— Oui, aucun souci Marie Rose.

Dorian marchait à mes côtés, silencieux, jetant de temps à autre des petits regards vers moi. Il avait l'air sincèrement inquiet pour moi.

— Lizzie ma chérie, tu es là ?

— Oui, t'étais où ?

— Désolée, je suis là, je t'écoute. Tu me parlais de la voix et de la boite.

— La voix va me mettre dans la boite. Il a dit. Il va le faire.

— Est-ce que tu sais quand il va te mettre dans la boite ? Et pourquoi ? Lizzie, à quoi elle sert cette boite ?

— Je sais pas. Il a dit à une Charlotte qu'elle va dans la boite. Et Charlotte est dans la boite. Après, il a dit Lizzie va aller dans la boite, alors je vais aller comme Charlotte.

Charlotte ? Encore une fillette. Un nom de plus à ajouter à notre liste.

— Lizzie dis-moi, la voix t'a dit quoi à propos de cette boite ?

— Rien, elle te met dedans et après t'es plus là. Je vais avoir une nouvelle maison. Les autres elles sont plus là, et moi aussi, il dit.

— Elle est comment la boite ? Tu crois que tu peux me la décrire avec tes petits yeux ?

— Blanche, mais pas celle de Louise. Charlotte, elle était debout dedans. Mais Louise non.

— Elle était comment Louise ?

— Couchée, mais la voix elle a crié parce qu'elle était pas debout. Louise c'était une autre boite. Pas comme Charlotte.

— Pourquoi était-elle couchée ? La voix a dit quelque chose ?

— Louise est couchée. Non. C'est pas ça. Louise est tombée. La voix a pas fait attention et Louise s'est cassée...

— OH !

J'ai dû le dire à haute voix, car Dorian s'est arrêté et m'a regardé avec insistance.

— Qu'est-ce qui se passe Marie Rose ?

— Lizzie est en train de me raconter des choses qui me glacent le sang. Je ne sais pas si ce qu'elle me dit se passe vraiment, ou si c'est son interprétation. Dorian, on doit les retrouver.

Lizzie s'est évaporée ensuite.

22

Assis devant l'ordinateur de Marie Rose, j'appréhen-
dais le moment où elle allait tout me raconter. D'après
ses dires, Lizzie venait de lui faire un récit des plus gla-
çant, et je n'étais pas certain d'y être préparé.

— Avant de chercher les deux autres noms que Lizzie
m'a donnés, on doit parler de ce que j'ai appris. J'ai essayé d'en apprendre plus sur les boites, mais elle n'a pas
pu me les décrire. La seule chose qu'elle sait, c'est
qu'une fois qu'elles sont à l'intérieur, elles changent
d'endroit.

— Tu penses que celui qu'on cherche se débarrasse
des fillettes une fois qu'elles sont dans les boites ?

— Je n'en sais rien. Peut-être qu'il les emmène simplement ailleurs. Je crois que même si Lizzie va dans
cette fameuse boite, je serai toujours capable de l'entendre. Du moins, je l'espère.

Il le fallait. Marie Rose devait absolument garder le
contact avec Lizzie, sous peine de perdre notre seule
source sur cette enquête.

— À quoi peuvent bien servir ces boites ? Pour le
transport ? Je suis d'accord avec toi, c'est un élément

important sur lequel on doit se concentrer, mais on doit aussi continuer à chercher d'autres pistes.

— Tu as raison Dorian, mais j'ai le pressentiment que cet indice-là peut nous mener tout droit vers quelque chose de concluant.

— Pour ne pas perdre de temps, tu vas continuer sur les boites et moi de mon côté, je vais faire des recherches sur Charlotte et Louise. Je vais essayer de dresser un schéma récurrent sur les disparitions et on verra ensuite ce qu'on fait.

— Très bonne idée. Je te laisse l'ordinateur, et moi je vais contacter Lizzie. Croisons les doigts pour qu'elle entende mon appel.

Je me surprends moi-même. Le cas de figure dans lequel on se trouve Marie Rose et moi-même n'est pas ordinaire et pourtant j'aime ça. Je ne suis toujours pas en totale osmose avec le concept de sa perception, mais je dois dire que j'arrive de mieux en mieux à m'y faire.

Après mon comportement on ne peut plus médiocre, je me dois de lui montrer mon soutien. Si au final, on réussit à élucider cette affaire, je m'en fiche de savoir par quel moyen on y arrive. Le principal, c'est que cette ordure paye pour le mal qui a fait et c'est tout.

23

Avec Dorian, on commençait à ressembler à une vraie équipe. Chacun participait à sa manière à l'avancement de l'enquête, et même si je me doutais que ma perception était difficile à comprendre, il se montrait intéressé et volontaire.

J'avais émis l'hypothèse que je pourrais rester en contact avec Lizzie, même si elle finissait dans cette fameuse boite. Comment est-ce que je pouvais avancer cette éventualité et y croire de surcroît ? Une croyance hypothétique n'en faisait pas pour autant quelque chose de probable. Je devais réussir à joindre Lizzie et à la bombarder de questions avant qu'elle ne disparaisse dans cette boite.

24

— Die augen so klein, du wirst müde, mein kind, der Tag legt sich langsam zur Ruh….

Une voix masculine chantonne en allemand, et je m'étonne de l'entendre.

— Marie Rose… *Die sonne…* Tu es là ? *Wird bald…*

Il y a une défaillance dans le système c'est pas possible, je capte Lizzie et cette autre voix.

Concentrée au maximum, je me focalise sur la fillette, mais je perçois toujours en fond sonore le chanteur étranger. Je fais les cent pas dans la chambre sous les yeux interrogateurs de Dorian.

— Lizzie, tu m'entends ?

— Oui.

— Qui est avec toi ?

— La voix.

— Est-ce qu'elle chante ?

— Oui. C'est pour Lauren, elle a dit.

Ce n'était pas possible, comment est ce que je pouvais entendre la voix d'un vivant ? La perception n'est un outil que pour les morts. Je ne pouvais même pas en parler à Lizzie, elle ignorait toujours qu'elle était morte. Je me retrouvais dans une impasse. Au lieu d'avancer, de nouveaux obstacles se dressaient devant moi. J'avais besoin de l'aide de ma famille et vite.

Avant de contacter ma mère, j'ai mis Dorian dans la confidence.

— Il vient de se produire un truc inhabituel. J'ai entendu la voix dont parle Lizzie. Elle chantait cette fameuse chanson.

— Comment est-ce possible ? Tu as dit que tu ne pouvais entendre que les gens morts.

— Je sais, je n'ai aucune explication à te donner. Je ne comprends pas moi-même.

— Bon, on va essayer de passer outre cette anomalie, et tu vas me dire ce que tu as entendu exactement.

— Il chantait, en allemand, ça, j'en suis sûre. Quant à savoir ce qu'il chantait, je n'en ai aucune idée. D'après Lizzie, c'est toujours la même chanson.

— Tu as peut-être retenu un mot ou deux.

Je me concentre pour me remémorer les paroles, mais la surprise de cette découverte me rend amnésique.

— Non. Rien. Je sais que ça va me revenir, mais là je suis incapable de m'en souvenir.

— C'est pas grave Marie Rose. Et si on se posait tranquillement, et qu'on revoyait ensemble les éléments. On a un kidnappeur meurtrier qui enlève uniquement des petites filles.

— Un dimanche tous les mois.

— Oui un dimanche, tous les mois. Il opère dans des endroits publics bondés. On détient grâce à Lizzie, une liste non exhaustive de fillettes disparues.

— Il parle allemand, ou du moins il connaît une chanson dans cette langue.

– Oui, mais ce qui me pose problème ce sont les poupées. Je ne sais pas comment interpréter ça.

– Je t'avoue que moi non plus. Et puis il y a les boites. On ne sait toujours pas à quoi elles servent ni quel genre c'est. Je dois appeler ma mère et lui faire part de ce qui vient de se passer. Dorian continue tes recherches, on reprendra ensemble quand j'aurai éclairci ce problème.

– Aucun souci.

Ma mère a été incapable de m'aider, c'était une première pour elle aussi. Elle m'a promis de faire des recherches avec ma grand-mère, mais je pressentais que ça nous mènerait droit dans une impasse. Aucune des perceptions connues dans ma famille n'était à ce point différente de la mienne.

J'ai rejoint Dorian. Si ça n'avait rien donné de mon côté, on arriverait sans doute à découvrir plus d'informations sur les nouvelles disparues.

– On sait déjà que Lauren Roberts, six ans, a disparu à *Piccadilly Circus*, pendant qu'elle et sa grande sœur procédaient aux derniers achats de Noël. Pendant que tu étais au téléphone, j'ai cherché des infos sur les deux autres.

– Dis-moi que tu as trouvé quelque chose. J'ai besoin d'une bonne nouvelle.

– J'allais y venir. Charlotte Kingsley, cinq ans, a disparu lors d'une sortie pédagogique avec le centre pour enfants au *British Museum*, le dix-neuf mars deux mille dix-sept. D'après l'article que j'ai lu, l'animatrice ne s'en est rendu compte qu'une fois la visite terminée. Aucun témoin. Elle s'est évaporée sans laisser de trace. Si tu veux mon avis, le ravisseur savait exactement ce qu'il faisait.

— C'est impossible ! Comment a-t-il pu passer à travers les caméras de surveillance ?

— C'est là toute la question. La police a visionné les images une bonne centaine de fois, et la seule chose qu'elle a vue, c'est Charlotte qui se dirige vers les toilettes. L'endroit exact où se trouve un angle mort. Ensuite, plus rien, elle n'est jamais réapparue si on en croît les images.

— Alors quoi ? Il se trouvait dans les toilettes ? Il l'attendait dans l'angle mort ? Comment a-t-il fait pour l'attirer là-bas ?

— Personne ne sait.

— T'en penses quoi toi ?

— Soit il l'avait déjà repéré parmi les autres, et il avait un plan bien précis pour qu'elle se rende à l'endroit exact où il l'attendait. Soit, il a eu une chance folle. Mais je ne crois pas qu'il soit du genre à laisser la chance entrer en ligne de compte. Il est méthodique, il agit toujours dans des endroits bondés, parce qu'il sait qu'il a moins de risque de se faire voir.

— Je suis d'accord avec toi.

— Il a choisi le jour où plusieurs groupes d'enfants visitaient les lieux. Il sait ce qu'il fait, c'est certain.

— De toute évidence, il ne laisse rien au hasard. Et pour Louise, tu as trouvé quelque chose ?

— Là aussi, il a choisi l'endroit adéquat. Le marché de *Camden Town*, haut lieu touristique. Louise Dornan, six ans, se promenait avec sa mère lorsqu'elle a disparu. C'était le vingt-sept août deux mille dix-sept. Sa mère a déclaré que Louise avait couru en direction d'un vendeur de ballon, et la seconde suivante, envolée. Sa casquette rose a été trouvée dans une ruelle adjacente, mais aucune trace de la petite fille.

— Tu te rends compte que depuis que Lizzie a fait son apparition, on dénombre huit enlèvements, et ça, c'est seulement ceux qu'on connaît à ce jour. Imagine combien d'autres il doit y en avoir. Je ne comprends pas, comment peut-il kidnapper une enfant par mois et ne pas être inquiété ?

— J'ai aussi fait quelques recherches sur le sujet et d'après une étude de la fondation *Missing Children*, il y a plus de cent mille enfants qui sont portés disparus chaque année au Royaume-Uni. Tu imagines un peu ? Moi, non, mais ce que je peux imaginer, c'est le travail colossal des forces de l'ordre pour élucider chaque affaire et réussir à déterminer les raisons de leurs disparitions.

— Et si comme on le suppose, il est organisé et méthodique, douze disparitions de plus ou de moins ne mettent pas la puce à l'oreille des autorités.

— Douze ?

— Si on part du principe qu'il kidnappe une fillette tous les mois, on peut aisément en déduire que Lauren est la douzième cette année.

OK ! Il y a un nombre considérable de disparitions en Angleterre, mais le schéma auquel on a affaire est récurrent, alors ça devrait interpeller les enquêteurs.

— J'ai des sources dans la police, et ne t'inquiète pas pour ça, ils sont sur le coup. Malheureusement, ils n'ont aucun indice probant, et à moins que tu ne leur révèles ton petit secret, ou que le tueur commette une erreur, ils ne sont pas près d'élucider cette affaire.

– Dorian, tu sais bien que c'est impossible, et même si je le faisais, qui me dit qu'ils me croiraient. Je préfère que les choses restent telles quelles sont pour le moment. Si on réussit à apprendre quelque chose qui peut aider la police, je te promets qu'on reparlera de cette éventualité.

– Très bien. Je ne te forcerai pas la main, c'était juste pour te dire que pour l'instant, la seule personne capable de faire avancer les choses c'est toi !

J'en étais consciente et ça me mettait une pression de dingue.

Tout d'abord, c'était ma première enquête. Ensuite, je n'étais pas sûre de réussir à l'élucider, ni même d'aider qui que ce soit à le faire. Et pour finir, est-ce que les autres seraient aussi compréhensifs que Dorian ? J'en doutais. Les gens comme moi n'ont pas bonne presse dans la société.

Je m'étais donné pour mission de retrouver les autres disparues de cette année. Si ma théorie s'avérait juste, il devait y en avoir quatre autres.

25

— Lizzie. Tu m'entends ?

—…

— C'est Marie Rose, Lizzie. Tu es là ?

—…

Il fallait que ça fonctionne. Elle devait m'entendre. Je devais pouvoir entrer en contact avec elle quand j'en avais besoin.

— Lizzie, j'ai besoin de ton aide. Si tu m'entends, il faut que tu me le dises.

—…

Si Lizzie ne pouvait pas me répondre, peut-être que les autres le pourraient.

— Megan ? Sophie ? Il y a quelqu'un qui m'entend ? Est-ce que vous êtes là ?

—…

— Les filles j'ai besoin de votre aide…

— T'es qui ? Tu veux quoi ?

— Je m'appelle Marie Rose, je suis une amie de Lizzie. Tu connais Lizzie ?

— Non. C'est qui ?

— Une petite fille comme toi. Est-ce que tu peux me dire comment tu t'appelles ? Et si tu es toute seule là où tu es ?

— Sheron. Je sais pas où je suis. C'est tout noir et tout froid. Y a personne là. Que moi. Et toi t'es où ?

Une des quatre ?

— Je suis ravie de te rencontrer Sheron. Je me disais qu'on pourrait parler toutes les deux.

— Tu veux parler ? Moi je parle plus. La voix a dit Sheron elle parle plus, elle bouge plus. Sheron est belle.

— Tu n'es plus toute seule maintenant, je suis là, alors je peux parler avec toi. Ce sera un secret. La voix ne saura pas.

Encore une victime de ce monstre. Faisait-elle partie des fillettes que Dorian et moi recherchions ?

— Marie Rose…

Une autre voix. Lizzie ? Megan ? Ou quelqu'un d'autre ? Entrer en contact avec toutes ces petites filles m'épuisait. Malgré leur timbre de voix légèrement différent, elles avaient toutes la même intonation. Ça devenait compliqué pour moi de les différencier.

— C'est Lizzie. Tu parles avec qui ?

— Sheron. Elle m'a dit qu'elle était toute seule. Est-ce que tu la connais ?

— Non. Pas elle. C'est qui ? Une poupée qui pleure aussi ?

— Je ne sais pas Lizzie.

— Tu sais la voix a dit, Lizzie parle plus, Lizzie bouge plus et Lizzie va être belle. Ça veut dire quoi ?

Je n'avais pas envie de savoir ce que ça signifiait, comme je ne voulais pas que Lizzie le découvre. Est-ce qu'il y avait des choses pires que la mort ? Je crois que j'allais devoir le découvrir. Une sorte d'intuition me signalait que je n'allais pas aimer ce qui en sortirait.

— Lizzie, est-ce qu'il y a d'autres poupées que tu ne m'as pas présentées ?

— Non. Emily, elle sait tout. Elle dit que Lauren c'était la dernière. Qu'après c'est un autre lot. C'est quoi un lot ?

— Aucune idée, mais je vais voir si je trouve ce que c'est. Lizzie, tu peux demander à Emily si elle veut bien parler avec moi maintenant.

— Elle voudra pas. Elle aime pas les grandes personnes. Elle dit que les grandes personnes sont la voix. Et que la voix est mauvaise.

— Qui est en train de parler ?

— C'est Megan. Tu sais moi j'aime bien te parler. Comme Lizzie. Mais Emily elle va pas parler.

— D'accord Megan, je comprends. Est-ce que toi et Lizzie vous pourriez demander à Emily qui sont les autres poupées avec vous ?

— OK !

Un lot ? C'était quoi encore cette histoire ? Si Lauren était la dernière, est-ce qu'elle était la dernière du lot ? Donc quoi ? Y allait-il en avoir d'autres ensuite ?

— La grande roue. Cassidy. Hyde Park. Une Victoria… Lizzie c'est quoi l'autre truc.

— O… euh… si elle a dit une Jessica.

— Oui Jessica.

Les deux voix résonnaient dans ma tête, comme une conversation normale entre petites filles. Mais rien dans tout ce qui se passait actuellement n'était normal.

— Merci les filles. Vous m'avez beaucoup aidé. Je vais tout faire pour savoir où vous êtes et venir le plus vite possible. Encore une chose, essayez de savoir qui est Sheron.

Un petit mensonge de plus ne risquait pas de leur faire du mal, au contraire, je savais qu'elles en avaient besoin. L'endroit sombre et froid dans lequel elles se trouvaient avait besoin d'une lueur d'espoir, aussi faible soit-elle. Si ça les apaisait un peu, je ne voyais aucune raison valable de leur enlever ça.

Dorian devait être mis au courant des dernières informations. Des recherches supplémentaires nous attendaient.

Les récents éléments donnés par Megan et Lizzie étaient quelque peu embrouillés. Nos premières investigations n'ont rien donné, car Cassidy Murphy n'avait pas été enlevée près de la *London Eye* de Londres, c'était une certaine Ava Wilson. Le dernier signalement de Cassidy s'était fait à la *Tower of London*. À *Hyde Park*, c'était la petite Jade Brown. Victoria Smith s'est volatilisée près du *Tower Bridge*. Quant à Jessica Byrne, elle a été vue pour la dernière fois à *Oxford Street*.

Douze. Le compte était bon. Nous avions mis à jour une liste complète de disparitions, le tout étalé sur une année entière. Une fillette enlevée par mois. Un total de douze kidnappings et de douze meurtres rien qu'en deux mille dix-sept. Le prénom de Sheron, et le mot lot prononcé par Megan me laissaient penser qu'il n'en était pas à son galop d'essai. Avec Dorian, on allait devoir remonter la piste des années en arrière, mais jusqu'à quel point ? Quel serait le nombre exact de victimes ?

26

La semaine qui a suivi la disparition de Lauren, Dorian et moi, on a épluché des tonnes d'articles, de documents sur les disparitions d'enfants. Certains présentaient des similitudes avec notre affaire et d'autres non. La liste des noms rallongeait à vue d'œil, et la carte de Londres se noyait sous les points rouges.

On a réussi à remonter jusqu'en deux mille quatorze. Trente-six noms de plus. Trente-six petites filles mortes. Trente-six familles sans nouvelles de leurs enfants, qui devaient vivre dans un enfer sans fin.

Une seule personne. Un seul responsable, qui continuait lui à vivre comme si de rien n'était. Pas inquiété le moins du monde par les autorités ni par qui que ce soit d'autre. Il opérait en toute liberté, se fondant dans la masse, choisissant méthodiquement ses prochaines proies, comme on choisit une poupée dans une vitrine. Cette idée est restée ancrée en moi. Une fois qu'il les avaient choisis, que faisait-il d'elles ? Il les tuait, on le savait, mais ensuite ? Est-ce qu'on allait trouver un cimetière de petites filles quelque part ? Un charnier ? Ou avait-il d'autres projets pour elles ? Avait-il des complices ? Des gens qui connaissaient ses agissements et son identité ? Pour moi, il était clair qu'il était seul maître à bord. Trop de variables à prendre en compte, trop de risques à partager ce genre de chose. Il les voulaient pour lui tout seuls, elles étaient ses poupées, ses trésors, ses filles. Je réfléchissais à toute vitesse.

Ses poupées… des chaussures comme Madeline. Debout dans la boite. Robe… poupées… boites… la voix elle dit que je vais être belle…

— Et si une fois mortes, il les transformait en poupées. La robe, les chaussures, la boite…

— Quoi ?

J'avais parlé un peu trop fort. Dorian s'est réveillé en sursaut, une feuille collée sur la joue.

— Désolée, je ne voulais pas t'effrayer, et si je tenais quelque chose.

Il avait les cheveux en bataille, les yeux encore à moitié fermés, mais même comme ça il était beau. Il s'est redressé rapidement, j'avais piqué sa curiosité.

— Je sais que ce serait vraiment glauque, mais imagine si une fois morte, il les gardaient près de lui.

— Quoi ? Comme une collection personnelle ?

— Oui exactement. Sa collection.

— Si on a vu juste pour les autres disparitions, tu te rends compte du nombre de fillettes mortes qu'il garderait.

— Un sacré paquet. Peut-être qu'il ne garde que ses préférées, je ne sais pas.

— Tu as dit transformer. Comment ?

— Non, enfin je veux dire qu'il les habillent comme des poupées et peut-être qu'il les met dans des boites pour les préserver. Je n'en sais rien. J'ai envie de trouver un sens à tout ce que les filles me disent.

— C'est pas bête Marie Rose… mais comment préserver des fillettes mortes ?

— On va devoir se renseigner sur tout un tas de pratiques pour conserver les morts. Si ce que j'avance est juste, il ne peut pas les garder dans l'état.

— Non, effectivement. Un corps se décompose et se vide de ses fluides…

— Merci, Dorian, je me passerai des détails. On va creuser cette hypothèse, tout en ne négligeant pas d'autres pistes.

Il était d'accord avec moi, on allait suivre cette piste. De toute manière, on n'avait rien d'autre à se mettre sous la main pour le moment, c'était la première vraie idée qui tenait la route.

Dorian avait dans ses contacts un thanatopracteur qui exerçait à deux pâtés de maisons de mon hôtel, il avait accepté de nous recevoir pour répondre à nos questions. J'avais émis l'idée que Dorian s'y rende seul, pendant que de mon côté j'explorerai d'autres indices, mais j'ai dû l'accompagner. On n'avait pas de temps à perdre à réexpliquer les choses, mieux valait qu'on soit sur place tous les deux.

Clayton Barnes nous a accueillis en fin d'après-midi dans son bureau, à mon grand soulagement. Je n'avais pas envie de me retrouver nez à nez avec un cadavre, les yeux vitreux sur une table métallique, des tuyaux remplis de liquide corporel. Oui je sais, je regarde un peu trop la télévision, mais on ne sait jamais.

Monsieur Barnes était un homme d'une cinquantaine d'années, les cheveux poivre et sel, et un regard bleu azur. Plutôt bel homme, je dois bien l'avouer. Malgré le métier qui exerçait, je le trouvais particulièrement détendu. La force de l'habitude sans doute. On ne pouvait pas pratiquer ce genre de métier, si on pensait constamment à la personne allongée devant soi. Il fallait rester humain, certes, mais se détacher était primordial. À un certain point, monsieur Barnes et moi-même on se ressemblait. Tous les deux, on devait prendre du recul, mettre de la distance entre les morts et nous.

Dorian a brisé le silence.

— Mr Barnes...

— Appelez-moi Clayton.

— Clayton. Marie Rose et moi-même, faisons des recherches pour un article. On se demandait si vous pouviez nous éclairer sur les différentes techniques de conservation d'un corps.

L'enquête prenait une tournure des plus étranges. Pendant que monsieur Barnes nous expliquait la manière dont un corps était d'abord vidé de son sang et de ses fluides, Dorian prenait des notes, et moi, j'essayais de ne pas imager la scène.

Il a détaillé, point par point, la technique utilisée, et j'espérais vraiment que ma théorie ne soit pas la bonne. Imaginer Lizzie couchée sur du métal froid, et transpercée par des tuyaux qui lui pompait le sang, c'était trop pour moi. J'ai quitté le bureau en quatrième vitesse, la main sur la bouche, laissant Dorian seul avec Clayton.

J'ai vomi mes tripes. Quand Dorian m'a rejoint, mon corps était encore secoué de spasmes. Mon estomac se contractait à intervalles réguliers, et le reste de bile coincé dans ma gorge me faisait l'effet d'un feu ardent. La sueur coulait le long de mes tempes, et avant qu'il ne me propose de rentrer, j'ai à nouveau vomi.

Dorian me tenait les cheveux, pendant que moi, honteuse, je vidais le reste de mon déjeuner sur les pavés.

— Tu te sens mieux ?

— Pas trop, mais je crois que… ça devrait aller…

Les contractions de mon corps ne semblaient pas du même avis que moi, mais mon estomac était vide. Il m'a aidé à me relever avec précaution, avant de héler un taxi.

— Je vais te ramener à ta chambre d'hôtel, ensuite je reviendrai parler avec monsieur Barnes.

— OK ! Merci Dorian. Tu n'auras qu'à me faire un résumé moins détaillé, si possible.

Il a souri.

— Je ne suis pas du genre fragile, mais je n'ai pas réussi à m'enlever l'image de Lizzie subissant les actes décrits par Barnes.

— Marie Rose, on n'est même pas sûrs que c'est ce qui s'est passé. Tu as émis une hypothèse, et là on essaye juste de parer à toute éventualité.

Je sentais qu'il tentait de me ménager, et je l'en remerciais, mais cette intuition qui s'insinuait en moi m'amenait à croire le contraire.

— Et si je demandais tout simplement à Lizzie.

— Comment ça ?

— Je peux essayer de savoir si elle se souvient d'une table en métal, de tuyaux et de toutes ces choses dont nous a parlé Clayton.

— Je ne suis pas certain qu'une petite fille de cinq ans va être capable de te répondre, mais au point où on en est.

— Je ne vais pas entrer dans les détails. Qui sait ? Elle se rappellera peut-être de quelque chose.

— Je te laisse faire, si tu penses que c'est une bonne idée.

— Absolument pas, mais comme tu l'as dit, on point ou on en est, on n'a plus rien à perdre.

Dorian m'a laissé me reposer dans ma chambre, pendant qu'il retournait voir le thanatopracteur. Lizzie prononçait déjà mon prénom, lorsque j'ai voulu entrer en contact avec elle.

— Marie Rose, je vais être dans la boite…

27

Clayton Barnes a été une véritable source d'information. Est-ce que ça va nous être utile ? Je n'en sais rien, mais on a une vision plus claire de la manière dont les corps peuvent être conservés.

Quand je pense à l'épisode de tout à l'heure avec Marie Rose, je me dis que si Lizzie confirme ses doutes, le reste de l'enquête va être compliqué. Elle est plus résistante que je ne le crois, mais c'est plus fort que moi, j'ai envie, et je dois la protéger.

De retour dans mon appartement, j'ai relu mes notes avant d'appeler Marie Rose. Je voulais retourner la voir, mais elle avait besoin de repos, et si elle entrait en contact avec Lizzie, ma présence n'était pas indispensable.

Lorsqu'elle a décroché, j'ai immédiatement ressenti sa peur.

— Dorian, il va la mettre dans la boite. Ce n'est plus qu'une question de temps avant qu'elle ne rejoigne toutes les autres.

— Calme toi.

Elle a dit que je ne pourrais plus lui parler, mais je ne pense pas que ce soit vrai.

— Comment ça ?

– Et bien, je peux dialoguer avec les autres petites filles, et leur disparition est plus ancienne que celle de Lizzie. Alors, qui sait, elles sont peut-être déjà dans les boites et pourtant je suis capable de leur parler.

Je ne voulais pas être celui qui briserait tous ses espoirs, alors je n'ai pas essayé de la contredire.

Notre conversation terminée, quelque chose m'est revenu à l'esprit. Marie Rose avait entendu une voix masculine chanter en allemand, elle avait suggéré que le meurtrier devait être de cette nationalité. On n'avait rien d'autre sur lui, c'était surement une piste à creuser, mon instinct de journaliste en était convaincu.

J'ai d'abord concentré mes recherches sur les thanatopracteurs exerçant en Angleterre. J'avais ensuite réduit à Londres. Aucun nom à consonance allemande ne faisait partie de la liste. Il n'était donc pas du métier, ou alors il n'en faisait plus partie tout simplement. Je mettais de côté cette théorie, pour rediriger mes investigations.

Deux heures de travail acharné pour me rendre compte que je n'avais pas avancé d'un iota. Mes yeux commençaient à voir trouble, et un mal de crâne pointait le bout de son nez.

Au moment d'éteindre mon ordinateur, un article a capté mon attention. Intitulé *Gunther Von Hagens, l'anatomiste allemand, très controversé dans le milieu de l'art*. J'ai passé la soirée à lire tout ce que j'ai pu dénicher sur lui et sur ce qu'il faisait. Ses expositions étaient connues dans le monde entier par les aficionados du genre, et n'était pas du goût de tous. J'avoue que certaines photos m'ont légèrement mis mal à l'aise, mais je trouvais un certain intérêt à son travail. Non pas d'une manière morbide, mais plus comme quelque chose qui interpelle et qu'on ne peut pas oublier.

Il était probable que l'assassin des fillettes ait suivi de près le travail de son compatriote, et qu'il ait voulu copier sa technique. Si tel était le cas, conserver les corps ne posait pas de problème et il pouvait même les mettre en scène chez lui. Comme sa collection personnelle. Des poupées grandeur nature pour son plus grand plaisir. Horrible !

J'informerai Marie Rose de ma nouvelle hypothèse après avoir dormi quelques heures. On avait tous les deux besoin de repos, si on voulait être productifs.

À quatre heures vingt du matin, Marie Rose tambourinait à ma porte. Elle a passé le seuil comme si le diable était à ses trousses et s'est jetée dans mes bras. Dix minutes plus tard, on était assis dans le salon, sa main dans la mienne et elle s'est mise à pleurer.

28

— Il fait noir ici. J'ai peur. Y a la voix qui crie. Elle crie fort.

— T'es qui ? Lizzie, t'es revenue ?

— Oui. C'est qui qui parle ?

— Megan. Y a que moi ici. Les autres elles sont plus là. Toi aussi t'étais plus là.

—… elle veut une autre. Elle dit une autre doit venir. Il fait tout noir. J'ai peur.

— T'es qui ? Moi je suis Lizzie et y a Megan.

— Lizzie, j'ai peur. C'est qui la fille ? Elle pleure fort.

— Je sais pas. Elle répond pas.

— Emma est pas là. Le pantin il jouait la musique. La poupée elle me regardait. Emma voulait pas aller. J'ai lâché sa main. Le pantin il jouait la musique. La poupée me regardait. Emma était plus là. Le pantin aussi. La poupée aussi. Il fait tout noir. La voix elle chante plus. Elle crie.

— Je suis Lizzie et toi ?

Elle crie. Le thé. Le thé. Tu bois le thé. Mais je peux pas. Ma bouche colle. Mes yeux sont tout petits. Mes bras y bougent pas. Elle crie tu bois le thé. Elle dit t'es pas finie. T'es pas belle. Tu vas être belle.

— Lizzie, j'ai peur. C'est qui ? Pourquoi elle répond
pas.

— Marie Rose ? Marie Rose ? Marie Rose ?

29

Leur conversation décousue a duré pendant une bonne dizaine de minutes, minutes durant lesquelles j'ai été incapable d'entrer en contact avec elles. J'ai assisté, impuissante, à leur terreur. Lizzie a continué de m'appeler inlassablement, et moi je hurlais son prénom en vain. Lorsqu'elle s'est enfin calmée, j'ai entendu autre chose.

— Parfaite. Tu vas être parfaite. Comme toutes les autres avant toi et comme toutes les autres après toi.

Un fort accent allemand a envahi ma tête. Je le perçois comme si la voix qui l'accompagne se trouve à mes côtés. Tétanisée, stupéfaite, je l'écoute sans savoir comment réagir.

— Jaune, c'est vraiment une couleur qui est faite pour toi. Tu vas voir comme tu vas être belle avec cette robe. C'est une création unique. Chacune de vous porte des tenues que j'ai entièrement confectionnées pour vous.

— Marie R.

… des poupées… la porcelaine… orfèvre…

La voix est saccadée, le discours par bribes, comme s'il y avait des interférences sur la ligne. Lizzie se joint à lui et tout se mélange.

– Je suis là… vivre éternellement… Lizzie… sa tête s'est cassée… imbécile… Viens ste plait Marie Rose… porcelaine, c'est fragile…

Mon crâne me fait un mal de chien, j'ai les oreilles qui bourdonnent et mes appareils auditifs sifflent. Les mots continuent de s'insinuer en moi avec le volume poussé au maximum. Effrayée de la tournure que prend ma perception, je me rue dehors à toute vitesse. Je cours sans m'arrêter, les mains plaquées sur ma tête, comme si j'essayais d'étouffer le flot de paroles qui s'y déverse.

Arrivée devant la porte de Dorian, je tambourine jusqu'à ce que mes phalanges me fassent mal. Il ouvre la porte, et avant qu'il ne comprenne quoi que ce soit, je me jette dans ses bras.

30

Dorian m'a laissée pleurer dans ses bras sans dire un mot. Sa seule présence suffisait à mes yeux. Il n'avait pas besoin d'essayer de me calmer, ni même de comprendre ce que je traversais à cet instant précis. Non. Rien de tout ça. Juste être là pour moi, et me serrer très fort contre lui. J'aurais pu rester comme ça pour toujours, mais l'écho de ma perception résonnait encore en moi, alors je me suis détachée de l'étreinte de Dorian.

Debout face à la baie vitrée de son appartement, je scrutais la ville endormie. Il s'est levé pour me rejoindre, a passé sa main dans la mienne, et il a brisé le silence.

— Tu sais que je suis là pour toi.

Oh oui je le savais, et ça me faisais un bien fou.

— Est-ce que tu veux en parler ?

Pas vraiment, mais avais-je vraiment le choix ? Non de toute évidence. Il était mon coéquipier, il devait être au fait de tous les nouveaux éléments.

— Si tu n'en as pas envie, je comprendrai.

Bien sûr qu'il comprenait, c'était Dorian.

— Marie Rose…

Mon prénom dans sa bouche à nouveau. Ce n'était pas du tout le moment de penser à l'intonation de sa voix lorsqu'il prononçait mon prénom, ni même de laisser les papillons dans mon ventre s'installer. Lizzie avait besoin de moi, plus que ça, elle comptait sur moi. Pourtant la chaleur de sa main dans la mienne effaçait tout ce qui se passait autour.

— Marie Rose…

Chaque fois qu'il le disait, la distance entre nous se réduisait. À présent, front contre front, ses yeux plongeaient dans les miens. J'ai senti immédiatement mes joues devenir rouges. Il m'a souri en passant ses doigts dans mes cheveux. Mes jambes tremblaient littéralement.

— J'ai quelque chose à te dire… je sais que ce n'est sans doute pas le moment idéal, mais est-ce que ça le sera un jour ?

J'ai senti son souffle chaud lorsqu'il m'a chuchoté à l'oreille.

— Je ressens des choses pour toi Marie Rose.

Je suis restée muette.

— C'était mon secret à moi.

Il combla les quelques millimètres qui nous séparaient. Mon corps tout entier vibrait. Ses doigts ont relevé délicatement ma tête, et il a déposé ses lèvres sur les miennes.

Frissons. Explosion. Joie. Euphorie. Tout un tas d'émotions, de sentiments. C'était ça ce qu'on ressentait quand celui qui vous plaisait vous embrassait ? C'était à ça que ça ressemblait un premier baiser ?

Mon tout premier baiser.

Lorsque sa bouche a quitté la mienne, je me suis surprise à en redemander. On s'est souri, gênés, puis il m'a serré contre sa poitrine. Son cœur battait vite, tout comme le mien.

C'était comme si le temps s'était arrêté, comme si on était les deux seules personnes sur terre et que rien de mauvais ne pouvait arriver. Je savais enfin ce que ça faisait de tenir à quelqu'un de cette manière, et que c'était réciproque.

J'avais envie de lui dire tellement de choses, et en même temps ça semblait inutile. Le baiser qu'on avait partagé avait comblé nos doutes.

Son étreinte rassurante n'a pas pu empêcher l'étranger allemand de revenir à la charge ni aux petites filles de hurler en cœur dans ma tête.

31

Des années de pratique m'avaient permis de dompter ma perception, mais ces derniers jours, la tâche devenait carrément impossible. Si j'étouffais trop les voix, je risquais de perdre le contact avec Lizzie pour toujours, mais si je devais subir ça quotidiennement, je n'étais pas certaine de tenir le coup. Donc au final, je ne pourrais pas aider Lizzie et les autres. Un serpent qui se mordait la queue.

Dorian voulait m'aider, mais comme il l'avait fait remarquer, il n'y connaissait rien en perception. J'étais toujours sans nouvelles de ma grand-mère, ce qui signifiait qu'elle n'avait rien trouvé qui puisse résoudre mon problème. En clair, j'allais devoir me débrouiller seule, et vite si possible, car il y avait foule dans ma tête.

— La voix a parlé de façon très claire au début. Je me souviens qu'il a dit qu'il confectionnait lui-même les robes que les fillettes-poupées portent. C'est lui le créateur, il sait donc coudre. Ça va sans doute nous servir pour la suite.

— Oui on ne va négliger aucun détail.

— Après ça, son discours est devenu incompréhensible, car les voix des petites filles se sont mêlées aux siennes. Du coup, je n'ai réussi qu'à capter des bribes de mots.

— Dit toujours, on ne sait jamais, il y a peut-être quelque chose d'important, ou qui pourra nous aider pour la suite de l'enquête.

Dorian avait raison, le moindre indice, le moindre mot, serait une preuve de plus et un indice qu'il ne fallait pas laisser de côté.

— J'ai entendu porcelaine, orfèvre, sa tête est cassée. Pour ça je crois qu'il parlait de Louise. Lizzie m'a dit qu'elle était couchée, mais qu'ensuite elle était tombée, et qu'elle était cassée.

Les yeux de Dorian se sont écarquillé et il affichait une mine de dégout. Comme je le comprenais.

— Oui je n'ai pas réussi à en apprendre davantage, et je t'avoue que je n'en avais pas très envie.

— Normal. Franchement, Marie Rose, je ne sais pas comment tu fais. Je serai incapable d'écouter ce genre de chose toute la journée. Surtout qu'ici on parle d'horreur faite à des petites filles.

Ce n'est pas comme si j'avais le choix. Ma perception faisait partie intégrante de moi, mais je comprenais ce qu'il voulait dire.

— Fragile a été son dernier mot, jusqu'à il y a cinq minutes, où il s'est remis à parler.

— Et qu'est-ce qu'il dit maintenant ?

— Difficile pour moi de l'entendre, les filles hurlent en même temps. J'ai réussi à baisser le volume, mais je commence à avoir très mal à la tête.

— J'ai une idée. Dis tout haut ce que tu entends, et je note tout. Ensuite, on triera et on verra ce qu'on peut faire avec ça.

Ce n'était pas une mauvaise idée. Et puis d'ailleurs on n'en avait pas d'autres.

–… plus belle que celles en vitrine… Sophie, y a qui avec toi ? Lizzie va aller dans la boite... La voix parle d'une autre poupée… Une nouvelle… une dernière… Qu'il doit pas la casser… il doit faire bien cette fois… ensuite des nouvelles en deux mille dix-huit.

Dorian essayait tant bien que mal de rester de marbre face à mes paroles, mais je voyais bien qu'il devenait nerveux. Sa jambe bougeait rapidement, ses doigts battaient la mesure, et il remuait sa tête comme pour remettre sa nuque en place. Je me suis demandé s'il regrettait d'avoir donné suite à mon message la première fois. Est-ce que malgré les sentiments qu'il éprouvait pour moi, il n'aurait pas mieux fallu qu'il ne me rencontre jamais ?

– Dorian ? … Si jamais ça devient trop compliqué à gérer pour toi, dis-le-moi. Tu n'as pas demandé à vivre ça.

– Je me suis engagé à t'aider, et même si, je ne vais pas te le cacher ton secret est de taille, je suis là avec toi et je vais y rester.

– Merci.

On a continué à noircir des feuilles pendant une vingtaine de minutes. Les mêmes choses revenaient sans cesse. Comme un vieux disque rayé. Il y avait pleins d'informations, mais aucune en même temps.

Lorsque le calme est revenu dans ma tête, Dorian m'a fait part de ses dernières hypothèses. Je vivais avec la faculté de parler aux morts, mais quand il m'a fait part d'une de ses théories, j'ai eu peur. Très peur.

On avait déjà établi la possibilité que les fillettes soient conservées pour sa collection personnelle.

D'après les dires de Clayton Barnes, différentes techniques existaient, mais pas pour les garder intacts pour toujours. Alors quand Dorian m'a parlé de ce *Gunther Von Hagens*, et de son travail, j'ai failli ne pas en croire mes oreilles.

Si Dorian avait vu juste, le tueur utilisait cette technique sur les fillettes. Il pouvait alors se constituer une collection de poupées humaines. Et d'après le calcul rapide qu'on avait fait, cette collection commençait à ressembler à un véritable musée. Les conserver chez lui devait prendre énormément de place, au vu de leur taille et de leur nombre.

Cependant, je m'interrogeais. Pourquoi parlait-il de porcelaine ? Pourquoi employait-il les mots « fragiles » et « orfèvre » ? Ça devait être important et ça signifiait forcément quelque chose.

J'avais dans l'idée d'interroger Lizzie, elle allait sans doute pouvoir éclaircir quelques zones d'ombres, du moins je l'espérais.

— Lizzie, tu es là ? J'ai besoin de ton aide et de celle des filles.

— …

— J'ai besoin de savoir si la voix a des poupées comme Madeline. Pas les grandes. Des poupées comme Madeline qui ne parlent pas.

— …

— Les filles s'il vous plait c'est important. J'ai besoin de savoir ça très vite.

— En modèle.

— Comment ça ? Qu'est-ce que ça veut dire en modèle ?

— Il copie. La voix il dit, il copie les poupées rares qui sont belles. C'est quoi rare ?

– C'est quand il n'y a pas beaucoup de poupées de ce modèle.

– Ben la voix dit les poupées rares.

– Tu parlais de modèle avant Lizzie, tu veux dire qu'il se sert des vraies poupées comme modèle, et qu'il copie ce modèle sur vous ?

– Je comprends pas ce que tu dis.

Je n'attendais pas de confirmation de la part des fillettes, j'étais presque sûre que ce que je venais d'avancer était la vérité. Il possédait de vraies poupées de porcelaine, et il s'en servait comme modèle pour arriver au résultat souhaité sur Lizzie et toutes les autres.

Avec Dorian, on allait faire la tournée des magasins spécialisés dans la vente de poupées de porcelaine d'exceptions, histoire de découvrir si un acheteur ou pourquoi pas un vendeur, après tout on n'en savait rien, sortait du lot. Si c'était comme les collectionneurs d'art, tout le monde se connaissait dans le milieu.

Londres et ses alentours comptaient seulement trois boutiques du genre, dont l'une d'elles possédait un petit atelier dédié entièrement à l'histoire des poupées, où quelques secrets de fabrication étaient révélés. Le planning des visites était complet depuis janvier, l'artisanat de luxe avait le vent en poupe ces dernières années.

Dorian avait essayé de joindre le propriétaire, prétextant l'écriture d'un article sur le sujet, mais il avait trouvé porte close. Nul besoin de publicité, lorsque vous êtes sur toutes les lèvres de la haute société londonienne. On ne s'est pas laissé démonté pour autant. On irait dans les deux autres boutiques en premier. Un éventuel achat pourrait être l'excuse parfaite pour l'autre. On n'obtiendrait pas les renseignements souhaités, mais on pourrait jeter un œil sur la clientèle, et avec un peu de chance, elle pourrait répondre à quelques questions, du moins on l'espérait.

32

Cinq heures de sommeil plus tard, avec Dorian, on s'est partagé les boutiques. L'enseigne *Fairy Dolls* trônait sur le côté du bâtiment en brique. Un éclairage de scène mettait en valeur les poupées en vitrine. Le tintement du carillon de l'entrée s'est chargé de m'annoncer. Une femme élégante, en tailleur de luxe, s'est approchée de moi et m'a accueilli poliment.

— Je vous souhaite la bienvenue très chère. Si je peux faire quoi que ce soit pour vous aider dans votre recherche, n'hésitez pas.

Quel air distingué ! Une classe naturelle se dégageait d'elle. Je suis restée subjuguée par son charisme, et je me suis demandé ce qu'une femme comme ça faisait dans une boutique de poupée. J'ai même hésité à lui demander, mais pour une entrée en matière, je doutais que ce soit une bonne idée.

J'ai jeté un œil de manière intéressée sous le regard constant de la gérante.

— Votre collection est incroyable.

— Merci beaucoup. J'aime à le penser. Excusez mon indiscrétion, mais je perçois un accent étranger. Si je puis me permettre, vous venez d'où comme ça ?

— De France. J'ai toujours voulu passer les fêtes de fin d'années à Londres.

Un petit mensonge ne faisait pas de mal de temps en temps, surtout lorsque c'était nécessaire.

— Vous n'allez pas être déçue. Londres est réputée pour être l'une des villes les plus accueillantes.

Elle prêchait une convaincue. Dorian en était l'exemple parfait.

— Qu'est-ce qui vous amène dans ma boutique ?

— Je suis issue d'une famille de collectionneurs en tout genre, et je voudrais offrir un cadeau spécial à ma petite sœur. Elle adore les poupées en porcelaine et votre boutique est tout simplement magnifique. Je fais du repérage pour le moment.

La flatterie, ça marchait à tous les coups. Et puis c'était vrai en plus. Je n'étais pas férue de poupées, mais je devais bien admettre que son magasin était incroyable.

— Vous avez des requêtes particulières ? Un modèle précis que vous souhaitez voir ?

— Malheureusement, je ne m'y connais absolument pas en poupée de collection. J'espérais que vous pourriez me conseiller.

Elle n'a pas semblé surprise, ça devait être assez courant les nouveaux clients. Elle a passé du temps à m'expliquer comment les poupées étaient sélectionnées. Avec quel soin elle s'évertuait à choisir la qualité avant la quantité ! Que certaines de ses petites merveilles, comme elle aimait les qualifier, étaient hors de prix, elle ne regardait généralement pas à la dépense. Ce qui était mon cas par contre, car lorsque j'ai aperçu le prix sur l'étiquette, mon cœur a eu un raté. Heureusement pour moi, j'avais eu l'intelligence de préciser au début de notre conversation que j'étais ici en repérage. Je n'aurais clairement pas eu les moyens de repartir de la boutique avec une poupée d'une telle valeur.

Je suis ressortie une demi-heure plus tard, avec la carte et le numéro personnel de miss Harper. Elle avait hâte de me revoir.

D'après les informations données par miss Harper, toutes les tenues que portaient les poupées venaient d'une créatrice anglaise. Créations uniques, et numérotées. Ça aurait pu correspondre à ce qu'on cherchait, sauf que la couturière était une femme. J'ai appelé Dorian pour lui faire part de mon échec cuisant, et il en a fait de même.

L'atelier de la dernière boutique n'était peut-être pas à notre portée, mais on pouvait toujours se rendre dans la boutique et essayer de savoir où étaient fabriqués les vêtements. Parce qu'après tout on cherchait un collectionneur, un acheteur, mais la voix était peut-être tout simplement le couturier.

Ce n'était pas impossible, cette hypothèse tenait la route. Il était probable que le tueur achète des poupées en porcelaine, celles-là mêmes qui portait ses créations. On devait corroborer cette théorie avec l'aide du gérant.

Située dans le quartier de Mayfair, le plus huppé de Londres, la boutique *Jacob's Dolls* ne passait pas inaperçue. Le bâtiment d'un blanc immaculé en imposait. Sa taille démesurée en faisait l'un des bâtiments les plus grands de la rue.

D'après Dorian, un certain nombre de propriétaires possédaient l'ensemble de la bâtisse, soit le magasin s'étalait sur plusieurs niveaux, soit les étages supérieurs leur servaient de résidence. Je me suis immédiatement demandé quel type de personne pouvait se permettre de vivre dans un tel endroit. Les prix devaient atteindre des sommets dans ce genre de quartier. La vente de poupée d'exception représentait un marché lucratif, certes, mais de là à pouvoir se payer une demeure pareille. Dorian a dû voir mon expression, car il s'est empressé d'ajouter.

— Tu sais Marie Rose, les gens qui possèdent ce genre de bien sont pour la plupart issus de familles extrêmement riches. Les autres ont fait fortune dans divers domaines.

— Est-ce que tu as vu la taille de cet endroit ? Les pièces doivent être immenses. Tu te vois vivre ici ?

Question stupide. Bien évidemment qu'on se voyait habiter les lieux.

À l'intérieur, un couple à l'allure de nouveaux riches se faisait conseiller par un homme d'une soixantaine d'années. Il sélectionnait pour eux divers modèles de poupées. Ils avaient l'air de ne rien y connaître, mais ça ne les empêchait pas de dépenser des milliers de livres sterling.

Lorsque Dorian et moi, avons passé la porte, l'homme nous a salués d'un mouvement de tête. Il nous a invités à patienter, le temps qu'il termine de s'occuper de ses clients.

Dix minutes plus tard, monsieur Aberdine se trouvait à nos côtés, et il nous comptait l'histoire des poupées Jacob.

— Fortunés et désireux de fuir la guerre, les Jacob se sont installés à Londres dans les années mille neuf cent quarante. Ils partageaient la même passion pour les poupées de porcelaine. Monsieur Jacob s'occupait de la fabrication et sa femme se chargeait de la création des robes et accessoires qui habillaient les poupées. C'était une couturière douée d'un talent incroyable. Son nom reste encore à ce jour un gage d'exception. Les poupées Jacob se sont vendues comme des petits trésors à l'époque, et c'est d'ailleurs toujours le cas.

On a continué d'écouter son récit détaillé, et il semblait y prendre du plaisir. Je soupçonnais qu'il racontait cette histoire avec le même enthousiasme à tous les nouveaux clients qui arrivaient ici. Dorian a tenté une approche tout en douceur. Il ne fallait pas éveiller les soupçons sur notre venue.

— On aurait adoré visiter l'atelier, mais il nous a été impossible d'obtenir un créneau de réservation.

— Monsieur Jacob fils est le digne descendant de son père. Ses créations se vendent dans le monde entier. Lorsque l'idée d'ouvrir son atelier à un public trié sur le volet lui est venue, les gens se sont bousculés pour le visiter. Pouvoir découvrir quelques-uns des secrets de fabrication du maître en la matière est un privilège. Il n'y a que peu d'élus qui peuvent se vanter d'en avoir eu la chance.

De l'admiration, monsieur Aberdine en débordait. Cette histoire, il avait dû la raconter des milliers de fois et pourtant il semblait toujours habité par cette même fougue. Je me suis hasardée à poser quelques questions.

— Monsieur Aberdine, est-ce qu'il arrive à monsieur Jacob de venir dans la boutique ?

— À sa demande, je suis le seul maître à bord. Ces lieux sont mon territoire. La fabrication est un travail d'orfèvre, et son temps est plus que précieux.

Il confectionnait des poupées en porcelaine, il n'était pas non plus au service de la reine. Je ne faisais pas partie de ce milieu, et j'avoue que ça me dépassait. Dorian poursuivit.

— Vous disiez que tout est fait sur place.

— Oui, c'est exact. Monsieur Jacob est un artiste tout comme ses parents l'étaient avant lui. Il crée absolument tout.

Dorian ne s'attarda pas sur le sujet, il ne fallait pas braquer Aberdine.

— Je suis certain que d'autres ont essayé de reproduire son travail.

— Absolument. Tous les grands de ce monde ont un jour été copiés. Monsieur Jacob ne fait pas exception à la règle.

— Toujours copié, jamais égalé.

Dorian avait réussi le tour de force de faire sourire monsieur Aberdine. Son air quelque peu pincé s'était légèrement détendu.

— Dans le milieu, nous savons reconnaitre le travail de monsieur Jacob. Chaque artiste a sa signature. Les détenteurs des poupées sont tous répertoriés dans un fichier, et chaque poupée possède un numéro unique. Ce sont des pièces rares. Pour les initiés, impossible de se faire berner par une quelconque contrefaçon.

— Mais pour des gens novices comme nous ?

Même s'il était clair qu'on n'allait pas dépenser une fortune pour acheter une poupée, il semblait croire le contraire.

— Un petit cœur brodé au fil d'or sur chacune des poupées. Le signe distinctif des poupées Jacob. Un certificat d'authenticité.

Si le tueur avait eu la chance de visiter l'atelier et de découvrir les secrets du maître, il était possible qu'il sache pour le cœur. Je devais interroger Lizzie et les filles pour qu'elles me disent si elles avaient déjà vu cette spécificité quelque part.

On a prétexté un déjeuner familial pour prendre congé. La minute d'après, j'appelais Lizzie et les autres.

33

Les filles étaient injoignables. Avec Dorian, on est retourné chez lui, il voulait faire des recherches sur l'histoire de monsieur Aberdine. Quelque chose le chagrinait, mais il n'arrivait pas à me l'expliquer.

— Quoi, tu n'as pas cru à ce qu'il a raconté ?

— Si bien sûr, mais je ne sais pas. Il y a un truc qui me dérange. Si je devais raconter ton histoire Marie Rose, je ne me comporterais pas comme si ta vie était la mienne.

— Je ne te suis pas.

— Aberdine a débité cette histoire comme si c'était la sienne, ou qu'il aurait voulu qu'elle le soit. La lueur dans ses yeux lorsqu'il a parlé des parents Jacob m'a semblé étrange.

— C'est vrai qu'il était enthousiaste et que ça avait l'air de le toucher, mais tu veux dire quoi ? Tu crois qu'Aberdine cache quelque chose.

— Possible.

— Comme quoi ?

— Comme sa véritable identité.

J'étais en plein brouillard. Je ne comprenais pas du tout où il voulait en venir.

143

— Aberdine a peut-être tout simplement inventé cette histoire, et Jacob n'existe pas, ou alors il est le fils Jacob.

— Pourquoi ne pas le dire alors ?

— C'est la question que je me pose.

— Ce n'est pas un peu tiré par les cheveux ?

— Et parler aux morts ?

Touchée. Dès que les mots sont sortis de sa bouche, il s'est senti coupable. Je l'ai vu.

— Désolé, je ne voulais pas.

— C'était bien envoyé.

J'ai souri et il s'est immédiatement décrispé. Il m'a tirée vers lui et m'a serrée dans ses bras. C'était nouveau pour lui comme pour moi.

— Peut-être pour entretenir le mystère autour de l'identité de monsieur Jacob. Ça fait vendre ce genre de chose. Création exclusive d'un artiste que personne n'a jamais vu, les chiffres peuvent atteindre des sommets.

— Oui vu sous cet angle-là, je peux comprendre.

— Ce genre de personne ne partage pas le même monde que le nôtre Marie Rose. Ils sont pour la plupart excentriques et je ne serais pas étonné d'apprendre que mes doutes sont fondés.

— Même si tu as raison, ça ne fait pas avancer notre affaire. On ne sait toujours pas qui est la voix, où se trouvent les filles, et comment faire pour résoudre toute cette enquête ?

C'était bien beau d'avoir des théories, encore fallait-il réussir à les prouver. Depuis le début, on spéculait, on imaginait des scénarios dignes des plus grandes productions, mais la seule chose qu'on arrivait à faire c'était stagner.

Lizzie est apparue la voix tremblante.

– La voix a mis toutes les poupées là. Je suis avec elles. C'est comme les livres à la maison. On est mis pareil.

– Comment sont les livres à la maison ?

– Tu sais, un avec l'autre.

– Sur une étagère, tu veux dire ?

– Je sais pas comment on dit. Mais c'est comme ça qu'on est.

– Et la voix elle fait quoi ?

– Elle est pas ici. Avant elle dit qu'elle prépare la nouvelle maison. Après on va dans la boite. Qu'on reste dans la boite. On doit rester belle.

– Tu es dans la boite Lizzie ?

– Pas encore, mais quand la voix revient, je vais dans la boite.

– Lizzie, ma chérie, tu crois pouvoir m'aider ? J'ai besoin que tu me dises si tu vois quelque chose sur ta robe ou ailleurs.

– Quoi ?

– Un petit cœur.

– Comme le dessin que je fais pour papa ? Quand je lui dis, je t'aime ?

– Oui, Lizzie, c'est ça.

– Emily dit que le cœur est pas rouge. C'est pas un cœur alors.

– De quelle couleur est-il ?

Je croisais les doigts pour qu'elle me dise qu'il était jaune.

– Pas rouge. Comme le soleil. C'est quoi la couleur Marie Rose ?

– JAUNE. C'est jaune.

Sans m'en rendre compte, je l'ai crié. Dorian est apparu rapidement.

— Est-ce que tout va bien ?

— Ça ne peut pas aller mieux. Lizzie m'a confirmé l'existence d'un cœur jaune. Tu sais ce que ça veut dire ?

— Que le tueur est soit client de la boutique Jacob, soit…

— Soit quoi ?

— Je ne sais pas, une idée comme ça. Laisse-moi y réfléchir et je t'en dirai plus ensuite.

— Très bien.

— Dans tous les cas, on tient enfin une piste sérieuse Marie Rose. Reste à trouver le moyen d'avoir accès au fichier des clients.

— À ton avis, informatisé le fichier ? Ou sur papier à l'ancienne ?

— D'après ce que j'ai vu, c'est plutôt du genre à conserver les vieilles habitudes. Si c'est le cas, ça va devenir le parcours du combattant pour mettre la main sur cette liste.

— J'ai peut-être une idée, mais elle va nous coûter les yeux de la tête.

Comment réunir une somme pareille ? J'avais de l'argent de côté, mais pas autant, et pareil pour Dorian. Je pouvais demander à ma mère, mais ça faisait beaucoup d'argent.

Dorian venait de trouver la solution.

— Je peux mettre en gage la montre de mon grand-père. Elle vaut une petite fortune…

— Hors de question. C'est un objet de famille, je ne te laisserai pas faire.

— C'est la seule solution. Et puis on ira la récupérer.

– Ah oui, et avec quel argent ? N'oublie pas que lorsque tu iras la chercher, tu devras ajouter les intérêts.

– On mettra en gage la poupée.

Il réfléchissait à la vitesse de la lumière. J'avais exposé mon plan, et lui avait déjà trouvé les solutions.

J'avais essayé de l'en dissuader, mais il ne m'avait pas écoutée. Trente minutes après notre conversation, il a quitté son appartement, direction le prêteur sur gage, pendant que de mon côté, je continuais les recherches sur Jacob.

Dorian est revenu dans la soirée, avec moins d'argent qu'il n'escomptait. Le type qui tenait la boutique était un vrai requin en affaire. On avait assez d'argent pour acheter une poupée, mais allait-on avoir assez pour récupérer la montre de Dorian ? C'était une autre histoire.

Le lendemain, Aberdine allait avoir le plaisir de nous revoir, mais cette fois on conclurait la vente.

34

Ladie Elizabeth portait un tailleur en tweed de couleur bleu pâle. Il allait parfaitement avec le teint ivoire de sa peau, et ses yeux d'un bleu profond. Chaussée d'escarpins blancs à talon carré, elle ne paraissait pas très grande. Ses doigts retenaient l'anse d'un petit sac en cuir blanc et sur sa tête reposait un chapeau assorti à sa tenue, surmonté d'une rose blanche. L'élégance à l'anglaise.

Ladie Rose quant à elle arborait une robe fourreau d'un jaune éclatant. La hauteur de ses escarpins la rendait gracieuse. Son chapeau bordé de dentelle se mariait à la perfection avec la pochette qu'elle gardait précieusement entre ses mains. Une étole en soie lui couvrait les épaules. La beauté pure.

Subjuguée par ce que je voyais, je n'en revenais pas qu'on puisse être si magnifique. Comment est-ce que c'était possible de coller autant à la réalité ? La perfection personnifiée.

Dorian semblait fasciné également. Comment ne pas l'être ? On était en présence des deux plus belles choses qu'on ait jamais vues. Sérieusement.

C'était un travail de magicien. Elles avaient l'air si vivantes, et en même temps comme figées dans la glace.

Monsieur Aberdine souriait, heureux de l'effet que ces deux merveilles avaient sur nous. Il ne paraissait pas surpris, car j'étais sûre que tout le monde réagissait ainsi.

Ces deux Ladies entraient dans notre budget, ne restait plus qu'à en choisir une. Je ne pouvais m'empêcher de penser à celles au prix exorbitant. Ce devait être des joyaux, des trésors conservés dans des écrins. D'après le gérant, les plus belles pièces n'étaient pas exposées en vitrine. Un salon privé à l'étage attendait les acheteurs les plus fortunés. Si seulement j'étais capable de voir à travers les murs.

Aberdine patientait toujours, mais il ne semblait pas ennuyé par notre hésitation. C'était un choix difficile et il en avait conscience. Dorian me laissa la primeur du dernier mot, je n'ai sélectionné Elizabeth uniquement parce que je savais qu'on réussirait à la vendre plus facilement que sa camarade Rose. La montre de Dorian était importante à ses yeux, elle l'était donc au mien, on devait la récupérer.

On a suivi le gérant vers le comptoir du fond. Deux fauteuils en cuir nous attendaient. J'avais l'impression d'être dans une boutique d'un grand créateur, et en y repensant c'était tout à fait le cas, sauf que je n'allais pas pouvoir porter mon achat sur le dos.

Il nous a apporté une tasse d'un thé au jasmin qui sentait divinement bon, accompagné de scones. À présent, c'était à notre tour de patienter. Elizabeth allait être emballée avec soin dans sa boite, et monsieur Aberdine procèderait à l'enregistrement de mon nom dans le fichier. Celui-là même qu'on voulait voir.

Quelques biscuits engloutis plus tard, il est revenu vers nous, avec dans une main un sac contenant la précieuse Elizabeth, et dans l'autre un énorme livre relié de cuir. Dorian avait vu juste, les vieilles habitudes ont la vie dure. Muni d'un stylo qui devait coûter aussi cher qu'un mois de loyer dans cette ville, il s'appliqua à noter mes coordonnées. Je faisais partie de l'élite, du club des détenteurs de poupées Jacob. Je me suis sentie spéciale pendant un instant, puis je me suis rappelé comment j'avais accédé à ce statut. Dorian et la mise en gage d'un héritage familiale.

Tout ça pour une enquête…

– Non, pour toi !

Mon murmure avait à peine traversé mes lèvres, mais Dorian l'avait entendu. J'ai essayé de ne pas rougir.

L'écriture de monsieur Aberdine était soignée, mais clairement illisible d'où je me tenais. Dorian et moi, on s'est regardé avec la même mine dépitée. Impossible de lire un seul nom figurant sur ce livre. Ensemble, on s'est dirigés vers la sortie. Monsieur Aberdine nous a salués en nous souhaitant une excellente fin de journée, il espérait nous revoir pour de futures acquisitions. Bien évidemment qu'il l'espérait, quant à répondre à ses attentes c'était de toute évidence, non. Par contre, il se pourrait qu'on repasse par la boutique, mais seulement pour mettre la main sur ce fichier. La manière dont on allait s'y prendre était encore floue, mais l'idée était là.

Avant de prendre congé, une mélodie s'est immiscée dans ma tête. Dorian était déjà à l'extérieur, mais il a remarqué immédiatement mon air interloqué. Je me suis retournée vers Aberdine qui débarrassait le plateau.

– Cet air m'est familier ?

Il semblait ne pas comprendre.

– J'ai l'impression de connaître cette mélodie.

– Je suis désolé, je n'entends rien.

J'ai tendu l'oreille, mais je n'ai eu droit qu'au silence. Est-ce que j'avais tout imaginé ? Est-ce que c'était ma perception qui me jouait des tours ? Le regard pénétrant du gérant m'a mise mal à l'aise. Je me suis excusée et j'ai rejoint Dorian.

De retour à l'hôtel, je pensais encore à ce que j'avais entendu dans la boutique, le regard dirigé vers Elizabeth. Et, c'est arrivé. Comme ça. Sans prévenir. D'un simple coup d'œil, je venais de confirmer l'une de mes hypothèses. Les boites servaient bien de moyen de conservation. Un endroit dans lequel, ses petits trésors resteraient à l'abri. Leurs cercueils à elles. Leur dernière demeure.

– Il les installe dans les boites pour qu'elles y restent. Puis, il les rangent sur des étagères dans un nouvel endroit. Je pense que Lizzie et les autres se trouvent là où il opère. Où il les tue et les prépare.

– Ça se tient.

– Pour les étagères, j'ai un doute. Combien pèse une petite fille en général ?

– D'après Clayton Barnes, un corps vidé de ses fluides est bien plus léger qu'au départ.

Il venait de me remémorer les détails sordides que j'avais enfouis au plus profond de ma mémoire.

– Désolé, mais c'est vrai.

– Oui, mais d'après tes recherches sur Gunther Von Hagens, les fluides sont remplacés par du silicone ou de la résine, donc à moins d'extraire les organes, le poids va sensiblement être le même.

– Oui, j'avais oublié ce détail. Et d'ailleurs, on en a oublié un autre.

– Lequel ?

– Le temps.

– Comment ça ?

– Je ne sais pas comment on a fait pour passer à côté de ça. Rappelle-toi ce que je t'ai dit sur la plastination. Il faut énormément de temps pour procéder à ce genre de technique. Du coup…

– Soit il n'a pas utilisé cette technique, soit la liste des petites filles ne correspond pas.

– Mais on sait déjà que la liste est juste, car Lizzie et les autres nous l'ont confirmé.

– Alors comment fait-il pour conserver les corps ? C'est impossible…

– Sauf si…

Il ne termina pas sa phrase. Son corps s'est tendu et sa mâchoire serrée. Lorsque j'ai voulu en apprendre plus, il m'a fait un signe de la tête. Je le voyais faire des allers-retours de la fenêtre à mon lit, accompagné de messes basses. Les mains plaquées derrière sa tête, il avait l'air de chercher une explication logique à notre discussion, à nos doutes. Ses yeux se sont posés sur moi, et d'après la manière dont il me regardait, je savais que je n'allais pas aimer ce qu'il avait à me dire.

– Et s'il n'utilisait la plastination que sur une seule partie du corps.

– …

Les mots de Lizzie ont envahi ma tête.

Ma tête est toute lourde… Mes bras sont tout bizarres… Mes jambes sont toutes raides… Louise est tombée, elle est cassée…

– Marie Rose ?

– La tête… seulement la tête…

– Mes trésors, vous allez être parfaites. Vous allez enfin rejoindre toutes les autres. La collection… presque… complète.

Je me suis réveillée en sueur, les larmes coulaient le long de mes joues. Dorian était resté avec moi, et j'ai senti sa main attraper la mienne. La seconde d'après, j'étais blottie dans la chaleur de ses bras.

Notre conversation morbide avait laissé des séquelles sur mon visage. Ma courte nuit avait été peuplée de cadavres de petites filles, de morceaux de corps enduit d'une substance inconnue, et pour finir de la voix d'Aberdine. Les doutes que Dorian avait partagés avec moi me paraissaient la seule explication logique pour que la voix d'Aberdine se mêle à celles des filles.

Dorian m'a laissé pleurer, on savait tous les deux que j'en avais besoin. Lorsque j'ai enfin réussi à me calmer, j'ai débité d'une traite ce que j'avais à dire sur cette histoire.

– Les poupées, les fillettes, la préparation. Il les kidnappe, les tue, les mets en scène. Comme si tout ça n'était déjà pas assez glauque, voilà que maintenant on émet l'hypothèse qu'il les… enfin qu'il ne garde que la tête.

Il s'est mis assis, ses doigts me caressaient la main en signe de soutien.

— Je n'ai pas envie qu'on discute ni de la manière dont il s'y prend ni de l'éventuel endroit où finissent les restes. Par contre, ce que je veux c'est qu'on trouve cette ordure et qu'il paye pour tout ça. Dorian, est-ce que tu imagines l'horreur que ça va être pour les familles, si ce qu'on avance est vrai ?

Il m'a laissé continuer sans m'interrompre.

— Si ce que Lizzie m'explique est la réalité, on va retrouver des fillettes avec l'apparence de poupées. Ou alors ce sera des poupées avec la tête d'une petite fille.

C'en était trop. J'ai couru aussi vite que mes jambes me le permettaient, et j'ai vomi mes tripes. La vision de Lizzie avec sa tête placée sur un corps de poupée m'a fait perdre pied. J'ai fermé la porte sur l'image de Dorian, aussi mal en point que moi, et j'ai pleuré pour évacuer cette rage et cette tristesse.

J'ai rouvert les yeux, au moment où Dorian me déposait sur le lit.

— Tu seras mieux ici Marie Rose.

Je n'avais pas la force de lui répondre, alors je n'ai rien dit.

— Tu devrais venir chez moi, une fois que tu auras récupéré.

Quoi ? Il allait partir alors que je n'étais pas bien.

— Je ne vais nulle part, Marie Rose.

Ma main s'est desserrée.

— Tu devrais t'installer chez moi…

Il me fixait, attendant que je réponde à sa requête, mais je n'ai pas pu ouvrir la bouche. Il s'est approché de moi, m'a serré contre lui, et dans un murmure j'ai soufflé.

– Merci.

Il savait que ça voulait dire oui, mais pour moi ça voulait dire tellement plus.

Ce que je ressentais à ce moment précis était bien plus fort que tout ce que j'avais pu éprouver auparavant. Il représentait quelque chose de si fort à mes yeux, que j'avais peur de le perdre, peur de lui avouer. Tout allait trop vite, et pas assez en même temps. Mes sentiments m'effrayaient, me paralysaient, mais me galvanisaient aussi. Il était tout ce dont j'avais besoin, et j'avais l'impression que c'était pareil de son côté.

Je me suis rendormie dans ses bras, avec le mot de cinq lettres sur le bout des lèvres.

36

Marie Rose a pris un sacré coup. Je m'en veux d'avoir suggéré ça. Je sais qu'elle veut résoudre cette affaire, mais j'ai comme l'impression que psychologiquement, elle va craquer. Elle est forte, c'est une évidence, mais sa perception la plonge dans une histoire qui la dépasse, enfin qui nous dépasse tous les deux.

J'ai sans doute l'air d'être le gars serein, qui gère la situation sans problème dans notre duo, mais ce n'est absolument pas le cas. Je suis au bord d'un gouffre qui ne cesse de s'agrandir. Le précipice se rapproche de nous et je ne sais pas comment nous empêcher de plonger la tête la première à l'intérieur. Ce qui se cache au fond ne va pas être beau à voir. L'inconnu tapi derrière toute cette histoire ne va pas se faire prendre sans lutter. Est-ce qu'on est de taille à affronter ça ? Est-ce qu'on va en sortir indemne ? Je n'en sais rien, mais ce que je sais en revanche, c'est que je resterai aux côtés de Marie Rose et que l'inverse est vrai aussi.

Le temps ne joue pas en notre faveur, mais là tout de suite, je ne pense qu'à une seule chose, protéger et réconforter Marie Rose. Elle a cessé de pleurer, mais je sens son chagrin m'envelopper tout entier. J'aimerais le lui prendre, lui promettre que tout ira bien, mais je ne peux pas.

Avant qu'elle ne replonge dans un sommeil agité, je vois ses lèvres murmurer le mot de cinq lettres, celui-là même que je lui susurre à l'oreille quand elle s'endort.

37

— Mes yeux y piquent. Il fait plus tout noir maintenant. Y a Emily, Charlotte, Sophie et les autres aussi.
Ça fait plus peur qu'avant. Tu sais c'est pas noir, mais
c'est pas mieux.

Plongée dans une sorte de transe, je n'arrive pas à
ouvrir les yeux. J'aperçois Lizzie et les autres disposées
comme des trophées sur une étagère. Leurs corps immobiles, leurs yeux qui bougent rapidement de droite à
gauche, et leurs bouches cousues avec du fil d'or.

— On va plus partir. C'est chez nous, c'est la voix qui
dit ça.

Je les entends distinctement, mais ce que je suis en
train de vivre me glace le sang. Lizzie a une tête énorme
sur un corps minuscule. Je vois Louise, que je ne connais pas et que je n'ai jamais vue, avec un visage de porcelaine.

— Tu sais Marie Rose, c'est pas grave. C'est pas
grave, si t'entends pas. C'est pas grave, si tu réponds
pas. C'est pas grave, si tu viens pas…

Mais je voulais venir, je voulais lui répondre, mais la
vision de sa bouche cousue en une moue de terreur
m'en empêche. Les yeux mouillés des autres petites

filles me terrifient. La voix et cette horrible chanson s'insinuent en moi. Je n'ai réussi à ouvrir les yeux qu'au moment où la petite Louise s'est fracassée en bas de l'étagère, laissant des milliers de morceaux de porcelaine joncher le sol.

– Oh mon dieu !

J'en avais assez de ces nuits trop courtes et peuplées de cauchemars. Il était temps de se ressaisir et d'examiner Ladie Elizabeth de plus près. Dorian dormait dans la pièce d'à côté, et moi je m'apprêtais à examiner sous toutes les coutures notre achat onéreux.

La boite blanche satinée était fermée par un ruban de la même couleur. Elizabeth était visible grâce à la paroi en plastique sur le devant. La description de Sophie prenait tout son sens à présent. J'ai défait délicatement le nœud qui entourait la boite afin de libérer l'occupante. Les détails sur son visage, la texture de ses cheveux, et la minutie apportée à ses vêtements étaient hallucinants. C'était vraiment un travail de haute qualité.

Avec le plus grand soin, j'ai tourné Elizabeth pour trouver l'emplacement du petit cœur brodé. Des effluves se sont mis à remonter jusqu'à moi. Ça ressemblait à de la vanille, et à d'autres choses, mais je n'ai pas réussi à les identifier. La poupée avait été parfumée avant de rejoindre sa boite. Je pouvais déjà affirmer qu'elle portait une fragrance hors de prix, mais monsieur Aberdine n'en avait pas fait mention. Avait-il oublié ? Ou est-ce que ce détail n'avait pas d'importance à ses yeux ? Je trouvais, au contraire, que ça apportait une valeur ajoutée aux créations, et qu'il fallait le mettre en avant. Surtout qu'il n'avait pas été avare d'explications.

Dorian m'a rejoint, et j'ai immédiatement approché Elizabeth de son nez.

– Qu'est-ce que tu sens ?

Il s'est avancé plus près et a collé ses narines sur le tailleur de la poupée.

– Vanille ? Peut-être du bois de cèdre, mais vraiment pas sûr.

– Je penche aussi pour la vanille. Autre chose ?

– Désolé Marie Rose, mais je suis journaliste pas un nez reconnu.

On s'est mis à rire, et ça faisait du bien. Je n'avais aucun souvenir de la dernière fois qu'on avait ri tous les deux.

– Tu ne trouves pas ça bizarre qu'Aberdine n'en ait pas parlé ?

– Du parfum ?

– Oui. C'est quand même quelque chose qui fait partie de la création. Tu as déjà senti du parfum sur une poupée toi ?

– J'avoue que je ne me suis jamais acheté de poupée, avant celle-ci.

À nouveau, on a ri.

– Et bien je peux te dire que ce n'est pas quelque chose de commun, du moins pas en général. Il n'a pas arrêté de mettre en avant le travail de ce Jacob, de nous parler de tous les détails de la poupée, mais à aucun moment il n'a abordé le fait qu'elle était parfumée.

– C'est vrai que c'est étonnant. Tu crois que ça peut mener quelque part ?

– Je n'en sais rien, mais tu m'as mis le doute avec Aberdine et Jacob, alors maintenant la moindre chose qui sort de l'ordinaire, ça m'interpelle.

Il fait une grimace d'excuse, et ça me fait sourire.

– J'ai peur de passer à côté de quelque chose d'important, et en même temps, je n'ai pas envie qu'on s'attarde sur des détails qui ne mènent à rien.

– Je comprends Marie Rose. Concentre-toi sur les filles, et moi de mon côté, je vais continuer ma petite enquête sur Jacob. Si tu veux, je peux aussi retourner à la boutique et essayer d'en apprendre plus sur ce parfum. De toute manière j'ai quelque chose à récupérer.

Je n'ai pas relevé sa dernière phrase.

– Excellente idée. Merci Dorian.

– Ne me remercie pas, on est une équipe alors on se partage le travail.

Il s'est approché de moi et a déposé un baiser sur mes lèvres.

– Un peu plus qu'une équipe.

J'ai rougi instantanément.

– Oui un peu plus…

Je ne voulais pas qu'il pense que je ne voulais pas de toutes ses marques d'affection, au contraire c'était ce qui me faisait tenir, mais Lizzie avait besoin de mon aide.

– Dorian…

– Pas la peine. Je suis du même avis. On aura tout le temps une fois l'affaire résolue.

Il est retourné voir Aberdine dans l'après-midi pendant que j'essayais toujours de mettre la main sur le cœur jaune. Pourquoi n'avais-je pas eu l'idée de demander où se situait ce petit cœur ? J'allais devoir revoir mes méthodes d'interrogatoire, car ça laissait à désirer.

J'ai entrepris de déshabiller Elizabeth, en prenant soin de mémoriser où chaque élément se trouvait. Elle me servirait à récupérer la montre familiale de Dorian, tout devait être impeccable. Son corps en satin renfermait des sortes de petites billes compactes pour soutenir l'ensemble. J'ai regardé partout, mais je n'ai rien vu. En passant mes doigts sur le tissu rembourré, j'ai senti quelque chose tout juste perceptible. Les yeux collés sur la poitrine d'Elizabeth, je devinais à peine les contours d'une forme.

J'ai retourné les tiroirs du bureau de Dorian pour mettre la main sur une loupe. J'avais une excellente vue, mais je n'avais pas encore développé de super pouvoir. Muni de mon troisième œil, j'ai scruté le satin. Brodée au fil d'or, la forme jaune m'est apparue au niveau de l'emplacement du cœur. Astucieux.

Je repensais à la conversation sur les éventuelles copies du travail de Jacob. En découvrant cette signature sur la poitrine d'Elizabeth, je me suis dit immédiatement qu'il était extrêmement difficile de réussir à l'imiter, car ce n'était pas un simple motif aux lignes lisses. Jacob avait réussi le tour de main de superposer les couches de fil pour former de petites arabesques aux extrémités. L'intérieur était rempli de minuscules ronds de fil. Je n'en revenais pas. Un travail de chirurgien, de magicien, d'orfèvre.

Dorian est revenu sur les coups de dix-sept heures. Elizabeth était toujours sans son tailleur, la loupe posée sur sa poitrine.

— J'espère que ça ne te dérange pas, j'ai dû fouiller dans ton bureau ?

Il aperçoit la loupe sur le corps de la poupée.

— Non aucun problème. Tu as fait des recherches en profondeur à ce que je vois.

– Ne te moque pas ! Je cherchais le cœur brodé. Franchement si tu veux mon avis, personne ne doit être capable de reproduire à l'identique les poupées Jacob.

– Je confirme.

Il avait découvert autre chose, j'en étais sûre. Son sourire était trop expressif pour quelqu'un qui avait fait chou blanc.

– Aberdine a parlé ?

– Je l'ai fait parler.

Une certaine fierté émanait de lui, et je l'ai laissée l'exprimer.

– Lorsqu'on est retournés à la boutique pour acheter la poupée, j'ai volontairement glissé mon permis de conduire sur le côté du fauteuil. J'avais dans l'idée de revenir le chercher, ou d'attendre qu'il le trouve et me contacte.

– En voilà une idée de génie.

– Du coup quand je suis entré dans la boutique, j'ai tout de suite annoncé la raison de ma présence. Aberdine est revenu deux minutes plus tard avec mon permis dans les mains. Je lui ai expliqué qu'il avait dû tomber au moment de payer, et que je ne m'en étais aperçu qu'au moment où les policiers me l'ont demandé lors d'un banal contrôle routier.

– C'est à l'école de journalisme qu'on vous apprend à mentir comme ça ?

Il s'est senti gêné, puis flatté. Allez comprendre.

– Détourner la vérité pour arriver à ses fins, ce n'est pas vraiment un mensonge. Pas vrai ?

Le petit clin d'œil faisait sans aucun doute référence à nos débuts et au secret sur ma perception. Maintenant, c'est moi qui étais gênée.

— Enfin, voilà, il n'a pas paru suspicieux. J'ai alors parlé du parfum de la poupée, à quel point on avait été surpris de le découvrir en ouvrant la boite, et là, il m'a fixé.

— Fixé, du genre pourquoi il pose toutes ces questions ? Ou du genre c'était une bonne surprise ?

— Du genre, je fixe un client avant de lui annoncer que c'était un clin d'œil à la mère de Jacob.

— Attends, je te suis pas.

— Il parfume toutes ses créations avec la même fragrance que portait sa mère.

— Ça pourrait m'être utile pour interroger Lizzie et les autres. Est-ce que par hasard il t'a donné le nom du parfum ?

À nouveau ce même sourire et cette lueur de victoire dans les yeux.

— À ton avis ?

— Il te l'a dit.

— C'est une création de Clive Christian, célèbre parfumeur anglais. Sa parfumerie s'occupait de la cour royale victorienne. Pas que ce détail nous intéresse, mais Aberdine semblait soucieux de le mentionner.

— J'imagine donc que ça explique aussi le prix élevé des poupées.

— D'après Aberdine, non. C'est juste une envie personnelle de Jacob. Lubie de riche si tu veux mon avis. Je suis allé jeter un œil sur le tarif du parfum en question, et laisse-moi te dire que c'est hors de prix. C'est un produit que peu de personnes possèdent.

— Il va falloir que je sache si Lizzie peut m'aider pour le parfum. Car souviens toi ce que disais Aberdine, les poupées d'exception ne sont pas fabriquées en grande quantité, et si le tueur possède un exemplaire du même parfum, la liste va se restreindre beaucoup plus vite.

— Oui, mais on n'arrive déjà pas à mettre la main sur les noms des acheteurs de poupées, comment veux-tu qu'on déniche les noms de ceux qui possèdent le parfum ?

— Je n'en ai aucune idée, mais on va bien trouver un moyen.

J'avais l'air étrangement sûre de moi.

— Parle avec Lizzie, et moi je creuse sur le duo Aberdine/Jacob. Il doit bien y avoir quelque chose sur ces deux-là quelque part.

On est retournés tous les deux au travail.

38

– Oui j'ai déjà dit ça sent pas bon ici. La fille qu'on connait pas bien, tu sais ? Elle dit ça sent fort, comme sa mamie.

– Quelle fille ?

– J'ai oublié son nom. Elle est ici pas depuis longtemps.

– Lauren ?

– Oui, elle. Ben elle dit ça quand elle parlait. Elle parle plus maintenant.

– Pourquoi est-ce qu'elle ne parle plus Lizzie ?

– Parce que sa bouche est fermée.

– Et toi non ?

– Pas tout. Un peu ouverte. Les autres aussi, mais pas elle. La voix dit elle est plus belle Lauren. Plus belle avec la bouche fermée.

– D'accord Lizzie. L'odeur qui sent pas bon là où tu es, est-ce que tu peux me dire à quoi ça te fait penser ? Est-ce que toi tu as déjà senti ça quelque part ?

– Je sais pas. Papa il sent pas ça. Madeline non plus. J'ai pas de maman. Mamie sent pas ça non plus.

– Peut-être un endroit où tu es allée et que tu aimais ? Une odeur de fleur ? De glace ?

– J'aime pas ici. Ça sent pas bon. C'est fort.

– Je sais Lizzie…

J'allais devoir trouver un autre moyen de lui faire dire ce que je voulais savoir.

– Qu'est-ce que tu connais comme odeur ?

–… la fraise, j'aime bien ça. Le chocolat, c'est bon le chocolat. Y a aussi le caramel, c'est mes bonbons préférés. Et la bougie de papa. Tu sais, c'est pour cacher la cigarette. Ça sent pas bon la cigarette. Alors y a la bougie de papa.

– Et bien, tu en connais plein des odeurs. Et la bougie de ton papa, elle sent quoi ?

– Comme le gâteau de mamie. La vani. Oui c'est la vani. Mais pas la même.

Lizzie prononce littéralement le mot comme ça, j'ai envie de sourire parce que j'aime bien sa voix et j'aime bien Lizzie, mais ça ne dure qu'une fraction de seconde, car la réalité me happe toute entière.

– Lizzie, ma puce, tu sais que je fais tout pour venir. Mon ami m'aide pour vous sortir de là. Tu le sais ça ?

J'avais besoin qu'elle me le confirme. Je me sentais de plus en plus coupable de ne pas réussir à mettre la main sur ce tueur. L'imaginer morte et mise en scène comme un vulgaire trophée, ça me rendait malade.

– Tu sais Marie Rose, si tu viens pas… c'est pas grave.

Cette dernière phrase a résonné en moi comme la première fois que je l'avais entendue dans mon cauchemar. J'ai voulu lui répondre, comme la première fois, mais elle n'était plus là. Je suis restée figée, les larmes aux yeux, et le sentiment d'être totalement impuissante pendant ce qui m'a semblé durer une éternité.

Dorian m'a demandé si j'allais bien, mais je n'ai pas eu envie de lui répondre. Je n'ai eu envie de plus rien du tout. Je l'ai regardé et je suis partie.

J'ai erré des heures dans les rues de Londres, sous une pluie battante. Mes larmes se sont mêlées aux gouttes de pluie qui ruisselaient sur mon visage. J'étais transie de froid, mais je n'ai pas pu me résigner à rentrer. Lizzie occupait toutes mes pensées, les autres également.

Ses dernières paroles m'avaient plongée dans un chagrin immense, et plus les jours passaient, et plus je me rendais compte que j'allais peut-être échouer. Qu'effectivement, je ne serai pas en mesure de venir la chercher, et d'arrêter le meurtrier.

Comment avais-je pu croire que j'étais capable de résoudre une affaire pareille ? Aucune expérience. Rien. Une perception, et l'envie d'aider, mais en aucune manière, un gage de réussite. Même le soutien de Dorian, n'était en rien l'affirmation que j'allais pouvoir stopper cette folie.

Dorian.

Je l'avais embarqué malgré lui dans cet imbroglio qui devenait de plus en plus tragique chaque fois que Lizzie me parlait. Il n'avait pas hésité à foncer tête baissée dans cette enquête, simplement parce que je le lui avais proposé.

Dorian.

Celui qui était devenu au fil des jours mon ami, confident, et depuis peu plus que ça. Celui qui croyait en moi, qui pensait qu'on devait continuer, car on le devait.

Dorian.

Le premier qui m'avait embrassé, et qui m'avait fait me sentir importante à ses yeux. Le seul qui malgré l'horreur des nouvelles informations gardait son calme, et sa force.

Plongée dans une spirale de certitudes, de doutes et de tristesse, je ne me suis pas rendue compte que je n'étais plus seule sur les bords de la Tamise. Je n'ai pas remarqué les trois individus qui me suivaient dans l'ombre des lampadaires ni ceux qui arrivaient en face.

Lorsque j'ai levé les yeux, il était déjà trop tard pour envisager la moindre fuite. Devant, comme derrière, le passage était clos. Je ne devais surtout pas leur montrer qu'ils me faisaient peur. Ordonner à mes jambes de rester fixes, ne surtout pas trembler lorsque j'ouvrirai la bouche. Confiante, calme et déterminée à me sortir de là, j'ai osé demander.

— Bonsoir ! Vous savez où se trouve le poste de police ?

Aucune idée de pourquoi j'avais posé cette question, mais les mots étaient sortis. Le plus grand du groupe m'a dévisagé, puis il a donné un coup de coude à son voisin de droite.

— T'entends ça Colin, la demoiselle elle veut savoir où sont les flics.

Le fameux Colin s'est mis à rire, et les autres aussi. Toujours bien droite, j'ai reposé la question, et cette fois c'est le costaud placé derrière moi qui a répondu.

— C'est pas qu'on veut pas t'aider ma jolie, mais disons qu'on n'aime pas trop les flics, et comme on comptait s'amuser un peu, on n'a pas envie que tu partes.

J'ai senti mes poils se dresser, mon pouls s'accélérer, et la panique inonder mon corps en moins de temps qu'il n'en faut pour le dire. Est-ce l'adrénaline qui s'est déversée dans mes veines qui m'a donné le courage de répondre ? Ou est-ce que c'était autre chose, quoi qu'il en soit j'ai laissé faire.

— Je ne suis pas contre un peu de compagnie, mais j'ai une affaire sur le feu, et je doute que les disparitions de fillettes puissent être mises entre parenthèses le temps de m'amuser avec vous.

Mon discours semblait les captiver, et Colin a dit.

— Les gars c'est un flic.

Je suis restée de marbre. Le costaud a appelé un certain Jamie qui à son tour a appelé un Charlie. Voilà que je connaissais le nom de trois de mes compagnons. Jamie m'a demandé.

— Tu parles de la gamine qui a disparu il y a plusieurs jours ? Lauren ?

Est-ce que sans le vouloir j'avais réussi à me sortir de ce guêpier ? Il continua.

— C'est de ça que tu parles ?

— Oui c'est de ça que je parle.

— Charlie, t'as entendu ?

Le Charlie en question est sorti de l'ombre et s'est approché de moi. Il paraissait moins terrifiant en pleine lumière, mais ses yeux presque noirs m'ont quand même fait frémir.

— Qu'est-ce que tu fous dans le coin ? Lauren n'est pas sur ce pont ? Alors pourquoi tu perds ton temps ici ?

Il était en colère, sa voix a résonné un instant dans les airs, mais il y avait autre chose. De la tristesse. Ses doigts tapaient frénétiquement sur ses jambes, et son corps se balançait de droite à gauche.

— Alors tu vas répondre ?

J'avais intérêt à trouver quelque chose à dire, et vite parce que le petit groupe se rapprochait dangereusement de moi.

— Écoutez les gars, je ne peux pas parler d'une affaire en cours.

Jamie balaya ma remarque d'un revers de main.

— Foutaises.

— Comment connaissez-vous Lauren ?

Interrogatoire inversé, avec un peu de chance ça fonctionnerait. Ils se sont regardés un moment, et Charlie a dit.

— Lauren c'est… C'est…

Voilà qu'il s'était mis à bégayer sous le regard gêné de ses copains. Jamie et Colin ont lancé en cœur.

— C'est sa sœur.

Je n'en revenais pas, j'étais en présence du frère d'une des fillettes. Quelle était la probabilité d'une telle rencontre ? Quelles étaient les chances pour que je me retrouve face à face avec un membre de la famille d'une des kidnappées ? Si vous m'aviez posé la question auparavant, j'aurais sans hésiter dit aucune. Pourtant c'était bel et bien le cas.

— Maintenant à toi lança Charlie.

— C'est ma façon de procéder. Lorsque je veux me concentrer, et rassembler mes idées, je sors marcher.

— T'es pas du coin toi ? continua Jamie.

— C'est mon accent qui m'a trahi ? Je suis Française…

— Qu'est-ce qu'une Française fout ici et pourquoi tu bosses sur cette affaire ?

J'allais devoir faire preuve de conviction dans mes prochains mensonges. Me faire passer pour une policière c'était déjà gros, mais là j'allais devoir leur faire croire que les flics du coin avaient fait appel à moi et que j'étais en charge de l'affaire. Au moins le temps de me sortir de cette situation. Et puis j'ai simplement décidé d'y aller au talent.

— Les gars, écoutez, je cherche à retrouver ces fillettes, et à mettre la main sur l'ordure responsable de tout ça.

Ma voix était sûre, ma posture aussi, je m'étonnais moi-même. Au bout d'une seconde qui m'a paru durer une éternité, les trois mecs derrière moi se sont éloignés. Jamie et Colin aussi, me laissant seule avec Charlie. Il n'a pas essayé de me regarder, comme s'il ne voulait pas que je voie qu'il était triste.

— Emma m'a appelé en panique le jour où c'est arrivé. Elle m'a dit que Lauren n'était plus là. Avec les gars, on trainait pas loin, j'aimais pas qu'elles se baladent seules. Seulement voilà, j'ai croisé une copine...

Sa phrase est restée en suspens quelques instants.

— J'étais pas là quand c'est arrivé parce que je parlais avec elle. Ça n'a pas duré plus de cinq minutes.

Il a dit ça comme s'il essayait de justifier son absence et d'atténuer la culpabilité qui le rongeait.

— Quand on a rejoint Emma, Lauren était introuvable. J'ai fait le tour vingt fois, mais rien.

J'ai voulu m'approcher de lui, lui montrer que je compatissais, mais ça ne semblait pas être la meilleure des idées. Je l'ai laissé continuer, jusqu'à ce qu'il me fixe.

– Tu sais, je suis pas stupide, je sais que les flics n'ont aucune piste, comme je sais que t'en es pas une. Mais t'inquiètes pas je dirai rien aux autres, parce que je te crois quand tu dis que tu veux la retrouver, même si personne ne va retrouver Lauren et les autres.

Cet aveu m'a fait l'effet d'un coup en pleine poitrine. Je me trouvais ici, avec eux, justement parce que cette même évidence, vérité, appelez ça comme vous voulez m'avait frappée. L'entendre de la bouche de quelqu'un d'autre sonnait encore plus vrai.

– Charlie. Je peux t'appeler Charlie ?

Il a hoché la tête en signe d'approbation.

– Je ne suis pas flic c'est vrai, mais j'enquête vraiment. Je ne vais pas te dire que tu as tort, mais sache que je continuerai à la chercher.

Je pensais réellement ce que je disais, et même si je savais que Lauren était morte, je devais tout faire pour qu'elle retourne auprès des siens. Il était hors de question que je permette à ce monstre de garder les corps de ces fillettes. Elles avaient le droit à une sépulture décente.

Au moment où je remontais les escaliers, Charlie m'a rattrapé.

– Je sais pas si c'est important, mais Emma a dit que Lauren n'arrêtait pas de sourire. Quand elle lui a demandé à qui elle souriait, Lauren a dit au monsieur avec la poupée qui sent fort. Ma sœur a cherché le gars, mais elle a vu personne. Cinq minutes plus tard, Lauren avait disparu.

Voilà comment il s'y prenait pour amadouer les petites filles, les poupées. Les poupées parfumées.

Mon écran affichait deux appels en absence, et trois textos. Ma rencontre nocturne avec le frère de Lauren avait éclipsé tout le reste. Dorian devait être inquiet, voilà des heures que j'avais quitté son appartement. Je me suis empressée de le joindre.

– Je suis vraiment désolée d'être partie comme ça, mais j'avais besoin de me retrouver seule.

– Ne refais plus jamais ça Marie Rose.

Il était inquiet et ça se ressentait dans sa voix.

– J'ai cru qu'il t'était arrivé quelque chose.

– Je suis désolée, sincèrement.

– Où es-tu ? Je viens te chercher.

Il y avait autre chose dans sa voix, quelque chose que je n'arrivais pas à déterminer.

– Je suis sur le chemin du retour, tout va bien.

– Dis-moi où tu es.

Voilà qu'il devenait un tantinet autoritaire.

– Dorian qu'est-ce qu'il se passe ?

Un blanc. Sa respiration était saccadée.

– Dorian, dis-moi ce qu'il y a.

À mon tour, je venais d'élever la voix.

– Une autre petite fille a disparu…

39

J'ai couru à en perdre haleine. La pluie frappait mon visage avec violence, mais je n'en avais rien à faire, une autre fillette venait de disparaitre.

Pourquoi est-ce qu'il changeait sa routine ? On avait établi qu'il fonctionnait selon un schéma récurrent, et voilà qu'il modifiait ses habitudes. Ça n'avait aucun sens.

Dans ma course folle pour rejoindre Dorian à son appartement, j'ai appelé Lizzie. Je devais savoir si elle avait entendu des choses de la part de la voix. Si elle pouvait m'aider à comprendre pourquoi il avait fait ça. Mais elle est restée silencieuse.

Et puis ça m'a frappé de plein fouet. Les paroles du tueur ont résonné en moi comme une certitude.

Collection… presque… complète…

Des relents de conversation avec Lizzie mêlés à la voix me sont aussi revenus en mémoire.

Louise est cassée…

La voix parle d'une autre poupée…

Une nouvelle… une dernière…

Qu'il doit pas la casser… il doit faire bien cette fois…

… ensuite des nouvelles en deux mille dix-huit…

Tout commençait à prendre forme dans ma tête. Tout s'imbriquait parfaitement, et je m'en voulais de ne pas avoir compris l'évidence. Celle-là même que Lizzie m'avait soufflée à l'oreille. Louise ne faisait plus partie de sa collection, elle avait été mise aux rebus. Une autre allait prendre sa place, et d'après Dorian, une nouvelle fillette venait d'être enlevée. Le travail du tueur allait commencer, et à moins qu'on ne trouve un moyen de l'identifier, sa collection allait être complète d'ici peu.

Quand je suis enfin arrivée chez Dorian, j'étais trempée jusqu'aux os. Il m'a enroulée dans une serviette chaude, et on s'est assis ensemble sur le canapé. J'avais des tas de choses à lui dire, en commençant par ma rencontre avec Charlie Roberts, le frère de Lauren. J'ai voulu ouvrir la bouche, mais il a allumé la télévision. Le visage d'une petite fille prenait tout l'écran, les médias diffusaient en boucle sa photo accompagnée d'une bannière rouge qui défilait décrivant les caractéristiques physiques de celle-ci.

Ses yeux émeraude me fixaient, statiques. Une boule s'est logée dans ma gorge, mes ongles se sont enfoncés dans mes cuisses, et une chaleur vive est montée jusqu'à mon visage. Tristesse. Angoisse. Colère. Tout s'est mélangé en moi pour ne former qu'une seule et même émotion, la rage. Puissante. Elle m'a envahi, m'a avalé toute entière et je l'ai laissé faire.

Dorian a coupé le son du téléviseur. Il avait eu envie de me dire quelque chose, de me poser des questions, mais il s'est ravisé. Il observait les muscles de ma mâchoire se contracter, je n'avais pas besoin de lui dire ce que je ressentais en ce moment, et d'ailleurs on en était plus là. S'épancher sur nos sentiments respectifs n'était clairement plus une priorité, ça ne l'avait jamais été. Celles qui comptaient, c'était les victimes.

Il s'est levé sans dire un mot, et j'ai entendu la porte de sa chambre se fermer.

Malgré l'écran noir, la petite Jane Ellis ne voulait pas quitter mon esprit. Elle était ancrée à l'intérieur, comme marqué au fer rouge. Les circonstances de sa disparition n'ont fait qu'exacerber ma rage. La veille de Noël. Dans un magasin de jouet. Au milieu d'une centaine de témoins, et pourtant elle était devenue invisible aux yeux de tous.

Six jours séparaient la disparition de Lauren et celle de Jane. Un laps de temps trop court pour qu'il ait terminé de travailler sur Lauren. Je ne savais pas comment appeler les horreurs qu'il faisait subir aux fillettes, et je n'en avais pas envie, mais il avait réduit drastiquement sa plage de travail.

Vingt minutes plus tard, j'ai rejoint Dorian dans sa chambre.

— C'est la dernière. Celle qui va compléter sa collection.

— Mais Lauren était la dernière d'après nos recherches.

— Oui, sauf que Louise s'est cassée. Il l'a cassée.

Ses sourcils se sont froncés, il ne comprenait pas où je voulais en venir.

— Rappelle-toi de ce que je t'ai dit la dernière fois au sujet de la voix et de la collection.

— Oui, je m'en souviens, tu as parlé d'une collection complète.

— Pas tout à fait. Je ne m'en suis pas rendue compte tout de suite, mais il a dit une collection presque complète. Ensuite je me suis remémoré les paroles de Lizzie et tout est devenu clair. Louise doit être remplacée. Elle ne fait plus partie de sa collection.

— Comment on…

Sa phrase est restée un instant sans suite, avant que je la termine.

— Comment a-t-on fait pour louper ça ? C'est ce que je me demande.

— Ce n'est pas ce que je voulais dire.

Il a voulu prendre ma main, mais je me suis levée avant qu'il n'en ait eu le temps.

— Tu sais Dorian c'est tout nouveau pour moi aussi, et puis… j'ai l'impression qu'on tourne en rond. On a tous les indices sous les yeux et pourtant on ne trouve pas.

— Si tu peux me laisser finir ma phrase, j'allais dire comment on s'organise maintenant.

J'étais à fleur de peau, sur la défensive et je m'en prenais à lui sans raison.

— Désolée, la soirée a été longue. J'ai des choses à te dire.

— Ne t'inquiète pas !

— Je suis allée marcher le long des berges de la Tamise…

— Toute seule ? En pleine nuit ? Je ne sais pas comment ça se passe chez toi, mais ici, les jeunes femmes ne se promènent pas seule la nuit.

Son nez s'était légèrement retroussé. J'aimais bien son visage lorsqu'il s'inquiétait pour moi, mais vu sa réaction, j'allais devoir modifier mon histoire.

— Je sais me défendre Dorian, mais merci de t'inquiéter pour moi. Je disais donc pendant que je me trouvais là-bas j'ai fait la connaissance d'un groupe de jeunes.

Maintenant ses yeux s'étaient carrément agrandis et il tapait la mesure avec son pied. J'ai eu envie de rire, mais je me suis ravisée.

– Tout s'est bien passé. La preuve je suis ici en un seul morceau.

Il s'en était fallu de peu pour que ce ne soit pas le cas, mais Dorian n'avait pas besoin de le savoir.

– Tu ne devineras jamais à qui j'ai parlé.

– Je confirme.

Sa voix était sèche, mais il essayait de se détendre, je le voyais.

– Charlie Roberts.

Une lueur est apparue dans ses yeux, et la seconde d'après, sa posture s'est détendue.

– Roberts ? Comme dans Lauren Roberts ?

– Tout à fait. Je me suis fait passer pour une flic…

– Ah bon ? Et pourquoi ça ?

Mince ! Grillée. *Rattrape le coup vite.*

– J'ai eu envie de poser des questions, c'est tout.

Je n'y croyais pas, et d'ailleurs lui non plus.

– Bon très bien, ce n'était pas très malin de ma part de me balader seule. Si on peut passer sur la leçon de morale, ça serait cool.

– Continue.

– Je te passe les détails superflus, mais il m'a parlé du jour où c'est arrivé. Il se sent coupable parce qu'il était sur place, mais qu'il a été distrait par une fille.

– C'est souvent le cas.

Je n'ai pas relevé, il m'a juste fait un clin d'œil.

– Emma, sa sœur lui a dit que Lauren souriait à un monsieur avec une poupée, une poupée qui sentait fort, mais elle n'a rien vu. Et après tu connais la suite, elle a disparu.

– Alors c'est comme ça qu'il opère. Il les appâte avec les poupées.

– C'est exactement ce que j'en ai conclu.

– Tu sais, plus j'y pense et plus je me dis que le coupable ne peut pas être un gars lambda.

– Comment ça ?

Il m'intriguait. Où est-ce qu'il voulait en venir ?

– Pour copier le modèle de poupée Jacob, il doit en posséder une ou plusieurs. Je n'ai pas besoin de te rappeler le prix qu'elles coûtent.

– Tu veux dire que tu penses qu'il a de l'argent.

– Forcement. Il fait peut-être même partie de la haute société.

J'étais perplexe.

– Qu'est-ce qui se passe Marie Rose, tu crois que les gens riches ne sont pas des criminels ? Des meurtriers ?

– Si, mais pas ce genre-là.

– Et bien, laisse-moi te dire que tu te trompes. Je vais te conter une petite histoire. Dans les années vingt, à Chicago, Nathan Leopold et Richard Loeb, tous les deux issus d'une famille aisée, ont voulu réaliser le crime parfait. Étudiants en droit, ils ont certainement pensé qu'ils étaient plus malins que les autres. Ils ont kidnappé un voisin de quatorze ans, l'ont tué et aspergé d'acide chlorhydrique. Plus récemment, en mille neuf cent quatre-vingt-un, Issei Sagawa, fils d'un riche homme d'affaires japonais, et étudiant en France, a tué et mangé la fille sur laquelle il flashait. Je peux continuer si tu veux ?

Absolument pas. Ce n'était pas nécessaire. Par moment j'oubliais qu'il était journaliste et que c'était son métier de connaître tous les détails des affaires les plus sordides.

— Peu importe de quel milieu viennent les gens, Marie Rose, n'oublie jamais que tout le monde est capable du pire.

— Je me souviendrai de ça, crois-moi, je ne suis pas prête d'oublier ta petite histoire.

Alors quoi ? Si on part de ton hypothèse, on cherche quelqu'un qui a de l'argent, qui connaît le travail de Jacob et qui peut le reproduire.

— Exactement.

— Ajoutes à tes soupçons qu'il est certainement allemand vu son accent, en tout cas il le parle à la perfection.

— Mais il peut très bien le dissimuler.

— De quoi ?

— Son accent.

— Pourquoi ferait-il ça ?

— Pour passer inaperçu, et pour devenir quelqu'un d'autre aux yeux des autres. Entretenir une sorte de mystère.

— Attends Dorian, je ne te suis plus là. Est-ce que tu sais quelque chose que j'ignore ? Si c'est le cas, ne tourne pas autour du pot.

— Je crois que celui qu'on cherche pourrait bien être Aberdine…

Je ne l'avais pas vu venir celle-là. OK, il avait spéculé sur d'éventuels secrets de sa part, mais de là à l'accuser de meurtre.

— Pourquoi lui ?

— Je t'ai dit qu'il semblait trop habité par l'histoire des Jacob. Comme s'il avait voulu faire partie de cette famille. Si ce qu'il a dit est vrai, idolâtrer quelqu'un peut devenir le déclencheur d'une série de meurtres. Ce penchant a sans doute toujours été en lui, mais il lui manquait la manière de se démarquer des autres. Souviens-toi mon histoire sur Nathan et Richard. Ou alors comme je te l'ai suggéré plus tôt, il se peut qu'Aberdine et Jacob ne soient qu'une seule et même personne. Une pure invention. Sa pure invention.

— Imaginons que tu es sur une piste solide, où opère-t-il ? Et si tu te trompes et qu'ils sont bien deux entités différentes, est-ce que Jacob est au courant ? Lui donne-t-il un coup de main ? Je peux continuer à dérouler une liste de questions si tu veux.

— Je n'ai pas encore toutes les réponses, mais plus j'y pense, plus c'est plausible. Toutes les recherches qu'on a faites sur ces deux messieurs n'ont mené nulle part. Comme s'ils étaient invisibles ou irréprochables. Tout le monde à des choses à cacher, ils ne font pas exception à la règle.

— On attend quoi pour le suivre alors ?

Dorian s'est senti soulagé de ma réaction. Pour une fois les rôles étaient inversés, et je pouvais à mon tour lui montrer mon soutien.

Le lendemain, on irait se poster près de la boutique de poupées, et on patienterait jusqu'à ce que monsieur Aberdine nous mène à son lieu de résidence. C'était notre plan, et rien ni personne ne nous empêcherait de l'exécuter.

40

— La nouvelle est là. Pas avec nous, mais bientôt. La voix dit la nouvelle va être plus belle que Louise. Louise est dans la boite fermée. La boite qui va pas dans la nouvelle maison.

— La boite va disparaitre. Et Louise aussi.

— C'est là où c'est chaud…

Lizzie s'est mise à me parler sur les coups de cinq heures du matin. J'avais du mal à ouvrir les yeux, et à me concentrer sur ce qu'elle me racontait. J'étais exténuée, mais je me suis trainée hors du lit, direction la cuisine, Dorian n'avait pas besoin d'être de la partie.

— Lizzie, ma puce, je suis là.

— Moi aussi.

— Est-ce que tu sais où est la nouvelle ?

— Je vois pas. Je crois elle est pas prête. Pas comme nous.

Se pouvait-il qu'elle soit toujours en vie ?

— Est-ce que la voix a dit quand elle serait prête ?

— Bientôt. D'abord, Louise part. Là où c'est chaud.

– Où est-ce que c'est ça ?

– Là où les bras, les jambes et le reste va. Pas la tête… C'est la voix qui dit ça. Là où la nouvelle fille sort. Ça veut dire quoi Marie Rose.

– Je ne sais pas, mais je vais vite le découvrir.

Encore un mensonge, certainement pas le dernier. Si je comprenais, et j'étais sûre que c'était le cas, les corps décapités des petites filles finissaient incinérés.

Avec Dorian, on n'avait pas voulu s'attarder sur ce qu'il faisait des corps, car on n'était pas certain que mon hypothèse était la bonne. Lizzie venait sans s'en rendre compte de la valider. Il gardait effectivement la tête de ses victimes, et il se débarrassait du reste. Quant à sa dernière phrase, je supposais qu'il utilisait le même four que pour la porcelaine, ce qui amenait un nouvel élément à l'enquête. Il n'était sans doute pas un acheteur, mais peut-être le fabricant. J'avais émis cette hypothèse sans en parler à Dorian, et d'ailleurs je ne m'étais pas attardée sur le sujet.

On était peut-être passés à côté de plein de choses dans cette affaire, mais la méthode de fabrication de la porcelaine, c'était un sujet qu'on avait bossé à fond. On connaissait quel type de matériaux il avait besoin et on savait également que pour la cuire, la température devait atteindre plus ou moins mille quatre cents degrés Celsius. À fond, je vous dis.

Dorian allait se lever aux aurores, il devait entendre ce que je venais de découvrir.

Évoquer la crémation de corps d'enfants au saut du lit n'était clairement pas la meilleure façon de réveiller quelqu'un.

— Bonjour à toi aussi Marie Rose. Est-ce que je peux me lever avant d'entrer dans le vif du sujet ?

— Bien sûr. Désolée.

Je lui ai laissé avaler son thé et filer sous la douche. Certes on manquait de temps, mais quinze ou vingt minutes de plus ça ne changerait plus grand-chose.

Il m'a rejoint sur le canapé et sans plus attendre je lui ai exposé les nouveaux éléments.

— Lizzie m'a confirmé ce que je redoutais, il ne garde que la tête.

— OK ! Je ne m'attendais pas à ce que tu me sortes ça comme ça, mais très bien.

J'ai fait la grimace.

— Comme je te l'ai dit avant que tu n'émerges complètement, il brule les restes. Et je suis certaine qu'il le fait dans le même four que celui qu'il utilise pour la porcelaine. On a donc à faire à quelqu'un qui possède l'équipement complet pour ça.

— Attends ! Comment ça le même four ?

J'allais trop vite, Dorian ne comprenait pas ce que je disais.

— Oui, je suis sûre qu'il n'est pas acheteur, mais c'est que c'est lui qui fabrique les poupées.

— Qu'est-ce qui te permet d'affirmer ça Marie Rose ?

— Lizzie.

Il n'a pas cherché à en apprendre davantage, alors j'ai continué.

— La température de cuisson de la porcelaine et celle pour la crémation ne sont peut-être pas les mêmes, mais s'il est capable de fabriquer ce genre de matériaux, il l'est tout autant pour bruler un corps.

Je le voyais à présent réfléchir, et se laisser convaincre.

— Admettons ! On cherche alors un lieu qui soit adéquat pour ce genre de chose. Ça ne doit pas courir les rues. Mais attends…

Il s'était levé rapidement du canapé pour faire les cent pas.

— Dorian ?

Il marmonnait.

— Dorian, tu m'entends ?

— On connaît quelqu'un qui a les moyens. Rappelle-toi ce que je t'ai dit tout à l'heure au sujet d'Aberdine.

Je m'étais mise à mon tour à réfléchir et à assembler les pièces du puzzle que Dorian venait de me donner.

— Techniquement oui, si Jacob est son complice, sinon ça ne tient pas la route.

— Sauf s'il opère quand il est seul ou que c'est la même personne.

À nouveau mon cerveau tournait à plein régime, mais j'allais avoir besoin de plus de preuve pour être convaincue. Dorian restait campé sur ses positions, et moi je n'arrivais pas à admettre qu'il n'y avait qu'une seule personne.

— Si Aberdine n'est pas Jacob, il utilise l'atelier de ce dernier quand il n'est pas là. C'est risqué !

— Oui, mais pas impossible.

Les yeux rivés sur mes notes concernant la fabrication de poupée, un élément passé inaperçu m'a sauté aux yeux.

— Regarde Dorian.

— Oui et alors ?

— La chaux a plusieurs propriétés, dont celle de masquer les odeurs de décomposition d'un corps. C'est un des composants utilisés pour la porcelaine.

— À nouveau, Aberdine avait la possibilité d'en trouver et de s'en servir.

— Je ne sais pas ce qu'il a fait pour que tu le soupçonnes, mais la lueur dans tes yeux, et la façon que tu as d'y croire, me pousse à m'interroger à mon tour.

— Je ne le sens pas c'est tout. Et plus tu y réfléchis, et plus tu te rends compte qu'il répond à tous nos critères.

— J'avoue qu'il colle au profil, mais tu l'imagines faire une chose pareille ? Sérieusement ?

— Plus rien ne m'étonne, tu sais. Eh oui, je l'imagine très bien.

— D'accord, je te suis sur ce coup, et pendant qu'on va se poster près du magasin pour espionner notre suspect, je vais voir si je peux confondre Aberdine avec la voix. Lizzie ou une autre réussira peut-être à confirmer ce que tu dis.

41

Lizzie est restée aux abonnées absentes toute la matinée. Avec Dorian, on s'est postés en face de la boutique, à l'abri des regards. Le froid mordant, et la pluie battante n'ont pas eu raison de notre détermination.

Sur les coups de treize heures, Aberdine a quitté les lieux. On l'a suivi à bonne distance jusqu'au restaurant où il a déjeuné. Une heure plus tard, il a emprunté le chemin inverse, et on a retrouvé notre place initiale.

C'était ma première filature, et je dois dire que ça n'avait rien d'excitant, au contraire. On était trempés, frigorifiés, et il ne se passait rien d'intéressant. Aberdine a fermé la boutique pour la nuit, il était exactement vingt heures. On l'a suivi, et lorsqu'il est entré dans cette magnifique demeure où l'attendait un groupe d'amis, on a baissé les bras. Transis de froid et de faim, on a regagné l'appartement de Dorian, comme on l'avait quitté, sans aucune preuve.

La conclusion de cette première journée sur le terrain avait été décevante. Aberdine n'avait eu en rien l'air du coupable que Dorian avait dépeint. C'était un homme normal, avec des occupations tout à fait banales.

Le planning du lendemain allait être sensiblement le même, avec pour seul changement que Dorian se chargerait de la filature. Pas la peine d'être deux pour rentrer bredouille. De mon côté j'essaierai de trouver quelque chose sur Aberdine avec l'aide des fillettes. Dorian s'était retrouvé dans une impasse lorsqu'il avait cherché à en apprendre davantage sur lui. Même son contact dans la police n'avait pas pu l'aider. Soit il était irréprochable, soit il était devenu maître dans l'art de la dissimulation. Dans les deux cas, on devait en avoir le cœur net.

La porte d'entrée s'est refermée sur Dorian à sept trente, il voulait arriver avant Aberdine, comme la veille. Quant à moi, j'ai immédiatement pris contact avec Lizzie.

— Lizzie, ma chérie tu es là ?

— Marie Rose… ta voix c'est pas comme avant.

— Comment ça ?

— T'es loin. Et y en a plein.

— Plein de quoi Lizzie ?

— Ta voix.

— De l'écho tu veux dire ?

— C'est quoi ça ?

— C'est quand tu parles, et que ta voix résonne.

— Je sais pas. Peut-être.

— Lizzie, j'ai besoin que tu m'aides encore. Tu crois que tu peux faire ça pour moi ?

— Je veux bien.

— Est-ce que la voix qui parle, elle parle toujours de la même façon ? Ou est-ce que des fois elle parle autrement ?

— Non, elle chante aussi.

– Oui, mais…

Je devais réfléchir et poser des questions qu'elle pourrait comprendre.

– Lizzie, tu entends ma voix quand je parle, as-tu remarqué que je ne parlais pas comme toi ou ton papa ?

– Tu dis pas comme nous les mots.

– Voilà c'est ça. Et ça, c'est parce que je ne suis pas anglaise comme toi. J'ai un accent quand je parle.

– Un quoi ?

– Un accent. C'est ce que tu entends quand je parle avec toi.

– Ahhh.

– Est-ce que la voix a un accent aussi ?

– Oui quand je comprends pas la langue. Et non aussi.

– Très bien Lizzie.

C'était un bon début, mais je devais creuser encore. Au moment de lui demander si elle avait aperçu quelque chose qui me permettrait d'identifier Aberdine, elle m'a murmuré.

– C'est qui Elizabeth ?

– C'est une poupée que j'ai achetée. J'en avais besoin pour t'aider.

– Et t'as réussi ?

– À quoi ?

– À m'aider ?

– C'est ce qu'on est en train de voir.

Je sentais dans sa voix qu'elle n'attendait qu'une chose, chose que je ne pouvais pas lui donner pour le moment. Elle était pleine d'espoir, et il était hors de question que je n'anéantisse tout ça.

– Lizzie, où as-tu entendu parler d'Elizabeth ?

— Les autres aussi ont entendu. Sophie m'a dit.

— Est-ce que tu m'as entendu en parler ?

J'étais persuadée que non, pour la simple et bonne raison qu'elle aurait su immédiatement qu'elle et les autres étaient mortes. Nous pouvions communiquer ensemble, mais Lizzie ne pouvait m'entendre qu'une fois notre connexion établie.

— Pas toi.

— La voix ?

— Pas là même.

— Tu veux dire sans l'accent ?

— La voix qui parle comme moi.

— Qu'est-ce que cette voix a dit sur Elizabeth ?

— Une des deux est partie. Pas la copie.

— Il y a une Elizabeth où tu es ?

— …

— Lizzie ?

— …

Elle ne m'a plus répondu.

Dorian m'avait laissé un message, il suivait toujours Aberdine, mais cette fois, il irait déjeuner dans le même restaurant que lui. Il coupait son téléphone pour ne pas être vu, il me donnerait des nouvelles très vite.

Et merde…

J'avais besoin de lui parler, de lui faire part de cette dernière découverte. Et puis l'idée m'est venue. J'avais une heure pour essayer de m'introduire dans l'atelier de Jacob. D'après le planning, il n'y avait aucune visite de prévue à l'heure du déjeuner, et d'ailleurs il était fermé le jeudi. Une aubaine pour moi, même si j'ignorais encore comment j'allais m'y prendre pour pénétrer à l'intérieur.

Lorsque je suis arrivée sur place, j'ai immédiatement compris que mon plan était bancal. Entrer par effraction en pleine journée, pourquoi ne pas aller braquer une banque à visage découvert ? Je voulais tellement bien faire, que j'en oubliais les règles élémentaires en matière d'enquête.

Si Aberdine retournait chez ses amis ce soir, Dorian allait devoir rester à l'espionner. Cette fois il n'était pas question de rentrer, car il ne devait pas être au courant de ce que je m'apprêtais à faire, et puis on devait encore découvrir où il habitait. L'obscurité serait mon alliée. J'espérais juste avoir le temps de photographier les lieux avant que les policiers n'arrivent, car un endroit tel que celui-là était forcément protégé par des caméras et une alarme. Une fois sur place et une vue d'ensemble sur les lieux, j'aviserai de la marche à suivre. Il me restait toujours la possibilité d'appeler quelqu'un. Ce même quelqu'un qui s'était proposé un soir sur les berges de la Tamise.

Réglé comme une pendule, Aberdine a fermé le magasin à vingt heures, et Dorian l'a pris en chasse. Postée derrière un panneau publicitaire, j'ai suivi du regard Aberdine, talonné de près par Dorian, longer l'allée avant de disparaitre au coin de la rue.

Il avait ses petites habitudes, car à nouveau il venait rejoindre des amis. Au téléphone avec Dorian, je lui ai suggéré de rester sur place pour voir ce qu'il ferait ensuite, car au final on l'ignorait. Je n'ai rien eu à ajouter, il a acquiescé sans chercher d'explications.

Le plus discrètement possible, j'ai longé le bâtiment jusqu'à la porte qui menait à la cour arrière, fermée. J'ai continué à avancer en suivant le mur jusqu'à l'angle. À cet endroit, les arbres s'écartaient légèrement, formant une sorte d'ouverture. J'ai escaladé prudemment et je me suis faufilée de l'autre côté. Les caméras devaient être dissimulées, car je n'ai vu aucun point rouge dans les angles ni même entendu le mécanisme de mouvement. Aucune lumière ne s'est allumée lorsque je me suis redressée. Rien. Absolument rien. Ce n'était pas pour me déplaire, mais je n'étais pas soulagée pour autant. Je ne sais pas pourquoi, mais j'étais persuadée qu'on m'avait déjà repérée malgré mes vêtements noirs. Je ne devais passer inaperçu que dans mon imagination.

Le premier obstacle est arrivé très vite. La double porte, sans doute celle qui menait à l'atelier nécessitait un code que je ne connaissais pas. D'autres accès menaient à l'intérieur de la boutique, mais aucun à ma portée. Je me suis sentie impuissante, puis bête, puis indécise. Devais-je rester plantée là à attendre une illumination ? Demander l'aide de cette nouvelle connaissance ? Où devais-je faire demi-tour ? J'ai longuement hésité, puis j'ai composé le numéro.

Pour ne pas attirer l'attention, il viendrait avec un seul de ses amis. Je n'étais pas entrée dans les détails quant à la raison de mon appel, il n'avait pas besoin de connaître mes motivations. Surtout pas lui. Un mensonge de plus ou de moins, on n'était plus à ça près.

Il est arrivé vingt minutes plus tard.

— Je ne savais pas à qui demander.

— Pas de problème. C'est comment déjà ? Si on doit commettre un délit ensemble, j'aimerais me souvenir de ton prénom.

Ça m'a fait sourire, même s'il n'y avait rien de drôle dans ce que je m'apprêtais à faire.

— Marie Rose.

— Et bien, Marie Rose, allons-y.

Il a étudié toutes les possibilités, du bas vers le haut en passant par les côtés. Il n'a rien laissé au hasard. Puis, son doigt s'est pointé vers une des fenêtres du rez-de-chaussée.

— C'est par là que tu vas entrer.

Perplexe, j'ai étudié l'ouverture. J'étais certes un petit gabarit, mais de là à pénétrer dans un si petit espace, je n'étais pas convaincue.

— Tu es sûr que je ne vais pas rester coincée ?

— Non, mais c'est la seule et unique entrée.

Au moins il était franc.

— Je vais essayer, si jamais ça se passe mal, sous-entendu que je reste bloquée, ne me laissez pas comme ça.

— Ne t'inquiète pas.

J'avais de quoi m'inquiéter, je ne les connaissais pas plus que ça, et son ami ricanait bêtement lorsqu'il m'imaginait la tête à l'intérieur et les fesses à l'extérieur. Ou inversement. Avant de jouer les contorsionnistes, j'ai tout de même ajouté.

— Si les choses se gâtent, que la police intervient ou que le proprio me tombe dessus, vous décampez.

— Marie Rose, on n'est pas du genre à filer.

— Et bien c'est le moment de le devenir. Vous avez eu la gentillesse de venir m'aider, mais je ne veux pas que vous ayez des problèmes à cause de moi.

— On n'a pas besoin de toi pour ça, mais je vais quand même prendre le risque.

— Je dois prendre quelques photos et ensuite je ressors. Si entre temps il se passe quoi que ce soit, préviens-moi par message, mais ne vous faites pas prendre. Je m'en sortirai mieux que vous. J'ai des relations.

Bien évidemment c'était totalement faux. Ma seule relation c'était Dorian, et lorsqu'il apprendrait ce que j'avais fait, il m'en voudrait. Et si je me faisais prendre, est-ce que ses relations pourraient m'aider ? Là encore, je n'en savais rien.

Je me suis approchée de lui, et j'ai fixé mon regard droit dans le sien.

— Je ne rigole pas Charlie, si tu te fais prendre ici, ça risque de contrecarrer mes plans.

— Dis-moi juste une chose, est-ce que ça a un rapport avec ma sœur ?

— Oui, mais je ne suis sûre de rien, c'est pour ça qu'il ne faut pas qu'on vous trouve ici, surtout pas toi.

— Très bien Marie Rose. T'as entendu Jamie, s'il y a quoi que ce soit, on se tire.

Jamie a acquiescé sans broncher.

Par je ne sais quel prodige, il a ouvert la fenêtre et aucune alarme ne s'est mise à hurler. J'ai éclairé l'intérieur. J'estimais la hauteur de ma chute à un mètre environ, la perspective de passer la tête la première m'a vite refroidie, alors que les pieds c'était déjà beaucoup mieux. Amortir ma réception avec mes dents ou avec mes baskets, mon choix était vite fait.

J'ai tendu mes bras au maximum pour réduire la distance entre le sol et mes pieds. Lorsque je suis arrivée au bout de mon étirement, j'ai lâché. Avec mes complices, on avait décidé d'un silence radio jusqu'à ce que je réapparaisse en bas de la fenêtre.

Munie du flash de mon téléphone, j'ai avancé en silence dans la pièce. Un tableau électrique et divers tuyaux en tout genre comblaient l'endroit dans lequel j'avais atterri. Je me suis dirigée vers la porte. De l'autre côté, l'espace était nettement plus grand, mais quelque chose me dérangeait. La superficie du sous-sol aurait dû être la même qu'à l'étage, mais elle semblait être divisée de moitié.

Autour de moi, des étagères sur lesquelles étaient entreposés des produits divers. Le long d'un des murs, sur une table, reposaient des moules neufs destinés à la fabrication de poupées. Sur la gauche, trois portes, je supposais que l'une d'elles devait mener en haut. Si j'avais suffisamment de temps, j'irais jeter un œil. Derrière la deuxième se cachait l'atelier où il concevait ses créations, les machines à coudre et autres accessoires de coutures étaient disposés sur des établis. Le parfum d'Elizabeth embaumait l'air. Quant à la dernière, c'était l'endroit où la fabrication et les mélanges opéraient. L'odeur âcre qui emplissait la pièce me brulait les narines.

Dans le fond, un four professionnel, ancien et de bonne manufacture, prenait toute la largeur du mur. Je n'ai pas eu besoin de m'approcher davantage pour sentir la chaleur qui en émanait. Il avait servi récemment. J'ai reculé pour revenir sur mes pas, et là j'ai trébuché sur une sorte de caisse métallique qui trainait derrière moi. Je me suis étalée en poussant un cri. Ma main collée sur la bouche, j'ai à nouveau poussé un petit cri, étouffée cette fois, quand mon portable a vibré sur le sol.

— C'était quoi ce bruit Marie Rose ?

Mes deux acolytes avaient entendu ma chute et voulaient s'assurer que tout allait bien pour moi. Un pouce levé en guise de réponse.

Avant de poursuivre mon exploration, j'ai déposé la fameuse caisse sous la fenêtre par laquelle j'étais entrée.

Un pressentiment. Après un quart d'heure à errer au sous-sol, cherchant des preuves de la présence des petites filles, je me suis décidée à monter. J'ai posé le pied sur la première marche lorsque je l'ai entendu pleurer.

— Lizzie c'est toi qui pleures ma puce ?

— …

— Les filles, quelqu'un m'entend ? Est-ce que l'une de vous est en train de pleurer.

— Non. Personne. Marie Rose, t'es où ?

— Vous êtes sûres ?

— Oui. T'es où ?

— Je fais des recherches quelque part.

— Ta voix est comme la voix.

J'ai voulu comprendre, mais à nouveau j'ai perçu les sanglots d'une petite fille. Ils semblaient lointains, mais en même temps pas vraiment. Je suis redescendue, j'ai monté le volume de mes appareils, et j'ai longé les murs à la recherche de celle qui pleurait. Si aucune des fillettes ne pleurait à travers ma perception, c'était peut-être parce qu'elle ne passait pas par celle-ci.

J'avais l'impression de me rapprocher, tout en m'éloignant, comme si quelque chose obstruait le son. Y avait-il une paroi ou une porte cachée derrière un mur ? Où est-ce que je courrais après une hallucination auditive ? Je voulais tellement trouver une preuve que j'étais peut-être en train d'en créer une.

Ma main pressait le mur à la recherche d'une ouverture quand mon portable s'est allumé. Dorian me demandait où je me trouvais, car lui était à l'appartement. Ce qui signifiait qu'Aberdine était rentré chez lui. Son message ne disait rien de plus, ce qui suggérait qu'il n'avait rien appris de nouveau.

Je m'apprêtais à lui répondre, quand la lumière dans l'escalier qui menait à l'étage s'est allumée. Je me suis précipitée sous une pile de tissu dans l'atelier de confection, pendant que je croisais les doigts pour que personne ne me trouve ici, des bruits de pas ont résonné non loin de ma cachette. Les doigts tremblants, j'ai envoyé un message court, mais suffisamment clair pour qu'il soit compris.

— Foutez le camp, il y a quelqu'un ici avec moi. Contactez Dorian Anderson 0135-580-3946…

42

Il était vingt-deux heures et toujours aucune nouvelle de Marie Rose. Je commençais à m'inquiéter. Ces derniers temps, elle avait tendance à prendre des risques, et à disparaitre sans me dire où elle allait.

Chaque fois que j'essayais de la joindre sur son portable, je tombais sur sa messagerie. Incapable de rester là sans rien faire, j'ai quitté mon appartement pour voir si je ne tombais pas sur elle, errant dans les rues. Trente minutes plus tard, mon portable a sonné. J'ai décroché immédiatement, mais la voix à l'autre bout du fil n'était pas celle que j'espérais, d'ailleurs je n'ai pas réussi à l'identifier.

— Dorian ? Dorian Anderson ?

— Oui, c'est moi. Qui est à l'appareil ?

— C'est Charlie Roberts. Je suis le…

— Je sais qui tu es.

— Écoute, Marie Rose m'a dit de t'appeler. On a eu un problème et depuis je n'arrive plus à la joindre.

Je me suis figé lorsqu'il a évoqué les mots « problème » et « Marie Rose » dans la même phrase.

— T'es toujours là ?

— Comment ça, un problème ? Comment ça se fait que tu étais avec elle ce soir ?

Ma voix s'était faite plus dure. C'était quoi toute cette histoire ? Pourquoi Marie Rose me cachait des choses ? Et qu'est-ce que Charlie avait à voir avec tout ça ?

— On n'a pas le temps pour ça. Elle m'a appelé dans la soirée, elle avait besoin de moi pour entrer par effraction dans une maison sur Mayfair. Comme je sais qu'elle recherche ma sœur, je n'ai pas hésité.

Je n'en revenais pas, elle avait préféré demander l'aide d'un inconnu plutôt que la mienne. Malgré l'inquiétude qui enflait en moi, une autre émotion pointait le bout de son nez.

— C'est quoi ce bordel ? Elle est où ?

— Elle a été claire, si les choses tournaient mal, on devait dégager vite fait.

— Et ça ne t'as pas posé de problème de la laisser dans la merde ?

Je n'étais plus capable de retenir ma rage.

— Déjà, tu vas te calmer mon pote. Bien sûr, que j'étais pas d'accord, mais ensuite elle m'a dit que ça concernait ma sœur, et que pour le bien de son enquête je ne devais surtout pas me faire prendre sur les lieux. Alors j'ai fait ce qu'elle m'a dit.

Évidemment qu'il avait suivi les instructions de Marie Rose, elle savait s'y prendre pour arriver à ses fins. Voilà que j'étais en colère contre elle maintenant.

— Elle est où là ?

— Toujours là-bas.

– OK ! je vais y retourner seul, comme l'a dit Marie Rose si on te trouve sur place ça ne va pas être bon pour nous.

– Préviens-moi s'il te plait dès que…

Je ne lui ai pas laissé le temps de terminer sa phrase, j'avais des choses plus importantes à faire.

Sur le chemin de la boutique, je n'ai pas arrêté de chercher un moyen pour la sortir de là. Il m'était impossible d'entrer de la même manière que Marie Rose, car de toute évidence elle ne se trouvait plus seule à l'intérieur.

Invente quelque chose, trouve une histoire qui tienne la route… Allez Dorian, cherche…

Le rideau métallique était baissé, je ne pouvais pas m'annoncer par là. J'ai fait le tour, et une fois de l'autre côté de la rue, j'ai aperçu une grande porte blanche qui donnait accès à la cour arrière. La main sur la sonnette, j'ai appuyé de toutes mes forces, comme si ça allait changer quelque chose. L'image de Marie Rose en danger occupait toutes mes pensées, je devais entrer par tous les moyens.

Personne n'est venu m'ouvrir, et aucune lumière ne s'est allumée pour répondre à mes injonctions. Il ne me restait plus qu'à faire ce qu'elle avait fait.

– Charlie, c'est Dorian. Vous êtes passés par où pour entrer ?

– On a longé le mur qui donne à l'arrière et on est passé par-dessus, au niveau des arbres dans l'angle. Quant à Marie Rose, elle s'est glissée par la fenêtre du sous-sol. Tu verras, elle est tout en bas au bout du mur du fond.

– Je n'en reviens pas que tu l'aies laissée faire.

— Parce que tu crois que ça aurait fait une différence.
J'ai bien vu qu'avec ou sans moi, elle serait rentrée. Et
puis oublie si tu comptes passer par là, à moins que tu
sois aussi mince qu'elle, sinon tu ne passeras jamais les
épaules.

Voilà qu'au lieu de m'aider, il anéantissait tous mes
espoirs.

— Et merde !

— Laisse-moi venir, avec Jamie et les autres, on peut
faire diversion pour que tu puisses entrer par un autre
moyen.

— J'ai fait le tour tout comme vous, et tu sais aussi
bien que moi qu'il n'y a aucune autre entrée.

— Si t'as besoin rappelle-moi, on verra quoi faire.

Je suis revenue sur mes pas, et j'ai scruté avec attention la bâtisse plongée dans l'obscurité. Je n'avais peut-
être pas la possibilité d'y pénétrer, mais je pouvais faire
en sorte que Marie Rose en sorte. Il suffisait simplement de faire diversion assez longtemps pour qu'elle y
parvienne.

Le bruit de verre brisé, et le cri de l'alarme se sont
réverbérés dans toute la rue. Je me suis enfoncé dans
les arbustes au fond de la cour, lorsque les lumières du
premier étage se sont enfin allumées. Dix minutes plus
tard, les gyrophares de la police éclairaient la façade
avant de la boutique, et un agent frappait contre la large
porte d'entrée de la maison, pendant que son collègue
faisait le tour.

43

– Marie Rose… la voix crie. Elle cherche. Elle dit elle va trouver.

–…

– J'ai peur. J'aime pas le cri. T'es là Marie Rose ?

–…

– Marie Rose, écoute, tu vas entendre le cri.

–…

– Je sais que tu vas entendre.

–…

44

La pointe d'une chaussure cirée.
Une odeur de musc.
Une respiration saccadée.
Une main qui soulève un pan de tissu.
Un grognement de colère.
L'écho des pas qui quitte la pièce.

Je suis à la limite de l'évanouissement, j'ai dû retenir ma respiration depuis un moment. Trop peur de me faire prendre. J'ai eu la bonne idée de changer de cachette, et heureusement pour moi, car c'est exactement là que l'inconnu s'est dirigé.

Juste avant que la silhouette ne soulève les tissus, je l'ai vu s'arrêter près d'un des murs du fond. Ça n'a duré qu'une fraction de seconde, mais je suis certaine de ce que j'ai vu.

Malgré tous mes efforts, je n'ai pas pu apercevoir le visage de mon hôte, il m'était donc impossible de confirmer s'il s'agissait d'Aberdine ou de qui que ce soit d'autre. Les pulsations rapides dans ma poitrine me confirment que je n'ai aucune envie de m'attarder davantage pour le découvrir. Je m'apprêtais à retourner à la fenêtre de sortie, lorsque les pleurs ont recommencé.

Silencieusement, je suis sortie du renfoncement dans lequel je m'étais cachée, je devais en avoir le cœur net. Les doigts sur le mur, j'ai exercé une légère pression. Rien. J'ai continué sur toute la longueur. Toujours rien. Lorsque j'ai tourné à l'angle, les doigts toujours sur le mur, j'ai senti comme un dénivelé, minime, mais bien là. À nouveau, une pression constante, et je l'ai entendu. Un cliquetis.

Un interstice d'une dizaine de centimètres est apparu devant moi, j'allais essayer de l'ouvrir, quand Lizzie a crié.

– MORTE…

Ces hurlements m'ont pétrifiée. Immobile, devant la cavité secrète, une main s'est posée sur mon épaule. Incapable de bouger ni d'émettre le moindre bruit, j'ai senti la poigne se resserrer davantage. Une douleur aiguë a traversé mon bras, lorsque celui-ci s'est retrouvé dans un angle anormal. Mon cri s'est heurté à une autre main, plaquée elle contre ma bouche. J'étais prise au piège.

Lorsque son bras a essayé d'entourer ma gorge, j'ai pivoté, de façon laborieuse, pour lui faire face. Son étreinte s'est refermée sur moi, et j'ai senti un craquement au niveau de mes côtes. J'étais en présence d'une personne d'une force incroyable. La forme noire devant mes yeux n'était pas imposante, mais les gestes étaient puissants et destructeurs. Se pouvait-il que ce soit le tueur ? Cette brève pensée m'a fait frémir, et avant de tourner de l'œil, j'ai entendu le hurlement de l'alarme.

45

Posté au coin de la rue, j'aperçois un homme ouvrir la porte aux policiers. Je suis trop loin pour distinguer son visage. Ils discutent quelques minutes, avant que les agents regagnent leur voiture et quittent les lieux. Marie Rose n'est pas réapparue.

Je retourne prudemment à l'arrière, les lumières sont éteintes, la vitre toujours brisée. Je tends l'oreille près de la fenêtre où Marie Rose est passée, mais la seule chose que je perçois, c'est ce silence étouffant.

Si j'appelle la police pour les prévenir que Marie Rose se trouve à l'intérieur, on va avoir de sérieux ennuis et ça compromettrait la suite de notre enquête, mais au moins elle serait avec moi. Si au contraire, je prends la décision de me débrouiller seul, je vais devoir agir vite, car un mauvais pressentiment s'insinue en moi.

Mon ascension jusqu'à l'ouverture, que j'ai faite plus tôt, est assez simple. Je déverrouille le loquet et soulève avec précaution le cadre. Je me glisse rapidement à l'intérieur en évitant les débris de verre sur le sol. Toujours aucun bruit à l'horizon.

J'étudie toutes les options dont je dispose. Marie Rose est certainement quelque part entre le sous-sol et le premier étage, celui-là même où je me trouve actuellement. L'accès aux étages supérieurs est clos. Je dois me fondre dans le décor, avancer à pas de loup, car il y a quelqu'un d'autre avec nous ici. Tant que je ne sais pas avec certitude où est Marie Rose, je vais respecter l'adage de mon père, prudence est mère de sureté.

Mon exploration s'est avérée extrêmement rapide, toutes les portes sont fermées à clé. Planté devant les marches, je réfléchis à ce que je ferais si je tombais nez à nez avec le propriétaire des lieux, d'ailleurs j'aimerais bien savoir de qui il s'agit. Je n'ai aucune idée des raisons de l'absence de Marie Rose. Est-ce qu'il la retient quelque part ? Ou est-ce qu'elle a réussi à sortir avant que je n'arrive ? C'était probable, mais pourquoi ne m'avait-elle pas appelé dans ce cas-là ?

Je n'ai pas eu le temps de répondre à ces questions, j'ai perdu connaissance au moment où j'arrivais en bas des marches, la tête la première. Lorsque j'ai rouvert les yeux, une petite lumière bougeait de droite à gauche, et une voix féminine me répétait de ne pas bouger.

Marie Rose...
Je me suis senti soulagé, et j'ai à nouveau sombré.

Des voix qui m'appellent.
– Monsieur Anderson, vous m'entendez ?
Des flashs lumineux.
– Dorian ?
Un bruit qui persiste.
– Est-ce qu'on a les résultats ?

Un bip à intervalle régulier.
– Bon ce scanner ça vient ?
Cette voix que je connais.
– Monsieur laissez-nous faire notre travail…
Puis plus rien. Encore une fois.

Ce visage a quelque chose d'étrange, il ne ressemble en rien à quelque chose d'humain. Il semble couvert d'une sorte de coque, mais ma vision est trouble, et je ne suis plus sûre de ce que je vois. J'ai totalement perdu la notion du temps, je suis incapable de dater les évènements, ni même de dire de façon précise depuis combien de temps je suis enfermée ici. D'ailleurs, où suis-je ?

Mes côtes et mon bras me font toujours atrocement souffrir, ce qui est tout à fait normal en l'absence de soin et d'antalgiques. Mon agresseur n'est pas revenu me voir depuis notre confrontation dans le sous-sol de la boutique. Il dépose de quoi me faire rester en vie, où tout juste à la limite.

Durant ses livraisons rapides, j'ai tenté de savoir ce qu'il comptait faire de moi, mais je n'ai eu droit qu'à un silence. Éloquent, si vous voulez mon avis. J'étais entrée par effraction, soit, et il avait dû me prendre pour un cambrioleur, mais pourquoi ne pas appeler la police ? Pourquoi me retenir prisonnière ? La réponse était extrêmement simple, il avait des choses à cacher, et c'était ces mêmes cachoteries qui m'avaient amenée ici.

Dans mon esprit, il ne faisait plus aucun doute que celui qui m'avait fait ça, était également celui qui avait kidnappé et tué les petites filles. Aberdine ? Jacob ? Il ne restait plus qu'à le découvrir, du moins s'il m'en laissait l'opportunité.

Lizzie demeurait injoignable, tout comme les autres. Les pleurs qui avaient permis à mon agresseur de m'attraper s'étaient taris depuis un moment. J'étais seule. Totalement seule entre ces murs avec son prénom au bout de mes lèvres, et son visage dans ma tête.

Dorian.

— Marie Rose, t'entends plus. Je suis dans la boite. Les autres aussi.

— Marie Rose, j'ai peur. Je verrai plus papa. La voix dit on est à lui. Pour toujours.

— Marie Rose, quand Jane va dans la boite… finie… pour toujours…

48

Somnoler. Émerger. Sombrer à nouveau. Essayer de lutter pour ne pas baisser les bras. Le faisceau lumineux me brule la rétine, mes yeux se referment. Et tout recommence. C'est un cercle vicieux. Sans fin.
Dorian.

– Jane, t'entends ? Jane ?

– C'est qui ? Je veux maman.

– C'est Lizzie. Faut parler à Marie Rose.

– Je sais pas c'est qui. Et je sais pas t'es qui. Je te vois pas. T'es où ?

– Notre amie. Parles avec Marie Rose.

– Viens je te vois pas.

– Appelle Marie Rose…

50

Ma tête est lourde, et j'ai la gorge sèche. La bouteille d'eau est à quelque centimètre de mes pieds, et pourtant j'ai l'impression qu'elle se trouve à des milliers de kilomètres. L'effort que je dois fournir pour l'attraper est trop intense, trop douloureux. Malgré l'envie de me battre, le lâcher-prise est plus facile, et il fait moins mal.

– Marie… Rose…

Une voix. Est-ce que j'hallucine ?

– C'est Jane… Marie Rose…

Qui est Jane ? Fouiller dans ma mémoire est compliqué, je suis dans un entre-deux, et plus les jours passent, et plus je dérive vers le côté qui me rapproche de Lizzie.

– Tu réponds ? Lizzie a dit appelle Marie Rose. Je t'appelle et tu parles pas.

Je me fais violence pour me hisser en position assise. Malgré l'obscurité ambiante, la pièce tangue dangereusement. J'ai complètement perdu mes repères. Je dois me concentrer. Inspirer et expirer calmement. Lorsque mes yeux se fixent sur un point invisible, je réponds à celle qui m'a sorti de mon état de catatonie.

– Je suis là.

Entendre le son de ma voix est étrange, je n'ai plus parlé depuis longtemps. Elle semble loin. Mes doigts palpent mes oreilles, et je comprends immédiatement pourquoi les sons qui sortent de ma bouche sont étouffés. Mes appareils ont disparu, en même temps que mon téléphone et ma vie.

— Marie Rose, pourquoi je dois te parler ?

— Pour que je puisse t'aider.

Cette affirmation me paraît aussi stupide que ma condition actuelle. Je n'avais pas été capable d'aider les autres lorsque j'étais libre, alors comment est-ce que j'allais m'y prendre pour le faire maintenant que j'étais coincée ici ?

— Lizzie dit que je parle parce qu'elle peut plus.

Mon cœur a eu un raté.

— Lizzie dit que t'es pas loin, tu peux venir alors ?

Pas loin ? Pas loin de quoi ? De qui ? Des fillettes ?

— Jane, tu peux demander à Lizzie pourquoi elle a dit ça.

— D'accord.

Les secondes se sont transformées en minutes, puis en heures, et j'ai arrêté d'attendre que Jane revienne vers moi.

La porte face à moi s'est ouverte sur une masse noire, et des mains ont agrippé mes bras pour me soulever. Ballotée de droite à gauche, j'ai essayé d'observer mon environnement. Dans la pénombre, j'ai complètement perdu mes repères. Désorientée, j'ai tout de même regardé partout, on avançait dans une sorte de couloir étroit. Lorsqu'on est passé à côté du mur sur la gauche, j'ai vu une lueur de couleur blanche éclairer une fine ouverture, et une odeur âcre de produits chimiques m'a fait tourner la tête. Aberdine a accéléré le pas, comme pour éviter que je ne découvre ce que renfermait cette pièce. On a tourné légèrement sur la droite, qu'est-ce qu'il faisait au juste ? Me déplaçait-il pour m'enfermer ailleurs ? Si je devais tenter quelque chose, c'était le moment ou jamais, mais vu mon état actuel, je doutais d'être capable de lui infliger une quelconque correction. Toujours perchée sur le dos de mon ravisseur, on s'est arrêtés, il m'a déposée contre le mur adjacent, c'était le moment d'agir. Je me suis redressée, j'ai poussé de toutes mes forces sur mes jambes, et avant que mon poing ne s'écrase sur son visage, ma bouche a rencontré le chiffon imbibé de chloroforme. J'ai perdu connaissance. Lorsque j'ai repris conscience, l'horreur s'étalait devant mes yeux.

Si je m'attendais à ça !

51

— Christy va chercher le docteur, il s'est réveillé.

Quelque chose obstrue ma gorge. Pourquoi est-ce que j'ai une aiguille qui me transperce la main ? Et c'est qui cet homme qui me force à suivre des yeux le point lumineux ?

— Monsieur Anderson, je suis le docteur Harding, et vous êtes actuellement à l'hôpital Saint Ann's. On va vous allonger quelques instants, pour vous retirer le tube que vous avez dans la bouche.

La femme à ma droite compte jusqu'à trois, puis elle me dit de tousser pendant que le médecin retire le tube. Quelle sensation désagréable !

— Vous allez avoir mal à la gorge pendant quelques jours, ne vous inquiétez pas c'est normal. Il se peut aussi que vous ayez du mal à parler, là aussi rien d'alarmant.

— Qu'est-ce que je fais là ?

— J'allais y venir. Il y a une semaine, une ambulance vous a déposé ici, d'après les informations qu'on a reçues, une bande de jeunes vous a trouvé sur un terrain vague près de Tottenham. Vous êtes arrivé ici inconscient, avec une plaie importante au niveau de la tête.

— Une semaine ? Je suis ici depuis une semaine ?

— Oui. Vous souffriez d'un important traumatisme crânien. Est-ce que vous vous souvenez de quoi que ce soit ?

Je ne comprenais rien à ce qu'il était en train de me dire. Tottenham ? Qu'est-ce que je foutais là-bas. J'avais du mal à focaliser mon attention, ma tête me faisait souffrir, et ma mémoire semblait récalcitrante.

— Prenez le temps qu'il vous faut, vous avez subi un choc important, il faut être patient. Vous avez besoin de repos pour que les choses rentrent dans l'ordre.

— De repos ? Je suis endormi depuis une semaine, je pense m'être assez reposé.

— Et bien, détrompez-vous, vous étiez dans un coma semi-profond, pas endormi. Vous allez devoir laisser votre corps reprendre des forces, et surtout laisser à votre crâne, le temps de cicatriser.

— Comment ça mon crâne ? Vous avez parlé d'une plaie à la tête.

— Oui vous étiez ouvert au niveau du cuir chevelu, mais les résultats du scanner ont montré une fissure au niveau de l'os pariétal. Rien d'alarmant, mais vous devez rester alité le temps qu'on s'assure qu'il n'y a aucune séquelle.

J'ai voulu me relever, mais une douleur aiguë s'est manifestée dans mon dos.

— Vous avez dû faire une chute, c'est ce qui expliquerait les ecchymoses sur votre corps, et la foulure à votre poignet. Christy va surveiller vos constantes jusqu'à demain matin, et on avisera ensuite. N'hésitez pas à sonner si vous avez le moindre problème.

Quel autre problème pourrais-je bien avoir ? J'étais cloué dans un lit d'hôpital avec une fanfare qui s'en donnait à cœur joie dans ma tête, et je n'avais aucun souvenir de comment ça s'était produit. Des bribes de souvenirs, comme des flashs m'apparaissaient, mais la douleur lancinante dans mon crâne effaçait tout.

— Est-ce que vous savez qui sont les jeunes qui m'ont trouvé ?

— Non, ils ne nous ont pas dit leurs noms, mais l'un d'entre eux est venu tous les jours pour prendre de vos nouvelles. N'étant pas de votre famille, il n'a pas eu le droit de vous voir.

Le médecin a quitté la chambre, et moi j'essayais de trouver qui pouvait bien être cet inconnu.

Sur la console à côté de mon lit, entre les nombreuses cartes et fleurs de ma famille, un sachet plastique. À l'intérieur se trouvaient mon portefeuille et mon portable. J'ai sonné. Lorsque Christy est entrée, je me suis excusé.

— Je suis là pour ça, monsieur Anderson. Si vous avez besoin d'autre chose, n'hésitez pas. Vous devez rester couché et surtout éviter de bouger le moins possible.

C'était étrange, car je me souvenais de pratiquement tout, mais la raison de ma présence ici restait un mystère. L'écran de mon portable affichait un nombre important d'appels en absence, le numéro ne faisait pas partie de mon répertoire, je n'avais donc aucune idée de l'expéditeur, pareil pour la dizaine de textos. J'ai cherché sur mon portable si quelque chose pouvait m'aider. J'avais quatre clichés, mais l'éclairage quasi inexistant et mon mal de crâne ne me permettait pas de distinguer clairement ce que j'avais pris en photo. Je suis revenu à l'écran principal, j'étais sur le point d'appuyer sur le bouton d'appel, quand son prénom est apparu sur mes lèvres, et son visage dans ma tête.

Marie Rose.

J'ai rouvert les yeux, il se tenait devant la fenêtre, les mains dans les poches, l'air nerveux. Lorsque j'ai relevé le lit, il s'est tourné pour me faire face.

— Charlie ?

— Oui. Salut. Et ça va mec ? T'as pas l'air en forme.

Qu'est-ce que je pouvais répondre à ça ?

— J'ai encore la tête à l'envers, mais ouais ça va. Au fait merci d'avoir appelé les secours.

— C'est rien, je vous devais bien ça.

— J'ai eu de la chance que vous trainiez dans le coin, mais je ne sais toujours pas pourquoi j'étais là-bas.

— On n'était pas là par hasard Dorian. Tu te souviens de rien ?

— Non. C'est le brouillard complet. Le médecin a dit que c'était normal vu le coup que j'ai pris sur la tête, et que ça devrait vite rentrer dans l'ordre. Mais attends pourquoi tu nous devais bien ça ? C'est qui le nous ?

— Marie Rose ? La baraque sur Mayfair ? L'effraction ?

— Je ne te suis pas. De quoi parles-tu ?

— Merde, il t'a pas loupé. Pour faire court, Marie Rose m'a appelé pour que je l'aide à pénétrer dans le bâtiment. Chose que j'ai faite, mais quand ça s'est gâté, elle m'a dit de foutre le camp et de t'appeler. C'est ce que j'ai fait bien évidemment.

De quoi il parlait ?

— Avec Jamie, on s'est senti coupable d'avoir laissé Marie Rose, alors avec les autres on est retourné sur place pour t'aider. Quand on est arrivé, on a vu un mec qui transportait quelque chose jusqu'au coffre de sa voiture. Ça avait l'air lourd, et puis il n'arrêtait pas de guetter les alentours, suspect. Du coup, on l'a suivi.

— Jusqu'à Tottenham.

— Jusqu'à Tottenham où il t'a balancé du coffre.

— Est-ce que t'as vu son visage ?

— Non, mais j'ai pris une photo de la voiture et de sa plaque.

Son regard a changé, il avait l'air mal à l'aise.

— Charlie ?

— Après que t'as été admis ici, je suis allé chez les flics pour leur raconter l'histoire. Je leur ai même montré la photo…

Il tapait du pied nerveusement, je savais déjà que je n'allais pas aimer la suite.

— J'ai passé la nuit au poste. Une histoire de fenêtre cassée, de tentative de cambriolage dans une maison sur Mayfair. Le proprio de la bagnole Dorian. Cette même baraque où Marie Rose a disparu.

Ses derniers mots ont eu l'effet d'un coup de poing en pleine poitrine, Marie Rose avait disparu. Comment est-ce que c'était possible ? Et pourquoi je n'arrivais pas à me souvenir de tout ça ?

— Les flics ont dit que le proprio avait fait une description du type qu'il avait aperçu, et je correspondais en tout point. Sauf que je suis sûr qu'il ne parlait pas de moi, mais de toi.

— Tu veux dire que j'y étais ?

— Oui dès que je t'ai raconté que Marie Rose était restée seule, tu t'es empressé d'y aller. La fenêtre brisée, c'était toi. Si tu veux mon avis, t'es entré, il t'a surpris et la suite tu la connais.

Oui je la connaissais, la douleur dans mon crâne et dans mes membres pouvait en témoigner. Charlie a continué à me raconter tout ce qu'il savait, de tout ce dont je devais me souvenir, mais la seule chose que je retenais, c'était que Marie Rose était seule quelque part.

— Dorian, j'ai essayé de retourner sur place, mais j'ai vu les flics effectuer des rondes, et il a mis des caméras à l'arrière. On va avoir un sérieux problème pour réussir à rentrer à nouveau.

— Aide-moi.

— T'es sûr que c'est une bonne idée. T'as pas l'air bien.

— Je ne vais pas rester là pendant que Marie Rose a des problèmes.

— Je ne crois pas que ce soit la meilleure chose à faire dans ton état.

— Charlie, elle est restée là-bas avec le mec qui a tué ta sœur, alors aide-moi à me tirer de là.

Je l'avais carrément hurlé, mais je n'avais pas fait attention à mes paroles, c'était sorti tout seul. Il est resté là à me regarder sans bouger. Ses poings se sont serrés jusqu'à ce que ses phalanges deviennent blanches. Ses yeux se sont emplis de larmes, et son visage est devenu aussi rouge que son pull.

— Charlie écoute…

— Comment tu sais qu'elle est…

Il n'arrivait pas à prononcer le mot, et je le comprenais.

— Marie Rose n'est pas celle que tu crois, elle a… elle est particulière.

— Ça veut dire quoi ça ?

— Je n'ai pas le temps de t'expliquer ça maintenant,
et en plus elle le fera mieux que moi, si tu m'aides à la
retrouver.

— T'as dit que Lauren était morte, alors je veux savoir comment tu le sais bordel !

Il n'allait clairement pas quitter les lieux sans une explication, et sans son aide, je ne pourrais pas aller loin.
La demi-heure qui a suivi, j'ai tenté de lui rapporter les
faits le plus précisément possible. Il ne m'a pas coupé
une seule fois, mais sa mâchoire se contractait comme
pour me signifier qu'il était hors de lui. Il avait aussi l'air
d'être complètement à la ramasse avec mon histoire.
En même temps comment ne pas le comprendre, il
écoutait un parfait inconnu, lui raconter comment une
autre inconnue, entendait la voix de fillettes mortes,
dont sa sœur faisait partie. Le scénario d'un film d'horreur si vous voulez mon avis.

Charlie ne m'a plus adressé la parole jusqu'à ce qu'on
soit sortis de l'hôpital, et là encore, il est resté assez silencieux. Je ne lui en voulais pas, la nouvelle à assimiler
était douloureuse. Ensemble, on est rentré à mon appartement, je lui avais promis de lui montrer toutes nos
recherches. Pendant qu'il examinait minutieusement
nos notes, j'en ai profité pour me reposer un peu.
J'avais quitté précipitamment l'hôpital, mon état de
santé n'était pas encore optimal, alors si je voulais être
utile pour retrouver Marie Rose, j'allais devoir m'éco-
nomiser un maximum.

Ses amis nous on rejoint dans la soirée, et Charlie
n'y est pas allé par quatre chemins.

— Les gars, ce soir ça va pas être simple, et on risque
de finir en taule, mais j'ai besoin de vous.

Ils n'ont pas eu l'air de vouloir prendre la tangente, au contraire, ils étaient déterminés, et lorsque Charlie s'est levé, son pote Jamie a dit tout haut.

– Pour Lauren.

Les autres ont repris en cœur, et au-delà de la tristesse, j'ai vu de la haine dans les yeux de Charlie.

52

Cent mètres carrés a vu d'œil, peut-être un peu plus, séparés par une large cloison coulissante. Derrière un large rideau de satin blanc tiré, une sorte de vitrine en bois blanc laqué court de chaque côté de la pièce. Aucun doute que de l'autre côté, la disposition est la même. Au centre, une méridienne en velours doré permet d'admirer le spectacle qu'offrent les parois de verre. Des petites lampes en cristal apportent une lumière douce sur les occupantes. Un musée. Le musée des horreurs.

Je suis face à ce que je redoutais. Indescriptible, insoutenable, inimaginable. La main dans mon dos me force à avancer davantage. Mon souffle forme de la buée quand mon nez rencontre le verre. Deux billes d'un blanc laiteux me fixent, immobiles. La bile remonte dans ma gorge lorsque je découvre la mise en scène macabre de ce taré.

Pas de boite en tant que telle, mais une porte vitrée qui fait office de couvercle. Un corps de porcelaine, habillé d'une robe, modèle unique, créé sur mesure. Une coiffure élaborée, surmontée d'un accessoire précieux, mais qui repose sur une tête hors norme. Géante.

Proéminente. Les proportions font carrément peur à voir. Un masque de porcelaine cache le visage de la petite victime, mais ces deux grands yeux vides, eux continuent de me fixer.

Je vois son regard en reflet dans la vitrine, il a l'air d'adorer ce spectacle. Ce n'est pas de l'excitation, ou un quelconque plaisir sexuel macabre, non rien de tout ça, simplement de l'admiration. Il est fasciné parce qu'il a accompli, et le partager avec moi le fait exulter.

Sophie, Emily, Cassidy, Victoria. Je les découvrais une à une.

Jade, Charlotte, Ava, Jessica. Toutes placées dans la même position.

Amélia, Megan, Lauren…

Lizzie.

Mes jambes ont flanché dès que je l'ai vu. Pas la peine de lire son prénom sur la petite plaque en argent au-dessus d'elle, je la reconnaissais. À genou, une main plaquée au sol, mon bras blessé contre ma poitrine, j'ai eu la nausée. Au plus profond de moi, j'espérais vomir mes tripes sur son tapis hors de prix, mais il m'a relevé avant que je n'ai pu seulement y penser.

— Elles sont magnifiques n'est-ce pas ? Elles ont plus d'allure que les autres, tu sais celles que tu as déjà vues.

Ce timbre, cet accent, cette façon de parler. C'était la voix, aucun doute là-dessus, mais en même temps ça ne semblait pas naturel. Tout comme le masque de porcelaine qui recouvrait son visage. Rien dans sa gestuelle, sa posture, ou son apparence n'était naturel. Il jouait un rôle, le rôle de quelqu'un qu'il connaissait bien, mais qui n'était pas le sien.

— Maintenant que nous sommes ici, je vais te raconter une petite histoire. Mon histoire.

Il s'est installé confortablement sur la méridienne, le regard posé sur les vitrines, et il s'est mis à parler.

— Mes parents étaient des gens passionnés et ils m'ont appris que lorsque je désirai quelque chose, je devais tout faire pour l'obtenir. Je me suis évertué à suivre ce conseil toute ma vie durant. Mon père m'a initié très jeune à la fabrication de la porcelaine, et dès qu'il s'est mis à envisager la possibilité de créer ses propres trésors, il m'a mis dans la confidence. Je n'ai jamais eu peur, ou ressenti la moindre difficulté à suivre son enseignement, même lorsque les poupées étaient humaines.

Il était sur le point de me révéler tous ses secrets, et je n'étais pas certaine d'y être préparée. Il affichait un air totalement neutre, malgré le discours sordide qu'il tenait.

— Ma mère n'a jamais rien dit sur les penchants de mon père, bien qu'elle n'y ai pas participé activement, elle faisait ce que mon père lui demandait sans poser de question. C'était une règle tacite entre eux, et jamais personne ne l'a enfreint.

Il a eu soudain l'air absent, comme s'il revivait son passé. Lorsqu'il a repris ses esprits, il a continué.

— Mon père n'était pas aussi doué que je le suis, mais à sa décharge, la technique n'était pas encore développée. Si mes souvenirs sont exacts, la seule sur laquelle il a réussi à faire quelque chose d'après peu près correct, c'était Sheron. Une belle rousse aux yeux d'émeraude.

La fameuse Sheron qui était venue me parler une fois.

— Elle est toujours quelque part dans la maison. Il n'avait pas la même considération pour ses créations que moi. Ce n'était qu'une pulsion qu'il devait assouvir, alors que pour moi ça représente tellement plus. C'est l'œuvre de ma vie.

Je l'écoutais débiter ses horreurs, tout en cherchant à éviter le regard des occupantes des vitrines.

— Ça ne fait pas très longtemps que j'ai commencé à les collectionner. Elles n'ont pas toutes été un succès au départ, il y a eu pas mal de perte.

Des picotements au niveau des joues, des crampes d'estomac et des frissons, j'étais à deux doigts de vomir. Comment pouvait-il parler ainsi de petites filles ?

— Mais lorsque ma technique s'est étoffée, mon musée aussi. Je dois tout à mon père, mais je sais aujourd'hui que je suis plus doué qu'il ne l'a jamais été. S'il pouvait voir ce que j'ai accompli, je suis certain qu'il serait fier de moi.

Je n'en revenais pas, il s'auto congratulait de tuer des fillettes.

— Ma mère aussi. Tu sais la couture n'a plus de secrets pour moi, uniquement grâce à elle. Mes trésors sont en beauté, car j'ai suivi son apprentissage à la lettre.

Ses yeux étincelaient lorsqu'il évoquait le souvenir de sa mère, mais ça ne le rendait pas plus humain pour autant. Je l'ai écouté se vanter pendant ce qui m'a semblé durer une éternité. Puis il s'est confié sur son mode opératoire.

— J'ai dû essayer plusieurs choses avant de trouver ce qui allait réellement fonctionner. Les petites filles raffolent des poupées en porcelaine, alors elles m'ont servi d'appâts. J'imagine que tu te demandes comment il m'a été possible de procéder au prélèvement sans être inquiété.

Prélèvement ? Sérieusement, il osait appeler les kidnappings comme ça !

— Le dimanche est le jour adéquat pour ça. Les familles se retrouvent dans des endroits qui regorgent de monde, ils sont moins attentifs, et c'est le moment idéal pour moi pour disparaitre au milieu de la foule. Dans les grandes villes, les gens s'ignorent, c'est ce qui rend la manœuvre si facile.

Hallucinant, c'était le mot. Il opérait à la vue de tous, et pourtant c'était si simple de disparaitre avec une enfant.

— Elles n'émettent pas de résistance au début. Une fois ici, c'est autre chose.

J'ai eu envie d'ouvrir la bouche pour l'insulter, mais même si je ne voulais pas l'entendre, je devais le laisser continuer.

— Je ne m'occupe d'elles qu'une fois qu'elles sont dans un sommeil sans rêves. Elles restent plus belles comme ça, elles n'ont pas cette expression de terreur figée sur le visage. Ça gâche tout le travail, mais heureusement pour moi, j'ai trouvé le moyen d'y remédier.

Lorsqu'il est arrivé au passage sur la découpe des corps, de la bile est remontée dans ma gorge et des larmes ont coulés sur mon visage. Il m'expliquait avec détachement ses agissements barbares.

— Tu verras peut-être l'endroit dont je te parle si je décide de t'y emmener toi aussi.

Je n'avais aucune envie d'y aller. Je voulais quitter cet endroit de malheur, voilà ce dont j'avais envie.

— Ça me fait toujours quelque chose lorsque je clôture une collection. Cette fois, j'ai eu un petit contre temps, mais tout va très vite rentrer dans l'ordre.

Avant de sortir de cet enfer, j'ai remarqué la place vacante dans une des prisons de verre. Ce devait être la dernière demeure de Louise, avant qu'il ne s'en débarrasse. Elle allait devenir celle de Jane.

— Elle ne devrait plus tarder à rejoindre ma collection.

Son souffle tiède dans ma nuque me donne des frissons, j'ai envie de le frapper, de lui arracher son fichu masque et de lui enfoncer mes doigts dans les yeux. N'importe quoi, du moment qu'il arrête de me murmurer dans l'oreille.

— Tu pourrais les rejoindre aussi, mais je n'ai pas de place assez grande pour toi. Et les fouineuses ne sont pas les bienvenues ici. Je trouverai bien un endroit où te mettre. Et sinon il reste toujours le four.

Le cours accéléré de Dorian sur la plastination me revenait en mémoire, et je n'avais pas envie de finir comme ça, d'ailleurs personne ne le voulait. Mais terminer en cendre, ce n'était pas non plus une option envisageable. Il s'est mis à rire de façon mécanique, a chantonné cette fameuse chanson, avant de me dire.

— J'ai toujours aimé quand maman me chantait cette berceuse.

Puis il m'a ramené entre les quatre murs d'où je venais.

Avant qu'il ne ferme la porte derrière lui, un bruit a résonné, et une sonnerie, il me semble. J'avais du mal à identifier les sons ambiants, mais lorsque j'ai lu la surprise sur son visage, j'ai su que quelque chose clochait.

Il m'a jeté à l'intérieur, a claqué la porte et je n'ai plus
rien entendu.

53

— Tom et Colin vous allez sonner à la porte de devant, si ça ne répond pas, pendant que Peter se charge des caméras, Henry balancera la pierre contre le volet métallique. Avec Dorian, on attendra à l'arrière que vous nous donniez le signal. Jamie, tu restes au coin, et tu surveilles que les flics ne se ramènent pas.

— OK, gardez vos téléphones à portée de main. Charlie si t'as besoin de moi, je rapplique illico.

— Merci, Jamie, mais pour l'instant j'ai besoin que chacun fasse ce qu'on a dit.

Je suis resté en retrait pendant qu'ils échafaudaient un plan qui de toute évidence ne tenait pas la route, mais Marie Rose était quelque part à l'intérieur, alors j'allais suivre. Les gars n'étaient pas là pour faire de la figuration, et je l'ai compris immédiatement lorsque j'ai vu les armes de fortunes qu'ils cachaient sous leurs blousons. Là encore je n'ai rien eu à redire, alors à nouveau j'allais suivre, pour Marie Rose. Dix minutes plus tard, le signal était donné, et on a fait ce que Charlie attendait de nous.

Son portable a sonné, il m'a montré le texto.

Prêt ? On l'était.

La fenêtre que j'avais brisée lors de ma première visite était recouverte d'un panneau en bois, et celle où Marie Rose était passée, fermée. C'est en voyant le panneau de bois que j'ai recouvré la mémoire.

Certes, j'étais prêt, mais soudain j'ai été envahi par le doute, par où allions-nous entrer ? Je me suis tourné vers Charlie, et il affichait un air serein, comme s'il savait quelque chose que j'ignorais. Lorsqu'il a sorti un pied-de-biche, j'ai tout de suite compris que c'était le cas.

Colin envoya le signal. Au même moment une des portes à l'arrière céda sous la pression de nos deux corps, et du bout de métal qui faisait levier. On a attendu silencieux et immobiles, mais rien ne nous a paru suspect, alors on a pénétré à l'intérieur.

Muni de nos flashs, on s'est déplacé avec précaution, étudiant notre environnement. On se trouvait dans une sorte de cellier.

— Charlie, tu pars à droite, et moi je prends à gauche.

— OK. Fais gaffe surtout, et si tu trouves quelque chose, message.

— Pareil pour toi.

On s'est signifié notre accord avec un mouvement de tête, et on est parti chacun de notre côté.

J'ai poussé une autre porte. Derrière, sur un établi, des moules en forme de bras, de jambes qui avaient déjà servi un certain nombre de fois. Sur les murs courraient des étagères, sur lesquelles reposaient des sacs de chaux et autres produits indispensables à la fabrication de la porcelaine. Au fond, un immense four où rougeoyaient encore des braises d'une précédente utilisation. Il ne faisait aucun doute que je me trouvais dans l'atelier de fabrication, mais était-ce sa seule fonction ? J'avais un doute.

Charlie m'a texté, il était au milieu d'un tas de tissus, de fils à coudre et de mannequins miniatures, mais toujours aucune trace de Marie Rose. On s'est retrouvés à mi-chemin.

— Colin m'a bipé, il a simulé une panne sur sa voiture, et au moment où le mec a ouvert, Tom a surgi et lui a collé une droite.

J'espérais trouver Marie Rose ici, parce que si ce n'était pas le cas, on allait avoir de sérieux ennuis. Ajoutez coups et blessures à l'effraction caractérisée, et vous obtenez quelques belles années derrière les barreaux.

— Dorian ? Tu m'écoutes.

— Non pas vraiment. Désolé. Tu disais quoi ?

— Jamie fait toujours le guet. On peut arrêter de chuchoter, et surtout on peut allumer la lumière.

— T'es sûr ?

La photo d'un homme inconscient, tête baissée, assis sur une chaise, et les mains ligotées ont répondu à ma question. Charlie est monté à l'étage, pendant que j'inspectais le sous-sol, éclairé cette fois. Rien de tout ce qui se trouvait ici, ne m'a paru bizarre. Les lieux étaient propres, peut-être un peu trop si vous voulez mon avis, mais ça ne signifiait pas grand-chose. L'atelier de confection et celui de fabrication étaient séparés par une porte. Non, rien, tout était normal.

Je suis revenu sur mes pas, j'ai inspecté le recoin dans l'angle, et au moment où j'allais rejoindre les autres à l'étage, quelque chose a attiré mon regard. Un anneau doré et de fines gouttes rouges par terre. J'ai passé mon doigt dessus, ça ressemblait fortement à du sang, frais qui plus est. Plus loin, dans le renfoncement au bout du sous-sol, une des parois ne semblait pas coller avec le reste du mur, comme une pièce rapportée, comme pour dissimuler une porte qui n'existait pas. J'ai ramassé l'anneau, et je suis monté voir les autres.

Tom et Colin surveillaient le prisonnier, pendant que Charlie visitait les étages. En m'approchant de la chaise, Colin a lancé.

— J'ai failli perdre un doigt quand je l'ai frappé.

— Comment ça ?

— Il portait un masque.

Il a soulevé les restes d'une coque en porcelaine maculée de sang, celui de Colin. J'ai regardé sa main, il l'avait bandé dans son écharpe.

— Ça va ?

— Oui ça aurait pu être pire.

— Pourquoi il avait ça sur le visage ?

— Je n'en ai aucune idée, surtout qu'il a rien son visage, enfin, avant il avait rien.

— Vu l'élan que t'as pris, sa tête va enfler comme un ballon, lança Tom derrière moi.

Charlie venait de redescendre, il voulait que l'on continue de chercher, mais je devais savoir qui habitait ici, et si mes soupçons étaient fondés. Je me suis baissé, et au moment où j'ai voulu relever sa tête, Jamie, Henry et Peter sont entrés en trombe.

— Les gars ont a un problème, les flics…

Ils n'ont pas eu le temps de terminer leur phrase, que déjà on frappait avec vigueur à la porte.

54

Je n'avais aucune idée de ce qui était en train de se passer, mais j'étais certaine qu'il y avait quelque chose qui clochait. Mon geôlier était parti précipitamment, et j'avais entendu du bruit et une sonnerie. Et là, à nouveau, malgré ma faible audition, je percevais cette même sonnerie.

J'aurais voulu crier à en perdre haleine, mais vu l'épaisseur des murs qui m'entouraient, je savais qu'à part attraper un mal de gorge carabiné ou une extinction de voix, ça ne servirait à rien. Lizzie et les autres ne me parlaient plus, même Jane la nouvelle ne répondait pas.

À cet instant, je ressentais le même désespoir que les fillettes. La solitude, l'angoisse, et un sentiment d'impuissance m'enveloppais. Je ne partageais pas encore la mort avec elles, mais j'avais comme l'impression que ça ne devrait plus tarder.

Depuis que je suis enfermée ici, je n'ai pas arrêté de penser à Dorian, à quel point il devait m'en vouloir, et dans quel état il devait être. Est-ce qu'il savait où j'étais ? Charlie l'avait-il appelé ? J'étais sûre que c'était le cas, mais pourquoi n'était-il toujours pas venu ? avait-il au moins essayé ? Ce tourbillon d'interrogations et de doutes m'a envahi et il était à deux doigts de m'engloutir tout entier.

Je devais faire quelque chose de productif. Réfléchir. Analyser. C'était la seule chose qui me permettait de penser à autre chose. Me remémorer les paroles de chacune pour y trouver un indice, dénicher quelque chose que je n'avais pas vu ou compris. J'avais du mal à me concentrer, mais je m'efforçais de rester les sens en alertes. J'ai laissé ma perception accueillir les voix qui je l'espérais seraient en mesure de m'aider à découvrir une nouvelle information.

J'ai passé en revue, les histoires de chacune des voix que j'entendais. J'analysais le timbre de voix, l'intonation et comment chacune prononçait les mots, aucune ne correspondait à ce que je recherchais. Il devait bien y avoir un moyen d'entrer en contact avec quelqu'un, n'importe qui, du moment qu'elle m'aide.

Un échec cuisant. J'ai refermé les vannes et j'ai laissé le silence envahir mon esprit, et c'est à cet instant que j'ai entendu sa voix, lointaine, faible, mais bien là.

Dorian.

Les coups résonnent dans la maison, les policiers frappent toujours à la porte. Le silence règne à l'intérieur, mais les lumières allumées indiquent qu'il y a quelqu'un. Dans l'euphorie du moment, aucun de nous n'a pensé à rester dans le noir, mais maintenant que les agents sont de l'autre côté, on s'en veut.

Peter s'est éclipsé à l'étage quand les policiers sont arrivés, et maintenant on découvre pourquoi. Il est vêtu d'une robe de chambre en soie noire et de chaussons qui ne sont pas à lui. Ses cheveux sont plaqués en arrière et des gouttes d'eau coulent le long de sa nuque. Sérieusement, il est allé prendre une douche ? Il nous fait signe de passer à côté avec notre nouvel ami, et sans comprendre où il veut en venir, on s'exécute. La seconde d'après, la porte s'ouvre sur les deux agents de police.

— Bonsoir, désolé j'étais sous la douche, j'ai fait au plus vite messieurs.

Il avait pris un drôle d'accent.

— Bonsoir, monsieur, on est là suite à un appel de votre société de sécurité. Apparemment une alarme s'est mise en route et vous n'avez pas signifié que tout allait bien.

— C'est la maison de mon oncle, je me souviens vaguement qu'il m'a parlé d'un nouveau système de sécurité, mais j'avoue que je l'écoute à moitié.

Les agents ont dû le croire, car on a entendu des petits rires. Peter excellait dans son rôle.

— Si vous le souhaitez, vous pouvez entrer et faire le tour.

Et voilà qu'il allait tout foutre en l'air, les flics allaient entrer et nous voir tous les six derrière la porte avec le proprio en otage.

— Non ce ne sera pas nécessaire, on ne va pas vous déranger plus longtemps. Essayez de faire attention la prochaine fois.

— Promis, j'écouterai mon oncle à l'avenir.

Lorsque la porte allait se refermer, le mec sur la chaise a poussé un cri, Tom n'a pas hésité une seconde, son poing s'est écrasé sur son visage une nouvelle fois, et à nouveau, il est tombé dans les vapes.

— Peter, qui est-ce ?

Voilà que Jamie s'y mettait aussi. Ils avaient répété un plan ma parole.

— La police, on a oublié de couper la nouvelle alarme, ils sont venus voir si tout allait bien.

Le voilà qui quittait la pièce où on était caché pour rejoindre Peter.

— Je me suis cogné le petit orteil contre le bureau, ça fait un mal de chien. Bonsoir, désolé d'être impoli, mais ça fait vraiment très mal.

Si leur carrière de cambrioleurs ne menait nulle part, ils pourraient toujours se reconvertir dans le cinéma, car ils étaient vraiment doués. On a attendu encore quelques minutes dans l'angoisse de se faire prendre, puis ils ont enfin fermé la porte.

— C'était quoi ça les gars ?

Charlie semblait aussi surpris que nous.

— De l'improvisation, scanda Peter.

— Et si tu veux mon avis, une sacrée bonne impro, ricana Jamie.

Pour coller à son personnage, Jamie avait retiré ses chaussures, et il se promenait pieds nus, ce qui n'a pas manqué de nous faire rire.

— Bravo les gars, sérieux c'était du grand art, mais si on trouve quoi que ce soit et qu'on est obligé d'appeler les flics, vous deux vous dégagez.

Les choses devaient être claires, car s'il se passait quelque chose, du style frapper le propriétaire ou pire, Jamie et Peter ne pouvaient pas être présents.

— Préméditation, vous connaissez ?

Ils se sont tous regardés et ont acquiescé sans broncher. Tom a bâillonné notre hôte, et on a repris l'exploration de la maison.

Charlie et Henry ont transporté l'otage au sous-sol, plus de mauvaises surprises. J'ai attendu qu'ils le posent pour soulever sa tête. Malgré l'énorme hématome sous l'œil, et la bosse au niveau du front, je l'ai reconnu immédiatement.

Aberdine.

56

Ma paume me fait mal, mes doigts on prit le relais, mais j'ai l'impression de m'épuiser pour rien. Je tape sur cette porte, qui d'ailleurs n'en est pas vraiment une, avec la force d'une mouche. Si Dorian est ici, aucun doute qu'il ne m'entendra pas m'époumoner de l'autre côté de cette paroi invisible. Je dois trouver autre chose, si je veux sortir de là vivante.

Je palpe les murs, à la recherche de n'importe quoi susceptible de me faire entendre. Un tuyau aussi épais que mon bras rencontre mes doigts, je cogne légèrement dessus, et il tremble sous l'impulsion. Je réitère le geste, encore et encore, de plus en plus fort, de plus en plus vite, jusqu'à ce que ma main n'en puisse plus.

Mes oreilles bourdonnent, ma main vibre, mais je recommence, car c'est ce que je dois faire. Continuer à me battre, ou accepter de mourir.

Jamais.

57

— Attendez, vous entendez ?

— Entendre quoi Dorian ?

— Ce bruit à intervalle régulier. On dirait qu'on tape sur quelque chose.

— J'entends rien moi. Les gars ?

Un non à l'unisson. Ils m'ont tous regardé bizarrement, mais je continuais de l'entendre. C'était léger, mais lancinant. Comment c'était possible qu'ils ne captent rien ? J'ai avancé lentement, tout en suivant le bruit, pendant que les autres me suivaient du regard sans dire un mot.

Tac Tac Tac

Il était tout près, mais en même temps si loin, comme étouffé par quelque chose. Je me suis dirigé vers l'endroit où la paroi me paraissait étrange, et au moment où mes doigts ont touché le mur, notre otage s'est mis à gesticuler dans tous les sens.

— Charlie, on fait quoi ?

Il s'est avancé vers lui, c'est baissé pour lui faire face, et il lui a dit le plus calmement possible.

— Si tu ne restes pas tranquille, je m'occuperai de toi, et quand j'en aurai fini, tu ne bougeras plus. T'as compris ?

L'occupant de la chaise a juste hoché la tête, mais ses yeux bougeaient frénétiquement en direction du mur, puis de moi, avant de se fixer dans le vide. Je me suis relevé faisant mine de changer de direction, et ses épaules se sont affaissées, comme s'il venait de se détendre. D'un signe de tête, j'ai appelé Charlie, et lorsqu'il est arrivé à ma hauteur, je lui ai fait part de ce que je venais de voir.

— On va lui poser la question.

— Il dira rien, regarde-le Charlie.

— Comment peux-tu en être aussi sûr ?

— C'est très simple, ça se voit qu'il n'a pas peur de nous, mais plutôt de ce qu'on pourrait trouver. Lorsque tu l'as menacé, à aucun moment il ne te regardait, il était trop occupé à me fixer.

— Il avait tout simplement peur de me regarder dans les yeux.

— Retourne là-bas et recommence, et surtout fixe attentivement ses yeux pendant que je me replace à l'endroit où j'étais.

Charlie a suivi mes instructions sous le regard interloqué des autres gars, et à nouveau Aberdine s'est agité sur sa chaise, mais de manière plus vigoureuse cette fois. La gifle rapide qui a frappé sa joue n'a pas eu l'air de le calmer, au contraire sa nervosité a augmenté. J'ai vu dans son attitude que je n'étais pas loin de découvrir ce qui le rendait à ce point nerveux.

— Enlève-lui son bâillon Charlie, j'ai des choses à lui demander.

J'en avais marre de tergiverser, soit il parlait, soit on allait le faire avouer de force. Marie Rose était enfermée quelque part ici, j'en étais certain, comme j'étais certain que les corps des fillettes aussi. Si j'avais vu juste depuis le début, Aberdine ou Jacob était le tueur, et il allait me le confirmer.

Charlie l'a mis en garde, à la moindre entourloupe, il en prendrait une qui le ferait taire.

— Où est Marie Rose ?

— Je ne sais pas de quoi vous voulez parler.

Sa voix feignait la peur, mais son attitude le trahissait.

— Arrêtez de mentir, elle est venue ici, et depuis on a plus de nouvelles.

— Je vous jure que je ne sais pas de quoi vous parlez.

— Très bien. Qu'est-ce que vous faites ici ?

— Je travaille ici, vous le savez.

— Je sais que vous gérez la boutique, mais je veux savoir ce que vous faites dans la maison de monsieur Jacob ?

Un spasme, presque imperceptible, a fait bouger sa lèvre supérieure.

— Monsieur Aberdine ? Si vous voulez, mes amis ici présents peuvent vous aider à retrouver la mémoire, n'est-ce pas les gars ?

Henry et Tom l'ont secoué pour lui signifier qu'ils n'attendaient qu'un mot de ma part, quant aux autres, ils ont frappé leurs poings dans leurs paumes pour acquiescer.

— Maintenant qu'on est tous d'accord, je vous écoute.

— Je vous dis la vérité, je n'ai vu personne entrer dans la maison…

Il n'a pas eu le temps de terminer sa phrase que mon poing a rencontré son nez, le sang a giclé et il a poussé un râle de douleur en même temps que moi. La montée d'adrénaline avait donné à mon corps meurtri le coup de fouet dont il avait besoin, mais la foulure à mon poignet s'est réveillée immédiatement après. J'ai souffert en silence et j'ai repris l'interrogatoire.

— Je répète pour la dernière fois, où est Marie Rose ?

Il a pris son temps cette fois avant d'ouvrir la bouche. Les gars me fixaient attendant de voir ce que j'allais faire s'il mentait à nouveau.

— Très bien je vais vous dire la vérité. J'étais sur place quand j'ai entendu du bruit au sous-sol, je suis allé jeter un œil, c'est là que j'ai remarqué que la petite fenêtre était ouverte. J'ai fait le tour pour voir ce qui se passait, et quelqu'un m'a frappé dans le dos. Je n'ai fait que me défendre.

Tous les sept on l'écoutait attentivement, soit il était expert en manipulation, soit Marie Rose avait vraiment fait ce qu'il racontait.

— J'ai eu peur de ce qu'il pouvait arriver, alors je l'ai transportée dans ma voiture, et je l'ai laissée dans une ruelle à Brixton.

On s'est tous jaugés.

— Vous l'avez laissée dans une ruelle ? Pourquoi ne pas appeler la police ?

— J'ai paniqué. Certes, elle était entrée par effraction, mais je venais de l'assommer et elle perdait beaucoup de sang, alors je n'ai pas réfléchi.

D'après lui, Marie Rose ne se trouvait plus ici, alors pourquoi j'avais la sensation qu'il mentait ?

— Admettons qu'on vous croit, pourquoi est-ce que vous êtes aussi tendu lorsque je m'approche de ce mur ? Pourquoi j'ai le sentiment que vous cachez quelque chose ? Et d'ailleurs pourquoi monsieur Jacob n'est pas ici avec vous ?

Sa mâchoire était à présent complètement crispée.

— Il est en voyage.

— Comme c'est pratique. Vous avez donc tout le loisir de disposer de sa maison. Avec Marie Rose on était sur une affaire avant qu'elle ne disparaisse entre ces murs. Vous savez cette histoire de petites filles enlevées.

Je scrutais le moindre de ces gestes, la plus petite réaction de sa part, Charlie aussi l'avait à l'œil.

— On a découvert que la personne responsable pouvait être un client de votre boutique, c'est en partie pour ça que Marie Rose est venue ici.

— Si je peux vous aider à trouver le coupable, je le ferai sans hésiter. Le livre où je note les coordonnées de tous nos clients se trouve à l'étage, vous pouvez le consulter.

Bien évidemment qu'on allait le consulter, mais je savais déjà qu'on ne trouverait rien de probant, car Aberdine cachait sa véritable nature. Il s'était détendu, mais ça n'allait pas durer.

— Alors monsieur Aberdine, ce mur ? L'apparence de cette paroi m'indique qu'il se passe quelque chose derrière, et puis il y a l'anneau et des traces rouges que j'ai découvertes dans le renfoncement là-bas. Par contre aucune trace de la mare de sang dont vous nous avez parlé. Alors pendant que vous cherchez un autre moyen de nous mener en bateau, nous on va essayer d'ouvrir ce mur. Et à partir de maintenant je vais vous appeler Jacobi, Otto Jacobi.

Son visage est devenu sévère, et il n'a plus rien dit.

58

Mon bras valide s'est tétanisé, ma main et mes doigts me brulaient, mais je tapais sans relâche sur le tube de métal jusqu'à ce quelqu'un vienne me sortir de là, et puis je l'ai entendu.

— Marie Rose ? C'est toi ? Tu m'entends ?

Ma bouche s'est ouverte, puis refermée.

— Marie Rose ?

J'avais l'impression de crier dans le vide que même si j'y mettais toute mon âme, le son ne traverserait pas les murs. J'ai répété son prénom encore et encore, et lui de l'autre côté, il répétait le mien, sans qu'on arrive à s'entendre.

— Marie Rose si c'est toi qui frappes, continue, et si ce n'est pas Marie Rose, continuez quand même.

Malgré la douleur j'ai continué à taper, malgré le sang qui coulait le long de mon bras, j'ai tapais plus fort, et j'ai encore tapé parce qu'il me l'avait demandé.

Mon esprit s'est concentré sur Dorian, tout le reste n'existait plus, il n'y avait que lui, sa voix, son visage. Mon corps avait du mal à me soutenir, mais je m'acharnais à rester debout, il le fallait, pour vivre.

59

Encore et toujours ce bruit, quelque chose se trouve derrière ce mur. Marie Rose ? Quelqu'un d'autre ? Pendant que Charlie et Jamie mettaient la pression sur Jacobi pour qu'il nous indique le moyen d'ouvrir le passage, je frappais avec violence sur le mur. Mes phalanges saignaient, mais je ne faiblissais pas. Elle était là, entre ces murs, et non pas dans une ruelle mal famée de Brixton, j'en étais persuadé, et je devais la sauver. Pour elle, pour moi, *pour nous*.

La tête de Jacobi a heurté le mur à côté de moi, son arcade a explosé, mais Henry n'a pas relâché son étreinte. Sa main était appuyée fermement contre l'arrière du crâne de notre prisonnier, et il frottait la paroi avec son visage. De nouvelles écorchures sont apparues, mais personne n'a daigné l'arrêter, il devait nous dire comment entrer. Lorsque ses jambes ont fléchi, Colin et Tom l'ont relevé et Charlie lui a fendu la lèvre avec son crochet du droit.

Toute cette violence me donnait la nausée, mais si on agissait ainsi c'était pour une raison valable. J'ai laissé faire, tout en participant à ma manière. Chaque personne possède un seuil de tolérance à la douleur, passé ce cap, le barrage cède, il en allait de même pour Jacobi. Seulement voilà, son seuil à lui semblait solide, fort et impénétrable, et ce malgré les diverses brèches. J'avais un autre plan et celui-ci allait fonctionner.

Henry, le costaud de la bande, a soulevé notre otage et l'a placé sur son épaule. Ensemble, on est allés jusqu'à l'atelier de fabrication. J'ai ouvert la porte du four, demandé à Henry d'approcher le colis qu'il avait sur le dos, et lorsque les braises encore chaudes ont frôlé son visage, Jacobi a crié.

– Ça suffit ! C'est bon je vais tout vous dire, mais s'il vous plait retirez mon visage de là. Poussez fort sur le mur au niveau de l'angle et la porte cachée s'ouvrira.

Henry avait pour ordre de ne pas bouger tant que je ne revenais pas vers lui.

Appuyé sur le mur de tout mon poids, de toutes mes forces, j'ai entendu un clic, puis la porte dérobée s'est ouverte. Un petit couloir étroit s'est dessiné dans le noir. Flash allumé, l'oreille tendue, j'ai avancé vers l'écho. Lorsque je suis arrivé devant ce qui ressemblait à une porte, j'ai collé mon visage contre et le bruit est devenu plus proche. J'ai poussé de toutes mes forces à nouveau, et dans l'obscurité, une silhouette s'est reculée, avant de murmurer.

Dorian.

Une main devant les yeux, j'aperçois cette lumière vive entrer de force dans ma prison, et cette silhouette que je reconnaitrais entre mille.

Dorian.

Ses bras m'enveloppent délicatement, ma tête se pose au creux de son cou, et ensemble on sort de cet enfer qui a été le mien bien trop longtemps. Avec soin, il me dépose au sol, et malgré la douceur dont il fait preuve, je pousse un râle de douleur. Mon corps tout entier est en souffrance, lorsqu'il voit les stigmates de mon séjour ici, sa mâchoire se crispe, et il se lève d'un bond.

— Henry, ramène-moi cet enfoiré ici.

Sa voix me fait l'effet d'une explosion dans mon crâne malgré mon audition défaillante. Le silence a été mon seul compagnon ces derniers temps, alors l'entendre hurler sa rage à côté de moi, c'est insupportable.

— Alors comme ça tu aimes cogner les femmes ?

Avant que ses poings ne s'abattent sur l'homme devant lui, Dorian a crié d'autres choses dont je ne me souviens pas, car la douleur dans ma tête m'a fait perdre connaissance. Avant de sombrer, j'ai vu la fureur dans le regard de Dorian, et du sang, beaucoup de sang.

Le froid de mon ancienne cellule a laissé place à une

douce chaleur qui inonde mon corps, et réchauffe mes membres. Je n'ai pas envie d'ouvrir les yeux, je ne veux pas que ce moment de quiétude ne disparaisse, car je sais exactement où je suis, et ce qui va se passer. Dorian me caresse le visage délicatement, tout en me murmurant.

— Marie Rose, ça va aller, tu es en sécurité.

Oui j'y étais, mais non, il avait tort lorsqu'il affirmait que tout irait bien, car ils n'avaient encore rien vu. Les yeux toujours clos, j'ai entendu le groupe discuter de la suite des opérations. Aucune des personnes présentes n'osait prendre de décisions, mais je savais qu'une fois qu'ils découvriraient le musée personnel d'Aberdine, l'un d'entre eux saurait exactement quoi faire.

Après des débats houleux, la majorité s'est ralliée à l'avis de Dorian, on allait quitter les lieux de la même manière qu'on y était entrés, mais Charlie continuait de protester.

— Hors de question qu'on bouge tant que Marie Rose ne m'a pas confirmé qu'on ne trouvera rien ici en rapport avec ma sœur.

Ça y est, on y était. Il avait ouvert la boite pour voir ce qu'elle contenait, mais ce qu'elle renfermait n'allait pas lui plaire, alors je devais essayer de la laisser fermer encore un peu.

— Charlie, tu vois bien qu'elle n'est pas en état de parler. Elle doit voir un médecin.

Dorian, mon protecteur. J'ai serré sa main en signe de remerciement, mais même si j'avais effectivement besoin de voir un docteur, Charlie devait connaître la vérité. J'ai ouvert les yeux.

— Vas-y doucement Marie Rose.

— Ne t'inquiète pas Dorian, ça va.

En l'espace de quelques semaines, j'étais devenue une vraie championne pour mentir, malgré une grimace au moment de me relever, mon mensonge était devenu une vérité, il avait l'air de me croire. J'ai observé les alentours, Aberdine était sonné, mais conscient. Son visage avait subi la fureur du groupe, mais il gardait tout de même une certaine constance. Son regard a croisé le mien, il savait ce que je m'apprêtais à révéler aux autres, et j'ai senti comme une pointe de stress, ou alors de peur. Il a relevé la tête, et avant que je n'ouvre la bouche, il a déclaré.

— Tu ne trouveras jamais l'entrée, et personne ne te croira, d'ailleurs vous non plus. Vous êtes entrés par effraction ici, vous m'avez violenté de façon répétée, qui pensez-vous que la police croira. Des jeunes avec une histoire bancale, ou moi, un homme sans histoire qui possède une boutique de luxe ? Purement rhétorique comme question.

À présent, il affichait un sourire, comme pour nous signifier qu'il venait de faire échec et mat sans même déplacer un seul pion. Les mines déconfites de mes complices ont juste confirmé qu'il leur avait cloué le bec. Le mec était attaché solidement à une chaise, le visage tuméfié, sa chemise blanche hors de prix maculée de sang, et pourtant il nous narguait ouvertement.

— Regarde combien de temps ton ami a mis pour découvrir qu'Aberdine n'existe pas, alors bonne chance pour leur faire croire à vos fantasmes de jeunes accros au cinéma.

De quoi parlait-il ?

— Oui c'est vrai il n'a pas eu le temps de te le dire. Je m'appelle Otto Jacobi.

Dorian avait vu juste depuis le début, ses soupçons

s'étaient enfin révélés être vrais. On était en présence de la voix, cet accent dont parlait Lizzie s'était manifesté au moment où il avait dit son prénom, comment j'avais pu passer à côté ? Je n'ai pas eu le temps de réfléchir davantage, son monologue n'était pas terminé.

— Tu pourras raconter ce que tu as vu là-bas et même ce que je t'ai confié, sans preuve de ce que tu avances, ils ne chercheront même pas à comprendre.

Il n'avait pas tort, il m'avait emmené à travers un couloir obscur dans lequel j'arrivais tout juste à garder les yeux ouverts. Il y avait bien eu la pièce blanche, mais lorsqu'on a pénétré dans le musée, j'étais inconsciente. Je me suis tout de même hasardée à mentir.

— Vous avez l'air si sûr de vous que ça en devient ridicule.

Ils ont tous tourné la tête vers moi, attendant certainement que je lui ôte son air de satisfaction.

— Vous ne vous êtes jamais demandé pourquoi on est venu ici, dans cette boutique et non une autre. Vous pensez être tellement intelligent, mais à aucun moment vous ne vous êtes dit qu'on avait découvert vos agissements.

Ses lèvres se sont crispées en une grimace.

— Des années durant, vous avez agi sans être inquiété, et voilà qu'aujourd'hui une bande de jeunes essaye de vous démasquer. Si on est là c'est que quelque chose ou quelqu'un nous a menés jusqu'à vous.

À présent, c'était tout son corps qui se contractait.

— Alors même si d'après vous je ne trouve pas l'entrée de votre pièce, j'ai d'autres preuves en ma possession.

Totalement faux, mais à part Dorian, personne ne le savait.

— Et puis vous vous doutez bien que nous ne sommes pas les seuls à être au courant, on a pris nos précautions.

Par chance, les gars sont restés de marbre face à mes révélations.

— On va mettre les choses au clair, vous allez me montrer où se trouve le musée, et ne pensez pas que je me contenterai d'un non, ou que je vous laisse le choix, car ce n'est pas le cas. Vu votre état, vous vous doutez bien qu'on a les moyens de vous faire parler, et je laisserai volontiers mes amis se charger de ça.

Dorian me regardait avec une sorte d'admiration, il ne m'avait jamais vue aussi forte, aussi sûre de moi, et moi non plus. Jacobi avait l'air moins confiant, et c'est exactement ce qu'il fallait.

— Charlie, relève-le et amène-le ici s'il te plait.

Il s'exécuta sans broncher. On se faisait face, j'ai planté mes yeux dans les siens, et je suis restée statique, il devait comprendre que je ne lui laissais pas le choix.

Une longue minute s'est écoulée, ses lèvres sont restées fermées, jusqu'à ce que Charlie le frappe dans le ventre, Jacobi s'est plié en deux. Après trois autres coups dans les côtes et les reins, son doigt a pointé en direction du couloir sombre. On a avancé tous ensemble, précédés par Jacobi, tenu fermement par Henry. Son index restait fixe, mais je ne voyais rien. Dorian s'est approché, a tâté le mur, puis l'autre, rien. L'endroit devenait exigu et suffocant avec tout ce petit monde à l'intérieur. Charlie a ordonné aux groupes de sortir. Si on avait besoin d'eux, on les appellerait. Ils ont acquiescé sans broncher, et pendant qu'ils regagnaient le sous-sol, Charlie a claqué la tête de Jacobi contre un des murs.

— Tu as deux minutes pour ouvrir cette putain de porte.

Sa tête a rebondi encore deux fois sur la paroi avant qu'il ne s'exécute.

61

Le bâtiment était un vrai labyrinthe, en plus des pièces que Dorian et les autres avaient visitées plus tôt, d'autres comme ma cellule avaient été ajoutées. Face à nous, à l'endroit où l'index de Jacobi pointait, un trompe-l'œil dissimulait l'entrée d'une cavité obscure. À l'intérieur, un petit sas conduisait dans les entrailles de l'enfer, je pouvais le certifier.

Avant qu'on ne s'aventure à l'intérieur, j'ai tenté de dissuader Charlie de nous accompagner, mais il a balayé ma requête d'un revers de main. J'ai dû m'y résoudre, il n'avait aucune intention de changer d'avis. Jacobi resterait en haut sous l'étroite surveillance des autres.

En m'enfonçant dans le noir avec Dorian et Charlie, je n'avais aucun souvenir des lieux, pourtant j'étais déjà venue, et je savais ce que renfermait cette porte. Une fois la poignée tournée, plus de retour en arrière possible. J'ai longuement hésité, l'impatience de Charlie y était pour beaucoup, il était sur le point de découvrir le cadavre de sa petite sœur, et même si j'imaginais sa réaction, j'angoissais.

On a franchi le seuil, la lumière s'est allumée pour nous accueillir, et j'ai laissé Dorian passer devant, suivi de près par Charlie. En retrait, je les observais évoluer dans la pièce, découvrir l'horreur dont j'avais été témoin, et être frappés de plein fouet par la tristesse, la colère et la rage. Les émotions de chacun m'ont submergée.

Lorsque j'ai voulu m'approcher de Charlie, il est tombé sur les genoux devant la vitrine dans laquelle Lauren était mise en scène, en pleurs. Son chagrin s'est transformé en rage et ses poings ont traversé le verre. Les mains lacérées et pleines de sang, il a sorti délicatement la fillette de son cercueil transparent.

– Je suis tellement désolé Lauren… je t'ai pas protégé comme doit le faire un grand frère… si tu savais comme je m'en veux…

Je n'ai pas réussi à retenir mes larmes, l'entendre s'excuser et voir la culpabilité dans ses yeux c'était trop dur à supporter. Son cœur venait de se briser en mille morceaux, son monde s'écroulait à mesure qu'il caressait les cheveux de sa petite sœur morte. Elle n'était plus là, il en avait conscience, mais il continuait de lui murmurer à l'oreille.

Dorian m'a pris dans ses bras, ensemble on s'est dirigés vers la sortie, laissant Charlie seul avec Lauren. Dorian a sorti son portable, et avant qu'il ne compose le numéro, je lui ai dit.

– Laisse lui encore un peu de temps, une fois que la police aura investi les lieux, il ne pourra plus lui dire au revoir.

Je n'ai rien eu d'autre à ajouter, il a rangé son téléphone, et avant qu'on rejoigne les autres, j'ai continué d'avancer dans le couloir. Dorian, perplexe, m'a suivi. Arrivée devant l'ouverture, j'ai hésité un moment, puis je suis entrée. La lumière crue m'a aveuglé un moment, pareil pour Dorian. Lorsque nos yeux se sont accommodés, on a découvert une pièce entièrement blanche, où deux tables métalliques réfléchissaient les néons du plafond. L'odeur d'antiseptique embaumait la pièce et me brulait les narines, j'ai eu énormément de mal à respirer normalement. Dorian présentait également des signes de gêne, mais il semblait plus solide que moi. Contre un des murs, des casiers coulissants renfermaient des choses que je n'avais pas envie de voir, j'ai laissé Dorian le découvrir. En face, un four, différent de celui de l'atelier, mais tout aussi puissant. Ma main s'est approchée de la paroi, il était froid, j'ai alors ouvert la porte frontale. Dorian a poussé un cri d'horreur, pendant que de mon côté je toussais et battais des mains pour évacuer le nuage gris qui m'asphyxiait. Ses yeux étaient carrément exorbités, sa bouche mimait un O de dégout, et moi j'essayais de ne pas vomir ma bile. En ouvrant la porte du four, un appel d'air avait amené une partie des cendres dans ma direction et j'en étais à présent recouverte. J'ai refermé la porte et lorsque mes yeux ont rencontré mon reflet, j'ai poussé un cri. Les cendres des petites filles mortes recouvraient entièrement mon visage et une partie de ma poitrine. Dorian est immédiatement venu vers moi pour m'aider à les enlever. Des trainées grises ont formé un sillon le long de mes joues à cause de mes larmes. Je voulais quitter cet enfer au plus vite, j'ai poussé Dorian, je me suis dirigée vers la porte, lorsque j'ai aperçu ce que contenait le casier réfrigéré. Je crois pouvoir dire que jamais je n'ai couru aussi vite en direction de la sortie.

Jamie a donné un coup de coude à Colin qui a fait de même à Henry, pendant que Tom qui revenait dans la pièce a lancé.

— Marie Rose, il s'est passé quoi ? C'est quoi ce que t'as le visage ?

J'ai été incapable de répondre à sa question. Quand Dorian nous a rejoints, il a fait un signe de la main, comme pour leur dire qu'il leur raconterait tout plus tard. Ils n'ont pas insisté, Tom a juste demandé.

— Il est où Charlie ?

On s'est regardé avec Dorian, et j'ai pris les devants.

— Il est resté là-bas avec Lauren…

Ils semblaient ne pas comprendre.

— C'est cet enfoiré qui kidnappe les fillettes…

Dorian était en colère, mais avant d'en dire davantage, je l'ai coupé.

— Les gars écoutez on va attendre que Charlie revienne avant de faire quoi que ce soit qu'on puisse regretter.

— Si tu dis ça, c'est qu'il se passe autre chose.

Jamie réfléchissait vite et bien.

— Oui, mais rien de ce que j'ajouterai ne changera les faits, alors on va tous se calmer, et quand Charlie reviendra Dorian appellera la police…

— Et pourquoi tu nous laisserais pas passer pour qu'on rejoigne Charlie ? balança Henry sur la défensive.

Jacobi se délectait de la situation, Tom l'a remarqué et avant que je n'ajoute quelque chose, il l'a frappé à l'arrière de la nuque. Colin et Henry s'approchaient de moi, pendant que Tom s'apprêtait à récidiver. Dorian a poussé Tom, et moi je me suis plantée devant l'entrée, comme si j'étais assez forte pour empêcher un costaud comme Henry de passer. Les choses étaient clairement en train de déraper.

— Les gars s'il vous plait…

Ma tentative pour les amadouer n'a pas fonctionné, Henry m'a soulevée pour me déposer sur le côté, Dorian s'est précipité vers moi, lui a attrapé le bras pour l'arrêter.

— Écoute mec, j'ai pas envie de t'en coller une, mais si tu nous laisses pas retrouver Charlie c'est exactement ce qui va se passer.

— Et pourquoi tu ne resterais pas plutôt là à faire ce que Charlie t'a demandé.

Les veines du cou d'Henry étaient sur le point d'éclater, tellement la rage l'envahissait.

— Tu viendras pas dire que je ne t'ai pas prévenu Dorian.

Le poing d'Henry allait s'abattre sur Dorian quand Jacobi s'est mis à rire, le même rire mécanique qu'il avait eu au moment de me montrer son musée. On s'est tous retourné vers lui.

— Pourquoi ne leur dites-vous pas ce qui se trouve là-bas ? Vous avez peur que le gros balèze me fasse encore plus mal ?

— Vas-y toi le vieux, t'as qu'à me dire ce qu'ils me cachent.

— Ma collection de petits trésors, mes princesses à moi.

— Henry c'est bon laisse tomber.

Jamie semblait enfin comprendre.

— Tu vas pas t'y mettre toi aussi. Ferme là je veux savoir pourquoi Charlie revient pas avec Lauren.

— Il ne comprend pas vite le garçon.

Jacobi devenait insolent.

— Elles sont mortes, Lauren et les autres. MORTES…

Charlie se tenait derrière nous, le corps de Lauren dans les bras. Plus personne n'a parlé, ni même bougé, on est simplement resté là à le regarder déposer le cadavre de sa petite sœur sur le sol. La seconde d'après, il s'élançait dans les airs, direction Jacobi.

Peter, Tom, Jamie, Peter, Colin et Henry formaient une barrière devant Charlie, impossible de la franchir. De l'autre côté, Charlie s'acharnait sur le visage du tueur d'enfants. Les coups pleuvaient, le sang giclait, des râles de haine et de douleurs se mêlèrent pour ne former qu'un seul son. Puis plus qu'une respiration saccadée, essoufflée, avant le silence.

Le rideau humain s'est ouvert sur un spectacle terrible. Une mare de sang s'élargissait à mesure que les secondes défilaient, et Charlie se tenait en plein dedans. Avec Dorian, on est restés plantés là, choqués de ce que Charlie venait de faire. Pendant ce temps, Jamie et Peter recouvraient Lauren d'un drap que Tom avait ramené de l'atelier. Henry, quant à lui, soulevait Charlie pour l'emmener à l'écart. La scène était surréaliste. Tout s'était déroulé au ralenti et à toute allure en même temps.

Dorian s'est approché de Jacobi, a cherché à lui prendre son pouls, même si on savait tous les deux que ça ne servait à rien, et d'un signe de tête, il a confirmé qu'il était mort. Charlie venait de tuer le meurtrier de sa sœur et de toutes les autres. Lizzie a choisi ce moment précis pour débarquer.

— La pièce où on boit le thé. Marie Rose.

J'ai eu le sentiment qu'elle savait que c'était la fin, comme si elle sentait que la voix était morte. Elle m'a parlé une toute dernière fois.

— Faudra dire à papa que je l'aime. Faudra dire à Madeline aussi. Merci, Marie Rose, d'avoir parlé avec moi…

Puis plus rien, sa petite voix s'est tue, et j'ai fondu en larmes.

62

Deux heures plus tard, quand la porte de la maison sur Bond Street s'est ouverte, les policiers ont découvert Dorian et Henry debout face à moi, je tenais dans mes bras une petite fille. Cette même petite fille qui avait fait les gros titres quelques jours auparavant, Jane Ellis. Avec les garçons, on avait cherché la pièce dont parlait Lizzie, celle où elles buvaient le thé. Derrière le vaisselier dans le grand salon, on a découvert une autre pièce dissimulée. À l'intérieur, Jane dormait d'un sommeil sans rêves, recroquevillée sur elle-même.

La demeure a très vite attiré tous les regards, pleine à craquer de policiers et d'agents de la scientifique. Un périmètre de sécurité délimitait les lieux, tenant à bonne distance les journalistes, et les curieux.

Placés dans des pièces différentes, on a eu droit chacun à un interrogatoire similaire. Bien qu'on n'a pas été d'accord avec ce qu'avait fait Charlie, on a tous donné la même version des faits. C'était ma faute s'il s'était retrouvé dans cette galère, certes je ne lui avais pas dit de tuer Jacobi, mais je m'attendais à quoi sérieusement ? Une fois qu'il avait vu le cadavre de sa petite sœur, ça coulait de source qu'il allait devenir fou de rage. Lorsqu'il a laissé éclater sa fureur, on n'a rien pu faire pour l'arrêter, alors je lui devais bien ça.

Nos déclarations sont restées assez basiques, pas la peine d'extrapoler ou d'essayer d'entrer dans des explications complexes qui nous trahiraient. Avec Dorian on enquêtait sur la disparition des fillettes, j'avais eu l'intuition que Jacobi, anciennement Aberdine, cachait quelque chose, alors j'étais venue sur place pour enquêter. Aberdine, Jacobi, ou peu importe son nom m'a invité à entrer, la seconde d'après, j'étais enfermée dans la pièce sans fenêtre. Je suis restée prisonnière jusqu'à ce que Dorian, une fois sorti de l'hôpital où il se trouvait à cause de Jacobi, vienne me libérer avec l'aide d'Henry, un ami à nous. Ils avaient voulu prévenir la police, mais les choses se sont enchainées trop rapidement. Jacobi nous est tombé dessus, Dorian a perdu connaissance suite au coup reçu à la tête, je me suis écrasée contre le mur, je ne faisais pas le poids, seul Henry a réussi à contrer son attaque, d'où les marques sur ses mains. Marques qui ont été faites post mortem bien évidemment, sinon toute cette histoire ne tiendrait pas la route.

Une bagarre a éclaté. Jacobi a réussi à blesser Henry, et quand il s'est approché de moi pour me tuer de toute évidence, j'ai saisi la barre de fer qui se trouvait au sol, et je l'ai frappé, à divers endroits, à plusieurs reprises. Légitime défense.

On a passé sous silence la présence des six autres de la bande, car on aurait tous fini en prison, même si Charlie avait de bonnes raisons de faire ce qu'il avait fait.

Après la description mensongère des faits, je les ai emmenés dans le musée du tueur, lorsqu'ils sont entrés et qu'ils ont vu ce qu'il contenait, mon histoire ne comptait plus. Peu importe si elle était bancale, fausse, ou que le visage de Jacobi n'était plus qu'une infâme bouillie. On avait mis la main sur un tueur de petites filles, alors même si on l'avait tué par préméditation, les policiers présents n'auraient rien fait pour nous arrêter.

Une ambulance s'est garée au coin de la rue, deux personnes en sont sorties, l'agent posté devant la maison leur a fait signe de venir. Ils ont examiné Dorian, puis Henry avant de terminer par moi, la sentence est tombée, direction l'hôpital pour tous les trois.

Au moment de quitter la maison, j'ai regardé une dernière fois en direction de Jane et de cette maison de l'horreur, et les mots de Lizzie ont envahi mon esprit. Cette petite fille était venue vers moi pour que je l'aide, que je la sauve elle et toutes les autres, et elle avait été celle qui venait de sauver Jane.

Jane Ellis, la seule survivante, la seule qui allait retrouver sa famille, la seule qui n'avait pas terminé dans ce musée macabre, et ce uniquement grâce à la petite Lizzie Williams.

Une vague de chagrin m'a envahi suivie d'un sentiment de soulagement, et j'ai enfin quitté cet endroit de malheur.

Lorsque les portes de l'ambulance se sont refermées sur moi, j'ai fermé les yeux et j'ai dit au revoir à Lizzie, les larmes ruisselaient déjà sur mes joues.

J'ai passé la semaine suivante à l'hôpital sous la surveillance accrue de Dorian, cette expérience traumatisante nous avait fait prendre conscience à quel point on tenait l'un à l'autre. Henry était venu me rendre visite avec pour unique consigne de venir seul, il ne fallait pas braquer les projecteurs sur notre amitié avec Charlie Roberts, nos dépositions en dépendaient.

J'ai relaté toute l'histoire que Jacobi m'avait racontée. De l'héritage familial laissé par son père en passant par les vestiges de ses victimes qui se trouvaient toujours dans la maison, d'après ses dires. Après des semaines d'enquête et de fouilles, la police a découvert des os dissimulés derrière les murs de la maison. Ces derniers ont permis aux légistes d'aider les enquêteurs à retrouver une partie des familles des victimes de Jacobi sénior. Pour celles du fils, les cendres ont été placées dans des urnes funéraires, puis remises aux parents avant la cérémonie.

À la demande des familles, des funérailles publiques ont eu lieu pour que personne n'oublie ce qui était arrivé à leurs filles. Je suis allée à celles de Lizzie pour épauler son père et pour lui dire adieu. Avec Dorian, on est également allés à celle de Lauren pour soutenir Charlie. Un hommage national pour les fillettes a été rendu par la ville.

Dorian a fait la une des plus grands journaux avec son article. Il n'avait pas fait dans le sensationnel, il était resté fidèle à lui-même, les familles devaient être préservées. Avec ma permission, il m'a citée comme enquêtrice privée, ce que j'étais, et a passé sous silence ma perception, c'était ce qu'il y avait de mieux à faire. On avait peut-être résolu cette affaire, mais je n'avais pas envie d'accabler davantage les victimes collatérales de Jacobi. Grâce à cette découverte macabre, on venait d'acquérir la légitimité qui nous faisait défaut au début de l'enquête. Elle nous a permis de nous faire connaître, même si je déplorais les raisons de cette soudaine notoriété.

Cette horrible histoire est restée sur toutes les lèvres et dans tous les esprits pendant très longtemps. Heureusement pour la plupart des gens, le temps à ça de bien, c'est qu'il efface toutes les peines, toutes les blessures, du moment qu'on le laisse faire. Le pays n'a pas fait exception à la règle.

Avant que Dorian ne m'accompagne voir ma famille en France, je suis allée récupérer quelque chose, je me l'étais promis. À nouveau en possession de son héritage familial, Dorian et moi, on a quitté le pays pour nous ressourcer, et mettre un point final à cette première enquête.

Ma perception s'était développée d'une manière tellement inattendue pour les Bailly, qu'on a émis l'idée, que Lizzie et les autres avaient été capables de bien plus de choses qu'on ne le pensait, comme me permettre d'entendre la voix. Il était évident que j'allais devoir faire face à d'autres épreuves, et que ma perception me surprendrait encore, mais à présent je n'étais plus seule. Dorian faisait partie de ma vie maintenant, il m'épaulerait dans les moments difficiles, et ensemble on continuerait à avancer et à enquêter au rythme de ma perception. Marie Rose Bailly et Dorian Anderson, ça sonnait bien.

Un répit de courte durée.
Une voix résonne dans le silence.
Une nouvelle énigme.

À suivre…

Remerciements

Je remercie toutes les personnes qui me poussent à écrire, à inventer des histoires, et qui me soutiennent dans cette voie.

Famille, amis, lecteurs, vous êtes ma source d'inspiration.

Je ne vous le dirai jamais assez, merci d'être à mes côtés dans cette passionnante aventure qu'est la création.

Merci à la Team sur laquelle je peux compter pour m'aider dans les corrections, relectures et conseils en tout genre. Ce ne serait pas pareil sans vous.

Je vous donne rendez-vous très prochainement avec un nouveau roman. Marie Rose n'a pas encore terminé de vous surprendre.

Julie Jkr

De la même auteure :

Le couloir des âmes Tome 1
Le couloir des âmes Tome 2
Le rouge leur va si bien (nouvelle)
Not the end coécrit avec Sophia Laurent et Lena
Walker

www.ingramcontent.com/pod-product-compliance
Lightning Source LLC
Chambersburg PA
CBHW021342150726
47989CB00005B/2067

PRINTS & DRAWINGS

EUROPE 1500–1900

Honoré Daumier
Rue Transnonain, 15 April 1834, 1834 (detail)

PRINTS & DRAWINGS

EUROPE 1500–1900

FROM THE
ART GALLERY OF NEW SOUTH WALES

Peter Raissis

Hendrick Goltzius
after Bartholomaeus Spranger
Mars and Venus 1588 (detail)

CONTENTS

Thomas Gainsborough
Trees by a pool early 1750s (detail)

This book is the first in a series of three publications exploring the richness and diversity of the European works on paper collection at the Art Gallery of New South Wales. The focus of this publication is on European prints and drawings from 1500 to 1900. It is pleasure to be able to present a large group of intriguing and beautiful works from the collection, and we hope that readers will welcome the opportunity to enjoy them and learn about them. The two publications to follow will be devoted to British watercolours 1800–1950 and European and American prints and drawings 1900–2000. Our collection of Australian prints and drawings has already been published in a similar manner.

From the tentative beginnings of our prints and drawings collection in the 1870s to the determined efforts to expand and enrich those holdings throughout the late 1930s and 1940s, the Gallery's collecting activity in this area continues with undiminished energy and ambition. Historically, the collection has been much stronger in its representation of prints than drawings, a fact reflected in the selections featured in this publication. The purchase in 2013 of Dürer's enigmatic masterpiece *Melencolia I* 1514 has provided a major focal point for the Gallery's holdings of early European prints. A number of old master drawings of superlative quality acquired for the collection in recent times include the donation by James Fairfax AC in the 1990s of works by Watteau, Fragonard and Domenico Tiepolo, among others.

In art museums the world over, works of art on paper, especially prints created as multiples, make up the largest proportion (in terms of sheer numbers) of collections of European art. They function as rich repositories of history, and have the unique virtue of affording special insights into the creative process. Through the centuries, Europe's greatest artists turned to drawing and printmaking to explore themes and to create aesthetic effects unrealisable in other media. Yet, due to their sensitivity to light, prints and drawings are also far less visible than works of art in other more robust media. The prints and drawings study room at the Art Gallery of New South Wales allows access and close observation of the works on paper collection. We hope this publication, and those to follow, will enable even more people to see the Gallery's splendid holdings of European graphic arts.

Michael Brand
Director, Art Gallery of New South Wales

Théodore Géricault
The boxers 1818 (detail)

When the doors of John Horbury Hunt's temporary art gallery (on the site of the present-day Art Gallery of New South Wales) first opened to the people of Sydney in December 1885, visitors entered a large central hall with three discrete galleries opening off it on either side. Each gallery presented a separate category, arranged by medium, of the juvenile and swiftly expanding public collection, which comprised statuary, ceramics, oil paintings, watercolours and so-called 'black and white art', or prints and drawings. An impression of how the galleries appeared – to the cartoonist's eye at least – in the late 19th century is provided by a charming illustration, *Bush cousins in Sydney – at the Art Gallery*, published on the cover of *The Illustrated Sydney News* in August 1891 (see page 14). Tantalisingly, the scene shows an opening through a second archway into a gallery that has since disappeared. It is clearly labelled 'BLACK & WHITE COURT'.

To be precise, black and white art properly described the work of contemporary illustrators whose images appeared often as wood engravings in the mass-produced books and journals that are such a hallmark of Victorian visual culture (see page 155). Yet the term was also invariably applied to almost any work of art on paper (except watercolours), as is demonstrated by the miscellaneous assortment of graphic media listed under 'black and white' in the Gallery's first officially published catalogue of 1883. There were 61 black and white works in total, including drawings, engravings, etchings, photogravures and photographic reproductions.

The black and white collection in the early years of the Gallery's history was predominantly made up of reproductive engravings and facsimiles, acquired through purchase or donation. The earliest was a set of Albrecht Dürer reproductions presented by the trustees of the Public Library, Museums and National Gallery of Victoria on the occasion of the founding of the New South Wales Academy of Art (the Gallery's parent institution) in 1871. The first drawings did not appear in the collection until nearly a decade later, when the trustees purchased 13 sketches for £400 from the British weekly newspaper *The Graphic*, whose proprietors had set up a display at the Sydney International Exhibition in 1879 (see page 153). Even so, the focus of collecting activity in these formative years remained squarely on prints.

While limited acquisition funds may in part explain the paucity of original prints and drawings in the collection, the fact that the Gallery's holdings of British watercolours were growing apace – and had been doing so since 1875 – suggests otherwise. It is true that behind the trustees' determination to keep acquiring reproductions and engravings after the great masters of the past, as well as those of more recent times, lay a Ruskinian insistence that art galleries should be places of instruction and edification. This appears to have been the role primarily envisaged for the black and white collection. Indeed, the ideals of self-improvement and civic education had been a driving force behind the formation of the New South Wales Academy of Art. In time, the Gallery's significant collection of reproductions was separated from that of original prints and drawings (black and white art) and relegated to a large room, now occupied by the research library, where it was displayed with the plaster cast collection.

Given the widespread practice at this time of exhibiting works of art on paper for long periods, the public display of the Gallery's collection, both of reproductions and original prints and drawings, was almost certainly a semi-permanent arrangement. As the number of accessions rose from year to year, so presumably did the requirement to place new works on show for the benefit of visitors. The fine wooden stands (sadly long since discarded) that appear in a number of early photographs offered a practical way of presenting new selections of works, allowing dozens to be examined at a time by flipping through the hinged frames that revolved around a central column (see page 16).

By 1899, when the Gallery published the seventh edition of its catalogue of the permanent collection, the holdings of black and white art had more than quadrupled since the appearance of the first catalogue, and now included etchings by James Abbott McNeill Whistler, Félix Bracquemond and James Tissot. The gradually swelling numbers of artworks across all media categories also resulted at this time

The Illustrated Sydney News
29 August 1891
National Library Australia

left:

The permanent display of reproductions in about 1900 in the space now housing the Edmund and Joanna Capon Research Library at the Art Gallery of New South Wales in the collection being subdivided along the lines of broadly national schools: Australian, British and Foreign.

Our only photographic records of the original black and white court date from around 1920. They show the utilitarian interior with linoleum flooring, and picture rails hung in a profuse, Victorian arrangement, which strikes the modern museological eye as decidedly haphazard. Hunt's black and white court was the last to be approached by visitors as they entered the suite of three galleries located on the northern side of the building. Hunt's three galleries survived behind Walter Liberty Vernon's classical facade (raised between 1896 and 1909) until construction began in 1969 on the major extensions to mark the 200th anniversary of the landing of Captain Cook in New South Wales.

The most significant phase in the history of prints and drawings at the Gallery occurred in the 1930s, when an overseas specialist was appointed to help build a serious historical collection. The trustees' minutes of 26 June 1936 note: 'It was decided that Mr Harold Wright of Colnaghi's London be commissioned for a period of twelve months to purchase prints and drawings for the Gallery up to the value of £300.'

The initiative to develop the collection was led by Gallery trustee, Sir Lionel Lindsay, who had a deep interest in, and knowledge of, old master prints. His house in the Sydney suburb of Wahroonga was named Meryon, after the French etcher he revered. In subsequent decades, the Gallery acquired works by this and other artists from Lindsay's private collection.

Lindsay and Wright had been close friends since the 1920s, when the latter fostered Lindsay's own printmaking career in London. Wright was a respected scholar and connoisseur of prints who worked for the Bond Street dealers, P & D Colnaghi & Co, presiding over the firm's print department. It was through Lindsay's influence as a trustee of the Gallery, and as a powerful figure in the Australian art world at large that Wright came to play such a key role in the story of Sydney's collection. In the absence of a prints and drawings curator – let alone any professional staff – the task of advancing the collection for the public good was assumed by Lindsay.

In July 1937 Wright wrote to inform the trustees that he had secured 44 prints and six drawings. He explained:

> In making my selection I have endeavoured, as far as possible, to keep off the beaten track, and have confined my attention more particularly to prints by the older masters, which are now becoming very difficult to obtain in impressions such as these I have been able to purchase for you. There are ample opportunities for purchasing prints by contemporary etchers and engravers but those for the purchase of prints by the older masters are rapidly lessening. If I am not mistaken, this group of prints by the older masters is of a kind that is as yet little represented in any Australian collections, even those in Melbourne. If so, they will indeed fill a big gap in Australia's representation of the pictorial art of the ages.

The Gallery trustees were delighted, and Wright's contract was renewed several times over, although the funds at his disposal were modest indeed. In fact, he stayed on in an advisory role to the Gallery until 1959. But his most important contribution was made in the late 1930s and 1940s when he purchased and arranged the dispatch via a London-based government agent of hundreds of prints and drawings to Sydney. The consignments were accompanied by scholarly notes and thorough catalogue information, which Wright had carefully compiled. Among his notable purchases were engravings and etchings by Andrea Mantegna, Dürer, Rembrandt, Adriaen van Ostade, Antonio Canaletto, William Blake, Charles Meryon and Whistler. There were also watercolours by JMW Turner and John Sell Cotman.

Accessions by the late 1930s had surpassed 1000 in number, a situation that prompted the Gallery to examine how the collection should be used and made available most effectively. Discussions were soon underway on the subject of creating a print room, quite distinct from the existing black and white court, with proper facilities for storage, display and individual study. Thus in 1939, with financial support from the Carnegie

Views of the black and white court in about 1920. The photograph at left shows a rotating wooden display stand for prints and drawings

Corporation, the small gallery known as the 'gem room' (which occupied the front portion of Hunt's northern gallery closest to the main entrance) was transformed into the institution's first print room. It was fitted out with large wooden plan cabinets, and maple wall cases capable of exhibiting up to 100 works, unframed. The print room opened in October with a special selection of Wright's purchases, and was immediately followed with a display of etchings bequeathed by Sir Philip Street, who had recently served as chairman of the Gallery trustees.

Lindsay expressed his congratulations in a letter, acknowledgement of which is noted in the trustee's minutes of 23 June 1939, affirming that the print room will 'prove of inestimable benefit to students and the intelligent public'. Wright also penned a note from London on 24 August to Will Ashton, the Gallery's director, conveying his hope that:

> ...the organisation and institution of this Room, and its equipment with the prints and drawings the Gallery already owns, may prove, in years to come, to have been the beginning of a really choice and representative and even extensive collection of prints and drawings, which shall hold its own with any of the public collections of the kind, not only in Australia, but anywhere outside the great European and American centres. Sydney cannot hope to vie with such collections as the British Museum's, but, all the same, when one remembers what has been done, with the support of public-spirited citizens and enthusiastic art collectors and bequests from the latter in so many cities of the world, towards forming a really magnificent collection of prints and drawings for these cities, it is surely not too much to hope that Australia as a whole, will take a similar interest in Sydney's graphic collection now beginning, and make it, in time, one of importance.

On completion of the Gallery's Captain Cook extensions in 1972, the print room was relocated to the upper level of the new wing, with adjacent paper conservation and mount-cutting studios and a dedicated gallery for works of art on paper. That year also saw the appointment of Nicholas Draffin, the Gallery's first fully assigned curator of prints and drawings, during whose 20 years of service the collection was greatly expanded in terms of breadth and depth of representation. Another major building project was completed in 1988, coinciding with the nation's bicentenary, and the print room was moved a second time to its present location. The following year a curator was appointed with sole responsibility for Australian works.

Today, the Gallery's collection of European prints and drawings is still not a large one by international standards. It is disproportionately stronger in prints than in drawings. Yet the nucleus established by Wright has, along with curatorial collecting, been immeasurably enriched thanks to the generosity of those 'public-spirited citizens and enthusiastic art collectors' to whom Wright had so presciently made reference in the late 1930s. In this respect, names such as Margaret Delmer, Margaret Olley, Tom Parramore and James Fairfax are deserving of special mention. The ambition of continually refining the collection is also achieved through purchases, reflected in the recent acquisition of a splendid impression of Dürer's *Melencolia I*.

This book presents only a small sample from the Gallery's collection of European prints and drawings. Its timeframe is from the Renaissance to the close of the 19th century and it includes many names that have been significant in our evolving artistic culture. The selection is based not only on aesthetic criteria but also on technical and historical importance. Examples from the Gallery's excellent holdings of 20th-century graphic art and Victorian watercolours are not included here, as they will be covered separately in forthcoming volumes. In the meantime, our wish is that the following pages will inspire the reader's admiration of early prints and drawings and enrich their understanding both of the technical and artistic aspects of such works and of the human experience they convey of ages so different from our own.

Rembrandt Harmensz. van Rijn
The three trees 1643 (detail)

Andrea Mantegna

1430/31–1506
Italian

Bacchanal with a wine vat early 1470s

In the first edition of his famous *Lives of the artists*, Giorgio Vasari ascribed the invention of engraving to Mantegna. While this is an exaggeration not to be taken at face value (Vasari revised his opinion in the second edition of *Lives* published in 1568, bestowing the accolade on the Florentine goldsmith Maso Finiguerra instead), Mantegna was, nevertheless, the first painter of major significance to devote attention to printmaking, and his engravings are among the most impressive prints made in the 15th century.

None of Mantegna's prints is signed or dated, and this situation – abetted by the scarcity of documentary evidence concerning the circumstances of their production or, indeed, of Mantegna's training and activity as an engraver – has provoked ongoing debate about their authorship. In the 19th century the number of prints ascribed to Mantegna amounted to more than 20. For most of the 20th century, only seven were identified as being by his own hand, with many designated 'School of Mantegna'. The seven engravings – which remain the traditionally accepted corpus of autograph works – are thought to have been completed between the mid 1460s and mid 1480s.

Mantegna was born in the village of Isola di Carturo, north of Padua, and by 1442 was apprenticed to the painter Francesco Squarcione. In the university town of Padua in the 1440s his fascination for classical civilisation was incubated by the circle of scholars with whom he associated, and he became an amateur archaeologist. His interest in antiquity was pursued further at the learned court of Mantua, where he entered the service of Ludovico Gonzaga as court painter in 1460.

The revival of the artistic ideals of antiquity that defines the Italian Renaissance is nowhere better illustrated than in Mantegna's work, and it was due in large part to his engravings – which Dürer copied during his first trip to Venice – that the classicising style of the Renaissance spread throughout Europe.

In *Bacchanal with a wine vat*, the first of his four mythological plates, Mantegna consciously emulated the appearance of antique sculptural reliefs. The subject matter can be traced to a Roman sarcophagus in the Villa Medici in Rome depicting the Judgement of Paris, but rather than faithfully translate the scene from ancient marble to modern engraving, Mantegna reinterpreted the original source so as to invent a new composition. With its flagrant pagan imagery and refined workmanship, engravings like this attracted the admiration of connoisseurs and helped encourage the demand for fine artistic prints, a category for which there was no precedent in a market dominated by popular devotional images.

The scene of drunken revelry relates thematically to *Bacchanal with Silenus* (early 1470s), which is often regarded as its pendant engraving. Bacchus, the god of wine, is classically posed and holds a cornucopia filled with grapes while being crowned with a wreath. Other pagan creatures display the effects of wine by their lasciviousness or lassitude. A sober putto lifts his foot onto the spouting tap in order to peer into the barrel, while nearby his two drunken companions lie sprawled on the ground. To the right a faun dances in a puddle of wine.

Mantegna modelled the hard clear forms of the composition in the same way as his pen and ink drawings, with restrained parallel hatching laid down in diagonal masses. As part of his experimentation with the novel medium of engraving he also used the technique of drypoint to create deeper tonal effects. But the delicate drypoint, which imparts a dark velvety texture to the printed line, wears down quickly. It exists in exceedingly rare early impressions of this print but it had already disappeared when the Gallery's example was printed.

Selected literature: Bartsch, vol XIII, p 240, no 19; Hind 1948, vol V, no 4; Levenson/Oberhuber/Sheehan 1973, pp 182–85, no 73; Landau 1992, pp 44–54, 279–81, no 74; Canova 2008, pp 268–70, no 105

Bacchanal with a wine vat

early 1470s

engraving
29.2 x 42.9 cm (trimmed
irregularly inside plate mark)
Collector's stamp of Pope
Benedict XIV, partly visible
top right (Lugt 2696)
Purchased 1938

Albrecht Dürer

1471–1528
German

Joachim and the angel c1504

When he opened the doors of his workshop in Nuremberg in 1495, much of Dürer's attention was directed towards designing serial imagery to be realised in woodcut and sold as bound collections on the open market. Unlike earlier illustrated books, where pictorial image and typeface were integrated on the same page, Dürer offered full (folio) page illustrations with the text on the reverse of each sheet. As well as using larger blocks than those in normal use at the time, Dürer's woodcuts were also technically superior to any such preceding work; their compositional exuberance and wealth of detail, their animated, energetic lines and mastery of perspectival illusionism all marked a dramatic departure from previous examples.

Dürer designed 17 woodcuts between 1502 and 1505 for his series *The life of the Virgin*, although in all likelihood he did not cut them himself since it was standard practice that the skilled task of cutting the block be relegated to a professional cutter. Dürer added two further prints in 1510 and in the following year published the set in book form, with a Latin text and frontispiece. The 19 woodcuts presented an intimate narrative of Mary's life, moving from such episodes as her birth and betrothal, to the annunciation and nativity of Christ, and finally to her death, assumption and coronation. Since many of the prints appeared long before their publication in book form, Dürer sold a number of them as single sheets, without the text printed on the back. The Gallery's impression of *The adoration of the Magi* (opposite page, right) is such an example.

When it was published in 1511, *The life of the Virgin* was usually bound together with sets of Dürer's *Large passion* and the reissue of the *Apocalypse*. The Latin verses accompanying the *The life of the Virgin* were composed specially by Benedictus Chelidonius, a Benedictine monk and theologian. The book was dedicated to Caritas Pirckheimer, abbess of the Franciscan convent in Nuremberg, whose chaste life, according to the preface, was a model of Marian virtue.

In the Latin West the major source of visual imagery about the life of Mary was the apocryphal Gospel of Pseudo-Matthew, as well as the popular *Golden legend* by Jacobus de Voragine. These texts were ultimately derived from the Protoevangelium of James, an apocryphal gospel that, as well as being the earliest source to assert the virginity of Mary, also presented the story of her elderly parents, Joachim and Anna.

When Joachim's offering to the temple of Jerusalem is refused by the high priest because of Joachim and Anna's childlessness, Joachim withdraws to the desert (depicted in Dürer's print as a scenic northern landscape) to atone and fast for 40 days. An angel then appears to Joachim with news that his wife will bear a daughter. In Dürer's representation this momentous message is conveyed by an official document hung with wax seals, which the angel carries. The angel instructs Joachim to return home, and after his moving reunion with his wife before the Golden Gate of Jerusalem, Anna conceives Mary.

Extended pictorial cycles representing the life of the Virgin first appeared in the early 14th century, notably in the monumental art of Giotto, and were related to the widespread cult of the Virgin in the late medieval period. The immediate precedents in Germany for Dürer's renditions are the engravings of Israhel van Meckenem and Martin Schongauer.

Selected literature: Bartsch, no 78; Kurth 1927, no 176; Meder 1932, no 190; Panofsky 1943, vol I, pp 95–101, vol II, pp 37–38; Hollstein *German*, vol VII, no 190; Strauss 1979, no 95; Schoch/Mende/Scherbaum 2002, pp 214–23, 229–31, no 168

Joachim and the angel
c1504
from *The life of the Virgin*,
Latin text edition of 1511
woodcut
30 x 21 cm (image),
31.3 x 21.8 cm (sheet)
Signed with monogram
in image, lower right: *AD*
Purchased 1937

above right:

The adoration of the Magi
c1503
woodcut
30 x 21 cm (image)
Purchased 1963

Albrecht Dürer
Melencolia I 1514 (detail)

Albrecht Dürer

1471–1528
German

Melencolia I 1514

The most protean and prolific of artists, Dürer was the first to achieve European-wide fame through the use of prints. His early training as a goldsmith with his father in Nuremberg was particularly important for his development as an engraver, for it was at this time that he learnt the painstakingly precise craft of working precious metal objects with finely honed tools. The extraordinary minuteness and clarity of his style is the product of such instruction.

Dürer's brilliance of pictorial invention is seen at its highest form in three engravings produced in two years: *Knight, death and the devil* 1513, *Saint Jerome in his study* 1514 and *Melencolia I*. Known collectively as the *Meisterstiche* (master engravings), these highly wrought works raised the artistic level of printmaking and set new standards of graphic perfection. The most erudite of the three is *Melencolia I* – a puzzling image that has inspired a vast amount of commentary. The great art historian Erwin Panofsky famously described it as a 'spiritual self-portrait' of Dürer himself.

Melencolia I speaks to us in the language of visual allegory. It bristles with motifs and symbols, some of which represent precise ideas, while others resonate with ungraspable significance. In the foreground, a sluggish figure sits on a stone slab in front of a section of wall and stares into space. With her face slumped in her hand (the conventional pose of the melancholic) and her magnificent wings folded in earthbound passivity, she embodies the dark temperament. Her swarthy features also suggest her emotional state. Even the strange setting, featuring an expansive coastal landscape below heavens framed by a lunar rainbow and pierced by a comet, is tellingly nocturnal.

Strewn around the winged figure is an assortment of tools and instruments relating to geometry, architecture and artistry in general. These include a moulder's form, a plane, a saw, a ruler, nails, the mouth of a bellows and, on the left, an inkpot and pen case, a hammer and a goldsmith's crucible with tongs. Hanging on the wall are a pair of scales, an hourglass and a bell. The magic square – where each row of four figures adds up to 34 – is often explained as a Jovian talisman. The numbers in the bottom row show the date of the engraving.

The bewildering array of objects depicted in the print is testimony to Dürer's profound interest in theories of proportion, calculation and measurement, which culminated in his book on geometry published in 1525. The stone octahedron dominating the left side of the composition is an expression of the artist's sheer delight in creating unusual geometric forms. Geometry (one of the seven liberal arts) represented for Dürer the very foundation

of artistic endeavour, a quasi-mystical discipline through which he hoped to approach perfection in his work. It is not insignificant then, that his protagonist should hold a compass prominently in her right hand. 'The art of measurement', he wrote, 'is the correct grounding of all painting'.

Since antiquity, melancholy (from the Greek μέλαν-χολή, *melan-chole*, literally 'black bile') was understood as one of the four cardinal humours, the others being yellow bile, phlegm and blood. These bodily fluids determined an individual's emotional and physical state: melancholic, choleric, phlegmatic or sanguine. Each of the humours was attuned to one of the four elements, one of the four seasons, and one of the four times of day.

According to Renaissance cosmology – which loved to draw parallels between the 'microcosm' of the human organism and the universe – the humoural makeup of an individual was ultimately decided by the planets. Thus humans were affected by the dispositions of the various celestial deities after whom the planets were named. Melancholic types, for example, were dominated by the brooding influence of Saturn. Furthermore, they were associated with the element of earth, the season of autumn, the time of evening, the life phase of maturity, and the qualities of cold and dryness. Thus the wreath of medicinal plants crowning the woman's head in *Melencolia I* has been interpreted as a curative to the effects of the latter.

The Renaissance Neo-Platonists reassessed melancholy, elevating what had in earlier times been construed as an illness or vice to the level of a divine gift associated with exceptional creative ability. Marsilio Ficino's *De vita triplici* (1489) was the foremost text to assert the connection between artistic talent and the saturnine temperament. It is precisely the uneasy affiliation between superior imaginative prowess and melancholy that underlies the significance and novelty of Dürer's astonishing image, the first to give pictorial expression to the new ideas concerning the nature of artistic genius. For despite its ennobled form, melancholy remained a precarious gift as it could lead to despair and insanity. While it alone inspired the imagination to soar to its greatest heights, it also presented a formidable obstacle to the realisation of creative potential.

Selected literature: Bartsch, no 74; Dodgson 1926, no 73; Meder 1932, no 75, IIa; Panofsky 1943, vol I, pp 156–71, vol II, pp 26–27; Hollstein *German*, vol VII, no 75; Klibansky/Panofsky/Saxl 1964, pp 284–402; Strauss 1972, pp 166–69, no 79; Schuster 1991; Schoch/Mende/Scherbaum 2001, pp 179–84, no 71; Bartrum 2002, p 188, no 128; Schuster 2005, pp 90–104, 138–39

Melencolia I 1514

engraving
23.9 x 18.9 cm (plate mark),
34 x 27 cm (sheet)
ii of 2 states
Printed date and monogram,
within image, lower right:
1514/AD
Numbered by Joachim IV
Freiherr von Maltzan in pen
and brown ink, lower right: *16*;
upper left: *8* (Lugt 3024a)
Tony Gilbert Bequest Fund 2013

Giovanni Battista Scultori

1503–75
Italian

after **Giulio Romano**

1499?–1546
Italian

David cutting off the head of Goliath 1540

An artist of wide and varied talents, Giulio Romano went to Mantua in 1524 at the invitation of Federico II Gonzaga and was named superintendent of all artistic works in the Mantuan state. His first and most important project was the design and decoration of the duke's sumptuous new suburban villa, the Palazzo del Te. But before coming to this northern Italian court, Giulio had been Raphael's most favoured pupil and assistant in Rome. As Raphael's artistic inheritor, Giulio would have learnt the significant role engraving played in making the master's designs well known across Italy and the rest of Europe, and in propagating his artistic fame. Raphael's collaboration with engravers who reproduced his inventions (usually in the form of purpose-made drawings) and duplicated them as printed images, marks a new development in the history of printmaking: the emergence of the so-called 'reproductive print'. From the 16th century onwards, reproducing works created in media other than engraving became the primary function of printmaking in Europe.

Giulio's workshop was set up along the lines of his master, Raphael's, and one of the young artists he engaged in Mantua was the engraver Giovanni Battista Scultori. Scultori was already an accomplished draughtsman and sculptor, having assisted Giulio with the stucco decorations in the Palazzo del Te. He probably learnt the art of engraving from Agostino dei Musi, a follower of Marcantonio Raimondi, who had arrived in Mantua following the Sack of Rome in 1527. Although not a prolific printmaker – he is the author of no more than 21 plates based on Giulio's as well as his own inventions – Scultori is nonetheless regarded as the founder of a flourishing school of reproductive engraving in Mantua, whose members included Giorgio Ghisi, as well as his own children, Adamo and Diana Scultori, whom he trained.

The subject of this robust engraving depicting *David cutting off the head of Goliath* derives from the first Book of Samuel in the Old Testament, which describes the young Israelite shepherd, David, taking up his slingshot and striking Goliath's forehead with a stone. He then quickly seizes the Philistine warrior's sword, beheads him, and the entire Philistine army is routed. The engraving relates to a painted lunette of the same subject in the loggia of the Palazzo del Te. There are, however, a number of differences between fresco and engraving: David appears a much less diminutive figure in the painted version, brandishing the sword with one hand while using the other to clench the giant's head. Nor does the fresco represent the fleeing Philistine army, which is seen in the right background of the print, or various other details such as Goliath's helmet.

The engraving is almost certainly based not on the fresco itself but on a drawing (now lost) by Giulio connected with it. Even so, Scultori does not acknowledge the name of the inventor on the image, suggesting that the print might have been intended as a freely interpreted derivation inspired by Giulio's design, rather than a precisely recorded reproduction of it.

Selected literature: Bartsch, vol XV, p 379, no 6; Albricci 1976, pp 27–29, no 6; Massari 1993, p 109, no 101

**David cutting off the
head of Goliath** 1540
engraving
35.9 x 45.4 cm (trimmed to
plate mark)
i of 2 states
Printed signature and date,
bottom centre: *I.B.MANTVANVS /
SCVLPTOR. M.D.XXXX*
Gift of Margaret Delmer 1985

Philip Galle

1537–1612
Dutch

after **Pieter Bruegel the Elder**

1525/30–69
Flemish

Caritas (Charity) 1559

Printmaking had grown into a big international business in Europe by the mid 16th century, involving separate professions working in collaboration: an artist who made a drawing, an engraver who copied it on a copper plate and a printer who printed it – all in the service of a coordinating publisher who paid the relevant parties and then marketed and distributed the prints. In the prosperous city of Antwerp, Hieronymus Cock established the greatest publishing house in northern Europe, Aux Quatre Vents (At the Sign of the Four Winds). From 1548 onwards the firm issued floods of prints into the European market. The surprising variety of subjects included reproductions after Italian masters, landscapes and antique ruins, maps, ornamental designs and moral allegories.

Cock employed a team of skilled engravers, including Cornelis Cort, Giorgio Ghisi and Philip Galle, to translate into prints the designs of some of the greatest painters of the day. His most fruitful partnership was with Pieter Bruegel the Elder who, throughout his career, provided Cock with over 60 original pen drawings expressly designed for multiple replication as engravings.

This print is one of a set designed by Bruegel and engraved by Galle illustrating the Seven Virtues. The scene is a village square where such compassionate works as feeding and clothing the poor might ordinarily be enacted. Charity is personified as a female figure carrying a flaming heart. On her head is perched a pelican – a symbol of sacrifice, since the bird was thought to pierce its breast in order to feed its offspring with its own blood.

The explanation in the bottom margin reads: 'Expect what happens to others to happen to you; you will then and not 'til then be aroused to offer help only if you make your own feelings of the man who appeals for help in the midst of adversity'.

Selected literature: Hollstein *Dutch and Flemish,* vol III, p 279, no 134; Van Bastelaer 1908, no 134; Müller 2001, pp 177–78, 180–81, no 67

Caritas (Charity) 1559

engraving
22.5 x 29.5 cm (trimmed to plate mark)
only state
Printed inscription, lower centre: *CHARITAS / H. Cock excude.* and lower right: *BRUEGEL. 1559*
Purchased 1937

Giovanni Battista Fontana

1524 or 1541–87
Italian

Fontana was born in Verona and formed his style on the example of the Venetian masters – Titian, Veronese, and Giulio and Domenico Campagnola. He worked mainly in Austria (with his artist brother Giulio Fontana) executing frescos, altarpieces, drawings and prints, the last of which helped to spread an awareness of the Venetian landscape tradition across Europe. Fontana was also one of the early practitioners of etching before the technique became more widespread with creative printmakers in the following century.

Landscape with the parable of the blind leading the blind is one of a series of eight landscapes depicting the life and parables of Christ. This parable, which is mentioned in brief passages in the gospels of Luke (6:39–40) and Matthew (15:13–14), is illustrated in the foreground of the print, where two men are shown tumbling into a ditch. Despite the large walled town with a clearly defined church tower, and windows like hundreds of eyes, and notwithstanding the clear path, the allegorical blind cannot find their way. By contrast, a man leads two horses taking timber from an orderly stack.

The allegorical meaning of the print is, however, secondary to Fontana's interest in evoking a humanistic vision of nature, which appears to have existed since time immemorial and to have sustained its human inhabitants through the centuries. Our eye is drawn into a sweeping vista replete with buildings and bridges, meandering roads, waterways, hillocks and distant mountains.

Selected literature: Bartsch, vol XVI, p 218, no 9

Landscape with the parable of the blind leading the blind 1573

etching
19 x 31 cm (plate mark),
26.6 x 34.2 cm (sheet)
only state
Printed signature and date, lower right: *Battista fon / tana*. 1573
Annotated in pen and brown ink, top margin: *90.*
Collector's stamp on verso of Princes of Waldburg-Wolfegg (Lugt 2542)
Purchased 1995

Andrea Boscoli

c1560–1608
Italian

Clorinda learns the fate of Sophronia and Olindo c1580s

Boscoli was born in Florence where he trained with Santo di Tito who, in turn, had been a student of Bronzino. He was attracted to the Tuscan Mannerists of an earlier generation, notably Pontormo, Rosso Fiorentino and Beccafumi, whose figures he sometimes appropriated and adapted for his own compositions. He visited Rome early on and studied from the antique; later in Pisa he worked on commissions for frescos and altarpieces, but most of his activity took place in Florence between 1582 and 1600, where he produced an abundance of drawings.

Clorinda learns the fate of Sophronia and Olindo illustrates an incident from the second canto of Torquato Tasso's epic poem *Gerusalemme Liberata* or *Jerusalem delivered*, first published in a complete edition in Parma in 1581. This work, which recounts a fanciful interpretation of the First Crusade in which Catholic knights battle Muslims in order to capture Jerusalem, enjoyed enormous success throughout Europe. The epic was a popular source of subject matter for painters, and musicians frequently adapted various episodes from it too.

The Gallery's sheet is a fine example of the busy, highly decorative style of drawing practised by Boscoli, characterised by strong contrasts of light and dark and a rather schematic treatment of the human figure. It belongs to a series of 12 drawings by Boscoli based on Tasso's epic now scattered throughout various museums and private collections. Within this group there are five drawings – including the present one – which depict scenes inspired by the romantic subplot of Sophronia and Olindo, one of the earliest narratives in the poem.

Aladin, the Saracen king of Jerusalem, had stolen an image of the Virgin from a Christian church and set it up in a mosque, having been told by a sorcerer that the Virgin would then forsake the Christian army and favour the Muslims. But when the image is stolen a second time, the enraged king orders the execution of the Christian inhabitants of the city. To save her people, a young Christian woman named Sophronia goes before Aladin and claims that she committed the offence. When her lover Olindo learns that she has been sentenced to death, he rushes to the king and proclaims himself as the real offender. (This scene, which immediately precedes our drawing in the series, is in the Hermitage Museum, St Petersburg.) But instead of freeing Sophronia, the king orders both of them to be burned at the stake.

The Gallery's drawing depicts the young lovers tied to the stake just before the pyre is lit. Clorinda, a pagan female warrior (identified by the tiger emblem on her helmet), enters the scene on horseback and asks an old man in the crowd what is happening. Taking pity on the plight of the lovers, she intervenes and gains their freedom by promising in return her service to the king in his defence of Jerusalem against the Crusaders. The final drawing in the Sophronia and Olindo sequence, now in the Kupferstichkabinett, Berlin, shows the lovers released from the stake and set free.

The inscriptions in the upper and lower margins, almost certainly by Boscoli himself, are the relevant lines from Tasso. In Edward Fairfax's English translation of the poem, first published in 1600, the lines corresponding to the Gallery's drawing are translated as: '"Come say me, sir", quoth she [Clorinda], "what hard constraint / Would murder here love's queen and beauty's king? / What fault or fare doth to this death them bring?"'

With their high degree of finish and tidy, elegant inscriptions, it would appear that the works were made as presentation drawings for a connoisseur; they might also have been intended as designs for a series of prints, although such a project was never realised. All five drawings illustrating the story of Sophronia and Olindo once belonged to the 18th-century English collector John Barnard, as we can see from his collector's mark in the bottom margin.

Selected literature: Brooks 2000, p 453 (as missing); Bastogi 2001, p 89 (as missing)

Clorinda learns the fate of Sophronia and Clindo c1580s

pen and brown ink, brown wash, over traces of red chalk underdrawing
24 x 17 cm
Annotated in pen and brown ink, upper margin: *Deh – dimmi chi son questi, ed al martoro*; and in lower margin: *Qual gli conduce o sorte, ò colpa loro.* Numbered in pen and brown ink, top right: *4* and inscribed (faintly) lower centre: *Boscoli.* Collector's mark of John Barnard, bottom right (Lugt 1419)
Purchased with funds provided by the Art Gallery of New South Wales Foundation and the Italian community of Sydney 2004

Federico Barocci

c1533/35–1612
Italian

The Annunciation c1584

Barocci was the leading painter of altarpieces in Italy during the second half of the 16th century and is widely acknowledged as the greatest painter, after Raphael, to come from Urbino. He spent a few years in Rome, where he worked for Pope Pius IV, but returned to his native city in 1563 due to a serious illness that afflicted him throughout his life and which, although he lived to a ripe old age, restricted him to work on paintings for only a couple of hours each day.

Barocci's principal patron was Francesco Maria II della Rovere, Duke of Urbino, who commissioned him in 1582 to paint one of his most influential compositions, *The Annunciation*. Completed in 1584, the painting was created for the duke's private chapel in the basilica of the Madonna di Loreto. The painting was seized by French troops in the 18th century and eventually relocated to the Vatican, while the original chapel setting was furnished with a mosaic copy of the composition.

Probably not long after Barocci completed his large altarpiece, he replicated the composition in the medium of etching, preparing it from a compositional study in pen and ink and wash (in the Museum of Fine Arts, Budapest), which corresponds exactly to the size of the print. The print depicts the Virgin kneeling on a prie-dieu, presumably in her bedroom; her writing table, with pen and inkwell, is visible in the background. A sleeping cat in the corner adds a touch of intimate domesticity to the scene. The Virgin still holds the book she was reading in her left hand while her other hand is raised towards her chest to express humility – an attitude supported by her modestly downcast eyes. On the right side the angel Gabriel gestures in salutation before Mary and announces that she will conceive and give birth to the Son of God, despite her virginity. Directly above the sacred figures, divine light breaks through, illustrative of the power of the Holy Spirit overshadowing the Virgin. Barocci relates the miraculous event to his native city by affording us a prominent view through the open window of the ducal palace of Urbino. Doubtless this was intended as a compliment to Barocci's important patron.

Barocci seems to have learnt the basics of etching from his early teacher, Battista Franco. Although he produced only four works in this technique during his long career, Barocci's etchings rank among the significant achievements in the development of Italian printmaking and their influence on aspiring etchers was considerable.

Barocci's novel use of the medium expanded the expressive possibilities of etching: his proclivity for variegated strokes – long lines of slanted parallel hatching together with cross-hatching and stippling – combined with the techniques of engraving and drypoint, as well as the innovation of stopping out and re-etching to achieve darker lines, resulted in impressive visual and tonal effects that were without compare in Italian prints at this time. The Gallery's impression of *The Annunciation* is from the second state, with Barocci's inscription in the lower right corner. The word *excudit* indicates that Barocci was the publisher of the plate; as such, he had control over how many impressions were printed and of the profits from their sale.

Selected literature: Bartsch, vol XVII, p 2, no 1; Pillsbury/Richards 1978, pp 105–06, no 75; Welsh Reed 1989, pp 96–98, no 44; Bury 2001, p 54, nos 30, 31; Bohn 2012, pp 192–95, nos 9.8–9.10

The Annunciation c1584

etching, engraving and
drypoint
43.3 x 30.7 cm (trimmed
inside plate mark)
ii of 2 states
Printed inscription, lower right:
*Federicus Barocius Vrb. /
inventor excudit.*
Purchased 1938

Camillo Procaccini

c1555–1629
Italian

The Transfiguration 1587/90

Procaccini belongs to a family of artists originating from Bologna. Along with his younger brothers, Carlantonio and Giulio Cesare, Camillo Procaccini received some training from his father Ercole before heading to Rome to further his artistic studies. On his return to Bologna in the early 1580s he worked on a number of important commissions for fresco decorations and altarpieces. He also travelled to Parma to study Correggio's work, whose influence he temporarily assimilated.

A contemporary of the Carracci, Procaccini was one of the dominant painters in Bologna during Annibale Carracci's youth. However, with the establishment of the Carracci and their art academy, Procaccini moved to Milan with his father and the rest of the family. Here he headed an influential school, established his reputation and worked more or less continually until his death.

It was during his early Milanese years that Procaccini worked as a printmaker, but although he was a prolific painter and draughtsman, he appears to have produced no more than half-a-dozen etchings, all of which treat religious themes. *The Transfiguration*, his largest and most famous, is generally thought to date between his arrival in Milan in 1587 and 1590. It is signed 'Percacino', the Bolognese spelling of his name.

The print, in fact, repeats the composition of Procaccini's altarpiece – known to have been painted by 1590 – for the church of San Fedele in Milan. Perhaps it was made both as a demonstration of the artist's abilities as a printmaker and as an advertisement of his capabilities as a designer of altarpieces. Interestingly, the subject was recast yet a third time in 1595 when Procaccini was commissioned to paint the organ shutters in Milan Cathedral, now introducing into the Transfiguration a fourth apostle, shown kneeling on the ground. When closed, the organ shows the Triumph of David; opened it displays the Resurrection and Transfiguration.

The episode of the Transfiguration is recounted in Matthew's Gospel (17:2) when the apostles Peter, John and James witness Christ, 'transfigured before them: and His face did shine as the sun, and His raiment was white as light'. The prophets Moses and Elijah also appeared and talked with Jesus during this profoundly mystical event. Then, hearing the voice of God, the disciples fell down from fear. When they looked up the vision had vanished and Jesus rejoined them, forbidding any mention of what the disciples had seen. The Transfiguration marked the culmination of the public life of Jesus and was viewed as a prefiguration of the Resurrection.

Procaccini drew the figure of Christ with short stippled marks, remarkably unlike the heavier, continuous outlines and cross-hatchings used to describe the other figures in the print. The resultant paleness suggests mystical radiance and the inner shining of Christ's divinity; it confers an incorporeal, almost hallucinatory, quality to the representation of this most miraculous occurrence.

Selected literature: Bartsch, vol XVIII, p 20, no 4; Welsh Reed 1989, pp 74–76, no 34; Bury 2001, pp 36–37, no 19

The Transfiguration
1587/90

etching
57 x 34 cm (trimmed
to plate mark)
i of 2 states
Printed signature, lower right:
Camillo percacino / Inu. Inci.
Purchased 1979

Hendrick Goltzius

1558–1617
Dutch

after **Bartholomaeus Spranger**

1546–1611
Flemish

Mars and Venus 1588

The fulfilment of passion has been one of the great subjects of poetry and art, although seldom has it been treated with such a sense of carnal urgency as in this portrayal from the story of Mars and Venus by the Haarlem-based engraver Hendrick Goltzius. On the edge of a canopy bed, Mars, the god of war, and Venus, goddess of love, entwine in an embrace of uninhibited sexual foreplay, while putti pull aside the bed curtain to reveal the lovers in the act. In the foreground Mars's armour lies in disarray; to the left a quiver of arrows propped against a small table identifies the figure standing at the foot of the bed as Cupid, who has presumably abetted the lovers' union. In the background, Apollo drives the chariot of the sun above a seascape.

The subject was described by Homer in Book VIII of the *Odyssey* and by Ovid in Book IV of the *Metamorphoses*: Venus, who is married to Vulcan, has an illicit affair with Mars, but the lovers are exposed and humiliated when Apollo witnesses their intrigue and informs Vulcan, who seeks his revenge by ensnaring the faithless lovers in a fine metal mesh as they begin their exertions in Vulcan's own bed. The anonymous Latin verse at the bottom of the print refers to the implicit morality of the tale: that under the light of the sun nothing, including adultery, remains secret or concealed. However, the emphasis of the engraved image is clearly the erotic abandonment of the lovers, and this takes precedence over Apollo's role as eyewitness to their infidelity.

Goltzius was one of the outstanding printmakers of the late Renaissance, and his fame and influence in the Netherlands and elsewhere was based on the artistry and unerring technical skill of his engravings. His virtuoso style relied on the capacity of incised lines to start thin and sharp, swell to a certain thickness in the centre, then taper away at the ends; from this he refined a manner of curvilinear hatching in which dense networks of perfectly even lines intersect at lozenges and appear to enclasp the sleek, muscular forms of his figures. The optical surface effects produced by such a determinedly artificial graphic convention can be dazzling.

Goltzius's engravings represent the apex of Netherlandish Mannerism: an anti-classical, hyper-elegant style based on complex torsions of the human body. The catalyst for this extreme version of Mannerism was Goltzius's encounter in Haarlem in the early 1580s with the drawings of Bartholomaeus Spranger. Spranger was born in Antwerp but was appointed court painter to Emperor Rudolf II in Vienna, and in 1581 moved with the imperial capital to Prague – another centre of Mannerism – where he furnished the art-loving Rudolf with erotic imagery couched in mythological guise. Goltzius's work became permeated by Spranger's influence, and he routinely engraved compositions received directly from Prague. Although after the 1580s Goltzius never again engraved for Spranger, the fruits of their collaboration were some of the most stylish engravings published in the 16th century, in which form and content fit each other like hand and glove.

Selected literature: Bartsch, vol III, no 276; Hollstein *Dutch and Flemish*, vol VIII, p 110, no 321; Strauss 1977, vol 2, pp 454–55, no 262; Orenstein 2003, pp 96–97, no 32

Mars and Venus 1588

engraving
44.2 x 32.7 cm (sheet trimmed
inside plate mark)
i of 4 states
Printed inscription, bottom
centre: *B. Spranger Inventor
HGoltzius sculpto. / A° 1588.*
Purchased 2011

Hendrick Goltzius

1558–1617
Dutch

Pluto 1588/90

Proserpine 1588/90

The Italian word *chiaroscuro*, which refers to contrasts of light and dark in a work of art, came to be applied to woodcuts in which figures were delineated in dark ink on a background of varying tones of the same or similar colours, with un-inked white areas of paper providing the highlights. Chiaroscuro woodcuts are built up of two or three blocks and the colours tend to be closely related because the emphasis is on the depiction and differentiation of tonal values rather than the effect of bright colour. In the print depicting *Pluto*, Goltzius used three different blocks (black, dark grey and pale grey), which were printed successively on one sheet of paper; the black outline was printed last so that it would sit crisply on top of the colours. Great concentration and skill was required for the registration of the printing blocks in order to attain the desired result.

Although they represent only a small part of his oeuvre, the chiaroscuro woodcuts designed by Goltzius rank among the most sophisticated and impressive examples of the medium made in northern Europe during the 16th and 17th centuries. *Pluto* and *Proserpine* belong to series of seven oval-format chiaroscuro woodcuts representing gods and goddesses; six of the prints can be further divided into three pairs, representing the deities of the sea, heavens and underworld.

Pluto, who ruled over the land of the dead, is shown from behind surveying his kingdom of Hades, the soaring flames of which are visible in the background. At his feet the rivers of the underworld spill from the mouths of an upturned urn. To the left, a procession of souls of the dead passes before Pluto's palace to meet the three infernal judges.

Pluto abducted Persephone while she was gathering flowers in a glade in Sicily and carried her off to the land of the dead to be his wife. Jupiter interceded to have her set free but because she had eaten pomegranate seeds while in Hades, she was forced to spend part of each year back in the land of the dead. While she is absent from the world, in autumn and winter, vegetation dies; in spring and summer, when she is free to live on the earth, nature regenerates and flourishes. In Goltzius's print Persephone is depicted perching weightlessly on a rock with her body impossibly twisted into a graceful serpentine curve. Her habitat is a landscape of floral and vegetal abundance, befitting the goddess of fertility.

Selected literature (*Pluto*): Bartsch, vol III, no 233; Hollstein *Dutch and Flemish*, vol VIII, p 121, no 369; Strauss 1977, vol II, pp 752–53, no 423; Bialler 1993, pp 130–32, no 29; Orenstein 2003, pp 104–06, nos 35.6, 35.7

Selected literature (*Proserpine*): Bartsch, vol III, no 236; Hollstein *Dutch and Flemish*, vol VIII, p 121, no 370; Strauss 1977, vol II, pp 754–55, no 424; Bialler 1993, pp 133–37, no 30; Orenstein 2003, pp 102–06, nos 35.3, 35.4, 35.5

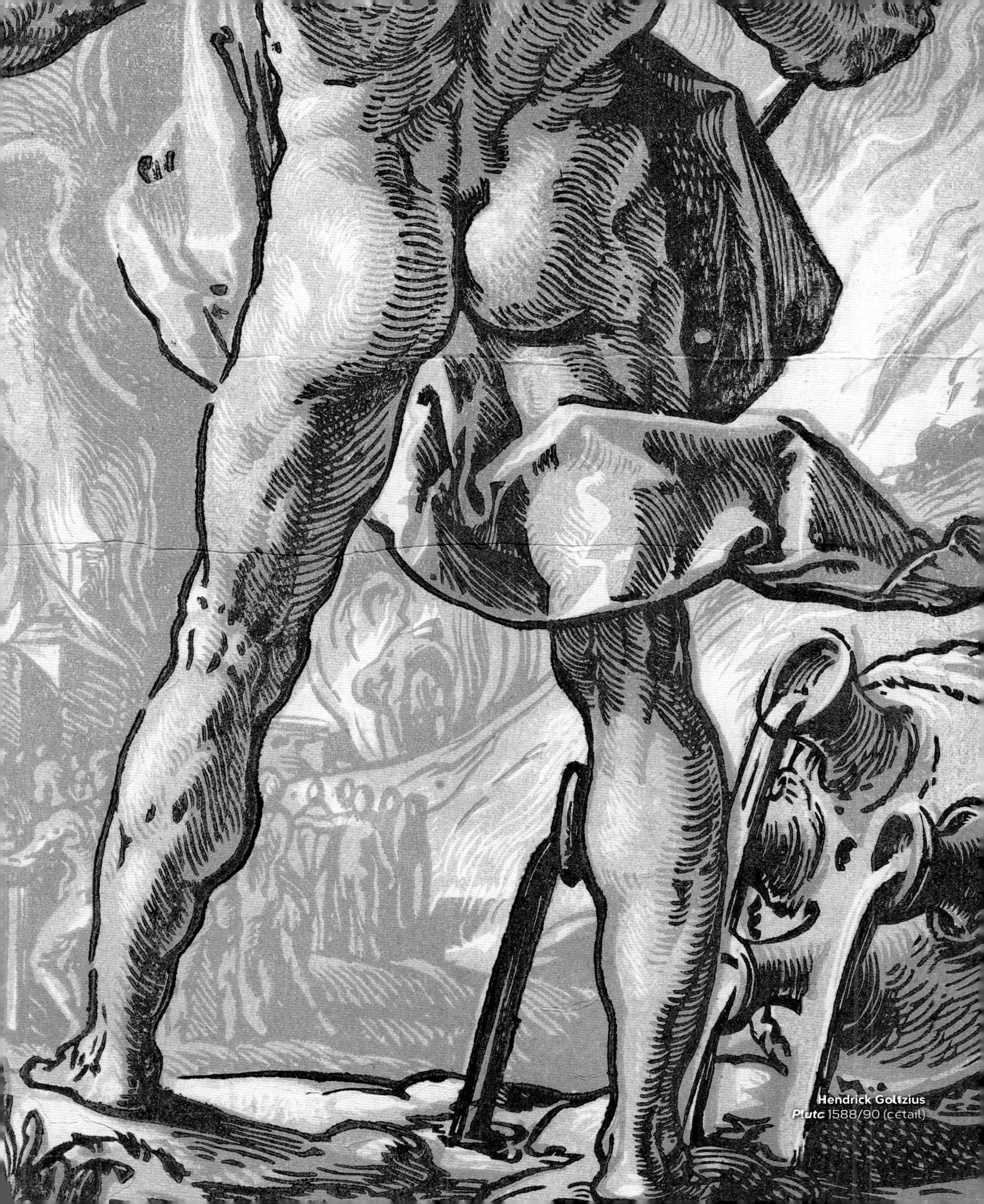

Pluto 1588/90 (détail)

Pluto 1588/90
chiaroscuro woodcut, line block
in black and tone blocks in dark
grey and pale grey
34.7 x 26.2 cm (oval),
39 x 29 cm (sheet)
Printed monogram in the line
block, lower centre: *HG.fe*
Purchased 1983

Proserpine 1588/90
chiaroscuro woodcut, line block
in black and tone blocks in olive
green and tan
34.7 x 26.2 cm (oval),
39.4 x 29 cm (sheet)
Printed monogram cut out of
tan block, left centre: *HG*
Purchased 1983

Agostino Carracci

1557–1602
Italian

Portrait of Giovanni Gabrielli, called 'Il Sivello' c1599

In the last decades of the 16th century the Carracci family – the brothers Agostino and Annibale and their older cousin Ludovico – led the reform of Italian painting by rejecting the excesses of Mannerist practice, inaugurating the first wave of the Baroque. They established an informal art academy in Bologna, placing great emphasis on drawing from life and the study of nature, incorporating these concerns into the creation of works of art with programmatic intention.

Agostino is better known as an engraver than as a painter of canvases and frescos, activities in which his younger brother and cousin surpassed him. He trained first as a painter with Prospero Fontana and Bartolomeo Passarotti, then as an engraver under Domenico Tibaldi between c1575–81. However evidence suggests that he learnt how to handle a burin and engrave on metal before his involvement with Tibaldi.

Agostino popularised the swelling burin line, a technique he assimilated from the engravings of the Dutchman Cornelis Cort, which transformed the field of reproductive printmaking in Italy. Reproductive engraving was a lucrative practice for Agostino, and many of his early prints depended on the inventions of a previous generation of Bolognese Mannerists. A spectacular example is *The adoration of the Magi* 1579 (opposite, below), a seven-plate engraving after a large cartoon by Baldassare Peruzzi made when the latter was in Bologna around 1523, depicting the kings' cortege winding its way through a convoluted landscape dotted with antique monuments towards the Christ Child.

Agostino's reputation as the leading reproductive engraver in Italy was established after visits to Venice and Parma in the 1580s where he made prints after the works of Veronese, Tintoretto and Correggio, which superbly manage to convey in black and white the painterly, atmospheric qualities of the originals. Later in his career, Agostino's interest turned to engraving his own designs: portraits, heraldry, devotional images, book illustrations and erotica count among his significant output of original plates.

The *Portrait of Giovanni Gabrielli, called 'Il Sivello'* is one of a small number of engravings produced during Agostino's time in Rome between 1597 and 1600, while he was assisting Annibale with the Farnese Gallery frescos. It portrays the actor Giovanni Gabrielli, known as Il Sivello, leaning on a ledge and holding a theatrical mask. Gabrielli was an actor in the Commedia dell'Arte tradition, renowned for his impersonations of men and women. The sitter's identity is engraved along the bottom margin in an elaborate script but this has unfortunately been cut away in the Gallery's impression. In the unique first-state impression of this print at Chatsworth House, Derbyshire, only the sitter's head and collar have been engraved while the torso and mask are lightly sketched in black chalk.

Selected literature: Bartsch, vol XVIII, p 120, no 153; Bohlin 1979, pp 344–45, no 212

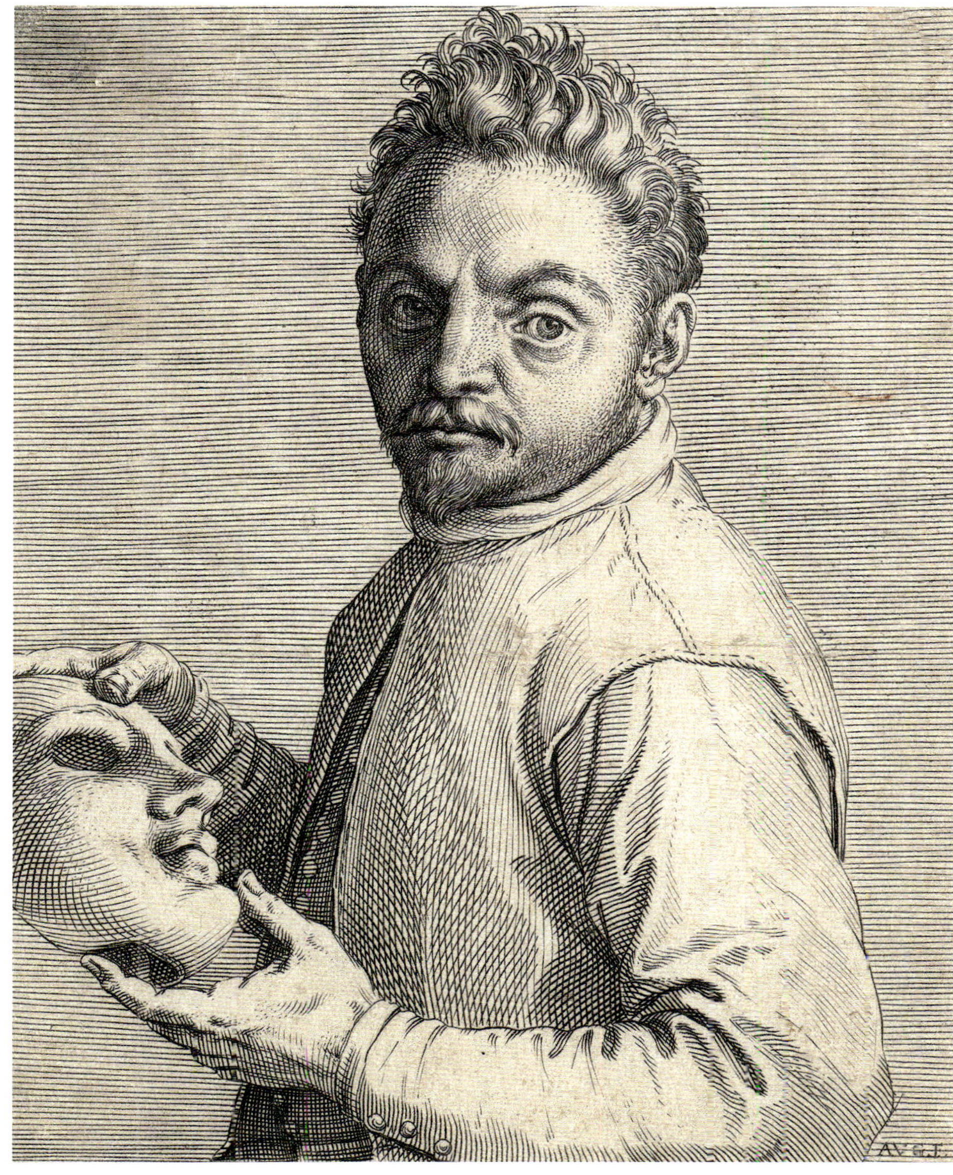

Portrait of Giovanni Gabrielli, called 'Il Sivello' c1599

engraving
15.6 x 12.5 cm (trimmed to plate mark on three sides; bottom margin with lettering cut away: *Solus instar omnium / Joannes Gabriel Comicus Nuncupatus SIVEL*)
ii of 2 states
Printed signature, lower right: *AVG. F.*
Collector's mark of Bernhard Keller on verso (Lugt 384)
Gift of Margaret Delmer 1985

right:

Agostino Carracci
after **Baldassare Peruzzi**
1481–1536, Italian
The adoration of the Magi
1579
engraving (on four sheets)
80 x 104 cm (trimmed to plate mark)
Gift of Margaret Delmer 1985

Jacques Bellange

c1575–1616
French

The raising of Lazarus 1610/16

Practically nothing is known about Bellange's life until his appointment in 1602 as a court painter to the Duke of Lorraine at Nancy, a position he occupied until his death in 1616. In Bellange's time Lorraine was not a part of France but an autonomous (French-speaking) duchy, and its capital, Nancy, was the seat of a cultivated court and an artistic centre far richer in its achievements than Paris. In this environment Bellange rose to the position of premier artist of the court, carrying out a wide variety of official works, including painting portraits and decorative schemes for the ducal palace and providing large-scale ephemeral decorations for entertainments and festivities. Nothing of this work survives, however, and only a couple of oil paintings depicting religious subjects have been inconclusively attributed to him. He also appears to have been a prolific draughtsman but many of the drawings ascribed to his hand present similarly prickly problems of attribution.

Bellange's reputation today rests upon his etchings, which belong stylistically to the 16th century and represent the last, most astonishing flowering of the Mannerist style. While, on the one hand, Bellange's wonderfully convoluted effects derive from the extreme forms of Netherlandish Mannerism, exemplified by Hendrick Goltzius (see page 38), his linear vocabulary, on the other hand, comes out of the graphic language of Italian etching, typified by Federico Barocci (see page 34). Yet this should not diminish our appreciation of the idiosyncrasy and brilliance of his artistry, which is all his own, and which marks the beginning of a native etching tradition in France.

The corpus of Bellange's prints amounts to 48 mainly religious etchings, completed over a period of a few years between 1610/11 and 1616. Bellange produced them as a private affair, independent of his official activities as a court artist and as a means of making a reputation far beyond the frontiers of Lorraine. Most of the plates are signed in an attractive script and several include the title *Eques* (knight) after his name.

The raising of Lazarus is considered to be a late plate, possibly the artist's last, on account of its technical refinement and the complexity of its large, sprawling, multi-figure composition. In the foreground two figures with their backs to us display gestures of the utmost contrivance (both have crossed feet and one even balances improbably on a single toe). They strain outwards like parting curtains, allowing us to behold the scene of Christ's miraculous power in this 'miracle of miracles', as described in the Gospel of St John.

Returned to life from the world of the dead, Lazarus emerges dazed from the tomb as his funerary bandages are removed. His sisters, Martha and Mary (usually present in visual depictions of this theme), are presumably the women flanking Christ, shown reacting with different emotions. Other bystanders look on with wonderment, covering their noses and averting their faces because of the odour. The prominent group on the right side of the middle ground resembles the Holy Family, but the significance of their inclusion here is enigmatic, not to say illogical (both cherished qualities in Bellange's art). Behind the boy seated on the escarpment we see a party of attenuated figures in sweeping draperies; they look like ladies of the court engaged in refined conversation, oblivious to the momentous event taking place.

Selected literature: Robert-Dumesnil, vol 5, no 6; Walch 1971, no 47; Worthen/Welsh Reed 1975, pp 80–81, no 64; Griffiths/Hartley 1997, pp 79–80, no 16; Thuillier 2001, pp 276–79, no 71b

The raising of Lazarus
1610/16

etching and engraving
44 x 30.6 cm (sheet trimmed
inside plate mark)
only state
Printed inscription bottom
centre: *Bellange Eques In.
Incidebat*
Purchased 2010

Jacques Callot
The hanging 1633 (detail)

Jacques Callot

1592–1635
French

Plundering a large farmhouse 1633
The hanging 1633
The wheel 1633

Callot has always been regarded as one of the exceptional artists of his time, although he never made any paintings; he worked exclusively as a printmaker and produced more than 1400 plates, almost all of which he designed and which earned him enduring fame across Europe. Callot hailed from Nancy, capital of the Duchy of Lorraine, were he grew up in elevated court circles and was apprenticed by his father to the court goldsmith. He departed for Rome at a young age, training there as a printmaker and forming his recognisable style. By 1614 he was living in Florence and working for the Grand Dukes of Tuscany, recording theatrical productions and court pageants. He returned to Nancy in 1621 and two years later was appointed artist to the Lorraine court under the patronage of Duke Henri II, but most of his activity involved commissions from religious orders and prints made independently for sale to the public.

To this last category belongs Callot's masterpiece, the series of 18 small etchings known in English as *The miseries and misfortunes of war*, arguably the best-known set of prints produced in France during the 17th century. The prints were marketed in Paris in 1633 by Callot's friend, the publisher Israel Henriet, and the set was sold as a booklet, stitched together at the left side. Each plate (excluding the title page) contains a verse commentary in the bottom margin attributed to the voracious print collector, the abbé Michel de Marolles. Marolles famously sold his collection to Louis XIV in 1667, and it eventually became the foundation of the present-day print collection at the Bibliothèque nationale in Paris.

Callot only made etchings but he handled the technique in a very particular way: he used a specially designed tool called an *échoppe* which allowed him to create elegant, swelling lines mimicking those produced by the engraver's burin. Thus Callot was able to imitate the effects of the nobler art of engraving while sustaining the speed of execution peculiar to the process of etching. Working on a miniaturist's scale, his animated vignettes are replete with detail; indeed, part of their fascination is due to the vast spaces and hopelessly innumerable crowds Callot managed to capture in such a reduced format.

The miseries and misfortunes of war abounds with scenes of barbarity and carnage, and although it was not intended to be read as a sequence of documentary-like observations of real events, there is no denying the aspect of lived experience which runs through the plates. The socio-political context in which Callot made the prints was the Thirty Years' War, a succession of conflicts that devastated central Europe between 1618 and 1648. What was initially a string of religious disputations between Protestants and Catholics erupted into a larger conflict between the Habsburgs of the Holy Roman Empire and the French kings, the Bourbons, for dominance in Europe. Lorraine sided with the Habsburgs; in 1633 the French army invaded Lorraine and in the following years the territory was ravaged by marauding troops, many of them mercenaries with no allegiance to their side, wreaking havoc on the lives of ordinary people and making violence part of the background of daily life.

Callot's series is less an indictment of war than a moral tale about the unhappy consequences that befall the undisciplined soldier. The descent into lawlessness is typified by the plate depicting troops looting a farmhouse and torturing the inhabitants. Other prints focus on the radical corrections administered by the military to corrupt soldiers: one such plate depicts the body of a criminal soldier being broken on a wheel, while in another, executed men hang from the boughs of a tree, the shocking spectacle belied by Callot's refined touch and the measured elegance of the composition at large. The verses at the bottom of the print read: 'Finally these infamous and abandoned thieves, hanging from this tree like wretched fruit, show that crime … is itself the instrument of shame and vengeance, and that it is the fate of corrupt men to experience the justice of heaven sooner or later.'

Selected literature (*Plundering a large farmhouse*): Lieure 1924, no 1343; Russell 1975, no 199; Choné 1992, no 511

Selected literature (*The hanging*): Lieure 1924, no 1349; Russell 1975, no 205; Choné 1992, no 517

Selected literature (*The wheel*): Lieure 1924, no 1352; Russell 1975, no 208; Choné 1992, no 520

from top:

Plundering a large farmhouse 1633

Plate 5 from *The miseries and misfortunes of war*
etching
8.3 x 18.6 cm (plate mark),
12.5 x 22.3 cm (sheet)
ii of 3 states
Printed inscription in image lower centre: *Israel ex. Cum Privil. Reg.*
Purchased 1963

The hanging 1633

Plate 11 from *The miseries and misfortunes* of war
etching
8.1 x 18.6 cm (plate mark),
12.5 x 22.3 cm (sheet)
ii of 3 states
Printed inscription in image, lower left: *Israel ex. Cum Privil. Reg.*
Purchased 1963

The wheel 1633

Plate 14 from *The miseries and misfortunes* of war
etching
8.2 x 18.5 cm (plate mark),
12.5 x 22.3 cm (sheet)
ii of 3 states
Printed inscription in image, lower left: *Israel ex. Cum Privil. Reg.*
Purchased 1963

Claude Lorrain

1600–82
French

The cowherd 1636

Claude Gellée, known as Claude Lorrain after the duchy where he was born, spent most of his life in Rome where he made landscape painting his specialty and became the most highly paid painter working in the Eternal City. Although he was far from being the inventor of this art form, Claude's landscapes were favoured above all others for their extraordinary sensitivity to the effects of light and atmosphere (qualities he was able to replicate in the colourless medium of etching), and their presentation of a vision of nature more beautiful and orderly than nature itself. His poetic re-creations of a lost golden age, when human beings coexisted in harmonious alliance with the natural world, find a parallel with the pastoral poetry of Virgil, and his pictures' deeply evocative qualities have led Claude to be called the greatest of all landscape painters.

Claude was a brilliant and avid draughtsman for whom drawing played a crucial role. His finished compositions – both paintings and etchings – are based on studies he made on regular sketching trips in the Campagna, the countryside around Rome, experiences that allowed him not only to observe and transcribe nature but to commune with it and discover its beauty.

Claude began making etchings early in his career, around 1630, but it is not known how or from whom he learned the rudiments of the technique. While he might have been introduced to it by his compatriot Jacques Callot (quite possibly when he returned to Nancy in 1625–26), Claude's embrace of etching can be viewed as a desire for new challenges and part of the swelling interest among painters in this still novel technique during the first half of the 17th century.

The catalogue raisonné of Claude's etchings lists 44 plates, most of which were made in the decade from 1630 and conceived with the aid of preparatory drawings, although few of these survive. His prints are characterised by loose, irregular lines, and his etching style at large lacks the fastidious tidiness and clean definition prevalent in printmaking at this time; but these are qualities which impart an air of freshness and vitality to his compositions as well as conveying the textures of nature.

Between 1640 and 1650 Claude ceased etching altogether, probably due to the demands of his numerous prestigious painting commissions, but he took up the etching needle again in the 1650s and 1660s, producing an additional five prints. Despite there being a thriving industry of professional printers and publishers in Rome at this time – offering Claude ample opportunities to have his prints officially published – he evidently preferred to print his plates in his own etching press, which was listed among his studio effects after his death.

The cowherd represents a bucolic idyll in which a reposing herdsman plays music while his cattle ford a river that meanders through small valleys into the distant vista. A gently decreasing light pervades the tranquil scene, and night seems already to linger about the shadowy trees on the water's edge. On the left we can just make out a classical temple nestled in the trees.

Early states of *The cowherd*, such as the Gallery's impression, fully reveal the tones of light and shade which help to give this unassuming scene an aspect of quiet solemnity. It is a work that expresses its creator's poetic feelings about the simplicity and beauty of life in nature; a work which, perhaps not surprisingly, has long been regarded by collectors and commentators as representing the pinnacle of Claude's artistry as a printmaker.

Selected literature: Robert-Dumesnil, 1835, vol I, p 13, no 8; Russell 1982, pp 353–57, no 27; Mannocci 1988, pp 139–48, no 18.ii

The cowherd 1636

etching
12.8 x 19.9 cm (trimmed inside
plate mark)
ii of 6 states
Printed inscription, lower right:
Claudius in. et f. Romae 1636 138
ne ficcen (remainder illegible)
Bequest of Tom Roberts 1931

Christoffel Jegher

1596–1652/53
Flemish

after **Peter Paul Rubens**

1577–1640
Flemish

Susanna and the elders 1633/36

The extraordinary success of Rubens as a painter in his
native Flanders, as well as in France, England and Spain,
enabled him to secure and train some of the most talented
engravers of the day to reproduce his designs. He effectively
fostered a school of specialist engravers dedicated to the
propagation of the 'Rubens style'. He was shrewdly attuned
to the benefits that could be garnered from printmaking:
obviously financial, but also as a means of publicising
his pictures and promoting his reputation and influence.
In this respect he was following an established tradition
of collaboration between painter and printmaker, such as
had existed in the previous century between Raphael and
Marcantonio Raimondi or Cornelis Cort and Titian.

Although Rubens's involvement with printmaking was
extensive and intensive, he was not interested in
experimenting with the medium to create original
masterpieces – as was the case with Rembrandt, for
example. Rather, Rubens's role was limited to the provision
of drawings or oil sketches (*modelli*) that were handed
to the professionals to be translated into the language of
print. Rubens kept a watchful eye over the production and
ensured his exacting standards were met by correcting
trial proofs in his own hand with black ink or by retouching
them with bodycolour highlights. The corrected proofs
were then handed back to the engraver who reworked
the plate accordingly.

Whereas Rubens engaged numerous line engravers
(engraving being the technique best suited to approximating
the effects of texture and light in his paintings), only one
woodcutter, Christoffel Jegher, was employed to work in
his studio. Jegher was a book illustrator with the renowned
Antwerp publishing house, the Plantin Press, from 1625
to c1643. It was during the middle part of this period that
he collaborated with Rubens, producing under the latter's
supervision nine large woodcuts (all undated) between
1633 and about 1636.

Woodcuts, while far less expressive of the qualities of oil
paint than engravings, are nonetheless eminently suitable
for emulating the bold lines of a drawing. Thus, Jegher's
immediate models were all drawings rather than paintings.
The inscription on the Gallery's woodcut specifies that
Rubens drew the composition (*P. P. Rub. delin.*) rather than
painted it (*pinxit*) or, more vaguely, designed it (*invenit*).
Jegher's name also appears on the print, recording his
responsibility as the engraver (*sculpsit*) or, more accurately,
cutter, of the woodblock. Its position well below Rubens's
name and the privilege (an early form of copyright) marks
the division of roles and the respective status of the two
collaborators on this print.

The assurance of Jegher's carving and his ability to cut
long, broadly flowing lines on an imposing scale brilliantly
conveys the figural grandeur and Baroque motions of
Rubens's prototype. The drawing that Jegher worked from
was lost or destroyed, however there exists in the Louvre
in Paris another drawing related to the print (not by Rubens's
hand) showing the figural group and the fountain. This
sheet in turn repeats an earlier painted composition
by Rubens, now lost, of which an anonymous copy exists
in the Hermitage, St Petersburg.

The story of Susanna and the elders is an apocryphal
addition to the Old Testament Book of Daniel (13:1–64).
While bathing in her garden, the beautiful Susanna is
accosted by two elders who have lusted after her for some
time. They emerge from a hiding place and demand that
she sleep with them lest they accuse her of committing
adultery with a young man. Susanna rejects them and
her cries force them to take flight. She is later condemned
to death on the false testimony of the elders, but the young
Daniel intervenes in time and exposes the two men as
liars, whereupon they are stoned to death.

The story of Susanna and the elders was often depicted
in art, however its underlying themes – divine justice
and the defence of innocence – eventually became less
important than the pretext the subject offered for portraying
the sensuality of the female body.

Selected literature: Schneevoogt 1873, p 11, no 94; Hollstein *Dutch and
Flemish*, vol IX, p 181, no 1; D'Hulst/Vandenven 1989, pp 215–18 (under
no 64, copy no 5)

Susanna and the elders
1633/36

woodcut
44 x 57.5 cm (trimmed to border)
i of 2 states
Printed inscription, lower
centre: *P. P. Rub. delin. & exc. /
CVM PRIVILEGIIS. / Christoffel
Jegher. Sc.*
Parramore Purchase Fund 2013

Pietro Testa

1612–50
Italian

The sacrifice of Isaac 1640/42

Known as *il Lucchesino* after the city of Lucca where he was born, Testa moved to Rome at the age of 17 or 18 and began his career there by working for Vincenzo Giustiniani, who had employed a team of engravers under the supervision of Joachim von Sandrart (who later wrote Testa's biography) to record his renowned collection of classical statuary. Soon after, Testa joined the studio of the painter Domenichino where he came into contact with a wide circle of learned artists and theorists, such as Nicolas Poussin and Giovanni Pietro Bellori, whose serious intellectual approach influenced the classicising tendencies and erudite subject matter of Testa's own work. Following Domenichino's move to Naples, Testa entered Pietro da Cortona's studio, but because of his difficult character was quickly expelled.

Nevertheless, Testa's thorough training with Domenichino brought him by the early 1630s to the attention of the influential antiquarian Cassiano dal Pozzo. Testa produced numerous drawings depicting the antiquities of Rome for Cassiano's famous Museo cartaceo – an ambitious project that involved many artists in the creation of a 'paper museum' comprising thousands of drawings and prints recording antiquities as well as natural history. However, the relationship between the two men ended bitterly when Cassiano had Testa imprisoned in 1637 on suspicion that he was going to flee without delivering paintings for which Cassiano had evidently paid.

In Rome during the period after 1637 Testa devoted himself to writing a treatise on painting but it was never completed and remained as a collection of handwritten notes. Although his greatest ambition was to be a painter, Testa achieved a measure of success with his etchings and it is through these inventions, together with his drawings, that his name has been preserved for posterity.

As is often the case with Testa's mature prints, which deal with austere or tragic themes, the etching of *The sacrifice of Isaac* illustrates one of the most dramatic of biblical passages, touching on heroic suffering and the psychological conflict of the father figure, Abraham. Testa's proclivity for such subjects might have been an extension of his own mental despair: by all accounts he appears to have been an isolated soul beset with melancholy at his failure to succeed as a painter. He committed suicide by drowning himself in the Tiber at the age of 38.

The subject of Isaac's sacrifice is told in Genesis (22: 1–19): God commanded Abraham to sacrifice his only son, Isaac, as proof of his obedience. The story was interpreted as a prefiguration of the crucifixion of Christ, whom the Father sent to be sacrificed. Testa depicts the moment when an angel appears and stays Abraham's arm as he is about to strike his son; meanwhile, another angel brings a sacrificial lamb to be substituted for Isaac. There is a fully resolved compositional drawing for this etching, in pen and ink, only slightly larger and corresponding to it in most details, preserved in the Teylers Museum, Haarlem.

Selected literature: Bartsch, vol XX, p 215, no 2; Bellini 1976, no 26; Cropper 1988, pp 145–49, no 71

The sacrifice of Isaac
1640/42

etching
29.7 x 23.7 cm (trimmed
outside border line)
only state
Purchased 1980

Wenceslaus Hollar

1607–77
Bohemian

A group of muffs and other articles of dress on a table 1647

Hollar was born into minor Protestant nobility in what is now the Czech Republic but was then called Bohemia. His peripatetic career is reflected by his name: in his native city of Prague he was Václav; in Germany he was Wenzel; in England, where he spent most of his working life, he was Wenceslaus.

Hollar left Prague for Germany at the age of 20, probably because of the repression of Protestantism; he remained in Stuttgart for a couple of years before spending time in Strasbourg then Frankfurt, where he worked as a topographical draughtsman and etcher in the workshop of Matthäus Merian the Elder. Merian's large, flourishing workshop was at the centre of German print publishing in this period.

The year 1636 was a major crossroads in Hollar's career: while in Cologne he met the great English collector Thomas Howard, Earl of Arundel, who was on a diplomatic mission from King Charles I. Arundel invited Hollar to accompany him on the mission as his official draughtsman and to record the journey, noting in a letter home that 'I haue one Hollarse wth me whoe drawes and eches Printes in stronge water quickely, and with a pretty spirite'.

At the end of that year Hollar arrived in London under the protection of Lord Arundel, primarily employed to copy works from his princely art collection and then transcribe these into etchings. The collection included fine old master drawings, the publication of which gave a wide audience its first sight of the art of such masters as Leonardo da Vinci. But much of what Hollar etched and published at this time – such as the city views and landscapes for which he is famous, not to mention his costume pieces of fashionably dressed London ladies – were unconnected to Arundel's patronage. Indeed, when Hollar came to England the technique of etching was still largely unknown. Engraving was the dominant printmaking technique and there were no native practitioners of etching. Thus the situation in which Hollar found himself was advantageous, for it enabled him to monopolise the field, becoming the preeminent exponent of etching in Stuart Britain.

During the upheavals of the English Civil War, Hollar, whose sympathies were royalist, made his way to Antwerp in 1644 where he spent eight years in exile. Here he produced an abundance of etchings, many of them worked up from the stock of drawings he had carried with him from London. But by far the most original and unexpected creations of the Antwerp years are his six etchings of fur muffs (there are an additional two plates which complete the set but they were begun in London).

Etched with incomparable precision and finesse, the Gallery's print – the largest, most sumptuous (and undeniably sensual) of the series – depicts five muffs together with two kerchiefs with lace borders, a pair of gloves, a feather whisk, a mask, a pincushion and a folded fan. The very idea of presenting such articles as the subject of a still-life arrangement was entirely without precedent in the history of European printmaking.

Selected literature: Pennington 1982, p 310, no 1951; Godfrey 1994, pp 126–27, no 92G

A group of muffs and other articles of dress on a table 1647

etching
11 x 20.3 cm (plate mark)
only state
Printed signature and date,
lower centre: *WHollar fecit
Aqua forti 1647* and lower
right: *Antuerpiae*
Purchased 1937

Rembrandt Harmensz. van Rijn

1606–69
Dutch

The three trees 1643

This most famous of Rembrandt's landscapes must also rank as one of the most majestic and deeply evocative representations of the natural world ever committed to paper. Rembrandt made his first landscape etchings around 1640 based on the countryside surrounding Amsterdam. But whereas his drawings were made outdoors in the landscape, his copper plates, which display an unmatched swiftness and spontaneity in the handling of the etching needle, were largely invented and completed in the studio, despite their appearance to the contrary.

In *The three trees*, his largest landscape print, Rembrandt portrays a limitless view of Dutch scenery, dramatically orchestrated with marked contrasts of light and dark and other atmospheric effects. It is an ecstatic celebration of the natural world, vividly depicted in all its changeability and powerful vitality. The sky – which so often in Rembrandt's etchings is featureless – is an essay in meteorological activity: gusts of wind and moisture-laden thunderclouds pass over the landscape, unleashing a downpour of rain on the left, while the entire right side of the composition is suffused in sunlight. Dominating this area and standing out starkly against the burst of light are the three majestic trees, the sturdy trunks of which contrast markedly with the ephemeral conditions. The branches and leaves have grown into each other, forming a single, massive bouquet, and the small bird flying out of the foliage adds an idyllic note.

As we look deeper into this vast landscape, we notice that it is also animated by human presence: there are rustic cottages nestled in the patch of light beneath the trees, and on the skyline a cart full with peasants makes its way slowly along. Farther to the right an artist sits sketching; in the lower right, two lovers – barely visible – hide in the shadowy bushes and, on the opposite side, a man, accompanied by his wife, casts a fishing line into a stretch of water. Behind them the vista spreads out across flat meadows and still waterways, which reflect the turbulent mood of the sky and take our eye to the town on the distant horizon.

For all its copiousness of naturalistically observed detail and lovingly recorded incident, the landscape as a whole is a poetic invention. By virtue of the overwhelming, almost cosmic, breadth of its vision, *The three trees* conveys intimations of divine presence in all of the natural order. We do not know whether Rembrandt intended his landscape to have a pantheistic message, but this has not prevented commentators from seeking an underlying, generalised symbolism in the print or, even more specifically, as has often been suggested, from viewing the motif of the trees as an evocation of the three crosses on Calvary. In any case, the print defies any single interpretation and remains a deeply poetic image of inexhaustible significance.

Rembrandt's use of a combination of different techniques in *The three trees* – etching, drypoint and engraving, as well as plate tone, noticeable at left in the sky – underlines his ambition for this masterpiece with its compelling range of effects. Unusually, however, the print only exists in one state, which is to say that it is impossible for us to know exactly how Rembrandt advanced the plate or to identify the specific stages through which the composition passed before its final resolution.

Selected literature: Bartsch *Rembrandt*, p 180, no 212; Hind 1923, p 95, no 205; Münz 1952, p 83, no 152; Nowell-Usticke 1967, np B212; Biörklund/ Barnard 1968, p 94, BB 43-B; White/Boon 1969, p 103, no 212; Ackley 1981, p 199, no 133; Schneider 1990, pp 240–42, no 75; Bevers 1991, pp 218–20, no 19; White 1999, pp 219–22; Royalton-Kisch 2000, pp 207–09, no 48

The three trees 1643
etching, drypoint and engraving
21 x 28.2 cm (trimmed to
plate mark)
only state
Printed signature and date
(barely visible), lower left:
Rembrandt f. 1643
Purchased 1948

Adriaen van Ostade

1610–85
Dutch

The anglers 1653?

Van Ostade is thought to have been a pupil of the great
Dutch painter Frans Hals, but his paintings show no signs
of the latter's influence. With his brother Isaac, van Ostade
became the main exponent of paintings of low-life genre
and peasants, spending his prolific career in Haarlem,
where subjects of this type were a particular specialty.
He was also a talented printmaker, regarded by his
contemporaries and later generations as second only to
Rembrandt for his 50 etchings, which remained enduringly
popular long after his death and went through a number
of editions.

The 50 prints – of which only ten bear dates between 1647
and 1679 – invariably depict rustic villagers inside their
cottages, in taverns, or in the outdoors engaged in various
everyday activities. *The pig killers* (opposite, below) is one
of van Ostade's most striking, both for its circular format
and unusual lighting. Pictorial representations of pig
slaughtering were known in medieval book illumination
where they were incorporated into depictions of activities
relating to the month of November or December. In this
intimate, nocturnal scene, illuminated by torchlight, van
Ostade combines coarse, barnyard realism with tender
observation as a peasant family gathers round to witness
the slaughter of a pig, which presumably will feed the
large family during the long winter months. As the eldest
son kneels on the animal, the farmer's wife collects the
blood in her long handled pan, and her small children
look on with curiosity.

By contrast, a mood of blissful tranquillity is expressed
in *The anglers*, van Ostade's only true landscape print.
On a ramshackle wooden bridge a hunched peasant,
accompanied by a young friend holding a basket, trails
his fishing line in a shallow stream. With its unassuming
rusticity and understated presentation of the countryside
at large, the print is a characteristic example of the
Dutch approach to landscape art in the 17th century.

Selected literature: Bartsch, vol 1, p 364, no 26; Hollstein *Dutch and
Flemish*, vol XV, p 32, no 26; Godefroy 1930, pp 96–98, no 26

The anglers 1653?

etching
11.8 x 16.9 cm (trimmed to
plate mark)
vi of 7 states
Printed monogram, lower
right: *AvO*
Purchased 1938

right

The pig killers 1642?

etching
11.8 x 11.7 cm (plate mark)
viii of 8 states
Purchased 1938

Rembrandt Harmensz. van Rijn

1606–69
Dutch

Portrait of Jan Lutma, goldsmith 1656

Nearly all of Rembrandt's etched portraits portray subjects of his own choosing – family, friends, acquaintances and colleagues – rather than individuals with no personal connection who commissioned a likeness in the context of a straightforward commercial transaction. The profound humanity of Rembrandt's representations of individual men and women was reached by his searching observations of the face, and his portraits convince us that every one of his sitters is endowed with the capacity to feel.

The etchings of elderly people are especially touching, for as well as evoking specific emotions, the etching needle was particularly well equipped to render with minute precision the furrows that age and experience had worn in these faces. In his portrait of Jan Lutma, Rembrandt allows us a close view, at an angle, of a thoughtful old man wearing a simple cap. As we scrutinise his calm face more closely, we notice that Lutma meets our gaze with an absent look: beneath his heavy, wrinkled brow, his partly closed eyes signal that the elderly figure suffered from blindness, yet we nonetheless feel their warmth.

Rembrandt endows his portrait of Lutma with great dignity. The subject is seated in a large armchair adorned with carved lions' heads on the back. The portrait also identifies the occupation of the sitter by virtue of the surrounding objects. In his right hand Lutma holds a candlestick – a reference to his craft and one of his creations. Arranged on the table beside him are his instruments: a hammer and a pot containing punches, and immediately behind these, a chased silver drinking bowl. The latter is identifiable as a work of Lutma's, and a closely comparable example exists in the Rijksmuseum, Amsterdam. Rembrandt clearly respected Lutma as a master craftsman.

Jan Lutma (c1584–1669) was born in Emden, East Friesland. After a period spent in Paris he moved to Amsterdam in 1621 where he became a highly renowned silver and goldsmith working in the auricular style (so-called because of the resemblance of ornamental forms to parts of a human ear). He received numerous official commissions, most notably for the rood screen in the Nieuwe Kerk. His son, Jan Lutma the younger, was an etcher who probably worked for a period in Rembrandt's studio. His etched portrait of his father, made the same year as Rembrandt's, was undoubtedly inspired by the master's example.

This print is known in three states. The Gallery's impression is in the second state, showing Rembrandt's addition of the deep alcove and window behind the sitter. This state also includes the glass bottle sitting on the windowsill, and the artist's signature and date in the top-left pane. However, the engraved inscription to the right of Lutma's elbow is not in Rembrandt's hand.

Selected literature: Bartsch *Rembrandt*, pp 229–30, no 276; Hind 1923, p 116, no 290; Münz 1952, p 69, no 77; Nowell-Ustike 1967, np B276; Biörklund/Barnard 1968, p 126, BB 56-C; White/Boon 1969, p 129, no 276; Ackley 1981, p 203, no 137; White 1999, p 160; Luijten 2000, pp 332–37, no 83

Portrait of Jan Lutma, goldsmith 1656
etching, drypoint and engraving
20.2 x 15.3 cm (trimmed to plate mark)
ii of 3 states
Printed signature and date, upper centre: *Rembrandt / f. 1656* and engraved right of centre: *Joannes Lutma Aurifecx / natus Groningae*
Purchased 1948

Rembrandt Harmensz. van Rijn

1606–69
Dutch

Christ presented to the people 1655

Rembrandt devoted himself to exploring the great stories of the Bible with more intensity than any other subject he treated as a printmaker. From the beginning until the end of his career, the stories of the Old and New Testament, in all their human pathos, were interpreted most imaginatively in his etchings. Using all of the technical skills at his disposal, they demonstrate Rembrandt's supreme gift for expressive characterisations and his capacity to dramatise vividly and compellingly those scenes in which the divine touches the everyday.

Christ presented to the people, also known also as the *Ecce Homo* (behold the man), is based mainly on the passage in St Matthew's Gospel (27: 17–23) in which, immediately before His flagellation and crowning with thorns, Jesus is presented to the people of Jerusalem by Pontius Pilate, who asks the spectators whether he should release Barabbas or Jesus.

The Roman governor Pilate, wearing a turban and holding a long staff, points to Christ, whose arms are bound. The real criminal, Barabbas, is presumably the figure with coarse features standing between them and slightly to the back. Below the platform in the palace courtyard the jeering crowd demands Barabbas's freedom and Christ's death; Pilate reluctantly accedes and sends Christ to be crucified.

Among the mass of onlookers is Pilate's wife who watches the event from a window in the upper left. In the darkness of the palace interior we can just make out a figure, presumably the messenger dispatched by Pilate's wife after her prophetic dream to warn her husband not to condemn an innocent man. Meanwhile, the outcome of the narrative is indicated by the young servant on the extreme left of the platform holding the jug of water and bowl in which Pilate will innocently wash his hands of the affair.

The print's imposing architectural setting and compositional arrangement were clearly inspired by Lucas van Leyden's engraving of the same subject from 1510. Lucas was the most esteemed Dutch engraver of the previous century and Rembrandt owned an important collection of his prints, readily using them as a point of departure for his own compositions. While Rembrandt followed Lucas by setting the historical drama outdoors on a raised platform with the mob below, his populace, by contrast, appears to be made up of realistically observed Amsterdam citizens of various classes. A further contemporary touch in Rembrandt's print is the inclusion of the figures of Justice and Fortitude above the central doorway of Pilate's palace. Statues such as these typically adorned Dutch courts and civic buildings.

But despite the similarities to and departures from Lucas's engraving, the interpretation of the drama, focused squarely on the act of judgment and its implications, is Rembrandt's own.

Like *The three crosses* of 1653, *Christ presented to the people* was conceived on a large scale, and Rembrandt may have regarded these two monumental prints – both executed entirely in drypoint – as a pair. Drypoint involves scratching the design directly into the soft copper without the mediation of an etching ground. As the needle incises the copper plate it creates burr – the tiny metal fragments that curl up on either side of the line. The burr soaks up the ink to give the printed line a rich, feathery texture, but since the burr is fragile it disappears rapidly with the pressure of repeated printing. Thus Rembrandt was encouraged – as much by practical as aesthetic considerations – to rework his plate constantly.

Rembrandt altered the copper plate no fewer than eight times: in the first three versions or 'states' his changes to the matrix were minor ones; in the fourth state he cut away a strip about 2.5 centimetres wide along the top edge simply because the plate was too big for the sheets of paper at his disposal (as a result, impressions from early states invariably have a strip of paper added to the top). More remarkably, however, Rembrandt entirely transformed the composition in the sixth state by burnishing out all of the foreground figures in front of the platform. Subsequently, he added two brick arches to the lowest part of the platform, which frame mysterious, deep chasms of inexplicable significance. With the noisy crowd removed from the foreground, Rembrandt focuses the pictorial narrative on the two protagonists, intensifying the feeling of Christ's vulnerability and humiliation, and so engaging and challenging the beholder anew.

Selected literature: Bartsch *Rembrandt*, p 78, no 76; Hind 1923, pp 111–12, no 271; Münz 1952, pp 107–08, no 235; Nowell-Ustike 1967, np B76 (4th); Biörklund/Barnard 1968, p 122, BB 55-A; White/Boon 1969, p 41, no 76; Welzel 1991, pp 274–77, no 38; White 1999, pp 97–104; Hinterding 2000, pp 316–22, no 78

**Christ presented to
the people** 1655
drypoint
36.3 x 45.7 cm (trimmed just
outside plate mark)
v of 8 states
Purchased 1948

Claude Mellan

1598–1688
French

The veil of Saint Veronica 1649

Mellan was born in Abbeville in northern France to a family of coppersmiths. By 1619 he was in Paris where he studied engraving and appears also to have been active as a portrait painter. He travelled to Rome in 1624 to study with the engraver Francesco Villamena, who died not long after his arrival. However, he soon came under the powerful influence of the painter Simon Vouet, who encouraged him to make chalk portrait drawings, which became something of Mellan's specialty. While in Rome, he also practised extensively as an engraver, reproducing the works of Vouet and Bernini in particular. Returning to France in 1636, Mellan found an eager clientele for his restrained yet technically astonishing engravings – which dispense with cross-hatching and outlines altogether – and embarked upon the official phase of his career, with varied prestigious commissions culminating in his appointment as engraver to the king.

Mellan's most famous print is *The veil of Saint Veronica*, also known as the *Sudarium of Saint Veronica* – 'sudarium' meaning a cloth for wiping sweat. It is one of the most arresting depictions in European art of the miraculous cloth, which was said to bear the imprint of Christ's face. Known originally in the Eastern Church as the *Mandylion of Edessa*, the legend of this holy relic was later taken up and elaborated in the Latin West where it became known as the Vera Icon or 'true image'. By about 1300 the story had become intimately linked with that of the compassionate woman of Jerusalem called Veronica – her name a deliberate word play on Vera Icon. According to the standard account of the story, while Christ was carrying the cross on the way to Calvary, Veronica was so moved by His suffering that she removed her veil and used it to wipe the blood and sweat from His face. As a reward for her pity, an imprint of Christ's features was transferred to the cloth. This image of Christ's true likeness – a portrait which, most remarkably, had not been created by human hands – became the object of a widespread cult, with pilgrims flocking to Rome to venerate it. It also gave rise to a proliferation of copies, which in turn inspired countless works of art.

Mellan's Veronica is a spectacular tour de force of the engraver's art. The face of Christ is conjured from a continuous spiralling line that starts at the tip of the nose and is thickened in places to delineate the features and create tone. It is a demonstration of the artist's unerring skill in guiding the burin – the engraver's tool used for incising lines. Starting with the tip of his burin in the centre of the plate, Mellan pushed the tool forward while simultaneously rotating the copper plate with his free hand in an anti-clockwise direction to create a near perfect spiral. Today, the original copper plate for Mellan's print is in the collection of the Bibliothèque royale in Brussels.

The Latin inscription on the hem of the veil, *Formatur Unicus Una / Non Alter* (the unique one made by one / [like] no other), devised by the abbé Michel de Marolles, a great collector of prints and friend of the artist, develops an ingenious conceit. The words allude to three ideas: the unique mystery of Christ's Incarnation (by which the Godhead became flesh by being conceived in the womb of the Virgin); the uniqueness of Veronica's miraculously created image on the cloth; and the uniqueness of Mellan's engraving itself, devised from a single line, like no other image of the Holy Face.

Selected literature: Préaud 1988, pp 92–93, no 106; Préaud 1998, pp 178–80, no 94

The veil of Saint Veronica 1649

engraving
43.3 x 31.7 (plate mark),
49 x 37.5 cm (sheet, irreg)
ii of 2 states
Printed signature and date,
lower left: *CMELLAN G. P. ET F.*
IN AEDIBVS REG. / 1649
(engraved, designed and
made in the royal palace. 1649)
Printed inscription along bottom:
FORMATVR VNICVS VNA /
NON ALTER
Purchased 1997

Salvator Rosa

1615–73
Italian

The genius of Salvator Rosa c1662

'Sincere, free, fiery painter and equable, despiser of wealth and death, this is my genius.' So proclaims the scroll in the lower-right corner of this etching, Rosa's most emphatic expression of his artistic philosophy. As well as being a painter and etcher, Rosa was also an actor, musician and poet, famous (some would say infamous) in his day as a flamboyant and outspoken artistic personality who believed utterly in the dignity of creative genius and the freedom of the artist to pursue his own path, irrespective of the demands of patronage or convention at large.

Early biographers, such as Filippo Baldinucci, who knew Rosa well, described his fiery character and burning ambition, and how he often made enemies with painters and potential patrons alike. The radically original nature of Rosa's views on the necessary independence of the artist and the primacy of creative inspiration anticipate ideas that were to become current with the Romantic movement of the late 18th and early 19th centuries. Indeed, by this time Rosa had come to be seen as a precursor of the Romantic hero – a reputation no doubt nurtured by myths of his upbringing among bandits in his native Naples and of his fighting there against Spanish rule. His landscape paintings of wild and mountainous scenery, populated with travellers and *banditti*, were highly appreciated in 18th-century Britain and helped define the Romantic sublime in external nature. Horace Walpole memorably noted when crossing the Alps in 1739: 'Precipices, mountains, torrents, wolves, rumblings – Salvator Rosa.'

More than a landscape painter, Rosa desired to be known as a learned painter of histories and allegories. After almost a decade in Florence, an experience that left him dissatisfied, Rosa returned to Rome in 1649 and began working on a series of large-scale figure compositions with serious philosophical and moralising themes. In the early 1660s he produced a number of classicising etchings, which developed the erudite subject matter of his paintings and reflected the artist's interest in Stoicism, with its scorn of fortune and the worldly life.

The genius of Salvator Rosa illustrates the artist's philosophical motto virtually to the letter. The artist/genius figure is depicted as a youth crowned with ivy and reclining in the pose of a classical river god; his left arm rests on an overturned cornucopia spilling coins and jewels, however he appears uninterested in these riches. Likewise, the cemetery setting, with its cypress trees, prominent tomb and large vase decorated with a goat's skull and emitting smoke, suggests the artist's indifference to and repudiation of mortality.

Surrounding the youth are five allegorical figures whose attributes represent various facets of genius to which Rosa aspired. The youth offers his heart to the personification of Sincerity, represented by the woman holding a dove. Directly behind him, Liberty places a cap on his head. In the left foreground, the kneeling woman holding a panel with a figure sketched on it is Painting. The philosopher-type wearing a toga and gesturing to his book and balance represents the idea of equability and fairness. In stark contrast to all of them, a coarse satyr (herself crowned with ivy like the main figure) represents the baser instincts. More importantly, satyrs were linked with satire, a mode of writing at which Rosa excelled, mercilessly holding up human vice and folly to scorn and ridicule.

Selected literature: Bartsch, vol XX, p 277, no 24; Wallace 1979, pp 79–92, 289–93, no 113

The genius of Salvator
Rosa c1662
etching and drypoint
45.7 x 27.6 cm (plate mark)
iii of 3 states
Printed inscription on scroll, lower
right: *Ingenuus, Liber, Pictor
Succensor, et Aequus, / Spretor
Opum, Mortisque. hic meus est
Genius. / Salvator Rosa*
Purchased 1979

Robert Nanteuil

1623–78
French

Louis Phélypeaux de La Vrillière 1662

Nanteuil was the preeminent engraver of portraits in France during the reign of Louis XIV and his style set the standard for portrait engraving well into the 18th century. He was appointed draughtsman and engraver to the king in 1658, of whom he made numerous engravings, in addition to more than 200 portraits of the great personages of the court and other prominent Parisians. His sitters are invariably presented bust view and face the viewer; their faces are framed by a simple oval and set against a background of meticulously ruled lines.

Nanteuil was able to masterfully exploit the innate formality of line engraving in order to translate his chalk drawings – which he drew directly from his sitters – into portraits of icy clarity, conveying the dignified self-assurance of his subjects, who usually appear reserved and high-minded.

In 1660, through Nanteuil's powerful influence, the king raised the status of engraving from an industrial to a liberal art in the Académie Royale. The official promotion of printmaking elevated the work of the engraver into that of a major art form, capable of expressing the highest policies of the state and sharing in importance with painting and sculpture.

The subject of this print is Louis Phélypeaux de La Vrillière, secretary of state from 1629 to 1654. As well as a politician, he was one of the few French collectors to commission paintings from Italian artists such as Guercino, Guido Reni and Pietro da Cortona. These were installed in the gallery of his Paris townhouse, the Hôtel de La Vrillière, built by François Mansart. Parts of the building survive today as the Banque de France.

Selected literature: Robert-Dumesnil 1839, vol 4, p 116, no 123; Petitjean/Wickert 1925, pp 222–23, no 102

Louis Phélypeaux de La Vrillière 1662

engraving
32.7 x 26.0 cm (trimmed to plate mark)
iii of 3 states
Printed inscription within image, lower right: *Nanteüil ad viuum Ping. et Sculpebat 1662.*
Purchased 1940

Pierre Drevet

1663–1738
French

after **Hyacinthe Rigaud**

1659–1743
French

Louis Le Grand 1714/15

This print reproduces the most recognised effigy of
King Louis XIV, and one of the icons of Baroque royal
portraiture. The prototype is Hyacinthe Rigaud's
full-length painted portrait, which was commissioned
in 1701 as a gift from Louis to his grandson, Philippe
Duke of Anjou, who had been recently crowned as
Philip V – the first Bourbon to rule as king of Spain.
The portrait was such a success, however, that it was
never dispatched to Madrid.

Rigaud's portrait represents the 63-year-old monarch
in the splendour of his coronation robes: he wears
an ermine-lined cloak embroidered with fleurs-de-lis,
and around his neck the chain of the Order of the Holy
Spirit; his hand rests on the sceptre, and from his side
hangs the sword of Charlemagne; behind him on
a stool are the French crown and the 'hand of justice'.

When the director of the king's buildings commanded
that a printed replica be made of the portrait, the
prestigious (and laborious) commission fell upon Pierre
Drevet, the most esteemed reproductive engraver of
his age. Drevet, in fact, never worked from Rigaud's
original but copied it from a specially made intermediary
drawing by Jean-Marc Nattier (now in the Phoenix
Art Museum), which corresponds in size to the finished
engraving. It is highly likely, however, that Rigaud,
a close friend of Drevet's, took a keen, overseeing
interest in the project.

Although this engraving is twice removed from Rigaud's
portrait, it nonetheless faithfully reflects the sumptuous
textures and details of the original, and stands as a
testament to the heights of technical brilliance attained
by French portrait engravers in the 18th century.

Selected literature: Firmin-Didot 1876, p 55; Roux 1951, vol 7, p 330,
no 81; O'Neill 1984, pp 681–82; James 1997, p 267, no 140

Louis Le Grand 1714/15

engraving
69.5 x 52.1 cm (trimmed to
plate mark)
Printed inscription along bottom:
*Hyacinthe Rigaud pinxit. – Louis
le Grand – P. Drevet Sculpsit.*
Purchased 1950

Jean-Antoine Watteau

1684–1721
French

Study of three male figures 1713/14

Of the greatest figure draughtsmen in European art, Watteau is arguably the most poetic observer of elegantly apparelled men and women caught in moments of unself-conscious refinement and ease. His chalk drawings, which sensitively record the subtle permutations of comportment, gesture and expression, were avidly admired and collected by his contemporaries for reasons best summarised by Watteau's one-time patron, the art dealer Edme-François Gersaint:

> … there is nothing superior to them in their kind; subtlety, grace, lightness, correctness, facility, expression, there is no quality that one might wish for which they lack, and he will always be considered one of the greatest and best draughtsmen that France has ever produced … I have often seen him out of temper with himself because he was unable to convey in painting the truth and brilliance he could express with his crayon.

Watteau's favourite drawing medium was red chalk and he continued to use it throughout his career, even after adopting the more elaborate graphic technique of *trois crayons* – the combination of red, black and white chalks for which he is renowned. The Gallery's drawing has been dated to around 1713–14 at the very moment when Watteau began to handle his preferred medium with breathtaking dexterity.

The drawing shows a young male model depicted in three different poses. Watteau's attention to the artful placement on the sheet of the separate figure studies – both in relation to each other and to the edges of the paper – creates a striking composition in itself, and the elegance of this drawing's *mise-en-page* is unmatched among the artist's work in red chalk.

Watteau must have worked with an incredibly – impossibly – sharpened stick of chalk as he set about lightly sketching the outlines of the figures. Apparently laid down in quick succession and with unerring fluency and precision, the studies were next worked up to varying degrees of elaboration with sharp, darker accents, which add expressive interest and suggest details and shadows.

Watteau used two of the figures in the drawing for his painting *Love in the French theatre* (opposite, below). The figure playing a bagpipe in the drawing appears on the left side of the canvas, among the musicians and chorus who have gathered in a grove to perform an intermezzo in a comic opera. The lounging figure sketched at the bottom of the sheet was the inspiration for the central character in the painting: by crowning him with a vine wreath and placing a wine glass in his raised hand, Watteau reinvented him as Bacchus. He appears in an identical pose in the painting, clinking glasses with Cupid. The third and most fully worked up study – the figure holding a staff and sitting on a leopard skin with his right leg dangling casually – does not appear in any of Watteau's known paintings.

Watteau's approach to drawing was famously described by his friend, the Comte de Caylus, who read his biography of Watteau before the French Royal Academy in 1748:

> I must admit that in general [Watteau] drew without a purpose. For he never made an oil sketch or noted down the idea, in however slight or summary a form, for any of his pictures. It was his habit to do his drawings in a bound book, so that he always had a large number that were readily available … When it took his fancy to paint a picture, he resorted to his collection of studies, choosing such figures as suited him for the moment.

Watteau's method of posing and sketching models without a future composition in mind was decidedly unorthodox by established academic conventions. The drawings he gathered into albums provided him with a rich repertory from which he selected and combined unrelated figure types when painting his *fêtes galantes* (outdoor scenes of amorous dalliance enacted by figures partly in historical or theatrical dress). This individual approach, unfettered by the demands of composition, means that at their best, Watteau's drawings have a natural sprightliness and immediacy of observation combined with an air of dreamy mystery and refinement.

Selected literature: Parker/Mathey 1957, p 13, no 88; Grasselli 1984, pp 79–80, D19; Rosenberg/Prat 1996, vol 1, pp 310–11, no 195; Raissis 2003, pp 206–09, no 59; Rosenberg 2011, p 60, no 15

Study of three male
figures 1713/14
red chalk on cream paper
19.7 x 15.5 cm
Gift of James Fairfax AO 1993

right:
Love in the French theatre
after 1716
oil on canvas
37 x 48 cm
Gemäldegalerie, Staatliche
Museen zu Berlin
Photo: bpk/Jörg P Anders

William Hogarth

1697–1764
British

Hogarth was the first major British artist, equally famous in his day as a painter, engraver and polemicist, championing the cause of British artists and attacking foreign (French) influences and styles. He was, above all, a Londoner, who captured the vitality and swirling crowds of the metropolis like no artist before him. Covent Garden, Leicester Square, St Martin's Lane, Charing Cross, The Strand: these neighbourhoods – at once polite and glittering, crude and filthy – were Hogarth's daily stomping grounds and his source of inspiration. His work provides a vigorous picture of early Georgian London comparable in its extent and detail to Charles Dickens's panorama of that city in the Victorian age.

Hogarth had an extraordinary gift for narrative invention. He developed the storytelling aspect of printed pictures to heights seldom reached before or since, so that all the implications of the drama are apparent to the spectator. Each face, each pose, each movement, each interaction solicits our attention and drives the story forward, elaborating a moral narrative of past, present and future. In this respect, his art has much in common with the emerging English novel, which was also attempting to tell an affecting human story, woven through with exuberant scenes of roguery, escapade and robust humour.

After a few years of painting portraits and conversation pieces, which failed to bring in sufficient cash, Hogarth decided, as he recounts in his *Autobiographical notes*, to 'turn my thoughts to a still more new way of proceeding, viz. painting and Engraving modern moral subject[s] a field unbroken up in any Country or any age'. These modern moral subjects, beginning with *A harlot's progress* in six scenes in 1732, were a new form of art created by Hogarth and regarded as his most important achievement.

In the preface to his novel *Joseph Andrews* (1742), Hogarth's great friend and ally Henry Fielding called Hogarth 'a comic history painter' whose art consists in the 'exactest copying of nature'. Fielding was endeavouring to explain the differences between his own prose experiments and crude burlesque by means of analogy with Hogarth's engraved narratives and their difference from the distortions of mere caricature. 'Comic' and 'moral' are fitting adjectives to describe Hogarth's scenes of contemporary London life, for his indictment of folly and vice was done with satire – combined with an unforgettable sense of mischief and humour – rather than by dryly preaching virtue.

By mid 1734 Hogarth had completed eight paintings illustrating *A rake's progress*, now in Sir John Soane's Museum, London. The engravings were published in June 1735, immediately after the passing in parliament of the Copyright Act (also known as Hogarth's Act), which protected the prints from piracies. Hogarth had been so angered by the cheap copies that appeared on the market soon after the publication of his last series, which undercut his sales, that he led the campaign to protect himself and other engravers from such malpractice.

A rake's progress was envisaged by Hogarth as an exploration of the fashionable world in contrast to the sordid life of the harlot. The word 'progress' in the title would immediately have brought to mind the familiar pilgrim's progress – an allegory of the Christian journey from sin through salvation to eternal happiness. But Hogarth's 'progress' is, ironically, a tale of retrogression leading to despair and damnation. It tells the basic story of a middle-class boy, Tom Rakewell, who is led astray by the temptations of good fortune and the aspiration to assume the hedonistic lifestyle of an aristocratic rake. Progressively he squanders his inheritance and slides into poverty and madness. The verses along the bottom of each plate – commissioned from Hogarth's friend John Hoadly – offer moral reflections on the hero's gradual path to ruin and disaster.

Hogarth's most exuberant scene is plate 3, depicting a long night of debauched revelry in the Rose Tavern, Drury Lane. The intoxicated group has already slashed the portraits of the Roman emperors on the wall, save that of Nero, the most depraved. A syphilitic prostitute (face patches are usually a tell-tale sign of venereal disease) slips her hand into Tom's shirt while passing his fob watch to her accomplice seated behind. Across the table a squabbling pair spit gin into each other's faces. The girl on the right strips down in preparation for her obscene performance in which she will pose and gyrate on the large platter that the porter is carrying through the door and about to place on the table.

In the final scene Tom is stripped of his clothes and reason, shackled and lying on the floor of Bethlem Hospital (Bedlam). A company of madmen surrounds him, all suffering from various delusions, while his devoted lover weeps by his side. In the background a pair of fashionable lady sightseers is entertained by the naked king, urinating in cell 55.

Selected literature: Paulson 1989, pp 89–98, nos 134, 139

William Hogarth
A rake's progress: plate 3 1735 (detail)

A rake's progress:
plate 3 1735

etching and engraving
36 x 41 cm (plate mark),
37.3 x 42.7 cm (sheet)
iii of 3 states
Printed inscription along bottom:
*Invented, Painted, Engrav'd,
& Publish'd by Wm Hogarth June
ye 25. 1735. According to Act
of Parliament. Plate 3*
Purchased 2006

Madness, Thou Chaos of y.º Brain,
What art? That Pleasure giv'st, and Pain?
Tyranny of Fancy's Reign!
Mechanic Fancy; that can build
Vast Labarynths, & Mazes wild,

With Rule disjointed, Shapeless Measure,
Fill'd with Horror, fill'd with Pleasure!
Shapes of Horror, that wou'd even
Cast Doubt of Mercy upon Heaven.

Shapes of Pleasure, that but Seen
Would split the Shaking Sides of Spleen.
O Vanity of Age! here See
The Stamp of Heaven efac'd by Thee—

The headstrong Course of youth thus run,
What Comfort from this darling Son!
His rattling Chains with Terror hear,
Behold Death grappling with Despair,

See Him by Thee to Ruin Sold,
And curse thy self, & curse thy Gold.

Retouch'd by the Author 1763
Invented by W.ᵐ Hogarth & Publish'd according to Act of Parliament June y.º 25. 1735.

Antonio Canaletto

1697–1768
Italian

La torre di Malghera 1735/46

Canaletto was trained by his father, a painter of theatrical scenery, and early on worked alongside him in this capacity. By the 1720s he was specialising in more or less topographically accurate views (*vedute*) of Venice, which made him popular with English grand tourists. His greatest admirer was Joseph Smith who acted as Canaletto's agent, commissioning works on behalf of English clients. Smith himself also formed a collection of Canaletto's pictures, which he sold in 1762 to King George III.

When Smith was appointed British consul in Venice in 1744, Canaletto commemorated the event by dedicating his only series of etchings to his great patron. The title page to the series of 31 prints gives an idea of the variety of vedute contained therein:

> Views / some representing actual sites, others imaginary / by / Antonio Canal / and by him etched and set in perspective / humbly dedicated / to the most illustrious / Joseph Smith / Consul of His Britannic Majesty to the Most Serene / Republic of Venice / as a sign of esteem and homage.

Less than half of the etchings depict identifiable places in Venice, and only a few of these, surprisingly, portray the city's famous landmarks – there is not one view of the Grand Canal, for example. Others show sites on the mainland, including views along the Brenta River and canal scenes of Padua and its environs. The remainder are *capricci*, which is to say fanciful views combining real and imaginary buildings and ruins in fantasy settings. In some instances the real and the imaginary are so artfully combined that it is not easy to distinguish one from the other. Each of the plates is signed and those purporting to be drawn from nature are inscribed with Canaletto's own titles.

Only one etching is dated 1741, however Canaletto may have started working on them in the late 1730s (and indeed continued to make them into the mid 1740s) if we take stylistic differences into account. Nor do we know the date of publication of the series, although it must have been some time after Smith's appointment as consul in June 1744 and before Canaletto's departure for England in 1746.

Aside from the desire to try his hand at something new – possibly inspired by the example of other Venetian painters who were making etchings – Canaletto's decision to pursue an unfamiliar medium appears to have been encouraged, in some measure at least, by the outbreak in 1740 of the War of the Austrian Succession, which had the effect of greatly reducing the flow of tourists to Venice and hence of potential patrons. Consequently, Canaletto painted fewer Venetian vedute and devoted more attention to etching. Without any apparent training or known technical assistance he applied his consummate drawing skills and developed an etching style entirely his own. While his printmaking career may have been short, the results were extraordinary.

Canaletto used the etching needle to draw in an idiosyncratic manner with short, parallel strokes instead of cross-hatching. His made his line wonderfully versatile and descriptive by biting to varying depths in order to create darker tones. This was achieved by stopping out certain areas with varnish before putting the copperplate back into the acid bath for a second biting. The effects can be appreciated in Canaletto's distinctive treatment of the sky, where the ranks of loose horizontal lines, darker in some places and lighter in others, seem to pulsate with energy. The same vibrancy is achieved with the massing of dark curves to suggest the ruffled surface of the water.

La torre di Malghera is one of Canaletto's most restrained and harmonious compositions. Against the backdrop of the Euganean Hills, the tower of Malghera (now Marghera) stands out in brilliant light. Raised as a fortification by the Venetians in the 15th century and demolished in the early 19th century, the impressive structure is shown isolated and deserted on a sleepy byway of the Venetian lagoon. Unremarkable day-to-day activities carry on around: two boys dig for eels at the water's edge while a fishing boat glides past, and fishermen gather around a wooden jetty in the middle distance.

Selected literature: De Vesme 1906, p 448, no 2; Bromberg 1974, pp 43–47, no 2

La torre di Malghera
1735/46

etching
29.6 x 42.8 cm (plate mark)
i of 3 states
Printed inscription along
bottom: *A. Canal f. – La Torre
di Malghera*
Sir Philip Street Bequest 1939

Thomas Gainsborough

1727–88
British

Trees by a pool early 1750s

Gainsborough holds the distinction of being the only major 18th-century artist to paint landscapes and portraits to equal extent, although all his life he regarded landscape as his true calling. From a young age the precocious boy showed a natural gift for drawing, often playing truant from school in order to go out sketching in the woods and fields of Sudbury in Suffolk, where he was born. Gainsborough's artistic beginnings were as much concerned with drawing as painting, and his compulsion to draw for its own sake was the mainstay of his whole career.

In around 1740 Gainsborough went to London where he trained with Hubert-François Gravelot and Francis Hayman. In this decade he also worked in the art trade, restoring 17th-century Dutch landscapes – his admiration of which never abated – sometimes even painting in little figures to make them more saleable. His early pictures in a Dutch-inspired realist style were enthusiastically received, but since landscape painting was a less profitable affair than portraiture, Gainsborough soon came to specialise in the latter. In 1759 he moved to the elegant resort town of Bath, which provided him with a plentiful supply of fashionable, well-heeled sitters, and where he remained the most successful and sought-after painter until his final move to London in 1774. Yet as he wrote to his friend William Jackson: 'I am sick of portraits and wish very much to take my Viol de Gam[ba] and walk off to some sweet Village where I can paint Landskips and enjoy the fag End of Life in quietness & ease.'

Gainsborough was not only an obsessive draughtsman but a deft and evocative one too: with about 1000 extant drawings he stands alongside his prolific contemporary George Romney in terms of productiveness. His beloved 'landskips', with their sensitivity to texture and light, form the bulk of this output. While he certainly sketched directly from nature in the formative years of the 1740s and 1750s, he also invented compositions that might serve as ideas for fully-fledged pictures, although he rarely elaborated drawings for a particular canvas.

Gainsborough's attraction to the peaceful and unassuming corners of the English countryside, which he imbued with a poetic sensibility, is illustrated by the silvery graphite sketch shown here. It looks entirely natural, but the composition is highly ordered, with a foreground pool flanked by mossy banks and trees, funnelling the eye through the winding clearing to the church tower beyond. The feeling of hazy distance is created by the softest gradations of tone and the subtle dappling of light and shade across the landscape.

In his mature drawings Gainsborough abandoned graphite for media he could manipulate more easily, such as chalk, ink and watercolour. His effects also became more sketchy, more generalised, and often more majestic as seen in *A wooded landscape with a figure seated by a pool* (opposite, below). This drawing is executed in a broad, loose, painterly style, with blue paper providing the middle tone modulated by black chalk and white chalk. Later in life, Gainsborough drew indoors in the evenings, reputedly with the aid of small models he assembled with pieces of cork and broccoli. Working by candlelight produced the evocative chiaroscuro and scattered, flickering highlights that give such works their undefined, almost vaporous quality. Indistinctness is part of the aesthetic; presumably the smudgy shape in the foreground represents a cow stopping to drink at a still watercourse while a herdsman takes a pause on the bank. Along with another chalk drawing in the Gallery's collection, titled *A wooded landscape with a horse* c1786, this sheet is one of a number on blue paper (most probably from a dismantled sketchbook) in which the artist explored unending compositional variations, arranging and rearranging basic landscape elements in search of an imagined ideal.

Selected literature: Hayes 1970, p 137, no 96

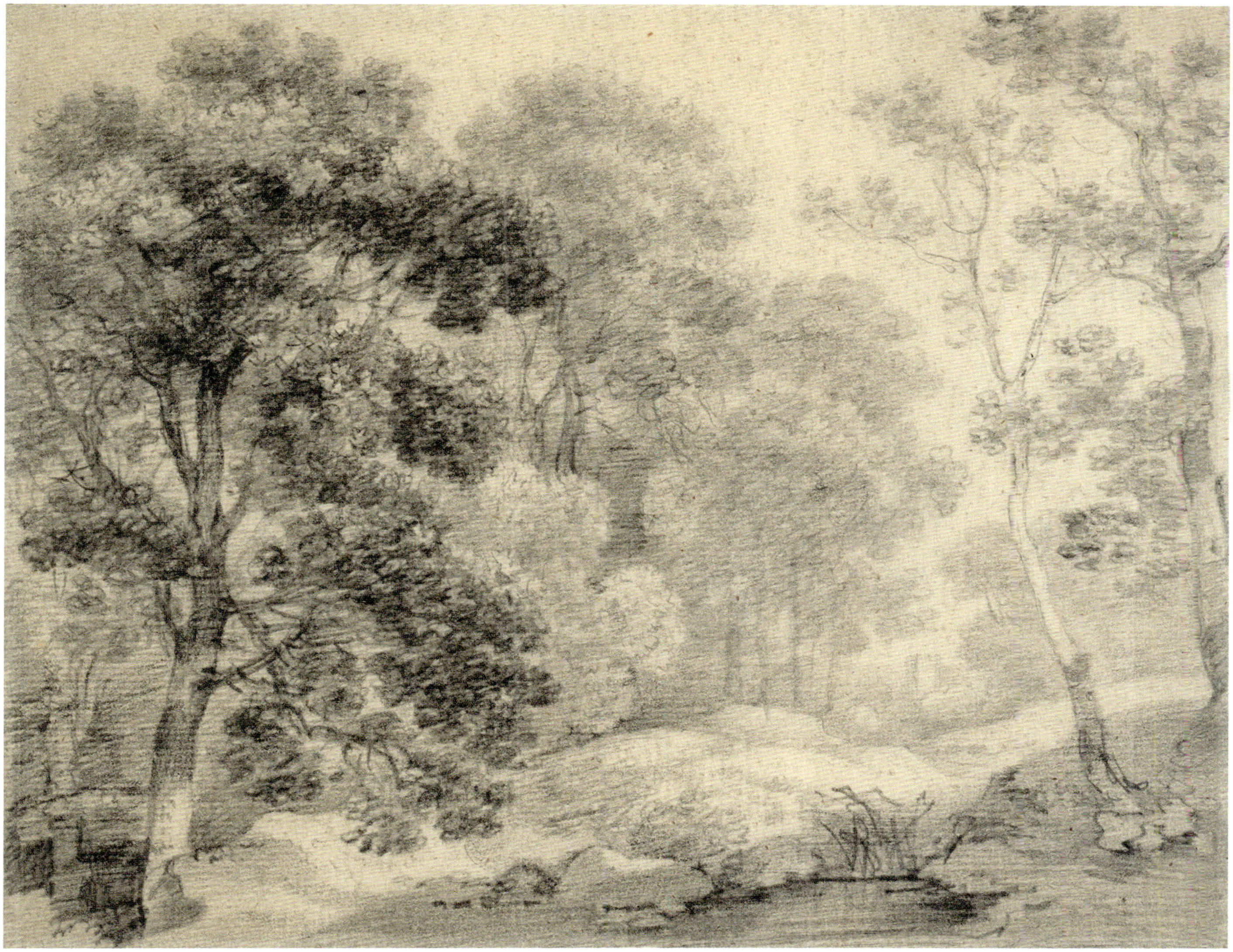

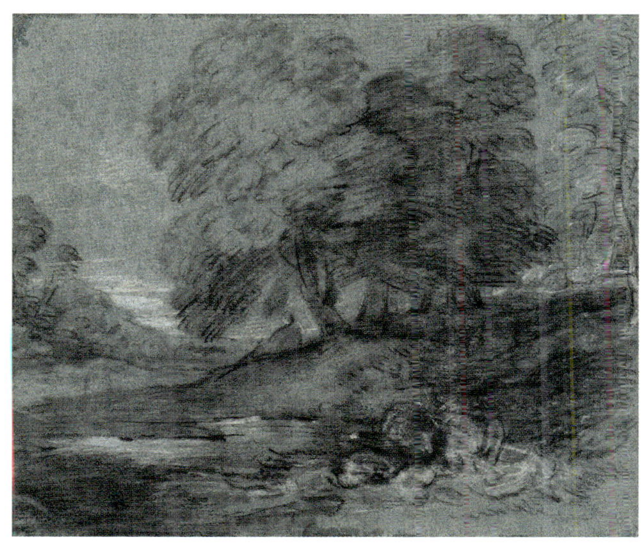

Trees by a pool
early 1750s
graphite
15.2 x 19.4 cm
Bequest of Miss Dorothy
Scharf 2007

right:

A wooded landscape with a figure seated by a pool c1786
black chalk and stump,
heightened with white
on blue paper
18 x 21.5 cm
Parramore Purchase
Fund 1995

John Bell
1721–80
British

after **William Hogarth**
1697–1764
British

The reward of cruelty 1750

By the 18th century woodcut had become largely obsolete for making fine prints. While line engraving remained the principal technique – followed by etching, mezzotint and, later, aquatint – woodcut declined to poor-cousin status, the preserve of cheap and popular moralising prints and other ephemera such as broadsides.

Hogarth hoped to exploit the lowly standing of the woodcut to his advantage. So he embarked upon a project to design a series of prints – to be cut on wood by John Bell – that would have a wider circulation than his more expensive engravings on copper, and ideally reach his target audience among the lower classes. As he stated in his *Autobiographical notes*, these prints required 'neither great correctness of drawing or fine Engraving'.

The planned set of woodcuts illustrating the *Four stages of cruelty* was never realised in its entirety; only two woodcuts (reproduced here) were made before the project was abandoned as unsuccessful. Hogarth did, however, go on to publish the complete set of four (smaller) prints in an engraved version.

The images were intended from the start to have a reforming purpose. As Hogarth explained: 'The four stages of cruelty, were done in hopes of preventing in some degree that cruel treatment of poor Animals which makes the streets of London more disagre[e]able to the human mind, than any thing what ever, the very describing of which gives pain.' Hogarth's moral message could not have been more forthright: cruel children left unrestrained grow into cruel adults.

The *Four stages of cruelty* relates the career of Tom Nero, a child of the slums, who begins by torturing dogs, progresses to beating disabled horses in the street then, as a grown up, murders his pregnant lover, Ann Gill (opposite, below). The scene for *Cruelty in perfection* is a churchyard at night, where Nero is arrested as the body of Gill lies on the ground, her throat slit, amid a bundle of plate she stole from her mistress at Nero's request.

Hogarth's title for the ultimate print, *The reward of cruelty*, belies the macabre finale to a life devoted to barbaric acts. In this work Nero is dissected in an anatomy theatre by surgeons as an executed criminal, a noose still around his neck. The chief surgeon sits in the centre in an elevated chair and prods the body with a pointer. As if in judgment, with the royal coat of arms above him, this aloof figure is also a reminder that the law had the power to impose punishment beyond death on hanged criminals by making dissection part of an official sentence.

The surgeons appear to display a degree of relish in the gratuitous dissection of Nero's corpse, an enthusiasm comparable to that which Nero had exhibited in his extreme and sadistic infliction of cruelty on animals. Ironically, he is now the victim, and a dog prepares to feed on his heart.

Selected literature: Paulson 1989, pp 151–52, no 190

Thomas Frye

1710–62
British

Man facing right with head tilted 1760

Mezzotint (which literally means half-tint) is a technique especially suited to reproducing the broad effects of oil painting. It was invented in 17th-century Holland and soon spread to England where it was perfected during the following century, becoming the most widespread method for reproducing paintings – portraits, above all (see page 101), but also more complex compositions (page 93). The peculiarity of mezzotint was that it was the first non-linear printmaking process, allowing the engraver to work in a much more painterly manner, from dark to light rather than from light to dark.

To prepare a mezzotint, the copper plate is roughened all over with a spiked tool called a rocker that covers the surface with minute pits and indentations. If inked in this state the plate will print a solid velvety black. The engraver then creates gradations of light from white to grey by smoothing areas of the textured surface with scrapers and burnishers so that the image emerges from the blackness. Where the roughened plate has been burnished away completely and wiped clean of ink it produces pure highlights.

The English and Irish mezzotinters were the leaders in the field and their impeccable technique made their prints highly prized by collectors. Indeed, mezzotint was so closely associated with British printmaking that it became known in Europe simply as *la manière anglaise*.

Among the most arresting mezzotints of the 18th century are the 18 life-sized heads made by the Dublin-born artist Thomas Frye towards the very end of his life. These prints are doubly remarkable because they are not interpretations of another artist's designs but were conceived by Frye for the medium as original works of art.

We know nothing of Frye's early life or training in Ireland until his arrival in London around 1735 where he is recorded as a portrait painter and miniaturist. These activities were presumably not very lucrative and his career took a new turn in 1744 when he became a co-founder of the Bow porcelain factory. He was manager at Bow until 1759 when poor health, caused by the furnaces, forced him to retire.

After leaving Bow, Frye decided to apply himself to mezzotints, announcing a subscription in the *Public Advertiser* on 28 April 1760 of 'Twelve Mezzotinto Prints, from Designs in the Manner of Piazetta [sic], drawn from Nature and as large as life'. The set was priced at two guineas with subscriptions closing when 200 sets had been taken. He also produced a second set the following year titled *Six ladies, in picturesque attitudes, and in different dresses of the present mode.*

Frye's source for these diverse portraits was the series of celebrated presentation drawings by the Venetian artist Giovanni Battista Piazzetta. While Frye undoubtedly worked from real people sitting as models, only one of them – Frye's own self-portrait – is named. As a whole, the mezzotints belong to a tradition of fanciful head studies, created for their striking poses, expressive physiognomies and dramatic lighting effects, rather than as commemorations of the sitter. Some of the plates display poses of such daring seen at such close range and from such unnerving angles as to be almost indecorous by the standards of 18th-century portraiture. Yet they were clearly admired by the painter Joseph Wright of Derby, who appropriated Frye's figures in his own compositions.

Selected literature: Chaloner Smith 1879, vol 2, pp 519–20, no 14; Russell 1926, p 112, no 14; Wax 1990, p 43

Man facing right with head tilted 1760

mezzotint
50.5 x 35.2 cm (plate mark),
53.5 x 37.8 cm (sheet)
ii of 2 states
Printed monogram within
image, lower right: .F, and
inscription along bottom: *Tho.ˢ*
Frye Pictor, Inv.ᵗ & Sculp.ᵗ –
Hatton Garden 1760
Gift of C John Keightley 1978

Jean-Honoré Fragonard
Rinaldo in the gardens of Armida 1761/64 (detail)

Jean-Honoré Fragonard

1732–1806
French

Rinaldo in the gardens of Armida 1761/64

Fragonard epitomises the playful artifice and seductive, pleasure-loving spirit of aristocratic art during the reigns of Louis XV and Louis XVI. A promising student of Jean-Baptiste-Siméon, Chardin then François Boucher, Fragonard entered the École royale des élèves protégés (Royal School for Favoured Pupils) before making the trip to Italy in 1756 as winner of the Prix de Rome. He returned to Paris in 1761 and in 1765 was accepted as an associate member (*agréé*) of the French Royal Academy with the presentation of an ambitious history painting, *Coresus and Callirhoë*. Fragonard, however, showed little interest in becoming a history painter: after an unsuccessful bid for institutional recognition at the Paris Salon of 1767, he turned his back on official artistic life and worked almost exclusively for private aristocratic patrons.

Fragonard's most famous painting, *The swing* (Wallace Collection, London), commissioned in 1767, is the superlative erotic picture of the Rococo (opposite, below). In the background, a gentleman pulls the ropes of the swing and propels the lady higher and higher while her lover, reclining in ecstasy in the rose bushes, is transfixed by the view up the skirts of his mistress as she kicks off her shoe. The success of the canvas – related, no doubt, to its unashamed subject – led to its being engraved by Nicolas de Launay, which contributed to the diffusion of that distinctly French taste for elegant libertinism in the 18th century. Indeed, Fragonard's renown as the master of such subjects seems to be recognised in the sprightly vignette at the bottom of the print, which represents a putto carrying a torch with which he emblazons the painter's initials on an oval canvas.

Free to work in his individualistic way, Fragonard questioned the distinctions between painting and sketch, finish and non-finish, sometimes even blurring the boundaries that separated the genres. *Rinaldo in the gardens of Armida* captures the very qualities of rapid execution and virtuosity of handling that Fragonard's patrons admired in his small-scale cabinet pictures: it is at once highly finished but spontaneous; compositionally complete but retaining the lively flourishes of a sketch.

The swirling composition, with its clouds of shifting vegetation, invites our eye to wander over the surface and take delight in the various figures and details, which seem to materialise out of the misty atmosphere. Fragonard built up the image with layers of brown wash over a light sketch in black chalk. Wielding his brush with panache, he used it simultaneously to draw outlines and accentuate details, and to paint in broad areas more loosely. The tones, preserved in their original brilliance, range from near white transparency to condensed, opaque brown.

The subject derives from Torquato Tasso's epic, *Jerusalem delivered* (1581). Subordinate to the central plot is the romantic escapade of Rinaldo, the Christian warrior (shown on the right bursting on the scene wearing a plumed helmet and carrying a sword), and Armida, the pagan enchantress who conspires to seduce the hero and divert him from his quest to conquer Jerusalem. Armida is the figure standing with balletic poise beside a gnarled tree trunk, preparing to meet Rinaldo.

The drawing represents an episode in canto XVIII when Rinaldo returns to Armida's realm. Pretty nymphs welcome him with song and dance. Then Armida, 'who fully simulated in her false countenance angelic beauty', magically emerges from a hole in the trunk of a myrtle tree. She asks Rinaldo, 'For what are you come? To console straightway my widowed nights and mournful days? Or are you come to wage war … Are you come as lover or as enemy?' The Christian knight, determined to conquer Armida's enchantments once and for all, 'pays her no more mind and draws his naked steel'. He proceeds to fell the myrtle, which holds the secret of her powers.

Fragonard's immediate inspiration was not Tasso's text – which the drawing nonetheless faithfully follows – but a production of Jean-Baptiste Lully's opera *Armide*, which was revived in Paris in 1761 and again in 1764.

The drawing is related to an almost identical oil painting in the Louvre but it is unlikely that it was made in preparation for the canvas. Irrespective of whether the Gallery's drawing came before or after the painted version, we can confidently assume that it was intended as a finished work of art in its own right. Indeed, it is not inconceivable that it was commissioned as a cabinet drawing by its first recorded owner, the artist Charles Natoire, who had been director of the French Academy in Rome during Fragonard's sojourn there and who was a keen supporter of the young artist.

Selected literature: Ananoff 1968, vol 3, pp 153–54, no 1702; Ananoff *Connoisseur*, 1968, p 13; Rosenberg 1987, p 160; Louis 1994, p 196; Raissis 2003, pp 84–97, no 22

Rinaldo in the gardens
of Armida 1761/64

brush and brown ink over
black chalk underdrawing
35.5 x 46.3 cm
Gift of James Fairfax AO 1993

right:

Nicolas de Launay
1739–92, French
after **Jean-Honoré Fragonard**
The swing 1782
etching and engraving
59.4 x 44.4 cm (trimmed
to plate mark)
iv of 5 states
Purchased 2012

View of the Campo Vaccino 1772

The scene is the Campo Vaccino, also known as the Roman Forum – the heart of social, political and religious life in ancient Rome. The site bears the traces of more than a thousand years of history that forged Roman civilisation. With the fall of the Roman Empire the buildings and monuments of the forum were abandoned and despoiled and the site became known as the Campo Vaccino (cow field).

This print is from a series of 135 etchings titled *Vedute di Roma*, which Piranesi worked on from the second half of the 1740s until his death some 30 years later. Piranesi's formative years were in Venice, where he trained as an architect, however he made his livelihood from his prolific publications.

Piranesi first came to Rome in 1740 as draughtsman in the employ of the Venetian ambassador. The ruins of antiquity he saw around him ignited his imagination, and he settled in the city definitively in 1747. Although his views are founded on intensive archaeological and topographical study, they carry an imaginative force and exuberance that distinguishes them from much 18th-century Neo-Classical work.

In this etching the scale of the buildings has been cunningly amplified, the perspective exaggerated and the sky turned into a menacing patchwork of light and shade. The result, combining the artist's taste for the theatrical and his respect for antiquity, is a grandiose record of the glory that was ancient Rome. The remains of the Temple of Castor and Pollux dominate the right foreground, overwhelming the rustic figures and their herds which populate the view. In the background the Colosseum rises above later Christian churches.

Piranesi's prints were collected and circulated throughout Europe, helping to foster an appreciation for Roman architecture and give momentum to the classical revival. They also created – for the artist's contemporaries and for posterity – an enduringly popular image of the Eternal City. In his *Anecdotes of painting in England* (1771), Horace Walpole praised the 'sublime dreams of Piranesi, who seems to have conceived visions of Rome beyond what it boasted even in the meridian of its splendour … he has imagined scenes that would startle geometry, and exhaust the Indies to realise.'

Selected literature: Focillon 1918, p 52, no 748; Hind 1922, p 65, no 100; Wilton-Ely 1994, vol 1, p 276, no 233; Ficacci 2000, p 740, no 971

Richard Earlom

1743–1822
British

after **Johann Zoffany**

1733–1810
British

This large and ambitious mezzotint reproduces Johann Zoffany's group portrait (now in the Royal Collection) depicting members of the recently established Royal Academy. Ranks of academicians are assembled in the life-drawing room while a model is being posed on a simple platform. Life drawing was a central activity in the academy's program of providing professional training for artists. Taking as it were centre stage is Sir Joshua Reynolds, president of the newly formed institution; he is seen holding his silver ear trumpet and gesturing towards the life model while turning to converse with the treasurer, Sir William Chambers, and the painter Francis Newton.

The room in which the academicians have gathered betrays a plain, no-nonsense practicality, befitting not only its function as a drawing school but also its role as a setting for serious, good-humoured discussion where gentlemen could meet in an ambience of enlightened 'clubability' (to borrow Dr Johnson's word).

Seated on a packing crate in the left foreground with brush and palette in hand is the painter Zoffany. Interestingly, the only engraver represented is Francesco Bartolozzi (shown directly below the large suspended oil lamp, clutching the arm of a companion). Controversially, upon its founding in 1768 the Royal

Academy excluded engravers as members (at the Académie Royale in Paris they had been allowed membership since 1655), but the rule was revised years later. An exception was made for Bartolozzi, who had to be spuriously admitted as a painter. The two female foundation academicians, Angelica Kauffman and Mary Moser, are represented by portraits hanging on the right wall: the presence of naked males in the room meant that it was improper for them to attend the life school.

Displayed on shelves and on the chimneybreast are casts of antique sculpture, key aids to artistic instruction. It was only after extensive drawing from plaster casts and thorough understanding of ideal human form that students were allowed to progress to drawing from the (imperfect) life model. Mastering the process of idealisation – that is, synthesising an abstract idea of the body with empirical observation – was fundamental for the creation of Italianate Grand Manner painting, which Reynolds was striving so ardently to promote.

Selected literature: Chaloner Smith 1878, vol 1, pp 243–44 no 1

The academicians of the Royal Academy

1773

mezzotint
50.8 x 72.2 cm (trimmed to plate mark)
ii of 2 states
Printed inscription along bottom:
J Zoffany pinxit – Publish'd August 1ˢᵗ. 1773. R Sayer Excudit – Rᵈ Earlom Sculpˢᵗ
Purchased 1940

Jean-Baptiste Greuze

1725–1805
French

The well-beloved mother c1770

At the Salon exhibition of 1765 Greuze exhibited a now lost compositional sketch for *The well-beloved mother*. It was praised for its moralism by the *philosophe* and art critic Denis Diderot. What he wrote applies equally to the Gallery's drawing, executed some years later: '[Greuze is] the first who has set out to give art some morals, and to organise events into series that could easily be turned into novels.' Diderot described the scene depicted:

> The mother of all these children has joy and tenderness painted on her face, along with a bit of strain inevitably following from the overwhelming movement and weight of so many children, whose violent caresses will become too much for her if they continue much longer … much further left … the husband returning from the hunt; he joins in the scene by extending his arms, tilting backwards a bit, and laughing. He's a big young fellow who carries himself well, and his satisfaction betrays his vanity at having sired this pretty swarm of brats … This is excellent both for the talent it demonstrates and for its moral content; it preaches population, and paints a sympathetic picture of the happiness and advantages deriving from domesticity; it announces to any man with soul and feelings: Maintain your family comfortably, make children with your wife, as many as you can, but only with her, and you can be sure of a happy home.

For Diderot, Greuze's art epitomised a new direction in French painting, one that endowed humble, homespun dramas with the narrative force and moralising overtones of history painting. By presenting contemporary characters in recognisable settings together with forcefully expressed emotions and declamatory gestures, genre scenes like *The well-beloved mother* were guaranteed to be immediately understood – and felt – by Greuze's audience.

On the basis of the abovementioned sketch exhibited at the 1765 Salon, Greuze developed a finished painting. This picture was painted on commission from the marquis de Laborde, who required the artist to turn it into a group portrait of the patron and his family.

Jean-Joseph de Laborde (1724–94) was a fabulously wealthy financier who gained the favour of King Louis XV. He married Rosalie-Claire-Josèphe de Nettine in 1760 and the couple had six children. The marquis was eventually executed on the guillotine during the French Revolution.

We might find it surprising that one of the wealthiest men in France during the ancien régime should wish to have himself and his family portrayed in rustic guise, as humble and unprepossessing country folk. But such an aspiration demonstrates the extent to which such Enlightenment ideals as rural simplicity, family life, motherhood and sympathetic childrearing had penetrated the uppermost echelons of French society and become a fashion.

The Gallery's drawing was made after the painting, which was exhibited at the Salon of 1769. It was intended to serve as the model for an engraving, which was eventually completed by Jean Massard and published in 1775. The drawing's function accounts for its unusually smooth, detailed finish, which Greuze insisted be faithfully reproduced to size by the engraver.

Selected literature: Diderot 1765, p 96 (related compositional sketch, now lost); Munhall 2002, pp 200–03, no 70; Raissis 2003, pp 90–93, no 24

The well-beloved mother c1770

brush and grey wash with
black chalk
49 x 62.4 cm
Inscribed on mount in pen and
black ink (within cartouche),
lower centre: *J.B. GREUZE/
La Mère Bien-Aimée/ L'esquisse
a été exposée au/ Salon du
Louvre en 1765*
Mount cutter's stamp lower
left corner (Lugt online ed 3795)
Gift of James Fairfax AO 1999

George Romney

1734–1802
British

Romney's drawings are so boldly handled and freely brushed that it might seem impossible to reconcile this aspect of his practice with that of his work as a painter of formal portraits. Romney is generally ranked third in importance among British portrait painters of the 18th century after Sir Joshua Reynolds and Thomas Gainsborough, and while it is not unfair to criticise his painted portraits for a certain monotony and conventionality, he was one of the most prolific and compelling draughtsmen of the British school, emerging through his drawings as an artist of exceptional imaginative vigour.

Romney came from northern England where he received his early training before setting himself up as a painter in the town of Kendal, and then London in 1762. Although his great aspiration was to succeed in the lofty art of history painting, rather than mere portraiture, and create pictures in the Grand Manner as advocated by Sir Joshua Reynolds, president of the newly founded Royal Academy, Romney never became a member of that institution nor exhibited there. Nonetheless, his interest in history painting resulted in huge quantities of drawings in which he explored ideas for imaginative subjects from literature and history, but these never materialised into finished pictures.

In 1775, after his return from Italy – where he had spent a couple of years furthering his artistic education – Romney quickly set about establishing a lucrative practice as a leading society portraitist, installing himself in a chic studio with attached picture gallery in London's Cavendish Square. Here an endless parade of fashionable clients beat a path to his door. As a matter of course Romney conducted between three and six sittings per day, and his sitter books contain records of some 1500 individuals who commissioned portraits from him.

The captivating sheet shown here is a preliminary sketch for the painting titled *The Milner sisters* (sold Sotheby's 27 June 1973, present whereabouts unknown). The painting traditionally has been thought to depict Louisa Sarah and Henrietta Maria, two of the six daughters of Sir William Milner, 2nd Baronet (c1725–74), and his wife, Elizabeth Mordaunt, however there is no evidence to prove this identification. Despite the copious studio records that Romney left behind, there is no mention of the Milner sisters having sat to him, although it is possible that the girls sat anonymously as 'two ladies'. Stylistically, the Gallery's drawing can be dated to the late 1770s, by which time Romney did not often bother to make preparatory studies for society portraits, yet the existence of a second, more Neo-Classical, study in the Cecil Higgins Art Gallery in Bedford, suggests that Romney viewed the commission as one worth taking trouble over.

In the finished painting much of the emotion of Romney's original idea has been sobered. By contrast, the daringly simplified drawing – rapidly and confidently brushed in brown wash with minimal use of outline – captures not only the intense bonds of sisterly love between the sitters, who are posed in a deeply shaded woodland grove, but also suggests the more intangible natural sympathy that exists between the girls and the landscape. Romney was still working out a solution to link the two bodies; in their embrace the two arms are not fully distinguished and it is as if the girls share a single limb. His pose for the presumably younger sister suggests wistful adoration, and the effect of filtered sunlight on the girls' faces and dresses contributes to the extraordinary feeling of warmth, informality and tenderness.

A study of two women:
a sketch for the Milner
sisters late 1770s

pen and brown ink, brown
wash and graphite
28.7 x 23.5 cm
Parramore Purchase Fund 2000

Robert Pollard

1755–1838
British

and Francis Jukes

1747–1812
British

after Thomas Rowlandson

1756–1827
British

Vauxhall Gardens 1785

Vauxhall Gardens was originally laid out before the Restoration of 1660 on the south bank of the River Thames in present-day Kennington. From modest beginnings it developed, by the 18th century, into one of the leading venues for mass entertainment and the most fashionable of London's pleasure gardens. It attracted a motley crowd of visitors who paid one shilling admission fee after being ferried across the river to Vauxhall Stairs – although regular visitors had the option of buying a season ticket.

Eighteenth-century Vauxhall was the brainchild of its owner-manager, the art-loving impresario Jonathan Tyers, who expanded and improved the site with the addition of chinoiserie buildings, pavilions, piazzas, varied entertainments and artworks (including the famous marble statue of the composer Handel by Louis-François Roubiliac). After delighting Londoners and foreigners for some 200 years, Vauxhall Gardens closed for good in 1859 and today nothing of the place remains.

In its 18th-century heyday, spectacle and sustenance were key ingredients in Vauxhall's success: patrons could buy refreshments or dine in supper boxes, enjoy fireworks or find enchantment down leafy walkways illuminated by hundreds of oil lamps at night – with less illuminated areas providing convenient spots for hasty assignations. There were, of course, the pleasures of promenading, people-watching and celebrity spotting. Musical concerts, like the one shown in this print, were also a regular feature, with many of the best-known singers of the day performing there.

It is little surprise that the most celebrated image of Vauxhall Gardens should have been made by one of the greatest caricaturists of the Georgian period, Thomas Rowlandson. Like his exact contemporary, James Gillray (see page 107), Rowlandson was the only other caricaturist to have received formal training at the Royal Academy Schools. His original 'tinted drawing' of *Vauxhall Gardens* (that is to say pen and ink outlines filled in with pastel shades of watercolour) was exhibited at the Royal Academy in 1784. It is now in the Victoria and Albert Museum, London. The print, which appeared the following year, was published by John Raphael Smith. It was etched in outline by Robert Pollard and the aquatint tone was added by Francis Jukes before being hand-coloured in the publisher's studio. *Vauxhall Gardens* was marketed in England and abroad: in France it especially influenced the work of Philibert-Louis Debucourt (see page 102).

The subject was one for which the raffish, fast-living Rowlandson felt a natural affinity, and the print offers an amusing, mildly satirical, panorama of this urban, sociable age like no other. The scene is an outdoor concert with the singer Frederika Weichsel performing on a raised balcony. She is accompanied by an orchestra of comical little men blowing their wind instruments. Below, seated in the supper box, are the writers Boswell, Dr Johnson, Mrs Thrale and Oliver Goldsmith. On the far right the Prince of Wales (ground landlord and a regular patron) whispers flirtatiously to the actress Perdita Robinson, shown arm-in-arm with her dwarfish husband. The two figures in the centre are the society beauties Georgiana, Duchess of Devonshire, and her sister, Lady Duncannon, both of whom are ogled (with his one good eye) by a man with a wooden leg usually identified as Admiral Paisley. Standing in stiff profile in the foreground and staring at the ladies through a monocle is the macaroni gossip writer Captain Edward Topham.

Selected literature: Grego 1880, vol 1, pp 156–82; George 1938, vol 6, no 6853; Waller 1967, pp 62–63, P3; Hayes 1972, p 80, no 16; Coke/Borg 2011, pp 237–39

Vauxhall Gardens 1785
etching and aquatint, hand
coloured
54.5 x 79 cm (trimmed
to plate mark)
Printed inscription along bottom:
Drawn by J. Rowlandson –
Aquatinto by F. Jukes. – Engraved
by R. Pollard/ VAUX-HALL
Purchased 1940

William Ward

1766–1826
British

after **John Hoppner**

1758–1810
British

The daughters of Sir Thomas Frankland 1797

The second half of the 18th century was the great age of the English portrait mezzotint. The inauguration of this epoch of printmaking owes a great deal to the figure of Sir Joshua Reynolds, whose paintings, starting in the mid 1750s, were more frequently translated into mezzotint than those of any other painter. Reynolds's reputation – not to mention those of the countless portrait painters who followed him – benefitted enormously from the skill of reproductive mezzotinters who, in turn, relied heavily on painters to supply them with images. The flowering of mezzotint in this period is ultimately the result of the mutually dependent relationship that developed between painter and engraver.

Some mezzotints were made at the instigation of the sitter but more often the prints were undertaken commercially and sold in print shops to a mass audience. The financial gain to publishers and engravers could be enormous, and successful engravers like William Ward were able to combine the roles of publisher and engraver and sell direct to the public.

Serious collectors attached a high premium on early, unfinished impressions of mezzotints, preferring these to impressions in the definitive published state. Because mezzotint is such a refined technique the burr wears down very quickly and the copper plate cannot withstand the repeated printing of which most other types of prints are capable of bearing. The Gallery's impression of *The daughters of Sir Thomas Frankland* is a beautiful example of a proof impression with its delicate tones intact, printed before the addition of engraved lettering in the bottom margin. It is inscribed in pen and ink with the artist's and mezzotinter's names, title and (incomplete) publication line. The finished state includes the publisher's address and the date of 1797.

Within the genre of portraiture, depictions of beautiful women – especially large-scale prints of society beauties in flowing dresses posed in outdoor settings – exceeded all other subjects in terms of popularity. Mezzotint was also ideally suited for the rendering of insubstantial forms such as feathery foliage and clouds, and soft textures such as hair, fabric, lace and ribbon – effects that are superbly captured in this print.

Based on John Hoppner's oil painting of 1795 (now in the National Gallery of Art, Washington), Ward's graceful mezzotint depicts the sisters Marianne and Amelia Frankland. Amelia looks out at the spectator; her right hand balances a portfolio of sketches on her lap and in her left hand she holds a crayon. Marianne gazes soulfully to the left, tenderly resting her arm on her sister's shoulder. At their feet a faithful spaniel lies sleeping – a symbol of the sisters' natural affection and love, and of their sympathy with nature. By virtue of their being posed within a wooded enclave, the girls are shown to be fashionably sentient women, completely in tune with the landscape. The depiction of natural settings in portraiture at this time was a response to the cult of Sensibility, serving to highlight the simplicity and unaffected sincerity of the sitters as well as their capacity to feel refined emotions and perceive natural beauty.

Selected literature: Chaloner Smith 1882, vol 4, p 1466, no 38; McKay/ Roberts 1909, pp 86–88

The daughters of Sir Thomas Frankland 1797

mezzotint
58.5 x 45.5 cm (plate mark)
i of 4 states
Handwritten inscription in pen
and brown ink below image:
*Painted by Hoppner – Sir
Thos. Franklands Daughters
– Engraved by W^m. Ward –
Publishd as the Act directs*
Purchased 2012

Philibert-Louis Debucourt

1755–1832
French

The public promenade 1792

For a number of French commentators writing in the 19th century, this print represented the swansong of a civilised form of elite social life that had existed under the ancien régime. Debucourt conjures up a vivacious and acutely observed, if somewhat caricatured, portrait of 18th-century Parisian high society, delineating its character types, manners and costumes with witty affection. Yet at the time of the print's publication, the French Revolution had been swelling for three years: in September 1792 the Republic was declared; in January the following year King Louis XVI was executed on the guillotine, and the country plunged into the violence of the Reign of Terror under Robespierre.

Despite the background of events, Debucourt shows members of the beau monde in all their exquisite finery, gossiping and parading under chestnut trees, blithely unaware of the unhappy fate that would soon befall them. Or is there perhaps an intimation of societal collapse suggested by the giddy young aristocrat in the left foreground, whose chair is breaking beneath him?

The setting is the shady gardens of the Palais-Royal, one of the focal points of fashionable social life in Paris. The palace was owned by the duc d'Orléans, who built a pleasure garden in the centre of the palace enclave in the 1780s and opened it to the public, allowing boutiques, cafés and refreshment kiosks to operate there. While the well-heeled congregated in the gardens, prostitutes and other shady characters clustered in the surrounding arcades, which the police were barred from entering.

In their long rhapsodising about this print, the de Goncourt brothers described the scene as a 'seraglio unleashed'; certainly there is an air of playful debauchery among the social whirl portrayed here, and one senses Debucourt's delight in caricaturing the flirtatious gestures and coquettish mannerisms of this glittering set. Among the personalities known to have frequented the gardens was the young duc de Chartres (the future King Louis Philippe), traditionally identified in this print as the figure standing in a foppish pose and blowing a kiss with his fingers. He is more or less directly behind the waiter boy in the foreground who serves ice cream on a silver platter.

Debucourt was the last and greatest exponent of colour printmaking in the 18th century, and his works provide a splendid chronicle of life in the period between 1785 and 1800. The technique he perfected had been developed in Paris in the 1770s whereby the image was built up from separate plates for each colour. The aim of colour printmaking was to emulate the effects of gouaches and watercolours, hence the term 'wash-manner' by which such prints are also known.

To create the seamlessly blended effects displayed in *The public promenade*, Debucourt employed a combination of different techniques in preparing the numerous plates: these include aquatint, engraving etching and mezzotint, but they are very difficult to identify individually. When the five colour plates were completed (blue, carmine, dark pink, yellow, black), great skill was then required on the part of the printer to ensure correct registration of the image.

Making colour prints was a very complicated and laborious business, and although they were highly prized in the second half of the 18th century – usually framed and displayed as decorative furnishing pictures – there was little demand for such luxury goods after the Revolution.

Selected literature: Portalis/Béraldi 1880, vol 1, p 695, no 12; de Goncourt 1882, pp 186–89, 232; Fenaille 1899, pp 35–36, no 33; Roux 1949, vol 6, p 175, no 26; Ittmann 1984, pp 290–91, no 103; Jean-Richard 1985, pp 112–13, nos 146–48; Grasselli 2003, pp 144–45, no 83

The public promenade

1792

colour etching, engraving
and aquatint
46.4 x 63.8 cm (trimmed
to plate mark)
iii of 3 states
Printed initials and date within
image, lower right: *D.B.92.*
Printed inscription within
image, lower right, in red ink:
P [peintre] and blue ink: *G*
[graveur], and below image
in black ink: *Dessiné & Gravé
par Debucourt Peintre &
Graveur./ La Promenade
publique/ A Paris chez
Depeuille, M^d. d'Estampes, Rue
Denis N°.52. Section de Bon
Conseil./ Imprimé par Blin J^{ne}.*
European Art Collection
Benefactors' Fund 2011

Domenico Tiepolo

1727–1804
Italian

The lion's cage c1800

Domenico (also known as Giovanni Domenico or Giandomenico) was the son of the celebrated Giambattista Tiepolo. He trained with his father in the early 1740s and worked with him as an assistant and collaborator throughout the latter's life, as well as working as an independent master. After his father's death in Spain – where Domenico had accompanied him to assist with decorations in the Royal Palace – Domenico returned to Venice and there became a prominent artist in his own right, working in a style dependent on but not wholly subservient to his father's. He was elected president of the Venetian Academy in 1780.

From the start, Domenico was a vigorous and prolific draughtsman and his finest achievement is a series of 104 drawings depicting the experiences of the 'everyman' figure, Punchinello. The drawings were begun when he was an old man, shortly after the fall of Venice to Napoleon in 1797.

Domenico knew the popular character of Punchinello from the traditions of the Neapolitan commedia dell'arte, and he had already treated the subject in the frescos of the Tiepolo family's villa (now Palazzo Rezzonico, Venice) at Zianigo, which he painted in 1793–97. Punchinello is the humpbacked, pot-bellied figure with a beaky mask who wears a baggy white tunic and a sugar-loaf hat. Traditionally he was a coarse and quarrelsome character who epitomised the baseness of human nature. In England he was the origin of Mr Punch in the Punch and Judy show.

The series was conceived with a title page, *DIVERTIMENTO PER LI REGAZZI* (an entertainment for children), and was long unknown until its appearance at a Sotheby's auction in 1920. It remained intact only briefly before the drawings were resold the following year and then dispersed throughout various museums and private collections.

The series starts with Punchinello's family history before moving on to the subject of his birth – he is hatched from a giant egg incubated by a turkey. It includes scenes related to his childhood, his marriage and, finally, his deathbed. Along the way there are a host of far-fetched adventures, notably Punchinello's travels abroad and his arrest and imprisonment.

The drawings are all numbered in the upper left margin but this does not correspond to the flow of a narrative sequence. However, the series can be divided into a number of thematic groupings: Punchinello's ancestry and childhood; his various trades and occupations; his adventures when travelling abroad; his social and official life; his last illness and death. Domenico apparently devised the story as he went along, more often than not incorporating an entire crowd of Punchinellos into a single scene so that it is impossible to distinguish a single hero.

The Gallery's drawing is one of six depicting the subject of Punchinello at the circus, all of which feature the same backdrop of a fence made of rough planks. It shows a group of Punchinellos listening attentively to a lion keeper who shows off the animal in his charge. The enthralled audience also includes a couple of ladies, together with a small pet dog approaching the cage with a mixture of caution and trepidation.

Selected literature: Vetrocq 1979, pp 156–60, S55; Gealt 1986, p 183, no 84; Raissis 2003, pp 192–93, no 56; McHale 2012, p 106

The lion's cage c1800

pen and brown ink, brown wash
over black chalk underdrawing
35.3 x 46.8 cm
Signed in pen and brown ink,
centre right (on banner): *Dom
Tiepolo f*. Numbered in pen and
brown ink, upper left margin: *39*.
Gift of James Fairfax AO 1993

Peltro Tomkins

1760–1840
British

after **Henry Fuseli**

1741–1825
Swiss/British

The weird sisters 1786

In the closing decades of the 18th century, the Swiss-born artist Henry Fuseli established himself as one of the most eccentric talents working in England. He settled in London in 1779, shortly thereafter creating a sensation with his bizarre and showy paintings, which frequently treated literary subjects in a highly sensualised manner.

Fuseli's drawings and paintings of Shakespearean themes were part of the early Romantic movement's rediscovery of Shakespeare, which gathered momentum in the following century (see page 128). Judged by the prevailing taste of the 18th century, Shakespeare's plays were thought inferior to those of classical writers. Fuseli was nonetheless attracted by the fantastic, irrational qualities in Shakespeare, and his fascination with blood-curdling, supernatural themes evidently struck a chord with the enthusiasm for gothic sensation at the time.

Fuseli considered Macbeth to be the zenith of poetry (he had in fact translated the play in Zurich) and he enjoyed seeing it played in David Garrick's production. This print is based on his painting exhibited at the Royal Academy in 1783 (now in the Kunsthaus Zurich), itself a variation of an earlier picture depicting Macbeth meeting the witches on the heath. In the second version Fuseli showed only the heads of three androgynous witches in overlapping profile. The witches' gesture illustrates Shakespeare's line, which is included in the bottom margin of the engraving: 'each at once her choppy finger laying upon her skinny lips.' The insect-like creature on the left reflects Fuseli's interest in entomology and that when not painting he collected moths and butterflies.

The public enthusiasm for Fuseli's inventions depended on the skill of professional engravers, who reproduced some 300 of his paintings and drawings – sometimes within a few months of the exhibition of the originals. Printmakers used a range of techniques to translate his designs to copper. Many were multiplied using the hybrid technique known as stipple, a peculiarly British process combining etching and engraving with the use of spiked tools. Often printed in shades of brown or red, stipple engravings were principally intended for framing as furnishing prints, and although they were very popular, the technique became obsolete by the 19th century.

Selected literature: Weinglass 1994, p 78, no 73a

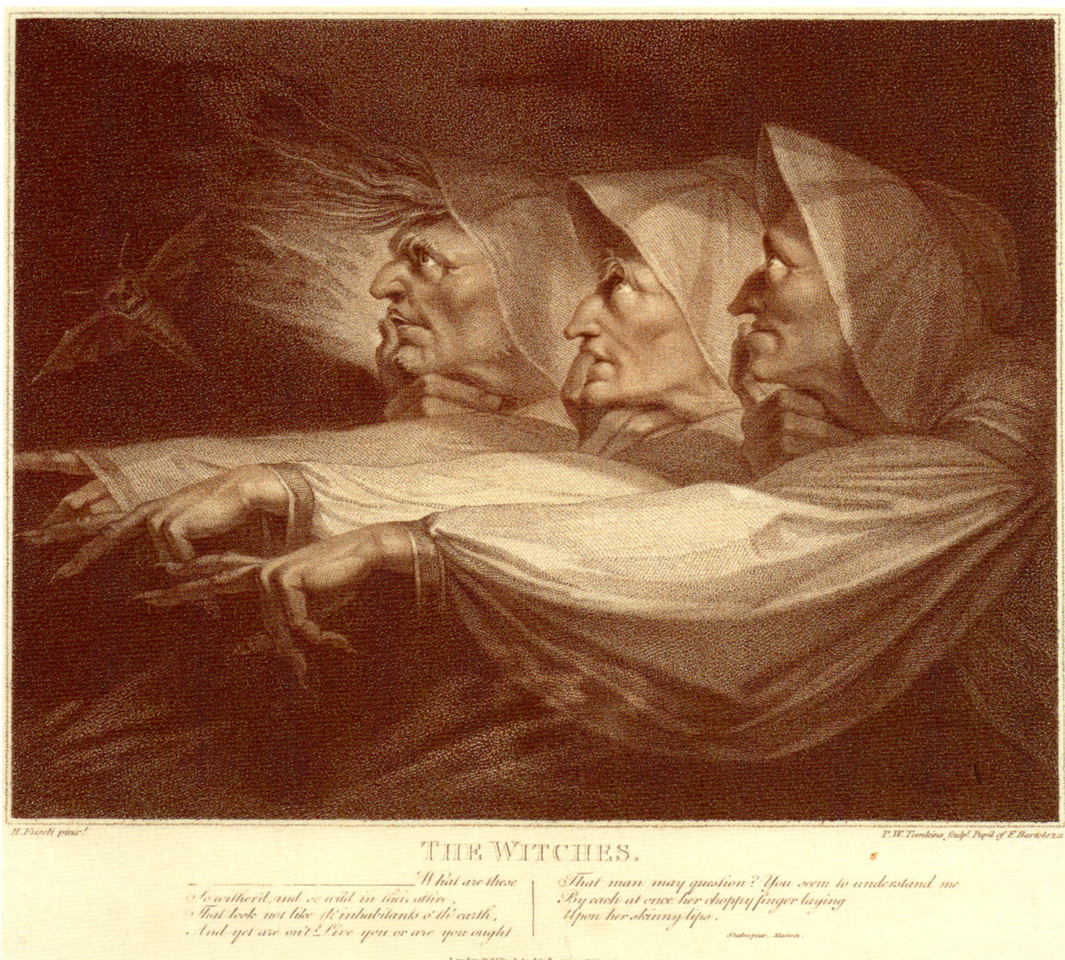

James Gillray

1756–1815
British

Tales of wonder! 1802

In a fashionable drawing room four well-dressed ladies sit round a small table while one of their party reads aloud by the light of a single candle. The two women on the left lean towards the reader in breathless anticipation of what must be an especially suspenseful passage, while the corpulent matron with her hands clasped registers a look of contained dread – an expression mimicked exactly by the jowly gorgon's head on the fireplace mantle. Other ornaments include a skeleton with snakes emerging from it, and a dragon.

Decorating the fireplace is a scene depicting Pluto abducting Persephone in his chariot, and on the nearby wall hangs a picture spoofing a mythological ravishment. The choice of décor is no doubt intended to flavour the atmosphere with libidinal threat and supernatural mystery – key ingredients in the popular tales of gothic horror – which the members of this women's book club seem to be absorbing with a degree of macabre relish. Presumably the party has been assembled for quite a while: the gold watch suspended from the reader's waistband shows the time as 12.45.

Gillray's print mocks the craze for gothic sensation, which was at its height around the end of the 18th century. The title implies that the woman is reading from Matthew Lewis's collection of supernatural ballads, *Tales of wonder*, published in 1801. On the table lies an unopened volume of *The monk*, Lewis's earlier spine-chilling novel whose notoriety was such that its author was forever after known as 'Monk' Lewis.

Gillray was the most vigorous caricaturist working in England during the Regency era. He treated the major topics of national politics as well as the trivial affairs of society and the vagaries of fashion and taste. He lived with his publisher Hannah Humphrey in rooms above her print shop in London's West End. The printing press was on Mrs Humphrey's premises and newly published caricatures were hand-coloured (under Gillray's supervision) before being displayed in the shop window.

Selected literature: George 1947, vol 8, no 9932; Myrone 2006, p 115, no 67

Tales of wonder! 1802

hand-coloured etching and aquatint
25.5 x 36 cm (plate mark),
30.8 x 43.5 cm (sheet)
Printed inscription along top:
This attempt to describe the effects of the Sublime & Wonderful, is dedicated to M.G. Lewis Esq.ʳ M.P., and along bottom: *Jˢ. Gillray inv' & fˡ. – TALES of WONDER! – Publish'd Febʸ. 1ˢᵗ. 1802, by H. Humphrey, 27, Sᵗ. James's Street, London.*
Tony Gilbert Bequest Fund 2012

Francisco de Goya

1746–1828
Spanish

Los caprichos (The caprices) was Goya's first masterpiece of printmaking: a series of 80 prints that blended fantasy, irrationality and satire, ridiculing the crippling deficiencies of Spanish society as the artist perceived them. His targets ran through every social group and included superstition, vanity and folly, as well as hypocrisy, cruelty, greed and injustice. In the *Caprichos*, the young and the old, clergy and nobility, peasants and prostitutes, witches and goblins all coexist in a dark netherworld of moral corruption. Goya devised pithy, ironic captions for his images, which were printed on the copper plates and add an extra dimension of meaning (and ambiguity) to the images. But beneath the sustained ugliness and pessimism of the series is an artist of profound humanity – a harbinger of the tradition of the artist as trenchant social critic.

Goya was the most powerful and original printmaker working in Spain – if not the greatest printmaker of the 18th century – whose unforgettable imagery gave expression to his enlightened conviction that the advancement of humankind entailed conquering ignorance and oppression. His earliest etchings date from the late 1770s and show the influence of the Tiepolo family. But as printmaking increasingly became Goya's preferred medium to express a more private, introspective outlook, his style changed, and he started using the recently discovered process of aquatint, mastering it to great effect in order to add tone to his designs. His newfound determination to pursue personal fantasy and creative invention marked a sharp contrast to his activity as a successful public painter working within the system of royal and ecclesiastical patronage.

Goya's new direction in the 1790s resulted in quantities of drawings, mainly in brush and ink, which culminated in the prints of *Los caprichos*. One such study, from a series Goya called *Sueños* (Dreams), served as the model for his most famous etching, *The sleep of reason produces monsters*. On the detailed pen and ink drawing, now in the Museo del Prado in Madrid, Goya wrote: 'Universal language. Drawn and etched by Francisco de Goya in the year 1797.' The inscription, amounting to a statement of artistic intent for the entire series, continues below the image: 'The author dreaming. His one intention is to banish harmful beliefs commonly held, and with this work of *caprichos* to perpetuate the solid testimony of truth.'

Goya had intended to make *The sleep of reason produces monsters* the frontispiece to *Los caprichos*, however he ended up using a profile self-portrait instead and made the print number 43 in the series. The etching portrays the artist with his head buried in his arms and slumped over a desk (bearing the title of the work on its side), on which sheets of paper and drawing tools are placed. Menacing creatures, taking the form of bats, owls, a cat and a wide-eyed lynx, loom around the collapsed figure. One owl has even seized the crayon holder and is about to prod the artist with it.

With the grip of reason loosened, the artist is able to give free rein to his imagination, unleashing nightmarish fantasies and inner demons normally held in check by the rational faculties. But is the artist a victim of these dark, uncontrollable forces? Or is he the beneficiary of a liberating power, enabled to 'see' – like the nocturnal creatures – what is normally not seen in the clear light of day?

When *Los caprichos* was first advertised for sale in the *Diario de Madrid* on 6 February 1799, Goya played down the potentially inflammatory nature of the prints' content, evidently anticipating criticism and perhaps fearing harsh retribution from the authorities. Goya claimed that he had 'chosen as subjects suitable for his work, from the multitude of follies and mistakes common in every civil society and from the vulgar prejudices and lies authorised by custom, ignorance or self-interest, those that he has thought most fit to furnish material for ridicule, and at the same time to exercise the artist's imagination'. The newspaper article went on to insist that the artist's intention was not to satirise particular individuals.

Unable to sell them through a book dealer, Goya put the prints on sale in a liqueur and perfume shop. Of the approximately 300 sets published, only 27 were sold over the next four years. In 1803 Goya presented the copper plates and the unsold sets to Charles IV in return for a substantial pension for his son. The plates were transferred to the Calcografía Nacional in Madrid where subsequent editions were printed.

Selected literature: Delteil 1922, vol 14, no 80; Harris 1964, vol 2, pp 115–16, no 78; Gassier/Wilson 1971, pp 163, 181, no 536

**The sleep of reason
produces monsters**
1797/98

etching and aquatint
21.5 x 15 cm (plate mark),
30.4 x 20.8 cm (sheet)
Plate 43 from *Los caprichos*.
First edition of 1799
Printed title within image: *El
sueño/ de la razon/ produce/
monstruos*. Numbered on
plate, upper right: *43*.
Purchased 1978

Carl Wilhelm Kolbe

1759–1835
German

The cow in the reeds c1800

German Romantic art usually calls to mind soaring visions of great forests and unattainable mountain peaks, epitomised in the transcendent landscapes of artists such as Caspar David Friedrich. How different then is this intensely observed patch of earth with its gigantic, grub-chewed burdock leaf unfurling in the lower right of the composition.

This enchanting image was made by Carl Wilhelm Kolbe, an artist from Dessau who devoted himself solely to drawing and etching and who ranks as the most exceptional printmaker of the German Romantic movement in the years around 1800. *The cow in the reeds* is one of his *Kräuterblätter* (vegetable sheets), a term Kolbe coined to describe his group of 28 etchings which focus on finely detailed depictions of vegetation growing profusely in natural settings.

Various commonplace meadow plants are rendered with an accuracy that would suit a botanical illustration, but Kolbe selected a worm's-eye view so that we experience the intimate scene as if immersed in a secret forest of gargantuan leaves, capable of seeing the bent reeds from underneath. In addition, the artist has placed a cow in the scene, glimpsed resting happily between outcrops of luxuriant undergrowth. By weakening the viewer's sense of scale, Kolbe fashions an image that hovers between the realms of reality and fantasy, and the effect is utterly beguiling.

Kolbe's heightened awareness of and emotional sympathy for the particularities of the natural world can be seen as part of the wider enthusiasm for nature so characteristic of Romanticism, which often carried a pronounced mystical significance. The German Romantics believed that nature revealed a divine purpose, and that its representation in art was akin to a form of worship. Kolbe claimed that 'trees have turned me into an artist' and saw his works as expressions of patriotic sentiment, inspired by his rapturous excursions in the woods near Dessau. In his autobiography and correspondence he described the experience of such solitary rambles:

I feel so alone with myself, so comfortably at home, and so distant from the world and the roaring tumult of mankind. Every dark shadow that here and there a lost sunbeam penetrates, every green thickly-thatched vault that the tall oaks build over me, every lovely thicket that on all sides presses in on me and stretches out its arms sensuously towards me as if it wished to embrace me and wrap itself around me … alights my imagination as if with a magic wand …

Kolbe came to art late in life, enrolling at the Berlin Academy of Art at the age of 30 in 1789, where he was taught by the classicist Asmus Jacob Carstens. Although Kolbe excelled in drawing from the antique and the life model, his abiding interest was landscape. He especially revered the Dutch landscapists of the 17th century, above all Antonie Waterloo and Paulus Potter, claiming that an etching by the latter was the direct source of inspiration for a number of his own compositions. But he eclipsed such models in terms of his sheer originality. Kolbe was also deeply influenced by the idyllic poetry of the Swiss writer-painter Salomon Gessner, and travelled to Zurich at the invitation of Gessner's family to make engravings after his drawings. Kolbe worked not only as an artist but also as a language teacher and philologist, with published treatises on German and French vocabulary to his name.

Selected literature: Martens 1976, p 85, no 88; Griffiths/Carey 1994, pp 119–20 (under no 73); Godfrey 2011, p 203, no 61

The cow in the reeds
c1800

etching
30.2 x 41.5 cm (plate mark),
43 x 61 cm (sheet)
iii of 5 states
Printed signature lower left:
C.W.Kolbe del. et sc.
Collector's stamp of Johann
Nepomuk Seiler, verso (Lugt
3976, online edition)
Parramore Purchase Fund 2013

Joseph Mallord William Turner

1775–1851
British

and Charles Turner

1774–1857
British

Little Devil's Bridge 1809

Turner's paintings and watercolours were seen by the public at prominent venues such as the Royal Academy and the British Institution in London, as well as the private gallery that operated from his house in Harley Street. However, up and down the country a much larger audience encountered his work through the realm of printmaking. Turner exploited this medium from the very beginning of his career, and it remained for him a powerful means of expression and publicity. The great art critic John Ruskin, who became Turner's staunchest advocate, averred that he first recognised the genius of his artistic hero while leafing through a volume of engraved reproductions after Turner's watercolours as a schoolboy.

Notwithstanding his own considerable abilities as a printmaker, Turner's renown as the leading marine and landscape painter of his day depended in good measure on the technical virtuosity and interpretive skill of the professional engravers who worked for him. Turner took an extremely active interest in the engraving, printing and publication of the huge numbers of prints after his designs. He maintained strict creative control over the production of the plates and was notoriously exigent in his demands. He has been described as the last painter in a tradition extending back to Rubens and Raphael to have single-handedly mentored a generation of engravers and effectively fostered a school dedicated to promulgating the 'Turner style'.

Turner's most ambitious and influential printmaking enterprise was the *Liber Studiorum* (Book of Studies). The series comprises 71 plates. It was issued in 14 instalments at irregular intervals between 1807 and 1819. Each instalment contained five prints, except for part ten, which also included the frontispiece.

The series was undertaken in direct rivalry with the *Liber Veritatis* of Claude Lorrain, the great 17th-century landscape painter whose subjects and compositions are echoed in many of Turner's works (see page 52). But more than a compendium simply reproducing existing pictures, Turner conceived his project with an unmistakably didactic purpose in mind. The *Liber* was a vehicle for Turner to communicate his ideas about the dignity of the landscape genre – and his versatility within it. Each print in the published edition is marked with an initial according to a classification system devised by the artist representing the different categories of landscape: H for historical; Ms or M for mountainous; P for pastoral; M for marine; A for architectural; EP for elevated pastoral (ie Claudian).

For almost all of the plates, Turner etched the outlines of the composition himself (see page 115). They were then completed in the tonal medium of mezzotint by professional engravers, working closely from Turner's monochrome wash drawings. The first 20 plates of the *Liber* were mezzotinted by Charles Turner (no relation) but the collaboration between the two Turners ended with a quarrel over payment, and new engravers had to be brought in. A number of plates were completed entirely by Turner, who taught himself to mezzotint over the course of the project.

Once trial proofs were printed, Turner would check them and make corrections, accompanied by comments or criticisms. There is a proof impression of *Little Devil's Bridge* in the British Museum in London with Turner's instructions to the engraver written along the bottom margin: 'The Lights must be sharp and brilliant, particularly upon the front trees – Bones, Rock & c. and if my Etching is in your way viz. the Bird and the top of the Tree, scrape out & beat up the Copper – be careful about the distance. It wants air and light scraping to render it like the place.'

The print depicts the Devil's Bridge, which spans the sheer cliffs and surging Reuss on the St Gotthard Pass in Switzerland. Turner had sketched the vertiginous bridge and other scenes of alpine sublimity during his first Swiss tour in 1802, and these sketches became the basis for subsequent works.

According to AJ Finberg's definitive 1924 catalogue raisonné of the *Liber*, the Gallery's impression of *Little Devil's Bridge* is an engraver's proof, before the addition of the letter 'M' above the plate; it is otherwise lettered as the first published state, but with the spelling 'Alldorft' instead of 'Altdorft'.

The bare etchings never formed part of the *Liber* and only a few were printed. The example shown here was among a cache of prints discovered among Turner's studio effects when he died. These were finally sold by court order at Christie's some 20 years later, following the protracted lawsuit over Turner's will. All of the prints that passed through the sales in 1873–74 were embossed with the artist's monogram (see Lugt 1498).

As well as owning a complete set of *Liber* as issued by the publisher, the Gallery also preserves early proofs, alternative states and unpublished plates, which reflect the complex printing history of this project. All of the prints came from the collection of Arthur Acland Allen (1868–1939), who had assembled the most comprehensive collection of its kind.

Selected literature: Rawlinson 1906, pp 53–54, no 19; Finberg 1924, pp 74–76, no 19; Herrmann 1990, p 47; Forrester 1996, p 67, no 19

Joseph Mallord William Turner
and Charles Turner
Little Devil's Bridge 1809 (detail)

Joseph Mallord William Turner
and **Charles Turner**

Little Devil's Bridge 1809
from *the Liber Studiorum*

etching and mezzotint
21 x 29 cm (plate mark),
29.6 x 43.6 cm (sheet, irreg)
Engraver's proof
Printed inscription along bottom:
*Drawn and Etched by J.M.W.
Turner Esqʳ. R.A. P.P. – LITTLE
DEVILS BRIDGE over
the RUSS above ALLDORFT
SWISSᴰ. – Engraved by Chaˢ.
Turner./ London Published March
29. 1809, by C. Turner, N.º50,
Warren Street Fitzroy Square.*
Collector's mark of Richard Fisher,
verso (Lugt 2204)
Gift of Mrs Arthur Acland Allen
through the Empire Art Loan
Collections Society 1939

Joseph Mallord William Turner

Little Devil's Bridge
1809

etching
21 x 29 cm (plate mark),
29.2 x 41.5 cm (sheet)
Stamp of Turner's studio sale,
bottom right (Lugt 1498)
Gift of Mrs Arthur Acland Allen
through the Empire Art Loan
Collections Society 1939

John Constable

1776–1837
British

Stoke-by-Nayland Church c1814

The 15th-century church of St Mary, Stoke-by-Nayland, stands in the hills overlooking the Stour Valley, in the heart of Constable country. Its outstanding feature is the ornate Perpendicular-style tower of red brick, which, 'from its commanding height', as Constable wrote in 1833, 'seems to impress on the surrounding country its own sacred dignity and character'.

Constable's earliest depictions of Stoke-by-Nayland church date from around 1810, probably made while he was visiting his elderly aunt who lived in the neighbouring village of Nayland. A few years later he returned to the scene with his sketchbook and pencil, recording the church at least seven times from various aspects and distances. These drawings are all contained in the sketchbook he used between July and October 1814, preserved intact in the Victoria and Albert Museum (V&A), London. This sketchbook of 84 pages is bound in brown leather; the pages measure 8 x 10.8 centimetres.

The Gallery's sheet depicts the imposing church tower rising above the houses facing the village street, with the crenellated nave just visible on the left. The view is from the north-west, and almost identical (except for the children playing on the road in the foreground) to the marginally smaller drawing on page 21 of the V&A sketchbook. The drawing reproduced here could have been worked up from the rougher and more briskly executed sketchbook version at a slightly later date while the scene was still fresh in the artist's mind.

Constable was born and raised in the village of East Bergholt in Suffolk. In the years between about 1810 and 1820 he devoted much time to the study of the English countryside, filling his sketchbooks with pencil studies of gentle, unassuming scenes – fields, hills, farmhouses, quiet byways and the like. His local landscape inspired his imagination and his deepest affections, confirming him in his belief that the undramatic beauties of his native county should be the subject of his art. 'Those scenes made me a painter', Constable famously wrote to his friend and patron Archdeacon Fisher, 'and I am grateful'.

Some two decades after he first depicted Stoke-by-Nayland church, Constable used the building as the centerpiece of a new compositional arrangement (possibly aided by his early drawings) that would culminate in his late, large oil sketch, now in the Art Institute of Chicago. The basic format that Constable was now refining featured the church viewed at a distance across a working landscape from low ground. This is the prospect represented in the mezzotint by David Lucas (opposite, below).

The plate was commenced in 1829 and underwent numerous changes before publication in 1831. Constable was prompted by the publication of Turner's *Liber Studiorum* (see previous entry) to undertake his own printmaking series. Twenty-two plates, all mezzotinted by Lucas and obsessively supervised by Constable, were brought together under the title *Various subjects of landscape, characteristic of English scenery, from pictures painted by John Constable, RA*.

In the second 'English landscape' edition of 1833, the mezzotint depicting Stoke-by-Nayland church was accompanied by an extended description written by Constable: 'The solemn stillness of Nature in a Summer's Noon, when attended by thunder-clouds, is the sentiment attempted in this print.' Constable goes on to make a series of observations about the properties of rainbows before launching into a rhapsodic commentary on the churches of his native East Anglian county:

> These magnificent structures are often found in scattered villages and sequestered places, out of the high roads, surrounded by a few poor dwellings, the remains only of former opulence and comfort … The venerable grandeur of these religious edifices, with the charm that the mellowing hand of time hath cast over them, gives them an aspect of extreme solemnity and pathos … The Church of Stoke, though by no means the largest, must be classed with these.

Selected literature: (drawing) Reynolds 1996, p 203, no 14.64; (mezzotint) Shirley 1930, pp 167–68, no 9; Beckett 1970, pp 21–24; Parris/Fleming-Williams 1991, pp 347–48, no 196

Stoke-by-Nayland
Church c1814
pencil
12.2 x 9.3 cm
Bequest of Miss Dorothy
Scharf 2007

right:
David Lucas 1802–81, British
after John Constable
Stoke-by-Nayland, Suffolk
1829
mezzotint
17.7 x 25 cm (plate mark),
29.4 x 38.9 cm (sheet)
Progress proof 'c' (of i)
Printed signature and date
within image, lower left:
D Lucas 29
Purchased 1949

Jean-Auguste-Dominique Ingres

1780–1867
French

The Hon Frederick North 1815

Ingres entered the studio of Jacques-Louis David in 1797 and became his most brilliant pupil. He was the artist who not only championed but also revitalised the classical tradition in the 19th century. History painting was Ingres's principal aim but he was slow to achieve recognition. Although, like his teacher David, he looked down on portraiture as a lower form of art, he is arguably seen at his best in some of the greatest portraits ever painted.

Ingres went to Italy in 1806 as recipient of the Prix de Rome, and worked in that city until 1820. Unable to escape from what he regarded as the artistic drudgery of portraiture, he was forced to accept it as a ready source of income to support himself and his wife, and while in Italy he made hundreds of portrait drawings. It must be said, however, that the practice of drawing was of primary importance to all his artistic endeavours.

Following the fall of Napoleon in 1815, Ingres found an enthusiastic clientele among the English tourists in Rome, who had flocked back to the city liberated from French rule. One tourist after another beat a path to his door wanting their portrait drawn. The first Englishman to sit to Ingres was Frederick North (1766–1827), 5th Earl of Guilford (and youngest son of Lord North, prime minister to George III), an engaging eccentric portrayed with a penetrating eye for his quickness of mind.

A passionate philhellene and linguist, North travelled widely and lived much of his life abroad. After a stint as governor-general of Ceylon (1798–1805), he led the campaign to establish the Ionian University at Corfu, becoming its first chancellor in 1824. When North retired to London a few years later, he amused his friends by going about in academic robes, or turning up to dinner wearing the vestments of an archbishop of the Orthodox church, to which he was a convert.

Evidently impressed by Ingres's portrait, which displays a wonderfully spare but lively and descriptive pencil line, North soon introduced other members of his family to the artist: portraits of North's sister, Lady Glenbervie, her husband, Lord Glenbervie, and their son, Frederick Sylvester North Douglas, followed. It is said that North wanted to take the artist back with him to England and set him up as a portrait draughtsman, but Ingres declined.

The four pencil drawings were taken home by the English sitters, and remained in the family until the 20th century, eventually going to the writer Sacheverell Sitwell. The group was dispersed at Sitwell's sale at Sotheby's in 1964. The portrait of North was acquired by James Fairfax in 1965 and later given by him to the Art Gallery of New South Wales, while the remaining drawings entered private collections in the United States. The group remains intact, however, in the form of a large lithograph attributed to Ingres (opposite, right). The print, which reproduces all four sitters on the same stone, was printed in London in 1820 or 1821, and was probably intended to illustrate Lord Glenbervie's memoirs.

Selected literature: Naef 1977, vol 1, pp 544–52, vol 4, pp 276–77, no 150; Raissis 2003, pp 104–05, no 27

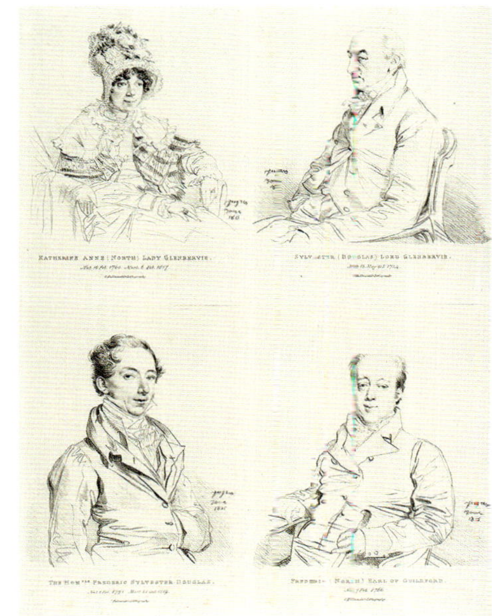

The Hon Frederick North 1815

pencil
21.5 x 16.8 cm
Signed in pencil, lower left:
Ingres à/ Rome.
Gift of James Fairfax AO 1992

right:
Attributed to Ingres
***Four portraits on one stone:
Lady Glenbervie; Lord Glenbervie;
The Hon Frederick Sylvester
North Douglas; The Hon
Frederick North*** 1820/21

lithograph
61 x 43 cm
Purchased 2007

Théodore Géricault

1791–1824
French

The boxers 1818

The outstanding examples of early lithography are the works of Géricault and Eugène Delacroix (page 129), the towering figures of French Romanticism. The artists briefly met each other in 1815 or 1816 in the studio of their master, Pierre-Narcisse Guérin, himself a pupil of the great Neo-Classicist, David. Independently of one another, they produced their first lithographs in 1817.

The circumstances surrounding Géricault's introduction to lithography are unclear, but he appears to have been swept up in an enthusiasm for the new medium that affected other members of his circle, such as Antoine-Jean Gros and Carle and Horace Vernet. More than any other graphic convention, lithography is associated with the flowering of Romanticism in France. It was invented in 1798 in Munich as an inexpensive means of printing musical scores and maps, but it took some years before its commercial application was broadened and artists started making original drawings on slabs of prepared limestone.

Lithography offered draughtsmen a quicker and more direct technique than etching or engraving on copper, and it was appreciated for its capacity to replicate exactly the soft textures and tonal finesse of pencil and chalk drawings, as well as the precision of pen and ink. Lithography received its strongest impetus when the printer Godefroy Engelmann set up his press in the French capital in 1816. Other lithographic printing workshops were soon established, such as that of Charles Motte, the publisher of this lithograph. New prints suddenly began to pour into the market, and by the 1820s lithography had well and truly arrived.

Before this period Géricault had already created the handful of prints now regarded as lithography's first masterpieces. These reveal an imagination stirred by genuine, concrete experience and depict poignant themes taken from the Napoleonic Wars. To these years also belongs his celebrated lithograph *The boxers*, showing a bout staged in the open air before a circle of male spectators. The protagonists, one black, one white, stand firm, stripped to the waist, muscles flexed with bare fists raised and ready.

Géricault made numerous pencil sketches of boxers in different positions: a drawing in the Art Institute of Chicago shows seven pairs of boxers jotted down in rapid succession on a small sheet of paper. In the final lithograph Géricault fashioned the composition into something grander, bolder and daringly stylised: the powerful combatants are now symmetrically posed like mirrored reflections of each other, their legs crossing to form two intersecting triangles. Black and white are positioned with equal dominance, and there is no hint of a winner or loser.

To heighten the pictorial impact of the print, Géricault accentuated the contrasts between the two figures, not only by their poses and the colour of their skin, but by a deft combination of lithographic drawing techniques: the torso of the black boxer is modelled with incisive pen and ink lines, while his lower body, breeches and leather shoes are rendered with soft crayon. The technique is reversed for the white boxer.

Virile strength and extreme forms of action fascinated Géricault and his muscular figures are almost always involved in some aspect of violent encounter. A keen sportsman, Géricault would have enjoyed the spectacle and all-male camaraderie of the amateur boxing matches at Horace Vernet's Paris studio, near his own, on the rue des Martyrs.

Boxing, in the early 19th century, was considered an English sport par excellence. Across the Channel, pugilistic demonstrations became popular during the Bourbon Restoration as Anglomania – that infatuation with all things British – swept through Parisian society. Although the subject of boxers was an unusual one for serious art, Géricault's exposure to the sudden influx of cheap and popular British sporting prints almost certainly provided the immediate inspiration for his own masterpiece.

An anonymous and crudely executed British print from 1812 records a famous match for the international heavy-weight title between the African-American champion fighter from Virginia, Tom Molineaux, and the English champion, Tom Cribb. The arrangement of the boxers corresponds closely to that adopted by Géricault. His powerful image, by contrast, avoids the specific. The individual identities of his boxers remain anonymous. Rather, they stand – on equal footing – for idealised racial stereotypes.

While resolutely modern in its subject matter, the lithograph nonetheless pays homage to the classical tradition, which Géricault revered: the pose of the reclining figure on the left recalls that of an antique river god; on the other side, the seated man with his back to the action directly quotes the Belvedere Torso, one of the most famous of all Hellenistic marbles.

Selected literature: Clément 1879, pp 374–75, no 9; Béraldi 1888, vol 7, pp 94–95, no 9; Delteil 1924, vol 18, no 10; Eitner 1983, p 153; Laveissière 1991, p 405, no 301; Bazin 1992, vol 5, pp 75, 224, no 1690; Simon 1997, p 219, E7; Athanassoglou-Kallmyer 2010, p 177

The boxers 1818

lithograph
35.5 x 41.5 cm (image),
42.4 x 59 cm (sheet)
ii of 2 states
Printed inscription along bottom:
Lithog.ie de C. Motte Rue des
Marais F.g S.t G.n – Boxeurs
Collectors' stamps of Alfred
Lebrun (Lugt 140) and Alfred
Beurdeley (Lugt 421), lower right
Parramore Purchase Fund 2004

William Blake

1757–1827
British

Job's evil dreams 1825
The Creation 1825

William Blake – engraver, painter, poet and mystic – was born in Soho, in the centre of London, the son of a hosier. As was typical of members of the small trading classes, the Blakes were political liberals and belonged to a sect of Protestant dissenters. Enthusiastic study of the Bible was a constant activity, and from an early age Blake had a thorough knowledge of this book. His own anti-establishmentarian attitudes, and his art, subsequently, were profoundly shaped by a combined heritage of urban radicalism and pious Nonconformism.

At the core of Blake's thought was his belief in the absolute reality of the transcendental world and the prophetic mission of the artist – often misunderstood because of his visionary insight – to penetrate and reveal the divine mysteries of creation in a personally meaningful way. In this respect Blake's work presents one of the sharpest reactions against the skepticism of the Enlightenment and the constraints of reason.

Notwithstanding his religious fervour, Blake's heterodox Christianity confirmed him in his disdain of organised religion with its renunciation of the pleasures of the flesh and the imagination. Blake criticised the Church in *The garden of love* (1794) from the *Songs of experience*:

> I went to the Garden of Love,
> And saw what I never had seen:
> A Chapel was built in the midst,
> Where I used to play on the green.
>
> And the gates of this Chapel were shut,
> And 'Thou shalt not' writ over the door;
> So I turn'd to the Garden of Love,
> That so many sweet flowers bore,
>
> And I saw it was filled with graves,
> And tomb-stones where flowers should be:
> And Priests in black gowns were walking their rounds,
> And binding with briars my joys & desires.

Blake was a devoted printmaker for the whole of his life: he was apprenticed in 1772 at the age of 14 to the engraver James Basire, and began an ordinary career as a commercial engraver. From early childhood he claimed to see visions. The vivid clarity with which Blake beheld such mystic experiences, and the inspiration to delineate them accordingly, resolved his distaste for the 'blotting and blurring art' of the Venetians, of Rembrandt, of Reynolds. His preference was for linear purity, declaring in 1809 that 'the more distinct, sharp, and wirey the bounding line, the more perfect the work of art'. The probing line of the engraver's burin met this requirement entirely.

Blake's distinctive brilliance as a line engraver is at its most accomplished in his late prophetic work, the 21 *Illustrations of the Book of Job*. The prints are based on watercolours done between 1805 and 1810, but it was the painter John Linnell who persuaded the elderly artist to return to the story of the Old Testament patriarch – a figure with whose sufferings the neglected and impoverished Blake evidently identified – and execute the engravings. The original water-colours are now in The Morgan Library & Museum, New York. A second set was produced in 1821 (Fogg Museum, Harvard and elsewhere) to serve as models for the engravings.

Blake made the illustrations in a combination of portrait and landscape format, but unlike the watercolours the engravings unite word and image, with decorative borders containing quotes from the *Book of Job* and other scriptures, selected to emphasise Blake's personal reading of the story.

In the biblical narrative Job is represented as a righteous and prosperous man who observes his faith. In order to test that faith God allows Satan to subject Job to a series of terrible punishments. But Job remains steadfast in his belief in the Lord through all his adversity and is eventually rewarded with the restoration of his family and possessions.

In Blake's version, however, Job is a tragically flawed figure. Because he complacently adheres to the legalistic aspects of religion alone, he comes to (mis)understand God as a punitive and tyrannical Jehovah. For the first half of the series, Blake's Job remains cut off from the realisation of a fully inspired spiritual life. The complacency of a limited faith based on the letter of the law is the subject of the first illustration.

Job's tribulations culminate in plate 11: a nightmarish scene in which Satan, disguised as God but entwined with a serpent and cloven-hoofed, descends upon Job and terrorises him by pointing to the commandments and to the flames of hell rising beneath his bed. But the dream is purgative: Job recognises that his idea of God was false, and he can now envision his spiritual salvation through the Redeemer of the New Testament, as proclaimed in the bottom margin: 'For I know that my Redeemer liveth & that he shall stand in the latter days upon the Earth & after my skin destroy thou This body yet in my flesh shall I see God …'

Job's embarkation on the path to spiritual renewal is secured after a series of visions in which the mysterious divinity of creation is vouchsafed to him by the Lord. In plate 14 (see page 125), Blake's most jubilant design, an omnipotent God issues forth the chariots of the sun and moon while angelic hosts raise their arms in praise; in the terrestrial sphere, Job, joined by his wife and friends, worships in awe before the glory of the created universe.

Selected literature (Job's evil dreams) Binyon 1926, p 70, no 116; Lindberg 1973, pp 263–69, no 11; Bindman 1978, p 486, no 636; Hamlyn 2000, pp 170–71, no 218. (The creation) Binyon 1926, pp 71–72, no 119; Lindberg 1973, pp 282–93, no 14; Bindman 1978, p 486, no 639; Hamlyn 2000, pp 170–71, no 218

William Blake
Job's evil dreams 1825 (detail)

Job's evil dreams 1825

Plate 11 from *Illustrations of
the Book of Job*
engraving
21.7 x 17 cm (plate mark),
50.2 x 34.5 cm (sheet)
v of 5 states
Printed inscription below image:
*With Dreams upon my bed
thou scarest me & affrightest
me / with Visions / WBlake invenit &
sculp / London. Published as the Act
directs March 8: 1825 by Willm Blake
N°3 Fountain Court Strand*
Numbered on plate, upper right: *11.*
Purchased 1949

The Creation 1825

Plate 14 from *Illustrations of the Book of Job*
engraving
20.6 x 16.5 cm (plate mark),
50.6 x 34.4 cm (sheet)
iii of 3 states
Printed inscription below image:
When the morning Stars sang together, & all the / Sons of God shouted for joy / WBlake Invenit & Sc / London. Published as the Act directs March 8: 1825 by Will.m Blake N 3 Fountain Court Strand
Numbered on plate, upper right: *14.*
Purchased 1949

John Martin

1789–1854
British

The fall of Nineveh 1829

This mezzotint, the most spectacular in terms of size and subject matter ever attempted by Martin, depicts the accomplishment of the scriptural prophecy foretold in the Book of Nahum: that God will wreak vengeance on the wicked city of Nineveh through natural disasters and erase it from the face of the earth. Nineveh was the capital of the ancient Assyrian Empire (modern-day Iraq) and was fabled for its magnificence, but it was also referred to in the Bible as a 'bloody city … all full of lies and robbery'.

Destruction befell Nineveh when violent floods caused the river to rise and eventually tear down the city's walls, allowing the Medes and Babylonians to infiltrate the capital. The invading armies are shown in the background of the print as they approach via the river and enter the city through the collapsed fortifications. Under a convulsive sky the doomed Ninevites scatter like ants while their decadent king, Sardanapalus, orders the construction of the immense funeral pyre on which he will burn to death with his concubines and treasures.

Martin was the 19th-century's master of visual melodrama. By the early 1820s he had attained popular acclaim as a painter of cataclysmic subject matter on an epic scale inspired by antiquity and the Bible. Many of his compositions were reworked into mezzotints, which he produced and published himself. These were avidly collected and provided him with a substantial income, far greater than that realised from the sale of his paintings.

Martin was also a canny marketer of his prints, which he dedicated to the various noble and crowned heads of Europe. When *The fall of Nineveh* was published on 1 July 1830, it bore the printed dedication: 'TO HIS MOST CHRISTIAN MAJESTY CHARLES X, KING OF FRANCE & NAVARRE … AS A HUMBLE TRIBUTE OF THE ARTIST'S GRATEFUL FEELING FOR THE HIGH HONOR HIS MOST CHRISTIAN MAJESTY HAS BEEN GRACIOUSLY PLEASED TO CONFER UPON HIM …' Ironically, within a few weeks of the print's release, the dedicatee was dethroned during the July Revolution and went into exile.

Martin's early success as a mezzotinter led to his contract with the publisher Septimus Prowett to complete 24 illustrations for John Milton's epic *Paradise lost*. The series was issued in two formats, one slightly smaller than the other, and Martin worked on both simultaneously. Unlike earlier illustrations of the poem, which gave prominence to the representation of the figures, Martin's illustrations emphasise the vast spaces and cosmic settings of Milton's drama. A new project followed in 1831 when Martin embarked upon his next great series, the *Illustrations of the Bible*. Examples of both the Milton and Bible sets are held in the Gallery's collection.

Martin's grandiose and electrifying imagery expresses for the most part a world composed of forces indifferent to humanity. His conception of the apocalyptic sublime was shaped by the tradition of 19th-century evangelical millenarianism, which stressed imminent punishment and destruction associated with Christ's second coming. Although we know little of Martin's actual religious beliefs – his son Leopold suggested that in matters of faith his father was a mainstream Anglican – he nevertheless appears to have had some personal sympathy with the ideas expressed by millenarian sects.

'Mad Martin' is a name that perhaps not inappropriately has stuck to the artist, although this sobriquet more correctly applies to his arsonist brother Jonathan who escaped from a lunatic asylum and set fire to York Minster in 1829. Nevertheless, Martin's art was wildly parodied for its eccentricity and sensational effect, while at the same time being widely appreciated and emulated. Copies and pirated editions of his prints were published in France, where the adjective *martinien* was already in current usage in his lifetime. But Martin's most appreciable influence was not on the realms of painting and printmaking but on cinema, particularly the early Hollywood film epics of such directors as DW Griffith and Cecil B DeMille.

Selected literature: Campbell 1992, pp 102–03, CW82; Myrone 2011, pp 130–32, no 58

The fall of Nineveh 1829
mezzotint with etching
53.4 x 80 cm (trimmed to image)
Printed signature and date,
lower right: *J. Martin. 1829*
Purchased 1960

Eugène Delacroix

1798–1863
French

Royal tiger 1829

Delacroix was seven years younger than Théodore Géricault and his closest artistic heir. Although they knew each other little, having crossed paths briefly in Pierre-Narcisse Guérin's studio, Delacroix carried the older artist's powerful innovations to their full fruition. His name has come to denote Romantic French art in the same way Lord Byron's does Romantic poetry.

Separately but concurrently, Delacroix and Géricault made their forays into printmaking during the beginning of the great era of lithography in Paris. In 1825 Delacroix made his first foreign journey to London, just as Géricault (who died in 1824) had done at the beginning of the decade. Delacroix's experience in London was crucial for the development of historical and literary themes in his art. He also found lasting inspiration in the works of Shakespeare, Byron and Walter Scott. Delacroix's earliest important lithograph, *Macbeth consulting the witches* (opposite, below), appeared shortly after his return from England, reputedly the first such print to have been drawn entirely with a scraper so that the whites appear scratched out of the inky ground. This was followed by a succession of literary prints, notably the series illustrating Goethe's *Faust* in 1828, and *Hamlet* in 1843.

Delacroix inherited Géricault's passion for orientalist and animal subject matter and evidently held his prints in high esteem, purchasing an important collection from Géricault's posthumous sale in 1824. He also greatly admired the work of the British animal painters George Stubbs and James Ward (while not forgetting his lifelong veneration of Rubens). But like many Romantics, he was deeply fascinated by the predatory nature of wild animals, especially felines, with their hidden strength and ability to spring suddenly and ferociously from languor into life. In January 1847, following a visit to the Jardin des Plantes in Paris, Delacroix ruminated about the grip on his imagination of such creatures: 'Tigers, panthers, jaguars, lions etc. Why is it that these things have stirred me so much?'

Art for Delacroix was a means of reconciling powerfully opposing forces and emotions – savagery and grace, cruelty and beauty – such as he perceived in the animal kingdom (and in socially transgressive forms of human behaviour). The habits of wild cats, in particular, revealed nature's primal instincts and energies, ungraspable by human reason.

The celebrated *Royal tiger*, and its companion piece *Lion on Atlas*, which is also in the Gallery's collection, are Delacroix's finest works in the lithographic medium. These prints date from the late 1820s when Delacroix frequented the various Paris menageries and zoos in the company of the animal sculptor Antoine-Louis Barye. Delacroix never had the opportunity to observe lions and tigers in the wild; his superbly vivid renderings of big cats are based on careful studies made of them in captivity. To understand their anatomy better he also attended dissections and made *écorché* (flayed) drawings.

There is, after all, an air of implausibility about the *Royal tiger*. The landscape setting, which Delacroix has beautifully contrived so that the reposing animal's sleek body is neatly echoed in the shapes of the distant mountain range, is altogether incongruous. The tiger's real habitat is grassland and rainforest, where it can use its camouflage in the dense vegetation, not the bald, featureless terrain pictured here.

Throughout his life Delacroix produced numerous drawings, watercolours and paintings of big cats, either reposing, at bay or in violent attack, and often incorporated them into his orientalist hunt scenes. A comparable watercolour to the *Royal tiger* is in The Morgan Library & Museum, New York, although it was made after this famous lithograph.

Selected literature: Robaut/Chesneau 1885, p 87, no 310; Béraldi 1886, vol 5, p 163; Delteil 1908, vol 3, no 80

Royal tiger 1829

lithograph
32.5 x 46.2 cm (image),
42.5 x 53.4 cm (sheet)
iii of 4 states
Printed inscription below image:
*Delacroix del'./ TIGRE ROYAL./
à Paris, chez H, Gaugain & Cᵉ.,
rue de vaugirard N 34. – Imp.
liᵗh. de H. Gaugain rue de
Vaugirard Nᵒ2 a Paris.*
Purchased 1993

**Macbeth consulting
the witches** 1825
lithograph
32 x 25 cm (image)
iii of 5 states
Purchased 2008

Honoré Daumier

1808–79
French

Rue Transnonain, 15 April 1834 1834

Daumier was a talented painter and sculptor but his fame ultimately rests on his prodigious output of some 4000 quick-witted caricatures produced between 1830 and 1872, a period spanning momentous political and social upheaval in France. Daumier set the standard for graphic satire, and it is with him and his contemporaries that lithography entered the realm of journalism, bringing the printed image to middle-class audiences with greater frequency and in larger numbers than ever before.

Daumier reached the height of his popularity in the 1830s after he began working for Charles Philipon's republican-sympathising newspapers. The energetic and entrepreneurial Philipon brought together a new generation of journalists and artists who were staunch opponents of the restored Bourbon king Charles X, and then turned on the regime of Louis-Philippe, waging a war against it in the popular press. Louis-Philippe rose to power following the July Revolution of 1830 and the deposition of Charles X. However, it soon became clear to liberals that the new government (the July Monarchy) was corrupt and that the political freedoms and social reforms it had promised would be betrayed.

In 1830 Philipon founded *La Caricature*, a weekly paper specialising in political satire. It came out every Thursday and usually consisted of four pages of text with printed inserts: either two one-page lithographs or one folded double-page lithograph that could be removed and framed. Philipon understood that a picture speaks louder than words: he created the enduring image of Louis-Philippe as a pear, alluding to the Citizen King's jowly face and corpulent figure, and to the double meaning of the French word *poire*, signifying both 'pear' and 'imbecile'. Philipon's illustrators took up the motif and Daumier used it repeatedly (opposite, below).

Due to more restrictive press laws, French artists did not enjoy the same political freedoms as their British counterparts. Thus Daumier found himself arrested and serving a six-month prison sentence in 1832 for his ridicule of the king. Philipon, who had also been sent to gaol as the journal's editor and publisher, decided to establish *L'Association mensuelle lithographique* (a monthly print club of sorts) to help pay his crippling fines from the censor. Subscribers to the association received one large lithograph every month. Twenty-four prints were produced in total, including five by Daumier, which are considered his masterpieces.

Rue Transnonain was the final print in the *Association mensuelle* series and the grimmest scene that Daumier ever drew on stone. It commemorates the assassination by the National Guard of innocent citizens during uprisings in Paris in April 1834. When the army repressed the silk workers' revolt in Lyon, unrest spread to working-class districts in the capital. In response to gunshots from top-floor windows at number 12, rue Transnonain, troops stormed the building and opened fire, killing and wounding residents.

When Daumier's lithograph was released six months after the event, it included a commentary by Philipon:

> This lithograph is horrible to behold, as horrible as the dreadful event it recounts. It shows a murdered old man, a dead woman, the corpse of a terribly wounded man lying upon the body of a poor little baby whose head is split open. It is not a satire, it is a bloody page in the history of our modern era, a page sketched by a powerful hand and inspired by a lofty imagination. In this drawing Daumier has risen to noble heights; he has created a picture that, although painted in black on a sheet of paper, will nevertheless prove of lasting value. The butchery of rue Transnonain will remain an indelible stain on those who permitted it, and the drawing here discussed will stand as a medal struck to perpetuate the memory of a victory over fourteen old men, women, and children.

Government officials immediately confiscated the stone, and impressions of the print were tracked down and destroyed. The following year Louis-Philippe's chief censor officially outlawed political caricature.

Selected literature: Béraldi 1886, vol 5, pp 120–21, no 6; Delteil 1925, vol 20, no 135; Ramus 1978, p 122, no 8; Le Men 1999, pp 177–78, no 57

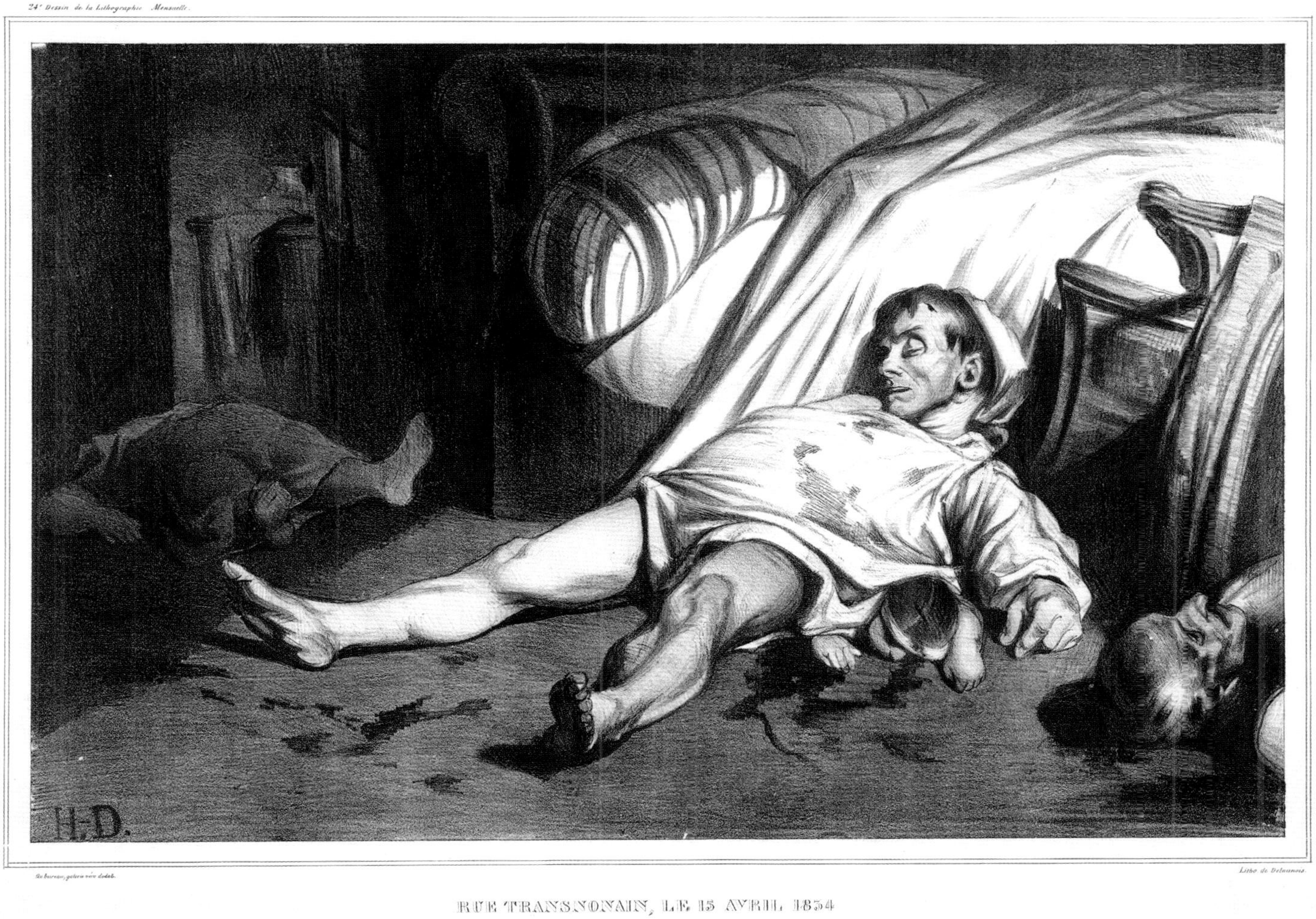

**Rue Transnonain,
15 April 1834** 1834

lithograph
28.8 x 44.5 cm (image),
36.5 x 53.5 cm (sheet)
Printed initials, lower left: *H.-D.*
Printed inscription along top:
*24ᵉ Dessin de la Lithographie
Mensuelle.*, and along bottom:
*Au bureau, galerie véro dodat.
– RUE TRANSNONAIN, LE 15
AVRIL 1834 – Litho. de Delaunois.*
Purchased with assistance from
Geoff Ainsworth AM 2012

right

**The past, the present,
the future** 1834

lithograph
33 x 26 cm
Purchased 1988

Charles Meryon

1821–68
French

The vampire 1853

By the middle of the 19th century the enthusiasm for lithography witnessed during the 1820s had all but faded. The medium was seen as tainted by its association with commercial printing and reproductive illustration, and held little appeal for artists interested in producing innovative work with the mark of individuality. The province of original printmaking had shifted to etching, and it is in the marvellous work of Charles Meryon that we find the source of that far-reaching movement known as the etching revival, which carried the medium into the 20th century.

Meryon's etchings were shown at the various Salon exhibitions in Paris between 1850 and 1867, yet the merits of his work went unrecognised by the juries (who favoured traditional engraving) and he had difficulty marketing his prints. His standards were exacting and he took extraordinary care printing trial proofs from his own wooden press. Nevertheless, his work was greatly admired by such eminent critics as Philippe Burty and Charles Baudelaire, and by Victor Hugo himself. Subsequently, scholars of the history of graphic art allow him a central position after Rembrandt and Goya, his reputation secured for posterity thanks to his celebrated series of 22 etched views of Paris, *Eaux-fortes sur Paris*, made between 1850 and 1854.

Meryon began his career in the navy. Serving as midshipman on the corvette *Le Rhin* he departed in 1842 on a four-year voyage that took him to the South Pacific, including New Zealand and Australia. Back in Paris in 1847 he studied to become a painter but was led into etching by the discovery that he was colour blind. He received training in the technique from the landscape etcher Eugène Bléry.

Meryon's etchings are remarkable for the accuracy and detailed clarity with which he depicted the architectural fabric of Paris. His deep affection for the quaint old streets and cramped buildings – whose destruction during Baron Haussmann's renovation of Paris was imminent – is almost palpable in the heightened sense of past and present that his views convey.

Owing a clear debt to the innovations of photography, and a greater one to the inspiration of Hugo's evocation of the medieval city in *Notre-Dame de Paris* (1831), in which the writer describes a bird's-eye view of Paris from the cathedral towers, Meryon's most famous print, *The vampire*, affords an aerial view of that city as if seen through a telescopic lens. The composition is dominated by a stone gargoyle projecting from a tower of Notre Dame Cathedral; in the middle distance the prominent Tour Saint-Jacques rises over the houses. Crows circle in the air – the wings of the two closest intersect the oval border with the effect of making the gargoyle appear even closer. The image has a powerful aura of strangeness and unreality.

Beneath the oval Meryon engraved the baleful lines: 'The insatiable vampire, eternal lust / Forever coveting its food in the great city.' In a letter to his father in 1854, the artist explained the significance of the verses:

> This monster which I have represented does exist, and is in no way a figment of imagination. I thought I saw in this figure the personification of Luxuria [the sin of lust]; it is this thought which inspired me to compose the two verses at the bottom of the print, in which I neglected to count the syllables, ignorant as I was at that time of the rules of versification.

From the mid 1850s Meryon's physical and mental health deteriorated, conditions that further aggravated his poverty. In 1858 he was taken to the lunatic asylum at Charenton-Saint-Maurice. Although discharged the following year, Meryon was committed there definitively in 1866. Refusing to take food, he died two years later believing himself to be Christ held captive by the Pharisees. Baudelaire wrote the first appraisal of Meryon's art in his Salon review of 1859. He paid tribute to Meryon's naval past, lamented his present illness, and lauded his unique achievement: 'I have rarely seen the natural solemnity of an immense city more poetically reproduced … he forgot not one of the complex elements which go to make up the painful and glorious décor of civilisation.'

Selected literature: Béraldi 1890, vol 10, pp 46–47, no 37; Dodgson 1921, pp 12–13, no 23; Delteil/Wright 1924, no 23; Schneiderman 1990, pp 56–60, no 27

The vampire 1853
etching
17 x 12.8 cm (plate mark),
29.4 x 21.3 cm (sheet)
v of 8 states (Schneiderman
v of 10)
Printed initials, lower left: *C.M.*
Printed inscription below
image: *C. Meryon del. sculp –*
/ - IIILCCCDM - [reverse date]
/ Insatiable vampire l'éternelle
Luxure / Sur la Grande Cité
convoite sa pâture ./ A Delâtre
imp. rue de la bucherie .6.
Collectors' marks, verso, of
D Brouillard (Lugt 731) and
Sir James Knowles (Lugt 1546)
Purchased 1940

Rodolphe Bresdin

1822–85
French

The Flight into Egypt 1855

Bresdin was an isolated and solitary figure who swam against the prevailing artistic currents of his generation. During his lifetime very little of his work was understood or appreciated outside of a limited literary coterie. His art is essentially a discovery of the 20th century and is now justly celebrated for its rare vision and technical wizardry. Bresdin loved to revel in intricacy and obscurity, spinning distinctive dreamlike images; his scenes are more accurately landscapes of the mind than observations of any physical place. Painting never beckoned him: he was self-taught and restricted himself exclusively to drawing and printmaking, which he did with obsessive graphic concentration and an impulse for intense miniaturisation (some prints are scarcely larger than postage stamps), yet his art is capable of exuding huge imaginative power.

Bresdin's picturesque character brought him to the attention of several contemporary writers. The first was Jules Champfleury, the champion of Realism who was soon to become Courbet's eulogist. His short story, *Chien-Caillou*, published in 1845, is a portrait of an impoverished bohemian artist based directly on Bresdin. The name 'Chien-Caillou' was in fact a Frenchified corruption of 'Chingachgook' – the name of the Indian hero from James Fenimore Cooper's *The last of the Mohicans*, which Bresdin had adopted for himself. The sobriquet remained with him and he used it to sign some of his prints.

The admiration of such writers as Charles Baudelaire, Victor Hugo, Théophile Gautier and Stéphane Mallarmé assured Bresdin's reputation in the face of neglect, even antipathy, towards his art. Henri Béraldi, in his great inventory of 19th-century etchers and lithographers issued between 1885 and 1892, claimed that Bresdin's fame depended less on his art than on his 'reputation for being utterly destitute', and described the eight prints (Bresdin made more than 150) listed in his catalogue as 'extravagantly bad', 'always strange' and 'absolutely mad!'.

Writing in 1861 the critic Théophile Thoré saw evidence in Bresdin's work of 'rare and extremely personal invention', yet admittedly it was the idiosyncratic talent of the outsider that struck him most: 'A collector able to assemble the works of Bresdin', he observed, 'would have the most curious portfolio of our time'.

Yet such qualities held special appeal for the decadent imaginations of fin-de-siècle writers such as Robert de Montesquiou – who published a short monograph, *L'inextricable graveur: Rodolphe Bresdin*, in 1913 – and Joris-Karl Huysmans, who imagined Bresdin as 'a vague Albert Dürer [with] a brain clouded with opium'. In the latter's novel, *À Rebours* (1884), the anti-hero decorates his residence with artworks by Bresdin, Gustave Moreau and Odilon Redon to stimulate his jaded senses.

Bresdin's life was marked by an insatiable yearning for somewhere better. He lived like a nomad, frequently in self-imposed isolation, moving back and forth with his family from Paris, Toulouse and Bordeaux. Inspired by his reading of Cooper, he harboured thoughts of sailing to America where he might live simply by farming the land. His dream of exile to an idyllic world uncorrupted by modern civilisation eventually materialised when he embarked for Canada in 1873. But he returned to Paris four years later, disillusioned and more helpless than ever. Afterwards he abandoned his family and retreated to Sèvres, where he lived out his final years in an attic.

The Flight into Egypt was a subject dear to Bresdin, one that he depicted in at least four other prints. One wonders what relevance – if any – to his own predicament the artist felt with that of the Holy Family, forced into exile to escape persecution. This lithograph, one of Bresdin's masterpieces, shows the sacred fugitives resting beside a stream with a fortified town, presumably Bethlehem, far behind them.

Bresdin's gnome-sized travellers are part of the miniature life of the primeval forest in which they find themselves, like the beasts hidden in the lower right corner of the print. The landscape as a whole, and its individual features, are too contrived ever to have been observed from nature: the bare branches sprawl decoratively over the page like Gothic tracery and the gushing torrent sweeps upwards to meet the clouds.

Odilon Redon, whom Bresdin taught in Bordeaux in 1865, remarked in his autobiography that his master:

> … never worked from nature because he was unable to do so. I once saw him trying to make a sketch of a horse stopped in front of his window. He started with the ear and finally the head ended up larger than the entire body. It was the most childish impossibility to formulate what he saw in front of him. But when he worked on tiny details, his memory was sufficient.

Selected literature: Béraldi 1886, vol 4, p 8; Van Gelder 1976, vol 2, pp 39–43, no 85; Préaud 2000, pp 84–86, no 45

The Flight into Egypt
1855

lithograph
17.9 x 22.5 cm (trimmed to image)
i of 4 states
Printed signature and date,
lower left: *Rodolphe Bresdin* 1855
Collector's stamp of Rodolphine
Bresdin, the artist's daughter,
bottom right (Lugt 2194)
Purchased 2008

Jean-François Millet

1814–75
French

The gleaners 1855/56

Since the Middle Ages peasants have been represented in the visual arts, mainly as secondary figures to give animation and charm to landscape backgrounds. With the emergence of genre painting they became increasingly important characters for artists (see page 62). But it was in mid 19th-century France, in the wake of the revolution of 1848, that agricultural labourers and workers generally assumed a major role, with artists responding to the new social and political concerns of the age. In their repudiation of ideal art, the Realists who emerged from the so-called 'generation of 1830' resolved not only to record contemporary life accurately in an unvarnished, naturalistic style, enlarging the democratic scope of their subject matter, but to do so in a way that extolled the simple dignity of toiling men and women in all their grinding poverty.

Millet made the hardship of peasant existence the central theme of his life's work. He is the most famous peasant painter of the 19th century yet admittedly he was infamous in the eyes of the bourgeois public and critics of his day for the unprepossessing attributes of his subjects. Millet's political outlook was less clear-cut than that of his more staunchly radical contemporary Gustave Courbet, but the fact that he endowed downcast rural workers with pathos and grandeur suggested to many that his work was motivated by disturbingly revolutionary ideas.

Millet was born on the land, the son of Norman peasants, a fact of greater importance in the formation of his art than ideology alone. 'To tell the truth', he wrote to his friend and later biographer, Alfred Sensier, 'peasant subjects suit my nature best, for I must confess, at the risk of your taking me to be a socialist, that the human side of art is what touches me most … The joyous side never shows itself to me; I know not if it exists, but I have never seen it'.

Millet believed in the eternal truths of the French countryside and felt a quasi-religious attachment to its soil: he understood the cycle of the seasons and the forces of nature that shaped the land, and the habits and customs of those who cultivated it. In his book *Le Peuple* (1846), the great historian Jules Michelet expressed the relationship between the peasant and the soil in vivid metaphors, suggesting that the peasant not only loves and marries the land ('his mistress') but is himself composed of the very earth he tills and sows in order to generate new life. According to Michelet, 'the peasant is not only the most numerous class of the nation, but the strongest, the most healthy, and if we weigh the physical with the moral, on the whole the best.'

Millet received his training in Paris under the history painter Paul Delaroche at the École des Beaux-Arts. He later returned to the countryside and assumed a peasant lifestyle – although he was one of the most cultivated and widely read artists of his generation. In Barbizon, where he settled permanently in 1849, he joined the coterie of landscape painters who had also chosen to escape the corruption of urban life.

Millet's earliest etchings were inspired by those of his friend Charles Jacque, who had also fled to Barbizon. In 1855 he took up the medium again at the instigation of Sensier – who acted as his go-between with the respected Parisian publisher Auguste Delâtre. Millet's output was modest, and his best prints were made during a burst of activity in 1855–56 and 1861–63. The fact that he was a compulsive and exceptionally talented draughtsman enabled him to handle the etching needle with a remarkable deftness and lightness of touch.

Millet explored the theme of *The gleaners* in etching a couple of years before he realised the painted version which was exhibited at the Salon of 1857 and is now in the Musée d'Orsay, Paris. Gleaners came from the ranks of the poorest rural labourers: they followed the harvesters and were licensed to go into the fields after reaping to salvage leftover grains. Millet emphasised the backbreaking toil of the three peasant women by separating them from the activity of harvesting in the background. Their attachment to the earth is stressed by the shapes of their bent poses – contained below the horizon line and echoed by the distant haystacks and wagon.

Selected literature: Béraldi 1890, vol 10, p 67, no 13; Delteil 1906, vol 1, no 12; Melot 1981, p 289, M12

The gleaners 1855/56

etching in brown ink
19 x 25.5 cm (plate mark),
26.8 x 33.6 cm (sheet)
ii of 2 states
Printed inscription, lower right
(faint): *Paris Imp^e. par Aug.
Delâtre Rue St Jacque.171.*
Parramore Purchase Fund 2007

Camille Corot
1796–1875
French

Corot's formation as an artist was steeped in the principles of classical landscape painting. His early training stressed the superiority of the *paysage historique* – a category of landscape rigorously composed and ennobled with an historical subject. Yet, at the same time, Corot was encouraged by his teachers to work outdoors directly from nature, to make casual transcriptions of the landscape with fidelity to his perceptions.

An inspired draughtsman, Corot filled sketchbooks while on tours through the countryside, to the forests of Fontainebleau and Normandy, and during trips to Italy and Switzerland. Like other landscapists of his generation, he was committed to the idea that the painter's role was to render his experience with spontaneity and sincerity: the authenticity of his personal response to the landscape was as important as the depiction of the landscape itself.

As early as 1818 Corot had tried his hand at printmaking and he dabbled in the medium intermittently over the ensuing decades. However, the vicissitudes of printmaking held minor fascination for him, and he showed little patience for the technical acumen that it involved.

In the spring of 1871, during the insurrection of the Paris Commune, Corot fled to the peaceful countryside of northern France, urged by his close friend Alfred Robaut (who would later compile the first catalogue raisonné of his work). In Arras the 75-year-old artist stayed with his friend, the artist Charles Desavary; later, in nearby Douai, he stayed with the Robauts.

Robaut procured sheets of lithographic transfer paper and encouraged Corot to make sketches of the countryside on them. By rendering his impressions on special paper, Corot's original drawings could be transferred to a lithographic stone by a professional printer at a later date. Transfer lithography (or *autographie* in French) was ideally suited to Corot's disposition: it saved him the difficulty of having to work on a heavy and cumbersome limestone block and it afforded him the freedom to sketch in a free-flowing style with a soft crayon, in the studio or in the open air as he pleased.

Twelve drawings were chosen and eventually published in Paris in an edition of 80 under the title *Douze croquis et dessins originaux sur papier autographique par Corot*. The decision to cap the number of impressions was innovative since at this date the 'limited edition' was still far from being a standard practice in the marketing of graphic art. The lithographs – in various tones of black, sepia and reddish brown – were printed on thin, tinted paper bonded to a heavier wove-paper support.

A complete ensemble of this rare production is in the Gallery's collection, with its original folder and title page signed in pen and ink by Corot, as issued in 1872 by the publisher Lemercier. The set contains an introductory note by Robaut:

We are confident that these sometimes fleeting reflections of the very thought of the Master will be appreciated by Amateurs & by Artists; that is why we have wished to omit nothing, deeming that the admirers of the work of M COROT will be grateful to us for supplying them with the slightest sketches of such a painter in all their spontaneous and frank execution. Those who have been able to approach him and know him will find here something like the echo of his always varied and engaging conversation. Some of these drawings are moreover very finely executed; the great Artist lavished all care on them; they thus embody much of the charm of his incomparable paintings.

Completed partly from memory, and partly from direct observation, these lithographs are among the most fleeting and atmospheric renditions of landscape ever committed to stone. In them Corot represents the countryside as a timeless arcadia; yet plates such as *The gust of wind* – where a lonely faggot-gatherer wends his way home across a bare, windswept plain – convey a sense of the harshness of rural life. A more pacific and altogether idyllic mood pervades *The mill at Cuincy, near Douai* (see page 140), with its hazy poplars dissolving against the sky and their spindly trunks reflected in a still watercourse. Other compositions, such as *A family at Terracina* (see page 141), are dreamy evocations of the classical harmony that existed between nature and human beings.

In 1872, when the lithographs appeared, Corot – by now the 'patriarch of landscape painters' – exhibited two canvases at the Salon, the first since the war with Prussia and the ensuing bloodshed of the Commune. Corot had remained in Paris throughout much of the strife, working in his studio while witnessing the horrors of the Prussian siege and the shock of defeat. In his Salon review, the Realist critic Jules-Antoine Castagnary praised Corot and reflected on the state of landscape more generally:

France will again become what she should never have ceased being … the mother of French painters, the majestic inspiration of all those who, faced with the indifference or hostility of the foreigner, feel the need to affirm the vigour of the French soul … Landscape remains the strength and glory of our French school … there are still enough beautiful examples to prove to foreigners that we have not yet degenerated, at least not in this area.

In the face of the recent terrible events, Corot's vision of the uncorrupted countryside offered a consoling symbol of *la belle France* and an expression of that most enduring idea of the almost mystical bond between France and her native soil.

Selected literature: Béraldi 1886, vol 5, p 53, no 16; Robaut 1905, vol 4, no 3146; Delteil 1910, vol 5, no 23; Melot 1981, p 261, C23

The gust of wind 1871
transfer lithograph on
brown paper
21.9 x 27.7 cm (image),
40.5 x 57 cm (sheet)
Edition 8/50
Corot's signature stamp,
bottom right (Lugt 461b)
Collector's stamp of Paul
Prouté, verso (Lugt 2103c)
Purchased 2008

**The mill at Cuincy,
near Douai** 1871
transfer lithograph in brown ink
21.2 x 26 cm (image),
40.5 x 57 cm (sheet)
Edition 8/50
Purchased 2008

A family at Terracina 1871
transfer lithograph on
beige paper
26.4 x 40.8 cm (image),
40.5 x 57 cm (sheet)
Edition 8/50
Purchased 2008

James Abbott McNeill Whistler

1834–1903
American

Bibi Lalouette 1859

Whistler was born in 1834 at Lowell in Massachusetts, but spent much of his childhood in St Petersburg, Russia where his father was employed as a civil engineer. Following the death of Major George Washington Whistler in 1849, the family returned to America, and thereafter Whistler entered the United States Military Academy at West Point, where he continued his art studies. He later joined the US Coast and Geodetic Survey in Washington, learning there the rudiments of etching while working as a cartographer.

Aged 21, Whistler left for Paris to study art. He enrolled at the École Impériale et Spéciale de Dessin and attended Charles Gleyre's studio, while enjoying the bohemian life of a young art student. Although he had very little in common with them artistically, Whistler kept company with a circle of English artists, including Edward John Poynter and George du Maurier, before befriending Henri Fantin-Latour and Alphonse Legros, who shared his interest in printmaking and admiration of Gustave Courbet.

In 1858 Whistler fell ill and went to London to stay with the family of his half-sister Deborah. She was married to the surgeon, Francis Seymour Haden, who owned a considerable collection of prints, particularly those of Rembrandt, and was on the path to becoming a highly accomplished etcher in his own right. Haden encouraged his brother-in-law to begin a number of etchings during his convalescence, and Whistler found convenient subjects in his young nephews and niece, whose enchanting portraits rank among the artist's first important etchings.

In Paris the following year Whistler turned again to the subject of children when he made his first experiments with drypoint. He described this technique in a letter to the writer and critic William Ernest Henley in 1891, enthusing over its 'soft velvety effect, most painter like & beautiful – and precious too'. Unlike etchings, drypoints are made without acid. Rather, the artist's design is simply scratched into the copper plate with a needle, an action that produces the all-important burr, thrown up at the edge of the scored line. The rich, velvety blackness of the print is dependent on the burr holding the ink in a clogged manner. The main drawback of the technique is that the fragile metal burr quickly wears down, and only a small number of fine impressions can be printed. Nevertheless, the sense of preciousness and rarity surrounding drypoint must surely have captivated Whistler.

Bibi Lalouette was the son of the owner of a restaurant in the rue Dauphine, where Whistler was able to dine on credit. The little boy is shown in profile sitting on a bed, wearing a smock. Beside him is a soft cap decorated with a badge. The work combines with the refinement and originality of its *mise-en-page* a mood of intense introspection. Whistler made only two states of the print: in the first state there are light sketches in the lower part of the sheet, below the signature, of the boy's face and a woman's face depicted upside down.

Selected literature: Kennedy 1910, no 51; Lochnan 1984, pp 104, 113–16, no 144; MacDonald, et al 2012, G33 (online)

Bibi Lalouette 1859

etching and drypoint
22.4 x 15.1 cm (plate mark),
23.9 x 16.3 cm (sheet)
ii of 2 states
Printed signature and date,
lower right: *Whistler. 1859.*
Purchased 1898

Félix Bracquemond

1833–1914
French

The winged door 1865

This striking print depicts three dead birds (a raven, owl and sparrowhawk) and a bat pinioned to a wooden door. The artist's son wrote that his father had come across a scene of birds nailed to a farm gate in the village of Villers-Cotterêts near Soissons, which inspired him to make the print. Bracquemond commenced work on the subject in 1852 and completed the plate some three months later in December. The year 1865 inscribed on the Gallery's impression indicates the date of publication by Alfred Cadart.

Bracquemond prepared his most famous print with beautifully detailed pen and ink drawings of individual birds, qualities that he skilfully translated into the medium of etching. Indeed, the naturalistic accuracy of Bracquemond's observation is reminiscent of Wenceslaus Hollar's masterful rendering of soft textures in exactly the same medium two centuries earlier (page 58).

The meaning of this arresting work can be gleaned from Bracquemond's verse, which he added to the plate in the fifth state: 'Here you see sadly hanged / Birds that rob and steal from you / The lesson that can be learned / Is that flying and stealing are two.' With its pun on the French verb *voler* (to fly and to steal), the print can be read as a moral lesson implicating not only covetous and predatory birds but perhaps humans too.

Bracquemond was one of the leading figures of the etching revival and a central force behind the formation in 1862 of the Société des Acquafortistes, the principal organisation for the promotion of etching in France. Essentially self-taught, he became one of the most recognised printmakers in the second half of the 19th century and was the recipient of numerous honours. He was also one of the earliest enthusiasts of *Ukiyo*-e woodblock prints who advocated the use of Japanese motifs and designs by artists and craftsmen. Bracquemond worked not only as an etcher but also as a designer of ceramics, furniture and jewellery. His most famous essay in Japonisme was a faience dinner service, known as the *Service Rousseau*, inspired by Hokusai's book of *Manga*.

Selected literature: Béraldi 1885, vol 3, pp 48–49, no 110; Bouillon 1987, pp 76–81, Ac 1

The winged door 1865

etching
30.6 x 40 cm (plate mark),
33 x 45.3 cm (sheet)
viii of 10 states
Printed signature and date, lower right: *F Bracquemond/ inv. & fec./ 1865* and inscription within image: *Ici, tu vois tristement pendre/ Oiseaux pillards et convoiteux.../ A leurs pareils c'est pour apprendre/ Que voler et voler sont deux…*
Purchased 1937

1832–83
French

The cats 1868/69

Manet made about 100 prints (etchings and lithographs) between 1860 and 1882, although perhaps none as inventive or appealing as *The cats*. Whereas many of his prints were the result of commissions or done expressly for publication in books and albums, this print remained unpublished during Manet's lifetime and only a handful of proofs appear to have been printed when the plate was freshly completed. It was eventually issued in three posthumous editions: the 1890 Gennevilliers edition comprising about 30 impressions; the 1894 Dumont edition of 30, printed on blue-green papers; and the 1905 Strölin edition of 100. The Gallery's impression comes from the second edition, when Louis Dumont acquired the plate from Manet's widow.

When it came to etching, Manet was greatly encouraged by Félix Bracquemond, who acted as his technical adviser on the biting and printing of the plates. Although Manet regularly based his subjects directly on his finished canvases, *The cats* was an unusual exception. Manet's novel treatment of his subject matter would clearly have been impossible in the medium of oil painting. The daring asymmetrical balance of the composition is indebted to Japanese woodblock prints, which were readily available in Paris at the time and avidly collected by artists.

Three cats in various poses seem to float in isolation on the blank sheet of paper. The feline on the left, depicted as a flat silhouette, is completely shaded with curved strokes. By contrast, the other cats – one peeping between chair legs, the other depicted smaller in scale, essentially as a ball with a tail – are drawn entirely in broken outline, with a few strokes here and there to suggest dark patches of fur.

Manet's sketchbooks contained many studies of cats – including his own pet, Zizi – evidently observed with acute curiosity and enjoyment. On numerous occasions he incorporated them into his pictures, most famously in *Olympia* 1863, which features a stretching black cat at the naked model's feet.

This print originated in Manet's collaboration with the writer Jules Champfleury, for whose amusing book *Les chats* (1869) the artist had been commissioned to make an etching (*Cat and flowers*) and to also design the publicity poster (*The cats' rendezvous*). It was in between these two jobs that Manet was inspired to produce *The cats*, entirely for his own amusement.

Selected literature: Béraldi 1889, vol 9, p 209, no 33; Guérin 1944, no 52; Harris 1970, pp 196–97, no 64; Melot 1972, M52; Fisher 1985, pp 89–90, no 51

The cats 1868/69
etching and aquatint on greenish paper
17.6 x 21.5 cm (plate mark),
24.5 x 36.8cm (sheet)
Only state, from the edition of
30 published by Dumont in 1894
Gift of Pamela and Hanns
Schüttler 2012

Frederick Sandys

1829–1904
British

Study of the head of a young mulatto woman, full-face c1859

Sandys was born in Norwich, the son of a dyer who gave up his trade and set himself up as a drawing master. Encouraged by his father, Sandys joined the Norwich School of Art and Design and exhibited his drawings from an early age. An important early supporter of his was the Reverend James Bulwer (an antiquarian and former pupil of the watercolourist John Sell Cotman), who commissioned drawings from the young artist. Precociously talented, Sandys moved to London where he made his Royal Academy debut in 1851 with a chalk portrait drawing, *Lord Henry Loftus*.

Sandys first entered the Pre-Raphaelite circle following the publication in 1857 of his satirical print *A nightmare*, lampooning a painting by John Everett Millais. It shows Millais, Dante Gabriel Rossetti and William Holman Hunt clinging to each other on the back of a braying ass named John Ruskin. Sandys was a talented illustrator, producing through the 1860s a number of designs for the new illustrated periodicals. His real specialism, however, was in large portrait drawings of glossy individuals and dreamy, ideal head studies of women in coloured chalks – works that led Rossetti to describe him as 'the greatest of living draughtsmen'.

A favourite subject was the femme fatale, whose diabolical nature and dangerous sexuality were usually associated with her hair. Sandys was able to draw abundant, rippling hair with incomparable beauty and, at times, fetishistic intensity. Rossetti's influence was pronounced, but a rift developed between the two artists when Rossetti accused Sandys of plagiarising his pictures.

Just as Rossetti became obsessed in the 1860s with the dark, sombre beauty of Jane Morris, so was Sandys strongly drawn to models whose features did not conform to the Victorian ideal of feminine beauty. The female sitter depicted in the Gallery's drawing was traditionally thought to be the young gypsy girl known simply as Keomi. Sandys is said to have met her at a Romany camp in Norfolk, and to have subsequently brought her to London where he introduced her to other painters in Rossetti's circle. Keomi figures in a number of Sandys's works from the early 1860s.

In her definitive study on Sandys, Betty Elzea has identified the sitter in the Gallery's drawing as Fanny Eaton, a young mulatto model with striking features and unruly black hair, who also sat to Rossetti, Millais, Albert Moore and Simeon Solomon. She appears in a related head study in the Victoria and Albert Museum in London – shown looking upwards and to the right – that Sandys later used in preparation for his oil painting of 1864 representing the sorceress of Arthurian legend, *Morgan le Fay* (Birmingham Museum and Art Gallery). The final painted figure appears to be a curious conflation of the features of Keomi and Fanny Eaton.

Although Sandys largely withdrew from the Pre-Raphaelite circle after 1870, he continued to enjoy a measure of public esteem for his stylish portraits. He lived far beyond his means and was often in financial difficulty. He relied increasingly upon commissioned work from loyal patrons. Among the most impressive formal portraits of his last years are the drawings commissioned by the publishing firm of Macmillan depicting writers such as Matthew Arnold and Alfred, Lord Tennyson.

Selected literature: Elzea 2001, pp 122–23, no 1.A.169

**Study of the head of a
young mulatto woman,
full-face** c1859

black and red chalk, pencil
23.7 x 24.3 cm
Signed in black chalk, lower
left: *F. Sandys* (probably
added by the artist's daughter,
Mary Sandys)
Purchased 1936

Sir Edward Coley Burne-Jones

1833–98
British

Study for the head of Saint George c1866

Burne-Jones is the leading figure associated with the second generation of Pre-Raphaelites. He was born in Birmingham, the son of a picture-frame maker, and educated at Exeter College, Oxford where William Morris was a fellow student. In 1856 he was introduced to Dante Gabriel Rossetti, whose magnetic personality led Burne-Jones to abandon his divinity studies and become a painter.

Aside from some informal drawing lessons given by Rossetti, Burne-Jones was essentially self-taught. His early works – finicky, intense and quaintly medievalising pen and ink drawings – are plainly the work of a draughtsman untainted by Royal Academy training. His instinctive feeling for two-dimensional design is also evident in the stained-glass window cartoons he produced from 1861 for the firm of Morris, Marshall, Faulkner & Co.

During the 1860s Burne-Jones's style became softer and more idealised, stimulated by several artistic pilgrimages to Italy from 1859 onwards. His second trip in 1862 was funded by John Ruskin, who accompanied Burne-Jones and his wife to northern Italy. Ruskin introduced his protégé to 16th-century Venetian painting and commissioned him to make copies, the influence of which is apparent in the treatment of the landscape in the Gallery's Saint George canvas (opposite, below).

This painting is one of the series originally commissioned by the successful watercolourist Myles Birket Foster for his newly built house, The Hill, at Witley in Surrey. Burne-Jones was asked to provide seven canvases illustrating the legend of Saint George, which would be installed as a frieze around the dining room. Three of the pictures were completed in 1864 and the remaining four in 1867. Foster was forced to sell The Hill in 1893 and the following year the series was sold at auction in London.

At least 15 chalk studies, all in the Birmingham Museum and Art Gallery, are known for the Gallery's painting alone. They reveal the considerable modifications that Burne-Jones made to the composition. To these we can add the preparatory head study of Saint George also in the Gallery's collection, the soft, smudged features of which reveal Burne-Jones's attempt to assimilate the flavour of Italian High Renaissance drawings. The sensuous, impassive head is a hallmark of the artist's style, for even in lancing the dragon, this bloodless Saint George does not bat an eyelid. 'The moment you give what people call expression', Burne-Jones wrote, 'you destroy the typical character of heads and degrade them into portraits, which stand for nothing'.

Burne-Jones's later career was hugely successful, both at home and abroad, and his works were an important influence on the development of Symbolism. For the most eloquent expression of his aesthetic credo we can turn to the artist's own words: 'I mean by a picture a beautiful romantic dream, of something that never was, never will be – in a light better than any light that ever shone – in a land no one can define or remember, only desire …'

Study for the head
of Saint George c1866
black chalk
20.4 x 17.3 cm
Purchased 1990

right:

**The fight: Saint George kills
the dragon VI** 1864 or 1866
oil on canvas mounted on board
105.4 x 130.8 cm
Gift of Arthur Moon KC 1950

James Tissot

1836–1902
French

Two studies of a woman c1872

Christened Jacques-Joseph, Tissot was born in Nantes, the son of a linen draper, and was educated there by the Jesuits. He later moved to Paris, where he trained with the painters Louis Lamothe and Hippolyte Flandrin and cultivated friendships with a circle of avant-garde artists, including Degas, Manet and Whistler. He also Anglicised his name to James.

Tissot was a superb technician who worked in the academic style espoused by the Salon, although his subjects on the whole were avowedly modern. He is mainly remembered for his depictions of the customs, manners and fashions of the newly rich Victorian middle classes – what John Ruskin dismissed as 'mere coloured photographs of vulgar society'. His pictures nonetheless present a splendid panorama of the genteel world he inhabited, and beneath their surface charm and polish they communicate the ennui, ambiguities and tensions of social and domestic life in the late Victorian age.

Tissot escaped to England in 1871 after the Franco-Prussian War, probably fearing reprisal for his supposed involvement in the Paris Commune. He swiftly established a highly successful career in London. His acquaintance, Edmond de Goncourt, called Tissot an 'ingenious exploiter of English idiocy' and sneeringly described his studio, 'where, at all times, there is iced champagne at the disposal of visitors, and the studio is surrounded by a garden where, all day long, one can see a footman with silk stockings brushing and shining the shrubbery leaves'.

From 1876 Tissot lived in defiance of Victorian morality with the beautiful divorcee, Kathleen Newton, at his villa in St John's Wood. Mrs Newton and her children figured repeatedly in Tissot's paintings until her death in 1882. Thereafter, the grief-stricken artist moved back to Paris, his London house purchased by Lawrence Alma-Tadema. Later in life Tissot returned to Catholicism and his art entered a religious phase, the catalyst of which was a vision revealed to him while working in Saint Sulpice Church in Paris. His final years were devoted to a series of pictures on the life of Christ and illustrations to the Bible.

An interesting aspect of Tissot's art, which he began in the late 1860s, are the caricatures of eminent people he was commissioned to draw for the magazine *Vanity Fair*. His use of gouache and watercolour – which appears in a number of attractive studies of women in modern dress made around the time of his arrival in London – was probably a direct result of his commercial, illustrative work. About ten such drawings, including the sheet in the Gallery's collection, are known today.

The Gallery's study may represent an early idea for the female figure in Tissot's painting *The last evening* 1873 (Guildhall Art Gallery, London), although it was never incorporated into the picture. The painting is one of Tissot's shipboard scenes set on the Thames, done shortly after his arrival in London, in which a sailor and his lover sit pensively before their imminent separation. The female model was Margaret Freebody (née Kennedy), the wife of Tissot's friend, Captain John Freebody.

As in the painting, Margaret Freebody is shown in the Gallery's drawing wearing a hat wrapped in gauzy fabric and a checked coat worn over a black dress. The painting shows her without the white shawl. A couple of directly related watercolour and gouache studies (Smith College Museum of Art, Massachusetts and J Paul Getty Museum, Los Angeles) depict the model seated in a wicker rocking chair with her hands joined and gently resting on her cheek. These were presumably completed shortly after the Gallery's drawing, recording the more poignant, introspective pose Tissot adopted for the finished picture.

Selected literature: Matyjaszkiewicz 1984, p 109, under no 56; Whiteley 2000, vol 1, p 419, under no 1451

Two studies of
a woman c1872
pencil, watercolour and
gouache on blue-grey paper
29.8 x 38.5 cm
Purchased 1933

Frank Holl

1845–88
British

Deserted – the foundling 1873

The scene is dawn by the River Thames with the dome of St Paul's Cathedral looming in the background. Two policemen ending their beat along the London docks encounter an abandoned baby, the child we are invited to imagine of the cowering woman with a shifty expression on the right. According to the artist's daughter, Ada Reynolds, Holl witnessed the event while walking around the East End:

> … when my father and Mr Johnson met the little procession headed by a stalwart policeman carrying the baby, followed by a sympathetic murmuring crowd, it struck my father that a good thing might be made of it. In the drawing he gives an additional interest in the figure of a woman half veiled … who leans forward eagerly to gaze at the little bundle in the policeman's arms, and in whose attitude is undoubtedly to be found the motive of the story, since it is very obviously the mother of the child, who is loath to let the last sight of her baby pass from her without a struggle, and is evidently torn between a longing to reclaim it and the misery which forced her to abandon it.

Like Dickens, Holl wandered around London's poor districts at night in search of material. He wanted to confront his audience with scenes they may have read about in novels but had never seen. As his daughter recounted in her 1912 biography of the artist:

> It was scarcely a morbid attraction for the seamy side which led him forth upon these unsavoury peregrinations, but rather, I take it, a latent idea that, by depicting them forcibly and poignantly, in his own work, he might bring home to the indifferent eyes and hearts of the public the wretched and iniquitous state of affairs which lies close to our own doors.

Holl was one of the leading social realists of the 1870s, together with Luke Fildes and Hubert von Herkomer. These artists provided documentary illustrations for the weekly news magazine *The Graphic*, first published in 1869 and committed to addressing social problems and showing the poverty and misery of the Victorian underclasses. Holl worked for *The Graphic* from 1871 to 1878. Commercial engravers transferred his drawings to woodblock, a medium especially suited to printing in densely hatched black and white. The wood engravings were admired and collected by no less a figure than Vincent van Gogh, who wrote to a correspondent in 1883: 'When I was looking them over, all my memories of London ten years ago came back to me – when I saw them for the first time; they moved me so deeply that I have been thinking about them ever since, for instance Holl's *The foundling* …'

The composition was reproduced as a double-page illustration in *The Graphic* on 26 April 1873 (opposite, below). As was customary practice, Holl used his drawings as the basis for oil paintings shown at the Royal Academy, however the canvas (exhibited in 1874) remains untraced. Holl achieved considerable success as a painter of social realist subjects but later turned to the much more lucrative trade of portraiture and was beset by commissions from the great and the good. He became sufficiently wealthy to have Norman Shaw build him a studio house in Hampstead and a country house in Surrey.

This drawing is one of a number of original *Graphic* illustrations purchased by the Gallery at the Sydney International Exhibition in 1879, where the London Graphic Company exhibited a collection of works by its artists.

Selected literature: Dafforne 1876, p 11; Reynolds 1912, pp 107–08; Treuherz 1987, pp 76–78, p 147, no 66 (related oil on canvas); Bills 2013, pp 27–29; Gilmartin 2013, pp 96–97

Deserted – the foundling 1873

pen, brush and black ink
with white and grey gouache
32.3 x 53.3 cm
Signed lower right in pen
and black ink: *Frank. Holl*
Purchased 1879

right:

**London sketches –
the foundling**
from *The Graphic*
26 April 1873

wood engraving

Private collection
Photo: The Bridgeman Art Library/
Look and Learn/Bernard Platman
Antiquarian Collection

George du Maurier

1834–96
British

Spiritualism made useful 1876

George du Maurier grew up in Paris in a bilingual family. He went to London to study chemistry but soon gave up and returned to Paris as an art student in 1856, enrolling in the studio of Charles Gleyre and making friends with James Abbott McNeill Whistler and Edward John Poynter. He later romanticised this period of his life in his novel *Trilby* (1894), an instant bestseller adored by the public and critics alike. Du Maurier moved to Antwerp to further his training but the loss of sight in one eye hindered him from following his intended path to becoming a serious painter. Instead, he decided to concentrate on black and white work, a branch of illustration that was blossoming in the 1860s in innumerable books and periodicals.

In London du Maurier worked as an occasional illustrator before joining the staff of *Punch* in 1864 as a social cartoonist. Founded in 1841, the weekly magazine became something of a national institution and a staple of middle- and upperclass drawing rooms across Britain, amusing readers with its irreproachably tasteful humour and satire. It is in fact to *Punch* that we owe the modern meaning of the word 'cartoon', first coined in the journal's pages in 1843 in reference to a comic political illustration (as opposed to a full-scale preparatory drawing used for transferring a design from paper to another surface).

Du Maurier's association with *Punch* lasted more than 30 years until his death in 1896. As one of the great comic draughtsmen of the Victorian period, he is especially remembered as the arch observer of the manners and mores of the upper classes, targeting in particular the nouveaux riches, philistines and aesthetes. He drew his cartoons directly on the wood block for the engraver to follow, but as his eyesight worsened in the early 1870s he worked on paper. An accomplished writer, he also composed his own captions, although to the modern ear accustomed to brevity these can sound long-winded and cumbersome.

Spiritualism made useful appeared in *Punch*'s Almanack (as it was always spelt) of 1877 (opposite, below). The drawing lampoons the Victorian spiritualist movement, which by the 1870s had grown into a thriving subculture with its own societies, specialist publications and celebrity mediums. It shows two couples in evening dress seated at a round table – a witty reference no doubt to the typical séance arrangement, where a presiding medium would attempt communication with the 'other side'. But instead of the usual table rapping and tipping by which means departed souls manifested their presence, in this drawing the conjured spirits obligingly perform the double duty of serving food and wine and providing the evening's orchestral entertainment. Meanwhile, the diners preserve their British sangfroid, blithely unperturbed by the spectre of disembodied hands swirling around them.

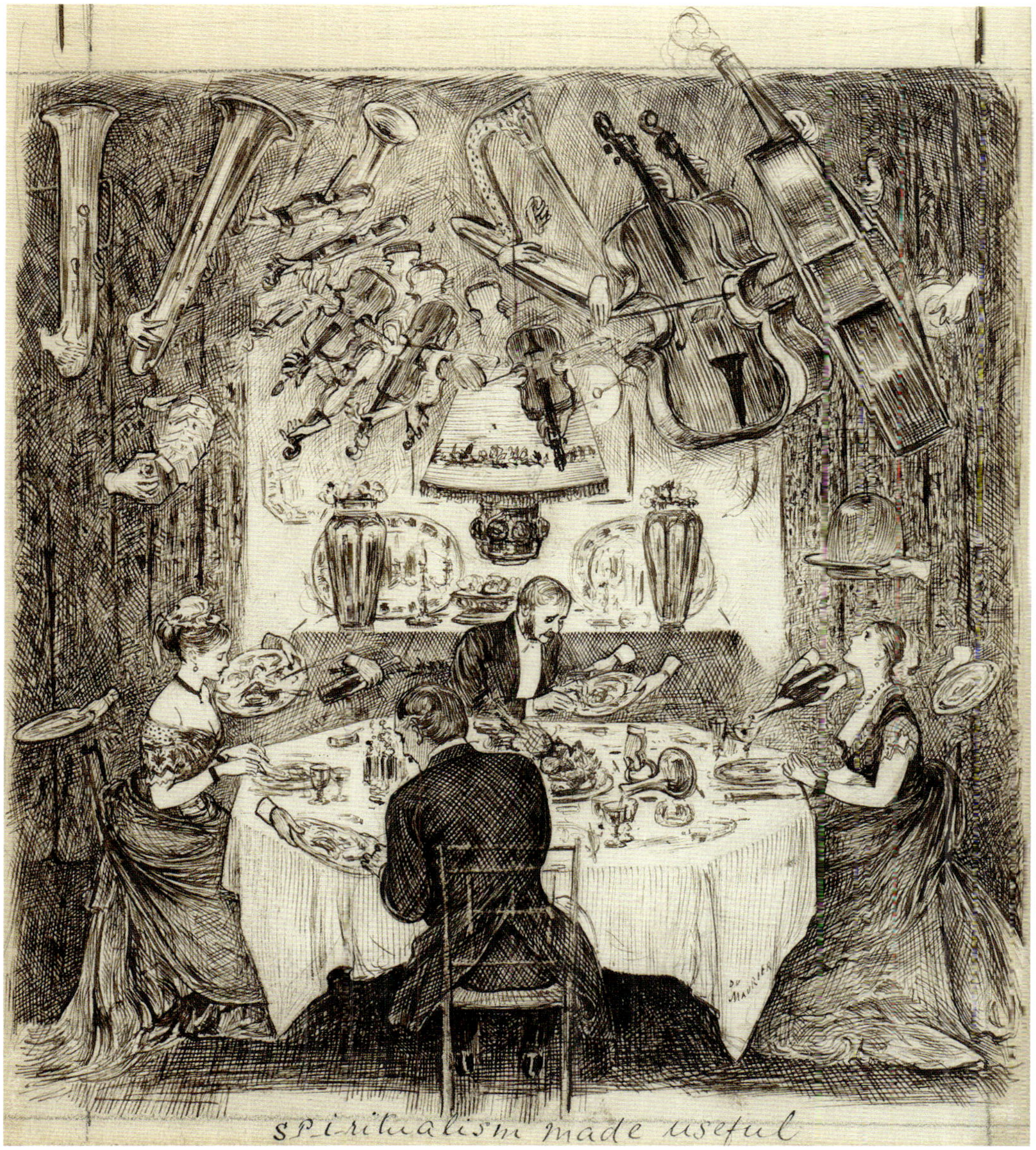

PUNCH'S ALMANACK FOR 1877.

SPIRITUALISM MADE USEFUL.

WHO KNOWS?—What sized bowl is required to drown care in?

PROPER FARE.—What would you expect to find on a literary man's breakfast-table?—*Bacon's Brownies*, *Food Memorials of Lamb*, if in season, and Shelley fragments.

THE MOST UNKINDEST CUT OF ALL.—Presenting an unfortunate who has invested his little all in Turkish Bonds with a Porte-monnaie.

CAUTION TO "COMICAL BOOS."—Remember how many jokes may be classed under these two heads:—1. Funny, but old; 2. New, but not funny.

WHAT OUGHT TO GO TOGETHER.—A turnip watch and an eighteen-carat gold chain.

DOMESTIC.—It was a homely but pungent observation, on the part of a man of much experience and observation, that marriage without love was like tripe without onions.

Spiritualism made useful 1876

pen and brown ink
27.7 x 25.4 cm
Signed in brown ink, lower right (on tablecloth): *DU/ MAURIER*
and titled in pen and black ink, lower centre: *Spiritualism made useful*
Gift of CC Hoyer Miller and E Horsman Coles 1931

right:

Punch's Almanack for 1877
wood engraving
State Library of NSW

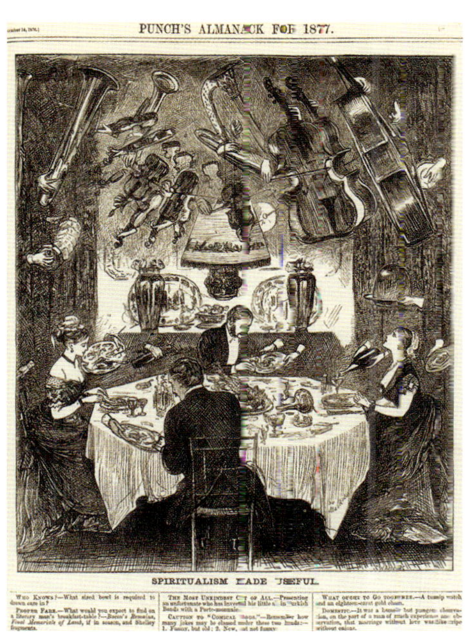

Samuel Palmer
The lonely tower 1879 (detail)

Samuel Palmer

1805–81
British

The lonely tower 1879

The most significant event in Palmer's early life occurred in 1824 when the sensitive 19-year-old was introduced to William Blake, then in his 67th year. Palmer immediately recognised a kindred spirit, whose art spoke to Palmer's own sense of the mysterious divinity of creation. Blake became the dominating inspiration for Palmer and his idealistic brotherhood of young artists, the 'Ancients', who lived by the motto 'poetry and sentiment'.

Palmer was captivated with a series of wood engravings Blake had made to illustrate a school edition of the classical poet Virgil's *Eclogues* (opposite, below). In these tiny prints – the most atypical of all Blake's works – Palmer discovered:

> … visions of little dells, and nooks, and corners of Paradise; models of the exquisitest pitch of intense poetry. I thought of their light and shade, and looking upon them I found no word to describe it … There is in all such a mystic and dreamy glimmer as penetrates and kindles the inmost soul, and gives complete and unreserved delight, unlike the gaudy daylight of this world.

Despite the powerful spell Blake cast over Palmer, the ironies and perversities of Blake's art were fundamentally alien to him. Palmer's imagery stressed an essentially benevolent view of humanity and nature; a response to the landscape invariably exhilarating and inspirational. Blake was a bleaker, less innocent artist than the socially reactionary and religiously orthodox Palmer could admit.

By the time Palmer turned to etching in 1850, at the age of 45, the demands of painting saleable pictures had diluted the intensity of religious and poetic insight that had once distinguished his work. Palmer's adoption of etching was thus a self-conscious effort to rekindle the heightened perception of his early years, when he knew Blake and worked in idyllic seclusion with the Ancients at the village of Shoreham in Kent – the 'valley of vision' as he called it. The 13 etchings completed before his death in 1881 stand as a reaffirmation of Palmer's unique imaginative powers, and can be seen as the direct progeny of the great Shoreham drawings of the 1820s and early 1830s.

Palmer was intrigued by the process of etching, remarking to the critic and publisher PG Hamerton in 1871: 'If this kind of needlework could be made fairly remunerative, I should be content to do nothing else, so curiously attractive is the teazing, temper-trying, yet fascinating copper.' The following year, again to Hamerton, Palmer opined: 'the great peculiarity of etching … [is] an elegant mixture of the manual, chemical and calculative … it has something of the excitement of gambling, without its guilt and its ruin.'

Palmer elaborated his plates with painstaking care. Extensive use of stopping out and repeat biting helped achieve the dense hatchings and highly wrought surfaces that characterise his prints. 'The charm of etching', he wrote with evident delight in 1876, 'is the glimmering through of the white paper even in the shadows; so that

almost everything either sparkles, or suggests sparkle … those thousand little luminous eyes which peer through a finished linear etching'.

Palmer's greatest etching, *The lonely tower*, with its wondrous sky lit by the low sickle moon and glistening with the Great Bear constellation, was inspired by lines from John Milton's poem *Il Penseroso* (1645):

> Or let my lamp at midnight hour
> Be seen in some high lonely tow'r,
> Where I may oft outwatch the Bear,
> With thrice great Hermes, or unsphere
> The spirit of Plato to unfold
> What worlds or what vast regions hold
> The immortal mind that hath forsook
> Her mansion in this fleshly nook

Palmer revered the great poet from an early age, and admitted that the two items he carried with him in his pocket at all times were a sketchbook and a 'little bound Milton'.

This etching originated in a large watercolour of 1867–68 commissioned by Leonard Rowe Valpy. Valpy had asked Palmer to paint subjects of his own choice, which spoke to his 'inner sympathies'. The result was a series of eight watercolours illustrating lines from Milton's companion poems, *L'Allegro* and *Il Penseroso*, expressions, respectively, of the pleasurable, active life and the solitary, pensive one. Palmer wrote to Valpy of his intentions for *The lonely tower*:

> We must reach poetic loneliness – not the loneliness of the desert, but a secluded spot in a genial, pastoral country, enriched also by antique relics, such as those so-called Druidic stones. The constellation may help to indicate that the building is nothing else but the tower of *Il Penseroso*. Shepherds may gaze, not at the sky, but at the light given forth by *My lamp at midnight hour*.

The tower depicted in the etching stands on Leith Hill in Surrey. It was full of personal and tragic associations for Palmer since it was close to where his eldest son, Thomas More, died in 1861. The tower was also visible from the studio at Palmer's house at Mead Vale, where he had relocated with his family the following year.

The watercolour is now in the Yale Center for British Art, New Haven. It differs from the etching most notably in the time of day depicted, which is sunset. A second, smaller watercolour, which corresponds more closely to the etching and was probably made after it, is in the Huntington Library, San Marino.

Selected literature: Lister 1969, pp 85–87, p 108, no 12; Lister 1988, pp 247–48, E12; Barker 2005, pp 240–41, no 161; Vaughan/Barker 2005, pp 590–97

The lonely tower 1879
etching
19 x 25.3 cm (plate mark),
29 x 40 cm (sheet)
vi of 7 states
Signed in pencil, lower right:
Samuel Palmer and printed
number below image, lower
left: *16*.
Published 1879 in an edition
of 100 by H Blair Ansdell in the
series *Twenty-one etchings
by the Etching Club*
Parramore Purchase Fund 2013

right:

William Blake
Thenot under fruit tree 1821
from *The pastorals of Virgil*
wood engraving
3.3 x 7.4 cm (image)
Purchased 2006

James Abbott McNeill Whistler

1834–1903
American

Nocturne: furnace 1879/80

In 1877 Whistler showed his painting *Nocturne in black and gold: the falling rocket* at the inaugural exhibition of the Grosvenor Gallery in London. The leading art critic, John Ruskin, wrote that he 'never expected to hear a coxcomb ask two hundred guineas for flinging a pot of paint in the public's face'. Whistler sued Ruskin for libel, with the trial heard at the Old Bailey. Although Whistler won the case (he was awarded the derisory sum of one farthing in damages), he was obliged to pay the legal fees. In May 1879 he was declared bankrupt, stripped of his assets, including his house in Chelsea, and his collections were auctioned.

In the wake of these events, the Fine Art Society in London commissioned Whistler to visit Venice for three months to produce a series of 12 etchings. As it happened, the beauties of the city so delighted and inspired the artist that he remained there for over a year, returning to London with 50 etching plates and about 100 pastels. On his return he immediately set about printing *Venice, a series of twelve etchings*, which was shown by the Fine Art Society in December 1880.

This was followed by *A set of twenty-six etchings of Venice*, known as the 'Second Venice Set', published by Messrs Dowdeswell and Alphonse Wyatt Thibaudeau in 1886. *Nocturne: furnace* was published in this series. Whistler developed the plate over many states, refining the figure inside the doorway and elaborating the shading and reflections with more and more fine, spidery lines. In the seventh state, represented by the Gallery's impression, Whistler delineated the figure more clearly and added horizontal lines above the head at the window on the left to suggest windowpanes.

Whistler was interested in the role that inking played in the individualisation of his prints, and to this end he undertook the printing of the plate – and, indeed, of the entire series – himself. His love of what later generations would call 'artistic' or 'interpretive' inking involved leaving ample tone on the surface of the plate and manipulating it so that each impression would manifest subtle differences and variations. Inking was as important to his artistic intentions as the etched lines themselves. His concern to make each impression in a sequence unique marked a new development in the role of printmaking – a goal that, after all, was antithetical to the very nature of the medium.

In Whistler's hands printmaking was carried to the limits of refinement and aesthetic preciosity: he introduced such mannerisms as trimming away the margins of his prints, leaving only a small paper tab at the bottom on which he pencilled his famous butterfly, developed from the letter 'W'. The abbreviation *imp.* (*imprimé*) indicates that Whistler was also the printer. An etched version of the butterfly monogram can also be seen in *Nocturne: furnace* on the left side of the print, halfway between the gondola and the window.

The print is one of five etchings representing Venetian nighttime subjects. Whistler ignored the popular tourist spots and sought out the more picturesque, hidden corners of the city. He also invented daringly simplified compositions and devised novel drawing techniques to depict the floating quality of Venice in an original, highly evocative way. Whistler explained his drawing method to his Australian-born disciple Mortimer Menpes, who later relayed it in his memoir *Whistler as I knew him* (1904):

> I began first of all by seizing upon the chief point of interest. Perhaps it might have been the extreme distance – the little palaces and the shipping beneath the bridge. If so, I would begin drawing that distance in elaborately, and then would expand from it until I came to the bridge, which I would draw in one broad sweep. In this way the picture must necessarily be a perfect thing from start to finish. Even if one were to be arrested in the middle of it, it would still be a fine and complete picture.

Nocturne: furnace presents a view through a dark doorway into the radiant interior of a Venetian glassblower's furnace. The contrast between the brilliantly lit interior, with its arduous human activity, and the encroaching gloom of a side canal, has been achieved by manipulating the film of ink left on the surface of the etched plate. Whistler is less concerned with the details of the subject than with the final effect of the image, which exudes subtlety and mood and is almost abstract in its conception.

Selected literature: Kennedy 1910, no 213; Lochnan 1984, p 191, no 225; MacDonald, et al 2012, G 208 (online)

Nocturne: furnace
879/80

etching and drypoint in
brown ink
16.8 x 23 cm (trimmed
to plate mark)
iv of 7 states (Kennedy), vii of 12
states (MacDonald, et al)
Printed monogram, centre left.
Signed in pencil with monogram
and inscribed, *imp.* on paper
tab, bottom left
Purchased 1976

Félix Buhot

1847–98
French

Buhot moved to Paris in 1865 from Valognes in Normandy and shortly after enrolled at the École des Beaux-Arts, determined to forge a career as a painter. He was taught to make etchings in around 1873 and in the same decade completed the first of a series of illustrations for novels by the dandy writer Jules Barbey d'Aurevilly (another son of Valognes).

Buhot's first exhibited etchings – reproductive works with a markedly Japoniste aesthetic – appeared at the Salon of 1875. However, his activity as a reproductive printmaker and illustrator was curtailed as he began devoting most of his creative energies to original printmaking. He is primarily known for his highly atmospheric etchings of London and Paris streets. These lively cityscapes were widely exhibited and admired in France, winning him the esteem of the art establishment and resulting in his invitation to design the frontispiece to volume IV of Henri Béraldi's *Les graveurs du XIXᵉ siècle* (the first authoritative catalogue of 19th-century French printmakers) (opposite, below). But the largest market for Buhot's work was in America, where the New York dealer Frederick Keppel arranged his first retrospective exhibition in 1888.

Buhot was obsessed with the 'fine art' aspects of printmaking. More than any other French artist of his era he pushed the notion of the print far beyond that of its most fundamental raison d'être – namely as a means of multiplying duplicate images – and aimed to make every impression he printed an object of unique and rarefied beauty. Indeed, the fascination of his oeuvre lies in the bewildering permutations that exist of single etchings, of which there are rarely definitive versions or states.

Buhot's choice of ink and paper was very important in his conception of the print as an expression of individual artistry. Quite apart from changes he might make to an etched design (often enhanced with aquatint, drypoint or roulette), he experimented with producing variations from one impression to another in the printing process itself: to this end he employed inks of contrasting colours and consistencies (which could be more or less manipulated on the plate), as well as papers of different textures and tones. In his fastidious attention to such matters, Buhot displays a high aesthetic sensibility such as we encounter in the work of James Abbott McNeill Whistler (see previous page). Ever insistent on the individualised nature of his etchings, Buhot provocatively referred to them as 'paintings on copper'. He declared that 'original etchings with the characteristics of a composition and without any special purpose are for me paintings'.

The Gallery's impression of *Westminster Bridge* is unusual by virtue of its support: Buhot chose to print a number of impressions from this plate on artificial parchment, the mellow surface of which is less absorbent than paper so that more ink remains on the surface, imparting a lustrous sheen to the print. The addition of the artist's stylised owl stamp (located directly beneath the owl carrying a lantern in the lower centre) frequently designates what Buhot himself considered to be a special impression. The words *épreuve d'artiste* (artist's proof) must, as is often the case with Buhot's inscriptions, be taken with a grain of salt. For the print is not strictly a working proof at all but a fully realised impression intended for exhibition.

A distinctive and highly attractive feature of Buhot's prints is the use of marginal sketches to surround the central image. Buhot termed these *marges épisodiques* and *marges symphoniques*; the former type relating in theme to the main image, the latter type serving as purely decorative embellishments.

The interconnected vignettes which frame *Westminster Bridge* are more freely sketched than the central image and are etched with a shallower bite. They illustrate the impact of modernity on the city: the excitement of the newly opened underground railway, one of the great construction projects of the 19th century, designed to transport large numbers of individuals in and out of the metropolis. In the top margin the moonlit dome of St Paul's Cathedral overlooks the Thames, with its mix of industrial and leisure craft.

Buhot first visited England in 1876 and was instantly enamoured with London life. The print is based on drawings made there in 1883. It shows the entrance to Westminster Bridge from the south (Lambeth) side, with a view of the Houses of Parliament and Big Ben at the north end. In sharp contrast to these august buildings, a construction site with scaffolding advertises new apartments for let.

Selected literature: Béraldi 1886, vol 4, p 33, no 155–156; Bourcard/Goodfriend 1979, pp 97–98, no 156; Fisher 1983, p 59, p 114, no 79

Westminster Bridge
c1884

etching with drypoint and
aquatint on artificial parchment
28.3 x 39.5 cm (plate mark),
31.5 x 41.7 cm (sheet)
vi of 8 states
Signed and annotated in pen
and brown ink, lower centre:
épreuve d'artiste/ Felix Buhot
Artist's stamp lower centre
(Lugt 977)
Purchased 1986

right:

Frontispiece to the fourth
volume of Henri Béraldi's *Les
graveurs du XIXe siècle* 1886

Samuel Putman Avery Collection,
New York Public Library

Frederic, Lord Leighton

1830–96
British

Studies for 'Whispers' and 'Wedded' c1881

This graceful drawing comprises figure and detail studies for two paintings by Leighton: *Whispers* c1881 (whereabouts unknown) and *Wedded* 1882. The latter was purchased by the Art Gallery of New South Wales from the Royal Academy exhibition in London in 1882 (opposite, below right). It depicts two chastely embracing lovers standing beneath an archway of the ruined Greek theatre at Taormina in Sicily.

In the drawing the lovers are clearly recognisable on the left side of the sheet, although their garments are different to those seen in the finished work. By comparison with the study, the female figure is shown with her head and torso tilted further back in an attitude more powerfully expressive of her yearning. Her male companion is also rather more idealised, and assumes a more graceful contrapposto stance. The separate studies of hands in the lower half of the sheet were more or less incorporated into the painting, apart from minor adjustments to the placement of the fingers.

Leighton routinely produced quantities of preparatory figure studies – most of them in black and white chalk on blue- or brown-tinted papers – directly from the model, a practice that distinguished him from the majority of British artists active in the second half of the 19th century. His outstanding talent as a figure painter can largely be ascribed to his Continental education, founded on the academic tradition of life drawing. It was through drawing that Leighton was able to understand human anatomy and to perfect the classically restrained gestures and poses of his figures, which he habitually sketched as nudes before covering them with drapery (opposite, below left).

Leighton was the most renowned exponent of Victorian classicism, an artistic tendency in many ways antithetical to the Pre-Raphaelite movement (which it immediately followed on from) and its espousal of truth to nature. While classical in inspiration, Leighton's art nonetheless made an important contribution to the Aesthetic movement, with its pursuit of ideal beauty unrestrained by meaning or moral. Leighton sought such beauty in an imaginary antique world of eternal summertime.

Leighton benefitted from a cultivated and cosmopolitan upbringing, spending much of his childhood and adolescence in Europe with his family. By the age of 11 he was already enrolled in drawing classes in Florence. He continued his art studies in Frankfurt, Brussels and Paris. From 1852 he based himself in Rome before settling permanently in London in 1859.

He was elected an associate of the Royal Academy in 1864, a full member in 1868, and a decade later became its president. His reputation as a pillar of the Victorian art establishment was indisputable. His extraordinary studio-house in Kensington, featuring the opulent Arab Hall as its centrepiece, was built from 1864 and extended over the next 30 years into a private palace of art. Here Leighton entertained the great and good of London society.

A fastidious, patrician figure, Leighton never married. In 1896 he became the first artist to be raised to the peerage, and died Baron Leighton of Stretton.

Selected literature: *The Studio* 1896, pp 106–17; Free 1975, p 34, D6; Leighton Drawings Project, rbkc.gov.uk/lordleightonsdrawings

**Studies for 'Whispers'
and 'Wedded'** c1881
black and white chalk
on blue paper
23.5 x 31.2 cm
Stamp of the artist's studio,
lower left (Lugt 1741a)
Purchased 1975

right:
Studies for 'Wedded' c1881
black and white chalk
on brown paper
23.1 x 27.2 cm
Purchased 1975

far right:
Wedded 1882
oil on canvas mounted
on board
145.4 x 81.3 cm
Purchased 1882

Sir Edward John Poynter

1836–1919
British

Study for the head of the Queen of Sheba mid 1880s

This head study in black and white chalk is preparatory for the female protagonist in Poynter's grandest painting, *The visit of the Queen of Sheba to King Solomon* (page 168). Poynter worked on this epic canvas from 1883 to 1890. It was purchased by the Art Gallery of New South Wales in 1892.

The sheer scale of the production, coupled with the challenge of orchestrating dozens of figures to create a compelling and spectacular narrative, meant that drawings were an essential technical device for the artist. Poynter was an academic painter of the highest order, who followed in the footsteps of his close colleague Frederic Leighton in upholding the lofty ideals of the academic tradition. Like Leighton, Poynter based his working methods on the practice of the painters of the Italian Renaissance: he prepared his compositions scrupulously, making exhaustive preparatory drawings from the life model, as well as head and detail studies. Even secondary figures had to be carefully worked out according to pose and expression, as we can see in the *Study of a bearded male head, looking up* for one of the background musicians in King Solomon's court.

The visit of the Queen of Sheba to King Solomon combines a strong element of imaginative reconstruction with meticulous archaeological research. Poynter kept abreast of the recent British excavations at the ancient Assyrian cities of Nimrud, Nineveh and Babylon in modern-day Iraq and drew upon the discoveries made there – as well as Egyptian and Persian sources – for his picture.

Poynter's concern to make the scene appear historically plausible went beyond fidelity to the details of architecture and décor: it was also important that his cast of characters should appear as if they had just stepped out of the ancient Near East and not resemble contemporary Europeans, which is how they would inevitably have been represented by painters in earlier centuries.

One of Poynter's greatest challenges was that of representing a figure as legendary and enigmatic as the Queen of Sheba. For although her story has been variously elaborated by different faith traditions, her true origins and identity are mysterious and have confounded archaeologists. Poynter's late Victorian retelling of Sheba's fabled meeting with Solomon at his palace in Jerusalem, where she comes to witness the king's wealth and test his wisdom with 'hard questions', is described in the Old Testament Book of Kings. The land from which the queen is believed to originate is the powerful kingdom of Saba, in present-day Yemen.

Surprisingly, Poynter first envisioned Sheba as a fair English beauty. In subsequent drawings he gradually modified the model's features and changed her appearance, giving her the form she would assume in the final painting as an alluring and exotic queen. When the painting was exhibited in London in 1890, Walter Armstrong, author of the accompanying pamphlet, described the figure as resembling a 'Hindoo Goddess'. Others thought she looked like a composite of 'an Egyptian and an Indian Queen'. That Poynter chose to focus more on Sheba's exotic beauty than her racial specificity is perhaps not surprising given that the topic of ideal feminine beauty was one of the great preoccupations of Victorian art, and of the culture at large.

Selected literature: Free 1975, p 36, D22; Inglis 2001, p 31

Sir Edward John Poynter
Study for the head of the Queen of Sheba mid 1880s (detail)

Study for the head of
the Queen of Sheba
mid 1880s

black and white chalk on
brown paper
22.5 x 19.5 cm (sheet)
Stamp of the artist's studio,
lower right (Lugt 874)
Purchased 1975

above right
**The visit of the Queen of
Sheba to King Solomon**
1883–90
oil on canvas
234.5 x 350.4 cm
Purchased 1892

right:
Study for King Solomon
mid 1880s
black chalk on blue paper
45.5 x 29 cm
Tony Gilbert Bequest Fund 2013

**Study of a bearded male
head, looking up** 1884
black and white chalk on
red-brown paper
35.4 x 25 cm
Signed and dated, centre right,
in black chalk: *EJP / Feb. 21. / 84*
Purchased 1976

Two studies of harp players
mid 1880s
black and white chalk on
red-brown paper
26.5 x 40.3 cm
Purchased 1990

Paul Cézanne

1839–1906
French

This double-sided sheet – like most of Cézanne's thousand-plus drawings – was originally part of a sketchbook. It belonged to the artist's son, Paul Cézanne *fils*, then to the dealer Paul Guillaume, before being acquired and dismantled in the 1930s by the art historian Adrien Chappuis. Chappuis began purchasing Cézanne drawings in the 1920s and devoted his life's work to their study, the culmination of which was the catalogue raisonné he published in 1973. Chappuis maintained that Cézanne's drawings could be best appreciated when presented individually, and he felt no compunction about removing pages from sketchbooks. Indeed, the process of disbanding the sketchbooks had been started by Paul *fils* and his mother when they inherited them. It was almost certainly at this time that individual pages were discreetly numbered in order to keep a record of the sketchbooks' contents and order. Of the 18 sketchbooks thought by Chappuis to have survived in the artist's estate, only seven remain intact, and then only partially so.

The activity of drawing was necessarily a private one for Cézanne. None of his drawings were exhibited during his lifetime. His sketchbooks are filled with informal and intimate glimpses of corners of his studio, studies after the old masters (especially sculptures), portraits of his family and close friends, and transcriptions of landscape using the horizontal orientation of a given page. Cézanne paid scant attention to order and system in his sketchbooks, preferring to jot down whatever pleased him on an empty page, so that it is not uncommon to find drawings facing each other that appear to date from distinctly different periods.

Of the two portraits featured on the Gallery's sheet, the drawing of Émile Zola, shown absorbed in thought, sitting at his desk, is the slightly later one in date, executed during one of Cézanne's regular visits to the great writer's house. The close friendship between Zola and Cézanne originated during their schooldays in Aix-en-Provence. When Zola departed for Paris in 1858, Cézanne planned to join him there, and they maintained contact with each other through a correspondence in which they shared their ambitions and experiences.

Following the publication in 1877 of his novel *L'Assommoir* – a study of working-class alcoholism and his most realistic novel to date – Zola became the most famous living novelist in France. With the huge success of this work he bought a luxurious house at Médan, on the banks of the Seine near Paris. Cézanne visited the novelist several times between 1879 and 1885, and made a number of sober and intense pencil sketches of him.

Relations between the two men had become increasingly delicate, however, and the rift between them would be complete after Zola's fictional transformation of Cézanne into Claude Lantier, the artist of failed artistic genius driven to suicide who was the protagonist of his novel *L'Œuvre* (1886). To what extent Cézanne detected himself in the character of Lantier is not known, but after this time the old friends never saw each other again.

Ceding niceties of draughtsmanship and concern for anatomical correctness, the Gallery's drawing shows Cézanne's predisposition to frame and position the sitter according to a rigorous, quasi-geometric, formal arrangement. The spatial context is merely suggested by the vertical band on the right – seemingly wedging the subject into a corner – and the hatched shadows beneath the writer's radically simplified left hand and arm.

The drawing on the verso presents a marked contrast. It depicts the open-faced, luminous gaze of a young boy. The sitter is Cézanne's son, Paul, a favourite subject of his doting father. His mother, Marie-Hortense Fiquet, first met Cézanne in Paris in 1869. Their son was born in 1872 and they finally married in 1886, although they lived apart for long periods. There are more than 100 studies documenting the growth of the boy from infancy to adolescence, which communicate Cézanne's joy before his son. Little Paul is here depicted probably between the ages of eight and ten.

Selected literature: Andersen 1970, pp 215–16, no 238 but illus as no 239 (recto), p 154, no 155 (verso); Chappuis 1973, vol 1, p 175, no 622 (recto), vol 1, p 194, no 732 (verso)

Émile Zola reading
1881/84 (recto)
Head of Paul
Cézanne fils 1880/83
(verso)
pencil
21.8 x 12.5 cm
Numbered in pencil, recto,
lower left: x
Purchased with funds provided
by Margaret Olley 2003

Paul Gauguin

1848–1903
French

Breton women at a fence 1889

In June 1889 Gauguin and his circle mounted an exhibition of their work, described in the accompanying catalogue as *Peintures du Groupe Impressioniste et Synthétiste*. It was the first public manifestation of the movement known as the Pont-Aven School. About 100 paintings by Gauguin, Émile Bernard, Émile Schuffenecker, Louis Anquetin and others were displayed on the walls of the Café des Arts – now remembered as the Café Volpini after the establishment's proprietor Monsieur Volpini – which had been set up temporarily inside the vast grounds of the Paris Exposition Universelle. Significantly, the exhibition at Volpini's café was an independent venture, unrelated to the authorised artistic program associated with the exposition. Gauguin, ever-ambitious and still largely unnoticed as a painter, quickly seized the opportunity to present his work – albeit as an unofficial participant – at the largest world's fair to date, celebrating the 100th anniversary of the French Revolution.

Among Gauguin's contributions was a series of ten zincographs (lithographs drawn on zinc plates), including a frontispiece. Gauguin created the images – his first effort at printmaking – using a mixture of crayon and washes (*lavis*). The subjects were derived from his recent work in other media depicting places he had visited that were special to him, such as Brittany, Arles and Martinique. The lithographs were printed on large sheets of canary-yellow paper – probably influenced by Japanese prints, commercial French posters and even popular books called 'yellow-backs' – and were assembled in a portfolio with the frontispiece pasted to the cover. Although the prints were not on display, sets were available for viewing on request and were offered for sale at the Café des Arts for 20 francs. The exact edition size is not known, but fewer than 50 sets were printed.

Gauguin's decision to draw the lithographs on zinc plates was presumably because they were cheaper and less cumbersome to work with than the more conventional limestone blocks. Although zinc achieved a less polished result, Gauguin – who was cultivating a coarser, handcrafted aesthetic at this time – would almost certainly have favoured the more rustic-looking prints that this matrix produced.

Gauguin's quest for rural simplicity (and, not insignificantly, a cheaper lifestyle) drew him in 1886 to the village of Pont-Aven in Brittany, which was already an artist's colony. Here he discovered an alternative to metropolitan Paris: an ideal, uncorrupted society inhabited by a population whose way of life appeared to have endured, with its superstitions and Catholic traditions intact, since medieval times. 'I love Brittany', declared Gauguin in a letter to Émile Schuffenecker in 1888. 'I find there the savage, the primitive. When my clogs resound on the granite soil, I hear the muffled, dull, powerful tone that I seek in my painting.'

Breton women at a fence captures all that Gauguin loved about the Breton landscape: the rolling hills, the neatly bordered fields, the stone cottages and the country people and their distinctive costume. On the right, two standing women wearing starched collars and coiffes lead our eye across the composition in a zigzag motion, following the emphatic but smoothly flowing diagonal lines. A third figure in wooden clogs is seated on the other side of the wooden fence next to a brindled cow.

The new style that Gauguin developed with Émile Bernard at Pont-Aven aimed to define a subjective reality beneath appearances. It was called Synthetism, and was seen above all in Gauguin's paintings from 1888, which began to move in the direction of greater abstraction and simplification: 'the synthesis of form and colour derived from the observation of the dominant element only', as Gauguin himself described it. Unlike contemporary Symbolism, which had strong literary affinities and emphasised particular subject matter, Synthetism was primarily concerned with the formal questions of colour, rhythm and harmony and the means by which these could be synthesised with the observation of nature and the artist's own personal experience.

Selected literature: Guérin 1927, no 4; Boyle-Turner 1986, p 54, G.7d; Mongan/Kornfeld/Joachim 1988, pp 30–31, no 8A; Prelinger 2012, p 34, no 1d

**Breton women at
a fence** 1889

lithograph on yellow paper
16 x 21.5 cm (image),
43.3 x 63.2 cm (sheet)
Printed signature, lower
left: *P Gauguin*
From the first edition of
between 30–50 impressions
Purchased 1976

Théodore Roussel

1847–1926
French

The agony of flowers 1890/95

Born in Lorient, Brittany, Roussel gave up a military career after being called to active duty in the Franco-Prussian War. He decided to become an artist and, with this ambition in mind, moved to London in around 1877 where he established himself in Chelsea, painting and exhibiting charming park and street scenes, as well as portraits. In 1885 his paintings came to the attention of Whistler and the two artists became friends. The Australian-born Mortimer Menpes, one of Whistler's devoted band of followers, recalled in his book, *Whistler as I knew him* (1904), that Roussel always went bareheaded in the leader's presence as an act of deference, in response to which Whistler chirped, 'At last, I have found a follower worthy of the Master'.

In 1887 Whistler persuaded Roussel to take up etching. His early prints, drawn on small copper plates and recording the shopfronts and houses of Chelsea, are essentially Whistlerean imitations – right down to the trimmed margins and projecting paper tab for the signature. However, from the 1890s onwards Roussel gradually revealed himself as a strikingly original printmaker, moving away from Whistlerean subjects and techniques, and immersing himself in the latest developments taking place in Paris, namely in colour etching.

Although in this period the original print was still understood as a black and white medium, isolated trials in colour etching were starting to challenge this idea. Through the 1890s colour etching developed apace, becoming an increasingly important branch of printmaking, among whose exponents were such figures as the Impressionist artists Camille Pissarro and Mary Cassatt.

Colour etching was a more complicated and time-consuming process than traditional etching because the image had to be built up from separate plates for each colour. By comparison with other forms of colour printmaking, most notably lithography (which was flourishing in tandem with the rise of the commercially produced poster), colour etching was perceived as the more elite art form, more likely to appeal to the sensitive connoisseur with its aura of handcrafted individualisation.

Roussel lavished extraordinary attention on his plates. He was intrigued by the vicissitudes of printmaking, which led him to produce countless trial proofs, exploring the changes that could be manifested from one impression to another. The print that had the longest and most complicated gestation was *The agony of flowers*, a work deeply redolent of fin-de-siècle Symbolism, depicting a bouquet of dying flowers in a Chinese vase, and unquestionably the artist's masterpiece.

Roussel began work on the plate, his most highly wrought and largest to date, in the early 1890s, giving free rein to his painterly approach by combining the auxiliary processes of softground and aquatint with traditional linear etching. The plate was printed in black and white (page 176, left), with Roussel obtaining the remarkable depth of shadow through the unusual operation of inking and printing the plate twice. He also experimented with alternative inks and papers, as seen in the Gallery's impression printed in gold ink on black paper – the only known example of this strikingly beautiful combination (opposite).

Many years later, Roussel returned to the composition and painstakingly translated *The agony of flowers* into one of the superlative colour etchings of the period, creating seven new plates from which the print would ultimately be assembled. He finetuned the image through a number of proofs: four such impressions, recording different stages of elaboration and colour combinations, are in the Gallery's collection, of which two are reproduced here, demonstrating Roussel's masterful control of nuance. Less than 20 proofs are recorded in total yet, surprisingly, only two 'finished' impressions are known to exist (British Museum, London and National Gallery of Art, Washington).

Selected literature: Dodgson 1927, pp 334, 342; Hausberg 1991, pp 74–76, no 45, and pp 179–81, no 154 (colour version)

The agony of flowers
1890/95

etching, softground and
aquatint, printed in gold
ink on black paper
44.5 x 34.8 cm (trimmed
within plate mark)
ix of 9 states
Inscribed in pencil, upper
right: *To my dear Agnes /
Theodore Roussel*
Printed signature, lower
right: *Theodore Roussel*
Purchased 1982

The agony of flowers
1890/95
etching, softground
and aquatint
45.2 x 35 cm (trimmed
to plate mark)
ix of 9 states
Printed signature, lower
right: *Theodore Roussel*
Purchased 1981

**The agony of flowers
(colour version)** 1911/12
colour etching, aquatint
and softground
45.6 x 35.1 cm (trimmed
to plate mark)
Trial proof (on old paper)
Purchased 1982

**The agony of flowers
(colour version)** 1911/12
colour etching, aquatint
and softground
45.3 x 35.3 cm (trimmed
to plate mark)
 Trial proof (no 1)
Purchased 1982

Odilon Redon

1840–1916
French

The reader 1892

Redon began taking drawing classes in his native Bordeaux at the age of 15 before training to become an architect to please his parents. In Paris in 1864 he joined the studio of the academic painter Jean-Léon Gérôme, but the experience was not congenial and Redon returned to Bordeaux for a few years. There he met Rodolphe Bresdin, a struggling artist some 20 years his senior, whose influence on Redon's artistic evolution was instrumental (see page 134). Bresdin showed his pupil the rich possibilities of working in black and white, and initiated him into the wonders of etching and lithography. As well as being a printmaker, Redon worked as a draughtsman, pastellist and painter. He was also a talented and original writer, with a selection of his work published posthumously by his family under the title *A soi-même* (*To myself*).

In the 1880s Redon was adopted by the literary-artistic movements of Symbolism and Decadence, but he maintained a discreet distance from their theories. His works are nonetheless products of a visionary sensibility, treating mysterious, fantastic and macabre themes, the suggestive character of which was recognised by Henri Béraldi in the 11th volume of his dictionary of 19th-century engravers published in 1891, in which he describes Redon's creations as 'mystical hallucinations, fantastical and enigmatic, absolutely indecipherable for ordinary mortals'.

Redon initially made highly original finished charcoal drawings, which he called his 'blacks'. Later, encouraged by Henri Fantin-Latour, he became deeply involved in lithography, publishing his first series of prints, *Dans le rêve* (*In the dream-world*), in 1879. Lithography was not only a way of making his 'blacks' available to a wider audience of collectors, it was also a medium of unique expressive potential that appealed to the artist. In 1913 Redon wrote:

> It is above all in the lithographs that those blacks have their integral brilliance, unalloyed, for the charcoal drawings which I made before them and since, were always made on paper tinted with pink or yellow, sometimes blue … Black should be respected. Nothing prostitutes it. It does not please the eye and does not awaken sensuality. It is the agent of the spirit much more than the splendid colour of the palette or of the prism … All my prints, from the first to the last, were nothing but the fruit of curious, attentive, anxious, and passioned analysis; of what power of expression could be contained in a greasy lithographic crayon, with the aid of paper and stone. I am astonished that artists have not further expanded this simple and rich art, obeying the most subtle impulses of sensitivity … It challenges and makes the unexpected appear.

Redon published his prints both as single sheets and in album form. His series were often based on literary works, and illustrate authors such as Gustave Flaubert, Charles Baudelaire and Edgar Allan Poe. Indeed, his strongest admirers and closest friends came from the literary confraternity and included Joris-Karl Huysmans and Stéphane Malarmé.

Redon scorned naturalism in art and was critical of the Impressionists – 'parasites of the object', as he called them – notwithstanding his own recourse to the natural, objective and observable:

> After the endeavour of minutely copying a pebble, a blade of grass, a hand, a profile or an entirely different thing from living or inorganic life, I feel a mental ebullience coming. Then I have the need to create, to let myself go to the representation of the imaginary. Nature, thus measured and infused, becomes my source, my yeast, my ferment.

The reader is Redon's homage to the imaginative art of the past he most admired. It is based on the etching *St Jerome in a dark chamber* by Rembrandt, an artist whom Redon felt 'gave moral life to shadows, just as Michelangelo gave it to sculpture'. The rays penetrating the window resemble cobwebs or fine cracks, heightening the spectral aura.

The seated figure is often said to be a portrait of Bresdin, developed from drawings completed in the 1860s. More generally, the print can also be seen as an evocation of Redon's belief in the importance of reading, and of the enrichment of inner life that this surrogate experience offers to those who cultivate submission to what an author has to say. 'Reading', Redon said, 'modifies us, perfects us. It allows this speechless and tranquil colloquy with the great spirit … who has bequeathed to us his thoughts'.

'What', Redon pondered, 'did they do to cultivate their spirit when there were no books? They looked at the universe and at the earth. And, in the reading of this work, men formulated the most moving chapter.'

Selected literature: Mellerio 1913, p 110, no 119; Gott 1990, p 78, no 21

The reader 1892
lithograph
31 x 23.5 cm (image),
62 x 44.1 cm (sheet)
only state, edition of 50
Signed in pencil, upper left:
ODILON REDON
Printed inscription, lower left:
LE LISEUR/ 50 épreuves
Purchased with funds provided
by the Art Gallery Society
of New South Wales 1978

179

Edvard Munch

1863–1944
Norwegian

The sick child 1896

Anguish, alienation and grief characterise the life of Edvard Munch, Norway's greatest artist. 'Sickness, insanity and death were the dark angels standing guard at my cradle and they have followed me throughout my life.' Munch made this stark evaluation of his cursed existence in his 70th year, and in large measure the statement can be taken as a vindication of the gloomy and disquieting themes he felt compelled to explore so relentlessly in his art.

Born into a highly cultured family of reduced circumstances in Kristiania (now Oslo), Munch's childhood was marred by a number of tragedies: his mother died of tuberculosis when he was five years old and his older sister perished as a result of the same malady nine years later at the age of 15. His father, a fervent Lutheran, believed the calamities that had befallen his family were signs of God's punishment and he succumbed to bouts of extreme melancholy and hallucination. Alienated by his father's fundamentalism but nevertheless deeply attached to his family, Munch gravitated to the bohemian, anti-bourgeois circle of artists and writers in Kristiania in the 1880s, during which time he was also enrolled as an art student and exhibited his earliest paintings.

Munch's artistically formative years took place in Paris in the late 1880s and Berlin in the 1890s. In Germany he began to make a name for himself and became involved with the Jugendstil publication *Pan*, which actively promoted the graphic arts. In 1895 the magazine's co-founder, Julius Meier-Graefe, published a portfolio containing eight drypoints and etchings by Munch. The set included *Two human beings (The lonely ones)* (opposite, below). The mood of existential loneliness is rendered all the more poignant by the presence of a man and woman staring together out to sea at the rocky beach at Åsgårdstrand, yet physically and psychically separated from each other.

Munch's early prints are pervaded with the imagery of his paintings, and no painting was the subject of more obsessive reinvention than the canvas he completed in 1886 titled *The sick child*. Munch was haunted by the distressing memory of having witnessed his sister, Johanne Sophie, waste and die of tuberculosis in 1877. This experience, along with his encounters with the sick during house calls with his doctor father, provided the inspiration for the picture. Years later Munch wrote: 'In the sick child I opened for myself a new path – it was a breakthrough in my art. Most of what I have done since had its birth in this picture.' The original picture was followed by five more painted versions, the last completed in 1927.

About a decade after completing the prime version, Munch revisited the subject of the sick child through the medium of printmaking: the drypoint made in 1894 is closest to the painted composition, with the feverish girl shown propped up against a pillow in a large armchair while a grieving older woman holds her hand. Two more variants followed in 1896: the etching (opposite) and the lithograph. In both prints the composition is drastically reduced to focus all attention on the pain and exhaustion in the child's face. Arguably, these are Munch's most psychologically compelling – and confronting – renditions of the subject. Munch was a tireless experimenter, fascinated by printmaking's unique capacity to produce differentiated impressions of the same image through the use of coloured inks, as well as conventional black and white.

In the etching printed in black, the image is pared down to the barest of essentials. Feverish lines delineate the child's head and shoulders and capture her tired eyes and trembling lips. Scratches of drypoint along the contour of the girl's profile accentuate her emaciated paleness against the white slab of a pillow. Another subtlety, seen in fine early impressions, is the 'foul biting' whereby the acid leaves pockmarks on the surface of the copper plate (evident on the girl's cheek), quite literally conveying the corrosiveness and dissolution wrought by disease.

Selected literature: Schiefler 1907, p 64, no 60; Willoch 1950, no 47; Woll 2012, pp 86–87, no 59

The sick child 1896
etching and drypoint
13.8 x 17.8 cm (plate mark),
21.4 x 25.7 cm (sheet)
Only state
Signed and dated lower right
in pencil: *Edv. Munch 97*
Purchased 1987

right:

**Two human beings
(The lonely ones)** 1894
drypoint
15.7 x 21.7 cm (plate mark)
vi of 6 states
Purchased 1957

Peter Behrens

1868–1940
German

The kiss 1898

The kiss is a central image of Jugendstil, the German counterpart of Art Nouveau. This all-embracing style took its name from the magazine *Jugend*, founded in Munich in 1896, which espoused the new movement. In Berlin at the same time, the literary-artistic journal *Pan* was equally instrumental in promoting the Jugendstil aesthetic, and it was inside the magazine's pages (vol iv, no 2, 1898) that this quintessential colour woodcut first appeared.

Much favoured by the Symbolists, the theme of kissing lovers was also famously treated by Edvard Munch and Gustav Klimt, to name but two succeeding examples. Behrens made this print during his early and most committed adherence to Jugendstil when he was set on becoming a painter and graphic artist. The simplification of the design into pure, flat patterns accentuates the motif of the kissing couple whose profiles are framed by trademark 'whiplash' curves formed by their voluptuous tresses. The sensuous interweaving of hair not only conveys the intensity of the lovers' abandonment in each other but also seems to suggest the ancient understanding of the kiss as an intermixing and exchanging of souls. The gender ambiguity of the couple adds further to the fascination of the image. Certainly there was a prevalence of androgynous figures represented in literary and artistic works during the fin-de-siècle, exalted for their supposedly higher artistic and spiritual sensitivities.

Like other leading Jugendstil artists, Behrens was remarkably versatile, designing glassware, jewellery, furniture, wallpaper, typefaces and theatre sets. However, by the first decade of the new century he had cast off the vestiges of his youthful style and architecture became his main vocation, counting among his pupils the modernists Walter Gropius and Le Corbusier.

The kiss 1898

colour woodcut printed in
dark brown, light brown, olive
green, blue, red and black
27.2 x 21.6 cm (image),
36.1 x 27.6 cm (sheet)
Printed monogram lower
centre: *PB*
Purchased 1982

Gustav Klimt

1362–1918
Austrian

Standing robed woman holding a tablet (Study for Jurisprudence) c1903

This highly stylised yet superbly fluent pencil drawing is one of numerous figure studies related to Klimt's most controversial public commission: the so-called 'faculty paintings' for the University of Vienna. In 1894 Klimt was invited by the Austrian Ministry of Education to assist with the ceiling decorations for the university's new assembly hall. The commission stipulated a sequence of five allegorical paintings: a central canvas depicting the triumph of light over darkness, with four encompassing compositions representing the faculties of theology, philosophy, medicine and jurisprudence. Of these Klimt was to execute the last three.

During his years working on the monumental canvases Klimt became deeply involved with the Vienna Secession, which brought him into contact with the European avant-garde. The first full-scale painting, *Philosophy*, was completed and exhibited in 1900, with *Medicine* appearing the following year. The finished canvases – an idiosyncratic blend of Pre-Raphaelitism, Art Nouveau and the more extreme forms of Dutch and Belgian Symbolism – marked a drastic departure from the studies Klimt had originally submitted. With their determinedly flat patterning and ornamentation, the canvases were not only stylistically surprising: they eschewed the idealising conventions of academic practice and their message appeared irrational, pessimistic, even antithetical to the Enlightenment program envisioned by the patrons.

Philosophy and *Medicine* were unremittingly criticised. But the canvas that provoked the strongest indignation was Klimt's last faculty painting, *Jurisprudence* 1903–07. When all three paintings were displayed at the 18th Secession exhibition in 1903, the university finally distanced itself from the project and Klimt renounced the commission. Klimt acquired the paintings for himself, continuing to make changes to them until 1907. They were destroyed by fire in the Second World War.

The Gallery's study of an ethereal robed figure is preparatory to the personification of Law in the painting *Jurisprudence*. Shown holding a book with the word *Lex*, the figure of Law – together with that of Truth – flanks the central figure of Justice who presides over the composition.

Paul Cézanne

1839–1906
French

Large bathers 1896/98

Cézanne made only eight prints during two distinct periods of his career. The first was in 1873 in the company of his Impressionist colleagues, Camille Pissarro and Armand Guillaumin. The incentive to explore the medium of print-making came from Dr Paul Gachet, a dedicated amateur etcher and physician, famous for having treated Vincent van Gogh. Gachet had set up a printmaking studio in the attic of his house at Auvers-sur-Oise, and it was on his private etching press that he printed the five small plates that Cézanne had hastily sketched, as well as those by Pissarro and Guillaumin. When the artists parted company, Cézanne showed little interest in ever taking up the medium again.

More than two decades later, in circumstances defined by commercial imperative rather than private experimentation, Cézanne was prevailed upon by the most influential contemporary art dealer in Paris, Ambroise Vollard, to try his hand at lithography. Cézanne and Vollard had forged their relationship in 1895, when the latter staged a ground-breaking exhibition of the painter's work at his gallery in the rue Laffitte. Cézanne was still largely unknown in Paris at this time and the exhibition established his reputation.

Vollard was a central figure in the resurgence of print-making in the 1890s. He championed the newly fashionable medium of colour lithography, which had undergone a series of technical refinements and was emerging as an important medium of avant-garde innovation. In 1896 and 1897 Vollard published two albums of miscellaneous prints by various contemporary artists, with a third one projected (but never realised) for the following year. Cézanne's lithograph, *Large bathers*, was commissioned for this aborted project.

Cézanne, like many of the artists commissioned to produce works for Vollard's albums, was not a born printmaker: he had little experience working with the medium, let alone of the technical complexities involved in colour lithography. Thus the technical aspects of the process were entrusted by Vollard and Cézanne to the master printer Auguste Clot.

To make the *Large bathers*, Cézanne first created a lithograph in black, completely delineating the forms of the composition. After a number of impressions had been printed, he coloured them with watercolour. These then served as models or maquettes to guide Clot in preparing the colour lithographic stones, which would faithfully replicate Cézanne's colour effects. Three such impressions with the artist's hand-colouring are known. The one now in the National Gallery of Canada, Ottawa formed the model for the printed editions.

Douglas Druick has shown that the *Large bathers* was issued in two editions, each printed by Clot from a different set of colour stones: the first was printed from six stones (ochre, blue, green, yellow, red, orange) and the second from five (ochre, blue, green, yellow, red). Both editions comprised about 100 impressions. Furthermore, the two editions can be distinguished by the presence of a printed inscription on first-edition impressions: *Tirage à cent exemplaires No / P. Cézanne*. The Gallery's impression is from the second edition.

In the mid 1870s Cézanne painted his first works on the theme of bathers, a subject that interested him increasingly thereafter. His male bathers, in particular, recalled his boyhood days spent swimming with friends in Aix-en-Provence. Cézanne sketched bathers in various poses and repeated them from one composition to another, constantly exploring the problem of integrating the human form with the landscape. The figure on the right of the print is copied from a Roman sculpture of Hermes fastening his sandal that Cézanne saw in the Louvre.

The composition of this lithograph is based on Cézanne's painting of 1876/77 titled *Bathers at rest* (Barnes Foundation, Philadelphia), which was shown at the third Impressionist exhibition in 1877. As in the oil, the print depicts four male figures in a Provençal landscape, with Mont Sainte-Victoire in the background.

Selected literature: Venturi 1936, vol 1, p 287, no 1157; Cherpin 1972, pp 68–69, no 7; Melot 1972, C6; Druick 1978, pp 119–37, no 1

Large bathers 1896/98
colour lithograph
41 x 50.5 cm (image),
47.3 x 63 cm (sheet)
ii of 3 states
Printed signature lower right
corner: *P. Cézanne*
Gift of Margaret Olley 2006

Pierre Bonnard

1867–1947
French

Nannies' promenade, frieze of carriages 1895/96

Bonnard's highly successful career as a painter and print-maker began modestly when he designed a poster for a Reims champagne manufacturer in 1889. Henri de Toulouse-Lautrec was so impressed with it that he decided to start designing posters of his own. Around this time Bonnard shared a studio at the foot of Montmartre with Édouard Vuillard and Maurice Denis. The artists had recently formed into a secret confraternity called the Nabis (from the Hebrew word meaning 'prophets'), along with Paul Sérusier and others. Deeply influenced by Paul Gauguin, the young members of the group challenged the representational role of painting as an illusionistic window onto nature, as well as the traditional distinctions between fine and applied art. Their work is generally characterised by its flat, decorative quality and emphatic stylisation.

United by their belief in the virtues of craftsmanship, and that art should be an integral part of daily life, the Nabis applied their skills to the creation of beautiful objects expressive of these goals, such as theatre sets, posters, costumes, tapestries, fans and decorative screens, as well as paintings.

Bonnard's aesthetic ambitions in the 1890s – a combination of what he had learned from Gauguin and from Japanese art – are manifest in his posters and lithographs, with their superbly decorative sense of design. Colour lithography in that decade had reached new heights, and Bonnard was able to take full advantage of the rapidly evolving technologies in colour printing, which enabled the mechanical mass-production of large-scale colour lithographic posters as never before.

Using flat tints of silvery-grey and beige with patches of black and pink, Bonnard conceived one of the period's most celebrated images in his advertising poster for the avant-garde literary journal *La revue blanche* (opposite, below). It shows an elegant lady in front of a newsstand clutching a copy of the magazine, her demeanour a foil to that of the grimacing street urchin beside her. Bonnard's witty take on poster design is carried further in his use of offbeat, hand-drawn lettering, where the letters 'a' and 'v' suggest the lady's parasol.

Bonnard was strongly influenced by the formal simplicity of Japanese prints after seeing an exhibition at the École des Beaux-Arts in 1890. Known among his friends as the 'Japanesque Nabi', he produced a number of compositions made up of tall decorative panels based on Japanese design principles. One such work was a folding screen painted in distemper (private collection). Bonnard described this novel piece in a letter to his mother in 1894. It is quoted here from the monograph by Bonnard's grandnephew, Antoine Terrasse:

I'm making a screen for the Champ-de-Mars [the Salon des Indépendants]. In any case it will be for the present time the eighth wonder of the world. From my point of view I'm pleased with it and I also believe that it if goes to the Champ-de-Mars, it will be more noticed than its predecessors. There are people in the place of ducks and leaves. It's the Place de la Concorde, where a young mother passes with her children, some nannies, some dogs, and at the top, making a border, a waiting station of carriages, all of which is placed on an off-white ground that looks indeed like the Place de la Concorde when there is dust and it resembles a mini-Sahara.

Bonnard later used the painted screen as the basis for an ambitious, five-colour lithograph, *Nannies' promenade, frieze of carriages*. This audacious composition features expanses of blank paper, suggesting space not through unifying linear perspective on an extended surface, but through the use of fragments, which establish space around themselves. The lively foreground vignette shows a lady strolling with her bonneted daughter, while two boys with sticks and hoops dash past to the alarm of a little black dog. Three identical beribboned nannies have comically aligned themselves in front of the toy-like stationed carriages, the resemblance of which to the stencilled designs that adorned the cornices of children's nurseries in this period has been perceptively noted by Gloria Groom.

The lithograph is made up of four separate pieces of paper. It was sold either as individual sheets or mounted as a folding screen. Thus the lithograph could be applied to the domestic interior to create subdivisions within a room, or it could be framed and hung as a purely decorative item in the form of a polyptych. The Gallery's example appears to have always served the latter purpose.

Selected literature: Roger-Marx 1952, pp 91–93, no 47; Terrasse 1967, pp 44–45; Bouvet 1981, p 68, no 55; Groom 2001, pp 70–72, no 6

Nannies' promenade,
frieze of carriages
1895/96
colour lithograph on four
sheets of paper
134 x 46 cm (each sheet)
Printed monogram, third panel,
lower right: *PB*
Edition of 110 (of which about
50 destroyed by flood c1940)
Gift of Margaret Olley 1999

right
La revue blanche 1894
colour lithograph
80.9 x 62.5 cm
Purchased 1978

Edgar Degas

1834–1917
French

After the bath c1900

From the very beginning of his artistic life, Degas was inculcated into the academic tradition, as taught to him by a pupil of Ingres, and absorbed through his own study and copying of the old masters. When as a student he did meet Ingres, the revered classicist's advice stayed with Degas for the whole of his career: 'Draw lines, young man, many lines, from nature and from memory, and you will become a good artist.' Degas was the most dedicated of draughtsmen, yet as a progressive artist possessed of an urgent sense of the modernity of his own culture, his work was to be far from classical.

Degas met Édouard Manet in the early 1860s, and the latter's influence undoubtedly encouraged him towards the direction followed by the future Impressionist group, with their interest in contemporary subjects. Degas saw himself primarily as a Realist, and became a penetrating observer of modern life in Paris – café-concerts, racecourses, the ballet and the brothel all constituted his favourite subjects. However, Degas's difference from the other Impressionists, in terms of his focus on the human figure and his dedication to drawing, became increasingly evident. Although he exhibited with the Impressionists until 1886, he was not in sympathy with their theories and practices.

As he approached the late phase of his career, Degas retreated more and more into the private world of his studio, devoting himself obsessively to the theme of nude women performing the most intimate rituals of their toilette. He also preferred to work in pastel and charcoal: media that allowed Degas – whose eyesight was steadily failing – to produce broad, expressive effects and cover large areas of the paper with ease and speed.

In the last Impressionist exhibition, the artist presented a group of large pastels, described in the catalogue as a 'series of female nudes bathing, washing, drying themselves, wiping themselves, combing their hair or having their hair combed'. The compositions were remarkably daring to 19th-century eyes, showing naked models with a startling frankness and detachment that eschewed idealisation and the conventional eroticism or moralising overtones associated with renditions of the female nude (see page 54). Degas later recounted to the writer George Moore that 'hitherto the nude has always been represented in poses which presuppose an audience, but these women of mine are honest and simple folk, who only concern themselves with their physical condition … It is as if you looked through a key-hole'.

When the works were exhibited they attracted considerable critical response; many commentators saw them as obscene representations of modern prostitutes, since it was unthinkable, literally, for middle-class women to be depicted in such a way. Other critics suggested the models' animality, and likened some of their poses to frogs squatting down in tubs of water.

Through the 1890s and into the new century, Degas reworked the theme of nude bathers with programmatic repetition, restlessly exploring variations in posture and position through a bolder, more expressive drawing style. He worked almost exclusively in charcoal on smooth tracing paper, materials that enabled him to delineate the female nude with long, sleek, unbroken contours, combined with vigorous hatchings – which could be easily smudged and blended – for the internal modelling of the forms. The use of ordinary tracing paper further enabled Degas to create new bases on top of which he could repeat existing compositions, or adapt and develop them in new variations – a working practice he increasingly adopted during his later years, when he was endlessly preoccupied with capturing the female form in unglamorous, self-absorbed attitudes. He drew with the thin tracing paper pinned to sheets of board, sometimes extending his composition by adding strips to the edges as he worked.

Degas was especially fascinated by the motif of the nude perched on the edge of a zinc bathtub, almost folded in on her own body, with her face concealed from the viewer. In the Gallery's drawing, the model is observed bending forward and stretching her robust arm to dry her legs. The tension of her flattened back is relieved by her cascading hair and towel. By 1900 Degas was nearly blind, yet his vast experience as a draughtsman of the nude meant that his drawings now relied less on portraying what his eyes could see than on what his mind and hand instinctively knew to be true.

Selected literature: Gordon/Forge 1988, p 244

After the bath c1900

charcoal on tracing paper
mounted on board
73.7 x 59.8 cm
Artist's studio stamp,
lower left, Lugt 658
Margaret Hannah Olley
Art Trust 1994

BIBLIOGRAPHY

Ackley, Clifford S. *Printmaking in the age of Rembrandt*, exh cat, Museum of Fine Arts, Boston and Saint Louis Art Museum, St Louis, 1981

Albricci, Gioconda. 'The engravings of GB Scultori', *Il conoscitore di stampe*, vol 33/34, Sept–Dec 1976, pp 10–63

Ananoff, Alexandre. *L'œuvre dessiné de Jean-Honoré Fragonard*, 4 vols, F de Nobele, Paris, 1961–70

Ananoff, Alexandre. 'Drawings by JH Fragonard for "Jerusalem delivered"', *The Connoisseur*, vol 167, no 671, Jan 1968, pp 12–16

Andersen, Wayne. *Cézanne's portrait drawings*, MIT Press, Cambridge, Mass and London, 1970

Athanassoglou-Kallmyer, Nina. *Théodore Géricault*, Phaidon, London, 2010

Barker, Elizabeth E in William Vaughan, Elizabeth E Barker and Colin Harrison. *Samuel Palmer 1805–1881: vision and landscape*, exh cat, British Museum, London and Metropolitan Museum of Art, New York, 2005

Bartrum, Giulia. *Albrecht Dürer and his legacy: the graphic work of a Renaissance artist*, exh cat, British Museum, London, 2002

Bartsch, Adam von. *Catalogue raisonné de toutes les estampes qui forment l'œuvre de Rembrandt, et ceux de ses principaux imitateurs*, 2 vols, Vienna, 1797

Bartsch, Adam von. *Le peintre-graveur*, 21 vols, Vienna, 1803–21

Bastogi, Nadia. 'Episodi salienti della fortuna della *Gerusalemme liberata* nella grafica fiorentina tra Cinque e Seicento', in Elena Fumagalli, et al, *L'arme e gli amori: la poesia di Ariosto, Tasso e Guarini nell'arte fiorentina del Seicento*, exh cat, Palazzo Pitti, Florence, 2001

Bazin, Germain. *Théodore Géricault. Étude critique, documents et catalogue raisonné*, 8 vols, Wildenstein Institute, Paris, 1987–97

Beckett, RB (ed). *John Constable's discourses*, Suffolk Records Society, Ipswich, 1970

Bellini, Paolo. *L'opera incise di Pietro Testa*, N Pozza, Vicenza, 1976

Belsey, Hugh. 'A second supplement to John Hayes's *The drawings of Thomas Gainsborough*', *Master Drawings*, vol 56, no 4, winter 2008, pp 427–541

Béraldi, Henri. *Les graveurs du XIXe siècle*, 12 vols, L Conquet, Paris, 1885–92 (reprint, Jacques Laget, Nogent-le-Roi, 1981)

Bevers, Holm, Peter Schatborn and Barbara Welzel. *Rembrandt: the master and his workshop. Drawings and etchings*, exh cat, Altes Museum, Berlin, Rijksmuseum, Amsterdam and National Gallery, London, 1991

Bialler, Nancy. *Chiaroscuro woodcuts: Hendrick Goltzius (1558–1617) and his time*, exh cat, Rijksmuseum, Amsterdam and Cleveland Museum of Art, Ohio, 1993

Bills, Mark. *Frank Holl: emerging from the shadows*, exh cat, Watts Gallery, Guildford and Mercer Art Gallery, Harrogate, 2013

Bindman, David. *The complete graphic works of William Blake*, Thames and Hudson, London, 1978

Binyon, Laurence. *The engraved designs of William Blake*, Ernest Benn, London and Charles Scribner's Sons, New York, 1926

Biörklund, George and Osbert H Barnard. *Rembrandt's etchings: true and false. A summary catalogue*, 2nd edn, gb, Stockholm, 1968

Bohlin, Diane DeGrazia. *Prints and related drawings by the Carracci family: a catalogue raisonné*, exh cat, National Gallery of Art, Washington, 1979

Bohn, Babette in Judith W Mann and Babette Bohn. *Federico Barocci: Renaissance master of colour and line*, exh cat, Saint Louis Art Museum, St Louis and National Gallery, London, 2012

Bouillon, Jean-Paul. *Félix Bracquemond, le réalisme absolu: œuvre gravé, 1849–1859, catalogue raisonné*, Albert Skira, Geneva, 1987

Bourcard, Gustave and James Goodfriend. *Félix Buhot, catalogue descriptif de son oeuvre gravé with additions and revisions by James Goodfriend*, Martin Gordon, New York, 1979 (reprint of the 1899 edition published by H Floury, Paris with new introduction, illustrations and 'catalogue additions and revisions')

Bouvet, Francis. *Bonnard: the complete graphic work*, Thames and Hudson, London, 1981

Boyle-Turner, Caroline. *Gauguin and the School of Pont-Aven: prints and paintings*, exh cat, Royal Academy of Arts, London, 1986

Bromberg, Ruth. *Canaletto's etchings: a catalogue and study illustrating and describing the known states, including those hitherto unrecorded*, Sotheby Parke Bernet, London and New York, 1974

Brooks, Julian. 'Andrea Boscoli's *Loves of Gerusalemme Liberata*', *Master Drawings*, no 4, 2000, pp 448–59

Bury, Michael. *The print in Italy 1550–1620*, exh cat, The British Museum, London, 2001

Campbell, Michael J. *John Martin: visionary printmaker*, exh cat, York City Art Gallery, York, 1992

Canova, Andrea. 'Mantegna invenit' and individual entries in Giovanni Agosti and Dominique Thiébaut (eds) *Mantegna 1431–1506*, exh cat, Musée du Louvre, Paris, 2008

Chaloner Smith, John. *British mezzotint portraits*, 5 vols, Henry Sotheran, London, 1878–83

Chappuis, Adrien. *The drawings of Paul Cézanne: a catalogue raisonné*, 2 vols, Thames and Hudson, London, 1973

Cherpin, Jean. *L'œuvre gravé de Cézanne*, bulletin no 82, Arts et Livres de Provence, Marseille, 1972

Choné, Paulette, et al. *Jacques Callot 1592–1635*, exh cat, Musée Historique Lorrain, Nancy, 1992

Clément, Charles. *Géricault, étude biographique et critique*, 3rd edn, Didier, Paris, 1879 (reprint with preface and catalogue supplement by L Eitner, New York, 1974)

Cockerell, Samuel Pepys. *Drawings & studies in pencil, chalk and other mediums by the late Lord Leighton of Stretton, PRA*, The Fine Art Society, London, 1898

Coke, David and Alan Borg. *Vauxhall Gardens: a history*, Yale University Press, New Haven and London, 2011

Cropper, Elizabeth. *Pietro Testa 1612–1650: prints and drawings*, exh cat, Philadelphia Museum of Art, Philadelphia, 1988

Dafforne, James. 'The works of Frank Holl', *The Art Journal*, vol 15, 1876, pp 9–12

de Goncourt, Edmond and Jules. 'Debucourt', in *L'art du XVIIIe siècle, troisième série, Eisen, Moreau, Debucourt, Fragonard, Prudhon*, Charpentier, Paris, 1882, pp 181–237

Delteil, Loÿs. *Le peintre graveur illustré, XIXe et XXe siècles*, Chez l'Auteur, Paris, 1906–26 (reprint, Da Capo Press, New York, 1969)

Delteil, Loÿs and Harold JL Wright. *Catalogue raisonné of the etchings of Charles Meryon, with the addition of many newly discovered states and edited by Harold JL Wright*, Winfred Porter Truesdell, New York, 1924

D'Hulst, RA and M Vandenven. *Corpus Rubenianum. Part III: The Old Testament*, trans PS Falla, Harvey Miller Publishers, London, 1989

De Vesme, Alexandre. *Le peintre-graveur italien, ouvrage faisant suite au Peintre-graveur de Bartsch*, U Hoepli, Milan, 1906

Diderot, Denis. 'The Salon of 1765' (1765), in *Diderot on art: the Salon of 1765 and notes on painting*, trans John Goodman, Yale University Press, New Haven, 1995

Dodgson, Campbell. *The etchings of Charles Meryon*, The Studio, London, 1921

Dodgson, Campbell. *Albrecht Dürer*, The Medici Society, London and Boston, 1926

Dodgson, Campbell. 'The etchings of Théodore Roussel', *The Print Collector's Quarterly*, vol 14, no 4, Oct 1927, pp 325–46

Druick, Douglas. 'Cézanne's lithographs', in William Rubin (ed). *Cézanne: the late work*, Thames and Hudson, London, 1978, pp 119–37

Eitner, Lorenz EA. *Géricault: his life and work*, Orbis Publishing, London, 1983

Elzea, Betty. *Frederick Sandys 1829–1904: a catalogue raisonné*, Antique Collectors' Club, Woodbridge, 2001

Fenaille, Maurice. *L'œuvre gravé de PL Debucourt*, Damascène Morgan, Paris, 1899

Ficacci, Luigi. *Giovanni Battista Piranesi: the complete etchings*, Taschen, Cologne, 2000

Finberg, Alexander J. *The history of Turner's Liber Studiorum, with a new catalogue raisonné*, Benn, London, 1924

Firmin-Didot, Ambroise. *Les Drevet (Pierre, Pierre-Imbert et Claude): catalogue raisonné de leur œuvre, précédé d'une introduction*, Firmin-Didot et Cie, Paris, 1876

Fisher, Jay McKean. *The prints of Edouard Manet*, exh cat, International Exhibitions Foundation, Washington, DC, 1985

Fisher, Jay McKean, Colles Baxter and Jean-Luc Dufresne. *Félix Buhot peintre-graveur, prints, drawings, and paintings*, exh cat, Baltimore Museum of Art, Baltimore, 1983

Focillon, Henri. *Giovanni Battista Piranesi, essai de catalogue raisonné de son œuvre*, Henri Laurens, Paris, 1918

Forrester, Gillian. *Turner's 'drawing book' the Liber Studiorum*, exh cat, Tate Gallery, London, 1996

Free, Renée. *Victorian Olympians*, exh cat, Art Gallery of New South Wales, Sydney, 1975

Gassier, Pierre and Juliet Wilson. *Goya: his life and work with a catalogue raisonné of the paintings, drawings and engravings*, Thames and Hudson, London, 1971

Gealt, Adelheid and James Byam Shaw. *Domenico Tiepolo: the Punchinello drawings*, George Braziller, New York, 1986

George, Mary Dorothy (ed). *Catalogue of political and personal satires preserved in the Department of Prints and Drawings in the British Museum*, vols 5–11, British Museum, London, 1935–54

Gilmartin, Sophie. 'Frank Holl and *The Graphic*: sketching London's Labour in light and dark', in Mark Bills, *Frank Holl: emerging from the shadows*, exh cat, Watts Gallery, Guildford and Mercer Art Gallery, Harrogate, 2013

Godefroy, Louis. *The complete etchings of Adriaen van Ostade. New illustrations and first English translation of the catalogue raisonné, together with a reprint of the original French edition* (1930), Alan Wofsy Fine Arts, San Francisco, 1990

Godfrey, Daniel in Giulia Bartrum (ed). *German Romantic prints and drawings from an English private collection*, exh cat, British Museum, London, 2011

Godfrey, Richard T. *Wenceslaus Hollar: a Bohemian artist in England*, Yale University Press, New Haven and London, 1994

Gordon, Robert and Andrew Forge. *Degas*, Thames and Hudson, London, 1988

Gott, Ted. *The enchanted stone: the graphic worlds of Odilon Redon*, exh cat, National Gallery of Victoria, Melbourne, 1990

Grasselli, Margaret Morgan. *Colorful impressions: the printmaking revolution in eighteenth-century France*, exh cat, National Gallery of Art, Washington, 2003

Grasselli, Margaret Morgan and Pierre Rosenberg. *Watteau 1684–1721*, exh cat, National Gallery of Art, Washington, Grand Palais, Paris and Schloss Charlottenburg, Berlin, 1984

Grego, Joseph. *Rowlandson the caricaturist*, 2 vols, Chatto and Windus, London, 1880

Griffiths, Antony and Frances Carey. *German printmaking in the age of Goethe*, exh cat, British Museum, London, 1994

Griffiths, Antony and Craig Hartley. *Jacques Bellange c1575–1616: printmaker of Lorraine*, exh cat, British Museum, London, 1997

Groom, Gloria. *Beyond the easel: decorative painting by Bonnard, Vuillard, Denis and Roussel 1890–1930*, exh cat, Art Institute of Chicago and Metropolitan Museum of Art, New York, 2001

Guérin, Marcel. *L'œuvre gravé de Gauguin*, H Floury, Paris, 1927 (reprint, Alan Wofsy Fine Arts, San Francisco, 1980)

Guérin, Marcel. *L'œuvre gravé de Manet*, Librarie Floury, Paris, 1944 (reprint, Da Capo Press, New York and BM Israël, Amsterdam, 1969)

Hamlyn, Robin and Michael Phillips. *William Blake*, exh cat, Tate Britain, London and Metropolitan Museum of Art, New York, 2000

Harris, Jean C. *Édouard Manet, the graphic work, a catalogue raisonné* (1970), rev edn, Alan Wofsy Fine Arts, San Francisco, 1990

Harris, Tomás. *Goya: engravings and lithographs*, 2 vols, Bruno Cassirer, Oxford, 1964

Hausberg, Margaret Dunwoody. *The prints of Théodore Roussel: a catalogue raisonné*, Bronxville, New York, 1991

Hayes, John. *The drawings of Thomas Gainsborough*, A Zwemmer, London, 1970

Hayes, John. *Rowlandson: watercolours and drawings*, Phaidon, London, 1972

Herrmann, Luke. *Turner prints: the engraved work of JMW Turner*, Phaidon, Oxford, 1990

Hind, Arthur M. *Giovanni Battista Piranesi: a critical study*, Holland Press, London, 1922

Hind, Arthur M. *A catalogue of Rembrandt's etchings*, 2 vols, 2nd rev edn, Methuen and Co, London, 1923

Hind, Arthur M. *Early Italian engraving: a critical catalogue with complete reproduction of all the prints described*, 7 vols, London, 1938–48 (reprint, Kraus Reprint, Liechtenstein, 1970)

Hinterding, Erik in Erik Hinterding, Ger Luijten and Martin Royalton-Kisch. *Rembrandt the printmaker*, exh cat, British Museum, London and Rijksmuseum, Amsterdam, 2000

Hollstein, FWH. *Dutch and Flemish etchings, engravings and woodcuts, c1450–1700*, Amsterdam, 1949–2010 (72 vols)

Hollstein, FWH. *German engravings, etchings and woodcuts 1400–1700*, Amsterdam, 1954– (82 vols)

Inglis, Alison. '"The Queen of the South" archaeology and empire in Edward J Poynter's *The visit of the Queen of Sheba to King Solomon*', *Melbourne Art Journal*, no 5, 2001, pp 25–40

Ittmann, John in Victor Carlson and John Ittmann. *Regency to Empire: French printmaking 1715–1814*, exh cat, Baltimore Museum of Art, Baltimore and Minneapolis Institute of Arts, Minneapolis, 1984

James Ariane in Emmanuel Coquery et al. *Visages du Grand Siècle: le portrait français sous le règne de Louis XIV, 1660–1715*, exh cat, Musée des beaux-arts, Nantes and Musée des Augustins, Toulouse, 1997

Jean-Richard, Pierrette. *Graveurs français de la seconde moitié du XVIII siècle. XIIle exposition de la Collection Edmond de Rothschild*, Musée du Louvre, Paris, 1985

Johnson, Una E. *Ambroise Vollard, éditeur. prints, books, bronzes*, rev edn, Museum of Modern Art, New York, 1977

Kennedy, Edward G. *The etched work of Whistler* (1910), Alan Wofsy Fine Arts, San Francisco, 1978

Klibansky, Raymond, Erwin Panofsky and Fritz Saxl. *Saturn and melancholy: studies in the history of natural philosophy, religion and art*, Thomas Nelson & Sons, London, 1964

Kornfeld, Eberhard W and Elizabeth Mongan. *Paul Gauguin: catalogue raisonné of his prints*, Galerie Kornfeld, Bern, 1988

Kurth, Willi. *The complete woodcuts of Albrecht Dürer* (1927), trans Silvia M Welsh, Dover Publications, New York, 1963

Landau, David. 'Mantegna as printmaker' and individual entries in *Andrea Mantegna*, exh cat, Royal Academy of Arts, London and Metropolitan Museum of Art, New York, 1992

Laveissière, Sylvain and Régis Michel. *Géricault*, exh cat, Galeries nationales du Grand Palais, Paris, 1991

Le Men, Ségolène in Henri Loyrette and Michael Pantazzi. *Daumier 1808–1879*, exh cat, National Gallery of Canada, Ottawa, Galeries nationales du Grand Palais, Paris and The Phillips Collection, Washington, DC, 1999

Levenson, Jay A, Konrad Oberhuber and Jacquelyn L Sheehan. *Early Italian engravings from the National Gallery of Art*, National Gallery of Art, Washington, 1973

Lieure, Jules. *Jacques Callot*, 5 vols, Éditions de la Gazette des Beaux-Arts, Paris, 1924–27

Lindberg, Bo. *William Blake's illustrations to the Book of Job*, Åbo Akademi, Åbo, Finland, 1973

Lister, Raymond. *Samuel Palmer and his etchings*, Faber & Faber, London, 1969

Lister, Raymond. *Catalogue raisonné of the works of Samuel Palmer*, Cambridge University Press, Cambridge, 1988

Lochnan, Katharine A. *The etchings of James McNeill Whistler*, exh cat, Metropolitan Museum of Art, New York and Art Gallery of Ontario, Toronto, 1984

Louis, François. '"L'âme de l'homme de génie" – Fragonards Rinaldo-Pendants im literarischen Kontext', in *Georges-Bloch-Jahrbuch des Kunstgeschichtlichen Seminars der Universität Zürich*, vol 1, 1994, pp 191–202

Lugt, Frits. *Les marques de collections de dessins et d'estampes*, Amsterdam, 1921 (supplement, The Hague, 1956; online edition by the Fondation Custodia, Paris, 2010)

Luijten, Ger in Hinterding, Erik, Ger Luijten and Martin Royalton-Kisch. *Rembrandt the printmaker*, exh cat, British Museum, London and Rijksmuseum, Amsterdam, 2000

MacDonald, Margaret F, Grischka Petri, Meg Hausberg and Joanna Meacock. *James McNeill Whistler: the etchings. A catalogue raisonné*, University of Glasgow, 2012. http://etchings.arts.gla.ac.uk (accessed May 2014)

McHale, Katherine. 'Child's play? Giandomenico Tiepolo's Punchinello drawings and the fall of Venice', *Master Drawings*, vol 50, no 1, 2012, pp 95–114

McKay, William and William Roberts. *John Hoppner, RA*, P & D Colnaghi & Co, London, 1909

Mannocci, Lino. *The etchings of Claude Lorrain*, Yale University Press, New Haven and London, 1988

Martens, Ulf. *Der Zeichner und Radierer Carl Wilhelm Kolbe d Ä (1759–1835)*, Mann, Berlin, 1976

Massari, Stefania. *Giulio Romano pinxit et delineavit*, Fratelli Palombi, Rome, 1993

Matyjaszkiewicz, Krystyna (ed). *James Tissot*, exh cat, Barbican Art Gallery, London, 1984

Meder, Joseph. *Dürer Katalog; ein handbuch über Albrecht Dürers Stich, Radierungen, Holzschnitte, deren Zustände, Ausgaben und Wasserzeichen*, Gilhofer & Rauschburg, Vienna, 1932

Mellerio, André. *Odilon Redon*, Société pour l'étude de la gravure française, Paris, 1913 (reprint, Da Capo Press, New York, 1968)

Melot, Michel. *Graphic art of the pre-Impressionists*, Harry N Abrams, New York, 1981

Melot, Michel and Jean Leymarie. *The graphic work of the Impressionists: Manet, Pissarro, Renoir, Cézanne, Sisley*, Thames and Hudson, London, 1972

Mongan, Elizabeth, Eberhard W Kornfeld and Harold Joachim. *Paul Gauguin: catalogue raisonné of his prints*, Galerie Kornfeld, Bern, 1988

Müller, Jürgen in Nadine M Orenstein. *Pieter Bruegel the Elder: drawings and prints*, exh cat, Metropolitan Museum of Art, New York and Museum Boijmans Van Beuningen, Rotterdam, 2001

Munhall, Edgar. *Greuze the draftsman*, exh cat, Frick Collection, New York and J Paul Getty Museum, Los Angeles, 2002

Münz, Ludwig. *A critical catalogue of Rembrandt's etchings*, 2 vols, Phaidon, London, 1952

Myrone, Martin (ed). *John Martin: Apocalypse*, exh cat, Tate Britain, London, 2011

Myrone, Martin, et al. *Gothic nightmares: Fuseli, Blake and the Romantic imagination*, exh cat, Tate Britain, London, 2006

Naef, H. *Die Bildniszeichnungen von J-A-D Ingres*, 5 vols, Benteli, Bern, 1977–80

Nowell-Usticke, GW. *Rembrandt's etchings: states and values*, Livingston Publishing Co, Narberth, Philadelphia, 1967

O'Neill, Mary. 'Hyacinthe Rigaud's drawings for his engravers', *The Burlington Magazine*, vol 126, no 980, Nov 1984, pp 674–83

Orenstein, Nadine M. 'Finally Spranger: prints and print designs 1586–1590', in Huigen Leeflang and Ger Luijten *Hendrick Goltzius 1558–1617: drawings, prints and paintings*, exh cat, Rijksmuseum, Amsterdam, Metropolitan Museum of Art, New York and Toledo Museum of Art, Ohio, 2003

Panofsky, Erwin. *Albrecht Dürer*, 2 vols, Princeton University Press, Princeton, 1943 (2nd edn, 1945)

Parker, Karl Theodor and Jacques Mathey. *Antoine Watteau: catalogue complet de son œuvre dessiné*, F de Nobele, libraire de la Société de reproduction de dessins anciens et modernes, Paris, 1957

Parris, Leslie and Ian Fleming-Williams. *Constable*, exh cat, Tate Gallery, London, 1991

Paulson, Ronald. *Hogarth's graphic works*, 3rd rev edn, The Print Room, London, 1989

Pennington, Richard. *A descriptive catalogue of the etched work of Wenceslaus Hollar 1607–1677*, Cambridge University Press, Cambridge, 1982

Petitjean Charles and Charles Wickert. *Catalogue de l'œuvre gravé de Robert Nanteuil*, Loys Delteil et Maurice Le Garrec, Paris, 1925

Pillsbury, Edmund and Louise S Richards. *The graphic art of Federico Barocci: selected drawings and prints*, exh cat, Cleveland Museum of Art, Cleveland and Yale University Art Gallery, New Haven, 1978

Portalis, Roger and Henri Béraldi. *Les graveurs du dix-huitième siècle*, 3 vols, Damascène Morgand et Charles Fatout, Paris, 1880–82 (reprint, Échelle de Jacob, Paris, 2001)

Préaud, Maxime. *L'œil d'or: Claude Mellan*, exh cat, Bibliothèque nationale, Paris, 1988

Préaud, Maxime in Sue Welsh Reed. *French prints from the age of the musketeers*, exh cat, Museum of Fine Arts, Boston, 1998

Préaud, Maxime. *Rodolphe Bresdin 1822–1885: Robinson graveur*, exh cat, Bibliothèque nationale de France, Paris, 2000

Prelinger, Elizabeth and Tobia Bezzola. *Paul Gauguin: the prints*, exh cat, Kunsthaus, Zurich, 2012

Raissis, Peter in Richard Beresford and Peter Raissis. *The James Fairfax collection of old master paintings, drawings and prints*, exh cat, Art Gallery of New South Wales, Sydney, 2003

Ramus, Charles F. *Daumier: 120 great lithographs*, Dover Publications, New York, 1978

Rawlinson, WG. *Turner's Liber Studiorum: a description and a catalogue*, 2nd rev edn, Macmillan, London, 1906

Reynolds, AM. *The life and work of Frank Holl*, Methuen, London, 1912

Reynolds, Graham. *The early paintings and drawings of John Constable*, 2 vols, Yale University Press, New Haven, 1996

Robaut, Alfred. *L'Œuvre de Corot par Alfred Robaut. Catalogue raisonné et illustré, précédé de l'histoire de Corot et de ses œuvres par Étienne Moreau-Nélaton, ornée de dessins originaux du maître*, 5 vols, H Floury, Paris, 1905

Robaut, Alfred and Ernest Chesneau. *L'œuvre complet de Eugène Delacroix: peintures, dessins, gravures, lithographies*, Charavay Frères, Paris, 1885

Robert-Dumesnil, APF. *Le peintre-graveur français*, 11 vols, A Allouard, Paris, 1835–71 (reprint, F de Nobele, Paris, 1967)

Roger-Marx, Claude. *Bonnard lithographe*, André Sauret, Monte Carlo, 1952

Rosenberg, Pierre. *Fragonard*, exh cat, Grand Palais, Paris and Metropolitan Museum of Art, New York, 1987

Rosenberg, Pierre and Louis-Antoine Prat. *Antoine Watteau 1684–1721: catalogue raisonné des dessins*, 3 vols, Leonardo Arte, Milan, 1996

Rosenberg, Pierre and Louis-Antoine Prat. *Watteau: the drawings*, exh cat, Royal Academy of Arts, London, 2011

Roux, Marcel, Edmond Pognon, Yves Bruand and Michèle Hébert. *Inventaire du fonds français, graveurs du XVIIIe siècle*, 14 vols, Bibliothèque nationale, Paris, 1931–77

Royalton-Kisch, Martin in Hinterding, Erik, Ger Luijten and Martin Royalton-Kisch. *Rembrandt the printmaker*, exh cat, British Museum, London and Rijksmuseum, Amsterdam, 2000

Russell, Charles E. *English mezzotint portraits and their states: catalogue of corrections of and additions to Chaloner Smith's "British Mezzotinto Portraits"*, 2 vols, Halton & Truscott Smith, London and Minton, Balch & Company, New York, 1926

Russell, H Diane. *Jacques Callot: prints and related drawings*, exh cat, National Gallery of Art, Washington, 1975

Russell, H Diane. *Claude Lorrain 1600–1682*, exh cat, National Gallery of Art, Washington, 1982

Schiefler, Gustav. *Verzeichnis des graphischen Werks Edvard Munchs, bis 1906*, Berlin, 1907 (reprint, JW Cappelens, Oslo, 1974)

Schneevoogt, CG Voorhelm. *Catalogue des estampes gravées d'après P P Rubens*, Erven Loosjes, Haarlem, 1873

Schneider, Cynthia P. *Rembrandt's landscapes: drawings and prints*, exh cat, National Gallery of Art, Washington, 1990

Schneiderman, Richard S and Frank W Raysor II. *The catalogue raisonné of the prints of Charles Meryon*, Garton & Co in association with Scolar Press, London, 1990

Schoch, Rainer, Matthias Mende and Anna Scherbaum. *Albrecht Dürer. Das druckgraphische Werk, vol 1, Kupferstiche, Eisenradierungen und Kaltnadelblätter*, Prestel, Munich, London and New York, 2001

Schoch, Rainer, Matthias Mende and Anna Scherbaum. *Albrecht Dürer. Das druckgraphische Werk, vol 2, Holzschnitte und Holzschnittfolgen*, Prestel, Munich, London and New York, 2002

Schuster, Peter-Klaus. *Melencolia I – Dürer's Denkbild*, 2 vols, Gebr Mann, Berlin, 1991

Schuster, Peter-Klaus. 'Melencolia I Dürer et sa posterité', in *Mélancolie: génie et folie en Occident*, exh cat, Galeries nationales du Grand Palais, Paris and Neue Nationalgalerie, Berlin, 2005

Shanes, Eric. *Turner's picturesque views in England and Wales 1825–1838*, Breslich & Foss, London, 1979

Shirley, Andrew. *The published mezzotints after John Constable, RA*, The Clarendon Press, Oxford, 1930

Simon, Robert in Emmanuelle Brugerolles. *Géricault. Dessins et estampes des collections de l'École des Beaux-Arts*, exh cat, École nationale supérieure des beaux-arts, Paris, 1997

Stephens, Frederic George (ed). *Catalogue of political and personal satires in the Department of Prints and Drawings in the British Museum*, vols 1–4, British Museum, London, 1870

Strauss, Walter L. *The complete engravings, etchings and drypoints of Albrecht Dürer*, Dover Publications, New York, 1972

Strauss, Walter L. *Hendrik Goltzius 1558–1617: the complete engravings and woodcuts*, 2 vols, Abaris Books, New York, 1977

Strauss, Walter L. *The woodcuts and woodblocks of Albrecht Dürer*, Abaris Books, New York, 1979

Studies by Lord Leighton',
The Studio, vol 9, no 44, Nov 1896,
pp 106–17

Terrasse, Antoine. *Bonnard* (1967),
Gallimard, Paris, 1988

Thuillier, Jacques. *Jacques de
Bellange*, exh cat, Musée des
Beaux-Arts, Rennes, 2001

Treuherz, Julian, et al. *Hard times:
social realism in Victorian art*,
exh cat, City Art Galleries,
Manchester, 1987

Van Gelder, Dirk. *Rodolphe Bresdin:
catalogue raisonné de l'œuvre
gravé*, 2 vols, Martinus Nijhoff,
The Hague, 1976

Van Bastelaer, René. *The prints of
Peter Bruegel the Elder: catalogue
raisonné* (1908), trans and rev Susan
Fargo Gilchrist, Alan Wofsy Fine
Arts, San Francisco, 1992

Vaughan, William and Elizabeth
E Barker. '"Mysterious wisdom
won by toil": new light on Samuel
Palmer's *Lonely tower*', *The
Burlington Magazine*, vol 147,
Sept 2005, pp 590–97

Venturi, Lionello. *Cézanne: son art
– son oeuvre*, 2 vols, P Rosenberg,
Paris, 1936

Vetrocq, Marcia E. *Domenico
Tiepolo's Punchinello drawings*,
exh cat, Indiana University Art
Museum, Bloomington and
Stanford University Museum
of Art, Stanford, 1979

Walch, Nicole. *Die Radierungen
des Jacques Bellange: Chronologie
und kritischer Katalog*, Robert
Wölfle, Munich, 1971

Wallace, Richard W. *The etchings
of Salvator Rosa*, Princeton
University Press, Princeton, 1979

Waller, Bret. *The school for scandal.
Thomas Rowlandson's London:
an account of his life & times &
especially his depictions of the
theatre, together with some
discussion of the life & works of
Richard Brinsley Sheridan & of his
play The school for scandal as
performed at the university theatre*,
exh cat, Museum of Art, University
of Kansas, Lawrence, 1967

Wax, Carol. *The mezzotint: history
and technique*, Thames & Hudson,
London, 1990

Weinglass, DH. *Prints and engraved
illustrations by and after Henry
Fuseli: a catalogue raisonné*, Scolar
Press, Cambridge, 1994

Welsh Reed, Sue and Richard
Wallace. *Italian etchers of the
Renaissance and Baroque*, exh cat,
Museum of Fine Arts, Boston,

Cleveland Museum of Art, Cleveland
and National Gallery of Art,
Washington, 1989

Welzel, Barbara in Holm Bevers,
Peter Schatborn and Barbara Welzel.
*Rembrandt: the master and his
workshop. Drawings and etchings*,
exh cat, Altes Museum, Berlin,
Rijksmuseum, Amsterdam and
National Gallery, London, 1991

White, Christopher. *Rembrandt
as an etcher: a study of the artist
at work*, Yale University Press,
New Haven and London, 1999

White, Christopher and Karel G
Boon. *Rembrandt's etchings: an
illustrated critical catalogue*, 2 vols,
Van Gendt & Co, Amsterdam, 1969

Whiteley, Jon. *Catalogue of the
collection of drawings in the
Ashmolean Museum, vol 7: French
School*, 2 vols, Oxford University
Press, Oxford, 2000

Willoch, Sigurd. *Edvard Munch
etchings*, Johan Grundt Tanum,
Oslo, 1950

Wilton-Ely, John. *Giovanni Battista
Piranesi: the complete etchings*,
2 vols, Alan Wofsy Fine Arts,
San Francisco, 1994

Woll, Gerd. *Edvard Munch: the
complete graphic works*, Orfeus
Publishing, Oslo and Philip Wilson,
London, 2012

Worthen, Amy N and Sue Welsh
Reed. *The etchings of Jacques
Bellange*, exh cat, Des Moines Art
Center, Des Moines, 1975

ACKNOWLEDGMENTS

This publication is the outcome of close team work. I would like to acknowledge my number-one collaborator, Anne Gerard-Austin, for her meticulous work preparing technical and catalogue details, and for compiling the bibliography. Special thanks also to Deborah Jones, Study Room coordinator, and Lydia Dowman, for valuable help with many aspects of the project. I am also grateful to Richard Beresford, senior curator of European art pre-1900, for his encouragement and helpful advice.

As the book took shape I relied on the expertise and goodwill of the staff of the Gallery's Research Library, especially head librarian and archivist Steven Miller and image librarian Eric Riddler. My greatest debt of gratitude is owed to Claire Eggleston, who verified references and tracked down countless book orders and interlibrary loans with efficiency and good humour. A number of scholars also generously shared their expertise in various ways, and I am very grateful to: Laurence Lhinares, Louise Marshall, Alex Kidson, Hugh Belsey and Mark Evans. For helping to clarify the history and layout of the Art Gallery of New South Wales before and after its major extensions in 1972 and 1988, I should like to thank the Gallery's former head of conservation, Alan Lloyd, and former paper conservator, Rose Peel.

At the same time I am especially grateful to Analiese Treacy, paper conservator, who took command of conservation matters and completed necessary work on many items featured in this book (and dozens more besides) in time for photography and display. As always, I owe a great debt to Jenni Carter, senior photographer, who reshot all of the works with her customary sensitivity and attention to detail. I also thank Megan Young and Isabelle Rouvillois for tracking down and obtaining comparative illustrations.

For his flair and enthusiasm I am most grateful to Matt Nix, who designed the catalogue. Lastly, for their talents and patience, I should like to thank Claire Armstrong, who undertook the copy editing, and Julie Donaldson, managing editor.

Published by
Art Gallery of New South Wales
Art Gallery Road, The Domain
Sydney 2000, Australia
www.artgallery.nsw.gov.au

in association with the exhibition
Prints & drawings: Europe 1500–1900
Art Gallery of New South Wales
30 August – 2 November 2014

Art Gallery of New South Wales
Cataloguing-in-publication

Raissis, Peter

Prints and drawings: Europe 1500–1900: from the
Art Gallery of New South Wales / Peter Raissis

ISBN 9781741741087

In association with an exhibition held at the
Art Gallery of New South Wales, Sydney,
28 August – 2 November 2014

Includes bibliography and index.

1. Art Gallery of New South Wales – Exhibitions.
2. Prints, European – Exhibitions.
3. Drawing, European – Exhibitions.
4. Prints – New South Wales–Sydney – Exhibitions.
5. Drawing – New South Wales–Sydney – Exhibitions.
I. Art Gallery of New South Wales. II Title.

Managing editor: Julie Donaldson
Text editor: Claire Armstrong
Rights and permissions: Megan Young
Photography: Jenni Carter, Diana Panuccio,
Christopher Snee

Design: Matt Nix
Production: Cara Hickman
Prepress: Spitting Image, Sydney
Printing and binding: Australian Book Connection

DISTRIBUTION
Australian and New Zealand
Thames & Hudson Australia
11 Central Boulevard, Portside Business Park
Fishermans Bend, Melbourne 3207
T: 03 9646 7788
E: enquiries@thaust.com.au

Thames & Hudson UK
181A High Holborn, London WC1V7QX
T: 44 20 7845 5000
E: sales@thameshudson.co.uk
thameshudson.co.uk

The Art Gallery of New South Wales is a statutory
body of the NSW State Government.

Cover image:
Carl Wilhelm Kolbe *The cow in the reeds* c1800 (detail)

ABOUT THE AUTHOR
Peter Raissis is curator of European prints, drawings and watercolours at the Art Gallery of New South Wales. He has curated numerous exhibitions including *David to Cézanne: master drawings from the Prat collection, Paris* (2010) and contributed to a number of publications including *The James Fairfax Collection* (2003).

Jean-François Millet
The gleaners 1855/56 (detail)

RENAISSANCE

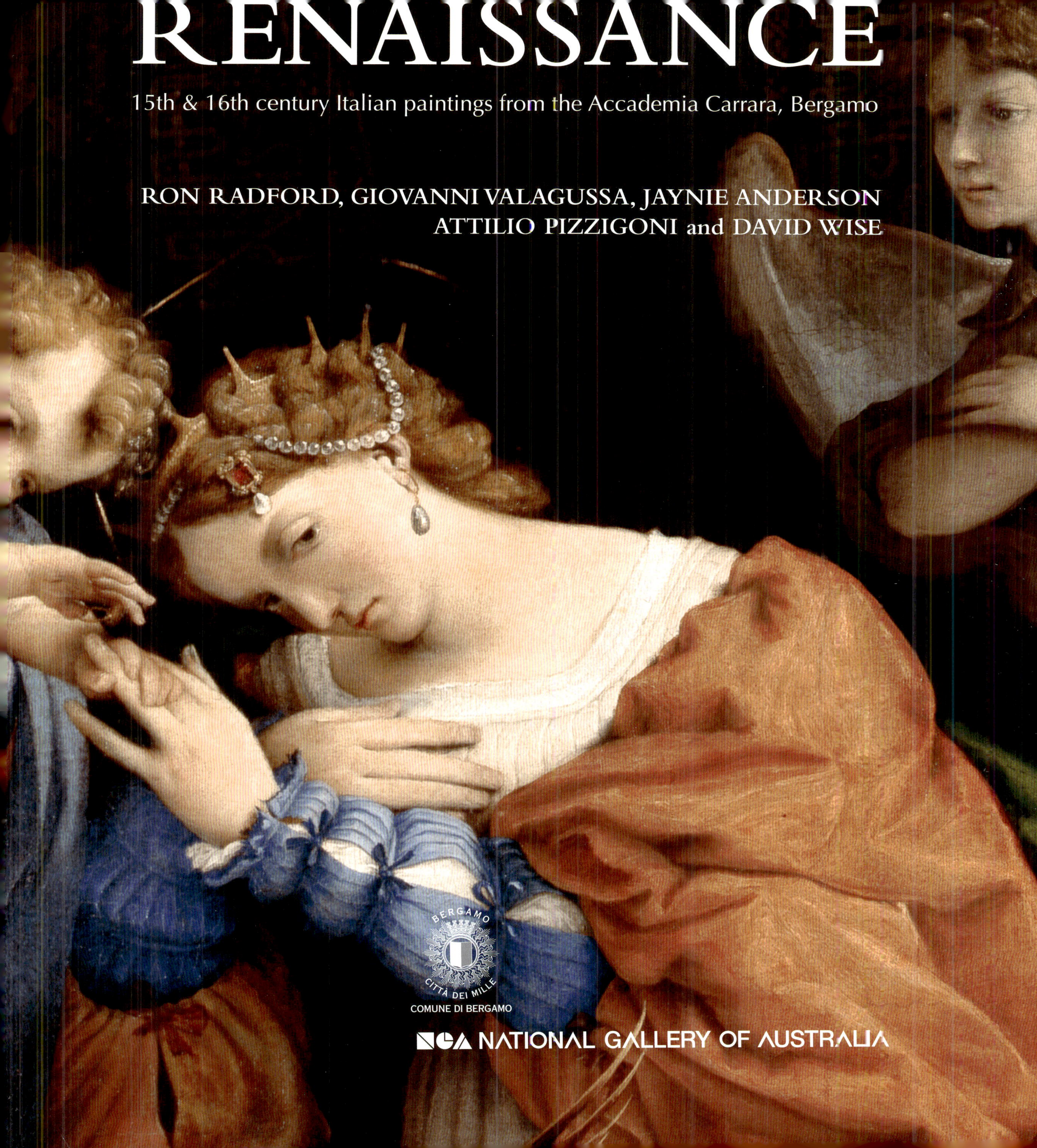

RENAISSANCE
15th & 16th century Italian paintings from the Accademia Carrara, Bergamo
RON RADFORD, GIOVANNI VALAGUSSA, JAYNIE ANDERSON
ATTILIO PIZZIGONI and DAVID WISE
BERGAMO
CITTÀ DEI MILLE
COMUNE DI BERGAMO
NGA NATIONAL GALLERY OF AUSTRALIA

ITALY IN 1500

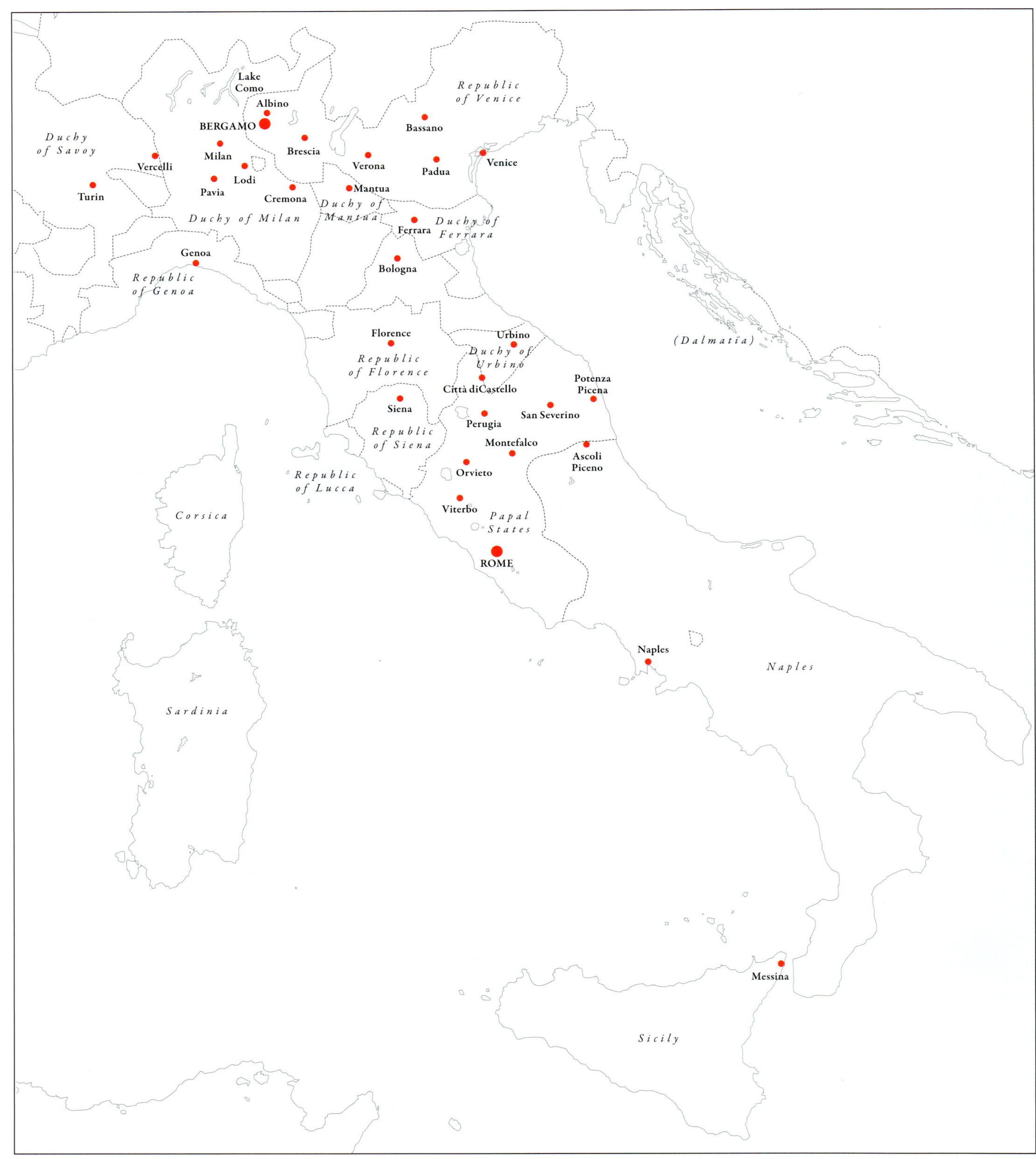

CONTENTS

Italy in 1500
indicating place made for
paintings in the exhibition

PRESENTING PARTNERS

Australian Government
International Exhibitions
Insurance Program

ACT Government

See yourself in the Nation's Capital
CANBERRA

EXHIBITION PARTNER

SAN REMO
THE PASTA PEOPLE SINCE 1936

PRINCIPAL PARTNERS

nab

EXHIBITION PATRON

The Hon. Mrs Ashley Dawson-Damer

MAJOR PARTNERS

LAZARD

QANTAS

CANBERRA AIRPORT

YULGILBAR
The Yulgilbar Foundation

National Gallery of Australia
Council Exhibitions Fund

MEDIA PARTNERS

JCDecaux

WIN NETWORK

The Canberra Times

The Sydney Morning Herald
smh.com.au

THE AGE

ABC Local Radio

ACCOMMODATION PARTNER

NOVOTEL HOTELS CANBERRA

SIGNAGE PARTNER

FLASH PHOTOBITION

CATERING PARTNER

X I/II
TEN AND A HALF

BEVERAGE PARTNERS

CHANDON

Coopers

MESSAGE FROM ACT TOURISM

The ACT Government, through Australian Capital Tourism, is delighted to partner with the National Gallery of Australia to bring this remarkable exhibition of Italian art to the Australian public.

Renaissance: 15th and 16th century Italian paintings from the Accademia Carrara, Bergamo, features Renaissance paintings by some of the most distinguished names in European art, such as Raphael, Botticelli, Titian and Bellini. Until now none of the works has travelled outside Europe.

Through its Special Event Fund, the ACT Government is proud to have contributed $500,000 towards national cooperative marketing of this exhibition.

Our collaboration with the National Gallery of Australia affirms the ACT Government's commitment to partnership initiatives that drive interstate and international visitation to the ACT. Tourism is vital to the ACT's economy, contributing more than $1.3 billion and accounting for almost 15,000 jobs.

I encourage those visiting Canberra for *Renaissance* to also discover the story of our nation through our many and varied attractions. Nowhere is Australia's journey as a nation better reflected than in our capital.

I would like to congratulate the National Gallery of Australia for delivering such an outstanding exhibition, and I hope you enjoy the amazing collection from the Accademia Carrara, Bergamo.

Andrew Barr, MLA
Minister for Tourism, Sport and Recreation

MESSAGE FROM ITALY

I am pleased as President of the Council of Ministers and as an Italian to be able to present to our friends the people of Australia the exhibition on the most prolific artistic period of the history of my country: *Renaissance: 15th and 16th century Italian paintings from the Accademia Carrara, Bergamo.*

It is the first major exhibition of Renaissance art to be shown in Australia. The 71 masterpieces are an expression of a revolutionary age in the history of mankind in which literary humanities, patronage, philosophy and scientific discoveries influenced the figurative arts, the current mentality and the development of society.

The Renaissance is in the first place an Italian phenomenon. The rebirth of the Classical Greek and Roman canons and the renewed awareness of the links with the ancient world went hand in hand with the conception of the individual as a 'unique' being in the universe. It is in fact by virtue of this 'uniqueness' that individuals are able to practice self-management and expand their own qualities, their own talents, with which they can overcome fate and dominate the nature that surrounds them.

Famous is the statement from the Classical world, '*homo faber ipsius fortunae*' [man is the author of his own fate], which was also cited by Pico della Mirandola in *De hominis dignitate* 1482, a true manifesto of the Renaissance, where man is presented as a 'free and sovereign maker of himself', and as such is at the centre of the universe. The worth of human potential proclaimed in the Renaissance is the very basis itself of the dignity of the individual, with the rejection of the separation between spirit and body, and the search for happiness no longer dominated by feelings of guilt.

I am honoured by the interest that the National Gallery of Australia and the Australian people show towards Italy.

The history of the friendship between our two countries has very old roots: there were Italians in the crew that travelled with Captain Cook in the discovery of this extraordinary continent, as there were amongst those who undertook the first mapping of the country. Australia prospers also thanks to the many Italians who reached this country in search of a better future and who now make up a community of more than 900,000 people.

Also for this reason the rewarding economic and trade relations which have united and continue to unite our two countries have always been accompanied by an extraordinary cultural exchange, of which this exhibition is an admirable example. It is without doubt the most important Italian cultural event in Australia since the signing of the bilateral Cultural Cooperation Agreement of 1975.

As 2011 also marks the 150th anniversary of the Unity of Italy, I cannot imagine a better way to celebrate such an event than to invite the Australian public to admire the 71 paintings which make up this extraordinary exhibition, urging them to observe and interpret what they tell of the history and of Italian society of the past.

I am certain that the exhibition *Renaissance: 15th and 16th century Italian paintings from the Accademia Carrara, Bergamo* will also be an irresistible invitation to the Australian public to visit Italy. Italy, I love to recall, is the first country in the classification of official sites certified worldwide by UNESCO: we are a unique country because of our extraordinary cultural, artistic and architectural heritage.

Mario Monti
The President of the Council of Ministers,
Republic of Italy

MESSAGE FROM AUSTRALIA

On behalf of the Australian people, I express our nation's sincere gratitude that we have been entrusted with the loan of such precious and irreplaceable works documenting the genius of the Renaissance era in Italy.

In this the 150th anniversary year of the Unification of Italy, I cannot think of a more fitting expression of the deep bond of friendship that exists between our two countries and the ability of art to bring countries together.

The Accademia Carrara in Bergamo is one of the world's great cultural institutions and this magnificent exhibition is a wonderful opportunity for its work of preservation and custodianship to become more widely known among the Australian community.

In these 71 exquisite works by some of the greatest Italian Renaissance artists, our audiences will be dazzled by their use of new techniques and displays of perspective. Their work traces a shift from the static images of the Gothic style to embrace a new-found realism and humanism.

I am delighted that the Australian Government, through its International Exhibitions Insurance Program, has enabled the National Gallery of Australia to bring this highly valued collection to our shores for the enjoyment of Australian audiences.

I also commend the generous sponsors who are so critical in enabling exhibitions of this ambition to be presented in Canberra.

Renaissance: 15th and 16th century Italian paintings from the Accademia Carrara, Bergamo is an exhibition of wonderful beauty, rarely seen outside Italy.

I warmly encourage all Australians to see these great Renaissance treasures and revel in the brilliance and grandeur of spirit that made them possible.

The Honourable Julia Gillard
Prime Minister of Australia

MESSAGE FROM
THE CITY OF BERGAMO

COMUNE DI BERGAMO

Accademia Carrara

The year 2011 is a date to remember for both Australia and Italy. It is a year in which both countries acknowledge and share important cultural moments. One hundred and ten years ago, in 1901 Australia became a federation of states independent of British colonial government. One hundred and fifty years ago, in 1861 Italy brought to completion the move to Unification, both of the country and of the Italian people, a movement known as the *Risorgimento*.

Italy and Australia have very different histories that, respectively, witnessed the development of democracy and modernity. Each country followed complex and different paths, no less legitimate and rich with future expectations.

Australia, the 'newest' continent of them all, as it was thought in the eighteenth century by European geographers, presented a place of uncontaminated natural beauty. Today Australia's vital energy expresses itself in every way of living, profiling an exponential growth unknown in contemporary Europe. Italy has among its privileges that of having been the cradle of a civilisation that made Western society great and of which art is one of the highest forms of expression.

Bergamo is a strategic city in the industrial province of Lombardy. This exhibition of important paintings from the Renaissance, an artistic movement that is identified with one of the most seminal experiences in Western culture, attests to the vision of cultivated collectors, namely Giacomo Carrara, Guglielmo

Lochis and Giovanni Morelli, who established the rich collections of the Accademia Carrara, the art gallery of the City of Bergamo. These men wished to create a public collection that would continue for centuries, that would keep art at the centre of everyone's experience of education and create an appreciation of beauty.

Bellini, Botticelli, Raphael, Lotto, Titian, Moroni, are some of the most celebrated names of those excellent Italian masters whose works have revealed to the world the brilliance of the Renaissance. The Accademia Carrara is committed to the safe keeping and display of these masterpieces and, in presenting *Renaissance: 15th and 16th century Italian paintings from the Accademia Carrara, Bergamo* to Canberra, seeks to build with the Australian public a cultural relationship which has every opportunity to develop in the future.

It gives us great pleasure to thank Jaynie Anderson who acted as an authoritative cultural guide, and who made a prodigious effort to ensure this exhibition would come to fruition in Australia. We also acknowledge Willi Zavaritt, the learned and generous past president of the Accademia Carrara, for his outstanding contribution to the creation of the exhibition. Finally we thank Tito Lombardini, now President of the Trustees of the Accademia Carrara, for believing in the project, and Giovanni Valagussa, curator at the Accademia Carrara, who organised the exhibition in collaboration with colleagues at the National Gallery of Australia.

Claudia Sartirani
Councillor for Culture and Entertainment

Franco Tentorio
Mayor

DIRECTOR'S FOREWORD

Renaissance: 15th and 16th century Italian paintings from the Accademia Carrara, Bergamo is a landmark exhibition for Australia. There are several reasons for this. It is impossible to fully understand Australia's European cultural tradition without understanding what went on in the Renaissance in Europe, particularly in Italy in the fifteenth and sixteenth centuries. Australian collections are not rich in Italian Renaissance works. Fifteenth-century Italian Renaissance painting has never been included in an Australian exhibition and only some sixteenth-century Italian paintings have been seen—for instance, at the National Gallery of Australia in *The Italians: Three centuries of Italian art* in 2002 and *Rubens and the Italian Renaissance* in 1993. Importantly, we have never before seen in Australia works by such esteemed Renaissance artists as Giovanni Bellini, Andrea Mantegna, Sandro Botticelli, Vittore Carpaccio, Pietro Perugino and Raphael.

Few complete Italian church altarpieces have been seen in Australia, so especially welcome are the large and complex four-panel Early Renaissance altarpiece by Bartolomeo Vivarini, the High Renaissance triptych by Paolo Cavazzola and other altarpieces in the exhibition.

Most of the religious pictures in the exhibition are fine, intimate works almost certainly intended for the Renaissance house rather than a church, and this probably makes them more accessible for an Australian audience today. Many of these are images of the Madonna and Child, a major subject in Italian art before, during and after the Renaissance and therefore a central subject in this exhibition. So, while images of the Madonna and Child are shown throughout the exhibition, there is also a room devoted to them. The art of portraiture developed as a major subject during the Renaissance and the exhibition includes splendid examples, particularly from the sixteenth century.

We are immensely grateful to Italy and in particular to the Accademia Carrara in Bergamo and the City of Bergamo for allowing these Renaissance treasures to travel all the way to Australia.

The selection of paintings was made by Dr Giovanni Valagussa, Curator, Accademia Carrara, Bergamo, who has worked extensively on this exhibition, with suggestions by Professor Jaynie Anderson, Herald Professor of Fine Arts at the University of Melbourne, the principal adviser for the exhibition, and me. Christine Dixon, Senior Curator of International Painting and Sculpture at the National Gallery of Australia, is the exhibition's coordinating curator. I thank Dr Valagussa, Professor Anderson and Ms Dixon for their invaluable assistance.

We would like to thank the current President, Tito Lombardini, and the Council of the Accademia Carrara. We are also grateful to the City of Bergamo, including the Councilor for Culture and Tourism Claudia Sartirani and to COBE Diresionale S.p.A. and its former President Maria Teresa Azzola, current President Benedetto Maria Bonomo and Managing Director Luigi Ferrara. I would like to record our gratitude for the support of Willi Zavaritt, who was President of the Accademia Carrara when I commenced negotiations over three years ago and is still a member of its Council.

The former Australian Ambassador to Italy, the Honourable Amanda Vanstone, and her successor His Excellency David Ritchie AO have been very helpful, as has the Italian Ambassador to Australia, His Excellency Gian Ludovico de Martino di Montegiordano. I thank them all for their contributions which ensured that the exhibition could take place.

Major international exhibitions are extremely costly and cannot be staged in Australia without generous sponsors. We are grateful to the ACT Government for its financial support and in particular Andrew Barr, Deputy Chief Minister, Treasurer and Minister for Tourism, for the financial backing for a nation-wide marketing campaign for the exhibition. We acknowledge the generosity of the Exhibition Partner, San Remo, which has given cash support and marketing assistance. In particular I thank Maurice Crotti, Managing Director.

Other sponsors include Principal Partners and long-time supporters National Australia Bank and the Nine Network; Major Partners Canberra Airport, Lazard and Qantas; and Media Partners ABC Local Radio, JCDecaux, Win Television and Fairfax Media through *The Age*, *The Sydney Morning Herald* and *The Canberra Times*.

I wish also to acknowledge Exhibition Patron the Honourable Mrs Ashley Dawson-Damer, a member of the Council of the National Gallery of Australia who has supported exhibitions in the past. The National Gallery of Australia Council Exhibition Fund has also backed *Renaissance*.

The specially created Family Activity Room within the exhibition is again well supported by Baillieu Myer AC and Sarah Myer through the Yulgilbar Foundation.

We wish to acknowledge the Australian Government, which has indemnified the exhibition through the Australian Government International Exhibitions Insurance Program. Lastly, we also wish to record our deep gratitude to the Italian Government for allowing these brilliant works to be shared with the people of Australia in the special year in which Italy celebrates the 150th anniversary of Unification.

Ron Radford AM

Ambrogio Bergognone
Meeting of Saint Ambrose and the Emperor Theodosius 1490
(cat. 28) detail

An introduction to
ITALIAN RENAISSANCE PAINTING

Ron Radford

We are very fortunate to see in Australia, for the first time, intimate and portable Renaissance works by many of the artists who helped change the way we understand European art and indeed, to some extent, the way we see and comprehend the world. Renaissance painting remains the basis of all subsequent Western painting, including European-Australian painting, despite the shattering innovations of the past one hundred years. With so few Renaissance pictures in Australia, in particular from the fifteenth century, *Renaissance* is an exhibition of vital significance for our nation. We are truly grateful to the Academy Carrara which has lent us these splendid fifteenth- and sixteenth-century Italian paintings.

The cultural transformation that we call the Renaissance took place well over 500 years ago. Renaissance means rebirth or revival. It is rooted in the notions of a rebirth of civilisation in Europe at the onset of the modern era, beginning in certain independent Italian cities. A central element of the Renaissance was the revival of the appreciation of Classical Antiquity together with the self-conscious renewal, even the rivalling, of ancient Greco-Roman art, architecture and literature. Among artists and writers there was also an intensification of inquiry into the physical world of nature. A period of experimentation and exploration in the arts and sciences, it can be described as an age of the discovery of the world and of man. New technologies such as printing, gunpowder and the telescope, and navigators' exploration of the New World, helped to transform society. The Renaissance emerged from the Middle Ages, once called the Dark Ages, and is celebrated today as a golden age of enlightenment.

Italian artists, architects and writers responded to Antiquity in diverse ways but often through the attitudes of humanist scholars of their own day. Humanism in its broadest sense was a type of learning in which ancient Classical texts were used as the basis for the study of what we would now describe as the humanities: history, poetry and philosophy. During the fifteenth century in Italy—above all in the wealthy merchant city of Florence—humanist culture flourished for the first time. This is the backdrop for the Renaissance art that emerged largely in Northern and Central Italian cities such as Florence, Venice, Siena, Padua, Perugia, Urbino, Ferrara, Verona, Mantua, Milan, Bergamo and Rome as artists strove to rival Classical art with a greater sense of realism.

Before the Renaissance the Church was the great patron of the arts and of major architecture. During the Renaissance, on the other hand, there was a tremendous expansion of private patronage by merchant and noble families such as the Medici in Florence or the Este in Ferrara.

Today we all know Italian Renaissance easel paintings by the few, but very famous paintings of Leonardo da Vinci and Michelangelo (most of which are no longer in Italy and none in Bergamo), and by the works of Sandro Botticelli, Giovanni Bellini, Raphael and Titian, the latter four being wonderfully represented in this exhibition. Well known to admirers of Italian Renaissance painting of the fifteenth and sixteenth centuries are Andrea Mantegna, Benozzo Gozzoli, Lorenzo Monaco, Carlo Crivelli, Cosmè Tura, Pietro Perugino, Vittore Carpaccio, Lorenzo Lotto, Jacopo Palma il Vecchio, Jacopo Bassano and Giovan Battista Moroni, all well represented in this exhibition.

Raphael
Saint Sebastian c. 1501–1502
(cat. 42) detail

The architect Filippo Brunelleschi (1377–1446) led the revival of Classicism in Florence at the beginning of the fifteenth century. It is said he travelled to Rome to study and measure the ruins of Roman temples and palaces. He did not want to merely copy the Romans but rather to freely appropriate Classical forms and details for new fifteenth-century buildings. He is celebrated for designing and building the mighty octagonal dome (1420–1436) over the transept of Santa Maria del Fiore, the cathedral in Florence, ingeniously using Gothic methods of vaulting but with a Roman grandeur of scale and a Classical lantern to crown the dome. In about 1440 in Florence, Brunelleschi designed a chapel for a monks' cloister beside the church of Santa Croce. The chapel was built for the powerful Pazzi family. Brunelleschi combined Roman-style columns and capitals, pilasters (flat half-columns), cornices, arches and an interior dome to achieve a feeling of Classical grace. Yet this small Early Renaissance chapel could never be mistaken for a Roman temple; rather, it was a new architectural invention that used Roman trappings.

Brunelleschi's Classical inventions influenced classically-based architecture for nearly the next 600 years. In his own day he influenced the next generation of architects such as Leon Battista Alberti (1404–1472). Alberti's mid fifteenth-century Palazzo Rucellai in Florence shows Brunelleschi's influence in the use of pilasters, arches and other Classical features translated into secular domestic architecture, and it remained a prototype for city buildings up to the early twentieth century.

While Brunelleschi transformed architecture in the Renaissance, it was another Florentine, his friend Donatello (1386?–1466), who transformed sculpture. Like Brunelleschi, Donatello broke with the Gothic past. Gothic sculpture is known for its depersonalisation and unrealistic elongated proportions. Often the sculpture cannot be separated from the architectural or altarpiece schemes in which it is set. Donatello, using the example of Greco-Roman sculpture, created the first freestanding nude sculptures, liberating the human body from the servitude of architecture and the altar. He also posed and studied human models in the studio or workshop, which was to become usual practice from the Renaissance onwards but had not been done in Medieval times. Made around 1430, his bronze *David* was the first life-size and freestanding nude statue since Antiquity, and bronze casting of this scale had not been achieved since Roman times. Intended as an allegory of civic virtues triumphing over brutality and irrationality, such a nude would have been condemned as an idol in the Middle Ages, and the naked sensuality might have been hard to accept even in Donatello's time. The hat and boots make the youth seem more naked than Classical athletes. We cannot help compare Donatello's effete and graceful bronze *David* with Michelangelo's colossal marble *David*—more than five metres high—completed in Florence three-quarters of a century later, when the principles of the Renaissance were in fullest force. Michelangelo's *David* 1501–1504 has become the most famous sculpture of all time; in the artist's own time the giant-size, confident and very masculine yet still youthful figure quickly became a symbol of Florentine civil liberties and power. It was placed proudly outside the entrance to the Palazzo Vecchio, the city's civic hall, where it remained until 1873 (after which it was replaced by a replica, and the original moved to the Galleria dell' Accademia, Florence).

The Early Renaissance painters had a more difficult relationship to Classical Antiquity than the sculptors and architects, and developments in painting were initially much slower. In Italy there were numerous ancient Classical sculptures and buildings for sculptors and architects to study and emulate, whereas no examples of ancient Roman painting existed at the beginning of the fifteenth century, apart from a few inferior uncovered remains of frescoes and pictorial mosaic floors. So, as painters could not imitate ancient painting, they tried instead to recreate it. They took some guidance from written descriptions of paintings by ancient writers such as Pliny and Lucian, who described how certain painters rivalled nature. However, a more reliable method for artists was to look closely at their actual surroundings in order to understand their world. A painting began to be regarded as a window onto the world and as a result there was a growing tendency toward naturalism.

The principal pioneers of Early Renaissance painting were the narrative frescoes of Giotto (1266/1267–1337) in the early fourteenth century and Masaccio (1401–1428) in the early fifteenth century. Both artists strove for realism and the illusion of space; both helped to change the course of Western painting.

In this exhibition of fifteenth- and sixteenth-century Italian paintings one fourteenth-century work from the collection of the National Gallery of Australia has been included to illustrate a late Gothic style that lingered in pre-Renaissance years. Jacopo di Cione came from a prominent Florentine family of artists that ignored the innovations of Giotto, who had worked first in Florence and then elsewhere in the early fourteenth century. Giotto's solid forms, individual emotional expressions and attempts at background space were a break from the flat and other-worldly spirituality of his predecessors and contemporaries. Jacopo died around 1400 on the cusp of the Renaissance. The pointed-arch tabernacle frame, gilt background, flat decorative patterns and floating figures of his *Enthroned Madonna and Child with saints* 1367 show the Gothic qualities that Renaissance painters rebelled against.

The next earliest painting in the exhibition is a work executed in Florence only about five years after Jacopo's death. Painted around 1405, Lorenzo Monaco's *The Man of Sorrows* depicts Jesus rising from the grave. The body of Christ is painted with some solid modelling reminiscent of Giotto, and the figure emerges from a three-dimensional tomb—an actual space. But the flat gold background and its ornament remain more Medieval than Renaissance.

For painting to surpass the advances of Giotto and catch up with the Classical experiments that Brunelleschi had first made in architecture and Donatello in sculpture, we had to wait for Masaccio's work painted in the mid 1420s. Masaccio's paintings, particularly his last works, the frescoes he painted around 1427 in Florence for the Brancacci Chapel in Santa Maria del Carmine,

(above) **Jacopo di Cione**
Enthroned Madonna and Child with saints 1367 (cat. 4)

(below) **Lorenzo Monaco**
The Man of Sorrows c. 1405 (cat. 5)

(left) **Giotto**
Story of Christ: Mourning the death of Christ 1304–1306 fresco
185.0 x 200.0 cm
Cappella degli Scrovegni, Padua, Italy
© Archives Alinari, Florence, Dist. RMN / Mauro Magliani

changed the course of European painting.
In these narrative murals the monumental three-dimensional human figures are vigorously modelled in light and shade, broadly painted and almost sculpturally naturalistic, and placed in a credible landscape space. He explored the art of perspective, making it an indispensable tool for painters for the next 500 years. He died early, at the age of twenty-seven, but many of the advances made by Masaccio were not taken up by other painters until much later.

In Siena, the nearest major independent city to Florence and a rival in commerce, art and patronage, many elements of late Medieval painting style prevailed well past the mid fifteenth century. Sienese painters resisted Masaccio's pioneering tendency towards realism in Florence. In the mid fifteenth century Giovanni di Paolo continued the use of a gold background and Gothic stylised elongated figures in his *Crucifixion with donor Jacopo di Bartolomeo*. However, he attempted to paint a convincing grassy space for the figures to inhabit, and the figures show some of the emotional individuality that we see more intensely in Giotto and Masaccio. Remarkably, the composition also includes a portrait of its artist donor—as although it was common in the Renaissance for donors of altarpieces to be included in religious compositions,

it was unique for an artist to commission a work or for a work to be commissioned on his behalf. In the composition Giovanni di Paolo depicts the little-known painter Jacopo di Bartolomeo (who died in the mid 1450s) kneeling to the right of the Cross. As the donor's name is given in Latin on the painted surface, we may assume some portrait likeness.

(above) **Masaccio**
The tribute money c. 1427
fresco
59.0 x 247.0 cm
Brancacci Chapel, Florence

(right) **Giovanni di Paolo**
Crucifixion with donor Jacopo di Bartolomeo c. 1455 (cat. 11)

Portraiture was a new subject in the Renaissance. It celebrates the importance of the individual. In Medieval times it was almost sacrilegious for an image of an individual to be created alongside the holy images of God, Jesus and the saints. The earliest Renaissance portrait paintings were modelled on ancient Roman portrait sculptures, initially the relief profile portraits on Roman coins and medallions. We illustrate here, from the Bergamo collection, a portrait from around 1440 by Pisanello of *Lionello d'Este*, Marchese of Ferrara. It is a good example of a very early Renaissance profile likeness in which we see the distinctive features and hairstyle of an individual as well as elaborate, high-status clothing. The image, however, remains rather flat, similar to a medallion relief.

More three-dimensional in execution is Andrea Mantegna's profile portrait of *Saint Bernardino of Siena*. Painted around 1450, not much later than the saint's canonisation, it is not a portrait from life as the saint had died in 1444, but his likeness was known and there were written descriptions of him and possibly a death mask. This lifelike image by one of the greatest of the Early Renaissance artists depicts the rather emaciated face of a particular man, not an idealised saint. Although Saint Bernardino has a gold halo, Mantegna's modelling of the face, like that in the portrait by Pisanello, is a fairly flat profile, but the Franciscan habit is firmly and three-dimensionally modelled. Far from flat, with arms clasping the Bible, the body is turned slightly towards us and gives a true sense of the figure's volume. Mantegna was particularly admired for successful foreshortening and beautifully conceived renderings of drapery, both of which are demonstrated in this early example of his painting.

It was not until the end of the fifteenth century that singular portraits were commonly painted with the sitter facing forward, as we usually expect today. Lorenzo Lotto's *Portrait of a young man* c.1500, a remarkable early example of a realistic frontal portrait head, is a very early work by this accomplished portraitist, who trained in Venice

(far left) **Antonio di Puccio Pisano** called **Pisanello**
Portrait of Lionello d'Este
c.1440
tempera on wood panel
28.0 x 19.0 cm
Accademia Carrara, Bergamo
Alinari Archives, Florence

(left) **Andrea Mantegna**
Saint Bernardino of Siena
c.1450 (cat. 12)

(opposite) **Lorenzo Lotto**
Portrait of a young man
c.1500 (cat. 45) detail

and later worked in Bergamo. The subject is a
youth not much past adolescence. We feel we know
him, such is Lotto's convincing three-dimensional
portrayal of his features with his eyes fixed on us.
The face, almost angelic, is betrayed by his too-
knowing eyes. The straight gaze might be telling us
that this is a self-portrait of the young artist, at the
time aged about twenty. We will return to Lotto
and the later development, in the sixteenth century,
of more elaborate and larger realistic portraits.

Religious art remained the most important subject
matter in the Renaissance, as it had been in Medieval
art, but now portraits and stories from Classical
Antiquity were introduced into the artists' repertoire.
The Madonna and Child was the most common
subject of both late Medieval and Renaissance art.
Accordingly, it is the imagery most represented
in this exhibition. In the Renaissance, remarkable
examples were privately commissioned for use in
the home as well as by the Church. Going back to
the mid fifteenth century, the artist Fra Carnevale,
who was born and later worked in Urbino, trained
in Florence under Fra Filippo Lippi (1406?–1469).
Both Fra Filippo Lippi and Fra Carnevale were very
aware of the lessons of Masaccio. (Fra Filippo Lippi
had literally worked in the shadows of Masaccio's
Brancacci frescoes at Santa Maria del Carmine
where he became a friar.) Fra Carnevale's *Madonna
and Child* c.1445 has advanced well beyond earlier
darker and flatter works with gold backgrounds.
Here, firmly drawn and brightly coloured Masaccio-
like figures are presented in clear light against an
architectural background with a column (which
reminds us that the artist also worked as an architect)
and a suggestion of a rocky landscape space with
blue sky to the far left. The Madonna has the
distracted, sad expression of the Mother who is
contemplating the fate of her Child, a mother
who seems hardly able to physically control her
lively little boy on the edge of a parapet. The Child
confronts us with a world-aware stare. Although
the architectural setting seems a little awkward and
unresolved, this is unmistakably a fully Renaissance
painting that stylistically looks firmly ahead. The flat
and decorative archaic qualities that hark back to the
late Medieval Gothic style are absent.

Fra Carnevale
Madonna and Child c.1445
(cat. 6)

Neroccio de' Landi
Madonna and Child
c. 1470–1475 (cat. 19)

That could not be said of Neroccio de' Landi's serene *Madonna and Child* painted thirty years later in nearby Siena. As mentioned, Sienese art was more reactionary than Florentine art. Although the standing Christ Child turns towards his Mother in a plausible space and the artist has captured a tender relationship between the two, the body of the Virgin is relatively flat and the painting retains the gold background of earlier Medieval icons. This beautifully refined work looks backward compared with contemporaneous Florentine painting, but it has a more intimate realism than earlier Sienese work such as Giovanni di Paolo's.

Giovanni Bellini's highly developed Renaissance oil painting of a Madonna and Child, known as the *Alzano Madonna*, was painted in Venice around 1488, only a decade and a half after Neroccio's *Madonna and Child*. They inhabit different worlds. Bellini, the brother-in-law of Mantegna paints an

Giovanni Bellini
Madonna and Child
(Alzano Madonna) c. 1488
(cat. 35)

astonishingly convincing depiction of an attractive young mother with a healthy brown-haired baby held tenderly on her knee. Unlike Carnevale's and Neroccio's Madonna and Child compositions, there are no haloes. In clear natural light the intimate figures are seated behind a balustrade on which the carefully rendered pear or quince is probably a symbol of both Eve and the fruit of Mary's womb, which will redeem the world. There is no elaborate throne like those typical of late Medieval Madonna and Child images such as the one by Jacopo di Cione painted over a hundred years earlier. Instead, behind them hangs a finely rendered golden shot-silk drape in front of an exquisitely painted landscape. Land and water views, with distant figures, stretch to the horizon, where a city and a castle lie beneath a cloudy blue sky. This highly realistic light-filled masterpiece by Giovanni Bellini demonstrates Renaissance art in full bloom. Showing the high regard he had for this painting, he has boldly signed it on a trompe-l'œil piece of card seemingly attached to the centre of the foreground balustrade. Such proud self-identification could not have happened in the Middle Ages.

Bellini and his Venetian followers perfected the rendition of natural daylight. Landscape art first developed in Venice, as if dwellers in a lagoon city built on islands and canals longed for the rural surrounds of other places. Not for more than a thousand years had the landscape in Western art been painted so naturalistically and with such convincing space and air. This Bellini masterpiece prefigures by over a decade the climactic era for European art often referred to as the High Renaissance. The twenty years from about 1500 to 1520 is one of the greatest periods in Western art, a brilliant age of genius in which Leonardo finished his mural of *The Last Supper* in Milan in 1498 and his *Mona Lisa* portrait in 1508, Michelangelo carved his *David* in Florence in 1501–1504 and finished painting the Sistine chapel ceiling in Rome in 1512, Titian perfected his figures in atmospheric landscapes in Venice from about 1507, and Raphael in Rome executed his great Vatican Stanze murals around 1511.

High Renaissance architecture offers the symmetrical perfection of buildings such as Bramante's Tempietto at San Pietro in Montorio in Rome in 1502 and the foundation of his new St Peter's Basilica laid in 1506—its magnificent great dome designed much later by Michelangelo. The period ends with the deaths of the aged

(left) **Leonardo da Vinci**
Portrait of Lisa Gherardini, wife of Francesco del Giacondo (Mona Lisa) 1508
oil on wood
77.0 x 53.0 cm
Musée du Louvre, Paris
© RMN / Hervé Lewandowski / Thierry Le Mage

(centre) **Michelangelo**
David 1501–1504
marble
517 cm (height)
Galleria dell'Accademia, Florence
Getty Images

(right) **Bramante**
Tempietto, San Pietro in Montorio, Rome 1502
Alinari Archives, Florence

Leonardo in 1519 and of young Raphael in 1520. The death in 1521 of Pope Leo X, the Medici pope who was one of the greatest patrons of the period, was the end of an era. The Sack of Rome in 1527 by the German and Spanish mercenaries of Charles V, the Holy Roman Emperor, decisively changes this highly creative period, which had climaxed in Rome.

Many artists who were well established in the later fifteenth century were still painting in the High Renaissance period. Among them were artists whose work is included in the present exhibition, such as Giovanni Bellini, Vittore Carpaccio, Lorenzo Lotto, Pietro Perugino and Sandro Botticelli—one of the most esteemed painters of that generation.

The Florentine Botticelli was, like Fra Carnevale, a pupil of Fra Filippo Lippi. His work is distinguished by well-balanced compositions of elegant figures of great beauty and graceful line. His careful draftsmanship and strong use of line were also distinctive features of Florentine art generally.

This exhibition from Bergamo's Accademia Carrara includes one of Botticelli's late figure subjects from pagan Antiquity, peculiarly characteristic of the Renaissance but much less numerous than the period's Christian subjects, though equally moral. His *The story of Virginia the Roman* was painted around 1500, the eve of the High Renaissance. The unusually large panel, almost two metres wide, is believed to be the companion to another Classical subject, *The tragedy of Lucretia*, of similar date. Both narratives celebrated the chastity and virtue of these Roman women and were probably intended for a bedchamber of newlyweds in a Renaissance palace. *The story of Virginia* unfolds across the panel in several episodes, in groups of arranged figures, all staged in a marvellous Renaissance-style temple that could have been designed earlier by Brunelleschi or Alberti with a Brunelleschi-style apse as the centrepiece.

Another Botticelli panel in this exhibition is his extraordinarily moving *Christ the Redeemer*. This sorrowful but elegant work was also painted near the beginning of the High Renaissance period, probably from the late 1490s to the early 1500s. It, too, is believed to be one of a pair, a companion to a *Mater Dolorosa*, a Virgin of Sorrows, now lost (see p. 53). Typical of Botticelli is the stylish elongation of the face, hands and fingers and the sloping shoulders, but the elegant image of Christ with flowing hair is also one of intense passion. Both hands show the wounds of his Crucifixion; the right hand is raised to bless, the left draws attention to his body pierced by the centurion's spear. Shafts of gold radiate from his wounds. There are drops of blood on his forehead, pierced by the Crown of Thorns. Christ's deeply melancholic expression stares past the viewer while tears stream down his face, his lips parted in suffering. The extreme passion depicted in this work by Botticelli probably shows the influence of fifteenth-century painting from Flanders (present-day Belgium) and in particular of Hans Memling (1430s–1494), whose works had entered Italian collections. The mood could also reflect the passionate puritanical teachings in Florence of the monk Savonarola during Botticelli's later years.

In this exhibition the earliest approach to a pure landscape painting is the *Nativity* painted by Perugino around 1504, although based on his earlier compositions. Mention has already been made of the developments in landscape painting in Venice, but there was a parallel development in Perugia, where Perugino's scene captures an attractive and convincingly Umbrian landscape at dawn. He places the Christ Child in the centre foreground, flanked by the kneeling figures of Mary and Joseph and, further back, the shepherds. The central structure of the stable is presented as a simple open shelter held up by rudimentary Classical Ionic columns. The finely painted figures with serene oval faces are typical of Perugino, a manner he passed on to his precocious follower and probable pupil Raphael. The self-conscious symmetrical balance of the composition is characteristic of the High Renaissance but the figures are too disconnected from each other for the work to be considered a sophisticated High Renaissance composition.

This is not the case with the *Saint Sebastian* of around 1502 by Perugino's young disciple Raphael. This beautiful head-and-shoulders composition, though small, has monumentality and the rich colour of a centrally balanced High Renaissance portrait. As well as being one of the greatest painters of Classical figure groups, Raphael also became one of the finest portrait painters of his age and indeed of all time. The sweetly wistful image of the youthful saint, head slightly tilted, holds between fine fingertips the arrow of his destruction. Behind is a ravishing Umbrian landscape bathed in early morning light. The young Raphael at the dawn of the High Renaissance is already surpassing his influential mentor Perugino in the rendering of tender yet powerful beauty.

Raphael's *Saint Sebastian* was probably painted in Perugia before he moved to Florence in about 1504 and then to Rome in about 1508, both cities major centres for High Renaissance art. The third centre for the High Renaissance was Venice, where Titian took the experiments with colour, light and landscape by Giovanni Bellini and his teacher Giorgione (1477/1487?–1510) to new levels of atmospheric realism.

Artists who had worked in Florence, such as Botticelli, Michelangelo and Raphael, relied heavily on strong draftsmanship. Drawing was the basis of their paintings, confirmed by present-day X-ray photographic analysis that shows strong drawing beneath the painted surfaces. Furthermore, artists in Florence preferred to paint on smooth wooden panels well into the High Renaissance, whereas Venetian artists by 1510 preferred canvas and its coarser texture which lent itself to broader paint application. The Venetian artists were also among the first in Italy to regularly use oil paint on canvas instead of quick-drying tempera (colours mixed with egg yolk). Oil paint gave them more flexibility and one can see in this exhibition Bellini's

(above) **Pietro Perugino and workshop** *Nativity* c. 1504 (cat. 41)

(below) **Raphael**
The School of Athens c. 1511
tempera on plaster
500.0 cm x 770.0 cm
Stanza della Segnatura,
Apostolic Palace,
Vatican City, Rome

transformation from his early *Madonna and Child* about 1475–1476 painted in tempera to his *Alzano Madonna* painted in oil in about 1488 (see essay by David Wise on Renaissance techniques, pp. 66–69).

In Venice, particularly with Titian, colour and textured brushstrokes were more important than precise drawing and silhouetted forms, so the artists' compositions often changed as they worked, helped by the new slower-drying medium of oil

paint. In Titian's small early *Madonna and Child in a landscape* of around 1507 we see the beginning of the Venetian High Renaissance style. Soft edges of painted figures and landscape forms appear, and there are no harsh angles and outlines. The Mother, relaxed in an atmospheric pastoral landscape with grazing sheep, looks tenderly at her playful Child. Only a low wall lies between them and the inviting landscape. Even more than in Bellini's earlier *Madonna and Child* of around 1488, the figures are fully at home in nature's setting and the woman is backed by a tree trunk. The colours are rich and the surface of the work is painterly. These are the qualities we now cherish in sixteenth-century Venetian painting. By the 1530s Titian had become famous throughout Europe and his works were sought by many European courts. His influence went far beyond Venice.

We see Venetian characteristics in the canvases of Jacopo Palma il Vecchio who was born near Bergamo, then part of the Venetian Republic, but who moved to Venice where he fell under

(above) **Titian**
Madonna and Child in a landscape c.1507 (cat.43)

(right) **Jacopo Palma il Vecchio**
Madonna and Child with Saints John the Baptist and Mary Magdalene c.1517 (cat.44)

the spell of Titian. His *Madonna and Child with Saints John the Baptist and Mary Magdalene*, painted around 1517, is a characteristic Venetian painting from the High Renaissance. The symmetrically balanced composition with refined colours and softly painted figures at ease in an atmospheric cloudy landscape presents a distant alpine glimpse reminiscent of the mountains around Bergamo, the artist's birthplace. Palma il Vecchio became known for his depictions of voluptuous blonde women in compositions known as Holy Conversations, that is, groups of various saints conversing with the Madonna and Child. Here, flanking the sacred couple are, on the right Mary Magdalene with her lustrous hair, and on the left John the Baptist in rustic clothes holding a staff in the form of a cross.

A quarter of a century later the Venetian Renaissance style still strongly informs Jacopo Bassano's *Madonna and Child with the young Saint John the Baptist*, painted around 1542. Naturalistic figures in naturalistic light are painted on canvas in rich impastoed colours. These are the Venetian qualities that attracted Baroque artists throughout the next century. Here, however, Bassano also shows the influence of Italian Mannerist painters working after the 1520s in Rome and Florence. Like them, Bassano has elongated the figures and hands and made the small composition quite complex, the figures almost bursting beyond the confines of the canvas. But the Venetian painterly qualities, the tenderness and lively interaction of the children with each other and with Mary remain.

While discussing the sixteenth century, we now return to a major subject of the Renaissance, namely portraiture. We saw how, in his youth, Lorenzo Lotto painted front-on the sensitive realistic portrait head (perhaps his own) at the very end of the fifteenth century. We now look at his *Portrait of Lucina Brembati* (cat.46), painted about twenty years later, well into the sixteenth century.

Lotto was born and trained in Venice and understood colour and the atmospheric light and landscape painting that were specialities

Jacopo Bassano *Madonna and Child with the young Saint John the Baptist* c.1542 (cat.67)

of the Venetians. Between 1513 and 1525, during which years this portrait was painted, he worked in the Venetian-controlled territory of Bergamo, spending the largest part of his peripatetic career in the strategic trading city. Lotto presents the sitter in a half-length portrait, not just a head, and very much as her own self-possessed person. She is an individual proud of her high status and not shy to flaunt her riches, bedecked in elaborate clothes, headdress and copious amounts of jewellery. Lotto places her before a rich brocade drape and, unusually, a nocturnal landscape.

We have come to evaluate Lotto as one of the finest and most engaging artists of the Renaissance. His individual, vivid and idiosyncratic approach to portraiture can also be seen in his religious paintings, of which there are two outstanding

his art. He also of course would have known the
individualistic paintings by Lotto, then visible in so
many private collections in Bergamo.

Titian's standing portraits are exemplars for
Moroni's pair of full-length portraits of Bernardo
and Pace Rivola Spini. These nobles were well
known to the artist and were probably painted
about 1573, only a few years after their marriage.
In each portrait the standing figure casts shadows
in a tangible space against a simple grey interior
wall with Classical pilasters. Bernardo was a
successful cloth merchant and both are dressed
fashionably and expensively. There is nonetheless a
certain Counter Reformation restraint and austere
elegance in these portrayals from shortly after the
Council of Trent, the sixteenth-century Ecumenical
Council of the Roman Catholic Church. One has
only to compare their sobriety with the sumptuous
vulgarity displayed in Lotto's portrait of Lucina
Brembati, painted fifty years earlier.

Moroni's portrait of a child of the Redetti family,
painted about 1570, is one of his smallest yet most
enchanting portraits. Probably about five years
old, she is dressed, like all children of her day, as an
adult: her gown is rich gold and indigo brocade;
there are stiff white linen ruffs around her neck and
wrists; she wears earrings, necklace, hairclip and a
bracelet. Her sweet countenance and penetrating
eyes strongly engage us. Nearly four and a half
centuries have passed since Moroni captured her
likeness yet she still beguiles. Set in a neutral space,
she has become timeless; she could be a little girl of
the twenty-first century in fancy dress. Like much
of the fine Renaissance art in this exhibition from
Bergamo, she still has the power to connect with
us today: intimate, intense, humanist, and highly
simpatica.[1]

In such a brief introduction there has been space
only to highlight a few important aspects of
Renaissance painting by focusing on a small
selection of key and interesting works seen in

examples in this exhibition. One, the richly
coloured and complex figure composition of
The Mystic Marriage of Saint Catherine of Alexandria
1523, also includes a lively if intense portrait of the
donor. Many of his finest portraits and religious
compositions, including altarpieces still in churches,
were painted in Bergamo.

Another important but later Bergamo portrait
painter was Giovan Battista Moroni. He was born
in the region and, unlike other major portrait
painters of his time and later, rarely left. In spite
of this we regard him not just as a regional painter
but as one of the great Late Renaissance portrait
painters of Europe, admired for his powerfully
direct realism and elegant but simple placement.
If he did not visit Venice he certainly would
have seen Venetian portraits, which influenced

---

1   I wish to acknowledge the authors of the individual entries
    on the paintings in the exhibition from which I derived
    specific information for this introduction.

Giovan Battista Moroni
*Portrait of the nobleman
Bernardo Spini
Portrait of the noblewoman
Pace Rivola Spini* c. 1573
(cats. 69a, 69b)

(opposite)
Giovan Battista Moroni
*Portrait of a child of the house
of Redetti* c. 1570 (cat. 71)
detail

this exhibition. To give context to these Italian Renaissance paintings from one distinguished collection, the Accademia Carrara in Bergamo, mention has also been made of some Renaissance frescoes, buildings and sculptures which of course cannot be physically present in an exhibition.

It should be understood, moreover, that in order to fully comprehend Italian Renaissance art we would need to see further works by the artists represented in this exhibition and by their contemporaries, including those from other parts of Europe, not only in other major collections and churches

in Italy but also in the significant Renaissance collections now held in Paris, London, Madrid, Berlin, Dresden, Munich, St Petersburg, New York, Washington, Boston and elsewhere: a daunting and very difficult prospect.

The joy of this exhibition is the extraordinary opportunity it offers for Australians to see masterpieces of Renaissance art from the fifteenth and sixteenth centuries from one accessible collection. This Renaissance show can delight and engage us in the painters' exploration of their bold new world.

BERGAMO: City of art and architecture

Attilio Pizzigoni

Renaissance: 15th and 16th century Italian paintings from the Accademia Carrara, Bergamo—which has travelled across the world from Italy to Australia—is a testament to the love of a Bergamo nobleman for his city and for the artists who worked there. Count Giacomo Carrara (1714–1796) was a man of the Enlightenment; today we would say a man of great culture and exceptional civic awareness. In the last decades of his life he directed his passionate interests in the art of the region and the education of young artists into the establishment of a small school and gallery. There the paintings in his collection provided the examples, the theoretical and practical references for students to develop as artists. At Carrara's instruction, following his death all his assets were directed into the development of the school and gallery. Thus a magnificent new Neoclassical building was constructed—its main purpose was the space dedicated to the school of fine arts (today the entrance halls on the ground floor) where the students would find paintings for daily study hanging in the upstairs rooms. There was no divergence between the interests of Giacomo Carrara, citizen of Bergamo, and those that inspired the young minds in their quest for beauty. Over time a sense of cultural identity has developed between this 'small but great' gallery and the city that adopted it. In this happy coincidence the Accademia Carrara exists today, not only as a prestigious museum, but as a physical manifestation of the community feeling that connects the city to its region and its artists.

Following the initial Carrara benefaction the gallery has been strengthened by bequests and the patronage of significant donors.[1] In fact donated works make up almost the entire holding: currently more than 2,000 paintings and 10,000 prints and drawings. The works from the collection selected for this exhibition were largely created at the same time that the built environment of the Medieval hilltop town, the *Città alta*, was transformed in the late fifteenth and early sixteenth centuries, with its fortifications reconstructed by the Venetians in the late sixteenth century.

❖

In the tradition of the Accademia Carrara, and the paintings that adorn its rooms, we find the most authentic traits of the city, the characteristics that constitute its identity. These images document the culture and tradition of a 'small homeland' bordered by two rivers, the Brembo and the Serio. But it would be a mistake to interpret this identity as a small enclosed territory, the furthest province of the Serenissima Repubblica di San Marco—the Venetian Republic—whose trade and ships opened the doors of Europe to the traditions

(opposite)
Simone Elia (architect)
Accademia Carrara, Bergamo
completed 1810
© and photo Giovanni
Marchesi 2005

(right)
Bergamo, *Città alta*
Photograph from the street of
Pope Giovanni 23rd (via Papa
Giovanni XXIII) taken from the
lower city, *Città bassa*
© Luigi Facchinetti Forlani

and culture of the East. The cultural history of
Bergamo is certainly part of the history of Venice
and the industrious mercantile, international and
secular aspects of the maritime republic. For this
reason its history at times may seem in direct
contrast with that of nearby Milan, especially in
the post-Renaissance period when, from 1535,
the Duchy of Milan came under Spanish rule
and began to establish a very different clerical
and Counter Reformation culture.

The artistic relationship between Venice and
Bergamo is not just one of a major city influencing
another in the provinces. The intrigues and
interconnections between the city on the lagoon
and the one on terra firma often reveal artistic
techniques and disciplines emerging from the
most isolated towns in the Alpine valleys north of
Bergamo, traditions that wound an autonomous
path towards Venice where artists found favourable
conditions for their work. Traders carrying silk
and oriental spices from Venice to the Netherlands
and Flanders passed through these valleys, avoiding
the hostile regions of the Duchy of Milan; and
traces of Venice are still detected today by visitors
to the ancient mountain churches on the old
trade routes. One of these is found in Dossena,
in the Valle Brembana, a village with a population
of less than a thousand, where the church of
San Giovanni Battista boasts a magnificent work

Bergamo, *Città alta*
Piazza Vecchia, with the
Palazzo della Ragione 1200–
1300 (centre) leading to the
Piazza del Duomo beyond
© Luigi Facchinetti Forlani

by Paolo Veronese,[2] and a polyptych by Jacopo Palma il Vecchio, who was born nearby at Serina. The Venetian art scene, and figurative painting in particular, received a precious injection of innovation from Palma il Vecchio's work when he emigrated to Venice.

The list of artists who travelled from Bergamo to Venice is long—simple artisans, studio artists, stone cutters, decorators and major innovators all contributed to the growth of this school across hundreds of years, from the late Middle Ages to the early years of the nineteenth century. The Bono family of architects from Gandino gave Venice many generations of stone cutters and stonemasons, as well as renowned architects. To these men we owe the creation of Venetian treasures such as the world-famous Ca' d'Oro 1428–1430, and the design of the great bell tower in the centre

of the Piazza San Marco c.1515. The city's white Renaissance buildings discovered a new Classicism with the architecture of Mauro Codussi, a native of Lenna in the upper Brembo valley. Codussi's first building, the church of San Michele in Isola c.1469, with its famous white facade, led to him being regarded as the founder of Venetian Renaissance architecture; and Guglielmo d'Alzano built the glorious light-filled Emiliani chapel 1528–1543, attached to San Michele in Isola. Thus it is difficult to define some architects who have left their mark on Venice simply as *bergamaschi* [from Bergamo].

But the influences and connections were not one-way; the presence of major foreign architects in Bergamo was of fundamental importance. Antonio Averulino, known as Filarete, was called to Bergamo for the rebuilding of the Duomo in 1459. Giovanni Antonio Amadeo worked on the

Colleoni chapel from 1472; and Donato Bramante, who arrived in 1477, painted the frescoes on the facade of the Palazzo del Podestà. The Colleoni chapel is one of the most exquisite and defining monuments of the classical Renaissance style in Lombardy. Located at the heart of the city, facing the entrance to the church of Santa Maria Maggiore, the facade bears a rich sculptural program about the Labours of Hercules, the Greek hero from whom the condottiere Bartolommeo Colleoni claimed descent.

The Bergamo architects themselves had a solid foundation on which to build when working with a new architectural language derived from Classicism. Alessio Agliardi, of a noble Bergamo family,[3] brought a thorough knowledge of the famous architectural treatises by Vitruvius, Alberti and Filarete, as well as an awareness of contemporary theoretical thinking. He attended mathematics classes in Urbino taught by Fra Luca Pacioli, a leading figure among the supporters of architecture as a science. For this reason Agliardi was constantly in demand for projects in which he could apply his scientific knowledge to difficult practical problems, such as the regulation of water sources. He oversaw complex construction projects, including the excavation of the Roggia Nuova canal in 1481, and the deviation of the Brentone canal which threatened to silt up the Venetian lagoon. In 1490 Ludovico il Moro sought Agliardi's advice on the crucial problem of stability in the lantern for Milan Cathedral. Among other innovative and breathtaking technological inventions emerging from this culture at the time, and still admired today, are the huge wooden trusses spanning thirty metres in Bergamo's Palazzo della Ragione designed by Pietro Isabello, Agliardi's student.

In the decade of the 1480s Bergamo was enriched with some wonderfully elegant architecture, with the added appeal of references to modern buildings in Milan, perfect proportional relationships and fine sculptural engraving. These include Agliardi's church of San Rocco 1481 in via Broseta; Leonardo and Venturino Moroni's Monte di Pietà building 1470–1490 in via Colleoni; as well as Giovanni Carrara's house for the Gambirasio merchant family in via Gombito 1483, and the Santa Maria Maggiore sacristy 1485. These buildings, positioned in central and powerfully emblematic city locations, undoubtedly contributed to the spread and growing popularity of the new taste in architecture. The designs also reveal an early and widespread interest in humanist ideas among Bergamo's ruling class.

The use of ornate red brick decoration became the hallmark of a taste (ideological because it was foreign to the local building tradition) that is most fully expressed in the facade of the San Benedetto church. Agliardi was also involved in this project, surveying the site in 1508; Isabello later took on the project and completed the church in 1516. The work of Isabello in the first half of the sixteenth century became a symbol and icon of Renaissance architecture in the city. His reputation and critical success, his importance within the written history of Bergamo's architecture, probably resulted from his ability, as a pupil of Agliardi and an expert in the work of Codussi, to bring together these two inspirational figures in the city's artistic life. Natural connections between adjacent cities

fed the Milanese influences. The rich environment of Milan, which accommodated figures of the stature of Bramante and Leonardo da Vinci, is only one aspect of the Bergamo Renaissance.

Into the sixteenth century we find frequent mention of works by the sons of architects who, for the most part, imitated the style of the fathers. Zunino di Giovanni Carrara was commissioned to build a wing of the Astino monastery in 1515; Antonio di Venturino Moroni built the Martinengo Colleoni mansion in via Pignolo (now destroyed) and the refectory of the Santo Spirito convent both designed around 1500; and Bonifacio Agliardi designed the Giovannino Cassotti Mazzoleri residence in via Pignolo c.1515.

The place of Bergamo citizens in the history of art and architecture goes well beyond their connections with the Venetian Republic, whose dominance waned towards the end of the eighteenth century. Some of the creative minds in Bergamo's architectural circles were much more than mere followers of national trends. Giacomo Quarenghi, for example, left his lasting mark on the St Petersburg of Catherine the Great.

Other distinguished Neoclassical architects include Simone Elia, designer of the Accademia Carrara building 1806–1810, and the beautiful parish church at Ranica 1804; Ferdinando Crivelli, who was responsible for the Palazzo Stampa 1837, and the dome of the Bergamo Cathedral 1851–1853; and Rodolfo Vantini, whose Palazzo Frizzoni 1836–1840 is Bergamo's town hall today.

In the artistic history of Bergamo it is often difficult to separate the roles and contributions of the architects and the painters who frequently collaborated and worked side by side on the same commission. Nor are we referring only to church commissions, because in the sixteenth century the most prominent Bergamo families commissioned the new architects to build the mansions in which their portraits would later be hung. Alessio Agliardi is especially remembered for the beautiful Palazzo Cassotti in Borgo Pignolo, with its graceful columns resting on tall carved pedestals, built in 1520 for Marsilio Cassotti and his wife Faustina, who are depicted in a magnificent portrait by Lorenzo Lotto from 1523.[4] We may also imagine Lotto's portrait of the noblewoman Lucina Brembati of c.1518–1523 (see cat. 46)

hanging on the wall of the family palace built around the same time by Agliardi at Porta di San Giacomo.

The paintings on display in the *Renaissance* exhibition evoke the vision of Count Giacomo Carrara, who was inspired by love of the city of Bergamo and the art of the region. The Accademia Carrara collection, preserved and protected in the gallery he founded, also represents the love of a city for its artists and, by association, the architects who built and beautified Bergamo. New audiences in faraway continents such as Australia will experience the fascination of a distant tradition and its ability to generate the wonder of another beauty and another poetry.

1   See Giovanni Valagussa, 'The Accademia Carrara: Collections, collectors and community', infra, pp. 40–51.

2   Paolo Veronese (Verona 1528–Venice 1588), *The decapitation of Saint John the Baptist* 1575.

3   It is proposed that Alessio Agliardi commissioned Giovanni Bellini's *Madonna and Child (Alzano Madonna)* c.1488 (cat. 35).

4   Museo Nacional del Prado.

THE ACCADEMIA CARRARA:
Collections, collectors and community

Giovanni Valagussa

Like many of Europe's oldest museums, the Accademia Carrara in Bergamo has a complex history. Today, after more than two centuries, what we see is a stratification of widely differing events, goals and occasions that have followed each other across the stage in what often looks like a random manner, even though the result appears uniform.

THE COLLECTIONS

First and foremost this applies to the heritage the museum contains, consisting mainly of Italian paintings from the fifteenth to the nineteenth centuries, but including important groups of other works as well. There is a collection of antique drawings for example (about 2,700 sheets) and one of prints (about 8,000 sheets) as well as sculptures, antique furniture, bronzes, medals, porcelain, even fans, silver and glass objects, and the like.

All this wonderful material has been added to the museum over time, chiefly through bequests and donations from collectors in Bergamo and elsewhere, and covering a diverse range of times, places, tastes and traditions. The core collections are thus extremely varied. Count Giacomo Carrara, the museum's founder, bequeathed significant collections of drawings and prints as well as major paintings, anticipating their use in an academy of fine arts for teaching purposes. Count Guglielmo Lochis preferred to select only paintings by famous artists. Giovanni Morelli, on the other hand, used his exceptional skills as a connoisseur to identify works of high quality where almost nobody had previously looked—perhaps he even bought the fifteenth-century collection of Tuscan gold or the seventeenth-century Flemish works from a pawnbroker in Rome.

Other collectors who have donated to the Accademia Carrara include Cesare Pisoni, who had a great passion for nineteenth-century paintings, and Francesco Baglioni, a sophisticated collector of bronzes and porcelain. Then there is the Alberzoni Sottocasa family, from whom the museum received a set of antique fans and a magnificent carved wooden frame for a bed. The museum as a single theme institution is thus a myth, at least in the case of the Accademia Carrara.

We should note here that almost none of the collections donated to the museum have remained intact. Some more or less unfortunate decisions have reduced, limited or divided them, crisscrossing the original donors' choices with those of the various directors or curators who have guided the institution. If we consider that in the two centuries of its existence the Accademia Carrara has received more than two hundred donations—ranging from large bequests of hundreds of works to the gift of a single item— we can begin to understand the complexity of the museum's collection that today appears monolithic, but in reality its formation has been as fragmentary as it is possible to imagine.

THE BUILDING

The second thing to consider is the evolution of the building that houses the collection. Its gradual transformation has involved a series of extensions and, most importantly, a dialogue conducted at intervals with the school of fine arts, the Accademia di Belle Arti, now seen as a separate branch of the same institution, but originally integral to it and indeed the main part of it.

Carlo Crivelli
Madonna and Child
c. 1482–1483 (cat. 20) detail

Simone Elia
(artist and architect)
Accademia Carrara c. 1810
ink and wash

The Accademia Carrara began with the purchase
by Giacomo Carrara in the late eighteenth
century of an old tavern of questionable repute
called 'La Campana'. It was situated in a field next
to a path that climbed the hill to the town—a kind
of shortcut, steeper than the main road, leading to
one of the gates in the city wall. After renovation
of the property—possibly the work of the architect
Costantino Gallizioli—Carrara set up a small school
of drawing in the Neoclassical manner. His aim
was to bring back into fashion the academic style
of drawing and painting based on the traditional
principles of modelling and an emphasis on Antiquity.
He was without doubt a big thinker. Paintings from
his collection, intended as models for the students,
were spread throughout the rooms. They covered
every wall, hung close together from floor to ceiling
and from corner to corner, even above the doors
and around the windows. Carrara died in 1796,
bequeathing not only his collection but his entire
estate to finance the development of the school and
gallery—a private institution to be managed by a
Commissariat of five prominent citizens.

In 1804 a competition was finally announced
for the design of a new building to contain the
collection and to function principally as a school
of fine arts. The initial plan, by the famous architect
from Milan, Leopold Pollack, was for a sort of
Palladian villa with a magnificent park; above all,
a noble building providing an appropriate home for
a rich collection of artworks. But Pollack died early
in 1806 and the project was handed over to a local
architect, Pollack's pupil Simone Elia. He designed
the Neoclassical building we see today, square and
functional, with large square rooms all the same
size, symmetrically arranged on two floors. For a
century after its inauguration in 1810 the building
was used mainly for the school, and indeed the
management of the entire institution was entrusted
to the head teacher of painting.

THE ACCADEMIA DI BELLE ARTI

The Accademia di Belle Arti, the school of fine arts,
is a third major component in the formation of the
Accademia Carrara. Today it is known above all as
an art gallery, but for the whole of the nineteenth
century it existed to serve the needs of the school.
One telling sign of this is the dramatic change
that occurred in 1835, with a drastic decision that
can only be interpreted as favouring the teaching
function. A large portion of the 1,500 paintings
in the Accademia at the time was sold at auction,
leaving only about 500 works; just over 400 of
these were from Giacomo Carrara's collection.
To us the decision is utterly incomprehensible,

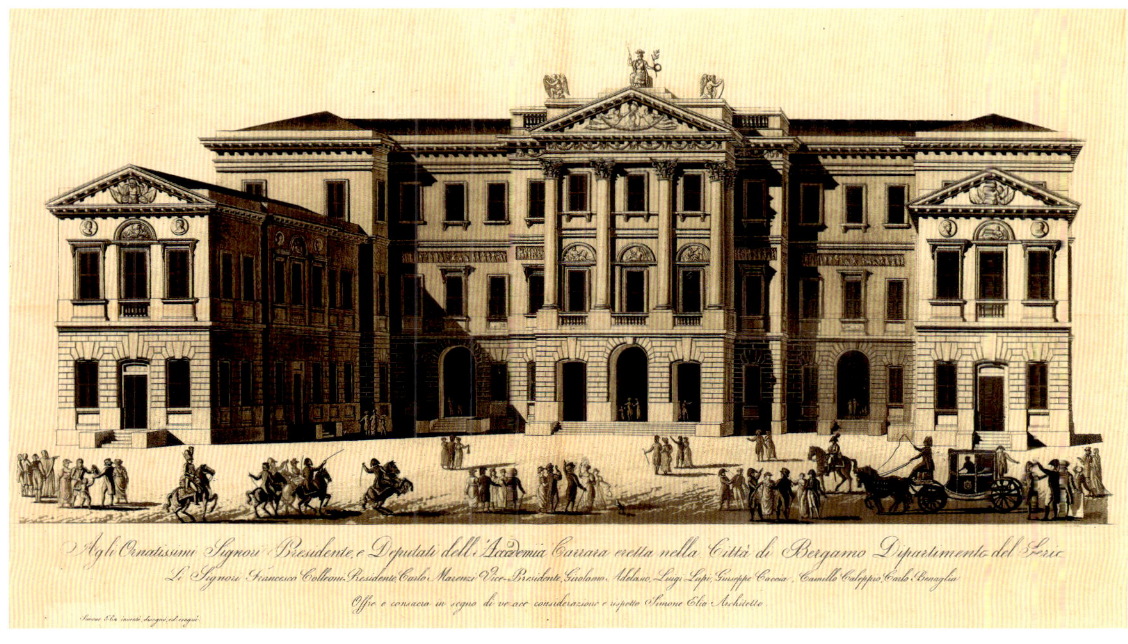

but at the time it was justified by requirements of space and taste. The great majority of paintings from the seventeenth and eighteenth centuries were now useless, especially if they were Baroque or in any case too rhetorical—they were considered outdated and even damaging in a climate of triumphant Neoclassicism, the style the students were required to absorb. The first exhibition of the students' work was organised in that same year accompanied by a small catalogue, which was rare indeed for the time. From then on the initiative was repeated every two years or thereabouts; while the first catalogue for the art gallery did not appear until 1881.

Meanwhile Guglielmo Lochis, who was President of the Commissariat of the Accademia Carrara during this time, had set up his own private museum in a country villa at Crocette di Mozzo, a few kilometres from Bergamo. He modelled it on similar English collections housed in splendid Neoclassical mansions amid green gardens; and he maintained international contacts with scholars connoisseurs, traders and prominent collectors. Lochis, who died in 1859, instructed in his Will that the collection should remain intact at his villa and be displayed there. But in 1866 the Municipality of Bergamo decided to relinquish the villa and more than half the pieces in the Lochis collection simply because there was no guarantee that it could support two institutions. Two hundred and forty paintings were selected to give to the Accademia Carrara; thus, in 1866, space was suddenly recovered for the art gallery.

Giovanni Morelli, who died in 1891, bequeathed 117 paintings and three sculptures to the Accademia Carrara. As with Giacomo Carrara, Morelli's donations were guided by an educational aim. Indeed, everything in the range of bequests meticulously described in his Will is oriented towards the training functions of the respective public institutions named as beneficiaries—the Accademia Carrara, the library of the Accademia di Brera and the municipal collections in the Castello Sforzesco in Milan, the Angelo Mai library in Bergamo, and a substantial scholarship for scientific research.

THE ACCADEMIA GALLERY

It was not until the early twentieth century that the point of view changed—in 1912 to be exact, when there was a complete museological rearrangement under the direction of the noted art historian and archeologist, Corrado Ricci.[1] By this time the Neoclassical reliance on the role of the Accademia had been undermined by the backwardness of late eighteenth-century teaching, and at the same time by new and more dynamic phenomena, all of which—from the radical Macchiaioli painters to the Impressionists—had occurred outside official, that is to say academic, boundaries.

In 1912, for the first time, the institution decided on a modern and more general structure. The requirement to display each discrete collection was abandoned in favour of a chronological arrangement according to regional schools. The building was now taken up with the display of paintings, with the school of fine arts completely excluded for the first time. In fact a new block consisting only of lecture rooms would be built for the school in the interior garden. What amounted to a radical recreation of the old Accademia di Belle Arti was completed with the publication of a new catalogue of the paintings. It was an historic phase, signalling the emergence of Italian national and regional museums, which became part of a cultural connective tissue spread across the entire country, city by city.

The reopening of the Accademia Carrara after World War II marks the final stage in its history up to the present time. All the pieces in the museum had been transferred to secure storage outside the city to await the return of peace; now there was the problem of presenting the contents of the old institution to a new public. By this time the Accademia di Belle Arti was confined to a respected but increasingly marginal role, and there was a need to provide friendly spaces for the new and more numerous visitors. The decade of the 1950s was an extraordinary period for modern museology in Italy, though unfortunately in the reorganisation of the art gallery at the Accademia Carrara it emerged only in the form of cautious reflection.

In 1958 the Municipality of Bergamo became the legal owner of the Accademia Carrara, administered through a Board of Management of fifteen members—five being members of the Commissariat. A refurbishment of the building was directed by Bergamo engineer Nestorio Sacchi, probably based on instructions from the great Milanese architect Piero Portaluppi—evident if only in the marble floors and the doorways. The rooms were made lighter, with a reduced number of paintings displayed in a more orderly arrangement, the space around them increased and additional large skylights installed in the ceilings. Finally there was the decision—inappropriate, but not uncommon at the time—to remove many of the old carved gilt frames and replace them with simpler modern strip frames, though still in gold. The end result is a museum that suggests compromise: modern, but not too modern.

In any event the Accademia Carrara is primarily an educational museum catering for school groups and a broader audience, no longer comprised largely of connoisseurs, with a simplified exhibition sequence presented in comprehensible chronological order and according to schools. This arrangement, introduced in 1955, continued basically unchanged until the museum closed for refurbishment in 2008.

TODAY
The total renovation now being undertaken due to work being done on the building opens up a broad range of ideas for the future of this venerable institution. Getting down to work again on the pieces of a very complicated jigsaw is not only an urgent necessity, it also presents a most interesting opportunity. Among the pieces of the puzzle are the vicissitudes in a history stretching back more than two centuries, two hundred donors, various collections of paintings and other objects, a heterogeneous building never completed, a school of fine arts and now a gallery of contemporary art as well—not to mention the increasingly important reality of temporary exhibitions.

Identifying a basic direction for the Accademia Carrara in the next two or three decades and its mission in relation to Bergamo, and then providing appropriate spaces for the functions envisaged for the renovated building: these are the considerations to be addressed by the museum today.

Simone Elia (architect)
Accademia Carrara, Bergamo
completed 1810

What must be taken into account are at least two fundamental theoretical poles that have kept the fortunes of this institution on an even keel to date, almost like magnetic catalysts. On the one hand there is the elitist ideal at its core: a museum of great connoisseurs and collectors—from Carrara, Lochis and Morelli through to the distinguished art historian Federico Zeri[2]—containing works of outstanding quality and refinement that not only represent the history of Italian painting, but also trace a complete journey through the finest artistic tastes of the past two hundred years. On the other hand there is the spirit of democracy and education that so strongly motivated the museum's founder in the exhilarating climate of revolutionary Enlightenment thinking. It has continued to inspire the museum's decisions and

kept this line of thinking alive, almost without realising it: the idea of improving a community through culture is the profound social purpose of the municipal museum and its contribution to the progress of a city.

The comparison with institutions outside Italy to which the Accademia Carrara, in various ways, has exposed itself increasingly in the past two years—as it is doing with this exhibition at the National Gallery of Australia in Canberra—will probably help us to a better understanding of how the problems can be solved. After all, they are problems of general concern for the future of 'old' museums—in particular those we might call medium-sized, excluding the big national galleries in Italy and in Europe.

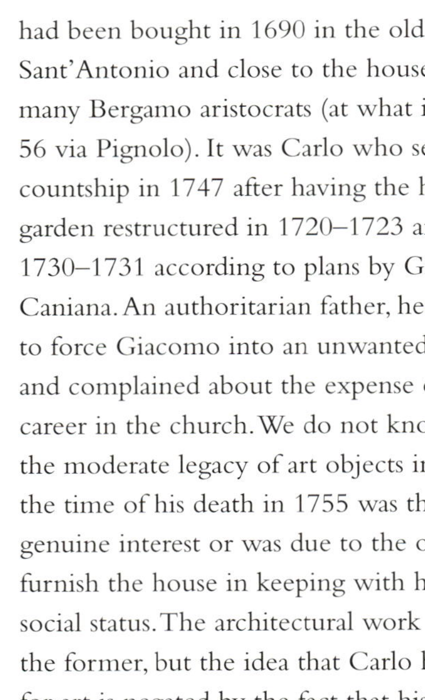

GIACOMO CARRARA
(BERGAMO 1714–1796)

Count Giacomo Carrara's stature as a collector can be judged from the difference between two death inventories. The first is the 1755 *Inventory of the properties and other possessions of the house of Carrara, Counts of Bergamo [Inventario dei beni mobili ed altro della casa de Conti Carrara di Bergamo]*, which describes the inheritance left to the two brothers Giacomo and Francesco by their father Count Carlo Carrara. The second, *Catalogue of the paintings held in the gallery of the noble Count Giacomo Carrara located in Borgo San Tomaso [Catalogo delli quadri esistenti nella Galleria del Nobile Signor Conte Giacomo Carrara posta nel Borgo S. Tomaso]*, lists the items in Giacomo Carrara's own gallery at the time of his death in 1796. But one factor making evaluation much more complicated is the unfortunate sale in 1835 of a large number of the paintings left by Giacomo—and probably also some of those purchased by the Accademia in 1804 from Salvatore Orsetti in Venice—which reduced the legacy to a miserable selection of works.

The inventory of 1755 gives an account of the contents of the Carrara family home, which had been bought in 1690 in the old village of Sant'Antonio and close to the houses of many Bergamo aristocrats (at what is today 56 via Pignolo). It was Carlo who secured the countship in 1747 after having the house and garden restructured in 1720–1723 and again in 1730–1731 according to plans by Giovan Battista Caniana. An authoritarian father, he attempted to force Giacomo into an unwanted marriage and complained about the expense of Francesco's career in the church. We do not know whether the moderate legacy of art objects in the house at the time of his death in 1755 was the result of a genuine interest or was due to the obligation to furnish the house in keeping with his acquired social status. The architectural work would suggest the former, but the idea that Carlo had a real taste for art is negated by the fact that his son Giacomo, who certainly did have that passion, had not really been permitted to buy anything before his father died.

Carlo had seven seventeenth-century statues in the garden and four antique sculptures in the entrance and staircase area; moving up into the apartment, there was a large wood sculpture with Vulcan and Venus by Andrea Fantoni. In various rooms of the house there were about 122 paintings. Many are difficult to recognise today, but a few stand out: a 'large picture of instruments by Evaristo Baschenis' with two companion pictures, six 'heads almost of the same size' and with them a 'head of a young man with long hair' by Fra Galgario, a 'Saint Francis receiving the stigmata' by Giovan Battista Moroni, and a 'village, birds from the hunt and grapes' by Carlo Crivelli. Other works are by Bartolomeo Nazari, Francesco Zucco, Orbetto and Francesco Polazzo, landscapes by Antonio Tempesta and Georg Sanz, and some religious scenes attributed to Antonio Cifrondi, Correggio and Guido Reni. All in all (save for some doubt concerning attributions) a credible collection for Bergamo in the mid 1700s: the quality was good, the spread consistent and the taste mainly addressed local tradition, especially of the seventeenth and eighteenth centuries.

Fra Galgario
Portrait of Count Giacomo Carrara c.1737 (cat. 1)

Having inherited his father's house, collection and wealth, Giacomo Carrara was at last free to go to Rome in 1757–1758 to stay with his brother Francesco. On his return to Bergamo he married his cousin Marianna Passi in 1759; in 1761 their only child, Carlo, died a few days after birth. For the rest of his life, apart from an occasional trip to Milan or Venice, Giacomo remained in Bergamo while maintaining numerous contacts through correspondence. His commitment was not only to enlarging the art collection but also to gathering material on the history of painting in Bergamo and the surrounding area. These two activities would later come together in Francesco Maria Tassi's *Lives of the painters, sculptors and architects of Bergamo* (1793),[3] which Giacomo commissioned; and other works by eighteenth-century scholars.

Carrara's handwritten file of 1758, *Memorie di carattere*—an illustrious title for a collection of notes of various expenses and purchases—contains a list of some investments in artworks, along with other expenditures of all descriptions, but recorded in insufficient detail to trace the progressive formation of the collection. However the first acquisitions, from 24 November 1758, are noted: 'spent on a beautiful cameo depicting a satyr playing a lyre and a nymph, L. 43; spent on a superb Morone portrait showing an old man with beard, seated, with both hands, L. 220'; and so on for paintings, books, drawings and plaster casts, also for restoration work on the items purchased.

In 1775 Giacomo Carrara purchased the property in Borgo San Tomaso, Bergamo, which he transformed into a school of art and gallery. On 24 September 1795, in his testamentary instructions kept up to date until 3 March of the following year, not long before his death, Giacomo wrote:

> As sole heir of all my possessions, buildings, furniture, money, and every other thing, like monies loaned, entitlements and shares of any kind, nothing excepted, I leave and appoint the Gallery, with the School of Art erected by me in Borgo S. Tomaso, located behind the church of the aforesaid saint, and included in my

Parish of Sant'Alessandro della Croce, which will be managed, and permanently guided, first by the five Gentlemen Commissioners and permanent Testamentary executors named by me below, then by seven […] not being responsible for their work, but rather for the substance of their Counsel.

The collection as it finally appears in the catalogue of 1796, drawn up by Bartolomeo Borsetti, Carrara's restorer for some seventeen years, became the essential tool for estimating the size of the collection at the time of Giacomo's death— it was checked and published by Angelo Pinetti in 1922, and by Rosanna Paccanelli, Maria Grazia Recanati and Francesco Rossi in 1999.[4] It has been suggested that the catalogue probably names only the paintings on display in the rooms, not listing others that may have been kept but not hung. In any event 1,275 paintings are listed, divided between eleven rooms and a large cabinet. An impressive collection then, probably filling the rooms of the school and gallery (which was not huge), and undoubtedly adopting the layout typical of eighteenth-century galleries, with vertical rows along the walls and following an arrangement that provided for a few vaguely thematic rooms, dedicated to men of letters, painters, historians and poets.

It is very difficult at this point to offer general considerations on taste or prevalent choices, partly because today there is no way of seeing these works or establishing their quality or the correctness of their attribution. Indeed, only 407 of the paintings currently kept in the Accademia Carrara have been identified with certainty as being from the Carrara collection; and of those scattered after the 1835 sale only a very few are recognisable elsewhere—for example, among the paintings that passed into the collection of Count Guglielmo Lochis.

It seems clear in any case that absolute prominence belongs to the Bergamo school of the late fifteenth to the eighteenth centuries, with a specific interest in what we might describe as documenting the artistic life of a region. In fact Carrara does not always seem to have opted for masterworks, or at least did not always use the quality of the painting as a criterion. It could be said that for an eighteenth-century scholar concerned with collecting all the sources, he also bought works that were not so illustrious but had a signature, a date, a provenance or a subject that interested him. What could be described as remarkably topical and cultured was the emphasis on preservation and a kind of conservation before that term came into use. The move from the churches to the collection was perfectly understandable in the context of the second half of the eighteenth century, not secular, but looking at the paintings as evidence of culture rather than of religious belief. It is a pity his enlightened and eclectic thinking had no subsequent substantial following in the Bergamo of that time.

In 1822 Count Carlo Marenzi, a member of the Commissariat of the Accademia Carrara and several times its President, gave a pompous speech at the Academy titled 'Of painting in Bergamo', a provincial talk imbued with outdated Neoclassical aesthetics in which he asserted the need for painters to 'choose what is really of interest; see the relationship each individual has with the history of art; look into the reasons for their progress; and understand how much they have contributed to the glory of Italian art'. This was asserting the exact opposite of Giacomo Carrara's desire for objective documentation and it set up the conditions for the disastrous sale of 1835. Bitter revenge was to come years later when Marenzi was memorably admonished by Giovanni Testori:

> it should be said straight away that the self-important Count [Marenzi] was responsible for something far more serious than was his pathetic and very stupid 'speech': the disappearance from the Carrara collection of I don't know how many pieces of art— including no less than fourteen Ghislandis! By good luck four of those fourteen […] were purchased by the much wiser and more expert Count Lochis; these later came back from his picture gallery to the Academy.

GUGLIELMO LOCHIS
(Bergamo, 1789–1859)

The life of Count Guglielmo Lochis, covering the period between the French Revolution and the eve of Italian Unification, seems to have progressed on two levels: pragmatically local on the one hand and, on the other, receptive to what was happening on the international stage. In reality he is a figure about whom we know little. Almost all the sparse details that interest us relate to his collection of paintings and his connection with the Accademia Carrara; whereas such particulars as his education, his library and his travels remain obscure. There is evidence, however, of quite substantial public activity, working in judicious collaboration with the Austrian administration—from 1842 to 1848 he was the *podestà* or chief magistrate of Bergamo.

In 1822 Lochis was appointed to the noble Commissariat of the Accademia Carrara and he certainly had a fundamental role in the choices made in the 1820s and 1830s: for example the decision in 1835 to sell at auction more than 1,000 paintings from the collection. A few of these he bought back for his personal collection (the most famous being the *Portrait of Francesco Maria Bruntino 1737* by Fra Galgario). It is likely that he also closely followed the fortunes of the Accademia di Belle Arti, the school of fine arts; and he showed remarkable instinct in having his portrait painted by Il Piccio, the best student to come out of the school in the entire century. Painted in 1835, the same fateful year as the sale, the artist portrays Lochis with an icy stare. Lochis also managed to have his likeness done by the best sculptor in nineteenth-century Bergamo, Giovanni Maria Benzoni from Songavazzo,[5] who trained at the Accademia Tadini in Lovere and was subsequently active in Rome over a long career.

Lochis' major undertaking was the creation of a stunning collection for which he built a museum on his rural property at Crocette di Mozzo—a building with a Classical pronaos on Ionic columns and a large circular central hall with painted panels in the vault of the dome. The Neoclassical architecture and the rural location just outside the city were quite clearly inspired by the numerous English collections set up in similar buildings in the second half of the eighteenth century. While it is not possible to establish whether Lochis ever visited these collections across the Channel, we cannot fail to note that the plan of the central circular room at Crocette di Mozzo must also have been modelled on the single great example of a 'public' museum from the late 1700s, the Vatican's Museo Pio-Clementino in Rome.

Rather unusually, no fewer than three catalogues of the painting collection at Crocette di Mozzo were printed: the first dates from 1834, the second from 1846, with the third and most complete published in 1858.[6] We can see from these publications that Lochis tended to collect mainly paintings which, at the highest level of quality, could attest to the development of the different Italian schools from the fifteenth to the eighteenth century. The composition of the collection is thus well balanced, by geographical area and according to a succession of schools of painting (from the index to the 1858 catalogue: Bergamo, Venetian, Lombard, Genoese, Bologna and Ferrara, Florentine, Roman and Neapolitan, foreign) which we would like to think corresponded to

an ordered arrangement of the paintings in the various rooms. The collection is equally measured in its distribution over the centuries, although a certain aversion to the Baroque is evident, as is a preference for the Renaissance and for Classicism in a broad sense. As far as possible the selection excluded anonymous works and those of lesser importance, concentrating rather on well-known names and, for the most part, works that were generally in an excellent state of preservation, and preferably signed and dated.

When Lochis died in 1859 his Will required the city to take responsibility for opening to the public this second municipal museum— or rather what would have been the first art museum in importance, since the Accademia Carrara galleries had fewer masterpieces and were at that point restricted to the more modest role of providing a repertoire of modes for the Accademia di Belle Arti. Unfortunately events took a different direction. The Municipality of Bergamo rejected the Count's Will to avoid taking on the management of another museum. Crocette di Mozzo was considered too far out of the way, insecure and onerous. Of the 550 or so paintings lovingly described in 524 entries in the 1858 catalogue, the local authorities finally decided in 1866, after lengthy negotiations with his heir Count Carlo Lochis, to give 240 works to the Accademia Carrara. The Lochis villa, the remaining paintings and the large number of objects summarily described—antique weapons, furniture, porcelain, ivory, small bronzes, chinoiserie, glassware, enamelware, lace, coral and so on—were left to be sold by Carlo Lochis. The selection of works for the Accademia Carrara was organised in the best possible way by Giovanni Morelli, who acted as adviser to the Municipality; and as intermediary, at least in some cases, for the sale of the others outside Italy.

GIOVANNI MORELLI
(Verona 1816 – Milan 1891)

The revolution in art history initiated by Giovanni Morelli began with the method of attribution he developed which had echoes throughout Europe. We need only to line up the various editions of his major writings (published between 1874 and the 1880s) to realise how the wave spread from Germany to England and back to Italy. His essays were published as the work of a mysterious Russian scholar, Ivan Lermolieff, translated by the equally fictitious Johannes Schwarze, a resident of the imaginary Gorlaw, that is to say Gorle near Bergamo. In 1891, the year Morelli died, the German art historian and museum director, Wilhelm von Bode spoke of him as having spread an epidemic, '*Lermolieffmanie*', referring to the pseudonym Morelli adopted.

Lermolieffmanie struck some illustrious readers in the last quarter of the nineteenth century, among them Jacob Burckardt, Sigmund Freud, Arthur Conan Doyle and Bernard Berenson. And while the first and last of these names belong within the narrow confines of art history, the other two are proof of the wide circulation of his theories. Freud would even go so far as to compare the Morellian method with psychoanalysis, writing in his essay 'Michelangelo's Moses' (1914) of his first encounter with the art historian's ideas.

Morelli started collecting at the age twenty-six in 1842, when he confessed that he had 'bought some fine medals from the sixteenth century' and some 'implements' from the same century 'to see and demonstrate that in that blessed time art was not separated from day to day living, that it crept in everywhere'. The collection at the time of his death in 1891 was arranged in the rooms of his house at 14 via Pontaccio, Milan, according to a precise plan. Reading his Will we learn that the rooms were named, and these names can help us, at least in part, to imagine their contents: Giambellino's room; the Timoteo Viti drawing room; the Dutch room. And we learn that the dining room contained three fifteenth-century sculptures, attributed to Jacopo della Quercia, Donatello and Benedetto da Maiano.

From the writings of his very loyal student Gustavo Frizzoni, who incidentally lived in the same building, we discover that the essence of the collection was concentrated in a drawing room facing the garden and, hanging on the walls on one side, 'the great Botticelli work'; 'on another, a group by Lombardi in which a kindly figure of Saint Martha stood out, while in centre the third the eye was attracted to a Madonna by Giovanni Bellini' (see cat. 35). Arranged 'in a small adjoining room … a series of beautiful portraits' with no distinction between schools, works believed to be by Pontormo, Bronzino, Marco Basaiti, Giovanni Cariani and Giovan Battista Moroni (cats 68–71). One of Morelli's personal favourites was Alessandro Moretto's *Christ and the woman of Samaria* c.1515–1520 (cat. 63): 'he treasured it, keeping it in his studio alongside his work table'. Meanwhile the *Portrait of young girl with fan* c.1740 by Giacomo Ceruti (though Morelli believed it was by Zuccarelli) he called his concierge:

Franz von Lenbach
Portrait of Senator Giovanni Morelli 1886 (cat. 3)

not having found anywhere to put her except in his antechamber facing the door of the house, from where she did actually appear to be in charge of welcoming friendly visits.

After Morelli's death Frizzoni oversaw the organisation in chronological order of the collection. The highly complex instructions of Morelli's Will, drawn up on 6 April 1889, were a reflection of the many-sided and elusive personality of this exceptional connoisseur. Giovanni Zavaritt, a cousin on Morelli's mother's side, was named sole heir, while the collection of 117 paintings and three sculptures went to the Accademia Carrara. The drawings and prints were left to Frizzoni, with the request that subsequently they would be given to the public museums of Milan—which is what happened. The library of history of art books was earmarked for the Accademia di Brera, Milan; Morelli had already donated 219 books on history and literature to Bergamo's public library in 1887. Lastly there was an endowment of 100,000 francs to set up a scholarship for young citizens of Bergamo working on scientific research.

Although in life he had become a celebrity, Giovanni Morelli preferred to leave the stage quietly:

> I wish to be buried in the Milan Cemetery among my Italian countrymen, and not among foreign Protestants;[7] I want my body to be taken there at five in the morning with no official procession or ceremony.

1 Corrado Ricci (Ravenna 1850 – Rome 1934).

2 Federico Zeri (Rome 1921 – Mentana 1998) bequeathed to the Accademia Carrara 46 sculptures from the fifteenth to the nineteenth centuries. in 1986, Zeri, with Francesco Rossi, published the Morelli collection at the Accademia Carrara: *La raccolte Morelli nell'Accademia Carrara*, Bergamo: Amilcare Pizzi.

3 Francesco Maria Tassi, *Vite de' pittori, sculori e architetti bergamaschi*, Bergamo: Locatelli, 1793.

4 Angelo Pinetti, *Il conte Giacomo Carrara e la sue galleria, secondo il catalogo del 1796*, Bergamo: Instituto italiano d'arti grafiche, 1922; Rosanna Paccanelli Maria Grazia Recanati, Francesco Rossi, *Giacomo Carrara (1714–1796) e il collezionismo d'arte a Bergamo: saggi, forti, documenti*, Bergamo: Accademia Carrara, 1999.

5 Giovanni Maria Benzoni (1809–1873), *Portrait bust of Guglielmo Lochis* 1837, Accademia Carrara.

6 Guglielmo Lochis, *La pinacoteca e la villa Lochis alla Crocetta di Mozzo presso Bergamo*, Bergamo: Tipografia Nazale, 1858; reprinted 1973, Bologna.

7 Morelli came from a Swiss Waldensian (Protestant) family.

LOVE AND DEVOTION IN DAILY LIFE IN RENAISSANCE ITALY

Jaynie Anderson

In the Renaissance life was short by twenty-first century standards. Men might expect to live until the age of thirty, women who were prone to die in childbirth, somewhat less.[1] Michelangelo famously believed that he was old when he turned forty-two. Titian and Giovanni Bellini were considered remarkable because they lived almost to their nineties. Longevity in Venice was something to be rewarded, both politically and socially. Emotions such as love and devotion were thus experienced with great intensity for there might not be a tomorrow. In a period when literacy was not the norm, devotional imagery was central to religious experience and elicited responses of joy, ecstasy, grief and mourning.

The Man of Sorrows c.1405 by Lorenzo Monaco (cat. 5), which represents Jesus Christ emerging from the tomb, invites the viewer to contemplate his wounded body and his Passion—that is, the series of events that culminated in his Crucifixion. Hans Belting has described this type of image as a 'Passion portrait of Jesus'.[2] The term 'Man of Sorrows' is taken from the Old Testament book of the prophet Isaiah (53:3): 'He is despised and rejected of men; a man of sorrows and acquainted with grief'. The image is of Byzantine origin, but was substantially modified in the fifteenth century given its popularity as a devotional subject. Botticelli's *Christ the Redeemer* c.1495–1505 is shown giving the sign of blessing and drawing attention to the clearly marked wounds of his Passion. His face, close to the viewer, expresses both his physical and psychological suffering. The panel was once part of a diptych, accompanied by the grieving Virgin, the *Mater Dolorosa*. Both images are rather Flemish in conception, a stylistic

appropriation conceived in response to the depth of religious feeling in Florence, swayed by the intense sermons of the Dominican friar, Girolamo Savonarola,[3] and millenarian belief.

On a visit to Venice in 1506 Albrecht Dürer witnessed a religious procession on the feast day of Corpus Christi when the Eucharist was shown throughout the city. Like his friends, the brothers Gentile and Giovanni Bellini, Dürer was fascinated by ritual theatre and he made a pen drawing of the procession.[4] His drawing of the ornate canopied

float shows the actor portraying Christ as the Man of Sorrows displaying his wounds—which would have aroused both the sympathy and devotion of the onlookers. Dürer's drawing reveals how the experience of a religious procession related so closely to the quotidian imagery of Italian Renaissance painting.

The still, iconic half-figure images of Christ demand contemplation of his human and spiritual suffering. They are conceived in marked contrast to the narrative religious subjects in this exhibition by such artists as Lorenzo Lotto and Vittore Carpaccio. From the early Renaissance many artists subscribed to Leon Battista Alberti's suggestions as to how to make a religious history painting—a Florentine way of composition and picture making,[5] with the narrative articulated within a perspective framework. Alberti's system of perspective, as eloquently defined in his treatise *On painting* which first appeared in 1435,[6] could mathematically distance the viewer from the emotional content of the subject.

Vincenzo Foppa's *The three crosses* 1450 (cat. 16) incorporates both the narrative and contemplative traditions of painting devotional subjects. The Crucifixion scene is set within Classical architecture, with a hilly landscape receding to a city in the distance. Indications on the surface of the painting show that Foppa first outlined his perspective system in order to position the human and perfectly proportioned body of Christ within the architectural frame and in close proximity to the viewer. The two thieves on crosses to either side of Christ are depicted in contrasting emotional states, one calm, one agitated. This authoritative early work by Foppa dates from the period when he may have just left the workshop of Francesco Squarcione in Padua, where he worked with Jacopo Bellini and his son Giovanni—whose various versions of the Crucifixion he is indebted to. Yet in this, his first signed and dated work, Foppa commands our attention by dispensing with irrelevant narrative detail, such as we see in the crowded Crucifixion drawing attributed to Giovanni Bellini, so that we focus on the central experience of Christ's death.

The many beautiful paintings of the Madonna and Child in the exhibition attest to the popularity of this devotional image in Renaissance Italy. Two of the most celebrated representations of the subject, by the most constant of all Madonna painters, Giovanni Bellini, are the Lochis Madonna c.1475–1476 and the Alzano Madonna c.1488 (cats 34, 35). Throughout his long life Bellini painted hundreds of images of the Virgin, usually seen in a frontal position, alone with her Son. While he often produced compositional variants, these two paintings are unique. The Alzano Madonna, once part of a nun's dowry, may have been commissioned directly from the artist by her father, Count Alessio Agliardi, a significant architect and friend of Bellini. The Lochis Madonna, which has no known early provenance, was presumably also commissioned directly from Bellini's studio. It is startling in its austere composition, and has been judged as psychologically disturbing—that the dynamic relationship between the Virgin and her Son is a personal reflection of Bellini's relationship with his own mother, and presumed illegitimacy.

By contrast Giovan Antonio Boltraffio's *Madonna lactans* c.1508 is a witty quotation from his altarpiece, *Madonna and Child between Saint John the Baptist, Saint Sebastian and the donor Bassiano da Ponte* c.1508. The altarpiece was commissioned for the

Cathedral of the Assumption of the Virgin at Lodi, one of the few public commissions by Boltraffio, Leonardo da Vinci's most faithful interpreter. Saint Sebastian, who stands apart from the central group, stares absentmindedly upward, unconcerned by the arrows that pierce his body.[7] After all, he 'died twice': the arrows failed to kill him, but he was later beaten to death for his faith.

Leonardo's followers it was only Boltraffio who managed to find an original language.

Who were the audiences for such works when they were first created? Where might they have hung? What emotions did they inspire in fifteenth- and sixteenth-century Italians? Many of these paintings were made for private interiors, where they inspired intimate acts of devotion and worship in the rooms of Renaissance palaces. A rare woodcut illustration for a book about the visions of Saint Catherine of Siena shows how religious subjects were once perceived in the context of a church or chapel. Saint Catherine prays to an image of the Madonna and Child displayed on a church altar, with a predella panel depicting the wounded Christ emerging from the tomb. The woodcut, which delineates a devotional causal context to Saint Catherine's ecstatic visions, suggests how Giovanni Bellini's paintings of the Madonna or Lorenzo Monaco's Christ may have been situated, where they inspired devotion, even ecstasy.

There are religious subjects set in domestic interiors, such as the Virgin's bedchamber in the scene of the Annunciation on the external panels of Vincenzo Civerchio's portable altarpiece c.1495–1500 (cat. 25). In Vittore Carpaccio's *Birth of Mary* c.1502–1504 (cat. 33) the artist portrays the activities surrounding Saint Anne's delivery of her daughter Mary taking place in the bedroom of a contemporary Venetian palace.[8] Carpaccio makes the atmosphere of religious painting secular, as if there were no divide between religious narratives and his daily experience of life in Venice.

The painting in Bergamo is a cheeky and erotic variant of the Lodi Madonna and seated Christ Child, an appropriation of the public commission produced for a private patron. In the tondo format of the Bergamo panel the Madonna's bared breast is at the centre, the nipple a bull's eye in the middle. It was Giovanni Morelli's assessment that among

The exhibition focuses on Bergamo, on the artists who worked in one of the best preserved and most magical of all Italian hill towns, located intellectually and geographically between Milan and Venice. From 1428 Bergamo was part of the Venetian republic, and remained so for almost four centuries until the Napoleonic period. It was far enough away from Venice to achieve a certain artistic independence and to create a

Unknown artist
Map of Bergamo with
the perimeter of the walls
constructed by the Venetians
traced in black
late 16th–early 17th century
oil on canvas
164.0 x 104.0 cm
Archivi storici, Biblioteca
Civica 'Angelo Mai'

school of painters, sculptors and architects who in turn would travel back to Venice to make their fortune. It was always a wealthy city. The old city on the hilltop, the *Città alta*, is preserved very much as it was in the fifteenth century. It has an urban presence of *longue durée*, one that has slowly evolved over many centuries. The walls around the upper city were added by the Venetians over a long period in the second half of the sixteenth century. The Piazza Vecchia and the chapel to the Bergamo condottiere, Bartolommeo Colleoni, by the Lombard sculptor Giovanni Antonio Amadeo, remain very much as they would have looked in the Renaissance.

Art in Bergamo also draws on neighbouring Milan and the Sforza court where the artists of Leonardo da Vinci's school experimented with their inheritance. A fascinating work by the Sforza artist Zanetto Bugatto, *Saint Jerome removing a thorn from the lion's paw* 1461–1463, presents a coloured variant of a famous monochrome painting by Rogier van der Weyden. Bugatto was sent north to study with Rogier to learn new techniques of oil painting; but they quarrelled, and it is possible to read his copy of Rogier's painting as a coloured criticism of the Flemish master.

Our exhibition of Renaissance paintings from the Accademia Carrara represents the aspirations and ambitions of three Lombard collectors from the eighteenth and nineteenth centuries, Count Giacomo Carrara, Count Guglielmo Lochis and Giovanni Morelli, all of whom passionately embraced the idea of the Italian Renaissance. The formation of their collections happened comparatively early, for they were created at a time when national galleries were just beginning, whether in London, Berlin or Melbourne. All three collectors believed in the value of Renaissance art as a means to construct a new Italian life in the period of the Risorgimento, that time when all aspired to the first ever unified Italy—its sesquicentenary we celebrate this year. When and where the Renaissance happened in

Italy is still debated. Did it happen everywhere on the Italian Peninsula, in Bergamo, Florence, Venice and Rome? Or was the Renaissance monocentric as Giorgio Vasari would have us suppose—that everything that was important was Florentine? The exhibition is primarily about Northern Italy—Bergamo, Milan and Venice—allowing some comparison with Florence, with the best of Botticelli and Raphael. The case for the significance of Lombardy and the Veneto is made forcefully, with some of the most important paintings ever made by Giovanni Bellini, Vincenzo Foppa, Andrea Mantegna, Raphael and Lorenzo Lotto.

There are many Renaissances represented in the exhibition. There is a North Italian definition of the Renaissance, the *Rinascimento padano*— meaning the Renaissance as it happened along the Po valley, from the courts of the Sforza in Milan, to the Gonzaga in Mantua, to the Este at Ferrara. Inevitably there was competition between the courts, their artists and the patrons. The court that set an example to all others in fifteenth-century Italy was Ferrara, where Lionello and Borso d'Este employed Cosmè Tura as their court artist. Their nieces Isabella d'Este and Beatrice d'Este took the Ferrarese fashion for learned erotic painting to Mantua and Milan, where they found artists such as Mantegna and Leonardo da Vinci who responded passionately to the challenge of their patronage. They were among the most significant women patrons of their age, women who indeed did have a Renaissance. Mantegna's likeness of the preacher *Saint Bernardino of Siena* c.1450 (cat. 12), whom he may have heard preaching when he was a young apprentice in Squarcione's workshop in Padua, is a precious example of the *Rinascimento padano*, as are the works by Cosmè Tura and Lorenzo Costa.

There is the Renaissance as it happened in Milan with the followers of Leonardo da Vinci, artists of the calibre of Ambrogio de Predis, Giovan Antonio Boltraffio, Bernardino Luini and Andrea Solario. These are all painters who experimented with the motifs and style of Leonardo at the time he painted *The Last Supper* for the refectory of Santa Maria delle Grazie, Milan, and his two versions

(above)
Zanetto Bugatto
*Saint Jerome removing a
thorn from the lion's paw*
1461–1463 (cat. 17)

(right)
Rogier van der Weyden
Sforza triptych, reverse, left
panel: *Saint Jerome* c. 1460
oak panel
53.7 x 19.0 cm
© Royal Museums of Fine Arts
of Belgium, Brussels
Photograph: J. Geleyns /
www.roscan.be

of the *Virgin of the rocks*.[9] After Leonardo left for
France where he spent his last years, these artists
in Milan experimented with the master's drawings
and writings. Last, but certainly not least, there is
the special case of the Renaissance in Bergamo,
with artistic personalities such as the most eccentric
Lorenzo Lotto, Giovan Battista Moroni the great
portrait painter of Lombardy, and the as yet
anonymous Maestro dei Cartellini.

The triad of Bergamo collectors, Carrara, Lochis
and Morelli, all believed in these defining moments
for the early modern period in Italy.

The religious subjects and portraits painted by
Lorenzo Lotto are a focus of the exhibition.
Lotto lived in Bergamo from 1513 to 1525. There
he found patrician patronage in a remarkable town,
both wealthy and willing to experiment. Lotto is
usually considered Venetian, and yet he spent almost
all of his life outside Venice, either at Treviso,
or Bergamo, or in the towns of the Marches,
Ancona, Recanati, Jesi and Loreto where he died.
Lotto's *Portrait of Lucina Brembati* is a typical
commission. In 1508 at the age of fifteen Lucina
married Count Leonino Brembati, their union
celebrated with a huge dowry of 1350 ducats.[10]
Leonino's father, Count Davide Brembati, was one
of Lotto's first patrons in Bergamo, and the portrait
of his daughter-in-law followed naturally. Usually
dated to about 1520, Lucina is represented after
more than ten years of marriage as a happy mature
woman, whom we know was already the proud
mother of two sons. With his astute psychological
perception Lotto captures the woman who
presents herself for her portrait, but who is slightly
embarrassed by the conspicuous display of luxury.
Her status is revealed in the richness of her clothing
and ornate jewellery, including no less than five
rings—one of which bears the coat of arms of the
Brembati family—and the most milky, pearly pearls
ever painted in four strands around her neck, with a
further strand on her hair. Behind her, in the quarter
moon shining in a black night, her name is to be
discovered in a playful set of emblems. In the middle

of the moon are the letters 'CI' which, combined
with the Italian word for moon, *luna*, constitute
the letters of her name, Lucina.

Lotto also painted a portrait of Lucina's husband,
Count Leonino Brembati. Both paintings express
in symbolic language the aspirations of the couple

in a way that goes far beyond the usual conventions and decorum of Italian portraiture. A young, bearded man with long hair, Leonino holds his right hand to his heart, while in the other he displays a small golden jewel in the form of a lion's paw—an allusion to his name. He too wears a marriage ring with the Brembati coat of arms. Lotto has represented the marriage of a lion with the moon.

Similarly, Lotto's portrait of his landlord Niccolò Bonghi, a patrician from Bergamo—which was made in payment for Lotto's rent—flouts the conventional decorum of Central Italian portraiture. Lotto places the portrait of Bonghi as donor prominently alongside the Virgin in his painting of *The Mystic Marriage of Saint Catherine of Alexandria* 1523 (cat. 47).

Lotto's noble patrons lived in close proximity to one another in Bergamo: the Counts Brembati at 18 via San Giacomo, others in the via Pignolo and the via Porta Dipinta. Their palaces are still identifiable today, with their coats of arms prominently displayed. The conspicuous wealth and political stability of Bergamo in this period, and beyond, led to longevity in their collections so that their patrimony has outlasted many generations. Here Renaissance paintings simply stayed in the families of their owners for a longer period than in other Italian cities. Take the example of the provenance of the portraits by Giovan Battista Moroni of the Count Bernardo Spini and Countess Pace Rivola Spini c.1573 (cats 69a, 69b), which remained with the family through many generations until Guglielmo Lochis made a considerable effort to acquire them for the Accademia Carrara in the mid nineteenth century.

Antonio Agliardi, a brother of Alessio Agliardi, was also a patron of Lorenzo Lotto, commissioning religious paintings from him when he was a member of the lay confraternity of the Holy

Body of Christ, between 1518 and 1520. Antonio Agliardi and his wife Apollonia Cassotti are almost certainly the subjects of Lotto's unusual marriage portrait of 1523–1524. Rarely was a couple portrayed together in this way. Antonio holds a crumpled piece of paper inscribed with the words 'HOMO NUMQUAM', a quotation from the Mass professing fidelity forever.

The paintings in the exhibition have moved beyond their original contexts; and the early provenances for many are unknown: altarpieces, polyptychs and triptychs have been dismembered, as have the decorative ensembles from domestic interiors. Renaissance Florence had many beautiful palaces in whose rooms were cycles of paintings that we attempt to reconstruct today.

Mariotto Albertinelli's *Cain killing Abel* c.1510–1515 was once part of such a room with a cycle of biblical paintings. Two other panels by Albertinelli, also with subjects from the Old Testament book of Genesis, the *Creation and Fall of Man* and the *Expulsion of Adam and Eve from Eden*, are now in European collections. [11] Together the panels once formed a frieze in a palatial residence. Vasari, in his 'life' of Albertinelli, mentions '*tre storiette*' [three little stories] made for the Florentine banker, Giovan Maria Buonintendi, which may be these paintings. [12] At some stage the panel in Bergamo lost a detail from the upper left corner which became a second picture, *The sacrifice of Cain and Abel*. The excision may have been the work of an unscrupulous dealer who created two pictures from the one painting—we know this happened before Giovanni Morelli made the acquisition in Rome in 1871. [13]

In Florence marriage was celebrated with furniture paintings that decorated palaces; and Classical subject matter entered the repertory of Florentine painters in this form. Botticelli's *The story of Virginia the Roman* c.1500 (cat. 40) provides a significant case study. The form and the subject of the painting have always declared that it was made for the decoration of a secular room, the bridal chamber. Together with Botticelli's *The tragedy of Lucretia*, long recognised a companion piece, the panels constituted a *spalliera*, a furniture painting that decorated a wall. There were almost certainly more panels in the cycle.

(left)
Mariotto Albertinelli
The sacrifice of Cain and Abel
c.1510–1515
oil on panel
21.6 x 35.4 cm
Harvard Art Museums
Fogg Museum
Gift of Edward W. Forbes
1906.5

(below)
Mariotto Albertinelli
Cain killing Abel c.1510–1515
(cat. 62)

The panels have been associated with a commission for the marriage of Giovanni Vespucci and Namicina di Benedetto di Tanai de Nerli in 1500. The Vespucci palace in the via dei Servi, Florence, was bought by the groom's father, Guidantonio Vespucci, in 1499. The paintings presumably were commissioned a year later by Guidantonio as sophisticated decoration for the newly married occupants.

Painted in the last decade of Botticelli's life, the paintings present detailed and complex narratives based on Classical sources. They were made during a period when Savonarola was preaching in Florence. Although Botticelli could realise images such as *Christ the Redeemer* in response, he could also ignore the preacher's fulminations, such as his condemnation of Classical subject matter:

> As for the houses of the citizens—what can I say to that? No merchant's daughter enters marriage without a trousseau in a chest painted with pagan stories. And so the newly wed Christian woman is more likely to know more about the infidelities of Mars and Vulcan's wickedness than about the famous lives of saintly women in the Bible.

Botticelli presents the tragic stories of Virginia and Lucretia as told in Livy's *History of Rome*.

From left to right across the Bergamo panel episodes of Virginia's story are played out before the dominant figure of Appius Claudius Crassus. Virginia becomes the innocent victim of Appius' thwarted lust for her. He takes revenge by declaring her a slave; thus shamed, she is freed in death at her father's hand. The companion panel depicts events surrounding the rape of Lucretia. On the raised platform at the left Sextus Tarquinius threatens to rape Lucretia. To the left of the central scene Lucretia receives her husband Collatinus and her father to tell them what has happened to her. At the centre of the composition Lucretia's body lies on a slab. Dishonoured by Tarquinius, she has taken her own life. The final scene shows the youth of Collatia being incited to take revenge.

What impression would such imagery have made on a teenage bride and groom? Severe admonition to preserve honour was the habitual message of the painted panels on marriage chests, *cassoni*; in this instance the message is emphasised in the Classical reliefs which are a prominent feature of Botticelli's architectural settings. With *The story of Virginia the Roman* the expectation is that the reliefs depict abuse of authority, analogous to Appius' mistreatment of Virginia. Interpretation of the very elaborate set of architectural reliefs with

Sandro Botticelli
The tragedy of Lucretia
c.1500
oil on wood panel
83.8 x 176.8 cm
Isabella Stewart Gardner Museum
Purchased in 1894 from the Earl of Ashburnham, through Berenson
© Isabella Stewart Gardner Museum, Boston, MA, USA / The Bridgeman Art Library

attributed to **Marco del Buono**
and **Apollonio di Giovanni**
Love procession c.1440s
(cat. 9) detail

The tragedy of Lucretia remains elusive. Both panels may be interpreted politically as being about republican liberty in Florence. Would such an interpretation have been primarily in the mind of the father-in-law when he commissioned the works from Botticelli?

❀

Marriage in the Renaissance was a simple affair; often, as in Boccaccio's short stories, a declaration of passion, an oath of commitment or the exchange of rings. Elaborate church services were not introduced until the mid sixteenth century, following the Council of Trent's decrees regarding the ecclesiastical witnessing of marriage.

A fragment from a marriage chest in this exhibition has been attributed by Everett Fahy to the most fashionable *cassone* painters of the day, Marco del Buono and Apollonio di Giovanni. The panel, titled *Love procession* c.1440s, represents a typology of Florentine personalities, young and old, male and female, clerics and nobility, all luxuriously dressed, with elegant hats, walking sedately together. Their hands are bound together with red rope, as if following one of Petrarch's *Triumphs of love* to demonstrate that whatever the condition of man or woman, we are all slaves to love.

1 Creighton Gilbert, 'When did a man in the Renaissance grow old?', *Studies in the Renaissance*, XIV 1967, pp. 7–32.

2 Hans Belting, *The image and its public in the Middle Ages. Form and function of early paintings of the Passion.* Mark Batsius and Raymond Meyer (trans.), New York: Aristide D. Caratzas, 1990.

3 Girolamo Savonarola (1452–1498).

4 Andrea Löther, 'Rituale im Bild. Prozessionsdarstellungen bei Albrecht Dürer, Gentile Bellini und in der Konzilschronik Ulrich Richentals', in *Mundus in imagine. Bildersprache und Lebenswelten im Mittelalter. Festgabe für Klaus Schreiner*, Munich: Wilhelm Fink Verlag, 1996, pp. 99–119.

5 Cecil Grayson (ed.), *Leon Battista Alberti: On painting and on sculpture,* London: Phaidon, 1972.

6 Alberti wrote the first version of *On painting* in Latin, *De pictura*, 1435; the following year the Italian version was published, *Della pittura*, 1436.

7 Maria Teresa Fiorio, *Giovanni Antonio Boltraffio un pittore Milanese nel lume di Leonardo*, Milan: Jandi Sapi Editore, 2000, pp. 131–34.

8 See Giovanni Valagussa, in *I Grandi Veneti Da Pisanello a Tiziano, da Tintoretto a Tiepolo. Capolavori dall'Accademia Carrara di Bergamo*, Milan: Silvana Editoriale, 2010, pp. 78–79.

9 Louvre, Paris; National Gallery, London.

10 Andreina Franco-Loiri Locatelli, 'Le opere di Lorenzo Lotto nelle chiese della città: I contesti d'origine' in *Lorenzo Lotto nella Bergamo del '500. Riferimenti e immagini della pittura lottesca. La Rivista di Bergamo*, nos 12–13, 1998, p. 96.

11 Respectively Courtauld Gallery, London and Strossmayer Gallery, Zagreb.

12 The first reconstruction of the room was made by Federico Zeri and Francesco Rossi, *La raccolta Merelli nell'Accademia Carrara*, Bergamo: Amilcare Pizzi, 1986, pp. 114–17.

13 Jaynie Anderson, *Collecting, connoisseurship and the art market in Risorgimento Italy: Giovanni Morelli's letters to Giovanni Melli and Pietro Zavaritt (1866–1872)*, Venice: Istituto Veneto di Scienze, Lettere ed Arti 1999, pp. 43, 117.

PANEL TO CANVAS:
Technical transition in early Italian Renaissance painting

David Wise

The works in this exhibition span a key period during which there was a dramatic technical evolution of painting in Italy. The earliest, such as Lorenzo Monaco's *The Man of Sorrows* c.1405 (cat. 5) and Carlo Crivelli's *Madonna and Child* eighty years later (cat. 20) are examples of purely traditional practice, being painted in egg tempera medium on wood panel. The later works of Lorenzo Lotto and Giovan Battista Moroni (cats 47, 48; 68–71) show the impact of the adoption of oil painting and the preference for canvas as a support. As with any period of change, there was never a clean break between the old and the new. Ideas and techniques developed over time, leading to complex experiments in which artists explored the possibilities offered by new materials.[1]

EGG TEMPERA

The use of egg as a binding medium, that is the material which combines with pigments to glue them to the surface, reached its height of sophistication in the craftsmen's workshops of early Renaissance Italy.[2] Typically only the yolk of the egg was used, mixed with a little water to which pure pigment was added. Because of its physical properties when mixed with any pigment the resulting paint will be opaque. Egg yolk is an emulsion of fats and proteins in suspension in water which dries quickly to produce a tough, waterproof layer. The colour of the yolk has little effect on the colour of the pigment.[3] Dried egg tempera remains remarkably stable, and panel paintings from this period, once cleaned, can appear exceptionally fresh.

The speed of drying dictates how egg tempera paints are applied. It is difficult to paint large areas evenly or to use textured brushstrokes and it is impossible to blend colours once they have been applied. Consequently egg tempera paintings are built up of overlapping layers of paint applied in small, directional brushstrokes. As the paint is largely opaque, one layer applied over another will obscure rather than alter the colour beneath.

OIL PAINTING

Increasingly towards the end of the fifteenth century Italian artists began to experiment with oil paint as their primary medium. As oil paint is slower to dry than egg tempera, the artist is able to employ a greater variety of brushstrokes and effects. Unlike egg tempera, some pigments are transparent when mixed with oil, therefore it is possible to use them in thin washes or glazes to modify the underlying colour, creating a sense of greater depth,

(opposite) **Giovanni Bellini**
Madonna and Child
c. 1475–1476
tempera on wood panel
(cat. 34) detail showing
typical linear brushstrokes
used to build up the forms
of the face

(right)
Giorgio Schiavone
Saint Jerome c. 1458–1460
tempera on wood panel
(cat. 13) detail showing
traditional construction of
folds working from dark paint
overlapped with lighter paint
with white highlight

brilliance and contrast. A typical use was to apply transparent organic reds over opaque vermilion in the treatment of red draperies, or to glaze foliage with pure green copper resinate to intensify the basic colour.

Linseed was the oil most commonly used as the basis for paints, although walnut was also widely used in Italy. These oils are known as 'drying oils': unlike other vegetable oils such as olive or sunflower, they slowly polymerise to form a hard layer. Artists could alter the characteristics of the oil by leaving it in the sun in a jar, or by boiling it, to create a thicker oil which was quicker to dry and produced a smooth 'enamel-like' surface.[4] Drying oils were also thinned with distilled essential oils such as Oil of Spike (lavender) to give a more fluid paint.

Oil as a paint medium had been used in Italy prior to the fifteenth century, for example to glaze over metal leaf on tempera paintings; however oil painting had been developing in Northern Europe, especially by German and Flemish artists, since at least the thirteenth century. It was the cultural cross-fertilisation between Northern Europe and Italy during the fifteenth century that saw Italian artists begin to adopt oil as a painting medium.[5] Giorgio Vasari, writing in 1550 after oil painting

had become widespread, drew attention to the entry of Northern European paintings into ducal collections in Italy as a significant prompt for the development of oil painting. He mistakenly identified the Flemish painter Jan van Eyck as the sole inventor of oil painting.[6]

PANELS
Egg tempera paintings were mainly executed on solid supports, specifically prepared wood panels. While a number of woods were used, the majority of Italian panel paintings are on poplar—a relatively weak wood, prone to splitting and rotting, therefore of little use as building material. Small panels were made from a single span, while larger panels could be made by joining planks together along their edges. Once joined and shaped the panels were smoothed and a thick two-layer ground applied, of coarse followed by fine calcium sulphate in glue (gesso). This pure white ground gave an absorbent and absolutely smooth surface, perfectly suited to the tempera technique of painting.

CANVAS
Cloth was undoubtedly used as a support for paintings prior to the fifteenth century in Italy. Many of these paintings however were likely to have been either decorative or temporary objects

Giovan Battista Moroni
Portrait of a child of the house of Redetti c.1570
oil on canvas (cat. 71)
detail showing range of brushstrokes used to create sumptuous effect of gold drapery

Giovanni Bellini
Madonna and Child (Alzano Madonna) c.1488, oil on wood panel (cat. 35) detail showing delicate blending of tones across the face and creation of transparency in the veil

support of any size is possible by sewing pieces of canvas together.[8] Canvas is also more resistant to rot and insect attack than poplar and a better option than fresco, particularly in the damp climate faced by Venetian artists.[9] Sixteenth-century painters such as Titian, Tintoretto and Paolo Veronese used the weave of canvas to give texture and vivacity to the oil paint. Whereas a fine woven canvas could be prepared to give a smooth panel-like surface, these later artists exploited coarse, raised weaves and particular weave patterns such as diagonal twills and herringbones.[10] Canvases during this period generally had a thin white gesso layer applied to partially fill the interstices in the weave, rather than a thick layer which would crack as the canvas moved. This gesso layer was typically covered with an imprimatura, a lightly pigmented oil layer to reduce the absorbency of the gesso.[11] Darker coloured imprimatura, browns, reds, sometimes almost black, replacing the luminosity of a white ground, are found on works from the mid sixteenth century particularly by Venetian artists.

such as wall hangings or banners for processions and tournaments, rather than permanent works of art.[7] The earliest remaining Italian paintings on canvas date from around 1450. As a painting support, linen canvas has a number of advantages over wood panels. It is lighter, cheaper to prepare, more easily transported as it can be rolled; and a

1   See Catherine Higgitt and Raymond White, 'Analysis of paint media: New studies of Italian paintings of the fifteenth and sixteenth centuries', *The National Gallery Technical Bulletin*, vol. 26, 2005, pp. 89–97
2   For a detailed overview of Italian egg tempera painting techniques, see David Bomford et al., *Art in the making: Italian painting before 1400*, London: National Gallery, 1989.
3   Cennini, writing in fifteenth-century Florence, recommended town hens' eggs for flesh colours as these had paler yolks. Cennino Cennini, *The craftsman's handbook [Il Libro dell'arte]* (1437), D.V. Thompson Jr (trans.), New York: Dover, 1933, p. 94.
4   Details of these processes in Cennini, pp. 58–59.
5   See Susan Jones, 'Netherlandish painting from van Eyck to Gossart', in *Van Eyck to Gossart: Towards a Northern Renaissance*, London: National Gallery, 2011, pp. 7–39.
6   Giorgio Vasari, *Vasari on technique*, L. Maclehouse (trans.), New York: Dover, 1960, pp. 226–30.
7   Cennini, pp. 103–07.
8   The standard loom width for canvas at the time was about one metre.
9   Caroline Villers, 'Artists' canvases: A history', Ottawa: ICOM, 1981, 81/2/1–12.
10 For example, Tintoretto's *Christ washing his disciples' feet* and *Origin of the Milky Way* (both National Gallery, London) are on a herringbone and a twill canvas respectively.
11 Vasari, Maclehouse (trans.), 1960, pp. 236–37.

CATALOGUE OF WORKS

1 FRA GALGARIO

born Bergamo 1655 – died Bergamo 1743

Portrait of Count Giacomo Carrara

[Ritratto del conte Giacomo Carrara] c.1737

oil on canvas
92.5 x 77.4 cm
Accademia Carrara, Bergamo, bequest of Giacomo Carrara 1796
58 AC 00114

Fra Galgario's portrait of the founder of the Accademia Carrara, Count Giacomo Carrara (1714–1796), is a sympathetic informal representation of a young man, captured at a moment of dreaming—a dream of transforming the artistic culture of Bergamo, where he created one of the first public galleries in the world well before national galleries were even imagined. He modelled his ideas on the princely gallery at Dresden and on the new hang of the Medici galleries in the Uffizi, Florence.

The painting is described with affection by Francesco Tassi as that 'beautiful portrait [of the count] in house clothes with a shaven forehead'.[1] It is one of Galgario's last works, painted in the style defined as 'magic impressionism', which he adopted from Venetian and Lombard artists of the late sixteenth century, notably Titian and Giovan Battista Moroni.[2] Galgario was the most brilliant and popular European portrait painter of the late Baroque. His subjects included patricians, intellectuals, priests, artists and young boy apprentices learning to be sculptors and painters. (He avoided portraying women.) They present an extraordinarily lively documentation of Northern Italian society. Galgario was admired for his formidable ability as a colourist, his thick impasto application of paint and an unparalleled ability to portray faces with genial, natural expressions, as shown in his portrait of Carrara.

As a young man Carrara studied literature, especially art historiography and philosophy. Following the death of his father in 1755 he was liberated and able to travel to create his own collection.[3] On his first excursion to Rome from 1757 to 1758 he proved to be something of a connoisseur, identifying important works by Moroni and others in the Borghese Gallery—then misattributed to others. He believed passionately in the values of the Renaissance in Northern Italy, whether in Milan, Venice or Bergamo.

At the time of his death Carrara's collection consisted of some 1,300 paintings displayed in his purpose-built gallery, and subsequently recorded in drawings and an intelligent inventory by Bartolomeo Borsetti.[4] Carrara had bequeathed everything to the museum and for the creation of an academy which would lead to a revival of the local Bergamo school by providing the means of educating young artists in an institutional structure. To create a literature on the Renaissance in Northern Italy, Carrara commissioned a book from Francesco Tassi on the lives of Bergamo's painters, sculptors and architects (published posthumously in 1793); Tassi's volumes remain an invaluable source for Northern Italian painting of the period.

Jaynie Anderson

1   Francesco Maria Tassi, *Vite de' pittori, scultori e architetti bergamaschi*, Bergamo: Locatelli, 1793, vol. 2, p. 69.

2   Titian (1488/1490–1576); Giovan Battista Moroni (1520/1524–1578).

3   For the best account of Carrara's life, see Rosanna Paccanelli, 'Tra erudizione e mecenatismo: itinerario biografico di un collezionista illuminato', in *Giacomo Carrara (1714–1796) e il collezionismo d'arte a Bergamo*, Bergamo: Poligrafiche Bolis, 1999, pp. 95–162; also Giovanni Valagussa, 'The Accademia Carrara: Collections, collectors and community', supra, pp. 46–48.

4   Paccanelli, pp. 259–319.

2 IL PICCIO

born Montegrino, near Luino, Lombardy 1804 –
died near Cremona 1873
Portrait of Count Guglielmo Lochis
[Ritratto del conte Guglielmo Lochis] 1835
oil on canvas
49.0 x 42.0 cm
Commissioned by Count Guglielmo Lochis from Il Piccio in 1835;
Accademia Carrara, Bergamo, legacy of Guglielmo Lochis 1866
81 LC 00194

Il Piccio's portrait of Count Guglielmo Lochis at the age of forty-six, then famous as a politician and an art collector, is Neoclassical in its cold tonality, his head framed against a pearly grey background, his clothes of classic refinement and luxury. In 1835, the year in which he was portrayed, Lochis was the Commissioner in charge of the much criticised sale from the Accademia Carrara collection of more than a thousand seventeenth-century Baroque paintings.[1] This portrait, both for the artist and sitter, represents a triumph of Neoclassical taste at the expense of the Baroque. It instated Il Piccio as *the* Neoclassical portrait painter in Bergamo.[2]

Politically Lochis was an ally of the Hapsburg Court, an allegiance that was rewarded with important honours, for at that date Northern Italy was under Austro-Hungarian occupation; he was the pro Austrian *podestà* of Bergamo from 1842 to 1848. His politics were at odds with those of other notable Bergamo collectors, Count Giacomo Carrara and Giovanni Morelli, who were patriots and espoused the cause of Italian unity, the Risorgimento.

Lochis began collecting in the 1820s. A cultivated patrician, he built a Neoclassical villa in the countryside near Bergamo, at Crocette di Mozzo, with an elegant gallery in the form of the Pantheon.[3] He had a taste for the early 'pure' fifteenth-century Renaissance—exemplified by many works from his collection in this exhibition. He was a Trustee of the Accademia Carrara from 1822 to 1859, often elected President during that time, and in the 1850s he was made an Honorary Director. His personal collection was visited by collectors and museum directors, such as Sir Charles Eastlake, Director of the National Gallery, London, and his German travelling agent, Otto Mündler, who visited Crocette di Mozzo on several occasions scouting for good paintings for the developing collection in London. On 4 February 1856 Eastlake reported to his Trustees that the Count had offered him his entire collection; but Lochis changed his mind, fearing that the collection would be divided.[4]

At the time of his death in 1859 Lochis owned more than 550 paintings, many from the early Renaissance.[5] In his Will he asked that his collection be displayed intact at his villa, the responsibility of his son Count Carlo Lochis. But the estate was encumbered with debts and, fearful that the best works would be lost for Bergamo, in 1866 the collection was divided: some 240 paintings went to the Accademia Carrara, where they are still held, and 300 remained with Carlo, who in just eight years sold all the works that he inherited.[6] The paintings for the Accademia were selected by a Commission of three, with Morelli the most prominent. The story of the dispersal of the paintings inherited by Carlo Lochis involved many celebrated figures in the international art world who all wanted some of what Lady Eastlake described as 'one of the richest temples of Cinquecento art'.

Jaynie Anderson

---

1   See Giovanni Valagussa, 'The Accademia Carrara: Collections, collectors and community', supra, pp. 43, 48.

2   Francesco Rossi, *Il Piccio e artisti bergamaschi del suo tempo*, (catalogue of an exhibition at the Palazzo della Ragione), Bergamo: Electa Editrice, 1974.

3   Giovanna Brambilla Ranise, *La raccolta dimezzata. Storia della dispersione della pinacoteca di Guglielmo Lochis (1789–1859)*, Bergamo: Lubrina Editore, 2007.

4   Jaynie Anderson, 'Layard and Morelli', in F. M. Fales and B. J. Hickey (eds), *Austen Henry Layard tra l'Oriente e Venezia*, Rome: L'Erma di Bretschneider, 1987, p. 119.

5   Guglielmo Lochis, *La pinacoteca e la villa Lochis alla Crocetta di Mozzo presso Bergamo*, Bergamo: Tipografia Natale, 1858; reprinted 1973, Bologna.

6   Brambilla Ranise, 2007.

3 FRANZ VON LENBACH

born Schrobenhausen, Bavaria 1836 –
died Munich, Bavaria 1904

Portrait of Senator Giovanni Morelli
[Ritratto del senatore Giovanni Morelli] 1886

oil on canvas
123.0 x 90.0 cm
Given by Franz von Lenbach to Giovanni Morelli in 1886;
Accademia Carrara, Bergamo, bequest of Giovanni Morelli 1891
58 MR 00114

Franz von Lenbach's portrait of his friend Giovanni Morelli presents him at the age of seventy in his role as Italian Senator. Lenbach and Morelli had known one another for many years and frequently met at the court of the Prussian royal family, for Morelli was a friend and adviser to Victoria Adelaide Maria, Empress of Germany.

To portray the grand Italian politician Lenbach appropriated a formal three-quarter length pose based on Venetian paintings by Titian and Tintoretto.[1] The portrait was executed in the artist's studio at the Palazzo Borghese, Rome, and is described in Morelli's letters to Jean Paul Richter.[2] On 29 April 1885 Morelli records that he began sitting for the genial Lenbach. By 7 June 1885 the portrait was nearly complete, the resemblance judged convincing. Morelli remarked ironically that Lenbach had shown considerable pleasure in rendering his nose. Indeed it is very prominent. Informal photographs of Morelli from the same time show a more relaxed bohemian figure, wearing crumpled suits, smiling and at home in his bachelor pad in Milan.

Morelli invented connoisseurship for the modern period by devising a scientific method of attribution for Renaissance works of art. The Morellian method, as it was known, was extremely successful and involved the comparison of characteristic details between painters and paintings. His many followers included Bernard Berenson. His writings were first published in German under the pseudonym Lermolieff,[3] and later in English translation.[4] In the context of this exhibition he is important both as a connoisseur and a collector. From 1866 to 1872 he formed a collection for his Swiss cousin, Giovanni Melli, which he later inherited and in turn bequeathed to the Accademia Carrara.[5] Some of Morelli's treasures are in the exhibition, including the remarkable Bellini Alzano Madonna and Botticelli's Virginia (cats 35, 40).

Morelli was born in Verona in 1816; he died in Milan in 1891. He came from a Swiss Waldensian (Protestant) family; his mother, a member of the Zavaritt family, was born in Bergamo. He was a patriot who fought bravely in the battles of 1848 and 1866.

In 1861 he was elected to the first national Italian Parliament of a united Italy, the representative for Bergamo.

In the 1850s and 1860s Italian patriots were concerned with how the national patrimony should be defined. Before and after Unification in 1861 there was a healthy debate about how Renaissance art should be displayed, which museums should be created from what sources, and about the nature of scientific restoration. The Morellian method was invented to define and preserve the Renaissance past. In the twenty-first century it may seem old fashioned when compared to modern scientific analysis, but Morelli had an enviable ability to proclaim attributions that became canonical with time.

Franz von Lenbach was the most celebrated portrait painter of the second half of the nineteenth century in Germany and Italy, as shown by the collection at the artist's house in Munich,[6] especially his portraits of the German Chancellor Otto von Bismarck that Morelli much admired.

Jaynie Anderson

1   Titian (1488/1490–1576); Jacopo Tintoretto (1582–1587).
2   Morelli's comments on the portrait are in I. and G. Richter (eds), *Italienische Malerei der Renaissance im Briefwechsel von Giovanni Morelli und Jean Paul Richter 1876–1891*, Baden Baden: Bruno Grimm, 1960, pp. 398, 412–13.
3   Morelli's articles under the pseudonym Lermolieff were first published in *Zeitschrift für bildende Kunst*, 1874–1876.
4   Giovanni Morelli, *Italian masters in German galleries*, Louise M. Richter (trans.), London, 1883; *Italian painters: Critical studies of their works by Giovanni Morelli*, London: John Murray, 1892–1893.
5   Jaynie Anderson, *Collecting, connoisseurship and the art market in Risorgimento Italy. Giovanni Morelli's letters to Giovanni Melli and Pietro Zavaritt (1866–1872)*, Venice: Istituto Veneto, 1999.
6   Lenbach's house in Munich is a museum, Städtische Galerie im Lenbachhaus und Kunstbau München.

4 JACOPO DI CIONE

born Florence 1320/1330 – died Florence 1398/1400

Enthroned Madonna and Child with saints
[Madonna in trono col Bambino e santi] 1367

tempera and gold on wood panel
frame 91.2 x 45.5 x 8.1 cm
National Gallery of Australia, Canberra, purchased 1987
NGA 1987.1843

The Madonna sits upon a throne under an ornate protective canopy holding her Son on her knee. They face us directly, flanked by six pairs of saints in profile, with two angels offering flowers below, all surmounted by God the Father in a roundel. She is dressed in a rich red gown, her blue cloak decorated with royal ermine; while the Child's patterned clothing is echoed in the angels' garb. He holds a parchment inscribed with a Latin proclamation. Both appear regal and formal, 'demanding adoration and respectful worship from the viewer [and inviting] the worshipper to be overwhelmed by the perfection and splendour of the Heavenly kingdom'.[1] Everything seems precious and shimmering, from the flat gilded background to gold stars spangled on the carpet; tooled gilt haloes and arches set up circular rhythms, while golden flowers hold sparkling coloured gesso jewels.

A pointed Gothic arch, its shape repeated within the scene, encloses the painting and directs us to its period and meaning. Jacopo di Cione dated his image of the enthroned Madonna and Child with twelve saints 'MILLE.CCCLXVII', or 1367, on the predella below the panel. During these years, from 1366 to 1368, Jacopo decorated the large chamber of the Florentine guildhall of judges and notaries. He was one of four brothers, including Andrea di Cione Orcagna,[2] who dominated Florentine painting in the third quarter of the fourteenth century, in those decades before the Renaissance took firm hold in Central and Northern Italy. They formed part of the International Gothic style, competing with the moving dramas and new naturalism of Giotto's heirs.[3] The stiffly formal attitudes of Mary and the Christ Child might be traced to the Black Death which devastated Italy, including Florence, in 1348. One religious and cultural response may have been a return to severity and the

importance of authority, in reaction against the humility of saints such as Francis, who made the divine and human closer.

Enthroned Madonna and Child with saints is a portable devotional work, commissioned for a home or for someone in Holy Orders. The panel was probably the central image of a triptych, with its twisted columns marking the hinges where shutters would have closed.[4] On the left Jacopo would have painted a Nativity, on the right a Crucifixion. The client may have specified favourite saints to be depicted: here at the right from below are Saint Paul and Saint Andrew, Saint Jerome in his red cardinal's robes and an unidentified male saint, then a bishop saint and Saint Helena (or Saint Elizabeth). At the left stand Saint John the Baptist and Saint Peter, Saint Laurence and Saint Benedict, Saint Catherine and Saint Nicholas. Ornate and beautiful small altarpieces such as this were increasingly popular in Florence; they were used for private prayer or sacred contemplation.

Christine Dixon

1   Ted Gott, 'Two Madonnas in the Collection', *National Gallery News*, March–April 1994, p. 2.
2   Andrea di Cione di Arcangelo, called Orcagna (c.1308–1368); Nardo di Cione (active 1343–1365?); Matteo di Cione (1330–1380).
3   Giotto di Bondone (1266/1267–1337) influenced such painters as Masaccio (1401–1428).
4   Most of the frame is original; the larger twisted columnettes were inserted when the triptych was disassembled. Some jewels are missing.

5 LORENZO MONACO

born Florence? 1370/1375 – died Florence c.1422

The Man of Sorrows [Vir dolorum] c.1405

tempera and gold on wood panel
34.2 x 24.0 cm
Accademia Carrara, Bergamo, bequest of Giovanni Morelli 1891
58 MR 00011

Florence in Lorenzo Monaco's time was a politically independent city-state with extensive territories throughout Tuscany, widespread banking and commercial networks, and a thriving textile industry. Recovering from the ravages of the plague in 1348, Florence became a centre for learning and trade, the birthplace of the Renaissance. Sculpture and architecture were highly valued; Florentine art, as exemplified by Giotto,[1] was characterised by its qualities of space, structure and volume. To accommodate an increasingly urban population many new churches were built and existing churches expanded. The monasteries were central, and the Camaldolese monastery of Santa Maria degli Angeli in Florence, to which Lorenzo belonged, was renowned for the production of high-quality manuscripts.[2]

The image of Christ as the Man of Sorrows, shown with the physical evidence of his Crucifixion, was increasingly important during the Middle Ages when his suffering became the focus of contemplation, especially for private devotion. Here the Christ figure, who is both living and dead, is portrayed from the waist up emerging from the tomb, with black bands indicating the Cross behind him. The panel, which has probably been cut down on all four sides, may have been the door of a tabernacle—perhaps the reason for its reduction was the need to remove a keyhole.[3] Several other holes are visible still. Alternatively, it may have been part of a small, portable altarpiece or one panel of a polyptych.[4]

Lorenzo's sombre, almost monochrome palette is in keeping with the subject matter. Colour is used only for Christ's scarlet wounds and the pink marble tomb. The brushwork around his face and hair is especially beautiful and delicate, particularly the wispy beard. The finely-modelled, painted form of the body contrasts starkly with the punched halo and low relief arch on the gold background. Indeed the contrast between Christ's face and the 'metallic' halo is such that it is reminiscent of earlier Byzantine art. The juxtaposition between the perspective of the tomb and the emphatically flat black Cross is also remarkable.

As a monk, Lorenzo left few of the secular documents such as tax records which allow us to date his works with certainty. Several connections exist between this and the artist's other paintings, including his *Pièta with symbols of the Passion* 1404,[5] in which Christ has the same pigeon chest and slightly undersized head. Giovanni Valagussa draws further links to his *Coronation of the Virgin* panels of the *San Benedetto altarpiece* 1407–1409.[6] Lorenzo's artistic abilities were regarded as a divine gift for glorifying God and Camaldolese spirituality, thus the panel, whether a section of a religious object or part of a larger painting, would have served as a constant reminder to its owner of the inevitability of his mortal state. It summarises a period on the cusp of the late Middle Ages and the first flowerings of a new, modern era.

Lucina Ward

1   Giotto di Bondone (1266/1267–1337).

2   The Camaldolese Order, a branch of the Benedictines, was formed by Saint Romuald at Camaldoni in 1012.

3   www.accademiacarrara.bergamo.it, *Catalogo dei dipinti esposti*, viewed 30 August 2011.

4   Scott Nethersole points out that many churches were rearranged in response to reforms enacted because of the Council of Trent (1545–1563); see Nethersole, *Devotion by design: Italian altarpieces before 1500*, London: National Gallery, 2011, p. 98.

5   Galleria dell'Accademia, Florence; see also the *Pietà* fresco in the Museo dell'Ospedale degli Innocenti, Florence.

6   Monastery of San Benedetto fuori Porta Pinti, now National Gallery, London; other panels Florence, Rome, London, Poznan and American collections. See Giovanni Valagussa, cat. 14, in *Botticelli, Bellini, Guardi … Chefs-d'œuvres de l'Accademia Carrara de Bergame*, Paris: Editions Hazan, 2010, p. 58.

6 FRA CARNEVALE

born Urbino? 1420/1425 – died Urbino 1484

Madonna and Child [Madonna col Bambino] c.1445

tempera on wood panel
49.7 x 30.6 cm
Accademia Carrara, Bergamo, legacy of Guglielmo Lochis 1866
81 LC 00231

A flaxen-haired Madonna grasps her naked blond Child, teetering atop a tilted balustrade or parapet. She firmly holds his left arm and opposite foot, as if to stop him tumbling off. The Child looks out at us, while she looks down and away, foreshadowing the sadness of his fate. The Madonna's richly coloured clothes dominate the painting. Her royal blue cloak almost covers a green robe; her light red dress enhances the pink flesh tones and is picked up in the bright red book cover on a shelf behind. Both figures have flat gold haloes, Christ's decorated with a red pattee cross. The elegant architectural setting is incomplete; a corner or niche in which the couple is standing is accentuated by the sharply angled foreground and adds to the sense of precariousness. The sloping white forms below the blue sky are difficult to read. A snow-covered landscape has been suggested.[1]

The authorship of this panel has been vigorously disputed, and has changed often since Guglielmo Lochis attributed it to Fra Filippo Lippi,[2] with whom Bartolomeo Corradini (later Fra Carnevale) studied in the mid 1440s in Florence. As Giovanni Valagussa concludes however, the work rests securely within the circle of Lippi due to its clarity of light, sharply cut forms and vivid colours.[3]

A distinctive feature of the panel is the capital of the column, which has been described as having 'the quaint liveliness of a lettuce leaf'.[4] The capital with circular base seems to offer a loose interpretation of the capitals in Filippo Lippi's *Madonna and Child enthroned with Saints* for the Medici Novitiate altarpiece painted in the mid to late 1440s. It is similar to those on the portal of San Domenico church in Urbino, which Fra Carnevale has been associated with, either as designer or supervisor of its building. This implies a later date for the panel, as Corradini returned to Urbino in 1449 where he became a monk with some architectural duties in the town.

Despite his career in architecture, and his familiarity with Alberti,[5] who visited Urbino sporadically in the 1450s and 1470s, Fra Carnevale's presention of perspective is erratic. On the right the shelves appear fairly accurate; books, symbols of culture and learning, are balanced on the left by the window and its view of the natural world. But the single perspectival viewpoint fails when we look at the curve of the arch. The oddness of the architecture may have been emphasised by the panel having been cut down. Its old wounds remain and have not been retouched by restorers: the passage of time can be seen in the scratches, scars and patches of exposed ground which have occurred over the last five centuries.

Christine Dixon

1   www.accademiacarrara.bergamo.it, see catalogue under Machiavelli Zanobi, '*il paesaggio innevato*' [the snow-covered landscape], viewed 30 August 2011.
2   Fra Filippo Lippi (1406?–1469).
3   Giovanni Valagussa, cat. 22, in *Pittura italiana dal Rinascimento al XVIII secolo: Capolavori dell' Accademia Carrara di Bergamo*, Lausanne: Fondation de l'Hermitage, 2008, p. 106, cites artists from Lippi to Giovanni di Francesco, Giovanni Boccati, Zanobi Machiavelli, Pseudo Pier Francesco Fiorentino, Maestro di Pratovecchio to Fra Carnevale.
4   Matteo Ceriana, 'Fra Carnevale and the practice of architecture', in Keith Christiansen (ed.), *From Filippo Lippi to Piero della Francesca: Fra Carnevale and the making of a Renaissance master*, New York: Metropolitan Museum of Art, 2005, p. 99.
5   Leon Battista Alberti (1404–1472).

Six tarot cards [*tarocchi*] 1440s

7 BONIFACIO BEMBO
born Brescia? 1420s? – died Milan? before 1482
King of cups [Re di coppe]

Queen of staves [Regina di bastoni]

Knight of staves [Cavallo di bastoni]

Jack of staves [Fante di bastoni]

ANTONIO CICOGNARA
worked Cremona 1480s – died Lodi, Lombardy after 1500
The world [Il mondo]

The moon [La luna]
tempera and gold on paper laid on card
17.6 x 8.7 cm each
Probably Francesco Sforza until 1466; in the eighteenth century,
Count Alessandro Colleoni, Bergamo; Accademia Carrara, Bergamo,
bequest of Count Francesco Baglione 1900
06 AC 889.16, .22, .26, .24, .23, .21

Among the most precious objects to survive from the Milanese
court of Francesco Sforza are playing cards known as *tarocchi*.
In those six on display the court cards are attributed to Bonifacio
Bembo, the trump cards to Antonio Cicognara. The pack comprised
78 cards, of which some are lost, notably the Devil. They were once
in the Colleoni collection, Bergamo, but are now divided: 23 cards
at the Accademia Carrara; 35 at the Pierpont Morgan Library,
New York,[1] and 13 remain with the Colleoni family. The motif
of three interlaced diamond rings is prominent on the card of the
Empress in the Pierpont Morgan Library, implying the cards were
made for Francesco Sforza, who had exclusive rights to this motto,
as a gift around the time of his marriage to Bianca Maria Visconti
on 24 October 1441.

Three packs of cards survive which were made for the Visconti and
the Sforza.[2] The first is the Brambilla group, 48 of which are at the
Pinacoteca di Brera, Milan; the second, from the Visconti collection
at Modrone, is now in the Beinecke Rare Book Library at Yale.[3]
The Bergamo/New York pack is the latest in date; it is the most
complex stylistically and the most beautiful. Invented to play with
at moments of leisure, in order to escape from boredom, the cards
reflect courtly fashion in every detail of their heraldry and the
sumptuous golden decoration. *Tarocchi* may also have been used
to play a children's game—like today's Crazy Eights. There are
four estates or suits of the realm, swords, cups, coins and staves—
the equivalent to spades, hearts, diamonds and clubs—as well as
the trump cards.

Against a golden background of punched diamond and floral motifs a young *King of cups* wearing a short cape, his legs in red stockings, is seated on a throne holding the symbol of government. Those who are in the suit of staves have a family resemblance: they are all blond and dressed in a refined luxurious style. A matronly *Queen* is seated squarely on her throne holding two bastions; a very young *Knight* rides a horse bearing the Visconti arms; and the *Jack* plays his role with studied elegance. On the trump card of *The world* as Cicognara imagined it, two Cupids join their hands seamlessly to support the starry city in a globe. The trump of *The moon* is represented by a woman with long blond hair holding aloft a quarter moon as she stands barefoot in a green landscape with small hills highlighted in gold.

Collectors have loved these cards, going to great lengths to obtain them. It was said that Count Alessandro Colleoni jealously kept his cards for his own pleasure, allowing access to only a very few relatives. A friend and rival collector, Count Francesco Baglione, found a wonderful portrait of a Colleoni ancestor, Countess Cecilia Colleoni, painted by Fra Galgario in 1705, and somehow he managed to exchange the portrait for cards—which Colleoni immediately regretted. J.P. Morgan was similarly entranced with his cards and in 1919 he bought a fourteenth-century French casket in which to keep them. He is said to have played with the cards alone in his library in the Renaissance-style building on Madison Avenue. The casket was appropriately decorated with scenes of chivalry, a lady showing her heart to a knight, and a knight accepting the heart and giving the lady a ring.

In 1969 Italo Calvino was inspired to write a novel, *The castle of crossed destinies*, by this very pack of cards.

Jaynie Anderson

1   Cara Dufour Denison (ed.), *The master's hand: Drawings and manuscripts from the Pierpont Morgan Library, New York*, New York: Pierpont Morgan Library, 1998, pp. 319–21; Sandrina Bandera, *I tarocchi: il caso e la fortuna. Bonifacio Bembo e la cultura cortese tardgotica*, Milan: Electa, 1999, pp. 64–94.
2   Count Emiliano di Parravicino, 'Three packs of Italian Tarot cards', *Burlington Magazine*, vol. 3, 1930, pp. 237–51.
3   Michael Dummett, *The game of tarot from Ferrara to Salt Lake City*, London: Duckworth, 1980, who argues that the astrological use of the cards developed much later.

8 BENOZZO GOZZOLI

born Florence 1420/1424 – died Pistoia, Tuscany 1497
Madonna of Humility [Madonna dell'Umiltà]
1449–1450

tempera and gold on wood panel
34.7 x 29.4 cm
Accademia Carrara, Bergamo, legacy of Guglielmo Lochis 1866
81 LC 00202

Benozzo Gozzoli created one of the most discussed fresco cycles of the Florentine Renaissance, the *Procession of the Magi* 1459–1462, with depictions of the legendary Medici family among the crowded scenes along three walls of their private chapel in the Medici Palace.[1] By contrast this small *Madonna of Humility* is a mysterious and haunting image made for private and mystical devotion. Painted on cherrywood, it has the detailed beauty and refinement of a miniature painting, and is an object that commands sustained contemplation—just as those frescoes by Fra Angelico,[2] Benozzo's master, with whom he worked in the convent of San Marco in Florence. From the time it was in the Lochis collection, and until recently, this panel was attributed to Fra Angelico.[3]

The theme of the Madonna of Humility emerges in the mid thirteenth century in Italy and France to become fashionable throughout Europe because it represented the humanity of Christ. There are many traditions for the representation. The Christ Child in the Bergamo panel comforts his Mother by placing his hand on her cheek as she looks down at him tenderly. The pose of the Madonna seated on the ground denotes that she is a humble Madonna.[4] But her pose is also triumphant and celebratory, her dress gorgeously luxuriant; and the ground is a pavement of highly coloured marble smudged with blues, reds and blacks. The Florentine tradition prefers a humble Madonna who is less accessible to the viewer, more of a 'remote and visionary apparition'[5] than those favoured in other parts of Italy.

Over a richly patterned red dress the Madonna's sumptuous blue mantle is elaborately bordered in gold. The Child's little black coat is also decorated with motifs in gold. Benozzo appropriates the rich golden backdrop from his master Fra Angelico—as in his *Madonna of Humility* 1436/1438.[6] He also adopts the motif of the angels holding the curtain from various versions of the subject by Angelico. In the far background the stylised *hortus conclusus*, the enclosed garden emblematic of the Virgin, is filled with a variety of sweet-smelling flowers. Especially conspicuous are the white lilies,

a symbol of purity and a traditional reference to the Annunciation. The angels seated at the Madonna's feet play a portable organ and a lute: this grouping of the Madonna and Child and the two music-making angels constitutes a perfect Mystical Triangle.

Benozzo made other versions of the humble Madonna, notably the panel for Fra Jacopo da Montefalco who is represented as a diminutive elderly donor, now in the Kunsthistoriches Museum, Vienna.[7] The Madonna is related to the frescoes by Benozzo that Fra Jacopo commissioned for the choir of San Francesco at Montefalco, indicating that the panel in Vienna was a personal commission, a humble Madonna for himself. We have yet to discover the first owner of the Bergamo panel.

Jaynie Anderson

1   Cristina Acidini Luchinot (ed.), *The Chapel of the Magi: Benozzo Gozzoli's frescoes in the Palazzo Medici-Riccardi*, Florence, London and New York: Rizzoli, 1994.
2   Fra Angelico (c.1395–1455).
3   First proposed by Miklós Boskovits, 'Il Beato Angelico e Benozzo Gozzoli. Problemi ancora aperti', in Bruno Toscano and Giovanni Capitelli (eds), *Benozzo Gozzoli: Allievo a Roma, maestro in Umbria*, Milan: Museo di San Francesco, Montefalco, 2002, pp. 41–56; endorsed by Pia Palladino, 'Benozzo Gozzoli (Benozzo de Lese di Sandro)', in Laurence Kanter and Pia Palladino (eds), *Fra Angelico*, New York: Metropolitan Museum of Art, 2005, pp. 301–03.
4   Beth Williamson, *The Madonna of Humility: Development, dissemination and reception, c.1340–1400*, Bristol: Boydell Press, 2009.
5   Millard Meiss, 'The Madonna of Humility', *Art Bulletin*, vol. 18, 1936, p. 448.
6   Rijksmuseum, Amsterdam.
7   Benozzo Gozzoli, *Virgin and Child, with Saint Francis, the donor Fra Jacopo da Montefalco, and Saint Bernardino of Siena* c.1452, Kunsthistoriches Museum, Vienna, Gemäldegalerie. See Diana Cole Ahl, *Benozzo Gozzoli*, New Haven and London: Yale University Press, 1996, p. 363.

9 MARCO DEL BUONO
born Florence 1402/1403 – died Florence 1489
and APOLLONIO DI GIOVANNI
born Florence c.1415 – died Florence 1465?

Love procession [Corteo d'amore] c.1440s

tempera on wood panel
39.2 x 56.0 cm
Accademia Carrara, Bergamo, bequest of Antonietta Noli,
widow of Carlo Marenzi 1901
58 AC 00012

We are presented here with an enigma: what is the meaning of this painting and who created it? The panel depicts a crowd of some two dozen figures walking from right to left. Leading the procession is a fair-haired girl (a princess?) accompanied by an old man (her father?) wearing a crown. With the exception of several middle-aged men with dark grey beards, most of the people are young. Everybody is luxuriously dressed, the men and women in long robes and gowns, the lads in short tunics and colourful leggings. One prominent man wears a red *mazzocchio*, a type of hood worn by politically active Florentines; its long loose ends hang down over his pink robe. What is unusual is that the hands of all the figures are shackled.

In the late fourteenth and fifteenth centuries some Tuscan painters specialised in decorating *cassoni*, chests often given on marriage to hold the bride's trousseau. The long rectangular fronts of these chests average about 40 cm high and 140 cm long. Given its dimensions the painting could be the right half of a *cassone* front. Nothing is known about the panel before 1901 when Countess Antonietta Noli Marenzi bequeathed it to the Accademia Carrara as an anonymous work representing the marriage cortege of Beatrice d'Este (1475–1497), wife of Lodovico Sforza, Duke of Milan.[1] In 1928 Roberto Longhi proposed that it represents Petrarch's poem *Triumph of love*, presumably thinking the shackled figures were slaves of love.[2] Petrarch's *Triumphs* were a popular subject for painted furnishings at this time. The panel is unlikely to represent the *Triumph of love* however, as in all depictions of the subject the only person with bound hands is Cupid.

Longhi attributed the work to Bonifacio Bembo, a Lombard painter who carried out many commissions for Francesco Sforza

(none of which survive). Longhi acknowledged that the 'imaginative characterisation' recalls Florentine *cassone* panels, and it is to the partnership of the prolific Florentine *cassone* painters Marco del Buono and Apollonio di Giovanni that I would attribute the panel.[3]

Marco was trained by the late Gothic Florentine painter Bicci di Lorenzo,[4] whose influence permeates the panel. Marco in turn trained Apollonio when he was a teenager in the early 1430s, which may explain why it is impossible to distinguish the work of one from the other. The figures resemble those in Marco and Apollonio's earliest works.[5] Another indication of an early date are the towering hats worn by some of the bearded men. They were inspired by the exotic costumes of the Greek Orthodox patriarchs who attended the Ecumenical Council of Florence in 1439, and appear in other Tuscan paintings of the time. The mystery of this scene may only be solved if other fragments of the *cassone* come to light.

Everett Fahy

---

1   The proposed dating of the panel, c.1440s, would rule this out.
2   Roberto Longhi, 'La restituzione di un trittico d'arte cremonese circa il 1460 (Bonifacio Bembo)', *Pinacotheca* 2, September–October 1928, p. 87, reprinted in *'Me pinxit' e Quesiti caravaggeschi. Edizione delle opere complete di Roberto Longhi*, vol. 4, Florence: Sansoni, 1968, p. 66, note 6.
3   Attribution by the author for the National Gallery of Australia exhibition 2011.
4   Bicci di Lorenzo (1373–1452).
5   Such as the birth salver formerly in the Somervell collection and the little panel of the Annunciation in the Collegiata at Castiglione d'Olona in Lombardy; see Howard Saalman, 'The Castiglione d'Olona "Annunciation"', *Burlington Magazine*, vol. 132, 1990, p. 573.

10 PSEUDO PIER FRANCESCO FIORENTINO

sometimes known as the Lippi and Pesellino imitator(s)
worked Florence second half of the 1400s

Saint Jerome and a Franciscan
[San Gerolamo e un francescano] c.1455–1460

tempera on wood panel
47.0 x 30.0 cm
Accademia Carrara, Bergamo, bequest of Giovanni Morelli 1891
58 MR 00017

Saint Jerome and a Franciscan is very closely related to a painting by Filippo Lippi, *Saint Jerome as a penitent and a Carmelite monk* c.1436–1438.[1] Lippi's work, which is one of the earliest images of the penitent saint, brings together two scenes of different chronology. In the mid section the tonsured Jerome is shown as a hermit, holding a wooden crucifix and a stone to strike his breast as he contemplates a skull. A cardinal's hat beneath the nearby shelter represents his stature in the Church. Further down, with an open hand held towards a lion, is the monk who took a thorn from the beast's paw—a variation of the legend where Jerome performs this act.[2] Lippi's monk is dressed in the brown habit of the Carmelite Order. The harsh landscape gives external form to the life of the hermit and the notion of self-exile. Partially hidden, almost mouth-to-mouth with the lion, a second maneless feline looks up at Jerome. As Jeffrey Ruda observes in discussing the Lippi panel, several other Renaissance paintings of Saint Jerome include more than one lion, specifically a lioness. Just as the lion is understood as a symbol of Christ, Mary was sometimes called the 'lion's mother' in keeping with the ancient notion that the lioness gives birth only once.[3]

The Bergamo panel, possibly part of a diptych, follows the same structure as the Lippi painting, but with several differences: rays of light appear from above, the saint's halo is more elaborate, roses and lilies are introduced. The church in the upper left, screened by dark trees, repeats the rosy pink colour of the flowers. While precise replication of paintings was not typical at this time, when it did take place, as Megan Holmes points out, the cult image was expected to reproduce the spiritual power of the original.[4] When a patron specified a work 'like' another, the contract tended to refer to material considerations such as the type of framing or amount of gold rather than pictorial content.[5] In many cases there was substantial variation between the prototype and the new version. Like the paintings linked to the workshop of the Lippi and Pesellino imitator—the entity to which this work is often attributed, along with others after compositions by Lippi

and Francesco Pesellino[6]—this panel was probably produced using a stock of cartoons, thus had the endorsement of the original artist. Variant copies, after all, reflected value onto the originals, particularly when those works were owned by prominent patrons.

Although Lippi's painting is thought to be described in a 1492 inventory of the Medici collection, very little is known about the production of this workshop version. The cartoons may have passed from one workshop to another and the copies produced over an extended period: *Saint Jerome and a Franciscan* is elsewhere dated c.1460–1480. The colours of the Bergamo panel are more dramatic and the landscape more fanciful, but the connections between the two heavy-lidded figures seem less clearly articulated. The monk, who now wears the grey habit of the Franciscans, suggests the work was produced for a patron connected to a Franciscan monastery. Perhaps the distant church was intended to evoke the Basilica of San Francesco at Assisi.

Lucina Ward

1   Fra Filippo Lippi (1406?–1469). His panel, also known as *Saint Jerome in penitence* or *Saint Jerome in the wilderness*, 46.8 x 30.0 cm, Staatliches Lindenau-Museum, Altenburg.
2   According to biographies, the thorn was removed by a monk on Jerome's orders, rather than by the saint himself. Alternatively this figure is also identified as Jerome at an earlier moment in the story.
3   Jeffrey Ruda, *Fra Filippo Lippi: Life and work with a complete catalogue*, London: Phaidon and New York: Abrams, 1993, cat. 15, pp. 383–84.
4   Megan Holmes, 'Copying practices and marketing strategies in a late fifteenth-century painter's workshop', in Stephen J. Campbell and Stephen J. Milner (eds), *Artistic exchange and cultural translation in the Italian Renaissance city*, Cambridge, New York: Cambridge University Press, 2004, pp. 38–74 (pp. 46–47).
5   Holmes, pp. 47–48.
6   Francesco Pesellino (c.1422–1457).

11 GIOVANNI DI PAOLO

born Siena c.1399 – died Siena 1482

Crucifixion with donor Jacopo di Bartolomeo
[Crocifisso con il donato Jacopo di Bartolomeo] c.1455

tempera and gold on panel
114.5 x 88.5 cm
National Gallery of Australia, Canberra, purchased 1977
NGA 1977.103

Giovanni di Paolo stages for us the greatest Christian drama.
The body of the crucified Christ is stretched out on a gold ground.
Below, reacting to his suffering, four people are placed on a grey-green earth. His mother Mary turns away a little, as though she cannot bear to see her Son in agony—her painted blue robe has turned greenish-black over the centuries. Mary Magdalene in red, golden hair rippling down her back, hugs the Cross to connect with the suffering Jesus, as though asking to share his fate. A wide-eyed donor kneels in prayer, staring in wonderment at the sight. Saint John, 'the beloved disciple',[1] echoes Mary's grief-stricken stance, but looks towards Christ rather than turning away.

The Latin words inscribed at the bottom of the painting, 'HIC.IACOBVS.PICTOR.BARTOLOMEI.IACET', meaning 'Here lies the painter Jacopo di Bartolomeo [son of Bartholomew]', show the reason for the creation of the panel: it is a memorial for the tomb or chapel where Jacopo is interred. Little is known of the donor apart from the self-declared fact of his occupation and this commemoration of his death, probably in Siena in the mid 1450s.[2] It is extremely unusual for a Renaissance altarpiece to be commissioned by, or for, an artist.[3] Most donors were from noble or rich families, public figures or members of the Church. They were usually depicted as smaller than the sacred protagonists, unlike Jacopo's life-size figure.

Jacopo is dressed like a physician in a black cape with red tunic, stockings and shoes, his broad red hat over his shoulder doffed for the occasion. In Florence the guild system of craft training and practice included artists in the Arte dei Medici e Speziali [Guild of Physicians and Pharmacists], although in Siena they belonged to the Arte dei Pittori [Painters' Guild]. Another hint of the donor's identity lies in the two shields bearing a coat of arms, seen in full at left, but cut off at right when the panel was removed from its original setting. The kite shield on the left, shaped like an inverted teardrop, bears two gold stars above a red crescent moon. In 2006 infra-red reflectography revealed hills at the bottom: Jaynie Anderson argues this might imply the Latin motto *per aspera ad astra* [through adversity to the stars]. No such family coat of arms has been identified yet.[4]

Giovanni di Paolo made the gold surface by spreading white gesso (gypsum and glue) over the face of three joined poplar planks, and covering the areas to be gilded with bole, a kind of clay. He then applied squares of gold leaf.[5] Angels are incised into the gilding, flanking Christ—heavenly witnesses to the Crucifixion. The angel on the left is obscured by some retouching of the gilding, part of a large repair to the cracked wooden panel. On the right an angel is indicated by lines in the gold sky. The artist's emotional rendering of facial expressions and bodily reactions combines Gothic distortion with a Renaissance emphasis on humans and their earthly lives.

Christine Dixon

---

1   Gospel of Saint John, 19:25–26.
2   John Pope-Hennesy, Report for acquisition, NGA file 75/1287 ff. 130–32.
3   Jaynie Anderson, '"Through adversity to renown": Giovanni di Paolo's painting of a Crucifixion in Canberra', *artibus et historiae*, no. 56, 2007, pp. 197–205, (pp. 202–03).
4   Anderson, p. 200.
5   Author's discussion with David Wise, Senior Paintings Conservator, National Gallery of Australia, Canberra, August 2010.

HIC · IACOBVS · PICTOR · BARTOLOHEI IACET

12 ANDREA MANTEGNA

born Isola di Carturo, near Padua 1430/1431 –
died Mantua 1506

Saint Bernardino of Siena [San Bernardino di Siena]
c.1450

tempera and gold on wood panel
27.5 x 19.1 cm
Accademia Carrara, Bergamo, bequest of Giacomo Carrara 1796
58 AC 00046

Bergamo's *Saint Bernardino*, painted by Mantegna before he turned twenty, is the earliest of the artist's three existing paintings of the saint. The presence of his (once) golden aureole has led scholars to date the work to around 1450, the date of Saint Bernardino's canonisation which occurred only a few years after his death.

Saint Bernardino of Siena (1380–1444) confessed that in his youth he was 'unable to enjoy the Bible' because he 'fell asleep,'[1] and that he failed at the hermit life because when he tried to eat a thistle 'it would not go down.'[2] He nonetheless became one of the most charismatic of the wandering preachers in early modern Italy. Men and women crowded piazzas to hear him preach. His sermons were enlivened by homely anecdotes and humorous illustrations with which he denounced the sin but not the sinner. Although tolerant of many human frailties, he fulminated against abuses in the Church and society and held the prevailing misogynist views of women. He condemned women's love of finery, fashionably high shoes and elaborate headdresses, describing the latter as 'the devil's flags.'[3] Saint Bernardino was implacably opposed to sodomy and deplored the spectacle of young gallants in close-fitting hose that provocatively revealed their flesh. He ascribed the prevalence of the vice to mothers who made their sons' doublets too short.[4]

In this portrait Mantegna projects the man not the saint, and he omits iconographical elements found in later depictions.[5] This may be explained by the fact that Saint Bernardino was known to Mantegna's teacher Francesco Squarcione,[6] and almost certainly to Mantegna himself. That the focus is on the friar-as-preacher is evident from the depiction of him as hooded and holding a Bible—standard attributes of preaching Franciscans.

The profile view accentuates the saint's asceticism. The contrast between the modelled folds of his garment and the austere lines of his face, with drawn cheeks (from the loss of his teeth) and down-turned mouth, refers to the ongoing struggle between the body and the spirit. The profiled head is reminiscent of medal portraits. Mantegna had access to the medal collections of many humanists, including Squarcione's own collection, and a medal by Antonio Marescotti depicts the head of Saint Bernardino in just such a view.[7] The later practice of painting full-length, three-quarter profile figures of Bernardino-as-saint was preceded by a number of intimate devotional portraits; the Bergamo panel is a fine example of this earlier tradition.

Diana Hiller

1   San Bernardino da Siena, *Le prediche volgari*, Ciro Cannarozzi (ed.), 5 vols, Florence: E. Rinaldi, 1940–58, vol. 3, p. 305.
2   San Bernardino da Siena, *Prediche volgari sul Campo di Siena 1427*, Carlo Delcorno (ed.), 2 vols, Milan: Rusconi, 1989, vol. 2, p. 789.
3   Delcorno, vol. 2, p. 1090.
4   Cannarozzi, vol. 5, pp. 42–43.
5   Machtelt Israëls, 'Absence and resemblance', *I Tatti studies: Essays in the Renaissance*, vol. 11, Florence: Olschki, 2007, pp. 77–114.
6   Francesco Squarcione (c.1395–after 1468).
7   Antonio Marescotti (active 1444–1462). Roberto Cobianchi, 'Fashioning the imagery of a Franciscan observant preacher', *I Tatti studies: Essays in the Renaissance*, vol. 12, Florence: Olschki, 2009, pp. 70–79.

13 GIORGIO SCHIAVONE

born Scardona near Sebenico, Dalmatia c.1436 –
died Sebenico 1504

Saint Jerome [San Gerolamo] c.1458–1460

tempera on wood panel
118.7 x 40.4 cm

Saint Alexis [San Alessio] c.1458–1460

tempera on wood panel
118.5 x 39.9 cm
Accademia Carrara, Bergamo, legacy of Guglielmo Lochis 1866
81 LC 00161, 81 LC 00159

These two paintings, long and narrow and with a considered
balance between the architectural elements, the figures and the light,
evoke Andrea Mantegna's unassailable definition of space and the
role of the subject.[1] The design is a powerful and compact structure
in the style of Antiquity, reminiscent of a triumphal arch with its
broad pillars, barrel vault and carved mouldings—set against the
limpid glow of the landscape that extends into the distance. But
these are not works by Mantegna, though they were attributed
to him by the collector Guglielmo Lochis. They are by Giorgio
Schiavone, whose name was put forward with considerable insight
by Giovanni Battista Cavalcaselle in 1871, and who suggested
a date of the 1450s.[2]

Overall the structure of the arches and their opening onto an
atmospheric landscape clearly refers to Mantegna's *Saint Euphemia*
1454.[3] The latter is more modern in the foreshortened view from
below, but Schiavone, whose abilities were more modest, was quick
to imitate both the innovative posture of the figure, with the feet
moving towards the edge of the step, and minor details such as
the moulding at the base of the pillars. We know that Schiavone
had a particular interest in the construction of the work from
his preparatory drawing, clearly visible in infrared reflectography,
where the network of caliper measurements, converging lines and
meticulous squaring fill the architectural sections in an orderly web.
With the panels side by side—and without necessarily assuming a
central or third element—we are able to observe the convergence of
the perspectives and the dynamic interplay of chiaroscuro.

The two haloed saints, identified with the inscriptions 'S IERONIMVS'
and 'S ALESIVS', occupy almost the entire space within the
arches, but look as if they are about to step out and continue their
walk. Details are depicted with precision, particularly the rosaries

and the crucifixes with bleeding wounds. Saint Jerome, revered for
his Latin translation of the Bible, is shown with a book bound in red
leather, a bag of quills hanging from his belt, an ampulla of ink and
a case for folding spectacles. Disturbing veins stand out on the old
man's temple. Saint Alexis, wearing a cross around his neck, holds
a crucifix and a pikestaff. He is the patron saint of beggars, usually
depicted dressed in rags. In short, each element seems to have been
painted with great care, right up to the festoons with fruit and
ribbons. The chipped stone and the illusionist touch of a large fly
alighting on the step below Saint Jerome remind us that everything
is transitory.

The original destination of the paintings is not known, but a
distinguishing feature of each is the well-preserved verso varnished
in glossy black with a dark red frame. The panels are quite thin and
have been stiffened with a kind of square mount with moulded
contours, making us think of the doors of a particularly precious
cabinet or the shutters for a small organ.

Giovanni Valagussa

1   Andrea Mantegna (1430/1431–1506).

2   Joseph Archer Crowe and Giovanni Battista Cavalcaselle, *A history of painting in North Italy*, London: J. Murray, 1871, 2 vols. The dating was accepted recently as 'between the end of the sixth decade of the century and the beginning of the seventh', see Andrea Nante, in Sergio Marinelli and Paola Marini (eds), *Mantegna e le arti da Verona 1400–1500*, Venice: Rustica, 2006, pp. 214–15. See also Giovanni Valagussa, *I grandi veneti: Da Pisanello a Tiziano, da Tintoretto a Tiepolo. Capolavori dall'Accademia Carrara di Bergamo*, Milan: Silvana Editoriale, 2010, pp. 40–41.

3   Museo e Gallerie Nazionali di Capodimonte, Naples.

· S· IERONIMVS ·
S· ALESIVS

14 GIOVANNI D'ALEMAGNA

born Ulm, Germany? c.1399 – died Padua? 1450

Saint Apollonia has her teeth pulled out
[Santa Apollonia privata dei denti] c.1440–1445

tempera on wood panel
53.5 x 30.5 cm

Saint Apollonia blinded [Santa Apollonia accecata]
c.1440–1445

tempera on wood panel
54.5 x 34.3 cm
Accademia Carrara, Bergamo, bequest of Antonietta Noli,
widow of Carlo Marenzi 1901
58 AC 00015, 58 AC 00014

From the time of their acquisition the two Bergamo paintings
have been known as the martyrdom of Saint Apollonia and the
martyrdom of Saint Lucy. But we now know that both panels,
together with two others, in Washington and Bassano del Grappa,
belonged to a reredos, a screen behind an altar, devoted to the life of
Saint Apollonia. (Unfortunately no other components have come to
light so far.)

Saint Apollonia of Alexandria was an early Christian martyr. She
endured brutal torture before her death by burning in 249 AD.
According to *The golden legend* Saint Apollonia was set upon by a
local mob during an uprising against Christians at the beginning
of the reign of the Roman emperor Decius (249–251). Like many
other virgin saints she was attacked and her teeth were knocked out.
Later, when she was threatened with being burnt alive if she did not
recant her Christianity, she walked willingly into the fire after saying
a prayer. *The golden legend* also speaks of 'a number of other saintly
persons…[who] had their eyes put out…and still others, who had
been led before the idols, and, far from adoring them, had hurled
invectives at them'.[1] Giovanni d'Alemagna uses this as the basis for
the imagery of the four known panels.

All four depictions of episodes from the life of Saint Apollonia
are characterised by fine, almost miniaturist painting, with every
minute detail distinguishable in the crowded scenes, which include
a large number of figures for the most part not strictly necessary to
the storytelling. Giovanni seems to have relished the opportunity
to dress his characters in a variety of elegant and colourful clothes,
including Oriental styles. In *Saint Apollonia blinded* the artist
renders a group of women behind the saint wearing distinctive
white wimples with prominent chinbands. These headdresses were
common in the late twelfth and early thirteenth centuries—here
they are used as a device to indicate that the actions taking place
are in the past. Each event is located in a wonderful setting with
simultaneous Classical, Venetian and Levantine echoes, the whole

unified by the perspective framework, carefully planned and incised
in the gesso base. Each panel is characterised by a prominent marble
statue in the centre and ornate architecture surrounding the central
figure of the saint and the angry mob.

Nothing is known about the provenance of these two paintings
before their arrival at the Accademia Carrara and suggestions of a
Venetian or Paduan commission can be no more than hypotheses.
In any event, today the panels appear to be in a good state of
preservation, though each reveals the same curious alteration
(old but not original) where a small additional element completes
the tip of the pointed arch. The other panels in the same series
differ: this construction detail does not occur in the Bassano panel,
but is seen again in the Washington panel.[2]

The complex critical history of these paintings begins with
the name of Jacopo Bellini: in the Noli–Marenzi endowment
documentation they are listed as the work of a mid fifteenth-
century Venetian artist; subsequent suggested attributions revolve
around Bellini and the Venetian circle until, in 1926, Roberto
Longhi put forward the name of Antonio Vivarini for these two
panels.[3] In 1973 came the publication by Federico Zeri of the only
painting signed independently by Giovanni d'Alemagna, a depiction
of Saint Jerome.[4] This was the first real opportunity to distinguish
Giovanni's hand, apart from the works he made in collaboration
with his better documented brother-in-law, Antonio Vivarini. Since
then there seems to have been no doubt that the two works now in
Bergamo, with the other two in the series, are to be recognised as
masterpieces by Giovanni d'Alemagna, whose origins were clearly
Central European and who therefore must have brought to Vivarini's
workshop the markedly Gothic elements that dominate these scenes.

Giovanni Valagussa

1   *The golden legend of Jacobus de Voragine*, Granger Ryan and Helmut Ripperger
    (trans.), New York: Arno Press 1969, p. 164.
2   *Saint Apollonia destroys a pagan idol* c.1442/1445, tempera on panel,
    59.4 x 34.7 cm, National Gallery of Art, Washington DC, Samuel H. Kress
    Collection; *Saint Apollonia being dragged by a horse* c.1447, tempera on panel,
    52.0 x 33.0 cm, Museo Civico, Bassano del Grappa.
3   Antonio Vivarini (c.1418–c.1480). Longhi added Washington's work to the
    series, with other similar paintings in a different cycle showing episodes
    from the lives of Saint Monica and Saint Augustine: Roberto Longhi,
    'Lettera pittorica a Giuseppe Fiocco su l'arte del Mantegna', in *Vita artistica,
    Studi d'arte*, I, 1926.
4   *Saint Jerome* 1444, tempera on panel, 97.4 x 42.3 cm, Walters Art Gallery,
    Baltimore: see Federico Zeri and Elizabeth E. Gardner, *Italian paintings:
    A catalogue of the collection of the Metropolitan Museum of Art*, vol. 2 *Venetian
    School*, New York: Metropolitan Museum of Art, 1973, p. 90; and Federico
    Zeri, *Italian paintings in the Walters Art Gallery*, Baltimore: Walters Art Gallery,
    1976, cat. 158, pp. 234–35.

15 MAESTRO DEI CARTELLINI

also attributed to the Master of 1458

worked Bergamo 1440s to 1450s

Saint Peter [San Pietro] c.1458

tempera and gold on wood panel
158.6 x 47.8 cm

Saint Paul [San Paolo] c.1458

tempera and gold on wood panel
158.5 x 48.2 cm
Accademia Carrara, Bergamo, bequest of Giacomo Carrara 1796
58 AC 00016, 58 AC 00020

Count Giacomo Carrara acquired the panels as part of his consistent plan to save ancient works of art of the Bergamo school of Renaissance painting, in a period when eighteenth-century reconstructions of sacred buildings led to the removal of many earlier masterpieces, and inevitably their destruction. He believed these monumental standing saints were once part of an altarpiece in the monastic church of Sant'Agostino, Bergamo. Carrara records that it was commissioned in 1458 by the noble linguist and humanist Ambrogio Calepio (1434–1511), the son of Count Trussardo, when he entered the Order of the Antonites at the monastery.[1] The altarpiece was in the church until the end of the eighteenth century and is mentioned in guidebooks with an attribution to Antonio Vivarini from Murano.[2] At some time before 1797 the polyptych was dismantled.

The precise location of the altarpiece is now debated.[3] The high altar was said to have had a sculpted altarpiece, according to a newly discovered inventory, but even so these founding fathers of the Christian Church would have been appropriate on one of the many side altars.

The life-sized figures have a compelling presence, both holding conspicuous books and silhouetted against golden skies and lush green foliage.[4] Saint Paul is shown with his attribute, the sword of his martyrdom prominent in high relief, constructed in the *pastiglia* technique from layers of wet paper, to emphasise the three dimensionality of the object, to make the saint enter our space. The inscription in Gothic characters on the open book he holds is written on a piece of paper, a *cartellino*, glued directly onto the surface of the painting. The reference is to a passage from the Second Epistle of Paul to the Corinthians (6: 9–10), one that is appropriate to a monastic life:

> As dying and behold we live: as chastised and not killed:
> As sorrowful, yet always rejoicing: as needy, yet enriching many:
> as having nothing and possessing all things.[5]

The first Pope, Saint Peter is depicted with keys and a closed book bound in sumptuous gold, his attributes also raised in the *pastiglia* technique. The book represents the New Testament epistles ascribed to Peter; the keys refer to Christ's words to him, according to the Gospel of Saint Matthew (16: 18–19).[6]

At the centre of the altarpiece was a panel of Christ the Redeemer, which has disappeared without visual record. Saint Peter and Saint Paul were said once to have been positioned on the right-hand side of the Redeemer. There were more panels with further saints, now distributed between Italian collections.[7] Smaller panels with images of angels bearing the instruments of Christ's Passion, now in the Accademia Carrara, have been related to the altarpiece. Attempts have been made to reconstruct the complex ensemble.[8] Francesco Rossi invented a Master of 1458 as the artist responsible, whom he envisaged of Lombardic–Venetian culture, almost certainly from Bergamo, with an artistic personality that was deeply informed by the Lombard artists Vincenzo Foppa and Bonifacio Bembo.[9]

Jaynie Anderson

1   Cited by Francesco Rossi, in *Giacomo Carrara (1714–1796) e il collezionismo d'arte a Bergamo*, Bergamo: Accademia Carrara, 1999, p. 168.
2   Andrea Pasta, *Le pitture notabili di Bergamo che sono esposte alla vista del pubblico*, Bergamo: Locatelli, 1775.
3   See the most recent contribution by Aldo Galli, in Miklós Boskovits (ed.), *The Alana Collection, Newark, Delaware, USA: Italian paintings from the thirteenth to fifteenth centuries*, Aarhus: Edizioni Polistampa, 2009, pp. 92–98.
4   Francesco Rossi, in *I pittori bergamaschi dal XIII al XIX secolo. Il quattrocento II*, Bergamo: Edizioni Bolis, 1994. pp. 65–66.
5   'QUASI MORI/ENTES ET ECCE/VIVIMUS UT CA/STIGATI ET NON/PORTIFICATI QUA/SI TRISTES SEMP(ER)/AUTEM GUADE(N)/TES SICUT EGEN/TES MUIL/TOS AUTE(M)/LOCUPLE/TNATES TA(M)Q(UAM) NIHIL/HAENTES/ET OMNIA/POSSIDENTES'.
6   '[T]hou art Peter, and upon this rock I will build my church…And I will give unto thee the keys of the kingdom of heaven …'
7   Vittorio Cini Collection, Venice; Pinacoteca Malaspina, Pavia; Fondazione Roberto Longhi, Florence.
8   Roberto Longhi, 'La restituzione di un trittico di arte cremonese circa il 1460', *Pinacotheca*, 1928, p. 87.
9   Vincenzo Foppa (1427/1430–1515/1516); Bonifacio Bembo (1420s?–before 1482).

Dns non
entes et eca
manin et ca
fugien eeunt
no
h mittes semp
rem genit
tee hant egen

tes mul
pos aute
templc
entes et
qi nihil
habentes
et omni
possidetes

16 VINCENZO FOPPA

born Bagnolo, near Brescia, Lombardy 1427/1430 –
died Brescia 1515/1516
The three crosses [I tre crocifissi] 1450
tempera and gold on wood panel
68.5 x 38.8 cm
Accademia Carrara, Bergamo, bequest of Giacomo Carrara 1796
58 AC 00040

Vincenzo Foppa's extraordinary depiction of Christ's Crucifixion is his first signed painting among only a handful of works to survive from his early career. Bridging the Medieval and Renaissance periods, the panel follows conventions for the production of private devotional panels in late Medieval Italy, while encapsulating the key achievements of fifteenth-century painting. The sensitive manipulation of colour, subtle gradation in shading, keen understanding of light and its effect, meticulous spatial construction and expression of profound emotion in this work demonstrate why Foppa was celebrated by his contemporaries as one of the greatest artists of his time.[1]

The scene is framed by a round arch that in decoration and exquisite proportion demonstrates Foppa's adaptation of Classical art and architecture. The artist's guidelines scored into the panel are evidence of the precision with which he planned the arch and engineered the perspectival recession. Foppa draws the viewer into the scene through this arch via a paved forecourt bordered by a carved marble parapet bearing the artist's name, 'Vincencius Brixiensis' [Vincent of Brescia], and the date (although incomplete lettering makes an accurate reading of the year difficult).

The viewer enters the middle ground through a break in the parapet, there to stand at the foot of Christ's tall Cross and between two thieves crucified with him. The thief who recognised Christ as Lord is distinguished on the left by a gold nimbus, his head quietly bowed in death. He counterbalances the thief on the right who rebuked Christ, and so writhes in pain. The penitent thief is promised a place in Paradise; the sceptical thief is destined for Hell, with a black-winged devil waiting with arms outstretched to capture and torture his soul. Christ thus stands symbolically at the axis between good and evil. His long fluid body, with elegantly svelte limbs nailed flat against the Cross, is cleverly contrasted with the shorter, stocky bodies of the thieves, their angular limbs bent cruelly and tied into place.

Immediately behind the crosses the ground drops away into a deep, wooded valley through which the eye is drawn to a walled city on the horizon. Early morning light rises to break dramatically across the dark sky. Christ's outstretched body, with its soft flesh tones, is set triumphantly against this backdrop. The artist makes no pretence that this is anything other than an idealised North Italian landscape, into which is inserted the intense and pivotal episode from the Passion narrative.

Foppa achieves a powerful fusion of symbolism and realism at a time when images of the Crucifixion were increasingly intent on narrative detail and the magnification of horror. The artist thereby invites reflection on Christ's triumph over death, and so on the Crucifixion as the means of human salvation.

Felicity Harley-McGowan

---

1   *Filarete's treatise on architecture, being the treatise* by *Antonio di Piero Averlino, known as Filarete*, John R. Spencer (trans. introduction and notes), New Haven and London: Yale University Press, 1965, vol. 1, pp. 116–17, 327.

17 ZANETTO BUGATTO

born Milan 1440/1445 – died Pavia or Milan 1475/1476
Saint Jerome removing a thorn from the lion's paw
[San Girolamo estrae una spina dalla zampa del leone]
1461–1463

oil on wood panel
53.0 x 36.0 cm
Accademia Carrara, Bergamo, legacy of Guglielmo Lochis 1866
81 LC 00004

The image of Saint Jerome is attributed to a rather mysterious but extremely well documented artist, Zanetto Bugatto,[1] who from his earliest years was believed to be especially able in painting copies and was active at the Milanese court of the Sforza.[2] Bugatto's panel is a coloured copy after a monochrome representation of the saint by Rogier van der Weyden, the external image on one of the side panels of a small altarpiece,[3] most likely commissioned by Alessandro Sforza (1409–1473), Lord of Pesaro, when at the court of Philip the Good at Brussels in 1458.[4]

In 1460 Bianca Maria Sforza sent a letter of recommendation to Philip the Good to give Bugatto the opportunity to travel to Flanders to improve his technique and to imitate Flemish practice. By May 1463 Bugatto was back in Milan after only a few years in Brussels, having quarrelled with Rogier. The Milanese ambassador reported that Bugatto had abandoned Rogier's studio and that the Dauphin (later Louis XI of France) had intervened to reconcile them, presumably without success. Bianca Maria Sforza wrote a warm letter of thanks to Rogier in recognition that Bugatto's style had been transformed. Bugatto's sojourn is a reflection of the widespread admiration in Italy for Flemish painting, an intellectual interest that was reinforced by virtue of trade. The Bergamo panel is the only example of a derivation from a known work by Rogier van der Weyden from that period. Count Guglielmo Lochis may have collected such a work as evidence of the Sforza Milanese court's passion for international painting. It is a work of extraordinarily high quality showing a real understanding of Flemish technique. Other paintings that combine Flemish technique with Northern Italian mannerisms have been attributed to Bugatto, the *Portrait of Galeazzo Maria Sforza* c.1474-1476,[5] and the *Virgin and Child* before 1470.[6]

Rogier van der Weyden's altarpiece has as the central panel of the triptych a Crucifixion with lively and unusual depictions of donors on Calvary: the man in armour at the right of the Cross being identified by the huge coat of arms as Alessandro Sforza; while the figures on the other side of the Cross may be identified as his first wife, Costanza, and her brother Rodolfo Varano. The outer shutters have monochrome representations of Saint George and Saint Jerome.

In his copy of the image of the much venerated humanist saint, and perhaps as a competitive Italian, Bugatto has transformed the representation of Saint Jerome by introducing colour and a detailed landscape background informed by the central panel of the Sforza triptych. According to tradition Jerome is depicted in the robes of a cardinal, rendered in a gorgeous red. The setting refers to the time he spent in retreat in the Syrian desert. He is accompanied by his attribute, a rather docile lion from whose paw he extracts a thorn—an incident from a popular Medieval legend which tells how Jerome tamed the creature thus making the lion his faithful companion. Behind Saint Jerome is his makeshift monk's cell with the altar set into a niche in the rockface.

Jaynie Anderson

---

1 Luke Syson, 'Zanetto Bugatto, court portraitist in Sforza Milan', *Burlington Magazine*, vol. 138 (May 1996), pp. 300–08.
2 Giovanni Valagussa, *Rinascimento Lombardo. Dipinti dalla Accademia Carrara di Bergamo*, Treviglio: Tipoliyo CFV, 2010, pp. 5–8.
3 Rogier van der Weyden (c.1399–1464), *Sforza triptych* c.1460, Musées royaux des Beaux-Arts, Brussels.
4 Martin Davies, *Rogier van der Weyden: An essay, with a critical catalogue of paintings assigned to him and to Robert Campin*, London: Phaidon, 1972, pp. 206–08.
5 Castello Sforzesco, Milan.
6 Fondazione Cagnola Gazzarda, Varese.

18 COSME TURA

born Ferrara c.1433 – died Ferrara 1495

Madonna and Child [Madonna col Bambino]

c.1460–1465

tempera and gold on wood panel
46.4 x 31.7 cm
Accademia Carrara, Bergamo, legacy of Guglielmo Lochis 1866
81 LC 000233

Cosmè Tura's individual creations, his style of intense sensuality and bejewelled intellectualism, were invented in response to the refined, humanistic culture at the court of Borso d'Este, Duke of Ferrara, where Tura spent most of his life as principal artist. Tura is known as an *ideatore*, a conceptual thinker, who drew preparatory ideas for coins, textiles, armour, manuscripts, leather decorations, wedding dresses and jewellery.[1] A considerable part of his work consisted of frescoes in palaces, or designs for marriages and festivals—ephemeral works which do not survive. The great hedonistic fresco cycle in Ferrara at the Palazzo Schifanoia, executed c.1469–1471, contains the only profane frescoes from Borso's reign—but Tura is only associated with it inasmuch as he was court artist at the time.

The *Madonna and Child* set against a gold background is delineated in Tura's inimitable sculptural style. Terms like 'gothic–baroque' have been used to define his heightened sense of calligraphic vitality, bright colour and plasticity. His conception of the Madonna was to imagine her as an elegant woman of the Este court, fashionably attired in velvet, with long neck, aristocratic high forehead and coiffure. From the serpentine curls of her hair, through the wavy movement of the folds of her drapery, there is a strong linear playfulness. She holds the Christ Child seemingly with detachment, pensive as to his Passion; while he blesses us with his right hand in anticipation of his future role. When Giovanni Morelli chose this painting for the Accademia Carrara from the collection of Count Guglielmo Lochis, he wrote that what was characteristic of Tura's style, and confirmed the attribution, were the Madonna's 'long cartilaginous ears, and eyelids like nautilus shells'.[2]

The dimensions of the panel have been drastically altered, cut on all sides.[3] It was once part of an altarpiece, a polyptych whose panels are now dispersed across the world. Reconstructions have been proposed: for the high altar of the church of San Luca in Borgo,[4] or the church of San Giacomo in Argenta, or the church of San Niccolò, Ferrara.[5] According to the first hypothesis, the Madonna may once have been accompanied by Saint Louis of Toulouse, Saint Nicholas of Bari and the dead Christ supported by angels.[6] Another hypothesis places her with Saints Anthony of Padua, James Major,

Dominic, Christopher and Sebastian.[7] None of these reconstructions has stood the test of time, but almost certainly the Bergamo Madonna once belonged in such an altarpiece setting.

There is a daunting lack of evidence for the commission of devotional images from Tura, even though his patrons included canons of the Cathedral in Ferrara.[8] It is strange for such an attention-seeking artist that, after his death, Tura was largely forgotten until the Risorgimento, when regional schools of painting were again valued—and when the frescoes in the Schifanoia were removed of their obscuring whitewash to reveal again this famous heroic, erotic and intellectually fascinating cycle of the life of the court of Borso d'Este.[9]

Jaynie Anderson

1   Luke Syson, 'Tura and the "Minor arts": The school of Ferrara', in Stephen J. Campbell (ed.), *Cosmé Tura: Painting and design in Renaissance Ferrara*, Milan: Electa, 2002, pp. 31–70.

2   '*caratteristiche le orrechie lunghe e cartilaginose, le palpebre come conchiglie di nautilo*', from Morelli's annotated copy of the Lochis catalogue of 1865, in the Biblioteca dell'Accademia di Belle arti di Brera, Milan, D. III.4.

3   Stefan Weppelmann, in Mauro Natale (ed.), *Cosmè Tura e Francesco del Cossa. L'arte a Ferrara nell'età di Borso d'Este*, Ferrara: Arte Spa, 2007, p. 306.

4   Harry B. Wehle, *The Metropolitan Museum of Art: A catalogue of Italian, Spanish, and Byzantine paintings*, New York: Metropolitan Museum of Art, 1940, pp. 130–31; followed by Benedict Nicolson, *The painters of Ferrara*, London: Elek, 1950, pp. 12, 15.

5   For the most recent reconstructions see Marcello Toffanello, 'Cosmè Tura: Drawing and its pictorial components', in Campbell (ed.), pp. 163–69.

6   Metropolitan Museum of Art, New York; Musée municipal, Nantes; Kunsthistorisches Museum, Vienna.

7   Louvre, Paris; Musée des Beaux-Arts, Caen; Uffizi, Florence; Gemäldegalerie, Berlin.

8   For which he made the famous organ shutters, now in the Museo del Duomo, Ferrara.

9   Jaynie Anderson, 'The rediscovery of Ferrarese Renaissance painting in Risorgimento Italy', *Burlington Magazine*, vol. 135, 1993, pp. 539–49.

19 NEROCCIO DE' LANDI

born Siena 1447 – died Siena 1500

Madonna and Child [Madonna col Bambino]

c. 1470–1475

tempera and gold on wood panel
58.0 x 43.5 cm
Accademia Carrara, Bergamo, bequest of Giovanni Morelli 1891
58 MR 00013

The exquisitely delicate appearance of the figures of the Madonna and Child which adorn the panels of the Sienese painter and sculptor Neroccio de' Landi are, to some extent, the product of the passage of time. Mary's robe, probably painted with a red lake pigment, has faded to a beautiful orange-pink. Similarly, her blue mantle has darkened so that it appears almost black. But the more expensive materials have hardly altered: the glorious gold ground remains, while rosy blushes of vermilion pigment warming the cheeks still convey to us the tint of living flesh. The slender Virgin's pale fragility and the Child's light tread impart an unearthly feeling to the scene. Giovanni Valagussa has pointed out that the overwhelming effect of the refined gold and paint is to give the work an 'immaterial and transcendent dimension'.[1]

The panel was most probably intended for private devotion rather than decorating a church or public chapel. It is presented in its original frame, the hand-carved wood gilded with gold leaf by an artisan who specialised in this fine work.[2] The frame extends the field of gold of the panel itself. Intricate tooling describes and decorates both haloes with plant motifs, repeated in the margins. The Child stands on a marble sill, the blocks firmly held together by (painted) staples rendered in perspective reinforced by subtle shadows. The artist's skill is demonstrated further by his handling of textiles: Mary's stylish sleeves are fastened over a white underdress, a golden girdle encircles her waist, and her mantle is decorated with gold embroidery. Her flaxen curls are covered by a diaphanous white veil, picked up in the Infant's loincloth.

Neroccio worked only in Siena, an artistic centre of strong traditions where Gothic elements remained long after they were transformed elsewhere in Central and Northern Italy. Here the conventional gold ground and shallow space are subverted in the gentle modelling of the Child's body, the Virgin's robe, her hand and especially her throat. Features are generalised and idealised, and the Virgin's elegant fingers impossibly elongated. But the central characters show a new intimacy: the Child seems to bless his Mother, not us, and looks up at her in that startled manner of babies suddenly becoming aware. She looks down, perhaps past him, with a melancholy air that appears to signal foreboding, even foreknowledge of her Son's fate. Unlike the static frontal poses seen in the earlier Gothic style, their bodies turn in space, implying movement. The Child's right leg is a strong diagonal, adding dynamism to the seemingly simple composition. Such tensions arose as the prevailing conservative style of Siena, of Giovanni di Paolo and Matteo di Giovanni,[3] was challenged by the rise of Renaissance painting and sculpture in Florence, about seventy kilometres away.

Christine Dixon

---

1   '… *l'œuvre à une dimension immatérielle et transcendante*'. Giovanni Valagussa, cat. 14, in *Botticelli, Bellini, Guardi … Chefs-d'œuvres de l'Accademia Carrara de Bergame*, Paris: Editions Hazan, 2010, p. 60.
2   Valagussa, p. 60.
3   Giovanni di Paolo (c.1399–1482); Matteo di Giovanni (c.1430–1495).

20 CARLO CRIVELLI

born Venice 1430/1435 – died Ascoli, the Marches c.1495

Madonna and Child [Madonna col Bambino]
c.1482–1483

tempera and gold on wood panel
45.9 x 33.6 cm
Accademia Carrara, Bergamo, legacy of Guglielmo Lochis 1866
81 LC 00129

Carlo Crivelli's *Madonna and Child* is astonishingly well preserved, with the characteristic look of bright enamel, the flesh tones polished and smooth as ivory, the Madonna's crown worked in plaster and her cloak in relief to give the effect of embroidered fabric. The painting is signed '·OPVS·CAROLI·CRIVELLI·VENETI' [The work of Carlo Crivelli of Venice].

The linear elegance of the contours that follow one another in a kind of sinuous musicality is typical of this painter. There are wonderfully flowing passages, like the strip of white cloth that winds around the body of the Child to emerge between the Madonna's fingers, where the rhythm is followed through the curve of her wrist to the sleeve's embroidered edge. The rich repertoire of natural elements is a decorative manner Crivelli had learnt while a student at Francesco Squarcione's workshop in Padua, and never forgotten.[1] Symbolic fruit and flowers, certainly. The apple, held with some difficulty by the Child, represents original sin, redeemed through his Incarnation and future Passion. The cucumber is a sign of the Resurrection—after three days and nights in the belly of the whale, Jonah awoke beneath a bower of pumpkins or cucumbers. The cherry, symbol of sweetness, refers to the joy of Heaven; the red carnation, representing ardent love, refers to Mary, 'the bride' of Christ and personification of the Church. The landscape background, arid on the right and luxuriant on the left, could represent the world suffering before the Incarnation, then reborn; or the cycle of the seasons, hence the divine presence in all phases of human existence.

The painting elicits enthusiastic commentary in the literature, especially of the second half of the nineteenth century where we catch an echo of the English passion for this artist—which ensured that the most important Crivelli collection today is probably the one in London's National Gallery. In 1897 Gustavo Frizzoni praised this painting as 'one of the gems Count Guglielmo [Lochis] managed to acquire for his collection'; and there was this praise of Crivelli from Lochis:

> [The] charming villages, rich accoutrements, and garments in relief with an abundance of gold and refined colours add to the richness of his figures, which he also managed to endow with much grace and gestures and expressions unique for those times.[2]

In the chronology of Crivelli's works, not always clear and made more uncertain by the repetition of formulaic arrangements—marked not only by a great continuity of formal style, but also by his amazing, perfect drafting skill—this painting seems to belong to a rather late period. While a dating in the mid 1480s has been proposed at various times, the first half of the decade seems the most acceptable.[3] The same arrangement, more sumptuous and enamelled, appears as the central panel of a triptych of 1482 for the Cathedral of Camerino, predominantly a decorative work in its accumulation of plants. An example, very similar to the Bergamo panel and of the same size, is in the Victoria and Albert Museum, London, signed but not dated and probably painted a short time later (around the mid 1480s) judging by its even more extreme finish, almost like a goldsmith's work.[4]

Giovanni Valagussa

---

1   Francesco Squarcione (c.1395–after 1468).

2   Gustavo Frizzoni, *Le galerie dell'Accademia Carrara in Bergamo: La Galleria Carrara; la Galleria Lochis; la Galleria Morelli*, Bergamo: Istituto Italiano d'Arti Grafiche, 1897, p. 66; quoted in Giovanni Valagussa, *I grandi veneti: Da Pisanello a Tiziano, da Tintoretto a Tiepolo. Capolavori dall'Accademia Carrara di Bergamo*, Milan: Silvana Editoriale, 2010, p. 58.

3   Pietro Zampetti, *Carlo Crivelli*, Milan: Martello, 1961, pp. 84–85, cat. 78E, dates the work to c.1475, while Ronald Lightbown, *Carlo Crivelli*, New Haven: Yale University Press, 2004, p. 261, dates it to 1478–1480.

4   See Valagussa, p. 58.

OPVS·CAROLI·CRIVELLI·VENETI

21 MATTEO DI GIOVANNI

born Borgo Sansepolcro, Tuscany c.1430 – died Siena 1495

*Madonna and Child with Saints Sebastian
and Catherine of Siena and two angels
[Madonna con Gesù Bambino, i santi Sebastiano
e Caterina e due angeli]* c.1480

tempera and gold on wood panel
62.8 x 44.0 cm
Accademia Carrara, Bergamo, bequest of Giovanni Morelli 1891
58 MR 00015

This devotional painting was once part of a larger altarpiece. It has been suggested that the panel was cut down to the unusual shape we see today when it was removed from its original setting.[1] The work is typical of Matteo di Giovanni, whose gold-laden style was popular in Siena where he maintained a successful workshop selling religious paintings such as this to wealthy and conservative noble families. Although aware of contemporary Florentine innovations that portrayed biblical figures within everyday scenes, Matteo's style remained firmly embedded in idealised Sienese ethereal depictions.[2]

Adorned in her heavenly blue mantle the Madonna holds a chubby Christ Child clothed in a little rose-coloured tunic. He presents the viewer, at whom he is looking, with a single white rose. White roses, a symbol of the Virgin's purity, also appear at the very top of the panel near the head of one of the two angels. The Child wears a coral necklace and bracelet, thought to ward off illness; one of the angels also wears coral.

Matteo carefully composed his panels with many heads and figures occupying a limited space in a carefully overlapping structure. Saint Sebastian and Saint Catherine of Siena flank the Madonna evenly, and the angels balance each other in the upper section of the panel. All available space is filled with detail—figures, floral symbols and attributes.

All six figures have golden embossed haloes that, in combination with the intricately textured red and gold brocade of the Virgin's underrobe, create a rich and sumptuous vision. Her halo is inscribed with part of the Latin phrase 'VIRGO DECVS C[O]ELI VIR[GO SANCTISSIMA]' [Virgin, Ornament of Heaven, (most Holy) Virgin], the title of a Medieval Marian hymn. Despite the seriousness of the countenances of both saints and the Virgin, the inclusion of the two child-like angels with flowers in their hair who smile down on the viewer counters much of the solemnity.[3]

Saint Sebastian holds the palm of martyrdom in his right hand.[4] The three arrows that pierce his neck and torso refer to the first attempt to kill him which failed; he was later beaten to death for his Christian faith. In such paintings he is invoked against the threat of the plague, which first affected Siena in 1348. Saint Catherine of Siena, who died a hundred years before this work was created, is one of the patron saints of Italy. She has always been closely associated with her native Siena, following her canonisation in 1461. Like Saint Sebastian she was invoked against the threat of the plague. Matteo depicts her in the habit of a Dominican, the Order she entered at the age of sixteen. She holds her standard symbols, a book and a Madonna Lily. A large white lily in full bloom also occupies an empty gold area above the Madonna's head. This flower's petals symbolise the Virgin's body, while its golden centre denotes her soul. Along with roses, lilies are said to have filled Mary's tomb, which was empty when opened by the apostles.[5]

Simeran Maxwell

1   Erica Susanna Trimpi, 'Matteo di Giovanni: Documents and a critical catalogue of his panel paintings', unpublished PhD thesis, Ann Arbor: University of Michigan, 1987, vol. 1, p. 105.
2   Siena remained under Byzantine artistic influence well into the fifteenth century, which resulted in an abundance of gold in Sienese painting. See Trimpi, p. 22.
3   Matteo's Virgins were often depicted smiling and happy.
4   See also cat. 42, Raphael, *Saint Sebastian* c.1501–1502.
5   The empty tomb: the Roman Catholic Church doctrine of the Assumption of the Virgin Mary teaches that at the end of her life Mary was taken up into heaven, both physically and spiritually.

22 JACOBELLO DI ANTONELLO

born Naples? c.1456 – died after 1488

Madonna and Child [Madonna col Bambino] 1480

oil on wood panel
67.0 x 45.0 cm
Acquired before 1780 by Count Giacomo Carrara;
Accademia Carrara, Bergamo, bequest of Giacomo Carrara 1796
58 AC 00184

Jacobello was the son of the legendary Sicilian genius Antonello da Messina,[1] whose magical illusionistic paintings combined a haunting Flemish technique with a moving Italian religious sensibility.[2] Jacobello is first mentioned as the heir to the paternal workshop in his father's Will of 14 February 1479.[3] At that stage he is described as a 'master' and married.

The Bergamo panel is Jacobello's only signed and dated work, created in the year after his father's death. The inscription on a little sheet of paper, folded and placed on the parapet, is a moving homage to his father: '1480 XIII Ind. Mesis Decebris/Jacobus Anto[ne].lli filius no. humani pictoris me fecit'. Here Jacobello describes himself as 'the son of a painter who was not human', by which he means that his father was immortal, a divine creator.[4] Jacobello has chosen to represent the Christ Child's garment opening to reveal his sexuality and humanity, emphasising the god–man nature of Christ—on another level referencing his own artist father's dual nature.

With his unique signature Jacobello communicates to posterity the potential difficulties and challenges the son of a famous parent may experience. After 1482 there is no mention of Jacobello in Sicilian documents, which suggests that he may have died, or moved to another part of Italy, perhaps the Veneto, or that he abandoned painting. Some have argued that since Count Giacomo Carrara's acquisition of this treasure was certainly made in the Veneto this might be construed as evidence that Jacobello had already moved north by 1480.[5] Be that as it may, the Bergamo *Madonna and Child* is a tour de force in illusionistic perspective, composition and complex foreshortening, based on the paintings of Jacobello's father from the period Antonello spent in Venice in 1467 when he enjoyed discussions with Giovanni Bellini and Mantegna.[6]

The setting is an airy loggia bounded by columns with a landscape beyond. The Madonna stands holding her Son perched on a velvet cushion on the parapet. The perfect oval of her face is accentuated by the chaplet at her forehead and her dark brown serpentine curls.

The Child's round face with slightly cheeky expression is capped with crinkly red hair. He is richly dressed in gold fabric with a purple sash, the red coral at his neck a protection against illness. The hands demonstrate a subtle series of foreshortened poses: the Madonna's right hand embraces her Son's right arm, holding him firmly; the outstretched fingers of her left hand are visible through the transparent crystal bowl she holds steadily while the Child takes two cherries, symbols of Paradise.

Many of these details, the landscape, the folds of cloth, the expressions of the faces, are reminiscent of Antonello's extraordinary technique. His Will stated that his son Jacobello would inherit the unfinished commissions in his workshop to bring them to completion, and many attributions have been made in their joint names, such as the exquisite expressionist *Pietà* dated 1475–1478 shortly before Antonello's death.[7] Despite the many hypotheses, we know little about Jacobello apart from this unique *Madonna and Child*.

Jaynie Anderson

1   Antonello da Messina (c.1430–1479).
2   Keith Christiansen, 'The exalted art of Antonello da Messina', *Antonello da Messina. Sicily's Renaissance master*, New Haven and London: Yale University Press, 2005, pp. 13–16.
3   Mauro Lucco, *Antonello da Messina, l'opera completa*, Milan: Silvana Editoriale, 2006, pp. 362–63.
4   Giovanni Villa, in *I grandi veneti: Da Pisanello a Tiziano, da Tintoretto a Tiepolo. Capolavori dall'Accademia Carrara di Bergamo*, Milan: Silvana Editoriale, 2010, pp. 54–55.
5   Francesco Rossi, *Giacomo Carrara (1714–1796) e il collezionismo d'arte a Bergamo*, Bergamo: Accademia Carrara, 1999, pp. 172–73.
6   Giovanni Bellini (1433/1436–1516); Andrea Mantegna (1430/1431–1506).
7   Museo Nacional del Prado, Madrid. See Giovanni Previtali, 'Da Antonello da Messina a Jacopo di Antonello. Il "Cristo deposto" del Museo del Prado', *Prospettiva*, 1980, vol. 21, pp. 45–56.

23 AMBROGIO BEVILACQUA

worked Milan c.1474 to 1516

*Enthroned Madonna and Child with Saint John
the Baptist, Saint Bernard of Clairveaux and a donor
[Madonna con Gesù Bambino in trono con
san Giovanni Battista, san Bernardo da Chiaravalle
e un devoto]* c.1485–1490

tempera and gold on wood panel
34.3 x 24.4 cm
Accademia Carrara, Bergamo, legacy of Guglielmo Lochis 1866
81 LC 00005

The paintings of Ambrogio Bevilacqua were much inspired by the work of Vincenzo Foppa,[1] imitations of whose popular altar panels were produced by Bevilacqua and his Milanese studio. The solemnity, simplicity of form and decoration of his Madonna and Child with saints is deeply indebted to the older artist. The small size of the panel indicates that it was made for private devotion. The painting was commissioned by the unknown donor shown with his cap in his hands kneeling at the feet of the Virgin. The Christ Child, held on his Mother's lap, faces the donor and blesses him with his right hand. Saint John the Baptist who stands behind the donor is almost certainly his patron saint, as he intercedes between the donor and Christ.

A central image in the religious art of the Renaissance, here the Madonna is shown enthroned. This form of depiction, also known as Maestà [Majesty], was one of the most popular types for altarpieces. Unlike the tenderness of Nativity scenes, where the Virgin adores her newborn Son, or her grieving at his death shown in Lamentation images, the Madonna Enthroned is a solemn and noble depiction. Following the conventions of the earlier Medieval period she is depicted as the Queen of Heaven seated on a throne and holding the Christ Child. Her blue mantle symbolises heaven. Bevilacqua has increased her celestial elevation by incorporating marble steps into the architecture of the throne, ensuring that the head of the seated Madonna is higher than the standing saints.

The Madonna's left hand is placed on an open book, one of her common attributes alluding to wisdom. The Child wears only a protective amulet around his neck. Saint John the Baptist is portrayed as the hermit preacher, forerunner and herald of Christ, his emaciated chest showing beneath his animal skin vest. He holds a cross around which a spiralling scroll is inscribed in Latin, 'ECCE AGNUS DEI' [Behold the Lamb of God]. On the Virgin's left is Saint Bernard, founder of the Cistercian Order, wearing his white habit and holding a crozier or pastoral staff.[2] Both saints and the Madonna typically have haloes, although interestingly the Christ Child does not. His hair, however, is burnished gold.

Typically the throne of the Madonna is set within intricate architecture, flanked on either side by Classical columns, topped with a delicate scalloped niche. The face of God, the Eternal Father, appears atop the throne in the tympanum bordered with Renaissance scrolls. The dominant gold background is a convention surviving from the Gothic era, which artists were gradually replacing during the fifteenth century in favour of new ideas of architectural settings implementing perspective and light. Here the combination of architectural detail and a large expanse of gold ground demonstrates how Bevilacqua retained aspects of the earlier opulent style, still popular with more conservative donors.

Simeran Maxwell

---

1   Vincenzo Foppa (1427/1430–1515/1516).
2   The Italian title '*san Bernardo da Chiaravalle*' relates to the Cistercian abbey of Chiaravalle, four miles southeast of Milan, which was founded after a visit by Bernard in 1135. This is the daughter-house of Clairveaux Abbey (1115).

CCE AG
DEI ECC

24 BARTOLOMEO VIVARINI

born Murano, Venice c.1430 – died Bergamo? c.1500

*Polyptych of the Madonna and Child, Saints Peter
and Michael, the Trinity and angels (Scanzo polyptych)
[Polittico con la Madonna col Bambino, i santi Pietro
e Michele, la Trinità e angeli (polittico di Scanzo)]* 1488

tempera and gold on four panels
upper panel 78.1 x 131.0 cm; central 135.5 x 67.0 cm;
left 135.8 x 48.2 cm; right 137.0 x 47.8 cm
Accademia Carrara, Bergamo, bequest of Giacomo Carrara 1796
58 AC 00029–00032

The existence of paintings by Bartolomeo Vivarini in the area around Bergamo is a very unusual phenomenon: a number of his works, generally quite complex polyptychs, are found in churches in towns scattered over the area surrounding the city. The presence of these works with their spectacular gold backgrounds suggests that the purchasers were true enthusiasts, natives of Bergamo who had migrated to Venice and were fascinated by this very traditional type of painting, so when they became wealthy they were able to send these masterpieces back to their home towns. As far as we know the paintings arrived in the period beginning in 1485 with the *Madonna and Child enthroned* in Almenno San Bartolomeo and ending in 1491 with the *Saint Martin triptych* in the parish church of Torre Boldone, now in the Accademia Carrara.

Vivarini's remarkable polyptych, previously in the Scanzo parish church, is inscribed at the base of the central panel 'FACTUM VENETIIS PER BARTH/OLOMEUM VIVARINUM DE MURIANO / PINXIT. 1488' [Made in Venice by Bartolomeo Vivarini of Murano/Painted 1488]; and we are certain of its Scanzo location thanks to mention of it in 1670.[1] It is possible to imagine Count Giacomo Carrara seeing it there and suggesting (as he sometimes did) that the old altar be replaced by a 'modern' work—in other words an eighteenth-century Venetian altarpiece—while he would take the old painting for his own collection. But by the time of the inventory drawn up in 1796, at the time of Carrara's death, the memory of the Scanzo location and composition already appears to have been lost: the two panels with Saints Peter and Michael are listed, but there is no mention of the central panel with the Madonna, nor of the upper section with the Trinity.

The Madonna is shown seated as the Queen of Heaven, her Child nestled in her lap. She is flanked by Saints Peter and Michael, and above is the Trinity—God the Father, the Crucified Christ and a dove symbolising the Holy Spirit—with a pair of floating angels, with rounded checks, elaborately pierced haloes and carefully drawn wings. Saint Peter holds his traditional attributes, the keys to Paradise and a book representing his New Testament epistles. The Archangel Michael is shown in his dual role as defender of Heaven and arbiter of Judgement. He is an armoured warrior who vanquishes the devil, represented as part human, part winged minotaur with a dragon's tail. The scales he holds are used to weigh human souls. Michael's glorious coloured plumes repeat those of the angels above.

The critical history of these works reveals differences of opinion about the original composition of the whole group: several problems arise.[2] The central panel with the Madonna and Child has been trimmed on all sides; and if we compare it with well-known works by Vivarini we can conclude that it was positioned slightly higher than the other two panels to bring Mary's head level with those of the saints. We must also imagine the panel with the Trinity being wider in order to complete the circle of the arch. Two fragments with small angels,[3] which some have attempted to link to this composition, would not have belonged to the polyptych but to another Vivarini altarpiece.

Giovanni Valagussa

---

1   Donato Calvi, *Delle chiese della Diocesi di Bergamo,* 1670, manuscript, III, 255, Biblioteca civica Angelo Mai, Bergamo.
2   See Rodolfo Pallucchini, *I Vivarini,* Venice: N. Pozza, 1961, pp. 129–30, notes 213–14; and Francesco Rossi, *I pittori bergamaschi. Il Quattrocento*, vol. 2, Bergamo: Edizioni Bolis, 1994, pp. 104, 127.
3   Accademia Carrara, Bergamo.

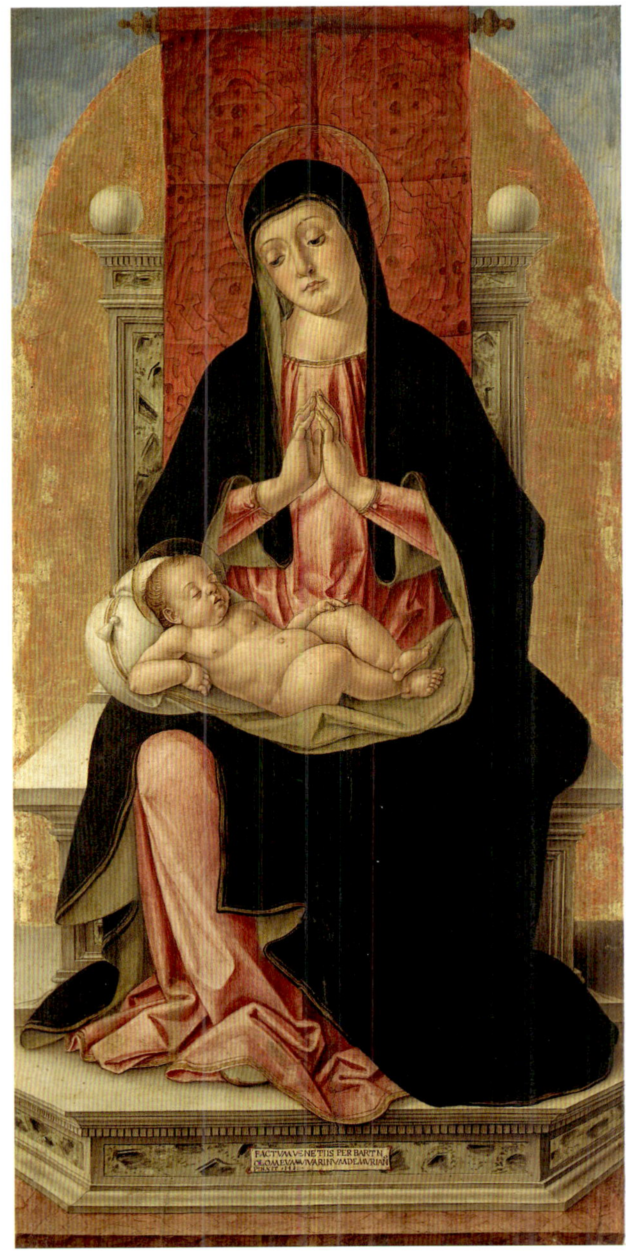

25 VINCENZO CIVERCHIO

born Crema, near Cremona, Lombardy c.1470 –
died Crema 1544

Annunciation and Saints Benedict and Scholastica
[Annunciazione e i santi Benedetto e Scolastica]
c.1495–1500

portable altar: tempera grassa on wood panels
32.9 x 13.5 cm each panel; 46.2 x 32.5 cm overall
Accademia Carrara, Bergamo, bequest of Giovanni Morelli 1891[1]
58 MR 00038

Made for private devotion, this small portable altar is in excellent
condition. On the exterior panels, as is customary, there is a
representation of the Annunciation. When opened, the panels
reveal two Benedictine saints: Saint Benedict himself accompanied
by Saint Scholastica, traditionally considered to be his sister. They
stand on rocky ground in front of a low parapet against a plain blue
background. Scholastica is represented with the palm of martyrdom,
and each saint holds a book—the *Rule of Saint Benedict*, a text
written by Benedict which became a guide for all those entering
monastic life.

The missing inner central panel was probably a representation of
the Crucifixion or another important scene from the Life of Christ.
The altar is still in its original ornate gilded frame, with the central
panel surrounded by a cornice with egg and dart motifs and headed
with elegant volutes. As well as the painted panels, it is very likely
that the frame should be attributed to Vincenzo Civerchio, who is
extensively documented as a sculptor.[2]

The scene of the angel Gabriel's Annunciation to the Virgin Mary
is composed across two exterior panels. Entering through an open
colonnade on the left, and with the lecturn between them, Gabriel
does not encroach upon Mary's domestic space with its canopied
bed. He holds a branch of lilies, symbols of her purity; while the
dove of the Holy Spirit is about to descend in rays of golden light to
effect the Immaculate Conception. The perspective is finely realised,
with a surprising scene in the deep background viewed through the
grilles of the arched windows.

The very first reference to Civerchio in art historical literature
occurs in the notes of Marcantonio Michiel, written between
1520 and 1543, where he is described as a 'painter, architect and
perspectivist', a reputation that is borne out by all elements of
this portable altar. The presence of the Benedictine saints suggests
that the patron may have been a Benedictine, with the altar
commissioned for someone within the Order in Lombardy or the
Veneto, the region where Civerchio worked. The attribution to
Civerchio was made by Giovanni Morelli.

The work is usually dated within Civerchio's first years as an artist
because it closely resembles his *Nativity with Saint Catherine of
Alexandria*,[3] also dated early within his career. Morelli's little altar
cannot be any later than 1495, the date inscribed by Civerchio on
the polyptych of Saint Nicholas of Tolentino.[4] A recent restoration
of the polyptych revealed that the left panel, an image of Saint
Sebastian, was painted and signed by Francesco Napoletano, an
artist who worked in the style of Leonardo da Vinci. Collaborations
such as this show that Civerchio was working in the full knowledge
of developments elsewhere. He is a quintessential Lombard artist,
whose formation is purely Northern Italian.

Jaynie Anderson

1   Federico Zeri and Francesco Rossi, *La raccolta Morelli nell'Accademia Carrara*,
    Bergamo: Amilcare Pizzi, 1986, pp. 169–72.
2   M. Marubbi, *Vincenzo Civerchio: Contribuito alla cultura figurativa cremasca nel
    primo cinquecento*, Milan: Il Vaglio cultura arte, 1986.
3   Pinacoteca di Brera.
4   Pinacoteca Tosio-Martinengo, Brescia.

(left) Inside panels
showing Saint Benedict
and Saint Scholastica

26 BERNARDINO BUTINONE

born Treviglio, Lombardy 1440s – died Treviglio 1507/1510

The Circumcision of Christ [Circoncisione di Cristo]
c.1485

tempera on wood panel
25.8 x 21.8 cm
Accademia Carrara, Bergamo, bequest of Giacomo Carrara 1796
58 AC 00042

How could one explain this image to a visitor from afar? A grand hall with ornate carved structures and tiled floor is painted on a small panel. An infant, held by a cloaked figure and attended by another in red, writhes in pain or starts in surprise. A man holding two birds looks askance; two further figures observe the scene. Each person has a thin gold ring around their face or floating above their head. We might gather that the event is ceremonial and sacred. From the Bible we learn that the Christ Child was circumcised on his eighth day, on 1 January, according to the rite prescribed in the Old Testament.[1] On that day Jesus was also named.

In early depictions the Circumcision of Christ takes place at home, performed by Joseph, but representation of the actual act is avoided. Later the event is set in a large building—as in images of the Infant Christ's Presentation in the Temple—although the Child continued to be veiled. From the mid 1400s, with the new emphasis on the human form, the Child's genitals became the focus. Bernardino Butinone has made a valiant effort to portray the foreshortened figure of Jesus, kicking and struggling in Mary's arms while the priest performs the act. Those around look on calmly, even stoically. The doves held by Joseph to donate to the temple are a sign of Mary's purified state. She is therefore able to stand witness to her Son—whereas, by Jewish law, a woman was prevented from entering the temple until the fortieth day after she had given birth.[2] The altar is carved with figures representing the Transfiguration of Christ, with Moses and Elijah on either side of him—a reference to the scene on a mountain when Jesus appears in glorious form, identified as the Son of God.

The Circumcision of Christ is one of a series of panels by Butinone depicting the Life of Christ and his Passion, probably part of an altarpiece.[3] In some of the other panels we find the same colourful tiled floors and architectural settings rendered with rigorous perspective. Personalities start to emerge, such as the rather nervous Joseph with yellow cloak, woolly grey beard and oversized head. Butinone's distinctive, even eccentric types are characteristic and link him to the lively drawing of the Ferrarese school, Cosmè Tura in particular.[4] This panel would have been grouped with other early events, including the *Adoration of the Shepherds*, *Adoration of the Magi*, *Massacre of the Innocents* and *Flight into Egypt*,[5] with the scenes read sequentially like those of a monumental fresco cycle. The ceremonial act of the removal of Christ's foreskin was the first shedding of his blood, and was thus understood as prefiguring the Crucifixion.

Lucina Ward

1   'And he that is eight days old shall be circumcised among you, every man child in your generations', Genesis, 17:12.
2   Diane Owen Hughes, 'Distinguishing signs: Ear-rings, Jews and Franciscan rhetoric in the Italian Renaissance city', *Past & Present*, no. 112, August 1986, pp. 3–59 (p. 3).
3   In its complete state the altarpiece may also have included sculptural figures; see Federico Zeri, 'Two contributions to Lombard quattrocento painting', *Burlington Magazine*, vol. 97, no. 624, March 1955, pp. 74, 76–77, 79.
4   Cosmè Tura (c.1433–1495).
5   National Gallery, London; Brooklyn Museum of Art; Detroit Institute of Arts; Art Institute of Chicago (two panels).

27 MAESTRO DELLA PALA SFORZESCA

worked in Milan before 1490 to after 1500

Saint Ambrose [Sant'Ambrogio] c.1495

tempera grassa and gold on wood panel
73.5 x 62.8 cm
Accademia Carrara, Bergamo, legacy of Guglielmo Lochis 1866
81 LC 00053

Saint Ambrose is the patron saint of Milan, here represented as a bishop with mitre and crozier. Although the painter's name is unknown, he convincingly asserts the nature of his subject: one of the four Great Doctors of the Latin Church, a stern religious who asserted Church doctrines and practices in times of political and religious upheaval. The historic Aurelius Ambrosius (337/340–397) was the son of a Roman provincial governor; he became a lawyer and ruler of Milan under the emperor Valentinian. Although his mother and sister were Christians, Ambrose was not yet baptised when he was proclaimed bishop by the people of Milan in 374. Nonetheless, after ordination, he became renowned for his unbending theological orthodoxy and suppression of paganism. He stared down Roman emperors who contested his power in spiritual matters.

The bishop-saint blesses us with his right hand, which bears three gold rings. His mitre of white silk has a golden headband adorned with pearls and large jewels. The crozier, the staff of high rank in the Church, is ornate: despite the symbolic shape of a crook—the bishop is the shepherd of his flock—it is made of gold. The bands of his cloak are inscribed in gold with an invocation to the Virgin. Ambrose is contained within a shadowed niche, its scallop shell symbolising baptism. He is said to have converted Saint Augustine to Christianity and baptised him into the Church. Such scallop shapes were employed by the great architect Bramante, who worked in Milan from 1474 to 1499 and designed the cloisters of the cathedral of Saint Ambrose, built 1497–1498.

The Maestro della Pala Sforzesca or Master of the Sforza Altarpiece, not identified by name, is associated with an important altarpiece commissioned for the church of Sant'Ambrogio ad Nemus, Milan,[1] by Ludovico Sforza, Regent then Duke of Milan. As well as the obligatory kneeling donors and their children, an enthroned Madonna and Child are flanked by the four Doctors of the Church—with Saint Ambrose looking less severe than here. The panel now in Bergamo was probably part of an unknown altarpiece which has been dismantled,[2] and may originally have depicted a full-length figure. The artist's rendition of Saint Ambrose is characteristic of the subdued palette of late fifteenth-century Milanese painting, particularly marked by the influence of Vincenzo Foppa.[3] Touches of a dark rich red recur in his skull cap and robe, picked up by the brooch, a large light red stone, and are complemented by the dark green of the cloak. But the saint's flesh is sallow, almost brown, and his cast-down eyes impart a melancholy air, as though Ambrose is weighed down by his responsibilities. The Master admired the *sfumato* technique of Leonardo da Vinci[4] and his Milanese circle, especially Ambrogio de Predis and Ambrogio Bergognone,[5] with whom he was associated both in Milan and at the Certosa, Pavia.

Christine Dixon

1   Now in the Pinoteca di Brera, Milan.
2   Pietro C. Marani, 'Master of the Pala Sforzesca', in *The legacy of Leonardo: Painters in Lombardy 1490–1530*, Milan: Skira, 1998, pp. 170–98, writes that the scalloped background which recurs in several panels by the Master may imply separated parts of one altarpiece (pp. 185–186).
3   Vincenzo Foppa (1427/1430–1515/1516); see cat 16.
4   Leonardo da Vinci (1452–1519).
5   See cat 37, attributed to Ambrogio de Predis (c.1455–after 1508); also Ambrogio Bergognone (c.1453–1523) cats 28, 29, 32.

AVE·REGINA
DIOXA·DN
SPERA·IN·DEO·EI

28 AMBROGIO BERGOGNONE

born Fossano, Piedmont c.1453 – died Milan 1523
Meeting of Saint Ambrose and the Emperor Theodosius
[Incontro di sant'Ambrogio e l'imperatore Teodosio]
1490

oil and gold on wood panel
33.4 x 21.8 cm
Accademia Carrara, Bergamo, legacy of Guglielmo Lochis 1866
81 LC 00219

Ambrose was the revered patron saint of Milan, whose name was given to many men from Lombardy and Piedmont. Ambrogio Bergognone depicts an encounter between Saint Ambrose, Bishop of Milan, (337/340–397) and the Roman emperor Theodosius I (347–395). The bishop refused to allow the emperor to enter Milan Cathedral because of the massacre at Thessalonica in 390 which Theodosius had ordered. More than 7,000 citizens were slain by imperial troops in revenge for a riot in which the Roman governor was killed. Ambrose forced the emperor to repent for many months before permitting him to take Communion again. The fourth-century scene occurs in Milan, with figures in contemporary dress in front of a recognisable church of San Gottardo and the Verziere (the greengrocers' market) located near the cathedral, revealing their distinctive Milanese Gothic architecture.

The drama inherent in the scene—a bishop rebuking an emperor—is rendered quietly by the artist. Two parties stand more or less in line across the front of the painting, the bishop-saint with mitre and halo among his prelates; the emperor with his courtiers on the right. It is a low-key confrontation between the power of the Church and the power of the state. Ambrose is shown in profile, with hands outstretched; while Theodosius turns toward him and gestures with the open palm of his right hand. His gold staff with orb provides a strong vertical, echoed by the bishop's crozier held by Ambrose's priestly attendant. Gold also describes the chain of office worn by Theodosius. Bergognone's palette moves from whites and rich reds for the bishop's group to the emperor's silvery and green patterned and fur-trimmed robe. An orange hat with a feather brightens the group on the right. All the protagonists wear gorgeous clothes, reinforcing their respective power and wealth. Behind a low wall is a lively street scene with citizens and a dog.

The panel formed part of the predella, or small scenes at the foot of an altarpiece, for one of Bergognone's major works in the Certosa at Pavia, the *Saint Ambrose altarpiece* 1490.[1] The Certosa, or Carthusian charterhouse, is a magnificent monastery and church established by the Visconti rulers of Lombardy in 1396. The dukedom passed to the Sforza family in 1450, and the ruler Ludovico dominated artistic life in the duchy. Bergognone was chief painter at the Certosa from 1488 to 1494 and completed three altarpieces there.

The predella performed an important didactic function in an altarpiece, adding to the central religious scene, usually a Nativity or Crucifixion. Its smaller panels often told the story of a saint to the largely illiterate worshippers, focusing on the stages of his or her life—including birth, conversion, miracles performed and death, especially martyrdom. Four panels of the *Saint Ambrose altarpiece* are known: *The birth of Saint Ambrose, The consecration of Saint Augustine* and *Saint Ambrose preaching*, as well as *The meeting of Saint Ambrose and the Emperor Theodosius*.[2] Because Ambrose was a known historical figure, whose life was chronicled at the time, his political as well as spiritual deeds are depicted in the paintings.

Christine Dixon

---

1 Museo Certosa, Pavia.
2 *The birth of Saint Ambrose,* Kunstmuseum Basel; *The consecration of Saint Augustine* and *Saint Ambrose preaching,* Galleria Sabauda, Turin.

29 AMBROGIO BERGOGNONE

born Fossano, Piedmont c.1453 – died Milan 1523

*Madonna lactans [Our Lady nursing,
Madonna del latte]* c.1485

oil and gold on wood panel
61.6 x 44.6 cm
Accademia Carrara, Bergamo, legacy of Guglielmo Lochis 1866
81 LC 00131

Madonna lactans refers to an image of the Virgin Mary breastfeeding the Christ Child. This is a popular type of Madonna image for private devotion, produced especially by Tuscan and Lombard artists, characterised by a high level of informality and naturalism. Many examples depict gestures and incidents which are familiar to a nursing mother: the quiet concentration and full cheeks of a suckling child, a small arm reaching into a bodice, the pull of the mouth on the nipple, a squeezed breast, even the dripping milk. Ambrogio Bergognone's Madonna combines a level of intimacy with glorious, almost topographical detail of a Lombard rural setting. Minutiae such as the ducks on the water in the foreground and, in the distance, the chickens pecking outside the gate, the dog and figures under the arch, are beautifully observed. The trellised roses form a curtain behind the figure, the autumnal colours of the vegetation merging with the gold highlights of her hair.

Bergognone's realism and use of detail is often cited as an example of the influence of Northern art.[1] Certainly the Madonna's enamel-like skin and the draping of her robe are reminiscent of Flemish or French painting, as is the rather strangely-shaped Child. But in this instance the impact of Bergognone's contemporary, Bernardino Zenale,[2] with whom he worked in the mid 1480s, is more pertinent. The painting has been previously attributed to the other artist— the lettering at right on the low wall, 'Bernale Zenala', was evidently applied in the 1800s—and in many ways pays homage to Zenale.[3] The muted, grey palette and broad treatment also evokes Vincenzo Foppa.[4] At times Bergognone's rather dry brushstrokes have the effect of oil on canvas rather than on panel, and the thin 'scraped' effect of the paint and sketchy immediacy of his vignettes appear very modern.[5]

Madonna lactans also incorporates specific devotional iconography. The Christ Child's coral necklace with tiny cross is a sign of his fate; but because coral was held to be charmed, it was evoked for good health and, especially, for the protection of children.[6] The roses refer to Mary, known as the 'Mystic Rose', and her pure status is suggested by her long hair worn loose over her shoulders. In case we miss any of these subtle references, the artist has scored an inscription into the halo: 'BEATUS VENTER QUI TE PORTAVIT & UBERA', an abbreviated version of the words spoken to Jesus by a woman in the crowd: '*Beatus venter qui te portavit, et ubera quæ suxisti*' [Blessed is the womb that bare thee, and the paps which thou hast sucked].[7]

Lucina Ward

1   Later, in Pavia between 1488 and 1494, Bergognone worked and mixed in an environment of 'transalpine cultural exchanges', a result of the University of Pavia and the links to the North of the Carthusian Certosa of Pavia. See Ingrid Alexander-Skipnes, 'Northern realism and Carthusian devotion: Bergognone's *Christ carrying the cross* for the Certosa of Pavia, in *Cultural exchange between the low countries and Italy, 1400–1600*, Turnhout: Brepols, 2007, pp. 145–59.
2   Bernardino Zenale (c.1460–1526).
3   The panel is now firmly reassigned to Ambrogio Bergognone.
4   Vincenzo Foppa (1427/1430–1515/1516); see cat 16.
5   Indeed, if the English Pre-Raphaelite artist William Holman Hunt (1827–1910) had painted a *Madonna lactans*, it may have looked like this.
6   See also cat. 71: the coral bracelet worn by the girl in Giovan Battista Moroni's *Portrait of a child of the house of Redetti* c.1570.
7   Gospel of Saint Luke, 11:27.

30 LORENZO COSTA

born Ferrara 1460? – died Mantua 1535

Saint John the Evangelist [San Giovanni Evangelista]
c.1480–1485

oil on canvas transferred from wood panel
81.3 x 54.8 cm
Acquired by Giovanni Morelli in Florence, 1886;
Accademia Carrara, Bergamo, bequest of Giovanni Morelli 1891
58 MR 00023

Giovanni Morelli bought this painting in 1886 from a dealer in Florence, in whose shop it languished among anonymous works. Morelli attributed the painting to Lorenzo Costa using his famous method, in which he analysed characteristic details of the hand, the eyes and the squiggly sculptural drapery. He was passionate about Costa, whom he regarded as the founder of the Ferrarese school; and, comparing him to other artists, judged him:

> more fiery and excitable by nature, he was also more richly
> endowed with those gifts which characterise a great artist.[1]

Costa's *Saint John the Evangelist* is executed in a monumental solemn manner that recalls the grand simplified forms and pure colours of Piero della Francesca,[2] with the figure of the saint outlined against an architectural background of contrasting colours and forms. The Evangelist has a sweet humane expression and stands languidly with attributes in his hands. The great Italian writer Roberto Longhi invented the term 'proto-classicism' to define this classic Central Italian style, between Bologna and Ferrara. Costa's painting dates from the period when he transferred from Ferrara to Bologna, where he made the most of his career. His famous works from this time are the frescoes he executed for the Bentivoglio family chapel in San Giacomo Maggiore, Bologna.

The painting in Bergamo is a fragment from an altarpiece with many figures,[3] where Saint John once contemplated the Virgin and other saints. Although he died of old age (about the year 100), Saint John is shown holding the palm of martyrdom. According to legend he outlived two attempts on his life. At the Porta Latina, Rome, he is said to have survived being thrown into a cauldron of boiling oil. The chalice in his right hand alludes to the cup of poisoned wine offered to him which failed to have any effect— at Saint John's blessing the poison is said to have risen up from the cup as if it were a serpent. The chalice is also a reference to the Last Supper.

Morelli's attribution to Costa is confirmed by a comparison with the artist's representation of Saint John the Evangelist on Patmos in the large stained glass rose window in the church of San Giovanni in Monte at Bologna.[4] This Saint John is depicted with a similar physiognomy and similar clothes, and the style is Costa's. His most celebrated late work was made for Isabella d'Este's *camerino* in Mantua, her private studio where Costa's *The reign of Comus* was completed in 1511;[5] he inherited the commission from Andrea Mantegna and made it his own.

Jaynie Anderson

---

1   Giovanni Morelli, *Italian painters*, London: John Murray 1882, p. 222.
2   Piero della Francesca (c.1415–1492).
3   Federico Zeri and Francesco Rossi, *La raccolta Morelli nell'Accademia Carrara*, Bergamo: Amilcare Pizzi, 1986, pp. 211–21.
4   Zeri and Rossi, illus. p. 210.
5   Louvre, Paris.

31 PAOLO CAVAZZOLA

born Verona 1486 – died Verona 1522

Saints James the Elder, Anthony of the Caves, Andrew the Apostle, Dominic, Laurence and Nicholas [I santi Giacomo maggiore, Antonio abbate, Andrea apostolo, Domenico di Guzman, Lorenzo martire, Nicola di Bari] c.1510–1512

oil on three wood panels
130.0 x 45.6 cm, 130.0 x 62.0 cm, 133.5 x 46.2 cm
Accademia Carrara, Bergamo, legacy of Guglielmo Lochis 1866
81 LC 00214

Six male saints stand in a row on a marble plinth, with a parrot on the ground before them. All the saints are venerated for their roles in the foundation of the Church. Five lived in the first centuries of Christianity, while Saint Dominic was the twelfth-century founder of the Dominican Order. Two were apostles, James the Elder and Andrew. Anthony was a hermit, known as the founder of monasticism, Laurence was one of the seven deacons of Rome in the third century, and Nicholas of Bari was a bishop. Saint James is the most brightly dressed of the six, in a yellow tunic and red and blue mantle. He carries his Epistle tucked under his arm which bears the emblem of the all-seeing eye of God which appears in the triangle representing the Trinity. Next to him Saint Anthony wears the hermit's drab garb, which bears a subtly rendered cross. Cavazzola has depicted an old man leaning on a T-shaped cane, carrying a bell.

In the central panel, in his typical green cloak, is Saint Andrew. He holds a Latin cross rather than the X-shaped diagonal cross typical of the saint.[1] Elderly, with scruffy grey hair and beard, he holds an open book towards the viewer, indicating his role as a preacher. Saint Dominic, in the white habit, black cloak and tonsure of his Order, holds a lily, a symbol of chastity, and a book. The brightly-coloured parrot is directly below. Because parrots can talk, they are often used as a symbol of oratory; they also represent the Immaculate Conception, as their call sounds similar to 'Ave', the Archangel Gabriel's greeting to the Virgin Mary at the Annunciation. On the right the elderly, bearded Saint Nicholas of Bari is resplendent in a rich red robe with intricately embroidered panels depicting other saints. He carries a bishop's crozier and three gold balls, recalling his charity to three poor girls. Because of his gift giving he is the origin of Santa Claus. In the curl of the crozier sits a lamb holding a cross, a reference to Jesus. Next to him in a brilliant blue dalmatic stands a young Saint Laurence. He holds the martyr's palm and a roasting grid, upon which he is fabled to have been put to death. His last words were reported as: 'Behold, wretch, thou hast well cooked one side! Turn the other and eat.'[2]

Giovanni Valagussa observes that Cavazzola's dazzling, limpid colours are enhanced by bright light, perhaps of the morning sun. Evidence of frequent repainting shows the artist's dedication to achieving clarity and conveying every nuance and gradation in both colour and subject matter. This triptych may have been a youthful experiment when Cavazzola was still heavily influenced by the circle of Mantegna.[3] Elements such as the deep folds of the draperies are reminiscent of this school, while also demonstrating a debt to the Northern Italian style and the delicate luminosity of Cima da Conegliano.[4] Nothing is known about the original location of the panels. Although not particularly large, they might have been on the altar in a church, complete with a heavy gold frame. The detailed marble platform on which the group stands suggests that it was painted to mimic the architecture of the church within which the panels were to be housed.[5]

Simeran Maxwell

1   The X-shaped cross might be typically used to distinguish him from Christ.
2   *The golden legend of Jacobus de Voragine*, Granger Ryan and Helmut Ripperger (trans.), New York: Arno Press 1969, p. 442.
3   Andrea Mantegna (1430/1431–1506).
4   Cima da Conegliano (c.1459–c.1517). A false signature of this artist appeared on the panels when they were catalogued in the mid eighteenth century.
5   Giovanni Valagussa, cat. 28 in *I grandi veneti: Da Pisanello a Tiziano, da Tintoretto a Tiepolo. Capolavori dall'Accademia Carrara di Bergamo*, Milan: Silvana Editoriale, 2010, pp. 90–94.

32 AMBROGIO BERGOGNONE

born Fossano, Piedmont c.1453 – died Milan 1523

Saint Martha [Santa Marta] c.1515

oil and gold on wood panel
120.4 x 44.1 cm
Accademia Carrara, Bergamo, bequest of Giovanni Morelli 1891
58 MR 00025

Saint John the Evangelist [San Giovanni Evangelista] c.1515

oil and gold on wood panel
120.4 x 43.6 cm
Accademia Carrara, Bergamo, gift of Gustavo Frizzoni 1892
58 MR 00024

In 1525 Marcantonio Michiel, a Venetian nobleman with a passion for the arts,[1] saw the altarpiece from which these two panels were taken—a polyptych of the Madonna of the Rose—in the church of Santi Stefano e Domenico, Bergamo.[2] Central to the multi-panel polyptych is the rosary, a symbol of the Virgin which was a very popular theme, particularly loved by the Dominicans. Both panels would have been situated at the left, in the lower of the two registers of the altarpiece. Eight other panels from the altarpiece are known.[3]

While the saints are shown with their individual iconographic symbols, all have the same rich gold halo, the edges of which are discreetly decorated with a scalloped pattern. Another element that unites the panels is the bright glowing blue of the sky that appears in each rounded arch. In the lower register each saint stands before a shingle or brick wall. White roses also appear in the background of several of these paintings of saints, a reference to the Madonna of the Rose, the rosary itself, and white for Mary's purity.

Ambrogio Bergognone's depiction of Saint Martha, or Martha of Bethany, is rare. As the patron saint of domestic labourers and housewives she is often represented carrying out household duties; here Bergognone has painted Martha as an older woman wearing a yellow cowl around her bowed head. For the portrayal with a dragon Bergognone has taken inspiration from the bestselling Medieval tales of the saints, *The golden legend*. Following the death of Christ, Martha, with her sister Mary Magdalene and brother Lazarus, travelled to Marseilles in France. There she rescued the people of Aix from a dragon by sprinkling it with holy water.[4] Martha holds a brass aspersory and uses the branch in her right hand as an aspergillum to sprinkle holy water onto the serpent writhing under her foot. Bergognone carefully renders the beast's scaly underbelly and echoes the coiled tail in his rendering of the folds of the saint's mantle.

With the panel of Saint John the Evangelist, Bergognone opted for a more traditional representation. One of the first apostles, said to be a favourite of Jesus, Saint John is shown as young and beardless, holding a book in his left hand and a pen in his right. These are attributes of writers, of whom John is the patron saint. John the Evangelist (or John the Apostle) was believed to be the author of biblical epistles and revelations as well as the Gospel of Saint John. Under a bright red mantle he wears a long white tunic, possibly an alb, a liturgical vestment. The bird at Saint John's feet should be an eagle, a common attribute of the saint. Instead Bergognone has painted a bird that more closely resembles a raven or crow. Traditionally a bad omen due to its colouring, the raven also has been known to symbolise wisdom. As the bird has a halo similar to the saint, there is certainly no negative implication.

Simeran Maxwell

---

1   George C. Williamson (ed.), *The anonimo: Notes on pictures and works of art in Italy made by an anonymous writer in the sixteenth century*, Paolo Mussi (trans.), London: George Bell and Sons, 1903, p. 77.

2   Simone Facchinette, cats 40a and 40b, in *Pittura italiana dal rinascimento al XVIII secolo: Capolavori dell'Accademia Carrara di Bergamo*, Lausanne: Fondation de l'Hermitage, 2008, p. 146.

3   Accademia Carrara, Bergamo; Johnston Collection, Philadelphia Museum of Art; various private collections.

4   *The golden legend of Jacobus de Voragine*, Granger Ryan and Helmut Ripperger (trans.), New York: Arno Press, 1969, p. 392.

33 VITTORE CARPACCIO

born Venice 1460/1466 – died Venice 1525/1526

Birth of Mary [Nascita di Maria] c.1502–1504

oil on canvas
128.5 x 127.5 cm
Accademia Carrara, Bergamo, legacy of Guglielmo Lochis 1866
81 LC 00235

The painting is part of a cycle by Vittore Carpaccio made for the Scuola degli Albanesi [Albanian School] in Venice, consisting originally of six episodes from the life of the Virgin inspired by *The golden legend*.[1] The Albanian School, founded in 1442, grew partly as a rival to the Dalmatian community's Scuola degli Schiavoni [Slav School], both being meeting places for the respective refugee groups who had migrated from the Adriatic shores with the advance of the Turks in the fifteenth century. Curiously, the rectors of the two schools commissioned the same artist, Vittore Carpaccio, to decorate the main rooms of their buildings at almost the same time. The building to house the Albanian School was begun in 1497 and completed in 1502. It seems likely that Carpaccio started the first episode in the series, *Birth of Mary*, as soon as the building was completed.[2]

Saint Anne, having recently given birth to her daughter Mary, is resting in a canopied bed, observed from a distance by her elderly husband Joachim who appears intimidated by the women busily engaged in various attendant activities. One prepares to bathe the newborn; another is giving the first broth to the mother; in a further room clothes are hung to dry in front of the fire; and further still, game is being prepared for roasting. The elegant architectural setting is meticulously detailed, with the arrangement of the rooms shown in a long perspective view that opens onto a courtyard, at the end of which we see yet another door set in a wall—a construction that has led to the belief that the artist was familiar with Flemish painting. Among the many appealing details we note two rabbits, generally a sign of love or fertility, and by contrast associated with the virginity of Mary. The woman intent on her sewing, who is sitting on the parapet covered with a carpet, is an idea the artist must have worked out in a preparatory study, given that it is found again on a larger scale and with a better quality finish in his *The Virgin reading* c.1505.[3] The panel with curtain and lamp on the wall alongside the bed has an inscription in Hebrew, which translates as 'Holy Holy Holy/Blessed is he who comes in the name of the Lord'.

The Latin inscription 'VICTOR CARPATIVS Vs. FACEBAT' [Vittore Carpaccio made this] at the base of the parapet could perhaps be the transcription of an original signature previously identified on the left, along the lower edge of the painting— this area has been extensively damaged and restored.

Giovanni Valagussa

---

1. *The golden legend* (c.1260) was a popular Medieval compilation of the lives of Christian saints by Jacobus de Voragine (c.1229–1298); see *The golden legend of Jacobus de Voragine*, Granger Ryan and Helmut Ripperger (trans.), New York: Arno Press 1969 pp. 519–30.
2. See Adriana Augusti, 'Nascita di Maria', in Giovanna Nepi Scirè (ed.), *Carpaccio. Pittore di storie*, Venice: Marsilio, 2004, pp. 102–03; Miklós Boskovits and David Alan Brown, *Italian paintings of the fifteenth century*, Washington: National Gallery of Art, 2003, pp. 100–01; Marta Ajmar-Wollheim and Flora Dennis (eds), *At home in Renaissance Italy*, London: V & A Publications, 2006, pp. 11, 15, 61, 86–87, 359, cat. 108; Giovanni Valagussa and Giovanni Villa, *I grandi veneti: Da Pisanello a Tiziano, da Tintoretto a Tiepolo. Capolavori dall'Accademia Carrara*, Milan: Silvana Editoriale, 2010, pp. 78–79.
3. National Gallery of Art, Washington DC.

34 GIOVANNI BELLINI

born Venice? 1433/1436 – died Venice 1516

Madonna and Child [Madonna col Bambino]

c.1475–1476

tempera on wood panel
47.6 x 33.8 cm
Accademia Carrara, Bergamo, legacy of Guglielmo Lochis 1866
81 LC 00140

Known as the Lochis Madonna, this painting was acquired in March 1843 by Count Guglielmo Lochis from Maddalena Sodani for 675 Lire, a price that unbelievably also included a work by Bartolomeo Vivarini. Lochis believed that he was buying the painted cover to a window, '*davanzale d'una finestra*',[1] interpreting rather literally the composition in which the Christ Child is struggling in his Mother's arms on the pink marble parapet of a window frame.

The seated Madonna holding the Christ Child has always been considered Byzantine in origin, especially in the isolation of the Virgin against a plain background and the positioning of her drapery across her shoulder. The background consists of green-grey cloth with regular folds that suggest it has just been taken from a *cassone* (marriage chest). Against this the architecture of the Madonna's blue cloak, of lapis lazuli infused with myriad lines of gold, defines her pensive presence. The strong underdrawing, visible in part, enhances the dynamic composition, especially in the form of the Child. While her Son struggles, the Virgin dreams in a pose and with the sad expression that is predictive of his future Passion.

We know little of Giovanni Bellini's biography; his wife Ginevra Bocheta died young, as did his son. This painting has been of central importance to many theories about his personality, including speculations about his illegitimate birth and his relationship to his mother and father. In her provocative essay, 'Motherhood according to Giovanni Bellini',[2] Julia Kristeva analyses Bellini's Madonna paintings in the light of his supposed illegitimacy and argues that it is the spectre of the absent mother that haunts these images.

Kristeva explores the way in which Bellini's Madonnas from the 1450s to 1460s appear coldly distant and impassive, the Virgin's gaze drawn away from the Child. For Kristeva the climax of this development is the Lochis Madonna. She writes of the frightened baby who 'alone of all his peers, frees himself violently taking his mother's hands along with him' in a 'brutal biographical separation'.[3] The Lochis Madonna is again a key example in Leo Steinberg's challenging thesis about the Incarnation, in which he argues that Christ is unveiled by his Mother to expose his humanity, and that this makes explicit the paradox of the Christian god–man.[4]

In front of the extremely powerful image of the Lochis Madonna, Albrecht Dürer's assessment of Giovanni Bellini in 1506 comes to mind: in a much quoted letter to his friend, the patrician humanist Willibald Pirckheimer, he states that he knew Bellini 'as very old, but certainly he is the best painter of all'.[5]

Jaynie Anderson

1   Archive of the Lochis Bequest, Accademia Carrara.
2   Julia Kristeva, 'Motherhood according to Giovanni Bellini' (first published in 1975), in Leon S. Roudiez (ed.), *Desire in language: A semiotic approach to literature and art*, New York: Columbia University Press, 1980, pp. 237–70.
3   Kristeva, p. 254.
4   Leo Steinberg, *The sexuality of Christ in Renaissance art and in modern oblivion*, London: Faber and Faber, 1983, pp. 40–41.
5   Hans Rupprich, *Dürer: Schriftlicher Nachlass*, Berlin: Deutscher Verein für Kunstwissenschaft, 1956–59, vol. 1, pp. 43–45.

IOANNES BELLINVS

35 GIOVANNI BELLINI

born Venice? 1433/1436 – died Venice 1516

Madonna and Child (Alzano Madonna)
[Madonna col Bambino, detta di Alzano] c.1488

oil on wood panel
84.3 x 65.5 cm
From 1579 in the funerary chapel of Pietro Camozzi-Gherardi, heir
to Lucrezia Agliardi, on the altar of the Immaculate Conception,
church of Santa Maria della Pace, Alzano; acquired by Giovanni
Battista Noli in 1808–09, inherited by the Countess Noli; bought
by Giovanni Morelli for his cousin Giovanni Melli in 1872;
inherited by Morelli in 1873; Accademia Carrara, Bergamo,
bequest of Giovanni Morelli 1891
58 MR 00020

Among Giovanni Bellini's many Madonna paintings the Alzano
panel has always been recognised as a work of extraordinary quality.[1]
Bellini has proudly signed the work on the painted crumpled paper
attached to the red marble parapet directly below the maternal
group: 'IOANNES BELLINVS/P'.

Tenderly holding the Christ Child on her knee, the Madonna is
seated improbably in front of a velvet curtain set in a landscape with
two cities and figures executed in minute detail. Near the distant
lagune city on the left, gondoliers are boating; a hunting party is led
by a knight on horseback; and two men rest beside a tree, identified
as pilgrims by their scallop shell emblems. The closer city on the right
has towers at the perimeter and two elegantly cloaked men engaged
in conversation outside the walls. The pear placed on the parapet is
an allusion to the Virgin and her role as the new Eve who, together
with Christ, redeems humanity. This invention never appears again in
Bellini's work and no copies were made in his workshop, although his
other Madonnas were frequently copied by the workshop, attesting to
the very special nature of this commission.

What were the circumstances that prompted Bellini to create such
an altarpiece for a domestic setting? Most of his Madonna paintings
have no provenance before the nineteenth century, but in this case
there are early acknowledgements of the painting's fame, and we
may hypothesise.

In the 1550s two copies after the altarpiece were made by Giovan
Battista Moroni,[2] portraitist to the Bergamo aristocracy. One was
destined for the collection of the Agliardi family. However the
location of the original is not documented until the seventeenth
century when writers record that, from 1579, it was on the altar of
the Immaculate Conception in the church of Santa Maria della Pace
at Alzano, near Bergamo, in the funerary chapel of Pietro Camozzi-
Gherardi—having a cover of the finest crystal, an indication of special
reverence.[3] Camozzi-Gherardi was the heir to Lucrezia Agliardi.

This first known location of the panel at Alzano, and the connection
with the Agliardi family, has led scholars to suggest that the
altarpiece previously belonged to Lucrezia Agliardi Vertova,[4] the
patrician nun who founded the Carmelite convent of Sant'Anna in
Albino at Alzano, where she became abbess in 1515.[5] The altarpiece
could have been part of her dowry as a patrician nun. Lucrezia
was the daughter of the most celebrated Bergamo architect of the
fifteenth century, Alessio Agliardi. His circle included the condottiere
Bartolommeo Colleoni, whose chapel is near the church of
Santa Maria Maggiore, Bergamo, and Count Battista Suardi, who
commissioned Lorenzo Lotto to make frescoes for his chapel at
Trescore, near Bergamo. From 1488 to 1495 Alessio worked in
Venice as a hydraulic engineer for Doge Agostino Barbarigo, and
it is presumed that during that time he commissioned Bellini to
make this altarpiece directly from the artist's studio.[6] When the
convent was suppressed in the Napoleonic period the altarpiece
was bought by a priest, Giovanni Battista Noli, and later inherited
by the Countess Noli from whom Giovanni Morelli bought it in
December 1872.

Jaynie Anderson

1   As was shown yet again in the most recent Bellini retrospective at Rome:
    Giovanni Bellini, (catalogue of the exhibition at the Scuderie del Quirinale,
    Rome), Rome: Silvana Editoriale, 2008, pp. 252–53.
2   Giovan Battista Moroni (1520/1524–1578).
3   Carlo Ridolfi, *Le maraviglie dell'arte ovvero le vite degli illustri pittori veneti
    e dello stato* (1648), D.F. von Hadeln (ed.), vol. 1, Berlin, 1914, p. 71;
    Donato Calvi, *Effemeride sacro-profana di quanto memorabile sia successo in
    Bergamo*, Milan: Francesco Vigone, 1676, vol. 3, p. 244.
4   Lucrezia was married to Francesco Gaetano Vertova in 1509, but was
    widowed by 1515.
5   Federico Zeri and Francesco Rossi, *La raccolta Morelli nell'Accademia Carrara*,
    Bergamo: Amilcare Pizzi, 1986, p. 128.
6   I am indebted to the late Gian Paolo Agliardi for permission to consult
    his family archive.

IOANNES BELLINVS
P.

36 LAZZARO BASTIANI

born Venice? 1425 – died Venice 1512

Portrait of the philosopher Lucio Crasso
[Ritratto del filosofo Lucio Crasso] c.1500

oil on wood panel
31.9 x 26.2 cm
Accademia Carrara, Bergamo, acquired from Salvatore Orsetti 1804
58 AC 00027

The panel presents a severe portrait of a middle-aged man with a lined face and bright eyes, dressed in sombre Venetian black with a spherical black cap known as a *calottina*; the black costume suggests he is a member of the patriciate. The name of the person portrayed is indicated along the top of the painting in gold letters: 'LVCIO CRASSO PHILOSOPHO'. Although inscribed at some time after the portrait was finished, the identity of the sitter has always been accepted as the philosopher Lucio (Alvise) Crasso. Little is known about Crasso who does not merit an entry in the *Dizionario biografico degli Italiani* [biographical dictionary of the Italians]. Various inventories refer to another, later portrait of the same philosopher by Giorgione or Titian.[1]

The later portrait (current location unknown), which was attributed to Titian by Carlo Ridolfi in 1648 and is mentioned in seventeenth-century inventories, is now attributed to the circle of Giorgione followers.[2] The subject is a bearded man with spectacles who stands with one hand on a parapet where the letters 'V.V.' appear. An inscription gives the name of the subject and the date: 'L. CRASSUS DO MDVIII'.[3] The difference between the inscribed date (1508) and the date of the Bergamo panel suggests there may have been at least two members of the Crasso family who were philosophers, a generation apart.

The Bergamo portrait was acquired in 1804, together with some 240 paintings from the collection of Salvatore Orsetti, a Venetian lawyer.[4] The collection was formed by Cristoforo Orsetti in the seventeenth century and is referred to throughout Ridolfi's *Le maraviglie dell'arte* of 1648, though little is known about Cristoforo except that the family came from Bergamo. The Orsetti collection contained distinguished works such as Giorgione's *Tempesta*.[5] The first description of our little portrait is in the Orsetti sale catalogue of 1803 (no. 176), where it is attributed to Giovanni Bellini; then to Vittore Carpaccio by Carlo Marenzi in his estimates of the acquisitions in 1804.[6] The attribution to Lazzaro Bastiani is based on his marvellous dry portrait of Doge Francesco Foscari of c.1457.[7] Bastiani's linear portrait style is thought to be derived from his engraver's practice.[8] The philosopher is portrayed with frown lines and deep facial creases—the minutely observed visual equivalent to descriptive literature in Venice at the time. Bastiani may have been a student of Antonio Vivarini and subsequently inspired the generation of Carpaccio.[9]

Bastiani is recorded for the first time as a painter in 1449 as a witness to a Will. In 1460 he was paid for an altarpiece for the church of San Samuele, Venice—the first of many by this artist. In 1508 he provided a valuation of Giorgione's frescoes on the German Customs House in Venice: that such a conservative and dry artist should be asked to value these famously mysterious and stylistically adventurous frescoes may be Bastiani's greatest claim to fame. He died in 1512. His son Sebastiano became a priest and a painter. Together with a few signed paintings these are the only data for reconstructing the life of Lazzaro Bastiani.

Jaynie Anderson

1   Giorgione (1477/1478?–1510); Titian (1488/1490–1576).

2   Reproduced in Terisio Pignatii, *Giorgione. L'opera completa*, Milan: Alfieri Edizioni d'Arte, 1978, no. A 25, plate 208.

3   Giancarlo Fiorenza, 'Pandolfo Collenuccio's *Specchio d'Esopo* and the Portrait of the Courtier', *I Tatti studies*, vol. 9, 2001, pp. 63–87.

4   See Maria Elisabetta Manca, 'Accademia Carrara 1796–1835: la gestione commissariale tra conservazione e innovazione', in Rosanna Paccanelli, Maria Grazia Recanati and Francesco Rossi, *Giacomo Carrara (1714–1796) e il collezionismo d'arte a Bergamo*, Bergamo: Accademia Carrara, 1999, pp. 322–31.

5   Accademia, Venice. See Linda Borean and Stefania Mason (eds), *Figure di collezionisti a Venezia tra Cinque e Seicento*, Udine: Forum, 2002.

6   Manuscript in the Accademia Carrara archives. My thanks to Elisabetta Manca for these references.

7   Museo Correr, Venice.

8   Attribution to Bastiani recorded by Francesco Rossi, *Accademia Carrara, Bergamo: Catalogo dei dipinti*, Bergamo: Grafica Gutenberg Editrice, 1979, p. 43.

9   Antonio Vivarini (c.1418–c.1480); Vittore Carpaccio (1460/1466–1525/1526).

VGO · CRASO PHILOSOPHO

37 AMBROGIO DE PREDIS

born Milan c.1455 – died after 1508

Portrait of a young gentleman [Ritratto di giovane gentiluomo] c.1495–1505

oil on wood panel
44.8 x 33.2 cm
Collection of Antonio Bozzotti, Milan;[1] acquired by Giovanni
Morelli in 1856; Accademia Carrara, Bergamo, bequest of
Giovanni Morelli 1891
56 MR 00028

Whoever the sitter was, this is an extraordinary portrait of a young
nobleman. He emerges from a very dark background, a youth of
commanding beauty, dressed elegantly as if for a betrothal or a
marriage. The exquisite white velvet cap is placed with studied
elegance to the left side of his head. His long hair is worn in a
fashion known as *zazzara,* the coppery curls painted with golden
highlights; and there is the suggestion in the play of light that the
curls are held in place by a golden hairnet. The white undershirt of
pleated linen has an embroidered collar with a motif in black thread
on a gold background. His waistcoat in contrasting colours of gold
and black is tied with a black ribbon. The coat presents a similar
play of golden satin and black velvet, reversed colours to either side.
His sideways gaze avoids the spectator in what might be described
as a sign of anticipation, or excitement as to whom he is about to
encounter. His pouting full lips suggest desire.

On 23 May 1856 Giovanni Morelli wrote to his friend Count
Niccolò Antinori to boast that he had acquired two works, a
Madonna and Child by Mantegna,[2] and this gorgeous portrait
which had been attributed to no less a figure than Leonardo—
for on the reverse of the panel there is an old inscription:
'DI LEONARDO DA VINCI FIORENTINO Pittore'. Both the
Mantegna and this Leonardesque portrait are of exceptional quality,
which Morelli recognised in the gloating letter to Antinori:

> Do you know my good friend that I am surrounded by the
> most precious paintings that you can imagine, and among
> them two that are real jewels: the portrait of a young man that
> I bought and paid for as a work by Marco d'Oggiono, but
> which appears to me to be more like the master [Leonardo da
> Vinci] than the pupil, and a Madonna by Mantegna.[3]

Morelli attributed the portrait to one of Leonardo's most gifted
Lombard followers, Ambrogio de Predis.[4]

That Morelli valued the painting extremely highly is attested
not only in his correspondence, but also in the inventories of his
collection. He repeatedly made reference to the fact that this was
one of the greatest works he owned, and he made it the keystone
for his reconstruction of the oeuvre of Ambrogio de Predis—
who is documented, together with his brother Evangelista, as having
collaborated with Leonardo da Vinci on the side panels of the
Virgin of the rocks.[5] This opinion prevailed after Morelli's death in
the inventory put together by the great Milanese dealer, Giuseppe
Baslini,[6] where the portrait was given a very high value in the
collection, some 5,000 scudi.

Jaynie Anderson

1   Federico Zeri and Francesco Rossi, *La raccolta Morelli nell'Accademia Carrara,*
    Bergamo: Amilcare Pizzi, 1986, pp. 174–76.
2   Andrea Mantegna (1430/1431–1506), *Madonna and Child* late 1490s,
    Museo Poldi Pezzoli, Milan.
3   Giacomo Agosti, 'Giovanni Morelli corrispondente di Niccolò Antinori',
    in *Studi e ricerche di collezionismo e museografia Firenze 1820–1920. Quaderni
    del Seminario di Storia della Critica d'Arte,* vol. 4, 1985, p. 30.
4   Simone Facchinetti, *Botticelli, Bellini, Guardi … Chefs-d'œuvre de l'Accademia
    Carrara de Bergame,* Paris: Editions Hazan, 2010, pp. 82–83.
5   Leonardo da Vinci (1452–1519), *Virgin of the rocks* 1508, National Gallery,
    London.
6   Jaynie Anderson, *Collecting, connoisseurship and the art market in Risorgimento
    Italy. Giovanni Morelli's letters to Giovanni Melli and Pietro Zavaritt (1866–
    1872),* Venice: Istituto Veneto, 1999, p. 189.

38 FRANCESCO BOTTICINI

born Florence 1446 – died Florence 1498

Tobias and the Archangel Raphael

[Tobiolo e san Raffaele Arcangelo] c.1480–1485

tempera on wood panel
51.8 x 38.6 cm
Accademia Carrara, Bergamo, bequest of Giovanni Morelli 1891
58 MR 00007

Francesco Botticini depicts a Bible story from the Book of Tobit in the Old Testatment Apocrypha. Tobit, a devout Jewish man from Nineveh, who was blind and had fallen on hard times, sent his son Tobias to collect a debt of ten talents of silver from a family member who lived in the city of Media. Raphael, one of the seven Archangels, accompanied the boy, masquerading as a relative named Azariah. Although Raphael hid his identity from Tobias, artists usually portray him with overly large Archangel's wings and a halo. Botticini paints Raphael with spreading blue wings and rows of delicate golden dots above his curls. Tobias is shown as a fair-haired youth with delicate golden rays emanating from his entire head. Raphael leads him by the hand, although their elegant fingertips only just touch. Through this story Raphael was inextricably tied to travel, hence this slow procession, the fluid, gentle movement of the two figures through the landscape.

During his career Botticini painted at least seven versions of this story, which was popular with merchants and travellers, particularly in late fifteenth-century Florence. This rendition of the tale was most likely commissioned by the Confraternità di San Raffaele [Confraternity of Saint Raphael] in Florence, to serve as a standard—a wooden banner attached to a pole, which was carried in procession. The popularity of the story led to the late Renaissance idea of *angelo custodes* [guardian angels] who accompany every believer. From the sixteenth century similar images were common, though without the fish or dog represented here, and often Tobias is replaced with much younger children.

Tobias is accompanied by his small white dog, sniffing at the ground alongside Raphael. While dogs are rarely mentioned as human companions in biblical stories, by the Renaissance period they had become a symbol of fidelity. Tobias holds a trussed fish. In one episode he was almost swallowed by a fish while bathing, but under instruction from the Archangel he caught it, and its heart, liver and gall were extracted. Raphael is shown holding the gall in the small box in his right hand.[1] Although the landscape is Italian in style, the river that winds into the distance probably represents the River Tigris of the story.

Botticini was known for his use of bright colours, seen here in the bold vermilion red of the stockings. Other colours have faded over time: the green of the landscape was once more verdant, the pink of Raphael's tunic and Tobias' cape more vibrant, and the blue of Raphael's cape and wings much brighter. Botticini's skilful modelling of the figures—especially the upturned face of the boy, the gently downward tilting of Raphael's head and their elongated fingers—was strongly affected by the style and technique of Botticelli.[2] The influence of Andrea del Verrocchio is also clear in the details of the folds and drapery.[3]

Simeran Maxwell

---

1   The heart and liver of the fish were later to be used by Tobias to kill demons haunting his future bride Sara, while the gall was taken back to his father to cure his blindness. Saint Raphael also became the patron saint of healing.
2   Sandro Botticelli (1444/1445–1510).
3   Andrea del Verrocchio (1435–1488).

39 SANDRO BOTTICELLI

born Florence 1444/1445 – died Florence 1510

Christ the Redeemer [Gèsu Redentore] c.1495–1505

tempera and gold on wood panel
47.6 x 32.3 cm
Acquired by Giovanni Morelli in Florence, October 1865;
Accademia Carrara, Bergamo, bequest of Giovanni Morelli 1891
58 MR 00005

Sandro Botticelli's late religious works, such as his 'Mystic Nativity' 1500[1]—the only painting on which he signed his name, and then in Greek—are often interpreted as a response to the fiery sermons of Dominican friar Girolamo Savonarola. On 24 March 1497 Savonarola preached in Florence on the Passion of Christ and compared the suffering of the faithful during the plague with Christ's suffering.[2] This tearful Christ crowned with thorns could inspire devotion from the faithful in Florence in the way prescribed by Savonarola.[3]

Christ is presented with his right hand raised in blessing, a Byzantine pose. Against the black background golden rays of light form an aureole behind his head. He is richly dressed: the crimson robe decorated with myriad gold crosses, the blue cloak covered in stars, with a patterned border of stylised plants outlined in gold thread and fastened with a red jewel. Both hands are marked with the wounds of his Crucifixion; and with his left hand Christ draws attention to his pierced body. There are drops of blood where the heavy Crown of Thorns bites into his forehead. Christ stares fixedly out at the spectator with tears falling from his right eye, his sensual lips apart as in pain.

In creating a new image of great power and emotion Botticelli took inspiration from a Northern European artist, Hans Memling,[4] whose works were known in Italy—such as his *Man of Sorrows* c.1480s in the Palazzo Bianco, Genoa.[5] As in other compositions from his later years, such as *Lamentation over the Dead Christ* 1490–1492,[6] Botticelli is indebted to Flemish examples, appropriations of conventions beyond the Alps made to convey the intensity of the Passion of Christ. The Flemish influence is particularly marked in the expressive face of this *Christ the Redeemer* and in the emphasis on his wounds and tears.

Giovanni Morelli bought the *Redeemer* in Florence shortly before 25 October 1865, on which date it is recorded in conservation with Giuseppe Molteni in Milan.[7] We have no earlier provenance for the painting. At that point the panel now in Bergamo was part of a diptych with a *Mater Dolorosa*, the sorrowing Mother of Christ, which was sold to Maria, Grand Duchess of Russia (present whereabouts unknown).[8]

The composition must have been popular as there exist many versions attributed to Botticelli. For one of these, a panel now in the Fogg Museum, Harvard, the same preparatory drawing or cartoon was used, even though the painting has different details in the outer periphery of the composition, notably a baldachin above Christ's head.[9] One of the replicas is inscribed on the reverse: 'My grief is always in my sight',[10] a traditional lament at bereavement that conveys the impact of Botticelli's haunting image, created at a period of intense religious feeling and millenarian belief in Florence.

Jaynie Anderson

---

1   National Gallery, London.

2   Girolamo Savonarola, *Feria sexta in Passione Domini,* in Roberto Ridolfi (ed.), *Prediche sopra Ezechiele*, vol. 2, Rome: A. Berladetti, 1955, pp. 335–44.

3   Alessandro Cecchi, *Botticelli*, Milan: Federico Motta Editore, 2005, p. 332.

4   Hans Memling (1430s–1494).

5   Once accompanied by a Virgin of Sorrows; see Barbara G. Lane, *Hans Memling: Master painter in fifteenth century Bruges*, Turnhout: Brepols/London: Harvey Miller, 2009, p. 58.

6   Alte Pinakothek, Munich.

7   Unpublished letter from Giuseppe Molteni to Giovanni Morelli, 25 October 1865, Zavaritt Archive, Bergamo.

8   See Jaynie Anderson, 'Love and devotion in daily life in Renaissance Italy', p. 53, illus; also see Everett Fahy, in A. Di Lorenzo (ed.), *Botticelli nelle collezioni lombarde*, Milan: Silvana Editoriale, 2010, pp. 80–82.

9   Francesco Rossi, *La raccolta Morelli nell'Accademia Carrara*, Bergamo: Grafica Gutenberg, 1986, p. 96.

10   Ronald Lightbown, *Sandro Botticelli*, London: Paul Elek Limited, 1978, vol. 2, pp. 140–42.

40 SANDRO BOTTICELLI

born Florence 1444/1445 – died Florence 1510
The story of Virginia the Roman
[Storia di Virginia romana] c.1500

tempera and gold on wood panel
83.3 x 165.5 cm
Probably commissioned for the palace of Giovanni Vespuccci,
Florence, c.1500; Gallery of the Monte di Pietà, Rome, 1851;
bought by Giovanni Morelli for his cousin Giovanni Melli in 1871;
inherited by Morelli in 1873; Accademia Carrara, Bergamo,
bequest of Giovanni Morelli 1891 58 MR 00002

Sandro Botticelli's narrative panel depicting events that led to the
tragic death of Virginia has long been recognised as the most
complex and compelling painting of the artist's late style.[1] It is the
companion piece to another Botticelli panel on the related tragedy
of Lucretia.[2] Both are exquisite furniture paintings, probably made
as a *spalliera*—a painting fitted to the wall of a Renaissance palace,
often placed above a bed. It has been suggested that the panels
were commissioned for the nuptial chamber in a private palace
to celebrate chastity and virtue, as exemplified by the two young
women, both victims of brutal lust—and it is likely that there were
once more panels in this cycle. When Giovanni Morelli bought the
painting in Rome in 1871 the subject was described as 'horsemen
and a rape of nuns'.[3] Morelli associated the work with a description
in Giorgio Vasari's 1550 edition of the *Lives*, of many very lively and
beautiful paintings with multiple figures by Botticelli, framed in a
spalliera in a room in the palace of Giovanni Vespucci, Florence.[4]

Scenes of judicial atrocity and murder are set against the
harmonious proportions of Classical architecture as the story of
Virginia unfolds according to the account in Livy's *History of Rome*
(*Ab urbe condita*, III, 44–49). The composition of about fifty figures
is dominated by the central grouping of Appius Claudius Crassus
seated in judgement, as armed horsemen below take an an oath of
revenge against him.

Appius had conceived a guilty passion for the schoolgirl Virginia,
already betrothed by her centurion father. Appius hired Marcus
Claudius to abduct her on the pretence that she was one of his
slaves who had been stolen. On the far left a terrified Viriginia is
assaulted by Claudius, urged on by Appius, while her maidservants
shriek in protest. She is saved by those around her, but nevertheless
must appear before the Tribunal to prove her innocence. The central
scene shows Virginia approaching Appius, both judge and architect
of the plot, who declares her a slave. Below on the right Virginia's
father raises his sword to kill her, so freeing her from her shame.

Indignation at Virginia's death provoked a successful revolt against
tyrannical government.

It is assumed that the panels were commissioned by Guidantonio
Vespucci for the palace in the via dei Servi, Florence, which he
bought for his son Giovanni who married Namicina di Benedetto
di Tanai de Nerli in 1500. Some writers have seen political anti-
Medicean messages in the imagery.[5] Given the ever-changing
politics of Guidantonio Vespucci, who after 1494 was against the
return to Florence of the Medici, then from 1496 in favour of their
return, he may in 1500 have wished to proclaim the virtues of
republicanism to the young couple.[6] Boccaccio succinctly explains
the significance of Virginia for Florentine society:

> famous not so much for her constancy as for the wickedness
> of her ill-starred lover, the extraordinary severity of her father,
> and the liberty of the Romans that resulted from it.[7]

Jaynie Anderson

---

1   As in Herbert P. Horne, *Alessandro Filipepi, commonly called Sandro Botticelli,
    painter of Florence*, London: George Bell and Sons, 1908, pp. 282–85.
2   Isabella Stewart Gardner Museum, Boston. See Jaynie Anderson,
    'Love and devotion in daily life in renaissance Italy', supra, p. 63, illus.
3   Jaynie Anderson, *Collecting, connoisseurship and the art market: Giovanni
    Morelli's letters to Giovanni Melli and Pietro Zavaritt (1866–1872)*, Venice:
    Istituto Veneto di Scienze, Lettere ed Arti, 1999, pp. 118, 204.
4   Giorgio Vasari, *Le vite de più eccellenti pittori, scultore, e architetti*, Florence:
    Torrentino, 1550, p. 514.
5   Jonathan Nelson, in *Virtù d'amore. Pittura nuziale nel quattrocento Fiorentino*,
    Florence: Giunti Editore Spa, 2011, pp. 139–49, 194–97.
6   Emmanuela Daffra, in A. Di Lorenzo (ed.), *Botticelli nelle collezioni lombarde*,
    Milan: Silvana Editoriale, 2010, pp. 74–79.
7   Giovanni Boccaccio, *Famous women* (c.1360–1374), Virginia Brown (ed. and
    trans.), Cambridge, Mass: Harvard University Press, 2001, pp. 242–43.

(opposite) detail, see over for full image

41 PIETRO PERUGINO
and workshop

born Città della Pieve, near Perugia, Umbria c.1450 –
died Fontignano, Umbria 1523

Nativity [Natività] c.1504

oil on wood panel
34.5 x 45.1 cm
Accademia Carrara, Bergamo, legacy of Guglielmo Lochis 1866
81 LC 00208

The Nativity scene set in open countryside with just a few dignified figures, and ennobled with a pure Renaissance building prominently placed, is one of the themes Pietro Perugino worked on in the late fifteenth and early sixteenth centuries. By then he was famous and much sought after. In what was apparently common practice in his workshop, the figures were developed in preparatory drawings and then transformed into the paintings—large wall decorations in particular—with minimal variations in their poses, the colours, architectural elements or background. Thus we know of at least three magnificent replicas of this model, all now in Umbria and almost identical, each of such a high standard that we can be sure the master was directly involved, possibly with the help of some assistants.[1] The panel purchased by Guglielmo Lochis is a very small version of the subject.

The most significant variation in these paintings is the central architectural element. In the first version, dating from 1498–1500, it is a majestic series of masonry arches, replaced in the two subsequent versions, c.1501–1503, by a structure with a large roof supported on timber trusses—admittedly a more appropriate way to convey the idea of the stable where the event took place. Otherwise the arrangement of the figures, the poses and in general the landscape setting remain essentially the same. The depiction of Joseph in the Bergamo painting is slightly different in that his arms are no longer crossed on his chest, as in earlier versions, but held with hands raised and palms facing the Holy Child—previously the attitude of one of the shepherds. The timber posts supporting a system of trusses beneath the roof, partly seen in the Bergamo painting, appear again in a large format version of the theme painted in 1504,[2] where the structure in its entirety covers the central Nativity scene.

In the end, however, the Perugino Nativity closest to this one is the panel of similar size, now in the Chicago Art Institute, one of five scenes which may have constituted the predella of an altarpiece completed between 1502 and 1506.[3] The existence of successive variations is a factor to consider in establishing whether the Bergamo painting is by the master's hand alone. Critical discussion tends to resolve the question by seeing it as a work by Perugino and his workshop, though recognising the high quality of the painting and sometimes suggesting that it may be entirely the master's work.

Giovanni Valagussa

---

1   The earliest fresco where this scene appears is probably the one in the Collegio del Cambio in Perugia, dating from 1498–1500. It seems to have been followed by the version now in the Galleria nazionale dell'Umbria—a fresco detached from the San Francesco church in Monteripido, from c.1501–1502—and the one in the San Francesco museum in Montefalco, datable to 1503 or thereabouts. See Carlo and Ettore Camesasca, *L'opera completa del Perugino*, Milan: Rizzoli Editore, 1969, p. 120, no. 226; Bruno Toscano, 'Il Trasimeno scoperto dal Perugino', in Bruno Toscano and Giuseppe Caritá, *Trasimeno: Lago d'arte: Paesaggio dipinto, paesaggio reale*, Turin: Edizioni Seat, 1994, p. 119; and Giovanni Valagussa, cat. 65, in Dóra Sallay, Vilmos Tátrai and Axel Vécsey (eds), *Botticelli to Titian: Two centuries of Italian masterpieces*, Budapest: Szépmüzészeti Múzeum, 2010, pp. 264–65.
2   *Adoration of the Magi*, fresco in the Oratory of Santa Maria dei Bianchi, Città della Pieve.
3   Commissioned for the Chigi family chapel in the church of Sant'Agostino in Siena, as suggested in Fabio Marcelli, cat. I.48, in Vittoria Garibaldi and Francesco Federico Mancini, *Perugino: Il divin pittore*, Cinisello Balsamo, Milan: Silvana Editoriale, 2004, p. 274.

42 RAPHAEL

born Urbino, the Marches 1483 – died Rome 1520
Saint Sebastian [San Sebastiano] c.1501–1502
oil and gold on wood panel
45.1 x 36.5 cm
Accademia Carrara, Bergamo, legacy of Guglielmo Lochis 1866
81 LC 00207

Raphael's painting, also titled *Young man as Saint Sebastian*, must be one of the most ethereal and beautiful images ever produced of the saint. Portrayed as a gorgeous young person, he is shown half-length and richly dressed in embroidered robes and a gold chain. He holds a single arrow, his little finger delicately crooked. His lips are pursed and head tilted slightly. He looks serene, dreamily downcast, a little sad perhaps. This is an unusual composition for one of the most commonly depicted Christian saints and martyrs, not the expected full-length form of Sebastian, clad in a loincloth, bound and pierced with arrows.

Sebastian, a Gallic soldier probably from Narbonne, travelled to Milan and was recruited into the army of Emperor Diocletian. In Rome, as punishment for his conversion to Christianity and his efforts to convert others, he was bound to a stake and shot with arrows; he survived but was later beaten to death. Elsewhere he is shown in agony, straining against his bonds, blood coursing from his wounds. At other times the contrapposto of the semi-nude figure and his skyward glance suggest a fate accepted. Saint Sebastian was often invoked against the plague; he is the patron saint of athletes, archers and traffic police.

The Bergamo *Saint Sebastian* panel is an early work, completed by Raphael before he was twenty. The structure of the painting is a series of graceful arches and curves, interrupted only by the strong diagonal of the arrow. The saint's sloping shoulders echo, in reverse, the hills of the distant landscape. The fall of the gold chain mirrors the shape of his face, while his chin, eyes and brows form another series of arches. The lines of the halo are repeated in the embroidery on his tunic and gorgeous red robe. The soft waves of his hair are picked up by the undulating foliage of the tree beyond.[1]

The landscape itself is indistinct, atmospheric, even hazy, but also rather generic—there is nothing to suggest a particular place. Instead it acts as a beautiful backdrop for the figure and a counterpoint to the red of Sebastian's robe.

Giovanni Valagussa draws our attention to Raphael's almost miraculous skill in rendering the nuances of light and his wonderfully elegant brushwork in this painting command our attention.[2] The harmonious formal composition and characteristic poses, as in many of the artist's early works, are learnt from Pietro Perugino.[3] The saint's dreamy facial expression is also very close to Raphael's Saint John the Evangelist in his *Crucifixion with the Virgin, saints and angels* (*The Mond Crucifixion*) c.1502–1503.[4] *Saint Sebastian* was probably produced for private devotion, although we know nothing of its origins. The close focus on the saint's face and features suggests a greater emphasis on humanity, a common Renaissance ideal. At the same time we have the feeling that Sebastian is not quite of this world.

Lucina Ward

---

1 As Tom Henry points out, Sebastian's hair was originally shorter and some *pentimenti* are visible; see Hugo Chapman, Tom Henry and Carol Plazzotta, *Raphael: From Urbino to Rome*, London: National Gallery Company, 2004, cat. 26, p. 118.

2 Giovanni Valagussa, *Pittura italiana dal Rinascimento al XVIII secolo: Capolavori dell' Accademia Carrara di Bergamo*, Lausanne: Fondation de l'Hermitage, 2008, cat. 23, p. 108.

3 Pietro Perugino (c.1450–1523). Valagussa also compares the work to Perugino's *Saint Mary Magdalen [Santa Maria Maddalena]* 1501–1502, Galleria Palatina, Palazzo Pitti.

4 Painted for a chapel in San Domenico, Città di Castello; now National Gallery, London.

43 TITIAN

born Cadore, Veneto 1488/1490 – died Venice 1576

Madonna and Child in a landscape
[Madonna col Bambino nel paesaggio] c.1507

oil on wood panel
38.8 x 48.3 cm
Accademia Carrara, Bergamo, legacy of Guglielmo Lochis 1866
81 LC 00232

A little painting of extraordinary beauty, this was one of the most treasured possessions of Count Guglielmo Lochis.[1] He fervently believed it was by Titian, although the painting is so very close to the style of Giorgione in 1507 that the attribution has sometimes been questioned.[2] It is one of those fascinating works that will be discussed endlessly because it contains the excitement of a new style of Venetian painting.[3] Comparisons are often made, but the surest indicator of Titian's style are his first documented works, the frescoes in the Scuola del Santo, Padua, in 1511, which introduced a softer form of colouring and greater relief to the figures.

The Madonna is seated before a wall in the Venetian countryside, where trees and bushes frame the pastoral scene in the foreground and valleys wind into the distance, with mountains that recall Titian's birthplace, Cadore. The rosy colours suggest that the time of day is dusk. The composition shows that deep intimacy between a mother and her child that tugs at our emotions. The plump Infant playing with his Mother's hair is fluently painted in the bravura style that is characteristic of the young Titian when he is very close to Giorgione.

In his 'life' of Titian, Giorgio Vasari wrote of the young artist following the manner of Giorgione. In a famous passage he observed that in about 1507 Giorgione began to give his works a new softness, '*morbidezza*', combined with greater relief, and to mix both brutal and sweet colours, applying the paint without making preliminary drawings, '*senza far disegno*'.[4] Vasari's appraisal could apply equally to the sharpness of the reds and blues of the Madonna's garments contrasted with Titian's emotive style, where the contours of the Child's body and the Madonna's face and neckline are defined by a soft way of colouring.

Having a monocentric view of the Renaissance, Vasari approved of the Florentine way of painting, with artists who made all kinds of preparatory drawings for details, even entire compositions, so that when it came to applying paint the composition was well worked out. While he grudgingly praised the new Venetian style invented by Giorgione in 1507 and continued by his students, especially Titian and Sebastiano del Piombo,[5] Vasari complained that what Giorgione had introduced was a fashion of composing straight on the canvas with colours alone, without making preliminary drawings. Vasari even asserted that the Venetians relied on their charming colouring to conceal their incompetence as draftsmen—hinting at a provincialism due to the fact that they had never been to Florence or Rome to study works of true perfection.

Scientific analysis of early sixteenth-century Venetian paintings confirms Vasari's observations. Compositions were indeed worked out on the canvas, with layers of brilliant colours and minimal underdrawing. For later Baroque artists who loved the Venetian style, such as the Carracci,[6] there was nothing the matter with composing directly on the canvas as Titian has done. In fact it was the best way of creating works of art.

Jaynie Anderson

---

1 Guglielmo Lochis, *La pinacoteca e la villa Lochis alla Crocetta di Mozzo presso Bergamo con notizie biografiche degli Autori dei Quadri*, Bergamo: Tipografia Natali, 1858, pp. 57–58.
2 Giorgione (1477/1478?–1510).
3 Luisa Attardi, in Giovanni Valagussa and Giovanni Villa (eds), *I grandi veneti: Da Pisanello a Tiziano, da Tintoretto a Tiepolo. Capolavori dall'Accademia Carrara di Bergamo*, Cinisello Balsamo: Silvana Editoriale, 2010, pp. 88–89.
4 Giorgio Vasari (1568), *Le vite de' più eccellenti architetti, pittori et scultori*, Florence: Giunti, 1569, VI, p. 155.
5 Sebastiano del Piombo (c.1485–1547).
6 Annibale Carracci (1560–1609), his cousin Ludovico (1555–1619) and his brother Agostino (1557–1602).

44 JACOPO PALMA IL VECCHIO

born Serina, near Bergamo c.1480 – died Venice 1528

*Madonna and Child with Saints John the Baptist
and Mary Magdalene [Madonna col Bambino
e i santi Giovanni Battista e Maddalena]* c.1517

oil on wood panel
73.9 x 99.2 cm
Bortolo da Fino, Venice, 1648; acquired by Count Guglielmo Lochis
at the Calderara auction, 19 August 1830; Accademia Carrara,
Bergamo, legacy of Guglielmo Lochis 1866
81 LC 00183

Jacopo Palma il Vecchio [the Elder] was often described as *the* artist
who began the Bergamo school of painting. From his birthplace in
Serina, a province of Bergamo, he had moved to Venice by the time
he was thirty. In the lagune city he became entranced by Giorgione
and Titian,[1] whose sweet way of colouring, '*dolcezza di colorire*',[2]
he appropriated to make his own in a highly individual manner. His
public works in Venice were not numerous, but he was particularly
popular with patrons when it came to Holy Conversations—
groups of saints who converse around the Madonna and Child.

These half-figure devotional paintings were eagerly bought by
foreign collectors in the seventeenth century, so that few remained
in Venice.[3] A Venetian provenance for the work emerges in Carlo
Ridolfi's *Le maraviglie dell'arte* of 1648, where he writes of the
collection of Bortolo da Fino in Venice and describes this painting
as a most rare effort, '*rarissima fatica*'.[4] The subject, where the saints
and the Virgin contemplate the Christ Child's future Passion, would
have been particularly appropriate for a patrician devotional chapel
in a Venetian palace, such as that of Bortolo da Fino.

It is indeed an exceptional painting from Palma's maturity, with
a dramatic blue cloud-filled sky and a landscape background
reminiscent of the mountains around Bergamo. The work gives
the impression of being rapidly executed, with transparent layers
of delicately coloured paint that allow the viewer to see many
pentimenti [repentances] visible beneath the surface, thus charting
how Palma developed the composition. Brushstrokes, seemingly
applied very quickly in the areas of blue and red drapery, reveal
the development of the composition from layer to layer.

While Saint John the Baptist was born just six months before Christ,
here he is depicted as the hermit preacher who baptises Jesus at the
beginning his short ministry, which culminated in the Crucifixion.

The Virgin and Saint Mary Magdalene are women characteristic
of Palma's style, soft, full bodied and blonde. At the centre of the
composition the Christ Child plays with the alabaster jar held by
Mary Magdalene, grasping the lid while the saint attempts to keep
it in place. The jar is a reference to the anointing of Christ's feet by
Mary Magdalene in the days before his Crucifixion. The languid
sacred figures glance at one another, locked in an intense emotional
conversation; their figures almost fill the frame of the panel.

Palma was inspired to quote from Raphael's fresco masterpiece in
the Farnesina Palace, Rome, *The triumph of Galatea* 1512: the Christ
Child's lunge to one side resembles a flamboyant winged cupid
riding a shell beneath Galatea's feet. Palma probably appropriated the
motif from an engraving after Raphael by Marcantonio Raimondi,
generally dated around 1515.[5] The quotation demonstrates Palma's
admiration of his celebrated contemporary, as well as his own skill.

Jaynie Anderson

---

1   Giorgione (1477/1478?–1510); Titian (1488/1490–1576).
2   Carlo Ridolfi, *Le maraviglie dell'arte ovvero le vite degli illustri pittori veneti e
    dello stato* (1648), D.F. von Hadeln (ed.), vol. 1, Berlin, 1914, p. 137.
3   Ridolfi, p. 140.
4   Ridolfi, p. 140; Francesco Maria Tassi, *Vite de' pittori, scultori e architetti
    bergamaschi*, Bergamo, 1793, 1, pp. 98–99; Giovanni Villa, in Giovanni
    Valagussa and Giovanni Villa (eds), *I grandi veneti: Da Pisanello a Tiziano,
    da Tintoretto a Tiepolo. Capolavori dall'Accademia di Bergamo*, Cinisello Balsamo:
    Silvana Editoriale, 2010, pp. 100–01.
5   Raphael (1483–1520); Marcantonio Raimondi (c.1480–c.1534).
    See Simone Facchinetti and Giovanni Valagussa, *La Peinture italienne de la
    Renaissance au XVIIIe siècle. Trésors de l'Accademie Carrara de Bergame*, Milan:
    Silvana Editoriale, 2008, pp. 126–27.

45 LORENZO LOTTO

born Venice c.1480 – died Loreto, the Marches 1556/1557
Portrait of a young man [Ritratto di giovane huomo]
c.1500

oil on wood panel
34.2 x 27.9 cm
Accademia Carrara, Bergamo, legacy of Guglielmo Lochis 1866
81 LC 00147

Portrait of a young man is the least known of Lorenzo Lotto's paintings in the Accademia Carrara. That it is not as famous as his other masterpieces is probably due to a subtle cerebral quality the work possesses. It is quite difficult to look at, with a disconcerting simplicity and purity of line that translate into a painting of remarkable formal power, almost perfect in the scrupulous rendering of every detail, yet achieving a luminous synthesis overall.

Against an almost black background, the smooth oval of a plump face not long past adolescence is almost angelic, except for the eyes with their equivocal expression. Beneath drowsy eyelids that seem to veil the young man's gaze in a turbid sensuality, the eyes impose an enigmatic quality that is difficult to interpret. A black beret we can just make out against the background completes the geometric outline of the head. But its inclination creates a kind of incompatibility, making the perfect oval unstable on the equally perfect cylinder, almost a marble column, that is the neck. Framing the pale flesh tones, an abundance of curls like twisted copper shavings cascade from under the black cap. A slender balustrade in light-coloured stone closes the pictorial space. Two strips of slightly different widths, one with the light striking it and a darker one which appears perpendicular to the first, indicate a light source above the subject's head.

The early provenance of this work is not known. It appears in catalogues of the Lochis collection between 1834 and 1858, surprisingly attributed to Hans Holbein.[1] In addition it is listed as a diptych with another *Portrait of a young man* (now attributed to Giovanni Bellini) also in the Accademia Carrara.[2] A more appropriate context is proposed by Giovanni Battista Cavalcaselle in 1871, who briefly notes: 'this panel has Bellinesque and Antonellesque character'.[3] In 1891 Giovanni Morelli reaffirmed the painting's Antonello-like atmosphere, but in the end opted for a possible attribution to Jacopo de Barbari[4]—a hypothesis perhaps justified by the vaguely Northern Italian cold, detached approach to this image. But mainly the suggested attribution comes from an inscription on the reverse of the other panel in the presumed diptych, where Morelli made out 'Jacobus de…' and assumed it to be the first part of the artist's name. It is thanks to the truly remarkable perceptiveness of Gustavo Frizzoni in 1897 that the painting is recognised as the work of a young Lorenzo Lotto.[5] Since then there has been substantial agreement about the chronology, placing the painting among Lotto's earliest works between the last years of the fifteenth century and the early splendour of the Cinquecento. We are reminded of a little-known passage by Giorgio Vasari who remarks in reference to Lotto, in the 1550 edition of the *Lives*, that 'in his youth he was considered to be of fine complexion, clean-cut and immaculate'.[6] It is hard to imagine a better way to describe Lotto's *Portrait of a young man*.

Giovanni Valagussa

1   Hans Holbein (c.1497–1543).
2   Lochis catalogues 1834, 1846, 1858: 'Two portraits with the same number, half busts, without the hands. Paintings on coloured panels also varnished on the reverse'.
3   Joseph Archer Crowe and Giovanni Battista Cavalcaselle, *A history of painting in North Italy*, London: J. Murray, 1871, 2 vols, vol 2, p. 89, note 3.
4   A Venetian artist who worked in northern Europe, Jacopo de Barbari (c.1440–c.1515).
5   Gustavo Frizzoni, 'Le galerie dell'Accademia Carrara', in *Bergamo: La Galleria Carrara; la Galleria Lochis; la Galleria Morelli*, Bergamo: Istituto Italiano d'Arti Grafiche, 1897.
6   Giorgio Vasari, *Le vite de' più eccellenti architetti, pittori, et scultori italiani, da Cimabue insino a' tempi nostri: Nell' edizione per i tipi di Lorenzo Torrentino, Firenze 1550*, Turin: Giulio Einaudi, 1986, p. 802.

46 LORENZO LOTTO

born Venice c.1480 – died Loreto, the Marches 1556/1557

Portrait of Lucina Brembati

[Ritratto di Lucina Brembati] c.1518–1523

oil on wood panel
52.6 x 44.8 cm
Accademia Carrara, Bergamo, purchased from the
Countess Degnamerita Grumelli Albani of Bergamo 1882
58 AC 00068

Lorenzo Lotto's portrait of a noblewoman of youthful appearance but no great beauty is rendered with a delicate balance between admiration and apparent irony. The sophistication of her dress conveys the sense of a high social level. Her fashionable Venetian headwear, *capigliara*, is scrupulously detailed—the fake hair plaited and secured with yellow silk bows, the coronet of pearls concealing the line of attachment to her own hair. The pearls at her neck accentuate her pale skin, emphasised against the rich black of her velvet dress and filmy white camisole edged in yellow ribbon with shell-shaped ornamentation. She wears a number of rings, an unusual hook-shaped pendant and a fur stole with a weasel's head. The backdrop of red brocade is typical of Venetian portraits.

When the Accademia Carrara purchased this work, the identity of the noblewoman had been forgotten, but it was noticed that one of her rings bears the coat of arms of the Brembati family.[1] The name Lucina was arrived at by inserting the letters 'CI' into the word *luna* [moon]. Lucina Brembati was also known through contemporary documentation. Her identity established, further curiosity about the portrait elicited some interesting propositions. There were name associations in the phrase *dare alla luce* (literally 'to give birth') and in the ancient goddess of birth, Juno Lucina—hence Lucina was signalling her pregnancy, with her right hand resting gently on her stomach in a gesture familiar from many other portraits.[2] Yet her left hand is touching the weasel's fur, which would represent a threat to the pregnancy. In turn this hostile presence is neutralised by the gold hook pointing at the animal's head. This hypothesis, however, is not confirmed by news of any children being born to Lucina Brembati in the period in which critics unanimously place the portrait, between 1518 and 1523. And the fur stole as an accessory is really very common in contemporary Italian female portraits—without the slightest connection to any pregnancies in the women concerned. Although the evocation of the lunar goddess does not recur in other portraits of similarly attired noblewomen, the reference here seems fully resolved by the pun on the subject's name. The gold hook, however, was almost certainly (and less magically) an implement for cleaning the teeth, possibly considered a thoroughly modern status symbol, but in Monsignor Giovanni della Casa's famous *Galateo* 1558,[3] a popular treatise on manners, it is denounced as a sign of lack of class.[4]

That said, it must be admitted that having courageously adopted the atmosphere of greater intimacy generally reserved for male portraits, and successfully exploiting an unusual night setting which—based on the wordplay previously mentioned—adds a mysterious depth to the image, Lotto seems to have produced one of the most convincing female portraits of the period.

Giovanni Valagussa

1 Ciro Caversazzi, 'Una dama bergamasca di quattrocent'anni fa riconosciuta in un ritratto del Lotto', *Bollettino della civica biblioteca di Bergamo*, vol. 7, no. 1, 1913, pp. 23–25.
2 See Augusto Gentili, 'Lorenzo Datto e il ritratto cittadino: Leonino e Lucina Brembate', in Augusto Gentili (ed.), *Il ritratto e la memoria. Materiali*, Rome: Bulzoni, 1989, pp. 155–58; Mauro Lucco disputes this in cat. 15, in David Alan Brown, Peter Humfrey and Mauro Lucco, *Lorenzo Lotto: Rediscovered master of the Renaissance*, Washington DC: National Gallery of Art, 1997, p. 115.
3 See chapter 29, English edition, R.S. Pine-Coffin (trans.), Penguin Classics, Harmondsworth: Allen Lane, 1958.
4 Lucco, p. 115.

47 LORENZO LOTTO

born Venice c.1480 – died Loreto, the Marches 1556/1557

The Mystic Marriage of Saint Catherine of Alexandria
[Nozze mistico di santa Caterina d'Alessandria] 1523

oil on canvas
189.3 x 134.3 cm
Described by Marcantonio Michiel as in the house of Nicolò
Bonghi, 1525; in deposit with the church of San Michele, 1527;
by 1793 in the collection of Count Giacomo Carrara; Accademia
Carrara, Bergamo, bequest of Giacomo Carrara 1796 58 AC 00073

The Mystic Marriage of Saint Catherine of Alexandria is one of the best
documented and most discussed of Lorenzo Lotto's paintings from
the years he spent in Bergamo, between 1513 and 1525. It was made
for his patrician landlord, Nicolò di Bartolomeo Bonghi, in lieu of
a year's rent that the artist would have paid for a house and studio
near the church of San Michele al Pozzo Bianco [Saint Michael
at the White Well].[1] On 22 June 1523 their rental contract was
dissolved and a price agreed for the painting of 60 ducats—
which was more than the year's rent, so Bonghi made up the
difference. When the painting was finished Lotto left his lodgings
in the old city to take up residence at Trescore, outside Bergamo,
where he began his famous cycle of frescoes in the private chapel
of Count Battista Suardi.[2]

Lotto has set the Mystic Marriage of Saint Catherine within a
domestic interior, with the portrait of his landlord, then aged about
sixty, close to the seated Virgin where Saint Joseph usually stands.
To place a donor in such a position is a radical innovation. Looking
directly at the spectator and holding his left hand to his heart,
Bonghi gives the sign of blessing with his right hand. With Lotto's
name strategically positioned on the footstool beneath the Virgin's
feet, the piety of both the patron and the artist is attested.

Catherine was the daughter of a King of Alexandria, a learned
young woman who refused to be mismatched in marriage.
According to legend the Virgin appeared to Catherine in a dream
and led her to the Infant Jesus who placed a ring on her finger.
The ring was still there when Catherine awoke. Thus 'betrothed'
and converted to Christianity, Catherine was subsequently martyred
(about the year 310). One story tells of her body being carried by
angels to Mount Sinai for burial.[3]

Lotto was fanatical in his invention of extravagant jewellery for
his saints, and the gold ring of Catherine's marriage is one of
the most beautiful imaginable. In her elaborately plaited hair
she wears a coronet of gold with pearls at each point, a strand of
luxuriously large pearls and a ruby brooch with yet another pearl,
complemented by a pearl earring. Pearls, representing purity and
chastity, were appropriate symbols for the saint. With such divine
luxury for the bride of Christ, and with Lotto's brilliant application
of paint in the Virgin's and Catherine's abundant draperies of
opulent red, blue, gold and green, the simplicity of Bonghi's dress
and phsyiognomy is an austere accent.

Behind the group, where there is now a large grey area, originally
there would have been a landscape view, possibly of Mount Sinai as
Carlo Ridolfi claimed,[4] or of Calvary, or Bergamo. The landscape
was cut out of the painting in 1527, supposedly by a French soldier,
when it was taken from Bonghi's house to the church of San Michele,
ironically for safekeeping.[5]

Jaynie Anderson

---

1   Luigi Chiodi, *Lettere inedite di Lorenzo Lotto*, Bergamo: Tipografia Vescovile
    G. Seconandi, 1968.
2   Lotto's fresco masterpiece of 1523–1524 in the Oratorio Suardi, Trescore,
    depicts episodes in the lives of legendary female saints, Barbara, Bridgit of
    Ireland, Catherine of Alexandria and Clara.
3   In 527 the Christian emperor Justinian built a monastery for hermits on
    Mount Sinai, Egypt; it was named after Catherine in the eighth or ninth
    century.
4   Carlo Ridolfi, *Le maraviglie dell'arte ovvero le vite degli illustri pittori veneti
    e dello stato* (1648), D.F. von Hadeln (ed.), vol. 1, Berlin, 1914, p. 144.
5   Ridolfi, p. 144.

48 LORENZO LOTTO

born Venice c.1480 – died Loreto, the Marches 1556/1557

Holy Family with Saint Catherine of Alexandria
[Sacra famiglia con santa Caterina d'Alessandria] 1533

oil on canvas
81.5 x 115.3 cm
Acquired in Milan by Count Guglielmo Lochis in 1829;
Accademia Carrara, Bergamo, legacy of Guglielmo Lochis 1866
81 LC 00185

Within a bower formed by interwoven branches, leaves of fig and climbing jasmine, the Virgin, Saint Joseph and Saint Catherine are bound together in an intense emotional experience centred on the Christ Child—a type of devotional image known as a Holy Conversation. The intensity of the three protagonists as they speculate on the future of the Child is deeply moving. The intimacy of the foreground setting is emphasised against the expanse of the landscape of considerable beauty, with the river winding its way into the distance.

The Virgin, who appears distracted, turns from the open book in her left hand while holding her right hand protectively over the head of the sleeping Infant. The prominent position of Saint Joseph at the centre of the composition is exceptional among images of this type. It is Joseph who performs the principal act of lifting the pure white cloth to show the newborn Infant to Saint Catherine, who is represented with hands held in prayer rather than her traditional gesture towards Christ in Mystic Marriage—the subject of Lorenzo Lotto's painting of 1523 (cat. 47).

Jasmine flowers appear in the vine above Saint Catherine—a symbol of her virginity. The fig tree under which the Infant sleeps is said to have provided wood for the Cross. Sleep is usually a metaphor for Christ's future death, which is already in the Virgin's mind as she looks away. His entombment is also predicted in the sarcophagus form of the parapet on which Lotto has placed his signature and date: 'Laurentius Lotus 1533'. The location of Lotto's signature in religious subjects is often close to Christ, as in his *Madonna and Child with Saints* c.1506,[1] where the Christ Child reads Lotto's

name on a parchment scroll—perhaps assuring the painter of a place in Paradise.[2]

Lotto painted this Holy Conversation in the year he left Venice to spend seven years in the Marches: it is assumed he created the work in the first months of 1533 before travelling to Monte San Giusto and Loreto. There are at least six versions of the composition, testifying to its popularity with both the artist and his patrons. The Bergamo version is judged to be of exceptional quality, and the earliest. It was acquired by Count Guglielmo Lochis in Milan in 1829, but given that there are many versions it is difficult to identify an earlier provenance or patron.[3]

Although Lotto is one of the best documented Italian artists of the sixteenth century, because of his peripatetic career, moving from Venice to Treviso, to Bergamo and to the Marches, he has only recently received the recognition that he deserves—except in Bergamo where he has always been valued.

Jaynie Anderson

1   National Gallery of Scotland, Edinburgh.
2   See Louise C. Matthews, 'The painter's presence: Signatures in Venetian Renaissance pictures', *Art Bulletin*, vol. 80 (1998), pp. 616–48.
3   Guglielmo Lochis, *La pinacoteca e la villa Lochis alla Crocetta di Mozzo presso Bergamo con notizie biografiche degli autori dei quadri*, Bergamo: Tipografia Natali, 1858, pp. 8–10.

49 ANDREA SOLARIO

born Milan 1465/1477 – died Milan c.1524
Ecce homo [Behold the man] c.1503–1505

tempera and oil on card? on wood panel
39.3 x 31.5 cm
Accademia Carrara, Bergamo, legacy of Guglielmo Lochis 1866
81 LC 00236

Small-scale devotional paintings like Solario's *Ecce homo* were meant to be experienced by the viewer. Empathy with the suffering Christ featured prominently in the religious life of the late Middle Ages, as evidenced by mystical texts such as *The imitation of Christ* by Thomas à Kempis.[1] With the invention of printing in the fifteenth century these texts, abridged and translated, became enormously popular as manuals for private devotion. The devotional image in art generally took the form of the single figure of Christ viewed close-up against a dark background. Isolated from a narrative context, the dramatic close-up focused on the interaction between the work of art and the worshipper. The goal was to arouse pity or compassion so that the viewer might vicariously experience Christ's suffering.

According to tradition 'Ecce homo' [Behold the Man] were the words spoken by the Roman governor Pontius Pilate when he presented the scourged Jesus Christ to the public in Jerusalem. The Bergamo *Ecce homo* panel shares with Solario's other treatments of the theme an intense realism in which minutely rendered details, like the tears or drops of blood, reinforce the sense of immediacy imparted by the close-up. In the artist's other, half-length depictions, the soldiers have stripped Christ, placed a robe on his shoulders and a mock sceptre in his hands. There the emphasis is on Christ's humiliation and physical suffering before being led away to die on the Cross. In the Bergamo picture, however, Solario has omitted the hands and attributes in favour of a bust-length format, retaining the Crown of Thorns backed by a nimbus symbolic of Christ's divinity. He wears a simple tunic in place of a robe. The result of these changes is a less confrontational, more contemplative image that is unique in Solario's oeuvre.[2] Focusing on Christ's head,

the Bergamo *Ecce homo* has an intimate, almost portrait-like quality that humanises the subject. Indeed the patron who commissioned the work for his bedchamber or private chapel might even have held this painting in his hands.

Solario's concept of a gently resigned Christ was not his own. When the artist painted the *Ecce homo* at the beginning of the sixteenth century he had just returned to his native Lombardy from a Venetian sojourn. In Milan all eyes were turned to Leonardo da Vinci's recently completed mural of *The Last Supper* in the refectory of Santa Maria delle Grazie.[3] Solario himself made an accurate copy of the mural in which Leonardo portrayed the apostles each reacting in his own way to Christ's dramatic announcement that one of them would betray him. At the centre of the composition Christ alone remains calm in the knowledge of his destiny. The human pathos of Solario's Christ with his soft facial features, inclined head, lowered eyes and sloping shoulders recalls Leonardo's characterisation.

David Alan Brown

---

1 Thomas à Kempis (c.1380–1471), *The imitation of Christ [Imitatio Christi]* c.1418–1427.
2 David Alan Brown, *Andrea Solario*, Milan: Electa, 1987, p. 86 and cat. 19, pp. 142–43.
3 Damaged in the bombardment of the convent during World War II.

50 GIOVAN ANTONIO BOLTRAFFIO

born Milan c.1467 – died Milan 1516

*Madonna lactans [Our Lady nursing,
Madonna del latte]* c.1508

oil on wood panel
57.3 cm diam.
Accademia Carrara, Bergamo, legacy of Guglielmo Lochis 1866
81 LC 00137

Such a gorgeous representation of the Madonna and Child may have been commissioned for a private patron, not for a prominent chapel in a cathedral, hence Boltraffio is able to represent the Madonna about to give milk to her Divine Son. Looking down in a bemused fashion she prepares for the Child to suck from her breast, displaying her erect nipple between two fingers of her right hand. She is dressed in a glamorous black cloak fastened with exquisite floral clasps, with a soft informal headdress and a slight veil over her forehead. The Child rests his bare bottom on an elaborately bound book, which may be a playful joke about learning.

Boltraffio is a rather unusual artist. He was born to a patrician Milanese family, had no necessity to paint, but was persuaded by passion to study with Leonardo da Vinci and became his first pupil.[1] Like Leonardo himself and his many followers, Boltraffio appropriated motifs from his own paintings and from the more famous works by his master. In this instance he is responding to Leonardo's *Virgin of the rocks*[2] soon after its completion in 1508—perhaps working for one of Leonardo's patrons, even the poet Gerolamo Casio whose portrait Boltraffio painted.[3] Details have been carefully chosen, not just for the haunting beauty of the softly formed shapes modelled in chiaroscuro, but because of their multiple meanings and ambiguities which Boltraffio exploits in a laconic fashion. For Boltraffio, appropriation is also erotic play.

The *Madonna lactans* is also in dialogue with Boltraffio's last documented work, an altarpiece of the *Madonna and Child between Saint John the Baptist, Saint Sebastian and the donor Bassiano da Ponte* c.1508, commissioned for the da Ponte Chapel in the Cathedral of the Assumption of the Virgin at Lodi.[4] As in the *Virgin of the rocks*, there are vertiginous cliffs in the background and a seated Christ Child who resembles Leonardo's Infant Christ.[5] Boltraffio adopts the Lodi prototype for the Bergamo panel, but eroticises and plays with more appropriations. The Child's pose is taken from Leonardo's Infant Christ, as in the Lodi altarpiece; however the foreshortening of the Madonna's right hand is appropriated from the figure of the Archangel in the *Virgin of the rocks* version of c.1483–1486[6]—but here reversed. The *Madonna lactans* shows how Leonardo's best pupil could take appropriation to inspired heights.

Jaynie Anderson

1   Leonardo da Vinci (1452–1519). See Maria Teresa Fiorio, *Giovanni Antonio Boltraffio un pittore milanese nel lume di Leonardo*, Rome: Landi Sapi Editori, 2000.
2   National Gallery, London.
3   Carlo del Bravo, 'Sul significato d'un motivo in Leonardo e nei Leonardeschi', *artibus et historiae*, vol. 21, no. 42, 2000, pp. 31–39.
4   Now in the Museum of Fine Arts, Budapest.
5   See Jaynie Anderson, 'Love and devotion in daily life in Renaissance Italy', supra, p. 55, illus.
6   Louvre, Paris.

51 BERNARDINO LUINI

born Dumenza, Lombardy 1480/1482 – died Milan 1532

Adoration of the Christ Child

[Adorazione del Bambino] c.1515

oil on wood panel
42.9 x 38.9 cm
Collection of Abate Mochetti; acquired by Count Guglielmo
Lochis in 1829; Accademia Carrara, Bergamo, legacy of
Guglielmo Lochis 1866 81 LC 00130

Bernardino Luini takes his name from Luino, a town on Lake Maggiore near his birthplace Dumenza in the mountains above the lake. He adopted a style that proclaimed him the inheritor of Leonardo da Vinci in Northern Italy; he possessed manuscripts and drawings by Leonardo and often quoted motifs and figures from his work. Luini was also complimented as the Lombard Raphael. In his stylistic allegiances there is a pronounced combination of characteristics derived from these two famous artists who stand for the values of Classicism.[1] It is this concentrated blend of excellence that led to Luini being considered a great figure in the Lombard Renaissance.

With the Infant Christ in her arms, the Virgin kneels in adoration on the rough stable floor. Joseph stands behind in an attitude of ecstatic veneration. Two little angels prepare the Infant's bed of straw in the manger; the ox and ass look on. The Christ Child alone looks out at the spectator, with arms open as if to embrace all mankind. The other protagonists are concerned just with him, his immediate comfort and his future. A little scene of the Annunciation to the Shepherds in the left background is a gorgeous detail: the announcing angel, outlined in pink, appears in a ball of light in the star-studded sky, while the two shepherds with their sheep are silhouettes in the darkness. Luini's colour, described by contemporaries as *calore di vita* [warmth of life], is in evidence here in the soft flesh tones, the playful complementary colours of the garments and violet reflections in the shadows.[2]

The prototype for the composition was developed by Luini in a painting now in the Borromeo collection at Isola Bella, Lake Maggiore. This unique private gallery, which has remained as it was since the time of Cardinal Borromeo in the sixteenth century, gives some idea of the way the Bergamo panel may have been hung and appreciated.

Luini was a prolific artist, as well known for his frescoes as for his painting, but is poorly documented. He was especially popular in the nineteenth century when Count Guglielmo Lochis was forming his collection—this panel being one of the most admired works in the collection;[3] and his works were loved by John Ruskin who praised and copied his paintings. It has recently been discovered that Luini's patrons in Milan, such as Gerolamo Rabia and Cardinal Bernardino Carvajal, who commissioned his *Virgin and Child* 1512 in the abbey of Chiaravalle, were part of a circle around the friar Amedeo Mendez da Silva and the Order he founded in Lombardy, the Amadeiti. Luini's relationship with this politically powerful group of intellectuals still needs to be understood.

Giovanni Morelli, when deciding which part of the Lochis collection should go to the Accademia Carrara,[4] was immediately impressed with this scene, recognising the painting's worth and what is known as Luini's light and warm style of colouring. He wrote:

> A most beautiful painting. It is a work of the artist's so called blond style—and is one of the pearls of this collection.[5]

Jaynie Anderson

---

1 Leonardo da Vinci (1452–1519); Raphael (1483–1520).

2 Angela Ottino della Chiesa, *Accademia Carrara*, Bergamo: Istituto italiano d'Arti Grafiche, 1967, p. 101.

3 Guglielmo Lochis, *La pinacoteca e la villa Lochis alla Crocetta di Mozzo presso Bergamo con notizie biografiche degli autori dei quadri*, Bergamo: Tipografia Natali, 1858, pp. 79–81.

4 See Giovanni Valegussa, 'The Accademia Carrara: Collections, collectors and community', pp. 48–49.

5 '*Bellissima. Opera della maniera così detta bionda dell'autore—una delle perle di questa raccolta*': from Morelli's annotated copy of the Lochis catalogue of 1865, Milan, Biblioteca dell'Accademia di Belle arti di Brera, D. III.4.

52 MARCO D'OGGIONO

born Milan? c.1467 – died Milan or Oggiono,
Lombardy 1524

Saint Roch [San Rocco] c.1520

oil on wood panel
60.0 x 27.6 cm
Acquired by Count Guglielmo Lochis in 1835; Accademia Carrara,
Bergamo, legacy of Guglielmo Lochis 1866
81 LC 00014

Saint Roch is one of two surviving side panels from a small triptych
by Marco d'Oggiono, a follower of Leonardo da Vinci.[1] The left-
hand side panel, a related figure of Saint Sebastian of the same
dimensions and a similar composition, is now in the Poldi Pezzoli
Museum, Milan.[2] The lost central panel of the altarpiece was probably
an image of the Madonna and Child. The triptych is usually dated
to the second decade of the sixteenth century; and as both saints
were invoked for protection against the plague this would place
the altarpiece as a commission at a time of plague and the war in
Lombardy. These saints of pestilence are sweet and pietistic, in the
sentimental way that Marco interpreted Leonardo's style.

Saint Roch is portrayed casually standing on rocky ground with a
deep valley perspective and blue mountains in the distance. One of
his stockings has been pulled down to reveal the sign of the plague
on the inner thigh of his right leg.

From the fourteenth century the cult of Saint Roch (1295–1327)
was widespread. He is said to have distributed his inheritance
among the poor to become a mendicant pilgrim. He left his home
in Montpellier, France, to walk into plague-stricken Italy where
he cured the sick with the sign of the Cross. He succumbed to the
pestilence himself, but recovered and returned to France where
he died in prison, having been mistaken for a spy in his pilgrim's
clothes. His relics are believed to be housed at the Scuola di San
Rocco in Venice, where Jacopo Tintoretto's *Saint Roch in Glory*
1564 is a centrepiece among his sensational Mannerist paintings.[3]

The Saint Sebastian panel is the traditional image of the saint
with arrows piercing his body. He appears unconcerned, languidly
leaning against a tree. According to his legend Saint Sebastian
survived being shot with arrows, but was later beaten to death
(about the year 288) during the time of Roman emperor
Diocletian's persecution of Christians. His association with the
plague stems from an episode in *The golden legend*,[4] which tells of
a great pestilence that afflicted the Lombards in the time of 'King
Gumburt', but was miraculously stopped after the erection of an
altar to Saint Sebastian in the Church of Saint Peter in Pavia.

Both panels are strongly reminiscent of Leonardo's style, even
though anatomical complexities are not Marco's strength. The saints
have melancholy expressions, they appear androgynous, almost
feminine, and the landscape with an aerial perspective is all but
monochrome. The first location of the tryptych is hard to ascertain,
although a church in Bergamo or the surrounding countryside has
been suggested.[5]

Jaynie Anderson

---

1   Leonardo da Vinci (1452–1519).
2   The Saint Sebastian panel was formerly in the Petrobelli collection, Italy.
    See Mauro Natale, *Museo Poldi Pezzoli. Dipinti*, Milan: Mondadori Electa,
    1982, cat. 41, p. 91; Janice Shell, 'Marco d'Oggiono', in *I leonardeschi. L'eredità
    di Leonardo in Lombardia*, Milan: Skira, 1998, pp. 163–78.
3   Jacopo Tintoretto (1582–1587).
4   *The golden legend* (c.1260) is a popular Medieval compilation of the lives
    of Christian saints by Jacobus de Voragine (c.1229–1298).
5   Francesco Rossi, *Accademia Carrara, Bergamo. Catalogo dei dipinti*, Bergamo:
    Grafica Gutenberg Editrice, 1979, p. 98.

53 NICOLA GIOLFINO

born Verona 1476 – died Verona 1555

Madonna and Child [Madonna col Bambino]
c.1530–1535

oil on canvas
54.1 x 42.3 cm
Accademia Carrara, Bergamo, bequest of Giovanni Morelli 1891
58 MR 00108

Madonna and Child is entirely typical of Nicola Giolfino's work.[1] The bronze skin tones in both figures are unmistakable, as is the modern manner of painting developed in a slightly casual way, somewhere between Venetian brilliance and a strained expressiveness more typical of Lombard painters. Giolfino's background—his family were sculptors who settled in Verona—is considered an important factor in his artistic training: that tradition would have given him a liking for the solid plasticity of well-shaped figures.[2] By this stage, although Giolfino had moved a long way from the determined approach to drawing of Liberale da Verona,[3] his principal master, Liberale's teaching is still apparent in the general harmony of the image, its northern rigour, and in the luminous and distinct folds of the drapery.

Giolfino seems also to have looked closely at Lorenzo Lotto, and in particular his Trescore frescoes of 1524.[4] Lotto's influence is found in the intense, serious expressions on the faces of Virgin and Child, so filled with weariness and melancholy, and in details such as Mary's hand gripping, almost squeezing, a small prayer book. Lotto's frescoes may also have inspired Giolfino's attention to other minutiae such as the tiny scene with solitary wayfarers in the rocky landscape. Less obvious are other, more decidedly Lombard, echoes which also emerge from Brescian painting, and especially from Gerolamo Romanino.[5] The Infant Jesus is in effect a Romanino-like figure, strong as a little Hercules with a broad, solid head that appears to revisit some ancient portrait from the era of the Roman Republic and turn it into an essay in modern naturalism.

Just as the noticeable stiffness learned from Liberale has dissolved, Giolfino has also overcome the wave of superficial evocations of Raphael,[6] apparent in his work of the 1520s. There are strong connections between this painting and the altarpiece known as the *Madonna de' Caliari*.[7] The same general arrangement of the figure of Mary has been taken up again, and more explicitly in the drawing of the arm holding the book. But the idea of the Child is also similar: Herculean and antique in style, with the hand held in a benedictory gesture. Again in the *Caliari* altarpiece, and especially in the two saints, the restless movement that comes from Liberale appears more real. Despite these uncertainties of chronology, *Madonna and Child* is a fine example of Giolfino's late work.

Giovanni Valagussa

---

1 Morelli attributed the painting to Giolfino when it was in his collection, and that perception was confirmed in all subsequent studies.
2 Indeed so robust are his figures that Gustavo Frizzoni wrote, in the Morelli collection catalogue of 1892, that they looked like 'common, thickset types'.
3 Liberale da Verona (1441–1526).
4 Lorenzo Lotto (c.1480–1556/1557), frescoes in the Suardi oratory of the Villa Suardi, Trescore Balneario near Bergamo.
5 Gerolamo Romanino (1484/1487–1560?).
6 Raphael (1483–1520).
7 Formerly in the San Matteo Concortine church in Verona, now Castelvecchio Museum; it has been dated 1510 by Marina Repetto Contaldo, in *Museo di Castelvecchio: Catalogo generale dei dipinti…*, Milan: Silvana Editoriale, 2010, p. 378, but is better placed in the third decade, if necessary pushing towards the end of the 1530s. See also Federico Zeri and Francesco Rossi, *La raccolta Morelli nell'Accademia Carrara*, Bergamo: Credito Bergamasco, 1986, pp. 72–73.

54 FRANCESCO CAROTO

born Verona c.1480 – died Verona c.1555

Massacre of the Innocents [Strage degli Innocenti]
c.1520–1525

oil on wood panel
33.7 x 63.6 cm
Accademia Carrara, Bergamo, gift of Ludovico Petrobelli 1861
58 AC 00265

Francesco Caroto's *Massacre of the Innocents* is an uncommonly charming rendering of a gruesome New Testament subject (Matthew 2:13–18). Three wise men from the East had foretold the birth of Jesus, whom they called the 'King of the Jews', and they spoke of this to Herod, King of Judea. Herod's response was to order the massacre of all children under the age of two years in and around Bethlehem to ensure that the newborn 'King of the Jews' would be killed. Warned by an angel, the Holy Family, Joseph, Mary and Jesus, escaped by fleeing to Egypt. To some, the Innocents are the first Christian martyrs.

According to Giorgio Vasari, Caroto had the reputation of not being able to paint small figures. Whether or not there is justice in this claim, in the *Massacre* the foreshortening of the forms of the dead babies, the executioners and the women fighting to save their children is not always successfully realised. To the right of the melée the Holy Family leaves in the traditional manner of representations of their Flight into Egypt. The painting is brilliantly coloured in a non-naturalistic way that is predictive of the extraordinary colour palette employed by Mannerist artists like Pontormo.[1]

Caroto was first a pupil of Liberale da Verona, then Mantegna and along the way was influenced by Leonardo da Vinci, Raphael and other artists in Lombardy.[2] He lived until the age of seventy-five, travelled incessantly and seems to have found no difficulty in securing patronage. In his *Lives* Vasari devotes a comparatively long and surprising biography to the artist whom he knew. Caroto must have been a charmer to have survived so many courts. According to Vasari, after working for the collector Anton Maria Visconti in Milan, where he became acquainted with the followers of Leonardo, he was asked by Guglielmo IX Paleologo, Marquis

of Monferrato, to visit Casale Monferrato in Piedmont, a town about 60 kilometres east of Turin.[3] The date of Caroto's arrival coincides with Guglielmo's marriage to the French princess Anna d'Alençon. Caroto remained at Casale Monferrato from 1508 to 1518, recognised by the Marquis as his court artist to whom he gave many honours.

Vasari describes a considerable number of works by Caroto while he was at Casale Monferrato, including paintings for a chapel where the Marquis heard Mass: Old and New Testament subjects that were especially fine.[4] During that time the *Massacre* was painted. The setting is a city with the Piedmontese countryside as landscape; and it is possible that the composition repeats one of the frescoes that Caroto made for the chapel. He decorated not only the chapel but the castle as well, painted the portraits of the noble family, designed their medals and decorated their tombs. When Guglielmo died, Caroto returned to Verona where he remained for the rest of his life.

Jaynie Anderson

1   Jacopo Carucci (1494–1557), known as Jacopo da Pontormo, or Pontormo.
2   Liberale da Verona (1441–1526); Andrea Mantegna (1430/1431–1506); Leonardo da Vinci (1452–1519); Raphael (1483–1520).
3   A. Vesme, 'Giovan Francesco Caroto alla corte del Monferrato', *Archivio storico dell'arte*, vol. 1, 1895, pp. 33–42.
4   '… *storie del Testamento Vecchio e Nuovo, lavorate con istrema diligenza*': Giorgio Vasari, *Le vite de più eccellenti pittori, scultori, e architettori*, Florence: Giunti, 1568, p. 570.

55 ALTOBELLO MELONE

born Cremona, Lombardy c.1490 – died before 1543

*Madonna and Child with the young Saint John
the Baptist [Madonna col Bambino e san Giovannino]*
c.1508

oil on wood panel
66.4 x 53.8 cm
Accademia Carrara, Bergamo, gift of Emilia Woyna Piazzoni
in memory of her son Costanzo 1897 58 AC 00204

By placing his subjects of the Madonna and Child very close to
the foreground Altobello Melone magnifies the impact of their
presence. Mary holds Jesus, her right hand on his shoulder, her left
holding his little foot. She gazes out at us, not at the Child.
He is nursing and looks away from the breast he holds to regard
us directly. His other hand grasps a goldfinch: because it eats thistles,
this bird symbolises the Crown of Thorns, thus the foreknowledge
that both Jesus and Mary have of his Crucifixion. Interestingly,
the young Saint John the Baptist does not 'establish his usual
affectionate rapport with the Infant Christ'.[1] Instead, he looks
down at the lamb he holds, symbol of Christ's innocence, humility
and gentleness: 'Behold the Lamb of God', the adult John the
Baptist exclaimed when he saw Jesus.[2] Like the earthly lamb,
Jesus will be sacrificed.

Around the turn of the sixteenth century, artists experimented
with modes of representation as they became accustomed to the
more naturalistic medium of oil paint. Conventions such as haloes
change: while rays of golden light emanate from Christ's head,
neither Mary nor Saint John has a halo. The Madonna is not shown
at full length nor enthroned, but is in three-quarter view like a
contemporary portrait. Giovanni Bellini in particular establishes
new conventions such as the insertion of historical and religious
events into the contemporary landscape of the Italian Renaissance.[3]
Melone includes an idealised view at the side: two people and
a dog meet on a rocky path that winds between a village and a
fragment of Classical architecture, with a fortified castle atop the hill.
A pale yellow silk curtain woven with angels is draped on the right.
Melone renders the patterned folds correctly in perspective, his
technical mastery worn very lightly.

Previously attributed to Martino Piazza,[4] the painting was
recognised by Federico Zeri as an early work by Altobello
Melone.[5] The artist unifies the figures of Mother and Child by
his use of white paint: the circular rhythms of Mary's headdress
are echoed in the folds of the cloth beneath the Infant. White
cloth associated with Christ often implies its future function as his
winding sheet for burial after the Crucifixion. Another striking
device is the zigzag cream of the lining of the Virgin's cloak, which
adds a dynamic element counterpointed by areas of rich red.
Melone worked in Cremona as a fresco painter, but such assured
handling of the medium of oil paint reveals his admiration for
Venetian artists such as Bellini and Titian, as well as the German,
Albrecht Dürer.[6] The large figures—the Child seems far too old
to nurse—strike a note of the eclectic and exaggerated Mannerist
style that would flourish in Italy in the following decades.

Christine Dixon

1   www.accademiacarrara.bergamo.it, *Catalogo dei dipinti esposti*, Accademia
    Carrara, viewed 3 May 2011: '… in presenza di San Giovannino che non
    stabilisce, tuttavia, il consueto rapporto affettuoso con Gesù'.
2   Gospel of Saint John, 1:29.
3   See cat 35, Giovanni Bellini, *Madonna and Child (Alzano Madonna)* c.1488.
4   Martino Piazza (c.1475–c.1530).
5   Federico Zeri, 'Altobello Melone: quattro tavole', in *Paragone*, IV,
    no. 39, March 1953, pp. 40–44 (p. 41). Giovanni Valagussa has noted
    this attribution.
6   Titian (1488/1490–1576); Albrecht Dürer (1471–1528).

56 ALTOBELLO MELONE

born Cremona, Lombardy c.1490 – died before 1543
Portrait of a gentleman (Cesare Borgia?)
[Ritratto di gentiluomo (Cesare Borgia?)] c.1513

oil on wood panel
58.1 x 48.2 cm
Accademia Carrara, Bergamo, legacy of Guglielmo Lochis 1866
81 LC 00157

This romantic portrait is one of the most famous paintings from the collection of Count Guglielmo Lochis, where for many generations it was thought to be a portrait by Giorgione[1] of Cesare Borgia (1475–1507) Duke of Valentino and flamboyant illegitimate son of the Borgia Pope, Alexander VI. The attribution to Altobello Melone was first made in 1871 by Giovanni Morelli's rivals, Crowe and Cavalcaselle.[2] It was confirmed in 1955 by Mina Gregori, who compared the portrait in eccentric style to Melone's *The road to Emmaus*.[3] The identity of the sitter is far from certain, with the proposed date of the work some years after Cesare's death— but interpretations of Cesare Borgia are habitually based on this image, and actors who play the part of Cesare style their appearance on this portrait.

Writers and poets have loved the dramatic disturbed background with the blue expressionistic storm. The agitated sky was thought to be an allusion to the soul of Cesare who was a legend in his own lifetime; and characterised by Machiavelli in *The Prince* as someone who was allowed to be above morality.[4] There is something surreal about the imagery. In the background to the left small figures of a man and a woman are beaten by the wind, their faces covered by drapery to ward off the tempest; while from the base of the hollow treetrunk a long branch emerges, a new tree sprouting.

Some three hundred years after this portrait was painted the Borgia family ordered a copy from Pelagio Pelagi,[5] in the belief that the painting represented their ancestor Cesare. The Bergamo portrait and the copy were discussed at some length by Antoine-Claude Pasquin, who wrote under the pseudonym Valéry, in the edition of his travel guide *Voyages in Italy*, published in 1835.[6] Valéry interpreted the figures in the background as victims of Borgia violence. The woman he took to be a metaphor for the women of

Capua who hid in a tower when the city was sacked by Borgia's army on 24 July 1501—occasioned by the fact that Frederick of Aragon had refused his daughter Carlotta to be Cesare's bride. In revenge, it was said that Cesare considered the women of Capua attentively and chose forty of the most beautiful for his harem at Rome. Valéry is likely to have invented the story behind the portrait believing that Cesare Borgia acted according to his legendary sexual appetite. The Pelagi copy made for the Borgia family eliminated the prominent fist and the background figures, as if to disarm Cesare and make him respectable, even anodyne if that were possible.

Melone has adopted a Titianesque composition for this most compelling portrait of a man, traditionally said to be Cesare Borgia, in which the background is an emblem of the sitter's soul. Whoever the sitter, his portrait commands our attention—with his fiery expression, his gloved fist, and the windy landscape suggestive of perilous destiny.

Jaynie Anderson

---

1   Giorgione (1477/1478?–1510).
2   J.A. Crowe and G.B. Cavalcaselle, *A history of painting in Northern Italy*, London: John Murray, 1871, p. 453.
3   Altobello Melone, *The road to Emmaus* c.1516–1517, National Gallery, London: see Mina Gregori, 'Altobello, il Romanino e il cinquecento cremonese', *Paragone*, no. 69, 1955, pp. 9-10, 14-15.
4   Guglielmo Lochis, *La pinacoteca e la villa Lochis alla Crocetta di Mozzo presso Bergamo con notizie biografiche degli autori dei quadri*, Bergamo: Tipografia Natali, 1858, p. 22.
5   Pelagio Pelagi (1775–1860).
6   M. Valéry, *Voyages historiques et littéraires en Italie pendant les années 1826, 1827 et 1828; ou, L'indicateur italien*, Brussels: Louis Hauman et Compagnie 1835, pp. 54, 77.

57 PAOLO CAVAZZOLA

born Verona 1486 – died Verona 1522

Portrait of a lady [Ritratto di gentildonna]

c.1515–1517

oil on canvas
96.4 x 74.2 cm
Accademia Carrara, Bergamo, bequest of Giovanni Morelli 1891
58 MR 00036

The portrait is arresting not only for its remarkable size, but also because of the imposing presence of the young woman leaning on a balustrade, whose figure is placed close to the front of the picture plane. Great attention is paid to every element of her dress, which is typical of a Northern Italian Renaissance gentlewoman: cuffed gloves on the parapet, gathered white chemise edged in red picot, magnificent deep red and gold gown with voluminous ruched sleeves. Her hairstyle is also entirely typical; known as a *capigliara*, it consists of a framework with ribbons and locks of false hair placed at the back of the head over her own hair, which is scraped back and neatly parted in the centre. Two charming curls soften the severe line at her forehead. Because of her spectacular garb, we do not at first notice the young woman's melancholy expression as she looks into the distance with languishing eyes, her attention drawn away from the viewer in front of her.[1]

The painting was discovered by Giovanni Morelli, possibly in July 1871 in the Murari collection in Verona.[2] He must have proposed Paolo Cavazzola as the artist; although this was first put in writing by Gustavo Frizzoni in his description of the Morelli collection at the time of the bequest to the Accademia Carrara in 1891. Since then there has been unanimous agreement with the attribution, though with occasional distinctions that remind us that some gaps remain in reconstructing the career of Cavazzola. In his monograph on the artist, Christian Hornig confirms the authorship and argues for a dating around 1515[3]—a little earlier than Cavazzola's *Portrait of a gentleman*,[4] which is dated 1518. But Federico Zeri and Francesco Rossi move the completion of this painting to a later date that brings it close to the large altarpiece from the San Francesco chapel in the church of San Bernardino, Verona,[5] signed and dated by Cavazzola in the year of his premature death, 1522.[6]

After the initial conservatism of the painter's career, it is not easy to understand the reasons behind his very substantial stylistic leap to the lively *Scenes of the Passion* polyptych, painted in 1517 for the Chapel of the Compagnia della Croce in the church of San Bernardino, Verona.[7] This group shows a mature approach, with the episodes engagingly linked and featuring perceptive portraits of real people in the guise of different saints. For the Bergamo portrait a decisive factor is its similarity, evident in the solemn but slightly somnolent monumentality, with Nicola Giolfino's frescoes, *Allegories of liberal arts*, originally in the San Nicolò monastery in Verona.[8] Their close resemblances— the fullness of the faces, a certain awkwardness in the restrained gestures, attention paid to clothing and accessories—suggest that the two Veronese painters may have worked together for a time, probably around 1515 or shortly thereafter.

Giovanni Valagussa

---

1   See Francesco Rossi, *Ritratti lombardi e veneti dalla Accademia Carrara*, Milan: Skira, 1996, p. 26; and Giovanni Valagussa, cat. 20, in Patrick Ramade and Giovanni Valagussa, *Botticelli, Bellini, Guardi…Chefs d'oeuvres de l'Accademia Carrara de Bergame*, Caen: Musée des Beaux-Arts de Caen, 2010, pp. 72–73.

2   Jaynie Anderson, *Collecting connoisseurship and the art market in Risorgimento Italy. Giovanni Morelli's letters to Giovanni Melli and Pietro Zavaritt (1866– 1872)*, Venice: Istituto veneto di scienze, lettere ed arti, 1999, p. 128 note 90.

3   Christian Hornig, *Cavazzola*, Munich: W. Fink, 1976, pp. 69, 74, 99.

4   Gemäldegalerie, Dresden.

5   Castelvecchio Museum, Verona.

6   Federico Zeri and Francesco Rossi, *La raccolta Morelli nell'Accademia Carrara*, Milan: Silvana Editoriale, 1986, pp. 71–72.

7   Castelvecchio Museum, Verona.

8   Castelvecchio Museum, Verona.

58 FRANCESCO PRATA

born Caravaggio, Lombardy, worked from 1510 to 1527
Portrait of a gentleman [Ritratto di gentiluomo]
c.1515–1518

oil on wood panel
46.8 x 41.6 cm
Accademia Carrara, Bergamo, legacy of Guglielmo Lochis 1866
81 LC 00164

We see the figure of an elegant young man, portrayed in a meditative pose emphasised by several features, such as the violet held gracefully in one hand, ribbon showing at the neck of his shirt and eyes gazing into the distance, which could allude to a faraway love. An old inscription on the back of the panel indicates that the man portrayed is Giovanni Battista Vannucci (or Vannini, or a similar surname), a Brescian aristocrat.[1]

In a catalogue of 1858 the painting was attributed to Giorgione, along with another evocative portrait of a gentleman believed to be Cesare Borgia,[2] which is similar in size, layout and painting style.[3] True, the details in both paintings indicate a distant Venetian origin, particularly in a degree of fine observation with a faintly northern flavour, such as we might find for example in the work of Bartolomeo Veneto—to whom this portrait was later attributed.[4] But the two portraits fit more comfortably into the dynamic and in some ways unconventional context where the best new developments in Northern Italy were happening at this time: the area of Lombardy around Brescia and Cremona. So the presumed portrait of Cesare Borgia was later convincingly credited to the Cremonese artist Altobello Melone; while the painting of our gentleman (after various hypotheses) was given an initial credible attribution to another Cremonese painter, Gian Francesco Bembo.[5]

The crucial moment in this figurative phase comes with the great fresco cycle in the nave of the Cathedral in Cremona, on which Bembo worked in 1515. In his *Presentation in the Temple* we note two gentlemen who are clearly very similar to the one depicted here. In other respects however, the portrait recalls the work of the young Melone, especially in the lengthening oval of the face ending in a prominent chin, and an expression so intense that it almost appears surly. In the end, the best solution to the attribution problem seems to be Francesco Prata,[6] an artist from Caravaggio who moved around in this border area of the Lombardy lowlands, taking inspiration explicitly from the Brescian artist Gerolamo Romanino,[7] and also from Melone. The portrait would belong to a youthful phase of Prata's work, around 1515 or not much later, so we can imagine him at twenty-five or so, basically the same age as Romanino and Melone. The great altarpiece with the *Marriage of the Virgin* in the church of San Francesco in Brescia, one of his most important works, would be from some years later, close to the time of his other significant undertaking, the frescoes decorating the dome of the Holy Sacrament Chapel in the church of Saints Fermo and Rustico, Caravaggio. After this Prata disappears from the scene, perhaps because he died when still fairly young, while Melone and Romanino, who had worked in their turn on the frescoes in the Cathedral in Cremona after Bembo, would take this type of painting towards an increasingly emphatic realism, remarkable for its freedom and use of irony.[8]

Giovanni Valagussa

1   'Ego Jo⁻es Bap⁻ta Vannu…/Nob. Brixiensis/ Nunc… …E… …/ manibus'. A change of ownership is noted but the owner's name has been erased.
2   See cat. 56; Altobello Melone, *Portrait of a gentleman (Cesare Borgia?)* c.1513
3   In the early 1800s both paintings were in the collection of Guglielmo Lochis, in his villa at Crocette di Mozzo.
4   Bartolomeo Veneto (worked 1502–1531)
5   Bembo (worked c.1480–1543); Mina Gregori, 'Altobello e G. Francesco Bembo', *Paragone Arte*, vol. 8, no. 93, 1957, pp. 16–40
6   Marco Tanzi, 'Francesco Prata da Caravaggio aggiunte e verifiche', Bolletino d'arte, series 6, vol. 72, nos 44/45, 1987, pp. 141–56
7   Gerolamo Romanino (1484/1487–1560?)
8   When this portrait was restored by Minerva Maggi (thanks to the Bergamo Soroptimist Club, celebrating the 40th anniversary of its foundation) it was also decided to restore a strip to the lower part of the work—which can be seen in an old photograph from around 1912—probably removed in the early 1930s during a previous restoration. This area, extending the painting downwards, in fact seems to restore its more correct proportions, consistent above all with what is probably its oldest (though not original) frame.

59 GIOVANNI CARIANI

born San Giovanni Bianco, near Fuipiano al Brembo,
Lombardy c.1485 – died Venice after 1547

Portrait of Giovanni Benedetto Caravaggi
[Ritratto di Giovanni Benedetto Caravaggi]
c.1517–1520

oil on canvas
84.4 x 84.0 cm
Accademia Carrara, Bergamo, legacy of Guglielmo Lochis 1866
81 LC 00184

The inscription above the left shoulder of the sitter, 'IO. BENED. CARRAVAG.s/PHILOS.s ET MEDICVS/AC STVDY PATAVINI/RECTOR ET LECTOR' [Giovanni Benedetto Caravaggi, Philosopher and Doctor and Rector and Reader of the University of Padua], and the signature below this, 'JOANES CARIANI/.PI.', leave no doubt as to the identity of the sitter and the artist. The subject is Giovanni Bendetto Caravaggi, a native of Crema. Caravaggi became Rector of the prestigious University of Padua; he also lived for a time in Bergamo where this work was painted. Further identification is provided through the family crest prominently adorning the dark wall panel, at head height above the inscription. Around the same period Cariani also painted a portrait of the sitter's brother, Giovanni Antonio Caravaggi, which carries the same coat of arms.[1] The size of both paintings and the attitudes of the subjects suggest that the two portraits formed a deliberate pair.[2]

While the prominent balustrade in the foreground demonstrates the artist's debt to Titian,[3] Cariani's style is rooted in the Lombard portrait tradition. Strongly grounded in naturalism, and focused more on conveying an everyday flavour than were the painters of neighbouring Milan or Florence and Venice,[4] Cariani was known for his unidealised interpretations of sitters and attention to detail. Here he portrays his subject as a rather remote and stiff man with his gaze averted. In fact, in countenance and demeanour he appears less animated than other portrait subjects by the artist from the same period.

The view through the window shows a romantic landscape in the foreground with two knights on horseback in a clearing. Above a broad expanse of lake an impressive castle sits on a hilltop with mountains in the distance. The mountains and valley were inspired by the Bergamo region, alluding specifically to the sitter's geographic location at the time of the portrait's execution. Billowing clouds evoke an expressive mood. While the landscape in this painting is depicted in daylight, the scene from the window behind the brother's portrait shows a castle on a hilltop in the evening. This idea of the juxtaposition of day and night was common in portrait pairings.

Giovanni Benedetto Caravaggi wears a scholar's cap; and his sumptuous shimmering red mantle and the gold ring on his left index finger suggest also that he was a man of wealth. The prominent position of the large open volume, through which Caravaggi is leafing, reinforces the image of a man of learning. Here the printed book may also be evidence of enlightened scholarship consistent with a senior university identity, since at this period such volumes were the prerogative of the upper echelons of society, following Johannes Gutenberg's invention of the printing press in 1439.

Simeran Maxwell

---

1   *Giovanni Antonio Caravaggi* c.1520–1530, oil on canvas, 93.5 x 93.7 cm, National Gallery of Canada, Ottawa.
2   His brother sits facing the opposite direction in his portrait, suggesting that they would have been facing one another.
3   Titian (1488/1490–1576).
4   See Andrea Bayer, 'Brescia and Bergamo: Humble reality in sixteenth-century devotional art and portraiture', in *Painters of reality: The legacy of Leonardo and Caravaggio in Lombardy*, New York: Metropolitan Museum of Art, 2005, pp. 105–112.

IO. BENED. CARRAVAG.
PHILOS. ET MEDICVS
AC STVDY PATAVINI
RECTOR ET LECTOR.

60 MARCO BASAITI

born Venice or Friuli c.1470 – died Venice? after 1530
Portrait of a gentleman [Ritratto di gentiluomo] 1521
oil on wood panel
84.0 x 66.8 cm
Accademia Carrara, Bergamo, bequest of Giovanni Morelli 1891
58 MR 00033

One of the last dated works by the Venetian artist Marco Basaiti is his portrait of an unidentified gentleman. With the half-length figure, Basaiti adopts a popular sixteenth-century style dominated by Titian,[1] demonstrating also the variations then in vogue in the Veneto region. He keeps quite strictly to a Titianesque dynamic pose, with gestures and telling expressions that impart the nature of his subject.

Basaiti places his sitter against the unusual background of a grey-yellow rock wall. A glimpse of faded blue sky peeps onto the panel in the top left corner, where tiny tufts of grass grow out of the rock around the jagged opening. The artist has 'carved' his name and the year painted, 1521, into the rough rock face just above the figure's left shoulder: 'M. BAXITI P. MDXXI'—one of several variations of Basaiti's signature.[2] The patchy effect achieved in the surface of the rock wall is subtly repeated in the folds of the sitter's billowing black robe. His presence is powerful: from a three-quarter position he turns to face the viewer with a direct and confident gaze. With his right hand he firmly grasps the lapel of his robe, adding to his air of confidence and pride. His pair of yellow gloves, probably kid, indicate a man who does no manual work, distinguishing his position in society. Like most of Basaiti's clients, this gentleman was a citizen of the Republic of Venice. His rather jaunty, baggy black cap may be that of a scholar or notary.

With a delicate use of shadow around the face and beard, and through warm flesh tones, Basaiti softens the sitter's features. His later work is noted for this accomplished approach to colour and for monumentality of form. By placing the figure close to the edge of the canvas, thus occupying a great part of the picture plane, he maximises the effect of the dark jacket; its volume, filling most of the lower section of the panel, becomes a vast black pyramid.

Basaiti presents a forceful image to the viewer. His late style is dominated by such formidable figures against increasingly pared back settings, seen here in the unadorned rock wall. This simplicity of landscape contrasts strongly with Basaiti's early paintings. The starkness of the background adds to the monumentality of this figure of a gentleman.[3]

Simeran Maxwell

1   Titian (1488/1490–1576).
2   See Bernard Bonario, 'Marco Basaiti: A study of the Venetian painter and a catalogue of his works', unpublished PhD thesis, Ann Arbor: University of Michigan, 1974, pp. 65–68.
3   Bonario, p. 45.

61 BERNARDINO DI MARIOTTO

born Perugia c.1478 – died Perugia 1566

The Lamentation of Christ [Compianto su Cristo]

c.1510

tempera and gold on wood panel
46.5 x 33.0 cm
Accademia Carrara, Bergamo, bequest of Giovanni Morelli 1891
58 MR 00069

The Lamentation of Christ is a small portable standard, made in San Severino in the Marches of Central Italy in the first decades of the sixteenth century. It came from the church of San Lorenzo in Doliolo and originally bore another panel on the reverse.[1] This depicted Saint Laurence and Saint Andrew, respectively representing the patron saints of the church and the confraternity by whom the standard was commissioned. Bernardino's emotional style and exaggerated forms suit both the tragic event depicted and the devotional aims of the standard-bearers.

The traditional subject of the Lamentation shows the dead Christ after he is taken down from the Cross. He is received into the arms of his grieving Mother, and the pair is flanked by Saint Mary Magdalene and Saint John the Evangelist. The Cross, with a white cloth representing a winding sheet, is cropped at the top: rather than the cruciform shape, we see only the footrest with Christ's bloodstains. The linear haloes of the four protagonists form a parabola around the centre of the composition. Unusually, there is no single focus of attention, with the two main subjects, Jesus and his Mother, deployed almost equally in the middle of the panel.

Light falls from the upper left, across the skin and clothes of Mary Magdalene, onto Christ's pale flesh and then onto the figure of John. Jesus' body, draped with another white cloth, forms a curve across his Mother's knees. His limbs are attenuated and their disposition connects the three figures attending him. Mary Magdalene grasps Christ's right forearm, while his wounded hand rests on her shoulder. John, 'the beloved disciple', holds him up under his limp left arm and looks away in anguished disbelief. Mary's tears are visible as she holds her dead Son across her maternal lap.

Over time the bright hues have been reduced: the sky is no longer blue but grey, Mary's cloak no longer deep blue, the reds have turned to brown in Mary's tunic and John's cloak. This has the strange effect of accentuating the power of the image: the richest colour is the red of Christ's blood, a warmth picked up in the ochre rocks of Calvary and the brown clothes. Even the sky is barely differentiated; it darkens slightly towards the top of the panel, but cannot distract from the drama in the foreground. The acidic yellow and green of the saints' robes, and the dark blue dress of Mary (which now appears almost black), are consonant with the sallow tints of the figures' flesh. Even the metal leaf of Mary Magdalene's tunic has almost disappeared as it is not painted with the shiny gilt that delineates the haloes. Most affecting is the blood which runs down Christ's pierced body: it still flows although he is dead.

Bernardino's mannered style is characterised by severe angular forms such as the limbs of Christ and the contrapposto of John's body, especially his legs. Cloth is rendered with darkly shadowed folds, which appear more solid than the tender flesh. The scene is frozen at the moment of deepest suffering, underlining the contemporary intense religious feeling for atonement, particularly needed after the ravages of the plague and interminable warfare across Italy.

Christine Dixon

---

1   Palazzo Barberini, Rome.

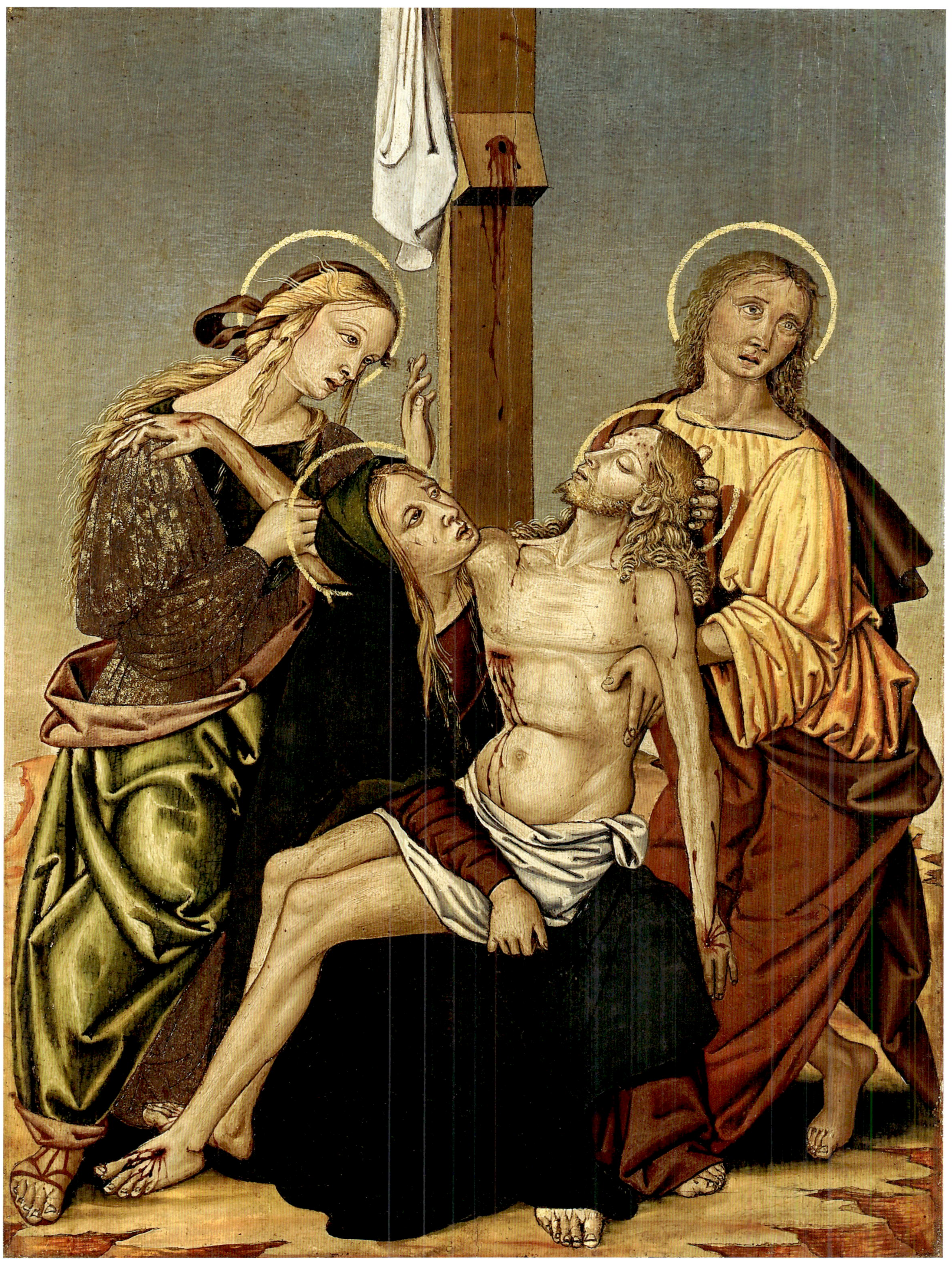

62 MARIOTTO ALBERTINELLI

born Florence 1474 – died Florence 1515

Cain killing Abel [Caino uccide Abele] c.1510–1515

oil on wood panel
56.2 x 68.2 cm
Acquired by Giovanni Morelli in 1871 at the Monte di Pietà,
Rome, for his cousin Giovanni Melli; inherited by Morelli in 1873;
Accademia Carrara, Bergamo, bequest of Giovanni Morelli 1891
58 MR 00035

The classic subject of the panel, of brotherly rivalry taken to extremes, is taken from the Old Testament (Genesis 4:1–12). The sons of Adam and Eve, Cain and Abel had made offerings to God. Because God favoured Abel's offering, Cain was provoked to attack his brother. At the front of the painting, a dark complexioned Cain is about to kill the fair Abel with a brutal club. To the right, God appears from the heavens, questions Cain and banishes him, ordering that the earth should no longer respond to him. The image of a peasant struggling to move his stubborn oxen may allude to Cain's fate. The funeral of Abel is taking place in the middle ground where his body is carried to a sepulchre cut into the hillside. The way in which the funeral is represented suggests a parallel with the entombment of Christ, a typological comparison between the Old and New Testaments. The two crows are omens of conflict and death: one squawks at Cain as if to protest his action; the other delves into his basket of provisions.

It is only in recent years that this panel has been attributed to Albertinelli:[1] when Giovanni Morelli bought it for his cousin, Giovanni Melli, in 1871 he believed it to be a work by Francesco Bacchiacca.[2] In fact the Bergamo panel belongs to a group by Albertinelli, a Genesis cycle of three paintings of the same style and dimensions. One, in the Courtauld Gallery, London, represents episodes of the Creation story. Another panel, depicting the Expulsion of Adam and Eve from Paradise, is in the Strossmayer Gallery, Zagreb. Morelli advised the founder of the gallery, Bishop Josip Juraj Strossmayer, on this acquisition seemingly without realising that it belonged to the same cycle as his own painting.[3] It has been suggested that the panels had their origin in the cycle of '*tre storiette*' [three little stories] that Giorgio Vasari describes as by Albertinelli in the house of the banker Giovan Maria Benintendi,

whose house in Florence also contained works by Pontormo, Franciabigio, Bacchiacca and other Florentine Mannerist artists, often in narrative cycles.[4]

A skilled restoration and repainting in the upper left of the Bergamo panel is the outcome of an early act of vandalism in which a section of the composition was cut out for sale. The date of the restoration is not known, but presumably it was before Morelli made the acquisition. He writes of attempting to remove some greasy discolouring from the surface, and that in the hands of his restorer, Luigi Cavenaghi, the work would become 'a pearl'.[5] If the cut-out section, now in the Fogg Museum, Havard, were to be placed alongside the Bergamo panel, the narrative cycle of Cain and Abel would be complete. Titled *The sacrifice and Cain and Abel*, it shows the brothers making their offerings to God, with a ray from heaven lighting Abel's sacrifice while Cain's is reduced to black smoke.[6]

Jaynie Anderson

---

1 Ludovico Borgo, 'Mariotto Albertinelli's smaller paintings after 1512', *Burlington Magazine*, vol. 116, 1974, pp. 245–50; Federico Zeri and Francesco Rossi, *La raccolta Morelli nell'Accademia Carrara*, Bergamo: Amilcare Pizzi, 1986, pp. 114–17.
2 Francesco Bacchiacca (1494–1557). See Morelli's letter to his cousin, in Jaynie Anderson, *Collecting, connoisseurship and the art market in Risorgimento Italy. Giovanni Morelli's letters to Giovanni Melli and Pietro Zavaritt (1866–1872)*, Venice: Istituto Veneto di Scienze, Lettere ed Arti, 1999, pp. 116–17.
3 Anderson, p. 43.
4 Giorgio Vasari, *Le vite de più eccellenti pittori, scultore, e architetti*, Florence: Torrentino, 1550, p. 109.
5 Anderson, pp. 116–19.
6 See Jaynie Anderson, 'Love and devotion in daily life in Renaissance Italy', supra, p. 62, illus.

63 ALESSANDRO MORETTO

born Brescia, Lombardy c.1498 – died Brescia 1554
Christ and the woman of Samaria
[Cristo e la Samaritana] c.1515–1520

oil on canvas
38.8 x 31.2 cm
Possibly in the collection of Pietro Paner, Brescia, 1713;[1]
acquired by Giovanni Morelli in unknown circumstances;
Accademia Carrara, Bergamo, bequest of Giovanni Morelli 1891
58 MR 00032

Alessandro Moretto is recognised as one of the leading painters of religious reality in sixteenth-century Lombardy—to appropriate a phrase from the title of Roberto Longhi's legendary and innovative exhibition, *Painters of reality in Lombardy*, held in 1953 at the Brera, Milan.[2] In that exhibition Longhi defined the tradition of North Italian Verism that began in Brescia with Gerolamo Romanino (1484/1487–1560?) and continued to Geacomo Ceruti (1698–1767). Together with Lorenzo Lotto and Girolamo Savoldo,[3] Moretto was one of the most sought-after artists in Lombardy, but less appreciated in the city of Venice, the domain of Titian.[4]

Moretto created a form of sixteenth-century classicism for his sacred paintings, imbued with the spirit of the Counter Reformation. A key part of the Counter Reformation, the Council of Trent which met between 1545 and 1563, determined that religious imagery should be transformed into a comprehensible and accessible experience for Catholics. Moretto was personally involved in the reforming religious movements around that time and was committed to a new definition of religious experience that was concerned with the poetry of everyday life. His biblical interpretations appealed to upper middle-class patrons in Lombardy: an example is his *Feast in the house of Simon Pharisee* c.1550,[5] interpreted as a simple lunch at an inn on the banks of the Lago di Garda in Lombardy.

The small Bergamo painting was intended for private devotion and it seems that the image was popular with the artist and his patrons, as a number of versions exist. The New Testament subject is taken from a long passage in the Gospel of Saint John (4:1–30). Jesus is resting at a well near the city of Sychar in Samaria when a woman comes by to draw water. To his request for a drink she responds:

> How is it that thou, a Jew, askest drink of me, which am
> a woman of Samaria? For the Jews have no dealings with
> the Samaritans.

Christ and the woman are portrayed deep in conversation. Is it possible to determine the exact point in their lengthy discourse that Moretto chose to illustrate? The glittering halo might indicate that it is when Christ convinces the woman that, indeed, he is the Messiah.

The setting of a well located outside a small castle town is appropriated from an engraving by Albrecht Dürer,[6] however the painting is Venetian in style. The filtered grey light is reminiscent of Titian, from whom Moretto had learned according to his first biographers, Giorgio Vasari and Carlo Ridolfi. Vasari describes Moretto as very delicate in his colouring, '*delicatissimo ne'colori*'.

Christ and the woman of Samaria is often grouped with other small paintings of high quality from Moretto's early period which are based on a humane interpretation of Christ: *Christ in the wilderness* c.1520–1523,[7] and *Christ blessing Saint John the Baptist* c.1520–1523.[8]

Jaynie Anderson

1   Federico Zeri and Francesco Rossi, *La raccolta Morelli nell'Accademia Carrara*, Bergamo: Amilcare Pizzi, 1986, p. 149.
2   Roberto Longhi, *I pittori della realtà in Lombardia*, Milan: Amilcare Pizzi, 1953, pp. iv–v, 17–18.
3   Lorenzo Lotto (c.1480–1556/1557); Girolamo Savoldo (c.1480–c.1548).
4   Titian (1488/1490–1576).
5   Santa Maria in Calchera, Brescia.
6   Albrecht Dürer (1471–1528).
7   Metropolitan Museum of Art, New York.
8   National Gallery, London.

64 GIOVANNI MANSUETI

worked Venice from 1485 – died Venice 1526/1527

Saint Jerome praying [San Gerolamo in orazione]
c.1515–1520

oil on canvas
68.0 x 89.5 cm
Accademia Carrara, Bergamo, acquired from Salvatore Orsetti 1804
58 AC 00026

A favourite subject for Giovanni Mansueti, to which he returned on more than one occasion, was Saint Jerome (c.347–420). One of the four Great Doctors of the Latin Church, Saint Jerome was a prolific writer whose reputation rests mainly on the Vulgate, his translation of the Old Testament into Latin, for which he used the Hebrew Tanakh rather than the Greek Septuagint. Given his academic interests, he became the patron saint of translators, librarians and encyclopedists.

Saint Jerome is often depicted wearing the red hat and robes of a cardinal. Even when he is depicted as a cave dwelling, semi-clad hermit, his learning and piety are suggested by the inclusion of items such as a cross, skull, Bible and an owl signifying wisdom. Whilst it is true that Saint Jerome did become a hermit for a period, the iconographical convention which represents him removing a thorn from a lion's paw was not a real event but an enchanting Medieval invention to the narrative of Saint Jerome.

Like other Venetians, Mansueti was a great lover of nature and so he represented Saint Jerome in communion with vast array of animals in a bountiful landscape. The hermit saint, holding a stone for beating his breast, kneels in front the Crucifixion set in a landscape filled with animals, shepherds, washerwomen, even men in Oriental attire that the artist would have had the opportunity to observe at first hand on the streets of cosmopolitan Venice. His delight in juxtaposing seemingly unrelated details without concern for scale or composition suggests an almost Gothic sense of *horror vacui* (fear of empty space). In keeping with legend, a large lion is placed in front of the saint, with a white dog appearing on the left in good company with a small bear and a weasel, balanced on the right by a pastoral scene with sheep, a shepherd and cows. The signature on the panel reads: 'Joannes de Mansuetis faciebat' [Giovanni Mansueti made this].

Two signed paintings of Saint Jerome by Mansueti are known to us: this *Saint Jerome praying* dated about 1515–1520 and an earlier version, *Saint Jerome in a landscape* dated about 1490.[1] The Bergamo panel is modest in size, which suggests that the commission was not for use in a church but more likely for private devotion in the patron's home.

Sanda Miller

---

1   Bristol City Museum and Art Gallery, England.

IOANNESDEMANSVETIS
FACIEBAT

65 GEROLAMO GIOVENONE

born Vercelli, Piedmont 1487/1490 – died Vercelli 1555
Madonna and Child with saints and donors
[Madonna col Bambino, santi e donatori] 1527
oil on three wood panels
centre panel 147.0 x 65.0 cm, sides 97.0 x 47.0 cm
Accademia Carrara, Bergamo, legacy of Guglielmo Lochis 1866
81 LC 00160

Gerolamo Giovenone's triptych, possibly part of a larger altarpiece, shows the Madonna and Child flanked by a pair of kneeling donors and four saints. The Virgin, seated on an ornate wooden chair, wears a traditional red robe and dark blue mantle decorated with squares striped with gold. As babies do, the Christ Child seems to struggle to escape his Mother's grasp. His body is in an exaggerated pose, legs apart, his right leg bent against the strong diagonal of torso and left leg. To emphasise this energetic contrapposto, the Child's head is tilted the other way. The setting is a magnificent church interior, its height emphasising the larger size of the central panel. The work is signed and dated on a prominent *cartellino* (painted paper label) on the Virgin's pedestal: 'HIERONIMI IVVE/NONIS OPIFICIS/1527', which means 'the work of Gerolamo Giovenone'. The unknown donors are a married couple of obvious wealth. They are dressed richly, the woman even sumptuously. The husband is portrayed with a large gold ring on his forefinger and a lace collar. His wife wears a fashionable red dress with ruched sleeves trimmed in gold and black, a gold silk undertunic which complements the gold mesh of her headpiece, *capigliara*, a gold chain necklace, belt and two rings.

On the left panel the winged Saint Michael the Archangel, in armour and holding a sword and pair of scales, stands above the kneeling male donor. He faces the viewer while an unidentified female saint looks adoringly at the Christ Child. On the right panel Saint Lucy, with her attribute of eyes on a tray, holds a palm of martyrdom. Alongside is Saint Dominic, founder of the Dominican Order, in black robe, white scapular and cowl, holding a book as his attribute of learning. Saint Lucy's Latin and Italian name, Lucia, means light, thus people prayed to her to cure eye disease, leading to the slightly awkward representation of her attribute.

The fourth-century saint is represented wearing a headpiece similar to the sixteenth-century female donor kneeling below her. The identity of Saint Dominic has been questioned by Michela di Macco, who proposes instead Saint Alberto Avogadro (1149–1214), Bishop of Vercelli, who helped found the Carmelite Order in Jerusalem in 1209. This suggestion is based on the idea that the triptych was painted for the church of Santa Maria del Carmine in Vercelli.[1]

The most distinctive part of the image, the pose of the Christ Child, seems to have been the invention of Gaudenzio Ferrari,[2] who was born in a village near Giovenone's native Vercelli, and was about the same age. Gaudenzio's work could be seen in Vercelli's churches and convents from about 1500, and Giovenone's family of master carpenters made a frame for him in 1508. After Giovenone trained in Turin, he worked there and in Milan, but had returned to Vercelli by 1515. Gaudenzio's influence continued and was reinforced when Giovenone's younger brother became part of Gaudenzio's workshop in 1521.[3]

Christine Dixon

1   Michela di Macco, 'Gerolamo Giovenone', in Giovanni Romano (ed.), *Gaudenzio Ferrari e la sua scuola*, Turin: Accademia Albertina, 1982, pp. 91–94; discussed by Simone Baiocco, in Edoardo Villata and Simone Baiocco, *Gaudenzio Ferrari, Gerolamo Giovenone: Un avvio e un percorso*, Turin: Umberto Allemandi, 2004, p. 187, note 116.
2   Gaudenzio Ferrari (1475/1480–1546); Simone Baiocco, in Villata and Baiocco, p. 178.
3   Simone Baiocco, 'Gerolamo Giovenone', in *Dizionario biografico degli italiani*, www.treccani.it/enciclopedia/gerolamo-giovenone, viewed 27 April 2011.

66 ANDREA PREVITALI

born Berbenno, near Bergamo 1470/1480 –
died Bergamo 1528

*Madonna and Child with Saint Paul, Saint Agnes and
the Cassotti donors [Madonna col Bambino, san Paolo,
sant'Agnese e i donatori Cassotti]* c.1520

oil on wood panel
95.1 x 121.0 cm
Accademia Carrara, Bergamo, acquired from the House of Solza 1854
58 AC 00059

Madonna and Child with Saint Paul, Saint Agnes and the Cassotti donors is a sumptuous mass of brilliant colour and glorious fabrics. The painting is structured by a series of echoes and symmetries, with the Virgin Mary and her Son forming the apex of a triangle with the saints below. The Christ Child is surrounded and framed by the other figures; but only the saints—depicted without attributes—look directly at him. The gentle incline of the Madonna's head is repeated by the Child as he blesses Saint Paul, and is echoed in the angle of Saint Agnes' arm. The female patron's head is also bowed, contrasting with her spouse who looks straight at the viewer. The gold of her *capigliara* (an elaborately decorated hairpiece) is reprised in embroidered edgings, the hem of the Virgin's diaphanous veils, the cushion and haloes. The donors' sombre dress accentuates the richness elsewhere. It comes as no surprise, then, to discover the Cassotti business was in textiles.

A more complete title for this painting gives unusual prominence to the patrons: *Virgin and Child with Saints Paul and Agnes, and the donors Paolo and Agnese Cassotti.* Andrea Previtali follows many of the standard forms for a Holy Conversation (the Madonna and Child with attendant saints), but departs from convention in the way he portrays the individuals who commissioned the work. Traditionally donors evoked their name saints as intermediaries. In recognition of their earth-bound status and relative unimportance, they were often shown kneeling below, smaller than the divine figures. But here, neither Cassotti pays attention to the Madonna and Child. As Andrea Bayer points out, it is almost as if the saints are paying tribute to the donors.[1]

Paolo Cassotti, a prominent merchant, was one of the richest men in Bergamo. Agnese Avinatri, his second wife whom he married in 1517, was from a noble family. Like many other Bergamese, the Cassotti wealth came from wool and textile production; the family's trading interests stretched throughout Italy and Egypt. Paolo, his brother and their cousins built houses on the via Pignolo, the main entrance to the city from Venice. The Cassottis were also key patrons of the arts, contributing to the decoration of the church of Santo Spirito, Bergamo, and ordering at least eight works from Lorenzo Lotto.[2] Indeed Previtali was probably drawn back to Bergamo from Venice by commissions from the Cassottis.[3] The painting is thus a powerful statement on the status of the rising Italian middle class.

Lucina Ward

1   Andrea Bayer, 'Bergamo and Brescia', in Peter Humfrey (ed.), *Venice and the Veneto,* New York: Cambridge University Press, 2007, pp. 285–326.
2   Lorenzo Lotto (c.1480–1556/1557).
3   Villa Zogna, Paolo's country villa designed by Pietro Isabello, included a fresco cycle commissioned from Previtali in 1512; these depictions of Bergamo's daily life are now held by the Suardi family. Michelle DiMarzo, 'With a merchant's eye: The *mecenatismo* of Paolo Cassotti', unpublished MA thesis, Temple University, Philadelphia, 2010, see pp. 1–60. Previtali also painted a Transfiguration for Paolo's chapel in Santa Maria delle Grazie, and an altarpiece in Santo Spirito.

67 JACOPO BASSANO

born Bassano del Grappa, Veneto c.1510 –
died Bassano del Grappa 1592

*Madonna and Child with the young Saint John
the Baptist [Madonna col Bambino e san Giovannino]*
c.1542

oil on canvas
71.5 x 55.0 cm
Accademia Carrara, Bergamo, bequest of Mario Frizzoni 1966
06 AC 00926

Jacopo Bassano's Madonna surrounds her Son and the infant
Saint John the Baptist with gentle care, her protective hands holding
both children. A veil covers the Christ Child's head as well as her
own; green drapery curves around her, merging into her blue cloak.
These dark hues contrast with central areas of pale flesh tones and
white and pink cloth, while the purple-red of Saint John's tunic
leads to the reddish brown of his curls, into Mary's gown and then
up to her coppery hair and the baby hair of Jesus. Each bending
limb repeats the arcs of internal movement within the secure world
created by this enclosed painted space.

Christ blesses Saint John with his left hand. The saint's biblical
role is to prefigure the coming of the Messiah, and later he will
recognise Jesus by baptising him. John offers the Child a cross,
a sign of future betrayal and death. His gown is made of animal skins
which he would also wear in adulthood. Unlike other depictions of
the theme, Bassano omits the common symbol of an innocent lamb,
although in an almost identical version, created by him at the same
time, a white lamb pokes its head and neck into the lower left
of the canvas.[1]

Madonna and Child with the young Saint John the Baptist became the
prototype on which the artist based many similar compositions for
the rest of his long life. The female model reappears throughout his
oeuvre for more than fifty years. After the static portrayals of the
Gothic period, artists in the Renaissance attempted more naturalistic
views of their human subjects. From Bellini to Titian, painters from
the Veneto increasingly looked at how ordinary women behaved
with their babies, using these observations as a model for images
of the Holy Mother and Child.[2] Like any baby, Jesus firmly grasps

his Mother's finger. Bassano combines a majestic close-up figure of
Mary in three-quarter length with an intense internal relationship
between all three protagonists. She looks at Saint John, who
exchanges a concentrated gaze with Christ. We are only onlookers,
yet become engaged witnesses of an intimate association.

By the middle decades of the sixteenth century, oil paint was used in
ways that fully exploited its fluidity and expressive power. Bassano's
impasto strokes animate the veil around the Madonna's neck and
head, then highlight the edges of her white cuff. John's corkscrew
ringlets are similarly accented in red-gold. As well as employing a
rich Venetian palette, Bassano shows the influence of the Mannerist
artist Parmigianino,[3] especially in the elongated elegance of the
Virgin's face and long-fingered hands. Also noticeable is her delicate
porcelain complexion. Another Mannerist characteristic is the
way in which Bassano fills up the picture space with draped
volumes, forcing the composition close to the viewer and leaving
no room for any architectural setting nor landscape background.
The painter's skill lies not just in technical mastery, but in his ability
to communicate the tenderness of the scene.

Christine Dixon

1   Uffizi Gallery, Florence, held Pitti Palace.
2   See cat. 34, Giovanni Bellini, *Madonna and Child* c.1475–1476; cat. 35
    Giovanni Bellini, *Madonna and Child (Alzano Madonna)* c.1488;
    and cat. 43, Titian, *Madonna and Child in a landscape* c.1507.
3   Parmigianino (1503–1540).

68 GIOVAN BATTISTA MORONI

born Albino, near Bergamo 1520/1524 – died Albino 1578

Portrait of a priest [Ritratto di sacerdote] c.1565–1570

oil on canvas
87.5 x 70.2 cm
Accademia Carrara, Bergamo, bequest of Giacomo Carrara 1796
58 AC 00085

Giovan Battista Moroni became the pre-eminent painter of portraits in Lombardy in the middle decades of the sixteenth century.[1] His subdued naturalism suited the puritanical burghers of Northern Italy, while a superb technique meant he was always in demand for private commissions as well as church projects. *Portrait of a priest* brings to the forefront that atmosphere of religious ferment sweeping Europe in the years following the Protestant Reformation. A Bergamo painter, Moroni lived in Trent during the Tridentine Council in the 1540s to 1560s when the Catholic Church worked out its strategy for the Counter Reformation. Precepts to deal with this existential threat included not only religious doctrines and political tactics, but also artistic policies which had moral dimensions. These implied restraint—avoidance of extravagance and flamboyance, not only in dress and behaviour but in its representation—and seriousness of purpose.

With his forefinger marking the place in his book, a bearded priest regards us. He leans on a simply carved marble block, perhaps part of a wall: it is not new nor grand, but damaged or worn. Rather than a straightforward reference to Classical architecture as was usual in the past, Moroni may be reminding us of the passage of time and shortness of human life, or of the state of the Church and the necessity for its conservation and renewal. Such allusions were part of Counter Reformation art before the Baroque declarations of theatricality and confidence which would follow in the seventeenth century. The priest, shown in three-quarter length, is dressed conventionally in a simple white shirt, black robe and *mozzetta*, and wears no jewellery as befits his vows of poverty. His shirt has a tiny decorative edging, perhaps tatting rather than lace.

The book emphasises the importance placed on learning in the late Renaissance, as it is no longer an extraordinary artefact of high culture, but rather a characteristic expected of a clergyman who must guide his flock.

In the last decade of his life Moroni employed neutral backgrounds, often grey, which suffuse light evenly over the subject. The style was known as his *maniera grigia*, or grey manner. Here a pearly grey tones with the pale flesh and stone, becoming a little darker towards the bottom of the canvas; the brightest white comes from the book's pages, which quickly blend into shadow. The priest casts a gentle shadow onto the stone. There is so little extraneous detail in the composition that the viewer's attention is forced onto the subject, simple and sober in his aspect. The artist tenders little opinion on character. Although Moroni would have known of the innovations of Venetian portraiture through Lorenzo Lotto,[2] if not directly from Titian,[3] he rejected Venetian political rule over Bergamo when it was reasserted. In the 1560s he moved back to his native village of Albino, about twelve kilometres from Bergamo, but continued to accept commissions from the town's citizens.

Christine Dixon

---

1   See Giovan Battista Moroni's further portraits cats 69a, 69b, 70, 71.
2   Lorenzo Lotto (c.1480–1556/1557); see cats 45, 46.
3   Titian (1488/1490–1576).

69a, 69b

GIOVAN BATTISTA MORONI

born Albino, near Bergamo 1520/1524 – died Albino 1578
Portrait of the nobleman Bernardo Spini
[Ritratto del nobile Bernardo Spini] c.1573
oil and gold on canvas
197.6 x 98.5 cm

Portrait of the noblewoman Pace Rivola Spini
[Ritratto della nobildonna Pace Rivola Spini] c.1573
oil and gold on canvas
197.0 x 98.0 cm
Commissioned by Bernardo Spini; through inheritance,
the Countess Ippolita Martinengo Spini; Accademia Carrara,
Bergamo, acquired from Countess Ippolita Martinengo Spini 1852
58 AC 00082, 58 AC 00083

Giovan Battista Moroni's portraits of the Count and Countess
Spini have always been together as companion pieces and judged
as the most important Counter Reformation portraits of the artist's
maturity for their psychological subtlety and astute characterisation
of provincial Lombard nobility.[1] The portraits were much treasured
and remained in the family until 1852 when the Accademia Carrara
bought them from the last Spini heirs—the acquisition arranged by
Count Guglielmo Lochis.

The Spini was the principal patrician family at Albino, Moroni's
birthplace, a small town located seven miles north of Bergamo
in the Seriana Valley. They were his earliest and most constant
patrons, beginning with a commission to the young Moroni from
Marcantonio Spini in 1547 for frescoes of Chinese subjects and
landscapes for his palace at Albino, as well as religious works for
the church of San Giuliano—none of which survive.[2] Marcantonio's
son Bernardo continued the tradition. From 1567 to 1573, the
possible date of this portrait, the artist and sitter were in frequent
contact concerning the commission of frescoes for the confraternity
of the Misericordia at Albino.

Bernardo Spini spent much of his life in the family's textile business
and was involved in local politics and social activities. Presumably
the two portraits hung in the family palace, and the backgrounds
with the abbreviated indications of architecture, the grand half
column and the horizontal lines of the mouldings may reflect the
original location.

The silhouetted figure of the Count, his dramatic pose, dressed in
black against a grey background, is predictive of Velázquez;[3] while
the full-length figure format is adapted from Titian,[4] who had
invented the motif for the portrayal of emperors. As the Spini
family had made a fortune from the manufacture and dying of
cloth, it is in some ways predictable that Bernardo is dressed in the
most luxurious clothes, subtle shades of blacks, in part embroidered,
with exquisite 'Spanish' white ruffs at his neck and wrists. His face
is ruddy and his beard and moustache reddish. He holds a folded
letter, perhaps indicative of his business interests; or intended for
the signature of the artist. The inscription is illegible, so we can
only guess.

In his Will made on 27 August 1612 Bernardo Spini acknowledges
three sons who were born out of wedlock. With his wife Pace
Rivola Spini there was one son, Giovanni.[5] The Will makes many
pious donations, as if in penance for the libertarian manner in
which Bernardo led his life. Moroni's characterisation of his friend
shows an exceptionally lively face set against the severe formality
and elegance of his clothing. The inscription in gold on the
painting, made after his death, 'BERNARDVS SPINVS/OBYT
AN MDCXII/ETATIS LXXVI', reveals that his lifestyle was
conducive to longevity: he died in 1612 at the age of seventy-six.

Pace Rivola Spini, daughter of Giovanni Rivola, was betrothed to
Count Bernardo Spini on 16 November 1568 and brought with
her the considerable dowry of 2,000 scudi.[6] Their portraits were
probably made in commemoration of the marriage, celebrated
in the first months of 1569. The chic details of their costume,
such as the 'Spanish' fashion of wearing this type of ruched collar,
worn open by the Countess, and the shape of Bernardo's cap, only
became fashionable after 1570, hence recent opinion dates the
companion portraits to about 1573.

The exhibition history of the portrait of the Countess, whose first name signifies 'Peace', reveals that she was more of a favourite than her husband, for her portrait was requested more often than his for later exhibitions in Paris, London and elsewhere.[7] The preference for her began in the nineteenth century when portraits by Moroni were ardently sought for the developing collection of the National Gallery in London. The Gallery's agent, Otto Mündler, friend and mentor to Giovanni Morelli, noted:

> two Portraits, a gentleman & a Lady, companions, whole length. Very fine & would be still more so, if the man were not in a somewhat awkward twisted position.[8]

Pace Rivola Spini has always been perceived as a more intriguing character than her husband, Bernardo. Her face is that of a country girl seen struggling with the uncomfortable luxury of her clothes—although she has a slightly rebellious expression. She carries a flamboyant fan of black feathers as if unsure where to place it. Her dress is severe, heavy and somberly beautiful, sewn in red silk with heavy golden panels down the centre and at the hem. Her hair is bound with matching red silk ribbons in a coquettish style that appears fashionable. At her waist is a frivolous white bow. The shape of the front of her dress might suggest pregnancy. One very luxurious silver shoe is visible beneath the hem of her gown.

The inscription that was added to the portrait after the Countess died, in gold high to her left, 'PAX RIVOLA SPINVS/OBYT AN 1613 ETATIS 72', records that she died at the age of seventy-two in 1613, having enjoyed remarkable longevity for a woman born in the mid sixteenth century. She was slightly younger than her husband and died a month later, an exemplary wife.

The tone of both portraits, often described by contemporaries as 'silvery', is the severe Counter Reformation style that Moroni invented. The artist's early commissions were at the time of the first meeting of the Council of Trent,[9] and their prescriptions to make imagery more comprehensible or realistic to the public were an inherent part of Moroni's conceptual ability all his life, whether in portraiture or sacred painting.

Jaynie Anderson

1   Mina Gregori, *Giovanni Battista Moroni. Tutte le opere*, Bergamo: Poligrafiche Bolis, 1973, p. 227.
2   Giampiero Tiraboschi, 'Ritratti albinesi', in Simone Facchinetti (ed.), *Giovan Battista Moroni lo sguardo sulla realtà 1560–1579*, Milan Silvana Editoriale, 2004, pp. 300–01.
3   Diego Velázquez (1599–1660).
4   Titian (1488/1490–1576).
5   Tiraboschi, p. 301.
6   Tiraboschi, pp. 300–01.
7   Gregori, p. 227.
8   C.T. Dowd (ed.), Introduction by Jaynie Anderson, 'The travel diaries of Otto Mündler 1855–1858', *The Walpole Society*, vol. 51, 1985, p. 182.
9   The Council of Trent met between 1545 and 1563.

BERNARDVS SPINVS
OBYT AN° MDCXII
ÆTATIS. LXXVI

PAX RIVOLA SPINVS
OBYT AN. 1613. ETATIS 79.

70 GIOVAN BATTISTA MORONI

born Albino, near Bergamo 1520/1524 – died Albino 1578
Portrait of an old man seated [Ritratto di vecchio seduto]
c.1570

oil on canvas
97.5 x 81.2 cm
Accademia Carrara, Bergamo, bequest of Giacomo Carrara 1796
58 AC 00084

Giovan Battista Moroni was known for his penetrating realism, relying on naturalism in the depiction of features rather than on allegorical attributes and symbols. The artist might be said to record rather than interpret his sitters. Some of his best known portraits are of old men, usually three-quarter length, seated in a relaxed pose with head turned to face the viewer. The elderly subject of this painting sits in a wooden chair—a familiar prop used by Moroni throughout his career. This chair has a distinctive rose design carved at the ends of the arms, with brass studs and a bold orange trim at the back. The old man looks warily at the viewer.

John Pope-Hennessy noted that 'direct lighting involves the corollary of shadows, and in portraits the use of the shadow is an evasion; it is not depiction but a refusal to depict.'[1] While the face of Moroni's subject is wreathed in shadow, the artist has used shadow deliberately to draw attention to particular features, such as the man's large nose, left ear and eyebrow; and the contrast highlights the whiteness of his beard. Moroni also used a slight cast shadow on the left of the seated man; and in the lower section of the canvas there is the suggestion that something, just outside the pictorial space, is casting another shadow behind the chair. Unlike many artists of this period Moroni did not shy away from the cast shadow, but appears to have used it more to vary the monotone of his favoured grey background.[2] Similarly, he often relied on coarsely woven canvases to create a textural component.

As is evident in this work, Moroni created distinctive silvery grey backgrounds to establish a sombre mood in paintings of his late period. Such a restriction of palette was a relatively new development in portraiture. Here Moroni applies this approach to draw attention to the man's features by using quiet colours such as creamy flesh tones, the white beard and black jacket against a grey ground.

Although Moroni's career spanned the same period as some great Renaissance portraitists such as Titian,[3] by working outside the large metropolitan centres of Venice, Florence and Rome the artist was able to maintain a steady and profitable living. Specialising in subjects drawn from the society of his native area—Brescia, Bergamo, Albino and Trent—it is most likely that this sitter was a local gentleman of some note. The fur collar and cuffs of his voluminous black jacket and the gold signet ring suggest his wealth, while the cap hints at a scholarly occupation. He holds a book bound in vellum, possibly his journal. His tilted head and grasp on the volume, finger inserted between the pages, suggests that the viewer has interrupted his reading. One of the artist's last known paintings, it has been posited that this is a portrait of the notary Giovan Battista Seradobati di Albino who was nominated in 1552 for the seat of Albino.[4] The simplicity of Moroni's setting, however, precludes any certainty.

Simeran Maxwell

1   John Pope-Hennessy, *The portrait in the Renaissance*, London: Phaidon Press, 1966, p. 138.
2   E.H. Gombrich, *Shadows: The depiction of cast shadows in Western art*, London: National Gallery Publications, 1995, p. 19.
3   Titian (1488/1490–1576).
4   www.accademiacarrara.bergamo.it, *Catalogo dei dipinti esposti*, Accademia Carrara, viewed 30 August 2011.

71 GIOVAN BATTISTA MORONI

born Albino, near Bergamo 1520/1524 – died Albino 1578

Portrait of a child of the house of Redetti
[Ritratto di bambina di casa Redetti] c.1570

oil on canvas
43.3 x 33.2 cm
Accademia Carrara, Bergamo, legacy of Guglielmo Lochis 1866
81 LC 00175

Giovan Battista Moroni, unlike Titian, Rubens or Holbein,[1] did not travel to the courts of Europe to paint kings, courtiers or military heroes. He was never in Rome or Florence, and may not have visited nearby Venice.[2] Instead he portrayed the people of Bergamo and its surrounds—the local aristocracy, a lawyer, a schoolmaster, a sculptor, a tailor.[3] These portraits are regarded as some of the finest painted in Renaissance Italy and are much admired for their naturalism, vitality and directness. Moroni captures a moment of arrested activity, a shifting glance, the turn of a head, the transfer of weight from one leg to another. We start to wonder, when looking at Moroni's portraits, what has happened before now, or might be about to happen next.

A girl child of the house of Redetti is shown dressed for best. She must be about four or five years old, no longer a *bimba*, not yet a *ragazza*, her cheeks still full, her hands dimpled. Her dress and pose make her look much more mature. The angle of her left arm, which is outside the composition, suggests that she was standing, supporting her weight on a chair or table. She wears a crystal necklace and a coral bracelet. The jewels of her earrings are repeated in the elaborate ornament that secures her hair in a rather severe bun. A delightful baby fuzz frames her forehead, and the ruff at her neck echoes the pattern of curls. The gold and black of her silk dress, with its slashed sleeves, is emphasised against the white of her undershirt. Moroni uses a mass of horizontal brushstrokes to convey the highlights on the gold fabric. *Portrait of a child of the house of Redetti* is truly a tour de force of painting.

Moroni records beautifully the little girl's patience, even weariness, in posing for her portrait. At the same time he manages to suggest a certain pride, her awareness of her role and place in Bergamo society.

This painting is unusual in Moroni's oeuvre, and Italian portraiture generally, in showing a child alone rather than with a parent or other adult. Traditionally children served to indicate the relationship, the inheritance of wealth or knowledge, a transition from one generation to the next. But here we find little to suggest the purpose of the portrait. Indeed, although the painting is thought to have been owned by the Redetti family, we know neither the name of the girl nor whether she was, definitely, a child of that house. Moroni's portraits in the 1560s and 1570s often incorporate classical ruins or architectural settings, providing clues to the sitter's role or identity. Later these are replaced by plain, atmospheric, often monochrome backgrounds. For this work the silvery grey serves beautifully to emphasise the girl's grey-blue eyes, to highlight her necklace and the rich gold of her dress. It also hints, more poetically, at an unknown future for this child.

Lucina Ward

---

1   Titian (1488/1490–1576); Peter Paul Rubens (1577–1640); Hans Holbein (c.1497–1543).

2   Scholars differ. Pillsbury says Moroni did not visit Venice; Humfrey thinks, on the balance of probability, that he would have done so: see Edmund P. Pillsbury, 'Two portraits by Giovanni Battista Moroni', in *The Bulletin of the Cleveland Museum of Art*, vol. 58, no. 3, March 1971, pp. 74–84; and Peter Humfrey, *Giovanni Battista Moroni: Renaissance portraitist*, Fort Worth: Kimbell Art Museum, 2000.

3   Pillsbury, p. 75.

TIMELINE 1400–1500

<table>
<tr><td rowspan="6">

1400–1425

</td><td>

1400: *Canterbury tales* by Geoffrey Chaucer

1406–15: Pope Gregory XII (Angelo Correr)

1408: first windmill to pump inland water out to sea, Holland

1410: Jan van Eyck creates oil paint mixture

1415: Henry V leads English victory at Agincourt against French

1415: first recorded cases of influenza in Paris

</td><td>

1405: Kyeser writes *Bellifortis*, manual of military technology

1406–20: construction of Forbidden City, Beijing

1409: Council at Pisa elects new pope despite two rival popes

1415: John Hus, Czech priest, philosopher, reformer, burnt as heretic

1415: Portugal begins European exploration of Africa

1419–39: Niccolò de' Conti travels to India and Southeast Asia

</td></tr>
</table>

1426–1450

1430s: prints produced in Germany by engraving on copper printing plates

1431: Joan of Arc burned at the stake in Rouen

1434: Cosimo de' Medici assumes power in Florence

1438: Council of Ferrara tries to reconcile Pope and Emperor

1439: Johannes Gutenberg invents printing press

1445–50: Donatello's bronze *Equestrian monument of Gattamelata*

1430s: Donatello's *David*, Florence, first bronze figure since Antiquity

1434: Florence cathedral dome by Brunelleschi

1435: *On painting* by Alberti, first modern treatise on theory of painting

1438–1533: Incan Empire conquers large portions of South America

1444–60: Michelozzo designs Palazzo Medici

1450: Francesco Sforza takes power in Milan

1451–1475

1451: first spectacles with concave lenses

1455: first printed Bible (Gutenberg)

1460s: Antonello da Messina develops oil painting in Italy

1464: Regiomontanus writes thesis on trigonometry

1471: *Malermi Bible* printed, first translation of the Bible in Italian

1473: William Caxton prints first book in English

1452: first professional society of midwives, Regensburg;

1455–58: Pope Callixtus III (Alfonso de Borgia)

1463: Alberti's treatise on perspective circulated

1470: alum used in Europe for dyeing, leather-making, medicine, paper sizing

1471–84: reign of Pope Sixtus IV (Francesco della Rovere)

1473: *Canon of medicine* by Medieval scientist Avicenna printed in Milan

1476–1500

1481–1492: Spanish Inquisition

1486: Mirandola's *On the dignity of man* , 'Manifesto of the Renaissance'

1492: Christopher Columbus reaches America

1494: Albrecht Dúrer first visits Venice

1494–98: Friar Savanarola rules Florence; burnt at the stake for heresy

1496: Leonardo da Vinci designs a rolling mill, invents roller bearings

1484: publication of Plato's complete works, Latin translation by Marsilio Ficino

1492: *Theory of music* written by Franchino Gafori

1492: Muslim Granada falls to Ferdinand and Isabella of Spain who expel the Jews

1494: revolutionary system of double-entry bookkeeping

1495: syphilis spreads into Europe from Americas

1498: Vasco da Gama sails around Africa, reaches India

1500–1600

1502: portable 'pocket' watch invented by Peter Henlein, Nuremberg

1506: *Laocoön and his sons*, Hellenistic marble sculpture excavated in Rome

1513: The Prince by Niccolò Machiavelli, published 1532

1516: *Utopia* by Thomas More (executed 1535); *Orlando furioso* by Ariosto

1519: Cortez conquers Aztec empire in Mexico

1521: Magellan's ships circumnavigate the world

1503–1513: Pope Julius II (Giuliano della Rovere) commissions Sistine Chapel

1509: *In praise of folly* by Erasmus, published 1511

1513–1521: Pope Leo X (Giovanni di Lorenzo de' Medici)

1517: Protestant Reformation launched by Martin Luther (excommunicated 1520)

1520: Süleyman 'the Magnificent' takes power in Ottoman Empire

1524–1526: German Peasants' War, attempt to reform Catholic Church

1526–1547: Spaniard Francisco Pizarro leads conquest of Mayan and Inca civilisations

1529: Florence forced to accept Medici as dukes under aegis of Emperor and Pope

1534: Henry VIII forms Anglican Church; Jesuit order founded by Ignatius Loyola

1535: diving bell invented

1540s: first pistols produced in Pistoia, Tuscany—hence 'pistol'

1543: Copernicus sees Solar System as sun-centred rather than earth-centered

1527: Sack of Rome by Holy Roman Emperor; Medici expelled from Florence

1532: *Pantagruel* by François Rabelais

1534–1542: Jacques Cartier seeks north-west passage, claims Canada for France

1536: Protestant treatise by John Calvin published Geneva

1542: Francis Xavier, Catholic missionary, reaches India, Japan 1549

1545–1563: Council of Trent established to counter Protestant Reformation

1551: *Historia animalium* by Swiss Konrad von Gesner, first modern zoology book

1557: France conquers Calais, last English bastion in France

1558–1603: Elizabeth I rules England

1564: Graphite discovered in England, first modern pencils created

1569: Mercator projection helps mariners navigate

1570: *Four books on architecture* by Andrea Palladio

1555: *Prophecies* by Nostradamus

1558: Zarlino defines major and minor musical scales

1562: witchcraft made a capital offence in England

1564: Amati begins to make violins, Cremona

1570: Della Porta invents *camera obscura*, allows correct perspective

1572: Saint Barthomew's Day massacre, French Calvinists killed

1579: glass eyes fabricated

1582: Pope Gregory XIII reforms Julian calendar, institutes Gregorian calendar

1589: William Lee invents stocking frame, first textile making machine

1590: Galileo's *On motion* refutes Aristotle's theories

1594: logarithms invented by John Napier

1598: French Calvinists granted freedom of worship and civil rights

1580: *Jerusalem delivered* by Torquato Tasso; *Essays* by Michel de Montaigne

1588: Francis Drake defeats Spanish Armada, prevents invasion of England

1590: compound microscope invented by Zacherias Janssen

1594: *Titus Andronicus*, first tragedy by William Shakespeare

1597: First opera, *Dafne* by Jacopo Peri, Florence

1599: Globe Theatre built, London

ARTISTS' BIOGRAPHIES

CD — Christine Dixon
LW — Lucina Ward
SM — Simeran Maxwell
SC — Sophia Cai

BIOGRAPHIES

Birth and death dates of artists in the exhibition are omitted where they are mentioned in others' biographies.

References to Giorgio Vasari's 1550 and 1568 biographies of Renaissance artists are from *Lives of the most eminent painters, sculptors and architects*, Gaston Du C. de Vere (trans.), 3 vols, New York: Abrams, 1977.

MARIOTTO ALBERTINELLI

Mariotto di Biagio di Bindo Albertinelli was born in Florence in 1474. There, according to Vasari, he and Fra Bartolommeo (1472–1517) were apprenticed to Cosimo Roselli (1439–after 1506); and there Piero di Cosimo (1462–1522) shared his knowledge of Flemish painting techniques. Albertinelli and Fra Bartolommeo ran a workshop together in the 1490s. They collaborated on altarpieces, and Albertinelli completed a fresco left unfinished when Fra Bartolommeo took orders under the sway of the preacher Savonarola. They resumed their enterprise in 1509, sharing profits equally. The partnership was finally dissolved in 1513. Albertinelli's other influences include Filippino Lippi (c.1457–1504) and Pietro Perugino.

Albertinelli worked in Viterbo and Rome in 1513. His late style is characterised by Ludovico and Margot Borgo in *The dictionary of art* as 'wilfully archaistic or eccentric', rejecting High Renaissance ideals. Vasari wrote of Albertinelli as being too fond of good living and politically opposed to Savonarola; he was excommunicated posthumously in 1516 for not having repaid money lent by a convent, and in 1517 Raphael sued his estate for an unpaid loan. Albertinelli's widow Antonia agreed to repay both debtors. According to Vasari, Albertinelli employed assistants who link the artist to the new style of Mannerism. He died in Florence in 1515.
CD

APOLLONIO DI GIOVANNI

Apollonio di Giovanni di Tomaso was born in Florence about 1415. He has been identified with the artistic personalities previously called the Dido Master, Master of the Jarves Cassoni, the Virgil Master and the Compagno di Pesellino. According to Ellen Callmann in *The dictionary of art*, Apollonio was trained by illuminators in the circle of Bartolomeo di Fruosino (1366–1441) and Battista di Biagio Sanguini (1393–1451). He became a member of the Arte dei Medici e degli Speziali in 1442 and the Compania di San Luca in 1443. From about 1446 to 1458 and perhaps later Apollonio was in partnership with Marco del Buono, to whom he may have been apprenticed.

Unlike most artists of the time, whose commissions were for churches or the nobility, Callmann writes that Apollonio specialised in painting *cassoni* [chests], *spalliere* [panels for furniture or wall panelling], birth trays, images for private devotion and other furnishings, as well as manuscripts; among his clients were Florentine merchants, bankers and notaries. He illustrated Dante and Petrarch, and Callmann asserts he was 'the first Renaissance painter to illustrate scenes from ancient Greek and Roman mythology and history'. Apollonio made his Will in Florence in 1465, and presumably died in that year.

CD

MARCO BASAITI

Marco Basaiti, also known as Basiti, Basitus, Baxaiti and Baxiti, was thought by Vasari to be two artists, Bassarini and Bassiti. Different spellings of his signature complicate discovery of his origins, but it may be that he was part of the Greek or Balkan communities in Venice who were not included in the documents of the Republic. He was born either in Venice or Friuli around 1470, and seems to have trained with important masters, as he was authorised to copy a work by Cima da Conegliano (1459/1460–1517/1518) and allowed to complete an altarpiece in the Frari left unfinished by Alvise Vivarini (1442/1453–1503/1505). Basaiti is also associated with Giovanni Bellini, especially in the landscape backgrounds of his religious subjects and portraits.

While Basaiti's oeuvre is marked by heightened emotional expressiveness after Albrecht Dürer's (1471–1528) visit to Venice, 1505 to 1506, he was also conscious of Lombard painting, by Lorenzo Lotto in particular. His innovations include added complexity of narrative in religious paintings. Dates on his works range from 1496 to 1527, and a sole document of his artistic existence occurs in 1530 when he is listed as a painter of figures in the Mariegola dei Pittori Veneziani [Venetian painters' guild]. Basaiti is presumed to have died in Venice after 1530.

CD

JACOPO BASSANO

Jacopo Bassano, or Jacopo da Ponte, was born around 1510 in Bassano del Grappa, north-west of Venice. His father Francesco (1475/1478–1539) opened the first painting workshop near the town's bridge, and so the family was also known as 'da Ponte' [of the bridge]. When he was about thirteen Jacopo was initially apprenticed to his father. He often collaborated with his father and brother, and later his own four sons. His first known painting, with his father, is *The Nativity* of 1528 made for a Valstagna church nearby.

In the early 1530s Bassano trained in Venice under Bonifazio Veronese (1487–1553), thus absorbing Titian's influence. Although he kept working in the family studio, between 1535 and the early 1540s he often visited Venice. There he studied the work of Il Pordenone (c.1484–1539), which led to a highly emotive and exaggerated Mannerist style. By the early 1560s however, he increasingly relied on Classicism, and his style became more relaxed. He is best known for his depiction of pastoral scenes, often with animals; the landscapes show the local region. Although Bassano accepted commissions throughout the Veneto, he spent most of his life in Bassano del Grappa and died there in 1592.

SM

LAZZARO BASTIANI

Lazzaro Bastiani, or Sebastiani, was born in 1425, probably in Venice. He was first recorded as a qualified painter in Venice in 1449. Influences such as the Paduan Andrea Mantegna and the Florentine Andrea del Castagno (c.1421–1457) can be seen in his works—Castagno painted in Venice in the early 1440s, or Bastiani may have visited Florence. In Venice he knew Bartolomeo Vivarini, while Gentile Bellini (c.1429–1507), Mantegna's brother-in-law, collaborated with him on the Scuola Grande di San Marco.

Bastiani painted many religious subjects as well as portraits; his depiction of the Doge Francesco Foscari now in the Correr Museum, Venice, is particularly lively and penetrating. In the 1480s he was more and more concerned with correct perspective, though some critics have noted an increasingly dry manner of painting. Like most Venetian and Northern Italian artists of the last decades of the fifteenth century, he adopted the technical innovations of oil paint, first on panels, then on canvas. He was previously thought to have taught Vittore Carpaccio, and certainly the two share some stylistic characteristics. Bastiani died in Venice in 1512.

CD

GIOVANNI BELLINI

Giovanni Bellini was the son of Jacopo Bellini (c.1400–1470/1471), brother of Gentile Bellini (c.1429–1507), and brother-in-law of Andrea Mantegna—all painters. He was born, probably in Venice, about 1433/1436. The Bellini workshops rivalled the Vivarini family workshops, and Bellini's students, assistants and followers (the *Belliani*) were legion. Giovanni's fame spread throughout Europe. His genius came to define and dominate Venetian painting in his time and for generations to come. His manner is tender, his colour harmonious and beautiful.

The change from egg tempera on panel to oil on canvas occurred during Bellini's lifetime, and his skill helped to embed its use in Venetian art. Many Northern European oil paintings were imported into Venice in the second half of the fifteenth century, and the pioneer oil painter Antonello da Messina (c.1430–1479) visited Venice in 1475 to 1476.

Bellini was prolific and feted: Albrecht Dürer (1471–1528) wrote in 1506 that although Bellini was 'very old' he was still 'the best painter of them all'. He produced many devotional images and altarpieces, decorated the Doge's palace, painted portraits and mythological subjects. His landscape backgrounds influenced Giorgione (1477/1478?–1510) and Titian in the development of the landscape genre. Bellini died in Venice in 1516.

CD

BONIFACIO BEMBO

Little is known of the early years of Bonifacio Bembo: he was born into a family of artists, perhaps in Brescia in the 1420s, son of the Cremonese painter Giovanni Bembo (worked 1425–1449) and brother of the painter Benedetto Bembo (worked 1462–1489). His son Ludovico (worked 1460s–1480s?) was also a painter.

Bembo is recorded between 1447 and 1478, mainly employed by the Sforza family, rulers of Milan, Pavia and Cremona. He was commissioned to repair frescoes in the Castello di Pavia in 1456, which were unfinished in 1458. He worked in Cremona in 1461–1462, but by 1469 was still unpaid for the Sforza altarpiece there. After executing frescoes for the court in Pavia and Milan, Bembo was dismissed, then recalled after 1473 to decorate chapels for his Sforza patron, either as the leading artist or as supervisor. He became a Milanese citizen in 1474. His associates included Zanetto Bugatto and Vincenzo Foppa; they all executed a polyptych in Pavia in 1474, and a cycle of twenty-one scenes from the life of Christ in 1476. Bembo is traditionally credited with decorating several sets of tarot cards, but these and other attributions are not documented. He died before 1482, probably in Milan.

CD

BENOZZO GOZZOLI

Benozzo Gozzoli, also known as Benozzo di Lese di Sandro, was born in Florence in the first half of the 1420s. He collaborated with his teacher, Fra Angelico (c.1395–1455), on the frescoes in the monastery of San Marco. In 1445 he assisted the Ghibertis on the east doors of the Florence Baptistery, working in metal. He joined Fra Angelico in Rome in 1447; they worked together in Orvieto Cathedral the following year. Benozzo also received his own commissions for altarpieces and frescoes, notably for San Fortunato and San Francesco in Montefalco, Umbria.

Benozzo travelled to Viterbo in the Papal States, to Perugia in Umbria, and to Rome before returning to Florence in 1459.

There he completed the great decorative frescoes in the chapel of the Medici Palace, rich with sumptuous colours and enlivened by individual portraits. As well as fresco cycles in Florence, Benozzo painted in San Gimignano and in Pisa from 1466, where his main task was to complete the frescoes in the Camposanto. Twenty-five scenes from the Old Testament engaged his attention until 1484, among other works in the region. He employed many assistants, but had little artistic influence. Benozzo died in Pistoia in 1497.

CD

AMBROGIO BERGOGNONE

Ambrogio di Stefano Bergognone, also known as Ambrogio da Fossano, is sometimes called Borgognone. He was born in Fossano in Piedmont around 1453—as the *Necrologio ufficiale milanese* records his death in Milan in 1523, aged seventy. The artist had moved there by 1472 when he is first documented; his nickname 'Bergognone' does not appear until 1495. Although his training is unknown, by 1481 he was a member of the Scuola di San Luca. Until the 1480s his works show Flemish influences, with several works from the mid 1480s demonstrating the melancholy style of Vincenzo Foppa.

From 1488 to 1494 Bergognone was chief painter at the Certosa di Pavia, working on a series of commissions, which demonstrate that he kept abreast of Milanese advancements in perspective. Bergognone's work from this period, known as his *maniera grigia* [grey style], is often silvery in tone. By 1495 he had returned to Milan where he set up a popular workshop with his brother Bernardino (c. 1455/1460–c. 1524). After 1500 his late style reveals a brighter palette, along with a penchant for serenity and naturalism—the influence of Leonardo da Vinci (1452–1519). Bergognone continued to work in Milan until his death in 1523.

SM

BERNARDINO DI MARIOTTO

Bernardino di Mariotto dello Stagno was born in Perugia around 1478 and, although not listed amongst the official Perugian artists, served his apprenticeship there. His move to the Marches was probably motivated by competition from the many successful artists in his native city. He settled in San Severino, where he would continue to work for twenty years. His first signed work is a large panel of the *Madonna and Child* from 1498; although the first documented reference to Bernardino comes in 1502—a receipt for payment for a coat of arms in San Severino where he had taken over a workshop.

Bernardino's long stay in the Marches influenced his work, which was quite different from Perugian style: for instance, his flesh tones are tinged with a deep brown. The impact of Carlo Crivelli can be seen in Bernardino's distinctive decorative idiom, often including fruit, floral arrangements and detailed embroidery. His drapery

was painted in an angular fashion, with figures often distorted and
heavily outlined. He moved to Potenza Picena near Ancona, before
returning around 1532 to Perugia, where he established his own
studio. He died in Perugia in 1566.

SM

AMBROGIO BEVILACQUA

Giovanni (or Antonio) Ambrogio (or Ambro) Bevilacqua is also
known as Il Liberale, or Il Liberale da Milano (or Milanese), to
distinguish him from Liberale da Verona (1441–1526). Bevilacqua
was active in Milan and the surrounding regions between about
1474 and 1516. From 1474 to 1477 he was recorded as a pupil
of Matteo de' Federli (worked 1470s?) and was registered in the
painters' guild in 1481. His first known works, frescoes in Landriano,
were dated 1485 and signed 'Ambrosius de Beacquis'; the following
year he signed a fresco in Milan.

In 1487 Bevilacqua may have been employed by the Milan
Cathedral works, and perhaps the Certosa di Pavia. He became
increasingly busy, taking in apprentices in 1489 and 1498, and was
paid for restorations at the Ospedale Maggiore. Bevilacqua was
probably associated with Vincenzo Foppa, who painted mainly in
Brescia and Pavia, but worked in Milan sporadically in the 1460s
and 1470s. He was also affected by the art of Bernardino Butinone.
Bevilacqua represents the Lombard school of the Early Renaissance
before the liberating influence of Leonardo da Vinci (1452–1519)
was felt widely—Leonardo arrived in Milan in 1483. In 1516
Bevilacqua made his Will in Milan.

CD

GIOVAN ANTONIO BOLTRAFFIO

Giovan (or Giovanni) Antonio Boltraffio was born into an
aristocratic family in Milan about 1467. Vasari stated he was taught
by Leonardo da Vinci (1452–1519) when he was in Milan in the
1480s and 1490s. As he did not need to make a living from his art,
Boltraffio seems to have worked only sporadically and was not
associated with any workshop. In 1491 he painted an altarpiece
with Marco d'Oggiono, another of Leonardo's pupils, perhaps
under the master's supervision. The poet Gerolamo Casio secured
a commission for an altarpiece for his family in Bologna, dated by
Vasari as 1500. New influences include Pietro Perugino. By 1502
Boltraffio had returned to Milan.

Boltraffio was a skilled portrait painter. He idealised his sitters, who
often came from noble families or the courts; Casio was his subject
at least three times, even four. The last documented commission
is for an altarpiece in Lodi Cathedral, begun in 1508 during
Leonardo's second period of residence in Milan between 1506 and
1513. Boltraffio's style is highly refined, employing his teacher's
shadows and rounded forms. Little is known of Boltraffio's last years;
he died in Milan in 1516.

CD

SANDRO BOTTICELLI

Sandro Botticelli was one of the most esteemed Florentine artists
of the quattrocentro. He is distinguished by his graceful style and
precise line. He was born Alessandro Filipepi in 1444 or 1445 in
Florence. Vasari states that he trained as a goldsmith before joining
the workshop of Fra Filippo Lippi (1406?–1469) in the early 1460s.
Botticelli received enough commissions for panels and frescoes to
run his own workshop by 1470; two years later he joined the guild
of Florentine painters, the Compagnia di San Luca, and Filippino
Lippi (c.1457–1504) was his apprentice. Until their expulsion from
Florence in 1494, the Medici family were amongst his best patrons.

In 1481, summoned by Pope Sixtus IV, Botticelli went to Rome
to decorate the walls of the Sistine Chapel. With his prestige
confirmed, upon his return to Florence in 1482 he continued to
receive important commissions. His work suffered in popularity by
the end of the fifteenth century however, as he came under the sway
of the puritanical reformist monk Girolamo Savonarola. Botticelli's
personal vision gradually lost favour to the new High Renaissance
style championed by artists such as Raphael and Leonardo da Vinci
(1452–1519). Botticelli died in Florence in 1510.

SC

FRANCESCO BOTTICINI

Francesco Botticini, or Francesco di Giovanni di Domenico,
was born in Florence in 1446; his father, Giovanni di Domenico
di Piero, was a painter of playing cards with a relatively modest
workshop. In 1459 Botticini entered the workshop of Neri di Bicci
(1419–1491) as an apprentice. Although his contract was drawn up
for a year, Botticini left in 1460, after just nine months. By 1469
Botticini had his own workshop and his skills as an easel painter
were well regarded. His brightly coloured and charmingly modelled
style was greatly influenced by his contemporaries such as Andrea
del Verrocchio (1435–1488), Fra Filippo Lippi (1406?–1469)
and Botticelli.

Botticini produced a number of panel paintings and altarpieces,
including the highly original *Assumption of the Virgin* 1475–1476.
Although overshadowed by Botticelli, Botticini's paintings are lively
and distinctive. Later works owe a debt to the Flemish oil paintings
then fashionable in Florence. Botticini was commissioned in 1484
by the Company of Sant'Andrea della Veste Bianca for an altarpiece
in the collegiate church of Empoli, near Florence. Although he
was expected to finish this work by 1486, the altarpiece remained
incomplete until his son Raffaello (1474–1520) took over in 1504.
Botticini died in Florence in 1498.

SC

ZANETTO BUGATTO

Zanetto (Zannetto, Zanneto, Zaneto) Bugatto (or Bugatti) had
a brief but productive life working mainly as a portraitist for the
ruling Sforza family in Milan. He was born there between 1440
and 1445. After a mention in the records of Milan Cathedral in
1458, and a completed portrait of Ippolita Sforza, Bugatto was sent
to Brussels in 1460. He was to train with the great Rogier van der
Weyden (c.1399–1464); and there he would have seen the art of
Jan van Eyck (c. 1395–1441) and Hans Memling (1430s–1494). The
letter of recommendation from the duchess Bianca Maria describes
Bugatto as 'adolescentem' [growing into manhood]. He remained in
northern Europe until May 1463, absorbing new techniques
of oil painting and illusionism.

Back in Milan, Bugatto painted easel portraits and donor figures,
as well as designing coins and medals. He travelled to France in
1468 to paint a Sforza bride-to-be; while there he sold a painting
to Louis XI. Collaboration with Bonifacio Bembo and Leonardo
Ponzoni (worked 1470s) entailed frescoed figures of the Sforza amid
religious scenes. Bugatto met Andrea Mantegna in Mantua in 1473.
He worked with Bembo and Vincenzo Foppa on the chapel of the
Castello Sforza in Pavia, and died there or in Milan, probably early
in 1476.

CD

BERNARDINO BUTINONE

Bernardino Butinone was born, probably in the 1440s, in the
Lombardian town of Treviglio, which was occupied by the Venetians
for various periods in the fifteenth century. He was the son of a
painter called Jacopo Butinone da Treviglio (1450–1507), but his
other training is unclear. Stylistically Butinone was influenced by
the incisive lines of Andrea Mantegna and Cosmè Tura, so he may
have been connected with the artistic life of Padua and Verona,
possibly through the influential teacher Francesco Squarcione
(c.1395–after 1468). His manner is lively, with brightly coloured
figures and detailed interiors animating his panels.

Butinone worked in Milan from the mid 1480s on altarpieces
and frescoes, sometimes in collaboration with Bernardino Zenale
(c.1460–1526). Vasari conflated the two artists into one personality
called Bernardino da Treviglia, as they were both born in Treviglio
and shared a first name. They executed decorations in the Castello
Sforzesco in 1490 to celebrate the wedding of Ludovico Sforza and
Beatrice d'Este. Towards the end of his life Butinone seems to have
entered the Franciscan monastery of the Annunziata in Treviglio,
devoting his last years to illumination. He died in Treviglio, probably
in 1507 or 1510.

CD

GIOVANNI CARIANI

Giovanni Cariani, or Giovanni de' Busi, was born in about 1485
in San Giovanni Bianco, twenty kilometres north of Bergamo. He
moved to Venice at the age of twenty, where early in his career he
was greatly influenced by his exact contemporary Sebastiano del
Piombo (c.1485–1547). After 1511 Cariani became interested in
Titian and Palma il Vecchio. He worked in Bergamo from 1517
to 1523, coinciding with Lorenzo Lotto's residence in the city.
Cariani painted the altarpiece for San Gottardo and other religious
commissions, as well as portraits of distinguished citizens.

He returned to Venice in 1523 and spent the final decades of his
life moving between the two centres. Cariani's career is marked
by tension between a more angular Lombard painting style and
the lusher Venetian colourist manner; like Titian, Giorgione
(1477/1478?–1510) made his mark on the younger painter. Later in
life Cariani was influenced by German and Flemish engravings, and
by Paolo Veronese (1528–1588). He is last documented in Venice in
1547, and it seems likely he died in the city in or after that year.

CD

FRA CARNEVALE

Fra Carnevale, or Carnovale, was born Bartolomeo di Giovanni
Corradini, probably in Urbino in the first half of the 1420s. He
may have studied with Antonio Alberti da Ferrara (1390s–before
1449), who worked there sporadically from the 1420s until
1442. In 1445 Corradini is documented in Florence as a pupil
of Fra Filippo Lippi (1406?–1469). He returned to Urbino in
1449, entering the friary of San Domenico as a monk.

Fra Carnevale—the nickname means Lent, or 'no meat'—is
associated with the portal of San Domenico church, but his
precise role is unknown. He also worked on Urbino's cathedral
and the Palazzo Ducale. His paintings reveal considerable
interest in, and knowledge of, architecture; the great artist,
architect and theoretician Leon Battista Alberti (1404–1472)
visited Urbino often in the 1460s and the two would have met.
Fra Carnevale also knew Piero della Francesca (1415?–1492).
His most famous work is the *Birth of the Virgin* in Santa Maria della
Bella, paid for in 1467. Vasari wrote that this painting influenced the
High Renaissance architect and painter Bramante (c.1443/1444–
1514). Fra Carnevale, long-serving as a parish priest at San
Cassiano di Cavallino, died in Urbino in 1484.

CD

FRANCESCO CAROTO

Francesco Caroto, also known as Giovanni Francesco or Giovan'
Francesco Caroto, was born in Verona in about 1480. His younger
brother was Giovanni Caroto (1488–1563/1566), teacher of the
great Paolo Veronese (1528–1588). Vasari discusses the Caroto

brothers at length in his expanded *Lives* of 1568, written very close to them in time. He states that Francesco was trained first by Liberale da Verona (1441–1526) then, after seeing Andrea Mantegna's works, went to Mantua to apprentice himself to the master. Other influences can be seen however, particularly Raphael and Leonardo da Vinci (1452–1519), whose works in Milan were seen by Caroto in 1507.

Caroto executed frescoes in churches in Verona as well as other commissions for oil paintings, including portraits. He worked in tempera and oils, including some paintings on canvas. After living in Milan he travelled to Casale in Piedmont to work for the noble Montferrat family before returning to Verona. He also worked in the north, in the area around Lake Como. His style, always eclectic, became more reliant on borrowing from other artists as the distortions and eccentricities of Mannerism increased. Caroto died in Verona in about 1555.

CD

VITTORE CARPACCIO

Vittore Carpaccio was a significant artist of the Venetian Renaissance, best known for narrative paintings made for the *scuole* (religious societies). He was born in Venice between 1460 and 1466, perhaps in 1465, and is first mentioned in 1472 in a Will. Details of his art training are contested: he may have trained under Giovanni Bellini or Lazzaro Bastiani. By the 1490s Carpaccio, now a master painter, completed a series on the life of Saint Ursula for the Scuola di Sant'Orsola. These displayed his taste for decorative details, lively colour and minute observation of everyday life.

In the early sixteenth century Carpaccio continued to work on narrative paintings, such as lives of the saints for the Scuola degli Schiavoni. In 1507 he and Giovanni Bellini were employed to decorate apartments in the Doge's palace. Carpaccio was well regarded as a portrait artist and was also awarded commissions for altarpieces. Essentially conservative, his art never took on the humanist trends that became popular in the High Renaissance. Although successful, he was less fashionable in the last fifteen years of his career, superseded by new stars like Titian. Carpaccio died in Venice in 1525 or 1526.

SC

PAOLO CAVAZZOLA

Paolo Cavazzola, originally Paolo Morando, was born in Verona in 1486. He was first taught by the local artist Francesco Morone (1471–1529), although Verona was within the orbit of Andrea Mantegna and Giovanni Bellini, two guiding lights of art in the Veneto. Cavazzola painted frescoes, panels and canvases, it seems all in Verona; his early works depict open-air scenes, sometimes in bright sunlight. As well as religious subjects, his portraits are distinctive in their clarity, while the figures share firmly modelled features and drapery. His vivid colours later deepen to a darker chromatic range.

Vasari judged Cavazzola (or Cavazzuola as he called him) as 'much more able than his master'. He wrote that in the *Deposition from the Cross* for the church of San Bernardino, Verona, the artist 'made a portrait of himself, so good that it has the appearance of life… a young man with a red beard, who is near the Tree of the Cross, with a coif on his head, such as it was the custom to wear at that time'. The last work Cavazzola executed is thought to be the Sacco altarpiece for the same church, painted c.1522. Cavazzola died in Verona that year, aged about thirty-five.

CD

ANTONIO CICOGNARA

Antonio Cicognara, who worked in Cremona in the 1480s and was last recorded in Lodi in 1500, has traditionally been identified as the painter of six 'trump' tarot cards [tarocchi] held in the collections of the Accademia Carrara, Bergamo, and the Pierpont Morgan Library, New York. This attribution has been questioned by Gertrude Moakley in *The tarot cards painted by Bonifacio Bembo* 1966, and by Giuliana Algeri, *Gli Zavattari* 1981, who attributed the cards to Francesco Zavattari (active mid-1400s) on stylistic grounds. The argument is summed up by Sandrina Bandera in *I tarocchi: Il caso e la fortuna: Bonifacio Bembo e la cultura cortese tardogotica* 1999. In 'Six XV-century tarot cards: Who painted them?,' in *artibus et historiae*, vol. 28 no. 56 2007, pp. 15–26, Michael Dummet attributes the cards to Benedetto Bembo (died after 1489), who worked in Cremona and Parma between 1462 and 1489. Benedetto was the brother of Bonifacio Bembo. The question remains open.

CD

VINCENZO CIVERCHIO

Vincenzo Civerchio, whom Vasari called Vincenzo Verchio, was born about 1470 in Crema, near Cremona in Lombardy—then ruled by the Republic of Venice. He may have moved to Brescia around 1490, there coming under the influence of Vincenzo Foppa. His first signed and dated work is from 1490, an altarpiece in nearby Travagliato; he was commissioned to succeed Foppa for the Brescia Cathedral chapel frescoes, being paid in 1493. Due to his long residence in Brescia, he became a citizen in 1498. Civerchio's paintings naturally show the influence of his contemporaries in Lombardy, particularly those of the circle of Leonardo da Vinci (1452–1519), including Giovan Antonio Boltraffio and Marco d'Oggiono.

By 1507 Civerchio was in Crema, from where he seems to have worked and travelled for most of the next decades; he was therefore situated artistically between Lombardy, Ferrara and

Venice. He produced paintings and sculptures, and was described by Marcantonio Michiel in the 1530s as Vincenzo Civerto, called Forner, 'painter, architect and perspectivist'. Several works previously given to Civerchio are now attributed to Bernardino Zenale (c.1460–1526). Civerchio signed his Will as 'Civis Cremensis' [citizen of Crema]; he died in Crema in 1544.

CD

LORENZO COSTA

Lorenzo di Ottavio Costa was born possibly in 1460 in Ferrara, son of the painter Giovanni Battista Costa. Influenced by Cosmè Tura, who was active in Ferrara until 1485, Costa may have trained in the Ferrara studio of Ercole de' Roberti (1455/1456–1496). He moved to Bologna in the early 1480s, where he received many important commissions; he visited Florence in the 1490s, and was familiar with Tuscan and Umbrian art. By 1499 he was back in Ferrara to paint an altarpiece. 1506 saw the end of his Bentivoglio patrons' rule in Bologna and the destruction of their palace, so Costa moved to Mantua where he succeeded Andrea Mantegna as court artist for the Gonzagas.

Costa's early boldness of colour and simplified forms were modified by his collaborations in Bologna with Francesco Francia (c.1450–1517), particularly his frescoes and altarpieces there. His interest in, and knowledge of, Classical sources in art and architecture remained throughout his career however. Many of his works were destroyed over the centuries; his frescoes for the Mantuan palace of San Sebastiano of 1507 to 1512, painted with Francesco Bonsignori (c.1460–1519), were lost when the palace was sacked in 1630. Costa died in Mantua in 1535.

CD

CARLO CRIVELLI

Carlo (Giovanni) Crivelli was born in the early 1430s into a Venetian family of artists. He is first mentioned as an independent painter in 1457. Initially learning from his father, Crivelli was influenced in Padua by Francesco Squarcione (c.1395–after 1468) and Giorgio Schiavone, with whom he may have emigrated to Dalmatia. Crivelli returned to Italy, where his earliest dated commission for a Fermo altarpiece was executed by 1468. Chiefly known for his decorative altarpieces, by 1483 Crivelli was a major artist in the Marches, settling in prosperous Ascoli Piceno. This relocation isolated him from major artistic advances and thus his style remained more closely aligned with the Late Gothic tradition.

Crivelli's work is dominated by still-life details, seemingly developed from exposure in Urbino to Flemish paintings. His work is also renowned for its spatial illusion, overt decorative elements such as raised gesso work, bright vibrant colours and gold backgrounds— stylistic traits unfashionable in his native Venice but popular in

the more conservative Marches. When Ascoli fell to Naples in 1490, Crivelli was knighted by the future Neapolitan king. He worked in the northern Marches, added the title *miles* [knight] to his signature, returning to Ascoli where he died probably in about 1495.

SM

VINCENZO FOPPA

Vincenzo Foppa, also known as Vincenzo da Brescia [Vincenzo of Brescia], was born in 1427 or 1430 in Bagnolo, near Brescia in Lombardy, the son of a tailor. The course of his artistic training is unclear, but his style suggests travel to the Veneto region, perhaps to Padua, Venice or Verona, as he was influenced by Andrea Mantegna, among others. Foppa is noted for painting unusual skin tones, often characterised as metallic or silver-grey, and for correct perspective. By 1458 he was established in Pavia, probably working for the Sforza family, rulers of Milan and Pavia, and other patrons. The Sforza commissioned a fresco cycle in Milan in 1463, and six years later allowed his application to become a citizen of Pavia.

In the mid 1470s Foppa collaborated with Bonifacio Bembo and Zanetto Bugatto on projects for the Sforza, which stopped when the Duke of Milan was murdered in 1476. Throughout his career he also painted for long periods in Genoa and Brescia, returning to Pavia about 1495. Many of Foppa's frescoes have been destroyed, but his reputation at the time was high; nonetheless, documents reflect clients' dissatisfaction over his slowness or incomplete works. He practised as an architect, although no buildings designed by him are now known. Foppa died in Brescia in 1515 or 1516.

CD

FRA GALGARIO

Fra Galgario, also known as Fra Vittore, was born Giuseppe Ghislandi in Bergamo in 1655, initially training there before continuing his studies in Venice from 1675 to 1688. He became a lay brother of the Order of Minims (Friars of San Francis di Paolo), although it has been suggested that this may have been for financial support rather than purely religious reasons. After returning briefly to Bergamo in 1688, he spent a further twelve years in Venice painting portraits of Venetian nobles. Having studied the work of Titian, Fra Galgario developed his own fashionable portrait style for which he became famous.

Returning permanently to Bergamo after 1702, he entered the monastery of Galgario, from which he took his name. His portraits proved popular with the local Bergamo elite, although he also painted the governors of Milan. Following the example of Rembrandt (1606–1669), probably transmitted through Salomone Adler (1630–1709), Fra Galgario also began to produce genre portraits of lower-class subjects, known as *capricciose teste* [character heads, or head caprices]. These works were much sought after. After a visit to Bologna in 1717, he was elected a member of the Accademia Clementina. Fra Galgario died in Bergamo in 1743.

SM

NICOLA GIOLFINO

Son of an engraver of the same name, Nicola (or Nicolò or Niccolò) Giolfino was born in Verona in 1476, and first trained in his family's sculpture workshop. He and Francesco Caroto trained as painters in the studio of Liberale da Verona (1441–1526), Giolfino joining in 1492. The regional influence of Andrea Mantegna is detectable also. Giolfino is documented as a *pictor* [qualified painter] in 1501. His frescoes in the San Francesco chapel of Verona's San Bernardino were executed between 1512 and 1522, and those of Santa Maria in Organo in the 1530s. Both show successful depictions of figures in illusionistic space, developing from the more linear character of his earlier work.

Giolfino later adopted a *sfumato* manner, moulding forms by working from dark into light, although the nature of his contact with Giovan Antonio Boltraffio, Andrea Solario and the Milanese circle of Leonardo da Vinci (1452–1519) is unclear. Roman Mannerism was another inspiration, especially the work of Giulio Romano (1499?–1546) in Mantua. Probably in the 1540s Giolfino painted oils for San Bernardino, again increasing the richness of his colour. Vasari, calling him Niccolò Ursino, only mentions him as the teacher of Paolo Farinati (1524–1606). Giolfino died in Verona in 1555.

CD

GIOVANNI D'ALEMAGNA

Giovanni d'Alemagna [John of Germany or Johannes Alemanea] worked in Venice and Padua in the 1430s and 1440s. Nothing is known of his training, which may have occurred in Germany. Recent research has sought to untangle the different artists known by this common nickname. If the Paduan painter is Giovanni di Niccolò d'Alemagna, he was born about 1399 in Ulm and first married to Maddalena Franceschino of Piacenza, receiving her dowry in 1423 at the age of twenty-five. Giovanni acquired Paduan citizenship in 1431. By 1437 he was in Venice, where he married again, a sister of Bartolomeo and Antonio Vivarini (c.1418–c.1480). Giovanni collaborated with his brother-in-law Antonio in their family workshop, which specialised in the production of large, elaborately framed polyptychs. Only a single work is signed by Giovanni alone; of the doubly signed works, usually Giovanni's name is placed first as befits the senior partner. The two painters were members of the Paduan painters' guild, entering either in 1447 or 1448, and are best known for their initial work on the Ovetari frescoes for the Eremitani Chapel there. After Giovanni's death the project was taken over by Andrea Mantegna. Giovanni died, probably in Padua, in 1450.

CD

GIOVANNI DI PAOLO

Giovanni di Paolo, also known as Giovanni di Paolo di Grazia, was born in Siena at the end of the fourteenth century. The city-state of Siena, seventy kilometres south of Florence, had its golden age in the early fourteenth century under Duccio (c.1260–1319) and Simone Martini (c.1285–1344). Giovanni executed both illuminations and panel paintings throughout his long career; over two hundred works survive.

In the 1420s and 1430s Giovanni adhered to the Late Gothic tradition, with its sinuous lines, flat gold grounds and decorative details, and was first influenced by Gentile da Fabriano (c.1385–1427?). Giovanni joined the Sienese painters' guild, the Ruolo dei pittori, in 1428, and became its *rettore* [rector] in 1441. In the period from 1438 to 1444 Giovanni illustrated the *Paradiso* from Dante's *Divine comedy* with sixty-one miniatures. From the 1440s Giovanni's style matured and he painted numerous fine works. His Saint Nicholas altarpiece 1453 shows a close adherence to the style of Sassetta (c.1400–1450). Giovanni produced an altarpiece in 1463 for the new cathedral in Pienza. His last works are signed and dated 1475. Giovanni di Paolo made his Will and died in Siena in 1482.

CD

GEROLAMO GIOVENONE

Gerolamo (or Girolamo) Giovenone was born in Vercelli, Piedmont, probably in the last years of the 1480s. His father and elder brother were master carpenters, commissioned in 1508 to frame a Vercelli polyptych by Gaudenzio Ferrari (1475/1480–1546). By then, presumably, Giovenone had left the town; he knew of Giovanni Martino Spanzotti (worked 1480–c.1523), who produced art in Vercelli from 1481 to 1498, and may have trained in Turin with him or his student Defendente Ferrari (worked 1500–1535). Giovenone copied Raphael's *Madonna d'Orleans* 1506, possibly from Spanzotti's copy commissioned by Duke Charles II of Savoy, who owned the Raphael.

Giovenone painted altarpieces in Piedmont in 1507 and Milan in 1508, and his *Disputation in the Temple* is signed and dated 1513. The Buronzo altarpiece 1514 was commissioned by a Vercelli family for the church of San Paolo, where later works by Giovenone survive. In 1515 he married in Vercelli, and is mentioned in his father's Will in 1524 as having a workshop and house in the town for many years. His younger brother was apprenticed to Gaudenzio Ferrari in 1521, and Giovenone seems to have been influenced by the master. He died in Vercelli in 1555.

CD

JACOBELLO DI ANTONELLO

Jacobello or Jacopo di Antonello, also known as Jacopo d'Antonio, was born about 1456, son of the great Antonello da Messina (c.1430–1479). He was probably born in Naples when his father was training there, moving to Messina, Sicily, in infancy. He may have accompanied his father to Venice in the mid 1470s. Jacobello was the beneficiary of his father's knowledge of the collection of Alfonso V of Aragon, King of Naples, which included oil paintings by the Flemish painters Jan van Eyck (c.1395–1441) and Rogier van der Weyden (c.1399–1464). Therefore Jacobello would have been familiar with the new techniques of oil painting and northern illusionism.

Much of what is known about Jacobello is from his father's Will, dated 14 February 1479, in which he is the main heir. He assumed responsibility for his father's workshop, completing his father's commissions, and agreeing to apprentice his cousin Antonio de Saliba (1466/1467–1535?). Jacobello's only signed and dated work is the *Madonna and Child* 1480, in the Accademia Carrara, Bergamo, which pays tribute to his dead father on the *cartellino* [painted label]. Nothing is heard of him after the 1480s; he might have died young or emigrated to Venice, as has been suggested.

CD

JACOPO DI CIONE

Jacopo di Cione, also known as Robiccia, was born in Florence between 1320 and 1330. He is associated with his brothers Andrea (c.1308–1368), Nardo (active 1343–c.1365) and Matteo (1330–1380). In 1366–1368 Jacopo worked on the Florentine guildhall of judges and notaries. After Andrea's death in 1368 Jacopo took over some of his brother's commissions; the following year he enrolled in the Arte dei Medici e Speziali, acting as a consul of the guild in 1384, 1387 and 1392. He also collaborated with Niccolò di Pietro Gerini (worked 1366–c.1414/1415). In 1370–1371 they produced the polyptych for the high altar of San Pier Maggiore, Florence, and in 1372–1373 made a large panel of the *Coronation of the Virgin* commissioned by the mint of Florence.

Between 1378 and 1380 Jacopo worked with Matteo in Florence Cathedral—he is recorded as Matteo's guarantor—and continued to procure marble for the cathedral workshop after his brother's death. The gold grounds, flat planes and ornate detail which characterise Jacopo's art, as well as the use of small naturalistic details, identify him as a painter in the Late Gothic style, on the cusp of a rising Renaissance tide. He died in Florence after May 1398 and before 1400.

LW, CD

FRANZ VON LENBACH

Franz Lenbach was born in Schrobenhausen, Bavaria, in 1836. After extensive academic training in Germany between 1851 and 1858, he travelled to Rome to paint the countryside and Classical ruins. On his return to Germany he met Adolph Friedrich, Graf von Schack, a would-be collector who commissioned copies of Old Master paintings from young artists. He sent Lenbach to Rome in 1863. There he met fellow copyists Anselm Feuerbach (1829–1880), Hans von Marées (1837–1887) and Arnold Böcklin (1827–1901): they became significant Symbolist painters.

In 1865 Schack sent Lenbach to Florence, where he became an important society painter; subjects included King Ludwig I of Bavaria. After trips to Spain and Morocco, Lenbach gave up landscape painting to concentrate on portraiture. He lived in Vienna between 1870 and 1876 where he painted Richard Wagner and the Emperor Franz Josef; he was fashionable and successful. He returned to Munich, and in 1878 painted the first of about a hundred portraits of Otto von Bismarck, the first Chancellor of a united Germany. By now Lenbach was the predominant German portraitist; his subjects included the Emperor and the Pope. In 1882 he was ennobled, and so added 'von' to his name. Lenbach died in Munich in 1904.

CD

LORENZO MONACO

Lorenzo Monaco [Lorenzo the monk] was born Piero di Giovanni, probably in Florence in the first half of the 1370s. He joined the Camaldolese Order in the Florentine convent of Santa Maria degli Angeli in 1391; he was ordained subdeacon the following year and deacon in 1396. A birthdate of the early to mid-1370s is therefore presumed, as the age for this step was usually twenty-one. He became an illuminator of manuscripts in the famous scriptorium of Santa Maria degli Angeli. He trained as a painter in the workshop of Agnolo Gaddi (worked 1369–1396) and knew the work of Giotto (1266/1267–1337).

About 1396 Lorenzo established his own workshop in the city, but continued his religious life. From 1399 commissions for altarpieces and miniatures are recorded, as well as large and small devotional panels painted in tempera. These include several in the form of the *croce sagomata* [cut-out cross]. Lorenzo's style is noted for its sinuous line and gentle modelling, gloriously tooled gold grounds and very distinctive delicate colouring. He is thought to bear the Late Gothic tradition into the fifteenth century, and is linked to later experiments through Fra Angelico (c.1395–1455). Lorenzo died in Florence, probably soon after 1421.

CD

LORENZO LOTTO

Lorenzo Lotto, born in Venice about 1480, was influenced by
Giovanni Bellini and a contemporary of Raphael and Titian.
Brilliant colour and striking dark hues, clarity, expressive emotional
truth and sophisticated characterisation combine with dazzling
technique in his development of Renaissance art. Lotto was noted
mainly in the Venetian territories and central Italy; between 1506
and 1512 he painted in the Marches, establishing a lifelong pattern
of travelling for employment. In 1509 he was paid for decorating
the Vatican Palace, Rome.

Lotto's longest residence was in Bergamo from 1513 to 1525, where
he became the dominant artist in the region. Six major altarpieces
survive in Bergamo churches; he also executed frescoes for the
Suardi Oratory, many private devotional paintings and portraits for
wealthy merchants and the nobility. Lotto returned to Venice in
1525, probably because of commissions for the Dominican Order,
with which he was associated throughout his life. He remained
there until 1532, painting altarpieces for shipping to the Marches.
His portraits were in demand from Venetian patrons. Lotto's last
decades were spent travelling the Veneto and Central Italy; he finally
became the painter of and oblate in the Santa Casa, Loreto, where
he died in 1556 or 1557.

CD

BERNARDINO LUINI

Luini was born Bernardino de Scapis at Dumenza, near Luino,
east of Lake Maggiore, in about 1481. His early training is obscure
but he seems to have been established as an artist by 1500, when
he moved to Milan with his father. From 1504 to 1507 he was at
Treviso. His earliest frescoes were made about 1505, and a polyptych
painted for the church of Maggianico, Como, dates to about 1510.
As well as being a prolific fresco painter, Luini produced a large
number of panels that show his awareness of Leonardo da Vinci
(1452–1519) and Raphael.

Luini's frescoes of around 1525 in the sanctuary of Santa Maria
dei Miracoli, Saronno, are some of his best-known works. The
enormous *Crucifixion* 1529–1532, at Santa Maria degli Angeli, Lugano,
is considered his masterpiece, highly novel both stylistically and
compositionally. Like Giovan Antonio Boltraffio, he borrowed from
Leonardo to the extent that many works by Luini have previously
been given to the master. The colouring, soft lines and graceful
qualities of Luini's work were much admired in the nineteenth
century, when many of his frescoes were detached. He had four sons,
three of whom were artists. He died in Milan in 1532.

LW

MAESTRO DEI CARTELLINI

This unnamed painter was active in Bergamo in the middle of the
fifteenth century. He was known until recently as the Maestro de
1458. Now called the Maestro dei Cartellini, or the Master of the
Cartellini, his name is derived from the term *cartellino*, the painting
of a small piece of paper on a work which gives the illusion of
being stuck onto the paint. It usually bears the title of the work or
the artist's signature.

The Maestro dei Cartellini is connected to the polyptych painted
for the church of Sant'Agostino in Bergamo, commissioned in 1458.
Four panels from the *Polittico del Redentore [Polyptych of the Saviour]*,
documented in the eighteenth century, are now in the Accademia
Carrara, Bergamo. The church of Sant'Agostino was closed in 1797
when Napoleon's French army conquered and occupied Northern
Italy, including Bergamo.

CD, SM

MAESTRO DELLA PALA SFORZESCA

The Maestro della Pala Sforzesca, or Master of the Sforzesca
Altarpiece, not known before 1490, is named after the major work
identified with his hand. It was commissioned for the church
of Sant'Ambrogio ad Nemus in Milan by Ludovico Sforza, first
as Regent for his nephew, the young Duke of Milan; in 1494
Ludovico became Duke, and the altarpiece asserted his rightful
place as ruler. Painted in tempera and oil on panel, the work is rich
in ornamentation, with gold leaf and lapis lazuli reinforcing the
wealth and power of the donor. It is now in the Pinacoteca
di Brera, Milan.

The unnamed painter seems to have known the works of Foppa,
Bergognone and Leonardo da Vinci (1452–1519), all of whom
worked in Milan from the 1480s. About fifteen paintings have
been convincingly attributed to the Master, and dated by Giovanni
Romano in *Zenale e Leonardo* (Museo Poldi-Pezzoli, 1982). As
well as his panel paintings, he executed frescoes in San Giorgio in
Annone, Brianza, Como. The Master's last known works were made
after 1500.

CD

GIOVANNI MANSUETI

Giovanni di Niccolò Mansueti worked in Venice for more
than forty years from 1485, attested by signatures and dates on
some of his paintings. In 1494 he signed a work as the pupil of
Gentile Bellini (c.1429–1507); he seems to have been active in
the Bellini workshops from the 1480s. Mansueti collaborated
with Gentile on decorating the Sala della Croce, Scuola di San
Giovanni Evangelista, from 1496 to 1501, with Vittore Carpaccio
and Lazzaro Bastiani. As well as Carpaccio, Mansueti was
influenced by Cima da Conegliano (c.1459–c.1517) active in
Venice in the late fifteenth century.

Although he would have witnessed the careers of Giorgione (1477/1478?–1510) and Titian as they renewed Venetian art early in the sixteenth century, Mansueti's own somewhat stiff manner remained rooted in the past of his early training and practice. Although he painted several altarpieces and private devotional works, Mansueti is best known for his scenes of the saints' lives, executed on canvas in elaborate detail. His portrayals of Saint Mark the Apostle, made between about 1518 and 1526, are set in Alexandria, and thus contain fashionable Oriental—that is, Islamic—elements. Mansueti died in Venice in 1526 or 1527.

CD

ANDREA MANTEGNA

Andrea Mantegna, among the most brilliant and influential artists of fifteenth-century Italy, was born about 1430 in Isola di Carturo, near Padua. Apprenticed to Francesco Squarcione (c.1395–after 1468) at the age of twelve, he liberated himself by 1448 with accusations of non-payment for his labours. He was familiar with genius: Donatello (1386/1387–1466), Uccello (1397?–1475) and Fra Filippo Lippi (1406?–1469) all worked in Padua in the 1440s. His first major commission was the fresco decoration of the Ovetari Chapel in the Eremitani Church, which occupied him until 1457. In 1460 Mantegna finally took up Ludovico II Gonzaga's offer to join his Mantua court; the relationship with the Gonzagas was to last almost fifty years.

Already in contact with Jacopo Bellini (1400?–1470/1471) in Venice, Mantegna married his daughter Niccolosia in 1453, thus becoming brother-in-law to Gentile (c.1429–1507) and Giovanni Bellini. His knowledge and adaptation of Classical Antiquity, especially Roman, suffuse his art and greatly affected others. Mantegna is celebrated as an innovative engraver; the prints were used both to sell and to disseminate his artistic ideas. Noted for inventive use of perspective and bold foreshortening, his hard outlines and sculptural definition set him apart from the softer modelling of Venetian painters. Mantegna died in Mantua in 1506.

CD

MARCO DEL BUONO

Marco del Buono di Marco, known variously as Marco del Buono, Marco Giamberti, or Marco Buondelmonti, was born in either 1402 or 1403 in Florence. Most documentary evidence relating to him comes from his numerous tax declarations throughout his life. He was known as a popular furniture painter. Early in his career Marco collaborated with another (and later rival) furniture painter Lo Scheggia (1406–1486), and the two artists shared workshop premises. Both trained with Bicci di Lorenzo (1373–1452). Marco joined the Guild of Saint Luke in 1424 and became a member of the Arte dei Medici e Speziali in 1426.

Marco went into a thriving partnership with fellow artist Apollonio di Giovanni from about 1446 to 1458 and perhaps later. Among other secular items, they produced *cassoni* [painted wedding chests], many of which survive today. Although two *cassoni* have been attributed to Apollonio alone, none have been solely consigned to the hand of Marco. A 1670 copy of their account book, *bottega*, has helped to attest to the success of this business and the popularity of the *cassoni* in fifteenth-century Florence. Although their partnership dissolved after 1457, Apollonio bequeathed his business to one of Marco's sons. Marco died in Florence in 1489.

SM

MARCO D'OGGIONO

(Giovanni) Marco d'Oggiono was born, probably in Milan, in the mid 1460s, the son of Isabella da Civate and Cristoforo d'Oggiono; his goldsmith father was born in Oggiono, near Brianza in Lombardy. Marco may have been taught by an artist in the circle of Bernardino Zenale (c.1460–1526), or Bernardino Butinone. In 1487 he was documented in Milan as teaching an apprentice to paint miniatures, and thus was a master with his own workshop. He was closely associated with Leonardo da Vinci (1452–1519) by 1490, when he stayed in Leonardo's house. The following year Marco and Giovan Antonio Boltraffio were commissioned to paint an altarpiece for a chapel in Milan; it was completed in 1494.

Marco d'Oggiono worked in Venice in 1498, and in Lecco, north of Milan, in 1501. Although executing frescoes in Savona Cathedral early in the century, for the rest of his life he painted many commissions in Milan. He was deeply affected by Leonardo's example, and was paid to copy his mural *The Last Supper* and several Madonnas. He later looked at the paintings of Pietro Perugino. Marco d'Oggiono died a wealthy man in Milan or Oggiono; he and his son Cinzio were killed by the plague in 1524.

CD

MATTEO DI GIOVANNI

Like Piero della Francesca (c.1415–1492), Matteo di Giovanni (di Bartolo) was born in the Tuscan town of Borgo Sansepolcro about 1430. He was assisting in the decoration of Siena Cathedral by 1452. He may have trained with Sassetta (c.1400–1450), part of the generation of Sienese painters maturing after Giovanni di Paolo. Between 1452 and 1457 he collaborated with Giovanni di Pietro (c.1403–before 1479) on Sienese altarpieces. The two were entrusted with adding the side panels and predella to Piero's masterpiece, *The Baptism of Christ*, more than fifteen years after it was begun in 1441.

Matteo's most important commissions include altarpieces in Siena and for Pienza Cathedral, the latter from Pope Pius II. Influences include Liberale da Verona (1441–1526) and the Florentine Antonio

Pollaiuolo (c.1432–1498). Through the 1460s and 1470s Matteo's paintings are marked by subtle modelling of faces and charming colouring, as well as characteristic populating of his compositions with engaging figures. In the last decades of his life Matteo and his workshop were extremely popular and busy, mainly with private work for conservative noble families; his paintings became more ornate and less individual. Matteo died in Siena in 1495.

CD

ALTOBELLO MELONE

Altobello (da) Melone (or Meloni) was born about 1490 in Cremona—whose fortunes passed rapidly between Milanese, French, Venetian and Spanish rule at this time. Little is known of his training, although he adopted oil paint as a medium. He was interested in northern painters, especially Albrecht Dürer (1471–1528), and the Venetians Giorgione (1477/1478?–1510) and Titian. In 1513 he is documented in a contract to help the Ferrarese artist Boccaccio Boccaccino (1466–1525) on his frescoes in Cremona Cathedral.

The near contemporary chronicler Marcantonio Michiel described Melone as 'a clever young man with considerable talent for painting, and Romanino's pupil'. This may not accurately describe his relationship with the Brescian artist Gerolamo Romanino (1484/1487–1560?). They were associated from as early as 1509 until after 1516, when Melone was awarded another commission for the Cremona Cathedral frescoes. These were his masterpiece, and the project lasted some years. A few portraits and religious subjects are known although Melone is scarcely documented, in Cremona or elsewhere, after the mid 1520s. He shows a genius for dramatic lighting and strong figures, and a tendency to Mannerist distortion perhaps provoked by the Mantuan example of Giulio Romano (1499?–1546). Melone died before 3 May 1543.

CD

ALESSANDRO MORETTO

Alessandro Moretto (da Brescia) was born Alessandro Bonvicino in Brescia about 1498, into a family of painters. He was active by 1515. Although reputed to be a student of Titian, it seems more likely Moretto saw his works, probably in Venice. Lombard influences include Gerolamo Romanino (1484/1487–1560?) and Vincenzo Foppa. From the 1520s Moretto won important local church patronage, including standards for processions, frescoes and a chapel decoration. His *Portrait of a gentleman* 1526 is the earliest known full length life-size portrait in Italian art, preceding Titian's canvas of *Charles V* by seven years.

Moretto's reputation grew. In 1528 he was invited by Lorenzo Lotto to come to Bergamo to continue work on Lotto's decorations in Santa Maria Maggiore. He joined Isabella d'Este's court at Solarolo in Romagna, and visited Milan. Moretto's altarpieces and portraits show the effects both of Lombard brilliance and Venetian light. He painted religious subjects, either biblical or symbolic, and always devoutly: he took part in the debates on Catholic Church reform that were convulsing Brescia and the rest of Europe. Moretto was commissioned by patrons in Verona, Bergamo, Milan and Brescia. His most important pupil was Giovan Battista Moroni. Moretto died in Brescia in 1554.

CD

GIOVAN BATTISTA MORONI

Giovan Battista Moroni was one of the most important artists of the Bergamo school in the sixteenth century. He worked on both religious and private commissions in his career, but was regarded most highly as a portraitist. Moroni's early life is not clear; he was born in the early 1520s in Albino, twelve kilometres from Bergamo. His father, an architect and stonemason, worked in Brescia, and so Moroni probably spent his early years there at the workshop of Alessandro Moretto da Brescia. Moretto was an important influence on Moroni, who continued to display aspects of Moretto's style after he left the workshop in 1543.

From the late 1540s, working as an independent artist, Moroni travelled between the centres of Brescia, Bergamo, Albino and Trent. He lived in Trent during the Counter Reformation councils, taking in their rulings on suitable subjects and manner of art. He resettled in Albino in 1561 after the Venetian reoccupation of Bergamo, but continued to produce works for patrons from the region. His portraits from this mature period are characterised by their naturalistic and objective approach to his sitters, their penetrating insight into character, and show Moroni's increasingly sombre style. He died in Albino in 1578.

SC

NEROCCIO DE' LANDI

Neroccio de' Landi, also known as Neroccio di Bartolommeo di Benedetto del Poggio, was a well-known artist of the fifteenth century who worked exclusively in Siena. He was born in the city in 1447 into the noble family of Landi del Poggio. Vecchietta (1412–1480) taught most local artists, including Neroccio; his influence is evident in early works. Neroccio seems to have worked on the renovation of Siena Cathedral, as he is recorded in 1461 as a *garzone* [boy or lad] with the cathedral works.

By 1468 Neroccio was an independent artist who formed a partnership with Francesco di Giorgio (1439–1502), a painter and sculptor eight years his senior. Neroccio was greatly influenced by him, and they shared a workshop until 1475. During this period Neroccio produced some of his most interesting works, developing his signature style of soft hues and delicate figures. After their partnership ended Neroccio continued to work on numerous commissions for both religious institutions and private patrons. He was particularly famous in his time for his paintings of the Madonna and Child, but was also a well-regarded sculptor and designer. Neroccio died in Siena in 1500.

SC

JACOPO PALMA IL VECCHIO

Jacopo Palma il Vecchio [the Elder] was born Giacomo d'Antonio Negretti in Serina, near Bergamo, around 1480—his great-nephew is known as Palma il Giovane [the Younger]. Palma's birthdate is based on Vasari's assertion that he died at forty-eight. Like other painters, he moved to Venice; he settled there by 1510. Palma was initially influenced by Giovanni Bellini through his apprenticeship to the great artist's pupil, another Bergamasque artist. By 1513, however, he had embarked on his characteristic dynamic figurative group scenes.

Most of Palma's commissions date from 1511 and, while somewhat overshadowed by his contemporary Titian, he developed a flourishing business specialising in two main themes—Holy Conversations (representations of the Holy Family and saints in landscape settings) and scantily draped women masquerading as goddesses. After 1515 Palma continued to modernise his compositions, and by 1520 was examining Central Italian art, particularly by Raphael. He developed relationships with several patricians who provided steady patronage, particularly the Capra family. He also succeeded in securing several commissions for altarpieces for Venetian churches, culminating in his first high altarpiece in 1525 for Santa Elena. His last painting, *Saint Mark saving Venice from the ship of demons*, was incomplete when Palma died suddenly in Venice in 1528.

SM

PIETRO PERUGINO

Pietro Perugino was born Pietro di Cristoforo Vannucci around 1450 in Città della Pieve, near Perugia, Umbria. Nicknamed 'the Perugian', his graceful style and harmonious compositions shaped the development of Renaissance painting, greatly influencing his pupil Raphael, amongst others. According to Vasari, Perugino first trained in an insignificant workshop in Perugia, then around 1470 he joined the studio of Andrea del Verrocchio (1435–1488) in Florence. By 1472 he was a member of a Florentine artists' guild, Compagnia di San Luca. Returning to Perugia, Perugino enjoyed a successful career, producing frescoes and panel paintings.

In 1479 he was summoned to Rome where he secured the papal commission to paint frescoes for the Sistine Chapel. He went back to Florence in the early 1480s, maintaining a workshop in Perugia as well. His adoption of oil paint marks the historic transition from the use of tempera. Perugino's fame in Italy and abroad was short-lived; in the new century his popularity and influence began to wane with changing taste: Vasari wrote that Michelangelo (1475–1564) characterised Perugino as a '*goffo nell'arte*' [artistic bungler]. Although he kept his studio in Florence, Perugino shifted his centre of activity to Perugia and the provincial towns of Umbria. He died of the plague in Fontignano di Perugia in 1523.

SC

IL PICCIO

Giovanni Carnevali or Carnovali, known as Il Piccio [the tiny one], was born in 1804 in Montegrino near Luino, then ruled by Spain. At the age of eleven he was sponsored to attend the school of art at the Accademia Carrara, Bergamo, where he was influenced by his Neoclassical teachers as well as the Academy's collection of the Venetian school of Renaissance art. On completion of his studies Il Piccio became a popular portraitist in Bergamo. He received his first public commission for the nearby Church of Almenno San Bartolomeo in 1826.

Il Piccio's work took on a lighter and softer tone following his first visit to Rome and Parma in 1831, especially after looking at work by Correggio (c.1489–1534) and Parmigianino (1503–1540). He later visited Paris in 1845 to see works by Eugène Delacroix (1798–1863), and was also inspired by the light effects of the Barbizon school, particularly Camille Corot (1796–1875). The artist opened a studio in Cremona in 1832, but moved it to Milan two years later. There his sensitive and atmospheric work, especially an ability to produce on his canvases glistening light mingled with deep shadow, made him an early Italian Romantic. Il Piccio drowned on 5 July 1873 while bathing in the River Po. Although his clothes were found in Coltaro, Emilia-Romagna, he was buried in Cremona, Lombardy.

SM

FRANCESCO PRATA

Francesco Prata, also known as Francesco del Prato, da Prato and Prata da Caravaggio, is little documented, although paintings signed by him are known. He was possibly the son of Gerolamo, a goldsmith in the town of Caravaggio, situated near Bergamo in Lombardy, forty kilometres east of Milan. According to Gaudenz Freuler in Christie's New York: *Important Old Master paintings*, 24 January 2003, lot 29, 'Prata's career began in Cremona, and one of his earliest and recently recognised paintings, *The Virgin and Child with saints c.1513/1517*' in the Galleria Sabauda, Turin, 'reveals clear stylistic links to other Cremonese artists, notably Altobello Melone'. Signed works include *The Marriage of the Virgin c.1520*, Saint Francesco, Brescia, which shows the influence of Gerolamo Romanino (1484/1487–1560?). In 1525 Prata is documented still working in Brescia; he later returned to Caravaggio, where his frescoes of *The twelve apostles* remain in the chapel of Saints Fermo and Rustico. The date and place of Prata's death are not known.

CD

AMBROGIO DE PREDIS

(Giovanni) Ambrogio de Predis (or Preda) was born in Milan about 1455 into a Lombard family of artists, including his father and at least three of his five brothers. Ambrogio trained as an illuminator, with miniatures dated to 1472 and a Book of Hours to 1474. He and a brother worked at the Milanese mint from 1479. He was employed at the Sforza court as a portraitist; a 1492 charcoal drawing of Bianca Maria Sforza by Ambrogio de Predis survives, as does his later oil version.

Ambrogio met Leonardo da Vinci (1452–1519) when he arrived at the Milanese court in 1483. They were commissioned, with Ambrogio's brother Evangelista (1440s–1490/1491), to execute works for a chapel in San Francesco Grande; the brothers prepared the side panels, while Leonardo painted the *Virgin of the rocks* as the central panel. Ambrogio's fame rests on his contested contribution to painting any part of the two versions. In 1493, after Bianca Maria Sforza married Emperor Maximilian I, he went to Innsbruck; he also worked for the Este court. He returned to Milan, continuing the old-fashioned tradition of the profile portrait, designing tapestries and stage scenery. Ambrogio de Predis is last recorded in 1508.

CD

ANDREA PREVITALI

Andrea Previtali was also known as Andrea Cordeliaghi or delle Cordelle, Andrea da Bergamo or Andrea Bellini. He was born in the 1470s in Berbenno, about fifteen kilometres from Bergamo. He worked in Giovanni Bellini's studio in Venice in the 1490s, developing a highly finished and brilliant technique. In 1502 his first signed and dated painting was inscribed by him as a 'disciple' of Bellini. Another influence was Giorgione (1477/1478?–1510), particularly in the landscape backgrounds of Previtali's paintings of the Madonna and Child. The young Titian admired his work.

In 1512 Previtali returned to Bergamo, where Lorenzo Lotto was soon to become the region's dominant artist. The two enjoyed a cordial friendship. Previtali painted an altarpiece dedicated to Saint Benedict for Bergamo Cathedral, which Lotto judged favourably in 1524. Inspired by him, but still indebted to Bellini, Previtali produced religious subjects and portraits until his death of the plague in Bergamo on 7 November 1528.

CD

PSEUDO PIER FRANCESCO FIORENTINO

The anonymous artistic personality of a *pseudo* Pier Francesco Fiorentino [of Florence] was invented by the art historian Bernard Berenson in 1932 to identify the creator of a group of paintings. He was differentiated from the real Pier Francesco Fiorentino (1444/1445–after 1497), a minor artist and follower of Benozzo Gozzoli and Neri di Bicci (1419–1491). The works attributed to the Pseudo Pier Francesco Fiorentino are clearly by a different hand, or hands, from his.

The paintings given to the Pseudo Pier Francesco Fiorentino are copies or adaptations of identifiable works by Francesco Pesellino (c.1422–1457) or Fra Filippo Lippi (1406?–1469). In his 1963 study *Italian pictures of the Renaissance: Florentine school*, Bernard Berenson defined the artist as 'a craftsman of considerable skill, particularly as a flower painter, who made a business of copying and piecing together figures from Fra Filippo, Pesellino and their followers'. Federico Zeri, in *Italian paintings in the Walters Art Gallery*, 1976, ascribed the paintings to a workshop rather than an individual, and renamed them the Lippi–Pesellino Imitators; he stated their panels are characterised 'by a solid technique of impeccable precision, and by a mechanical derivation from specific modes'.

CD

RAPHAEL

Raphael is one of the greatest painters of the Western tradition; with Leonardo da Vinci (1452–1519) and Michelangelo (1475–1564) he defines the Italian High Renaissance. He was born Raffaello Sanzio or Santi in 1483 in Urbino. His artistic education was shaped by his father Giovanni Santi (1435/1440–1494), a painter in the Montefeltro court. It has been suggested that Raphael worked in the workshop of Perugino, as his style was undoubtedly influenced by the Perugian master.

Raphael's earliest works included small paintings for the court, as well as a number of altarpieces for Città di Castello and Perugia. Raphael was an artistic prodigy, and this was demonstrated in 1502 when a leading artist, Pinturicchio (1454–1513), commissioned him to complete a series of fresco designs. In 1504 Raphael went to Florence to develop his art and career further. He remained there for the next four years, studying the works of Michelangelo and Leonardo who were both working in the city. In 1508 Raphael was summoned by Pope Julius II to work for the Vatican, where he produced his celebrated frescoes and established his own workshop. Raphael remained in Rome until his untimely death in 1520.

SC

GIORGIO SCHIAVONE

Giorgio Schiavone [the Slavonian], also known as Giorgio di Tommaso, was born about 1436 in the Croatian town of Scardona (Skradin) near Sebenico (Šibenik) in Dalmatia, then ruled by the Republic of Venice. His birth name was Juraj Culinović or Chiulinovich. A contract for advanced training in Padua under Francesco Squarcione (c.1395–after 1468) was signed in March 1456; it entailed drawing from reliefs, and copying his teacher's famous drawing collection. Schiavone's years in Padua overlapped with Andrea Mantegna, who finished the Ovetari Chapel there in 1457. Like Mantegna before him, Schiavone sued Squarcione for non-payment of wages.

Schiavone painted altarpieces, usually showing full-length figures in arches under festoons, influenced by Mantegna and his teacher. His work is characterised by Federico Zeri in *Italian paintings in the Walters Art Gallery*, 1976, as : 'hard and incisive modelling, the brilliant colours and the refined and aristocratic feeling suggest a magic metamorphosis of the usual materials of everyday life into agate, coral, onyx and other precious and unusual rare stones'. In 1461 he returned to Dalmatia, possibly accompanied by Carlo Crivelli; there he married the daughter of a sculptor and architect. Little work is known from this period; he visited Padua in 1474 and 1476. Schiavone died in Sebenico in 1504.

CD

ANDREA SOLARIO

Andrea Solario, or Solari, was born in Milan between 1465 and 1477. He belonged to a Lombard family of builders and artists; his father Bertolo was a mason, his brothers included the architect and sculptor Cristoforo Solario. Another branch of the family active in Certosa and Milan were also architects and sculptors. A pupil of Leonardo da Vinci (1452–1519) in Milan, Solario was also influenced by Antonello da Messina (c.1430–1479). Andrea probably accompanied Cristoforo to Venice in the 1490s, as a signed painting dated 1495 originated in Murano.

After his return to Milan in the later 1490s, Solario succeeded in his career as a painter of affecting religious subjects. In 1507 he went to Cardinal Georges I d'Amboise's château at Gaillon near Rouen, remaining there until 1509; he is regarded as one of those artists who introduced the Renaissance to France. Back in Milan, Solario worked briefly for the governor, a nephew of Cardinal d'Amboise. His knowledge of other schools, especially Flemish painting encountered in Venice, permitted a sophisticated approach to technique and subject to be combined with the grace derived from Leonardo. Andrea Solario died in Milan before 8 August 1524, probably of the plague.

CD

TITIAN

Considered the greatest painter of the Venetian school, Tiziano Vecellio, known as Titian, was born around 1490 in Cadore in the Dolomites. He studied painting with Giovanni Bellini, and subsequently collaborated with Giorgione (1477/1478?–1510) until that artist's untimely death. His first important commission was for three frescoes in the Scuola del Santo, Padua, in 1511. By 1516 Titian had become the Venetian Republic's official painter, although he also accepted commissions from the courts of Ferrara, Mantua and Urbino.

During the 1530s Titian's fame spread throughout Europe. He painted Emperor Charles V in 1533, and was appointed court painter. Titian changed the art of portraiture through enlarging the field to full length views of the sitters and including personal items to add flavour and status. Titian's 1543 meeting with Pope Paul III led to his only visit to Rome and an introduction to Michelangelo (1475–1564). In 1550 Philip II of Spain became his greatest patron, for whom Titian made a series of mythological paintings he called *poesie*—for their poetic quality. In his last two decades Titian's technique changed, with the loosening of brushwork and merging of colours that Vasari referred to as '*macchie*' [blots]. Titian died in Venice in 1576.

SM

COSME TURA

Cosmè or Cosimo Tura was the most important artist of the Ferrara school in the early Renaissance. Although his career working for the Este court is well documented, details of his early life and training are not as clear. He was born, probably in Ferrara, around 1433; his association with the court began in 1452. No records exist between 1453 and 1456; Tura may have spent this period in Padua at the workshop of Francesco Squarcione (c.1395–after 1468). His 'Mannerist' style appears to be influenced by Squarcione and his pupils, especially Andrea Mantegna.

By 1458 Tura had returned to Ferrara and was living in the ducal residence as an official artist. In addition to the designs he created for the court, Tura produced altarpieces and polyptychs for churches. His style retained traces of the Late Gothic, for example using distortion to reveal emotion. After the death in 1471 of his main patron, Duke Borso d'Este, Tura struggled to secure work. He received his last court commission in 1485 and moved to private lodgings the following year. He lived the rest of his life in poverty, dying in Ferrara in 1495.

SC

BARTOLOMEO VIVARINI

Bartolomeo Vivarini was born into a family of painters on the
Venetian island of Murano around 1430. His early training probably
took place in Padua, in circles associated with Andrea Mantegna.
Bartolomeo often worked with his brother Antonio (c.1418–
c.1480). They signed a polyptych for the Certosa di Bologna in
1450; their last jointly signed work is dated 1458. Bartolomeo's first
independent painting, *Saint John of Capistrano*, was made in 1459.
He then produced a large number of altarpieces, characterised by a
brooding quality which suggests something of the inner lives of
the figures.

Vivarini is a curious combination of modernity and conservatism.
His work retains many Gothic essentials, while also including
Classical elements suggestive of the Renaissance. Vivarini often
worked in Venice—he is said to have produced the first oil painting
made there in 1473—and from 1464 until the late 1470s painted
important altarpieces for the Certosa di Sant'Andrea, the Frari and
Santi Giovanni e Paolo. In the 1480s he worked in Bergamo and the
surrounding region, creating altarpieces for local churches, several
of which remain in situ. Throughout his career Vivarini completed
many images of the Madonna and Child and the Holy Family for
private devotional use. He died, possibly in Bergamo, about 1500.

LW

ACKNOWLEDGEMENTS

An exhibition of such quality and importance as *Renaissance: 15th and 16th century Italian paintings from the Accademia Carrara, Bergamo,* could not be realised without the professionalism, cooperation and assistance of people across countries, governments and institutions. The National Gallery of Australia would like to thank especially the exhibition curator Dr Giovanni Valagussa from the Accademia Carrara and Professor Jaynie Anderson, principal adviser for the project. The Gallery wishes also to acknowledge and thank the other Renaissance scholars and curators for their valued contributions to the exhibition publication: Dr David Alan Brown, Dr Felicity Harley-McGowan, Dr Everett Fahy, Dr Diana Hiller, Dr Sanda Miller and Professor Attilio Pizzigoni. Many thanks also to the authors of the catalogue entries; to Barabara McGilvray, translator, Andrew Quinn, Italian interpreter and translator, and Dr K.O. Chong-Gossard for his help with Latin inscriptions.

The Gallery expresses its appreciation to the staff and Council members of the Accademia Carrara, and the City of Bergamo; in Australia to the Minister for the Arts, the Honourable Simon Crean MP, and the Department of Prime Minister and Cabinet; Italian and Australian Embassy officials; as well as the exhibition sponsors, patrons and supporters. The Gallery is also indebted to its Council and Foundation, and to the Deputy Director Alan Froud, for their support.

All staff members of the National Gallery of Australia have been involved in this extraordinary exhibition. Special thanks are due to the coordinating curator Christine Dixon, Senior Curator of International Painting and Sculpture, who has been ably assisted by Simeran Maxwell, Exhibition Assistant for *Renaissance,* and Lucina Ward, Curator of International Painting and Sculpture. Thanks to Assistant Director Adam Worrall for his organisation of the exhibition; to Assistant Director Simon Elliott as the exhibition publication's coordinator, designer Kirsty Morrison and editor Pauline Green; and to Assistant Director Shanthini Naidoo for coordinating sponsorship and marketing of the exhibition. Our gratitude also to Karie Wilson and Rebecca Scott in International Art, interns Sophia Cai and Alison Buchanan, and volunteer Gadia Zrihan, Hester Gascoigne and Sophie Ross in Executive, and Lucy Davis, for all their assistance and support.

Many others within the Gallery have contributed to this project: Conservation staff under Debbie Ward, and painting conservators led by David Wise; Natalie Beattie, Head of Registration, Mark Van Veen and the Registration staff and art handlers; Exhibitions staff and installation crew led by Dominique Nagy; Exhibition designers Patrice Riboust and Emma Doy, the Facilities Management team; Luke Marks and the Information Technology and Imaging Services teams; Nick Nicholson in Rights and Permissions; the Research Library under Joye Volker, Chief Librarian, Gillian Currie and Helen Hyland; Marketing and Communications staff David Edghill, Jennifer Dobbins and Siobhan Ion; Sponsorship and Development staff Nicole Short and Eleanor Kirkham; Elizabeth Malone and the Gallery Shop staff; Finance, Human Resources, Front of House and Events staff; Head of Education and Public Programs Peter Naumann and his team; Andrew Powrie and the online staff; Membership and Foundation staff; Security personnel and the Gallery's Guides for their time and efforts in assisting our many visitors to enjoy and increase their understanding of Italian Renaissance painting.

CONTRIBUTORS

Jaynie Anderson FAHA CIHA is Herald Professor of Fine Arts at the University of Melbourne, President of the International Committee of the History of Art (CIHA), and Director of the Australian Institute of Art History.

David Alan Brown is curator of Italian Paintings at the National Gallery of Art in Washington, where he has organised many international loan exhibitions. including *Bellini, Giorgione, Titian and the Renaissance of Venetian painting* 2006.

Everett Fahy is a distinguished curator and art historian, director emeritus of the Frick Collection in New York and chairman emeritus of the Department of European Painting at the Metropolitan Museum of Art.

Felicity Harley–McGowan is the Gerry Higgins Lecturer in Medieval Art History at the University of Melbourne.

Diana Hiller teaches at the University of Melbourne, where she recently completed a doctoral dissertation on gendered perceptions of Last Supper frescoes in quattrocento Florence.

Sanda Miller is an art historian, lecturer and writer based in London and a regular contributor to *Apollo* magazine.

Attilio Pizzigoni is an architect and critic, and Associate Professor of Architectural Design at the Faculty of Engineering, University of Bergamo.

Giovanni Valagussa is the curator of Renaissance Italian painting at the Pinacoteca of the Accademia Carrara, Bergamo, and Professor of Museology at the Università Cattolica, Milan.

National Gallery of Australia, Canberra:

Ron Radford, Director

Christine Dixon, Senior Curator of International Painting and Sculpture

David Wise, Senior Paintings Conservator

Lucina Ward, Curator of International Painting and Sculpture

Simeran Maxwell, Exhibition Assistant for *Renaissance*

Sophia Cai, intern, International Painting and Sculpture

INDEX

Numbers in **bold** indicate catalogue entries; page numbers in *italic* indicate illustrations.

Produced by the Publications Department of the
National Gallery of Australia

nga.gov.au
The National Gallery of Australia is an Australian Government Agency

Renaissance.nga.gov.au

Publication coordinator: Simon Elliott
Editor: Pauline Green
Design and production: Kirsty Morrison
Translator: Barbara McGilvray
Rights and permissions: Nick Nicholson
Indexer: Sherrey Quinn

Printed and bound in Australia by Blue Star Print, Melbourne

National Library of Australia Cataloguing-in-Publication entry

Title: *Renaissance: 15th and 16th century Italian paintings/*
Ron Radford ... [et al.]

ISBN: 9780642334251 (pbk.)
ISBN: 9780642334268 (hbk.)

Notes: Includes index.
Subjects: Art, Italian–15th century.
    Art, Italian–16th century.
    Art, Renaissance–Italy–Carrara.
    Art–Italy–Carrara.
    Other Authors/Contributors:
    Radford, Ron, 1949-
    National Gallery of Australia.

Dewey Number: 709.450903

RENAISSANCE
15th & 16th century paintings
from the Accademia Carrara, Bergamo

National Gallery of Australia, Canberra
9 December 2011 – 9 April 2012

curated by Giovanni Valagussa

(half title page)
Lorenzo Lotto *Portrait of Lucina Brembati*
c.1518–1523 (cat. 46) detail

(title page)
Lorenzo Lotto *The Mystic Marriage of Saint Catherine
of Alexandria* 1523 (cat. 47) detail

(pp. 70–71)
Vittore Carpaccio *Birth of Mary* c.1502–1504
(cat. 33) detail

(pp. 222–23)
Benozzo Gozzoli *Madonna of Humility* 1449–1450
(cat. 8) detail

Living with Indonesian Art

Living with Indonesian Art

Living with Indonesian Art

The Frits Liefkes Collection

Francine Brinkgreve and
David J. Stuart-Fox

Editors

Contributors
Francine Brinkgreve, Matthew Isaac Cohen,
Wahyu Ernawati, Rapti Golder-Miedema,
Linda Hanssen, Rens Heringa, Hedi Hinzler,
Nico de Jonge, Pieter ter Keurs, Wouter Kloek,
Sirtjo Koolhof, Sri Kuhnt-Saptodewo,
Johanna Leijfeldt, Pauline Lunsingh Scheurleer,
Constance de Monbrison, Maggie de Moor,
Reinhold Mittersakschmöller, David J. Stuart-Fox,
Jan Veenendaal, Fanny Wonu Veys, Rita Wassing-
Visser, Arnold Wentholt, Robert Wessing,
Albert van Zonneveld.

Collection Series

Rijksmuseum Volkenkunde / National Museum of Ethnology

Contents

Preface

It is best to tell the history of a museum through the important events that have touched it. Defining moments, that often only afterwards are recognized as such. That the gift of Frits Liefkes' collection of Indonesian art and the bequest that accompanied it deserves a place in the history of Rijksmuseum Volkenkunde was immediately evident to us at the time. On account of the quality, size, and breadth of the collection, of course. And because Frits Liefkes stipulated, in relation to the gift, that pieces of lesser quality could be sold and the proceeds used to strengthen our Indonesia collection. There came, over and above that, a substantial bequest, in part the result of the sale of his house. An unbelievable gift, that will live on in Rijksmuseum Volkenkunde through the acquisitions that it makes possible.

That the gift arrived at an exceptional moment will also play a role in its historic significance. For just at the time when the museum had to convincingly demonstrate that it had at its disposal sufficient income of its own, this generous bequest was most welcome.

To present this beautiful collection, there is an exhibition and this book. Frits Liefkes knew as none other that a collection is to be looked at, to be enjoyed. That is what drove his collecting passion. And now you and I can also see what he had collected around himself in his home during all these years. We look as it were through his eyes, an enriching experience. When the exhibition is over, the book will still remain. And that also can be seen as historic. For the book presents the first specific collection in a new Collection Series of Rijksmuseum Volkenkunde, and so begins a series of publications in which the museum's most important collections are described.

I do not know what Frits Liefkes would have thought of the place in our history that we have here given to him. Unfortunately I never knew him. But I suspect that he would have said that it is now time to look at the beautiful objects that he left to us, so that we can enjoy and learn about his collection. That we can do thanks to the many people who have contributed to the making of this book and the exhibition that it accompanies.

STIJN SCHOONDERWOERD
General Director Rijksmuseum Volkenkunde

Frits Liefkes (1930-2010), in memoriam

WOUTER KLOEK and
JAN VEENENDAAL

Fritz Liefkes was born on 21 July 1930 in The Hague and died there on 20 March 2010 (ill. 1). Frits, as his friends and colleagues called him, was curator for furniture at the Rijksmuseum in Amsterdam from 1965 to 1987, but first and foremost he was a collector, a trait that served him well in the discharge of his professional duties. Frits lived his whole life in The Hague, for an important part together with his partner, the antique dealer Cor Weegenaar. In 1987 he became seriously ill, resulting in his taking early retirement. On his death, he bequeathed an important part of his collection to the Rijksmuseum Volkenkunde (National Museum of Ethnology) in Leiden.

Frits came from an artistic background. His father was a well-known stained glass artist who made glass windows and partitions for many churches and other buildings. Through the work of his father, he came at a young age in contact with artists. As a four-year old he was the model for the young boy in the sculptural group, a mother and her children, by Dirk Wolbers (1890-1957). This sculpture *Veilig in het verkeer* (Safe in the traffic) stood since 1937 on the Conradbrug (Conrad Bridge) on the Laan van Meerdervoort in The Hague (ill. 2). Later his portrait was drawn by Henriëtte van Lent-Gort (ill. 3), an accomplished artist who had worked in Sumatra for eight years and there made a variety of fine drawings of Indonesian peoples. Frits went to secondary school at the Gymnasium Haganum. There he was confronted with the fact that his father was no academic, which led to the feeling that he did not really belong there. Just ten when the war started, the war years were an even more difficult time for him, as he gradually was more and more confronted with the fact that his father was German. As a result of this, during the war and especially after it, the Liefkes family faced great problems. During these same years he came to realize that his nature was other than that of most boys. There is no doubt that Frits must have had a complicated youth.

In the post-war years tens of thousands of people came from Indonesia to the

Netherlands. For most of them this was their first acquaintance with Holland. Frits made friends among this group, largely because they did not judge him on the issues mentioned above. For him, Indonesian culture was completely strange, but through these contacts his interest in it was awakened. At that time he received from his father his first carvings, which are now in the Leiden museum.

After he left school he studied art history, which he very nearly completed. Through his friendship with Cor Weegenaar he became steadily more involved with Cor's flourishing antique business. Frits was then predominantly interested in European art, and bought, among other items, a superb South Italian vase and a

1 | Frits Liefkes. Photograph by Fred Weegenaar, ca. 1985

2 | The sculpture *Veilig in het verkeer* (Safe in the traffic) by Dirk Wolbers (1890-1957).

3 | Painting of Frits aged
about 12, by Henriëtte
Johanna van Lent-Gort
(1890-1977).

4 | *Male figure*, portrait bust of an unknown man (1646), terracotta, by Servaes Cardon.

Rijksmuseum was not insignificant. As a born collector he loved buying and the daily care of the collection. He was almost never to be found in his room, a large L-shaped space in the attic of the villa, the former director's residence which after the war became the offices for director and curatorial staff. He came there just to drop off his bag and pick it up again before returning in the evening to The Hague. Sometimes he sought a moment of rest there, take a touch of snuff from a little silver container, or, especially in his later years at the museum, an afternoon nap. The arrangement of his room (with only sloping roof-panels), though, had a number of striking aspects. In the first place, there was a large *Male Nude* by Toon Kelder, a dark sketch of a male torso on a panel that he had once found in a rubbish bin in The Hague. And secondly there hung there a blown-up photograph showing an overview of the *Papoea-kunst* (Papuan art) exhibition which was held in 1966 in the unfinished building on the eastern inner courtyard (ill. 5).[1] The construction work there had been suspended for some time and the director Arthur van Schendel thought an overview exhibition of New Guinea art would fit nicely in the concrete structure of that space. Frits had mounted the exhibition – it was one of his first tasks at the Rijksmuseum – together with the permanent museum architect at that time, Dick Elffers. The somewhat faded but still always impressive photograph of the enormous *bis* poles from New Guinea in those hulk-like surroundings held for him pleasing memories.

It was at that moment in time that his interest in the art of the Indonesian archipelago began to take real form and he became a collector. In Indonesia, the United States and Germany there had sprung up a growing group of collectors of batik. The increasing prices associated with this development meant that many batik cloths from Dutch families with Indies connections came onto the market. Frits made one of his most important purchases at that time. Joachim Hurwitz, former director of the Museum voor Land- en Volkenkunde (Museum of Ethnology) in Rotterdam, now

sculpture by Cardon (ill. 4). At an auction in Germany, he and Cor bought several pieces of furniture that once belonged to Princess Marie, granddaughter of King Willem I. Frits kept the finest pieces. On his death, the Italian vase was bequeathed to the National Museum of Antiquities. The furniture was sold at auction by Christie's Amsterdam. When he took up his curatorship at the Rijksmuseum he was no longer in the position to collect or deal in European art. Very soon after his appointment he threw himself with much dedication into collecting batik.

Who writes survives, is for many an important saying, but not for Frits. He wrote in fact very little. Even so, his value for the

the Wereldmuseum (Worldmuseum), offered to sell his private collection. This batik collection was of the highest quality and in exceptionally fine condition. Frits had to dig deep in his pockets and without the help of Cor Weegenaar it would not have happened.

Subsequently an interest in jewellery developed. He appreciated the ethnographic gold and other kinds of Indonesian jewellery not only for their startling designs, but even more so for the beautiful combination of person and jewellery. He would look with

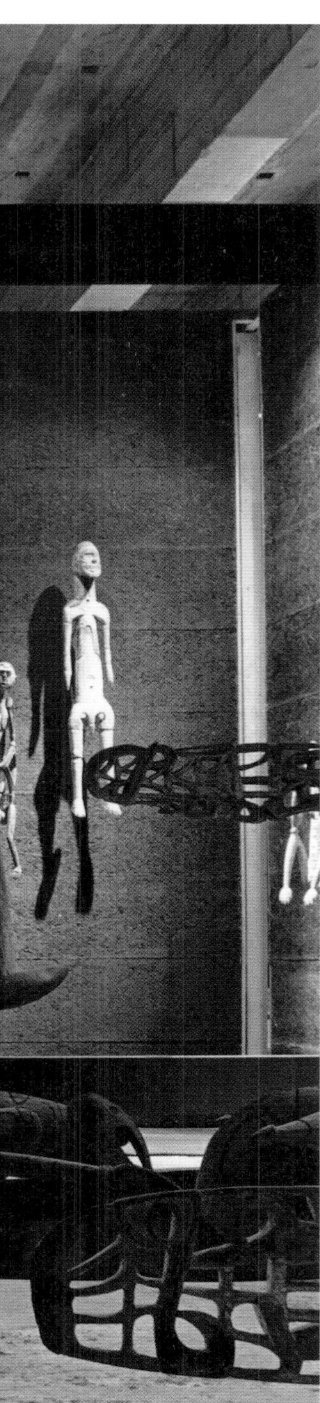

pleasure in books with photographs of men and women wearing this jewellery. His collection served as a means by which to recall these images.

As buyer, for that was what he was, Frits had real significance for the Rijksmuseum. On his appointment he let it be known that he wished to expand the collection with nineteenth and twentieth century furniture, and with colonial furniture.[2] He purchased not only a number of exceptional masterpieces – among them, the splendid pearl-inlaid chest that in the meantime has been attributed to Rembrandt's good friend Herman Doomer, and a table designed by Piranesi[3] – but he acquired above all an important collection of twentieth century furniture that in 2010 was the pride of the exhibition *Art Nouveau in the Rijksmuseum* held at the Singer Museum in Laren.[4] The turning point in the acquisition policy was the acquisition of part of the interior of the house of Mr. Th.G. Dentz van Schaick on the Frederiksplein in Amsterdam, that had to make way for the Nederlandse Bank building. The exhibition in 1972 built around this purchase, *Art nouveau, Jugendstil, Nieuwe kunst*, set the new tone.[5] In a joint effort with Bram den Blaauwen, head of the Sculpture and Decorative Arts division, not only was the then operative limit of 1830 passed, but above all the magical limit of 1900 which was in practice the current end date for the collection. It is an impressive collection of furniture, for an important part on order of the firm Van Wisselingh, designed by Berlage, Lion Cachet and Nieuwenhuis, by Jac. van den Bosch, De Klerk and Wouda.

Who doesn't write, doesn't survive.[6] In the years preceding 1984 Frits was part of a small research team that worked on the exhibition *Prijst de lijst* (Praise the frame).[7] The idea of Pieter van Thiel who led the research was that frames and paintings formed integral wholes, and so the team was on the lookout for paintings still in their original frames. As curator of furniture, Frits was the ideal man to be present at inspection of a work in order to judge whether painting and frame were an original combination and whether the construction was indeed seventeenth century

work. The making of this exhibition was to a large extent due to the judgements that Frits made on numerous visits to museums, city halls and *hofjes*, where paintings often had to be taken down from walls in order to find out whether frames were original constructions. Frits's expertise was exploited to the full. When it came to the writing Frits was nowhere to be found. And as a result his name gets no more than a brief mention in the acknowledgements.

Finally, Frits had a great love for art works from the former Netherlands Indies. For years he involved himself energetically with the so-called *Koloniale zaal* (Colonial Room) in the Rijksmuseum, whose first interior design dated from 1972, with objects from colonial history of the Netherlands in the Far East, particularly the seventeenth and eighteenth centuries. Originally there were numerous loans from the Stichting Cultuurgeschiedenis van Nederlanders Overzee (Foundation for the Cultural History of Netherlanders Overseas) objects that on the dissolution of the foundation in 1994 were acquired by the Rijksmuseum.[8] In May 1979 Frits made a trip to Indonesia, during which he was able to acquire a number of pieces of furniture dating from the colonial period.[9] After his successful liver transplant operation, in the years of his retirement, Frits shifted his attention to Rijksmuseum Volkenkunde (National Museum of Ethnology) in Leiden. He arranged to bequeath to that institution almost one thousand objects, including his important collection of ornamented gold objects. The proceeds from the sale of other parts of the collection which he together with Cor Weegenaar had assembled was made into a fund to promote the studying and cataloguing of the objects of Indonesian origin that made up the bequest to the Leiden museum.[10] So, to adapt the saying: Who gives survives. Frits did not forget the Rijksmuseum, however. From his estate, the Rijksmuseum received a number of works of art, among them the *Male figure* by the Antwerp sculptor Servaes Cardon dating from 1646.[11]

The attraction of collecting:
Frits Liefkes as collector

Pieter ter Keurs

Entering Frits Liefkes' house in The Hague immediately impressed the visitor. It was clear that this was a house of a collector, but it was not entirely clear what type of collector. There were certainly many objects in his house, but in the hall and the first room his preference for Indonesian art was not apparent. It was mostly in the large room at the back of the house, the room where Liefkes spent most of his time, but also upstairs in his study and even his bedroom, that his preference for Indonesian art became clear. There were objects from the whole archipelago, ranging from Bali to Nias and from Maluku to North Sumatra. When asked what his criteria were for collecting, he usually reacted as if this was a nonsensical question. He just collected what *he* found beautiful. Any other reason was a rationalization of his main drive: to surround himself with beautiful things.

Before coming back to Liefkes as a collector I would like to pay some attention to collecting as a process with both socio-cultural as well as very individualistic, psychological, incentives and consequences. This exercise will enable us to place Frits Liefkes in a wider context. It particularly offers us a focus on the crucial, but sensitive, relationship between the individual and society. There may be a ground for describing collecting as an expression of a collector's feeling of uneasiness about his or her relationship with a hostile, outside world.

Collecting is as old as humanity. In biblical terms Noah is the first collector and the most complete one.[1] He collected every species available to make sure that the world could be recreated after the flood. This idea of completeness is important for most collectors, although most of them also realize that completeness is impossible to achieve. Very often, however, collectors justify a purchase by saying that they do not own such an object yet. So, it really adds to the collection a new form, a new idea, a new item. Even when a collector collects series of similar objects there is always the small detail in which an object differs from the ones already in the collection. In that

6 | A showcase with gold objects in the house of Frits Liefkes. Photograph by F. Brinkgreve, 2010

sense, a collection is never complete and the urge to collect further never stops.

In the eighteenth and nineteenth centuries completeness was an important issue in the collecting activities of states, museums and learned societies. The historian James Sheehan described this situation as follows:

Like the eighteenth century, the nineteenth was an age of collections, encyclopaedias, and dictionaries, which sought to bring together and classify knowledge of all sorts. … People in the nineteenth century wanted to chart every inlet, assemble every ancient text, create grammars for every language, identify every species, explore every corner of the earth. … Museum directors wanted to display a representative work by every great artist, zookeepers hoped to have every animal no matter how exotic, botanists every plant.[2]

The fact that it concerned 'a systematic study of the world' is an important observation in this citation. Collecting is often done to obtain more knowledge and in addition more control over the outside world, the world outside the individual who is trying somehow to get to terms with the chaotic, and sometimes hostile, world around him (or her).

This aspect of obtaining knowledge and controlling the world was evidently present in colonial collecting. In the nineteenth and early twentieth centuries the ways in which ethnographic collections were obtained were often related to scholarly interests and scientific expeditions, which in their turn were never far removed from political interests. During the project Shared Cultural Heritage (a cooperation between the National Museum of Indonesia and the National Museum of Ethnology in Leiden, in the period 2004-2007) several types of collecting contexts were distinguished.[3] Scientific collecting was one of them and in all the examples we studied it was clear that classifying material culture and obtaining knowledge of cultures (sometimes directly for political purposes) were often one and the same thing. Reality had to be

7-10 | Interior of the house of Frits Liefkes. Photographs by Ingrid Gerritsen, 2010

structured before one could grasp some of its
complexity. The process of classification
started in the field, by labelling and describing,
but was completed in the museum by
including the objects in scholarly acceptable
systems of classification. The Leiden Museum
of Ethnology offers some good examples of
this urge to classify in order to structure
reality. Already in the mid-nineteenth century
Von Siebold, the first director, had intensive
discussions with the French scholar Jomard
about which system of classification would be
the best to use in an ethnographic museum.
Lindor Serrurier, director at the end of the
nineteenth century, developed a classification
that was later to be used as basic system for
the impressive Juynboll catalogue, in which the
entire Indonesian collection of the museum is
described. In fact, the present-day
classification of the digital database is not
fundamentally different from classifications
developed in the nineteenth century. The aim
of classifying things also has not changed: to
bring order into chaos.

Apart from a scientific interest in collecting
to obtain knowledge, other types of collecting
can be distinguished as well. A large part of the
museum collections was brought together for
the purpose of colonial exhibitions. After the
first Universal Exhibition in 1851, in Crystal
Palace in London, many more World, or
Universal, Exhibitions were organised.
Particularly colonial empires, or 'would-be'
empires competed to organise the largest or
most spectacular events. The many large-scale
French exhibitions are good examples of
glorifying the state *and* modernity, culminating
in that of 1889 (the centennial of the French
Revolution) with the construction of the Eiffel
Tower. The Netherlands also joined the
international competition by organising the
large-scale Colonial and Trade Exhibition in
Amsterdam, in 1883. The objects especially
collected for the exhibitions (many entered the
Leiden museum) were meant to illustrate
national prestige and to present the potential
of the new colonial markets, although they also
helped to structure the unknown, newly
discovered 'non-western' world. However,
collecting for Universal Exhibitions was clearly

done for political and economic reasons,
scientific interests were not the main priority.

Collecting in a military context was again a
different issue. As far as we know, collecting
artefacts was never the reason to go to war in
the Dutch colonial empire. In that sense
collecting was something that was done on the
side, or that offered itself accidentally as an
opportunity. Sometimes, such as during the
Lombok (1894) and Bali wars (1906-1908), the
military did expect to find valuable objects in
the palaces of the kings they defeated and they
therefore accepted scholars to join them in the
field. This is why L.J.A. Brandes, attached to
the Batavian Society of Arts and Sciences,
could quickly identify the importance of
objects and manuscripts. He was present in the
field. Classification and documentation were
however not the main priorities for the military
and although military expeditions added
greatly to our knowledge of the areas
conquered, the collecting activities were
certainly not systematic. Nevertheless,
although collecting artefacts was not the main
aim of the military, the handover of the regalia
from the local rulers to the conquerors was
symbolically very important. It provided
institutions such as the Museum of the
Batavian Society and the National Museum of
Ethnology with some exquisite pieces.

As a fourth category of colonial collecting I
would like to mention individual people who
were, although working in a colonial context,
often searching for objects without any direct
political purpose outside individual interests.
These people were fascinated by local arts and
crafts, often in connection with a certain
sympathy for the local people, and wanted to
obtain nice and beautiful things. A good
example, and there are many more, is Th.A.
Resink who was born in 1902 in Yogyakarta,
educated in the Netherlands and worked as a
civil engineer in the Netherlands East Indies.[4]
In 1957 Resink returned to the Netherlands
and after his death in 1971 his private
collection was sold to the museum in Leiden.

For museums as well as for individual
collectors the urge to bring order into chaos is
comparable. Walter Benjamin wrote in 1931 a
thought-provoking article on unpacking his

collection of books. One of his introductory remarks is: '… there is in the life of a collector a dialectical tension between the poles of disorder and order'.[5] Benjamin knew what he was talking about. For him, unpacking his collection of books was a special moment of bringing order in the disorder of his own life. For a long time he did not have a fixed place to live and he often depended on friends who offered him a place to stay for some time.[6] The rare moments of peace and sedentary life gave Benjamin the possibility to unpack his book collection, which was usually stored in boxes and crates. This way he brought a new order in his living environment and in addition pondered on what collecting actually is. For 'what I am really concerned with is giving you some insight into the relationship of a book collector to his possessions, into collecting rather than a collection'.[7] He considered collecting to be a process of renewal. 'To renew the old world that is the collector's deepest desire when he is driven to acquire new things,…'.[8] I think this also refers to the type of collector Liefkes was. Frits Liefkes was not a typical classifier. He did not give priority to labelling and documenting his collection. As I mentioned earlier Liefkes was foremost interested in things that he judged as beautiful and he fits well in the fourth category of the individual, passionate collector. His aesthetic taste was his main criterion.

Although Liefkes was not a classifier in the scholarly sense of the term, he was however someone who wanted to create his own ideal environment as opposed to a hostile outside world. He created his own world of beauty as opposed to, and as protection against, the ugliness of the world around him. In practice this once even resulted in a fierce struggle with burglars, a shocking experience for him.

In later years when he had decided to bequeath his collection to the museum in Leiden, he also considered the future home of his collection as a context for his collecting activities. When he considered buying an object, he regularly phoned to ask whether the museum already had such an object, whether it was to be an addition to the collection or not. He immensely enjoyed this process of judging, of arguing, of deciding whether or not an object should be acquired. For him the process of collecting may have been as important as finally possessing the object. The process of aesthetic judgement and finally buying an object was part of Frits Liefkes. Here too, Walter Benjamin makes an important remark: '… the phenomenon of collecting loses its meaning as it loses its personal owner'.[9] Indeed, with Frits Liefkes no longer here with us, the passion for, and attraction of, collecting related to his person is gone for ever. His collection, however, remains witness to a life full of contradictions, but also a life full of beauty.

The Frits Liefkes collection in Rijksmuseum Volkenkunde

FRANCINE BRINKGREVE

From Liefkes to Leiden

The collection of Frits Liefkes is a valuable addition to the Indonesia collection in Rijksmuseum Volkenkunde (National Museum of Ethnology) in Leiden. Together with the Museum Nasional Indonesia in Jakarta, Rijksmuseum Volkenkunde holds the oldest Indonesian collections in the world. A large part of the 60,000 Indonesian objects in this museum was collected in the colonial past, and their provenance and collection history is well documented. In contrast, Frits Liefkes bought all his objects from art dealers and at auctions, mainly in the Netherlands, between 1970 and 2010, and he left very little documentation. Still, his collection reflects not only the personal taste of a passionate lover of Indonesian arts and crafts, but also his good eye for quality and craftsmanship, having been a museum curator himself, trained in art history.

The Liefkes collection consists of almost 1000 objects, originating from most parts of the archipelago, from Aceh (Sumatra) in the west to the Asmat area (Papua) in the east. A few of these objects date from prehistoric times or from the (proto)classic period of Indonesian art history, but by far the majority can only be provisionally dated probably to the late nineteenth or twentieth century. Of many objects there are already similar examples in the museum collection, but Liefkes did possess some rare objects and various unique pieces which are very valuable additions, especially in the fields of batik, furniture and gold.

Frits Liefkes was fond of textiles, and with more than 400 pieces they form the single largest category of objects in his collection. His batiks are especially valuable. Precious gilded *batik prada* from Java's north coast are new in our collection, because our old batik collections, acquired in the nineteenth century, consists mainly of batiks from Central Java and they are not gilded.

Having been a curator of furniture, Frits Liefkes was interested in Indonesian furniture as well and he collected a unique set of a table and two chairs from Bali and a circumcision chair from Java, items not already present in the collection.

The beauty of Indonesian gold objects did not escape his eye, either. A beautiful golden betel set from Madura, and a unique golden container with lid from Sulawesi form spectacular new additions to our collection. Until now, the museum only had pieces from kingdoms and sultanates which were collected in the colonial period as war booty (for example from Lombok and Bali), or sold to civil servants by impoverished aristocrats (like Acehnese jewellery), or given as 'diplomatic' gifts from Indonesian rulers to officers of the colonial government (for instance many *keris* from Java).[1] However, Liefkes collected gold jewellery which only came on the market since the 1970s, from Nias, Sulawesi, Sumba and the Moluccas. Some of these gold pieces (a headdress from Nias and jewellery from Sumba) have been exhibited and published before.[2]

The 185 pieces presented in this catalogue are representative of the Liefkes collection as a whole. Although the selection reflects the variety of objects, textiles, especially those from different regions in Sumatra, form an important part of the book. Seventy-five stories providing different layers of cultural context give an impression of the former lives of all these beautiful things, made, owned and used in Indonesia before they entered the house of Frits Liefkes and his partner Cor Weegenaar in The Hague and finally became part of the Indonesia collections in the museum in Leiden.

Made in Indonesia

Drawn in wax, forged in fire, cut from wood, using imported materials or the products of their local soil, almost all of Frits Liefkes' thousand objects were made in Indonesia, by skilled artists and craftsmen from the many different ethnic groups in the archipelago.

Indonesia lies on one of the world's greatest trade routes, the maritime route linking China

in the east to India, the Middle East and Europe in the west. For two thousand years and more, the peoples of the Indonesian archipelago have actively engaged in this trade. They integrated within their own cultures the varied influences that reached their shores from overseas, from the early Hindu-Buddhist kingdoms and from later Islamic sultanates, from as far east as China and as far west as Europe, especially the Netherlands. As a result of trade contacts, travelling craftsmen were responsible for the steady intermixing of cultures. Many of the objects in the Liefkes collection reflect these cultural influences, merged with local traditions, in materials and techniques, function and use and meaning of the decorative motifs. To give just a few examples:

A precious golden knight from a chess set (ill. 11), of unknown provenance but clearly made for European (Portuguese?) use, is crafted using very fine filigree and granulation techniques which were probably introduced to Indonesia in conjunction with the rise of Islam, by goldsmiths from the Ottoman Sultanate. Within Indonesia there was mutual influence between goldsmiths from Sulawesi and those from Minangkabau and Aceh in Sumatra, so this object could have been made in any of these areas.

A large textile (ill. 12), probably made by Malay coastal people, showing materials and techniques used by Muslim cultures overseas, with European crowns as decorative motif, might well have been used as decoration of ritual space at a traditional *tiwah* ceremony (secondary death ritual) of non-Muslim Ngaju Dayak in inland Kalimantan, as can be seen in the use of a similar piece in a similar context in the catalogue entry on the Brunei gong (ill. 262).

Another textile (ill. 13) is made of Chinese silk fabric, with batik motifs applied in Cirebon (Java), and gold-dust patterns probably done in Sumatra, to be used as an Islamic woman's headscarf. The motifs show the typical Javanese pattern of *alas-alasan*, in

12 | Decorative cloth used as wall hanging
Coastal Kalimantan or Sumatra?
19th century?
Silk, gold thread, gold paper, sequins, beads
407 x 67 cm
Liefkes 832

which a variety of forest creatures are depicted to symbolize life in the universe.

Numerous other stories in this catalogue touch upon the theme of cultural influences from abroad, although the objects themselves were all made in Indonesia. To give a few examples from the catalogue: a text in Arabic on a Sumatran knife; Chinese motifs on silver jewellery; the motif of the India-derived *singa* (lion) on Batak and Balinese objects; and Dutch heraldic emblems on textiles from Sumba and Sulawesi.

Adornment of people and space

Although his collection of Indonesian objects covers a wide range of Indonesian material culture, from batik to wayang, from *keris* to shield, from ancestor statue to palace sculpture, the main accents in his collection, precious textiles and jewellery, reveal the dominant interest and passion of Frits Liefkes as collector.

Apart from his eye for good craftsmanship, Liefkes was very interested in the theme of

"Man as Art".[3] Apparently he often collected a textile, or a piece of jewellery, or another kind of accessory with the beautiful person wearing it in mind. He not only collected cloths used as clothing, wrapped around different parts of the bodies of men and women (as hip cloth, shoulder cloth, head cloth), but pieces of sewn clothing, shoes, jewellery, and other accessories like belts with buckles, pins and buttons as well. He did not restrict himself to body ornaments made of gold and silver, but also collected jewellery fashioned from ivory, wood, hornbill, beads, feathers and shells. Also decorated weapons such as two Balinese *keris*, a Papuan dagger (*ase pisua*) and a Kalimantan knife (*mandau*), and beautifully plaited and beaded betel boxes and bags in the collection can be regarded as part of the adornment of Indonesian men and women.

Dress, jewellery and accessories make people more beautiful, but also provide meaning by stressing identity, gender, status and position in society. Many categories of people are represented in the Liefkes collection; for

instance, he not only collected a golden headdress for a Balinese female dancer, but also for a Nias female priest; not only a beaded sun hat for a Kenyah man, but also headwear for a Bugis nobleman, made of fine lontar and precious stones. Many more examples are to be found in this catalogue.

Especially in the more hierarchical ordered societies in Indonesia, costumes and jewellery worn by brides and grooms on their wedding day have a "royal" connotation, since the couples are treated as queens and kings for this special day (*raja sehari*). Another aspect of the theme of man and adornment is the fact that in many Indonesian societies locally woven textiles and metal jewellery are exchanged as marital gifts, and classified as respectively female and male objects. Examples in the collection are the famous golden *mamuli* and textiles from Sumba in East Indonesia, but one finds the same principles in Minangkabau culture and society in West Sumatra.

As a collector living with and amongst his treasures, Frits Liefkes collected not only objects related to the adornment of men and women, but also many objects related to the adornment of the living space or environment of the Indonesian peoples who owned these objects before him. Chests and cupboards from Palembang and Java, tables and chairs from Bali and Java, carved doors from Kalimantan and Bali, a beaded wall hanging from Lampung, decorated posts and *keris* stands from Bali, and plenty of household objects such as bowls and *kendi* and betel sets from all over the archipelago, often beautifully decorated and made from precious materials, decorated his own living space and environment as well.

Some of the statues that decorated his rooms, like those from Nias and Bali, showed their cultural identity by their carved and painted clothing and jewellery. But Frits Liefkes himself also liked to dress up his statues with textiles, necklaces and bracelets and, in the case of a small ivory statue from Tanimbar, with small feathers. And not unlike the case in Indonesia, where objects often change hands, Liefkes not only lived with his objects but was also actively engaged with them. He bought, sold, exchanged them with friends, loved them to be admired by colleagues, and celebrated his victory when he had succeeded at auction.

Continuity of life

Although at first sight one category of objects often encountered in a museum collection of Indonesian material culture, objects related to ritual and religion, are not very visible in the collection of Frits Liefkes, the theme of man and adornment incorporates this other layer of cultural significance as well. Not only some beautiful ancestor statues (such as a *korwar* from north coast Papua), priest's implements (like a Batak medicine horn) and statues for religious occasions in Bali are part of the Liefkes collection, but many textiles, pieces of jewellery or furniture also had ritual purposes.

Special clothing and jewellery can only be worn for special ceremonies like weddings, many textiles are used in death rituals as ceremonial shrouds, and many other objects and textiles can be used to decorate ritual space. Examples in the catalogue are a temple flag (*umbul-umbul*) from Bali, spectacular *sarita* textiles and beaded *kandaure* from Tana Toraja (Sulawesi), and famous *tampan* and *palepai* cloths from Lampung, to mention just a few. Also betel sets, so important in social life and for individual well-being, definitely have a ritual function as well, since *sirih-pinang* is often related to the ancestors, or used in offerings and ritual meals.

Individuals are not only members of their own families and local communities, but also of a kind of wider, cosmic community, which includes ancestors, deities and demons and mythical creatures. In fact, the cycle of life, of individuals and communities, is also one of the leading themes of the Liefkes collection. The concept of the continuity of life, sometimes through death and destruction, can often be read in the objects, since their motifs and colours carry messages about fertility and protection.

Ancestor statues from Nias and Tanimbar embody the idea which occurs in many places in Indonesia, that the living are protected by their ancestors whose spirits live on after death and who act as mediators between heaven and earth. In Kalimantan, the life of a small child, held in a baby carrier, is protected by demonic faces carved on the back of the object. In Bali the powerful Garuda bird protects the wearer of a crown from the back. Many types of jewellery, like bracelets, rings and necklaces, are part of men's and women's adornment and convey messages about status and identity, but have a protective function as well.

The decorative motifs on many objects have a connection with this theme of the continuity of life of humans, animals and plants, under the cosmic influence of sun and moon. Good examples are the many different motifs on batik cloths from Java and woven textiles from Sumatra and Sumba, the symbols on the *sarita* cloths from Sulawesi, and the ancestor figures on the beaded clothing from Kalimantan. Trees of life occur on the Javanese wayang lamp and circumcision chair, but also on the *tampan* textiles from Lampung. Fertility and protection, empowered in important birds, serpents and other animals, are in Bali and Java expressed by Garuda and *naga*, in Kalimantan by hornbill and dragon, among the Batak by the *singa* figure, and in East Indonesia by the symbol of the rooster.

Because they are handed down by the ancestors, in many parts of Indonesia precious heirlooms protect their descendants, ensuring the perpetuity of the group. They are stored away, high in the upper part of the family houses, their stories being part of their power.

Three years ago, in March 2010, on the death of Frits Liefkes, Rijksmuseum Volkenkunde received all his precious heirlooms from Indonesia, many of which he had really lived with, but part of which he had kept safely upstairs, on the top floors, not unlike the situation in a traditional Indonesian lineage house. And already once, when in 2011 the museum's very survival was threatened, this beautiful collection has contributed to the continuity of Rijksmuseum Volkenkunde. The name of Frits Liefkes himself will live on thanks to his collection and this present

publication. Because he left his private collection to a public institution, Frits Liefkes not only contributed to safe-guarding important Indonesian cultural heritage, but also made it possible for everyone to enjoy all these beautiful precious objects.

13 | Sumatran Islamic
woman's headscarf
Java. Cirebon (batik);
Sumatra (gilding)
1875–1900
Silk fabric, natural dyes,
prada
280 × 56 cm
Liefkes 798

Acehnese gold jewellery

According to legend, the Acehnese learned their goldsmithing craft from the Arabs. From the earliest times extensive trading routes linked Aceh with the Malay Peninsula, Java, Arabia and China. All of these cultural influences had a strong impact on the jewellery. Acehnese goldsmiths, famed for their technical skill, mainly executed work for sultans, dignitaries and people of standing. In the heyday of Aceh, during the reign of Sultan Iskandar Muda (1607-1636), no less than 300 gold- and silversmiths were employed making valuables for his court and the elite.[1] In the beginning of the twentieth century more and more Chinese goldsmiths were taking over.

Ear ornaments / *subang*

In daily life in Aceh formerly, girls as well as married women wore *subang* made of gold, gilded silver, horn, wood or ivory. During festivities and especially during weddings the nobility would wear a full attire of gold jewellery, displaying their wealth.[2] People in less favourable circumstances either borrowed or rented the jewellery required.

Subang of noblewomen were little masterpieces, requiring a multitude of techniques (ill. 14). Delicate à jour work, alternating with fine filigree and granulation formed an intricate floral pattern on the concave front disc. Popular stones for decorating *subang* were diamonds, moonstones, chrysolites, rubies, and pearls. These stones, in contrast to western standards, were not chosen for their purity, but rather for their symbolic and magical qualities.[3] Diamonds, imported from Borneo, were either rose-cut or cut irregularly to minimize loss of stone. Another way of enhancing the effect of colour was the use of enamel. The art of enamelling (*cawardi*) was characteristic for

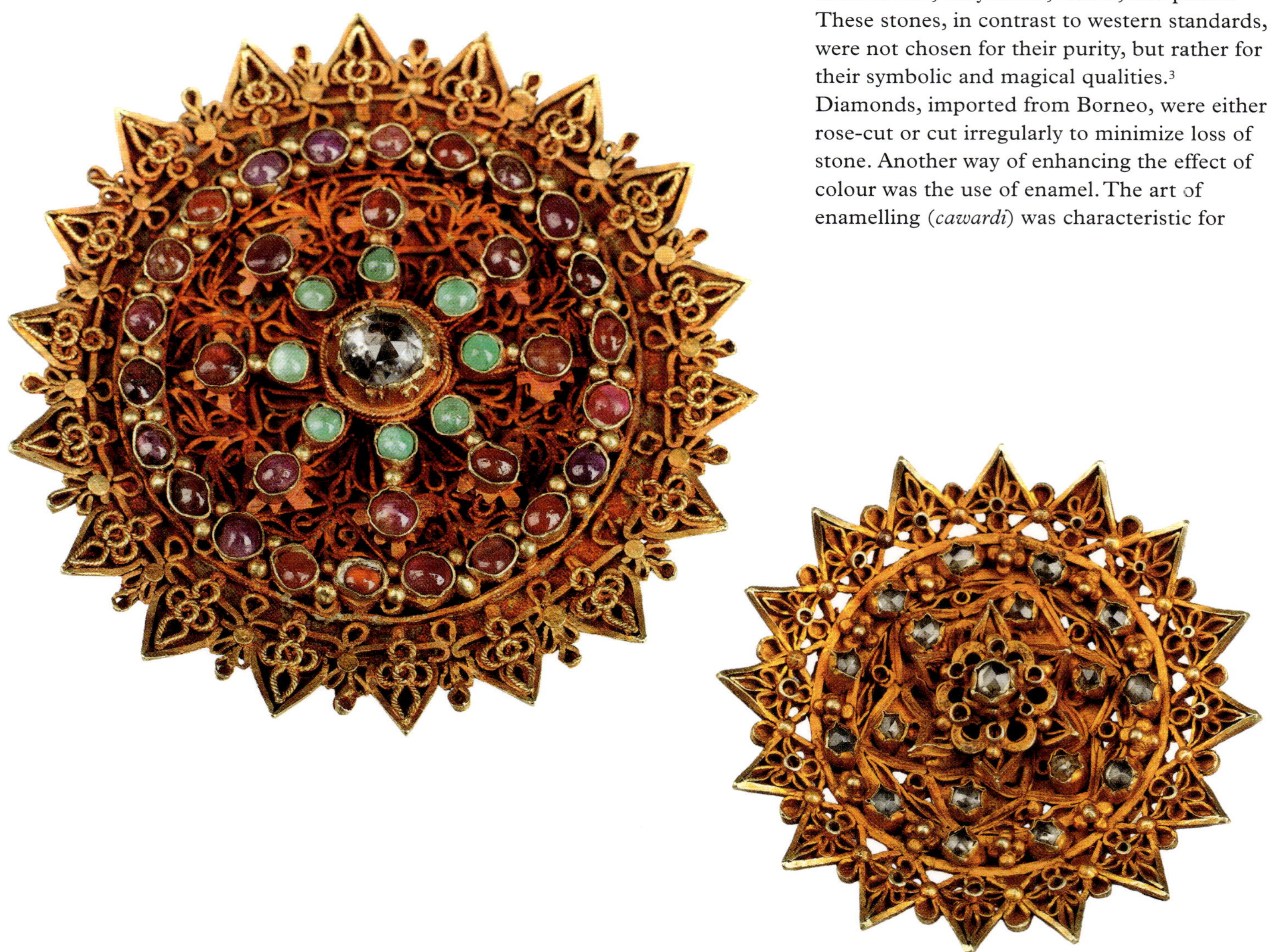

Acehnese jewellery and was seldom used in
other parts of Indonesia. Presumably learned
from Chinese goldsmiths,[4] the technique may
also have derived from India where superb
enamel work was produced. Even the back of
the *subang* was decorated with beautifully
worked lozenges on the rim of a wide cylinder.
When still young, girls started slowly
stretching their earlobes in order to insert the
cylinder of the *subang* that could reach a
diameter of 3 cm. Apparently this custom
declined in the course of the twentieth century
when young girls started wearing ear
ornaments requiring smaller holes.[5]

Another characteristic technique was the art
of colouring the gold (*seupoh*). The Acehnese,
like many other peoples in Indonesia, have a
special fondness for a specific red shine on the
gold. Originally the technique involved an
elaborate process of treating the gold
repeatedly with acid substances (nitre, salt and
alum) to extract the silver from the surface in
order for the gold to become red. The Chinese
had an alternative way of painting the gold
with red pigment.[6] One should note a

14 a-c | Three ear
ornaments, *subang*
Aceh
19th-20th century
Gold, enamel, precious
stones
5.8 x 1.9 cm (14 a),
4.2 x 1.7 cm (14 b),
4.2 x 1.8 cm (14 c)
Liefkes 340, 341, 342

15 | Studio portrait of an
Acehnese aristocrat with a
young woman wearing ear
ornaments and a girdle.
Photograph by C.B.
Nieuwenhuis, 1880-1908
RMV A78-94

16 | Girdle / *talòë ki iëng*
Aceh
19th-20th century
Silver, gold
79 x 4.9 cm
Liefkes 360

distinction between *suasa*, which is an alloy of gold and copper (also used frequently by the Acehnese) and the art of colouring the gold where the red colour is caused by a chemical reaction, always executed as the last finishing technique.

Due to the influence of Islam, goldsmith work was restricted to conventional floral and foliated patterns and designs. Each *subang* had its own unique identity through its use of particular motifs. While the *subang meucintra* had the shape of a sunflower, set with stones in circles, the *subang bungong*, much smaller in size, resembled the shape of a jasmine (*melati*) flower with one stone in the middle.[7] Not only was gold itself highly symbolic, the designs also conveyed specific meanings. Even little details carried symbolic names; besides all

sorts of flowers and leaves, repeating abstract motifs had intriguing names such as the "eyes of a locust", "droppings of a turtledove" and the "malformed footprints of a bastard child".[8]

Girdle / *talòë ki iëng*

Along with a bracelet and a ring, the girdle belonged to the three traditional gifts given by the husband to his wife after she had sacrificed her virginity (ill. 15). Depending on the status of the husband the belt was made of gold or silver, or a combination of both metals. These gifts became the property of the wife. All other jewellery that she received on the seventh day after marriage was considered the property of her husband.[9]

This particular girdle (ill. 16) is a beautiful example and most probably belonged to a

wealthy woman. Its central gold piece exhibits an unusual geometrical surface division which is executed in fine filigree and granulation. Interestingly, the same intricate form is accurately cut out of a piece of lime (*bòh giri*) given as part of an offering to the couple after they become engaged.[10] Surrounded by floral designs four conical ornaments extend outwards from the central lozenges. Tapering in sharp points, these ornaments are identical to the *bòh doma*, a typical Acehnese decorative gold button, worn by both men and women. Its base consists of rows of round or facetted granules. On both sides of the gold centrepiece are two tubes of small interwoven silver links that resemble the fruits of a type of marsh plant (*bòh eumpeuë*). These inflexible parts change into strands of silver chains. The latter are held together by a clasp that is prominently used in Sumatra and Java for necklaces and belts. They can either be plain or richly decorated with filigree and stones. The boldness of the silver chain and the delicateness of the centrepiece give this girdle a stark and pleasing contrast.

Maggie de Moor

Silk textiles of Aceh

Situated at the crossroads of international trade routes, Aceh has been influenced by many religions and cultures. Buddhist, Islamic, Chinese, Persian, Indian Moghul and even Turkish influences left their imprints on Acehnese art and culture. Traditional textiles and dress were imbued with new materials, colours, designs and motifs. All these novelties were at first meant mainly for sultans and their relatives, courtiers, regional rulers and religious leaders living in the coastal areas. The golden age for the crafts of Aceh reached its peak in the sixteenth and seventeenth centuries. The culture at court was lavish and by embracing Islam, Muslim art and architecture were introduced in Aceh. Court dress was copied from the Moghul empire. New forms of clothing were introduced, tailor-made clothes such as trousers for women and tunics instead of wrap-around cloths. Yellow became the royal colour and green was associated with Islam. Gold threaded cloth was considered appropriate for the sultan and the aristocracy. In the motifs depiction of human figures is not present; only geometric forms are shown.

Traditional dress for Acehnese men and women consists of a shoulder cloth (*ija sawa*) worn over a blouse or tunic (*bajèë*), and a hip cloth (*ija pinggang* or *ija lunggi*) draped over wide trousers (*sileuë inong*) (ill. 20).[1] Silk is the material of choice.

Only in Aceh and Sulawesi are trousers worn by women. Their pants are of a plain purple silk (*lambajong*), or decorated with supplementary gold thread. Women's trousers may be embroidered along the inside of the legs from the low cut crutch (*thong*) towards the ankles in a fine arrangement of motifs in gold thread on a purple silk ground. Men's trousers are plain or decorated with ikat motifs. According to Muslim rules dictating covering up the crotch, the *ija pinggang* is folded over the upper part of the wide trousers. Young girls start to wear a hip cloth when they reach the age of about nine.

These three silk hip cloths from the Liefkes collection illustrate three different types distinguished by techniques or combinations of techniques. They are woven in plain weave

17 a-b | Man's hip cloth /
ija pinggang meukathab
Aceh, Sumatra
Ca. 1900
Silk, gold thread, natural dyes
Plain weave, supplementary weft weave
87 x 198 cm
Liefkes 747

18 a-b | Man's hip cloth /
ija pinggang plang meukathab
Aceh, Sumatra
Ca. 1900
Silk, gold thread, natural dyes
Plain weave, warp ikat, supplementary weft weave
83.5 x 190 cm
Liefkes 731

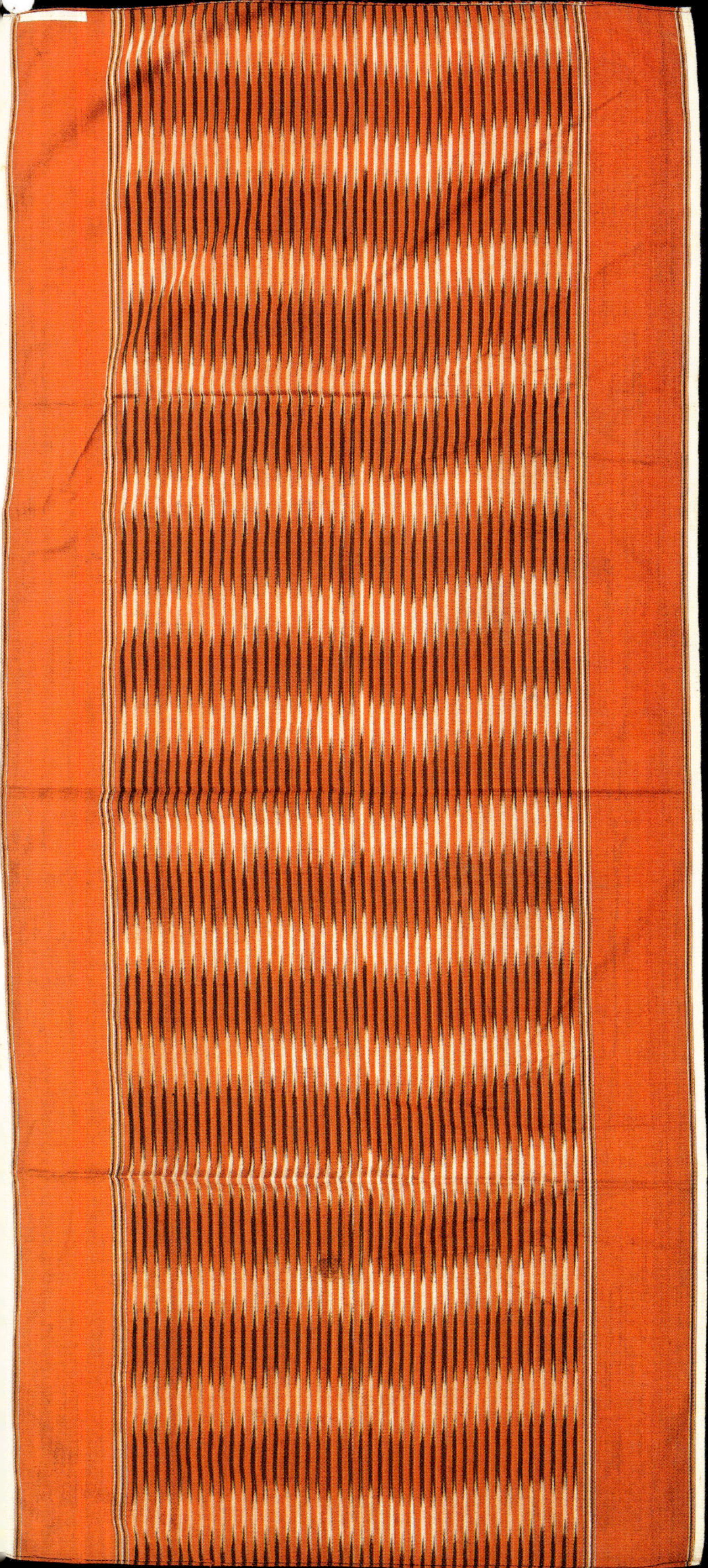

with decorations in supplementary gold thread in the weft or ikat and stripes in the warp, or a combination of these. Cloths with fringes (rolled or unrolled) and small stripes are usually worn by men at ceremonial occasions (ill. 17). They are wrapped over the trousers around the hips, with the ends open down the body. Women's cloths do not show fringes, because they are sewn together into a sarong. Women wear the dark purple *ija lambajong* and *ija pinggang plang rusa* with small arrow point motifs in yellow, black and white.[2]

Nineteenth century hip cloths are often woven with supplementary gold or silver thread in the weft and are called *ija lunggi meukathab*. Decorations may fill the complete surface or just the end borders, the *uluéé*. Both types were collected by Liefkes and are found in many museum collections. The ground weave is mainly composed of fine stripes or checks. The colour combinations are usually of sombre hues of purple and black or reddish brown, but can encompass subtle combinations of white, apple green and yellow. The surrounding nature is a source of inspiration for a weaver. Motifs of flowers, leaves and arabesques appear in a natural style but often also present are geometric patterns of stylised flowers and plants, spirals, and scrolls. To Mens Fiers Smeding, the motifs in Acehnese gold and silver cloths show Persian influences.[3] In the two men's hip cloths the flowers of the main pattern bear the name of plants: *bunga campli*, flower of the pepper; *bunga awan,* cloud flower (spirals or arabesques); or *bunga tanjung.* According to Jasper and Pirngadie, colour can also be an indication of a particular type of hip cloth. The green and purple hip cloth (ill. 17) could be an *ija pinggang lada muda* where *lada muda* refers to the young pepper plant, probably named after the light green colour of the background.[4]

The striped silk hip cloths, *plang rusa*, show rows of ikat motifs of chevrons in the warp. Ikat in the warp on silk is typical for Aceh, but unusual in Indonesia where silk ikat is normally only in the weft. Chevrons are the only ikat motifs found on Acehnese textiles. In two cloths (ill. 18 and 19) these pointed arrow-like designs, *plang rusa* in Acehnese, refer to deer's spots (*plang*, spotted, *rusa*, deer).[5] It probably refers to the spots that remained without colour after the ikatted cloth had been dyed by hand. The chevrons always point in one direction, unlike the cloths of the neighbouring provinces. They come in several colours (red, yellow and white) on a purple or dark red ground, or just black and white on a red ground (ill. 19).

Ija pinggang plang rusa hip cloths are restricted to silk (ill. 19) or silk combined with gold, as in the *ija pinggang plang meukathab* (ill. 18). The latter is more costly because of the supplementary weft decorations with gold thread covering the centre field and the end borders in stylised floral and geometric motifs. These fine and subtle shining silk cloths were rare and only worn by the aristocracy as ceremonial clothing.[6]

According to Chinese Sung dynasty texts from the tenth and eleventh centuries, silk production and weaving were already carried out on a large scale in Aceh in the region of Pidie.[7] Silk clothes were used for centuries, textiles for daily wear were imported from India. As trade goods Aceh silks were highly

valued all over Sumatra. The Toba Batak esteemed especially the *plang rusa* cloths, which functioned as costly gifts to lineage chiefs, notably those featuring a white band along the selvage.[8] Bits of these silk ikat cloths were even used to decorate old Batak textiles.[9] The *plang rusa* motif has been adopted in Batak cotton textiles and especially in the *ulos mangiring* of the Toba Batak, used as a ceremonial baby-carrier, given to the granddaughter by her maternal grandparents at the birth of her first child.[10]

LINDA HANSSEN

19 a-b | Woman's hip cloth (open) / *ija pinggang plang rusa*
Aceh, Sumatra
Ca. 1900
Silk, natural dyes
Plain weave, warp ikat
72.5 x 159 cm
Liefkes 1016

20 | Married Acehnese woman wearing an *ija pinggang* over her trousers (*sile uë inong*).
Photograph by C.B. Nieuwenhuis, 1880-1908
RMV A78-95

Two Acehnese daggers

A *siwaih* or Acehnese ceremonial dagger so beautifully decorated with gold, *suasa* and enamel with a scabbard partly consisting of ivory is very rare as such ornate weapons belonged to the Sultan and nobility only (ill. 21 and 22). Its origin is confirmed by the similarity of this dagger to one that formerly belonged to the regalia of the Sultan of Aceh which is now in the collection of the National Museum of Indonesia in Jakarta.[1]

The bulbous hilt of the *siwaih* illustrated here is made from *akar bahar* or black coral. The flat upper part of the hilt is covered with *suasa*, an alloy of copper, gold and silver, typical of Acehnese metalwork. It is decorated with cloisonné enamel (*cawardi*) in dark blue and green and inlays of gemstones and glass.[2]

The dagger's blade is slightly curved, its edge being on the concave side. It shows a groove in the flat side of the blade. An octagonal stem-ring has been forged on where the blade enters the hilt. This stem-ring consists of three beautifully enameled calyces (*tampo puco*), adorned with a typical Acehnese flower motif.[3]

The scabbard of the dagger is made of wood, ringed with three gold bands and ending with a golden tip. The protruding upper section is made of ivory, with three etched bands and the end is decorated with flower motifs in a way similar to that of the upper part of the hilt, with cloisonné enamel and inlays.

The *siwaih* was worn in front, tucked into the waistband so the beautiful decorated hilt could be seen.

The ceremonial dagger is often confused with the *rencong*, the best known of Aceh's traditional weapons (ill. 24), as the flat upper part of the hilt of the *rencong hulu puntung* (meaning *rencong* with cut-off hilt) strongly resembles the hilt of a *siwaih*. Furthermore some *rencong* are adorned with enamel decorations too. Like that of the *siwaih*, the sharp edge of the blade of the *rencong* is on its concave side.[4] However, the *rencong* is used to stab and slice upwards while the ceremonial *siwaih* is not.[5] The tip of the blade and upper part of the hilt of the *rencong* face in opposite directions giving the weapon an S-shape, whereas the upper part of the *siwaih*'s hilt is in line with the curve of its blade.

In North and Central Sumatra daggers with similar shape as the *siwaih* are known as *sewar, siva, sewa, and seiva*.[6] However, the ceremonial daggers from Aceh are the only ones so gracefully and richly decorated.

Rapti Golder-Miedema

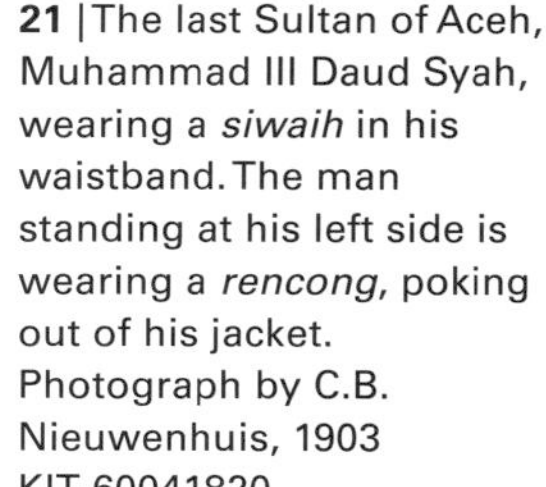

21 | The last Sultan of Aceh, Muhammad III Daud Syah, wearing a *siwaih* in his waistband. The man standing at his left side is wearing a *rencong*, poking out of his jacket. Photograph by C.B. Nieuwenhuis, 1903 KIT 60041820

22-23 | Ceremonial dagger / *siwaih*
Aceh
19th century
Akar bahar (black coral), gold, *suasa*, ivory, wood, enamel, glass, gemstone
37 x 11.5 cm
Liefkes 416

24-25 | Dagger / *rencong*
Aceh
19th century
Iron, silver, enamel
10.5 x 34 cm
Liefkes 424

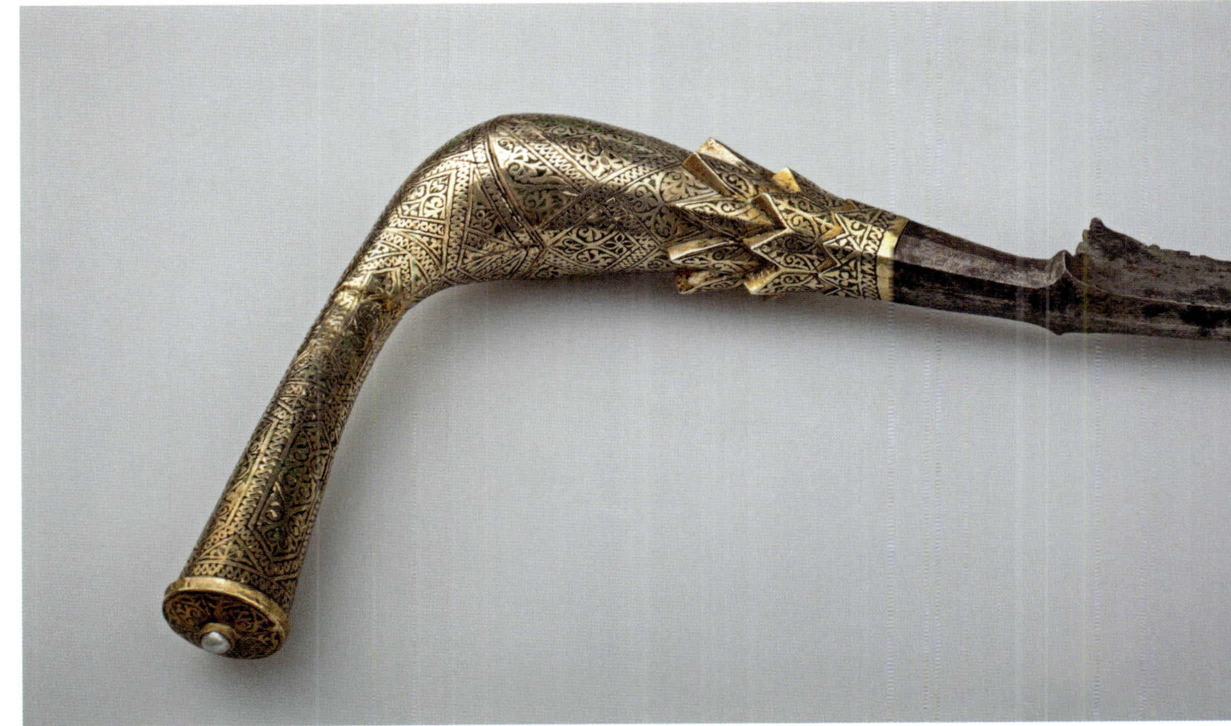

Ancestor figures of Nias and Batu Islands

Nias people have created numerous statues in wood and stone to commemorate the ancestors and to balance a natural world that could be dangerous and harmful.

For all kind of purposes ranging from warfare, headhunting to fecundity and the well-being of the family's offspring, ancestors were consulted through offerings to ancestor figures. All these sculptures are referred to as *adu*, which means 'sculpture'. These figures act as intermediaries between the living, the dead and the deities in the upperworld. An alternative name given to these ancestor figures indicates the location of the figure in the house interior.[1]

The ancestor figure from Central Nias (ill. 27) stands on flexed legs with massive thighs and backwards protruding calves. Its headdress consists of a tapering central ornament, shaped as a palm leaf, and two coiling fern buds behind on a flattened base

26 | Ancestor statues in the village Bawalia on the island of Nias. Photograph by A. Lett (?), ca. 1900 RMV A169-18

with a spiky band. Together with a necklace and ear ornaments this is indicative of the nobility to which this ancestor belonged. Angular facial features and notched teeth add to a powerful impression. A typical feature of Central Nias figures are the pegs in the hands resting on the thighs, sometimes referred to as a mortar and a pestle.[2] Other recurring stylistic elements are the flattened knee joints and the rather angular jaw line.

The Batu Islands, south of Nias, were colonised by people from north, central and south Nias. Although the style of these districts show different stylistic elements, smaller ancestor figures of Batu islands seem to share a common feature, they are rendered without arms.[3] This is also a characteristic commonly found in ancestor figures from south Nias. Called *adu nuwu* or *hazi nuwu*, the armless figure (ill. 28) was part of an ancestor altar, *daro daro*, which is indicated by the peg beneath the socle. The facial features with large jutting ears and open mouth suggest vigilance, and the prominently rendered male sex fecundity. The crown consists of a central budding fern on a flattened base with a notched rim, a trait also found in the necklace and the socle. The arm stumps are embellished with a rosette, a generally found element referring to the fertility of the ancestral world.

Arnold Wentholt

27 | Ancestor figure / *adu zatua*
Sumatra, Central Nias
19th century
Wood
31 x 7 x 6.5 cm
Liefkes 28

28 | Ancestor figure / *adu nuwu* or *hazi nuwu*
Sumatra, South Nias or Batu Islands
19th century
Wood, black pigment
29.4 x 7.8 x 6.5 cm.
Liefkes 29

Gold jewellery of Nias

On the island of Nias gold played a very important, if not crucial role in a culture that was once one of the most vigorous and fascinating of all megalithic cultures in Southeast Asia. Fashioned as far as is known from imported gold,[1] impressive gold ornaments served as miniature mythological statements. Associated with the upperworld, gold had the power to restore and invoke cosmic unity, enabling its owners to identify themselves with the divine. However, precautions needed to be taken with the potentially malevolent powers of gold. The purification and dedication of gold ornaments in a series of ritual feasts, *owasa*, was of crucial importance. Traditionally, by customary law, nobody was allowed to wear gold jewellery before having commissioned an *owasa*. During these spectacular feasts, status was determined, spirits propitiated, wealth redistributed, wood sculptures made and elaborate megalithic monuments erected with a focal attention on gold jewellery as status symbols.

All cultural manifestations on Nias emphasized the perception that the world is composed of paired elements in complementary opposition (upperworld-underworld, nobles-commoners, village-forest, masculine-feminine, sky-earth etc.), all of which had an essential function in realizing cosmic unity.[2] Noblemen and commoners had to constantly validate their position and rank and also improve upon it by commissioning gold ornaments. Each cultural area had a different set of rules for stipulating and regulating the required amount of gold ornaments and the number of feasts its members should sponsor. In order to attain the highest possible status, nobles had to commission specific types of gold jewellery of increasing weight during a series of feasts. In south Nias the required weight of the last ornament in a series of twenty ornaments could increase to two kilograms.[3] In these higher stages it was the custom to have a slave killed, only after he had worn the gold to absorb the magical power that the gold might contain.[4] Status for commoners involved the dedication of three to five pieces of jewellery in order to gain their right of full citizenship. Only the nobility could afford to dedicate gold pieces of high gold content, whereas the commoners often possessed gold jewellery in which the content of copper was much higher than that of gold.[5] Overall, six sorts of gold could be distinguished, ranging from nearly pure gold to an alloy of 30% gold. In each district the gold was tested for its quality, and subsequently, specific names and values that differed locally, were given to the various sorts of gold.[6]

Imported gold dust, gold leaf and gold coins were used as a basic material, but primarily, as we will see, gold jewellery was made of re-melted gold. Paramount to Niah[7] culture was the custom of melting old jewellery and re-working the obtained gold into new jewellery as the *owasa* required newly-made ornaments.[8] This was in sharp contrast with other cultures of the Indonesian Archipelago where prestige and status were acquired by possession of inalienable gold heirloom treasures (*pusaka*) in which the histories and genealogies played an important role. Considering the ritual aspects of the *owasa* however, the practice in Nias appears less strange. From its raw state to its finished product, gold and subsequently the

29 | Village head from South Nias wearing full ceremonial costume, including a necklace, together with his wife and children.
Photograph by A. Kruisheer, 1906-1915
RMV A169-66

owners of the gold jewellery, were involved in major transitions. The sponsor of an *owasa* symbolically underwent death and destruction through the killing of a slave or through the lavish redistribution and destruction of personal property, and would thereby pass into a new phase of life.[9] Every transition mirrored the cycle of life and death, fertility and immortality, based on the concept that from destruction new life arises.[10]

Niah jewellery is striking in its outstanding combination of simplicity and splendour. An abundant variety of crowns, necklaces, ear ornaments and bracelets show a prodigious diversity of shapes, designs and materials. Each cultural area had a particular style that was quite distinct from another.

Necklace / *nifatali*

The torque-like necklace, *nifatali* (ill. 30), which very much resembles the torques of the European Celts, was seen in many regional variations. Made of gold, it was formed by intertwined wires that spiral into a tubular shape, whose plain ends were fastened by a hook-button closure. In Niah texts it is said to represent the world-snake.[11] This eloquent necklace was worn both by noblemen and noblewomen as part of their regalia in Central and South Nias. The torque is a beautiful example of how deeply engrained the value of gold was in Niah society. As a social metaphor, the intertwined threads of the *nifatali* gave expression to the solidarity of the villagers: the way the gold threads were intertwined, so were

the hearts of the people.[12] Even a person's character was described in terms of various types of gold: a good character was compared with pure yellow gold, whereas a bad character was associated with inferior red gold. The weight and size of this kind of necklace was fixed for each status and title of the owner.[13] Besides dedicating the *nifatali* in an *owasa*, noblemen also commissioned to have the necklace carved in stone sculptures and wooden panels inside their house to proclaim their rank and order. Similar in shape to the *nifatali* was the *kalabubu,* which consisted of smoothly polished coconut shell discs strung on a brass wire. This masculine ornament served as an emblem for headhunters throughout the island. When worn by noblemen, it was covered with gold leaf as a symbol of prestige (ill. 29).

Crowns and other head ornaments

Most spectacular are the majestic crowns of Nias, worn both by noblemen, noblewomen, warriors and priestesses during ritual festivities. Valuable by their sheer size, they were the ultimate indication of rank and status. Historical photographs from all over Nias show an almost endless diversity of crowns, their designs varying even from one village to the next. The creative range displayed in the most unusual forms is impressive. While traditional crowns reflected ancient designs such as the tree-of-life with its long branches reaching up towards the sky, later versions (early twentieth century) displayed contemporary adaptations of foreign cultures. Wondrous examples are known of all sorts of hats, even Dutch official caps made of gold.[14]

An unusual head ornament

In the Liefkes collection is a head ornament which is quite extraordinary and a good example of the adaption of distinctive Malay elements (ill. 31). Historical photographs of the early twentieth century, a time of radical changes, witnessed the introduction of Malay-style clothing, worn by noblemen together with their gold regalia. Also in this period goldsmiths from Padang travelled around the

island making jewellery on order. And indeed this particular head ornament features elements that resemble those worn by Padang men as part of their traditional bridegroom costume, either made of metal or wood with incised designs, some of them covered with gold leaf. However, it is not certain whether this head ornament was made by a Padang goldsmith. The workmanship is that of the typical Niah style. Made of gold alloy sheet, it is assembled from various parts: the front headband, a ribbed back plate that passes over into the overhanging top flap, two narrow ribbed sheets above the headband and leaf-like ornaments on either side. Characteristic for Niah jewellery is the scant use of solder or no soldering at all as is the case here. To join the various parts, simple techniques were applied, staples of flat metal strips or a folding technique, the latter used here to fasten the top flap to the back plate. The whole is covered with repoussé designs and apart from the typical geometric and floral designs the intriguing pattern on the top flap resembles the intricate pattern of a nobleman's headcloth. After assembling all the parts the gold has been given a red colour either by means of chemicals or pigments, a technique also much favoured in Aceh and Minangkabau. This particular head ornament is not known from photographs nor otherwise documented, save perhaps for a description of head ornaments of noblemen in North Nias.[15]

Crown / *rai ni wöli wöli*

Crowns for women were usually smaller in size, but nevertheless just as imposing and diverse as those for men (ill. 32, 34, 35). In south Nias one of the most impressive crowns was the *rai ni wöli wöli*, worn by the female aristocracy and priestesses. Not only during the *owasa* feasts, but also for ceremonial processions at harvest time, the wedding of a chief or the homecoming of warriors, aristocratic women would dance in their full regalia including the *rai ni wöli wöli*.[16] This particular crown (ill. 33) is made of an alloy,[17] consisting of gold, silver and copper made into a thin sheet which is decorated with repoussé work that is less refined when compared to

32 | Studio portrait of
a young lady wearing
a crown.
Photograph by C.B.
Nieuwenhuis (?), ca. 1918
RMV A106-1-21

33 | Crown / *rai ni wöli wöli*
South Nias
20th century
Gold alloy
51.3 x 30.8 cm
Liefkes 441

older versions. There are three parts: the headband, *rai* (could be worn by itself or in combination with various added ornaments), a horizontal rod, *dõröhõ*, projecting on both sides and supporting a row of golden discs, each decorated with a rosette pattern, and a central piece that has the shape of a comb-like ornament, from which emerge golden fern leaves (*wöli wöli*) and flowers.[18] All parts are attached at the back of the headband. The intriguing combination of vertical and horizontal directions of the ornaments possibly suggests the presence of complementary opposites; the very making and dedication of such a gold crown likely contributed to the preservation of cosmic unity and entitled the owner to identify herself with the divine by having managed to unify all the contrasting aspects of life. The upper and lower worlds were respectively revealed by the yellow colour of the gold, and the red colour of a piece of red fabric, usually worked into the base of the crown.

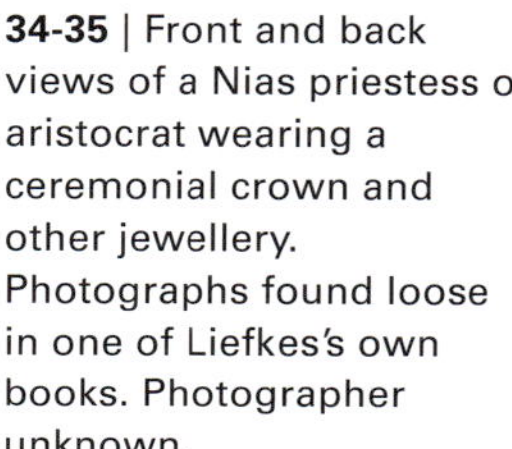
34-35 | Front and back views of a Nias priestess or aristocrat wearing a ceremonial crown and other jewellery. Photographs found loose in one of Liefkes's own books. Photographer unknown.

Besides cosmological colours, the design of the crown also carried significant meaning. Almost all designs found in Niah jewellery are derived from the plant world, such as flowers, leaves, seeds, ferns and the tree of life. Nature and its unpredictability stood in opposition to the fixed society of the Niah people. The unpredictability of nature made it necessary to propitiate the spirits and to protect oneself from those that were evil. The *sömasöma* flower, often depicted in crowns, for example was thought to be magical and functioned as both a link and a border between the living and the dead. It was considered advisable to wear such a flower to remind the spirits of the deceased that they had come to the limit of their realm and should not trespass among the living.[19]

Earrings

Depending on the region, different types of earrings were worn together with the *rai ni wöli wöli*, ranging from small circular earrings (*saro dalinga*) to large oblong earrings (*sialu*). Another pair of earrings, more rare, share a similar long stem as the *sialu*, but is executed in a more complex three-dimensional form similar to an opened pomegranate. (No name has been recorded for these exceptional earrings).[20] They are ingeniously constructed out of four double-sided panels that end in a spiral of intertwined wire. The concave panels are attached to a central rod that gives the earrings a sculptural and spacious quality (ill. 36). Presumably only worn by noblewomen in North and Central Nias, photographs illustrate that they are also worn in the South (ill. 37).

Techniques

The skill of Niah goldsmiths was remarkable considering the limited technology available to them which barely exceeded the most elementary stages of metallurgy. The majority of Niah jewellery was manufactured from sheet gold and gold foil. Ornaments made of gold foil, *farada*, used for covering wood, stone or non-precious metals, were always made of high carat gold, while gold sheet could vary from high to low carat gold. Caution should be taken in judging the quality of gold as Niah goldsmiths mastered the technique of pickling gold-copper alloys with chemical substances to remove the copper from the outer surface, leaving behind a layer of pure gold.[21]

In earlier times organic reagents were used to colour gold-copper alloys. For ornamental purposes, and to give added strength to the thin metal, embossed or repoussé designs were

36 | Earrings
North, Central and South
Nias
19th-20th century
Gold
18.8 x 6.8 (d) cm
Liefkes 452

37 | Group of noblewomen
in Tabeloho, South Nias
Photographer unknown,
ca. 1875
RMV A72-135

added. Another decorative technique consisted of pressing the gold sheet into or over pre-shaped wooden forms. More advanced techniques such as enamelling, the use of decorative stones and granulation never have been practised in Nias. Filigree work was executed on a small scale and was probably introduced in the course of this century by Padang or Chinese goldsmiths. Although Niah goldsmiths certainly were capable of melting metal, it is surprising that the ancient technique of casting was rarely used in the manufacturing of their gold jewellery. Casting was mainly reserved for simple brass jewellery.

Traditionally, gold work in Nias was manufactured by hereditary goldsmiths of the aristocratic classes who claimed to have special ties with the upperworld and thereby ensured themselves a permanent existence just as the light of the sun.[22] The process of making jewellery expressed a philosophy in which creation, harmony, order, and beauty were paramount. Subsequently the makers and owners of the jewellery believed they gained power and achieved perfection by following the example of the cosmos. Nowadays, the gold feasts belong to the past and gold is no longer needed to establish one's status within the community. In the course of the twentieth

century gold was replaced by gilt copper and the craftsmanship slowly but surely became less refined. The jewellery worn in festivals held today are composed of copper, biscuit tins or cardboard, painted yellow or covered with gold paper, merely serving as badges of ethnic identity. Devoid of their ritual context, gold jewellery became an anachronism and their manufacture a veritable lost art.

Maggie de Moor

Batak rider

In this equestrian figure the head and torso of the rider is disproportionately large compared to the animal, a feature common in Batak iconography. The mount is rather rudimentarily rendered and its genus obscure. Despite having no bridle, it most likely is a horse, touched on the left hand side by the rider's hand. Metal encrustations adorn the forehead and breast which immediately focusses our attention on the head which in Batak perception is the place where the 'life soul', *tondi,* resides.[1] The metal inlaid eyes beneath an elaborately carved headdress and an angular jaw bestows on the rider a sense of power.

The rider mounted on a quadruped is an ubiquitous theme in Batak sculpture. The rider figure features in stone monuments as memorial statues of deceased powerful persons and lineage founders. They are also prominent as wooden stoppers on horn or ceramic containers, repositories for magic substances carved and used by the priest, *datu.* Most likely the present figure served as a stopper for a magic container, but it could also have adorned a worldly object like a lute as finial.

In most cases the quadrupeds are mythical animals locally referred to as *singa,* which means "lion" in Sanskrit. Yet as the lion is not known in Sumatra, the *singa* merged with the underworld dragon Naga Padoha in Batak iconography. The four-legged primeval animal is depicted with a slender elongated skull, ears or horns on top and a trunk-like mouth. The rider could then be interpreted as a powerful figure capable of taming the unruly dragon and by doing so become a symbol of the cosmic order.[2] Besides the *singa,* a horse and in rare cases an elephant is depicted as mount. Although the elephant is native, the horse was not. It likely came along with merchants from India during the Hindu-Buddhist period (6th-15th century). Not being indigenous, the animal became the symbol of the transport of

38-39 | Rider on horseback, as finial of a lute or stopper for a container
North Sumatra; Toba or Karo Batak
Early 20th century
Wood, metal
14.7 x 3.6 x 5.9 cm
Liefkes 47

the soul to the afterworld, as well as an attribute of the wealthy and of divinities, and Batak mythological tales abound with them.[3]

Indianization also affected the culture of the Batak living in the hinterland. Not only did they adopt Sanskrit words and Indic religious concepts, the supreme Hindu gods, Brahma, Shiva and Vishnu were also embraced and given local names. The veneration of these divinities comes to the fore in the ritual of dedicating horses to each of them *hoda debata*, a god horse. It has been argued that the rider is a concept of Batara Guru (Shiva). Whether a god or a powerful mythological ancestor figure, the rider is also a ruler whose commands must be obeyed. As such the equestrian figure is a suitable metaphor for the priest as custodian of Batak life and its spiritual leader.

Arnold Wentholt

Medicine horn of a Batak priest

"The entire life of the Batak is saturated by magic-religious beliefs – a dynamic, animistic, spiritual labyrinth that only *datu* priests had the pure knowledge to navigate."[1]

The medicine horn is an important part of the *datu*'s paraphernalia (ill. 40). The *datu* for the Toba (or *guru* for the Karo) are "people for whom we recognize the right to celebrate the rituals of the ancient tradition."[2] These dignitaries are central in the life and traditional religion of the Batak.

Datu exercise their talent in various domains, and each has his own specialization: medicine-man or healer, masseur, specialist in the art of divination, magic and spells, etc. Objects linked to *datu* are numerous and varied. One can find divinatory manuscripts, amulets engraved in bone, *tunggal panaluan* staffs, small imported porcelain containers with lovely sculpted wooden stoppers, and medicine horns, the *naga morsarang*. The medicine horn was slung over the shoulder by means of a strap, and was carried by the *datu* wherever he went. It contained a magical substance called *raja ni pagar*.

40 | Portrait of a priest (*datu*) with a medicine horn and other paraphernalia. Photographer unknown, ca. 1929
KIT 10000813

The horn is closed by means of a sculpted
wooden stopper that slides into the horn and is
fixed there by a small transverse rod. The
carving decorating the stopper represents a
singa. The animal's neck is covered by a
crisscross of lozenges with individually
engraved parallel lines, creating an impression
of a decorative textile. Toba artefacts are often
richly adorned, sometimes creating a visual
fogginess through the confusion of sculpted
and engraved patterns. The influence of
surrounding nature's abundance and
generosity is highly perceivable in Batak
craftsmanship. The *singa* is present on most
medicine horns, this mythological animal
being the ally of high-ranking dignitaries and
datu. It is certainly associated with power and
protection.

At the other end of the horn is a seated
human figure, its hands forming a triangle
around its navel, the centre or source of
breath, courage and willpower. A tuft of animal
hair tied with vegetable fibres adorns the top of
its head. The identity of this figure is
uncertain.

Constance de Monbrison

41 | Medicine horn /
naga morsarang
North Sumatra; Toba
Batak people
19th century
Wood, buffalo horn
(keratin), horsehair
44 x 79 x 11 cm
Liefkes 44

Batak bracelets

These bracelets, one of copper alloy, the other of silver alloy, must have belonged to high-ranking men of the Toba Batak people. Since time immemorial, the Toba Batak have possessed great mastery in the fine art of investment or lost-wax casting, and many melted-metal artefacts of great prestige were designed and cast for chiefs and aristocrats. Amongst the most common are long and heavy pipes, amulets, and numerous bracelets that men wore on their right wrist, often ornamented with the *singa* figure. These two bracelets are composed of two parts that can be opened and closed by means of a hinge and locking pin.[1]

The bracelets represent a *singa* coiled around itself. The representation of the *singa* or *gajah dompak* is an essential element on objects intended for chiefs and *datu* priests. Although originally derived from a Sanskrit word meaning 'lion', for the Toba, the *singa* is a protective, mythological animal that combines the qualities of the dragon with those of the elephant and the snake, with supernatural powers. A *singa* protects human beings against malevolent influences. Depicted on the bracelets, a *singa* or *gajah dompak* protects its owner.

On the silver bracelet (ill. 44), the *singa* unravels its serpentine body, and is thus akin to the *singa naga* of Toba mythology, a synthesis of *singa* characteristics with those of the *naga* snake. Naga Padoha lives in the depths of Lake Toba, carries the world on his back, and from his wrath earthquakes are born. One myth associates the *singa* with the benevolent spirit of Boraspati ni Tano, a goddess associated with the earth and fertility, and represented in the shape of the lizard. On the silver bracelet, the lizard on top of the body of the *singa*, has in front of it a small feeding bowl, filled with another metal (ill. 43).

42 | Bracelet / *golang gajah dompak*
North Sumatra, Lake Toba;
Toba Batak people
19th century
Brass/copper alloy
8.9 x 9.8 x 4.4 cm
Liefkes 4

Combining different metals was believed to strengthen the apotropaic power of the bracelet.[2] Engraved in the centre of the *singa*'s face, in the place of the third eye, is an inlay encircled by a double oval from which a radiating pattern emerges, perhaps associated with the cardinal points. The Hindu-Buddhist influence of the Sriwijaya kingdom (seventh-twelfth centuries) reached the highlands of Sumatra, bringing ideas and iconographies which penetrated older beliefs.

The brass bracelet (ill. 42) shows a *singa* and a human figure that uncoil along the curve of the bracelet. The human figure, with arms folded, lies on his back on top of the body of the *singa*. A circle on top of its head probably was once decorated with inlay.

The bodies of the *singa naga* on these two bracelets are enlivened by a succession of slightly convex metal patches between which small engraved bands are interleaved. The

visual result is one of an articulated and supple backbone. On either side of these vertebrae, alternating herringbone-patterned bands and spiral-shaped forms animate the body.

Sculpted in the round, *singa* figures leap from both ends of the edge beams (*panding dingan*) of traditional Toba houses. Here too, the *singa* is a merging of the underworld dragon Naga Padoha, elephant and the Indian lion.

CONSTANCE DE MONBRISON

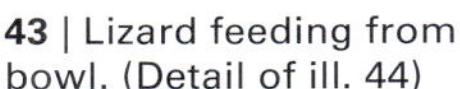

43 | Lizard feeding from bowl. (Detail of ill. 44)

44 | Bracelet / *golang gajah dompak*
North Sumatra, Lake Toba; Toba Batak people
19th century
Silver alloy, inlaid copper
8.2 x 9.5 x 3.8 cm
Liefkes 13

Batak jewellery

In contrast to that of the court societies of Sumatra, the material culture of the Batak was imbued with a strong tribal aura. The richness of traditional Batak jewellery is an expression of the strength of an eclectic tradition incorporating layers of cultural influences. Although sharing many social and cultural traits, each of the six ethnic groups of the Batak people in North Sumatra has its own characteristic ornaments, among whom the Toba and Karo Batak have the most outspoken jewellery. Even so, these two groups have a wide variety of jewellery styles, reflecting an array of divergent influences at different times. Powerful archaic pieces reminiscent of Bronze Age cultures contrast with elaborate refined ornaments stemming from early Hindu influence and later Islamic influence from the neighbouring cultures of Aceh and Minangkabau.[1] Batak jewellery has multifunctional roles in a society where clan ancestry and kinship alliances form the basis of ceremonial life. Not only do ornaments serve as important gifts from wife givers to wife takers, but they also have the power to either protect the wearer or inflict harm on others by means of magical substances (*puk-puk*) inserted into the jewellery.

Gold- and silversmiths, especially among the Karo Batak, were highly respected. Their tools, inherited from father to son, all had secret names and required offerings before work commenced to propitiate the spirits. Occasionally a ritual was required to safeguard the well-being of the smith from the magical potency of the metal.[2]

45 | Two Karo Batak women sitting on the steps of their house. Photograph by C.B. Nieuwenhuis (?), ca. 1918
RMV A106-1-23

46 | Portrait of a Batak girl wearing *padung-padung*. Photographer unknown, before 1920
RMV A40-1-18

Karo Batak ear ornaments / *padung-padung*

A splendid example of the craftsmanship of the Batak silversmith are the double spiral ear ornaments, *padung-padung*, one of the most characteristic type of jewellery for Karo Batak women (ill. 47). Looking at photographs from 1890 till around 1930 (ill. 45 and 46) one only can be impressed by these imposing earrings, which were worn daily and seemingly with ease. The *padung-padung* were given by the father of the bride on the day of her wedding as an emblem of her marital status. All over the world the spiral, one of the oldest geometric motifs, appears prominently in ancient and tribal jewellery. Symbolically the spiral represents all cyclic phenomena, encompassing life and death, growth and transformation[3] and this was also the case in Indonesia. This motif may be closely related to the Bronze Age Dong Son culture, which originated in Vietnam and had a large influence on Indonesian metalworking, but may as well have originated in Bronze Age cultures of Europe where almost identical double spiral jewellery was worn.

What makes the *padung-padung* truly unique is their size, weight, and the way they are worn. Inserted through a hole in the upper ear, these ornaments, made out of solid silver wire, can weigh up to two kilograms a pair! To relieve some of their weight, they were suspended from the headdress, the left spiral pointing forward and the right backward. Possibly the inward and outward direction of the double spiral of the earrings suggested the balancing of the female and male energies as supplementary oppositions in kinship relations. Reportedly the 'one up and one down' pattern of the spirals represented the ups and downs of a husband's and wife's relationship over the course of their marriage.[4]

The manufacture of these ear ornaments was quite extraordinary and required special silversmiths. Silver coins (usually Spanish dollars) were used as a base metal and melted down into bars, which were subsequently drawn into wire. For the drawing of the thick wire the silversmith required five assistants to push a pole, to which a drawplate was attached, around a large central circular post.[5] Even more remarkable was the shaping of the spirals, which are almost without exception executed with great skill. Originally both spirals were made of one single wire and once inserted into the ear could never be removed. After finishing the first spiral, old records tell us that the woman had to lie near the anvil in order to complete the other spiral,[6] technically a hazardous operation, as no heat could be involved to anneal the thick wire for bending. Unfortunately no further details are given. Most probably the second spiral was shaped in a coil and after drawing the wire through the hole in the upper ear, the spiral was subsequently flattened. Later versions, said to be ordered by women of standing, had small removable grooved parts in order to insert and remove them when required.[7] In this case the stem needed to be soldered to keep the two spirals together. Depending on the status of the wearer the centre of the spirals could be decorated with four pointed stars made of red gold (*suasa*). Possibly the latter was an influence from Aceh, where *suasa* was a favourite material for jewellery.

Toba Batak earring / *duri-duri*

This is a very beautiful example of a typical Toba Batak earring, called *duri-duri* (literally "thorns") (ill. 49), worn both by men (ill. 48) and women. It consists of a symmetrical body surrounded by conical protrusions (*duri-duri*), the sides adorned with wings (*habung-habung*) and granules (*mata-mata*). Variations of the *duri-duri* are the *sitepal* which have an asymmetrical body and the *otok-otok* and *sappilpil* respectively with a smooth body and wings on only one side.[8] Depending on the status of the owner they were made in brass, gilt brass, silver or gold. Although the Toba Batak were excellent brass casters, it is remarkable that *duri-duri* made of brass generally were of much lesser quality than the refined pieces made of gold. The latter, manufactured from sheet and wire, are a delight to behold and were mostly reserved for the adat chiefs, who wore one single earring.[9] Besides gilding, the Batak smith also mastered the technique of fusing: joining two metals (gold and silver or copper) by heating the metals till smelting point.[10] Executing this technique when making wire for the conical thorns of the *duri-duri* was very tricky as the wire easily melted. This particular *duri-duri* is made of gold and coloured red by means of chemicals or pigments.

The shape of this archaic-looking earring has invoked many speculations as to its origin. Whether it was a local version of the spiky pendants from Oc Eo (Vietnam) and Java, or the knobbed Dvaravali ear ornaments from Thailand, Maluku and the Philippines as suggested by Anne Richter,[11] is uncertain. Nor is it clear whether the side wings represent stylized *naga*s or that the form is based on

48 | Portrait of Guru Maragnin, wearing *duri-duri* around his forehead
Photograph by E. Modigliani, before 1894
RMV A56-3

female genitalia, as is suggested for a whole range of rather similar ear ornaments from the eastern islands of Sumba, Flores and Lembata. Another interpretation is its resemblance to a curled insect-like creature, that possibly represents protective forces, said to be worn by brides and also older women at *adat* rituals.[12] Further research into this fascinating form could prove invaluable in answering these questions.

Karo Batak necklace / *bura-bura*

Very different from the archaic pieces described above are the traditional necklaces of the Karo Batak (ill. 50-51). Characterized by elaborate filigree and granulation work these ornaments have undergone different layers of Islamic and Hindu influence. The design however displays typical Karo ornaments such as buffalo horns and architectural forms featuring saddle roofs of a traditional house. These necklaces come in many variations and are given different names by various authors. This is rather confusing but understandable, as the necklaces consist of different elements, varying in size and quantity and assembled in different combinations. While some necklaces are characterized by a large, crescent-shaped centrepiece with smaller ornaments on both sides, others have similar sized ornaments usually strung on a red cord or cloth, while still others consist of three major ornaments. Usually these large necklaces were made of gilt silver. There are also examples in gold,[13] most probably used by the wealthy elite. The necklaces were part of an elaborate set of jewellery worn by both the bride and bridegroom during the wedding ritual. The necklace shown here, generally called *bura-bura*, was worn around the neck

together with an equally impressive
necklace, *sertali layang-layang,* worn atop
the head cloth. The *bura-bura* consists of a
large crescent-shaped pendant,
simultaneously representing water buffalo
horns and the Karo adat house, both signs
of high social rank and prestige. The box-
shaped ornaments in the chain depict the
wearer's husband's lineage and his wife-
givers and wife-takers. This ornament is
part of the bride's full set of jewels for her
wedding rituals. The dangling metal leaves,
hanging on the lower edge of the central
plate, are called *pilo-pilo.* They are also
attached to the houses as decoration to
ward off evil or as a sign of hospitality.[14]

50-51 | Necklace / *bura*
bura
North Sumatra; Karo Batak
20th century
Gilt silver
43 (x2) x 18.2 cm
Liefkes 403

Today the Karo Batak still adorn
themselves profusely with jewellery during
festivities, based on the traditional forms,
either owned, rented or depending on one's
financial circumstances, made out of
cheaper materials. In order to judge the
quality of these necklaces (as for any piece
of jewellery) it is important to observe as
many as possible, preferably of differing
quality in order to perceive the variations in
craftsmanship. The filigree and granulation
work in this particular necklace, despite its
decorative quality, is not as refined or
sophisticated as those seen in older pieces.

Maggie de Moor

Batak beaded shoulder band

This beaded band, *simata godang,* was most likely worn over the shoulder during sacrificial ceremonies by southern Batak people, the rows of beads lying on the chest.[1] The Angkola and the Mandailing are the two groups that occupy the southern Batak region. Unlike the groups from the north, who are Protestants, they are Muslims today.

Richly adorned with glass beads, this dance band is made of a red cotton band on which is sewn the beaded motif, with its three traditional colours, red, black and white. These three colours have profound symbolism, referring especially to the three levels of the cosmos and to the three kin groups of importance to the individual, that supports the family and marriage system. Two wavy parallel lines, each completing seven loops, form the structure of the

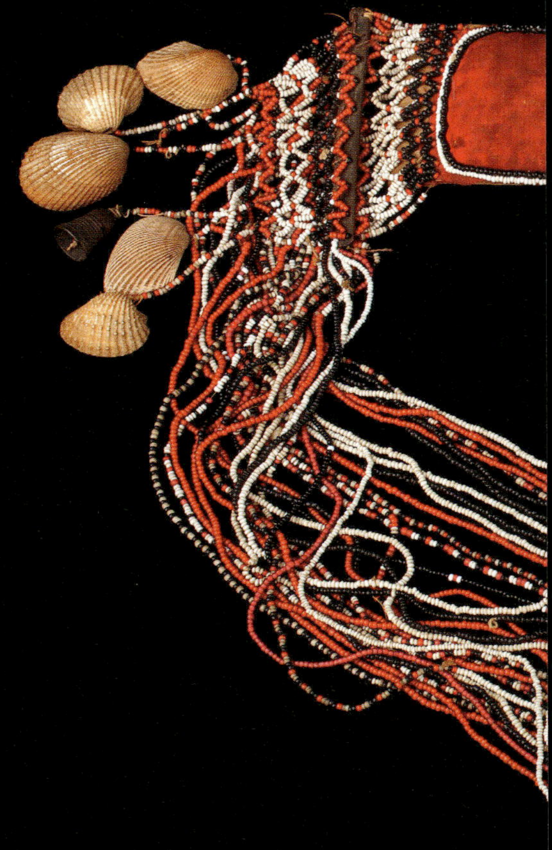

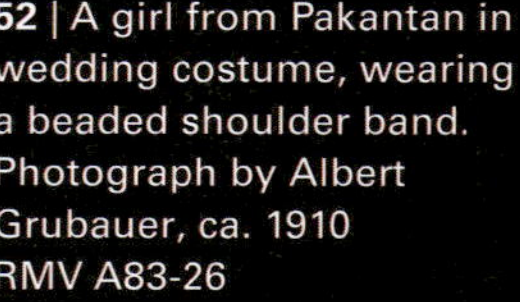

52 | A girl from Pakantan in wedding costume, wearing a beaded shoulder band. Photograph by Albert Grubauer, ca. 1910
RMV A83-26

central decorative motif. A beaded *tumpal* frieze frames the whole design. The opposite side is enlivened by a large quantity of independent beaded threads, brought together at the ends in a kind of macramé mesh.

Dating to as early as the Neolithic age, shell and stone beads have been found in island burial grounds throughout Southeast Asia. Beads for use as body ornaments were much sought after by numerous groups of islanders in the Indonesian and Philippines archipelagoes. Their presence is tied to that of maritime trade routes. Indian cornelian, Ming dynasty Chinese pearls and Venetian pearls predate the massive invasion of these little glass beads. Their texture, colour and size facilitated their widespread distribution. Individual

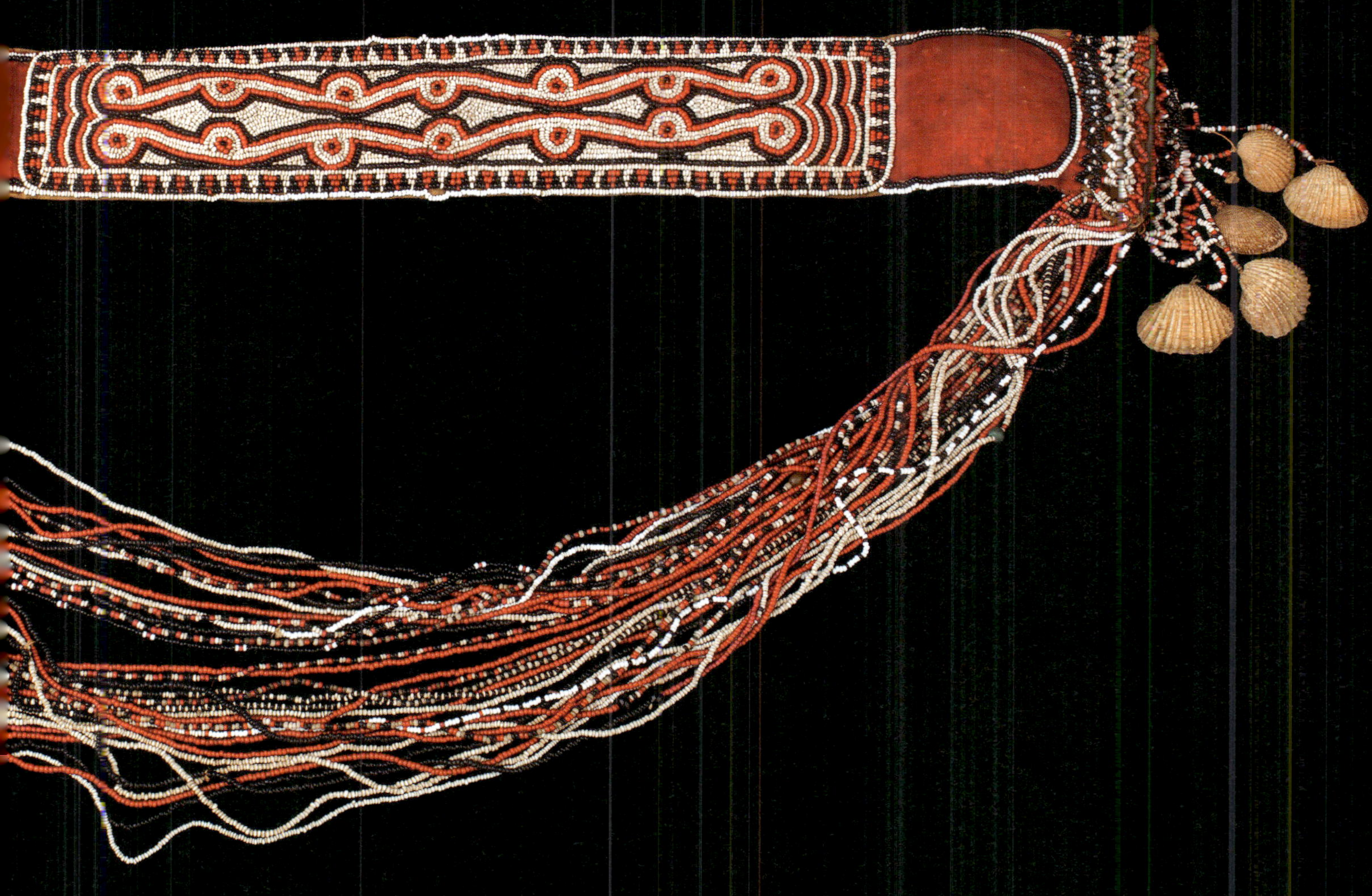

beads, sewn on garments, worn as necklaces or belts, became an important part of valuable objects that were handed down the generations. Adding beads to items of clothing bestowed great value. Thus, the beaded vests of the Taiwanese Ayatal, the costumes and belts of the Filipino Bagobo from Mindanao, the bead and pearl-embroidered costumes of the Maloh in Kalimantan, the *kandaure* of the Sa'dan Toraja in Sulawesi, the betel bags of the Timor Atoni, the beaded boxes from Lampung in southern Sumatra, are all witnesses of a passion for glass beads and pearls. In the southern Batak lands, beads are founds adorning boxes, betel bags, combs and belts. "The use of glass beads amongst the Toba seems to reflect the influences of the Mandailing and the

Angkola, and was most likely limited to the southern part of Toba territory."[2] It seems the Angkola, comparatively more so than other Batak groups, had developed a strong liking for beads, as shown in the vests, necklaces and hats they wear during wedding ceremonies. More generally the garments on which beads are sewn require the involvement of both men and women: the men purchase the beads, the women sew them on. Symbolically, a link exists here between the realms of men and women.

Constance de Monbrison

53 | Dancer's shoulder band / *simata godang*
Sumatra, Batak region;
Angkola or Mandailing people
20th century
Cotton, glass beads, seashell, metal
70 x 9 cm
Liefkes 257

Textiles of the Minangkabau

The province of West Sumatra and especially the highlands of the Barisan Mountains, is the home of the Minangkabau. Well-known for their strong adherence to their *adat* system, at times of traditional ceremony the Minang wear a wide range of resplendent gold weavings, called *kain songket*. Since the arrival of travellers, collectors, Dutch civil servants and merchants in West Sumatra in the nineteenth and early twentieth centuries, the elaborate *songket* textiles have had a strong attraction. As in many museum collections, the *songket* cloths are well represented in the Liefkes collection.

Songket weavings were, and still are, produced for traditional or *adat* ceremonies. According to the origin myth, the first Minang people settled on the slopes of Mount Merapi and the area around it. The three regions of Tanah Datar, Agam and Limo Puluah Koto,

together known as the *luhak nan tigo*, are considered the regions of original settlement. This area is called the heartland, the *darek*. It is here where the traditional *songket* weavings are produced (ill. 54). People living outside the heartland are living in the *rantau*, which refers to the neighbouring regions but stretches as far as the harbours of Padang and Pariaman and nowadays also to Jakarta, other islands and even Europe.

Because the valleys lying between the mountains were isolated, every region developed its own weaving and costume tradition according to its own *adat* rules, giving rise to slight but distinctive variations. It is in the headwear and the shoulder cloths that the local touch is present. For example, the weavings of Limo Puluah Koto differ from those of the other regions because the ground material is more often cotton than silk. Moreover, the weavers there often add checks, stripes and plaids in their textiles. While cloths from Agam and Tanah Datar show an abundance of gold thread, cloths of Limo Puluah Koto are less decorated with gold, giving them an attractive and refined look. All these variations are present in the Liefkes collection.

The exuberant use of gold thread is characteristic of *songket* cloths. It is the common name for the weaving technique in which motifs are formed by a supplementary weft weave of gold- or silver-wrapped threads in a ground weave of silk or cotton (ill. 55). The name *songket* is used both for the technique and for the ceremonial cloths. Gold *songket* cloths are widespread throughout Sumatra and Malaysia. Sumatra once had a substantial supply of gold and was named "Suwarnadvipa", "Island of Gold". Although Chinese chronicles from the sixth century report a North Sumatran king dressed in silk cloths decorated with flowers and on his head a one-foot high golden hat ornamented with precious stones, such silk and brocaded weavings must have been imported.[1] Brocaded weavings and silks from China were exchanged for Indonesian cotton. Cotton was in the tenth century a rare and sought after fibre in China.[2] In the fourteenth and fifteenth centuries, silk

54 | Weaver Ibu Hja Rubai at the loom, Balai Cacang. Photograph by Linda Hanssen, 1993

cloths, among which the *patola* cloth from India made an important contribution to Indonesian textile designs, were brought to West Sumatra.

The origins of Sumatran *songket* weaving probably date back earlier than the fifteenth or sixteenth century; when it started in West Sumatra is uncertain. Silk weaving and supplementary thread decorated weaving were introduced by Muslim and Indian traders.[3] As is the case in many cultures, kings, their families and noblemen were the first who had access to these new materials and weavings, as well as to new forms and designs of cloths. But it was easily incorporated into the Minang traditional weavings with decorations in the weft and with stripes. Interestingly there is no evidence of production of gold thread in Sumatra; instead, Sumatran gold was exported to Siam (modern Thailand) where it was transformed into gold-wrapped thread and brought back to Sumatra. Silk, which was not an indigenous material, and also gold thread were imported from China.[4] Prince Adityawarman, a descendant from the Javanese kingdom of Majapahit, established the royal court of Pagaruyung, the first kingdom in West Sumatra in the fourteenth century. In the beginning of the sixteenth century, Islam was embraced by the kingdom and the process of Islamization began. Islamic dress code had a strong influence on the inhabitants of the coastal regions and on the elite. Yellow silk clothing was predominately worn by royal and aristocratic groups. Men and women began to cover the head, upper body, and arms as far as the wrists, including the use of a hip-length dress with long sleeves (*kuruang*) for women, and a shirt (*baju*) for men.[5] Women covered their heads with a headscarf that could also be worn as a shoulder cloth. Men had to wear their hair short. Men's clothing in Persian design and with Persian names, such as the knee-length trousers, *shalwar*, and the headscarf, *destar*, were introduced into the local communities.

Until today rectangular cloths are used in the traditional costumes. Rectangular *songket* cloths serve as head, shoulder and hip cloths for both men and women. They can be sewn as a tubular cloth to be wrapped around the hips, but mostly they are folded, knotted or just draped around the body.

Head and shoulder cloths are regarded as the most important parts of *adat* dress. When worn, the end panels, which are fully decorated with supplementary gold threaded rows of motifs, are in full view. During ceremonies the marital status, age and group affiliation can be traced by the combination of

56 | Portrait of an unmarried woman from Matua, Padang Highlands, showing her *kain songket balapak*, the shoulder cloth fully decorated with gold thread.
Photographed by C.B. Nieuwenhuis (1880-1908)
RMV A78-50

57 | Woman's shoulder cloth / *kain salendang*
West Sumatra; Minangkabau people
19th century
Silk, gold- and silver-wrapped thread, natural dyes
Plain weave, supplementary weft weave, crochet lace
61 x 180 cm (including trimming)
Liefkes 768

58 | Woman's shoulder cloth / *kain salendang*
West Sumatra, Solok district, Solok; Minangkabau people
1800-1850
Silk, gold-wrapped thread
Plan weave, gold supplementary weft weave
76.5 x 246.5 cm
Liefkes 771

the head and shoulder cloths. The headdress of Minang women is a visually very attractive part of the costume. The cloths are folded in a horn-like shape, *tanduk*, which differs in every village – from very pointed, to quite rounded and to a blunt form. The shape symbolises the traditional role of women in the matriarchal clan and the responsibility she carries for the organisation of the family. It is related to the horns of the water buffalo (*kabau*), which plays an important role in the origin myth of the Minangkabau.[6] The buffalo horns have become the symbol of the Minangkabau, which is seen also in the upswept roofs of the matrilineally-owned traditional houses, the *rumah gadang*.

It is important for every Minang matrilineage to possess *songket* cloths in order to participate in adat ceremonies and to show their status. They are an essential part of the family wealth and of the family heirlooms, the so-called *harta pusaka* which includes houses and land. A special component of the *harta pusaka* is the *pusaka gaib* formed by the *songket* weavings that make up the male and female costumes, the jewellery and accessories that go together with them. Examples of *pusaka gaib* are women's bracelets, headcloths, earrings, daggers, purses (*unciang*), and men's belts. The women's cloths, jewellery and accessories are collectively called *harto padusi*, "women's heirlooms".[7] All *harta pusaka* items are handed down from generation to generation.

Women's cloths from the Minangkabau heartland

Songket weaving was mainly executed in the *darek*, the heartland where the first Minang people settled, with Koto Gadang, Payakumbuh and Padang Panjang as thriving weaving centres. Representing *songket* textiles from the heartland are three women's cloths. The naming of these cloths depends primarily on the function of the cloth, the life stage of the woman, and the density of the gold thread decoration.

One ceremonial women's shoulder cloth (ill. 55 and 57) is a fine example of a *kain songket balapak*. Its silk ground fabric is covered all over with motifs in gold- and silver-wrapped

59 | Woman's shoulder cloth / *kain sandang gobo*
West Sumatra, Limo Puluah Koto, Payakumbuh or Balai Cacang; Minangakabau people
Ca. 1900
Silk, gold-wrapped thread, natural dyes
Plain weave, supplementary weft weave, crochet lace
67.5 x 260 cm (including trimming)
Liefkes 780

60 | Unmarried girl, wearing her shoulder cloth (*kain sandang cawek*) folded over her shoulder and tied on her hip, with horn-shape folded head cloth (*kain tengkuluak cawek*), Payakumbuh. Photograph by Linda Hanssen, 1993

thread, so densely that the background is invisible. Weavings of this type are called *balapak*, meaning 'fully covered'. In weavings of the more rarely used *bertabur* type, gold decorations consist of scattered motifs and bands of designs (ill. 59 and 71). The *kain songket balapak* is a ceremonial cloth for a young unmarried girl, and is worn over the shoulder and held together on the hip (ill. 56). The exuberance of gold reflects the girl's identity and symbolises her state of fecundity.

A second shoulder cloth, called *kain sandang gobo*, is probably woven in the little village of Balai Cacang near Payakumbuh in Limo Puluah Koto (ill. 59). *Kain sandang gobo* is one of the five types of shoulder cloths that are produced for women according to their marital status and age (ill. 61). It is the most

important cloth in ceremonies in the surrounding villages. All the cloths show chequered backgrounds, with red as the main colour. The vivid red colour and the bright ends in gold-threaded motifs are appropriate for young married women with one or two children. Women wear shoulder cloths over their right shoulder. On unmarried women both end panels rest on the left hip (ill. 56 and 60). Once married, women wear the *sandang* in two different ways: *sandang lepas* when tied in a loose knot on the right shoulder (ill. 62); *sandang bengkak* when the cloth is not tied but is worn loosely over both shoulders. The attractive end panels hang down on the front and on the back of the body. Compared to contemporary *kain sandang gobo* this one shows less gold decorations in the end panels.

62 | Women attending a wedding in Balai Cacang. The two women in the middle, close relatives of the bride, are wearing *kain sandang gobo*. The women wearing batik cloths instead of *kain songket* are neighbours or women living in the same village as the bride, assisting at the wedding.
Photograph by Linda Hanssen, 1993

63 | A young couple from Batipuah, in Tanah Datar. The woman wears her *songket* shoulder cloth with a matching headdress according to the regional style.
Photograph by C.B. Nieuwenhuis (?),
ca. 1918
RMV A106-1-14

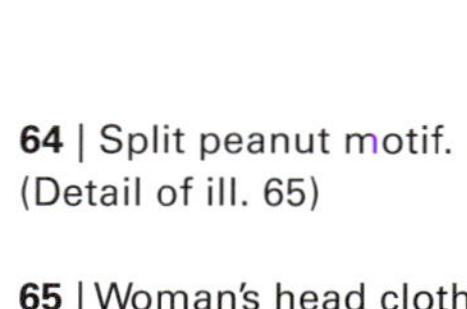

64 | Split peanut motif. (Detail of ill. 65)

65 | Woman's head cloth / *kain tengkuluak*
West Sumatra, Tanah Datar, Pitalah or Pariangan; Minangkabau people
19th century
Silk, gold-wrapped thread, natural dyes
Plain weave, supplementary weft weave, crochet lace
69.5 x 277 cm
Liefkes 782

The third textile (ill. 65) is a woman's head
cloth consisting of two identical panels sewn
together. The overall design, like all head
cloths, shows an empty single coloured central
field with on both ends horizontal bands of
intricate motifs. These bands are woven with
rich supplementary gold-wrapped threads
alternating with bands of warm yellow and red
silk. The motifs in Minangkabau textiles are
mainly geometric. They are abstract forms of
the local fauna and flora, like ducks,
dragonflies, bamboo shoots, mangosteens, fern
tendrils, but also ceremonial objects such as
ritual cakes are a source of inspiration. They
express a system of *adat* rules that are inspired
by the Minang philosophy of life. Metaphors
for how to act in life are present in different
motifs on this textile. The most striking motif
on this cloth, the lozenge, is called *balah
kacang*, the split peanut (ill. 64). When split in
half, both parts of the nut are equal. In
Minang life, when one has to divide something
one is supposed to take everything in account
to create equal divisions. Honesty is important
for a Minang. The weaving of this motif is
quite difficult because of its curvilinear form,
and it makes this cloth an exclusive and
important heirloom cloth used for major
ceremonies.

Songket from the Solok region

Outside the valleys of the heartland there were weaving villages in the Solok and Sawah Lunto Sijunjung districts. The Liefkes collection contains two finely woven heirloom *songket* shoulder cloths, produced in the village of Solok. This weaving village, inhabited by rich rice farmers, was still close enough to the heartland to be influenced by the traditional *songket* weavers.[8] Solok textiles display an exuberant use of decorations of supplementary gold thread on a fine silk ground. The strong design of the densely woven end borders in combination with the colourful striped centre field make them elegant textiles. The multicolored bands in the weft of narrow white, purple, red, yellow and blue stripes are characteristic and unique for Solok.

Dominating one shoulder cloth (ill. 66) are four wide yellow bands with red and golden stripes and eight red bands. These vivid red bands are filled with stars and diamonds. More refined and of a resplendent quality is the other shoulder cloth (ill. 58). Although having the same striped centre field, the bands are covered all over with diamond-shaped motifs in supplementary gold thread giving it a more sophisticated character. The triangular bamboo shoot motifs in the end panels have small scattered patterns, which are typical for Solok weavings (ill. 68). The shoulder cloths consist of one panel, though one of them (ill. 66) is extremely long compared to similar cloths.[9] Sometimes long colourful fringes decorate the end borders. The combination of silk and the large amount of gold, the many stripes and the triangular bamboo shoot motifs (*pucuk rebung*), make it a prestigious textile, very suitable for young unmarried women at ceremonies. The lengthwise folding reveal that it was worn as a small cloth hanging over one shoulder.

66 | Woman's ceremonial
shoulder cloth / *kain
salendang*
West Sumatra, Solok
district, Solok;
Minangkabau people
1800-1850

Silk, gold-wrapped
thread
Plain weave, gold
supplementary weft
weave
72 x 294 cm
Liefkes 725

67-68 | Bamboo shoot
(*pucuk rebung*) motifs on
songket cloths.
(Left, detail of ill. 66;
right, detail of ill. 58)

A Lintau shoulder cloth

This dark chequered shoulder cloth (ill. 71) from Lintau is a fine example of the weavings of Tanah Datar. Compared to the exuberant gold weavings of this region, these cloths are remarkable for their simplicity. At first glance they appear quite unsophisticated but these finely woven cloths – in dark blue and red silk and cotton decorated with gold thread borders on both sides - are appealing by their strong design. It is the deep blue colour of the indigo dye that intensifies the red and white stripes of the plaids and the scattered stars and diamond-shaped figures in the background, and highlights the borders in gold-wrapped thread. Between the bands the plaids change into simple stripes giving these cloths a subtle beauty. The main motif is the *pucuk rebung* or *tumpal*, the tree of life, flanked by the areca palm or stars. Typical for Lintau cloths are the different widths of the three bands in the border.[10]

In Indonesian cloths, colour is an important indicator of age. A vivid red is the dominating colour in Minangkabau dress for young unmarried girls, brides and newly-wed women. In combination with an abundance of gold thread motifs in weavings such as the *songket balapak* type, it symbolizes fertility. As women mature into motherhood and then become grandmothers, the bright red is toned down either by using a darker red or by adding white, yellow, black or dark blue.[11] The gold thread decoration is less dominant by the scattered motifs in the centre and the sober end panels (*songket bertabur* type). This is also the case with the colour blue. The dark blue as seen in the indigo dyed and white chequered ground weave of these cloths is the colour for the older women.

The ceremonial dress of Minang men includes women's head and shoulder cloths worn as shoulder cloths, for it is common for men to "borrow cloths", *maminjam kain*.[12] In Balai Cacang in Limo Puluah Koto the head cloth of the young unmarried woman is used by the bridegroom and the village head (*penghulu*) as waistband (*sampiang*) while the head cloth of a married woman is worn around the neck of the bridegroom (ill. 69).[13] In Solok men even drape around their neck and shoulders a woman's silk batik slendang from Java, *lok can* (*tanah liat* in Minang). As in Balai Cacang these women's cloths are worn in Lintau and neighbouring Tanjung Sungayang by *penghulu* as a *selendang* during ceremonies. Although worn by men these cloths retain the names of the women's cloths. They belong to the *harta pusaka* of the matrilineage.

69 | Bridal couple Linda and Eri surrounded by the mother wearing *kain sandang* (shoulder cloth) *cukia kuniang*, the sister wearing *kain sandang gobo*, and the unmarried girls wearing *kain sandang cawek*, all relatives of the groom. The groom is wearing a women's head cloth as shoulder cloth, the *kain tengkuluak cukia kuniang*. Balai Cacang. Photograph by Linda Hanssen, 1993

70-71 | Woman's shoulder cloth / *kain salendang*; or headcloth / *kain tengkuluak*; or man's shoulder cloth / *salendang*)
West Sumatra, Tanah Datar, Lintau; Minangkabau people
19th century
Silk, cotton, gold-wrapped thread, natural dyes
Plain weave, supplementary weft weave
67 x 166 cm
Liefkes 806

Textiles suitable as a funeral shroud

Ceremonial cloths play important roles in funeral rites throughout Indonesia. At these ceremonies textiles function as impressive gifts, as ceremonial dress and clothing for the deceased and the living relatives, and as items imbued by spiritual and magical power. The most important cloths of a family or of the deceased decorate the room where the deceased is placed or are hung outside the house. Special cloths for the funeral and burial are produced in some societies, and this is the case with these Minangkabau shrouds.

In the Islamic tradition the deceased is wrapped in plain white cotton cloth. Normally the burial takes place within a day. The body is washed by the relatives and cleansed in readiness for the last journey. In the room where the coffin is kept, traditional (*adat*) weavings are hung from the ceiling and walls. When a woman has died, all her head, shoulder and hip cloths that she wore during her life are shown. The coffin will be covered with a shroud, which will not be buried with the deceased. This may be a cloth especially produced for the occasion but often a man's or woman's shoulder cloth can fulfil this role (ill 72). White is the colour for shrouds.

The first of these shrouds, *kain palambo panutuik* (ill. 73), is woven from fine ramie and a coarser cotton in both the warp and weft. The alternation of these two types of thread produces in the plain weaving a subtle chequerboard motif due to the different thickness and texture of the threads. The red selvages and the red and supplementary motifs in the weft are of silk and gold thread.

The use of ramie is remarkable for a Minang weaving. Local bast fibre, called *ramin* by the Minang, was quite often incorporated in their textiles until the end of the nineteenth century. The extremely thin thread derived from the inside of the petiole or stem of the *Boehmeria nivea* (a flowering plant from the nettle family *Urticaceae*[14]) is only used partially in the warp and the weft, never entirely, unlike many Southeast Asian weavings.[15] The production of this extremely fine thread – as thin as a human

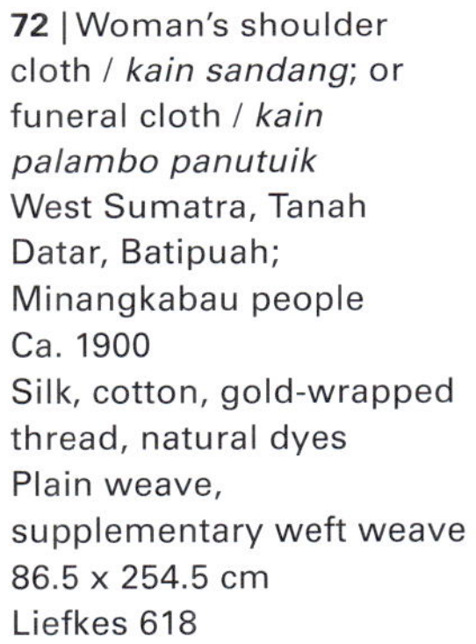

72 | Woman's shoulder cloth / *kain sandang*; or funeral cloth / *kain palambo panutuik*
West Sumatra, Tanah Datar, Batipuah;
Minangkabau people
Ca. 1900
Silk, cotton, gold-wrapped thread, natural dyes
Plain weave, supplementary weft weave
86.5 x 254.5 cm
Liefkes 618

73-74 | Funeral shroud / *kain palambo panatuik*
West Sumatra, Tanah Datar, Batipuah/ Batu Sangkar;
Minangkabau people
Before 1900
Cotton, ramie, silk, gold-wrapped thread, natural dyes
Plain weave, supplementary weft weave
57 (including fringe) x 228 cm
Liefkes 823

hair – is quite time-consuming. The fibres of the inside of the length of a stem (from 1.5 to 3 metres) are split into fine monofilaments. To prepare a thread each filament is connected to another filament with a fine knot until the length needed for weaving a cloth is reached. The long production time of these unspun threads makes cloths woven with them very valuable, used for special occasions. Although ramie is one of the strongest plant fibres, especially when humid, surviving cloths are rare. The fibre dries out quickly, which makes the weavings brittle and breakable, especially at areas that are folded regularly. According to the Summerfields, similar cloths from Batu Sangkar date back at least 200 years.[16] This first shroud (ill. 73) resembles the layout of the cloth woven in Payakumbuh. The fringe is delicately decorated with little bits of floss silk at the ends. It consists of one panel, which is common for shoulder and head cloths worn by unmarried women and for men's shoulder cloths.

The second cloth which may be used as a shroud is a two-panelled shoulder cloth (ill. 72 and 75), named a *tagak tujuah* after the seven (*tujuah* in the Minang language) white silk stripes in the end borders. This subtle woven gold and silk type has a cotton centre field, some woven with a fine and some with a coarser cotton thread. The dimensions of this shoulder cloth correspond with the average size of Batipuah cloth.[17]

Covers for food and betel ingredients

Textiles serving as ceremonial cloths to cover food and betel-chewing ingredients or *sirih* is another function of textiles. Ceremonial cloths covering festive food and *sirih* play an important role in the celebration of Minang weddings and in all other Minang ceremonies. The processions in which large groups of the families and guests of the bride and groom participate by carrying ceremonial food and *sirih* show an array of fine cloths. The exchange of food and rice between the family of the bride and bridegroom is essential in establishing a bond between the groups and creating a balance so essential in the relationships. Uncooked products such as rice, sugar, meat, fish, eggs and fruit are brought by the guests of the bridegroom. The bride's relatives and neighbours prepare the ingredients into dishes and ritual cakes for the festivities and these will be offered to the guests and members of the bridegroom's lineage, when they come to the bride's house. During the final ritual when the female

relatives meet, all the dishes are divided in half and one part is taken home by the lineage of the bridegroom. In doing so the bond is strengthened and equivalency is created.[18]

In the various negotiations preceding a marriage when male and female relatives meet separate from each other, they are welcomed (ill. 78) at the house by being offered betel leaves and betel nut. These are presented in a fine carved wooden or brass box. As a sign of respect the female guests also bring betel leaves in finely decorated brass footed bowls

(*carano* in the Minang language) on trays placed on their heads during ceremonial processions.

The *sirih* cover, *tutuik*, is normally of a smaller size than the food cover (ill. 76). The chequered centre is bordered by two bands of brightly coloured embroidery in the so-called drawn-work technique, which is here quite finely executed. It differs from the traditional embroidery, because before starting one has first to pull out half of the interwoven threads in the bands to create a structure of warp and

weft threads into which the pattern can be handwoven, using needle and thread. In the inner band one can see crab, lobsters and fish-like figures and floral motifs, in the outer band bird-like figures are shown. The bands are edged in small triangular *tumpal* forms, bamboo shoot motifs, which are done in a satin stitch. The whole cloth is trimmed with crocheted lace in gold thread, decorated with tassels at the corners. This cloth is probably woven in Silungkang,[19] but the needlework is done in Koto Gadang. The village was well known for its *songket* weaving and famous for its drawn-work technique. The drawn-work technique, *suji papan*, is not indigenous, but was introduced by Dutch women who lived with their husbands who worked for the Dutch administration in Koto Gadang. Brigitte Kahn Majlis reports that it is noted that the embroidery was carried out by young girls, who had to spare their fingertips for the delicate work and were kept away from the regular work.[20] This *sirih* cover is very attractive because of its double borders, which is quite unique. The time and craftsmanship put into this fine textile make it an important ceremonial object used in life cycle rituals.

The delicate food cover, *dalamak*, in this collection is of a fine chequered cotton in the centre field, surrounded by striped borders (ill. 77). Probably it was woven in Silungkang and embroidered outside the village. Embroidery was traditionally done by the Chinese communities in Sumatra and this would have been done in Padang. The images are however not Chinese but rather show Indian influences, especially the border with stylized *butah* (tree of life) motifs, filled with flowers and vines. In the centre 144 squares are embroidered with alternating flower-like motifs. Elaborate motifs of flowers, and heart-like figures decorate the corners. Only in one colour, the fine plied silk white thread is arranged on the red background almost as if the embroiderer was writing down the motifs.[21]

LINDA HANSSEN

79 | Bridal headdress /
bungo sanggua
West Sumatra, Solok
district; Minangkabau
people
19th century
Gold, copper
48.5 x 24.8 cm
Liefkes 409

80 | Bridal couple from
Silungkang, Solok district.
The bride is wearing a
bungo sanggua on her
head, in her ears *subang*
and a pair of *galang
gadang* on her wrists.
Photograph by C.B.
Nieuwenhuis, 1880-1908
RMV A78-45

Gold jewellery of the Minangkabau

The Minangkabau of West Sumatra have converted to Islam since the sixteenth century while at the same time maintaining their traditional matrilineal system. Gold jewellery like these bracelets, headdress and ear discs, are part of family heirlooms and, like houses and land, are passed on as inheritance from mother to daughter. They are worn during celebrations such as marriage, or the inauguration of a pangulu (leader of a matrilineal group), and form an essential part of the ceremonial costume (ill. 80). The jewellery can be borrowed by members of the same clan for these special occasions.[1]

Besides heirlooms, descent is also passed down through the female line from mother to daughter, which means that people belong to their mother's clan. Customary *adat* law stipulates that husband and wife may not belong to the same clan. If either is not of Minangkabau origin, he or she can be adopted as a relative by a *pangulu* and become a member of his clan. This adoption is especially important if the bride is not a Minangkabau, for otherwise the children from the marriage would have no clan affiliation.[2]

At a Minangkabau wedding two ceremonies are required. First an Islamic wedding is held in the mosque, usually on a Friday. On one of the following days the traditional *adat* wedding takes place in the bride's house. On that day the house is decorated with colourful hangings along the walls and a bridal canopy is set up. The jewellery worn as part of the ceremonial costume for an *adat* wedding varies from one district to another, but generally includes a bridal crown, ear pendants, and multiple bracelets and necklaces.

Headdress / *bungo sanggua*

This golden headdress is distinctive for the Solok area, and is called *bungo sanggua* (ill. 79). It is made from thin sheets of gold, decorated with repoussé motifs, folded around a copper backing. The headdress consists of two parts connected by two hinges at the back. The upper part has gold-foil flowers (*bungo*), and is worn on top of the head. The lower part has two pins at the reverse, which are pushed into a hair bun at the back of the head (*sanggua*). The idea of the elongated points is derived from the roof of the traditional Minangkabau house. The story behind the shape of this headdress is that girls are seen as blossoming flowers and boys are like bees that are attracted to the flowers. The girls live in the protected *adat* house but they can peek at the boys through a little window at the back of the house.[3] This headdress is exclusively worn by the bride during the traditional wedding ceremony.

Ear discs / *subang*

Other Minangkabau jewellery that belong to the women's traditional dress are enormous ear discs (ill. 81). These are made from a thin sheet of gold, which makes them light to wear, but also very fragile. The outer rim is decorated with dots in the shape of triangular motifs, called *pucuak rabuang* (bamboo shoots) and symbolises fertility. These dots in repoussé probably imitate granulation, which is also found on other ear discs. The bamboo shoot motif is very common, not only on jewellery, but also on woven textiles. On the reverse side in the middle of the ear disc is a hollow copper plug to insert through a hole in the ear lobe. Some argue that the plug is fitted into the ear canal.[4] This seems very unlikely, at least in the case of these ear discs. The plugs have a diameter of one centimetre, too large to fit into the ear canal. Besides, there is a second tube that fits into the other plug. In this way the ear disc can be secured in the ear lobe. The gold of both the ear discs and the bridal headdress has a red hue. This is a favourable colour among the Minangkabau and is obtained by applying a solution of acid and sulphur to the gold.[5]

82 | Bracelets
Left: bracelet /
galang gadang
West Sumatra,
Payakumbuh;
Minangkabau people
19th century
Gold alloy, glass
8.9 x 9 (d) cm
Liefkes 367

81 | Pair of ear discs /
subang
West Sumatra;
Minangkabau people
Early 20th century
Gold, gemstone[18]
13.5 (d) x 2.3 cm
Liefkes 401

Right: bracelet /
galang gadang
West Sumatra;
Minangkabau people
19th century
Gold, glass
8 x 8.2 cm
Liefkes 359

Bracelets / *galang gadang*

Just like the headdress and the ear jewellery, bracelets in West Sumatra show many local differences of shapes and motifs. A pair can differ in size, in which case the bracelet worn on the right wrist is larger than the one on the left. These bracelets are from different pairs. The golden bracelet (ill. 82 right) consists of two halves, connected by a hinge, and can be locked by putting a pin into two small holes on either side of the bracelet. The bracelet is filled with resin, that is used as a mould when hammering it into its form, and is often kept as filling to make the bracelet less vulnerable to damage. Over the years the resin dries and breaks loose from the metal and the bracelet makes a rattling sound, as is the case with this bracelet.[6] The filigree decoration of the bracelet is a technique that was probably introduced in the sixteenth century, when Aceh controlled the goldmines of West Sumatra.[7] In 1558 the Islamic sultanate of Aceh opened relations with the Ottoman Empire requesting help in repelling the European traders who dominated the Straits of Malacca. The Sultan of Constantinople responded by sending Turkish craftsmen and other experts to make weapons and many of them worked, lived and fought in Aceh.[8] This bracelet has a pattern of lozenges in the filigree, that is also found on textiles and woodcarvings. The lozenges are filled with red coloured resin and set with small red glass beads, at first glance looking like rubies.

The other bracelet (ill. 82 left), which comes from Payakumbuh, also has glass beads set in resin, but here in a design of intertwined lattice work. It has no lock, but is large enough

to be slid over the hand onto the wrist. On both sides of the bracelets are three triangular motifs. Although differently executed than the motifs on the ear discs, they also represent bamboo shoots symbolizing fertility. This bracelet has a pale colour which is obtained by alloying the gold with silver.

Jewellery like these pieces are not made in gold anymore, although the traditional shapes and motifs still exist. Nowadays they are made from brass, called *loyang*, which is of course a much cheaper material, and the decorations are not as refined. In Solok the *bungo sanggua* is still worn during weddings, but a black velvet cap is put on first, before wearing the headdress.[9] These days the cheaper jewellery can either be rented for the wedding day or can be bought in shops that specialize in bridal costumes.

Belt buckle / *pandiang*

The Minangkabau of West Sumatra turn to nature as a source of inspiration not only for motifs on wood carvings, textiles, and jewellery, but also as metaphors in their poetry and proverbs. Motifs are adopted from flora and fauna and transformed and stylized into repeating, geometric patterns. They have symbolic meaning and express common values within Minangkabau society. In the words of one well-known Minangkabau aphorism, "Nature is our teacher".[10] Some floral and faunal patterns have become intricate twisting and spiralling lines, that look so much alike that it needs a trained eye to distinguish them and identify the motifs.

The motif on this buckle (*pandiang*)[11] (ill. 83) also consists of curving lines and is derived from a woodcarving pattern, adapted for metalwork, and embossed on a thin sheet of

84 | Man from Sungai Puar in ceremonial costume, wearing a large belt buckle. Photograph by C.B. Nieuwenhuis, 1880-1908 RMV A78-240

gold. This motif is probably called *jalo takambang*, cast net, which symbolizes the responsibilities of a *pangulu*, leader of a matrilineal descent group, to protect his clan.[12] This would be a suitable motif, since the *pangulu* represents his matrilineal group in the village council, he is responsible for the welfare and security of the village, and he settles disputes among clan members or with other clans. The role of the *pangulu* is embedded in the matrilineal system of the Minangkabau.[13] Whereas the eldest woman of the clan is more involved in decision making in domestic affairs, the *pangulu* has more authority in public affairs.[14]

For ceremonial occasions, the traditional dress of the *pangulu* consists of a head cloth, a loose long-sleeved shirt, loose trousers, a short sarong, a cloth belt, a shoulder cloth, a dagger, a cane, and sandals.[15] The addition of a buckle seems a local variation, since historic as well as recent photographs show men wearing belt buckles.[16]

At the centre of this buckle is an inlay of green coloured mica, a natural mineral, surrounded by filigree. To give it strength the thin gold sheet is folded around a copper plate which forms the back plate of the buckle. A cloth belt can be attached to two loops, nailed on the reverse side. These eye-shaped buckles with elongated points are characteristic for West Sumatra. The rim can be curved, although a stepped rim, as on this particular buckle, is more common. Besides made from gold, buckles in West Sumatra are also made in silver or brass combined with niello, as can be seen on historic photographs (ill. 84).[17]

JOHANNA LEIJFELDT

Lacquered bridal cabinet from Palembang

Owing to its favourable location on the banks of the Musi River, Palembang developed from at least the seventh century into an important harbour town where Javanese, Chinese, Arab and Indian merchants settled. At one time it was the centre of the Buddhist kingdom of Sriwijaya, one of the most powerful states in Southeast Asia. Knowledge and art prospered and thousands of Buddhist monks settled there and made Palembang a centre of Mahayana Buddhism. In the course of the fourteenth century the kingdom lost power and became a vassal of Java. In 1640 the VOC signed a treaty with the ruling sultan which forced him to trade only with the VOC. Important raw materials or spices were not available there, so contact was not intensive. Only tin received some attention, otherwise income for the sultan came for example from trade in ivory and rhinoceros horn. All in all, the sultan had sufficient income to support a

rich court life. During the English interregnum (1811-1816), the sultan saw a chance to get rid of the Dutch by a surprise attack on the fort. This led to such a degree of unrest that the new colonial administration felt it necessary to take action. Finally in 1821 Palembang was captured and Sultan Mahmud Badaruddin II was taken to Batavia and then banished to Ternate.

Because of the great ethnic diversity that from its favourable location grew up in Palembang over the centuries, there developed a mixed culture of Chinese, Javanese, Malay, Indian and even European aspects. All these elements can be traced in the material culture which sometimes seems more Javanese, sometimes more Chinese or Malay, but which ultimately has its own Palembang identity.

Court Art

As in many royal courts, art and handicraft in this sultanate developed into a refined and exalted court art. Besides the sultan, nobles and court officials (*mantri*) surrounded themselves with valuable art and decorative objects. They possessed besides gold jewellery and weapons and textiles, many items of furniture that found a place in the great *adat* houses called *rumah limar*.

In the period of the sultanate the fine woodcarving in the kraton, the sultan's palace, was carried out by women. Gold- and silver-smithing were also among the women's crafts, which at that time occurred nowhere else in Indonesia. With the departure of the sultan, the prestige and prosperity of most of the remaining nobles, who formerly commissioned the expensive woodcarving, also declined. From an inquiry in Palembang in 1832, it appears that women were no longer working as woodcarvers; just some 20 men still practised the craft.[1]

In a description of the shop of a well-known lacquer craftsman with the fitting name of Tan Lak, from around 1850, there is on offer a wide assortment of things for in the house. Lacquered rocking chairs, lacquered plaited baskets (*bakul*), canisters, cupboards, boxes, toilet mirrors, sewing boxes, tea boxes, tea trays, cups (*mangkok*), plates (*piring*), *sambal-*

85-86 | Bridal cabinet /
lemari bari
South Sumatra,
Palembang
19th century
Wood, lacquer,
pigments
175 x 93 x 51 cm
Liefkes 214-215

87 | Museum display of a bridal chamber with two lacquered cabinets, Museum Balaputra Dewa, Palembang.
Photograph by Ferlian Putra, 2009

trays (flat round lidded boxes with five compartments), bottle carriers, tables, chest of drawers, to name just some. All of them in red, black, brown or yellow lacquer, with in places decorations of flowers and figures in gold. Small objects were mostly made of palm wood; the lacquered fruits which decorated bridal suites were of *madang bungkel* wood (*Schima crenata*); and the largest items were of *tembusu talang* of *tembusu renah* wood (*Fagraea fragrans*). The last two kinds of wood are light in colour like pinewood, and fine of structure. They belong to the "royal woods" (*kayu raja*), the trees for which could only be cut down with permission from the sultan. After the demise of the sultan an official of the Netherlands-Indies government was required to give permission.

From shipping records in the *Javasche Courant* it appears that in the nineteenth century a lively trade in textiles, copper, *keris* parts, and even furniture took place between Java and Sumatra. Furniture from Jepara was sent to Padang, and from Palembang bridal chests (commodes) went to Java.

From the middle of the nineteenth century the Chinese in Palembang had a large share in the production of furniture and lacquerware. On Java also many Chinese furniture makers made furniture in Chinese style. These simply finished items of furniture were painted in red lacquer but lacked the gold-painted Chinese decorations. Completely different in style is furniture such as the display cabinet in the Liefkes collection.[2] These cabinets were mostly made by Palembang Malays and finished by Chinese lacquer workers.

After the dissolution of the sultanate the upper levels of society continued their partiality for expensive textiles, jewellery, weapons, furniture and decorative objects. The old family heirlooms were carefully preserved and new pieces, even if of lesser quality, were added to them. The elaborate rules around

wedding ceremonies during which various valuable objects played a role were maintained as far as possible.[3]

The usual name for the type of display case in the Liefkes collection is bridal cabinet. They stood in the reception area and in the bride's room of the great Palembang *adat* house or *rumah limar*. This space, called *gegajah*, was the centre of all activities during the wedding ceremony which was conducted by the women. The *gegajah* was then beautifully decorated with long satin draperies in all sorts of colours. On either side of the ceremonial umbrella (*payung uburubur*) which rose over and above a settee were beautifully carved and gold-lacquered cabinets such as that of Liefkes. Inside the cabinets little lacquered wooden decorative containers in the shape of fruits were displayed. Also in the room were chests of drawers in similar style and lances (*tombak berambu*) made of *pinang buring* wood. A series of footed copper trays (*timbangan*), piled one on top of the other, stood by the foot of the settee. Depending on one's affluence there stood furthermore a group of large round lotus-shaped stacked containers of black lacquer (*tenong*), a large ceremonial lacquerware rice container and various other kinds of decorative containers, also called *tenong*. Sometimes there were also cabinets with valuable gold-thread textiles (*kain songket*) and a cabinet with antique Chinese porcelain. Of all of this unfortunately little remains. The present day wedding ceremony and the arrangement of the *gegajah* are just a poor reflection of a once rich past.

The bridal cabinet from Palembang (ill. 85-86) is a fine example of cultures mingling in such a way as to form a distinctive style of its own. In the carving on the bridal cabinet several Dutch elements can be discerned: the standing pillars at the corners are derived from sheaves of arrows tied together with a ribbon. The lower section of the cabinet, which is so specific to Palembang furniture, is inspired by the Louis XIV lambrequin. The heavy cornice is executed in baroque style. The carving of flower and leaf motifs has Javanese and Chinese elements. The shallow lacquer work is Chinese in character, but appears sometimes to borrow motifs from Palembang gold-thread textiles. Inside, the back of these cabinets was yellow in colour, decorated with red and green flowers. The model for this cabinet is from the first half of the nineteenth century and it is possible that an English cabinet from Bengkulu served as example. The similar structure, a broad lower section with a smaller section on top of it, and fluted corners above and below on both sides, was also adopted in Sri Lanka after the Dutch period. In the Netherlands it was more the French mode that was followed. The Palembang display cabinet is thus not only a fine illustration for the chequered history of this region but also evidence of the craftsmanship and prosperity of former times.

Rita Wassing-Visser & Jan Veenendaal

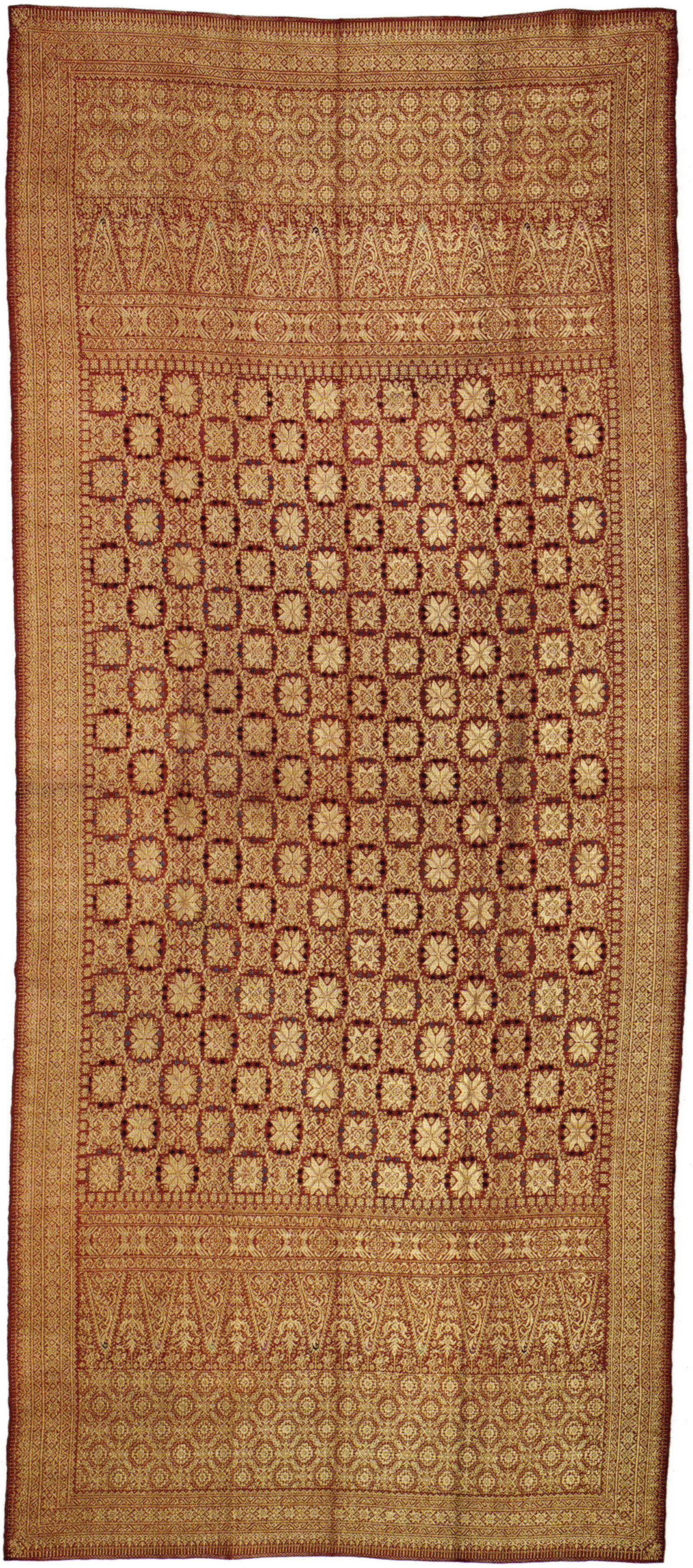

Textiles from Palembang and Bangka

88 | Woman's shoulder cloth / *kain songket lepus*
South Sumatra,
Palembang,
1900-1925
Silk, supplementary gold thread
Plain weave,
supplementary weft weave
84 x 210 cm
Liefkes 709

89-90 | Woman's shoulder cloth / *kain songket bertabur berakam* (and detail)
South Sumatra,
Palembang
1900-1925
Silk, supplementary gold thread and silk
Plain weave,
supplementary weft weave, embroidery
87.5 x 201 cm
Liefkes 710

For many centuries Palembang, favourably located on the great maritime trade route between India and China, encountered foreign religions, traders, monks and rulers. This long history of contact with China, India, Java and the Middle East, introduced new elements of culture from overseas, among them materials and techniques associated with textiles: silk, silk weaving, vegetable dye recipes, and decoration techniques.[1]

Palembang, the capital of the district of the same name on the southeast of Sumatra, is particularly famous for its silk cloths patterned richly with flower and star motifs in supplementary gold thread and weft ikat.[2] As shoulder cloths, sarongs and head cloths for men and women, they are connected with peoples' different roles in society. All the cloths show however a similarity in the overall design of a rectangular centre field that is enclosed by borders (ill. 88). The small rectangular fields of the end borders, which are filled with motifs, are bounded on one side by a row of triangular bamboo shoot motifs, the so-called *pucuk rebung*. This overall cloth design, found throughout the regions of Sumatra and Indonesia where people were involved from long ago in international trade, resembles the composition of Indian cloths: the *patola*, the double-ikat silk wedding sari (*cinde*) and the brightly coloured painted cotton cloths, known in Palembang as *batik Palembang*. The latter are chintz cloths, destined for the Palembang market.[3]

According to Rens Heringa, Palembang cloths could originally be divided in two groups according to the status of the wearer.[4] The ruler, the sultan and his family, the people originating from outside the society, the mythical "stranger", wear the *aesan gedhe* ("prominent") style. It is an elaborate way of dressing characterized by an exuberance of gold thread on silk and large motifs of rosettes and bold flowers. The indigenous leaders and their families were dressed in the *mantri* and *pesangko* style characterized by cloths with ikat motifs. This stratification or classification of dress has disappeared since 1825 when the sultanate was annexed by the Dutch colonial government. Up until today the cloths of the traditional costumes are exclusively worn for religious and life cycle ceremonies. In these rituals the techniques of decoration still indicate the status of an individual or a group.

Kain songket

At weddings, group status of the party of the bride takers and the party of the bride givers is most clearly visible from the *songket* cloths that they wear. The family members of the bride takers are in a classificatory sense equivalent to the prince from overseas, comparable to the elite, and show their status by wearing rich gold thread *songket* weavings, as in the former *aesan gedhe* style. The groom's lineage offers *songket* cloths as part of the bride price to the lineage of the bride. He provides his future wife with *songket* cloths which she has to wear at every ceremony, informal occasion and religious gathering. At the first official occasion when proposing to the bride the groom's lineage offers her three sets of textiles containing three types of textiles, the *adat tiga turunan*, "according to the rules of the three lineage groups". The sets, consisting of a shoulder cloth and hip cloths, are for daily wear, informal wear and formal wear.[5]

As in the case of the Minangkabau *songket*, the cloths are named after the density of the gold thread motifs. In *kain songket lepus* the entire cloth is covered with gold thread (for example, the shoulder cloth, ill. 88). Stylized stars and flowers in a lattice work of vines dominate the centre field of this high-valued

91-92 | Woman's sarong
(open) / *kain songket tabur*
South Sumatra,
Palembang
Ca. 1900
Silk, supplementary gold
thread and silk
Plain weave,
supplementary weft
weave, ikat weft weave
108 x 221 cm
Liefkes 705

cloth, which plays an important role at weddings. The design is symbolic of the mingling of the two lineages. Even more elaborate is a *songket* with additional vivid coloured embroidery in the motifs, in which case the word *berakam*, meaning "embroidery", is added to the name of the cloth, as in *kain songket lepus berakam* (ill. 89).[6] A third type also present in the Liefkes collection is *songket tawur*. On these silk cloths gold motifs are scattered over the cloth (ill. 91). Women wear them at informal occasions. These too can be embroidered, taking the name *songket tawur berakam*, as in the woman's shoulder cloth (ill. 94) and sarong (ill. 91).

The richly gold decorated weavings are part of the women's world. The floral motifs on the centre field are related to women. Roses, jasmine (*melati*), the flower of the blue lotus (*tanjung*) are all indicators of the individual character of the wearer as well as the occasion when the cloth is used. The rose motif protects against evil and illness, while the blue lotus stands for hospitality and so is worn by women who are hosting a party. Jasmine expresses innocence and modesty, suitable for young unmarried girls. Like motifs, colours indicate the individual and the group status of the wearer. Cloths filled with these motifs express

93-94 | Woman's shoulder
cloth / *kain songket tawur
berakam*
South Sumatra,
Palembang
1900-1925
Silk, supplementary gold
thread and silk
Plain weave,
supplementary weft
weave, weft ikat,
embroidery
88 x 260 cm
Liefkes 704

the individual status of a married woman. Young unmarried women wear cloths without ikat or *songket* patterns on the centre field. A nice example in the Liefkes collection is the *kain pengantin* (ill. 95). This shoulder cloth, with little flowers of gold scattered over the plain green centre field, is intended for a bride-to-be, for green is the colour for unmarried women. The connecting lines creating the lattice work that symbolizes the marriage relationship of two lineages (as in ill. 89) are not yet present.[7]

Men wear *songket* at official occasions, but gold thread is more sparsely used. A man's sarong is modestly decorated with small checks, created by using two different colours in the warp and the weft. The centres of the checks have been filled with small gold thread flowers and on the cross points little dots are woven. Their appearance resembles the flickering of diamonds (*intan*) (ill. 97). At official ceremonies men wear the sarong over a pair of trousers, at informal occasions it is worn full length.

Songket cloths belong among the family heirlooms, because of the value of the 14 carat gold thread. Such high quality gold thread was in use until World War II. When a delicate silk weaving fell to pieces the gold thread was taken out and used again in the weaving of a new cloth. This retrieved thread is called *benang mas jantung* (gold heart yarn), referring to the thread's yellow core of silk or cotton. A cloth woven from this thread is called *songket jantung*.[8]

Kain limar and kain plangi

Besides *songket* cloths, Palembang is well known for its multicoloured textiles, the so-called *kain limar*, weft ikat weavings, and *kain plangi*, tie-dyed weavings.

Ikat weaving in Palembang and Muntok was extremely well developed and *kain limar* are among the most exquisite textiles in Indonesia.[9] In the weft ikat cloths, complicated floral motifs with rounded petals like a rose and others with pointed petals like a star, in a beautiful colour scheme of red, white, blue, yellow, violet, purple and green, on a glowing

95 | Woman's shoulder cloth / *kain limar pengantin*
South Sumatra, Palembang
19th century
Silk, supplementary gold thread
Plain weave, supplementary weft weave
74 x 166 cm
Liefkes 755

96-97 | Man's sarong (open) / *kain songket tawur intan*
South Sumatra, Palembang
1900-1925
Silk, supplementary gold thread and silk
Plain weave, supplementary weft weave
58 and 59 cm x 196 cm
Liefkes 620

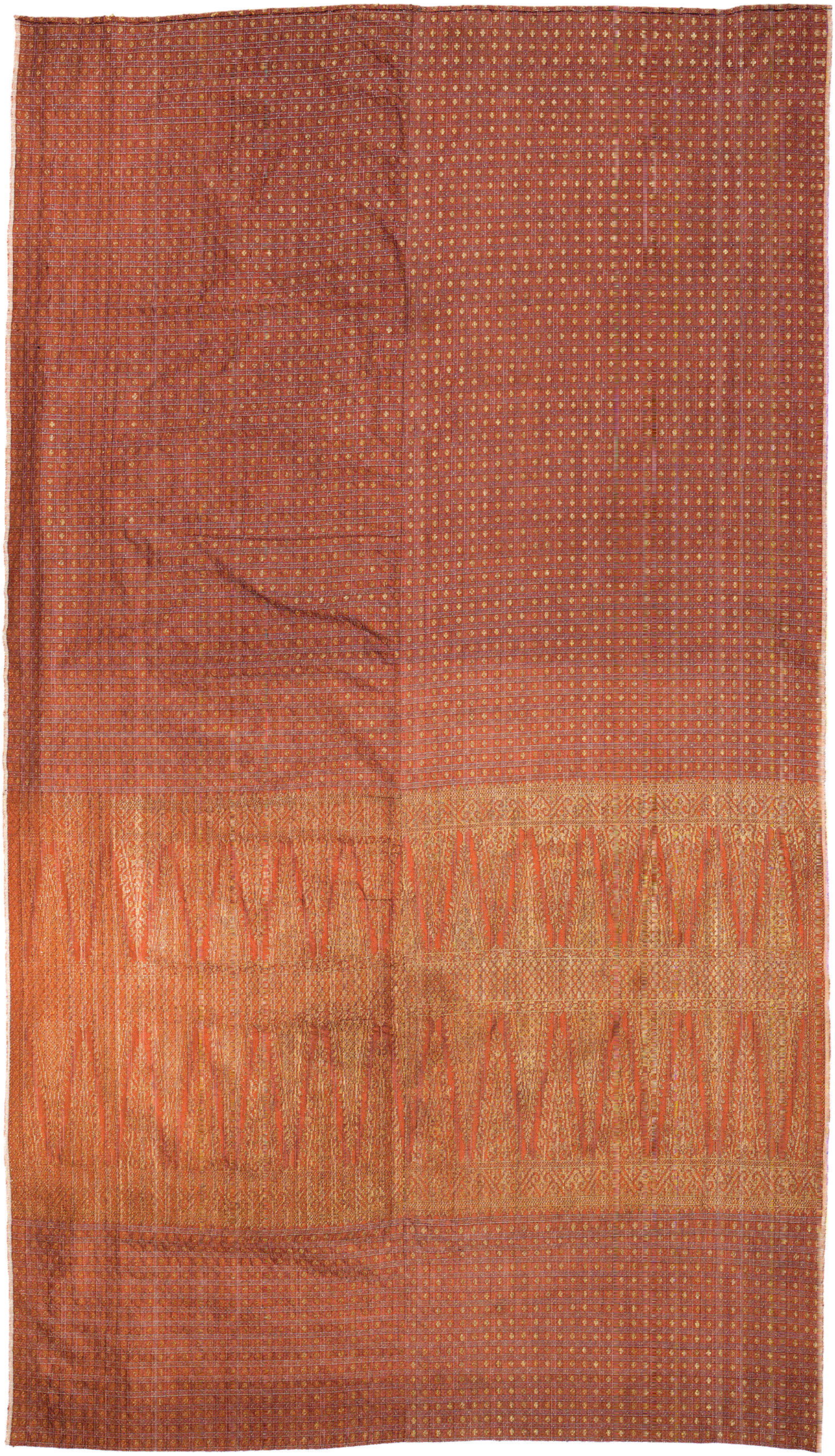

burgundy red or purple ground are symmetrically spread over women's shoulder cloths, sarongs for men and women, men's head cloths, and food covers. The borders are decorated either with gold or silver thread or with gold and silk embroidery and sequins. The most elaborate *kain limar* are from the village of Muntok, on the island of Bangka, situated off the Palembang coast. Palembang weavers used to go to Muntok for the dyeing of their ikat skeins of silk. *Kain limar* of Muntok is characterized by a detailed patterning in blue, red and a prominent use of warm yellow (ill. 98-101).[10] A common motif is a pair of wings, bearing a likeness to the mythical bird, Garuda. The single wings (ill. 99) represent birds with a long and sweeping tail.[11] Another type of ikat cloth is *kain blongsong*, a flowered ikat cloth. It is a less costly cloth of a silk warp and a cotton weft, few gold decorations, and a simple tie-dye method. *Kain limar* was part of the *mantri* dress style, while *kain blongsong* was probably worn by the local headmen (*pesangko*) and their families. At wedding ceremonies a *kain blongsong* is presented by the bride's lineage to the groom, while the bride receives three sets of *songket* cloths. This exchange underlines the Indonesian way of creating a balance between the lineages where one lineage offers a bride and thus life. Metal, gold and money are exchanged for textiles woven by the women. *Songket* cloths function, like metal, as male goods, while *kain blongsong* are the female counterpart.

The multicoloured *kain plangi*, the rainbow cloth, is named after the tie-and-dye techniques of *plangi* and *tritik*. It is also called

kain jumputan, meaning "tied together" cloth. Motifs of flowers and stars are tied together in the woven silk cloth and then dyed in several colours ranging from warm purples, reds and blues to bright yellows, oranges and green. The overall design is similar to the Indian *patola*, with mangosteen flower (*buah pau*) designs in the end borders resembling the *butha* motif. It is seen as a simple version of the *kain limar*. In former times *kain plangi* played an important ritual role, being regarded as the path to the ancestors.[12] But their primary use is as a woman's shoulder cloth for different occasions. Gradually the colour pallet has changed from warm colours into vivid colours due to the aniline dyes.[13] Several examples are present in the Liefkes collection. Remarkable is *kain janda plangi* (ill. 102) showing an empty green

centre field. Widows (*janda*) had a special status in Palembang and their shoulder cloths and sarong had different colours in the centre fields.[14] By wearing this cloth with a dark green colour a widow indicates she is ready again for marriage. Widows also can wear the more exclusive *kain limar* version and the empty centre field can be green, red or yellow. When purple it is the symbol for an elderly widow who wants to get married again.

Some cloths have a fine trimming of gold lace (ill. 103). Palembang was renowned for its intricate gold bobbin lace, and according to Jasper and Pirngadie it was the cradle of lacemaking from where it spread throughout Sumatra and even to Java.[15] Lace trimming used to be added to luxury weavings.

LINDA HANSSEN

101 | Woman's shoulder cloth for a married woman
South Sumatra, Palembang
19th century
Silk, supplementary gold thread
Plain weave, supplementary weft weave, ikat weft weave
93 x 211 cm
Liefkes 756

102-103 | Shoulder cloth for widows, ceremonial cloth / *kain plangi/kain jumputan*
South Sumatra, Palembang
1900-1950
Silk, gold thread
Plain weave, *plangi* and *tritik*, bobbin lace
85 x 206 cm
Liefkes 713

Silver lotus bowl from Palembang

This silver lidded bowl in the shape of a lotus flower (ill. 106) has a strong resemblance to the more common lotus-shaped lacquerware containers, *ponjen*, from Palembang (ill. 104).[1] These lacquerware containers were used to store the dowry and were placed in the bridal chamber. Both the silver bowl and the lacquerware *ponjen* clearly show Chinese influence in shape as well as motifs. The bowl is probably made by a Chinese silversmith in Palembang. For centuries a large Peranakan Chinese community has lived in Palembang. Only twenty sailing days away from Guangdong in the south of China, it was a major port for Chinese vessels trading in pepper in the seventeenth century.[2] In addition, Chinese artisans migrated to Palembang to work at the royal court. Besides working as silversmiths, they introduced the lacquerware technique during the reign of Sultan Mahmud Badaruddin I (1724-1757),[3] who had several wives of Chinese descent.[4]

Smaller sized silver containers, approximately ten centimetres in height, with a very similar lotus shape were used as betel containers. Considering the size of the bowl illustrated here, it probably was not part of a betel set. Although in Thailand silver lotus-shaped food vessels are used by monks,[5] it is not common among Chinese to use silver for storing and serving food, so it is unlikely that the lidded bowl from the Liefkes collection was used for this purpose. Chinese prefer porcelain, which preserves the natural flavours of food much better than silver. Even at the imperial court in Beijing, the use of porcelain had always been the tradition.[6]

The shape and motifs of the silver bowl might give a clue to its possible use. Its lotus flower shape stands for purity, as the lotus flower rises from the muddy waters. The lid of the bowl is decorated with birds, sitting on the branches of a plum tree (ill. 105). The plum blossom is in Chinese symbolism one of the flowers of the four seasons and represents the winter, since the plum tree already begins to blossom even before it has leaves. The flower symbolises endurance, perseverance, and a long life.[7] A plum blossom is also a symbol of virginity and therefore refers to the bridal bed.[8] The silver bowl illustrated here may thus have been related to the wedding, for example as a wedding gift among wealthy Peranakan Chinese.

Johanna Leijfeldt

104 | Lacquered container with lid / *ponjen*
South Sumatra,
Palembang
20th century
Rijksmuseum
Volkenkunde,
inv. no. 5641-2

105-106 | Lotus bowl with
cover
South Sumatra,
Palembang
18th-19th century
Silver
20 x 14.5 cm
Liefkes 73

Sumatran daggers

Indonesia has produced an arsenal of traditional weapons that is unequalled. Shapes, styles and designs differ from island to island, and within each area and population group. Their functions are many: intended for combat, for use in everyday life (such as machetes), as a status symbol, or as a magical object with hidden forces, of which the *keris* is the most striking example. Often a weapon is suitable for multiple purposes, and was used depending on the situation of the moment.

This type of dagger, known as *badik*, is found in large parts of the archipelago, but mainly on Sumatra, Java and Sulawesi. Its origin is Sumatran, and it has been made certainly since the nineteenth until well into the twentieth century. Depending on region, the shape of blade, hilt and scabbard varies. The *badik* is worn in the belt, usually with the most beautiful side facing outwards. The less elaborately ornamented side is worn against the body.[1]

The first *badik* (ill. 108) is an exception to the rule because both sides of the hilt as well as the sheath, although different, are equally beautiful. In this case, the side with the leaf and flower motifs on the sheath is worn facing outwards.

The blade is simple, made of rough iron, but the hilt and scabbard are exceptionally richly executed. Both are made of black-brown wood, covered with a thin layer of embossed gold. Embossing is a technique whereby the motif is hammered into the thin metal from the rear, with a rounded metal punch. The subsurface of the metal should be firm, but must also be able to be pushed in by the punch while hammering, so that the pattern can be applied. As base a mixture of resin and wax is used.[2]

107 | Inscription on the sheath of the dagger.

108 | Ceremonial dagger /
badik
Sumatra (possibly Aceh)
1892
Iron, wood, gold
27.5 x 9.5 cm
Liefkes 415

The hilt is provided on one side with a graceful embossing of leaf and flower motifs (*daun mrambat*, 'continuous meandering foliage').[3] The other side is ornamented with filigree (fine imposed gold wire) in the same pattern, but highly stylized.

The sheath on one side is completely covered with the *daun mrambat* motif. The other side is ornamented with simpler embossed V-shaped patterns on the larger portion of the surface. On this side there is also a smooth section with an inscription in Arabic script (ill. 107). The text is largely unreadable. Only the first word 'Muhammad' and the year '1892' (in Western numerals) can be deciphered.[4] The foot of the scabbard is decorated with floral motifs and there are several other ornaments along the edges of the decorated surfaces.

Particularly in the deeper lying sections of hilt and sheath it can be seen that the gold is coloured red. In Sumatra, this colouring red is a frequently used technique in which the colour is not obtained by using colourants, but through the pickling of the metal with various chemical agents.[5]

Given the exceptionally rich execution and the inscription, this *badik* probably was once the possession of a princely person or dignitary. It was certainly a ceremonial weapon. With such exuberant decoration and

vulnerable gold covering, it would not have been intended as a fighting weapon. Furthermore the quality of its raw iron blade would have made it rather ineffective.

In the case of the second *badik* (ill. 109), also richly decorated, the side facing outwards when worn is completely covered with mother-of-pearl. The less elaborately carved side (although in this case also decorated with care) is carried against the body.[6] This *badik* also originates from Sumatra. The blade is made of steel with a straight back and faintly S-shaped edge. Not only the cutting edge, but also the back is, seen from the point, partially sharpened. The hilt is made of solid mother-of-pearl and at the end gracefully finished with shallow incised leaf motifs which are

continued in the contours of the hilt. In cross-section the hilt is octagonal whose plane surfaces are slightly concave. At the rear of the handle there is a shallow cavity, caused by the shape of the shell from which the hilt is made. Against the blade the hilt features a finishing of black-brown wood, also octagonal in shape. The scabbard is made of dark wood and on one side is completely covered with small mother-of-pearl plates. On the other side, the middle section is inlaid with mother-of-pearl.

The covering is on both sides divided into three planes: the upper part, the foot, and between them the middle section that is decorated lavishly. The upper part is decorated in the same manner as the end of the hilt, with incised leave designs and contours. The foot is

entirely undecorated. In the centre part there are several excised motifs which are subsequently filled with *gala*, a tough type of black resin, which accentuates the beautiful pattern. The central plane of the decoration is filled with consecutive leaf curls. With some imagination in the upper part a peacock (*burung merak*)[7] may be recognized. Around the central plane is an edge with a garland of stylized flowers (*kembang*)[8] interspersed with leaves (*daun*).[9] The mother-of-pearl comes from one of the many seashell species that live in the tropical waters of the archipelago. The use of mother-of-pearl together with the rich decoration suggests that the *badik* might have been made in or around Palembang, though firm evidence is lacking.

Such precious weapon scabbards, entirely coated with mother-of-pearl, are rare. This *badik* therefore most likely belonged to a dignitary. The discolouration of the mother-of-pearl suggests a certain antiquity for the weapon, which dates perhaps from the late nineteenth or early twentieth century.

Albert van Zonneveld

Textiles from the Pasemah highlands

Characteristic for the central highlands of South Sumatra are the textiles of Pasemah and Rejang. A coarser silk and cotton, a narrower size due to the limitations of the loom, and especially the subdued colours brown, blue, black and dark red make these textiles so different from those of neighbouring West Sumatra and Palembang. Also in these cloths a variety of weaving techniques is to be found, such as warp ikat, slit tapestry, supplementary weft and warp in gold and silver thread, and in some cloths even lead-wrapped thread, bells, beads and sequins for further embellishment.

Another outstanding feature is a very thick fringe at one end of the cloth (ill. 111). It actually consists of two layers; one is formed by the original weft threads called *rambu* on which a second fringe of multicolored silk threads is inserted, the *jejabu* or *mastulie*.[1]

Shoulder cloths from the inland Pasemah plateau show end borders with motifs resembling the bamboo shoot motif. They are not called *pucuk rebung*, as is common elsewhere, but instead called *jantung*, a cob of maize.[2] The narrow cloths have centre fields of small bands filled with a great variety of geometric motifs, in gold and silver thread on a black ground weave. A closer look at the end borders reveal that they are not equal, just like the *ulos* from the Batak people. Here also a male and a female side are visible, even in the fringes.

These cloths are worn by men and women at ceremonial occasions. One of these textiles (ill. 110) has a combination of supplementary weft and weft ikat. The ends are visibly different and the colours of the centre field are of rusty brown ikat patterns in the weft weave. The ikat bands alternate with ivory-coloured supplementary weft weave bands in different motifs.

Among Sumatran textiles, those of Pasemah and Rejang remain rather enigmatic, and further research is necessary to answer questions concerning materials and techniques.[3]

Linda Hanssen

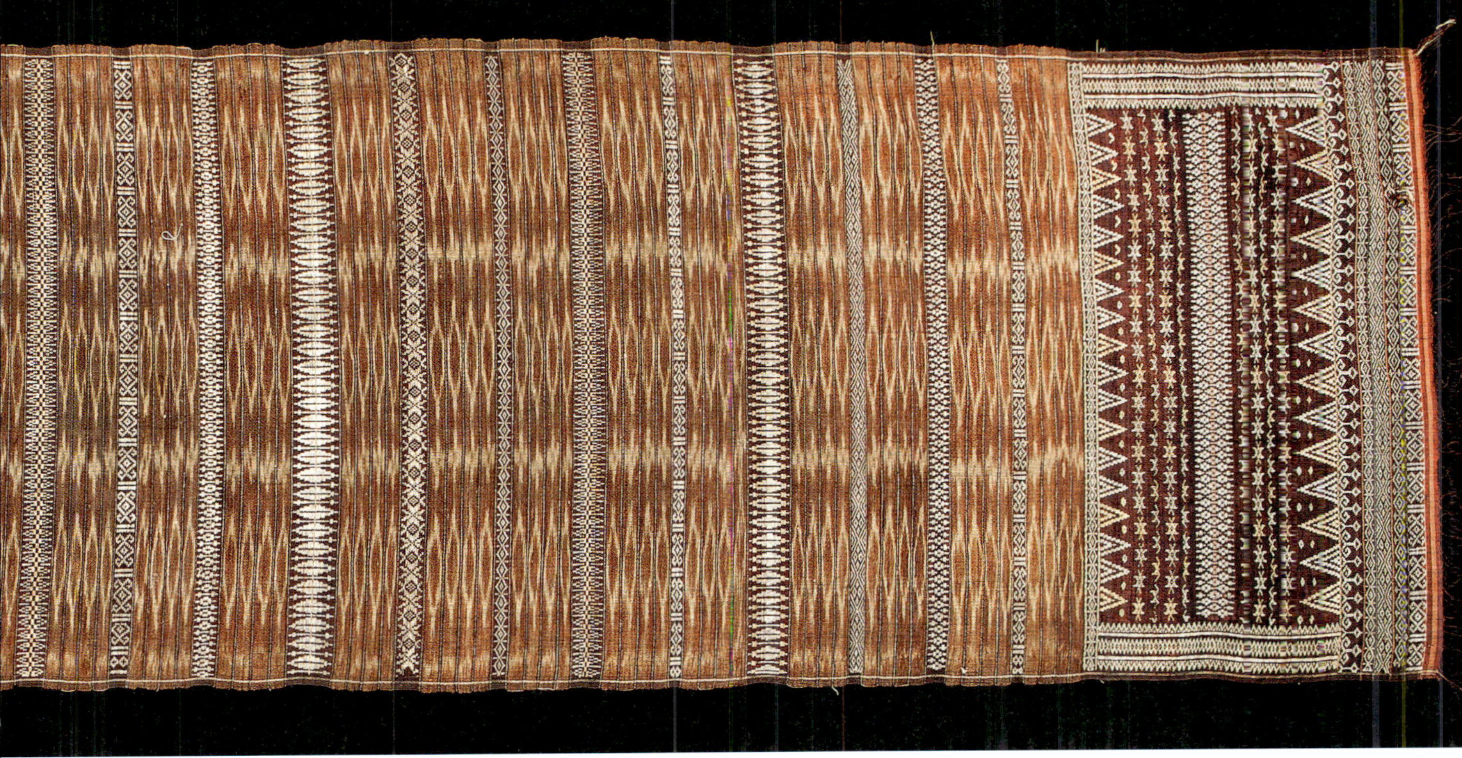

110 | Women's shoulder
cloth or man's waist sash /
pelung
South Sumatra, Pasemah
Ca. 1900
Silk and cotton, gold and
silver-wrapped thread
Plain weave,
supplementary weft
weave, weft ikat, knotted
fringe
41 x 204 cm (including
fringe)
Liefkes 905

111 | Woman's shoulder
cloth or man's waist sash /
pelung
South Sumatra, Pasemah
Ca. 1900
Silk, gold and silver-
wrapped thread
Plain weave,
supplementary weave,
knotted(?) fringe
39.5 x 244 cm (including
fringe)
Liefkes 903 (detail)

Textiles from Lampung

Lampung is situated at the southernmost tip of Sumatra, at the crossroads of the maritime trade routes linking the Java Sea and Indian Ocean. It obtained its wealth through the trade in pepper. Dating back to the era of Sriwijaya, this trade passed mostly through the favourably located harbour of Palembang, which acted as the link between the coastal areas and the inland regions where the pepper was grown.[1] From the wealth generated through this exchange, Lampung enjoyed the benefits of the oversea influences of new ideas and material goods.

This wealth is reflected in the textiles of Lampung. At major ceremonies of birth, circumcision, marriage, upgrading of rank, and funeral, they played important roles as dress, gifts, and bearers of symbols, protection and rank. *Tapis, tampan, palepai* and *tatibin* are the foremost representatives of the Lampung textile system. Weaving was done by all four ethnic sub-groups in Lampung: the Paminggir along the west and south coast, the Abung in the north of Lampung, the Pubian in the central region, and the Kauer on the west coast.

Social status was highly stratified in Lampung. The several Lampung societies were divided into numerous groups, the so-called *marga*, the descendants of the territory's founding father. Highest in rank was the *penyimbang marga* or *kepala marga*. Lower in rank were the *kampung* or *tiu* leaders, the *penyimbang tiu* or *iyuh*, the progenitors of the village founders. At the lower end of the social ladder were the heads of the *suku* or patrilineal clans, the *penyimbang suku* or *kepala suku*.[2] In addition, there was a rank system which was bestowed by the Sultan of Banten on neighbouring West Java, who was quite ready to give titles of rank to Lampung people in return for pepper, ivory and cloves. In this way he strengthened his position in controlling crucial trading stations along the coast and rivers. Nineteenth and early twentieth century reports by Dutch civil servants living in Lampung stress how preoccupied Lampung people were concerning ranks and titles.[3] Social rank was reflected in ceremonial dress of women and girls at the ostentatious festivities accompanying the *naik pepandan*, the elevation of rank within or into nobility, and at life cycle ceremonies.

112 | Group of girls and unmarried women ready for a dance performance in Tanjung Karang, Lampung. They are dressed in the heavily gold embroidered skirt cloths (*tapis*) and silk and gold shoulder cloths. On their heads they wear great ship-shaped crowns (*siger*), only worn by unmarried women. Their costume is completed with heavy necklaces of beads and coins, and silver and gold jewellery on hands and arms.
Photographer unknown, 1893
RMV A246-6

Tapis

The greatest splendour of wealth and rank was expressed through the *tapis*, a heavily embroidered tubular skirt cloth, worn by women at feasts throughout Lampung (ill. 112). *Tapis* were produced by women for the women of their own kinship group. The tubular cloth covered the whole body from the level of the armpit, covering the breasts, and was held in place by a finely decorated belt. Dress of young unmarried girls was completed by silk shoulder cloths often imported from Palembang or even a *patola* cloth from India, worn over the shoulder and reaching to the ground. Marital status was shown above all through the rich gold and silver jewellery: the great boat-shaped headdress made of gold foil, called *siger*, a necklace made of silver or of Spanish or Dutch coins, a range of golden and silver bracelets covering the lower arms and lower legs, rings and long-shaped pointed covers for the nails.[4] For a family it was important to show the rank to which the family belonged in order to receive a profitable bride wealth (*jujur*) for their daughter. The higher the rank the higher the quantity of money and gifts to be paid.[5] This is the main

113-114 | Woman's ceremonial skirt (open) / *tapis kaca*
South Sumatra, Central Lampung; Pubian people
19th century
Silk, gold wrapped thread, sequins and mica
Plain weave, embroidery, couching, appliqué
121.5 x 112.5 cm
Liefkes 699

115 | A family dressed in festive outfit, Lampung. The photograph, taken before 1894, shows women wearing the *tapis kaco*, decorated with sequins, couching of heavy embroidery appliqué in wool. The unmarried women are wearing their *siger* and rich jewellery, while the married woman in the middle shows her marital status by wearing the *kanduk liling*. Photographer unknown, before 1894 RMV A246-8

reason for the preoccupation of Lampung men with rank and status. Once married all this elaborate jewellery had to be taken off except for earrings and finger rings.[6] The *siger* was replaced by a simpler straight headdress, the *kanduk liling*.

A *tapis* usually consists of two woven panels, but in some cases five panels, of locally-produced cotton or silk, sewn together at the selvage and decorated with appliqué of sequins, mica slices and mirrors (*kaca* or *cermuk*), embroidery in silk and cotton, and couching (*cucuk*) of wrapped gold thread. It was then sewn into a sarong. The weaving, plaiting and embroidery of important ceremonial textiles was only done by aristocratic women who did not have to participate in daily work.[7] The basic design of all gold embroidered *tapis* is a warp striped textile in blues, reds, brown and warm yellows (ill. 113). Some *tapis*, like *tapis inuh* and *tapis* from the Kauer people, show ikat bands between the striped ones. The embroidery is done on these simple multicolored bands which provides an appealing background motif to the layer of gold thread, sequins and mica.

Striped cloths without embellishment served as daily cloths in former times.[8] Also it is said that widows showed their status by removing from the *tapis* almost all the decorations, except for the hem; no husband, no more right to wear elaborate *tapis*.[9] Tapis come in many variations in Lampung, as ceremonial skirts display the social position of the woman's family. An omnipresent design on the *tapis* is the ship laden with mysterious human-like figures, sometimes adorned with feathery headdresses, and birds. According to Maxwell, these motifs are connected with rites of passage.[10] The ship images are the main motifs of the *tampan* and *palepai* which will be discussed later.

The Liefkes collection gives a good representative overview of different types of Lampung *tapis*.[11] In general there are three groups according to their region of origin and type of decoration.

Ceremonial *tapis* are often decorated with gold embroidery. In the north of Lampung, homeland of the Abung people, the striped *tapis* were covered completely with gold thread, couched down in geometrical motifs. *Tapis jung sarat* ("fully laden tapis") (ill. 117), referring to cargo ships carrying full loads,[12] is worn by a bride of the Abung people. It is a prerogative for members of the highest class. Gold threads are laid down in motifs and then couched down in such a way that the coloured silk thread itself creates a new pattern (*sasah*) within the gold motif (see detail ill. 117). This technique, *cucuk*, is seen on all kinds of Lampung textiles. A two-banded *tapis* (ill. 119) displays white silk embroidery (*cucuk andak*) in satin stitch on a blue ground. The leaf and floral motifs are abstract depictions of fauna.[13] This *tapis* was probably worn by the wife of a nobleman, *tualou anau* (a traditional inherited rank), on special occasions. Quite remarkable is the way the white decorations in the bands and the tiny triangular *pucuk rebung* motifs are achieved by an inlay of discontinuous supplementary weft. This technique is called needle weaving or needle braiding. The motif is only visible on the front side. This technique is mainly practiced by the Abung people in the north.

116-117 | Sarong for a bride
(open) / *tapis jung laden* or
tapis dewasano
South Sumatra, North
Lampung; Abung people
Early 20th century
Silk cotton, gold wrapped
thread, sequins
Plain weave, couching,
appliqué
98 x 125 cm
Liefkes 711

118-119 | Woman's ceremonial sarong (open) / *tapis kaca*
South Sumatra, North Lampung, Tulang Bawang
19th century
Silk, gold-wrapped thread, sequins and mica
Plain weave, weave braiding (laid-in discontinuous supplementary weft), couching, embroidery in satin stitch, appliqué
128 x 118 cm
Liefkes 702

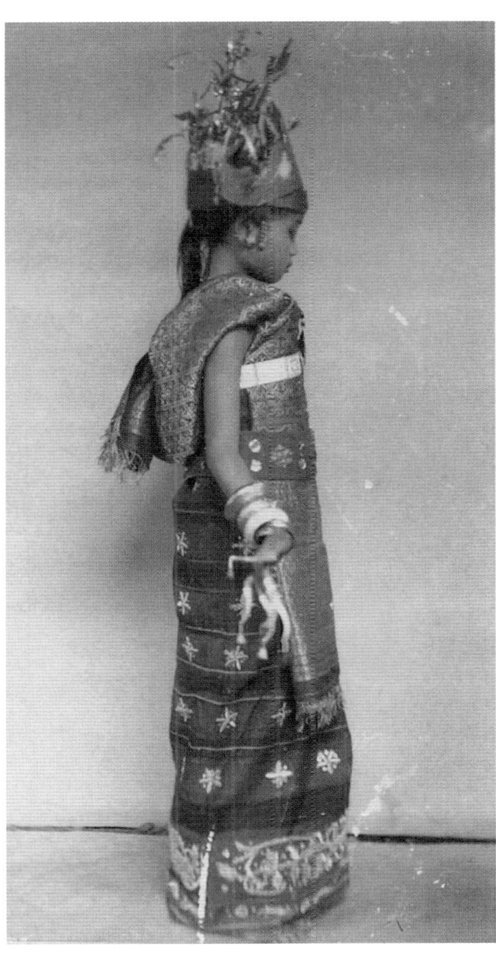

120 | Portrait of a dancer in full dress, complete with golden headdress, bracelets and full embroidered skirt cloth with gold thread and *songket* cloth draped over the shoulders. The decorations on the *tapis* correspond with the cloths in ill. 122 and 121. Striking is the way the richly decorated silk *songket* cloth from Palembang is worn in the front of her body, like an apron. This series of three photographs was probably taken around 1880, to illustrate the wearing of the costume from all sides. Photographer unknown, ca. 1880
RMV A270-1; A270-2; A270-3

The Pubian people, living in central Lampung (ill. 120), are represented by variations of their ceremonial sarong called *tapis kaca* (named after the mirror and mica slices). On these, the gold-wrapped thread is couched, sequins are sewn on and the mica and mirrors are festooned on the cotton striped ground weave.[14] Two of these *tapis* (ill. 121 and 122) are even more highly embellished by the use of a three dimensional gold thread in the end borders, bullion or purl threads[15] (ill. 121), and the use of tiny multicolored bits of wool in the centre of the crosses and stars. These materials were not indigenous and would have given extra value to the cloth, being precious materials from abroad. The embroidery is divided into *tékat tanam*, the normal embroidery, and *tekat timbul*, embossing embroidery. The motifs are raised from the ground weave as to be seen in the end

borders of one of the tapis (ill. 122).[16] A peculiar motif is the fan-tailed fowl or fan in the bands of another *tapis* (ill. 123). This is a traditional motif symbolizing fertility and prosperity, and therefore very suitable for a bride.[17] In all three *tapis* the end borders are embroidered in circular motifs divided in four parts, described by Totton as the *kibang* motif, referring to a slice of breadfruit.[18]

A quite different group of *tapis* is the *tapis inuh* from the highlands north of Krui on the west coast of Lampung, homeland of the Paminggir people. *Inuh*, according to Suwati Kartiwa, refers to a species of forest vegetation with a sacred connotation, and is found among the motifs on *tapis* worn by women at rituals of the installation of traditional or religious leaders and life cycle ceremonies.[19] These motifs are done in ikat technique in several bands which alternate with double or single

sarong (open) / *tapis kaca*
South Sumatra, Central
Lampung; Pubian people
19th century
Silk, gold-wrapped thread,
wool, sequins, mica
Plain weave, embroidery,
couching, appliqué
121 x 127 cm
Liefkes 682

22-123 | Woman's
ceremonial sarong (open) /
tapis kaca
South Sumatra, Central
Lampung; Pubian people
19th century
Silk, gold-wrapped thread
and bullion or pure gold
thread, wool, sequins,
mica
Plain weave, embroidery,
couching, appliqué
109 x 117 cm
Liefkes 698

124-125 | Woman's
ceremonial skirt (open) /
tapis kaca kuning or *tapis
cucuk andak*
South Sumatra, inland
west coast Lampung;
Paminggir people
19th century
Cotton, silk, gold thread,
sequins
Plain weave, weave
braiding (laid-in
supplementary weft),
embroidery, couching,
appliqué
122 x 122 cm
Liefkes 646

bands of motifs embroidered in silk, or striped
yellow panels. There a two types: *tapis cumi
cumi*, named after the squid-like figures often
interpreted as ancestor spirit forms, and *tapis
inuh* with boat images. The two-banded *tapis
inuh* in the Liefkes collection is of the latter
type (ill. 124), flanked by turmeric yellow
stripe panels filled with gold thread
embroidery and sequins. Kartiwa refers to this
type as a *tapis cucuk andak*[20] while Totton
describes it as *tapis kaca kuning* referring to the
turmeric colour and the incorporation of
mica.[21] The embroidered bands show creamy
white silk figures, accentuated by orange,
yellow and blue dots and lines. The
embroidery is done in satin stitch covering the
entire background. In the bands, ships are

depicted carrying human-like figures with feathery headdresses separated by trees of life, bird-like figures and shrines. This sarong was probably worn by women at important life cycle ceremonies.

Tapis of the women from the Kauer and Komering district are characterized by an abundance of little mirrors of mica or glass, called *cermuk* or *kaca*, festooned on the blue, red and brown bands. The alternating rows may be decorated by ikat designs and embroidery. Scattered over the surface they give a radiance to the cloth and to the wearer. The Kauer are well-known for this heavy use of *cermuk*, which is also used in other regions but to a lesser extent. The *tapis* may weigh between 2.6 and 5 kg and it will take almost a year to finish the embroidery. With a matching tiny jacket it is worn by young unmarried women at ceremonies. When a young woman was able to produce a set she was ready for marriage. The vivid red and blue *tapis* (ill. 126) shows the *cermuk* decoration arranged in undulating bands. Because of the absence of silk embroidery bands it was probably worn by a married woman at ceremonies.

LINDA HANSSEN

Lampung ship cloths

Some of the most extraordinary textiles of Indonesia were woven in Lampung: *palepai, tatibin* and *tampan*. These cotton supplementary weft weave cloths are seldom worn but function as ceremonial textiles to celebrate the change of status of members of the community. They are characterized by the omnipresent abstracted image of a ship, hence their common name "ship cloths", seen also on the ceremonial dress for women, the *tapis* (ill. 124). It is an ancient motif dating back to the late first millennium BCE, which was present on bronze drums from the Dong Son period. Once referred to as the "ship of the dead", a common concept found throughout the Indonesian archipelago of a ship carrying the dead to the afterworld,[1] the image actually refers to transition in a more general sense, not only that of death.[2] Besides the dominant ship images, small shrines, tree forms, animals, humans carrying umbrellas, headdresses and accessories, birds and fish are common depictions. In their different ways, these images refer to their use at rites of passage like tooth filing, marriage, transition to a higher rank, and death.

Three types of ship cloths are known in Lampung: the *palepai* (meaning 'ship'), a narrow textile measuring up to five metres in length; the *tatibin*, also narrow but not longer than one meter; and the *tampan*, a square cloth which is smaller than one square meter.

Palepai

The huge *palepai* wall hangings, also called *sesai balak* ('big wall'),[3] belonged to the aristocratic clan leaders (*penyimbang*) of the Paminggir people. As important heirlooms (*harta pusaka*) they were inherited by the eldest son. At ceremonies of birth, circumcision, marriage, and death, these prestigious *palepai* were hung on the wall opposite the person who was the focus of the ceremony, be it a new-born child, a boy to be circumcised, the bride at the house of her parents-in-law, or the deceased. The ship symbolizes the transition within the life cycle. When a person was raised to a higher rank a seat (*papadon*) was erected for him.[4] On this occasion, a *palepai* was carried around by four women of the clan dressed in their festive *tapis*.[5]

Palepai show one or two ships in red or blue. The red ships generally show more realistic features and are woven in a more refined way than the blue ships with their high hooked

127-128 | Ceremonial wall hanging, *palepai* or *sesai balak*
South Sumatra, Lampung, Kalianda; Paminggir people
Late 19th century
Cotton
Plain weave, supplementary weft weave
58 x 300 cm
Liefkes 827

prows.[6] One *palepai* in the Liefkes collection (ill. 127)[7] shows a single blue boat as if carried by many much smaller boats. A single ship indicates use at wedding ceremonies as the ship is the symbol for bringing together two families or a man and wife. It is laden with trees of life, masts with flags, shrines with horn-like roofs inhabited by couples, and smaller boats with shrines or houses with humans on the top of the roof. The tree-like figure is holding ceremonial mats, called *lampit*.[8] These mats are part of the wedding gifts. The identical passengers all wear the same costume without headdresses, except for two couples at both ends of the boat next to the tree of life, who perhaps represent the bridal couple, referring to the cloth's use as a marriage wall hanging. The hook and spiral motif, ancient motifs dating from the Dong Son period, covers the background of the entire cloth. The cloth reflects a warm radiation from the use of the orange turmeric dye.

A remarkable and rare *palepai* in the Liefkes collection (ill. 129)[9] depicts a sequence of four stylized shrines or houses with a horn-shaped roof, resting on a flat vessel, and thus lacking the huge ship image. The images might represent the traditional clan house (*lamban*) or village communal hall (*sesat*).[10] It is woven to be used in its entirety and not, like the weaving of smaller *tampan*, to be divided into sections after removal from the loom.[11] The lower, middle and upper decks are crowded with identical passengers with broad shoulders, wearing horn-shaped headwear and triangular-shaped dresses. Each image is separated by a small decorated panel resembling a stylized tree of life. From a technical point of view this *palepai* is very interesting. On the loom the weaver had to weave the four identical panels sideways and not frontal like *tampan* were woven. The regularity in each panel shows the skilled craftsmanship of the weaver. The addition of supplementary wefts of gold-wrapped thread gives the *palepai* a high status. It was probably woven by aristocratic women for their clan ceremonies.[12]

Tampan

Lampung weavers produced also a smaller ceremonial cloth, the *tampan*. Nowhere on Indonesian textiles is there such a dazzling and refined iconography of boats, humans, animals, houses, trees, all positioned on a background filled completely with dots and stars, as on these Lampung cloths. Unlike the *palepai*, the *tampan* was not used as a wall hanging but played an active role in the ceremonies. At life cycle ceremonies the function of *tampan* was manyfold: as wrappers for food, as covers of dishes, as little mats for brides to sit on, as cushion covers at circumcisions, as blankets for babies when presented to the grandparents, as rests for the head of the deceased while being washed, as covers for the handles of funeral biers, as top decorations of umbrellas and spears, just to mention some.[13]

Tampan can be divided in two groups, *tampan darat* ('inland'), woven in the inland and available for all levels of Lampung society, and *tampan pasisir* ('coastal'), produced in the coastal areas, and like the *palepai* restricted to the aristocracy. The *tampan darat* style shows more abstract depictions of the above mentioned images, while the *tampan pasisir* depicts the well-defined motifs in complex settings. *Tampan darat* were woven from a sturdier material and are in general smaller in size.

The *tampan* in the Liefkes collection (ill. 131) is a *tampan pasisir*. The monochrome central image in chocolate brown is achieved by supplementary weft cotton threads on a creamy background. On the boat, its masts decorated with sails, banners and flags, the lower, middle and upper decks are filled with human figures with broad shoulders. Bold in outlook, their faces and costumes are very well outlined. On the upper decks people carry umbrellas and flags, paraphernalia of people of rank. Standing between the legs of the human figures are jugs and cat- or dog-like figures. The sky is scattered with a variety of birds, while in the water several fish, crabs and turtles are depicted. Sea creatures are seldom depicted on *tampan*.[14] Naturalistic (humans and animals) and realistic (mast, sails, rudders

130-131 | Ceremonial cloth
/ *tampan pasisir*
South Sumatra, Southwest
Lampung; Paminggir
people
Late 19th century
Cotton
Plain weave,
supplementary weft weave
65 x 72 cm
Liefkes 819

and oars) representation is characteristic for the *pasisir* style. The whole image of the cloth is at the same time a symbolic representation of the universe, with the upper world (the birds), the world of the living (the boat and its passengers) and the lower world (the sea life). Images similar to those on *tampan* are found on the ceremonial mats, *lampit*. The designs are burned into the rattan which is twined or interlaced into square mats. They were used to sit on during festive ceremonies, but together with a *tampan* they were exchanged as important gifts at weddings. *Tampan* were regarded as female, because made by women, while *lampit* were produced by men. A *tampan* and a *lampit* together formed a pair, representing the female and male united.[15] This is not like the usual exchange of gifts at, for example a Minangkabau wedding, where

female textiles are exchanged for male metal objects, like gold, jewellery or money.[16] Both *tampan* and *lampit* were regarded as sacred heirlooms and kept in the umbrella-shaped ancestral temple, the *rumah poyang*, together with other sacred items.[17]

Nowadays only a reflection of an outstanding weaving tradition remains. It is understood that after the eruption of Krakatau in 1883 weaving of these cloths ceased. After the breakdown of the pepper trade many of them were changed into clothing. The few pieces that still exist are kept as precious heirlooms, brought out for marriage ceremonies. The majority of these exceptional Indonesian textiles are now preserved in museum or private collections.

LINDA HANSSEN

Old Javanese jewellery

Although Java never had goldmines of its own, Javanese kings and princes surrounded themselves with astonishing quantities of the precious metal. Gold clearly played a significant role, and the Javanese had access to it through trade. They used gold, and sometimes silver, to make coins, images of deities, ceremonial vessels, jewellery of many shapes and sizes, and other royal and divine paraphernalia. This was probably a tradition in Java predating the introduction of Hinduism and Buddhism in the early centuries of the first millennium CE.

Ear ornament from the Protoclassic period

Amongst the jewellery that has survived from the Protoclassic period and especially from the classic Hindu-Buddhist period, finger rings and earrings are the most common.

The one ear ornament from the Protoclassic period in the Liefkes collection (ill. 132) is an open ring whose tips widen out into a trumpet-like shape. The ends of the tips are flat and bend towards each other forming a narrow opening with straight sides. Gold jewellery of this type has been found all over Southeast Asia during the Protoclassic period,[1] including Java. Similar rings but of bronze are also known in Java.[2]

The basic form of this symmetrical ornament, an arch of which both 'feet' are widened and kept plain or decorated, developed further in Java. In the Central Javanese period the legs were of equal weight with various decorations, such as spirals, curls, or manikin.[3] In the East Javanese period the front of the ornament was made larger and became more elaborately decorated with such figures as terrifying demon heads and animal heads.[4] These ornaments were apparently hooked into the hole of the elongated ear lobe.

132 | Ear ornament
Java
Protoclassic period
(200-750)
Gold
2.7 x 2.1 cm
Liefkes 322

133 | Ear ornament
Central Javanese period
(750-930)
Gold
2.1 x 1.8 cm
Liefkes 321

Ear ornament from the Central Javanese period

This ornament (ill. 133) is in the form of a circle with a small opening, having on one side a wider section consisting of five pointed elements, the central one the largest, those on either side increasingly shorter. An almost identical ornament is in a private collection.[5]

Some other gold ornaments from ancient Java are of the same basic type, in the sense that a wider and heavier part hangs down from a ring with an opening on one side just above the spot where the wider part begins. The ornamentation of the wider part is varied: ribs, tusk-like elements covered with foliage, ball shapes with tips; some also have pointed elements. All decorations are difficult to define and are perhaps borrowed from nature. This type of ornament was probably hooked into the hole of the elongated ear lobe.

Finger ring from the Central Javanese period

From the Hindu-Buddhist period a substantial number of finger rings have survived. This present one (ill. 134), dating from the Central Javanese period, is of a widespread type. The band is made of a gold sheet cut and bent into a semicircular tube, enlarging somewhat to the centre and forming a shoulder at each side. On the inside a flat gold sheet is fitted. Between the shoulders and rising above them is a bezel shaped like a bowl. The decorative stone is clasped by four tiny triangles. It is probably amethyst, but it may not be the original stone. The hollow of the ring and bezel was filled with a substance, perhaps resin or clay, to prevent it from becoming dented.

Several other types of finger rings from ancient Java show similar characteristics to the present type. Their bands are made similarly of two cut gold sheets, have shoulders, but the central part is not a bezel, but a four lobed shield,[6] a layered oval shield with pointed short sides,[7] or a shield in the shape of a lotus flower whose petals partly point downwards and partly upwards.[8] The central part of all three types is decorated with a variation of the Sri syllable or one of the symbols of Sri, the Goddess of Prosperity, a vase of plenty, an elephant goad, or a winged conch shell.[9]

There are important differences in style and technique between rings dating from the Central Javanese and East Javanese periods. Auspicious motifs were frequently applied to rings of the Central Javanese period, while terrifying motifs prevailed in the East Javanese period. Mounting ornamental stones by clasping them in a rising border with or without extending triangles was typical of the Central Javanese period,[10] and can be distinguished from the East Javanese way of mounting by the use of four pins.[11]

Pauline Lunsingh Scheurleer

134 | Finger ring set with ornamental stone
Central Javanese period
(750-930)
Gold
2.8 x 2.7 cm
Liefkes 313

Wayang oil lamp

This kind of oil lamp (since retro-fitted as an electric lamp) was used as the source of illumination in wayang presentations. The figures that decorate its body are an expression of Javanese cosmological ideas. The scene depicted on the lamp is one of a male figure in a forest environment, framed by the mythical bird Garuda above and two mythical snakes (*naga*) below. Together these elements summarize the universe: the sky above, the underworld below, and the earth in-between. According to a Javanese myth (based on an Indian one), the sisters heaven (Vinatā) and earth (Kadrū) were impregnated by the sun.[1] Kadrū gave birth to numerous snakes (*naga*) and Vinatā bore the golden feathered Garuda. Garuda inhabits the sky while the *naga* live in the waters of the underworld where they guard the earth's wealth. The sisters, however, had fallen into enmity, a conflict continued by their offspring who are thought to be in eternal opposition, expressed in notions of life and death. In spite of this they are also seen as complementary: the heavens being male and the underworld, the home of the *naga*, symbolizing the female and fertility.[2]

Framed by this complementary opposition is the forest, home of Java's spirits and magical powers of fertility, in the middle of which sits a figure that likely represents its ruler and protector, Banaspati Raja.[3] His royal nature is indicated by the breastplate in the center of his chest, the item being an attribute of royalty, part of whose name, *varman*, means (protected by) breastplate.[4] The *kawung* motif that decorates Banaspati's trousers is a stylized representation of the areca palm fruit, which links this decorative pattern and its wearer with the lotus as well as with the goddess of fertility, in Java called Dewi Sri, the areca palm being one of the forms of vegetation that sprouted from this goddess' body after her death. Traditionally the wearing of this pattern was restricted to servants and religious personnel attached to the Javanese courts.[5]

Banaspati Raja is a manifestation of a more general icon, the 'lionine' *kirtimukha* or *simhamukha* (lion's head) that is known throughout Southeast Asia.[6] Although in its usual manifestation as a *kala-makara* ornament above the entrances to, for example, temples the *kirtimukha* is customarily depicted only as a stylized lion's head,[7] in East Java as well as in Bali and Cambodia this often changes into a demonic human face that through the addition of two arms is transformed into a man's upper torso, as in the lamp under discussion.[8] The wings flanking Banaspati's head refer to the fact that in Java the Banaspati Raja figure is related to Surya, the sun and father of the *naga* and Garuda.[9] In East Java he is furthermore linked with Agni, the god of fire,[10] an appropriate allusion given the nature of the oil lamp. Therefore, the combination of Garuda, the *naga*, the forest, and Banaspati summarizes the elements of the cosmos, and makes a statement about the fiery nature of the lamp itself.

Robert Wessing

135 | Wayang oil lamp /
blencong
Java
Ca. 1900 - 1950
Brass
81 x 54 x 18 cm
Liefkes 231

Javanese wayang puppets

Wayang kulit (shadow puppet theatre) figures, carved from buffalo hide, filigreed, and painted on both sides, are intended in Java (as well as in other places where this theatre is practiced— Bali, Madura, Lombok, Kalimantan, Sumatra, peninsular Malaysia, and in the Javanese diaspora of Surinam) to be animated by a solo puppeteer by control rods attached to the hands and spines of puppets. The puppeteer interposes these puppets between a light source (an oil lamp in the past, today more often an electric light bulb) so that their shadows are cast upon a taught white cotton screen. Features of puppets are highly stylized, which allows the puppets and their shadows to be recognized at a distance by knowledgeable spectators. (Audience typically are seated on both sides of the screen.) Stories enacted in Javanese *wayang kulit* are mostly based on characters and situations of the Ramayana and Mahabharata epics. These tales from the Indian subcontinent were introduced to Java in the first millennium CE along with associated Hindu religious practices, but while Islam has been the majority religion of Java for centuries, and Java's Hindu past is only a shadowy cultural memory for most, the theatre remains in robust health and attracts large audiences in television broadcasts and live performances.

Wayang kulit is a prestige art, associated with royal courts, which might explain why puppets from the Indonesian archipelago have been avidly collected by non-Indonesian travellers, scholars, and artists for centuries. Javanese puppets in museums in Vienna and Copenhagen collected around 1600 in the port polity of Banten were originally parts of *kunstkammer* or 'cabinet of curiosity' collections, of European emperors. These ancient figures display a morphology that is strikingly different from contemporary puppets. But the vast majority of wayang puppets in European private and public collections were made and collected after 1810. Older figures differ in some respects from the sorts of figures made today – for example, most figures crafted since 1920 use store-bought paints, rather than paints handcrafted

from natural materials. But wayang making is very conservative and older *wayang kulit* figures, including those collected by Liefkes, would not look out of place in a performance in Java happening, say, tomorrow. It is generally easier to identify the region of origin for a puppet than the decade in which it was made.

Two of the ten Javanese wayang puppets in the Liefkes collection are reproduced in the catalogue and merit special commentary. Rama Bargawa (ill. 136), also known as Resi Jamadagni, is a character out of the Javanese version of the Ramayana. A forest dweller who lives outside of polite society (depicted by his long loose hair, simple loincloth in a *parang rusak* batik pattern, uncouth nose and wide-open eye), he is both a mighty warrior (his preferred weapon being the axe or *parasu* which gives him his name) and a priest (shown by the prayer shawl cast over his shoulder) who has vowed lifelong chastity. Rama Bargawa is one of the few tragic characters of wayang. A lifelong fight against the perceived oppression of the caste of the *kesatriya* knights transforms him unwittingly into becoming an oppressor. His bloodlust quenched, he yearns for death but as an incarnation of the god Wisnu can only be killed by another incarnation. He kills one such incarnation, King Arjuna Sasrabau, in a duel, but ultimately is killed by Sri Rama, the crown prince of Ayudya. The character of Rama Bargawa features in only a handful of stories, though it can be 'borrowed' to represent some other characters such as the god Rama Parasu, and is not found in every set of puppets. This puppet in the Liefkes collection is a performance-quality puppet. It is expressive and bold (*gagah*) in appearance, with its hair sparsely carved, to allow for its rough handling in battle scenes. It is well balanced in the hand and the joints move smoothly. The puppet uses bronze leaf sparingly, and has wooden, rather than buffalo horn, control rods. It likely was made in Central Java and dates from around 1920; the wear of paint around the joints show that it was used by one or more puppeteers for years before it was sold.

136 | *Wayang kulit.* Rama Bargawa
Java
Ca. 1920
Buffalo hide, wood, pigments
100 x 40 cm
Liefkes 454

In contrast, the other Javanese puppet (ill. 137) shows minimal signs of use. It is beautifully painted in the most expensive colours (including much gold leaf), with white buffalo horn control rods and bone joints. Its most distinctive feature are the fake diamonds glued to the hide which sparkle in the light. Puppets like this, sometimes with real precious stones, were popular particularly among well-to-do Chinese wayang fans in the nineteenth century and first decades of the twentieth century, and referred to generically as *wayang inten* (diamond puppets). They were sold at art and trade fairs and specialist shops to discerning collectors, rather than performers. Sometimes they were stored at the owner's house in puppet boxes which were pulled out when a troupe was hired to perform for a family celebration. Puppets were also displayed as wall decorations. At the base of this puppet is the number 65, which suggests that it was part of a lot of puppets sold by an agent. (Puppets used by puppeteers would have instead in this same position the carved signature of the carver or, less frequently, the painted name of the puppeteer-owner.) The precise character represented by this puppet is difficult to ascertain. It is of a sort known generically as a *ponggawa* (unrefined knight, bold warrior) and possibly represents the now-extinct Kedu regional style. In the *wayang gedog* repertoire, it might be used to portray Panji's foe King Klana Sewadana. The Sragen puppeteer Ganda Darman employed this same puppet in Ramayana plays for Rahwana's son Ditya Trikaya, and in Mahabharata stories it could serve as Patih Tuhayata, the faithful vizier of King Salya. Puppets of this sort tend to be used in performances as generic rank-and-file soldiers in battle scenes, and can be 'borrowed' as so-called *wayang srambahan* to represent non-descript or newly invented characters in new stories invented by puppeteers. The fact that such care went into the making of such a minor character is testimony to the wealth of the puppet's original owner.

Matthew Isaac Cohen

137 | *Wayang inten.*
Ponggawa
Java
Late 19th-early 20th century
Buffalo hide, buffalo horn, pigments, gold leaf, fake diamonds
81 x 40 cm
Liefkes 273

Early West Javanese batik

Batik forms a substantial proportion of the textiles in the collection of Frits Liefkes. Liefkes acquired his batik collection primarily on the Dutch art market, from the late 1960s through to the early 1980s. In the Netherlands, the former colonial relationship had left a relatively ample supply of vintage batik. Heirloom cloths once worn within families with a long history of connections with the Dutch East Indies were to be found at auctions at moderate prices.

Focusing primarily on the aesthetic qualities of the cloths, his appreciation of batik was certainly influenced by his purchase apparently in the late 1960s of an important collection of batik belonging to Joachim Hurwitz, at the time director of the Museum voor Land- en Volkenkunde (now Wereldmuseum) in Rotterdam, and author of a small catalogue on batik.[1] Although there is an almost complete lack of documentation,[2] what fragmented information there is indicates that several early twentieth century pieces can be linked to the activities of professional buyers for various museums, among them C.M.A. (Carel)

Groenevelt and Frits Blok.[3] More importantly, a few of the earlier cloths have possibly been in the Netherlands since the 1850s, one apparently associated with the great pioneer of batik research, Gerrit Pieter Rouffaer.[4]

A full view of batik's regional variety can be found in numerous other publications, so I have chosen to discuss in particular the development of batik styles in West Java that follow from a few unexpectedly early cloths.[5]

Indramayu and Cirebon - Historical and cultural developments

Indramayu and Cirebon have long been the main settlements on the Pasisir Kilen, the alluvial plain that runs along the northwest coast of Java, between the shallow Java sea in the north and the jagged Pegunungan Kapur Utara, the Northern Limestone Range, in the south. As is evident from prominent motifs on local batik, the sea, the land, and the mountains are equally important in the lives of the population (ill. 138-140).

At the time of the area's known historical beginnings in the fourteenth century, two

138 | The sea is the source of livelihood both for local fishermen and for local and international traders, the latter especially in the case of Cirebon. The name Cirebon itself is directly related to the sea: *ci* (water or river), *rebon* (full of) shrimp. (Detail of ill. 145)

139 | The land is the source of sustenance. The fertile plains of Indramayu yield a rich harvest of rice, fruits and vegetables. In batik, agricultural land is indicated by small dots pinpricked (*nyomplongi*) in the waxed background, representing newly-planted rice seedlings (*complongan*). (Detail of ill. 152)

small fishing harbours referred to as Cimanuk (on the river of the same name) and Caruban traded salt, agricultural produce and shrimp paste with visiting ships from various countries, and as such acted as a link between upstream areas of production and overseas trading networks. Reputedly in 1378 a rebellious young chief, Kuwu Cerbon, declared himself independent from the inland Hindu polities of Sunda and Galuh and founded the kingdom of Cirebon, and converted to Islam.[6] Soon the area developed as an international trade entrepot. Between 1512 and 1515 the Portuguese visitor Tome Pires registers considerable social and economic change. The two settlements, by the Portuguese referred to as "Dermayo" (Indramayu) and "Charaborn" (Cirebon), had become busy ports with a mixed international population. Parsees, Arabs, Gujaratis and Malays – seafarers from "across the seas" (*dari seberang*) – not only came to trade but settled for at least part of the year.[7] Even stronger was the impact of immigrants from South China who over the next centuries propagated Islam

140 | The "mountain" element in the batik designs of Cirebon is a stylized representation of the rocky limestone outcrops (*wadas*) that hems in the area to the south. (Detail of ill. 156)

along the north coast. Besides religious teachers, the new settlers included male artisans, some of them followers of mystic sects (*tarekat*), who contributed new technologies and artistic expressions. The fusion of indigenous and overseas elements brought about the specific coastal Pesisir culture.[8]

Though initially similar, the two towns gradually developed in different ways. Dermayu, the designation still used today for the old centre of town, spread around the estuary of the Cimanuk river. The west bank was reserved for the original population. Newcomers settled on the east bank where sedimentation of the river grew into an increasing expanse of firm land. Migrant farmers from Central Java, brought there in the early seventeenth century by Sultan Agung during his efforts to expel the Dutch VOC, established themselves on the fertile land. The population retained a relatively rural character.[9] Javanese influence continues to show in the local dialect and in certain batik motifs in Central Javanese style that are fused with the flowers and birds of the Chinese-influenced early Pesisir style. When navigation on the river became impossible, Dermayu's role as harbour came to an end.[10]

Cirebon, on the other hand, consisted of settlements strung along the beach. Ships could easily enter its harbour, enabling fishery and trade to develop on a larger scale. As the first independent polity under a Muslim Sultan, Cirebon became the political leader of the western coastal states, and also a major religious centre.

In 1662 Panembahan Ratu Giri Laya, following a common Pesisir tradition, divided the family territory between his sons. The two elder sons founded separate courts: the *Kasepuhan*, the "place of the elder brother", and the *Kanoman*, the "place of the younger brother". The custom led to a complex ramification of the aristocracy and a weakening of central political power.[11] By the eighteenth century impoverished minor lords sought the protection of the Dutch East India Company (VOC). In the course of the nineteenth century the old ruling class was gradually removed from power. By 1880 Cirebon was administered by a Dutch Resident as a regency of the colonial state. The sultans themselves chose to retire within the palace walls and devote their time to the traditional arts.[12]

The craft of batik

Styles of batik in this region developed likewise from a fusion between local and foreign cultural elements. The basic ingredients for making batik in Indramayu and Cirebon were long indigenous, similar to those used elsewhere on the north coast.[13] Notwithstanding the limited choice of dye materials, the dyers evolved an intricate range of expression. In Indramayu distinct colour types developed through the use of local mordant methods and dye techniques. The salinity of the water, mud baths and plants containing tannin served as agents to achieve dark, predominantly muted shades.[14] Famous throughout the archipelago was Indramayu's deep blue-black on a plain white oiled, creamy ground (*kelengan*). Its rusty reddish brown (*abang-abang*) has since become less well known, even though this shade forms the major distinction from Cirebon's bright, blood red. The population of each district could thus be recognized by the colours of their dress. Even though natural dyes were replaced in the

1920s by synthetic alizarin dyes,[15] a batik continues to be referred to primarily by its colour type, all of which result from the combination of one, two or even three colours upon the plain creamy white of the base cloth.

Separate developments in technology also brought forth the two main design styles of the area, the result of distinct historical and ethnic paths. The motifs of Dermayu consist primarily of flowers and birds in a style which has long been made with slight variation all along the north coast. Art historians often attribute the abundance of flowers and birds to the influence of floral scrolls and phoenixes depicted on embroidered silk hangings or on ceramic plates and bowls imported from China.[16] Local tales more precisely assign the origin of these motifs to Lasem, the eleventh century Chinese port town at the eastern end of the Pesisir.[17] The stories are given an interesting turn by historic sources that mention families of Islamic refugees expelled from Quanzhou in the early fifteenth century by the Chinese emperor; forced out to sea, they reached shore finally in East Java near Lasem.[18]

In contrast to the dainty batik style of Indramayu, traditional Cirebon batik is characterized by large heraldic motifs and by a complex reserve technique executed in a bold painterly style resulting in shaded colour

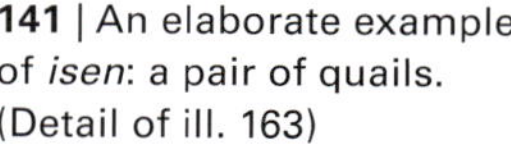

141 | An elaborate example of *isen*: a pair of quails. (Detail of ill. 163)

142 | Male batik waxers at Trusmi (de Kat Angelino 1930: foto 32, opp. p. 174)

143 a-c | Three examples of details of *isen*: deer, peacocks, ducks. (Detail of ill. 165)

gradations.[19] Examples of this style shown here are from Cirebon, apart from a unique cloth (ill. 161) purportedly from Tasikmalaya, an area further south that fell under the administrative control of Cirebon until the early nineteenth century. Originally this type of pattern was waxed on cloth intended for religious scrolls and banners.[20] Presumably these techniques represent the heritage of Chinese Islamic artisans and male cloth painters who may have been of Han descent. Even today certain villages are known for designs in this style. Trusmi, once the abode of Penembahan Trusmi, student of Siti Jenar, well-known leader of a mystic sect and guild (*tarekat*) of craftsmen,[21] and also the neighbouring village of Kali Tengah continue the tradition of a male batik waxers (ill. 142). The use of batik on clothing may not have developed until the late eighteenth century.[22] The motifs retain a vigorous style with overtones of Islamic stylization. Originally the outlines were given most emphasis, with filler motifs (*isen*) consisting merely of small, simple circles or squares. Finer elaborate *isen* (ill. 141 and 143) did not come into use until the end of the nineteenth century, when workshop owners brought in skilled "tool wielders" (*pengobeng*) from Pekalongan.

Batik, a multi-layered code

Over time the ethnically and religiously diverse Pesisir culture fused with the keen sense of order that inspires culture throughout Java. Each person's deportment is subject to certain speech levels and appropriate terms of address. The use of body language implicitly defines a person's position within the social matrix. In a comparably implicit way the designs of traditional batik convey certain fixed precepts. Though each hand-drawn cloth is a unique piece, four design components - the size of a cloth, its format, its motifs and its colours - form the framework for a complex system of layered messages.[23]

Dress forms

All traditional batiks consist of square or rectangular pieces of material, most of which are left untailored. Depending on a cloth's size and format, all dress cloths will be wrapped or bound directly around the head, shoulders, upper body or hips. Most Europeans perceive a batik as a beautifully decorated but nevertheless flat piece of fabric. On the other hand a Javanese waxer or dyer is naturally conscious of the spatial aspects inherent in batik. In the first place the patterns of a traditional batik are waxed on both surfaces of the fabric, a procedure that probably did not come about for purely technical reasons. Several women of different ages and levels of skill generally work together in close cooperation while "building" section by section and layer by layer the patterns of a batik. The framework will be set up by first outlining in wax an enclosing border, to be followed by the sections of the design format. Then, gradually working inwards, flowers and birds are made to appear in the various borders and end sections. Finally the central field is brought to life, by separately waxing three "layers" of ever smaller motifs. Thus a cloth's tangible as well as intangible "depth" will gradually appear.

Meanwhile the dyer will alternate with the waxers and bring out the gradually darkening colours through which a North Coast person will be identified during the three phases of his or her life. Consecutive dye baths thus result in a set of colour "layers", superimposed one upon the other. The tones may be kept separate through an intermediate waxing, or fused and thereby rendered "invisible" through a direct overdye. In conclusion the dyer will serve as midwife by "lowering" (*mlorod*) the finished cloth into boiling water to remove the layers of wax. Then the cloth's motifs and colours - the aspects that most clearly define a person's identity and social status - are "delivered" or "revealed" (*dibabarake*) to the community. All motifs are more or less stylized forms, often taken from nature, that in their totality express most clearly the layered quality of a cloth and its symbolic meaning.[24]

Format

Stemming partly from measurement is the second design component, the format, or more precisely, the set of design sections that defines a specific cloth type, a feature that is also closely associated with a cloth's function. All formats show one or more borders (*pinggir*) that enclose or "protect" a central section generally referred to as the central field (*tengahan*) or body (*badan*).

A. Smallest size: man's headscarf (ill. 144A)
The smallest size cloth functions as a headscarf (*iket kepala*) specifically worn by men. This size is referred to as *kacu* and considered the standard to which all other items of batik dress cloth are related. The *kacu* is measured out by folding the width of a piece of material diagonally onto the selvage to obtain a perfect square. Then, after adding about two centimetres to the length, the fabric is torn (never cut) along the weft. This seemingly incongruous addition is related to early Austronesian concepts of life and death, where an additional measure signifies ongoing "life". On the Islamic north coast however the custom is explained by the belief that human actions are never perfect.

B. Medium sizes: woman's scarf (ill. 144B)
Whereas the smallest size cloth is worn by men, the medium size, a long scarf, is specifically worn by women. Over time various widths came into use in order to serve a range

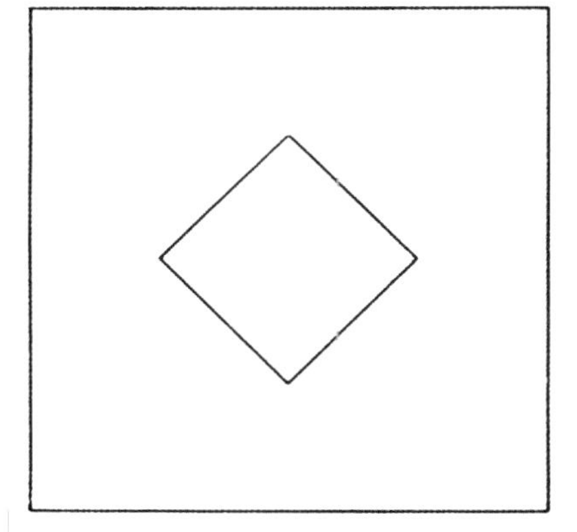

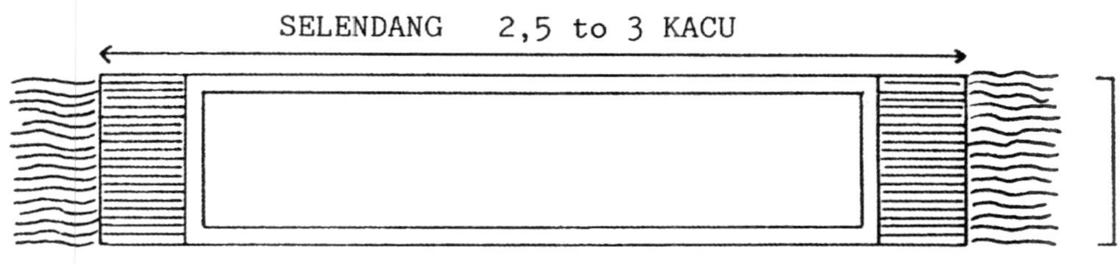

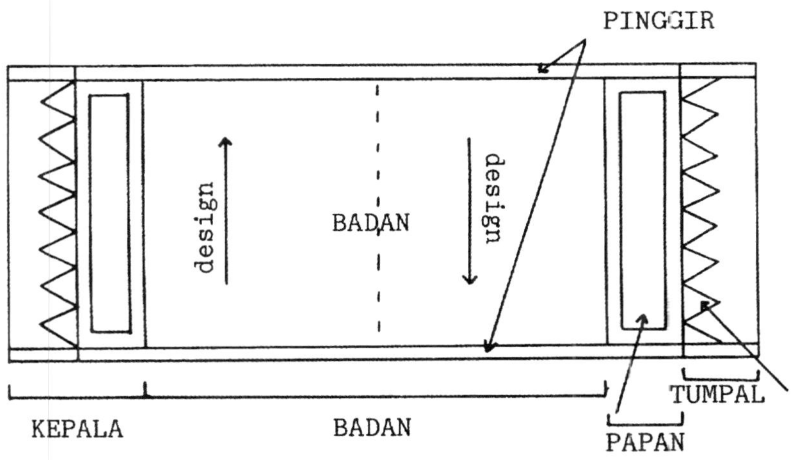

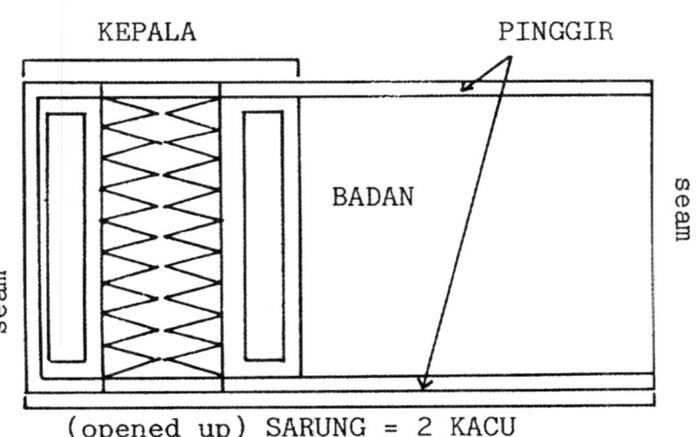

of purposes. Well-to-do urban women had little use for a village woman's handwoven batik *selendang* as their babies were generally carried by a servant. Their shoulder cloth turned into an elegant scarf generally made of fine imported fabric. The width of a woman's scarf measured between 45 cm (*selendang*) to 83 cm (*krudung*) with a length of 2.5 to 3 *kacu*, similar to a *kain panjang*. The wider batik scarf served Islamic women to modestly cover head and shoulders (*krudung*) when they left the shelter of their homes. To this end a strip of fabric was cut off the full-width base cloth.

C. Large sizes: *Kain panjang* (open) and *sarung* (tubular) (ill. 144C1-2)
Fabrics from the Netherlands used for batik in Java in the late nineteenth and early decades of the twentieth century have certain distinguishing features. These imported fabrics (*mori*) are of various qualities, with standard widths between about 100 cm and 115 cm, a sufficient height[25] for an ankle-length hip cloth for either women or men.[26]

The length of the hip cloth[27] - the article of dress that used to be common wear for both men and women of all backgrounds - was measured in proportion to the *kacu*. There are two main formats, each wrapped in a particular manner. The open rectangular cloth (*kain panjang* or *kain lepas*) is wrapped several times around the lower body; it needs a length of 2.5 to three times the width, or 2.5 to 3 *kacu*. The more comfortable, sewn tubular *sarung* is worn with the excess width double-folded in front, so 1.5 to 2 *kacu* is sufficient. The *sarung* is worn primarily by women of mixed descent.[28] Both hip cloths are fastened securely around the waist with a strip of used cloth (*udet*)[29], over which formerly a colourful red silk sash (*angkin*) or a silver or gold belt (*pending*) was wrapped.

The largest size hip cloth (*kampuhan* or *dodot*) is intended for ceremonial use. It consists of two widths sewn together along a selvage, and often has in the centre a plain rectangle, called *tengahan* (Central Java) or *balong* (Pesisir).[30]

Regional batik styles of West Java

A handwoven cloth from Cirebon will serve as an example of the possibly earliest Pesisir style, the flower and bird motifs that are encountered all along the Pesisir. During the early decades of the nineteenth century machine-woven cotton fabric produced in European textile mills gradually replaced handwoven cloth as base for batik. Village women, mostly too poor to afford imported cloth, started working as paid labour, waxing cloths for commercial workshops set up by women of Peranakan Chinese and Indo-European descent. By the mid-nineteenth century the once highly valued skill had turned into a lowly paid occupation.

Industrially woven cloth forms the base for all other batik cloths in this catalogue, which dates them after the 1830s. All are hand-waxed. Beginning with early cloths from Indramayu and Cirebon, dated to different periods, these are followed by a unique early batik from Tasikmalaya, and finally by three Peranakan style batik, two of them with gilded decoration. In the individual descriptions I will trace the relevant design components and the local terminology while defining the various layers of meaning. The structured approach may help to unravel the apparent maze of forms and colours enclosed in the batik designs.

Handwoven batik in village style

In the Netherlands textured handwoven cloths decorated with batik have long been referred to as "ruige batik" (rough batik). Batik of this type used to be worn throughout Java until the early nineteenth century. It survives only in a group of villages near Tuban in East Java, where comparable cloths are still made and worn today.[31]

Traditionally, the women in a family wove and waxed home-grown materials into dress cloths that were intended primarily for the

145 | Shoulder cloth / *selendang* (Indonesian), *sayut* (Javanese archaic term)
Cirebon, northwest coast Java
Probably 1960s.
Handspun and handwoven cotton fabric (*lawon*), naphthol dyes
44 x 244 cm
Liefkes 778

146 | A woman in Kerek, nearTuban, uses her shoulder cloth (*selendang*) to carry her market wares. Photograph by Rens Heringa, 1990

child or market wares - specifically female tasks (ill. 146).

The terminology used for certain design sections of the Pesisir *selendang* indicates that the shoulder cloth was originally seen as a metaphor for a woman's lower body and thus of her most important role as source of the family's regeneration. The central field (*badan*) is an image of the womb; the dense layer of stylized birds and flowers is locally explained as the wish that its wearer may bear many sons (birds) and daughters (flowers). The rectangular sections at the short ends of the cloth are referred to as *bathuk*, an archaic ritual term for vulva. The terms for the series of motifs at the end of the cloth complete the image of a woman's lower body. Most revealingly the long twined fringes (West Java *koncer*, East Java *gombyok*) are viewed as representing a woman's pubic hair.

The flower and bird motif on this cloth is referred to as *Laseman*, "in the style of Lasem". It is indeed remarkably similar to the motifs that traditionally were encountered in areas around Lasem, at the far east of the north coast, which are considered the cradle of the Chinese-inspired motif style. The tripartite border that encloses the central field, however, shows a chain of stylized shrimp (*rebon*) motifs (ill. 138), which clearly suggests a Cirebon origin of at least the waxing. A wide knotted macramé (*krawangan*) border decorates only the one end. The fringe at the opposite end has been cut off. In Tuban this is done on purpose and would indicate ceremonial use.[33] There are reasons to suggest that this is not an "authentic" village cloth, but one specially made for the (foreign) market.[34]

Indramayu batik

The distinguishing hallmarks of Indramayu batik are its dark tones, either natural dark blue-black (*kelengan*) or rusty brownish red (*abang-abang*) on a finely dotted or later sometimes plain white ground. Finely waxed cloths of the first type were highly valued among affluent Peranakan women throughout the north coast and also by Islamic women from west Sumatra.

mature members of the household. Hereditary female dyers specialized in dyeing the cloths. As patterned and coloured cloths expressed a person's individual identity, batiks were made and kept within the family, to be, at most, ritually exchanged with other kin groups. Only plain, undyed yarn and cloth could be traded for money. Each handwoven textile was unique, as the length of the weft and the warp depended upon the individual weaver's body measurements.[32]

A woman's shoulder cloth

A shoulder cloth (*selendang*) functions as the essential woman's cloth (ill. 145). Worn wrapped and knotted over the right shoulder it serves as an indispensable aid to carry a small

147 | Man's tubular hip cloth / *sarung* (opened up) Indramayu Ca. 1870 Machine-woven cotton fabric, natural dyes 111 x 215 cm Liefkes 602

148 | Sun (eight-pointed stars) and moon (round forms) motifs, with their rich symbolic meanings.

Man's tubular *sarung* (ill. 147)

A small floral border (*pinggir*), the first element that was drawn on the fabric, winds its way all around the cloth, briefly interrupted above and below the centre of the *kepala* by three protective seals inscribed with an incantation in illegible Arabic script. In mid-nineteenth century north coast style the *kepala* section has been placed at the very end of the *sarung* (compare ill. 152), while it is separated from the main field by another floral border, referred to by villagers as *glontor*, drainage channel. The traditional *kepala* is built up from two closely related elements: a double row of triangular motifs, representing young bamboo shoots (*pucuk rebung*), is "growing" out of a sturdy rectangular base (*umpak*) or plank (*papan*).[35] The small blue dots on the beige-coloured ground are the main indication that this cloth originated in Indramayu. A special tool (*complongan*) served to pierce rows of pinpricks into the wax-covered cloth before it was inserted into the indigo vat.

The slightly beige colour of the base cloth is achieved by first repeatedly rubbing the cloth with coconut oil. The colour combination, *bang-ungon*, refers to the dark purplish black (*ungu/ungon*) that was dyed directly over the red (*bang*) which still shimmers through small birds and floral forms scattered all over the ground in between the heavenly bodies. However the small bird growing within the moon visualizes a Chinese Islamic concept. According to a local version of an old tale, this is the *peksi huk* or *hok,* the portent of good fortune (Chinese *hoki*), that came down from the sky to announce the coming of Islam. A cloth with this motif might serve to safeguard the *jimat semail,* the Islamic profession of faith.[36] The sun with its sculpted border and floral décor also carries an Islamic connotation as it came to be perceived as an imported Chinese plate (*piring*) decorated with holy incantations (*aji*) in Arabic script. Among Islamic people this too is a beloved batik design. Remarkably however the hip wrapper seems to ignore the injunction to restrict the use of such motifs to the upper body and the head. Might the cloth have served as a cover for a devout Islamic woman's head, face and upper body in Jambi (Sumatra) (ill. 149)?

Ceremonial hip cloth

This grand ceremonial cloth (*kampuhan*) (ill. 150) is made from two hip cloths that are considerably longer than usual, sewn together along the selvage.[37] An easily overlooked feature, a small plain white border running around the outer edge of the cloth, was the first to be waxed as a safeguard to the meaningful motifs. The second, somewhat wider inner border is adorned with spiky vegetal motifs waxed in a fine almost spidery style that is characteristic for Indramayu, and combined with larger stylized motifs with a Central Javanese flavour. Three-tiered tree forms alternate with spread-winged breeding hens (*babon angrem*) that sit on their nest with a raised tail, clear images of fertility and regeneration. The blue design is set off against a light ground that gradually runs into a third border, a solid wall of inward pointing lightning streaks (*cemukiran*), a sky element that penetrates into the rectangular, deep blue central field. Although this centre brings to mind the dark blue sky in the previous cloth, it is in fact referred to as *balong,* the ubiquitous fish pond found in every West Javanese compound. It therefore represents fertility-

149 | Devout Islamic women cover head, face and upper body in Jambi (Sumatra). Photograph by Rens Heringa, 1990

around the outlines. Medium-sized flowers in full bloom and fluttering birds on a light ground (the "land") contrast with the star-filled deep blue triangles in the centre of the *kepala* and also with the dark expanse of the central field. One can imagine looking up into the night sky, which is magically covered by multiple rows of suns (the eight-pointed stars) and moons (the round forms) (ill. 148). Following the agricultural simile mentioned above, sun and moon – when depicted on village cloths - generally express a wish for strengthening the growth of living things, hence the plant tendrils within the sun and the

150 | Ceremonial hip cloth / *kampuhan* (only partly shown)
Indramayu
Late 19th-early 20th century

Machine-woven cotton fabric, natural dyes
210 (2 x 105) x 343 cm
Liefkes 623

151 | Breeding hens and tree motifs along the border, and lightning streaks penetrating the centre field.

giving water and offers an immediate association with the goldfish within.

The colour combination of deep blue on white (*kelengan Dermayon* or *irengan*) or, another possibility, white on blue (*putihan*), reminds one of the colours of the *dodot alas-alasan*, and is similarly referred to as *tulak balak*, (intended to) ward off evil. A set of such cloths is draped into bare-shouldered wedding attire for a bridal pair.

Man's tubular *sarung* (ill. 152)[38]
The cloth's format is an old traditional style that is known on the north coast as "*badan pecah, kepala utuh*", meaning that two halves of the *kepala* are united (*utuh*) in the centre of the cloth, while the centre field (*badan*) is "cut" (*pecah*) in two at either end. The pair of small similar floral borders, above and below, also follow the traditional Pesisir style. The double row of triangles positioned in the middle of the cloth, with the points of the *pucuk rebung* triangles facing one another, is somewhat enigmatically called *kepala pasung* (wing of the nose), and is worn behind, fully visible, and tied in front with two overlapping folds when it is worn by a man.

The specific dye for the rusty brownish-red of Indramayu is *soga* made from *kayu tingi*, the

tannin-rich bark of a mangrove species that grows in brackish water all along the coastline.[39] In Indramayu the resulting colour is referred to as *bang-bangan*, deep red. The black details result from overdyeing brown over blue without an intermediary waxing.[40]

A dense layer of stylized birds and flowers fills the body of the cloth. Though the bird with the long trailing tail is often interpreted as the Chinese phoenix, it should correctly be identified as the *paksi hong*, the female guardian bird of the south, also known as *feng huang*, two entwined birds that stand for eternal married bliss.[41] A middle layer of floral creepers (*lunglungan*) winds its way among the birds. At the lowest level the dye left rows of reddish dots formed by young girls piercing the wax-covered ground with a tool full of needles (*complongan*). These dots represent rice seedlings newly inserted (*dicomplongi*) by young women into the inundated field. A counterpoint male feature are the birds in the *papan* that probably represent roosters (*ayam jago*), who, on the north coast, are hoisted up in a tall bamboo, to crow at the first light of dawn.

152 | Man's tubular hip cloth / *sarung*
Indramayu
Mid-19th century
Machine-woven fabric, natural dyes
115 x 191.5 cm
Liefkes 638

153 | Phoenix-like *paksi hong*, guardian of the south, amidst stylized flowers and birds.

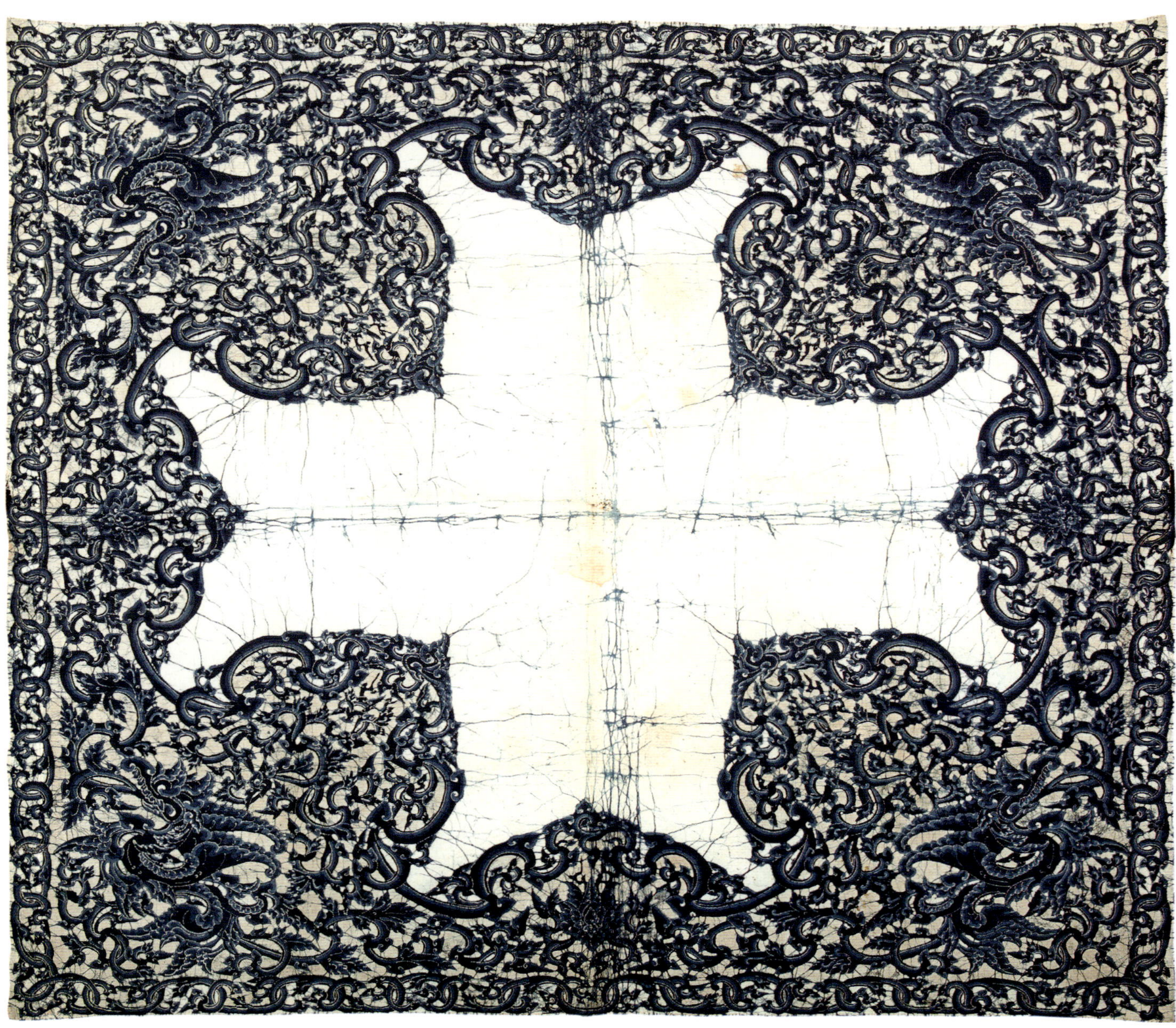

Cirebon batik
Three headscarves from Cirebon

A batik headscarf (*iket kepala*) was originally worn only by men in a position of status – in this case a descendant or dependant of the Sultan's courts of Cirebon. The comparison among three *iket kepala* includes two traditional designs that date to the mid (ill. 154) and late (ill. 156) nineteenth century. Although no examples survive, the motifs may well originate from the period when the Cirebon courts were still politically independent. Both cloths are executed in the Chinese-influenced brush painting technique in which each motif is built up through consecutive waxing and dyeing phases, using from three to five gradually darkening shades of one colour.

A scarf format is generally made up of three components: one or more outer borders (*pinggir*) and a decorated main field (*badan*) that encloses a plain central area. Similar to all other formats, the outer border is always waxed first – obviously an indispensable

154 | Man's headscarf / *singel* (north coast), *iket kepala* (Indonesian), or *destar* (term used by devout Muslim men)
Cirebon
Early to mid-19th century
Machine-woven cotton fabric (finely handsewn edges), indigo dye
87.5 x 91.5 cm
Liefkes 607

155 | Within a maze of foliage, a flying dragon bares its fangs.

feature. Meant to keep negative influences away from the centre, specific motifs are chosen that are believed to be imbued with protective qualities.

The first headscarf (ill. 154)[42] illustrates the earlier of the two designs. It evokes the rounded flowing lines of Hindu art fused with a stylized Sufi style that is also encountered in the carvings on the doors and pillars of several fifteenth century Pesisir mosques (such as Mantingan).[43] A subtle use of indigo blues gives this exquisite cloth an amazing visual depth. The blue lines crossing the white centre are the inadvertent result of the lengthy dyeing process. Cracks developed in the waxed centre of the cloth after it had been folded in four so as to fit into the small earthenware dye vat that was current at that early period.

A never-ending chain along the outer border keeps the central areas firmly enclosed. Another chain runs through the main field along the outlines of the plain white eight-pointed star, in a sense drawing a second

"fence" around it. The points of the star are directed to the eight cardinal directions, while eight in Mandarin is *pa* or *fa*, prosperity or good fortune. When worn, the head cloth is so tied that the "pure" white eight-pointed star covers the top of the head, the most sacred part of the body. At each corner, a flying dragon, skilfully interlinked with and almost hidden by a maze of foliage, fiercely bares its fangs while raising its wings – another protective image. The disguise or hiding of animal motifs is based upon the Islamic injunction against the depiction of living beings. In Cirebon, following Chinese symbolism, the dragon is associated with the sky and with rain and lightning, and thus fertility; in contrast to Central Java where a dragon is generally equated with the snake and associated with the land. The wide range of protective designs and the safeguarding combination of blue-and-white render this cloth particularly suitable for an Islamic religious official, rather than a prince or aristocrat.

The second headscarf (ill. 155) would have been worn by male descendants of the Sultan's family in Cirebon, but it is not known whether it was used in the elder Kasepuhan or the younger Kanoman court.

The specific colouring process of a Cirebon motif is executed as follows: similar to other batik motifs, the outlines are first drawn in wax with a *canting*, but after each dye bath a dyed section is waxed over by a rather wide brush stroke. In the end the motif may consist of three to occasionally as many as seven gradually darkening shades of one colour, depending upon the status of the future wearer. This complex cloth has three shades of red, from a mixture of two parts *mengkudu* root and one part *jirek*, an alum-containing bark used as mordant. The dark green (*gadung*) results from an overdye of yellow *tegerang* (*Cudrania javanensis Trecul*) on a medium blue shade of indigo, while the deep blue received several more dips into the indigo vat. On the north coast the combination of the colours *bang-biru-hijau* (red and blue with dark green) generally indicates that the cloth was intended for a person of high status.

156 | Man's headscarf / *iket kepala* or *destar*
Cirebon
Mid to late 19th century
Machine-woven cotton fabric (unfinished edges), natural dyes; hand-waxed
105 x 106.5 cm
Liefkes 609

Outward pointing red arrows stuck in a solid blue-black base form the protective outer border. The second border is creamy white, a colour referred to as ivory (*gumadhing* – a literary term for *gading*). It is achieved by oiling and kneading the cloth with coconut oil prior to the waxing, a lengthy process called *tuar* (Sundanese*)* or *ngetel* (Javanese), that takes place during a number of days in the early morning and late afternoon.[44] On the main field, bright red lightning bolts burst from the fiery "clouds heavy with rain", the

megamendung motif. This well-known design of Chinese origin is seen here in an early form, especially used for headscarves, in which low-hanging heavy clouds sail over rocky outcrops (*wadas*). Behind the red forms looms the dark sky, heavy with fertility-bringing rain.[45] The dark central section, again in the form of an eight-pointed star that will be visible on top of the wearer's head, is suitable for a mature man still in the bloom of life. Differences in colour are related to age and in lesser extent to status. The bright red scarf with limited blue is

intended for a young man about to be married. The darker, prominently bluish-black cloth with limited red accents is suitable for a mature married man.

The third headscarf (ill. 157) is only half of a cloth, a *sigar*, literally "cut-in-two". The first dye bath was dark blue. A second waxing preceded the dyeing of the light fawn *soga* shade of the ground, which is the rather reddish shade of *soga* commonly used in Cirebon.

The pattern was drawn by the high-born wife of Sultan Sepuh XI, Raja Aluda Tajularifin, during her pregnancy. She may have chosen the strong "male" aristocratic motif most probably in the style of her natal area Central Java, in the hope that it might aid her to finally bear her husband a long-awaited son. The motif *parang menang* ("victorious cutting knife"), which shows rows of knife points all turned in the same direction, appears an appropriate image for a concerted effort to reach one's goal. Rather than a Chinese-influenced eight-pointed star in Cirebon style, the original complete head cloth had a square centre (*modang*) also typical for Central Java. Indeed the ardently wished-for son first wore the cloth when he was old enough to be acknowledged as successor to his father. He finally came to the throne as the Sultan Sepuh XII, Raja Rajaningrat in 1942. The reason the

158 | Sultan Sepuh XII wearing half of the cloth, 6 October 1959. Photographer unknown

cloth was cut in half is uncertain. Possibly this remaining half was intended to serve during an unknown ceremony in a later phase of his life (ill. 158). After Raja Rajaningrat passed away in 1969 his widow Sultana Raden Ayu Nini I, who most probably had no affinity with the Central Javanese style of the heirloom, decided to present the cloth to Joachim Hurwitz at the Museum voor Land- en Volkenkunde in Rotterdam, who then must have passed it on to Liefkes.[46]

A batik canopy for a wedding bed
This hip cloth (*kain panjang*) was probably used as a canopy (*langit-langit*) suspended over a marriage bed (ill. 159).

A first surrounding border is plain white, the second consists of a continuous range of small mountains shot through with lightning that encloses the central area. The abstracted design of the main field clearly shows the three motif layers which add a perspective of depth to the design. The large dominant motifs of the upper layer may be interpreted as the heavenly bodies, the sun and the moon – an ancient Austronesian duality associated with the seasons and agricultural growth. An alternate interpretation is suggested by their mandala form, an image of the four or eight cardinal directions with a fifth or ninth in the centre, that in Java regulates a wide range of spatial and temporal relationships. Fierce sky dragons associated with lightning and rain form a second layer evoking future regeneration, while

159 | Hip cloth / *kain panjang*
Cirebon
Mid-19th century
Machine-woven fabric, natural dyes
106 x 247 cm
Liefkes 669

160 | The sky dragon associated with lightning and rain (the second layer of motifs) and small leaf tendrils sprouting after the rain (the third and smallest layer of motifs)

the small leaf tendrils that shoot up all over the land predict the result of the life-giving rain (ill. 160).

Although this cloth has the size of a hip cloth (*kain panjang*), the main motifs are too large to be conveniently worn. Moreover small holes and repairs in the upper and lower right corners indicate that the cloth was probably suspended over a wedding bed as a canopy (*langit-langit*, literally firmament or heavens). The cosmic symbols guarded and protected the couple resting underneath. Overall, the motifs display a combination of designs in Chinese and Muslim style, and Javanese spatial concepts. The carefully inserted repair suggests that the cloth was a treasured heirloom.

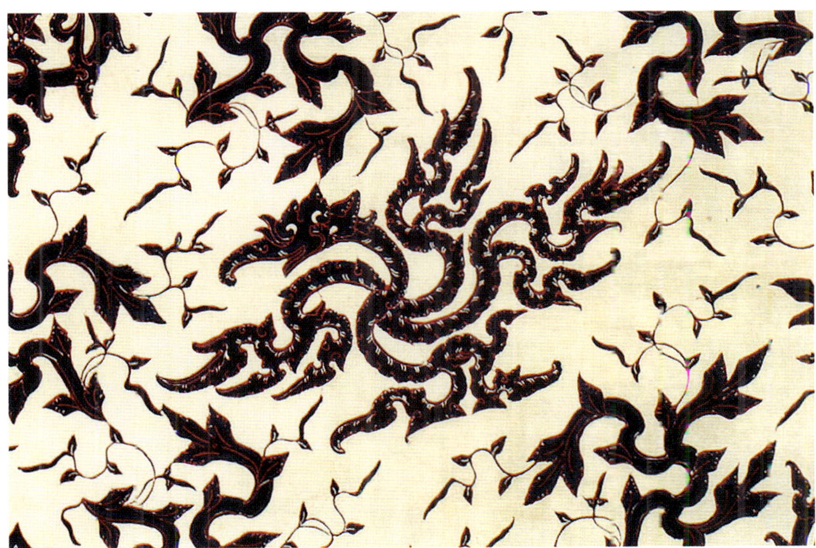

161 | Hip cloth / *kain panjang*; local Sundanese terms: *kebat* or *sinjang*; probably used as a canopy (*langit-langit*) over a wedding bed West Java, Tasikmalaya Ca. 1850 or earlier; collection date 1898 (?) Machine-woven fabric, natural dyes 98 x 237.5 cm Liefkes 667

Tasikmalaya (or East Priangan) batik

There is one cloth (ill. 161) with a West Javanese provenance which is unique for several reasons. A paper label (ill. 162) still attached to the cloth allows a partial reconstruction of its collection history. It is written, partly in Indonesian and partly in German, the scholarly language of the time, in the recognizable spiky hand of the pioneering batik scholar Gerrit Pieter Rouffaer.[47] It mentions the most important features of the cloth: "*Kain batik Tasikmelaja. Müster Bang-bangan – Wolkenmotiv . Bes[itz/itzer]: E. von Saher*", meaning "Batik cloth from Tasikmalaya. Pattern motif *bang-bangan* [kind of orange-red colour] – cloud motif. Owner E. von Saher".

Many of the examples Rouffaer used in his research were on loan from private owners in the Netherlands, often affluent ladies who had worn the cloths during a lifetime spent in the Indies.[48] Edouard August von Saher (1849-

1918),[49] since the 1880s Director of the Arts and Crafts section of the Colonial Museum in Haarlem, who in this capacity visited the Indies in 1898, may well have been an active collector, both for museum and private collection.[50]

It is a hip cloth (*kain panjang*; local Sundanese terms: *kebat* or *sinjang*) but was probably used as a canopy (*langit-langit*) over a wedding bed. Although its archaic style goes back to the late eighteenth century, the machine-woven fabric may date to the mid nineteenth century. Certainly the less than usual width suggests a Dutch fabric imported prior to 1880, unless it be due to shrinkage after the cloth was boiled (see below).[51]

According to Rouffaer, the deep black motifs contrasting with the "chocolate brown" [more correctly: "deep orange-brown"] ground referred to as *bang-bangan* "are characteristic of the "real" (Dutch "echt") Sundanese batik".[52] Nothing however is said about the

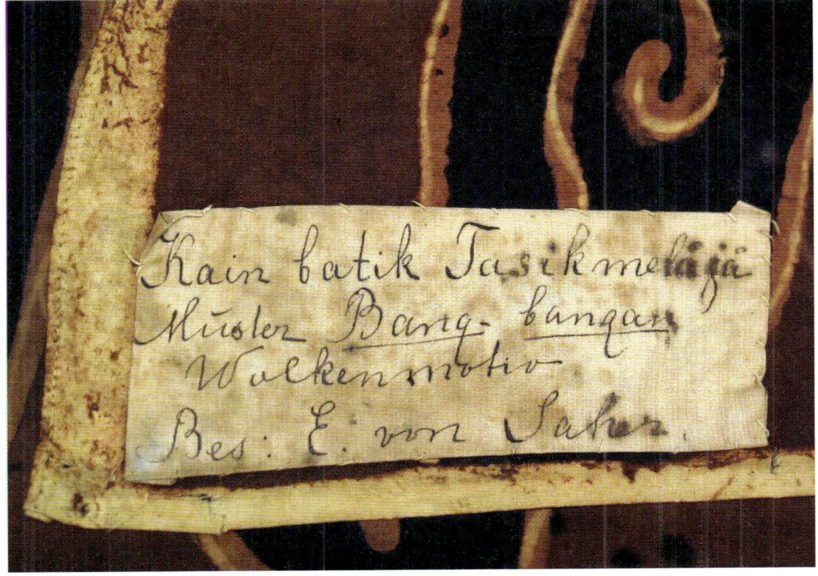

162 | Paper label in Rouffaer's handwriting (attached to cloth Liefkes 667)

unique golden yellow accents that suggests an archaic procedure used until the 1980s in Tuban (East Java).[53] Prior to being waxed, the untreated cloth was boiled in water to which slivers of *tegerang* bark had been added, together with a few grains of raw rice. Once the grains of rice were done, the yellow was considered ready for the cloth to be washed, dried and mordanted in oil. (Boiled rice and the golden yellow colour both refer to abundant fertility). This golden cloth was then given a first waxing applied over the outer border, the outlines of the clouds, and parts of the lightning flashes, after which the whole cloth had to undergo a series of rubbings with a thick paste of grated *mengkudu* mixed with alum-containing *jirek* (*Symplocos fasciculata*), which fused with the yellow into an orange-red. Then followed the application of a thick layer of wax of the best quality (in order to prevent cracks), leaving open only the sections that were meant to be black. The last phases of the process used until 1855, as described by Rouffaer, consisted of a short immersion in the indigo vat, rounded off by steeping several times in ferruginous mud, resulting in the deep black.[54] Another immersion in boiling water would finally remove the layers of wax and reveal the glorious golden yellow accents outlining the deep black of the clouds and the orange-brown *bang-bangan* ground.[55]

The unexpected combination of Priangan colours and large *megamendung* motifs in an archaic style closely similar to the clouds and lightning flashes of Cirebon may be explained by the historical situation in West Java in the eighteenth century. Until the reorganization of the colonial administration imposed by Daendels in 1809, the full stretch of land between the north coast and the Indian ocean in the south fell under the control of Cirebon aristocrats who oversaw the local population in forced labour.[56] The name Tasikmalaya, the provenance of the cloth, only became current after 1822 when a devastating eruption of the Gunung Galanggang covered the whole area in a thick layer of volcanic ash. Since that disaster the area became referred to as "Tasik Malaya", "sea" or "wide expanse" of "sands".[57] In the course of the nineteenth century the

163 | Woman's headscarf / *krudung* or *kudung*
Cirebon
Late 19th century
Machine-woven cotton fabric, natural dyes
83 x 226 cm
Liefkes 740
(The left end of the cloth is the lower border)

164 | Pair of herons, representing the water element.

devastated area gradually revived, and Tasikmalaya grew up on the new railroad between Bandung and Central Java, and in 1913 became the new colonial centre.

Interestingly, the style of the motifs and also the colour are quite different from the typical Tasikmalaya style of later periods. Since the development of commercial batik making in the late nineteenth century the cloths made in Tasikmalaya show a hodgepodge of styles that were heavily influenced by Pekalongan.

Late nineteenth century Peranakan style from Cirebon

Around the 1860s the development of steam navigation brought about in the 1870s a massive influx of male immigrants from various areas in southeastern China to the north coast of Java. In response, the well-to-do among the early settlers - many of whom had Hokkien antecedents - strove to distinguish themselves from the destitute *singkeh*, "newcomers" as they were pejoratively referred to, by an ostentatious display of affluence. The

batik designs of the period show the stratifying trend through increasingly finer and larger patterns and the abundant use of an additional layer of gold decoration (*prada*). Even so some elite families involved in trade or commercial craft activities gradually adopted a hardworking immigrant as a son-in-law. The last three cloths from Cirebon are examples of the complex designs of the period. Whereas Islamic aspects have almost disappeared, a wide variety of specifically Chinese images appear next to traditional north coast flowers and birds as a separate style for the urban elite.

A woman's headscarf

This minutely detailed masterpiece (ill. 163) made under Chinese supervision (*batik pacinan*) is replete with intricate, cosmic imagery.[58] Fine floral creepers wind upwards along the borders that follow the length of the cloth, which is the direction in which it would have been worn as a covering for an Islamic woman's head and shoulders. In analogy to the end border of the handwoven *selendang*, the

vertically striped end border on this cloth indicates it was meant to be worn on a woman's upper body (ill. 145). The cloth for this scarf was cut to an appropriate width, slightly narrower than that of a hip cloth, and then all four sides finely hand-sewn.

Within the central field the largest ("highest") motif layer immediately catches the eye as an obvious sky image. Four large circular cloud-and-thunder roundels, harbouring rain and fertility, enclose fluttering pairs of courting birds (*paksi miber*). According to Chinese mythology, the courting pair with the long tail feathers are the *feng huang*, male and female intertwined and together an emblem of the South, the *paksi hong*. Slightly smaller in size, paired quail (*manuk puyuh*), the daring female slightly larger than her mate, represent the land (ill. 141), while pairs of long-necked white herons (*manuk blekok*) perching on a tree trunk and swallowing a fish, represent the water element (ill. 164). This pairing of birds is generally associated with marriage. A scattering of flying creatures also representing the sky, spreads over the cloth, among them butterflies and bats that signify happiness and longevity. Along the borders of the long sides blossoming trees are solidly grounded in small mountains. The fragrant flowers in combination with an assemblage of Chinese musical instruments not only help make the cloth a feast for the eye, but also please two other senses, the nose and the ear. And finally there is the smallest (supposedly "lowest" layer), a whole menagerie of even smaller creatures whose buzz can be imagined as pervading land, sky and sea, thus in essence symbolically enveloping the entire cosmos.

While these images require a degree of imagination, the combination of blue and white is also more complicated than it might seem. On the north coast the combination of dark blue on a plain white ground (*kelengan*) generally serves as protection against misfortune and illness (*balak*). It was often worn by Peranakan Chinese in deep mourning or by Islamic officials in function. As the cloth's auspicious nuptial motifs would seem to contradict this, the cloth may have been termed whitened or pure (*putihan*) through a characteristic indigenous Javanese ploy whereby the white of the ground is perceived as "turned upside down" to become the "upper" and in this case more appropriate shade. Thus the colours of the cloth, its cosmic motifs and the intangible sensations it evokes will envelop and protect the woman whose head and shoulders it will cover, a young wife of Islamic and/or Peranakan descent (ill. 149).

A gilded scarf or hanging
The motif style of this batik (ill. 165) is very similar to that of the previous cloth. Details of animals, plants and flowers are drawn with exquisite skill, suggesting the hand of an "imported" Pekalongan waxer. The style of the filling motifs however is typical for Cirebon, so this step was probably executed by a Cirebon hand. The wax is applied only on one side, meaning that the cloth was made specifically to be decorated with *prada*. The touches of gold bring sparkle to a work of refined beauty.

As usual, a fine border surrounds the central field. Along the outer edges are a series of little mountain motifs, with almost bonsai-like trees growing on top, in which birds are perching. The similar mountain and bird motifs on both ends provide a certain symmetry to the cloth (ill 143 b). At the very centre are a pair of peacocks facing one another, a common motif on cloths made for use at a wedding (ill 166). Filling the whole interior space is a veritable menagerie inhabiting a world of plants and flowers. There are butterflies, birds, and on one side a pair of nuzzling deer (ill. 143 a).

After the dyeing, the cloth was heavily starched and polished (*digarus*) by rubbing with a shell, and then finally gilded. On the north coast the gilding (*prada*) was done by a woman using a canting to apply a liquid solution of gold dust.

The function of the cloth is also uncertain. Possibly it was used as a hanging to decorate the place of the wedding ceremony. In any case, the original owner was someone of means, with an appreciation of refined craftsmanship.

165-166 | Woman's head or shoulder scarf / *krudung or mirong*; possibly used as a hanging
Cirebon
Ca. 1875-1900
Machine-woven cotton fabric, natural(?) blue dye, gilding (*prada*)
81 x 209 cm
Liefkes 739

A sumptuous bridal cloth

Although this cloth (ill. 167) might at first glance be considered a *sarung*, it is in fact a *jarit sisihan*, a type of hip cloth format which is divided along the vertical axis into two asymmetrical sections. It has a long history as traditional north coast wear. One half shows a *kepala* consisting of a single row of *pucuk rebung* starkly contrasting with a black end section, and a *papan* with an undulating floral creeper sprouting pomegranate fruits (*buah delima*) bursting with fully ripened seeds. This section, including half of the central field and half of the borders along the selvages (*pinggir*), is highlighted with a shimmering layer of gold (*prada*). The plainer half with a simple white border at the one end resembles the *kain panjang* format of Central Java. On the north coast however such a format cloth is referred to as *buntungan* (said of a field that is lying fallow); it is appropriately meant to be worn by a post-menopausal woman. The cloth can thus serve at two different stages of a woman's life.

The body of this superb cloth is decorated

167 | Skirt cloth / *kain panjang dlorong* or *obar abir* - bridal gift for an affluent Peranakan bride
Cirebon
Ca. 1860-1875
Machine-woven fabric, natural dyes, gilding (*prada*)
107 x 271 cm
Liefkes 655

168 | Spotted leopard and *qilin*.

with a repeating series of three kinds of zigzag bands, a design variously known as *dlorong* (slanted ridge pole), or *obar-abir*, in reference to a fluttering banner.[59] The most prominent band shows a series of larger-size Chinese mythical animals that express wishes for happiness, fertility and well-being. We recognize a spotted leopard, a *macan tutul* or *hu* - in Chinese a sound that also stands for protection - and the benevolent *qilin*, a gentle creature with the hooves of an ox and the scales of a dragon, that harbours serenity and prosperity. The second band shows a series of squares that suggest neatly cultivated flowering garden plots. On the cusp of one "roof ridge" perches a turtle, whose flat underside is said to be firmly attached to the human world while its domed back rises up to the heavens, thus forming a Chinese image for the connection between the upper and middle worlds. The third band, especially the one "on top of" the turtle, shows a succession of light, medium and dark vertical bands filled with motifs that rather than being described as "geometric"

seem more appropriately defined as showing a higher degree of abstraction. As such they might represent the immaterial or upper world.

Conclusion

This small sample of design styles from the western Pesisir shows a certain blending of Javanese mystic worldview and Chinese Islamic ideas. Developing perhaps as early as the fourteenth century, although as yet no tangible evidence is available, the traditional flower and bird designs that found their origin among the female artisans of the farming and fishing communities of the eastern Pesisir are possibly its oldest and most enduring form. More elaborate are the vigorous designs made by male "painters" in close contact with the Sino-Islamic courts of Cirebon. In the course of time new styles were gradually adapted to suit the background, occupation and social status of different groups of wearers. At least one regional offshoot of the Cirebon court style shows how a court motif might be combined with the colours specific to a once dependent region in the east Priangan. The most elaborate adaptations came about after the third quarter of the nineteenth century, possibly as a result of the colonial inspired, widening gap between Javanese and Chinese. Sumptuous batiks for the use of well-to-do urban men and women belonging to the Chinese trading communities clearly show a need to express social and racial stratification. Islamic-inspired motifs were replaced by traditional Chinese symbols and mythic creatures. An abundant use of gold added to the impression of opulence. By the early twentieth century cloths from Cirebon show increasing influence of the Central Javanese courts.

RENS HERINGA

A Javanese ceremonial *dodot*

Rows of golden animal and plant figures sparkle against an indigo blue background, surrounding a plain white lozenge in the centre. The lozenge retains the shade of the original cloth during the indigo dyeing by means of the stitch-resist technique. The golden figures are then fashioned using a gilding technique, called *prada* throughout Indonesia. The designs are drawn or stencilled, glue is brushed on with a thin brush, then gold dust (using a *canting*) or gold leaf is applied.

The *dodot ageng* is originally a royal textile, worn only by the ruler or aristocrats for formal rituals at the Central Javanese courts (ill.169). Gold is traditionally the colour of royalty. Its traditional role in the marriage ceremony has now been adopted beyond the *kraton* walls by wealthy upper class commoners who can afford it, or settle for one in less sumptuous and less expensive form. The bride and groom are conceived as king and queen for the day of their marriage, a common concept in Indonesia.

It is an enormous textile, Java's and probably Indonesia's, largest item of traditional dress. With a width of between 2 and 2.5 metres it

170-171 | Large ceremonial dress cloth / *dodot ageng; dodot bangun tulak alas-alasan pinarada mas*
Central Java, Surakarta; Javanese people
Mid-20th century
Machine-woven cotton fabric (two hip cloths sewn together along selvage), gold leaf, indigo dye
Gilding (*prada*), stitch-resist dyeing (*tritik*)
200 x 373 cm
Liefkes 614

requires two lengths of cloth sewn together along its length which can measure up to four or five metres. It is wrapped several times around the waist or torso, leaving shoulders and arms bare.

Its full name encodes a fascinating world of Javanese concepts, sartorial and spiritual. *Bangun tulak* means "to erect protection", with the specific connotation of protection against malevolent or destructive magical or supernatural forces.[1] In the world of Javanese textiles, it refers to a particular kind of *kain kembangan*, a category of ritual textile which has a white square, rectangle or lozenge at the centre, surrounded by plain coloured or patterned design. This white centre is usually fashioned by means of stitch-resist dyeing. *Bangun tulak* refers to the colour combination of white and indigo blue, in which the white lozenge centre, the *blumbangan*, "pond" or "pool", with a spring at its centre, is protected by its blue surroundings. This is an ancient idea, reflected also in textile usage amongst the Baduy of West Java. It reflects, too, metaphysical concepts of complementary opposites, the still white centre symbolizing purity and creation, the blue surroundings symbolizing the dispersal of spiritual power into matter, the natural world. Plain *bangun tulak* cloths have ritual functions.[2]

The surrounding blue part of the *dodot bangun tulak alas-alasan* is decorated with motifs, arranged in neat repeating rows, drawn from the natural world of the forest (*alas*), hence its name. Amongst the trees are creatures representing the three cosmic realms of sky, earth and water, such as birds, deer and fish. Always present is the centipede (ill. 171) which has apotropaic significance.[3]

The *dodot* was bought in Surakarta in 1983 from Mrs Moortia Soebardjo Danoekoesoemo, a granddaughter of Pakubuwono X, Susuhunan of Surakarta.[4]

David J. Stuart-Fox

Circumcision chair

This small wooden chair or bench is used as a seat for a just-circumcised boy.[1] The carving decorating it illustrates the cosmological significance of circumcision, especially the fact that the boy is now symbolically sexually mature, and ready for marriage.[2] The chair indeed shares some of its decoration with the *kuwadhe* seat on which a bridal couple sits during a Javanese wedding ceremony. While a Javanese bridegroom is said to be a king for a day, reflecting the ruler´s permanent state of being a groom vis-à-vis his realm,[3] the circumcised boy may be dressed as a bridegroom and be called *penganten sunat*, a circumcision groom. The boy is also sometimes said to be married to the rice spirit.[4]

172 | Circumcision chair
Java
19th century (probably 1875)
Wood, pigments
575 x 45 x 59.5 cm
Liefkes 204

173 | The inscription on the back of the circumcision chair.

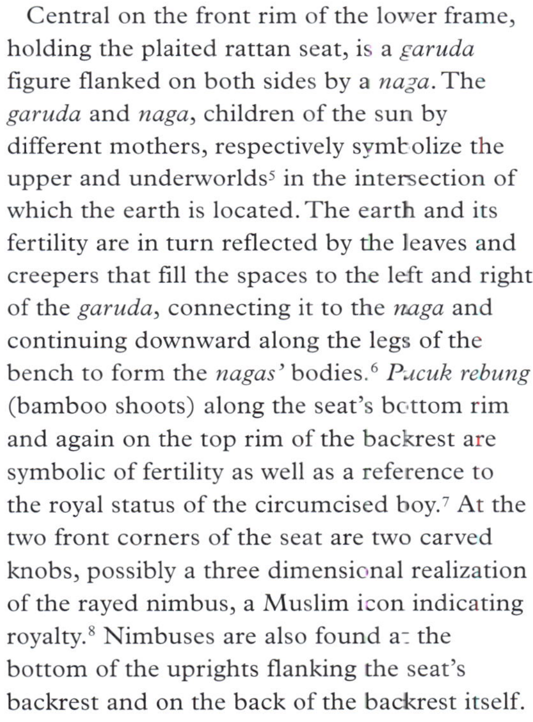

Central on the front rim of the lower frame, holding the plaited rattan seat, is a *garuda* figure flanked on both sides by a *naga*. The *garuda* and *naga*, children of the sun by different mothers, respectively symbolize the upper and underworlds[5] in the intersection of which the earth is located. The earth and its fertility are in turn reflected by the leaves and creepers that fill the spaces to the left and right of the *garuda*, connecting it to the *naga* and continuing downward along the legs of the bench to form the *nagas'* bodies.[6] *Pucuk rebung* (bamboo shoots) along the seat's bottom rim and again on the top rim of the backrest are symbolic of fertility as well as a reference to the royal status of the circumcised boy.[7] At the two front corners of the seat are two carved knobs, possibly a three dimensional realization of the rayed nimbus, a Muslim icon indicating royalty.[8] Nimbuses are also found at the bottom of the uprights flanking the seat's backrest and on the back of the backrest itself.

The idea of cosmic centrality is reinforced by the trees-of-life[9] on the seat's backrest, with the main image on the backrest possibly representing Banaspati, the lord of the forest. This latter figure is partially covered by a scarf, possibly a Muslim *keffiyeh* and a reference to the link between Islam and circumcision. Carvings of ears of rice decorate the outer sides of the backrest, referring to the boy's marriage to the rice spirit. Given the boy's status as groom to this spirit, and the link between grooms and rulers, these decorations place the boy in the centre of the cosmos, making the seat a kind of throne. This circumcision chair, then, is reminiscent of the ruler's forest throne,[10] located centrally between the upper and underworlds, the botanical references on it referring to the forest and its spirit forces that the prospective prince or ruler must control.[11]

On the back of the backrest, above the nimbus, is an inscription in Javanese script, the purport of which is unclear (ill. 173): *M.D. ong 7 rispis pa 24 madilawal warsa 1804. Jumla[?] 18 rispis. Kontan[?].* The words '*24 madilawal warsa 1804*' could be the date the chair was made: the 24th day of the Javanese month Jumadilawal in 1804, equivalent, in the Javanese lunar calendar, to 1875 CE[12] (or, alternatively, but less likely, 1804 CE or 1731 in the Javanese count). *Rispis* are a form of currency,[13] suggesting that this was the price paid for the chair, or the price for which such a chair could be ordered for a cash (*kontan*) payment.

Robert Wessing

Statue as stand for umbrella or lance

The male figure is sitting with legs crossed. He wears a hip cloth with a central pleat and a tightly fitting short ceremonial jacket with buttons, the upper one buttoned up. The face has a lively expression with full lips, prominent aquiline nose, wide-open eyes, and protruding ears. Above the corners of the mouth holes are visible, probably for attachment of a moustache.[1] The headdress is a folded and pleated batik cloth known as a *blangkon*, wrapped around a bun of tied-up long hair. Robust arms extend forward, the hands one above the other in such a way as to enable the figure to hold the shaft of an umbrella (*payung*), a lance (*tombak*), or a flag, the purpose for which the statue was made. At the back a Yogyakarta-style *keris* is secured by a metal sheet.

Arms, legs and head are cut separately and joined to the body by means of wooden pegs and nails. Traces of natural pigments, green, blue, yellow and red in colour, indicate the carving was once brightly painted. Wear and tear indicate substantial age.

This figure has the attire of a courtier, official or a retainer, *abdi dalem*, and on the basis of *keris* style and the specific headdress with *mondolan* or bulge at the back, a Jogyakarta provenance is most likely.

This unusual figure raises questions not easily answered. In the first place the statue deviates from other traditional Javanese sculpture and is in two ways remarkable.[2] The most common three dimensional Javanese human figures are the male and female *loro blonyo* figures, fertility symbols representing the rice goddess Dewi Sri and her husband Sadono; and a few "ancestor" figures are also known.[3] But the closest parallel to this figure in the Liefkes collection is a crosslegged male figure of about the same size, also wearing a *blangkon*, and holding a bowl in his lap.[4]

The most prosaic possibility is that the statue played a purely functional role, like that of the Balinese *keris*-stand figures which are not regarded as sacred. However, an exceptional feature is visible on the back of the head where the *mondolan* which is attached separately and secured by pegs, has a transverse hole drilled through the bulge. Patina and aged wood suggest that this element is of the same age as the head. Perhaps something 'magic', an amulet, was put into the head, which then makes it possible that this sculpture had no mere functional purpose but rather a personified one instead. Might it possibly represent an important ancestor, an expression of the Agama Jawi religion?[5] Posture and vigilant expression add to a figure radiating eminence and is testimony of an old court practice. As for its function it may have held a sacred heirloom.

In representational quality, this piece of sculpture is comparable to refined *loro blonyo* figures.

Arnold Wentholt

174 | Statue as stand
for an umbrella
(*payung*) or lance (*tombak*)
Central Java
Ca. 1800
Wood, pigments, iron,
copper
70 x 48 x 45 cm
Liefkes 194

175 | Possible use of
the statue.
The umbrella is also
from the Liefkes
collection (193).

Ceremonial chopper

This chopper, known as a *wedung*, originates from Central Java. A very similar *wedung* was a gift to Governor General Baron L.A.W. Sloet van de Beele from Sultan Hamengkubuwana VI between 1861 and 1866.[1] The one in the Liefkes collection can probably also be dated to the first half of the nineteenth century.

It is beautifully crafted, using several materials. The blade has *pamor* forge work[2] and has a straight back and a S-shaped cutting edge, unlike the *keris* that has a double-edged blade. The base of the blade is decorated with a curl, called *kembang kacang* (flower of the peanut plant), and two incisions (*greneng*). The hilt is from elephant molar. The scabbard is made from one piece of wood and is decorated with a silver paisley-shaped ornament, embossed with flower and leaf motifs. At the back of the scabbard is a hook, made of

buffalo horn, to fasten the *wedung* onto a belt. Also the four straps that keep the hook in its place are from buffalo horn.

Wedung have a ceremonial function and are part of the dress code in the royal palaces in Central Java. While the *keris* is usually carried at the back, and only worn by men, a *wedung* is carried at the front of the body. Female court servants wear one while performing certain duties. For example, in the palace of Yogyakarta every day at eleven and four o'clock a procession of five older women bring tea to the sultan (ill. 177). One of them wears a *wedung*, which is smaller in size compared to the version for men. The *wedung* from the Liefkes collection is much more elaborately decorated than the ones of the court servants. This kind of *wedung* was part of a princely costume, and was carried when attending a

177 | Bringing tea to the Sultan at the kraton in Yogyakarta. The second woman in the row wears a *wedung*.
Photograph by Johanna Leijfeldt, 2004

ceremony to show respect by kneeling and bowing before the sultan, the *ngabekten* ceremony.[3]

An ornate *wedung* such as this belongs to the category of weapons known as *tosan aji*, a Javanese term for a range of traditional weapons of high quality craftsmanship, made of iron (*tosan*), that are often considered heirloom treasures, and that also include *keris*, lances, and daggers. It is believed that they have magical or supernatural powers, so they need to be treated with special care. *Tosan aji* are not to be sold, but they may be given away. The recipient should give something in return.[4]

JOHANNA LEIJFELDT

Stag head

Real antlers crown this graceful stag's head, which for the most part is carved from wood. The ears are separate pieces of wood. The antlers, however, are attached with plugs to a triangular piece of real skull which in turn is attached to the wood with three screws. A piece of metal at the back allows the carving to be hung vertically on a wall or post.

The carving is said to have been obtained in East Java, but for lack of further information, there are three possibilities: Java, Madura or Bali. Although deer carvings from Bali are best known, on account of its rather stylized appearance and the way it is to be hung, this particular carving probably does originate from East Java or Madura. Such carvings depict the deer species *Cervus* (or *Rusa*) *timorensis*, in Indonesia known as *menjangan* (or *manjangan*), which still roam drier mountainous areas in these islands. On Madura, a carving of a stag's head is sometimes hung above the door to a house, probably with a protective function, in the manner of a *kala* or demon head over a temple gateway.[1] Occasionally, the carving is further adorned with mother-of-pearl shell.

On East Java, a deer or deer's head sometimes decorates the central pillar(s) of the traditional house, or at the corners facing the central pillar. They are associated with the ancestors. In traditional villages near Tuban, stag heads with real antlers are hung from central house posts (ill. 178), associated specifically with ancestors of Majapahit origin.[2] Elsewhere in Java, wooden carvings of complete deer figures are (or were) found on the central posts of the house, also said to be connected with the ancestors.[3] In pre-Islamic Java, the deer head is depicted at either end of the so-called "deer arch", associated with the rainbow and symbolizing the link between earth and upperworld.[4] On certain ceremonial cloths, the deer appears as one of the animals of the forest (*alas*) in the so-called *alas-alasan* design.

On Bali, a carving of a stag's head is a distinguishing feature of a specific temple shrine called *manjangan saluang*.[5] The carving of a stag either supports the single front post of this small open shrine or it is attached to this post. The antlers are frequently real ones. The shrine is located in the inner courtyard, generally at the western end of the row of shrines along the northern (or mountainwards) side of the temple, and especially of kin group temples. It is said to be dedicated either to the deified priest Mpu Kuturan, a prestigious Brahman priest of the late tenth-early eleventh centuries, who originated from Java, or to the deity Bhatara Maspahit (or Maospahit), generally associated with the great Majapahit kingdom. Mpu Kuturan's association with the deer arises from the legend that he came to Bali riding on a deer.[6] A common interpretation is that the *manjangan saluang* shrine honours ancestors originating from Java to the west, or more specifically from Majapahit (in Balinese tradition often loosely used to refer to Java).

This widespread association of deer and ancestor, found in all three islands, and elsewhere in fact, may well reflect widespread prehistoric concepts.

Such deer figures, whether from Madura, Java or Bali, are not related to the most famous deer in their cultural traditions, the golden deer of the Ramayana, that Ravana employed to entice Sita away from Rama. This deer is denoted by the word *kidang* (Indonesian *kijang*), *Muntiacus muntjak*, a deer species that prefers a forested habitat.[7]

DAVID J. STUART-FOX

178 | Carved deer heads decorate pillars in the home of the village head of Margorejo, district Kerek, near Tuban in East Java. Photograph by Rens Heringa, 1989

179 | Stag head / *kepala menjangan*
Probably Madura or East Java
1900-1950
Wood, bone, antler, metal
25 x 39 x 73 cm
Liefkes 264

Golden betel set in turtleshell box, made in Madura

Betel boxes with gold mountings are extremely rare. It is even more exceptional if the interior is complete with little gold containers and areca-nut cutter (*kacip*). Embossed on the golden pseudo lock plate is a neo-classical vase in Louis XVI style. The box is made of turtle shell decorated with gold embossed mountings and hinges and fitted with claw-like feet. Although the complete object in all respects has an eastern splendour about it, it might seem strange that its form and outward appearance has come about under Dutch influence. The function of the box as a place to keep betel chewing ingredients is indisputably eastern in origin. The six-sided little pot is to hold lime, and the accompanying little spatula is used to put a little lime on the betel leaf. The two round containers with convex lids are for *gambir* and tobacco. The container with the flat lid is for the areca nut. Using the areca nut cutter, provided here with tiny pellet-bells, one can slice off little bits of areca nut. The long-shaped somewhat flat recumbent container is for holding the betel leaves.

Betel (*sirih* in Indonesian) is the leaf of a climbing plant, in which are wrapped the vegetal substances *gambir* and areca nut, together with a touch of lime. Sometimes other spices are added. The quid is chewed for a time until the red-coloured remains and the red-coloured spittle are disposed of in a spittoon. The agreeable feeling that betel chewing gives is comparable to that which tobacco gives rise to. In Indonesia the custom of betel chewing was widespread in all levels of society. It was the use of valuable materials for the containers, plates, and boxes, in which to keep the betel ingredients that enabled one to differentiate oneself from the less fortunate.

In the seventeenth century when the Dutch made their first acquaintance with Indonesia it quickly became apparent how socially

180-182 | Golden betel set in turtleshell box with gold mountings
Madura
Ca. 1860
Turtleshell, gold
20.2 x 13.7 x 7 cm (box)
Liefkes 417

important the use of betel was. When visiting a king or man of status a betel quid was offered first as token of hospitality. This was offered on a plate or dish of costly material such as gold, *suasa*, or silver. Betel containers were often offered as gifts as sign of friendship and respect.

The Dutch in Batavia quickly adopted this custom in their relations with Indonesian rulers and their envoys. But they also used this stimulant themselves, not least because their wives, mostly of Eurasian descent, were so fond of it. In the course of the eighteenth century it appears that its use among Dutch men, and also men of Eurasian background, was no longer in vogue, owing to the preference they had given to pipe smoking. Among their women, on the other hand, the custom had become even more general, and boxes for betel ingredients had to be on hand so that the ladies were never lacking their delicacy. These cases, boxes with hinges, preferably as valuable as possible, were carried by a slave girl when the lady went to visit her friends. This outward display took on such proportions that rules were drawn up

and VOC officials were always very good. Political interests of the Tjakradiningrat family and the VOC concerning Central Java played for centuries a decisive role in this relationship. Also after 1815 the relations between the sultans and the new colonial administration remained very friendly. When in 1825 Netherland-Indies forces attacked the Central Javanese troops of Diponegoro, Madurese auxiliary troops fought alongside the Dutch. From the adventures of Toontje Poland as told by W.A. van Rees, it is clear just how much respect there was for one another. Also the New Year greetings from the Madurese sultan and princes of Bangkalan and Sumenep and their families to Nicolaas A. Th. Arriëns, resident of Madura from 1854 to 1862 confirms this warmth. These letters, which continued to be sent after his departure for Yogyakarta, were decorated with colourful flower motifs. On the top of the letter from R.A.S. Adiningrat of Bangkalan, dated 1864, is a depiction of a vase (ill. 183). The motif of the vase as symbol of Madura is derived from ornaments on graves in the royal cemetery Asta Tinggi in Sumenep. On top of the classicist European facades stand large three-dimensional vases. These classicist forms fit well in the romantic image of the mid-nineteenth century. Many portraits by the painter Jan Daniël Beijnon of Batavia at that time have a similar neoclassic vase as background. That Madura also admired and embraced this motif is not surprising considering the close relationship between the two powers.

Because of the similarity between this letter head and the motif on the side of the turtleshell box (ill. 184), it is probable that the golden betel box was made on Madura around 1860. The Madurese rulers would only have given such a valuable gift to the very highest officials such as the resident or governor-general.

RITA WASSING-VISSER & JAN VEENENDAAL

183-184 | At the head of this letter from R.A.S. Adiningrat of Bangkalan, dated 1864, is a depiction of a vase. A similar motif appears also on the turtleshell box.
Private collection

indicating which ranks and standings in the VOC hierarchy were allowed to show off expensive boxes in public.

The form of these boxes, which were fashioned from various valuable materials such as ivory, turtleshell, silver and gold, or precious woods, were taken over by the Javanese population. Especially in the nineteenth century many of these "Javanese" boxes were made, based on eighteenth century models. The difference, it should be noted, is that the Javanese boxes have no lock and the containers for ingredients are round in shape and have chased flower motifs. In the betel boxes from Batavia, the containers were long in shape and plain, only sometimes engraved.

Already in the seventeenth century Dutch influence on Madura was very considerable. The relations between the successive sultans

Betel utensils from Java

These richly decorated gold objects are all related to the custom of betel chewing.[1] This custom, which carries an important role in various social activities and ceremonies, was widespread in Java.[2] For enjoyment as a stimulant, ingredients for the betel quid were offered to guests as a sign of welcome and token of politeness. Although there has been a marked decrease in the daily use of this in Java, the offering of *sirih* is still regarded as a sign of hospitality, and as confirmation of relationships, particularly in ritual contexts.

Basic ingredients for betel chewing are the leaf of the betel vine (*sirih*) (*Piper bitle*), the nut of the areca (*pinang*) palm (*Areca catechu*) and a little lime. *Gambir* (*Uncaria gambir*), a plant extract, and tobacco are both potential additions to the basic elements of the betel quid, in order to render the whole more fragrant.

185 | Spittoon / *kacohan*
Java
19th – 20th century
Gold
12 x 15.2 cm
Liefkes 406

Especially in the context of a royal palace or princely court, boxes or containers for the ingredients of the betel quid were usually beautifully decorated and made of precious materials, like these gold objects.[3] The spittoon is used for spitting out the red juices which fill the mouth during the process of chewing, and for getting rid of the quid after chewing.

In the same way that the accumulated powers of the ancestors are believed to reside in a heirloom *keris*, a betel set was also often part of the most valuable inherited items, the *pusaka*, because of its connection with the presence of the ancestors.[4] Betel sets were even incorporated into the state regalia. A golden betel set is part of the *ampilan*, the state ornaments of Central Javanese rulers. They are carried in royal processions.[5]

These three gold objects are all beautifully decorated. The opening of the spittoon (ill. 185), elegantly shaped in the form of a flower, has a rim of fine granulation. The small container (ill. 187), probably for lime, has a range of little embossed flower motifs, even an invisible lotus flower underneath the base. The betel leaf container (ill. 186) shows a very intricate motif of what appears to be two intertwined bodies of snakes, with the crowned heads and feathered tails of peacocks.

Francine Brinkgreve

186 | Container for betel leaves
Java
19th – 20th century
Gold
6.7 x 5.8 cm
Liefkes 375

187 | Small container, probably for lime / *Flopɔk*
Java
19th – 20th century
Gold
5.5 x 5.2 (d) cm
Liefkes 370

Peranakan Chinese fish pendants

188 | Pair of fish pendants /
kalung baderan
(East) Java; Peranakan
Chinese
Early 20th century?
Gold, diamond
6.2 x 3.2 cm
Liefkes 328

These lovely golden pendants are in the shape of fish with dragon heads (ill. 188). The fish are hollow and made from two embossed golden sheets, soldered together. It is possible to look into the mouths of the fish. For eyes they have rose-cut diamonds. Pendants like these were put on a chain around the neck as an amulet. It is however not certain whether these two gold fish were worn together or separately.[1] In Indonesia fish pendants were worn in East Java by girls of Chinese descent and by circumcised Javanese boys and were called *kalung baderan*.[2] *Kalung* is Indonesian for necklace and *baderan* is from *ikan bader*, a kind of fish of the carp family.

In Chinese symbolism a carp represents endeavour, courage, and perseverance. According to a Chinese legend, carp swim upstream against the current of the Yellow river. At the upper course of the river is a waterfall, called the Dragon Gate. Only a few succeed in making the final leap over the waterfall, and turn into dragons. Hence necklaces like these were worn as good-luck charms. The carp also represents an auspicious wish for advantage. The Chinese word for carp, *li*, is phonetically the same as the word for advantage, although the two words are pronounced in a different tone.

Single pendants are often quite large in size (ill. 189). They were not only worn in Indonesia, but also in the former Straits Settlements by boys and girls of Chinese descent.[3] Straits Chinese believed that it was prudent to wear an amulet when leaving the house as one was no longer under the protection of the house's guardian deities.[4] Some fish-dragon pendants are set with a tiger claw (ill. 190). A very timid child would need the protection of a strong fierce tiger, as well as the spirit of the leaping carp to get through life and succeed.[5]

Jewellery with fish-dragons also occur in other parts of the Indonesian archipelago, often combined with local elements. For instance, in the Moluccas there are pendants with the head and tale of a fish-dragon, connected by a chain made from large round links that are characteristic for this region.[6] Another type of jewellery with Chinese influence that became popular in several parts of Sumatra was the *kerongsang*, a brooch to fasten a woman's blouse, in the shape of a fish. It is found in South Sumatra, especially in Palembang, Jambi and the southern part of Aceh.[7]

JOHANNA LEIJFELDT

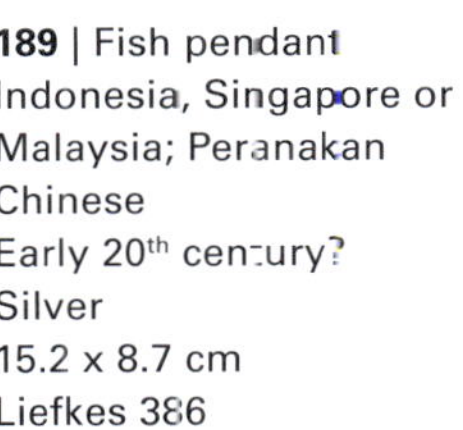

189 | Fish pendant
Indonesia, Singapore or
Malaysia; Peranakan
Chinese
Early 20th century?
Silver
15.2 x 8.7 cm
Liefkes 386

190 | Fish pendant
Singapore (?); Peranakan
Chinese
Late 19th - early 20th
century
Gold, tiger claw
9.3 x 6.5 cm
Liefkes 361

Chinese Peranakan silver buckle

This lobed, almond-shaped buckle in repoussé[1] was worn together with a matching belt by women of Chinese descent living along the Straits of Malacca. It is difficult to determine the exact origin of this buckle, in Malay called *pending*. Among the community of mixed Chinese descent (Peranakan) in West Java a similar type of buckle was in fashion. The form is the same, but instead of using repoussé it was decorated with appliqué work. Small figures of flowers, leaves, and animals were cut out, usually in silver, and soldered onto the base metal. These buckles are called *pending poohwa*[2] and were made between the nineteenth and early twentieth century, earlier than the repoussé buckles.[3] Buckles and belts are objects typical for Peranakan Chinese, as they were not common items of traditional Chinese costume that emphasized the head rather than the torso.[4]

The history of the Peranakan community in Southeast Asia began in the fifteenth century

when Chinese merchants started to settle permanently in this region. This was a consequence of the expeditions financed by the Chinese emperor who preferred to conduct a royal trade through agents in foreign ports rather than having foreign traders sail to China.[5] Because of an imperial edict forbidding women from leaving China, these merchants married local women.[6] Their culture became a blend of Chinese elements and local customs. Betel chewing and wearing a sarong and *kebaya*, for example, were also adopted. The lobed, almond-shape buckle is derived from the Malay buckle.[7] The Malay version was worn with a cloth belt. Although non-Chinese in shape and function, the decorative designs remained essentially Chinese and usually contain symbolic meanings.

The outer rim of this buckle has a symmetrical design with flowers, birds and human figures. Beneath, to both left and right, is a *qilin*, the Chinese mythical animal that represents happiness, and is believed to bring many sons to the family (ill. 192). Between the *qilin* are depictions of a crab, symbol of

achievement, and a pair of fish, symbolizing the marital bliss of having children. The inner rim has human figures depicted in pairs, which could refer to the Eight Daoist Immortals. These legendary figures attained immortality through their knowledge and study of the secrets of nature. However, the figures cannot with certainty be identified as the Immortals, as they lack their usual attributes, like the flute or flower basket. Similarly, one would expect that the four flowers on the inner rim between the eight human figures represent the flowers of the four seasons, a common Chinese symbol, but only the chrysanthemum (autumn) and the lotus (summer) can be made out.

Since Peranakan communities were cut off from the mainland and lacked Chinese education, the symbolic meanings of jewellery became lost or incorrectly applied.[8] This happened also with this buckle, at least partly, despite the fact that it is crowded with Chinese symbols. Nevertheless, it is still an example of beautiful and refined craftsmanship.

Johanna Leijfeldt

Two ornate water vessels

In Indonesia and Malaysia, a *kendi* is a vessel with a neck and spout that is used to pour out drinking water. The word itself is derived from the Sanskrit word for water vessel, *kundi*. Archaeological finds indicate that the use of water vessels with neck and spout has a long history in Indonesia. Various bronze vessels dating from the tenth to the twelfth centuries have been found on Java, which were used for holy water during rituals. These long outstretched vessels (Sanskrit *kundika*) had spouts in the form of snakes. Besides these, for everyday purposes simple vessels were in use, like those depicted on reliefs on the Borobudur. From the Majapahit period[1] water vessels have been found that are very similar to later Javanese ones.

Kendi are known in all kinds of forms and materials. They are made of red earthenware, black earthenware, porcelain, coloured glass, brass, silver, and gold. At times of audiences, the kings of Java had within reach all kinds of necessaries such as betel sets and spittoons, made of precious materials like gold and silver, and, for cool drinking water, earthenware kendi fitted with golden mountings and placed in a golden bowl. The choice of simple earthenware was for a practical reason: water in such a porous vessel can evaporate from the outside, leaving the water inside cool.

Already from the beginning of the Ming dynasty, kendi were made in the porcelain kilns along the Chinese coast, for export to Southeast Asia. In Indonesia there was a preference for the rather coarser Swatow porcelains from China, but Annamese and Sawankhalok porcelains[2] were also much in demand.

In the Islamic period in Indonesia and Malaysia, although kendi were also used for all kinds of rituals, they were predominantly an object of daily use. For drinking, the spout was held above the mouth and a stream of water poured into it, like people do in southern Europe. It is an hygienic manner of drinking for the mouth does not come into contact with the spout, and no water is spilled.

One kendi in the Liefkes collection (ill. 193) is made of silver in the style of an early Swatow kendi with ribbed sides. This form was especially popular in Malaysia and Sumatra. Certainly such a valuable kendi was not meant for everyday use; it was used only for special occasions like marriage, for sprinkling scented water. The primary function of such a kendi, however, was as a symbol of status and prosperity. Considering the weight and the high silver content, the kendi was probably made to order sometime in the nineteenth century. The ornamentation of spout and stopper linked by a chain is similar to the decoration applied to porcelain kendi. The form and technique unmistakably points to the work of a Chinese smith, possible in Palembang where this type of kendi in various models was very popular.

193 | Water vessel / *kendi*
Sumatra, Palembang (?)
19th century
Silver
22.5 x 14 cm
Liefkes 120

Of quite a different kind is the second kendi
(ill. 194), which is known as a *kendi pratula* or
pratolo (Sanskrit for 'large' or 'wide'). The
spout and the neck are almost the same in size,
and stand upright next to one another,
forming one whole together with the plate to
which they are fastened. This is also an old
kind of kendi, as excavations in the area
around Palembang indicate. Even into the
twentieth century, people in Palembang made
kendi pratula in plain or lacquered
earthenware.

In Java this form of kendi was made entirely
of copper, or a combination of copper and
silver on a vessel of earthenware or coconut.
This is the case with the *kendi pratula* in the
Liefkes collection. The silver plate with spout
and neck is mounted on a weathered *kelapa
laut* or sea-coconut which rests on a silver foot.
The sea-coconuts which via the currents
occasionally washed ashore on beaches in
Indonesia originated in the Seychelles. This
species of palm (*Lodoicea sechellarum*) with
elongated double nuts is endemic to the
islands Praslin and Curieuze, and is now a
protected plant species. Since local Indonesian
peoples could not explain the origin of these
coconuts, wherever they came ashore they
were regarded as having special significance.
They have often been associated with magical
and healing powers. What liquid was stored in
this kendi is not known, but the little lids on
spout and neck suggest it may have been a
valuable liquid which should not be allowed to
evaporate. Also the richness of the silver
mounting with large engraved flower motifs
only emphasizes the rarity of the coconut.

The style of the silver work is closely related
to that popular in Batavia from about 1680.
The silversmiths who in fact carried out this
work originated from India, migrating to this
new settlement because there was plenty of
work available. These capable craftsmen also
received important orders elsewhere in Java.
Probably this kendi was made in the last
quarter of the seventeenth century by an
Indian smith somewhere along the north coast
of Java.

RITA WASSING-VISSER & JAN VEENENDAAL

194 | Water vessel / *kendi
pratula*
Java, North coast
1675-1700
Sea-coconut, silver
35 x 28 x 17 cm
Liefkes 72

Set of ornamental Balinese table and chairs

195 |Table
Northeast Bali, Buleleng,
Sawan-Menyali region
1900-1940
Wood, pigments, *prada gedé*
75 x 70 x 33.5 cm
Liefkes 206c

196 | Detail of the back of one of the chairs.

This unique set of table with two chairs, according to style characteristics, was made in northeast Bali in the Sawan-Menyali region of Buleleng.[1] Ida Nyoman Karang, a Brahmin from Griya Gede, the *punggawa* or head of the district of Sawan, played an important role in North Bali between the 1880s and 1920s. He was not only a political figure appointed by the Dutch, but also a woodcarver and leader of a group of carvers in the area. He may have been involved in the design.

It is not clear when and why the set arrived in the Netherlands. The rumour that it was a gift to Queen Wilhelmina (either on her 25th or 40th jubilee as queen, in 1923 or 1937 respectively) is not supported by any written evidence. However, in 1945 there was a fire in the Palace at the Noordeinde in The Hague, after which household items and furniture were removed to be stored elsewhere: in embassies, museum depots, and later in the stage-property department of a Dutch television station (NOS).[2] There was no proper administration regarding loans or gifts at that time. However, if the set indeed had belonged to the Queen, the items would probably have been marked. Alas, there are no marks. The table and chairs were used in a Dutch television series, based on Louis Couperus' book *De Stille Kracht*[3] which is set in the Dutch Indies; the book was adapted as a television play by Walter van der Kamp in 1974.[4] In the film, the table is in the room of the Resident at the beginning; and in the last scenes, the Resident and the doctor are sitting in the chairs with the table in front.[5] In the late 1990s, the set was sold at auction by Glerum (The Hague), and bought by Liefkes.[6]

197 | Two chairs
Northeast Bali, Buleleng,
Sawan-Menyali region
1900-1940
Wood, pigments, *prada
gedé*
111 x 55 x 55 cm; 110 x 52.5
x 55 cm
Liefkes 206a-b

The table

The table consists of a tabletop supported by a single winged male creature, supported in its turn by four snakes (ill. 195). The winged figure, half human half bird, represents a demonic, supernatural vehicle, called Wilmana.[7] He is depicted with knees slightly bent, as in a dancing attitude (*agem*). His arms are stretched upwards. Each hand holds a bulbous object, flat on top, that represents a multi-petal lotus flower. It is an architectural ornament usually placed on top of vertical wooden beams of a pavilion to support horizontal beams. The figure has a large upright bird's tail on his back and elaborate wings are attached to his sides. Wings provide the means to overcome hindrances on the road, while an upright tail is a symbol of strength, not a reflection of real bird anatomy. The face is depicted with protruding nose, a mouth like a snout, and large, round bulging eyes. Between the eyes are two three-pointed teeth ornaments, (*tri*)*dangstra*, and on his left and right temple the extra fang (*salit*), characteristic of demons. He has bushy black eyebrows with a row of golden "teeth" on top. His mouth, half open, shows six sharp teeth and two large fangs (*caling*) in the upper jaw and six flat teeth and two fangs in the lower. The upper lip is curled and protruding, showing the gums. The corners of his mouth are retreated, showing molars. A thin, black, moustache surrounds the lips. All this is typical for demonic creatures in carvings of northeast Bali.

The figure wears a head cloth and a diadem. The large triangular, pointed jewel on top of the ear, *sekar taji*, with long flap pointing backwards, is also North Balinese. A short plain cloth is wrapped around his hips, and over it another, chequered cloth, *saput*, reaching his knees. The breast, hip and arm jewels are those of a person of high rank.

Wilmana stands on four snakes coiled around his feet. The iconography of the snakes, with fiery hair, short snouts, mouths wide open, showing a double tongue, sharp teeth and fangs, is also North Balinese. Such snakes have various points of reference: the two snakes (though generally wearing crowns) supporting a tortoise on top of which is a shrine, the *sanggah* Surya; the four snakes at the four corners of the compass; the snake children of Kadru, which were in the care of her sister, Winata, Garuda's mother; but also to table legs and armrests of European furniture. Instead of Wilmana, one would expect a Garuda figure in combination with the snakes; perhaps its sharp, pointed beak was regarded as too dangerous for the user of the table.

The tabletop has a wooden rim with carvings of plants, painted gold, surrounding a decorated part, painted red, with flower patterns in gold. It shows one large flower with eight petals around the heart in the centre, surrounded by leafy tendrils and, on the right and left, another flower seen from the side. Similar patterns are usually painted on cloth for stage dress materials and as decoration of shrines. The shapes of leaves, *patra cina*, and flowers (chrysanthemums) are characteristic of North Bali. Two large nails right through the decoration secure the top to the base. They may have been added later. The artistic quality of this top decoration is not very high,[8] contrary to the carvings below.

The idea of a tabletop supported by a humanlike creature may have been taken from the Java-made one-legged colonial tea tables from the eighteenth century and the Baroque Louis XIV tables supported by four Hermes from the beginning of the eighteenth century. European furniture was copied in Batavia and villages along the north coast of Java and in Surabaya from the seventeenth century onwards. The craftsmen were Chinese and later also Javanese. Chinese craftsmen also made furniture around the 1840s in Lombok.[9]

The chairs

Both chairs are constructed and decorated in the same way (ill. 197). One chair is slightly wider than the other, which is quite often the case with chairs made in Bali and Java. The larger chair is for a more important person in rank or gender (man) and the smaller chair for the less important (woman). The construction of the chairs is done in an older method, put together not with metal but with wooden nails. The seats are of plaited rattan (*penyalin*). The backs are mostly left open, with just a trapezium-shaped piece of openwork in the middle, ornamented with flowers, buds and leaves, *patra cina*, in North Bali style. The decoration is continued in the top part: a rectangular ornamented piece with two winged lions, *singambara*, each supporting with a front paw a kind of parakeet,[10] its tail pointing upwards. They represent a male and female bird. The concept of lions supporting something precious, for instance a crown, was inspired by Dutch silver coins and used by Balinese royalty to decorate their gateways.[11] The tongues of the lions are protruding, their tips slightly curled. This feature is common in the region Sawan-Menyali. The colour of the tongue of the lion of the larger chair is gold, of the smaller chair brown.

A creature, animal or demon with power, has to show his teeth. The protruding tongue is also a sign of power. A magical drawing, invisible, may be on it, frightening one's opponents. The lion is king of the forest. He has to protect certain creatures, play with them and support them. At the same time he is subordinate to higher creatures or symbols, for instance a human king, or a crown. In that case he is "lower" in the hierarchy. The gesture of the paws, 'palms' upwards, is called *nampa*. The lions acknowledge the power of the birds (symbols of ruler and spouse?) (ill. 196).

The long ears, shape of the teeth and fangs, the two rims above the bulging eyes, the curled up tail with the pointed ornaments are all typical of north-east Buleleng lions. The reverse sides of the backs of the chairs are plain red, indicating that the chairs were meant to be close to a wall.

The armrests of both chairs show snakes, heads forward, tails curled up against the back rests. They are wearing crowns and have pointed ear jewels, *sekar taji*, with long flap pointing backwards, according to Buleleng iconography.

The frames of the chairs, painted dark red, straight square legs at the back and round front legs, are decorated with carved flowers, scrolls and leaves, *patra cina*, in gold in North Balinese fashion. The lower end of the front legs is green and plain. The chairs - without decoration - resemble the Java version of the Raffles chair as made in the first half of the nineteenth century.[12]

As early as 1883, Jacobs wrote that chairs were gifts to Balinese kings from Dutch officials (assistant residents, residents) so that they could be sure of sitting comfortably when visiting the palaces.[13] The chairs were often stored and only brought out for Dutch visitors. The royalty of Karangasem and Lombok were more modern, and used beautiful chairs themselves. Puri Singaraja followed their lead during the reign of I Gusti Putu Djelantik (1929-1943).

The woodcarvings of table and chairs show the creativity of the North Balinese carvers. They produced types of furniture imbued with references to Balinese concepts and symbols of power, kingship and hierarchy. The ornamentation is similar to sculptures and ornaments on doors, shrines, ritual pavilions, and seats for gods.

Hedi Hinzler

198 | Detail of the wooden statue representing Langkesari

Statues of Panji and Langkesari

These two statues of a female and a male figure show so many similarities of size, style and decoration that they may be considered a pair, made by the same hand at about the same time.

Both figures are depicted in a dancing stance (*agem*), knees slightly bent, and feet with heels close together but toes apart. Both faces are yellowish in colour, presumably representing make-up; for the skin of the rest of their bodies is dark in colour. Facial features include curved black eyebrows, almond-shaped wide open eyes, a small nose and a small mouth. These facial traits, including the light skin colour, portray the beauty-ideal of a refined young man and woman of noble descent. In contrast, statues of divine beings and characters from the epics usually have the same skin colour all over, preferably white. Stressing the man's high status are the long nails of index and little finger of his left hand, a custom still to be found on Bali.

Both figures wear full ceremonial costumes, consisting of elaborate clothing and jewellery. These are distinctive for female and male, though there are a few similarities.

The female figure wears a diadem (*patitis*) carved on her forehead, which is connected to a kind of cap, the back of which ends in a curl (*gelung*) over the head. A gold painted ornament of a bird with sharp teeth carved on the back of the cap represents the *garuda* or eagle, hence the name of the ornament, *garuda mungkur*, "*garuda* pointing backwards". It protects the wearer from evil.

As ear decoration, she wears large round golden ear plugs (*subeng*) mounted in the earlobes; and on top and behind the ears a triangular ornament with a jewel in the centre, *sekar taji*, with fluttering leaves (*ron–ron*) pointing backwards in North Balinese style. Long black hair hangs down to her waist. Her shoulders are covered with a short collar (*bapang*), coloured gold with a black rim around the neck. Its edges are scalloped like leaves, characteristic of statues made in northeast Bali at the end of the nineteenth and beginning of the twentieth century.

She is dressed in a dark red upper garment (*anteng-anteng*) wrapped around her chest from hips to breasts; a long sash (*kamben cerik*) with a flower design covering her breasts; and a hip cloth reaching to her knees. The carving of the sash suggests a supple kind of textile, probably a silk batik called *lok can*, which was popular in Bali at the end of the nineteenth and the first half of the twentieth century.[1] The woman casually holds the ends of the sash, as if about to dance. Her hip cloth, although the paint is damaged, has a slanting zigzag-and-dots pattern suggesting a Javanese batik with *parang barong* pattern.[2] Statues, in wood or stone, with this type of pattern are rare in Bali.

Her body jewellery consists of a triangular necklace (*badong*); a long chain (*ncgaratnc*) over the right shoulder – the Balinese version of the caste-cord – worn by nobility in dance and wayang puppet play performances; a belt with an ornamented clasp, which is still part of a girl's outfit at her tooth-filing or marriage ceremony; around the hips a triangular gold-painted girdle (*badong*), with leafy ornaments, North Bali style, hanging down; and finally "golden" armbands (*gelang*) and bracelets (*gelangkana*).

199 | Wooden male statue representing Panji
North Bali, probably Sawan or Menyali (northeast Buleleng)
1920s-early 1930s
Wood, pigments
53.5 x 18 x 17 cm
Liefkes 162

A similar costume is still worn by women as ceremonial outfit, *payas agung*,[3] but most of the jewellery is that of a dancer or a figure from the puppet play.

The male figure, too, wears a "golden" diadem (*patitis*), with three "jewels" on it, jewels (*anting-anting*) in his earlobes, and a pointed ornament on his ears, *sekar taji*, with a long backwards curl, characteristic of North Bali. His hair is done in a coif that runs down backwards from the top of his head. He is wearing a collar (*bapang*), pointing upwards at the shoulders and over it a triangular necklace (*badong*), as well as armlets and wristlets.

His clothing consists of a hip cloth (*kamben*), visible on his left lower leg, dark blue with faint red flower pattern. Wrapped around his chest under his arm-pits, in the Balinese way, is a long Javanese batik cloth with the same *parang barong* pattern as that of the woman.[4] It is fastened by a sash, part of which he holds with his left hand. A second, pleated, sash in front runs from the middle of his chest, one end hanging down to his feet, the other end to his waist.

The man's hairstyle is of particular significance. Called *gelung panji*, it is characteristic of court officials with the function of *panji* (or *apanji*) in ancient East Java.[5] It refers especially to a literary figure playing the role of crown prince of the East Javanese kingdom Koripan, with the title of *panji*, who was in love with princess Langkésari of Daha.[6] Texts with stories of this prince and his companions are hard to date, but the language, "Middle" Javanese, is later than Old Javanese texts of the fourteenth and early fifteenth century. The Balinese have their own

text versions, Kidung Panji Malat Rasmin, derived from the Javanese.[7] Because the main character was chasing his beloved who had disappeared and was living in disguise in another realm, he was often called *panji amalat rasmin*, the crown prince chasing (*malat*, *walat*, to chase) his beloved (*rasmin*). In the end Panji became the name of the prince, and Malat the name of the corpus of texts. Courts in Bali and Balinese Lombok favoured theatre with live actors playing and dancing scenes from the Malat, at least from the second half of the eighteenth century onwards. Centres of this theatre, called *gambuh*, were, among others, Singaraja, Bubunan, Bungkulan, Karangasem, Klungkung, Batuan, Denpasar, Tabanan, and Mataram in Lombok.

The statue of the young man, particularly in combination with the princess, is likely to represent prince Panji. He is clad as a dancer in a Javanese batik with the court *parang* motif, referring to his royal Javanese descent. The female figure, on her own, may represent a young princess playing a role in a dance drama, but in combination with the statue of the male she is princess Langkésari from the literary Malat stories set in East Java.

The region of origin of the statues is most likely Sawan or Menyali in northeast Buleleng. The two statues may date from the 1920s or early 1930s.

Such statues were made for and bought by Europeans and put on pedestals, sideboards, small writing desks, side tables, and display cases in homes in the Netherlands Indies and in the Netherlands itself.

Hedi Hinzler

200 | Wooden female
statue representing
Langkesari
North Bali, probably Sawan
or Menyali (northeast
Buleleng)
1920s-early 1930s
Wood, pigments
48 x 13.5 x 13.5 cm
Liefkes 157

201 | Detail of the wooden
statue representing Panji

Hanging shrine for the god Kumara

In Bali, rites of passage, *manusa yadnya* and *pitra yadnya*, help the soul of a person along his or her path of life, from conception until well after death. Especially the souls of vulnerable young babies, who, according to Balinese belief, at birth have just arrived on earth from the realm of the gods and deified ancestors, have to be well protected.

In Balinese Hinduism, this is the task of Sanghyang Raré Kumara, or Dewa Kumara, who is ordered to carry out his protective function by his father Bhatara Shiva. As explained to the American anthropologist Katherine Mershon when she inquired about a small shrine hanging above a cradle: "That is Kumara's seat. He is the tiniest deity of them all and the youngest. That's why he guards little children, singing crickets, and fluffy birds. He is lord of the small!"[1] This occurred at a three-months' celebration in Sanur, when the baby was to sleep for the first time in a cradle.

This beautiful hanging figure in the form of a flying animal functions as a small shrine or offering altar and is both a temporary seat for Dewa Kumara and a place for special offerings directed to him. It is hung over the baby's cradle or next to the bed where he sleeps with the parents, after the navel cord has fallen off, for the first year (a Balinese year of 210 days) of his life and often even longer.[2] When the infant is twelve days old (*ngerorasin*) it is named and at the three-months ceremony (*nelubulanin*) the child is allowed to touch the earth for the first time. These life cycle ceremonies, at periods of transition, require extra protection, so additional offerings to Dewa Kumara are put on the back of this animal as shrine. The Balinese hope that he will request his divine father Shiva to grant the child prosperity and a long life.

A composite, mythical animal with the body of a fish and the head of a serpent (with his split tongue) is called *naga kang*

in Bali.[3] The *naga kang* forming this shrine also has the wings of a bird, and the antlers of a small deer. Like other animal figures, the winged *naga* is well known in Bali as *wahana*, mount or carrier of *arca lingga*, small statues of deities, or as symbolic means of transportation of invisible gods. In this case, the *naga kang* probably not only functioned as carrier of Dewa Kumara, but also to help the soul of the

202 | Hanging shrine
Bali
Early 20th century
Wood, pigments
35 x 45 x 44.5 cm
Liefkes 221

baby through the first phases of life, since the serpent is in Bali also associated with protection.

In Bali the *naga* as symbol of new life and fertility has also a function in other life cycle rituals. In death rituals of certain high-caste families, a large image of a *naga*, called *naga banda*, is burned at the same time as the cremation of the body, in order to transport the soul of the dead person to heaven. In Bali the mythical serpent is also strongly influenced by Indic mythology and beliefs. Basuki and Anantabhoga, entwined around a mighty turtle, play an important role in keeping the Balinese universe in balance, and are often represented in sculpture and painting.

FRANCINE BRINKGREVE

Carved boxes as animal vehicles for ancestors and deities

These two statues or boxes are fashioned from wood, finely carved in the form of an animal.[1] In Hindu mythology, and also in its Balinese variant, the most important gods have their fixed vehicle or mount in the form of an animal, *wahana*. The best known examples are the bull Nandi, Shiva's mount, the eagle Garuda for Vishnu and the goose Angsa for Brahma.

The first animal figure has the shape of a recumbent deer (ill. 204). Its body and its upright neck and head are made from different pieces of wood, and it has separate wooden ears and two real antlers fastened to the head. The body is solid, save for a small space at the end of the back and tail which can be lifted. The deer is associated either with the deified priest Mpu Kuturan, a prestigious Brahman priest of the late tenth-early eleventh centuries, who originated from Java, or with the deity Bhatara Maspahit (or Maospahit), generally associated with the great Majapahit kingdom. Mpu Kuturan's association with the deer arises from the legend that he came to Bali riding on a deer. In family temples, a wooden deer figure acts as socle, as support of one of the front poles of a shrine for Bhatara Maspahit (ill. 203).

The second figure (ill. 205), made of a single piece of wood, represents a recumbent lion, with the tusks and trunk of an elephant.[2] This animal is more a real box than the deer, since the animal's back, from its neck with its long curled mane, to its upright curved tail, can be lifted from the body, as a lid to the rectangular open space inside. The head of the animal has an open mouth with sharp protruding fangs, bulging wide-open eyes and the elephant's trunk protrudes from the face just underneath a small nose. Neither the lion, called *singa* in Bali, nor the elephant, *asti*, is indigenous to the island, but well-known from their roles in Hindu narratives introduced from India. Both animals, strong and mighty, are associated with the power of a ruler.[3] Like the deer, also the *singa* and the *asti* have a predominantly carrying function. For example, they are both used as *patulangan* (sarcophagus) at cremations. The lion has then a red colour and traditionally is used to carry the body of a member of the Wesia caste, the third caste, of noble line but lower in status than the second caste, the Ksatria. The elephant, combined with the body of a fish to form the mythical *gajah mina*, can be the sarcophagus of a deceased of commoner descent. In architecture, the (winged) *singa* appears often as base or socle for a pillar (*sendi*), while one of the most frequently used decorative ("rock") motifs (*karang*), is an ornament in the shape of an elephant's head, called *karang asti*.[4]

Like most animal-shaped wooden boxes in Bali, the ones in the Liefkes collection probably also had the function of ritual carrier. The lion-elephant box may have been a container for a *prasasti*, the charter of a family, written on the leaves of the *lontar* palm (ill. 206). The box was then considered as a seat, *palinggih*, for the divine ancestors of that family.

The space in the body of the deer is too small for such a charter. Both animal figures could have been used as a vehicle, *wahana*, for the gods of a temple. Usually these kinds of figures are carried on the head in ritual

203 | Deer figure as part of a temple shrine honouring Bhatara Maspahit. Budakeling. Photograph by F. Brinkgreve, 2012

204 | Carved box as
animal vehicle for deities /
pacanangan
Bali
Early 20th century
Wood, pigments
26.5 x 57.6 x 69 cm
Liefkes 26

processions, as attendants and symbolic bearers of the gods, and are placed next to the god figures during the rituals. Sometimes the animal figure itself is considered the representation of a deity, where godlike power can manifest itself. During the ritual, the boxes are filled with ingredients similar to those in offerings, as a kind of reinforcement of the spiritual powers the animals carry.

When the animals carry small offerings, *banten canang*, on their backs, worshippers call these animals *pacanangan*. The *banten canang* is one of the commonest offerings on Bali. Besides the fact that the offering of betel is

very important, the colour combination of the offering's ingredients are of significance. The colour green of the betel leaf is associated with the god Vishnu, the red of the areca nut with Brahma, and the white of the lime with Shiva.[5] The *banten canang* is thus besides an offering also a manifestation or representation of the gods, a sign of the gods' presence. One of my main informants in Bali, a *pedanda*, or Brahman priest, explained that the animal figures could be called *pacanangan* because the *canang* offerings on their backs during times of ritual indicate the presence of the gods. In this way the function of the animals as attendant,

vehicle or seat of the gods is affirmed.

So the wooden elephant-lion and the deer
have probably both carried, on their backs or
in their belly or just symbolically, something
that was in contact with the divine or ancestral
world. As animal bearers they would have
created a connection between that world and
the human world, and during rituals even
represented the divine itself.

Francine Brinkgreve

206 | Container for a family
charter, in the form of
a winged lion. Sanur.
Photograph by
F. Brinkgreve, 2010

Two Balinese *keris*

A *keris*, a very important object in many Indonesian cultures, is a dagger with an asymmetric double-edged blade broadening towards the hilt and usually with light nickel *pamor* patterns forged into the dark iron or steel blade. A keris is believed to have a personality, an extra dimension, because of this empowered patterning. Keris with elaborate decorative hilts and sheaths of precious materials were made to be worn on state or ceremonial occasions, simpler ones with wooden handles and scabbards were used for actual fighting. Special keris, associated with the ancestors, are preserved as valuable heirlooms, *pusaka*, which bring protection and prosperity. Often part of royal state regalia, they represented the ruler's power, and frequently bore their own names. Keris were also favourite royal gifts, like other ceremonial weapons.

In Bali especially, keris (*kadga* or *kadutan*) still play an important role in present-day culture. They are markers of status, sacred heirlooms and powerful spiritual objects. Although the number of keris smiths has diminished in the past 100 years,[1] keris are still made to order, or old keris are adapted for modern needs. A keris is still part of ceremonial dress of, for example, the groom at a wedding, or the members of the village council during important festivals, especially in East Bali (ill. 207), or the members of the former royalty at official occasions, expressing status and rank. A man wears his keris at the back, behind the right shoulder.

As sacred symbols of the ancestors, important family keris are kept in family temples. Every year (of 210 days), on a day called Tumpek Landep (which means "sharp"), the keris are cleaned and purified and presented with offerings to honor the Hindu god of fire Brahma, whose colour is red. In various rituals concerning the family, such as weddings and cremations, keris play a role.[2]

Carried out on auspicious days, every stage in the process of forging a keris is accompanied by offerings to the deities of wind, fire and water, so that these cosmic powers become an intrinsic part of the weapon.[3]

207 | A young man wears a *keris* for a temple ritual in Asak.
Photograph by
F. Brinkgreve, 2005

208 | *Keris* with *kocet-kocetan* hilt
Bali
19th century
Iron, nickel, ivory, ebony wood, gold
68.5 x 18.8 cm
Liefkes 450

209 | *Keris* with *togog* hilt
Bali
19th century
Iron, nickel, ivory, gold, silver, gemstones
65.5 x 22 cm
Liefkes 449

210-211 | Hilts of the two
keris :
kocet-kocetan (208) (above)
and *togog* (209) (below)

These two beautiful *keris* from Bali, decorated with precious materials, are fine examples of skilled craftsmanship. The form (*wangun*) of the blades (*bilah*) is undulating; one keris (ill. 209) has seven, the other (ill. 208) has 15 *luk* or curves. The number of undulations, always uneven, has special names and significance in Bali. A keris with seven *luk* is called *palang soka*, a kind of flower, and one with 15 *luk* is called *jruju* after a kind of creeper.[4] In combination with the length of the blade of a keris and the *pamor* pattern on the blade, the number of *luk* determines the character of a particular keris, and whether this keris fits the purposes of the owner. Although on both blades, the *pamor* pattern appears to be the pattern *wos wetah*, unbroken rice grains, which brings about well-being, it might be a *pamor pepeson*, accidental *pamor*, developed by chance and not created on purpose.[5]

The widest part of the blade, above the base, is in both cases decorated with a curled figure, called an elephant's trunk, *cungu gajah*, or *kembang kacang*, peanut flower.[6] On one of the keris (ill. 208), this *cungu gajah* is encrusted with the gold-inlaid head of an elephant. The *ganjah* or crosspiece of the blade is decorated with gold-inlaid motifs, called *mas-masan*, golden jewellery. The blood groove or gouge, *sogokan*, is also decorated with inlaid gold, in the shape of leaves.

The spotted wood of both sheaths (*penyejer*) is called *kayu pelet*, a collective name for various precious woods with gradations of colour. The sheaths are partly covered with an over-sheath (*pendok*) of silver and of silver and gold. On one side, towards the tip, the oversheath is decorated with repoussé tendrils and other foliate ornaments. The top part or "mouth" (*urangka*) of both sheaths is made of ivory, and therefore is called *dadantaan*.[7]

The hilt of a keris, in Bali called *danganan* or *landeyan*, is said to reinforce the powers of the keris,[8] and therefore to protect its owner. The beautiful hilt of one of the keris (ill. 211), made of gold and precious stones, is classified as *togog*, a category of anthropomorphic statues representing deities, kings, priests, demons, and heroes from the great epic narratives. This particular *togog* can be identified as a powerful protective figure, since he has round eyes, a moustache and curly hair, signifying his strength. Adorned with all kinds of jewellery, he wears a chequered loincloth which he holds with his left hand. In his right hand, with a long thumbnail (*pancanaka*), which is the special weapon of the mighty Pandawa brother Bima and his spiritual father Bayu, he carries a kind of vase, which is often thought to contain holy water with special purificatory powers.[9] This image could refer to a well-known text, Dewaruci, in which Bima succeeds in obtaining holy water.[10] Also in the Bima Swarga story Bima's quest for holy water to rescue his earthly parents plays a role.[11] However, Suteja Neka identifies this kind of *togog* as Prabu (king, ruler) Ratmaja.[12] According to Van Veenendaal, Prabu Ratmaja is a demonic king who stole *amerta* (holy water), but eventually is killed by god Vishnu.[13]

The special technique used for making such a *togog* is called *ngindra*.[14] A flat sheath of gold is shaped into a small cylinder, which from the inside is very carefully chiseled out and modelled into the desired shape, after which the precious stones or pieces of polished coloured glass are set. This very specialized work is not done by the *pande wesi*, but by a goldsmith, *pande mas*.[15]

The second keris (ill. 210) has an ebony hilt, shaped like a long-horned stink beetle (*Batocera hector*) decorated with gold encrustations with drawn wire and gold-leaf, set with precious stones. This kind of hilt in the form of an insect is called *kocet-kocetan* or *kusia*. First published by W.O.J. Nieuwenkamp[16] in 1905 the form might be a development or adaptation of certain curved hilts from Java, or hilts from Madura in the shape of a horse.[17] According to Neka[18] this kind of hilt is also called *kusia*, a cocoon which will become a butterfly, symbolizing development and transformation.

FRANCINE BRINKGREVE

Balinese containers from precious metals

212 | Silver water vessel with gold spout /
caratan, cecepan
Bali
19th - 20th century
Silver, gold
29.8 x 19 cm
Liefkes 426

These very refined containers, made of gold, silver and precious stones, probably originated from one or more of the many courts or noble houses in Bali. They could have been used for ceremonial purposes or as royal gifts. Like most Balinese gold and silverwork the three objects are richly decorated with foliate and floral borders, influenced by Indian motifs and by Hindu-Javanese temple ornamentation. The general name of these flower motifs is *patra*.[1]

The water vessel (ill. 212) could well have been used for the holy water which plays such an important role in Balinese religion. But it is also possible that the vessel was used for drinking water at royal banquets.[2] According to the report of Aernoudt Lintgensz, who was in Bali in 1597, already in the sixteenth century golden vessels were used at the court of Gelgel.[3] Usually a *caratan* or *cecepan* as these vessels are called, is made of clay and can serve all sorts of purposes in a household. For use as royal gifts sometimes only the spout or the lid is of gold.[4] The surface of the *caratan* has been left plain, with the exception of delicately embossed tendril ornamentation on a rim around the gold spout, the tip of which is modeled in the shape of a flower. The body of the vessel is decorated with the same plant motif as the lid of the silver box. This motif is called *patra ganggong lamba*.[5]

The silver box with a lid of gold sheet and precious stones (ill. 213) is called *lopa-lopa* or *tépak*.[6] The sides of the box are engraved with meandering tendril and flower motifs, *patra sari*, also called "recalcitrant spiral", a motif which often occurs as Hindu-Javanese temple wall ornament.[7] The box was probably used for tobacco, or for ingredients of the betel quid. The combination of gold and silver is called *gula-kelapa*, referring to the reddish-yellow palm sugar and white coconut.[8]

The gold bowl (ill. 214) could have been used for ingredients of the betel quid as well, but it is also possible that it was a container for ingredients of offerings, for instance rice, or as a base for small offerings. Gold bowls of larger size (*bokor*) but with similar decorations were used at the courts to carry gifts to ceremonies, like weddings, or offerings to the temples. On

213 | Silver tobacco box
with lid of gold and
precious stones /
lopa-lopa or *tepak*
Bali
19th – 20th century
Silver, gold, precious
stones
4.4 x 11.8 cm
Liefkes 418

Bali, offerings are made to deities, ancestors and demons, to maintain the proper relationships between the visible (*sekala*) and invisible (*niskala*) worlds.[9] The foliate motifs in deep relief on the sides of the little bowl are called *patra samblung*, and they are topped by a rim of small spirals, called *teluh kakul*, eggs of the water snail.

For modeling vessels and ceremonial boxes, the goldsmiths used a thin sheet of gold or silver, called *pripihan*.[10] The sheet was beaten out of a lump of gold or silver. The various parts were hammered into shape and decorated, before soldering.[11] For the water vessel the sheet was hammered by hand into its basic shape with a rounded hammer and punch. In all three objects, the decorations in relief, achieved by repoussé technique (embossing from the back), were applied after hammering the container into shape. Final touches to the decoration were worked by chasing or chiseling from the front.

Francine Brinkgreve

214 | Gold bowl / *bokor*
Bali
19th – 20th century
Gold
4.7 x 11.3 (d) cm
Liefkes 408

The mythic Garuda bird as protective ornament

This beautiful golden ornament in the form of the head of a bird, decorated with rubies, very likely was part of an elaborate golden headdress, worn by a Balinese man. It could have been part of a *gelung agung garuda mungkur*, a crown worn by a groom of noble descent[1], or by a dancer representing a prince or king. Another possibility is that it is was part of the special headdress, *ketu*, of a Balinese Buddhist high priest, Pedanda Buda (217). A striking characteristic of such ornamented headdresses for Balinese men of high rank and profession is an ornament at the back, in the form of the head of a bird, looking backwards. It is called *garuda mungkur*, "the

bird Garuda pointing backwards", and it is said to protect the wearer of the headdress. A gold crown from the court of Badung, in the collection of Museum Nasional Indonesia in Jakarta, also has the face of an animal looking back, but in this case of an elephant (*karang asti*), not of Garuda (ill. 216). As is depicted in Balinese paintings and sculpture, also deities and mythical heroes wear a headdress with a protective *garuda mungkur* at the back.

The story of the giant eagle Garuda, the vehicle of Bhatara Vishnu and one of Hinduism's best known mythical creatures, is told in the Garudeya, a part of the Adiparwa.[2] The Adiparwa is the first book of the

215 | Ornament / *garuda mungkur*
Bali
Late 19th – early 20th century
Gold, rubies
7.2 x 9.2 cm
Liefkes 346

Mahabharata, one of the two great classic Hindu epics (the other one being the Ramayana), which became a major thematic source for Balinese narrative, visual and performing arts. The Old Javanese prose version of the Adiparwa remains popular in Bali to this day.

The story is as follows: The serpent Winata has become the servant of her sister Kadru, after she lost a contest. She now has to look after the thousand unruly serpent children of Kadru and she orders her son Garuda to help her with this terrible job. The only way Garuda can release his mother from this curse is by stealing for the serpents the *amerta*, elixir of life, which is in the possession of the gods. Garuda undertakes this task, but the gods, under the leadership of the god Indra, defend their treasure. There ensues a great battle, in which Garuda proves himself the stronger and succeeds in obtaining the *amerta*, and with the *amerta* he is able to release his mother. Afterwards Vishnu allows him to ask a favour and, as a result, Garuda becomes Vishnu's mount. Eventually the serpents lose the elixir of life again, and it remains from that time in the possession of the gods.

The protective and strong Garuda, also associated with the sun, is very often represented in Balinese visual arts. In architectural sculpture, the "rock" ornament in the shape of the upper half of a bird's beak with pointed teeth and eye, *karang manuk*, *karang paksi* or *karang goak*,[3] refers to this important mythical bird. A *karang curing* is a rock ornament in the shape of a bird's head en profil with only an upper jaw.[4]

FRANCINE BRINKGREVE

216 | Gold crown from Badung with the elephant-headed *karang asti*. Museum Nasional Indonesia, inv. no. 13065 (E 899)

217 | Pedanda Buda wearing his *ketu* with *garuda mungkur*. Budakeling Photograph by F. Brinkgreve, 2012

218 | Head ornament /
gelung
Bali
20th century
Gold foil, wire
19 x 22 cm
Liefkes 420

The village of Kamasan in the eastern part of Bali has been a major centre for producing Balinese jewellery since the fifteenth century. Here gold and silversmiths, the *pandé mas*, worked mainly to order for the former courts of Gelgel and Klungkung. Besides jewellery, the *pandé mas* also produced silver and gold objects such as *keris* hilts, scabbard decorations, *sirih* containers, and offering bowls for ceremonial and festive occasions. The number of orders increased prior to major events like a cremation or a tooth filing ceremony. Even after the fall of the Balinese kingdoms, Kamasan goldsmiths and silversmiths continued to practice their profession in the same traditional way, as the cultural influence of the courts has remained strong up to the present day.[1]

The gold used for Balinese objects has a warm, deep yellow colour, because of its very high carat count, almost pure gold. In other parts of Indonesia a red coloured gold is favoured, which is obtained by staining the gold jewellery with a solution of acid and sulphur, or by making the jewellery from *suasa*, an alloy of gold with a large amount of copper.

For traditional Balinese jewellery repoussé and granulation techniques are most commonly applied. Balinese gold and silversmiths master these techniques to perfection. The motifs are very refined and detailed. In contrast to these elaborate decorations, the gemstones that are set in the jewellery, *keris* hilts and tobacco

221 | Bracelet / *gelang uli*
Bali
20th century
Akar bahar, gemstones,
gold
8.5 (d) cm
Liefkes 324

**222 | Finger ring / *ali-ali
cakrawaka***
South Bali
20th century
Gold, gemstone
3.7 x 2.9 cm
Liefkes 314

containers are simply smoothed and polished
into a cabochon. Sometimes the stones are
faceted with only a few facets. Traditionally in
Indonesia, not the rarity and clarity determine
the value of gemstone, but the magical powers
that they are believed to possess. They are seen
as amulets and can, for example, prevent bad
luck or illnesses, evoke courage, or give a long
and healthy life. Diamonds, rubies and
sapphires are most frequently used. Ruby,
mirah delima, protects against all evil, and
sapphire, *manilem*, gives protection against
murderers.[2] Inclusions or imperfections
resulting from irregular cutting apparently do
not effect these magical powers, as these
gemstones are still set in jewellery and other
gold objects.

Whereas in North Bali the repoussé
technique is mostly used for fashioning finger
rings, granulation is typical for the south of
Bali. The ring from the Liefkes collection (ill.
222) is such an example. The most striking
detail are the stylized birds at either side of the
bezel. Their beaks are curved and partly bend
over the blue grey cabochon. They depict a
kind of egret (*cakrawaka*), hence the name *ali-
ali cakrawaka*, as these rings are called.[3]
Judging by its large size, this ring was worn by
a man. It could have belonged to a Balinese
priest, who wear such rings during rituals, or
to a king or noblemen. Dating the ring is hard
to determine. Rijksmuseum Volkenkunde has
several *ali-ali cakrawaka* that date from before
1907,[4] but the ring illustrated here might have
been made more recently, as rings like these
are still being produced in the same traditional
style.[5]

The bracelet (ill. 221) is made from *akar
bahar* (Indonesian, literally "sea root"), or *uli*
in Balinese, a kind of sea plant (*Antiphates sp.*)
that according to local belief has the ability to
prevent illnesses, especially rheumatism. *Akar
bahar* is found throughout Indonesia, and
comes in different shades of brown, black,
ivory colour and red. It becomes flexible by
soaking it in hot water, and can then be bent
into the desired form. As it dries it becomes
stiff again. Most commonly *akar bahar* is
moulded into a plain and simple bracelet. The
bracelet illustrated here, however, is

elaborately decorated, and has the form of a *naga*, the mythical serpent, with a gold tongue. Its head is carved showing teeth and nostrils. On top of the serpent's head, its body and even the tip of its tail are decorated with different kinds of gemstones, nine in total, all set in gold bezels.

In Bali gold foil head ornaments are worn either in combination with fresh flowers, or with a (gold) diadem. They form part of female formal ceremonial dress (*payas agung*), especially by women and girls of higher status. They are most often worn at weddings and by dancers. In many villages in Bali, headdresses with gold foil flowers are still worn by girls dancing the *rejang* (ill. 220) and other dances performed at times of temple festivals.[6] As the head is considered holy, these headdresses are often consecrated by a priest, and are given offerings on auspicious days and before being used in a performance.[7] In the Glassell collection of the Museum of Fine Arts in Houston, a dance crown set from Tenganan, Karangasem, consists of multiple elements: a headdress with the gold foil leaves, two headbands, and a five-toothed comb, set with gemstones.[8] The headdress in the Liefkes collection (ill. 218) resembles one from the royal court of Singaraja, which besides a headdress with gold foil flowers also has a gold diadem inlaid with gemstones.[9]

Like the head ornament, the comb (ill. 223) could also have been part of a dance crown set. However, this comb is different; it has many more teeth and is made of wood instead of iron. It may once have belonged to a high caste lady who wore it on such festive occasions as a wedding. Combs like these are worn on top of the *sanggul*, the hair knot. This comb is elaborately decorated with a semicircular band supporting five gold leaves. The gold decoration is joined to the wood by rivets, and is set with twenty-one rubies (the five largest ones are cabochon cut, the smaller ones are faceted) and twenty-two rose-cut diamonds.

Although nowadays Kamasan is probably more famous to tourists for its traditional Balinese paintings, traditional gold and silversmithing still flourishes there, as it does in several other villages in Bali. For the tourist wishing to buy Balinese jewellery the main centre has shifted to Celuk. Here, and elsewhere, a new generation of gold and silversmiths make modern designs for the tourist market, but still using some of the old techniques, such as filigree and granulation.

Johanna Leijfeldt

Temple flag

An *umbul-umbul*, also called *lelontek*, is a long triangular flag or pennant with a sewn band along one edge to fasten the cloth to a long bending bamboo pole. Sometimes a decoration hangs down from the tip. *Umbul-umbul* are used as decorations of temples during rituals and festivals everywhere in Bali. They are placed at the entrance to a temple, and in front of shrines inside the temple courtyard (ill. 224). Nowadays they are also frequently used in hotels, art shops, and restaurants.

According to an 'official' version, the mythological background of the *umbul-umbul* refers to the encounter between Arjuna and Hanuman. Krishna (an incarnation of god Vishnu) and Arjuna meet Hanuman at the bridge to Alengka, once constructed by Hanuman, as described in the Ramayana. Arjuna thinks he can make a stronger bridge, and he throws his *panah naga*, arrow in the shape of a serpent, which becomes a very strong bridge. But Hanuman jumps on it and it immediately breaks. Arjuna had made a vow to worship Hanuman if this would happen, but Krishna does not allow this, since only he can be worshipped. Krishna transforms Arjuna's bridge into an *umbul-umbul*, to teach mankind not to be as arrogant as Arjuna. Wherever there is a shrine or temple, there should be two *umbul-umbul* in front, with the images of a monkey, representing Hanuman, and a *naga*, symbolizing the bridge of Arjuna.[1]

Old-Javanese texts (in which such a banner is called *tunggul*), Hindu-Buddhist temple reliefs, and Balinese drawings indicate that *umbul-umbul* already existed in the classical period and that formerly they were also used in royal processions.[2] In present-day Bali *umbul-umbul* most frequently come in a pair, and are made of plain white and yellow cloth. When a printed or painted representation decorates the cloth, more often a *naga* is depicted than a monkey.

The *umbul-umbul* in the Liefkes

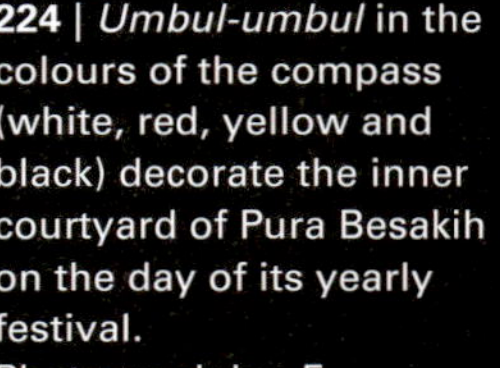

224 | *Umbul-umbul* in the colours of the compass (white, red, yellow and black) decorate the inner courtyard of Pura Besakih on the day of its yearly festival.
Photograph by F. Brinkgreve, 1983

collection also depicts a *naga*, embroidered
in bright colours on a white cotton fabric.
He is surrounded by flames. With his split
tongue, fierce eyes, sharp teeth, large
crown, long hair, and a flaming jewel at the
tip of his tail, he is a classic representation
of a powerful serpent. Two sides of the
triangular cloth are framed by rows of
small triangles, called *gigin barong*, the
teeth of a protective mythic animal. At the
top of the cloth a date, "30-1-73", is
embroidered, possibly indicating the date
when it was completed.

   Like other embroidered temple
decorations, such as *ider-ider* (long narrow
cloths hung horizontally from the eaves of
temple buildings) or *lamak* (decorative
shrine hangings), embroidered *umbul-
umbul* were mainly made in Jembrana,
West Bali.[3] Fischer and Cooper describe
how in the first half of the twentieth century
songket weaving (with metallic threads for
the main design) of ritual textiles in
Negara, the capital of Jembrana, was
replaced by less labour-intensive
embroidery (*sulaman*), using cheaper
materials.[4] But since the 1980s
embroidered textiles are also gradually
disappearing because they also have
become too time-consuming to make.
However, some women in Negara still have
needlework skills. Rather than silk thread,
woollen yarn is often used, brighter in
colour and thicker. The embroidery is done
with a long needle and the help of a
tambour frame, using a continuous chain
stitch. It is mainly a women's craft,
although men sometimes outline in pencil
the characters and motifs to be
embroidered.[5]

Francine Brinkgreve

225 | Flag / *umbul-umbul,
lelontek*
West Bali
20th century
Cotton; embroidery
276 x 42 cm
Liefkes 1022

Gilded textiles

In Bali, and elsewhere in Indonesia where it is practised, the glue work technique of decorating cloth with gold leaf, or gold dust, or more recently with cheaper gold-coloured substitutes, is called *prada*.[1] In Bali, the design is first sketched (*ngorten* or *macawi*), a skill related to painting, and traditionally done by men. After a fish-based glue (*ancur*) is applied to the parts of the design to be covered, the gold leaf is attached.

The two contrasting *prada* cloths illustrated here, both made using real gold leaf, *prada gede* ("big *prada*"), show two common kinds of *prada* work. On one cloth (ill. 226), the gold leaf pattern is applied directly on a plain cloth, while on the other (ill. 228) the gold leaf is applied over a patterned batik cloth.[2] The former type is still made, but the latter was largely restricted, as far as is known, to the period from the nineteenth century to about 1940. The practice of applying *prada* on batik cloths was also common on Java and Sumatra.

The import of Javanese batik cloths into Bali (Bali does not have its own tradition of batik production[3]) dates back to the nineteenth century, and perhaps earlier. Very popular were silk *lok can* batik, in Bali often called *kain Rembang* (Rembang cloths), after the central north Javanese port through which they were originally traded.[4] Buleleng in north Bali was the main port of entry, so it is not surprising that one place (the only place?) in Bali where it is known that *prada* on batik work was done was Bubunan in Buleleng. When W.O.J. Nieuwenkamp visited the village, the most important textile centre of north Bali, in the first decade of the twentieth century, gold leaf work was mostly used for head cloths, larger dress items (presumably the *kampuh* or outer wrap cloth), and especially dancers' attire. He states specifically that *prada* work on batik with a white ground and a pattern of little birds, animals and flowers, had been popular but was going out of fashion, and, because they were burned in connection with cremations, werebecoming scarce.[5]

The application, on one side only, of *prada* over a batik pattern sometimes follows or emphasizes the batik pattern itself, but often has no relationship to the original pattern of the batik cloth, which either disappears or remains a vague background. Such is the case in this long narrow cloth where, over a geometric pattern, and save for the narrow end bands, an intricate *prada* leaf and chrysanthemum flower motif spirals along the whole length, giving the cloth a distinct vertical orientation. Sewn along both long

226 | Woman's sash (or temple decoration) with gold leaf decoration / *senteng prada*
Bali
Ca. 1900-1940
Cotton, gold leaf
33.5 x 174 cm
Liefkes 684

227 | A Balinese Gambuh dance group, the young girls wearing gilded dance *lamak* on their chests. Buleleng, Puri Kanginan. Photograph by Kurkdjian, 1914
RMV A020-301

228 | Shrine hanging (or temple decoration) with gold leaf decoration / *lamak prada* (*kain prada*)
Bali
Late 19th-early 20th century
Cotton, natural(?) dyes, gold leaf
Batik work (North coast Java), gold leaf glue-work (*prada*)
28 x 193 cm
Liefkes 883

229 | Portrait of a young girl wearing *kain prada* wrapped around her torso.
Photographer unknown, 1910-1920
KIT 10005110

sides are woven bands of stripes and *songket*. The cloth may have been purely decorative, but could well have served as a shrine hanging or a dance *lamak*.

The other *prada* cloth, probably a waist or breast sash, has the common format of narrow end borders, borders on the long sides, and a large central field. The central field has a bold symmetrical design of three lotus flowers and accompanying leaves spiralling outwards on either side from a central plant, against a red background. The base cloth is cotton. This kind of *prada* on plain background is the commonest kind of *prada*, used for temple and ritual decoration, dance costumes, and festive dress (ill. 227 and 229).

It is this "plain" *prada* that has seen important modern developments. In place of real gold foil which is very expensive, or even gold dust, gold paint is now frequently used instead, what in Bali is known as "*prada air*" (literally "water" or "liquid" *prada*). This can be freely painted on, or applied using a stencil. Even more recently, gold-coloured adhesive cloth is cut to pattern and then applied to the cloth. These imitations are produced at quite low prices.

David J. Stuart-Fox

Double ikat cloths from Tenganan

The striking beauty and technical complexity of the *gringsing* cloths of the village of Tenganan Pegringsingan have made them the most famous of Balinese textiles - and the most written about.[1] *Gringsing* cloths are double ikat textiles, where both warp and weft threads are resist-dyed separately, prior to the weaving process which employs a continuous warp. Uncut cloths, the warp intact, are presented to deities; cloths with the warp cut through may be worn by the people. There are said to be some 35 different *gringsing* patterns, each named after a fruit, flower or some other object, often together with a number that refers to the width of the cloth.

Particularly well-known are the *gringsing wayang* textiles, the word *wayang* in their names referring to the human figures depicted in three-quarter view, their faces in profile, as in the puppets of the shadow play theatre (*wayang*). Among the *gringsing wayang* cloths, certain rare varieties are no longer woven and have no distinguishing names,[2] but two that are still woven have their own names: *gringsing wayang putri*, the cloth illustrated here (ill. 232), where *putri* means "daughter, (unmarried) woman"; and *gringsing wayang*

230-231 | *Gringsing patlikur talidandan*
Bali, Tenganan Pegringsingan
Ca. 1900-1950
Cotton, natural dyes
Double ikat technique
39.5 x 166 cm
Liefkes 820

kebo, where *kebo*, literally "buffalo", probably refers to a warrior or military official, known in both old Bali and pre-Islamic Java. However this apparent gender distinction is not reflected in current dress regulations at Tenganan, where *gringsing* cloths are worn by male and female members of the village, often in prescriptive combinations with non-*gringsing* textiles.

The patterns of both named *gringsing wayang* textiles are rather similar, consisting of three four-pointed stars (or mandalas), each enclosing a square with a scorpion figure on each side. The scorpion is here an apotropaic device, a concept reflected in the name *gringsing*.[3] Each star is surrounded by groups of figures, three in the case of the *gringsing wayang kebo*, two in the *gringsing wayang putri*. In the latter, a kneeling male figure with a Panji-like headdress and a female figure greet one another. Their style is reminiscent of figures carved on reliefs on thirteenth and fourteenth century Javanese temples such as Candi Jago and Candi Penataran. References to *gringsing* in Javanese texts of the fourteenth century may refer to double ikat cloths; however, in Javanese batik the *gringsing* motif is quite different, resembling scales.

The second cloth (ill. 231), a *gringsing patlikur talidandan*, which depicts one of the many floral and geometric patterns, has an overall diagonal structure forming a series of lozenges with filling designs. The word *patlikur*, the number 24, refers to the width of the cloth. *Talidandan* is the "rope" with which a sacred object, such as a cremation tower, can be "led" during a procession, but the significance of this name here is unclear; cremation is not practised in Tenganan.

Gringsing is said to derive from the words "*gering*" (illness) and "*sing*" (not), meaning "without illness". The textiles are believed to have the power to repel illness, ill fortune, and magic. In the healing tradition, for example, where a *gringsing* cloth (or a fragment) is occasionally used, one protection mantra begins with the phrase "This is the perfection of *gringsing wayang*, all kinds of (magical) powers are defeated by it." Outside Tenganan, *gringsing* cloths are occasionally worn as a sash, or used as "clothing" for a shrine or god-symbol.

David J. Stuart-Fox

Wayang puppets

Rangda

This standing female wayang figure is
represented in a stance, knees slightly bent,
feet apart pointing outwards, toes pointing
upwards, a stance that is restricted to the
demonic manifestations of the gods Siwa and
Wisnu, the goddess Durga, and Rangda (ill.
234). The puppet has two movable arms with
joints at the elbows. She is made in what
present day wayang players call the "old
style".[1]

Her face, with large round eyes, is more like
a mask than that of a human. Long strings of
unkempt hair, like dreadlocks, hang down as
far as the hip. A long tongue with flames curls
down to her thigh. Large flames, forming a
triangle, emanate from the top of her head.
Flames also emanate from her ears, shoulders,
knees, and ankles. A tuft of hair curled on the
forehead, the three-teeth ornament
(*tridangstra*), and the extra fang (*sahit*) on her
right cheek are signs of extraordinary, demonic
powers.

Her torso is naked, apart from a sash
(*semayut, slambiran*) around her neck.[2] Her
jewellery, fitting for someone of high status,
consists of a diadem (*patitis*), ear decorations
on top (*sekar taji*) and in the lobe (*anting-
anting*), necklace (*badong*), double armlets
(*gelang*) around the upper arms, wristlets
(*gelangkana*), and anklets (*gelang*). The pointed
decorations of the upper armlets face
outwards, which is characteristic of North
Balinese wayang. The hands, one larger than
the other, are said to have magical
connotations.[3] The large toe of her left foot has
a long curly nail, another demonic
characteristic.[4]

She wears a short hip cloth or *kamben*, kept
in place by a girdle (*pekek*). Over the hip cloth
is a kind of pinafore (*tambédana*), fastened
around her waist by a girdle (*slatir*).

Such a female figure with long hair, long
fiery tongue, extra fangs, and other demonic
attributes, belongs to the category of witches
or *léyak*. In this case it represents the famous
witch, the Widow, or Rangda, of Dirah (also
Jirah or Girah), a village in ancient East Java.[5]
The story is situated in the realm of King
Erlangga (991-1049) of Daha in East Java. The
goddess Durga, spouse of Siwa, was cursed to
live as a demoness with her demonic followers
on cremation grounds for a period of time.[6]
Erlangga rejected a beautiful spouse-to-be,
Ratna Manggali from the village of Dirah,
because her mother, a widow,[7] was a Durga
worshipper versed in black magic. Roused to
anger by this rejection, the mother came to
Durga asking for spells to destroy the king and
his realm. Durga, who bestows whatever
charm a worshipper asks, gave the widow the
spell called Calon Arang, a spell that can
destroy but also restore. Hence the Widow or
Rangda from Dirah is also called Calon Arang.

The fire emanating from the body of Rangda
indicates magical powers (*sakti*). It is a
visualisation of the powers of those dealing
with negative or positive forces. They leave via
the five organs of sense (*pancendriya*) and from
the joints (shoulders, elbows, wrists, knees,
ankles) and cavities of the body like navel and
private parts.

Because of the supernatural powers evoked
by this character, only a few puppet players are
entitled to perform the Calon Arang story.

One-eyed demon

This wayang figure in the form of a naked male demon stands on his left leg, his right leg slightly raised, in a dancing stance called *nèngklèng*, typical of demons (*buta*) and witches (*léyak*) (ill. 235). His head is constructed in such a manner as to emphasize one large round eye (*mata tunggal*) that dominates the face. Such a demon is said to be more frightening than the two-eyed type.[8]

Other characteristics also denote his demonic nature. He is almost bald except for a short black pony-tail (*jambot*) on top of his head. His nose is large and thick, he has two long sharp eye-teeth (*caling*), a small moustache and a short chin-tuft. A round plug with a pyramidal object hanging down through the earlobe may represent a human bone.

As is sometimes the case in Bali with demonic figures and masks, the figure portrays symptoms of disease. His shoulders and chest are misshapen. Between his legs, a large testicle indicates he is suffering from elephantiasis, a disease quite common in Southeast Asia till the early twentieth century.

The figure represents a demon of the category of *buta*, followers of the god of the Dead, Yama, who reigns over Hell (*naraka*). They help Yama's assistant, Jogormanik, in carrying out the punishments meted out to the sinners' souls. This *buta*'s position within the hierarchy is clear. As he is not wearing clothes, and his jewellery is just simple wrislets, he belongs to the lowest of the army of demons, the *kingkarabala*. And the fact that the arms cannot move means that the figure does not play a prominent role in a performance.[9]

Such a figure plays a role in stories of Hell. A favourite story is Bimaswarga. Bima, the second of the five Pandawa brothers, is sent to Yama's realm to release his father Pandu and first wife, Madri. At a hunting party, Pandu had shot a deer. It was a Brahman in disguise. Killing a Brahman was a sin, so his soul had to suffer in the hell-cauldron for twenty years.[10] In the graveyard scene of the Sudamala story, in which the youngest Pandawa, Sadewa, releases the goddess Durga, this *buta* may also be shown.

There is not one specific name for this figure, used by all puppet players. Mostly, he is simply called Buta.[11] One Sudamala text mentions a Buta Togil with one large eye.[12] In Bimaswarga texts many names of demons are enumerated, but no Togil. However, on paintings of the Bimaswarga story on the inner side of the roof of the Kreta Gosa in Klungkung,[13] the demon is depicted three times, with his name in Balinese script, different each time: Buta Togtog Sil, Totog Sil, and Dirganetra (Long Eye).[14] Probably the painters of the Kreta Gosa, most of whom were also *dalang*s, introduced the demon's names.[15]

The fact that the demon has little body hair, and the way the moustache is cut, point to a South Balinese origin of the puppet. A wayang figure that belonged to a *dalang* from Gesang, northwest of Klungkung, displayed in the Nyoman Gunarsa Museum,[16] shows the same stylistic characteristics as the Liefkes demon. Therefore the figure may be from the region of Klungkung, and can be named Togtog Sil. The stick (*katik*) with which to hold the puppet is missing.

Hedi Hinzler

235 | Wayang figure of a
one-eyed demon / Buta
(Buta Togil, Buta Togtog Sil,
Dirganetra)
South Bali, probably
Klungkung
1900-1950
Cowhide, natural pigments
42 x 19.5 x 0.8 cm
Liefkes 276

Longhouse apartment door

One of the best known ethnic markers of Borneo Dayak cultures is the longhouse. These large communal residences raised on piles, mostly made of ironwood, are often up to 300 meters long. The Kenyah and the Kayan call them *uma*.[1] Both are sedentary societies well-known for the construction of solid longhouses designed to last for generations.

A longhouse can provide shelter for a few families or can house an entire village. Each family has its own private quarters or apartment (*kurung* or *bilek*), which can be closed by doors. Rituals or meetings take place on the communal gallery that runs along the whole length of the longhouse (*verandah* or *ruai*). Longhouse architecture also reflects social stratification. While there is little difference according to rank in spatial organization or artistic elaboration in Iban longhouses, the layout of longhouses among the Kayan and Kenyah reflect their rigid hierarchical class structure.[2] Kayan society was divided into three classes – aristocrats, commoners, and, in the past, slaves – with four hereditary strata (the intermediate class is split).[3] Kenyah society was similar in structure. In these longhouses, the interior apartments are allocated according to social status. The apartment at the centre of the house is often reserved for the chief or for villagers highest in rank. The class levels and status of the other occupants decline progressively with distance from the central room.[4]

The residents see ornamented doors primarily as protection for the occupants rather than as a means to ensure privacy.[5] Only one person can pass through at a time and – probably for security reasons – they opened onto the veranda, so that they could be barred from inside the apartment. The door handle usually was on the outside.[6] Sellato reports that door panels are often made of the huge buttress root of the honeybee tree (*Koompassia excelsa*) or else of a large ironwood board (*Eusideroxylon zwagen*). Some are decorated with carved and painted finials and murals depicting important figures related to the spirit world, with the most lavish ornamentation found in the chief's quarters.[7]

This door displays an eye-dazzling composition of motifs from the repertoire of Borneo iconography. In the centre is the door handle carved in *haut relief* in the shape of a four-legged, scaled animal resembling the Malayan or Sunda pangolin (*Manis javanica*), with turquoise beads inserted for eyes. It is uncertain whether this figure is symbolic, expressing fertility, or just purely decorative.[8] It may even be an unusual rendering of the hybrid *aso* creature.[9] Flanking it are protective *aso* figures, their eyes highlighted with shell discs, as on Dayak baby carriers. The *aso* figures are interlaced with octopus-like arms of an unidentified creature.

The *aso* motif can be regarded as a stylized, standardized representation of both the water snake and the hornbill.[10] Both animals are sacred, the hornbill representing the upper world and the water snake the underworld. In recitation of religious songs and rituals, the narrative always presents them as a pair, and the combination of the two may represent a totality. According to Schärer, "they both appear together and act as the total/ambivalent deity".[11] *Aso* images on doors represent a badge of aristocracy and are sometimes understood as an anthropomorphic ancestor figure.[12] The lavish ornamentation of this door points to the high social status of the occupant.

SRI KUHNT-SAPTODEWO &
REINHOLD MITTERSAKSCHMÖLLER

236 | Longhouse apartment
door / *betamen*
Kalimantan; Kenyah or
Kayan peoples
20th century
Wood, shells, beads
147.5 x 53.3 x 14 cm
Liefkes 237

237 | Pangolin-like figure
carved on the door.

Bahau baby carrier

Baby carriers such as this are unique to the peoples of central Borneo, including the nomadic peoples of this region.[1] Baby carriers are not only utilitarian objects: they also have social and spiritual functions because they protect both the body and the soul of the child, ensuring the perpetuation of the family.[2] They are therefore a family's treasured property.[3]

A mother wears the baby carrier on her back, shifting it to the front when she breastfeeds. She makes it secure by tying a sarong around it and around her waist. Babies may be carried in this way from birth up to the age of two or beyond.[4]

The frame of a baby carrier is made of tree bark, rattan, wood or a combination of these materials. Decorations include a wide range of materials, such as cotton cloth, beads, shells and animal teeth.

This baby carrier is carved from a single piece of hardwood.[5] Three human-like figures with disproportionately large, heart-shaped, monster-like faces, large earlobes, and protruding tongues glare from the back. They symbolize the underworld and are capable of repelling evil influences.[6] According to Maxwell,[7] people believed that the souls of young children might wander and come into contact with disease and danger, so to protect her baby a mother would say a prayer when she placed the baby in the carrier. A demonic figure on the baby carrier could protect the child by scaring off marauding spirits.

Cone-shell discs mark the eyes and the navels of the figures. Their torsos, especially the hands and feet, are composed of curvilinear figures resembling *aso* motifs. Similar motifs are also found near the top edge while the section at the bottom is decorated

238-239 | Baby carrier /
ba' or bënning
Kalimantan, Mahakam
river; Bahau people
20th century
Wood, shells, rattan
48 x 36 x 19 cm
Liefkes 252

with a row of triangles. Worth mentioning also are the unusual struts on both sides carved in almost *trompe l'oeil* style to resemble twisted fibres.

Whittier notes that the Kenyah, for example, no longer use baby carriers carved entirely from wood.[8] Instead they favour beaded baby carriers with a rattan base.[9] These still have a wooden, crescent-shaped seat with two or four supporting struts holding a "wall" of woven rattan with a beaded panel *(aban)* attached. They are sometimes decorated with tassels made of beads and shells, animal teeth and bells to scare off malevolent spirits. Usually, the child's grandmother does the beading.[10] Once the child has grown out of the carrier, the beaded panel is removed and kept as an heirloom. Straps are usually also made of rattan, sometimes covered with commercial cloth for comfort. The beads offer a hard surface to protect the child from evil.

Beaded baby carriers are status symbols among several Dayak tribes. In general, human or human-like figures appear mostly on aristocratic baby carriers; they convey high status as opposed to the more geometric designs used by commoners. The Kenyah and Bahau still produce these baby carriers.

SRI KUHNT-SAPTODEWO &
REINHOLD MITTERSAKSCHMÖLLER

240 | A baby sits snugly in its baby carrier, decorated with amulets, which is tied with a *selendang* around the mother's waist.
Photograph by H.F. Tillema, 1932
RMV 10775-24

241 Dayak woman carrying her baby on her back.
Photographer unknown, before 1952
KIT 10005650

Paraphernalia of a Ngaju shaman

Among most indigenous societies on Borneo there are specialists who are able to contact the supernatural world in order to recognize any potential danger that might affect the village or any of its individuals.

Healers may possess white or black magic, or both. Usually they are women or transsexuals who have no medical training but do have the innate ability to perform rituals of healing. They also carve *karuhei*, amulets, to protect those who request them. Or they themselves put on the *karuhei* before they carry out the ceremony, in order to protect themselves from evil spirits. Wooden boxes or plaited baskets serve as containers for the shaman's paraphernalia. Some known examples have anthropomorphic wooden figures attached to the outside of the container. Here, several wooden sticks with human features are assembled in a basket (ill. 242).

Hardeland describes *karuhei* as magical instruments to achieve luck or advantage. They consist of pieces of tree roots or wood impregnated with blood or oil. *Penyang*, on the other hand, are magic objects that are worn on the body, conferring courage and bravery. This kind of amulet very often consists of animal teeth, beads, stones, or, as is the case here (ill. 243), a smal ceramic bottle.

Well-developed cosmologies, profuse mythologies, imaginative theories of creation and ideas about the natural order characterize the indigenous religions of Borneo. They feature a pantheon of deities, including a long list of patron deities associated with day-to-day domestic activities. Offerings are made to both protective and destructive spirits during elaborate ceremonies and healing rituals. Specific offerings, such as animals for the bad spirits or rice and rice-cakes for the benevolent

242 | Shaman's basket with figures / *karuhei*
South Kalimantan; Ngaju people
20th century
Rattan, wood
27 x 15.5 x 11.5 cm
Liefkes 18

243 | Amulet / *penyang*
South Kalimantan;
Ngaju people
20th century
Wood, ceramic, animal teeth
13 x 8 x 2.3 cm
Liefkes 11

ones, act to placate the supernatural powers. A central figure during these rituals is the priest or shaman, who has acquired his or her skills from another shaman.

In Central, East and South Kalimantan, a new development in religion has arisen. There, indigenous religions have joined together in a standardized, scriptural religion called "Kaharingan", that is recognized by the state. Official recognition of the Kaharingan religion in 1980 led to the standardization of the

rituals. This transition from an oral tradition to that of a written religion is a very complex process. Imposed on the oral religious tradition, in which the ceremonial details were regulated at the village level, is now a supra-village, written canon with which it interacts.

From this new development, a hierarchy of religious experts originated with the priests on the one hand and on the other, the healers. The priests perform the complex ceremonies, such as rites of birth, marriage and death, while the healers are called in when someone is sick or to perform other rituals like those asking for good fortune, when someone is going on a journey, and other less formal rituals.

Among the Ngaju the priest is called *basir*, a term also often used for the healer. Today most priests are men, but in the nineteenth and early twentieth centuries they were almost always women. Priests may act as healers, but a healer cannot perform the rites that priests do. The *basir* learned their skills in a long and difficult apprenticeship, usually in a master-disciple relationship. Since 1986 however there is – in the Western sense – a theological seminary (Sekolah Tinggi Agama Hindu Kaharingan) in Palangkaraya, the capital of Central Kalimantan, where priests are trained.

Sri Kuhnt-Saptodewo &
Reinhold Mittersakschmöller

244 | Ngaju shaman (*tukang hanteran*) in full ritual dress (including *penyang* hanging on his chest) at a secondary mortuary ceremony (*tiwah*). Sungai Gohong. Photograph by Hanno Kampffmeyer, 1987

Dayak mandau

The characteristic sword called *mandau* or *parang ilang* is the most potent symbol of masculinity in non-Islamic Borneo societies.[1] A form unique to Borneo, it is carried by men from all Dayak ethnic groups of the island. *Mandau* or *parang ilang* were once weapons for hunting heads. Today they serve in daily life as a machete, and appear also in rituals and dances. Among the Ngaju, it is used in divination (*manenung*) ceremonies in connection with a *tiwah* mortuary ritual (ill. 245). The priest awakens the sword: "Wake up! Souls of the sword, roots and axe. I know your origins. You were chosen to see things for us humans which we cannot see for ourselves". Using a *mandau* tied to an axe-blade held by two participants, the *mandau* turns to right or left to give the answer "yes" or "no" in response to questions from the priest.

There are countless types of *mandau*, each with different decoration, but from the ornamentation alone it is impossible to attribute a *mandau* to a specific ethnic group in Borneo. There are, however, differences in the shape of the blade. The blade may be straight, as in examples from East Kalimantan, or curved, like those from West Kalimantan, or just slightly curved, like those from the Bidayuh.[2]

The Kayan and Kenyah developed the smelting of good quality local ores to a high level, forging ceremonial headhunting swords or cutlasses (*parang ilang*) that were beautiful and effective weapons and working tools. Their small-scale bloomery smelting methods go back to the tenth century.[3]

245 | Using a *mandau* in a divination (*manenung*) ceremony in connection with a Ngaju *tiwah* mortuary ritual. Tumbang Malahui, Rungan River, Central Kalimantan. Photograph by Hanno Kampffmeyer, 1987

This *mandau* has all the attributes of a prestigious sword designed to honour its owner: a knife with a finely decorated blade and a hilt intricately carved from bone or deer horn, an ornamented sheath and a side knife. The hilt has a tuft of goat hair and is partly wrapped with woven rattan. The curly fretwork along the top edge features spirals and tendrils, and the surface has inlaid brass dots and spiral lines. The sheath of this *parang ilang* is carved from reddish-brown light wood and decorated with a variety of motifs, including the *aso* motif, on the upper portion. The sheath itself consists of two halves, fastened together with finely split rattan.[4] The lower tip of the sheath is adorned with multicolored tufts of animal hair and bicoloured lashing. On a string attached to the sheath is a cord with beadwork tassels and a hornbill casque. This cord is also made of rattan.

This *mandau* has a side knife with a hilt longer than the blade that serves, among other uses, as a tool for woodcarving.[5]

Sri Kuhnt-Saptodewo & Reinhold Mittersakschmöller

247 | A man in ceremonial
costume, with a *mandau*
hanging at his waist.
Tumbang Malahui, Rungan
River, Central Kalimantan.
Photograph by Hanno
Kampffmeyer, 1987

Dayak ear ornaments

Ear ornaments of carved hornbill beak
Several cultures of Southeast Asia and the
Indian sub-continent regard the hornbill, a
large forest bird that is now an endangered
species, as an animal of great symbolic
importance. Indigenous groups on Borneo see
the hornbill as a representation of the
upperworld god and the water-dragon as a
representation of the underworld goddess;
united they represent cosmic totality with both
male and female aspects as it is understood,
for example, among the Barito peoples.[1]
Wearing hornbill feathers and casques as
adornment in traditional attire and during

ceremonies conveys highly symbolic messages
of status and prestige that are closely
connected to indigenous religion. For example,
the Iban hunt the large helmeted Rhinoceros
hornbill of the Malay Peninsula, Sumatra and
Borneo *(Rhinoplax vigil)* for their tail feathers,
which they use to decorate ceremonial
headdresses. The *gawai kenyalang* (hornbill
festival), a major annual event on the Iban
calendar that in earlier times was a precursor
to headhunting raids, underscores the
significance of this animal. The Bahau and
Modang of eastern Kalimantan decorate their
hudoq masks with hornbill feathers. Kenyah

248 | Two man's ear
ornaments / *sabau*
Kalimantan; Kenyah or
Kayan peoples
20th century
Beak of the hornbill
(*Rhinoplax vigil*)
9 x 5.6 cm (447); 9 x 4.6 cm
(448)
Liefkes 447, 448

and Kelabit societies admire hornbills for their large size and their heroism. They feature in the performing arts, especially in dances.[2] Certain taboos restrict eating this animal[3] and, although it is hunted for its beak and feathers, the hornbill is also kept as a pet and regarded as a messenger from the spiritual world.

The hornbill casque consists of solid keratin and was highly prized as "hornbill ivory" in China, Japan and Europe, where it served as the raw material for delicate carvings. In Borneo, jewellery and decorative pendants for swords made from its beak, very often make use of the two colours of the material: the yellow lower layer of the hornbill casque, which is carved in relief, and the upper area with a strong red coloration carved *à jour*.[4] The two ear ornaments in the Liefkes collection (ill. 248) are made in this same manner. Both show curvilinear interpretations of multiple interlaced mythical animals with a high degree of abstraction and a three-dimensional effect.

Among the Kenyah of the Apo Kayan region only successful headhunters were entitled to wear ear ornaments made from hornbill ivory. The Kenyah people of the Kayan river in East Kalimantan call these ear ornaments *sabau*.[5] Both the material and the motifs add to the symbolic value of the *sabau*: the much admired heroic hornbill also represents the upper world while the carved motifs feature variations of the *aso* motif. Thus the *sabau* can be regarded as a symbol of power and prestige. With the demise of headhunting and the increase in inter-ethnic contacts ear ornaments made from hornbill ivory spread to other central Bornean groups. Besides the several Kenyah groups from the Apo Kayan region, they are found among Kayan groups from the Mendalam river in northwest Kalimantan and from those settled along the Baram river in Sarawak (ill. 249 and 250).[6]

249 | Portrait of a Dayak man wearing an ear ornament.
Photographer unknown, 1909-1910
KIT E0014322

250 | Portrait of a Makulit Dayak man from Bulungan, East Kalimantan, wearing a hornbill ear ornament.
Photographer unknown, 1920-1930
KIT 00C5572

Ear ornaments of brass

Ear ornaments made of metal are popular in many societies of inland Borneo. Most of the earrings and pendants are of solid, cast metal and contribute, through their weight, to the rapidly disappearing fashion of stretching the ear lobes (ill. 252).[7] Earrings of brass or lead were signs of prestige and beauty (ill.251).[8]

Reportedly, the Kayan in particular were expert metalworkers,[9] but heavy brass earrings (and a few examples made of silver) in the form of circles with *aso* (mythological animal of hybrid nature, often referred to as dragon) mouths on both ends have been found among various Dayak groups,[10] which suggests that they were probably traded within the region. The first ear ornament (ill. 251 centre) is probably one of a pair worn by men.[11] These were often worn together with teeth of the Malay bear that were inserted into the top of the ear. The second ear ornament (ill. 251 left) is very similar in shape.[12]

The third ear ornament (ill. 251 right) is in the shape of a serpent with a dragon head showing large ears and huge fangs. It differs from the common *aso* ornaments as the body is clearly shaped like a snake.[13] Rings, possibly stylized ornaments representing water snakes, divide the winding torso. Water snakes are a motif in several Dayak crafts such as ikat textiles and woven mats.[14] A cosmic symbol, the water snake is also associated with prudence. Here, Chinese influence is evident: both dragon and snake are figures of the Chinese zodiac. Similar pieces are known from other collections.[15] Rodgers notes that these pendants were probably attached to the ear lobe by a thread.[16]

251 | Man's brass ear ornaments
Kalimantan; Kayan or Kenyah peoples (2, 14); Upper Mahakam, Long Gelat; Modang people (15)
20th century
Brass
Left: 3.7 x 3.2 x 1.7 cm (2);
Centre: 5 x 3.6 x 3 cm (14);
Right:7.5 x 5.6 x 1.5 cm (15)
Liefkes 2, 14, 15

Wooden drop-shaped ear ornaments

Large, heavy ear ornaments made from metal
and hardwood were a sign of beauty among
several Borneo groups such as the Iban and
other peoples from the Kapuas and the upper
Mahakam regions. In many Borneo societies,
for example among the Kayan, where this
custom was related to social prestige, both
sexes lengthened their ear lobes. Kayan and
Kenyah men however never stretched their ear
lobes to the same length as did the women; it
was considered effeminate for a man to have
his ears longer than just shoulder length.[17] In
the past, a child´s ear lobes were pierced at an
early age and then gradually heavier ear
ornaments were added from time to time.[18]
Such weights were mostly made from non-
precious metals such as pewter, but also from
wood. The women from the small Berawan
tribe, a group related to the Kenyah and the
Kelabit, wore wooden discs that were often
carved on both sides in star-shaped patterns.[19]

The Modang, who live in East Kalimantan in
the Long Gelat region of the middle and upper
Mahakam area, sometimes use drop-shaped
ear ornaments made of wood and stone (ill.
253), while the Kelabit of the upper Baram use
ornaments of similar shape but made of
brass.[20] They are shaped like a pear or like the
spinning top (*gasing* in Malay) that they spin
during leisure time.

For outsiders, the stretched ear lobes were
once a prominent feature of visual depictions
of Dayak "body art". Today, the practice of
elongating ear lobes is rapidly dying out.

Sri Kuhnt-Saptodewo &
Reinhold Mittersakschmöller

252 | Dayak man wearing a
brass earring.
Photograph by H.F. Tillema,
1932
RMV 10775-19

253 | Pair of ear ornaments
East Kalimantan, Mahakam
River; Modang people
20th century
Wood
8.4 x 4.2 x 3.7 cm
Liefkes 3

Beaded Kenyah sun hat

Among many ethnic groups in Borneo, beadwork is applied to various objects of daily use, such as baby carriers, headbands, and wide hats for sun protection. The Orang Ulu in Sarawak call the sun hat *sa-ong*,[1] known also under that name among the Kenyah[2] who call it also *isang*.[3] Kenyah sun hats combine a wide range of techniques including beading, embroidery, and cotton patchwork, and are sometimes decorated with hornbill feathers. The rim is usually stiffened with rattan strips.[4]

This hat features a patchwork of multicoloured cotton and a circular beaded panel displaying S-shaped double-headed dragons or *aso* heads in yellow and white against a black background.[5] The hat is worked in the most common colours of Borneo: red/russet, white, yellow and black, the hues of the hornbill's beak.[6] Muted blues and greens were added to the palette in the late nineteenth century.[7]

Beadwork is an exclusively female occupation throughout Borneo. It is carried out using a pattern or a special table.[8] Tillema reports that a woman needs about one month to complete the beadwork of a sun hat. The beadwork is made on a flat plate and when it is ready, it fits perfectly on the conical hat.[9]

Sri Kuhnt-Saptodewo &
Reinhold Mittersakschmöller

254 | Sun hat *sa-ong*
Kalimantan; Kenyah people
20th century
(Nipa?) palm leaves,
bamboo or rattan, beads,
cotton
60 x 15 cm
Liefkes 251

Maloh beaded textiles

The Kelabit, Kenyah, and Kayan peoples are noted for their beadwork,[1] but the Maloh of the upper Kapuas River in West Kalimantan produce Borneo's most spectacular beaded textiles.[2] The Maloh themselves claim that they learned the art from their neighbours, the Kayan.[3] The Maloh trade their products to other Dayak groups, making it difficult sometimes to trace the exact origin of an item of clothing.[4]

Beads are applied to both jackets and tubular skirts worn by women. The foundation material is either barkcloth which is manufactured locally, or a commercially produced cotton fabric, often red in colour, which is imported, since the Maloh do not weave.[5] The Maloh use small monochrome beads that are readily available from Europe and Japan.[6]

Popular motifs on Maloh skirts are human figures, double-headed dragons known as *aso*, or just dragon heads.[7] But besides these typical Borneo motifs, Chinese artifacts have also inspired Maloh beaded textiles.

255 | Noblewoman's ceremonial skirt / *kain lekok*
Kalimantan; Kayan or Maloh people
20th century
Beads, sequins and nassa shell embellishment on commercial cotton fabric
53 x 43 (x2) cm
Liefkes 879

Ceremonial skirts

On the first finely decorated tubular skirt made from multicoloured lengths of commercial cotton fabric sewn together, the large beaded panel displays the common motive of the double-headed dragon or *aso*, intricately worked in yellow beads against a black background (ill. 256). Separated by narrow stripes of cotton decorated with small metal discs is another, narrower, beaded panel with a smaller, negative version of the dragon theme: black beads against a yellow background, yet in the same rhythm. In the upper portion, what looks like a monster head with a protruding tongue appears among hook-like ornaments.

The diamond filling on this textile identifies it as of Maloh origin.[8] These motifs and the colour composition may have been influenced by decorations or possibly even by altar cloths in the temples of nearby Chinese communities.[9] Monster faces, which are present in the art of neighbouring groups like the Kayan and the Iban, are also found on old Chinese jars.[10] These and other Chinese artifacts may have inspired the iconography of Maloh and Kayan art.

256 | Noblewoman's ceremonial skirt / *kain lekok*
West Kalimantan; Maloh people
20th century
Beads, metal discs, commercial cotton fabric.
54 x 43 (x2) cm
Liefkes 878

Only a woman of the aristocracy could wear this precious, heavy textile, which is almost entirely covered with beads.

On the second skirt (ill. 255), on the other hand, beads are only one of the means of decoration which displays a sequence of layers in various techniques applied to the commercial dark blue cotton base fabric.[11] Decorations include appliqués of split shells (*buri* or *parus*),[12] sewn-on sequins and the panel made of beads (*manik*); and some embroidery near the border outside the central field. The main motifs are dragon figures in the shape of *aso* motifs that are believed to have protective powers.[13] As in woven ikat textiles and also in woodcarving (e.g. the longhouse apartment door), it is the interlocking nature of the design which is distinctive for Borneo art. Design components rarely exist as isolated elements but combine as parts of a unified whole.[14]

Both of these precious beaded skirts, one almost entirely covered with beads, would have been the property of noblewomen, to be worn only on ceremonial occasions.

Woman's jacket

The third Maloh beaded textile (ill. 257-258) is a sleeveless jacket which is almost entirely covered with beads on a foundation of barkcloth, with a trim of red cotton fabric. The ornamentation fashioned from small monochrome beads consists of "hooked"

patterns (*kait, karawit*)[15] and prominent
human figures (*kakalétau*). The *kakalétau*
represent seated slaves, especially females, who
served elite families (*samagat*) in the stratified
Maloh society. In the past, slaves were
sacrificed when a prominent aristocrat died.
Supposedly, the spirit of the victim would
accompany the deceased to the afterworld to
serve its master or mistress there.[16] These
sacrificed slaves were regarded as guardian and
ancestor spirits.[17] Garments made of the hard
and durable beaded material were considered
a source of power and longevity for the wearer.
At the same time, beads represented wealth,
especially when, as in this object, they were so
richly worked into an article of clothing. Slaves
were forbidden to wear beaded garments.[18]

According to Avé & King, the decorative
figures have a symbolic connection to
fertility.[19] Therefore the jacket was worn during
death and headhunting rites, for example, at
which life was reaffirmed or fertility
enhanced.[20] Since the Maloh traded their
products to other Dayak groups, it is difficult
to trace the exact origin of this jacket, although
the collector attributed it to the Kayan.

SRI KUHNT-SAPTODEWO &
REINHOLD MITTERSAKSCHMÖLLER

Man's barkcloth jacket

Once widely used by Dayak peoples throughout Borneo, bark was a traditional material for clothing. Plain, undecorated garments made from tree bark were the usual working attire but are rarely seen now. Colourful, patterned cloths adorned with painted ornaments and decorative stitching were much rarer, possessed only by aristocratic members of the society.[1]

The best known examples of jackets and skirts made from barkcloth are from the upper Mahakam river and the Apo Kayan.[2] They are decorated in various techniques: Kenyah women's skirts and men's loincloths, for example, were painted with elaborate motifs by using stencils.[3]

This sleeveless, fringed, barkcloth jacket is reinforced with horizontal rows of stitching using pineapple fibre. The barkcloth is stencilled with a double-headed dragon, very similar to a piece from the Apo Kayan at the Rautenstrauch-Joest Museum in Cologne.[4]

259-260 Man's ceremonial
jacket (front and back)
Kalimantan, Apo Kayan
region of Bahau river;
Kenyah people
Early 20th century
Barkcloth, yarn, pineapple
fibre, natural dyes
63 x 45.5 cm
Liefkes 240

The upper part of the jacket is plain (except
for the rows of stitching), while the lower part
has five series of ornaments: the painted
dragons, a wider reddish-brown painted stripe,
a row of rhomboids carried out in stitching
with indigo-dyed thread, under this another,
narrower reddish-brown stripe. The lower edge
of the jacket ends in twined fringes.

A Kenyah petticoat from Long Kemuat in
Apo Kayan, illustrated by Sellato,[5] shows a
close-up of ornaments painted with "dragon's
blood" (produced from a red resin gathered
from the rattan palm), including a two-headed
dragon that is very similar to those decorating
the lower part of this jacket from the Liefkes
collection. The barkcloth jackets in the
Wolfgang Leupold collection at the
Völkerkundemuseum der Universität Zürich[6]
are identical in style to this piece from the
Liefkes collection, which may be assumed also
to originate from the Kenyah people who
settled along the Bahau river.

This jacket is an object of prestige, probably
worn on festive occasions by a member of the
lower aristocracy, as indicated by the motifs.[7]

SRI KUHNT-SAPTODEWO &
REINHOLD MITTERSAKSCHMÖLLER

Brass gong from Brunei

Among most Dayak groups, the gong plays an important role; it is essential in every longhouse. Not only does it serve as a musical instrument, the gong is also used to relay messages to the village people. Most villagers work in their fields which can be several kilometres distant from their villages or longhouses. In order to relay news, for example of a death, or to announce a ritual, the longhouse gong is sounded, each kind of message having a distinctive rhythm. In connection with rituals, too, the gong is sounded in order to send a message to the upper and lower worlds that a ceremony is about to begin.

But the gong serves also other functions with symbolic significance. Among the Ngaju, the soil of the cemetery bears the sacred name (*tandak*): *petak sitel balambang tambun, liang deret bangkalan garantung*, "thick earth with watersnake as base, closed pit with gong (*garantung*) as base."

This parallelism between watersnake and gong shows the importance, in the cosmology of the Ngaju, of these two elements. A chart drawn by a priest and published by Stöhr[1] shows a water snake holding up the earth. The gong is vital to a ceremony in that its sound establishes a connection with the cosmos, and during ceremonies the priests stand on gongs (ill. 262). Thus, both the water snake and the gong can be seen as supports and as means to link this world with the Upper World.[2] The priests explain that through the gong they have a connection to the Upper World and receive the power of the Sangiang (dwellers of the Upper World).

The gong also functions as a "sacred" container. During the *tiwah*, the secondary burial, the bones of the dead repose in a gong before they are brought to the bone house.

In addition to *martaban* (Chinese jars), every respected family or group of families will possess one or more gongs as *pusaka* (heirloom), which they will pass on to future generations. Many gongs were produced in Brunei on the northeast coast of Borneo, which has been an important centre of brass

production for many centuries. Brunei has been an Islamic sultanate since the fifteenth century. Brunei gongs were appreciated more for their decorative aspects than for the beauty of the sounds they produced.

The ornaments in *haut relief* radiate outward from the central, unquestionably Islamic, star motif in close rows with a floral design, possibly representing seagrass. The combination of geometric ornaments with arabesques, displays strong Islamic influence. The three dragons, each with four legs, point to Chinese influence, but among various Dayak groups, depending on the cultural context, they are often interpreted as water snakes.[3]

The Dayak are not gong smiths themselves, but have always imported gongs from elsewhere, in the past mostly from Java. Nowadays they are even imported from Taiwan.

SRI KUHNT-SAPTODEWO &
REINHOLD MITTERSAKSCHMÖLLER

Golden jar with Bugis inscription

This beautiful golden filigree jar with ears, inlaid with emeralds, is unique in having an inscription in the Bugis language on the bottom. It is a rare example of an elaborately decorated gold *bekkeng mpulaweng*, 'golden jar'. This kind of metal jar is used to store oil, face powder or incense. Although the Bugis inscription at the bottom indicates that it was in the possession of a Bugis noble, or royal family, that does not necessarily mean the object was also produced in the Bugis homeland of South Sulawesi. Filigree objects, gold or silver, were produced in many parts of the Indonesian archipelago, and South Sulawesi throughout history has been a centre of inter-insular trade, so it is very possible the pot originated from outside Sulawesi. It is even possible it was in the possession of a Bugis noble family living outside South Sulawesi, for example in the Malay kingdom of Riau-Johor.[1] It is not possible to date the object with any certainty.

The Bugis inscription is rather enigmatic and difficult to understand due to the characteristics of the Bugis script, and the lack of context.[2] Literally the four lines of text read:

Sékati tellu taiq dua Me[3] / *lima taiq*
ulawenna pawélaié ri bola
cappajaé / lebbi pitu taiq naddua Me
ulawenna matinroé ri Larompong

One *kati* and three *taiq* two... five *taiq*
is the gold of the one departed in the house
up to, more than seven *taiq* and two...
is the gold of the one deceased in Larompong

Kati and *taiq* are units of weight, one *taiq* being approximately 1/16th of one *kati*. The terms *pawélaié ri bola* and *matinroé ri Larompong* are posthumous names given to rulers (*matinroé* 'sleep, rest') and slightly lower nobility (*pawélaié* 'leave'). Among the Bugis posthumous names generally indicate where or how someone had died. Larompong is a former chiefdom in Luwu regency, in the northeast of the southwest peninsula of Sulawesi. Luwu is recognized as the oldest of the Bugis kingdoms and the mythological origin of the Bugis people. It is impossible to identify the individuals carrying these posthumous names.[4] The mentioning of the toponym Larompong only indicates the region where a ruler died; it does not indicate the jar's place of origin.

So, what do these four lines of text mean? It can be assumed that the text is related to dowry or bride price. Most likely it is meant to ascertain the descent and the purity of the blood of a woman about to marry, a reminder, as it were, of her position and status in society. Bugis society is strictly hierarchical and women are not allowed to marry a man of less pure blood than themselves. Status is shown, for example, in the bride price that has to be paid to the woman's family by the man. Traditionally, especially among nobility, this is counted in traditional measurements like *kati* and *taiq*.

Jars, or baskets, and their lids play an important symbolic role in marriage and divorce. A noble woman who wants to divorce her royal husband sends, amongst other things, a *bekkeng mpulaweng*, a golden jar with a lid, filled with incense to her husband. This jar she received from her mother-in-law at her first visit to her husband's family. At a ceremony the man keeps the jar and returns the lid with half of the incense to his (former) wife.[5] In the great Bugis epic *La Galigo* the hero Sawerigading brings a lid with him that exactly fits the basket in the possession of his maternal aunt, the mother of Wé Cudaic, his prospective bride and first cousin. The basket and lid were divided between the two sisters at the moment they promised that their respective children in the future would marry each other. Lid and basket would form the proof of their descent and destiny.[6]

Sirtjo Koolhof

263 | Golden jar / *bekkeng mpulaweng*
Sulawesi (or Riau-Johor?);
Bugis people
17th - 19th century (?)
Gold, emeralds
13.5 x 17 cm
Liefkes 407

264 | Bugis inscription on the bottom of the jar.

Buginese headwear

These two *songkoq*, or hats, are woven from *lontar* palm fibre (*Borassus flabellifer*). The word *songkoq* (Indonesian *songkok*, *kopiah* or *peci*) is nowadays used to refer to the national headwear of Indonesian men, made of black velvet. These are generally worn in daily life by Bugis and Makassarese men too. The traditional South Sulawesi *songkoq* is commonly used at ceremonies and rituals.

Originally the *songkoq* was used only by members of the nobility, but since at least the nineteenth century its use spread to all male members of society, replacing head cloths. *Songkoq* could be made of different materials, the most common being *lontar* palm fibre, but also the fibre of the talipot palm (*Corypha umbraculifera*), and for the most exclusive, horse hair. In the regency of Boné they were woven of the fibre of a species of wild orchid collected in Southeast Sulawesi, into which gold thread was woven.[1] From this the general name *songkoq to Boné* is derived, which nowadays is used for the traditional Bugis *songkoq*.

The white *songkoq* (ill. 266), more modest than the gold decorated black one (ill. 265), is made of young, still light yellowish *lontar* fibre, interwoven with small strips of black dyed lontar fibre. The black one is made of the same material, coloured deep blue with indigo first, and subsequently blackened with soot.[2]

The black *songkoq* is a *songkoq pammiring*, 'songkoq with an edge'. The lower part is woven of gold thread, where the amount of gold used indicates the rank of the wearer. For a ruler, traditionally the gold edge could be more than half of the height of the *songkoq*. Others were, of course, obliged to have a gold edge that was smaller than that of the ruler and should be in accordance with their own status. The *songkoq pammiring* also has seven precious stones on its top (ill. 267). The centre and the edge of the

266 | *Songkoq*
South Sulawesi; Bugis (or
Makassarese) people
20th century
Lontar palm fibre
8.8 x 20 x 16 cm
Liefkes 187

268 | Portrait of We Kambo
Daeng Risompa, the queen
of Luwu, and her husband,
La Eatjo To Sapila.
Photograph by Albert
Grubauer, ca. 1911
RMV A83-1-159

top are also made of gold thread. Of the two
songkoq in the collection this one is clearly the
more valuable. Nowadays great numbers of
these *songkoq pammiring* are produced, both
for tourists as well as for Bugis and
Makassarese men themselves, which do not
make use of pure gold thread but of cheap
gold-coloured thread.

The form of these two *songkoq*, with a flat
top, seems to be rather modern. Looking at
nineteenth and early twentieth century
photographs from South Sulawesi one usually
sees *songkoq* with a conical top. A steep conical
top appears to be more a Makassarese
characteristic (ill. 268), whereas the Bugis
songkoq was only slightly conical. However,
photographs from the first two decades of the
twentieth century also show flat models; and
for example, in photographs of the funeral of
the queen of Luwu in 1935 all *songkoq* have the
flat top.[3]

The way in which the *songkoq* is worn is of
great importance. One should not wear it
straight on one's head, but should also take
care that it does not lean to the left. That
would point to bad intentions of the wearer.
At the court only the highest nobles were
allowed to wear the *songkoq* leaning to the
right. No one should ever wear it at the back
of the head.[4]

Sirtjo Koolhof

Ear ornaments from South Sulawesi

In Indonesia, centres especially renowned for their mastery of gold and silver filigree work include Koto Gadang, northeast of Padang in West Sumatra, and Makassar on the west coast of South Sulawesi. On comparing Bugis and Makassarese textiles and jewellery with those of central Sumatra, it becomes evident that there is more than likeness alone. In the sixteenth century the Makassarese established a powerful state, Gowa, subjugating neighbouring Bugis states. As a trading and seafaring nation, they may have been introduced to the ceremonial adornments used in the Sumatran coastal areas that by this time had become sultanates. The conversion to Islam was a matter of years and started in the early seventeenth century when the king of Gowa opted for the Muslim faith as official religion. Minangkabau missionaries spread the faith and in their wake some itinerant gold and silversmiths may have come to this area.[1]

In the sixteenth and seventeenth centuries Makassar became the leading town of the empire of Gowa. Local aristocracy and elite became the main clients for luxurious adornments that hitherto were supplied by Toraja smiths who obtained gold by panning the rivers in their homeland.[2] Once the local smiths mastered their trade, they became successful in exporting their products to Eastern Kalimantan, Flores, Solor and Sumbawa, to name a few islands where Bugis and Makassarese influence can be found in material culture until this day.

These *subang,* traditionally worn by women of the local elite, consists of two parts. The button-shaped front is screwed on the elongated rectangular extension. The button with a central stud is delicately executed with soldered narrow granulated filigree; along the border granules of two sizes enclose the conical design. Along the extension granulation and applied lines embellish the surface terminating in a floral pattern. These ornaments come in countless variations with short, cylindrical and spiral-shaped extensions. All the variants are known by different names referring to vegetal design sources.

As for most Indonesians, Bugis and Makassarese tend to appreciate gold not so much for its intrinsic value as for its red colour. In order to give the gold alloy a darker reddish hue the metal was stained, a process in which several ingredients such as saltpetre, alum and tamarind were used in specific combinations.[3]

ARNOLD WENTHOLT

Gold bracelet from Luwu

This exquisite bracelet, worn as a pair by aristocratic women in South Sulawesi, is of a kind unlike any other jewellery in Indonesia. Besides the superb craftsmanship, it is the unusual combination of different designs and techniques that makes this such an intriguing piece of jewellery. Despite its impressive size, the weight is actually relatively light. Grubauer, when visiting the queen of Masamba in 1911, expressed that he felt deceived when he discovered that her chunky bracelets were merely a thin piece of gold leaf covering a base of dammar. He was nevertheless impressed by the splendour of the bracelets, which were set with rubies (ill. 270).[1] Covering a base of resin or wood with gold leaf or gold sheet is an ancient technique frequently used in Indonesian jewellery. The thinness and plasticity of gold were suitable for executing fine repoussé work and required less gold to cover a large area. The dominant design of this bracelet is the interlinked

S-shaped spiral, an archaic motif occurring prominently in Toraja ceremonial textiles, wood and stone carving. Very often designated as a Dong Son motif, it may have originated as far back as the Bronze and Iron Ages of the Caucasus.[2]

Very different in style are the cylinders, which are all interconnected by gold strips around the periphery of the bracelet. Instead of being soldered, the joints of the cylinders and the strips are folded together, an old joining technique in which no heat is required. Before joining, the strips have been decorated with filigree work. Originally all cylinders were inlaid with rubies, but nowadays replaced by glass beads. It is not surprising that the protruding cylinders are very delicate as they are set around a wooden peg that is inserted into the resin base of the bracelet. Not infrequently they break off and are held together by threads of cotton.

It is remarkable how little information there

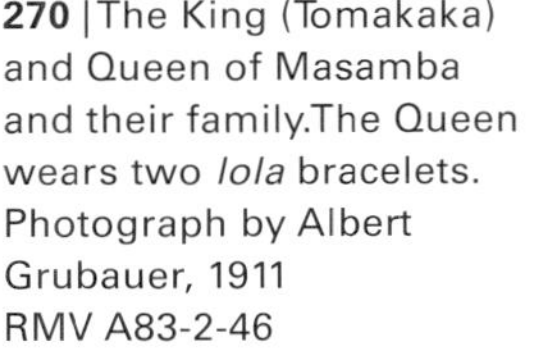

270 | The King (Tomakaka) and Queen of Masamba and their family. The Queen wears two *lola* bracelets. Photograph by Albert Grubauer, 1911
RMV A83-2-46

is on these rather conspicuous bracelets, other than that they formed part of sacred heirlooms of the aristocratic classes in South Sulawesi. Only once has the indigenous name, *lola*, been recorded.[3] Photographs however illustrate women of neighbouring cultures, the Bugis of Luwu and the Sa'dan Toraja, wearing the bracelets during ceremonial occasions. Although sharing the same veneration of heirlooms, these two cultures had very different backgrounds regarding their religious ritual life. From the thirteenth until well into the twentieth century the kingdom of Luwu was ruled by hereditary Buginese leaders, who also exercised power outside their traditional borders. Among others, the Sa'dan Toraja had to pay taxes to Luwu and only at the end of the 1940s was Toraja separated from Luwu.[4] While Luwu converted to Islam in the early 1600s, the Toraja communities retained their earlier traditions and archaic beliefs especially those relating to gold and its use in funerary

rituals. Noble families wrapped their dead in huge bundles of sacred cloth, gold ornaments and other treasured objects [5] Heirlooms, a prerogative of the nobility, were a sign of power linked to and legitimizing their rule and genealogy to their ancestral origin. Death was one of the most critical transformations in one's life, reviving the old alliance with the divine gods. A pair of *lola* bracelets, together with a valuable gold *keris* and heirloom cloths, sometimes decorate the funeral tower in which the body of the deceased was laid (ill. 272).[6] To the Toraja, gold was able to function as a 'transformer', because of its association with the sun. As a symbol of resurrection and renewal, gold may have been used to transform death into rebirth.[7] Seen in this light the bracelet may have served as a symbol of the sun.

MAGGIE DE MOOR

Gold filigree bracelet from South Sulawesi

This gold bracelet is a fine example of refined and painstaking workmanship. In Indonesia such accomplished works were the product of skilled smiths who worked in the village of Koto Gadang in the Minangkabau, in Aceh, and in Makassar and Kendari, in south and southeast Sulawesi respectively.

The ornamentation of the bracelet is an elaboration of traditional motifs referring to Indonesian floral patterns. The central band has a plaited reed pattern of separately twisted golden threads within a framework of lined floral studs. Five reserved and openwork cartouches with an intricate filigree and granulated floral design lined with seeds embellish the plaited field. The upper and lower frieze have an intricate foliated filigree design with interspersed floral sprays. The clasp, fashioned as a rectangle, is embellished with an accumulated design of floral buds floating on a bed of intertwined filigree branches.

Most probably of later date, the bracelet was most likely commissioned for a special occasion, but not within a traditional context. The decoration deviates from traditional motifs and the gold content is higher than in most ceremonial ornaments.

Since the design shows no traditional motifs, an urban provenance is possible. Besides the centres mentioned above, Chinese goldsmiths were active in cities across the main islands of Indonesia, working for a wealthy urban Peranakan clientele.[1]

Arnold Wentholt

273-274 | Filigree bracelet
South Sulawesi, Makassar
or Kendari
20th century
Gold
38 (d) x 0.8 cm
Liefkes 393

Toraja ceremonial *sarita* cloths

A *sarita* is a long narrow cotton cloth used in ceremonies associated both with (new) life (connected with the east-sunrise) and death (west-sunset). These cloths were considered sacred and had auspicious power to bring about well-being.[1] They were carefully stored as heirlooms in baskets, trunks and chests in the rear part of the ritual family house, *tongkonan*, and taken care of by women of the family. The rear part of the *tongkonan* faces south to southeast, in Toraja cosmology the direction associated with the ancestors. The front of the house faces north, the realm of the deities and the location where during ceremonies the cloths were hung as tokens of wealth. During one ceremony, the *merok*, a thanksgiving feast for the deities, the *sarita*, with two lianas at one end, is fastened to a specially erected sandalwood branch (tree) in front of the house and at the other end connected to the gable. By joining the lineage house to the tree, heaven, the domain of the deities, and earth are symbolically linked. If the replanted branch grows, this is understood as a sign of the lineage's prosperity.[2]

In certain other rites, *sarita* are used to connect female participants or to adorn the horns of water buffaloes and to adorn the heads of *tau-tau*, effigies of the dead. In death rituals the *sarita* hang from all corners of the *tongkonan*-shaped bier.

The imagery on the resist-dyed cloths is schematic with alternating blocks of vegetal and geometric designs. The indigo *sarita* (ill. 278) is a good example and bears much resemblance to Dutch export cloths made for the Toraja market between 1880 and 1930.[3] Recurring elements are visible on both ends and generally only the central field has distinguishable patterns. Triangular motifs, borrowed from Indian cloths, enclose the field and refer to the imported textiles, locally understood as coming from outside Toraja land, which render these textiles a certain importance.[4]

Unlike the resist-dyed *sarita*, the brown painted and partly block-printed example (ill. 276) not only exceeds the width of the other by 10 cm, it also has a more complex iconography. The plain woven field is used as a canvas and subdivided into squares and rectangles and each block is framed by two horizontal rows of shell discs, *pakara kara*. A storyline seems to unfold on a social, historical and mythological level. On one end we see a depiction of a team of water buffaloes ploughing the field guided by a human figure and another behind holding the plough and a whip. The next scene portrays four individuals, one on horseback, armed with lances and swords, while the first also carries a yoke with a load. They transgress the vertical line that

275 | Two men work in the rice fields with a pair of buffaloes pulling a harrow.

276 | Ceremonial cloth / *sarita*
South Sulawesi; Toraja people
Early 20th century
Cotton, pigments
584 x 32 cm
Liefkes 824

277-278 | Ceremonial cloth
/ *sarita*
South Sulawesi; Toraja
people
Early 20th century
Cotton, pigments
542 x 22 cm
Liefkes 967

separates the two identical halves of the cloth
and, perhaps, two worlds.[5] Crossings of this
vertical divide occurs in the three successive
central scenes, a row of ten ducks, a buffalo
guided by two human figures, one in front, the
other behind, and a row of what seems to be
dancing people holding their raised hands with
a central figure on the dividing line wearing
some kind of head ornament. The next two
opposing scenes show on the left a lively
village in a field of crosses, *doti langi* (spots of
heaven) with a house, a cock perched on top of
it, a figure carrying loads, a dog and a figure
feeding two pigs at a trough; the right one
portrays four fisherman in a pool abundant
with fish swimming in and around a coral-like
structure. The last scene shows a team of water
buffaloes pulling a harrow. After ploughing
and subsequent harrowing the soil is ready for
sowing and a new rice cycle begins. Both ends
share a similar pattern in which the four ears
of the water buffalo, *talinga tedong*, are
prominent, which serve as a preeminent
symbol of wealth on this heirloom cloth.

ARNOLD WENTHOLT

Toraja bead *kandaure*

Bead plaiting is a speciality that in Tana Toraja used to be practised by male members of one family only.[1] Constructing such an object with a continuous pattern implies the advance creation of the design, and only a specialised hand can do this painstaking work. Coloured glass beads are strung in such a fashion that every third bead is connected to a second thread, resulting in a reticulated design. Besides the *kandaure*, the apron-like ornament called *sassang*, and a collar were made in a very similar way. Not only do these artefacts share similar patterns, they all have long beaded strings and – except for the *kandaure* – are only used as ornaments in ceremonial dances. These ornaments with their long beaded fringes glistening in bright daylight certainly have an enchanting effect on the spectators when young and unmarried women show their

dance performances. The *kandaure* is synonymous with abundance. The colour yellow is prominently visible, referring to the golden glow of the paddy, which connotes wealth.

Kandaure are family property and feature in such important ceremonies as marriages and funerals. Young men and women who help to receive the guests who attend the rituals wear a *kandaure* on the back (ill. 279). At a wedding, the bride wears the ornament at the back with the long fringes knotted on the breast. In death rituals, *kandaure* are placed on the body of those of noble birth. During a particular phase of the death ritual, they are hung on bamboo frames attached to poles next to the house of the deceased, the fringes hanging downwards. During the final phase of the funerary feast, they are placed, one on either side, in the

279 | A young lady receiving guests at a funeral celebration wears a *kandaure* hanging down her back, Tana Toraja. Photograph by F. Brinkgreve, 1989

lakke-lakkean, the house-like construction where the bodily remains are placed (ill. 280).[2]

Due to the many coloured beads, some of them ancient, it has an intrinsic value that traditionally was expressed in the price of one or more buffaloes.[3] Especially precious were the *kandaure* in which orange-yellow beads were used. Nowadays these ornaments are also fashioned from plastic beads.

The two examples in the Liefkes collection belong to an older tradition. The funnel-shaped *kandaure* both have a narrow red cotton woven top with a braided band below. The one on the left has a supplementary woven embellishment in card or tablet weaving, a technique that in the course of time has been lost.

Below a row of six standing anthropomorphic figures with raised arms a broad panel with an interlocking rhombic pattern is visible. The pattern is referred to as *sekong*, locally interpreted as squatting ancestors, which is also found, for instance, on ceremonial Rongkong hangings and shrouds.[4] It is an ancient pattern that features prominently in other areas of Indonesia as well, such as in cloths of the Iban of neighbouring Borneo and in cloths and ornaments of eastern Nusa Tenggara. In between the anthropomorphic figures at the top the *sekong* pattern recurs in a reduced and simplified form. Here we could interpret the frieze iconographically as a tribute to the ancestors: the living, represented here by standing or dancing figures and the dead alongside each other - a convenient ornament for an artefact intended to feature so prominently in mortuary ceremonials.

Arnold Wentholt

280 | Two *kandaure* decorate the funerary house (*lakke-lakkean*) at a funeral in Tana Toraja. Photograph by F. Brinkgreve, 1989

281 | Two ceremonial ornaments / *kandaure* South Sulawesi; Sa'dan Toraja people 1900-1950? Glass beads, cotton, plant fibre 121 x 28 cm (250); 141 x 28 cm (456) Liefkes 250 (left), 456 (right)

Toraja bead necklace

Manik ata necklaces traditionally consisted of alternating bi-conical gold and coral beads. These were precious, as coral was hard to come by and only women of the rich *to makaka*, the middle class of free persons, were allowed to wear them.[1] In a later period coral was replaced with red coloured glass beads. In more recent times necklaces of this type even have plastic strips alternating with differently shaped gold beads. Women would wear them during festive occasions, rituals celebrating the cosmological life cycle.

The plain, unembellished bi-cones were introduced in Sumatra and Java by people from India. This kind of bead has been found in archaeological sites dated ca 200-1000 CE.[2] The beads were made of thin strips of gold. In this case gold foil is wrapped around silver with both ends embellished with three rows of granules. It is plausible that in former times beads had a clay core or were filled with fine sand as excavations of old bi-cone beads have shown.

The word *ata* means 'unpounded rice grain' and *manik ata* literally means 'rice-grain bead', a term that applies only to the gold bead.[3] Rice

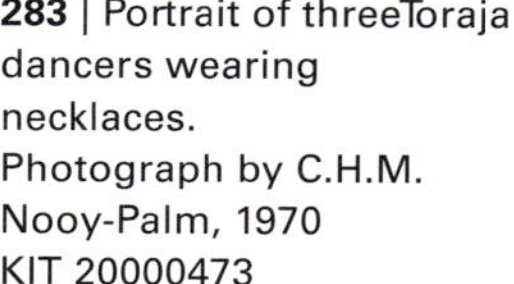

283 | Portrait of three Toraja dancers wearing necklaces.
Photograph by C.H.M. Nooy-Palm, 1970
KIT 20000473

is the main crop of the Toraja and local myth abounds with rice, showing the importance of this staple food. In one category of myth, rice was given to mankind by the Ruler of Heaven and in another rice originates from man's sperm.[4] In both cases, rice is ultimately given to the people by the Ruler of Heaven, since he, Puang Matua, is the creator of mankind.[5] Gold is the colour of the gods, *deata*, the ancestors of the northeast who descended to earth from heaven. Gold was also the precious metal out of which Puang Matua created eight siblings. In these stories gold and rice are inextricably woven in a fabric of life, wealth and fertility. Gold connotes the colour of fully ripened grain in the paddy fields surrounding the village, being the food of the people and the wealth of the owner.

Arnold Wentholt

282, 284 | Bead necklace /
manik ata
South Sulawesi; Sa'dan
Toraja people
20th century
Gold, silver, glass
38 (x2) x 0.8 cm
Liefkes 249

Head ornament from Central Sulawesi

Field researchers in the early twentieth century encountered this kind of cast ornament in many local cultures in the central part of Sulawesi, but also in the Minahasa, in the north. It was called by various names: *balalunggi* in the west, *sualang* and *sanggori* in the east, and *turing* or *sualang* in the north.[1] The origin of the ornament in the Liefkes collection (ill. 285) is unknown. The objects may have one, two or up to seven spine ridges on either side and in rare cases on one side only. The inward turned head often features two eyes and below two flanges may be visible, interpreted by some as quills or ears. Not all spirals have these features and some have indentations along the head, while the metallic appearance varies from shiny brass to thick encrusted patina. In rare cases the head is anthropomorphic, with facial details clearly visible.[2]

When these objects, some very old, came to the attention of the first European visitors around 1900, the skill of producing them was apparently already lost. According to Adriani, these ornaments were cast by the To Mori in the eastern part of Central Sulawesi, from whom the name *sanggori* is borrowed.[3] Although local informants could no longer indicate which animal was represented, an eel or a snake seems most probable. These animals feature prominently in local myths, and are motifs deeply rooted in Austronesian iconography.

The ornament was used in war expeditions as a token of bravery and to avert danger. It was also utilized by priests, male and female, in rituals of expelling demons and healing the sick. The *sanggori*, furthermore, was also in use at funeral feasts to adorn the *pemia*, a wooden

285 | Spiral head ornament / *sanggori*
Central Sulawesi
19th century
Copper alloy
22.5 x 22.5 x 0.25 cm.
Liefkes 55

effigy of the deceased with painted features, that was attached to a bundle of bones wrapped in barkcloth (*fuya*) and/or cotton cloth. The *sanggori* was fastened to a projection on top of the male mask (ill. 287).[4]

On published photographs the *sanggori* seems to be worn on top of the head with the tail swept upwards to the right and in all cases by men,[5] although it can also be worn horizontally (ill. 286).[6] An explanation for the mirrored image is suggested in an extract from a government report on a healing practice by priests in the Palu Valley: 'The sick person is brought into the room ... If it is a man, then the use of a similar kind of head cloth [as in case of a woman] is obligatory, its colour a matter of choice, and adorned on either side of the forehead with *balalunggi*, a kind of copper ring, though not closed... The *balia* [priests, men and women] wear corresponding garments ...'[7]

In North Sulawesi this coiled ornament is called *turing* which in Tontemboan language means tusk of a babirusa, a wild boar native to Sulawesi. In former times – the Minahasa was Christianized from the seventeenth century onward and the old customs have gradually been abandoned since – warriors used this as an emblem on their head, as did the priestess spurring the warriors into war.[8] The ornament is also depicted on local stone graves, *waruga*.[9]

ARNOLD WENTHOLT

Buffalo figurine from Central Sulawesi

The water buffalo is omnipresent throughout Southeast Asia. Depictions of this animal as early as the Bronze Age are found, for instance, on Dong Son drums. The buffalo is an important animal: it drags along the plough in the wet rice fields (for which it is well suited with its broad splayed hooves); its horns ornament the gables of family houses in vertical rows as a token of wealth; and it provides the community with food during ceremonial mortuary feasts. The buffalo has become a metaphor for fertility, strength and abundance.

In Central Sulawesi a pair of male and female figurines sometimes accompanied by a buffalo statuette was given in former times as part of bride wealth. According to Kotilainen, this bride wealth traditionally consisted of two parts, the first, called the "seven", consisted of seven objects of symbolic value or intrinsic potency, and a second part that had a more economic value.[1] Bride price given to the woman and her parents as the first 'seven' compensated for the fertility of the woman, whereas the second 'seven' were considered property and distributed to the father's kin-group.

These figurines were believed to ward off evil influences and to enhance fertility, a fitting gift for a young couple.

Remnants of a once flourishing bronze culture were still visible when the first travellers crossed the hinterland of central Sulawesi.[2] At that time the art of bronze

288 | Buffalo figurine
Java or Central Sulawesi
(Kaili, Pomona, Kulawi)
Date unknown
Copper alloy
5.3 x 4.3 x 8 cm
Liefkes 12

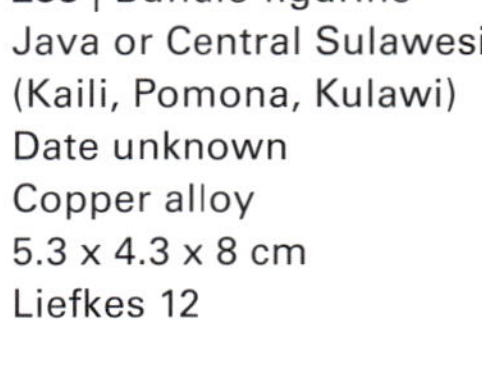

casting was already lost in most areas and only itinerant smiths could meet local demands. Copper alloy dishes, *dula*, imported from Java, were used in local exchange transactions, but also served to supply the material for the smiths to forge ornaments. However, this does not mean that all ornaments were locally made. The present buffalo is a good example of this.

When we compare this water buffalo with published examples, we notice a striking difference.[3] Not only is the appearance of the metal different, but the rendition of the body is also round and soft, whereas the head is out of proportion, giving it a cartoon-like aura. In contrast, the published items all share a rather stiff execution of the body, with straight legs and flat hooves, features which make a local centre for forging these figurines likely. The likeness of the Liefkes figure to bronze age buffalo figurines found in Java makes a Javanese origin plausible.[4]

Arnold Wentholt

289 | Buffalo being led to the place of sacrifice during a funeral in Tana Toraja.
Photograph by
F. Brinkgreve, 1989

Banana fibre textiles of
the Sangihe and Talaud Islands

The Sangihe and Talaud islands, lying just to the north of Sulawesi and south of the Philippine province Mindanao, were a peripheral zone in the colonial world and they have this status still within Indonesia today. These islands share an unusual textile legacy. Here textiles were made of the fibres of a wild banana species, *Musa textilis*, called *abaca* in English. From the leafstalk long fibres were refined, which were then knotted together to become a thread for weaving. This weaving is known as *koffo*, a word originating from Ternate referring to the plant species.[1] Although *koffo* became a Dutch trade term in the colonial era and found its way into the literature, the cloth is locally known as *hoté* (*roté*). The threads, less or more refined, were used for various purposes: garments, room-dividers, fishing nets and, especially in the Philippines, rope for which the trade term 'manila hemp' was coined.

The curtains and room-dividers have a plain weave embellished with brocaded patterns derived traditionally from natural forms, but imported designs were also common. Published examples show an endless range of motives, though the use of traditional Indonesian rhombic figures, spirals and zigzag patterns was most common and refer to

ancient traditions in Southeast Asia.[2] The narrow width of the looms (ill. 291) made it necessary to join cloths together; curtains and room-dividers consisted of five panels. Supplementary weft was executed in threads floating over warp threads in a continuous pattern, in contrast to the metal thread *songket* technique of, for instance, Sumatra. In the *songket* technique the brocade pattern consists of metal threads that float over just a few warp threads, whereas in *hoté* textiles the weft could overlap twenty to thirty warp threads. Jasper compared *hoté* fabrics with wicker-work.[3]

The three textiles shown here were originally intended as the central panel of a curtain or room-divider and are decorated with a cotton supplementary weft. Room-dividers were, until the late nineteenth century when the colonial government prohibited cohabitation, customarily used to divide spaces in the traditional longhouses where several families lived together. Curtains were more in use in princely homes to decorate walls.

Two of these textiles (ill. 292, 293) have a central panel of continuous diamonds flanked on both sides by what has been called a "princely" pattern.[4] Smaller discontinuous diamond patterns at the border and central panel are coloured alternately in indigo blue

and yellow. Even in the periphery of Indonesia the foreign world made its presence felt, and emblems were copied, as can be deduced from the rows of Dutch crowns along two borders on the other textile panel (ill. 290). The centre has a floral motif that seems to be inspired by *patola* cloths from Gujarat, India. In conjunction with the crowns, perhaps the orange-brown ground is no coincidence and then it is tempting to believe that this fabric was made on the occasion of the coronation of Queen Wilhelmina in 1898. Since cotton was steadily more commonly used during the last two decades of the nineteenth century and eventually superseded *koffo* weaving altogether in the first decades of the next century, a production date of 1898 seems very possible.[5]

ARNOLD WENTHOLT

290 | *Koffo* textile, panel of a room-divider or curtain / *dalendung*
Sangihe and Talaud Islands
Late 19th century
Banana plant fibre (*Musa textilis*), cotton
23 x 155 cm
Liefkes 795

291 | *Koffo* weaver
(Published in Jasper 1908)

292 | *Koffo* textile, panel of a room-divider or curtain / *dalendung*
Sangihe and Talaud Islands
Late 19th century
Banana plant fibre (*Musa textilis*), cotton
63 x 175.5 cm
Liefkes 796

293 | *Koffo* textile, panel of a room-divider or curtain / *dalendung*
Sangihe and Talaud Islands
Late 19th century
Banana plant fibre (*Musa textilis*), cotton
34 x 144 cm
Liefkes 917

Betel pounders with carved hilts

The betel quid consists of a betel leaf, a piece of areca nut, lime, and often gambir (a substance, made from the plant *Uncaria gambir*, that turns the spittle red). As one grows old and teeth decay, however, the quid, especially the nut, becomes increasingly difficult to chew, and it becomes necessary to pound the quid into a paste. The betel pounder consists of two parts: a cylinder of bamboo or wood or metal, and the plunger which consists of a rod-like length of wood or metal attached to a hilt, usually of wood or horn, shaped to fit comfortably into the palm of the hand. The plunger is often flattened out towards the end, making it easy for the user to lick off the paste.

Like other utensils associated with betel chewing, such as a box for holding the ingredients and a knife or cutter to cut the areca nut, the pounder can become a cherished item. The hilt, especially, is often elaborately carved, which after years of use takes on a beautiful polished sheen.

Often only the carved hilts enter collections, rather than the complete pounder. These two hilts represent a duck and a monkey. Whether they originate from Bali or Lombok is uncertain.[1] Especially in the late 1970s and 1980s large numbers of betel pounder hilts appeared on the antique market in Bali (the Liefkes pieces likely stem from that trade). Some were probably Balinese, many were said to come from Lombok; some were genuinely old, others recently made for the market. Detailed research may prove otherwise, but there appears to be no significant stylistic characteristics to distinguish Lombok hilts from Balinese ones, and the range of hilt figures appears to be similar. Furthermore, Lombok is itself home to a large Balinese

294 | Betel pounder with hilt in the form of a monkey / *panglocokan*, *panyawisan* (Balinese); *pelocok* (Sasak)
Lombok or Bali
20th century
Wood, metal, gold
26.5 x 3 x 5 cm
Liefkes 160

population, besides its original Sasak people.

Reflecting the antiquity of betel chewing in Indonesia, the iconography of the hilts suggest ancient Austronesian antecedents; Indic influence is very rare. Common among carved hilts are human figures of a rather primitive style, hunched-over figures, occasionally with arms on drawn-up knees, a typical old Austronesian style, reminiscent of figures on the so-called Majapahit keris. Erotic figures are also sometimes found – these became popular fakes. Animal figures include the frog, also with prehistoric connotations; and a bird, often holding in its claws a snake or eel or turtle, all creatures of the waters or underworld. The motif of bird contending with snake is very ancient and widespread, and found far into Oceania. Some of these hilt figures are so stylized as to become virtually abstract, the finest of them very striking.

The duck figure, however, has no obvious symbolism, save for the fact that the duck is a sacrificial bird used in offerings honouring deities. More likely, figures depicting a duck or a monkey were inspired by the animal world of the irrigated rice fields or the forests surrounding the villages.

DAVID J. STUART-FOX

Gold jewellery from Sumba

Formerly, goldsmithing in Sumba was dominated by immigrants from neighbouring islands like Ndao and Sawu, or by Chinese who settled there. Gold and other luxury items entered Sumba especially since the seventeenth century when the Dutch in exchange for gold coins purchased horses from the local nobility. Gold ornaments, besides textiles, weapons, and Chinese ceramics, were treasured as ancestral heirlooms, known collectively as *tanggu marapu*.[1]

Among these beautiful heirlooms are the *mamuli*, ear ornaments in the shape of female genitalia, and symbol of fertility of women. There are both female and male *mamuli*. In East Sumba, *mamuli* with spiral adornment and with "legs" (*ledu*) are regarded as male, *mamuli makamuluk*, while plain *mamuli* without extra adornment are female, *mamuli mapawihi*. The lower parts of *mamuli* with legs are generally decorated with specific figures,

most frequently the cockatoo (ill. 304). In East Sumba only noble families possess *mamuli* with complicated figural ornamentation. Most decorative is the figure of the warrior in war dress, together with a slave or a skull-tree (*andung*).[2]

In West Sumba, a *mamuli* with foot decoration is called *pewisie*, the commonest motif being the head of a horse in a style that is characteristic for West Sumbanese art. Throughout Sumba the horse is of great importance as sign of wealth and status. *Mamuli* in the possession of the nobility in West Sumba are generally not so luxurious as those in the east. The nobility in the west have less influence and power, due partly to a lesser degree of participation in the horse trade with the Dutch.

In Sumba, the prospective bridegroom must give a gold *mamuli* to the family of the prospective bride during the ceremony asking

for the girl's hand in marriage, together with other gifts such as buffalo, horse, dog, weapons, and other gold jewellery. In exchange, the wife-givers give pigs, textiles, rice, ivory bracelets, and sometimes a gong. The gift of a *mamuli* signifies thanks to the parents of the girl for their efforts in bringing her up. The *mamuli* also functions as brideprice (*belis*). As is common throughout Indonesia, the return gift from the side of the bride's family includes textiles, whether made to be worn by males or females.[3]

Mamuli and other jewellery serve both as body decoration and as family heirloom. As heirlooms they display wealth and embody mystic power for aristocratic families, as well as sacred objects to be laid on altars in rituals to summon ancestral spirits. An ornate gold *mamuli* belonged to the raja's heirlooms and was not used on a necklace or as part of gift exchanges in marriage. Instead it was stored safely in the traditional clan house and brought out only at times of special rituals.[4]

At the present time, *mamuli* still play an important role in Sumbanese society, especially among the aristocracy (*maramba*), and especially in death rites.[5] When someone dies, the body is washed and placed in foetal position. *Mamuli* and gold coins are placed in the mouth, hands, and folds of the shroud. Then the body is wrapped in layers of textiles, as many as a hundred. For the burial itself, when the bereaved family sends notice to other families, the envoy carries a *mamuli* for male relatives and the textile called *lau* for female relatives. In return the families of male relatives bring a horse, buffalo or pig, while the families of female relatives bring an unsewn cloth if the deceased is male or a tubular skirt if female.

During the burial ritual, a slave or servant, known as *papanggang*, dresses up in ceremonial attire with full jewellery accessories such as *mamuli*, *lamba*, *kanatar* and *mutisala* (ill. 297). The *papanggang* is not allowed to touch the ground, so he must be carried when put on the horse which is believed to be the mount of the aristocrat (*maramba*) on his or her journey to the abode of the ancestors (*paraingu marapu*). In the enactment of the burial ritual, a series of preliminary rites are held over a period of weeks, making the *marapu* ceremony very expensive. The final ceremony is a "cooling" ritual in which all the objects worn by the *papanggang* are "cooled" by means of washing in water. Only then can the heirloom objects such as the *mamuli* be safely stored again in the sacred part of the house.

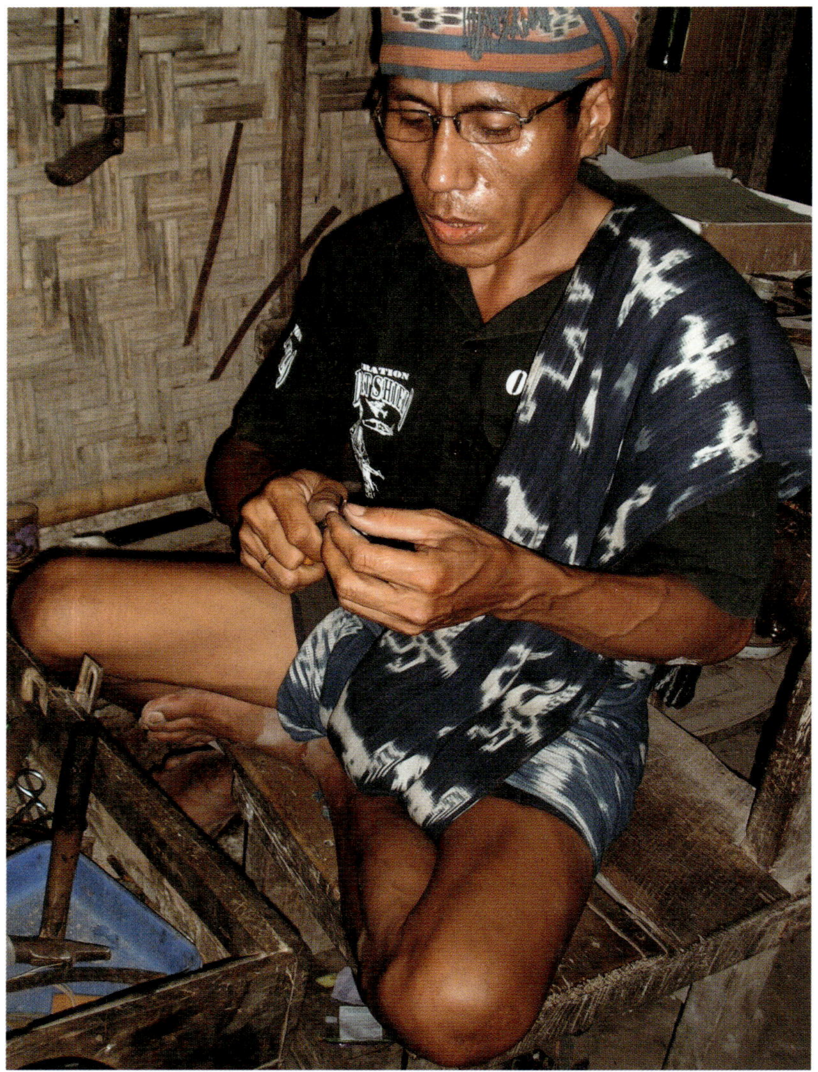

298 | Bapak Lukas Kaborang, master *mamuli* maker of Lairuru, East Sumba.
Photograph by Wahyu Ernawati, 2012

299 | Yudias UmbuYiwa shows a *mamuli* made by his father, Lukas Kaborang.
Photograph by Wahyu Ernawati, 2012

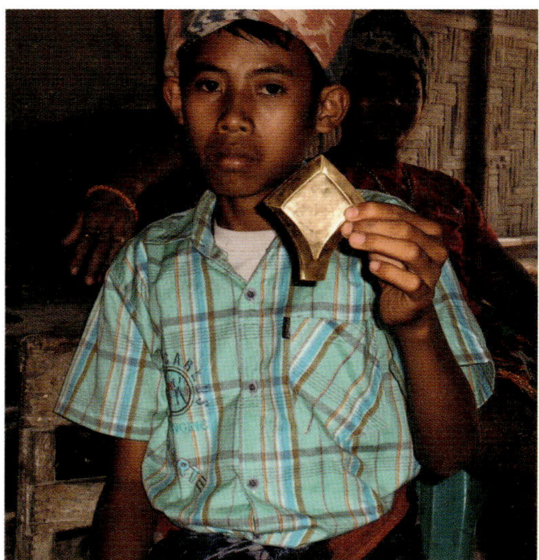

Pak Lukas, *mamuli* master

Mamuli are still being made today, notably in the village of Lairuru, East Sumba, by craftsman Lukas Kaborang (ill. 298). According to him, Sumbanese living in Bali and in Java also make *mamuli*, though quality varies. They are still being made because demand remains high, particularly for marriage rituals (as bride price) and death rites. But besides fulfilling the demand for their role in ritual, many *mamuli* are now made just as decorations, and as collector's items, not only among Indonesian collectors but also throughout the world. Many go to Sumba to search for heirloom pieces, and this has pushed dealers to have them made in quantity to satisfy demand since genuine heirloom pieces are rare.

If formerly the women of Sumba wore *mamuli* as earrings in enlarged holes in the ear lobes, at the present time, however, in the market generally one finds many *mamuli* made especially for women as pendant. They are now worn in Indonesia by anybody irrespective of origin, and not only by Sumbanese. Sumbanese jewellery has entered the flourishing world of Indonesian fashion.

Originally made of gold or silver, with the rising price of gold and difficulty in procuring the raw material, *mamuli* are now often made of other materials such as bronze or brass. Apparently bronze and brass are also difficult to obtain in Sumba, a concern expressed by the *mamuli* master of Lairuru, Lukas Kaborang. According to him, the demand for *mamuli* has risen in recent years, especially to satisfy the demand from Jakarta, to participate in exhibition activities, and fulfill requests from private collectors.

To satisfy this demand, the raw material for *mamuli* such as metal sheeting or brass plaques is brought in from Jakarta or other areas of Java or even Bali; they are ordered and transported directly by Sumbanese who travel back and forth between Sumba and Jakarta exhibiting their products. This has strict limits, for each person can only afford to carry about five kilograms of brass plaques, because of the price. According to Lukas Kaborang, gold *mamuli* have not been made since 2008; they

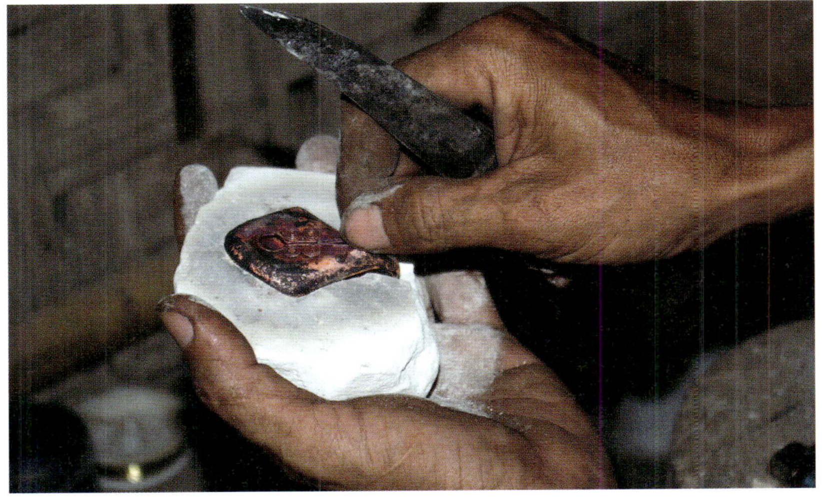

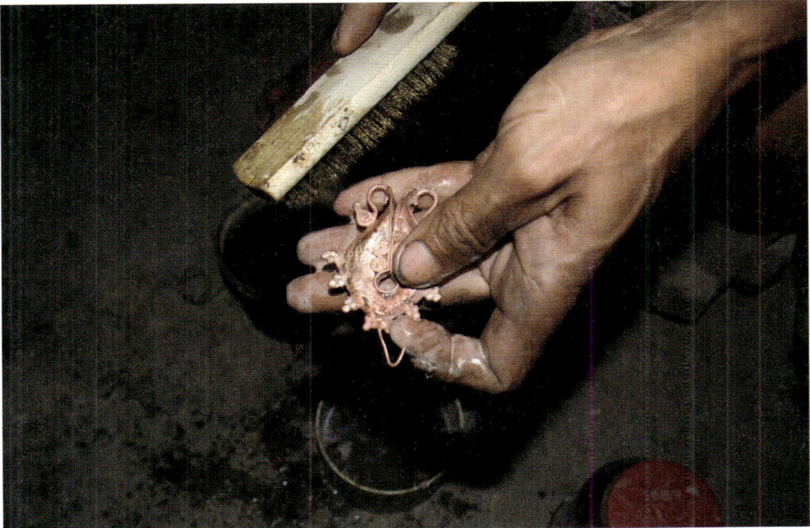

are only made of gold or silver plating.

Lukas Kaborang is one of four brothers, all of whom are capable of making *mamuli*, skills which have been handed down the generations from his grandfather. But of the four brothers, only Lukas's *mamuli* are finely and carefully crafted. For a time he lived in Bali making *mamuli*, but he could stand Bali for only a year before moving back to Lairuru. Lukas was born in 1966 and started making *mamuli* in 1981 when he was only 15 years old. At that time he was taught by his father first just to draw the design. He has done the same with his own son Yudias Umbu Yiwa who is still at primary school in sixth grade (ill. 299). Yudias also makes hanging ornaments for *kanatar* necklaces, fashioning out of stainless steel animals in the shape of monkeys, birds, ducks, horses and so on. Lukas's wife, Ndunga Ata Djuwa, also helps her husband in the cleaning processes in which completed *kanatar* necklaces and *mamuli* have to be submerged in distilled battery water to remove blackened remnants from the smithing before being gold or silver plated, according to order (ill. 300-302).

Since 1998 Lukas, as a craftsman of experience and the best in Lairuru, has often been approached to make *mamuli* for people who then sell them on to those interested. Mostly such orders come from antique dealers who do business in Sumbanese art objects, including ikat textiles and jewellery. They travel back and forth between Sumba and Jakarta, where they exhibit their wares.

300-302 | Several stages in the process of *mamuli* making.
Photographs by Claude Lavalle, 2012

The jewellery in the Liefkes collection

When recently we came to meet Pak Lukas, bringing photographs of *mamuli* in the Liefkes collection, spontaneously he indicated that he thought that two of the three items, a *mamuli* and a *woridi* were his own work. He said that he made these items at the request of an acquaintance who planned to sell them again in Jakarta. He did not know who had ordered them or bought them in Jakarta, but he remembers clearly and memorizes *mamuli* of his own making. Of every piece of jewellery that he makes, he takes a photograph as documentation. He showed us these photographs, as he does also to people who order from him. According to him, his work possesses certain characteristics that only he can recognize. However, since Lukas Kaborang only saw the photographs of the Liefkes collection, and not the actual objects, we can not be absolutely certain that the

303 | Ear ornament /
mamuli
East Sumba
20th century
Gold
7 x 6.1 cm
Liefkes 337

304 | Ear ornament /
mamuli
East Sumba
Early 20th century
Gold
5.7 x 6 cm
Liefkes 334

305 | Ear ornament / *woridi*
East Sumba
20th century
Gold
74 x 6.4 cm
Liefkes 336

mamuli and the *woridi* in the Liefkes collection were indeed made by him. But in any case, he has made similar pieces, and in the view of those who often order jewellery from him, the work of Lukas Kaborang is among the best in East Sumba.

The first *mamuli* (ill. 303) is a *mamuli makamuluk* with feet decorated with buffalo motifs. The outside of the *mamuli* is adorned with solid little globular motifs, called *kawutir* in East Sumba. The buffalo is an emblem of the aristocracy, symbolizing wealth, respect and prestige. By killing a buffalo in the funeral ceremony, a buffalo carries the soul of the dead to the abode of the ancestors. A buffalo is also part of the bride price, and is important in agriculture. Bapak Lukas said he made this *mamuli* himself.[6]

The second decorated gold *mamuli* is rather special (ill. 304). It is a male *mamuli* (*mamuli laki-laki*) or a *mamuli makamuluk*, because of its spiral motifs and foot (*ledu*) with a pair of cockatoos. The choice of foot figures, an animal or a skull-tree (*andung*), may be related to the line of descent of the particular families who own them. The figure of a cockatoo is believed to act as a mediator between the living and the souls of the deceased. The cockatoo symbolizes a sense of unity and oneness, and vigilance against those who wish to divide and make trouble.

When asked why particular animal figures were chosen to adorn the feet of *mamuli*, Lukas Kaborang replied that such figures reflect the surrounding natural world. Nevertheless the figures of animals do have symbolic meaning for the people of Sumba. This *mamuli* would once have been a royal heirloom and would not have been worn as a pendant or used as exchange in marriage rites. It was an heirloom of a very wealthy aristocratic family who regarded it as a sacred object suitable only for use in ritual, placed on an altar or offering table. After the ritual it would have been stored away safely in the clan house, in a secret place known only to particular people. According to Lukas Kaborang, this *mamuli* is an old antique piece.[7]

The third ear ornament (ill. 305) is a *woridi* This is a gold earring which, similar to a *mamuli*, is in the shape of female genitalia, but has a centre in the form of a diamond, surrounded by a series of tight spiral motifs and solid little globules. According to Umbu Agung from Prailiu, East Sumba, a *woridi* is actually a *mamuli* with globular motifs around the edge. *Woridi* are made for the rajas and families, and like *mamuli* are used ritually in betrothal ceremonies, as bride price, and for death rites. According to Rambu Margarita, wife of Umbu Agung, *woridi* is derived from *wuaridi*, *rua*, meaning fruit, and *ridi*, referring to a mythical "tree of life". Lukas Kaborang, who makes *woridi*, tells a similar story. He also said that he made this *woridi* himself.[8]

WAHYU ERNAWATI

Turtleshell comb from Sumba

All Sumba combs have a more or less similar appearance: a plain middle section with two to four notched bands, teeth underneath and a multitude of carved figures on top that resemble figures on East Sumbanese ceremonial textiles. Yet on closer observation and comparing these adornments with published examples it becomes evident that configuration, material and size may differ substantially. These delicately ajour carved turtleshell combs may have been preceded by more simply adorned horn ones. The Dutch anthropologist Herman ten Kate who visited Sumba in 1891 seems to suggest this in one of his travel diaries.[1] Does this imply that the larger and more costly turtleshell items were commissioned only when certain families had the means for it? It is interesting that in the collection that entered the Leiden museum shortly afterwards there is one turtleshell comb, of substantial lesser size, with a more or less similar patterning and lined decoration of stylized vegetal motifs found on the horn items of this collection.[2] This development is well possible, as the time when Ten Kate visited Sumba coincided with an accrued wealth of certain noble families in the second half of the nineteenth century, due to expanding horse trade.

These turtleshell combs share a common top figuration where cockerels, horses, skull trees, deer, aquatic animals and standing anthropomorphic figures in profile dominate and are between 14 and 20 cm high.[3] The differing central figure, whether an aquatic animal or a skull tree, acts as a pivot in the bifacial configuration.

The present example of male frontal figures in line with raised arms is a later invention on combs but common on traditional male and female ceremonial textiles. Cockerels perched on posts alternate with the human figures. *Hai kara jangga* comply with what Adams refers to as dyadic-triadic ordering principle that pervades Sumbanese society and its decorative arts.[4] The centre divides two opposing but equal parts in height and treatment. Opposing parts is an important feature in east Indonesian decorative arts and finds expression here in a male iconography on a female attribute.

In former days combs were worn on special occasions by women of the nobility and of the commoner class. It is worn like a crown, stuck into the hair bun at the back of the head. The combs are still worn today, but the custom is dying out.

ARNOLD WENTHOLT

306 | Comb / *hai kara jangga*
East Nusa Tenggara, East Sumba
Ca. 1950-1980
Turtleshell
14.5 x 14.2 cm
Liefkes 88

307 | A woman in Lewa Kambera, East Sumba, wears a comb (*hai kara jangga*) in her hair.
Photographer unknown, 1931
KIT 10014278

308 | Ceremonial cloth /
hinggi kombu
East Nusa Tenggara,
East Sumba
1900-1950
Imported cotton yarn,
natural dyes
134 x 262 cm
Liefkes 969

Ikat textiles from Sumba

The island of Sumba is renowned for its textiles with sumptuous designs, that have been collected since the nineteenth century. The colourful and lively execution of clearly designed floral, anthropomorphic and zoomorphic figures within horizontal bands certainly inspired their popularity. In the 1920s and 1930s quantities of these textiles were brought to Europe and especially the Netherlands where as part of fashionable interior decoration they shone as curtains, bedspreads, and adornments for the hallstand. These textiles, however, are characteristic only for the eastern part of the island. Those of western Sumba, equally handsome in their own way, are mainly blue-black and white, and patterns are geometric.

The East Sumbanese *hinggi*

The *hinggi*, a rectangular textile consisting of two similar panels joined together lengthwise, is the ceremonial dress for men, and can be worn either as a hip cloth or as a shoulder cloth. When worn together as formal dress the textiles are identical.[1] The main dyes are indigo blue and *Morinda* red, the latter derived from the inner bark and roots of a tree of the *Morinda* family known locally as *kombu*.

Although *hinggi* could be worn on ceremonial occasions, most textiles were used as heirloom objects and valued as wealth.[2] Wealth, including textiles, was utilized in negotiations of marriage exchanges and ceremonial burials where they were used as shroud for the deceased. Traditionally, only the nobility, the *maramba*, had the right to make and wear this cloth, although servants attending a ceremony were also allowed to wear them. Until the second decennium of the twentieth century only women belonging to the upper classes had the right to produce these textiles, and to invent new designs for them.[3] When the island came under Dutch colonial administration after 1906 with Waingapu as its adminstrative centre, the production for an external market in Indonesia and overseas began and expanded rapidly.[4] The introduction of imported and chemically dyed yarns together with the application of bolder designs considerably reduced the traditional time-consuming ikat production.

Of the *hinggi* illustrated here, one (ill. 308) has eleven decorative bands in all. The five bands at each end depict horses, shrimps alternating with monkeys flanking a pole-like object, and three kinds of stylised birds, surrounding the centre band with its geometric motif. On another cloth (ill. 309), bands depicting birds against a red ground enclose the second band decorated with vegetal motifs with alternating monkeys climbing a tree, snakes hovering above and below on a purplish brown ground. The centre has non-traditional motifs that seem to be borrowed from textiles from neighbouring islands. This textile could have been made for an external market. The width of the cloth is considerably smaller than is usually the case, and the end borders are not woven as part of the cloth but instead stitched on one side only. The execution of the ikat, however, is still a fine example that meets traditional local standards of weaving. Yet the cotton is not handspun but imported.

An unusual inscribed *hinggi*

Motifs and wording on this inscribed *hinggi* (ill. 310) date this unusual cloth firmly in the colonial period. According to Adams, textiles showing the rampant lion motif were first collected ten years after the Dutch gained control over the island, which means that these motifs were first applied somewhere between 1914 and 1917.[5] As elsewhere in eastern Indonesia, emblems of foreign powers were incorporated in regalia and found expression also in, for instance, betel bags (*kalumbut*) and *hinggi*. Alliances after successful raids and affiliations with neighbouring domains and clans secured wealth and therefore power, opportunities to show off heirloom possessions.

On this cloth, there are nine horizontal bands with a central field showing a schematised floral pattern dividing the design into two mirror fields. The second band (*hai*) shows a configuration of motifs in which the rampant felines flanking a pole with fluttering flags and banners are prominent. This emblem is derived from the Dutch coat-of-arms, albeit in an altered form.[6] Diminutive felines,

309 | Ceremonial cloth /
hinggi kombu
East Nusa Tenggara,
East Sumba
1900-1950
Imported cotton yarn,
natural dyes
103 x 254 cm
Liefkes 1009

310 | Ceremonial cloth /
hinggi kombu
East Nusa Tenggara, East
Sumba
1934-1942
Imported cotton yarn,
natural dyes
139 × 282 cm
Liefkes 1014

311 | Heraldic lions and Dutch flags. (Detail of ill. 310)

by a band with horses and birds. The *habaku* motif was in origin an emblem of the nobility of Rendeh (Rindi) or Kanatang.[12] Probably the design was introduced by female members of the nobility of Rendeh who married into Kanatang nobility as the genealogy of Kanatang shows.[13] It is interesting to note that one of the first Sumba textiles donated to the Rotterdam museum has a central *habaku* motif, and was made by the eldest of three younger sisters of Umbu nai Tanga before 1910.[14] Assuming that the emblem originates from Rendeh, it was introduced to Kanatang shortly before or after 1900.

Both ends of the *hinggi* are decorated with a separately woven border, *kabakil*, to fasten the corded fringes. The precise ikat working, saturated ground colours and balanced composition characterize this cloth as exemplary for Sumbanese traditional taste that might have suited a special occasion within a colonial context.

Ikats of West Sumba

Contrary to east Sumba, the ikat cloths of West Sumba are mainly blue and white and the pattern is traditionally not restricted to certain lineages or clans. This textile (ill. 312) is a noblemen's ceremonial cloth but is also suitable as a shroud for the deceased. The central field has always a reticulated pattern that by local male observers is referred to as the skin of the python and as such is seen as a proper wrap for the dead in his journey to the afterlife.[15] Women associate the design with the pattern of the *remba*, the net hanging from the roof in the kitchen where cups and plates are stored.

Thickness and width are much appreciated and are considered more efficacious for funeral purposes.[16] The present *hanggi* is a classic example with three stripes along the centre field adorned with *mata kari*, buffalo eye. Both ends have separately woven borders and are decorated with an alternating design of a *mamuli* ornament and a buffalo eye between rows of *haru*, meat forks. The ecru colour was applied by means of staining.

Arnold Wentholt

prancing horses, Dutch flags, and birds in white, blue, red and yellow are interspersed forming an intricate pattern on a purplish brown ground.

A significant and unique feature[7] is the text above and below which reads OEMBOE NAI TANGA and GEMEENTEHOOFD VAN KANATANG (municipality head of Kanatang) respectively. Umbu nai Tanga[8] was the alias of Umbu Hapu Hambandima, who was regent during the minority of Umbu nai Haru, raja of the district Kanatang from 1914 until 1946.[9] As son of a *mendamu* mother, Umbu nai Tanga could never become raja of a district, but instead could only be head of a village.[10] According to Onvlee (1934) he was head of the village Hambukamapar but there is no mention of the village Kanatang.[11] Assuming that he was still chief of Hambukamapar in 1934 and that he changed this position for that of Kanatang, the textile must have been made between 1935 and 1942.

The *hai* is bordered by two bands with horses confronting an ornament that looks like an *andung* or skull tree, together with snakes and shrimps on a red ground. The central band with *habaku* motifs, snakes and fish is bordered

312 | Men's cloth /
hanggi ngoko or
hanggi wola remba
East Nusa Tenggara,
West Sumba, Kodi
Early 20th century
Handspun cotton,
natural dyes
129 x 251 cm
Liefkes 1004

This tightly woven ikat, a man's cloth, is a fine example of textiles made in the eastern and central parts of Roti. On this island a tradition came into existence that owed much to both the Ndao weavers and to the Dutch East India Company (VOC). There are many local myths (often in ritual language) about the origins of patterns, but the traditional designs originated in Ndao, a small island just 10 km west of Roti; the Dutch introduced a new design through the import of silk *patola* from Gujarat. In the old VOC records this cloth was referred to as 'patola zouratta', named after the harbour Surat from where these cloths were shipped. As status symbol they were immediately popular with the local rulers in Nusa Tenggara, and as propitious tokens and heirlooms they were venerated by the elite who could afford them. After the decline of the VOC in the late eighteenth century, supply decreased substantially and local

demand was then met by local weavers.

The VOC tried to regulate the spice trade and its *divide et impera* policy sought allegiance with local rulers who in return were offered privileges and presented with much wanted Indian trade cloth. On Roti the Dutch sought refuge from skirmishes in Kupang, Timor. The local elite adopted certain *patola* designs as a prerogative of their standing. This meant that on textiles for commoners only patterns derived from Indian cloths other than such *patola* designs could be applied. The designs for textiles from the eighteenth century onward show an amazing inventiveness in mixing customary patterns with new ones and applying traditional designs in a new fashion.

In this *lafa* both ends have a row of triangular motifs and a band of diamond-shaped floral motifs directly copied from a *patola* example. The centre field is

subdivided into two blocks with four
alternating rows in which the first and the
third are locally known as *dula penis*, a
stylised vine motif; the other rows,
interlocking flower pots, are a more recent
invention. Two bands on the border with a
creeper motif are inspired by traditional
patterns.

It is interesting to observe that there is a
continuity in applying motifs of a
traditional source combined with imported
patterns. The Leiden museum holds one of
the oldest textile collection from this area,
gathered by Salomon Müller in 1829, which
has become a source of study.[1] The addition
of this particular item to the existing cloth
collection shows how this tradition for
almost two hundred years runs like a red
thread through the history of this particular
branch of local craft.

Arnold Wentholt

313 Man's hip or shoulder
cloth / *lafa*
East Nusa Tenggara, Roti
Ca. 1900-1950
Cotton, natural dyes; warp
ikat
84 x 227 cm
Liefkes 981

314 Four women wearing
ikat cloths photographed
on the verandah of the
house of the family De
Vries in Roti.
Photographer unknown,
1918-1919
RMV A255-1

Beaded betel bags from Timor

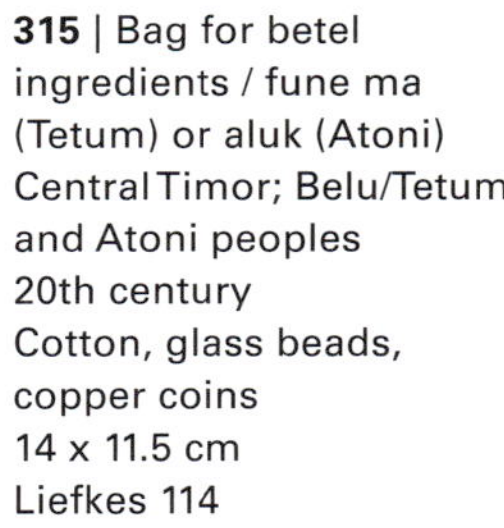

315 | Bag for betel ingredients / fune ma (Tetum) or aluk (Atoni) Central Timor; Belu/Tetum and Atoni peoples 20th century Cotton, glass beads, copper coins 14 x 11.5 cm Liefkes 114

In Southeast Asia betel chewing is an age-old habit that goes back more than 7000 years, to a period that coincides with the development of agriculture and sedentary life. Betel chewing is found throughout the region where the areca palm and betel, the two active ingredients, grow, an area that ranges from India to South China in the north and to Melanesia and Micronesia in the east. The quid consists in a basic form of three ingredients: chopped up areca nut and lime paste wrapped in a betel leaf. For all these ingredients special equipment was fabricated, each according to local tastes.

Presenting and offering betel was essential in negotiations and ceremonies in many Southeast Asian societies. In Central Timor,

for example, during marriage rituals betel leaves and areca nuts are symbolically referred to in prayers as the breath of the ghosts of the ancestors. This breath may ensure and enhance offspring and well-being:

'So you may have as many offspring as betel
So you may bear fruit like areca'[1]

At a certain stage in the ritual these ingredients were piled and rearranged as offerings to the ancestors. This rearrangement was done in accordance with the quantity of pouches, for the male ancestors, and baskets, for the female ancestors, that hung from the male pillar in the house.[2] Betel is an ingredient through which the living can communicate with the ancestors and through which they can be informed of the purposes of the rite.[3]

A Timor woman traditionally gave her husband-to-be a woven betel bag which served as a token of her skill. This symbolic gesture tied the man to tradition, whereas the content of his bag accompanied him wherever he went. The betel bag, known as *aluk* in Atoni and *fune ma* in the Tetum language, was a standard accoutrement of every man.

In the four bags shown here different techniques were used. The first item (ill. 316) has a fine alternating pattern of rhombic figures and triangles in weft twining, the front is embellished with beaded strings, the strap is executed in a similar technique. The second bag (ill. 317) has an indigo plain weave with a central embroidered rhombic pattern with curved hooks of imported yarns and beaded strings, bristling at the sides; the strap is tablet woven. The third one (ill. 318) has a beaded rhombic pattern in traditional black, red and white beads mounted on a cotton inner bag, embellished with beaded fringes and colonial copper coins, the strap is executed in weft twining with supplementary weft. The last item (ill. 315) was used as a purse and has an intriguing warp-wrapped (*buna*) depiction of five anthropomorphic figures in three sizes probably indicating a lineage. Imported yarns are applied on the black cotton background with beaded strings in front.

Arnold Wentholt

316-318 | Three bags for betel ingredients / *fune ma* (Tetum) or *aluk* (Atoni)
Central Timor; Belu/Tetum and Atoni peoples
20th century
Cotton, glass beads, copper coins
From left to right:
70 × 15.5 cm (316),
59 × 18 cm (317),
71 × 14 cm (318),
Liefkes 55, 67, 68

The old master So Cornelis:
an ancestor statue from Tanimbar

Among the objects in the Liefkes collection that most stir the imagination is undoubtedly a small, yet beautifully designed ancestor statue from Tanimbar, an archipelago in the Southeast Moluccas (Maluku Tenggara). Especially since this fascinating object is reasonably well documented.[1]

The statue represents an important ancestor from the island of Fordate in the Tanimbar islands, where the Dutch missionary Henri Geurtjens was stationed at the beginning of the twentieth century. Geurtjens was the first European to live on the island and he was, also because of his missionary activities, highly interested in local culture. He published much of what he saw and heard and that is why we know something about the origin and (possible) use of this figure.[2]

Together with other preserved artefacts, the statue functioned as a 'sacred' object in the cult surrounding *teran* So Cornelis (the old master So Cornelis), a legendary village chief who lived on Fordate in the mid-seventeenth century. He was well known for thwarting an early Dutch attempt to monopolise Tanimbar trade. In 1645, the VOC had established a post in the hamlet of Rumya'an against the will of the Tanimbarese. *Teran* So Cornelis, using his eloquence and sharp tongue, managed to 'talk the Dutch off the island'. This contact yielded the village chief a coat of chain mail, a small artfully carved cabinet (ill. 319) and a Christian name, Cornelis; the name was probably an honour from a visiting VOC preacher who passed through.[3]

Based on Geurtjens story, the *teran* So Cornelis figure would have originated from the second half of the seventeenth century. Shortly after someone passed away, the Tanimbarese would usually carve a statuette which functioned as the means to retain contact with the deceased, and to be able to call upon ancestral aid in matters of the hunt, or warfare, or problems regarding fertility.

The statue of *teran* So Cornelis was probably used in connection with battle in a metaphorical sense, as can be deduced from some other preserved cult objects (in the Fordate village of Sofyanin): his heart, liver and neck vertebrae.[4] According to Geurtjens these were 'deployed' when the honour of the community was at stake during a kind of

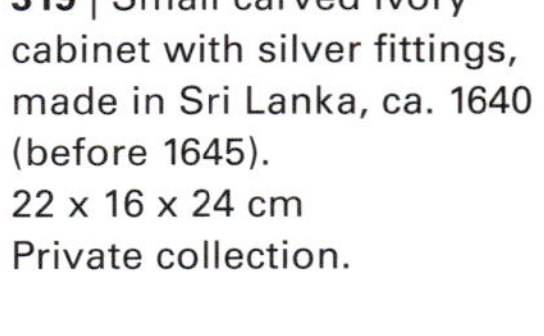

319 | Small carved ivory cabinet with silver fittings, made in Sri Lanka, ca. 1640 (before 1645).
22 x 16 x 24 cm
Private collection.

320 | Ancestor statue of *teran* So Cornelis
Tanimbar, Fordate
1650-1700
Ivory
16.5 x 5.7 cm
Liefkes 412

elaborate inter-village "ceremonial bickering" which reached its peak in ritual song contests.[5] This application fits in perfectly with the other information about the Tanimbarese hero.

With regard to the statue itself, Geurtjens has something curious to say. The figure deviates in several aspects from what was 'normal' in Tanimbarese ancestor statues, and the missionary focusses on the most pronounced aspect: the so-called *bersila* position (cross-legged) instead of the common squatting position (pulled-up knees).[6] Simultaneously, however, he claims that in the case of *teran* So Cornelis the elbows rest on the knees – an unknown phenomenon with the *bersila* position that would result in a rather awkward posture. And accordingly, the figure does not show this at all. Although Geurtjens' remark might raise questions about the authenticity of the statue, this appears rather to be a case of sloppy description, which happens elsewhere in the missionary's work.[7]

Aspects that did not catch Geurtjens' eye, but which are just as anomalous, are the choice of ivory instead of wood (or stone or bone), the figure's elaborate detailing, and the depiction of a *keris*, an imported weapon. All of these things indicate the portrayal of a man of high status, in which the use of ivory might be directly related to the heritage of the renowned village chief. Tradition has it that he owned hundreds of elephant's tusks – major status symbols on Tanimbar – which may have been the reason the representation was made in this material.[8]

Besides some tall stories, little remains of the memory of *teran* So Cornelis on Fordate nowadays. His heart, liver and neck vertebrae, as well as the coat of chain mail, have 'faded from view' due to the rapid modernization. The small, splendid cabinet (ill. 319) – just like his portrayal – has ended up in a private European art collection. It is extraordinary that these two objects, the cabinet and the statue, are temporarily reunited in this book and the accompanying exhibition.

NICO DE JONGE

Jewellery from Southeast Maluku: symbols of victory

Anyone travelling through Maluku Tenggara (the Southeast Moluccas) until recently and fortunate enough to be present at the opening of a so-called *pusaka* basket (the basket containing heirlooms of a descent group) could hardly believe his eyes.[1] Besides ancient textiles, a variety of golden jewellery would be revealed: several types of ear ornaments, bracelets, *sirih*-boxes, plates, chest pendants and necklaces – an astonishing wealth, which contrasted sharply with the local standard of living. The objects were mostly considered as remnants from a glorious, ancestral past. As well as gorgeous objects produced on the islands themselves, also often present was remarkable jewellery that had been imported from elsewhere.

Native gold

Traditionally four important categories of golden jewellery were produced in Maluku Tenggara: ear ornaments, plates, chest pendants and head ornaments.[2] It is known that the ear ornaments were produced on several islands, for instance Tanimbar, the Babar archipelago and Luang. The plates, chest pendants and head ornaments on the other hand, probably had a unique centre of production: the small island of Kisar, off the eastern coast of Timor. Through trade, though, these pieces could be found all over the region. The golden ear ornaments were produced for the longest period of time. They were made by traveling smiths and in the traditional smithies of various villages until the end of the twentieth century. To produce the jewellery, traditional smiths employed the so-called 'lost wax' technique, a method that required a new cast form for each ear ornament. Old (mostly Dutch) coins were melted and used as base material for the objects.[3]

There were two basic types of ear jewellery. A quite rare, rather solid type (called *mas batu*, gold stone, for obvious reasons) and a very popular kind, which consisted of a split pear-shaped 'body' with protrusions on the top, sides and bottom. On the sides and bottom in particular these were quite prominent; on most islands they were called *kaki tangan*, 'feet' and 'hands'.

Coinage was also the basis for the locally produced golden plates and chest pendants. However, in this case the molten coins were made into jewellery by hammering. The exchange value of a coin is known to have increased dramatically after having been turned into a pendant or plate, in some cases a six-fold increase in value.[4] The metal, beaten to a thin plate, was usually adorned by chasing. Various characteristic motifs, such as stylised birds and stars, were applied in relief; the plates especially used to be exceptionally decorated.

Two types of basic plate shapes can be distinguished. Besides a formerly common, round model with a diameter of circa 25 cm, there existed a large group of hexagonal plates. As a further variation, rare octagonal plates were also produced. The chest pendants were similarly divided into two main categories. The so-called *mas bulan*, 'golden moon', a round plate, sparsely decorated, with an average diameter of 15 cm, was very well-known; the second type, usually called *mas tanduk*, 'golden horns', were boat-shaped.

Most spectacular without a doubt, however, were the Maluku Tenggara head ornaments. These could mostly be found on the western islands, in particular the region between Babar and Timor. How they were made exactly has not been recorded anywhere in the literature, but we can assume that the manner of production (and probably the alloy too) closely resembled that of the plates and chest pendants.

Fortunately we have a clear image of the two most common types of head ornaments; uniquely both are present in the Liefkes collection. The design of the vast majority (see ill. 321) was 'constructed' around a heart-shaped human face. This was often depicted realistically, with a sharp nose, pronounced eyebrows and large ears. The other type of head ornament was designed to resemble two

321 | Head ornament with face
Maluku Tenggara (region between Babar and Timor)
Gold
25.5 x 17 cm
Liefkes 113

mirrored roosters. In some cases these were clearly discernible (as in ill. 322), sometimes with the face-based motif, but in other cases they were a barely recognizable part of a highly stylised pattern. Both types could be present in the one village (ill. 323).

Distant gold

Besides the 'native gold', a variety of imported gold jewellery was present in Maluku Tenggara. The great majority of this was found on Tanimbar where 'foreign' jewellery played a special role in local culture. Three kinds of 'foreign' jewellery had a special place in Tanimbarese society: *ngoras* (necklaces made of antique beads and tiny bits of gold), *kmwene* (flat filigree ear ornaments made of precious metal, generally interconnected by a string of beads) (ill. 324) and *mase* (large golden chest pendants, often with a gold chain of coarse links) (ill. 326).[5] During festivities a woman might wear all three kinds of jewellery at the one time (ill. 325).

The often remarkably designed chest pendants were the most valuable of the imported pieces. The presence of such a piece in the Liefkes collection (ill. 326) can therefore rightfully be called exceptional. Interestingly, a large number of these treasures, in some cases centuries old, have been well documented. Within the scope of a large-scale ethnological project around 1930, the Dutch missionary Petrus Drabbe made a series of beautiful portraits of Tanimbarese. They proudly display their biggest treasures, among which the chest pendants have an important place.[6]

A remarkable feature in the photographs is the diversity in style of the pieces. The chest pendants appear to originate from all over the Indonesian archipelago (and beyond), and some even have decorative patterns reminiscent of the classical Hindu-Javanese Majapahit period (ca. 1300-1500) It is intriguing to note, moreover, that there appears to have existed a preference for jewellery dominated by a human face or human figure, often combined with a horn motif (ill. 327-329).

Unfortunately, Drabbe scarcely examines the origin. Reconstructing the old trade routes, however, we see how the pieces could have arrived on Tanimbar. The key positions in the ancient trade circuit were occupied on the one hand by the Bandanese, and on the other by the Makassarese and Buginese. Until the beginning of the twentieth century, these traders brought chest pendants from many distant places to, above all, Tanimbar.

The islands of Banda were involved in an expansive Asian trade network long before the Europeans arrived. Javanese merchants in particular transported Bandanese spices to the Asian mainland and on the way back they brought – besides textiles (the main commodity) – gold jewellery, amongst other commodities. With the valuables produced on Banda and the surrounding area, a part of

325 | Tanimbarese woman from the village of Lauran (Yamdena island), showing a necklace made of antique beads and bits of gold (*ngoras*), flat filigree ear ornaments, interconnected by a string of beads (*kmwene*), and a large golden pendant (*mase*).
Photograph by Nico de Jonge, 1981

324 | Ear ornaments / *kmwene*
Maluku Tenggara, Tanimbar
Gold
6.2 x 4.3 cm
Liefkes 343

326 | Chest pendant / *mase*
Maluku Tenggara, Tanimbar
Gold
9.4 x 8.3 cm
Liefkes 366

327-328 | Portraits of Tanimbarese elders, proudly displaying ear ornaments and chest pendants. Traditionally in Tanimbar there existed a preference for pendants dominated by a human face or human figure, adorned with prominent 'horns'.
Photographs by Petrus Drabbe, ca. 1930
RMV A97-1-42, A97-1-41

these trade goods was transported onwards by local trading vessels, although the Tanimbarese sometimes collected the gold on Banda themselves.[7]

Makassarese and Buginese, searching for reef products, made up the other trade route through which many 'foreign' pieces of jewellery arrived on Tanimbar. For instance, Drabbe reported the delivery of *ngoras* necklaces by Makassarese, and Riedel mentions similar traders, but in connection with gold ear ornaments and chest pendants.[8] Some of this last named jewellery, however, must have originated from Luang and Kisar. The Buginese and Makassarese are known to

have visited these Southeast Moluccan islands on their annual sailing expeditions; here they would get local goldsmiths to turn the coins they had brought along into regionally desirable valuables. The Tanimbarese themselves, though, would sometimes also acquire gold jewellery from Luang and Kisar (and even from East Timor).

Chances are that the magnificent chest pendant illustrated here (ill. 326) reached Tanimbar via the first trade channel. Various highly similar 'variations' of this remarkable 'foreign' model are known. Until recently there used to be a comparable piece of jewellery in the village of Lauran on the main island Yamdena (ill. 325) and there is also an image of a similar type in an antique description of Ambon, dating from 1726 (ill. 330). The existence of several, highly similar specimens, appears to suggest a single source (smithy), and the relation with Ambon gives the impression that they reached Tanimbar along the northern supply route, via Banda.

Gold in use

Traditionally, the valuables were important on all of the islands. They had various *adat* functions – ranging from purely economic to strictly ritual – in which, in virtually all cases, the symbolic meaning of the objects (be it in the background or not) played a vital role. Due to modernisation and the advancement of cash markets, these applications have – as the objects disappeared – now virtually all been lost.

Both the native gold as well as the imported ornaments were used as finery. This was in fact the primary function of the jewellery. The members of the descent groups in, for example, Babar, Luang, Sermata or Kisar, would adorn themselves with the available valuables at all sorts of festive occasions (ill. 331). More objects meant a higher status of the group.[9] In the case of Tanimbar, Drabbe also shows in a magnificent manner the lengths that people went to in order to acquire jewellery and the accompanying status. On Tanimbar, gold objects gave 'weight' to a 'house', i.e. a descent group.[10]

Regarding the social applications, a

329 | Tanimbarese elder from the village of Lauran (Yamdena island) displays an imported pendant on his head cloth. Usually this kind of ornament (*mase*), attached to a characteristic chain, was worn on the chest. The man is holding an elephant tusk. Like ownership of jewellery, on Tanimbar ownership of ivory was a sign of high status.
Photographs by Nico de Jonge, 1981

330 | Overview of various items of jewellery found on Ambon, as illustrated (opposite page 170) in Francois Valentijn's famous work *Oud en Nieuw Oost-Indiën* (deel II 'Beschryving van Amboina'), published in 1726. Ornament F (described as forehead ornament from the village of Waai) resembles the chest pendant in the Liefkes collection.

distinction was usually made between valuables that always remained in the descent group and objects that circulated in society. The first category was often made up of special pieces that attested to an impressive family history, in which a mythical origin was not uncommon. This is exemplified by the marvellous pendant in the form of a golden rooster, probably originating from the Babar archipelago (ill. 332). Such a unique object often had its own name and was known far and wide. The head ornaments were likewise family heirlooms in the Sermata-Kisar region.

The vast majority of the valuables, however, circulated within the society and this happened in various ways. The role of jewellery in house and boat building, the purchase of pigs, goats, trees and land, and the maintenance of family ties are but a few examples. Furthermore, on islands where a caste system was in effect (like western Maluku Tenggara), some ornaments functioned as distinguishing marks.[11]

Amongst other important applications were the fines levied after *adat* violations. The biggest fines were generally imposed in cases concerning murder, arson, adultery or sexual intercourse between members of different castes. In the traditional setting, large quantities of valuables could be involved; on Luang and Sermata, for instance, dozens of gold plates were concerned.[12] The so-called 'embodiment' on Tanimbar was very special. Here, for example, in the case of murder each body part had to be 'repaid' separately: a Chinese water jar for the head, gold ear ornaments for the hair, eyes, hands and feet, an imported gold chest pendant (*mase*) (ill. 326) for the chest, an elephant's tusk for the back, and so on.[13]

The use that has undoubtedly persisted longest was connected to marriage. In places where a woman after marriage was admitted to the descent group of her husband, the family of the groom would normally present the family of the bride with a bride price. This could consist of a variety of things in Maluku Tenggara, but the main constituent, besides weaponry, was locally produced jewellery. On many islands, even during the transitional phase leading into the modern age, the

331 | People from the village of Mahaleta on Sermata island display various important categories of golden jewellery of western Maluku Tenggara. Both men wear golden plates on their heads and 'golden moons' (*mas bulan*) on their chests; the woman is showing an impressive head ornament (*wutulai*), a chest pendant called 'golden horns' (*mas tanduk*) and a golden plate. Photograph by Nico de Jonge, 1981

332 | Pendant in the form
of a rooster
Maluku Tenggara, Babar(?)
Gold
4.2 x 6.2 cm
Liefkes 451

valuables were not replaced by money, but a 'symbolic sum', such as one pair of ear ornaments, was accepted instead.[14] The bride price was always reciprocated with a counterprestation. On many islands this consisted of agricultural products and various types of home-woven textiles.

A remarkable exception to this regional pattern could be found on Tanimbar. Here, besides locally made jewellery, imported valuables were also part of the exchange of goods. As well as the locally cast ear ornaments, the bride price included the large, imported gold chest pendants (*mase*) (ill. 326). The imported filigree ear ornaments (*kmwene*) (ill. 324) and necklaces (*ngoras*), combined with among others agricultural products and textiles, constituted the counterprestation.

Symbols of victory

An intriguing question, of course, is why for so long it was the gold jewellery that was deemed indispensable as a component of the bride price. Obviously we could suggest that they were maintained as part of one of the most important rituals on the islands; without marriages, aimed at progeny, there would be no society. However, the fact that with each marriage the social relation between descent groups was established and, furthermore, presented to the community, seems a more plausible explanation. For this, the exchange goods, including the valuables, for both bride price and counterprestation were obligatory. So besides the continuation of the community, it was primarily its internal hierarchy that was at stake.

Jewellery had its own, highly specific role to play within the matrimonial ritual. They had an intrinsic value that was closely tied to island society, which almost wholly revolved around the upkeep of family reputations. These were based, above all else, on a descent group's hunting and war successes, which were splendidly reflected most of all in the ornaments. The remarkable symbolic significance of the valuables, as depicted below, also explains why the exchange rate of a coin, once it was turned into jewellery, increased so dramatically.

Traditionally there existed a clear division of tasks between the male and female members of a descent group in Maluku Tenggara. The latter fulfilled an essential role in the increase of new group members and nurturing of crops, which is why they were strongly associated with fertility and growth. The man's duty was much less 'inwardly' oriented. The representation of the descent group to the outside world was his domain, with special focus on the building and maintaining of reputation.

The men traditionally accomplished this task in a way which contrasted sharply to the manner in which women operated. While women performed their part by creating and tending to new life, men retained the group's reputation by killing. The status of a group rested for an important part on the wars waged by them and their hunting and fishing achievements.

The prestige that was gained in this way was propagated by various means. Prominent decorations on houses (e.g. jaws of captured wild boars), conspicuous stakes with the horns of killed water buffaloes, and especially – often by means of symbols – the display of severed heads of slain enemies. On many islands shells were utilized for this purpose (most frequently *Ovula ovum* and *Nautilus* species), but miniature fishes (usually made of wood) were frequently used too.[15] Gold jewellery can be added to this list of substitute hunting trophies.

Among the first ethnologists to notice this was former curator of the Leiden National Museum of Ethnology J.P.B. de Josselin de Jong. During his fieldwork in the Babar archipelago in 1933 he received a (silver) plate that was described by the local people as a 'symbol of victory'.[16] Earlier, in 1896, the German ethnographer Jacobsen had already expressed such an assumption. In a fascinating travel report he devotes some words to the religious background of the gold 'moons' that he encountered on Kisar. Even though he keeps his options open, Jacobsen feels that the chest pendants performed an identical function on Kisar as they did on nearby Timor. Here, at the end of the nineteenth century, headhunters received a similar ornament for each head taken[17]; a gold 'moon' represented a 'symbol of victory'.

The killing of gold
This headhunting symbolism matches almost perfectly the rituals with which the production of gold ornaments was enveloped on Tanimbar and Babar. Drabbe documented the Tanimbarese forging process and there is a striking resemblance between the context within which the work was done and the atmosphere in which a war took place or a hunt was held: in all cases a symbolic condition of 'heat' was created.

This heat was achieved by calling up the ancestors' help or by magical means and was deemed essential for killing: at hunting and waging war in a literal sense, in the forging of gold in a metaphorical manner. The smith employed special ancestor statues, which allowed him to melt the metal or, as it was said on Tanimbar, to 'kill' the gold.[13] A similar symbolism existed in the Babar-archipelago, where an atmosphere of deadly heat was the reason why no one but the smith and his aides was allowed to be present during the forging process.

Furthermore, on Babar the smithy itself, completely shielded off, was located beyond the village border. This is most probably indicative of an extra symbolic dimension: by positioning himself outside the local community, the smith and his workshop represented a fictional 'outer world', in which, as in a real hunt or war, the status symbols were acquired. The (scarce) data on other goldsmiths in Maluku Tenggara reveal that 'special' situations occurred everywhere, in which either the smiths themselves or important 'forces' connected to them, represented the 'outer' category.[19]

Most striking of all was probably the situation on Kisar, the regional centre for the forging of gold plates, chest pendants and head ornaments. Most remarkable was the identity of the local smiths: they were all so-called Mestizos – descendants of a detachment of Dutch VOC servants – who for centuries had lived on the island in separation from the native inhabitants. Until the demise of the goldsmith's trade around 1900, the exclusive 'skill' of forging gold was passed on from father to son within three Mestizo families.[20]

Great warriors

The design of many valuables appears to reflect the idea of 'prestige through killing'. This was most apparent in the chest pendants with horn motif, but it is also reflected in the gold 'moons' and plates, be it in a less obvious way.

Surprisingly, hardly anything is known about the meaning of the shape of the popular ear ornaments with 'protrusions', which were produced all over the region. A plausible explanation, however, is that it represents a slain enemy, for the long protrusions on the bottom were referred to as 'feet' on many islands and the short ones on the sides as 'hands'. Furthermore, the hollow space was often filled with a piece of 'foreign' red fabric, a piece of textile that added to the 'heat' of the object. Headbands with identical colour and origin used to be the foremost trademark of the warriors of old on the islands.[21]

It is certain that the shape of the chest pendant *mas tanduk* ('gold horns') that was produced on Kisar depicts the horns of a killed animal. As an important symbol of victory and status on the islands, the horn motif was also sometimes placed on 'houses of origin' of descent groups, where it expressed the honour and glory of a group. The chest pendants themselves were usually worn during weighty affairs. If a man wore it, he claimed acknowledgement as a 'great hunter', a man of renown.

Prominent horns also frequently dominated the conspicuous chest pendants (*mase*) that were imported into Tanimbar. Usually these horns adorned a human face or human figure. The profound meaning of the horn motif explains their great appeal to the Tanimbarese. The jewellery actually signified a 'man of renown', and by adorning himself with it, the wearer advertised himself as such (ill. 329).

Everything seems to indicate that the gold plates and the *mas bulan* (the circular gold chest pendant) of western Maluku Tenggara had a similar meaning. Here too, the two types of jewellery – often bracketed together – probably branded their wearers as 'great warriors'. The gold plates were in all likelihood associated with the sun, which in turn was strongly associated with a successful warrior; while the *mas bulan* was associated with the full moon in a comparable way. This seems to be reflected in the (frequently circular) design and decoration of the ornaments.[22]

Assuming that the plates represent the sun, for example, the dominant decorative motif, a central star figure, is indicative of lethal heat and additionally explains why many of the 'sun rays' on the plates ended in arrowheads. Confirming this interpretation is the fact that on various hexagonal plates the 'victims' were present as well: small fish-shaped figurines attached to the small, metal loops at the six corners of the plate, symbolized severed heads.[23]

Finally, the design of the impressive head ornaments (*wutulai*) was something else entirely. These pieces of jewellery were in all likelihood meant for a unique woman – the eldest female descendant of the founding mother of a noble matrilineal descent group – and she had a vital symbolical value. As figurehead she propagated the 'great name' of the group to the outside world, and this message was especially clear in the decorative motif with the 'mirrored roosters' (ill. 322).

The essence of this motif revolved around power and prestige. Possibly the head ornaments represented some sort of 'weapon', or a group emblem. This idea is supported by its design featuring two 'duelling' animals. This is typical for many clan emblems in Maluku Tenggara, in which the 'aggressive' animals represent the founding fathers of a descent group (or their 'helpers' or representatives). As such they would guard over the continued existence and reputation of a descent group.[24]

Different again were the face-based head ornaments (ill. 321). These also functioned to impress the outside world, but the designs were simultaneously geared to the special position of the wearer within the group: her 'internal' role was displayed by it as well. Here fertility occupied central stage by means of a floral motif. 'Branches or shoots' surrounded all faces on the jewellery, while mounted sequins probably represented 'hanging leaves'. It suggests that the faces referred to the founding mother herself. In this manner she was portrayed as a major source of fertility, using the same iconography as applied to the wooden *luli* statues, which originate from the same region.[25] By wearing the impressive head ornament, the wearer identified herself with the founding mother: she would radiate prestige (the external message) whilst embodying fertility (for her group members).

Message of the bride price
To return again to the bride price, it is clear that the symbolic meaning of the associated objects is always important. At wedding ceremonies most of all, a message crucial to the community was relayed in a metaphoric way, which explains why the jewellery could function for as long as it did.

'Hot' golden objects, in their capacity of substitute hunting trophies, were actually indispensible as part of the bride price. Not only was a tie forged between bride and groom during the traditional marriage ritual, at the same time a hierarchical relation emerged between two descent groups, and the special character of this relationship was reflected in ceremonial goods and presented to society.

By presenting 'feminine' goods – together with the bride – such as textiles and agricultural produce, the bride-giving group handed over 'fertility' to the bride-taking group.[26] To the latter, the family of the bride represented a 'source of life' on which they felt dependent for the survival of their own group. This subsidiary position was also reflected in

the bride price. Through the donation of gold 'hunting trophies' and weaponry to the bride-givers, the bride-takers essentially placed their masculine forces in the service of the woman's family. This was certainly no trivial gesture. Drabbe mentions, for example, that on Tanimbar the bride-takers were the first to be called upon in case of – formerly very frequently occurring – war.[27]

The obligations of the bride-takers were not limited to that alone. They were exhorted to assist their bride-givers at numerous other occasions, such as the building of a house, funeral ceremonies and particularly the gathering together of the costly bride price goods that the bride-givers, in their turn, required! The traditional social system was elaborate and strict; the consequences of a marriage were extensive.

This symbolism reveals why the jewellery that was forged in Maluku Tenggara was a source of great prestige, more so than minted gold. Only after the coins had been transformed into an object that represented a killed being, did it gain its great value on the islands. Due to its 'heat' it became valuable and could function – within a society revolving around making a name – as an important status symbol.

The situation on Tanimbar was an exception to this rule. Of the three types of 'foreign' jewellery, only the large, gold chest pendant (*mase*) can be compared to the locally produced valuables. The two other kinds of imported ornaments, the filigree ear ornaments (*kmwene*) and the necklace (*ngorasi*), on the other hand, were not considered hot', but 'cool', and they therefore comprised part of the counter prestation. The reason for this has to be sought in the multitude of pieces they are made of. In Maluku Tenggara such configurations were often associated with fertility.

NICO DE JONGE

Ancestor figure from Northwest Papua

This type of wooden carving is generally referred to as *korwar*, which means 'soul of the dead'. *Korwar* occurred in Teluk Cenderawasih (formerly Geelvink Bay), a region in northwest New Guinea stretching from Doreh Bay to the Biak Islands and including Teluk Berau (Maccluer Gulf).[1] As Biak peoples migrated to the west around 1500,[2] *korwar* images existed also on the Raja Empat Islands.

Korwar figures may be carved in standing, squatting or sitting position, usually have no clear indication of sex and may incorporate a skull.[3] This figure's posture, the naturalistic treatment of its face, and the added small figure, suggest it was made in the Doreh Bay area (ill 333).[4] The openwork 'shield' has been interpreted as a real shield symbolizing bravery and offering supernatural protection,[5] or as a stylized rendering of snakes, coral or octopus arms.[6] It could also indicate that the *korwar* is male.[7] The figure shows great stylistic

resemblance to another *korwar* held at the Rijksmuseum Volkenkunde (ill. 334). Testifying to the trade relations that existed between Teluk Cenderawasih and Insular Southeast Asia, the blue glass eye beads might refer to the clear blue eyes of some of the white foreigners, who were often regarded as ancestors returning from the realm of the dead.[8]

The *korwar* statues served as temporary receptacles to the *nin*, the shadow soul or spirit that roamed the earth. The help of the *korwar* spirit was invoked at significant life events such as births, marriages, deaths, illness.[9] The *korwar* could offer protection and success when curing people, on head-hunting raids, on dangerous sea journeys, when collecting trepang or catching tortoises. Conversely, *korwar* were deployed to make people ill and even kill them.[10]

Figures were usually carved after death for people who had occupied a significant position in society.[11] Having learned the art from his father, the woodcarver/priest had exclusive copyright to particular designs and was often able to communicate with the spirit of the dead for whom he was carving a *korwar*. The making-process was accompanied with sung laments. Once the woodcarver had shaken the figure, gone into a trance and fallen to the ground, the spirit had entered the *korwar*. Then the praising songs for the dead were performed and the *korwar*'s duties announced.[12]

From the late 1880s onwards, many *korwar* images were destroyed upon instigation of Protestant missionaries. Others were collected after they had been surrendered under pressure or because Papuans themselves deemed the particular *korwar* figure to have lost its power. *Korwars* are no longer made. Conversion to Christianity has however not necessarily lead to a complete destruction of the *korwar*'s significance.[13]

Fanny Wonu Veys

333 | Ancestor figure /
korwar
West Papua, Teluk
Cenderawasih, Doreh Bay
Late 19th-early 20th century
Wood, beads
34 x 12.5 x 14 cm
Liefkes 109

334 | Ancestor figure /
korwar
West Papua, Teluk
Cenderawasih, Doreh Bay
Gift of A.E. Zimmerman,
1887
Rijksmuseum Volkenkunde,
inv. no. 602-15

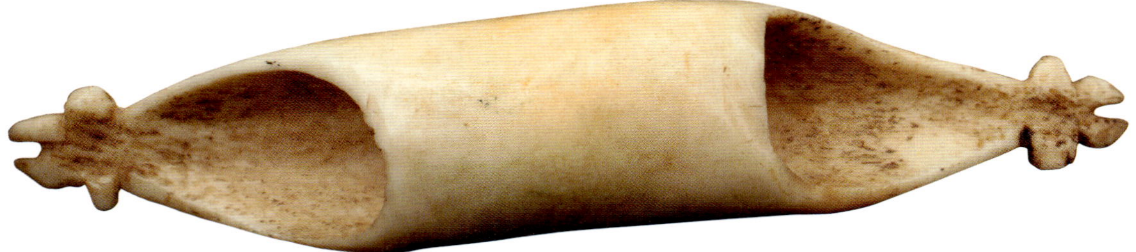

Accoutrements for an Asmat man

Both objects were made and used by the people who inhabit a swampy area in the southwest of New Guinea. They call themselves Asmat, a word that refers to a people, a language and a region and means 'people of the land', 'people who live there', 'people who belong to this land', or 'people who dispose of this land to collect their food'.[1] Asmat country is covered with tropical rainforest and intersected by numerous rivers. The people have experienced many outside influences because of consecutive Dutch, Japanese and Indonesian rule and Roman Catholic and American Protestant missionary influence. However, the Asmat have continued a way of life where particular traditions such as eating sago and using canoes are still essential.[2]

This type of nose ornament (*otsj*) (ill. 335) can be made of pig, cassowary or human bone.[3] The carver works with fresh bone as it is otherwise too hard to carve and the pith is removed with an arrow shaft.[4] Worn through the nasal septum, bone nose ornaments signify the position the wearer occupies in society. The initiation ceremony held when the nose was pierced using a wooden pin, marked an important step in an adolescent's way to adulthood.[5]

Cassowary bone is commonly used to make daggers (*ase pisua*) which were employed in warfare, village fights and ritual mock games between men and women during ceremonial cycles. This more elaborate dagger (ill. 336) most probably belonged to a great warrior. The hilt is decorated with a fine net, made of twisted bark of the *fum* tree, from which red *Abrus precatorius* seeds, Job's tears (*Coix lacryma-jobi*) and black cassowary feathers are hanging.[6] Daggers were usually worn in a man's upper armband.

A photograph (ill. 337) taken by Adrian A. Gerbrands in 1960 or 1961 portrays Jewer, a master woodcarver (*wowipitsj*) from the village of Omadesep in the central Asmat area. Master woodcarvers are highly respected for their artistic abilities expressed through the number of orders they receive. However the carver still carries out the usual tasks of an Asmat man such as fishing, hunting and gathering sago.[7] Befitting his position, Jewer is wearing a cassowary dagger in his left rattan armband and a pig's bone nose ornament. He is further dressed up with a cuscus fur head ornament, white cockatoo feathers, plaited rattan armbands and on his right elbow an armband with hair of a slain enemy.

Fanny Wonu Veys

ACEH
MALAYSIA
Kuala Lumpur
Batak
NIAS
SUMATRA
SINGAPORE
BATU IS.
Koto Gadang
Padang
JAMBI
MINANGKABAU
PALEMBANG
BANGKA
PASEMAH
LAMPUNG
Jakarta
Indramayu
Cirebon
Tasikmalaya
JAVA
Surakarta
Yogyakarta
BRUNEI
MALAYSIA
Maloh
Kenyah
KALIMANTAN
Ngaju
Banjarmasin
MADURA
BALI
LOMBOK
Buleleng
Klungkung

TALAUD
SANGIHE
SULAWESI
LUWU
TANA TORAJA
Kendari
kassar
MALUKU
PAPUA
Asmat
FORDATE
BABAR
TANIMBAR
NUSA TENGGARA
FLORES
SUMBA
SAWU
ROTI
TIMOR
TIMOR LESTE

Notes

Frits Liefkes (1930-2010), in memoriam

1 See also the catalogue *Papoea-kunst* 1966.
2 Frits expressed this determination in a conversation with director Arthur van Schendel at the time of his appointment, see Liefkes 1978-79: 60-67, especially p. 60.
3 On the Doomer chest, see Baarsen 1996: 739-49. The Piranesi table shone at the exhibition in the Cooper Hewitt Museum in New York and in the Teylers Museum in Haarlem in 2007/08, see Lawrence 2007: 71, fig. 44 and cover.
4 See Van Dam & Heij 2010, for the exhibition in the Singer Museum in Laren.
5 No catalogue, but an attractive issue of the *Bulletin van het Rijksmuseum*, 20 (1972), no. 1.
6 A number of times he wrote articles for the Bulletin van het Rijksmuseum, such as Liefkes 1967, 1975a, 1975b; see also note 8.
7 Van Thiel & de Bruyn Kops 1984 and 1995.
8 Several acquisitions by the CNO were published by Frits, see Liefkes 1966-67, 1970-71, 1972-73, 1974-75, 1976-77.
9 For his account of this trip, see note 2.
10 A part of the collection was auctioned at Christie's, Amsterdam, on 30 June and 1 July 2010.
11 *Jaarverslag van het Rijksmuseum* over 2010: 33.

The attraction of collecting: Frits Liefkes as collector

1 Elsner & Cardinal 1994: 1.
2 Sheehan 2000: 151.
3 Sedyawati & ter Keurs 2005: 25-32.
4 Brinkgreve 2005: 141-145.
5 Benjamin 1969: 60.
6 Leslie 2007.
7 Benjamin 1969: 59-60.
8 Benjamin 1969: 61.
9 Benjamin 1969: 67.

The Frits Liefkes collection in Rijksmuseum Volkenkunde

1 Budiarti & Brinkgreve 2009: 121-151; Brinkgreve & Stuart-Fox 2007: 145-185.
2 Wassing-Visser 1984: cover, pl. 95 (cat. no. 462); *Nias tribal treasures* 1990: pls. 145, 155, 167.
3 One of his favourite books was *Man as Art: New Guinea body decoration* (Kirk & Strathern 1981).

Acehnese gold jewellery

1 Jacobs 1894: dl. 2, 144.
2 Kreemer 1922-23: dl. 2, 279.
3 Ostmeier 1913: 8.
4 Veltman 1904: 348.

5 Kreemer 1922-23: dl. 2, 279.
6 Jasper & Pirngadie 1927: 93-94.
7 Sufi [et al.] 1984: 13.
8 Veltman 1904: 353.
9 Snouck Hurgronje 1893: dl. I, 356.
10 Veltman 1904: 370.

Silk textiles of Aceh

1 Women's hip cloths show an extra white cotton band, see Jasper & Pirngadie 1912:254.
2 Kreemer 1922-23: dl. 2, 272.
3 Jasper & Pirngadie 1912: 254.
4 Jasper & Pirngadie 1912: 255.
5 Fisher & Djajadiningrat in Niessen 2009: 292.
6 Jasper & Pirngadie 1912: 268.
7 Groenevelt in Leigh-Theisen 1989: 81.
8 Niessen in de Marval & Breguet 2008.
9 Niessen 2009: 291.
10 Maxwell 1990: 72, and Gittinger 1975: 12, and Gittinger in Niessen 2009: 307, fig sr 6.12.

Two Acehnese daggers

1 Brinkgreve & Sulistianingsih 2009: 134.
2 Veltman 1904: 346.
3 Veltman 1904: 351-2, 361; Zonneveld 2001: 121.
4 Brinkgreve, Lunsingh Scheurleer & Stuart-Fox (eds.) 2010: 124.
5 Jasper & Pirngadie 1930: 238.
6 Zonneveld 2001: 121.

Ancestor figures of Nias and Batu Islands

1 Feldman 1990: 35.
2 Feldman 1985: 57. These were used by the aged who no longer could crush the areca nut - an important ingredient for the betel preparation - with their teeth. Symbolically this could be interpreted as a reference to the old age of the ancestor.
3 This does not imply that armless figures are not found on Nias itself. Protective figures, *adu hörö*, for instance, have no arms. In north and central Nias, though, armless figures are rare.

Gold jewellery of Nias

1 Gold was imported from Sumatra in the form of gold dust and gold leaf. As early as the seventeenth century the Acehnese were already trading slaves for gold. In the nineteenth century the Chinese and the Dutch became important intermediaries in the 'golden' slave trade. It is not known for certain whether gold was ever found on the island of Nias.
2 Suzuki 1959: 23.
3 Feldman 1979: 149.
4 Schnitger 1939: 147.
5 Modigliani 1890: 482.
6 Nieuwenhuisen & Rosenberg 1863: 48.

7 The name of the island is Nias, but the name of the people (and also the adjectival form of the name) is Niah.
8 Schröder 1917: 219.
9 Suzuki 1959: 113.
10 de Moor 1990: 126.
11 Lett 1901: 89.
12 Steinhart 1937: 300.
13 Hämmerle 1984: 594.
14 Richter & Carpenter 2011: 402-403. In 1937 a German missionary named Borgers gave an interesting inventory of a Niah pawnshop, which was run by the Dutch colonial government. Besides large quantities of heavy gold jewellery and cloth decorated with gold leaf he also describes a hat. "The most bizarre object was a man's hat, shaped like the ordinary straw hat worn in Europe in the summer time. It was made of an indefinable hard material, and completely covered with gold leaf". Seemingly it belonged to a minor chieftain who had pawned this property for a sum of 150 guilders (Borgers 1937: 24).
15 "They look like a sort of gold cap, approximately in the shape of a truncated cone with an oval-shaped lid on the front. It was worn during dancing and when receiving high guests" (Rappard 1909: 557). There is no certainty however that it is this exact same head ornament.
16 Holt 1971: 12.
17 There is some doubt as to whether the metal of this crown is gilded or whether it consists of an alloy consisting of various percentages of gold, silver and copper. Only an intrusive investigation could determine this.
18 Sundermann 1989: 8.
19 Schröder 1917: 62.
20 According to Maxwell 2010: 149, they are called *wale-wale*.
21 Yamamoto 1986: 190. This technique of depletion gilding was also frequently used in pre-Columbian gold work.
22 Schröder 1917: 559.

Batak rider

1 Sibeth & Carpenter 2007: 36 and 21. In the Batak concept a person has two spirits, a *tondi*, soul, when a person is alive, and a *begu* when he/she has died, the ancestor spirit.
2 Sibeth & Carpenter 2007: 41.
3 Bartlett 1934: 22-26; Sibeth & Carpenter 2007: 41.

Medicine horn of a Batak priest

1 Quote from Tichelman 1941 (in translation)
2 Ginting 1991: 85.

Batak bracelets

1 Sibeth 2012: 96-100.
2 Sibeth 2012: 98-100.

Batak jewellery

1 Hasibuan 1985: 54.
2 Neuman 1903: 18.
3 Untracht 1982: 161.
4 Rodgers 1985: 320.
5 Sibeth 1991: 190.
6 Jasper & Pirngadie 1927: 133.
7 Brenner 1894: 274.
8 Jasper n.d.: 3.
9 Henny 1869: 17.
10 Moor, Maggie de (1981), fieldnotes, Pematang Siantar, North Sumatra.
11 Richter 2000.
12 Rodgers 1985: 321.
13 Sitepu 1980: 53.
14 Sibeth 1991: 184.

Batak beaded shoulder band

1 Warneck 1977: 156.
2 Sibeth 1991: 204.

Textiles of the Minangkabau

1 Lubis 1979: 33, 49.
2 Gittinger 1979: 14.
3 Maxwell 1990: 154.
4 Elderly weavers call the high-quality, metallic-wrapped thread of earlier years by the term "Makau", referring to Macao, on the southern coast of China, from where they were imported (Summerfield 1999: 226).
5 The traditional clothing consisted of unsewn cloths, draped around the body.
6 The name Minangkabau originated in the myth relating the victory over the Javanese prince in the fourteenth century, who was planning to conquer the Minang heartland. By a smart move the weaker Minang were able to win. In the fight between two buffaloes, the Javanese put forward a strong Javanese cow. The Minang showed up with a hungry calf with sharp knives fastened to its horns. Wanting to drink so urgently the calf pushed its horn so often in the belly of the cow, that it died from its injuries. Ever since, the inhabitants have called themselves Minangkabau, "the buffalo that wins" (Josselin de Jong 1951: 7).
7 Hanssen 1995: 31-40.
8 Summerfield 1991: 33.
9 Similar cloths to ill. 66 are in the collections of the Museum of International Folk Art in Santa Fe (New Mexico), Wereldmuseum in Rotterdam (31637), the Fowler Museum of Cultural History in Los Angeles (X93.25.94), and collections of H. Elly Azhar and H.A. Sutan Madjo.

10 Summerfield 1999: 125.
11 Hanssen 1995: 25.
12 Ng 1987: 148.
13 Hanssen 1995: 73.
14 Hamilton and Milgram 2007: 27.
15 For instance the transparent Japanese summer kimono made of ramie from mainland Japan and Okinawa.
16 Summerfield 1999: 160, 204 and ills. on p. 161.
17 The shoulder cloth *kain sandang* (ill. 72) has been reinforced with a white cotton centre field which makes it also suitable as a ceremonial baby carrier. If only made of silk it would be too fragile to serve as a carrier.
18 Hanssen 1995: 83.
19 Summerfield 1999: 164, 219 and in the E.M. Bakwin Collection at The Art Institute of Chicago (Khan Majlis 2007: 5).
20 Khan Majlis 2007: 52
21 Similar cloths were collected by E. van Rijckevorsel for the Wereldmuseum in Rotterdam, where they are identified as handkerchiefs produced in Banten (inv. nos. 2139 and 2142).

Gold jewellery of the Minangkabau

1 Arifin 1999: 275.
2 Sukmasari 2009: 53.
3 Dhavida 2007: 70.
4 Arifin 1999: 277, 279, 290-291.
5 Arifin 1999: 295.
6 Arifin 1999: 272.
7 Richter 2011: 267.
8 Arifin 1999: 271.
9 Arifin 1999: 277.
10 Usman 1999: 248.
11 *Pandiang* is the Minangkabau word for 'buckle', often incorrectly spelled as *pandieng* (Burhanuddin 2009: 593).
12 Usman 1999: 251.
13 Manan 1984: 5.
14 Manan 1984: 109.
15 Manan 1984: 125-137. He conducted his fieldwork in six villages in the vicinity of Batusangkar, which is considered the heartland of the Minangkabau.
16 See for example Summerfield 1999: 84 and 96.
17 Niello is a technique in which a sulphur paste is applied onto the silver or brass surface. By heating, the paste is fused with the metal. After polishing the result is a contrast of silver or brass and the intervening spaces of the pattern in black.
18 Judging from the colour and lustre the gemstone in these ear discs is probably hematite or marcasite.

Lacquered bridal cabinet from Palembang

1 Catalogus 1922.
2 The cabinet belonged originally to the collection of C.M.A. Groenevelt (1899-1973), art dealer and collector, who collected among others for the banker G. Tillmann. After 1950 he collected in New Guinea and Oceania for Dutch ethnographic museums. See also the catalogue Indonesie-Oceanië 1965: cat. no. 201.
3 This ceremony is described in detail in Akib 1975.

Textiles from Palembang and Bangka

1 Gittinger 1985:102.
2 Several cloths have information on provenance: Pulchri 23-4-86 no. 316 W.D.D.K (705), Pulchri 23-4-86 no. 310 W.K.T.K. & J. Polak (704), Beu. Rot. 80 N.E.K. (709), Sotheby's. 24-6-8-, 2160. E.T.K. (710), Christies 22-10-80. A.E.E. (786), Stockum 1210-80. 2531 A.E.E. (787), Hurwitz D.E.K.K.K. (756), Bouwman/Aalderink. W.K K.K. (755), Pulchri 6-11-85 no. 712 W.E.S (713).
3 Heringa 1994: 14.
4 Heringa 1994: 16.
5 Heringa 1994: 32. Kartiwa 1986: 34; 1999: 135 speaks of a set for daily dress, for formal wear (being a *songket lepus* and *songket tawur*), and of a wedding set.
6 Gittinger 1985: 104; Kartiwa 1999: 136.
7 Pers. comm. Rens Heringa.
8 Heringa 1994: 18; Kartiwa 1999: 135.
9 Jasper & Pirngadie 1912: II, 170, 263.
0 Gittinger 1995: 103.
11 Personal communication in 2011 with Ibu Maslima, a Muntok weaver. The paired wings are seen by her as two opposite birds touching with the beaks.
12 Heringa 1994: 20.
13 Nowadays *kain plangi* appears in shocking bright colours with *preda* decorations. Combination of sarong and *selendang* are popular.
14 Kartiwa 1999: 137.
15 Jasper & Pirngadie 1912: II, 306.

Silver lotus bowl from Palembang

1 These lacquerware boxes are often referred to as *tenong*. A *tenong*, however, does not have the form of a lotus, but is a plain, round lidded lacquered container, used for the storage of food (Saragih, Sukanti & Ernawati 1996: 29, 31, 40, 44 and Dahlan 1984: 4, 8).
2 Andaya 1993: 41.
3 Dahlan 1984: 2.
4 Andaya 1993: 188.
5 In the Victoria & Albert Museum is an example of a silver bowl (inv. no. IS.3&A-1900) from Thailand, made in the eighteenth century (Untracht 1975: 111)

6 Ho Wing Meng 1984: 143.
7 Eberhard 1986: 239.
8 Fang Jing Pei 2004: 152-153.

Sumatran daggers
1 Van der Hoop 1949: 244.
2 Van der Hoop 1949: 244.
3 Jasper 1930: 31.
4 The use of European numerals is surprising, unless the date was a later addition. If indeed the weapon is made in Aceh, as is suggested by decoration and the reddish colouring of the gold in places, it would be strange indeed to use a European rather than an Islamic date, if intended for an Acehnese.
5 Loebèr 1916: 64.
6 Van Zonneveld 2001: 27.
7 Van der Hoop 1949: 192-195.
8 Jasper & Pirngadie 1930: 31.
9 Van der Hoop 1949: 244-251.

Textiles from the Pasemah highlands
1 Van der Werff & Wassing-Visser 1974: 84.
2 In Van der Werff & Wassing-Visser 1974: 84, this motif is called "pisangbladkolf", translated as the cob of a pisang leaf, but it resembles a cob of maize or corn.
3 According to Achjadi, the textiles of Pasemah and Rejang-Lebong (Bengkulu) still need further research (in Kartiwa [et al.] 1999: 140).

Textiles from Lampung
1 Sriwijaya was the Hindu-Buddhist kingdom located in the regions of Palembang and Jambi, which dominated the international maritime trade. It existed for five centuries from the seventh to the twelfth century.
2 Horst 1880: 62; Kartiwa 1999: 143.
3 Horst 1880, Van Eerde 1920.
4 Horst 1880: 66.
5 Horst 1880: 68. Bride wealth up to a value of two thousand Dutch guilders was common in 1880.
6 Van Eerde 1920: 187.
7 Leigh-Theisen 1995: 111 (referring to van Dijk & de Jonge 1980: 3,21).
8 Kartiwa 1990: 145.
9 Totton 2009: 27.
10 Maxwell 2003: 5.
11 Some of these cloths have provenance : Lee, W.S.K.K.K. (700, 702, 711), Radier A.E.K. (699), Bouwman. E.K.K. (682).
12 Totton 2009: 41.
13 Kartiwa 1999: 72, 77, 143, 146.
14 Kartiwa 1999:74 (shows a similar piece), 145.
15 Wire bullions are very fine wire threads of gold and silver wound into a tubular shape, similar to purl threads but tend to be more stretched out.

16 Jasper & Pirngadie 1912: 304.
17 According to Totton (2009: 108), the bantam rooster was a popular motif in Lampung textiles. It was traded out of Banten by the Portuguese. The elegant rooster was associated with fertility and male power.
18 Totton 2009: 120.
19 Kartiwa 1999: 143.
20 Kartiwa 1999: 143.
21 Totton 2009: 61

Lampung ship cloths
1 Warming & Gaworsky 1981: 134.
2 Gittinger 1972; 1979: 88 .
3 Gittinger 1979: 88.
4 A *papadon* was a throne made of wood, originally exclusively used by clan leaders who inherited titles, later also by persons who received titles from the Sultan of Banten in return for gifts of pepper, ivory and gold.
5 Van Dijk & de Jonge 1980: 17-33.
6 Maxwell 1990: 113.
7 Provenance: Hurwitz, D.E.K.K.K.
8 Breguet [et al.] 2006: 116, see fig. 41.
9 The provenance of this and the *tampan* is: Mulder, N.K.K.K.
10 Solyom & Solyom 1984: 37, fig 49.
11 See no. 165 in Maxwell 1990: 115 .
12 A comparable *palepai* is present in the Timothy Manring collection (Solyom & Solyom 1984: 36-37).
13 Holmgren & Spertus 1980: 159.
14 Leigh-Theisen & Mittersakschmöller 1995: 118.
15 Gittinger 1989: 226-227.
16 Hanssen 1995: 12,111,115.
17 Maxwell 1990: 170.

Old Javanese jewellery
1 Malleret 1962: pl. XIX centre upper row; Richter 2000: pl. 79 below. A closely similar ornament in the collection of the National Museum of Ethnology (Leiden) is slightly larger, with a diameter of 4.5 cm (Malleret 1962: pl. XX centre upper row, inv. no. 1403-3255). Three more open rings, a pair and a single one, also plain, but smaller and the trumpet tips slightly differently formed, are in the Leiden collection (inv. nos. 1920-5 and -6, and 1403-2673).
2 A pair of similar open rings, but made of bronze, was discovered in a slab grave in Gunung Kidul, Yogyakarta, Central Java. From the spot near the bodily remains it could be deduced that they served as earrings (Van der Hoop 1935: 94 and afb. 15, no. 9.)
3 Jaarboek VII: fig. 3 centre; Miksic 2011: pl. 51; Lunsingh Scheurleer 2012: ill. 21.
4 Lunsingh Scheurleer 2012: nos. 12-25. In

more recent times, the basic arch form developed even further, with different decorations used in mainland and maritime Southeast Asia (Rodgers 1985: 49; Richter & Carpenter 2011: 18, 19, 26).
5 Borel 1994.
6 Inv. nos. 913-18, 1403-2340.
7 Inv. nos. 1403-2758, 1403-2759, 1403-3171, 1920-2.
8 Inv. nos. 1403-1835, 1403-1836.
9 Bosch 1927.
10 Lunsingh Scheurleer 1994: 19-21.
11 Miksic 2011: pl. 96; Lunsingh Scheurleer 2012: nos. 13-14.

Wayang oil lamp
1 Bergema 1938: 394-5; Winstedt 1926: 413-19; Zimmer 1955: 52.
2 Wessing 2006: 205-239.
3 Bosch 1948: 163, n. 2.
4 Coedès 1967: 236.
5 Wessing 1986: 57-8.
6 Emigh 1996: 61; Stutley and Stutley 1977: 148.
7 Fontein (with Soekmono and Sedyawati) 1990: 136-7.
8 Bosch 1948: 173; Van der Hoop 1949: 106.
9 Bosch 1948: 173, 175-6.
10 Bosch 1948: 163. 168-9; Headley 1979: 55.

Early West Javanese batik
1 Hurwitz 1962.
2 Documentation consists of a numbered list of full-view photographs in black and white that served as a visual archive. Written notes regarding the cloths' provenance and the time and place of acquisition remain limited to cryptic initials written on small labels and to a number of cloth strips bearing dates in the 1980s that were found attached to a few of the cloths.
3 Both dealers were connected at different times to Kunstwerk in Yogyakarta, a Dutch organization involved with the development and marketing of Javanese crafts. On Groenevelt, see Hollander 2007.
4 Rouffaer & Juynboll 1900-14.
5 My conclusions are primarily based upon anthropological data collected in various areas of Java and Sumatra between 1976 and 2004, Dutch batik studies of the early 20th century and recent batik research by Indonesian scholars. The late Paramita Rahayu Abdurrachman's findings in Cirebon and Indramayu (Abdurrachman 1982 and 1987) and our close cooperation in Jakarta in the 1980's inspired my thinking for the West Pasisir section.
6 Abdurachman 1982: 28, 30, 32.
7 Cortesao 1967: 173.
8 Abdurachman 1982: 34, 130.

9   Abdurachman 1987: 3.

10 Abdurachman 1987: 4.

11 Abdurachman 1982: 54; Heringa 2007.

12 Abdurachman 1982: 62-63.

13 Until the 1920's locally cultivated *Indigofera sp.* (*tarum* or *tom)* was used for a range of blue shades, known as *nila*. *Morinda citrifolia* (*mengkudu*) and certain mangroves (*Brugiera sp.*) known as *kayu tingi* produced bright to dark reds and browns.

14 de Kat Angelino 1930: 193.

15 de Kat Angelino 1930: 185-187.

16 Achjadi & Damais 2005.

17 Abdurachman 1987: 5

18 See Lombard 1990. Of particular interest seems the presence of women of reputedly Southwest Chinese tribal, non-Han descent among these immigrants (according to Van Gulik 1974: 308 n3, many such women were present in southern Chinese harbour towns as courtesans). Might these women have brought along their own textile heritage, a comparable style of batik with motifs of flowers and birds that has long been made in several mostly Miao tribal regions of southwestern China? (See Lu Pu 1981 and Gittinger 1985).

19 Abdurachman 1982: 134; de Kat Angelino 1930: 173.

20 Abdurachman 1982: 130-131.

21 Abdurachman 1982: 149.

22 Abdurachman 1982: 138.

23 Parts of the following section have been adapted from my chapter "How to read a batik" in Geirnaert & Heringa 1989: 20-24. The publication has long been out of print.

24 Even though the sequence of making hand-waxed batik in commercial workshops has remained largely similar to that described here, the understanding of the symbolic meaning has faded. The division of the work is now mostly gender-based. A female workshop owner remains in charge of waxing procedures carried out by women, while her husband generally oversees the male workers who handle all work that is considered too heavy to be undertaken by women – such as the heavy copper stamps (*cap*). Professional female dyers have become rare, though a few well-known women still take in high quality cloths for dyeing. Large-scale commercial dye work has long been run by men.

25 I prefer the terms height and length rather than width and length, in order to emphasize the verticality of the cloth when worn.

26 Low-priced fabrics measuring between 105-106 cm may be recognized by a thin blue line woven into the selvage, which explains the designation *biru* (blue). The silky *primissima* qualities defined by widths between 108 to 111 cm and a high thread count are known as *Cap Jangkrik* or *Cap Sen*. The factory brand - a grasshopper (*jangkrik*) or a Dutch one-cent coin (*sen*) - used to be stamped onto the end of the piece.

27 There is no standard designation for such cloths. Personally I feel that hip cloth is too "flat", whereas hip wrap(per) adds a sense of body and movement.

28 Until the abolishment of slavery by the colonial government in 1863, a *sarung* was specifically used by male or female slaves. The English word *sarong*, which is used indiscriminately for both types of skirt cloth, is confusing.

29 The *udet* is of used cloth because it is soft, easy to tie securely, and does not cut into the body.

30 It is called *modang* only when the shape is square.

31 See Heringa 1989, 1994, 2010 (based on fieldwork 1976-2004).

32 A Javanese weaver starts any handwoven cloth by first measuring the weft and then the warp. (It is this feature that suggests why a museum catalogue describing handwoven textiles should logically mention the weft before the warp.) To determine the weft of a shoulder cloth three handspans (*kilan*), three times the distance between the thumb and the little finger of the weaver's outspread hand, will be counted out. For the warp a length of two *depa* or two times the distance between the fingertips of the weaver's outstretched arms (about 2 x 1.70 m) must be measured. As each cloth is woven separately, it has a selvage along both sides.

33 Instead of the arbitrary combination of pink and dull brown, dark blue patterns on a plain ground (the "purifying" colour type *putihan* would have been in line with ceremonial usage (Heringa 2010). The harsh colours result from injudicious use of synthetic naphthol dyes. As such dyes were not available in the villages prior to the mid-twentieth century it may well be that the dyes were not applied in the village where the cloth was waxed.

34 The cloth bears a label, "Java – Banten/Demak", which would seem to indicate that the origin of this cloth was (mistakenly) thought to be either Banten (west Priangan) or Demak. The former is known as the home of the archaic Baduy, while the latter is a small town on the north coast that in the sixteenth century was a polity affiliated with Mataram.

Handwoven cloths from both areas form part of European museum holdings (e.g Wereldmuseum Rotterdam, Tropenmuseum Amsterdam, Museum der Kulturen Basel). The label also carries the letters "HUR BLOK", suggesting that this cloth probably entered the Liefkes collection through Joachim Hurwitz or Frits Blok. Blok's name on the label is also the most important reason to suggest a date probably in the 1960s as quite similar handwoven items in several Dutch Museums carry the information "bought from F. Blok 1976". It seems possible that Blok had craftspeople make copies of village cloths for the art market.

35 The three terms offer an obvious agricultural simile which agrees with the term *pelemahan* (earth) that is used among farming communities to indicate the centre field. Once more I would like to note that the term *tumpal*, now current in textile publications to name the triangular *pucuk rebung*, was not originally understood in this sense in Indonesia. In archaic Javanese *tumpal* stands for "a border with different colours and/or motifs," and thus refers to both elements of the *kepala*.

36 Jasper & Pirngadie 1916: 205.

37 According to Jasper the prescribed length was 7 (Amsterdam) el, about 4 meters (Jasper & Pirngadie 1916: 101).

38 A label in Liefkes' handwriting reads "ex-Groenevelt" and "Bou(w) 80", indicating that Charles Groenevelt possibly brought this cloth (and at least one other in the Liefkes collection) to the Netherlands. Bou(w)man was another dealer active on the Dutch art market.

39 It is said that originally the *soga* dye used in Yogyakarta was also made from *kayu ringi*.

40 While the golden tan shades of Central Javanese *soga* - that results from a mixture of several dye barks - are widely acclaimed, it is not generally recognized that the reddish-brown dye referred to as *soga tingi* is used throughout the Pesisir.

41 Ishwara et al. 2011:49.

42 A label reads: HUR. D.E.K.K.K. (HUR refers to Joachim Hurwitz; D.E.K.K.K. is unknown). The limited width of the fabric, slightly smaller in size than known Dutch products, indicates a mid or even early nineteenth century date.

43 On Mantingan, see Jasper & Pirngadie 1916 and Van der Hoop 1949: 264.

44 Kat Angelino 1930: 175

45 Abdurachman 1982: 143-149.

46 The story is told in a letter dated 15 April 1970, written by the high-born lady to Joachim Hurwitz.

47 Anybody familiar with the library of the Leiden KITLV and the annotations found in many of its volumes will easily recognize the spiky script on the label as the hand of Gerrit Pieter Rouffaer, KITLV's first librarian.

48 As the documentation of batik cloths kept in Dutch museums had barely been undertaken at the time, the Dutch lenders through their first-hand experience probably provided Rouffaer with information about early local techniques and motifs.

49 A well-to-do sculptor who developed an interest in art history and archaeology, Von Saher was sent to Java in 1898 to carry out a survey of recently recovered Hindu temple ruins in East Java and make casts and, if possible, retrieve "some of the stones lying dispersed around the temples …". The venture was officially presented as "serving the interest of the Dutch Nation" (Bloembergen 2006: 199-200). His positions included director of the Museum van Kunst toegepast op Nijverheid and the School voor Kunstnijverheid in Haarlem, also curator at the Museum van Kunstnijverheid at Haarlem.

50 After his return from Java the cloth was probably included in an undocumented exhibition at the Koloniaal Museum (Rouffaer & Juynboll 1900-14).

51 The limited width suggests that the fabric may be dated at least prior to 1880 when the east of the Netherlands produced fabrics measuring from 100 up to 112 cm in width (Rouffaer & Juynboll 1900-14: 680). The loss of two extra cm's may have been due to shrinkage after boiling.

52 Rouffaer & Juynboll 1900-14: 385. The colour known as *bang-bangan*, the deep orange-red of the cloth's ground, is also the term that refers to the colour of dawn.

53 In the late 1980s female informants retained detailed memories of the archaic process that produced the uniformly yellow base cloth for the deep golden accents.

54 Rouffaer & Juynboll 1900-14: 385.

55 In 1930 the local ingredients, the *bumbu kampong*, that had replaced the archaic methods throughout the Sunda area were *mengkudu* mixed with a yellow herbal mixture of *temulawak* and *kesumba* for the deep orangey red and *tunjung* (iron oxide) for the black (de Kat Angelino 1930: 93).

56 See the map dated 1730 in Cribb 2000: 3.30/1730; also Pradito et al 2010: 43.

57 Pradito 2010: 41.

58 For references to Chinese motifs, see (among many sources) Williams 1976.

59 The association with a fluttering banner is specific for the north coast. Dictionaries that generally concentrate upon the language spoken in Central Java offer the translation "gleam of light" (Jansz 1912: 633) and "lightning flash" (Pigeaud 1982:414).

A Javanese ceremonial *dodot*

1 One also finds the term *bango tulak* (Jasper 1916: 79). One theory suggests that *bangun* is derived from *bango*, heron (Dodot 1970:36). See also Wedyadiningrat [et al.] [2008].

2 Solyom 1980. According to Jasper (1916: 79), a *kain kembangan* coloured dark green around a white centre is called *gadung melati*.

3 Rens Heringa in Barnes & Kahlenberg 2010: 173. *Alas-alasan* designs are also found on batik cloths.

4 Pers. com. Jan Veenendaal.

Circumcision chair

1 In a recent publication of a large collection of Javanese furniture (Carpenter 2009), there is no such comparable one-person chair or bench.

2 Appel 2001: 32; Rikin 1973: 49; Koentjaraningrat 1989: 360.

3 Wessing 1997: 331; Hara 1973.

4 Rikin 1973: 130.

5 Bergema 1938: 394-5.

6 In Javanese batik, such creepers and tendrils are part of a pattern called *semen*, the wearing of which was traditionally restricted to princes (Wessing 1986: 59).

7 Wagner 1959: 42; Loeber 1925: 56.

8 Hillenbrand 1986: 1-3, 30.

9 Cf. Van der Hoop 1949: 274-281.

10 Wessing 2003: 223.

11 Wessing 2003: 204.

12 Transcription and translation courtesy of Els Bogaerts and Willem van der Molen.

13 Robson & Wibisono 2002: 632.

Statue as stand for umbrella or lance

1 Originally the moustache (and possibly a goatee as well) was painted in black; traces of black pigments are still visible.

2 See for instance Jessup 1990 and Miksic & Heins 2006.

3 Carpenter 2009: 144-154. Human figures also decorate village-style stands for oil lamps.

4 Glerum Auctioneers 1994 (21 Nov.), lot 279, height 51.5 cm. The entry says it was originally from the collection of the sculptor Prof. Jan Bronner (1881-1972), auctioned in Amsterdam on 27 October 1976, and exhibited at the Rijksmuseum Amsterdam (no date mentioned). A seventeenth century date is suggested.

5 Agami Jawi is a syncretic belief system, based on the Koran but incorporating also magical and mystical elements of pre-Islamic times; there is an extensive belief in saints, historical and semi-historical figures, and ancestors (Koentjaraningrat 1989: 324).

Ceremonial chopper

1 Mr. Baron Sloet van de Beele was Governor General of the Dutch Indies between 1861 and 1866. Hamengkubuwana VI was sultan of Yogyakarta from 1855 to 1877. The above mentioned *wedung* is in the collection of Rijksmuseum Volkenkunde (inv.nr. 963-5).

2 *Pamor* is a pattern in the blade of a weapon made by repeatedly forging together various metals.

3 Soeratno 2002: 171.

4 Harsrinuksmo 2004: 482-483.

Stag head

1 Sulaiman 1980/1981: 136.

2 Rens Heringa pers. comm. 2012.

3 Veldhuisen-Djajasoebrata 1984: 106-107. The role of this deer in Javanese folklore and folk art has received little attention.

4 See Hooykaas 1956: 305-308.

5 Spellings vary: *manjangan, menjangan*; *saluang, seluang, sluang*. The root and thus the meaning of *saluang* is not certain; it is possibly related to the word *luang*, meaning empty or space. Recently, the term *sakaluang* (incorporating the word, *saka*, post) has been suggested.

6 Priest's bells with handles ending in a figure of a deer and rider are perhaps derived from this legend.

7 A third deer species common in Indonesian cultural traditions, especially folktales, is the mouse deer or *kancil* (*Tragulus javanicus*).

Betel utensils from Java

1 Juynboll 1912: 10-11.

2 Jasper & Pirngadie 1927: 235, 236, 239.

3 Jasper & Pirngadie 1927: 251.

4 Brownrigg 1991: 28; Wahyono 1999: 112.

5 Jasper & Pirngadie 1927: 239.

Peranakan Chinese fish pendants

1 Historic photographs show children wearing only one fish on a chain (Khoo Joo Ee 1996: 48, 51; Chin 1991: 64).

2 Jasper 1927: 99.

3 The Straits Settlements consisted of Malacca, Dinding, Penang and Singapore and were part of the British colony from 1867 to 1946. A large community of descendants of Chinese immigrants lived in these settlements and are generally

referred to as Straits Chinese. In Singapore they are also often called Baba Nyonya. In Indonesia they are known as Peranakan.

4 Ee et al 2008: 32.
5 Khoo Joo Ee 1996: 223.
6 Marzio 2011: 260-261, Carpenter 2011: 313, and Richter & Carpenter 2011: 64.
7 Richter & Carpenter 2011: 276-277.

Peranakan Chinese silver buckle
1 Repoussé is a technique in which the design is beaten out from the back by using a set of punches. The design is further embellished from the front by engraving and chasing.
2 Jasper 1927: 201.
3 Jonatan 2012: 160.
4 Chin 1991: 52.
5 Taylor 2003: 63.
6 Richter & Carpenter 2011: 308. This situation only began to change towards the end of the nineteenth century (Brakel 1987: 56).
7 Buckle and belt were known in Southeast Asia already in the Hindu-Buddhist period, as shown from excavations and depictions on Javanese statuary (Miksic 2011 and Chin 1991: 174).
8 Chin 1991: 54.

Two ornate water vessels
1 End of the thirteenth to beginning of sixteenth century.
2 Manufactured in present-day Thailand ca. 1330-1450.

Set of ornamental Balinese table and chairs
1 Nieuwenkamp 1906-1910; Stichting Museum Nieuwenkamp archive: drawings and photographs; I Ketut Suamba, Menyali, musician, musical instrument maker, woodcarver family, information 2011.
2 Anonymous, information 2011.
3 H. Veen, Amsterdam, 1900.
4 Hollands Glorie TV-Collectie (2009): *De Stille Kracht*, DVD.
5 There is a possibility that additional gold paint was applied in connection with the TV series. Only an examination of the paint would clartify the matter.
6 There is something strange about all the gold paint on the figure's clothes and other parts of the table. Gold is everywhere, not just a touch over the underlying, mostly red, paint. According to Balinese informants and studies on the way gold is applied to statues and frames for musical instruments, it is not the normal practice to cover the whole surface with gold. Might it be that

additional gold paint was applied later, in the Netherlands, probably in connection with the TV series?
7 The term is a combination of the Balinese *wwil*, demon, and the Sanskrit loanword *wimana*, vehicle.
8 Ida Resi Agung, alias I Gusti Bagus Sudhyatmaka Sugriwa (Puri Gede, Bungkulan), arts patron; I Nyoman Arga Sumaguna (Banjar Ancak, Bungkulan), woodcarver, painter, theatre maker; I Ketut Suamba (Menyali), musician, woodcarver family; inhabitants Griya Gede, Sawan, information 2011.
9 Oosterhoff 1898: 318-338; Zollinger 1849: 1-15.
10 Red-breasted Parakeet, *Psittacula alexandri* (King, Woodcock & Dickinson 1989).
11 Philokalos 1936: 139, Pl. X.
12 Marizar 2007: 6, 28; Terwen-de Loos 1985: pl. 76.
13 Jacobs 1883: 45-55.

Statues of Panji and Langkesari
1 Jasper & Pirngadie 1916:17, 22, 89-90, 240. The ground colour of these shawls was most often white (Pekalongan), pale-green, or brown (Surabaya). The Surabaya ones had mainly flower patterns.
2 Khan Majlis 1984: 214, no. 179.
3 Agung 2004.
4 Batik with the proper *parang* ornament was a privilege of the Central Javanese nobility and their courts in the nineteenth and early twentieth century. However it was imported into Bali as shown on photographs from the 1920s and 1930s.
5 See stone inscription D 13, Mojokerto II, 1203/4 AD: *sang apanji Harsa*; and stone statue of a young man, Grogol, 1413 AD. In Balinese theatre a kind of cap replaces the hairdo of the prince.
6 Poerbatjaraka 1940.
7 Kidung Panji Malat Rasmin, collection Padanda Istri Jungutan & Ida Bagus Wayan Purwa, Griya Kumenuh, Subagan, Karangasem, text in Middle Javanese and translation in Indonesian, transliteration No. HKS 6684.

Hanging shrine for the god Kumara
1 Mershon 1971: 105.
2 Ramseyer 1977: 175, fig. 239.
3 Hinzler 1986-87: 70 (Cod. Or. 3390-22), and photogr. 23 illustrate a *naga kang*.

Carved boxes as animal vehicles for ancestors and deities
1 Brinkgreve 2010.
2 See also Lunsingh Scheurleer (ed.) 1985: 189, and Tentoonstelling 1926-27: 347-352.

3 Stutley 1977: 277.
4 Hinzler 1986-87: 113 (Coc. Or. 3390-47); Ramseyer 1977: 67
5 Putra (I. Gst. Ag. Mas) 1982: 19.

Two Balinese *keris*
1 De Kat Angelino already in 1921 complained about the decline of this special craft, since the *parde wesi* no longer worked for the raja s.
2 Catra 2007: 20.
3 De Kat Angelino 1921-22: 236-239.
4 Jasper & Pirngadie 1930: 226.
5 Jasper & Pirngadie 1930: 181.
6 Van Duuren 1998: 31
7 Catra 2007, 15.
8 Pameran 1979.
9 Jasper & Pirngadie 1930: 228.
10 Hobart 1985: 38-39. See a so Jasper & Pirngadie 1930: 227-228.
11 Hinzler 1981: 202-203.
12 Neka & Yuwono 2010: 124.
13 Veenendaal 2009: 18.
14 Jasper & Pirngadie 1930: 29.
15 "Jenis-jenis hulu keris", Bali Post 14 Dec. 1983.
16 Nieuwenkamp 1905; Nieuwenkamp 1906-10: 199, 233
17 Van Duuren 1998: 78.
18 Neka & Yuwono 2010: 126.

Balinese containers from precious metals
1 Jasper & Pirngadie 1927: 50-56.
2 Jasper & Pirngadie 1927: 240.
3 *De Kunst van Bali* 1961 no. 164.
4 Gift from the Raja Karangasem, published in Brinkgreve 2005: 125.
5 Jasper & Pirngadie 1927: 52.
6 Van der Tuuk 1897-1912: III, 738.
7 Van der Hoop 1949: 272.
8 Jasper en Pirngadie 1927: 242.
9 Brinkgreve & Stuart-Fox 1992.
10 Jasper & Pirngadie 1927: 34.
11 Kal 2005: 96.

The mythic Garuda bird as protective ornament
1 Jasper & Pirngadie 1927: 116.
2 Juynboll 1926: 156-170; Zoetmulder 1974: 69.
3 Hinzler 1986-87: 196 (Coc. Or 3390-127); Ramseyer 1977: 67- 68; Jasper & Pirngadie 1927: 50, 56.
4 Hinzler 1986-87: 113 (Coc. Or 3390-46)

Balinese gold jewellery
1 Ramseyer 2002: 56.
2 Jasper 1927: 75.
3 Jasper 1927: 188.
4 See inventory numbers 1602-46, 1602-47, 1602-90, and 1586-114.
5 Wassing-Visser 1984: 57, 115 (catalogue nos. 423-425).

6　Illustrations can be found, for example, in Goris & Dronkers [1952]: pls. 442-443, Wassing-Visser 1984: 20.
7　Dibia & Ballinger 2004: 21.
8　Marzio 2011: 228-229.
9　This crown is in the Glassell Collections, Museum of Fine Arts in Houston (Marzio 2011: 216-217)

Temple flag

1　Putra 1982: 12-14.
2　Hinzler 1986-87: 299 and 460-461, illustrated in drawings Cod. Or. 3390-199 and 3390-297.
3　Much less common, and in a style different from that of Jembrana, are embroidered temple decorations from Buleleng, North Bali, which show very fine needlework and more precious additional materials.
4　Fischer & Cooper 1998: 63-64
5　Fischer 2004: 13; Fischer & Cooper 1998: 62

Gilded textiles

1　On *prada* in Bali, see Hauser-Schäublin et al. 1991: 52-57, Barnes & Kahlenberg 2010: 208-211.
2　There are rare examples of *prada* work on Balinese textiles (Hauser-Schäublin et al. 1991: 54).
3　This fact is one argument, already put forward by Nieuwenkamp, that the batik technique developed in Java after the end of the classic Hindu-Buddhist period.
4　The Liefkes collection also includes *lok can* pieces.
5　Nieuwenkamp 1910: 66.

Double ikat cloths from Tenganan

1　Important works are Bühler [et al.] 1975/76, Hauser-Schäublin [et al.] 1991: 116-135, Ramseyer 1984, 2009. *Gringsing* cloths are mentioned and illustrated in most general books on Indonesian textiles. Thanks also to Georges Breguet.
2　Old Javanese texts mention the names of many *gringsing* textiles that are no longer known or identifiable.
3　It is perhaps comparable to the centipede that occurs on the Javanese *alas-alasan* pattern, which has a similar apotropaic significance.

Wayang puppets

1　Pers. Comm. 2012: Ida Resi Agung (alias I Gusti Bagus Sudhatmaka Sugriwa), Puri Gede, Bungkulan (Buleleng); Gede Kenak Eriada, Nagasepa (Buleleng), wayang puppet maker and glass painter; I Nyoman Suma Argawa, Bungkulan (Buleleng), painter, sculptor, dancer, wayang puppet maker; I Made Sidya (Sr. & Jr.), Bona (Gianyar), dalangs, wayang puppet makers; I Made Widja, Ubud (Gianyar), dalang and puppet maker; I Wayan Robin, son of a dalang, wayang pupper maker, Krambitan (Tabanan).
2　It was worn by women in the past, so they could cover their breasts with it by pulling it down, when they entered a palace or a temple and had to show respect.
3　The left hand is short, with small fingers and pointed nails, whereas the right hand is large, with long thick fingers and very long curled nails. According to Dalang Made Sidya Sr. (pers. comm. 2012), the hand with the short nails is a symbol of black magic, whereas the hand with the long pointed nails symbolizes white magic.
4　The right foot is damaged and the toes broken off, but presumably the big toe of this foot also had a long curled nail.
5　Poerbatjaraka 1926. The oldest known manuscript of this story, in Old Javanese but probably written in Bali, is from 1540 AD. There is a large corpus of texts in Bali in Old Javanese and Balinese about the history, the stories, the secret knowledge and the mantra of Calon Arang.
6　See Stein Callenfels 1925.
7　*Rangda*, Balinese, or *randa*, Old Javanese.
8　On wayang figures in profile or three-quarters view, it is not possible to depict both sides of the face, thus both eyes are not shown. Even so, on this figure, the eye is so dominant as to suggest that the demon depicted is of the one-eyed type.
9　His right hand, close to his knee, shows the gesture *nyempurit*, to touch the middle finger with one's thumb. His left hand, on his hip, makes the gesture *nuding*, to threaten with one's index-finger.
10　Juynboll 1906.
11　I Wayan Robin, Krambitan (Tabanan), puppet maker; I Wayan Sedana, ISI Denpasar (Badung), Pedalangan; I Dewa Ketut Wicaksana, (Nusa Penida), ISI Denpasar (Badung), Pedalangan; I Ketut Kodi, Singapadu (Gianyar), mask & puppet maker, mask dancer; I Made Sidja, Bona, Sr & Jr., Bona, Gianyar, dalangs and puppet makers; I Wayan Widja, Ubud (Gianyar), dalang and puppet maker.
12　Kidung Sudamala, LOr. 4516, canto II,18.
13　Pucci 1985.
14　Buta Togtog Sil (row 8, eastern side), Totog Sil (row 8, southern side), and Dirganetra (Long Eye or Bulb Eye, row 7, eastern side).
15　Ni Putu Suwitri, Banjar Sangging, Kamasan (Klungkung), lady-painter.
16　I Nyoman Gunarsa, Banjar Angkan (Klungkung), Nyoman Gunarsa Museum.

Longhouse apartment door

1　In eastern and western Kalimantan, Sarawak and Brunei, they are called *lamin*, in southern and central Kalimantan *balai* or *betang*.
2　Sumnik-Dekovich 1985:102.
3　Rousseau 1979.
4　Sumnik-Dekovich 1985: 102f.; Dawson & Gillow 1994:144.
5　Sumnik-Dekovich 1985: 103.
6　Sellato 2001: 145.
7　See illustrations in Tillema 1938: 44, fig. 21; 50, fig. 25; 80, fig. 43; 134, fig. 69; 199, fig. 160; 202, fig. 163, 164.
8　We know however that the pangolin (also known as scaly anteater) is involved in the agricultural rites of the Benuaq people in East Kalimantan. During harvest rituals bundles of eight rice ears are placed on the wall of the field hut. They are meant to represent the pangolin who should serve as a toy for the rice spirit "Lolakng Luikng" (Gönner 2001: 115).
9　Gönner 2001: 115.
10　Tillema 1938: 134; Sellato 1989: 44.
11　Schärer 1963: 19.
12　Dawson & Gillow 1994: 144.

Bahau baby carrier

1　Tillotson 1994: 266.
2　Rajagopalan 2002: 17.
3　Sellato 1989: 27.
4　Whittier 1988: 51.
5　Similar baby carriers are illustrated in Richman 1980: 132, fig. 5; Sellato 1989: 185, fig. 249 (from the upper Barito); Feldman 1994: 54, cat. no. 25; Maxwell 2010: 91.
6　Sellato: 1989: 38; Feldman 1994: 54.
7　Maxwell 2010: 90 discussing beaded baby carriers.
8　Whittier 1988: 53.
9　Beaded baby carriers were reported as early as 1862 and they are not necessarily younger adaptations of the ones entirely carved from wood (Whittier 1988: 53).
10　Rajagopalan 2002: 17.

Dayak *mandau*

1　Tillotson 1994: 254.
2　Cf. Avé & King 1986: 12, 135.
3　King 1993: 261.
4　Cf. Sellato 2012: 287.
5　Isler & Wyss-Giacosa 2011: 128.

Dayak ear ornaments

1　Sellato 1989: 36.
2　Sellato 1989: 198, fig. 293.
3　Kaskija 2002: 31.
4　Wassing-Visser 1984: 30, 138/fig. 239.

5 Isler & Wyss-Giacosa 2011: 78.
6 Tillotson 1994: 265; pl. 50,C, pl. 60,D.
7 The silver jewellery of the Iban, mostly worked by the Maloh, is the notable exception.
8 Rodgers 1985: 324.
9 Hose & McDougall 1966: I,193-199; Rodgers 1985: 324.
10 Rodgers 1985: 324.
11 Cf. Wassing-Visser (1984: 139, fig. 240, cat. no. 639) for a similar piece from northwest Kalimantan. Longenecker (2005: 61) attributes these ear ornaments to the Kayan/Kenyah people. Another similar piece from the upper Baram in Sarawak, now in the National Museum of Ethnology, Leiden (inv. no. 5395-20) is illustrated in Avé & King (1986: 122). Others without exact provenance are illustrated in Rodgers (1985: cat. no. 47-50; 123, 324).
12 Wassing-Visser 1984: 139, fig. 240, cat. no. 638, for a similar piece from northwest Kalimantan.
13 They are however called "dragon ear pendants" in Sellato (1989: 188, fig. 259).
14 Leigh-Theisen & Mittersakschmöller 1999: 156, fig. 183.
15 Cf. Rodgers 1985: 279, fig. 43, 43a; Sellato 1989: 188, fig. 259. For a variant form, see Heppell & Maxwell 1990: 56.
16 Rodgers 1985: 324.
17 Furness 1902: 155.
18 Furness (1902: 154) reports that among the Kenyah a baby's ear lobes were slit when it was two or three days old. Pewter rings were inserted and gradually more were added until their weight reached five or six ounces. By the end of the first year the lobe had been lengthened three or four inches.
19 Furness 1902: 155.
20 Cf. Sellato 1989: 187f., figs. 256, 257, 258; Tillotson 1994: pl. 196A.

Beaded Kenyah sun hat
1 Munan 2003: 47.
2 King 1993: 252.
3 Sellato 1989: 261 referring to a hat in the collection of the National Museum of Ethnology in Leiden. For similar hats see also Tillema 1938: 169, fig.112; 170, fig.114.
4 Sellato 1989: 154, fig.167a, 158; Sellato (ed.) 2012: 248-261; cf. Avé & King 1986: 33.
5 It is similar to another hat from the Leiden collection (inv.no. 5395-5, published by Tillotson 1994: pl. 288C), produced around 1960 in Sarawak for sale to tourists.
6 Munan 2003: 50f.
7 Munan 2003: 50f.

8 Tillema 1938: 170.
9 Munan 2003: 47.

Maloh beaded textiles
1 Gittinger 1991: 225.
2 Maxwell 1980: 63.
3 Gittinger 1991: 225.
4 cf. Tillotson 1994: 266.
5 Maxwell 1990: 66.
6 Maxwell 1990: 66.
7 Sellato 1989: 180, figs. 230-232.
8 Gittinger 1991: 225.
9 cf. Feldman 1994: 63.
10 Sellato 1989: 38.
11 See a similar piece in Gittinger 1991: 222, fig.174.
12 Maxwell 1990: 61.
13 Maxwell 2010: 130.
14 Gittinger 1991: 223.
15 Avé & King 1986: 48.
16 Avé & King 1986: 48.
17 Maxwell 1990: 30, 61; Maxwell 2010: 130.
18 Khan Majlis 1984: 146.
19 Avé & King 1986: 48.
20 Very similar jackets from the upper Kapuas are illustrated in Khan Majlis 1984: 147, 330, fig. 644, 645, in Avé & King 1986: 48, and from Sarawak in Rodgers 1985: 120, fig.100. For the latter, Rodgers gives no further geographical location or ethnic affiliation. The *kakalétau* may also appear on Maloh skirts, see Avé & King 1986: 65.

Man's barkcloth jacket
1 Isler & Wyss-Giacosa 2011: 84.
2 cf. Sellato 1989: 168f.
3 King 1993: 251.
4 Inv.no. 51785 published in Khan Majlis 1984: 327, fig. 632, 633, there called *"kalambi"*; cf. Tillotson 1994: pl. 281B. A similar jacket from the Mahakam river in Kalimantan is illustrated in Rodgers 1985: 120, fig. 99; however the author gives no ethnic affiliation.
5 Sellato 1989: 169, fig. 201a,b.
6 Isler & Wyss-Giacosa 2011: 85–89.
7 cf. Sellato 1989: 168f.

Brass gong from Brunei
1 Stöhr 1968: XXII.
2 Kuhnt-Saptodewo 1999.
3 Apart from its star motif, this gong is very similar to one in the Tropenmuseum Amsterdam (inv. no. 1772-996), described in Avé & King 1986: 122.

Golden jar with Bugis inscription
1 A factor pointing to the Malay area is that two objects in a public collection (Museum Nasional in Jakarta) that resemble this container originate from Palembang in South Sumatra. See Miksic

2007:268-9, Eggebrecht & Eggebrecht 1995: no. 182. See also note 4.
2 For the Bugis script, see Kuipers & McDermott 1996 and Tol 2001.
3 'Me' (occurring also as the final syllable of the third line) represents one character with a diacritic. It is not possible to establish a meaning for this syllable.
4 One name, *Matinroé ri Lerompong*, does occur in the genealogy of the royal house of Riau-Johor, who were of Bugis descent (Noorduyn 1988: 72, 76)
5 Matthes 1875: 46-8.
6 Kern 1954: 48-9.

Buginese headwear
1 Pelras 1996: 224.
2 Jasper & Pirngadie 1912: 40-1, 73.
3 Tideman 1908: 361. But see the illustration of a *songkoq to Boné* with a slightly conical top in Jasper & Pirngadie (1912: 92). For photographs of conical *songkoq*, see Sarasin and Sarasin 1905, II: 201, 203, Sarasin 1906: Plate 19, Grubauer 1913: 320, plate 6, Pronk 2006: 56; and RMV collection A40-1-81. Photographs of the funeral in 1935 are in the collection of KITLV, Leiden.
4 Bakkers 1866:26, 107-8.

Ear ornaments from South Sulawesi
1 Jasper & Pirngadie 1927: 60.
2 Pelras 1996: 252-253.
3 Jasper & Pirngadie 1927: 95 for an extensive discussion on various staining practices.

Gold bracelet from Luwu
1 Grubauer 1913: 319, 320 (pl. 176).
2 Bernet Kempers 1938: 99.
3 Jasper & Pirngadie 1927: 177. Nooy-Palm mentions a massive golden armband, only worn by noble women of the Sa'dan Toraja, by the name of *pa'boko komba kalua*, without giving any description of its appearance (Nooy-Palm 1979: 240).
4 Roth 2007: 124.
5 Grubauer 1913: 207.
6 Parinding & Achjadi 1988: 41.
7 Bougas 2007: 160.

Gold filigree bracelet from South Sulawesi
1 *Peranakan* is the Indonesian/Malay word to denote the Chinese-Indonesian/Malay community.

Toraja ceremonial *sarita* cloths
1 Nooy-Palm 1980: 85.
2 Nooy-Palm 1989: 166.
3 Nooy-Palm 1989: 172; Nouhuys 1925: 119.
4 This reference should also be interpreted as 'coming from overseas'.

5 This could well be an alternative interpretation of the origin myth found on the *sarita to lamban* where there is a scene of men swimming across a river. The dividing vertical band is then a natural border, a watershed. A figure on horseback is an iconographic symbol of power and as in this case a company of armed men makes this explanation plausible.

Toraja bead *kandaure*
1 Nooy-Palm 1975: 35.
2 Nooy-Palm 1975: 35-36.
3 Nooy-Palm 1979: 255.
4 Holmgren & Spertus 1989: 64.

Toraja bead necklace
1 Traditionally Toraja society is subdivided in people belonging to nobility, commoners and slaves. Within this classification there are subdivisions which make a general assignment difficult. For instance a commoner belonging to the *to makaka* is a free person but when he is well-to-do he might be considered a nobleman.
2 Adhyatman and Arifin 1996: 128-133.
3 Nooy-Palm 1969: 172.
4 Nooy-Palm 1979: 222-224.
5 Van der Veen 1965: 28-29.

Head ornament from Central Sulawesi
1 Kaudern 1944: 321-323, 327-329. The name *sualang* is also used for the head ornament made of two babirusa tusks joined together and fastened onto a turban made of barkcloth. The similarity with the copper spiral is striking. Local people refer to the spiral (upper tusk) and extension (lower tusk) as shield and sword.
2 Rodgers 1990 (2): 282, 68. In the early 1980s loads of various *sanggori* came onto the market in Bali (Bruce Carpenter pers. com.).
3 Adriani 1928: 685.
4 Grubauer 1913: 441-442 (pl. 235).
5 The MNI catalogue 1984 (2) p.25 is quite explicit 'The ornament (…) was always worn with the point and spiral pointing upwards and the point on the right side.'
6 Grubauer 1913: 361 (pl. 195).
7 Hissink 1912: 87. 'De zieke wordt nu in den kamer gebracht (…) Is het een man, dan is voor hem verplichtend het gebruik van eenzelfde soort van hoofddoek, waarvan de kleur van verkiezing, en verzierd aan weerszijden van het voorhoofd met balaloenggi, een soort koperen ringen, doch niet gesloten (…) De Balia dragen overeenkomstige kleding, de mannen ook lansen en klewangs.'

8 Palm 1961: 67. The priestess wore a babirusa ornament and in metal it was an emblem of warriors.
9 Bertling photographed a *waruga* where an ancestor is depicted frontally with two mirrored emblems on top of his head (Bertling 1931: 80, image 17; 90, image 30 and 31). This image recalls Minahassa copper alloy priestess staff finials and is iconographically closely related to Paiwan images from Taiwan.

Buffalo figurine from Central Sulawesi
1 Kotilainen 1992: 123 and 232.
2 This is inferred from the fact that durable objects made from stone, glass and metal, used for instance within a ritual context, were considered powerful and believed to increase the vitality of the soul. Kotilainen 1992: 231 and 235.
3 See for instance Kaudern 1944: 311, fig. 210; Taylor & Aragon 1991: 192, fig. VI.37; Brakel 1987: 198, fig. 271.
4 See for instance Sulistianingsih Sitowati & Miksic 2006: 14, fig. 7. A buffalo figurine very similar to the one discussed entered the collection of Museum Nusantara, Delft, in 1952 with a Javanese origin (S300-160).

Banana fibre textiles of the Sangihe and Talaud Islands
1 Martin 1993: 377.
2 Maxwell 1990: 279.
3 Jasper 1912: 295.
4 Tonnet 1906 illustrates two examples, ill. 4 and 9, of this 'vorstenpatroon'.
5 Martin 1993: 378.

Betel pounders with carved hilts
1 The ponder with duck hilt (427) was bought at auction, Glerum, The Hague, 20 May 1996; said to come from a temple in Bali, which is dubious. The gold inlay and stone are almost certainly recent additions.

Gold jewellery from Sumba
1 Taylor & Aragon 1991: 207 and 210; Rodgers 1985: 166.
2 Taylor & Aragon 1991: 214.
3 Taylor & Aragon 1991: 214.
4 Rodgers 1985: 174; Girard-Geslan 1999: 117-118, 142.
5 The following part of this article is based on a survey, carried out in East Sumba at the time of a very large funeral ceremony of Pau royalty, in October 2012. The report was made by Tim penulis Kajian Mamuli Museum Nasional 2012. Fieldphotographs were made by Wahyu Ernawati and Claude Lavalle.
6 This *mamuli* was sold at auction at

Glerum, The Hague, Netherlands, 23 October 1997, lot no. 560. Experts who have seen this *mamuli* admired the skilled traditional craftsmanship of the object.
7 However, some experts in the field of Sumbanese jewellery, viewing this *mamuli*, were of the opinion that, because of its unusual round and rather thin shape, it could have been made for the European market, in the first half of the twentieth century.
8 For a similar piece, see Rodgers 1985: 292.

Turtleshell comb from Sumba
1 '*Te Peremadita dragen ook de vrouwen de sierlijke schildpadden en hoornen haarkammen, waarvan vroeger sprake was*' (Ten Kate 1925: 171).
2 Inv. no. 858-119. None of the elegant turtleshell combs discussed here were found in the Ten Kate collection (inv. no. 858). In his travel reports Ten Kate mentions that he collected these items as well. He also mentioned several thefts and severe damages of goods he carried with him on the island.
3 For examples: Wassing-Visser 1984: 33; Brakel [et al.] 1987: 230; Barbier & Newton 1988: 295; Rodgers 1990: 289-290; Capistrano-Baker 1994: 102-103; Adams [et al.] 1999: 136-137; Granucci 2005: 146-147; Maxwell 2010: 138; Carpenter 2011: 216-217 shows a rare brass example.
4 Adams 1980: 212-215.

Ikat textiles from Sumba
1 Adams 1980: 214.
2 Adams 1980: 209.
3 Commoners in East Sumba wore blue and white *hinggi*.
4 Adams 1969: 97-98.
5 Adams 1969: 138.
6 The shield is shown here as a mere base for a pole that has similarities with the *andung*, skull tree.
7 As far as I know this is the only example so far with a Dutch text on a *hinggi*.
8 Umbu nai Tanga means 'the lord of Tanga' (Tanga being the name of a slave). His name and his house in the village Taimanu (*uma kabihu*) is mentioned and drawn by the Dutch artist W.O.J. Nieuwenkamp (1923) who described him (in 1918) as '(…) a raja, (…) a handsome, slender, young fellow; but a lazy devil, who in his life so far didn't get anything done'. He also features as a character in a book written by the Dutch missionary D.K. Wielenga (1933).
9 Kanatang is a small village northwest of Waingapu, and presumably the seat of

origin of the ruling family of the district of the same name.

10 *Mendamu* means a child from a raja and a woman of lower rank, *kabisu*.

11 KITLV Archive L. Onvlee Inv. nr. 94-Or 635-16.

12 Wielenga thought the emblem was a tribal symbol of the prince of Kanatang (Adams 1969: 144). But the emblem is also visible on textiles from Rendeh (Rodgers 1990: 55, ill. 52; Adams [et al.] 1999: 68-69).

13 See note 6.

14 Adams 1969: 101. G.P. Rouffaer who collected the textile in 1910 wrote that it was made by Rambu Dai Doeka, daughter of the raja of Taaimanuk.

15 For its ability to change skin the snake is a sacred animal and associated with rebirth and the afterlife; it is believed that pythons are manifestations of male ancestors.

16 Geinaert-Martin 1991: 40.

A man's cloth from Roti

1 Wengen 2002: 83. This collection entered the museum in 1861, inv. no. 16. Salomon Müller (1804-1863) was a member of the Natuurkundige Commissie in Nederlandsch-Indië (Scientific Commission in the Dutch East Indies), established in 1820, between 1826 and 1837.

Beaded betel bags from Timor

1 Hicks 1976: 93.
2 Therik 2004: 106-107.
3 Therik 2004: 198.

The old master So Cornelis: an ancestor statue from Tanimbar

1 The statue was formerly in the possession of Herman de Vries who worked in the Moluccas for the Catholic development organisation CEBEMO. It was sold at auction, Venduehuis Zwolle, 2001, lot no. 3112. The small ivory cabinet was sold at the same auction (lot no. 3124).

2 Geurtjens published most of his Fordate data in the book *Zijn plaats onder de Zon* (Roermond-Maaseik, 1941). Various passages are dedicated to the statuette (104) and the ancestor it depicts (53, 56, 102-104).

3 Geurtjens 1941: 102-104; also Drabbe 1940: 10-11. The cabinet that *teran* So Cornelis received as a 'promotional gift', originated, as later research revealed, from Sri Lanka. It is covered with very delicate carvings in ivory with 'Adam and Eve in Paradise' as a dominant decorative motif (Veenendaal, in prep.). Geurtjens used the depictions on the case during his missionary activities (1941: 103).

4 Geurtjens 1941: 52, where he indicates that the 'heart' and 'liver' of *teran* So Cornelis were in fact stones.

5 Geurtjens 1941: 52-56. The contestants used magical tools to spread a lethal 'heat'. If an 'opponent' died shortly after a song contest, he was thought to be 'sung to death'.

6 Although the *be-sila* or *silo* position was rare in Tanimbarese statues, it was not uncommon in western Maluku Tenggara. Particularly in the Luang-Leti-Kisar region some ancestor figures were carved in this style, in which the hands (or lower arms) would habitually rest on the knees. Examples can be found in De Jonge & Van Dijk 1995: 51, plate 4.4.

7 Typically exemplified by two ancestor statues – formerly used by a goldsmith from Fordate – that were sent to the Netherlands by the missionary. Geurtjens (1941: 144) claims that these so-called *kukuwe*-figures are approximately 5 cm tall, while they are really 18 and 15 cm (see also De Jonge & van Dijk 1995: 122, plate 7.15). In his standard work on Tanimbar, Drabbe similarly criticises Geurtjens' description of Fordate culture time and again (1940: among others pp. 3, 4, 111, 112, 116, 117, 119).

8 Geurtjens 1941: 104. The elaborate detailing and the *be-sila* position appear to indicate a non-Tanimbarese carver. Possibly it was someone from western Maluku Tenggara, who lived on Tanimbar. Also the remarkable size of the base – very common in *bersila*-style figures on for instance Leti – seems to point in this direction (for examples, De Jonge & van Dijk 1995: 51, plate 4.4). Shortage of drinking water, along with a state of enduring warfare in the area, resulted in what was essentially a continual process of migration – families that had their roots on Leti would, for example, move to Babar or Tanimbar and vice versa.

Jewellery from Southeast Maluku: symbols of victory

1 We will use Moluccan Malay in this essay.
2 Besides these four categories, there were many objects that were produced in smaller numbers, like bracelets, rings, necklaces and *sirih* boxes. It should be noted that locally made valuables were hardly ever made of pure gold. Normally an alloy of gold and silver was used (see also De Jonge & van Dijk 1995a: 110).
3 At the end of the twentieth century, Dutch silver guilders and thalers were the main ingredient of the cast ear ornaments. Unfortunately, this source has probably dried up by now and goldsmiths of

Maluku Tenggara are likely to work only sporadically.

4 See for example Pleyte 1896: 347 and De Vries 1900: 618-619 At the end of the nineteenth century, the English gold sovereign and the Dutch silver thaler were much used coinage. See also De Jonge & Van Dijk 1995a: chapter VII.

5 When referring to Tanimbar, the Yamdena language is used.

6 Amongst others, Drabbe's study led to the publication of *Het leven van den Tanémbarees* (Leiden, 1940) a splendidly illustrated standard work about the local culture (see also De Jonge & Van Dijk 1995b).

7 This was done particularly in connection with the trade of sago; see in this context Van Dijk and De Jonge 1991: 22 (see also Drabbe 1940: 139-140). After the extirpation of the population of Banda by the Dutch in 1621, the meetings – of course – became less frequent.

8 Drabbe 1940: 29, Riedel 1886: 289.

9 See among others, De Jonge & Van Dijk 1995a: 120.

10 Drabbe 1940.

11 For a short overview of the plentiful applications, see De Jonge & Van Dijk 1995a: 116-120.

12 Each part of a fine traditionally had a special meaning. On Sermata, for instance, if a marriage arrangement was violated, the 'guilty party was charged 15 *mas bulan* and two gold plates: a valuable to 'even out' the loss of face by the man or woman that had been left, a valuable to 'even out' the loss of face of his or her father, a valuable to 'even out' the loss of face of his or her mother, a valuable to erase the humiliation for the village, etc Riedel (1886: 322) provides a similar overview concerning adultery on Luang, where no less than 40 *mas bulan* had to be paid.

13 Drabbe 1940: 197-198, 208.

14 This was the case in the Babar archipelago among others, during the author's fieldwork period 1981-1983.

15 The association of a fish with a slain enemy also returned in a widely common decorative motif that depicted a hunter (represented by a snake or rooster) and his prey (a caught fish); see for example De Jonge and Van Dijk 1995a: 35, Plate 3.2. For the symbolic role of shells in Maluku Tenggara, see also De Jonge 2013a.

16 Documentation inv. no. 903-1 (Wetan) in National Museum of Ethnology, Leiden, The Netherlands.

17 See Jacobsen (1896: 123-124), who relies on the travel log of the English naturalist

Forbes. The latter spent some time on nearby East Timor in early 1883 where a relation between 'medallions' and headhunting was witnessed (Forbes 1885: 451).

18 Drabbe 1940: 112.

19 Our data concern – besides Babar – the former goldsmiths of Tanimbar, Kai and Ambon. See also De Jonge 2013b.

20 See Rodenwaldt 1927: 6.

21 This concerned the so-called *kain beran*; on practically all Southeast Mollucan islands this headband indicated the deadly potential of warriors.

22 During a solar eclipse, for instance, it was said that a 'great man' would die (Riedel 1886: 398). For the association between the full moon and a great warrior, see among others Tersteege 1935: 10.

23 See for example De Jonge 2005: 176 (ill.: gold plate from Leti). Compelling, moreover, is that – like the horn motif – the moon and sun were present as decorative patterns on the 'houses of origin' as well. Old photographs taken around 1913 in the Babar archipelago, reveal splendid paintings of the moon (with rings) and the sun (with rays) – see also De Jonge & Van Dijk 1995a: 37, 38, 47 (Plates 3.5, 3.6, 3.14, 3.15). It is interesting that both celestial bodies – depicted as 'great warriors' – are in turn 'equipped' with the horn motif. This again underlines the way the sun and full moon were viewed on the islands.

24 Compare the clan emblems on the preserved Tanimbarese family altars (*tavu*) and on the boats of old from Aru (see De Jonge 2013a).

25 On these *luli*-statues, see De Jonge & Van Dijk 1995a: 53-57.

26 Textiles were habitually regarded as 'feminine' because they were produced by women and were made of cotton, which is, like agricultural produce, a product of the earth, a great source of fertility.

27 Drabbe 1940: 187. We have the impression that we are dealing with an old East Indonesian form of symbolism here. It is encountered not only in Maluku Tenggara, but also in Maluku Utara (Halmahera, see Platenkamp 1988: 207-208) as well as in eastern Nusa Tenggara (Timor, see Schulte Nordholt 1966: 161 and Forbes 1885: 450-452). In each case the bride price symbolises a hunting trophy and bride-takers need to be ready to assist in case of wars.

Ancestor figure from Northwest Papua

1 Smidt 2003: 143.

2 Smidt 2006: 32-35.

3 van Baaren 1968: 68.

4 van Baaren 1968: 76; Serrurier 1898: 307-310, 297.

5 Smidt 2003: 146-147.

6 van Baaren 1968: 80-82; Smidt 2003: 146-147

7 Smidt 2003: 147.

8 Smidt 2003: 147, 160.

9 Smidt 2003: 142, 151-152.

10 Smidt 2003: 150-152; Solheim II 1985: 150.

11 Smidt 2006: 45; Solheim II 1985: 150.

12 Solheim II 1985: 150; Smidt 2003: 150-152.

13 Smidt 2003: 155; Smidt 2006: 48.

Accoutrements for an Asmat man

1 Schneebaum 1990: 12; Smidt 2006: 262.

2 Smidt 2006: 263.

3 Konrad, Konrad & Schneebaum 1981: 148-149.

4 Hoogerbrugge 2011: 50-51.

5 Heermann 2006: 301; Gerbrands 1967a: 15.

6 Eyde 1967: 70.

7 Gerbrands 1967b: 35-36; Smidt 1993: 47.

Bibliography

Abdurachman, Paramita R. (ed.) (1982), *Cerbon*. Jakarta: Yayasan Mitra Budaya Indonesia and Sinar Harapan.

Abdurachman, Paramita R. (1987), 'Dermayu batiks: a surviving art in an ancient trading town', *SPAFA digest 8* (1).

Achjadi, Judi Knight & Asmoro Damais (2005), *Butterflies and phoenixes: Chinese inspiration in Indonesian textile arts*. Jakarta: Mitra Museum Indonesia.

Adams, Marie Jeanne (1969), *System and meaning in East Sumba textile design: A study in traditional Indonesian art*. New Haven: Yale University.

Adams, Marie Jeanne (1980), 'Structural aspects of East Sumbanese Art', in James J. Fox (ed.) *The flow of life: Essays on Eastern Indonesia*. Cambridge [etc.]: Harvard University Press.

Adams, Marie Jeanne [et al.] (1999), *Decorative arts of Sumba*. Amsterdam and Singapore: Pepin Press.

Adhyatman, Sumarah & Redjeki Arifin (1996)2, *Manik-manik di Indonesia / Beads in Indonesia*. Jakarta: Jambatan.

Adriani, N. (1928), *Bare'e-Nederlandsch woordenboek*. Leiden: Brill.

Adriani, N. & A. C. Kruyt (1912), *De Bare'e-sprekende Toradja's van Midden-Celebes*. Batavia: Landsdrukkerij.

Agung, A.A. Ayu Ketut (2004), *Busana adat Bali*. Denpasar: Pustaka Bali Post.

Akib, R.H.M. (1975), *Sejarah dan kebudayan Palembang: Adat istiadat perkawinan Palembang*. Palembang: [s.n.]

Andaya, Barbara Watson (1993), *To live as brothers: Southeast Sumatra in the seventeenth and eighteenth centuries*. Honolulu: University of Hawaii Press.

Appel, Michaela (2001), *Hajatanin Pekayon: Feste bei Heirat und Beschneidung in einem westjavanischen Dorf*. München: Verlag des staatlichen Museums für Völkerkunde. (Münchner Beiträge zur Völkerkunde Beiheft 1).

Arifin, Redjeki (1999), 'Minangkabau ceremonial jewellery', in: Anne & John Summerfield (eds.), *Walk in splendor: Ceremonial dress and the Minangkabau*, 271-295. Los Angeles: UCLA Fowler Museum of Cultural History.

Avé, Jan B & Victor T. King (1986), *People of the weeping forest: Tradition and change in Borneo*. Leiden: National Museum of Ethnology.

Baaren, Th. P. van (1968), *Korwars and Korwar style: Art and ancestor worship in North-West New Guinea*. Paris, The Hague: Mouton.

Baarsen, R. (1996), 'Herman Doomer, ebony worker in Amsterdam', *The Burlington Magazine* 138: 739-49.

Backman, Michael (2012), Malay brassware. http://www.michaelbackmanltd.com/MalayBrassware.html. (Accessed 30.6.2012).

Bakkers, J.A., 1866, 'Het leenvorstendom Boni', *Tijdschrift voor Indische Taal-, Land- en Volkenkunde (TBG)* 15:1-208.

Barbier, Jean Paul & Douglas Newton (1988), *Islands and Ancestors: Indigenous Styles of Southeast Asia*. Munich: Prestel-Verlag.

Barnes, Ruth & Mary Hunt Kahlenberg (eds.) (2010), *Five centuries of Indonesian textiles: The Mary Hunt Kahlenberg collection*. Munich etc.: Delmonico Books, Prestel.

Bartlett, Harley Harris (1934), *The sacred edifices of the Batak on Sumatra*. Ann Arbor: University of Michigan Press. (Occasional contributions from the Museum of Anthropology of the University of Michigan, no. 4)

Bellwood, Peter (1999), 'The Austronesian dispersal', in Douglas Newton (ed.), *Arts of the South Seas: The collections of Musée Barbier-Mueller*. Munich: Prestel.

Benitez-Johannot, Purissima (ed.) (2011), *Paths of origins: The Austronesian heritage in the collections of The National Museum of the Philippines, The Museum Nasional Indonesia and The Netherlands Rijksmuseum voor Volkenkunde*. Philippines: ArtPostAsie.

Benjamin, Walter (1969), 'Unpacking my library: A talk about book collecting", in *Illuminations*. New York: Schocken Books.

Bergema, H. (1938), *De boom des levens in schrift en historie*. Hilversum: Schipper.

Bernet Kempers, A.J. (1988), *The kettledrums of Southeast Asia*. Rotterdam: Balkema. (Modern quaternary research in Southeast Asia vol. 10).

Bertling, C.T. (1931), 'Minahasische 'waroega' en 'Hockerbestattung', *Nederlandsch-Indië Oud en Nieuw* 16: 33-51, 75-94, 111-116.

Bloembergen, Marieke (2006), *Colonial spectacle: The Netherlands and the Dutch East Indies at the world exhibitions, 1880-1931*. Singapore: Singapore University Press.

Borel, France (1994), *The splendor of ethnic jewelry from the Colette and Jean-Pierre Ghysels collection*. New York: Abrams.

Borgers, W.C. (1937), 'Nias, the island of gold', *Travel* 67: 23-25.

Bosch, F.D.K. (1927), 'Gouden vingerringen uit het Hindoe-Javaansche tijdperk', *Djawa* 7: 305-320.

Bosch, F.D.K. (1948) *De gouden kiem: Inleiding in de Indische symboliek*. Amsterdam: Elsevier

Bougas, Wayne A. (2007), 'Gold looted and excavated from late (1300 AD-1600 AD) pre-Islamic Makasar graves', *Archipel* 73: 111-166.

Brakel, K. van (1996), *A passion for Indonesian art: The Georg Tillman (1882-1941) collection at the Tropenmuseum Amsterdam*. Amsterdam: Royal Tropical Institute.

Brakel, J.H. van [et al.] (1987), *Budaya Indonesia: Kunst en cultuur in Indonesia / Arts and crafts in Indonesia*. Amsterdam: Royal Tropical Institute

Breguet, G., Geneviève Duggan & Marie-Louise Nabholz-Kartaschoff (2006), *La fibre des ancêtres: Trésors textiles d'Indonésie de la collection Georges Breguet*. Geneva: Musée d' Ethnographie de Genève; Gollion: Infolio editions.

Brenner, Joachim Freiherr von (1894), *Besuch bei den Kannibalen Sumatras: Erste Durchquerung der unabhängigen Battak-Lande*. Würzburg: Woerl.

Brinkgreve, Francine (2005), 'Balinese rulers and colonial rule', in Endang Sri Hardiati & Pieter ter Keurs (eds.), *Indonesia: The discovery of the past*, 122-145. Amsterdam: KIT Publishers.

Brinkgreve, Francine (2010), 'W.O.J. Nieuwenkamp and his royal lion offering-box', in Natasha Reichle (ed.), *Bali: Art, ritual, performance*, 117-131. San Francisco: Asian Art Museum-Chong-Moon Lee Center for Asian Art and Culture.

Brinkgreve, Francine & David Stuart-Fox (1992), *Offerings: The ritual art of Bali*. Sanur: Image Network Indonesia.

Brinkgreve, Francine & David J. Stuart-Fox (2007), 'Collections after colonial conflict: Badung and Tabanan 1906-2006', in Pieter ter Keurs (ed.), *Colonial collections revisited*, 145-185. Leiden: Research School CNWS. (Mededelingen van het Rijksmuseum voor Volkenkunde, no. 36)

Brinkgreve, Francine & Retno Sulistianingsih (eds.) (2009), *Sumatra: Crossroads of cultures*. Leiden: KITLV Press.

Brinkgreve, Francine, Pauline Lunsingh Scheurleer & David Stuart-Fox (eds.) (2010), *Kemegahan emas di Museum Nasional Indonesia / Golden splendour in the National Museum of Indonesia*. Jakarta: Museum Nasional Indonesia.

Brownrigg, Henry (1991), *Betel cutters from the Samuel Eilenberg Collection*. Stuttgart/London: Mayer. (Later ed. London: Thames and Hudson, 1992).

Budiarti, Hari & Francine Brinkgreve (2009), 'Court arts of the Sumatran sultanates', in Francine Brinkgreve & Retno Sulistianingsih (eds.), *Sumatra: Crossroads of cultures*, 121-151. Leiden: KITLV Press

Bühler, Alfred (1949), *Sumba Expedition des Museums für Völkerkunde und des Naturhistorischen Museums in Basel. Die ethnografische Sammlung, 1. Teil und 2. Teil*. Basel: Birkhäuser.

Bühler, Alfred, Urs Ramseyer, Nicole Ramseyer-Gygi (1975/76), *Patola und geringsing: Zeremonialtücher aus Indien und Indonesien.* Basel: Museum für Völkerkunde.

Burhanuddin, Erwina (ed.) (2009), *Kamus bahasa Minangkabau-Indonesia.* Padang: Balai Bahasa Minang, Departemen Pendidikan Nasional.

Capistrano-Baker, Florina H. (1994), *Art of island Southeast Asia: The Fred and Rita Richman collection.* New York: Metropolitan Museum of Art.

Carpenter, Bruce W. (2009), *Javanese antique furniture and folk art: The David B. Smith and James Tirtoprodjo Collections.* Singapore: Editions Didier Millet

Carpenter, Bruce W. (2011), *Ethnic jewellery from Indonesia: Continuity and evolution: The Manfred Giehmann Collection.* Singapore: Editions Didier Millet.

Catalogus (1922), *Catalogus van eene verzameling van voorwerpen van kunstnijverheid uit de hoofdstad Palembang en de landstreek Pasemah Lebar [verzameld door C.J. Batenburg].* Amsterdam: Zuid-Sumatra Instituut.

Catra, Ida I Dewa Gde (2007), *Keris dalam adat dan agama Hindu di Bali.* [S.l.: s.n.].

Chin, Edmond (1991), *Gilding the phoenix: The Straits Chinese and their jewellery.* Singapore: National Museum.

Chin, Lucas (1980), *Cultural heritage of Sarawak.* Kuching: Sarawak Museum.

Coedès, G. (1967), *The making of South East Asia.* London: Routledge and Kegan Paul.

Cribb, Robert (2000), *Historical atlas of Indonesia.* Richmond: Curzon.

Dahlan, M. [et al.] (1984), *Kerajinan lak tradisional Palembang.* Palembang: Proyek Pengembangan Permuseuman Sumatera Selatan.

Dam, J.D. van & J.J. Heij, *Art Nouveau in het Rijksmuseum.* Amsterdam: Rijksmuseum.

Dammerman, K.W. (1926), *Een tocht naar Sumba.* Batavia: Ruygrok.

Dawson, Barry & John Gillow (1994), *The traditional architecture of Indonesia.* London: Thames and Hudson.

Dhavida, Usria (ed.) (2007), *Aneka perhiasan koleksi Museum Adityawarman.* Padang: Pemerintah Propinsi Sumatera Barat, Dinas Pariwisata Seni dan Budaya, UPTD Museum Adityawarman.

Dibia, I Wayan & Rucina Ballinger (2004), *Balinese dance, drama and music: A guide to the performing arts of Bali.* Singapore: Periplus Editions.

Dijk, T. van & Nico de Jonge (1980), *Ship cloths of Lampung, South Sumatra: A research of their design, meaning and use in their cultural context.* Amsterdam: Galerie Mabuhay.

Dijk, T. van & N. de Jonge (1990), 'After sunshine comes rain: A comparative analysis of fertility rituals in Marsela and Luang, South-east Moluccas', *Bijdragen tot de taal-, land- en volkenkunde* 146 (1): 3-20.

Dijk, T. van & N. de Jonge (1991), 'Bastas in Babar: Imported Asian textiles in a South-east Moluccan Culture', in Gisela Völger & Karin v. Welck (eds.), *Indonesian Textiles: Symposium 1985,* 18-33. Cologne: Rautenstrauch-Joest-Museum. (*Ethnologica* NF 14).

Dodot (1970), 'Dodot banguntulak', *Relung pustaka* 1970: 36-38.

Drabbe, P. (1940), *Het leven van den Tanémbarees: Ethnografische studie over het Tanémbareesche Volk.* Leiden: Brill. (Internationales Archiv für Ethnographie 38, supplement).

Duuren, David van (1998), *The kris: An earthly approach to a cosmic symbol.* Wijk en Aalburg: Pictures Publishers.

Duuren, David van (2002), *Krisses: A critical bibliography.* Wijk en Aalburg: Pictures Publishers.

Eberhard, Wolfram (1986), *A dictionary of Chinese symbols: Hidden symbols in Chinese life and thought.* London [etc.]: Routledge & Kegan Paul.

Ee, Randall, David A. Henkel, Heidi Tan (2008), *Peranakan Museum A-Z Guide.* Singapore: Asian Civilisations Museum for the Peranakan Museum.

Van Eerde, J.C. (ed.) (1920), *De volken van Nederlandsch Indië, in monographieën, deel I.* Amsterdam: Elsevier.

Eggebrecht, Arne & Eva Eggebrecht (eds.) (1995), *Versunkene Königreiche Indonesiens.* Mainz: Von Zabern.

Elsner, John & Roger Cardinal (eds.) (1994), *The cultures of collecting.* London: Reaktion Books.

Emigh, John (1996), *Masked performance: The play of self and other in ritual and theatre.* Philadelphia: University of Philadelphia Press.

Eyde, D.B. (1967), *Cultural correlates of warfare among the Asmat of South-West New Guinea.* Ph.D. dissertation, Yale University.

Fang Jing Pei (2004), *Symbols and rebuses in Chinese art: Figures, bugs, beasts, and flowers.* Berkeley: Ten Speed Press.

Feldman, Jerome A. (1979), 'The house as world in Bawömataluo, South Nias', in Edward M. Bruner & Judith O. Becker (eds.), *Art, ritual and society in Indonesia.* Athens, Ohio: Ohio University Center for International Studies. (Southeast Asia series no. 53).

Feldman, Jerome (ed.) (1985), *The eloquent dead: Ancestral sculpture of Indonesia and Southeast Asia.* Los Angeles: University of California.

Feldman, Jerome (1990), 'Nias and its traditional sculptures', in *Nias, tribal treasures: cosmic reflections in stone, wood and gold,* 21-44. Delft: Volkenkundig Museum Nusantara.

Feldman, Jerome (1994), *Arc of the ancestors: Indonesian art from the Jerome L. Joss collection at ULCA.* Los Angeles: Fowler Museum of Cultural History, University of California.

Fischer, Joseph (2004), *Story cloths of Bali.* Berkeley: Ten Speed Press.

Fischer, Joseph & Thomas Cooper (1998), *The folk art of Bali: The narrative tradition.* Kuala Lumpur: Oxford University Press.

Fontein, Jan (with R. Soekmono and E. Sedyawati) (1990), *The sculpture of Indonesia.* Washington/New York: National Gallery of Art/Harry N. Abrams.

Forbes, H.O. (1885), *A naturalist's wanderings in the Eastern Archipelago.* London: Sampson Low, Marston, Searle and Rivington.

Forshee, Jill (2001), *Between the folds: Stories of cloth, lives and travels from Sumba.* Honolulu: University of Hawai'i Press.

Fox, James J. (1977), 'Roti, Ndao, and Savu', in Mary Hunt Kahlenberg (ed.), *Textile traditions of Indonesia,* 97-104. Los Angeles: Los Angeles County Museum of Art.

Fox, James J. (1980), 'Figure shark and pattern crocodile: the foundations of the textile traditions of Roti and Ndao', in Mattiebelle Gittinger (ed.), *Indonesian textiles: Irene Emery roundtable on museum textiles, 1979 proceedings.* 39-55. Washington, DC: Textile Museum.

Fox, James J. (ed.) (1980), *The flow of life: Essays on Eastern Indonesia.* Cambridge, Mass.: Harvard University Press.

Furness, William Henry (1902), *The home-life of Borneo head-hunters: Its festivals and folk-lore.* Philadelphia: Lippincott.

Geirnaert-Martin, Danielle C. (1991), 'The snake's skin: Traditional ikat in Kodi', in Gisela Völger & Karin von Welck (eds.), *Indonesian Textiles Symposium 1985,* 34-42. Cologne: Rautenstrauch-Joest-Museum.

Geirnaert-Martin, Daniëlle C. (1992), *The woven land of Laboya: Socio-cosmic ideas and values in West Sumba, Eastern Indonesia.* Leiden: Centre of Non-Western Studies, Leiden University.

Geirnaert, Danielle C. & Rens Heringa (1989), *The A.E.D.T.A. batik collection.*

Paris : Association pour l'Etude et la Documentation des Textiles d'Asie (A.E.D.T.A.).

Gerbrands, A.A. (ed.) (1967a), *The Asmat of New Guinea: The journal of Michael Clark Rockefeller*. New York: Museum of Primitive Art.

Gerbrands, A.A. (1967b), *Wow-ipits*. The Hague, Paris: Mouton. (Art in its context. Studies in Ethno-Aesthetics).

Geurtjens, H. (1941), *Zijn plaats onder de zon*. Roermond-Maaseik: Romen & Zonen.

Ginting, Juara (1991), 'Pa Surdam, a Karo Batak guru', in Achim Sibeth [et al.], *The Batak: Peoples of the island of Sumatra*. London: Thames and Hudson.

Girard-Geslan, Maud [et al.] (1999), *Indonesian gold: Treasures from the National Museum, Jakarta*. Brisbane: Queensland Art Gallery.

Gittinger, Mattiebelle (1972), *A study of the ship cloths of South Sumatra: Their design and usage*. Ph.D. dissertation, Columbia University, New York.

Gittinger, Mattiebelle (1979), *Splendid symbols: Textiles and traditions in Indonesia*. Washington, DC: Textile Museum. (2nd printing, Singapore: Oxford University Press, 1985)

Gittinger, Mattiebelle (1985), 'Sier en symbool: De kostuums van de etnische minderheden in Zuid- en Zuidwest-China', in Loan Oei (ed.), *Indigo: Leven in een kleur*, 163-168. Amsterdam: Stichting Indigo; Weesp: Fibula-Van Dishoeck.

Gittinger, Mattiebelle (1989) 'A reassessment of the Tampan of South Sumatra', in Mattiebelle Gittinger (ed.), *To Speak with Cloth: Studies in Indonesian textiles*, 225-239. Los Angeles: Museum of Cultural History, University of California.

Glerum c.s. Auctioneers (1994), *Indonesian Paintings, Watercolours and Drawings, November 21, 1994*. Den Haag: Glerum

Gönner, Christian (2001), *Muster und Strategien der Ressourcennutzung: Eine Fallstudie aus einem Dayak Benuaq Dorf in Ost-Kalimantan, Indonesien*. Zürich: ETH. (Forstwissenschaftliche Beiträge der Professur Forstpolitik und Forstökonomie, Nr. 24).

Goris, R. & P.L. Dronkers ([1952]), *Bali: Atlas kebudajaan / Cults and customs / Cultuurgeschiedenis in beeld*. [Djakarta]: PemerintahRepublik Indonesia

Granucci, Anthony F. (2005), *The art of the Lesser Sundas*. Singapore: Editions Didier Millet.

Groneman, Isaäc (2009), *The Javanese Kris*. Leiden: C. Zwartenkot Art Books and KITLV Press.

Grubauer, Albert (1913), *Unter Kopfjägern in Central-Celebes: Ethnologische Streifzüge in Südost- und Central-Celebes*. Leipzig: Voigtländer.

Gulik, R.H. van (1974), *Sexual life in ancient China: A preliminary survey of Chinese sex and society from ca. 1500 B.C. till 1644 A.D.* Leiden: Brill.

Hamilton, R.W. & B. Lynne Milgram (2007), *Material choices, refashioning bast and leaf fibers in Asia and the Pacific*. Los Angeles: UCLA Fowler Museum of Cultural History.

Hämmerle, Johannes M. (1984), 'Die Megalithkultur in Susua-Gomo Gebiet, Nias', *Anthropos* 79: 587-625.

Hamzuri (1982-83), *Petunjuk singkat tentang keris*. Jakarta: Proyek Pengembangan Museum Nasional, Departemen Pendidikan & Kebudayaan.

Hangelbroek, H. (1910), *Sumba, land en volk*. Assen: Hummelen.

Hanssen, L.M. (1995), *Ceremoniële doeken van de Minangkabau: Textiel als metafoor voor sociale ordening*. Master's thesis, Utrecht University.

Hardeland, August (1859), *Dajacksch-Deutsches Wörterbuch*. Amsterdam: Fredrik Muller.

Harsrinuksmo, Bambang (2004), *Ensiklopedi Keris*. Jakarta: Gramedia Pustaka Utama.

Hara, Minoru (1973), 'The King as a Husband of the Earth', *Asiatische Studien* 27: 97-114.

Hasibuan, Jamaludin S. (1985), *Art et culture Batak / Seni budaya Batak*. [Medan : Hasibuan].

Hauser-Schäublin, Brigitta, Marie-Louise Nabholz-Kartaschoff & Urs Ramseyer (1991), *Textiles in Bali*. Berkeley-Singapore : Periplus.

Headley, Stephen C. (1979), 'The ritual lancing of Durga's buffalo in Surakarta and the offering of its blood in the Krendowahono forest,' in Fr. Van Aanroij [et al.] (eds.), *Between people and statistics: Essays on modern Indonesian history presented to P. Creutzberg*. The Hague: Nijhoff.

Heermann, I. (2006), 'Adorning the Body', in Ph. Peltier & F. Morin (eds.), *Shadows of New Guinea: Art from the great island of Oceania in the Barbier-Mueller Collections*, 296-321. Paris, Genève: Somogy Éditions d'Art, The Mona Bismarck Foundation, and Musée Barbier-Mueller.

Hein, Alois Raimund (1890), *Die Bildenden Künste bei den Dayaks auf Borneo: Ein Beitrag zur allgemeinen Kunstgeschichte*. Wien: Hölder.

Henny, W.A. (1869), 'Reis naar Si Gompoelon en Si Lindong in maart en april 1858: Bijdrage tot de kennis der Bataklanden', *Tijdschrift voor Indische taal-, land- en volkenkunde* 17: 1-58

Heppell, Michael & Maxwell, Robyn (1990), *Borneo and beyond: Tribal Arts of Indonesia, East Malaysia and Madagascar*. Singapore: Bareo Gallery.

Heringa, Rens (1989), 'Dye process and life sequence: the coloring of textiles in an East Javanese village', in Mattiebelle Gittinger (ed.), *To Speak with Cloth: Studies in Indonesian textiles*, 107-130. Los Angeles: Museum of Cultural History, University of California.

Heringa, Rens (1994), *Spiegels van ruimte en tijd: Textiel uit Tuban*. Den Haag: Museon

Heringa, Rens (1994), *Een schitterende geschiedenis: Weefsels en batiks van Palembang en Djambi*. Den Haag: Museon

Heringa, Rens (2007), Reconstructing the whole: seven months pregnancy ritual in Kerek, East Java', in Monica Janowski & Fiona Kerlogue (eds.), *Kinship and food in South East Asia*, p. 24-55. Copenhagen: NIAS Press.

Heringa, Rens (2010), *Nini Towok's spinning wheel: cloth and the cycle of life in Kerek, Java*. Los Angeles: Fowler Museum at UCLA. (UCLA Fowler Museum of Cultural History textile series, no. 9).

Hicks, David (1976), *Tetum ghosts and kin: Fieldwork in an Indonesian community*. Palo Alto: Mayfield.

Hillenbrand, Robert (1986), 'The symbolism of the rayed nimbus in early Islamic art', in *Kingship*, pp. 1-54. Edinburgh: Traditional Cosmology Society. [Yearbook of the Traditional Cosmology Society, vol. 2].

Hinzler, H.I.R. (1981), *Bima Swarga in Balinese wayang*. The Hague: Nijhoff. (Verhandelingen van het KITLV 90).

Hinzler, H.I.R. (1986-87), *Catalogue of Balinese manuscripts in the library of the University of Leiden and other collections in the Netherlands*. Leiden: Brill/Leiden University Press.

Hissink, I. (1912), 'Nota van toelichting betreffende de zelfbestuurende landschappen Paloe, Dolo, Sigi en Biromaroe', *Tijdschrift voor Indische, taal-, land- en volkenkunde* 54: 58-128.

Ho Wing Meng (1984), *Straits Chinese silver: A collector's guide*. Singapore: Times Books International.

Hobart, Angela (1985), *Balinese shadow play figures: Their social and ritual significance*. London: British Museum (Occasional paper no. 49).

Hoffmann, Carl L. (1983), 'An essay on Punan religion', *Borneo research bulletin* 15 (1): 30-33.

Hollander, Hanneke (2007), *Een man met een speurdersneus: Carel Groenevelt (1899-1973), beroepsverzamelaar voor Tropenmuseum en Wereldmuseum in Nieuw-Guinea*.

Amsterdam: KIT Publishers. (Bulletin / Tropenmuseum, 379).

Holmgren, Robert J. & Anita E. Spertus (1980), 'Tampan Pasisir: Pictorial documents of an ancient Indonesian coastal culture', in Mattiebelle Gittinger (ed.), *Indonesian textiles: Irene Emery roundtable on museum textiles, 1979 proceedings*, 157-198. Washington, DC: Textile Museum.

Holmgren, Jeff & Anita Spertus (1989), *Early Indonesian textiles from three island cultures: Sumba, Toraja, Lampung*. New York: Metropolitan Museum of Art.

Holt, Claire (1971), 'Dances of Sumatra and Nias', *Indonesia* 11: 1-20.

Hoogerbrugge, J. (2011), *Asmat: Arts, crafts and people: A photographic diary, 1969-1974 / Seni, kerajinan dan manusia: Sebuah buku harian fotografik, 1969-1974*. Leiden: C. Zwartenkot Art Books.

Hoop, A.N.J.Th. à Th. van der (1935), 'Steenkistgraven in Goenoeng Kidoel', *Tijdschrift voor de Taal-, Land- en Volkenkunde van Nederlandsch-Indië* 75: 83-100.

Hoop, A.N.J. Th. à Th. van der (1949), *Indonesische siermotieven / Ragam-ragam perhiasan Indonesia / Indonesian ornamental design*. Batavia: Koninklijk Bataviaasch Genootschap van Kunsten en Wetenschappen.

Hooykaas, Jacoba (1956), 'The rainbow in ancient Indonesian religion', *Bijdragen tot de taal-, land- en volkenkunde* 112: 291-322.

Horst, D.W. (1880), 'Uit de Lampongs', *De Indische Gids* 2 (1): 971-983.

Hose, Charles & McDougall, William (1966), *The pagan tribes of Borneo*. Reprint. London: Frank Cass.

Hurwitz, J. (1962), *Batikkunst van Java*. Rotterdam: Museum voor Land- en Volkenkunde.

Huyser, J.G. (1927), 'Bataksche ruiterbeeldjes: Bijdrage tot de kennis der Batak-plastiek', *Nederlandsch-Indië Oud en Nieuw* 12: 38-63.

Indonesie-Oceanië (1965), *Indonesie-Oceanië: Kunst uit particulier bezit*. Rotterdam: Museum voor Land- en Volkenkunde.

Ishwara, Helen [et al.] (2011), *Batik pesisir pusaka Indonesia: Koleksi Hartono Sumarsono*. Jakarta: Kepustakaan Populer Gramedia.

Isler, Andreas & Wyss-Giacosa, Paola von (2011), *Aufschlussreiches Borneo: Objekte, Fotografien und Dokumente des Schweizer Geologen Wolfgang Leupold in Niederländisch-Indien 1921–1927*. Zürich: Völkerkundemuseum der Universität Zürich.

J., L. Th. (1940), 'Wajang inten', *Sin Po* 18, no. 891 (27 April 1940): 6-9.

Jaarboek VII (1940), *Jaarboek Koninklijk Bataviaasch Genootschap van Kunsten en Wetenschappen*. Bandoeng: Nix.

Jacobs, Julius (1883), *Eenigen tijd onder de Baliërs: Eene reisbeschrijving*. Batavia: Kolff.

Jacobs, Julius (1894), *Het familie- en kampongleven op Groot Atjeh: Eene bijdrage tot de ethnographie van Noord-Sumatra*. Leiden: Brill.

Jacobsen, J.A. (1896), *Reise in die Inselwelt des Banda-Meeres*. Berlin: Mitscher & Röstell.

Jasper, J.E. (n.d.), *Een tentoonstelling van Indische huisvlijt*. 's-Gravenhage: [s.n.].

Jasper, J.E. (1908), *Verslag van de derde jaarmarkt-tentoonstelling te Soerabaja*. Batavia: Landsdrukkerij.

Jasper, J.E. & Mas Pirngadie (1912), *De inlandsche kunstnijverheid in Nederlandsch Indië. Dl. I: Het vlechtwerk*. 's-Gravenhage: Mouton.

Jasper, J.E. & Mas Pirngadie (1912), *De inlandsche kunstnijverheid van Nederlandsch-Indië. Dl. II: De weefkunst*. 's-Gravenhage: Mouton.

Jasper, J.E. & Mas Pirngadie (1916), *De inlandsche kunstnijverheid van Nederlandsch-Indië. Dl. III: De batikkunst*. 's-Gravenhage: Mouton.

Jasper, J.E. & Mas Pirngadie (1927), *De inlandsche kunstnijverheid in Nederlandsch Indië. Dl. IV: De goud- en zilversmeedkunst*. 's-Gravenhage: Mouton.

Jasper, J.E. en Mas Pirngadie (1930), *De inlandsche kunstnijverheid in Nederlandsch Indië. Dl. V: De bewerking van niet-edele metalen*. 's-Gravenhage: Mouton.

Jessup, Helen Ibbitson (1990), *Court Arts of Indonesia*. New York: The Asia Society Galleries/Abrams.

Jonatan, Musa (2012), 'Chinese Peranakan houseware, materials, decorative motifs and their meanings', in Lili Wibisono (ed.), *Indonesian Chinese Peranakan: A cultural journey*, 153-186. Jakarta: Indonesian Cross-Cultural Society and Intisari Magazine.

Jonge, Nico de (2005), 'Collectors on distant islands - East Indonesia', in Endang Sri Hardiati & Pieter ter Keurs (eds.), *Indonesia: The discovery of the past*, 172-202. Amsterdam: KIT Publishers.

Jonge, Nico de (2013a), 'Life and death in Southeast Moluccan art', in R. Schefold (ed.), *Eyes of the ancestors: The arts of Island Southeast Asia at the Dallas Museum of Art*, 275-281. New Haven: Yale University Press.

Jonge, Nico de (2013b), 'Necklace with anthropomorphic pendants, Kisar Island', in R. Schefold (ed.), *Eyes of the ancestors: The arts of Island Southeast Asia at the Dallas Museum of Art*, 296-297. New

Haven: Yale University Press.

Jonge, N. de & T. van Dijk (1995a), *Forgotten islands of Indonesia: The art and culture of the Southeast Moluccas*. Singapore: Periplus Editions.

Jonge, N. de & T. van Dijk (1995b), *Tanimbar-Maluku: The unique Moluccan photographs of Petrus Drabbe*. Alphen aan de Rijn: Periplus Editions.

Josselin de Jong, P.E. (1951), *Minangkabau and Negri Sembilan: Socio-political structure in Indonesia*. Leiden: Eduard Ydo.

Juynboll, H.H. (1906), *Adiparwa, Oudjavaansch Prozageschrift*. The Hague: Nijhoff.

Juynboll, H.H. (1912), *Catalogus van 's Rijks Ethnographisch Museum: Deel VII Bali en Lombok*. Leiden: Brill.

Juynboll, H.H. (1926), 'De geschiedenis van Garuda', in *Koninklijk Instituut voor de Taal-, Land- en Volkenkunde van Nederlandsch-Indië: Gedenkschrift uitgegeven ter gelegenheid van het 75-jarig bestaan op 4 juni 1926*, 156-170. 's-Gravenhage: Nijhoff.

Kal, Pienke W.H. (2005), *Yogya silver: Renewal of a Javanese handicraft*. Amsterdam: KIT Publishers.

Kampffmeyer, Hanno (1991), *Die Langhäuser von Zentralkalimantan: Bericht einer Feldforschung*. München: Anacon.

Kartiwa, Suwati (1986), *Kain songket Indonesia / Songket weaving in Indonesia*. Jakarta: Djambatan.

Kartiwa, Suwati (1999), 'Lampung', in Etsuko Tsuzuki (ed.), *Weaving, dyeing and embroidery: Diversity in Sumatran textiles from the Eiko Kusuma collection*, 143-148. Fukuoka: Fukuoka Art Museum.

Kaskija, Lars (2002), *Claiming the forest: Punan local histories and recent developments in Bulungan, East Kalimantan*. Jakarta: Center of International Forestry Research.

Kat Angelino, P. de (1921-22), 'Over de smeden en eenige andere ambachtlieden op Bali', *Tijdschrift voor Indische Taal-, Land- en Volkenkunde*, 60: 207-265, 61: 370-425.

Kat Angelino, P. de (1930), *Rapport betreffende eene gehouden enquète naar de arbeids-toestanden in de batikkerijen op Java en Madoera. Deel I: West-Java*. Weltevreden: Landsdrukkerij. (Publicaties van het Kantoor van Arbeid, 6).

Kate, Herman ten (1925), *Over land en zee: Schetsen en stemmingen van een wereldreiziger*. Zutphen: Thieme.

Kats, Jacob (1984 [1923]), *De wajang poerwa: Een vorm van Javaans toneel*. Dordrecht: Foris.

Katz-Harris, Felicia (2010), *Inside the puppet*

box: A performance collection of Wayang Kulit at the Museum of International Folk Art. Santa Fe, NM: Museum of International Folk Art; Seattle and London: University of Washington Press.

Kaudern, Walter (1944), *Ethnographical studies in Celebes: Results of the author's expedition to Celebes, 1917-1922. Vol. VI, Art in Central Celebes.* Göteborg: Elanders Bokytryckeri Aktiebolag.

Kern, R.A. (1954), *Catalogus van de Boeginese, tot de I La Galigo-cyclus behorende handschriften van Jajasan Matthes (Matthesstichting) te Makassar (Indonesië).* Makassar: Jajasan Matthes.

Keurs, P. ter, C. de Monbrison, & S. Niessen (2008), *Au nord de Sumatra, les Batak.* Paris: Musée du quai Branly; Milan: 5 Continents Editions.

Khan Majlis, Brigitte (1984), *Indonesische Textilien: Wege zu Göttern und Ahnen.* Köln: Rautenstrauch-Joest-Museum für Völkerkunde. (Bestandskatalog der Museen in Nordrhein-Westfalen).

Khan Majlis, Brigitte (1991), *Gewebte Boschaften: Indonesische Traditionen im Wandel / Woven messages: Indonesian textile tradition in course of time.* Hildesheim: Roemer Museum.

Khan Majlis, Brigitte (2007), *The art of Indonesian textiles: The E.M. Bakwin Collection at the Art Institute of Chicago.* Chicago: Art Institute of Chicago; New Haven, CT: Yale University Press.

Khoo Joo Ee (1996), *The Straits Chinese: A cultural history.* Amsterdam [etc.]: Pepin Press.

King, B. & Woodcock, M. & Dickinson, E.C. (1989), *Birds of Southeast Asia.* Singapore: Periplus

King, Victor T. (1993), *The peoples of Borneo.* Oxford: Blackwell.

Kirk, Malcolm (photographs) & Andrew Strathern (introduction) (1981), *Man as Art: New Guinea body decoration.* London: Thames and Hudson.

Klokke, Arnoud H. (2012), *Along the rivers of Central Kalimantan: Cultural heritage of the Ngaju and Ot Danum Dayak.* Leiden: Museum Volkenkunde & C. Zwartenkot Art Books.

Koentjaraningrat (1989), *Javanese culture.* Singapore [etc.]: Oxford University Press.

Konrad, G., Konrad, U. & T. Schneebaum (1981), *Asmat: Leben mit des Ahnen: Steinzeitliche Holzschnitzer unserer Zeit.* Glashütten/Ts.: Brückner.

Kotilainen, Eija-Maija (1992), *'When the bones are left': A study of the material culture of central Sulawesi.* Helsinki: Finnish Anthropological Society.

Kreemer, J. (1922-23), *Atjèh, algemeen samenvattend overzicht van land en volk van Atjèh*

en onderhoorigheden. 2 vols. Leiden: Brill.

Kuhnt-Saptodewo, Sri (1993), *Zum Seelengeleit bei den Ngaju am Kahayan: Auswertung eines Sckraltextes zur Manarung-Zeremonie beim Totenfest.* München: Akademischer Verlag.

Kuhnt-Saptodewo, Sri (1994), 'The Ngaju Kaharingan religion: Interaction between oral and written tradition', in J. G. Oosten (ed.), *Text and tales. Studies in oral tradition,* 24-32. Leiden: Research School CNWS.

Kuhnt-Saptodewo, Sri (1999), "A bridge to the upper world: Sacred language of the Ngaju', *Borneo Research Bulletin* 30: 13–27.

Kuhnt-Saptodewo, Sri (2000), 'Religion and identity', in T. Engelbert & A. Schneider (eds.), *Ethnic minorities and nationalism in Southeast Asia,* 61-72. Frankfurt a.M.: Peter Lang.

Kuipers, Joel C. & Ray McDermott, 1996, 'Insular Southeast Asian scripts', in Peter T. Daniels & William Bright (eds.), *The world's writing systems,* 474-84. New York/Oxford: Oxford University Press.

Kunst (1961), *De Kunst van Bali: verleden en heden.* Den Haag: Haags Gemeentemuseum.

Kusakabe, Keiko (2006), *The Keiko Kusakabe Collection: Textiles from Sulawesi: Genealogy of sacred cloth.* Fukuoka: Fukuoka Art Museum.

Lawrence, S.A. (2007), *Piranesi as designer.* New York: Cooper-Hewitt Museum.

Leigh, Barbara (1989), *Tangan-tangan trampil: Seni kerajinan Aceh / Hands of time: The crafts of Aceh.* Jakarta: Djambatan.

Leigh-Theisen, Heide & Reinhold Mittersakschmöller (1995), *LebensMuster: Textilien in Indonesien.* Wien: Museum für Völkerkunde.

Leigh-Theisen, Heide & Reinhold Mittersakschmöller (eds.) (1999), *Indonesien: Kunstwerke – Weltbilder.* Linz: Oberösterreichisches Landesmuseum.

Leslie, Esther (2007), *Walter Benjamin.* London: Reaktion Books.

Lett, A (1901), *Im dienst des Evangeliums auf der Westküste von Nias.* Heft III, Barmen: Missionshaus.

Leven en dood op Sumba / Life and death on Sumba. Rotterdam: Museum voor Land- en Volkenkunde, Rotterdam. [Text: Monni Adams].

Liefkes, Frits (1966-67), 'Twee armstoelen', *Stichting Cultuurgeschiedenis van de Nederlanders Overzee, verslagen en aanwinsten 1966-67:* 45-47.

Liefkes, Frits (1967), 'Twee sterkasten', *Bulletin van het Rijksmuseum* 15: 131-134.

Liefkes, Frits (1970-71), 'Kabinetten', *Stichting Cultuurgeschiedenis van de Nederlanders Overzee, verslagen en*

aanwinsten 1970-71: 59-61.

Liefkes, Frits (1972-73), 'Een vrouwenstoel en twee kandelaarknapen & Twee schrijfcassettes uit Ceylon', *Stichting Cultuurgeschiedenis van de Nederlanders Overzee, verslagen en aanwinsten 1972-73:* 45-46.

Liefkes, Frits (1974-75), 'Een houten juwelenkistje', *Stichting Cultuurgeschiedenis van de Nederlanders Overzee, verslagen en aanwinsten 1974-75:* 38.

Liefkes, Frits (1975a), 'Eetkamerameublementen van Van de Velde en Berlage', *Bulletin van het Rijksmuseum* 23: 16-28.

Liefkes, Frits (1975b), 'Twee gueridons in de stijl van Marot', *Bulletin van het Rijksmuseum* 23: 102-104.

Liefkes, Frits (1976-77), 'Vier teakhouten achttiende eeuwse stoelen', *Stichting Cultuurgeschiedenis van de Nederlanders Overzee, verslagen en aanwinsten 1976-77:* 49.

Liefkes, Frits (1978-79), 'Opmerkingen naar aanleiding van een reis naar Indonesië', *Stichting Cultuurgeschiedenis van de Nederlanders Overzee, verslagen en aanwinsten 1978-79:* 60-67

Loebèr, J.A. (1916), *Houtsnijwerk en metaalbewerking in Nederlandsch-Indië.* Amsterdam: Koloniaal Instituut.

Loeber, J.A. (1925), *Das Batiken: Eine blute Indonesischen Kunstlebens.* Oldenburg I.O.: Gerhard Stalling Verlag

Lombard, Denys (1990), *Le carrefour javanais: essai d'histoire globale.* Paris: Éditions de l'École des Hautes Études en Sciences Sociales. (Civilisations et sociétés 79).

Longenecker, Martha W. (2003), *Elemental art of the Indonesian archipelago: Selections from the Collection of Mingei International Museum.* Tokyo: Mingei International Museum.

Lu Pu (1981), *Designs of Chinese indigo batik.* New York: Lee Publishers Group.

Lubis, Mochtar (1979), *Het land onder de regenboog.* Utrecht: Sijthoff.

Lunsingh Scheurleer, Pauline (1994), 'Meandering clouds for earrings: the stylistic approach to dating', in W.H. Kal (ed.), *Old Javanese gold (4th -15th century): An archaeometrical approach,* 18-29. (Bulletin Royal Tropical Institute, vol. 334, special issue).

Lunsingh Scheurleer, Pauline (2012), *Goud uit Java / Gold from Java.* Zwolle: WBooks

Lunsingh Scheurleer, Pauline (ed.) (1985), *Asiatic Art in the Rijksmuseum, Amsterdam.* Amsterdam: Meulenhoff/Landshof.

Malleret, Louis (1962), *L'archeologie du delta du Mekong, Tome troisieme: La culture du*

Fou-Nan. Paris: EFEO.

Manan, Imran (1984), *A traditional elite in continuity and change: The chiefs of the matrilineal lineages of the Minangkabau of West Sumatra, Indonesia*. Ph.D. dissertation, University of Illinois.

Marizar, E.S. (2007), *Kursi Klasik*. Jakarta: Gramedia. (Serial rumah).

Martin, Petra (1993), 'Zur Faserweberei auf Sangihe und Talaud', in Marie-Louise Nabholz-Karschoff, Ruth Barnes & David J. Stuart-Fox (eds.), *Weaving patterns of life: Indonesian textiles: symposium 1991*, 377-395. Basel: Museum of Ethnography.

Martin, Petra (2008), *Vergessene Inseln: Reisen und Forschen im Talaud-Archipel*. Dresden: Staatliche Ethnographische Sammlungen Sachsen.

Marval, G. de & Georges Breguet (2008), *Au fil des Iles: Fonds indonésien Pierre et Gabrielle Gediking-Ferrand*. Neuchâtel: Musée d'Ethnographie.

Marzio, Frances (2011), *The Glassell Collections of the Museum of Fine Arts, Houston: Masterworks of Pre-Columbian, Indonesian, and African gold*. Houston: Museum of Fine Arts.

Matthes, B.F. (1875), *Bijdragen tot de ethnologie van Zuid-Celebes*. 's-Gravenhage: Belinfante.

Maxwell, John (1980), 'Textiles of the Kapuas basin – with special reference to Maloh beadwork', in Mattiebelle Gittinger (ed.), *Indonesian textiles: Irene Emery roundtable on museum textiles, 1979 proceedings*, 127-140. Washington: Textile Museum.

Maxwell, Robyn (1990), *Textiles of Southeast Asia: Tradition, trade and transformation*. Melbourne: Oxford University Press.

Maxwell, Robyn (2003), *Sari to Sarong: Five hundred years of Indian and Indonesian exchange*. Canberra: National Gallery of Australia.

Maxwell, Robyn (2010), *Life, death and magic: 2000 years of Southeast Asian ancestral art*. Canberra: National Gallery of Australia.

Mellema, R.L. (1988), *Wayang puppets: Carving, colouring and symbolism*. Amsterdam: Royal Tropical Institute.

Mershon, Katharane Edson (1971), *Seven plus seven: Mysterious life-rituals in Bali*. New York: Vantage Press.

Miksic, John N. (ed.) (2007), *Icons of art: The collections of the National Museum of Indonesia*. 2nd ed. [Jakarta]: BAB Publishing Indonesia.

Miksic, John (2011), *Old Javanese gold: The Hunter Thompson collection at the Yale University Art Gallery*. New Haven: Yale University Art Gallery.

Miksic, John & Marleen Heins (eds.) (2006), *Karaton Surakarta: A look into the court of Surakarta Hadiningrat, central Java*.

Singapore: Marshall Cavendish Editions.

Modigliani, Elio (1890), *Un viaggio a Nias*. Milano: Treves.

Moor, Maggie de (1990), 'The importance of gold jewellery in Nias Culture', in: *Nias tribal treasures: cosmic reflections in stone, wood and gold*, 107-137. Delft: Volkenkundig Museum Nusantara.

Moor, Maggie de & Wilhelmina H. Kal (1983), *Indonesische sieraden*. Zutphen: Terra; Amsterdam: Tropenmuseum.

Moss, Laurence A.G. (1986), *Art of the Lesser Sunda Islands: A cultural resource at risk*. San Francisco: San Francisco Craft and Folk Art Museum.

Mrázek, Jan (2005), *Phenomenology of a puppet theatre: Contemplations on the art of Javanese Wayang Kulit*. Leiden: KITLV Press.

Munan, Heidi (1989), *Sarawak crafts: Methods, materials and motifs*. Singapore [etc.]: Oxford University Press.

Munan, Heidi (2003), 'Beads', in Ramesh Kumar Biswas (ed.), *Malaysia: Riches from the golden land*. Vienna, New York: Springer.

Neka, Pande Wayan Suteja & Basuki Teguh Yuwono (2010), *Keris Bali bersejarah: Neka Art Museum*. Ubud: Yayasan Dharma Seni Museum Neka.

Neuman, J.H. (1903), 'De Smid', *Mededeelingen Nederlandsch Zendelings Genootschap* 47: 15-21.

Ng, C.S.H. (1987), *The weaving of prestige: Village womens' representations of the social categories of Minangkabau society*. Canberra: Ph.D. dissertation, Australian National University.

Nias (1990), *Nias tribal treasures: Cosmic reflections in stone, wood and gold*. Delft: Volkenkundig Museum Nusantara.

Niessen, Sandra (2009), *Legacy in cloth: Batak textiles of Indonesia*. Leiden: KITLV Press.

Nieuwenhuisen, J.T. & Rosenberg, H.C.B. von (1863), *Verslag omtrent het eiland Nias en deszelfs bewoners*. Batavia: Bataviaasch Genootschap der Kunsten en Wetenschappen. (Verhandelingen van het Bataviaasch Genootschap der Kunsten en Wetenschappen 30).

Nieuwenkamp, W.O.J. (1905), 'Schetsen van Bali en Lombok', *Eigen Haard* 1905, nos, 1, 5-6, 10, 16. 28.

Nieuwenkamp, W.O.J. (1906-1910), *Bali en Lombok: Zijnde een verzameling geïllustreerde reisherinneringen en studies omtrent land en volk, kunst en kunstnijverheid*. [Edam: "De Zwerver"].

Nieuwenkamp, W.O.J. (1910), *Zwerftochten op Bali*. Amsterdam: Elsevier.

Nieuwenkamp, W.O.J. (1923), 'Iets over Soemba en de Soembaweefsels: uit het

dagboek en schetsboek van W.O.J. Nieuwenkamp', *Nederlandsch-Indië Oud en Nieuw* 7: 295-313.

Noorduyn, J. (1988), 'The Bugis genealogy of the Raja Muda family of Riau-Johor', *Journal of the Malaysian Branch of the Royal Asiatic Society* 61 (2): 63-92.

Nooy-Palm, C.H.M. (1975), *De karbouw en de kandaure*. Delft: Indonesisch Ethnografisch Museum.

Nooy-Palm, Hetty (1969), 'Dress and adornment of the Sa'dan-Toradja', *Tropical Man* 2: 162-194.

Nooy-Palm, Hetty (1979), *The Sa'dan-Toraja: A study of their social life and religion. Vol. I Organization, symbols and beliefs*. The Hague: Nijhoff. (Verhandelingen van het KITLV no. 87).

Nooy-Palm, Hetty (1980), 'The role of the sacred cloths in the mythology and ritual of the Sa'dan-Toraja of Sulawesi, Indonesia', in Mattiebelle Gittinger (ed.), *Indonesian Textiles: Irene Emery Roundtable on museum textiles, 1979 proceedings*, 81-95 Washington: The Textile Museum.

Nooy-Palm, Hetty (1989), 'The sacred cloths of the Toraja', in Mattiebelle Gittinger (ed.), *To speak with cloth: Studies in Indonesian textiles*, 162-180. Los Angeles: University of California.

Nouhuys, J.W. (1925), 'Was batik in Midden-Celebes', *Nederlandsch-Indië Oud en Nieuw* 10: 110-122.

Oosterhoff, W.J. (1898), *Oud-Oostindische meubelen*. Haarlem: Nederlandsche Maatschappij ter Bevordering van Nijverheid.

Ostmeier, J. J. B. (1913), 'Bijgeloof bij het gebruik van edelsteenen', *Weekblad voor Indië* 10: 817, 841,

Palm, C.H.M. (1961), 'Oude minahasische kunst', *Kultuurpatronen* 3-4: 55-101.

Pameran (1979), *Pameran hulu keris dan hulu pengelocokan koleksi Museum Bali*. Denpasar: Museum Bali, Departemen P. & K.

Papoea-kunst (1966), *Papoea-kunst in het Rijksmuseum / Papuan art in the Rijksmuseum*. Amsterdam: Rijksmuseum.

Parinding, Samban C. & Judi Achjadi (1988), *Toraja: Indonesia's mountain Eden*. Singapore: Times Editions

Pelras, Christian (1996), *The Bugis*. Oxford: Blackwell.

Philokalos (1936), 'De keerzijde', *Djawa* 16: 139.

Pigeaud, Th. (1982), *Javaans-Nederlands woordenboek*. 3rd printing. 's-Gravenhage: Nijhoff.

Pires, Tomé (1944), *The Suma Oriental of Tome Pires: an account of the East, from the Red*

Sea to Japan, written in Malacca and in India 1512-1515, and the Book of Francisco Rodrigues : rutter of a voyage in the Red Sea, nautical rules, almanack and maps, written and drawn in the East before 1515. Transl. from the Portuguese ms. in the Bibliothèque de la Chambre des Députés, Paris, and ed. by Armando Cortesão. London : Hakluyt Society. (Works issued by the Hakluyt Society, 2nd series, 9-90).

Platenkamp, J.D.M. (1988), *Tobelo: Ideas and values of a North Moluccan Society*. Ph.D. dissertation, Leiden University.

Pleyte Wzn, C.M. (1896), 'Seltene ethnographische Gegenstände von Kisar', *Globus* 70: 347-349.

Poerbatjaraka, R. Ng. (1926), 'Calon Arang', *Bijdragen van het Koninklijk Instituut voor Taal-, Land- en Volkenkunde* 82: 109-180.

Poerbatjaraka, R. M. Ng. (1940), *Pandji-verhalen onderling vergeleken*. Bandung: Nix. (Bibliotheca Javanica / Koninklijk Bataviaasch Genootschap).

Pradito, Didit [et al.] (2010), *The dancing peacock: Colours and motifs of Priangan Batik / Merak ngibing: warna dan motif batik Priangan*. Jakarta: Gramedia Pustaka Utama.

Pronk, Heleen (2006), 'Foto's, officieren en geschenken: Militaire expeditie naar Zuid-Celebes 1905-1906', *Armamentaria, Jaarboek Legermuseum* 2006/2007 41:56-77.

Pucci, I. (1985), *The Epic of Life, a Balinese Journey of the Soul*. New York: Alfred van der Marck Editions.

Putra, I Gst. Agung Gde (1982?), *Cudamani: Alat alat upacara*. Denpasar: [s.n.].

Putra, I Gst. Ag. Mas (1982), *Upakara yadnya*. Rev. ed. Denpasar: [s.n.].

Rajagopalan, Sudha (2002), *Navigating culture: Trade and transformation in the island state. The permanent exhibition on Indonesia*. Leiden: Digital publications of the National Museum of Ethnology.

Ramseyer, Urs (1977), *The art and culture of Bali*. Oxford: Oxford University Press.

Ramseyer, Urs (1984), *Clothing, ritual and society in Tenganan Pegeringsingan (Bali)*, Sonderabdruck aus den Verhandlungen der Naturforschenden Gesellschaft in Basel, Bd. 95 (p. 191-241).

Ramseyer, Urs (2002), *The art and culture of Bali*. New ed. Basel: Museum der Kulturen; Schwabe.

Ramseyer, Urs (2009), *The theatre of the universe: Ritual and art in Tenganan Pegeringsingan, Bali*. Basel: Museum der Kulturen.

Rappard, Th. C. (1909), 'Het eiland Nias en zijne bewoners', *Bijdragen tot de taal-,*

land- en volkenkunde 62: 477-648.

Reichle, Natasha (ed.) (2010), *Bali: Art, ritual, performance*. San Francisco: Asian Art Museum-Chong-Moon Lee Center for Asian Art and Culture.

Richman, Fred & Rita (1979), *L'Isle du Demons*. Paris- New York, 1979–1988.

Richman, Rita (1980), 'Decorative household objects in Indonesia', *Arts of Asia*, September-October 1980: 129–135.

Richter, Anne (2000), *The jewelry of Southeast Asia*. London: Thames & Hudson.

Richter, Anne & Bruce W. Carpenter (2011), *Gold jewellery of the Indonesian archipelago*. Singapore: Editions Didier Millet.

Riedel, J.G.F. (1886), *De sluik- en kroesharige rassen tusschen Selebes en Papua*. 's-Gravenhage: Martinus Nijhoff.

Rikin, W. Mintardja (1973), *Ngabersihan als Knoop in de Tali Paranti*. Ph.D. dissertation, Universiteit Leiden.

Robson, Stuart & Singgih Wibisono (2002), *Javanese English Dictionary*. Hongkong: Periplus.

Rodenwaldt, E. (1927), *Die Mestizen auf Kisar*. Batavia: Kolff.

Rodgers, Susan (1985), *Power and gold: Jewelry from Indonesia, Malaysia, and the Philippines from the Collection of the Barbier-Mueller Museum Geneva*. Geneva: Barbier-Mueller Museum.

Rodgers, Susan (1990), *Power and gold: Jewelry from Indonesia, Malaysia and the Philippines*. 2nd ed. Munich: Prestel.

Roth, D. (2007). 'Many governors, no province: The struggle for a province in the Luwu-Tana Toraja area in South Sulawesi,' in Henk Schulte Nordholt & Gerry van Klinken (eds.), *Renegotiating boundaries: Local politics in Post-Soeharto Indonesia*, 121-147. Leiden: KITLV Press.

Rouffaer, G.P. & H.H. Juynboll (1900-1914), *De Batik-kunst in Nederlandsch-Indie en haar geschiedenis op grond van materiaal aanwezig in 's Rijks Ethnographisch Museum en andere openbare en particuliere verzamelingen in Nederland*. Haarlem: Kleinmann; Utrecht: Oosthoek. (Publicaties van 's Rijks Ethnographisch Museum, serie II, no. 1).

Rousseau, Jérome (1979), 'Kayan stratification', *Man* (new series) 14 (2): 215–236.

Saragih, Meriati S., Sukanti & Ernawati (1996), *Kerajinan tak Palembang*. Palembang: Departemen Pendidikan dan Kebudayaan, Kantor Wilayah Propinsi Sumatera Selatan, Bagian Proyek Pembinaan Permuseuman Sumatera Selatan.

Sarasin, Fritz (1906), *Versuch einer Anthropologie der Insel Celebes; Zweiter Teil:*

Die Varietäten des Menschen auf Celebes. Wiesbaden: Kreidel. [Materialien zur Naturgeschichte der Insel Celebes 5-2].

Sarasin, Paul & Fritz Sarasin (1905), *Reisen in Celebes ausgeführt in den Jahren 1893-1896 und 1902-1903*. 2 vols. Wiesbaden: Kreidel.

Sather, Clifford (1993), 'Posts, hearths and thresholds: The Iban longhouse as a ritual structure', in: James J. Fox (ed.), *Inside Austronesian houses- Perspectives on domestic designs for living*, 64-115. Canberra: Department of Anthropology, Australian National University.

Schärer, Hans (1963), *Ngaju Religion: The conception of God among a South Borneo people*. The Hague: Nijhoff

Schefold, Reimar & Han F. Vermeulen (eds.) (2002), *Treasure Hunting?: Collectors and collections of Indonesian artefacts*, Leiden: CNWS/RMV.

Schiller, Anne (1997), *Small sacrifices: Religious change and cultural identity among the Ngaju of Indonesia*. Oxford: Oxford University Press.

Schneebaum, T. (1990), *Embodied spirits: Ritual carvings of the Asmat*. Salem, Massachusetts: Peabody Museum of Salem.

Schnitger, F.M. (1939), *Forgotten kingdoms of Sumatra*. Leiden: Brill.

Schröder, E.E.W.Gs. (1917), *Nias: Ethnografische, geografische en historische aantekeningen*. Leiden: Brill.

Schulte Nordholt, H.C. (1956), *Het politieke systeem van de Atoni van Timor*. Driebergen: Van Manen. Thesis Vrije Universiteit Amsterdam.

Schwartz, J. Alb. T. (1908), *Tontemboansch-Nederlandsch woordenboek*. Leiden: Brill.

Sedyawati, Edi & Pieter ter Keurs (2005), 'Scholarship, curiosity and politics: collecting in a colonial context', in Endang Sri Hardiati & Pieter ter Keurs (eds.), *Indonesia: The discovery of the past*, 20-32. Amsterdam: KIT Publishers.

Sellato, Bernard (1989), *Naga dan Burung Enggang / Hornbill and dragon*. Jakarta - Kuala Lumpur: Elf Aquitaine Indonésie – Elf Aquitaine Malaysia.

Sellato, Bernard (2001), 'High status markers in low relief: Carved doors and panels of Borneo", *Arts & Cultures*, 2: 137–155.

Sellato, Bernard (2006), 'Kenyah bark-cloth from Kalimantan', in Michael C. Howard (ed.), *Bark-cloth in Southeast Asia*, 153-168. Bangkok: White Lotus Press.

Sellato, Bernard (ed.) (2012), *Plaited arts from the Borneo rainforest*. Copenhagen: NIAS Press.

Serrurier, L. (1898), 'Die Korware oder Ahnenbilder Neu-Guinea's: Ein Beitrag zur Geschichte der bildenden Kunst', *Tijdschrift voor Indische Taal-, Land- en*

Volkenkunde 40: 287-316.

Sheehan, J. (2000), 'Culture', in T.C.W. Blanning (ed.), *The nineteenth century: Europe 1789-1914*. Oxford: Oxford University Press.

Sibeth, Achim (1991), *The Batak: Peoples of the island of Sumatra*. London: Thames and Hudson.

Sibeth Achim (1991), Les *Batak: Un peuple de l'île de Sumatra*. Genève: Olizane éditions

Sibeth, Achim (2000), *Batak: Kunst aus Sumatra*. Frankfurt am Main: Museum für Völkerkunde.

Sibeth, Achim (2012), *Gold, silver & brass: Jewellery of the Batak in Sumatra, Indonesia*. Milan: 5 Continents.

Sibeth, Achim & Bruce W. Carpenter (2007), *Batak sculpture*. Singapore [etc.]: Editions Didier Millet.

Singh, Baldev (1985), *Malay brassware*. Singapore: National Museum of Singapore.

Sitepu, A.G. (1980), *Ragam Hias (ornamen tradisional) Karo, seri B*. [S.l.: s.n.].

Smidt, D.A.M. (1993), 'Wowipitsj: The Asmat woodcarver', in D.A.M Smidt (ed.), *Woodcarvings of Southwest New Guinea*, 46-51. Amsterdam: Periplus Editions & Rijksmuseum voor Volkenkunde, Leiden.

Smidt, D.A.M. (1996), 'Korwars: Speaking images as intermediaries between the living and the dead', in M. Holsbeke (ed.), *The object as mediator: On the transcendental meaning of art in traditional cultures*, 69-77. Antwerp: Etnografisch Museum.

Smidt, D.A.M. (2003), 'Korwar: Powerful images of the dead', *Arts & Cultures* 4: 140-161.

Smidt, D.A.M. (2006), 'Asmat Art: Expression of life transcending death', in Ph. Peltier & F. Morin (eds.), *Shadows of New Guinea: Art from the great island of Oceania in the Barbier-Mueller Collections*, 260-277. Paris, Genève: Somogy Éditions d'Art, The Mona Bismarck Foundation, and Musée Barbier-Mueller.

Smidt, D.A.M. (2006), 'Korwar Area / Korwar: The supernatural power of art in Northwest New Guinea', in Ph. Peltier & F. Morin (eds.), *Shadows of New Guinea: Art from the great island of Oceania in the Barbier-Mueller Collections*, 30-49. Paris, Genève: Somogy Éditions d'Art, The Mona Bismarck Foundation, and Musée Barbier-Mueller.

Snouck Hurgronje, C. (1893-95), *De Atjehers*. Batavia: Landsdrukkerij; Leiden: Brill.

Soeratno, Chamamah [et al.] (eds.) (2002), *Kraton Jogya: The history and cultural heritage*. Jakarta: Kraton Ngayogyakarta Hadiningrat; Indonesia Marketing Association.

Solheim II, W.G. (1985), 'Korwar of the Biak', in J. Feldman (ed.), *The eloquent dead: Ancestral sculpture of Indonesia and Southeast Asia*, 147-160. Los Angeles: UCLA Museum of Cultural History, University of California.

Solyom, Garrett & Bronwen (1980), 'Cosmic symbolism in semen and alasalasan patterns in Javanese textiles', in Mattiebelle Gittinger (ed.), *Indonesian textiles: Irene Emery roundtable on museum textiles, 1979 proceedings*, 248-274. Washington, DC: Textile Museum.

Solyom, G. & Bronwyn Solyom (1984), *Fabric traditions of Indonesia*. Pullmann, WA: Washington State University Press and the Museum of Art, Washington State University.

Stein Callenfels, P.V. van (1925), *De Sudamala in de Hindu-Javaansche kunst*. 's-Hage: Nijhoff. (Verhandelingen van het Koninklijk Bataviaasch Genootschap van Kunsten en Wetenschappen, 66/1).

Steinhart, W.L. (1937), *Niassche teksten*. Bandoeng: Nix. (Verhandelingen van het Koninklijk Bataviaasch Genootschap van Kunsten en Wetenschappen, 73).

Stöhr, Waldemar (1968), 'Über einige Kultzeichnungen der Ngaju-Dayak', *Ethnologica, Neue Folge* 4: 394–419.

Stutley, Margaret & James (1977), *Harper's dictionary of Hinduism: Its mythology, folklore, philosophy, literature, and history*. San Francisco: Harper and Row.

Stutterheim, W.F. (1937), 'De Oudheden-collectie van Z.H. Mangkoenagoro VII te Soerakarta', *Djawa* 17 (1-2): 1-111.

Sufi, Rusdi, Nasruddin Sulaiman, Muhammad Ibrahim (1984), *Perhiasan wanita Aceh dan Gayo*. Banda Aceh: Departemen Pendidikan dan Kebudayaan, Proyek Pengembangan Permuseuman Daerah Istimewa Aceh.

Sukmasari, Fiony (2009), *Traditional wedding of Minangkabau*. Jakarta: Citra Harta Prima.

Sulaiman (1980/1981), *Seni ukir Madura*. [Jakarta]: Proyek Media Kebudayaan Jakarta, Direktorat Jenderal Kebudayaan, Departemen Pendidikan dan Kebudayaan.

Sulistianingsih Sitowati, Retno & John N. Miksic (2006), *Icons of art: National Museum Jakarta*. Jakarta: BAB Publishing Indonesia.

Summerfield, John (1999), 'Men's ceremonial dress', in Anne and John Summerfield (eds.), *Walk in splendor: Ceremonial dress and the Minangkabau*, 243-255. Los Angeles: UCLA Fowler Museum of Cultural History.

Summerfield, Anne and John (eds.) (1999), *Walk in splendor: Ceremonial dress and the Minangkabau*. Los Angeles: UCLA Fowler Museum of Cultural History.

Sumnik-Dekovich, Eugenia (1985), 'The significance of ancestors in the arts of the Dayak of Borneo', in Jerome Feldman (ed.), *The eloquent dead: Ancestral sculpture of Indonesia and Southeast Asia*. Los Angeles: Museum of Cultural History, University of California.

Sundermann, H. (1989), 'Verderfelijke volkszeden op Nias', *de Rijnsche Zending*.

Sutlive, Vinson H. (1978), *The Iban of Sarawak: Chronicle of a vanishing world*. Illinois: Waveland Press.

Suzuki, Peter (1959), *The religious system and culture of Nias, Indonesia*. 's-Gravenhage: Excelsior.

Taylor, Jean Gelman (2003), *Indonesia, peoples and histories*. New Haven & London: Yale University Press.

Taylor, Paul Michael & Lorraine Aragon (1991), *Beyond the Java Sea: Art of Indonesia's outer islands*. Washington: The National Museum of Natural History.

Tentoonstelling (1926-27), 'Tentoonstelling van de Vereeniging ''Oost en West'' van de verzameling W.O.J. Nieuwenkamp in het Stedelijk Museum te Amsterdam,' *Nederlandsch-Indië Oud en Nieuw* 11: 347-352.'

Tersteege, B.H. (1935), 'Het animisme op de Zuid-Wester-Eilanden', *Koloniaal Tijdschrift* 24: 558-574.

Terwen-de Loos, J. (1985), *Het Nederlands koloniale meubel: Studie over meubels in de voormalige Nederlandse koloniën Indonesië en Sri Lanka*. Franeker: Wever.

Therik, Tom (2004), *Wehali, the female land: Traditions of a Timorese ritual centre*. Canberra: Australian National University.

Thiel, P.J.J. van & C.J de Bruyn Kops (1984), *Prijst de lijst: De Hollandse schilderijlijst in de zeventiende eeuw*, Amsterdam: Rijksmuseum; Den Haag: Staatsuitgeverij. (English edition: *Framing in the Golden Age: Picture and frame in 17th-century Holland*, Amsterdam: Rijksmuseum; Zwolle: Waanders).

Tichelman, G.L. (1941), *Verdwijnend cultuurbezit: Beeldende kunst der Bataks*. Leiden: Brill.

Tideman, J. (1908), 'De Batara Gowa op Zuid-Celebes', *Bijdragen tot de Taal-, Land- en Volkenkunde* 61 (3-4): 350-90.

Tillema, H.F. (1938), *Apo-Kajan: Een filmreis naar en door Centraal-Borneo*. Amsterdam: Van Munster's Uitgevers-Maatschappij.

Tillotson, Dianne Margaret (1994), *Who invented the Dayaks?: Historical case studies in art, material, culture and ethnic identity from Borneo*. Ph.D. dissertation,

Australian National University.

Tol, Roger (2001), 'Bugis', in Jane Garry and Carl Rubino (eds.), *Facts about the world's languages: An encyclopedia of the world's major languages, past and present*, pp. 96-99. New York/Dublin: Wilson.

Tokyo National Museum (1981), *The exhibition of the ancient Indonesian art*. Tokyo: Tokyo National Museum.

Tokyo National Museum (1997), *Treasures of ancient Indonesian kingdoms*. Tokyo: Tokyo National Museum.

Tonnet, Martine (1906), 'Sangireesche Kofo-weefsels', *Elsevier's geïllustreerd maandschrift* 32: 164-175.

Totton, M-L. (2009), *Wearing wealth and styling identity: Tapis from Lampung, South Sumatra, Indonesia*. Hanover, NH: Hood Museum of Art, Dartmouth College.

Tsuzuki, Etsuko (ed.), *Weaving, dyeing and embroidery: Diversity in Sumatran textiles from the Eiko Kusuma Collection*. Fukuoka: Fukuoka Art Museum.

Tuuk, H.N. van der (1897-1912), *Kawi-Balineesch-Nederlandsch woordenboek*. 4 vols. Batavia: Landsdrukkerij.

Untracht, Oppi (1975), *Metal techniques for craftsmen: A basic manual for craftsmen on the methods of forming and decorating metals*. London: Robert Hale.

Untracht, Oppi (1982), *Jewelry, concepts and technology*. London: Robert Hale.

Usman, Ibenzani (1999), 'The traditional adat house and its carving', in Anne and John Summerfield (eds.), *Walk in splendor: Ceremonial dress and the Minangkabau*, 243-255. Los Angeles: UCLA Fowler Museum of Cultural History.

Valentijn, François (1726), *Oud en Nieuw Oost-Indiën. Deel II: Beschryving van Amboina*. Dordrecht: Joannes van Braam; Amsterdam: Gerard onder de Linden.

Varsanyi, Andras (2000), *Gong Ageng: Herstellung, Klang und Gestalt eines Königlichen Instruments des Ostens*. Tutzing: Schneider. (Tübinger Beiträge zur Musikwissenschaft 21).

Veen, H. van der (1965), *The Merok feast of the Sa'dan Toradja,*. The Hague: Nijhoff. (Verhandelingen van het KITLV dl. 45).

Veenendaal, E.A.N. van (2009), *Krisgrepen en scheden uit Bali en Lombok*. Bunnik: Veenendaal

Veenendaal, Jan (in preparation), *Asian art and the Dutch taste: Following the wings of Garuda*.

Veldhuisen-Djajasoebrata, Alit (1984), *Bloemen van het heelal: De kleurrijke wereld van de textiel op Java*. Amsterdam: Sijthoff in samenwerking met Museum voor Land- en Volkenkunde Rotterdam.

Veltman, T.J. (1904), 'Nota betreffende de Atjehsche goud- en zilversmeedkunst', *Tijdschrift voor Indische Taal-, Land- en Volkenkunde* 47: 341-380.

Veltman, Th. J. (1912) 'De Atjehsche zijde-industrie', *Internationales Archiv für Ethnographie*, 20 :16-58.

Vries, J.H. de (1900), 'Reis door eenige eilanden groepen der Residentie Amboina', *Tijdschrift van het Koninklijk Nederlandsch Aardrijkskundig Genootschap* 17: 467-502, 593-621.

Wagner, Fritz A. (1959), *Indonesia: The art of an island group*. New York: McGraw-Hill.

Wahyono, Martowikrido (1999), 'Court art and culture', in Maud Girard-Geslan [et al.], *Indonesian gold: Treasures from the National Museum, Jakarta*. Brisbane: Queensland Art Gallery.

Walchren, P.M. van (1916), 'Ornamentiek bij de Toradja's', *Nederlandsch-Indië Oud en Nieuw* 1: 147-155.

Warming, Wanda & Michael Gaworski (1981), *The world of Indonesian textiles*. Tokyo: Kodansha. (Repr. 1991).

Warneck, Joh. (1977), *Toba-Batak-Deutsches Wörterbuch*. Den Haag: Nijhoff; Koninklijk Instituut voor Taal-, Land- en Volkenkunde.

Wassing-Visser, Rita (1984), *Sieraden en lichaamsversiering uit Indonesie*. Delft: Volkenkundig Museum Nusantara.

Wedyadiningrat, KP. Samuel [et al.] ([2008]), *Dodot, adi busana Jawa*. Yogyakarta: Museum Ullen Sentalu.

Weinstock, J.A. (1983), *Kaharingan and the Luangan Dayaks: Religion and identity in Central-East Borneo*. Ph. D. dissertation, Cornell University.

Wengen, Ger van (2002) 'Indonesian collections at the National Museum of Ethnology in Leiden', in Reimar Schefold & Han F. Vermeulen (eds.), *Treasure Hunting?: Collectors and collections of Indonesian artefacts*. Leiden: CNWS; Rijksmuseum voor Volkenkunde.

Werff, J. van der & Rita Wassing-Visser (1974), *Sumatraanse Schoonheid.*. Delft: Indonesisch Ethnografisch Museum.

Wessing, Robert (1986), 'Wearing the cosmos: Symbolism in batik design', *Crossroads* 2 (3): 40-82.

Wessing, Robert (1997), 'A Princess from Sunda: Some aspects of Nyai Roro Kidul', *Asian Folklore Studies* 56: 317-353.

Wessing, Robert (2003), 'The Kraton-city and the realm: Sources and movement of power in Java', in P.J.M. Nas, G.A. Persoon, & R. Jaffe (eds.), *Framing Indonesian realities: Essays in symbolic anthropology in honour of Reimar Schefold*,

199-250. Leiden: KITLV Press. [Verhandelingen van het Koninklijk Instituut voor Taal-, Land- en Volkenkunde, 209]

Wessing, Robert (2006), 'Symbolic animals in the land between the waters: Markers of place and transition', *Asian Folklore Studies* 65: 205-239.

Whittier, H. L. and P. R. (1988), 'Baby carriers: A link between social and spiritual values among the Kenyah Dayak of Borneo', *Expedition* 30 (1): 51–58.

Wielenga, D.K.(1933), *Merkwaardig denken: Schetsen uit de Soen baneesche gedachtenwereld*. Kampen: Kok.

Wils, Esther ([2000]), *Wonen in Indië / House and home in the Dutch East Indies*. [Den Haag]: Stichting Tong Tong.

Winstedt, R.O. (1926), 'The founder of Malay royalty and his conquest of Saktimuna, the serpent', *Journal of the Malayan Branch of the Royal Asiatic Society* 4: 413-19.

Yamamoto, Yoshiko (1986), *A sense of tradition: An ethnographic approach to Nias material culture*. Ph.D. dissertation, Cornell University.

Zimmer, Heinrich (1955), *The art of Indian Asia: Its mythology and transformations*. Princeton: Princeton University Press.

Zoetmulder, P.J. (1974), *Kalangwan: A survey of Old Javanese literature*. The Hague: Nijhoff.

Zollinger, H. (1849), *Reis over de eilanden Bali en Lombok*. Batavia: Lange. (Verhandelingen van het Koninklijk Bataviaasch Genootschap van Kunsten en Wetenschappen, 22, [12]).

Zonneveld, Albert G. van (2001), *Traditional weapons of the Indonesian archipelago*. Leiden: C. Zwartenkot Art Books.

Authors

Francine Brinkgreve is a cultural anthropologist, educated at Leiden University, and currently curator for Insular Southeast Asia at Rijksmuseum Volkenkunde in Leiden. Based on extensive research in Bali, specializing in offerings and ritual art, she has published several books and articles. For many years she has carried out cooperation projects together with Museum Nasional Indonesia in Jakarta, resulting in several exhibitions and publications.

Matthew Isaac Cohen is Professor of International Theatre at Royal Holloway, University of London and performs wayang kulit internationally under the company banner Kanda Buwana. He has held fellowships from the American Council of Learned Societies and the Netherlands Institute for Advanced Study in the Humanities and Social Sciences. Among his publications are *The Komedie Stamboel: Popular Theater in Colonial Indonesia, 1891-1903* (2006) and *Performing Otherness: Java and Bali on International Stages, 1905-1952* (2010).

Wahyu Ernawati is a member of staff at the Museum Nasional Indonesia in Jakarta. As head of the museum's ethnographic collection for many years, she has travelled widely in Indonesia and has been involved with many exhibitions in many countries, including Australia, China, France, Korea, the Netherlands and the United States. She has published articles and catalogue entries in several exhibition catalogues.

Rapti Golder-Miedema is Project Manager at Rijksmuseum Volkenkunde in Leiden. She studied Languages and Cultures of Southeast Asia and Oceania at Leiden University and specialized in art and material culture of Indonesia. Rapti joined the museum in 2009 as Project Assistant of the project 'The New Museum', a cooperation between Museum Nasional in Jakarta and Rijksmuseum Volkenkunde. In 2010 and 2011 she was assistant curator for Insular Southeast Asia and made the inventory of the bequest of the late Frits Liefkes.

Linda Hanssen is curator of textiles at the Wereldmuseum in Rotterdam, where she organized several exhibitions and in 2001 created the textile gallery. She studied museology and anthropology in Leiden, specialising in the material culture of Indonesia and Southeast Asia. Her main focus is on the function and meaning of textiles within society. In 1993 she conducted fieldwork on ceremonial textiles of the Minangkabau in West Sumatra and in 2005 carried out textile research in Japan and Okinawa. She has published several articles, most recently on Minangkabau textiles in *Five Centuries of Indonesian Textiles* (2010).

Rens Heringa is one of the world's foremost batik experts. Now resident again in the Netherlands, she spent much of her life in Indonesia. A freelance scholar, her main area of interest is the older batik traditions in the Kerek area near Tuban, in East Java, and its relationships to other aspects of culture and society. She has presented her findings at many international conferences, and has published widely, both on Kerek batik and on north coast Javanese batik generally.

Hedi Hinzler studied Archaeology and Ancient History of South and Southeast Asia with Sanskrit, Old Javanese and Cultural Anthropology as secondary subjects at the University of Leiden. She taught Archaeology, Ancient History, Epigraphy, Performing Arts, Contemporary art of Southeast Asia at Leiden University till 2007. From 1972 she has conducted fieldwork in various parts of South and Southeast Asia, concentrating on Bali. Her current research topics are wayang puppet theatre and food in ancient and modern Java and Bali.

Nico de Jonge is Vice-Director and curator of ethnology at the University Museum of the University of Groningen, the Netherlands. He studied cultural anthropology and conducted fieldwork in the Moluccas from 1981-1983 and again in 1987. He contributed to several exhibitions on Indonesian art. His numerous books and articles on the material culture of Indonesian peoples include *Forgotten Islands of Indonesia: The Art and Culture of the Southeast Moluccas* (1995, with Toos van Dijk), and contributions to *Eyes of the Ancestors: The Arts of Island Southeast Asia at the Dallas Museum of Art* (2013).

Pieter ter Keurs is Head of the Department of Collections and Research of the National Museum of Antiquities in Leiden. He is also professor for material culture studies at the Institute of Cultural Anthropology of Leiden University. He did anthropological fieldwork in Papua New Guinea and Indonesia. Formerly, Ter Keurs was curator for Insular Southeast Asian collections at Rijksmuseum Volkenkunde doing research on colonial collecting.

Wouter Kloek was curator at the Rijksmuseum in Amsterdam from 1973 to 2010. He specialized in sixteenth and seventeenth century painting, and has published on the artists Pieter Aertsen, Aelbert Cuyp and Jan Steen. Since 2010, among other interests, he is active as chairman of the editorial board for the publications of the Genoootschap Amstelodamum.

Sirtjo Koolhof studied Indonesian languages and cultures at Leiden University (1987-1992), specializing in Bugis language and literature. He is working on an English text edition of an episode from the *La Galigo* epic. He has done extensive field work in South Sulawesi and publishes regularly on Bugis culture and literature. He was an adviser for Robert Wilson's theatre performance *I La Galigo*.

Sri Kuhnt-Saptodewo, born in Jakarta, studied Ethnology and African Studies at the Ludwig-Maximilian University in Munich. She did fieldwork in Tumbang Malahui, Kalimantan, between 1987-1996. Her film *Bury me twice* about secondary burial among the Ngaju Dayak won an Award of Excellence from the American Anthropological Association. In 2003 she completed her Habilitation (advanced doctorate) dissertation at the Humboldt University, Berlin, on the subject "History danced: Dance, religion and history in Java". Since 2005 she is curator of the Insular Southeast Asia Collection at the Museum for Ethnology, Vienna.

Johanna Leijfeldt studied Indonesian languages and cultures at Leiden University (1987-1992). After her graduation she spent one year in Yogyakarta, studying Javanese dance at the Indonesia Institute of the Arts (ISI), which she still practices today. Currently she works at Rijksmuseum Volkenkunde in Leiden and assisted in the realisation of this catalogue and the exhibition of the Liefkes collection. She has a special interest in gold and silver jewellery from Indonesia.

Pauline Lunsingh Scheurleer is the former curator of South and Southeast Asian Art in the Rijksmuseum Amsterdam, where for many years she was Head of the Department of Asian Art. She continues the research in which she was then involved. Her special interests are the sculpture and applied art of the Hindu-Buddhist period of Indonesia (with special emphasis on gold objects), and the history of collecting Asian art by Europeans, in particular by the Dutch.

Constance de Monbrison is an art historian and curator for Insular Southeast Asia at the Musée du quai Branly in Paris. She participated in the design and establishment of the Oceania-Insular Southeast Asian collections at that museum. In 2008, with Pieter ter Keurs, she curated the exhibition *Au nord de Sumatra, les Batak*. She is curator with Corazon Alvina of the exhibition on Prehispanic Philippines Art, entitled "Philippines, archipel des échanges" in the Musée du quai Branly (2013).

Maggie de Moor, expert on Indonesian jewellery and restorer of Asian art, graduated as a goldsmith and jeweller in the Netherlands in 1973. Her special interest in ethnic and archaic jewellery has led her to travel widely and study with native goldsmiths in North, Central and South America. Since 1983 her research has focussed on the symbolism of jewellery traditions of the Indonesian Archipelago. She has published internationally and participated in museum exhibitions.

Reinhold Mittersakschmöller is an anthropologist and independent exhibition curator based in Vienna, Austria, specializing in Indonesian art and the history of photography. Based on field research on Nias and Flores (1986) and several archival studies at European museums he has published books on Nias culture, on traditional Indonesian textiles and on sculptures and jewellery from Indonesia. His focus of research is the arts of Indonesia's "outer" islands and their representation in visual media, in particular in historical photographs.

David J. Stuart-Fox was educated at the University of Sydney and the Australian National University. After working as a journalist in Vietnam and Japan, he lived in Indonesia for a long time, mainly in Bali. He has published several books and articles about Balinese culture and religion. From 1991 to 2013 he was librarian at Rijksmuseum Volkenkunde in Leiden.

Jan Veenendaal studied chemistry and then pharmacy at the University of Amsterdam. He worked from 1976-2001 as pharmacist in The Hague. Long interested in the influence of Dutch taste on Asian art during the VOC and colonial periods, his publications include *Furniture of Indonesia, Sri Lanka and India during the Dutch Period* (1985), various articles on silver and batik in such magazines as *Moesson*, an article on the massacre of Chinese by the Dutch 250 years earlier (*Moesson*, 1990), and a contribution to the book *Domestic interiors at The Cape and in Batavia 1602-1795* (2002).

Fanny Wonu Veys was appointed curator for Oceania at the Rijksmuseum Volkenkunde in Leiden, in 2009. She has carried out research on Western Polynesian barkcloth, focusing on historical material and contemporary royal ceremonies in the kingdom of Tonga. She is the co-curator of a large barkcloth exhibition (2009) held at the Musée Henri Martin in Cahors, France, and curated the *Mana Maori* exhibition (2010-2011) at Rijksmuseum Volkenkunde in Leiden.

Rita Wassing-Visser was a staff member at the Museum voor Land-en Volkenkunde (now Wereldmuseum) at Rotterdam, from 1962 to 1972. From 1972 to 1987 she was curator at the Volkenkundig Museum Nusantara in Delft. From this function arose her first contact with Frits Liefkes whom she regularly advised on purchases. As curator she published extensively on Indonesian material culture. Since 1987 she worked freelance for diverse museums. From 1990 to 1996 she was commissioned to document the Indonesian collection of the Dutch royal family, resulting in the publication *Koninklijke Geschenken uit Indonesië: Historische banden met het Huis Oranje-Nassau 1600-1938*.

Arnold Wentholt, museologist and art historian, began his career as an auction house specialist in 1987 and in 1994 joined Christie's Amsterdam specialising in Indonesian tribal art. Since 1998 he is an independant consultant and valuer for several auction houses, museums and private collectors. He has published several articles and catalogue entries in the field of African and Indonesian tribal arts for national and international magazines. He guest-curated exhibitions at the Tropenmuseum (2003) and Afrika Museum (2008), and co-edited the associated catalogues. Currently he is doing research on collecting in a colonial and post-colonial context.

Robert Wessing received his PhD in anthropology in 1974 from the University of Illinois in Urbana, IL (USA). His research, conducted in West and East Java, Aceh, and Madura, has primarily dealt with symbolism, as well as with the social implications of belief systems. He has published numerous articles as well as the books *Cosmology and social behavior in a West Javanese settlement* (1978) and *The soul of ambiguity: the tiger in Southeast Asia* (1986), and an article 'A Community of spirits: People, ancestors and nature spirits in Java' in *Crossroads* (2006).

Albert van Zonneveld has been fascinated with the traditional weapons of Indonesian since his early years, the collection of Rijksmuseum Volkenkunde in Leiden being a great source of inspiration. He has done much research, presented lectures and published various articles on the subject. He is the author of the international standard work *Traditional weapons of the Indonesian archipelago* (Leiden 2001) and *Traditionele wapens van Enggano, een verdwenen cultuur van de Indonesische archipel* (Leiden 2013).

Living with Indonesian Art: The Frits Liefkes Collection

This book is published in conjunction with the exhibition *Een huis vol Indonesië: Het mooiste uit de collectie Liefkes*, held at Rijksmuseum Volkenkunde / National Museum of Ethnology, Leiden, 7 May – 21 July 2013

Publisher:
KIT Publishers
Mauritskade 63
Postbus 95001
1090 HA Amsterdam
E-mail: publishers@kit.nl
www.kitpublishers.nl

©2013 Rijksmuseum Volkenkunde

Editing: Francine Brinkgreve and
David J. Stuart-Fox
Object photographs: Ben Grishaaver
Photography research: Johanna Leijfeldt
Map of Indonesia: Armand Haye
Design: Nel Punt, Weesp
Production: High Trade BV, Zwolle

ISBN 978 94 6022 2528 (soft cover edition)
ISBN 978 94 6022 2566 (hard cover edition)

Front cover: Nias gold crown (ill. 33)
Back cover: Protective Garuda ornament (ill. 215)
Opposite title and contents pages: Showcases with gold objects in the house of Frits Liefkes. (Photographs by Ingrid Gerritsen, 2010)